Vincent

빈센트 반 고흐, 영혼의 편지들

I

일러두기

1. 빈센트 반 고흐의 그림 180여 점과 그의 편지 대부분을 수록했습니다.
2. 편지에는 시간 순서대로 번호를 붙였고, 그 뒤에 사용된 주 언어를 표시했습니다.
3. 또한 편지의 수신인이 테오가 아닐 경우에 번호 앞에 '라, 베, 빌'을 붙여 구분했습니다.

예) 133프 : 테오에게 보낸 133번째 편지로, 프랑스어로 쓰였습니다.

라58네 : 판 라파르트에게 보낸 58번째 편지로, 네덜란드어로 쓰였습니다.

빌23영 : 여동생 빌레미나에게 보낸 23번째 편지로, 영어로 쓰였습니다.

베22프 : 에밀 베르나르에게 보낸 22번째 편지로, 프랑스어로 쓰였습니다.

4. 연대기 순으로 정렬했으나, 날짜 표기가 없는 편지들이 많아서 추정도 많습니다.
5. 형제간의 일상적인 편지이기에 서로 명확히 언급하지 않고 넘어가는 사건들이 많아서, 내용이 어렵지 않음에도 이해하기 힘든 부분들이 종종 있습니다. 이에 독자들이 읽기 편하도록 관련 사항들을 각주로 간략히나마 적어두었습니다. 또한 기울임체로 표기된 부분들은 빈센트가 개인적으로 강조했던 부분입니다.
6. 다음 글들은 편집부 번역임을 밝혀둡니다(『1914년 네덜란드판』 서문, 『빈센트 반 고흐 탄생 100주년 기념판』 서문, 122a, 193a)

빈센트 반 고흐, 영혼의 편지들

I

빈센트 반 고흐 지음 | 이승재 옮김

더모던
Themodern

서문

『1914년 네덜란드판』 서문
: 요안나 반 고흐-봉어르가 쓰다

"정말 놀라운 책이 될 거예요.
빈센트 형님이 얼마나 깊이 사색했는지,
어떻게 자기 자신을 지켜냈는지 보여줄 수만 있다면요."
_1890년 9월 8일, 테오가 어머니에게 보냈던 편지에서

1889년 4월 테오와 결혼해서 파리 피갈 지구에 있는 우리의 작은 아파트로 들어갔을 때, 나는 작은 책상의 아랫서랍이 빈센트가 보낸 편지로 꽉 차 있는 것을 보았다. 그리고 한 주 한 주 지날 때마다 금세 눈에 익은, 개성 있는 글씨체가 쓰인 노란 편지봉투가 점점 더 쌓여갔다.

빈센트의 사망 후, 남편은 이 편지들을 출간하는 계획에 대해 나와 의논한 적이 있었다. 그런데 안타깝게도 그는 이 일을 시작해보기도 전에 세상을 떠났다.

남편이 죽고 거의 24년이 지나서야 나는 이 편지 전집을 완성했다.

편지의 뜻을 해독해내고 날짜별로 정리하는 데에 시간이 무척 오래 걸렸다. 날짜가 빠진 편지도 많았고, 그것들을 순서대로 배열하려면 아주 주의깊게 생각해야 했기 때문이다.

그러나 내가 더 일찍 출간할 수 없었던 또 다른 이유가 있다. 빈센트가 인생을 바쳐서 그려낸 작품들이 정당한 평가와 칭송을 받기도 전에, 그의 성격부터 주목을 받는 건 옳지 않다고 생각했기 때문이다.

수년이 걸렸지만 마침내 빈센트가 위대한 '화가'로 인정받게 되었다. 마침내 그라는 '사람'이 알려지고 이해되어야 할 시간이 왔다.

부디 이 편지들이 세심하고 소중하게 읽히기를 바란다.

1914년 1월, 암스테르담에서
요안나 반 고흐-봉어르

『빈센트 반 고흐 탄생 100주년 기념판』 서문
: V. W. 반 고흐가 쓰다

빈센트 반 고흐의 편지들은 누구나 읽을 수 있다. 예술에 별로 관심이 없는 사람이라면, 위대한 호기심을 가진 인간에 대한 놀라운 보고서로 읽힌다. 예술과 예술사를 사랑하는 사람에게는 대단히 중요한 의미를 띤다. 무심코 호기심에 책을 집어들었어도 한동안 눈을 뗄 수가 없다. 물론 한 번에 전부 다 읽을 수는 없다. 800여 통이나 되지 않은가. 그러나 첫편지에 느꼈던 흥미로움은 마지막 편지까지 변함없이 이어지고, 한 통도 지루하지 않다. 그림을 들여다보는 것만으로도 가치가 있고 말이다.

내 아버지 테오는 이 사실을 알았다. 1888년 2월 파리에서 막내 여동생 빌레미나에게 보내는 편지에 이렇게 썼다. "지난 일요일에 빈센트 형이 남부로 떠났다. 먼저 아를에 들러 풍경을 둘러보고 그다음에 마르세유로 갈 것 같아……. 2년 전 형이 파리로 불쑥 찾아왔을 때는 서로에게 이토록 각별해질 줄 몰랐다. 지금 나는 공허함을 느끼며 이 아파트에 또다시 홀로 있다. 다른 동거인을 찾고 있는데 빈센트 같은 이를 대체할 수는 없지. 그가 세상에 대해 알고 있는 지식의 양과 명쾌한 관점들은 믿을 수 없을 정도로 놀라워. 그래서 나는 확신한단다. 형이 오래 살기만 한다면 틀림없이 유명해질 거라고 말이야. 형의 소개로 그가 칭찬하는 많은 화가들을 만났지. 그는 새로운 생각들의 선두주자야. 세상에 새로운 것이란 없으니, 그래, 이렇게 표현하는 게 더 정확하겠다. 기존의 생각들이 퇴보하거나 우리 시대가 단조로워지며 그 가치를 잃어가는 대격변기에, 새롭게 생각하는 사람. 게다가, 형은 늘 남을 위해 뭘 해줄 수 있을까 생각하는 따뜻한 사람이잖아……. 형의 편지들은 언제나 흥미롭다. 그가 더 이상 편지를 보내지 않아서 속상하구나."

왜 빈센트의 편지들을 보관했는지 알 수 있는 글이다. 정말 평범하지 않은 행동이다.

'난 작품에 관심이 있지, 편지며 화가의 사생활에는 관심 없어'라고 말하는 이들도 있다. 물론 그래도 된다. 하지만 화가와 그의 작품은 별개의 것이 아니라, 하나로 통합되어 있다. 작품을 바라보며 마음속에서 일어나는 감정의 본질들을 살펴보면 이는 더없이 명쾌해진다.

때로는 '아름다움[美]을 볼 때 느껴지는 감정들만 추구한다'는 말도 듣는다. 이런 사람들이 꽤 많다. 그런데 이렇게 생각해보자. 우리는 일상적인 환경과 기분에서 느끼는 것보다 더 즐거운 감정들을 느끼고 싶어 하지 않은가? 의식과 무의식 모두를 자극해서 더 나은 기분이 들게 만드는 작품을 말이다.

대부분의 감정들은 '어렴풋이 알겠는데, 느껴지는데' 정도일 뿐이다.

그런데 작품을 통해 어떤 감정이 자극되면, 우리는 자신의 마음을 더 선명하게 알아채고 기분좋은 놀라움을 경험한다. 그리고 자연스럽게 새로운 생각들이 꼬리를 물고 일어나기 시작한다. 이러한 생각의 연쇄작용은 내면 및 주변의 상황들을 새롭게 바꿔가도록 이끈다.

마침내 우리가 완전히 이해해서 비판하든 칭송하든 하는 그 '관점'은, 바로 화가의 것이다. 원래 자기 자신의 것이 아니라. 분석을 거듭하다 보면 결국 화가(혹은 화가의 인격)를 찾아내게 되니까. 지난 수년간 수많은 예술비평가들이 이 현상을 설명해왔다. 세잔Paul Cézanne의 친구인 에밀 졸라Emile Zola는 1866년에 이렇게 썼다. "예술 작품은 기질을 거쳐서 보여지는 창작물이다." 화가의 기질(인격의 중요한 부분을 구성하는) 말이다. 우리 시대의 장 폴 사르트르Jean Paul Sartre는 어떤 강연에서 이렇게 설명한 바 있다. "예술 작품을 감상하는 미학적 즐거움의 종착점은, 타인(화가)의 자유(혹은 해방)을 인식하는 데 있다." 사르트르에게 있어서 '자유'는 인격에서 근본적인 요소였다.

빈센트 반 고흐도 같은 의견이었다. 막내 여동생에게 보내는 편지에 이렇게 썼다(빌14번 편지). "넌 책을 읽어서 네 활동에 힘을 불어넣어줄 힘을 얻으려고 하지. 하지만 난 책을 읽으며 이 글을 쓴 사람들을 찾는단다." 미술이나 다른 장르의 예술에도 똑같이 적용되는 진리다.

한 예술가의 것이어도 그림과 편지는 근본적으로 다르다. 그림은 다수 대중을 향해 그렸지만, 편지는 오직 한 사람을 위해 썼기 때문에 더 세부적인 사항들이 포함되어 있다. 하지만 똑같은 정신이 창작해낸 것이라는 점은 동일하다.

화가든 작가든, 작품 속에서 자신이 어떤 생각을 하고 있는지 표현하고, 스스로도 조심스러울 만큼 내밀한 감정들을 드러낸다. 자신이 설정한 한계선 너머에 있는 약점 등은 대중이 눈치채지 못하도록 봉인하려는 게 인간적인 행동이다. 모두가 그렇게 한다. 이 한계선을 어디까지로 설정하느냐는 각 개인이 비판과 편견에 맞설 수 있는 능력에 달렸다. 현대의 예술가들은 이전 세대 동료들이 했던 것보다 훨씬 더 멀리까지 확장하곤 한다.

편지들에도 그러한 가면은 보인다. 하지만 그림이나 책만큼 두텁지는 않고, 또한 이 가면 때문에 더 흥미롭게 읽힌다. 빈센트는 편지에서 주제의 다양성에 대한 고민을 털어놓는다. 그는 자신의 삶과 일을 털어놓고, 다른 이들과 현상에 대한 의견도 서술한다(거기엔 다른 화가들과 작품들도 포함된다. 동시대든 이전 시대든 전부 다). 종종 옛 거장들에 대해 언급한다(그는 렘브란트를 대단히 존경했다).

그는 매일의 일상 사건들뿐 아니라 재정 상황이며 여러 난관들도 언급한다. 그는 삶의 경로에서 벌어지는 인간사의 온갖 곤경에 무지하지 않았다. 독자들은 편지를 읽으며 그의 정신적 성장을 죽 따라간다. 그가 초년기의 대역경을 극복하고 온힘을 예술에 쏟아부으며 자유로워지는 과정을 지켜보게 된다.

편지 속 글귀들을 통해 빈센트의 그림을 더 완벽하게 바라볼 수 있다. 수많은 스케치들을 언급하고 재현해 보여주기 때문이다. 그때그때 자신이 관심 있게 그리고 있는 대상들을 수없이 묘사했는데, 그 결과 대단히 자연스럽게 그려져서 보기에 좋다. 원본들은 극소수의 사람들에게만 보여줬는데, 그림의 크기 때문에 대형 전시회에 걸기에는 적합하지 않았기 때문이다.

빈센트의 전기와 함께 편지들을 한데 모아 전집으로 묶은 사람은, 빈센트의 남동생 테오의 아내이자 나의 어머니인 요안나 반 고흐-봉어르였다. 그의 삶을 정확히 알아볼 수 있는 유일한 원천이다. 이후에 양산된 수많은 직간접적 설명들은 모두 이 책을 출처로 했다.

빈센트의 문체는 쉽고 개성 있다. 자신의 생각을 말할 때 의심스러운 구석이 전혀 없이 명쾌하다. 온 신경을 집중해 읽지 않더라도 그가 무슨 말을 하려는지 한눈에 이해할 수 있다.

빈센트가 테오에게 보내는 편지들을 엮는 대업적은 오롯이 요안나 반 고흐-봉어르의 열정적이고 신중한 작업 덕분이다. 테오와 결혼한 후 그녀는 서랍장에서 빈센트의 편지들을 발견했고, 편지는 이후로도 꾸준히 쌓여갔다. 대부분은 날짜가 없었기에, 남편 테오의 사망 이후에 편지들을 시간 순서대로 배열하느라 수년간 노력해야 했다.

초판은 1914~1915년에 나왔다. 네덜란드어 편지들 2권과 프랑스어 편지들 1권이었다. 이후로 네덜란드어와 프랑스어 혼용판이 1부 더 나왔고, 독일어판 2부, 영어판도 1부 나왔다. 요안나는 1925년에 사망하기 전까지 마지막 버전의 3분의 2를 번역했다. 베르나르에게 보냈던 편지들은 1911년 베르나르 자신이 출판했다. 이것의 영문판은 1937년 뉴욕 MoMA에서 더글라스 로드의 번역으로 냈다. 판 라파르트의 편지들은 같은 해에 네덜란드어와 영어로 출간되었다. 테오가 형에게 보냈던 편지들은 1928년 네덜란드어와 프랑스어 혼용의 1권짜리로 출간되었다. 그러니까 오롯이 프랑스어로 된 완결판은 한 번도 출간된 적이 없었다.

1945년에 이 책들은 절판되었다. 원어로 출간되는 개정판이 준비중이었고, 내가 알고 있는 빈센트의 모든 편지를 수록했다. 여기에는 빌레미나에게 보냈거나 기존에 빠졌던 미출간 편지들도 포함되었다. 또한 빈센트를 개인적으로 잘 알았던 이들이 신문이나 잡지 등에 발표했던 회상글도 들어갔다(지금은 일반 독자들이 찾아 읽기 힘들기 때문에). 마지막으로, 반 고흐 가문의 역사도 1672~1674년까지 거슬러 올라가서 실었다. 1953년에 『빈센트 반 고흐 탄생 100주년 기념판』이 출간되었고, 1956년에 4권짜리를 2권으로 재편집해서 냈다.

이 책에는 빈센트의 모든 편지와 테오가 썼던 편지 일부를 실었다. 요안나 반 고흐-봉어르가 쓴 빈센트의 일대기도 원문 그대로 싣되, 가족들에 대해 부연설명을 달았다.

빈센트가 편지에 그렸던 방대한 분량의 스케치들은 스캔을 떠서 복제해냈다. 매우 만족스럽다. 출판사의 지치지 않는 노력으로 이뤄낸 성과다. 원본 종이가 너무 얇아서 뒷면의 글씨나 흔적들이 그대로 내비치는 경우가 많았는데 말이다.

영어권 국가에서 개최한 빈센트의 그림 전시회에 이례적으로 수많은 인파가 방문했다. 빈센트 반 고흐의 그림에 대한 관심이 대단히 고조되는 만큼, 편지 전문의 영어판 출간도 필요했다. 이 책으로 그 오랜 숙원을 이뤘다. 혼동을 피하기 위해서 원래 네덜란드어판의 편지 번호를 그대로 사용했다. 숫자 뒤에 붙은 a 혹은 b 표시는, 1953년판에 처음으로 실렸던 것임을 의미한다. 1953년 이후로 여러 경로로 7통이 추가되었고(1통은 테오의 편지), 이것들은 전부 이 책에 수록했다. 거기에 더해 처음 수록되는 편지들도 있다(37a, 39b, 541a, 558a, 558b, T3a). 일부 스케치와 그림들도 이 책에 최초로 수록했다.

이 편지집 등을 출간할 수 있게 도와주신 수많은 분들에게 무한한 감사 인사를 드린다.

1958년 출간에 즈음하여

V. W. 반 고흐

『1960년 갈리마르판 반 고흐 서간집』 서문
: 조르주 샤랑솔이 쓰다

소위 "저주받은 화가"로 알려진 빈센트 반 고흐에 관한 수백여 점의 주요 저서와 연구 결과물은 그가 자신의 동생, 테오에게 보낸 편지에 기반해 기술되거나 이루어졌다.

프랑스 독자들은 지금까지 1937년, 조르주 필리파르가 엮은 그라세 판본과 1953년, 루이 로엘랑트가 엮은 갈리마르 판본을 통해 부분적으로만 그의 글을 접했다. 다시 말하면, 빈센트 반 고흐라는 화가가 예술가로 성장하고, 후대에 남게 될 걸작을 만들어냈을 뿐만 아니라, 끝내 생을 마감한 나라에서 지금까지 이렇게 중요한 자료를 전집의 형태로 갖추고 있지 못했다는 것이다.

이 서간집을 통해 드디어 빈센트 반 고흐가 자필로 써 내려간 그의 이야기를 온전히 접할 수 있게 되었다.

이런저런 상황으로 인해 빈센트와 테오는 거의 평생을 물리적으로 떨어져 지냈다. 끈끈한 우정으로 이어진 두 형제는(때로는 그 사이에 먹구름이 드리우는 날도 있었지만 둘 사이를 갈라놓을 정도는 아니었다) 함께 살았으면 아마 끝도 없이 나눴을 대화를 편지로 대신했다. 두 사람이 처한 상황 덕분에 기쁘게도 독자들에게 이렇게 유일무이한 자료를 소개할 수 있게 된 셈이다. 둘의 서신 교환이 끊긴 시기는, 빈센트가 파리로 테오를 찾아와 한집에서 같이 지냈던 1887년~1888년 사이가 유일하다.

테오에게 보낸 편지 외에, 빈센트가 부모님과 친구, 동료에게 보낸 편지 등 새롭게 입수된 편지도 추가되었다.

방대한 분량의 서신을 읽어나가는 과정이 결코 쉽지 않았다. 요안나 반 고흐-봉어르가 편지들을 한 땀 한 땀 정리하는 과정에서 '일부가 누락되더라도 본질은 훼손되지 않을 것'이라고 판단했던 것도 충분히 이해된다. 비록 이에 대한 판단은 다를 수 있지만, 테오 반 고흐의 미망인에게 경의를 표하지 않을 수 없다. 시아주버님이 남편에게 보냈던 편지들을 보관하고 연구해서 분류한 사람이 바로 그녀였기 때문이다. 그리고 그녀의 노력 덕분에 1914년 네덜란드에서 처음으로 서간집이 세상의 빛을 보게 되었다.

빈센트는 편지를 쓸 때 모국어인 네덜란드어에 영어와 프랑스어까지, 3개의 언어를 문법적으로 엄격히 구분하지 않고 사용했다. 그래서 그의 편지를 읽다 보면 네덜란드어에 없는 영어나 프랑스어 표현을 그대로 네덜란드어로 직역해 쓴 경우가 흔히 보인다. 굳이 이 책에서 그 부분까지 짚어주진 않겠고, 더욱이 이 책은 비평서가 아니다. 이 책은 원문에서 출발해야 하기에 빈센트 빌럼 반 고흐 씨(테오와 요안나의 아들이자, 빈센트의 조카)가 경애심을 가지고 편집하고 출간한 『빈센트 반 고흐 탄생 100주년 기념판(이후 『100주년 기념판』으로 지칭)』을 참고했다. 다각도의 연구에도 불구하고 여전히 빈센트의 삶에 풀리지 않은 부분이 남아 있는 건, 그가 일부 중요한 사실들을 의도적으로 숨긴 탓이다. 그리고 그로 인해 이 책의 편집 과정 또한 쉽지 않았다.

이 책을 엮어내기까지 편집진이 고민한 부분은 단 한 가지였다. 최대한 사족을 줄이는 것. 최대한 글이 스스로 이야기하도록 하는 것. 우리가 소개하는 것은 하나의 자료일 뿐, 해석은 이 자료를 읽는 독자 개개인의 몫이리라. 독자들이 인위적인 활자의 개입으로 방해받지 않고 빈센트 반 고흐의 생각을 오롯이 접할 수 있도록 하겠다는 고민 끝에 그렇게 결정했다. 그렇기 때문에 혹여 잘 이해가 가지 않거나 혹은 부정확하거나 오류로 추정되는 대목이 눈에 띄더라도, 이런 맥락으로 이해해주기 바란다.

사실, 독자들도 빈센트의 글을 따라가다 보면, 3개의 언어가 복잡하게 섞여 있음을 느낀다. 다시 말하면, 그는 3개의 언어 중 어느 언어도 완벽히 구사하지 못했다.

루이 로엘랑트는 빈센트와 판 라파르트가 주고받은 편지를 모은 서간집(1950년 그라세 출간) 프랑스어판 서문에 이렇게 쓴다. "빈센트 반 고흐의 글을 읽다 보면 때로는 읽기 민망할 정도로 수많은 맞춤법 오류와 문법적 오류를 접하거나, 구두점을 제대로 사용하지 못해 이해에 방해가 되는 문장과 마주친다……. 빈센트는 종종 자신의 편지에 프랑스어식 혹은 영어식 표현을 네덜란드어에 그대로 가져다 쓰기도 하고, 남의 글을 인용할 때도 자신의 방식대로 옮기는 경우가 적지 않았다……. 하지만 그런 건 그리 중요한 게 아니다! 그의 편지는 그 자체로 인류 문화유산이기 때문이다……."

그가 거칠고 부정확한 프랑스어로 편지를 작성했던 건 어찌 보면 당연하다. 오히려 놀라운 건, 그의 모국어 실력 역시 완벽하지 않았다는 사실이다. 모리스 베이르블록의 설명에 따르면 "빈센트가 구사하는 네덜란드어는 그가 어린 시절을 보냈던 브라반트 지역 주민들이 사용하는 구어에 가까우며 독일어 어법에 영향을 받은 표현을 빈번하게 사용한다. 게다가 어떤 경우에는 개인적인 의미를 담은 단어를 사용할 때도 있다"고 한다.

이런 특수성 때문에 빈센트 반 고흐의 편지를 프랑스어로 옮긴 번역가 베이르블록과 로엘랑트는 번역 과정에서 수많은 장애물을 뛰어넘어야 했으니, 이 같은 난제를 극복하고 이런 결과물을 만들어낸 두 사람의 노고에 감사를 표한다. 그렇기 때문에 프랑스 독자들은 혹여 난해한 문장을 접하게 되더라도, 애초에 빈센트의 생각과 의도를 왜곡하지 않고 오롯이 풀어낸다는 게 불가능했다는 사실을 기억해주길 바란다.

또한 여러 통의 편지에서 동일한 생각이, 동일한 형태와 동일한 방식으로 표현되는 것도 못마땅하게 여기지 않았으면 한다. 왜냐하면 편지를 통한 기나긴 고백에서 빈센트는 자신의 삶에서 특정 순간에 느끼는 부분들을 집착에 가까울 정도로 반복적으로 파고들어 설명했기 때문이다. 미적인 열정은 물론 그림 기법에 관한 연구, 감정적인 기복, 심지어 원인 모를 발작 증상에 관해서도 고집스럽게 파고들었다.

빈센트에게 있어 편지는 꼭 써야만 하는 필연적인 행위였다. 그토록 열정적으로 매달렸던 그림만으로는 부족했다. 그는 친구와 동료, 그리고 동생 테오에게 전하고 싶은 말을 큰소리로, 그리고 반복적으로 외쳐야만 했다. 그래서 1872년부터 1890년까지 650통이 넘는 편지를 썼다.

그렇다면 그가 쓴 모든 편지가 이 3권에 모두 소개되었다고 할 수 있을까? 그건 아무도 장담할 수 없다. 왜냐하면 필자 역시 『100주년 기념판』에 수록되지 않았던 빈센트의 편지 3통을 우연한 기회에, 로베르 레이 씨에게 건네받아 이 책에 소개했기 때문이다. 필자는 네덜란드에서 출간된 『100주년 기념판』이 빈센트의 편지를 의도적으로 누락한 불완전한 판본이라는 주장에 대한 해답을 찾을 수 있을까 하는 마음으로, 테오의 아들이자 『100주년 기념판』을 주도적으로 펴낸 빈센트 빌럼 반 고흐 씨에게 입장을 문의했다. 그리고 단호한 답변을 받았다.

> "확인해드릴 수 있는 부분은, 원칙적으로는 빈센트 큰아버지의 모든 편지를 다 수록했다는 사실입니다."
>
> "그런 주장은 저도 들었습니다만, 사실이 아닙니다. 선생이 알려주신 편지의 경우처럼 저도 모르고 있던 편지가 발견되는 경우는 간혹 있습니다. 제 어머니가 편지에 드러나지 않은 내용을 기술한 부분들은, 어머니가 다른 가족들의 육성 증언을 통해 알게 되신 내용들입니다."
>
> "제가 알고 있는 편지는 『100주년 기념판』에 모두 수록되었고, 의도적으로 삭제된 부분도 없는 것으로 압니다. 이와 다른 주장들은 모두 허위입니다."

프랑스 독자들에게 처음으로 소개하는 이 서간집은 지금까지 알려진 빈센트의 모든 편지가 수록되었다. 이 책은 1953년 빈센트 반 고흐 탄생 100주년을 기념하기 위해 네덜란드에서 4권으로 엮어 출간한 기념비적인 판본이 없었다면 세상의 빛을 볼 수 없었을 것이다. 이 4권을 바탕으로 연구를 심화하고 번역작업을 진행했다.

하지만 여러 면에서 차별점도 있다. 우선 『100주년 기념판』에서는 판 라파르트, 에밀 베르나르, 빌레미나에게 보낸 편지를 '테오에게 보낸 편지들' 뒤에 따로 묶어서 소개한 반면, 이 책에서는 모든 편지를 최대한 연대기적인 순서로 분류해 수록했다. 또한 휠스커르 박사의 연구를 참고해서 테오에게 보낸 편지의 일부는 순서를 변경하기도 했다.

이어지는 편지 자체가 지닌 중요성만으로도 충분하기 때문에 주석이나 부가적인 설명을 추가해 내용의 흐름을 방해할 필요가 없다고 판단했다.

또『100주년 기념판』에 수록되지 않았던 편지 7통을 추가했다. 필자가 입수한 테오에게 보낸 편지 3통(514a, 558a, 559a), 최근 V. W. 반 고흐 씨가 입수한 2통(37a와 39b), 그리고 1955년 2권으로 재출간된『100주년 기념판』의 부록에 수록된 동료 화가 보슈에게 보낸 편지(553b)와 옥타브 모에게 보낸 편지(614a)다.

편지 앞에 붙는 번호는 네덜란드 판본을 따랐고, 작성된 언어를 '네(네덜란드어), 프(프랑스어), 영(영어)'으로 덧붙여 표시했다. 또한 수신인이 테오가 아닌 편지는 번호 앞에 '라(판 라파르트), 베(에밀 베르나르. 단 베22는 폴 고갱에게 보내는 편지였다), 빌(빌레미나 반 고흐)'로 표시해 구분하였다.

이 책을 엮어내기까지 도움과 조언을 아끼지 않았던 모든 분들, 무엇보다 번역을 맡아준 루이 로엘랑트와 모리스 베이르블록 씨에게 감사한다. 또한 엔지니어 빈센트 반 고흐 선생, 앙리 페뤼쇼 씨, 반 고흐 국제 기록 보관소의 마르크 트랄보 소장, 네덜란드 교육예술과학부 미술 국장, J. 휠스커르 박사님에게도 깊은 감사를 표한다.

조르주 샤랑솔(기자, 예술 비평가)

빈센트 반 고흐(목사)
Vincent van Gogh
(1789 - 1874)

헨드릭(일명 '헤인')
Hendrik Vincent van Gogh,
'Hein' (1814 - 1877)

요하네스('얀')
Johannes van Gogh,
'Jan' (1817 - 1885)

빈센트('센트')
Vincent van Gogh,
'Cent' (1820 - 1888)

빈센트 반 고흐
Vincent Willem van Gogh
(1853. 3. 30 - 1890. 7. 29)

아나
Anna Cornelia van Gogh
(1855. 2. 17 - 1930)

테오
Theodorus van Gogh
(1857. 5. 1 - 1891)

요안나
Jo Bonger
(1862 - 1925)

빈센트
Vincent Willem van Gogh (1890 - 1978)

테오도뤼스
Theodorus van Gogh
(1822. 2. 8 - 1885. 3. 26)

아나 카르벤튀스
Anna Cornelia Carbentus
(1819. 9. 10 - 1907)

코르넬뤼스('코르')
Cornelis Marinus van Gogh,
'Cor' (1826 - 1908)

엘리자벳('리스')
Elisabeth Huberta van Gogh
(1859 - 1936)

빌레미나('빌')
Willemien Jacoba van Gogh
(1862 - 1941)

코르넬뤼스
Cornelis Vincent van Gogh
(1867. 5. 17 - 1900)

자화상 혹은 테오의 초상화
Self-portrait or Portait of Theo van Gogh
파리, 1887년 3~4월
마분지에 유화, 19×14.1cm
암스테르담, 반 고흐 미술관

이젤 앞에 있는 자화상
Self-Portrait in Front of the Easel
파리, 1888년 초
캔버스에 유채, 65.5×50.5cm
암스테르담, 반 고흐 미술관

담뱃대가 놓인 빈센트의 의자
Vincent's Chair with His Pipe
아를, 1888년 12월, 캔버스에 유채, 93×73.5cm
런던, 내셔널 갤러리

폴 고갱의 의자

Paul Gauguin's Armchair

아를, 1888년 12월, 캔버스에 유채, 90.5×72.5cm

암스테르담, 반 고흐 미술관

Vincent
Sorrow

옆

슬픔
Sorrow
종이에 석판화, 1882년, 49.9×38.8cm
암스테르담, 반 고흐 미술관

지친 노인
Worn out, 1882년
종이에 펜, 50.4×31.6cm

슬퍼하는 노인(영원의 문턱에서)
Old Man in Sorrow (On the Threshold of Eternity)
생레미, 1890년 4~5월
캔버스에 유채, 81×65cm
오테를로, 크뢸러 뮐러 미술관

옆

뜨개질하는 여인
Scheveningen Woman Knitting
1881년, 수채화, 51×35cm
개인 소장

바느질하는 여인
Scheveningen Woman Knitting
1882년, 수채화, 48×35cm
암스테르담, 반 고흐 미술관

스헤베닝언의 여인
Scheveningen Woman
1881년, 수채화, 23.4×9.8cm
암스테르담, 반 고흐 미술관

모래언덕에서 그물을 고치는 여자들
Women Mending Nets in the Dunes
헤이그, 1882년 8월
패널 위 종이에 유채, 42×62.5cm
몬트리올, 프랑수아 오테르마트 컬렉션

화가의 작업실에서 본 목수의 작업장
Carpenter's Workshop Seen from the Artist's Studio, 1882년
연필, 펜, 붓, 28.5×47cm

양배추와 나막신이 있는 정물
Still Life with Cabbage and Clogs
에텐, 1881년 12월
패널 위 종이에 유채, 14.5×55cm
암스테르담, 반 고흐 미술관

고요한 날씨의 스헤베닝언 해변
Beach at Scheveningen in Calm Weather
헤이그, 1882년 8월
패널 위 종이에 유채, 35.5×49.5cm
위노나, 미네소타 해양미술관

복권판매소
The State Lottery Office
헤이그, 1882년 9월
수채화, 38×57cm
암스테르담, 반 고흐 미술관

차례

Den Haag

1

네덜란드

/

헤이그

1872년 8월

/

1873년 5월

'반 고흐'라는 성(姓)은 독일 접경 지역의 소도시 '고흐Gogh'에서 온 것으로 추정되는데, 16세기에 이미 네덜란드에 정착했던 것으로 보인다.

18세기 초에 다비드 반 고흐David van Gogh가 헤이그에 정착했다. 그의 차남 빈센트 반 고흐(1729~1802)는 스위스 근위병이 되었다가 파리로 가서 조각가로 활동했는데, 평생 독신으로 지내서 유산을 조카 요하네스Johannes van Gogh(1763~1840)에게 물려주었다.

그 덕분에 요하네스의 아들 빈센트 반 고흐(1789~1874. 화가 빈센트의 조부)는 레이던Leiden 대학에서 신학을 공부하고 칼뱅파 개신교 목사가 되었다. 거의 평생을 브레다Breda에서 목회를 했고, 라틴어 등 학문 분야에서도 최고의 지성으로 꼽히며 대단히 존경받는 삶을 살았다. 자녀는 12명을 낳았다가 유아기에 딸 1명이 죽고 11명을 키웠는데, 서로 보듬고 도우며 가깝게 지내는 따뜻한 가족이었다.

아들들 역시 사회적으로 꽤 성공했다. 장남 헨드릭Hendrick Vincent van Gogh(일명 '헤인')은 로테르담에서 미술상으로 활동하다가 브뤼셀로 옮겨갔다.

차남 요하네스('얀')는 해군에 입대해 중장까지 오른 인물로, 암스테르담의 해군조선소 내 관사에 거주할 때 조카 빈센트가 머물며 신학대학 입시를 준비할 수 있게 도와주었다.

삼남 빈센트('센트')는 어린 시절 몸이 너무 약해서 대학 진학에는 실패했지만, 헤이그에 복제화 판매점을 열어서 2년 만에 유럽에서 유명한 아트 갤러리로 성장시켰다. 당대 미술계에서 대단히 지적이고 유능하고 위트 넘치는 거물에게 파리의 구필Goupil 화랑이 합병을 제의했다. 그는 합병 직후에 헤이그 지점을 테르스테이흐Tersteeg에게 맡겼고(구필 화랑은 나중에 부소Bousood – 발라동Valadon 화랑으로 흡수된다), 자신은 은퇴해서 건강 문제로 프린센하허Princenhage의 집(브레다와 쥔더르트의 중간쯤 되는 시골. 갤러리처럼 꾸며서, 빈센트와 테오가 이곳에서 미술에 눈을 떴다)과 남프랑스 망통Menton의 별장과 파리 사무실을 오가며 생활했다.

막내 코르넬뤼스 마리누스Cornelis Marinus van Gogh('코르' 혹은 'C. M.')도 암스테르담에서 꽤 유명한 'C. M. van Gogh' 서점과 갤러리를 운영했다.

사남 테오도뤼스Theodorus van Gogh(빈센트의 아버지. 1822. 2. 8~1885. 3. 26)만 위트레흐트 대학에서 신학을 전공해 부친의 직업을 이었고, 1849년 벨기에와 네덜란드 접경지인 브라반트 지역의 소도시 호르트 쥔더르트Groot-Zundert에서 목회 활동을 시작했다. 그는 성품이 자애롭고 외모도 준수해서 '미남 목사'로 불릴 정도로 신도들과 가족의 사랑을 받았지만, 설교에는 재능이 없어서 브라반트 시골(쥔더르트, 에턴, 헬보이르트, 뉘넌)로만 부임지를 옮겨 다녀야 했다. 1851년에 3살 연상의 아나 코르넬리아 카르벤튀스Anna Cornelia Carbentus와 결혼했다(아나의 큰언니는 암스테르담의 성직자 스트리커르와 결혼했다). 아나는 제본소집의 막내딸답게 글쓰기에 재능이 탁월했고, 자녀들에게 자주 편지를 썼다. 1852년 3월 30일에 첫아들을 낳았으나 사산되었고, 비교적 늦은 나이에 얻은 아이의 죽음에 크게 상심했다. 그래서인지 정확히 1년 후에 태어난 아들에게 죽은 아이에게 주었던 이름을 그대로 붙였으니, 조부와 외조부의 이름을 딴 '빈센트 빌럼 반 고흐'였다.

빈센트 빌럼 반 고흐Vincent Vilem van Gogh(1853. 3. 30~1890. 7. 29)는 호르트 쥔더르트의 작은 목사관에서 3남 3녀의 맏이로 태어났다. 2년 뒤에 여동생 아나(1855~1930)가, 다시 2년 뒤에 평생의 친구가 될 테오도르(1857. 5. 1~1891)가 태어났다. 그 뒤로 엘리자벳(1859~1936), 빌레미나(1862~1941), 막내 코르넬뤼스(1867~1900)가 있다.

빈센트는 매우 끈질긴 의지며, 눈썹 아래로 쏘아보는 듯한 시선이며, 외모와 성격이 모두 아버지보다 어머니를 닮았다. 부모 모두 금발이었지만 빈센트의 머리카락은 붉은 기가 돌았고, 중간 정도의 키에 어깨가 넓었다. 형제들 중에서 유독 성격이 까다로워서 동생들과 잘 어울려 놀지 않았고, 4살 어린 동생 테오가 부드럽고 섬세한 성품이어서 형제들 사이를 중재하곤 했다. 밀밭, 솔숲, 황야 등 브라반트 시골 풍경 속을 홀로 이리저리 거닐거나 그것을 수첩에 그림으로 끄적이며 자연에 대한 깊은 사랑을 키웠고, 온갖 동식물을 수집했다.

12세에(1864. 10) 아버지가 로센달과 도르드레흐트 중간에 있는 제벤베르헌의 프로필리 기숙학교에 보냈다. 책은 많이 읽었지만, 성적은 좋지 못했다. 2년 후(1866. 9) 틸뷔르흐의 제2빌럼 왕립고등학교로 전학을 가서 다시 2년을 보낸 후, 부모님의 결정에 따라 학교를 그만두었다. 어려운 가정 형편 등의 이유로 더 이상의 학업은 무의미하다고 판단했기 때문이다.

테오도뤼스 목사는 프린센하허에서 전원생활을 하던 가장 친한 형과 상의했고, 센트 큰아버지는 16세의 어린 조카 빈센트를 '구필 화랑 헤이그 지점'에 취직시켰다(1869. 8. 1). 당시 화랑의 주업무는 명화의 복제화 판매였는데, 빈센트는 이 일에 매우 흥미를 보였고 열정적으로 일해서 테르스테이흐 지점장에게 "매우 근면 성실하고 학구적이며 열정적인 젊은이"라는 칭찬을 듣는다. 이때 델프트 지역 비슈텐마크트Beestenmarkt에 사는 먼 친척 루스 씨 집에서 하숙하며, 외가쪽 친척들과 두루 교류한다(하네베이크 이모부와 소피 이모 등등. 소피 이모의 세 딸들 중에서 둘이 각각 화가 안톤 마우베와 화가 르콤테와 결혼했다).

3년 후(1872. 8) 여름 휴가를 보내러 아버지의 새 부임지인 헬보이르트로 갔을 때, 빈센트는 집안 형편이 더 어려워져서 테오도 학교를 그만두고 취직할 것이라는 말을 들었다. 형은 어린 동생을 염려했고, 형제는 서로를 보듬으며 각별한 우정을 키우기 시작했다. 얼마 후 방학을 맞이한 테오가 헤이그의 형 하숙집에 놀러갔는데, 이때 빈센트가 테오에게 보냈던 글이 이 기나긴 서신집의 첫번째 편지다. 테오는 이듬해(1873. 1) 학교를 그만두고 역시나 센트 큰아버지의 주선으로 슈미트 지점장이 맡고 있는 '구필 화랑 브뤼셀 지점'에 입사했다.

1네 ____ 1872년 9월 29일(일)*

테오에게

편지 고맙게 받았어. 네가 집에 무사히 도착했다니 기쁘구나. 떠난 첫날부터 네가 그립더니 오후에 집에 돌아왔을 때는 네 빈자리가 이루 말할 수 없이 허전하더라.

정말 즐거운 시간을 같이 보냈어, 그렇지? 비를 맞은 날도 있지만, 기회가 생길 때마다 여기저기서 이것저것을 보았으니까 말이야.

이 끔찍한 날씨에 오이스테르베이크Oisterwijk**까지 오가야 하니 참 힘들겠구나. 어제 전시회를 기념하는 마차 경주가 열렸지만 궂은 날씨 탓에 점등식과 불꽃놀이는 미뤄졌어. 그걸 본다고 네가 계속 머물지 않은 게 다행이지. 하네베이크Haanebeek 씨와 루스Roos 씨 가족***이 네게 안부 전한다.

너를 사랑하는 형, 빈센트

2네 ____ 1872년 12월 13일(금)

테오에게

아버지 편지에 좋은 소식이 있더라. 진심으로 네게 행운을 빈다.****

내가 장담하는데 너도 이 일을 좋아할 거야. 정말 괜찮은 일이거든! 네게 정말 큰 변화가 될 거야. 우리 형제가 같은 일을, 그것도 같은 직장에서 할 수 있게 되다니 정말 기뻐. 앞으로는 더 자주 편지 주고받자.

네가 떠나기 전에 한 번 더 볼 수 있으면 좋겠는데! 만나면 할 이야기가 끝도 없겠어. 브뤼셀은 제법 괜찮은 도시지만 아마 처음에는 낯설 거야. 어쨌든 또 편지해라.

잘 지내! 급하게 몇 자만 적어 보내지만, 네가 보내주는 소식이 얼마나 반가운지는 몇 번을 강조해도 모자랄 거야. 행운을 빈다. 내 말 명심하고.

너를 사랑하는 형, 빈센트

* 빈센트(19세)가 헤이그의 구필 화랑에서 일한 지 3년이 지났을 때, 동생 테오(15세)가 역시 학업 중단 및 취업을 결정하고 방학을 맞아 헤이그로 찾아와 며칠을 머물렀다. 빈센트는 자신과 같은 길을 걷게 된 동생에 대해 애틋함을 느꼈다. 형제는 마우리츠하이스 미술관을 구경하고, 스헤베닝언 바닷가에 가고, 폭우 속에서 라이스바이크에 이르는 수로를 따라 걷다가, 풍차 앞에 멈춰서서 우유를 마시며 서로에게 영원한 친구가 되어주기로 약속했다.

** 아버지 부임지인 헬보이르트 근교 지역. 거리가 꽤 되었는데, 테오는 이곳 학교까지 걸어서 통학했다.

*** 두 집안 모두 반 고흐 집안과 친척 관계다. 당시 빈센트가 루스 씨 집에서 하숙을 했다.

**** 테오의 직장이 결정되었다는 소식이었다. 이듬해인 1873년 1월 1일부터 '구필 화랑 브뤼셀 지점'에 직원으로 가기로 했는데, 이곳은 헤인 큰아버지가 운영했던 곳으로 당시 지점장은 슈미트 씨였다.

이렇게 궂은 날씨에도 매일 같이 오이스테르베이크까지 왕복해야 하는 네가 안쓰럽다. 루스 씨 가족이 안부 전한다.

3네 ____ 1873년 1월 18일(토)

테오에게

집에서 소식 들었다. 브뤼셀에 무사히 도착했고 브뤼셀에 대한 첫인상이 좋았다더구나.

처음에는 모든 게 낯설 거라는 거, 내가 누구보다 잘 알지. 하지만 용기를 잃지 말고 잘 버텨라. 넌 분명히 잘해낼 거야.

어떻게 지내는지, 거처는 마음에 드는지 등등 네 소식들 빨리 알려줘. 무엇보다 거처가 마음에 들어야 할 텐데. 아버지 말씀이 슈미트 씨와 잘 지낸다던데, 다행이야. 좋은 분 같던데, 일도 많이 가르쳐주실 게다.

함께 보냈던 크리스마스가 얼마나 행복했던지! 요새도 자주 떠올리곤 한다. 너도 오래 기억나겠지. 네가 집에서 보낸 마지막 연휴였으니 더더욱 말이야. 편지할 때마다 무슨 그림을 봤는지, 가장 마음에 드는 건 뭔지, 꼭 적어줘야 한다.

나는 연초라서 할 일이 무척 많네.

올해는 시작부터 꽤 괜찮아. 월급이 10플로린 올라서 매달 50플로린을 받게 된 데다, 상여금으로 50플로린을 더 받았거든. 근사하지 않니? 어서 경제적으로 자립하는 날이 왔으면 좋겠다.

네가 나와 같은 분야에서 일하게 된 것이 정말 기뻐. 아주 멋진 직장이지! 오래 일할수록 흥미와 열정도 따라 커질 거야.

처음에는 아마 다른 일에 비해 훨씬 힘에 부칠 텐데, 마음을 다하면 꼭 해낼 수 있어.

슈미트 씨에게 에밀 베르니에Émile Vernier가 만든 *〈코로Jean-Baptiste Camille Corot* 작품집〉 석판화 복제화*** 가격 좀 물어봐 줄래? 어느 고객이 구입하겠다고 찾아왔는데, 그건 브뤼셀 지점에 있거든. 다음 편지에는 내 사진도 같이 보내줄게. 지난 일요일에 찍었어. 뒤칼 궁Palais Ducal은 가봤니? 시간 내서 꼭 가봐.

그나저나 헤인 큰아버지 건강은 좀 어떠시니?*** 마음이 많이 아프다. 진심으로 하루속히 쾌차하셨으면 하는 바람이야. 큰아버지 큰어머니 두 분 모두에게 안부인사 전해드려라.

센트 큰아버지는 브뤼셀에 들르셨나 모르겠네.

* 장 밥티스트 카미유 코로(1796~1875). 바르비종파 화가. '바람소리가 들리는 풍경화를 그렸다'고 평가받는다.

** 당시 화랑들은 그림 원화를 판화로 제작한 '복제화'를 사고파는 일을 주로 했다.

*** 헤인 큰아버지는 원인 불명의 소모성 질환을 앓고 있었다.

아무튼, 아우야, 건강하고 씩씩하게 지내라. 이곳의 지인들 모두가 네게 안부 전하면서 네 밝은 앞날을 기도하고 있어. 슈미트 씨와 에두아르에게 안부 전하고, 곧 또 편지해라. Adieu.*

너를 사랑하는 형, 빈센트

내 주소는 알지? Lange Beestenmarkt 32, 아니면 Goupil & Cie, Plaats.로 보내.

4네 ___ 1873년 1월 28일(화)

테오에게

이렇게 빨리 답을 주니 좋구나. 브뤼셀도 좋고 하숙집도 만족스럽다니 나도 기쁘다. 기죽지마. 때론 너무 힘들 때도 있겠지만 시간이 지나면 다 잘 풀릴 거야. 처음부터 원하는 대로 술술 풀리는 사람은 이 세상에 아무도 없어.

헤인 큰아버지 건강이 염려된다. 진심으로 얼른 회복하셨으면 좋겠는데, 테오야, 그렇게 안 될까 봐 걱정돼. 지난여름만 해도 대단히 열정적으로 일하셨는데. 이것저것 계획도 많았고 사업이 잘된다고 말씀하셨던 터라, 더더욱 안타깝다.

지난 일요일에 코르 작은아버지 댁에 가서 아주 즐거운 하루를 보냈다. 네 예상대로 아름다움을 눈에 많이 담았지. 너도 알다시피, 최근 파리에 다녀오시면서 근사한 유화와 데생 작품들을 가져오셨거든. 나는 월요일 아침까지 암스테르담에 머물면서 미술관들을 다시 돌았어. 암스테르담에서 트리펜하위스Trippenhuis** 말고 큰 미술관을 새로 지을 계획이라는 거, 넌 알았니? 아주 잘됐어. 트리펜하위스는 규모도 작은 데다 그림들이 걸린 방식도 형편없어서 제대로 감상하기가 아주 힘들었거든.

클뤼스나르Alfred Jean André Cluysenaar 그림을 얼마나 보고 싶은지 모르겠다! 몇 점밖에 못 봤는데도 무척 좋아졌거든. 혹시 다른 그림은 알프레드 스티븐스Alfred Stevens 작품이니? 스티븐스가 아니었나, 성은 헷갈리네. 로타Antonio Rotta의 복제화는 나도 잘 알아. 브뤼셀 전시회에서 원화를 직접 봤거든. 언제든 네가 무슨 작품들을 봤는지 편지해주면 기쁠 것 같다.

네가 보내준 작품집은 제목부터 달라. 내가 말한 건 코로의 석판화 복제화만 수록된 작품집이거든. 그래도 이걸 구하느라 애썼을 널 생각하면 정말 고맙구나.

아나***에게 곧 편지가 오겠지. 답장이 꼭 늦는 아이잖아. 언제 네가 편지 한번 써서 깜짝 놀

* 빈센트는 네덜란드어 편지에도 종종 프랑스어 작별인사 'Adieu(잘 있어)'로 끝을 맺었고, 'a Dieu(주님에게로)'라는 변형된 형태도 자주 썼다. 빈센트만의 독특한 글쓰기 버릇이기에, 이 책에서는 이 인사말은 원어를 살려서 표기한다.

** 1889년 현재의 국립박물관(Rijksmuseum)이 지어지기 전의, 옛 암스테르담 박물관

*** 빈센트의 바로 아랫동생이자 장녀. 당시에 네덜란드 북부 레이우아르던(Leeuwarden)의 기숙학교에 가 있었다.

라게 해줘라. 아주 반가워할 게다. 물론 너도 많이 바쁘겠지만, 그러면 재미있지 않겠니?

여긴 제법 춥다. 벌써부터 물에 잠긴 들판에서 사람들이 스케이트를 타. 난 시간이 나는 대로 여기저기 산책을 다니며 지내. 네가 스케이트 타러 올 짬을 낼 수 있을지 모르겠다. 내 사진 동봉한다. 다만 집에는 아무 말 말아라. 짐작하겠지만 아버지 생신 선물로 보낼 생각이거든.

큰아버지와 큰어머니, 슈미트 씨와 에두아르, 모두에게 안부인사 전해다오.

너를 사랑하는 형, 빈센트

하네베이크 이모부 가족, 피에 이모님 가족, 루스 씨 가족, 모두가 네게 따뜻한 인사 전한다. 잘 있어라. 행운을 빈다!

5네 ___ 1873년 3월 17일(월)

테오에게

내 소식을 전할 때가 된 것 같아 펜을 들었다. 너와 헤인 큰아버지 근황이 너무 궁금하니, 시간 될 때 편지해 주면 좋겠다.

나의 런던행 소식은 이미 들었지? 아주 촉박할 것 같다. 그래서 정말이지 그 전에 널 꼭 다시 보고 싶은 마음, 간절하다. 시간만 있으면 부활절에 헬보이르트에 가겠는데, 이테르손*이 출장에서 뭘 가지고 오느냐에 달렸어. 그 친구가 돌아오기 전까지는 자리를 비울 수 없거든.

런던 생활은 내게 꽤나 색다른 경험이 될 거야. 아무래도 단칸방에서 혼자 지내면서 이제껏 별로 신경쓰지 않았던 일들까지 돌보며 살아야 할 테니까.

물론 네 짐작대로 난 당장이라도 런던에 가보고 싶은 마음이지만, 한편으로는 헤이그를 떠나는 게 아쉽기도 해. 떠나야 한다고 결심한 지금에서야 비로소 내가 얼마나 헤이그에 정을 붙이고 있었는지 새삼 깨달아. 뭐, 기왕에 가게 되었으니, 크게 마음에 담아두진 않을 작정이다. 내 영어 실력을 끌어올리기에도 좋은 기회야. 영어를 그럭저럭 이해는 잘하는데, 하고 싶은 말은 원하는 만큼 나오지가 않거든.

아나가 말해줬는데, 너도 사진을 찍었다면서? 혹시 한 장 여분이 있다면 내게도 보내주렴.

헤인 큰아버지는 어떠셔? 필시 호전되시진 않았겠지. 큰어머니는 또 어떠시니? 큰아버지가 스스로 거동은 하시는지, 많이 힘들지는 않으신지 걱정이다. 두 분께 꼭 내 안부인사 전해드려라. 항상 두 분 생각하고 있다고 말이야. 화랑 일은 또 어떤지 궁금하다. 틀림없이 업무가 많겠지. 그런데 그건 여기도 마찬가지다. 이제 대충은 일에 적응했을 것 같구나.

* 구필 화랑 헤이그 지점의 동료 직원

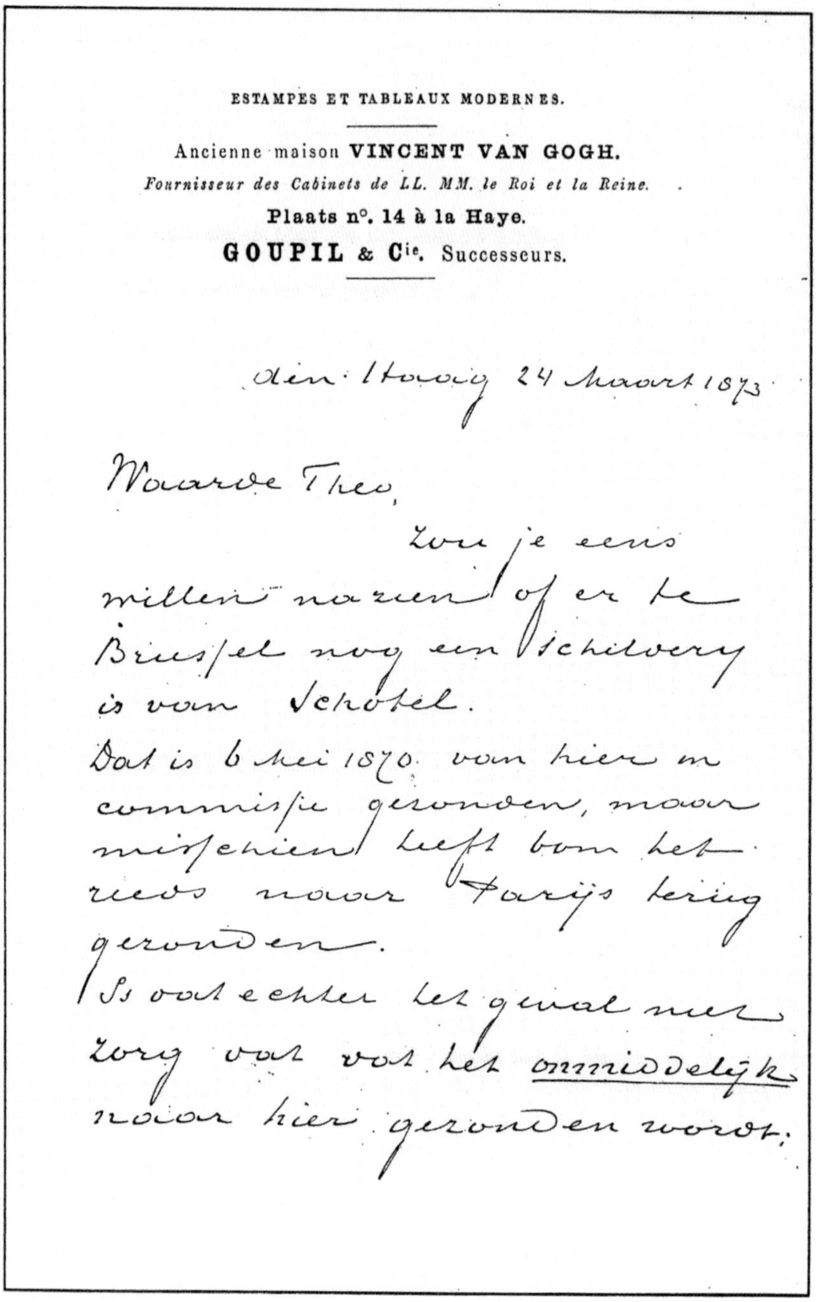

ESTAMPES ET TABLEAUX MODERNES.

Ancienne maison **VINCENT VAN GOGH.**

Fournisseur des Cabinets de LL. MM. le Roi et la Reine.

Plaats n°. 14 à la Haye.

GOUPIL & Cie. Successeurs.

den Haag 24 Maart 1873

Waarde Theo,

Zou je eens willen nazien of er te Brussel nog een schildery is van Schotel.
Dat is 6 Mei 1870 van hier in commissie gezonden, maar misschien heeft men het reeds naar Parijs terug gezonden.
Is dat echter het geval niet zorg dat dat het onmiddelijk naar hier gezonden wordt;

하숙집 생활은 어때? 여전히 마음에 드니? 그건 중요하거든. *네가 본 작품들에 대해 더 많이 말해주면 좋겠다.* 보름 전 일요일에 곧 빈으로 옮겨질 그림들을 보러 암스테르담의 전시장에 갔었어. 아주 흥미롭더라. 네덜란드 그림들이 빈 사람들에게 어떤 인상을 줄지 정말 기대가 된다. 영국 화가들도 무척 궁금해. 작품들이 대부분 영국에서만 전시되니까 직접 볼 기회가 거의 없었거든. 구필 화랑 런던 지점에는 전시실을 따로 두지 않고 미술상들에게만 판매하지. 센트 큰아버지가 월말에 이리 오신다는데 그편에 이것저것 궁금한 걸 여쭤볼 생각에 들떠 있단다.

하네베이크 이모부 가족들과 피에 이모께서 뵐 때마다 네 안부를 물으신다.

요새 이곳 날씨가 얼마나 좋은지! 한껏 즐기고 있어. 지난 일요일에는 빌렘*과 함께 나가서 배를 탔어. 솔직히 여름까지는 여기 있는 게 좋은데. 하지만 세상사를 받아들이기도 해야 하는 법이지. 이만 작별 인사 전한다. 잘 지내고, 곧 편지해라. 큰아버지 큰어머니께 내 안부 인사 전해드리고, 슈미트 씨와 에두아르에게도 안부 전해주렴. 어서 부활절이 왔으면 좋겠구나.

너를 사랑하는 형, 빈센트

테오야, 다시 한 번 강력하게 권하는데 파이프 담배를 피워봐. 지금처럼 궂은 날씨가 이어질 때면 기분이 우울해지는데, 그럴 때 큰 도움이 되더라고.

방금 네 편지 받았어. 고맙다. 사진이 아주 마음에 든다. 참 잘 나왔어. 헬보이르트에 갈 날짜가 잡히는 대로 즉시 알려줄게. 우리가 같은 날 도착하면 얼마나 좋을까. Adieu.

6네 ___ 1873년 3월 24일(월)

테오에게

혹시 브뤼셀 지점에 스호텔Johannes Christianus Schotel 회화가 아직 남아 있는지 알아봐줄래? 여기서 1870년 5월 6일에 위탁판매로 거기로 발송했거든. 큰아버지가 이미 파리로 보내셨을 수도 있는데, 그래도 혹시 아직 거기 있다면 *즉시* 반송해줘. 팔 수 있을 것 같은데, 시간이 촉박한 일이라서 말이야. 올여름까지만 해도 내가 너희 지점에서 봤으니, 아직 거기 있을 것 같아.

큰아버지, 큰어머니 그리고 슈미트 씨와 에두아르에게 안부 인사 전해주렴.

내 편지는 받았지? Adieu. 좋은 일만 있기를 빈다.

빈센트

* 루스 씨 가족의 친척으로, 빈센트처럼 루스 씨 집에 하숙하고 있었다.

7네 ___ 1873년 5월 5일(월)

테오에게

네 생일을 제때 챙기지 않았다고 화내지 마, 동생아. 많이 축하한다. 올 한해도 네게 좋은 일만 일어나기를, 그리고 갈수록 업무의 성취감과 만족감도 커지기를 바란다.

헤이그에서의 시간이 곧 끝나. 토요일에 집에 들러 인사드리고 일요일에 파리로 떠나려고. 그런데 아무래도 일요일까지 헬보이르트에 붙잡혀 있다가 월요일이나 돼야 떠날 수 있을 것 같은 예감이야. 정확히 몇 시에 브뤼셀을 지나는지 제때 네게 알려주고 싶다만, 정확히 몇 시에 파리에 도착할지 모르니 아무것도 장담할 수 없구나.

큰아버지 큰어머니는 어떠시니? 벌써 이사하셨나 모르겠네.* 조속히 소식 전해주렴. 아래, 내 주소 적을게. 급하게 몇 자 적는 거야. 너도 알겠지만 해야 할 일이 산더미거든. Adieu, 행운을 빈다. 큰아버지와 큰어머니, 슈미트 씨, 에두아르에게도 잊지 말고 안부인사 전해라.

언제나 너를 사랑하는 형, 빈센트

「V. W. Van Gogh, c/o Messers Goupil & C°, 사우샘프턴가 17번지, 스트랜드, 런던」

꼭 'V. W. Van Gogh'로 적어야 해. 안 그러면 그냥 'V'만 쓰시는 센트 큰아버지 우편물과 혼동될 수 있어.

8네 ___ 1873년 5월 9일(금)

테오에게

월요일 오전에 헬보이르트에서 파리행 기차를 타는데 2시 7분에 브뤼셀을 지나갈 예정이야. 시간이 되면 역으로 나올래? 널 보면 정말 기쁠 거야.

깜빡 잊을까 봐 미리 전하는데, 어제 네 사진을 테르스테이흐 씨 사모님께 보여드렸어. 그분도 하나 가지고 계셨으면 하시더라. 혹시 한 장 더 구해서 나한테 보내줄 수 있을까? 지금 당장은 어렵더라도 나중에라도 잊지 말고 생각해주면 좋겠어.

테오야, 여기서는 모두가 얼마나 내게 잘해주는지 몰라. 이들과 헤어지는 게 얼마나 가슴을 쥐어뜯는 일인지 상상이 갈 거야. Adieu, 아우야. 큰아버지 큰어머니께 안부 전한다. 곧 보자!

빈센트

북역이나 중앙역에 나올 수 있을지 한번 궁리해봐라.

* 헤인 큰아버지는 4월 30일자로 브뤼셀 근교 라컨(Laken)으로 이사했다.

19살의 빈센트

Lond

2

영국

/

런던

1873년 6월 18월
/
1875년 5월 18월

빈센트는 구필 화랑 헤이그 지점에서 대단히 열정적으로 일했다. 그래서 화랑 운영진과 센트 큰아버지는 4년 만에 그를 런던 지점으로 승진 발령했다. 테르스테이흐 지점장은 눈부신 추천서를 써주고, 똑같은 내용으로 그의 부모에게도 편지를 보냈다. "갤러리의 모든 사람들이 빈센트와 일하기를 좋아합니다. 그는 예술 애호가이자, 성실한 직원이고, 또한 화가니까요." 부모는 예민한 장남이 첫 직장 생활을 그토록 성공적으로 마무리한 것에 기뻐했다. 테르스테이흐 씨는 이후 브뤼셀 지점의 테오를 불러서 형이 맡았던 업무를 대신하게 했다.

1873년 6월, 런던에 도착한 빈센트는 장밋빛 미래를 꿈꿨다. 센트 큰아버지의 소개로 많은 유력인사들을 만났고, 연봉은 90마르크나 돼서 높은 생활비에도 불구하고 간간이 집에 보내줄 수 있을 정도였다. 진짜 영국 신사처럼 실크해트를 사서 썼고, 교외의 하숙집과 사우스햄튼가의 갤러리들을 매일 여행하듯 오갔다.

처음에는 앵무새 2마리를 키우는 두 명의 부인이 꾸리는 하숙집에 묵었는데, 집은 좋았지만 하숙비가 다소 비쌌다. 그래서 8월에 루아이에 부인네로 옮겼다. 그녀는 남프랑스 출신으로, 부목사의 아내였다가 사별한 후 런던이 좋아서 이사를 왔고, 딸 외제니Eugénie Loyer와 함께 탁아소와 하숙집을 운영하며 살고 있었다. 빈센트는 외제니에게 반했다. 편지에 직접 언급한 적은 없지만, 편지의 문체에서 그 어느 때보다 행복하고 들뜬 기분이 묻어난다.

9월에 지인이 런던에 오는 길에 테오의 소포를 전해주었는데, 헤이그 지점으로 발령을 받고 휴가차 집에 들렀던 테오가 브라반트의 풀과 나뭇잎으로 만든 화환이 들어 있었다. 빈센트가 런던의 하숙집에서도 자신이 사랑했던 숲과 들을 떠올리고 싶어 했기 때문이었다. 그는 런던에서 자신의 방이며 거리 풍경을 틈틈이 스케치해서 집으로 보냈다. 런던에 사는 유명 네덜란드 화가 테이스 마리스Thijs [Matthijs] Maris와도 종종 마주쳤는데, 너무 낯을 가려서 말을 걸지는 못했다.

빈센트는 크리스마스도 외제니의 하숙집에서 즐겁게 보냈다. 1874년 1월에는 월급까지 인상되며 그는 인생에서 최고로 따사롭고 상쾌한 봄을 맞이했다. 그리고 7월에 휴가차 헬보이르트의 집으로 돌아가기 직전쯤 외제니에게 짝사랑을 고백한 듯하다. 그런데 외제니는 빈센트가 오기 전부터 하숙집에 묵고 있던 다른 하숙생과 비밀리에 약혼했다고 털어놓으며 거절했고, 빈센트는 그녀에게 파혼하라고 매달렸다. 이런 일련의 사건은 그가 편지에 처음으로 쓰는 사랑에 대한 암시들이나 미슐레의 인용문 등에서 얼핏 드러날 뿐이다.

첫사랑의 실패로 그는 심하게 변했다. 모범 사원 빈센트의 모습은 순식간에 온데간데없이 사라지고, 집에 돌아온 장남은 비쩍 마르고 말이 없었다. 그런데 빈센트는 자신의 마음속을 완전히 헤집어놓은 심각한 사건에 대해 테오에게는 함구하고 부모에게 털어놓았다. 이때 빈센트가 엄청나게 많은 그림을 그렸는데, 어머니는 "빈센트가 집의 온갖 것을 그리는데, 그림에 대단히 소질이 있다"고 말했다.

부모는 마침 런던에서 직업을 찾으려는 아나를 오빠 빈센트의 귀국길에 동행시켰고, 그가 외제니의 하숙집을 떠나 '켄싱턴 신대로 395번지 담쟁이집'에 머물자 안심했다. 하지만 빈센트는 더 어둡고 황폐한 모습으로 변해갔고, 지나치게 종교에 빠져들었으며 집과의 연락도 끊다시피 했다. 아버지는 다시 센트 형님에게 장남의 고립이 위험 수위이니 사람들과 어울리는 업무로 이동시켜달라고 부탁했고, 이것도 소용이 없자 '런던의 안개 때문'이니 잠시라도 런던을 떠나야 한다고 주장했다. 결국 센트 큰아버지는 9월에 조카를 파리 지점으로 옮겨주었다.

그러나 빈센트는 12월에 멋대로 런던으로 돌아오더니, 똑같은 방을 구해서 묵으며 똑같이 고립된 삶을 살기 시작했다. 아마도 외제니를 다시 만나기 위해서였을 것이다. 점점 그는 '괴짜'처럼 굴었다. 이때 그림에 대한 사랑이 뚝 끊기고 그 대신 엄청난 분량의 책을 읽어댔다. 일에는 아무런 열의를 보이지 않았다. 런던 생활 끝무렵에 르낭의 글을 인용하며 썼던 편지에서 그의 이상이 그때 이미 얼마나 높았던지 알 수 있다(26번 편지). 테오와도 아무 의미 없는 짤막한 쪽지 정도만 드문드문 주고받았다. 빈센트 반 고흐의 어두운 변화를 보여줄 가장 중요한 시기(1874. 8~1875. 2)에는 서신 교환이 아예 중단되었다.

9네 ______ 1873년 6월 13일(금)

테오에게

분명히 네가 내 소식을 궁금해하고 있을 테니, 더 오래 기다리게 해선 안 되겠다 싶더라.

집에서 온 편지로 네 소식은 들었어. 슈미트 씨 댁에서 지내고, 아버지가 한 번 찾아가셨다면서. 이전 거처보다 마음에 드는 곳이면 좋겠구나. 틀림없이 그럴 거야.

난 네 편지를 무척 기다리고 있어. 요즘 네 하루하루는 어떤지 그런 이야기들 속히 전해주렴. 특히나 최근에 어떤 그림들을 봤는지, 동판화나 석판화 등과 관련된 새로운 기법이 나왔는지 말이야. 그런 소식들을 이 형에게 최대한 많이 전해주면 좋겠다. 왜냐하면, 여기서는 그럴 기회가 거의 없거든. 일이라고 해봐야 창고관리가 전부라서.

그래도 전반적으로는 그럭저럭 잘 지낸다. 소개받은 하숙집이 아주 만족스러워. 독일 사람들이 셋이나 사는데, 다들 음악을 좋아해서 피아노를 치며 노래도 부르는 덕에 밤마다 유쾌한 시간을 보내거든. 헤이그에 있을 때처럼 바쁘지는 않아. 오전 9시에 출근했다가 오후 6시에 퇴근하고, 토요일은 오후 4시에 끝나. 런던 교외 지역이라서 비교적 조용하고. 틸뷔르흐* 같은 동네와 분위기가 상당히 비슷해.

파리에서의 나날들은 환상적이었지. 전시회를 비롯해서 루브르나 뤽상부르 미술관 등지에서 만난 아름다운 작품들을 내가 얼마나 즐겼을지 너도 짐작할 거야. 파리 지점들은 짐작했던 것보다 훨씬 크고 훌륭했다. 특히 오페라광장 지점이 그렇더라.**

런던 생활비가 만만치 않아. 하숙비가 일주일에 18실링이나 하는데, 세탁비 별도에 식사도 시내에 나가서 해야 해. 지난 일요일에 오바흐 지점장님과 함께 복스 힐Box Hill에 다녀왔어. 높은 언덕 지대로(런던에서 6시간 걸리는 곳이야), 일부는 백악으로 덮였고 일부는 화양목이 차지하고 있어. 그리고 한쪽에 커다란 떡갈나무 숲이 펼쳐져 있더라. 이곳 시골은 네덜란드나 벨기에와는 차원이 다른 멋이 느껴져. 어딜 가도 커다란 나무와 숲이 조성된 공원을 만날 수 있거든. 누구나 산책을 즐길 수 있지. 성령강림주일에 하숙집 독일 사람들과 가볍게 소풍을 다녀왔는데, 얼마나 돈을 많이 써대는지 앞으로는 같이 어울려 나가지 않을 생각이다.

아버지께 헤인 큰아버지 건강이 호전되었다는 소식 듣고 기뻤다. 큰아버지 큰어머니께 내 안부인사 전하면서 내 근황도 말씀드려라. 슈미트 씨와 에두아르에게도 안부 전하고 곧 편지해. à Dieu. 행운을 빈다.

빈센트

* 빈센트가 중학교를 다녔던 지역

** 구필 화랑 파리 지점은 총 3개였다. 샤프탈로 지점이 본점이고, 2호점이 몽마르트르대로 지점(훗날 테오가 이곳의 지점장이 된다), 마지막이 오페라광장 지점이다.

내 주소야. (c/o) Messers Goupil & Co.
사우샘프턴가 17번지, 스트랜드, 런던

9a네 ____ 1873년 7월 2일(수)

(헤이그의 판 스토큄 하네베이크 가족에게 보낸 편지)

친애하는 여러분에게

안 그래도 여러분에게 얼른 편지를 써야지 생각했는데, 더 이상 시간을 끌면 안 되겠다 싶었습니다. 어떻게 지내세요? 집을 꽤 근사하게 꾸미셨다고 전해들었는데, 참 잘됐습니다. 여러분들 소식이 궁금하니, 시간 날 때 편하게 전해주시면 좋겠습니다.

여긴 모든 게 순조롭습니다. 새롭고 아름다운 것도 많이 보고, 운 좋게 하숙집도 괜찮은 곳을 찾아서 벌써 제 집 같은 기분으로 지냅니다. 그렇다고 헤이그 생활을 잊은 건 아닙니다. 정말이지 지금도 기꺼이, 포턴으로 찾아가 즐거운 저녁 시간을 보내며 새로 꾸민 집 구경을 하고 싶은 마음 간절합니다.

이곳 업무는 그저 재고정리뿐이라서 헤이그에서 하던 일과 전혀 다릅니다. 그래도 곧 적응해 나갈 겁니다. 오후 6시면 퇴근할 수 있어, 산책이나 독서를 하거나 편지를 쓰며 편하게 시간을 쓸 수 있습니다.

하숙집이 있는 동네가 아기자기한 데다 조용하고 정겨워서 런던인 줄 잊고 살 정도입니다. 여기 집들에는 다들 꽃과 나무들을 심은 작은 정원이 있고, 고풍스러운 고딕식 주택이 많이 보입니다. 그래도 아주 한적한 교외까지 가려면 반 시간은 걸어야 합니다. 하숙집에 피아노가 있는데 같이 사는 독일 사람들 셋이 음악을 상당히 좋아해서 분위기가 즐겁습니다.

런던에서 가장 마음에 드는 것 중 하나가 바로 하이드 파크에 있는 로튼 로우Rotten Row 대로입니다. 꽤 넓고 긴 길인데, 수백 명의 신사 숙녀 분들이 말을 타고 다녀요.

런던의 동네들은 거의 다 다양한 꽃들이 만발한 근사한 정원을 가지고 있습니다. 이제껏 다녀본 다른 도시에서는 본 적이 없는 광경입니다.

판 베이르스Jan van Beers의 시 한 편을 동봉합니다. 생소한 작품일 겁니다. 헬보이르트에서 보낸 마지막 밤에 엘리자벳이 제가 좋아하는 작품인 걸 잘 알고 적어준 시입니다. 진정한 브라반트 출신 시인이라서 여러분들도 즐겁게 읽으실 것 같더군요.

여동생이신 마리 양이 저에게까지 청첩장을 보내주셔서 감사하게 생각합니다. 결혼식의 상세한 이야기들이 심히 궁금해지네요. 아울러 진심으로 축하드립니다.

언제든 여러분들 생일을 적어 보내주시겠어요? 전에 가지고 있었는데 잃어버렸습니다.

포턴에 계신 모두에게 안부 전합니다. 여러분 가족에게 좋은 일이 있기를 기원합니다. 잠자리에 들어야 할 늦은 시각에 써서 글씨체가 형편없네요. 양해 바랍니다. 안녕히 주무세요.

빈센트

〈밤〉
신자들에게 기도 시간을 알리며 들판 위로 은은히 퍼져나가는 종소리,
행복한 분위기에 취한 들판은 황금빛 저녁놀로 물들어간다.
남북으로 이어진 언덕들과 그 앞에 펼쳐진 마을,
등성이 사이에서 서쪽으로 서쪽으로 가라앉는 새빨간 태양은
그 풍부한 색과 마법 같은 빛줄기를 쏟아낸다.
이제 암녹색 담쟁이를 뒤집어쓴 회색 종루의 작은 종은 침묵한다. 저 멀리 저기 저 언덕 위
풍차의 갈색 날개가 멈춘다. 잔가지들도 정지한다. 초가집 위로 솟은 굴뚝에서
파란 구름 같은 연기가 나와 곧게 하늘로 올라간다. 마치 빛나는 하늘에 가만히 매달린 듯이.
태양의 밤인사 입맞춤 후에 이 작은 마을은, 이 들판과 이 언덕들은
고요하고 은혜롭게, 그들이 누렸던 평화와 기쁨을 다시 한 번 되새기면서
밤의 망토로 자신을 휘감으며 잠 속으로 빠져든다.

저 멀리에서…… 하지만 화가가 걸어가는 오솔길 옆 도로에서 갑자기 들려오는
환희의 함성. 이리저리 삐걱거리며 다가오는 수레는 수확한 검은 밀을 가득 실었다.
말과 짐은 나풀거리는 리본과 꽃 가지들로 장식되었다.
화관을 머리에 얹은 금발 머리 꼬마들이 그 꼭대기에 앉아 오리나무 가지를 흔드니
나뭇잎, 꽃잎이 비처럼 흩뿌린다. 아래서는 수레 주변을 따라오는 일꾼들이
노래하고 춤추니, 잠들었던 평야가 깜짝 놀라 잠에서 깬다.

언덕 등성이 사이에서, 화가가 말 없이 미소를 짓고서
행렬이 소란스럽게 걸어서 굽이진 길을 따라 서서히 멀어져가는 모습을 바라본다.
그러고는 차분하게 깊은 환희에 잠긴 영혼으로 이 시골 정취를 음미한다.
아니, 어쩌면 마음속에 좀전의 그 축복된 장면을 재현해보면서
자신도 모르게 고요한 황홀경 속에 빠져들어, 느릿느릿 마을을 향해 발걸음을 옮긴다.
서편 하늘의 자줏빛과 금빛의 석양은 벌써 연회색으로 바래고
동쪽, 작은 교회 바로 옆으로 둥근 달이, 구릿빛 연무에 감겨 서서히 떠오를 때
화가는 자신이 묵고 있는 여인숙 '백조'로 들어간다.
_ 얀 판 베이르스, 시집『빈자(貧者)』에서

10네 ____ 1873년 7월 20일(일)

테오에게

편지 고맙다. 네 소식은 언제나 매우 반가워. 잘 지내고, 슈미트 씨 댁에서의 생활도 만족스럽다니 나도 기쁘구나. 오바흐 지점장님도 널 만나고 매우 좋아하셨어. 이참에 너희쪽과 더 많은 일을 하게 되면 좋겠다. 렝데르Philippe Jacques Linder의 그림은 참 아름답더라.

사진 제판은 한 번도 직접 본 적이 없어. 작업의 진행 과정을 대략 알 뿐이라서 남들에게 정확히 설명하기에는 부족하다.

처음엔 영국 미술에 별로 끌리지 않았어. 적응 과정이 필요했던 거지. 알고 보니 대단한 화가들이 여기 살지 뭐냐. 바로 〈위그노Huguenots〉나 〈오펠리아Ophelia〉를 그린 밀레이John Everett Millais가 그래. 아마 판화 복제화로 접해봤을 텐데, 정말 아름답지. 또 보턴George Henry Boughton의 작품 〈교회 가는 청교도Puritans going to church〉는 우리 사진 갤러리에 전시되어 있어. 보턴의 아름다운 그림들을 많이 봤다. 좀 옛날에는 컨스터블John Constable이라고, 한 30년쯤 전까지 살았던 풍경화가도 빼놓을 수 없어. 화풍이 환상적이야! 디아즈Narcisse Virgile Diaz de la Peña나 도비니Charles-François Daubigny가 떠오른단다. 또 레이놀즈Joshua Reynolds나 게인즈버러Thomas Gainsborough는 여인의 초상화를 기가 막히게 그리지. 터너Joseph Mallord William Turner의 작품은 너도 판화로 봤겠고.

제법 실력 있는 프랑스 화가들도 런던에서 지내더라. 티소Jacques Tissot라는 이의 복제화도 여럿 우리 사진 갤러리에 걸려 있어. 오토 베베르Otto Weber, 에일뷔트Ferdinand Heilbuth 등도 눈여겨볼 만해. 에일뷔트는 요즘 렝데르풍의 아주 아름다운 그림을 그리고 있어.

혹시 〈휘호 판데르후스Hugo van der Goes〉와 〈마리 드 부르고뉴Maria van Bourgondie〉 말고도 와우터스Emile Wauters의 작품 복제화가 있으면 편지로 꼭 알려주면 좋겠다. 라그예Victor Lagye나 브레켈레어Ferdinand de Braekeleer 작품 사진도. 브레켈레어는 나이 든 양반 말고 지난 브뤼셀 전시회 때 〈안트베르펜Antwerp〉, 〈학교L'école〉, 〈아틀라스L'atlas〉라는 훌륭한 그림 3점을 출품했던, 아마 그 아들일 거야.

난 이곳 생활에 꽤나 만족하고 있다. 산책을 많이 다녀. 동네가 조용하고 평온하면서 상쾌해. 이런 곳을 찾다니 정말 운이 좋았지. 하지만 이따금, 스헤베닝언에서 보낸 매혹적인 일요일이 떠올라 우울해진다. 심각한 건 아니고.

너도 아나가 집으로 돌아갔지만 건강이 좋지 않아 앓고 있다는 걸 들었겠지. 아나의 휴가가 시작부터 엉망이긴 하지만 당장이라도 나아지기를 감히 빌어보자.

그림 이야기들 써줘서 정말 고맙게 읽었다. 혹여 라그예, 브레켈레어, 와우터스Edouard Wouters, 마리스, 티소, 게오르규 잘Georg Eduard Otto Saal, 융트Gustave Adolphe Jundt, 치엠Félix Ziem,

마우베Anton Mauve 형님* 등의 그림을 보거든 잊지 말고 편지해줘. 정말 좋아하는 화가들인데 언젠간 너도 그들의 진가를 알아볼 거야.

편지에 너도 잘 아는 화가의 시 한 편 동봉한다. "묵고 있는 '백조' 여인숙으로 들어간 화가" 말이야. 아마 기억날 게다. 딱 브라반트의 분위기가 묻어나서 내가 정말 좋아하는 시야. 마지막으로 집에 들렀던 날 밤 리스가 적어주더라고.

여기 네가 한번 들르면 좋겠는데! 헤이그에서 보낸 그날들이 그립구나! 레이스베이크의 예인로에서 산책하던 기억을 종종 떠올린단다. 비 온 뒤에 풍차 옆에서 우유를 마신 그날 말이야. 너희 화랑으로 그림들을 보낼 때, 베이센브뤼흐Jan Weissenbruch가 그린 그 풍차 그림도 끼워보내마. 별명이 "유쾌한 씨"였잖아, 기억하지? "자르르르 어우르르르린다."** *그 레이스베이크의 길을 거닐던 기억은 내가 가지고 있는 가장 아름다운 추억이기도 해. 언제 다시 만나면 그날 이야기를 하고 또 하게 되겠지.*

어쨌든 아우야, 건강히 잘 지내고, 가끔 내 생각도 하면서 곧 편지 바란다. 편지 한 통이 내게는 정말 큰 위안이야.

빈센트

슈미트 씨와 에두아르에게 안부 전해주렴. 헤인 큰아버지와 큰어머니는 어떠셔? 두 분 소식 좀 전해주고. 종종 찾아뵙고 있지? 꼭 안부인사 전해드리기 바란다.

(얀 판 베이르스의 시 〈밤〉을 쓴 종이 동봉)

10a네 —— 1873년 8월 7일(목)

(헤이그의 판 스토큄 하네베이크 가족에게 보낸 편지)

친애하는 여러분에게

카롤리나의 편지에 유쾌하게 놀랐습니다. 감사합니다. 지금쯤이면 건강도 나아졌기를 진심으로 바랍니다. 모든 게 지난일이라 다행입니다.

다음 편지에는 최근에 쓴 희곡에 대해서 말해주세요. 정말 놀랐습니다. 등장인물이 10명이나 되다니! 이제껏 쓴 작품 중에서 가장 대작이겠군요.

요 며칠간 존 키츠John Keats의 시를 읽느라 시간 가는 줄 몰랐습니다. 네덜란드에서는 그리 유명하지 않은 듯한데, 영국에서는 화가들이 가장 좋아하는 시인으로 통합니다. 나도 그래

* 네덜란드 화가. 빈센트의 외사촌누이와 결혼한 친척 형님으로, 훗날 화가가 되기로 결심한 뒤 암스테르담으로 가서 지도를 받았다.

** 알파벳 r 발음을 길게 굴리는 습관이 있는 베이센브뤼흐의 말투를 흉내내고 있다.

서 읽게 됐고요. 키츠의 시를 동봉합니다. 가장 유명한 시는 〈성녀 아그네스제 전야The Eve of st. Agnes〉지만 다 옮겨 적기에는 너무 길군요.

크리스털 팰리스나 런던탑은 아직 못 가봤습니다. 투소* 도요. 급할 이유는 없으니까요. 지금으로선 미술관과 공원 들로도 아주 만족스럽고, 오히려 더 마음이 끌립니다.

지난 월요일은 아주 즐거웠습니다. 런던에서 8월의 첫 월요일은 공휴일입니다. 그래서 같은 하숙집의 독일인 친구와 외출했어요. 1시간 반 정도 걸어서 런던 외곽 덜위치Dulwich의 미술관을 찾았고, 그런 다음 1시간쯤 더 걸어서 다른 마을로 갔습니다.

이곳 시골은 정말 아름답습니다! 런던에 직장을 둔 많은 사람들이 도심을 벗어난 교외에 거주하면서 매일 기차를 타고 출퇴근을 합니다. 나도 조만간 저렴한 방을 한 칸 구해서 그렇게 살까 해요. 하지만 내가 이사를 끔찍이 싫어해서, 현 거주지가 처음만큼 마음에 들지는 않지만 그래도 가능한 한 오래 머물 생각입니다. 순전히 내 탓이니, 조금만 더 견뎌보려고요.

애초에 내가 전하려던 내용과 다소 달라졌는데 양해 바랍니다. 급하게 쓰다 보니 그렇네요. 그나저나 빌렘의 생일(8월 8일)을 축하하며 여러분 모두에게도 축하 인사 전합니다.

무엇보다도 테르스테이흐 씨 가족과 다시 연락하신다니 너무나 기쁩니다. 안 그래도 그렇게 되기를 간절히 바라고 있었어요.

혹시 가능하다면 어떤 사진을 받았는지 알려주세요. 정말 궁금해서요. 마리뉘스**가 편지했는데, 암스테르담으로 간다면서요. 그에게 아주 큰 변화겠어요. 전부 다 잘되길 바랍니다. 마리뉘스의 편지 정말 반가웠어요.

어제였나 그제였나, 여기 사는 이테르손의 동생이 찾아왔는데 그 덕에 5월 이후 처음으로 네덜란드 말로 대화를 나눴습니다. 우리가 너무 멀리 사는 게 무척 아쉬웠습니다.

행운을 빕니다! 포턴에 사는 모두에게 안부 전합니다. 다시 한 번 행운을 빌어요!

친애하는, 빈센트

되도록 빨리 답장해주면 정말 기쁠 겁니다.

〈성 마가의 날 전야The Eve of Saint Mark〉(일부)***

마침내 축일이 되었네.

평소보다 갑절이나 성스러운 교회 종소리에 끌려

* 마담 투소의 밀랍인형 박물관

** 빌렘 판 스토큄의 남동생

*** 〈성녀 아그네스제 전야〉의 연작시인데, 미완성 작품이다. 이 시를 적은 뒷면에 〈가을에게〉를 적어서 편지에 동봉했다.

사람들이 저녁 예배에 모여드네.

서늘한 석양빛에 희미하게
덜 무르익은 계곡에 추위가 내려앉네.
만개하지 않은 가시 생울타리에도, 봄 강가의 잡초들에도,
아늑하게 흐르는 실개천의 앵두꽃에도, 야트막한 언덕의 데이지꽃에도.

어여쁜 아가씨 베르다는 옛 사제관 광장에 살지.
그녀가 서 있는 벽난로는 얼핏 보면 비싼 골동품처럼,
교황의 정원 울타리만큼이나 동떨어져 보이네.
플라타너스와 느릅나무들이 무성한 잎을 매달고 숲을 이루니
날카로운 북풍에 찢겨나갈 일도 없이, 아늑하게 단단하게 쌓였네.

집 안팎으로 주위가 온통 고요하고, 음울하지.
그녀는 앉아서, 가엾게도 영혼을 속이고 있네.
흐릿한 석탄 램프가 켜지면
몸을 앞으로 숙여 밝은 머리카락을 앞으로 늘어뜨리고
책을 비스듬히 들고서 뚫어져라 읽네.

지치지도 않고 읽느라 미동도 없는 그녀의 그림자는
더 커져서 방 안을 기괴한 형상과 그림자로 가득 채우네.
스페이드의 여왕이 슬쩍 나타나 그녀의 등 뒤에서 놀리듯
춤을 추고, 의상을 검게 어지럽히지.
마침내 그녀는 가장 중요한 내용에 도달해.
성 마가가 유년부터 성년까지 성장하고,
대륙과 바다와 이교도의 땅을 누비며
자신이 겪는 고난과 고통에 감사하는 모습을……(이후 생략).

〈가을에게To Autumn〉
무르익은 과실과 안개의 계절이자
만물을 성숙시키는 저 태양의 절친한 친구.
태양과 함께 초가지붕을 감싼 포도 덩굴을 어떻게 영글게 하고 풍성하게 할지,

이끼 낀 오두막집의 사과나무 가지가 열매로 휘고 꽉 차게 익힐지 모의하네.

봄의 노래들은 어디 있지? 아, 전부 어디에 있는가?

그것들을 찾지 말고, 네가 노래해야 하리.

저녁 하늘이 줄무늬 구름들로 가득해서 조금씩 물들어갈 때

장밋빛으로 보이는 척박한 평야를 경작해서……(이후 생략).

11네 ____ 1873년 9월 13일(토)

테오에게

헤인 큰아버지께 편지를 쓰다가 네게도 몇 자 적는다. 어머니 생신에는 헬보이르트에 다녀왔는지, 분위기는 어땠는지 몹시 궁금하다.

내 편지 받았니? 그림 담은 화물 상자에 같이 넣어 보낸 베이센브뤼흐의 석판화 복제화도? 정말이지 아우야, 널 내 새 하숙집에 초대하고 싶은 마음이 굴뚝 같아. 너도 이 얘기 들었겠지. 오랜 바람처럼, 드디어 다락방이 아니고, 초록색 테두리에 파란 벽지가 없는 방에 머물게 됐단다. 이제는 무척 쾌활한 가족들과 살아. '어린아이들'을 위한 학교를 운영하는 분들이야.

얼마 전 토요일에 영국 친구 둘과 함께 템스강에서 배를 탔다. 환상적이었어. 어제는 벨기에 회화 전시회에 갔는데 마지막으로 브뤼셀에서 봤던 낯익은 그림들이 다수더라. 알브Albrecht Frans Lieven de Vriendt와 쥘리엥 드 브리엔트Julien de Vriendt, 클뤼스나르Alfred Jean André Cluysenaar, 와우터스, 쿠즈망Joseph Théodore Coosemans, 가브리엘Paul Joseph Constantin Gabriël, 샹플레르Edmond de Schampheleer 등의 작품들은 아름다웠어.

테르린덴Félix Terlinden 그림 본 적 있니? 편지로 꼭 알려주라. 벨기에 회화들은 정말 참신했다. 영국 회화들은, 몇몇 예외는 있다만, 대부분 침울하고 재미도 없거든. 얼마 전에 본 건 물고기인지 용인지, 어쨌든 크기가 6미터나 되는데, 흉측했어. 그리고 웬 작은 남자가 저 용을 죽일 참인 거야. 아마도 '사탄을 물리치는 대천사, 미카엘'을 표현한 거겠지.

Adieu, 아우야. 행운을 빈다. 곧 편지해라.

빈센트

영국 회화를 하나 더 소개할게. 〈돼지 무리를 게라사 호수로 이끄는 사탄Satan possessing the herd of swine at the Gadarene lake〉이라고, 50여 마리쯤 되는 흑돼지와 멧돼지가 서로 뒤엉켜 산비탈을 굴러떨어져 바다에 빠지는 장면이야. 프린셉Valentine Cameron Prinsep이라는 화가가 그렸는데, 근데 솜씨가 수준급이야.

방금 네 편지 받았다. 헤이그행은 네게 큰 변화겠구나. 아름답고 다정한 브뤼셀과의 작별이

쉽지는 않겠지. 하지만 넌 틀림없이 헤이그도 좋아하게 될 거야. 그림 이야기를 들려줘서 고맙다. 밀레 그림은 정말 근사했겠구나. à Dieu. 조만간 또 편지할게.

V.

11a네 ____ 1873년 10월 16일(목)에서 31일(금) 사이

(헤이그의 판 스토큄 하네베이크 부부에게 보낸 편지)

친애하는 카롤리나와 빌렘

오늘 아침에 편지 잘 받았습니다. 뜻밖의 반가움이었어요. 다들 잘 지낸다니 기쁩니다.

우리 아나가 영어 시험과 자수 시험을 통과했습니다. 아나는 물론 우리 모두가 얼마나 기뻐했는지는 쉽게 상상이 될 겁니다. 부모님은 내년 4월까지 학업을 계속해서 프랑스어 시험도 치러보라고 권하셨어요. 물론 아나가 싫다면 안 해도 되고요. 나는 여기에서 아나에게 맞는 일을 찾아주고 싶습니다. 내가 누차 말씀드렸었죠.

테오가 헤이그 지점으로 간다는 소식은 이미 들었겠죠. 테오에게 좋은 변화가 될 겁니다. 물론, 인심 좋고 살기 좋은 브뤼셀에서 발걸음을 떼기가 쉽지는 않겠지만요.

얼마 전에 아버님께서 편지하셨기에 답장을 드렸습니다. 그러니 이곳 생활은 여전히 무탈하다는 소식, 이미 들었을 거라 생각합니다. 나의 새 하숙집 얘기도요.

겨울에 대한 이야기는, 정말 그렇더군요. 내 생각도 똑같습니다. 나는 가장 좋아하는 계절을 고를 수가 없네요. 4계절을 고루 다 좋아해서 그런 것 같아요. 옛 화가들은 거의 그리지 않았던 가을 풍경을 왜 현대 화가들은 즐겨 그리는지, 주목해봐야 할 점이네요.

편지에 사진 몇 장 동봉하는데 마음에 든다면 좋겠습니다. 네덜란드에서는 흔했던 사진첩을 여기서는 찾기가 힘듭니다. 그 대신 '스크랩북'이 있어서, 그 안에 내가 이 편지에 동봉한 사진들을 정리한 것처럼(그래서 여기서는 사진을 붙여서 판매하지 않습니다) 사진을 정리합니다. 장점은 다양한 크기의 사진을 마음대로 배치할 수 있다는 겁니다. 백지 노트를 한 권 구입해서 이 사진들을 한번 정리해보시기 바랍니다.

앙케르Albert Anker의 〈세례식A baptism〉입니다. 모든 대상을 섬세하고 친밀하게 그리는 스위스 화가입니다.

〈교회 가는 청교도Puritans going to church〉는 보턴의 그림인데, 여기서는 최고로 꼽히는 화가 중 하나입니다. 미국 출신으로 롱펠로Henry Wadsworth Longfellow를 상당히 좋아하는데 그럴 만합니다. 〈마일즈 스탠디시의 구애The Courtship of Miles Standish〉라는 시에서 영감을 받은 작품 3점이 어찌나 흥미롭던지, 〈마일즈 스탠디시〉와 〈에반젤린Evangeline〉을 다시 읽어봤답니다. 웬일인지 예전에는 그 시들이 이렇게 *훌륭하다*는 걸 전혀 깨닫지 못했어요.

〈착한 수도사Le bon frère〉는 반 뮈덴Alfred van Muyden이라고, 역시 스위스 화가의 작품입니다. '재주보다 겸손을 더 갖춘' 작가이기도 하죠. 헤이그에 거주하는 포스트 씨의 소장품입니다. 언제 우리 화랑에 들르면 반 뮈덴의 〈구내식당Réfectoire〉을 보여달라고 하세요. 사진 원화가 망가진 탓에 재고가 네댓 점밖에 없습니다. 기회가 되면 테르스테이흐 씨에게도 보여주시고요.

〈신혼여행La lune de miel〉은 외젠 페이엥Eugène Feyen의 작품인데, 최신유행을 좇지 않고 현대 생활상의 내밀한 부분까지 있는 그대로 표현하는 보기 드문 작가입니다.

〈여인숙 여주인의 딸〉 복제화도 잘 아는데, 내가 무척 좋아하는 작품입니다.

부그로Adolphe William Bouguereau의 미(美)를 알아보다니, 정말 대단하세요! 두 분만큼 섬세한 아름다움을 식별해내고 오롯이 느낄 수 있는 사람이 세상에 많지 않습니다.

편지는 여기서 줄이고, 미슐레Jules Michelet가 묘사한 가을에 대해 몇 자 덧붙여 적습니다.

내 글씨체를 읽을 수 있어야 할 텐데. 편지란 알아볼 수 있게 적어야 한다는 생각을 깜박 잊고 적었네요. à Dieu. 좋은 일만 있기를 기원합니다. 포턴에 계신 모든 분 그리고 오가다 만나는 다른 지인께도 안부 전합니다.

빈센트

> 한 여인이 보인다. 그녀가 수심에 잠긴 얼굴로 자그마한 정원을 거닌다. 다소 이른 시기에 꽃이 다 떨어져버린, 하지만 프랑스의 절벽 너머 혹은 네덜란드의 모래 언덕 너머의 어딘가처럼 평온한 곳. 열대 관목들은 이미 온실로 들어간 뒤다. 잎들이 떨어지자 몇몇 조각상들이 드러난다. 한껏 화려한 예술작품과 대비되게, 단순하고 소박하고도 품위 있는 검정(혹은 회색) 드레스 차림의 여인은 아주 작은 연보라색 리본 장식만으로도 화사하다…….
>
> 그런데 저 여인, 혹시 암스테르담 미술관이나 헤이그 미술관에서 봤던가? 필리프 드 샹페뉴Philippe de Champaigne 그림의 여인과 닮았다. 내 심장을 앗아간 그녀. 무척 천진난만하고, 매우 솔직하고, 상당히 지적이면서도 동시에 단순해서, 이 세상의 간계에서 혼자 힘으로는 도저히 빠져나갈 수 없다. 이 여인이 30년간 내 곁에 머물면서, 고집스레 다시 찾아와 걱정시키니, 결국 나는 이런 말을 내뱉고 만다. "도대체 이름이 뭘까? 무슨 일이 있었던 걸까? 조금은 행복했을까? 이 험난한 세상을 어떻게 헤쳐왔을까?"
>
> _쥘 미슐레, 『가을의 동경Les aspirations de l'automne』

12네 ___ 1873년 11월 19일(수)

테오에게

헤이그에 도착하자마자 내 편지를 받게 해주고 싶었어. 새 직장과 새 하숙집에 대한 네 첫인상이 어땠는지 무척 궁금하다. 슈미트 씨에게 기억에 남을 기념품을 받았다던데, 그만큼 네가 열심히 일했다는 뜻이잖아. 우리 형제가 같이 구필 화랑에서 일하는 게 얼마나 기쁜지 몰라. 최근에 적잖은 회화와 데생 작품들을 다뤘고 또 판매도 꽤 많이 했지만, 아직 갈 길이 멀지. 더 탄탄하고 실제적이고 지속적인 상태로 만들어야 해. 여기 런던도 아직 해야 할 일이 많은데, 하루아침에 해결할 순 없지. 당연히 가장 첫 단계는 좋은 작품들을 확보하는 작업인데, 이게 절대로 만만치가 않아. 어쨌든 앞으로의 일을 지켜보면서, 주어진 여건에서 최선을 다해야 해.

네덜란드에서는 신작 판매가 좀 어떠니? 여긴 평범한 브로샤르Constant-Joseph Brochart 판화 복제화 따위는 전혀 안 팔리고, 반면에 괜찮은 판화는 꽤 잘 팔려. 앵그르Jean Auguste Dominique Ingres의 〈물에서 나오는 비너스Vénus Anadyomène〉는 스무 명의 작가를 동원해서 스무 종의 복제화를 제작했지. 그런데 사진 작품 판매를 지켜보는 것도 쏠쏠한 재미가 있어. 특히 총천연색 사진이 그래. 수익도 제법 괜찮고.

종이 두루마리에 포장해 판매하는 구필 화랑 사진들은 각각 하루에 100여 점씩 나가. 네가 조금만 들여다보고 익숙해지면 헤이그 지점에서도 시도해볼 만한 사업일 게다. 또 루스 씨 댁에서 네 집처럼 편하게 지낼 거라는 건 안 봐도 알 것 같다. 시간 날 때마다 산책을 많이 해라. 루스 씨 가족에게 내가 안부 묻더라고 전해주고.

나중에 편지할 때, 네가 가장 좋아하는 현대 화가랑 같이 고전 화가도 꼭 알려주면 좋겠다. 정말 궁금해서 그러니까 절대로 잊지 말고. 미술관에 자주 다니거라. 고전 화가들을 가장 잘 알 수 있는 길이거든. 그리고 기회가 될 때마다 예술에 관한 책들을 많이 읽어. 특히나 「가제트 데 보자르Gazette des Beaux-Arts」 같은 정기간행물은 꼭 챙겨보고. 기회가 되면 뷔르제르W. Bürger가 헤이그와 암스테르담의 미술관에 관해 쓴 책을 보내줄게. 다 읽으면 내게 꼭 다시 되돌려보내고.

이테르손에게 시간이 날 때 내게 편지하라고, 무엇보다 파리 전시회 수상 작가 명단 보내는 것 잊지 말라고 전해라. 소메르빌은 아직 화랑에 근무하니? 네가 오고 다른 곳으로 떠난 건 아닌지 모르겠구나.

나는 잘 지낸다. 하숙집도 괜찮고. 이곳 일이 헤이그에 있을 때만큼 신나지는 않지만, 그래도 런던에 머무는 게 썩 나쁘지는 않아. 아마도 나중에, 회화작품 거래의 비중이 커지면 분명히 나도 중요한 역할을 하게 되겠지. 게다가, 런던이라는 도시를 알아가는 것, 그 안에 사는 사람들의 생활상과 사업방식 등을 배우는 게 얼마나 흥미로운지 네게 일일이 다 설명할 수가 없어. 네덜란드와는 모든 게 정말 달라.

집에 들러 좋은 시간을 보낸 것 같더구나. 나도 고향을 찾아 다들 보고 싶다!

내 근황을 묻는 모두에게 인사 전해주렴. 테르스테이흐 씨 가족, 하네베이크 가족, 피에 이모님 댁, 루스 씨 가족에게는 꼭 인사 전해줘. 벳시 테르스테이흐 양 건강은 좀 어때 보였는지도 알려주고. 이만 줄인다, 아우야. 행운을 빌어. 곧 편지해라.

빈센트

루스 씨 댁에서 내가 쓰던 방을 쓰니, 아니면 네가 지난여름에 묵었던 방을 쓰니?

12a네 ____ 1873년 11월 20일(목)

친애하는 카롤리나

진심으로 생일을 축하합니다. 여러분의 첫 집에서 맞이하는 첫 번째 생일인 만큼 뜻깊은 날이 되기를 기원합니다! 올 한 해는 여러분 모두에게, 모든 면에서 행복하고 좋은 일만 있기를 바랍니다. 나의 지난번 편지를 받았겠지요. 다들 어떻게 지내는지 조만간 소식 전해주세요. 모두들 어떻게 지내는지 정말 궁금합니다.

테오는 만났나요? 지난 수요일에 헤이그에 도착했다더군요. 스크랩북에 넣을 사진 몇 장 동봉합니다. 일에 치여서 여유로운 시간을 보내진 못하지만 나는 그럭저럭 잘 지내고 있습니다.

포턴에 있는 모두에게 인사 전해주세요. 당장이라도 달려가 보고 싶은 마음 간절합니다!

행운을 기원합니다.

친애하는 빈센트

13네 ____ 1874년 1월 초

테오에게

편지 고맙게 잘 받았다.

새해에는 좋은 일만 있기를 진심으로 기원한다. 네가 화랑에서 아주 잘해내고 있다고, 테르스테이흐 씨에게 전해 들었어. 네 편지를 보니 너도 예술에 열정을 갖게 된 모양이구나. 참 잘됐다, 아우야. 네가 밀레Jean François Millet, 자크Charles Emile Jacque, 슈라이어Adolphe Schreyer, 랑비네Emile Charles Lambinet, 프란스 할스Frans Hals 같은 화가를 좋아한다니 기쁘구나. 마우베 형님 말마따나 "바로 그거야!" 그래, 밀레의 〈만종L'Angélus〉, 바로 그거야! 강렬하면서도 시적이지. 너와 예술을 논하는 게 정말 좋지만, 지금으로서는 이렇게 간간이 편지로라도 자주 이야기를 이어가자. *아름다운 작품들을 최대한 찾아서 많이 보고 느껴라. 사람들 대부분은 아름다움을 볼 줄도 모르거든.*

내가 특별히 좋아하는 화가들 이름을 한번 열거해 볼게.

쉐페르Ary Scheffer, 들라로슈Paul Delaroche, 에베르Ernest Hébert, 아몽Jean Louis Hamon, 레이스

Jean Auguste Leys, 티소Jacques Tissot, 라헤Victor Lagye, 보턴, 밀레이, 테이스 마리스, 드 그루 Charles Camille Auguste Degroux, 드 브레켈레어 주니어Henri de Braekeleer Jr., 밀레, 쥘 브르통Jules Adolphe Aimé Louis Breton, 페이엥-페렝François Nicolas Auguste Feyen-Perrin, 외제니 페이엥Eugène Feyen, 브리옹Gustave Brion, 융트Gustave Adolphe Jundt, 게오르규 잘, 이스라엘스Jozef Israëls, 안케르, 크나우스Ludwig Knaus, 보티에Benjamin Vautier (the Elder), 주르당Adolphe Jourdan, 잘라베르 Charles François Jalabert, 앙티냐Jean Pierre Alexandre Antigna, 콩트-칼릭스François-Claudius Compte-Calix, 로휘선Charles Rochussen, 메소니에Ernest Meissonier, 자마쿠아Eduardo Zamacois y Zabala, 마드라조Raimundo de Madrazo y Garreta, 치엠, 부뎅Eugène Louis Boudin, 제롬Jean Léon Gérôme, 프로망텡Eugène Fromentin, 드 투르느민Charles Emile Vacher de Tournemine, 파지니Alberto Pasini, 드캉 Alexandre-Gabriel Decamps, 보닝턴Richard Parkes Bonington, 디아즈Narcisse Virgile Diaz de la Peña, 테오도르 루소Théodore Rousseau, 트루아용Constant Troyon, 뒤프레Jules Dupré, 폴 위에Paul Huet, 코로, 슈레이에Adolphe Schreyer, 자크Charles Emile Jacque(s), 오토 베베르, 도비니, 발베르크Herman Alfred Leonard Wahlberg, 베르니에Camille Bernier, 에밀 브르통Emile Adélard Breton, 슈뉘Fleury Chenu, 세자르 드 콕César de Cocq, 콜라르Marie Collart, 보드메르Karl Bodmer, 쿠쿡Barend Cornelis Koekkoek, 스헬프하우트Andreas Schelfhout, 베이센브뤼흐, 그리고 앞서 언급된 작가들만큼 중요한 마리스와 마우베 형님.

이름은 얼마든지 더 적어 내려갈 수 있어. 그런데 옛 거장들 이름이 계속 나오는 게, 아무래도 재량이 뛰어난 신진 화가들을 빠뜨린 게 분명하다.

항상 여기저기 거닐어 산책을 많이 하고, 자연을 한껏 사랑해라. 그게 바로 예술을 오롯이 이해하는 진정한 길이야. 화가는 자연을 이해하고 사랑하는 이지. 그리고 우리에게 *자연을 바라보는 법*을 알려줘.

게다가, 명작만 그리지 졸작이라곤 만들 줄 모르는 화가들이 있지. 사람들 중에도 악행이라곤 모르고 선행만 행하는 이들이 있듯이 말이야.

이곳이 마음에 든다. 숙소도 훌륭하고, 또 런던이라는 도시는 물론 영국인들과 영국적인 생활양식을 관찰하는 게 대단히 즐거워. 거기다가 내게는 자연과 예술과 시도 있지. 이런 삶이 부족하다면, 도대체 뭐가 더 있어야 충분하니? 그렇다고 네덜란드를 잊고 지내는 건 아니야. 무엇보다 헤이그와 브라반트는 내 머릿속에 늘 떠오른다.

요새 업무가 바쁘긴 해. 한창 재고 조사 중이거든. 그래도 닷새 정도면 끝날 거야. 아무래도 네가 있는 헤이그에 비하면 일 처리가 훨씬 수월한 편이긴 해.

너도 나만큼 즐거운 크리스마스 연휴 보냈기를 바란다.

이만 줄인다, 건강 잘 챙기고 또 편지해라. 두서없이 펜이 가는 대로 썼다만 알아서 잘 이해해주렴. 잘 있어라. 네 회사 사람들은 물론 내 소식 묻는 사람들에게 안부 전해주면 좋겠다. 그리고 피에 이모님과 하네베이크 가족에게도 꼭 인사 전해주고.

빈센트

13a네 ___ 1874년 2월 9일(월)

친애하는 카롤리나

짤막하게나마 안부를 전하는 게 어떨까 싶은 생각이 들었습니다.

'wenn wir beisammen waren(우리가 함께 했던)' 날들이 얼마나 아름다웠는지 아직도 눈에 선합니다! 하나도 잊지 않고 기억이 생생한데 말로 옮기려니 쉽지 않네요.

난 여기서 "가진 건 하나도 없지만 모든 걸 다 가진" 풍요로운 시간을 보내고 있습니다. 요즘은 내가 점점 세계인이 되어간다는 생각이 들기 시작합니다. 그러니까 네덜란드 사람도, 영국 사람도, 프랑스 사람도 아니고, 그냥 *사람*이랄까요? 전 세계가 고향이면, 내 나라란 그저 우연히 자리잡았던 작은 지점에 불과하죠. 아직 거기까지 가닿은 건 아니고, 다다르려고 애쓰고 있습니다. 아마도 도착할 수 있을 듯합니다.

이상적이라면 마우베 형님의 말처럼 "바로 그거죠!"

누님, à Dieu!

친애하는 빈센트

남편 분께도 마음으로 악수 청합니다. 손가락이 아프도록 나눴던 지난번처럼.

14네 ___ 1874년 2월 20일(금)

테오에게

편지 고맙다. 책은 아직 필요 없으니까, 읽을 만큼 읽고 보내줘. 판 플로턴Johannes van Vloten은 아직 못 읽어봤는데, 조만간 한 권 구해 봐야겠다. 그가 예술에 관해 쓴 글을 읽은 적이 있는데, 전적으로 동의할 수는 없더라. 무척 전문적인 내용이었는데. 그에 비하면 뷔르제르의 저서는 더 간결하면서도 사실만을 말하지. 암스테르담에 다녀왔다니 다행이야. 코르 작은아버지를 뵙거든 일전에 보내주신 브로셔 감사히 잘 받았다고 꼭 전해주렴.

루스 씨 댁에서 잘 지낸다니 듣던 중 반가운 소식이다. 아나 카르벤튀스(사촌누이)를 통해 네게 전했듯이, 펜하니켄de peen hanniken*에 관해서는 네 생각이 전적으로 타당한 것 같다. 베르트

* 야생당근이라는 뜻의 네덜란드어. 빈센트가 하네베이크 가족을 지칭하는 일종의 말장난을 한 것으로 추정된다.

하 하네베이크Bertha Hanebeek*에 대한 네 생각에도 동의한다. 하지만 네 마음이 다치는 일 없도록 조심해라, 아우야.

야콥손Edward Levien Jacobson 씨 소장품은 봤니? 틀림없이 네게 보러 오라고 초대할 텐데, 봐둘 가치가 있는 것들이야. 만나면 최대한 정중하게 인사드리고, 내 근황도 전해드리면 좋겠다. 난 런던에서 잘 지내고 있고 아름다운 작품들을 많이 본다고 말이야.

난 다 괜찮고, 무척 바쁘게 지낸다. 빌렘에게 편지 잘 받았다고 전하고 루스 씨 댁 식구들, 이테르손 가족을 비롯해 내 근황을 묻는 모두에게 안부 전해라. 건강하고.

빈센트

14a네 ____ 1874년 3월 3일(화)

친애하는 카롤리나와 빌렘

진심으로 축하합니다!

더 일찍 소식을 전하지 않아서 실망했을까 염려되지만, 내가 또 워낙 그렇다는 걸 잘 알고 있으리라 믿습니다. 나쁜 의도가 아니라는 것도요. 그러니 악을 선으로 갚는 셈 치고, 여러분 소식을 궁금해하는 나를 위해 조속히 소식 주시면 고맙겠습니다.

전할 소식이 하나 있습니다. 우리 아나가 여기로 옵니다. 내가 얼마나 기쁠지 쉽게 상상이 가시죠! 너무 좋아서 현실감이 없네요. 일단은 기다리는 중입니다. 아나가 온다면, 아마도 5월쯤일 듯합니다. 내가 데리러 가야겠지요. 지금은 그 아이와 더 친하게 지내고 싶은 마음뿐입니다. 사실 지난 몇 년간 거의 못 봐서, 서로에 대해 딱히 제대로 아는 게 없거든요.

여러분 모두에게 행운을 기원합니다. 포턴에 있는 모두에게, 그리고 내 근황을 묻는 모든 분들에게도 안부 전합니다.

테르스테이흐 씨 가족과는 여전히 교류하면서 지내죠?

친애하는 빈센트

15네 ____ 1874년 3월 30일(월)

테오에게

집에서 온 편지에 네가 소매 단추값으로 넣어 보낸 1플로린이 들었더구나. 진심으로 고맙다, 아우야. 이럴 것까지는 없었는데 말이야. 네가 나보다 더 필요했을 텐데.

* 어린 시절 쥔더르트에서 알고 지낸 동네친구로 추정되나, 정확히 누구를 지칭하는지 알 수 없다.

오늘 아침에 네 편지 고맙게 받았어. 마우베 형님이 예트 카르벤튀스와 약혼했다니, 정말 반가운 소식이야. 정말 잘됐어! 또 너도 무척 잘 지낸다니 기쁘다.

뷔르제르의 책을 읽었다니 다행이구나. 예술에 관한 책을 최대한 많이 읽고, 「가제트 데 보자르」는 꼭 읽어라. 무엇보다도 회화에 관한 모든 소식에 최대한 귀를 기울여야 해. 지금 우리 화랑에 아폴Lodewijk Franciscus Hendrik Apol의 작품이 와 있는데 아주 아름다워. 하지만 작년에도 그가 똑같은 그림을 그렸는데 난 그게 훨씬 더 힘이 넘치고 근사했던 것 같다.

코르 작은아버지 댁에 종종 간다니 다행이다. 아마 너희 헤이그 지점에서는 결코 볼 수 없는 것들을 그 집에서 많이 볼 거야.

나도 요즘 무척 바쁜 시간을 보내고 있는데, 바쁘니까 좋다. 정신없이 지내는 게 필요한 터였어. à Dieu, 아우야. 항상 당당하게 지내고, 건강 잘 챙기고. 이테르손에게도 안부 전하고.

빈센트

16네 ____ 1874년 4월 30일(목)

테오에게

생일을 맞아 행복한 나날이 이어지기를 바란다. 해야 할 일을 하고, 뒤돌아보지 말아라.

지난번 네 편지 정말 반가웠어. 며칠 전에 사진 한 장 보냈는데, 자케Gustave Jean Jacquet의 〈칼을 든 여인Jeune fille à l'épée〉이야. 네가 갖고 싶어 할 것 같더라.

판 호르콤Jacobus van Gorkom의 그림 상태는 그리 많이 더럽진 않더라(우리끼리 얘기다만, 사실 아직 그 그림을 직접 보진 못했어. 그래도 내가 그리 나쁘지 않다고 말하더라고, 그렇게 전해라).

마우베 형님과 예트 형수님은 어떻게 지내시니? 두 사람 소식도 전해주면 좋겠다.

하네베이크 가족과 교류가 잦아졌다니 잘된 일이다.

네덜란드에 가게 되면 헤이그에 하루나 이틀쯤 머물려고 해. 헤이그는 나에게 제2의 고향 같은 곳이지. (너희 집에서 머물 수 있겠지.)

너와 함께 더 핑크De Vink*까지 이르는 산책길을 걷고 싶구나. 여기서도 가능할 때마다 산책을 하긴 하지만 일이 많아서 말이야. 여기는 모든 게 무척 아름답다(도시인데도 말이지). 라일락, 산사나무, 등나무 등이 여기저기 정원들을 장식하고 있을 뿐만 아니라 밤나무들이 아주 근사하게 자라고 있다. 진정으로 자연을 사랑하는 사람이라면 어딜 가도 아름다운 게 눈에 보이는 법이지. 하지만 그래도 가끔은 네덜란드가 정말 그립다. 특히 헬보이르트가 말이야.

정원을 가꾸려니 손이 많이 간다. 작은 정원에 스위트피, 양귀비, 물푸레나무 씨를 듬뿍 뿌렸

* 헤이그 외곽 지역의 작은 마을

어. 잘 자라기를 기다리는 일만 남았다.

집에서 화랑까지 걸어가고 저녁에 다시 화랑에서 집까지 걸어오는 출퇴근길이 정말 즐겁다. 대략 45분쯤 걸려.

업무가 일찍 끝나서 얼마나 좋은지 모른다. 오후 6시면 화랑 문을 닫으니까. 그렇다고 업무량이 적은 건 아니다.

테르스테이흐 씨 가족, 하네베이크 씨 가족, 카르벤튀스 씨 가족, 또 루스 씨 가족에게도 안부 전해주렴. 폼페 삼촌 댁에도. 곧 캄펀으로 이사하신다더구나. 박하위전Julius Jacobus van de Sande Bakhuyzen 씨께도 안부 전해주면 좋겠다.

좋은 일만 있기 바란다. 빈센트

여긴 사과나무에 꽃이 아주 보기 좋게 만개했어. 네덜란드보다 뭐든 빨리 무르익는 것 같다.

집에 갈 날짜가 정확히 잡히는 대로 즉시 편지할게. 그래도 한 3~4주는 지나야 알 수 있지 싶다. 곧 편지해라.

17네 ―― 1874년 6월 16일(화)

테오에게

편지 고맙다.

나는 별일이 없다면 6월 25일 목요일이나 27일 토요일에 출발할 계획이야. 당장이라도 모두를 만나고 싶고, 네덜란드 땅을 밟고 싶다!* 그리고 너와 함께 예술에 관해 이야기를 주고받고 싶은 마음이 굴뚝 같아. 무슨 이야기를 할지 질문거리가 있거든 미리 생각해두렴.

여기는 자케나 볼디니Giovanni Giusto (Jean) Boldini 등 근사한 회화 작품들이 여럿 있어.

올해 왕립 미술원에 전시작들이 썩 괜찮은데, 티소의 작품이 3점이나 포함돼 있어.

얼마 전부터 다시 데생을 시작했는데 특별히 뛰어난 건 없어.

하네베이크 씨 댁에 종종 간다니 반가운 일이다. à Dieu. 곧 만나자. 모두에게 안부 전한다.

언제나 너를 사랑하는 형, 빈센트

네가 세자르 드 콕을 이토록 좋아한다니 내가 다 기쁘다. 우리의 그리운 브라반트를 속속들이 아는 몇 안 되는 화가잖아. 작년에 파리에서 만났는데 네게 얘기했었나 모르겠다.

* 빈센트는 네덜란드로 떠나기 전, 마음에 품고 있던 하숙집 주인의 딸 외제니의 비밀 약혼 사실을 알게 된다

18네 ____ 1874년 7월 10일(금), 헬보이르트에서

테오에게

소식 알려줘서 고맙다. 우리*는 여기에 하루 더 머물고, 런던에는 수요일 아침에 도착할 예정이야. 포브스James Staats Forbes 영감님 수집품 목록에 끼워둔 사진은 네게 주는 거야. 벨기에 작가 거라서 네가 관심 있을 것 같았거든. 캅Constant Aimé Marie Cap의 그림이야. 감탄할 정도는 아니지만 개성이 있어. 런던에서 곧 편지할게. 행운을 빈다!

빈센트

19네 ____ 1874년 7월 21일(화)

테오에게

어제 헤이그로 상자를 하나 발송했다. 내가 약속했던 J. 마리스Jacob (Jaap) Hendrik Maris의 작품과 〈여인숙 여주인의 딸Der Wirthin Töchterlein〉 복제화 사진을 넣었어. 둘 다 네 방에 걸면 좋을 거야. 상자에 테르스테이흐 씨에게 보내는 테이스 마리스의 복제화 사진도 들었어. 쉴레르**가 파리에서 각각 6장씩 보내줘서 선물용으로 나누는 건데, 테이스 마리스 복제화 사진은 여분이 한 장도 없구나.

아나와 나는 무사히 런던에 도착했고, 그애의 일자리를 찾아보려고 한다. 물론 쉬운 일은 아니지만, 그래도 여기서 매일 이것저것 배울 테니 결국 네덜란드에 있을 때보다는 유리하겠지.

저녁에 아나와 함께 밤거리를 산책하는 기분이 정말 남다르더라. 마치 내가 런던에 도착해서 뭐든 처음으로 보고 아름다움에 취했던 그날의 감동을 똑같이 다시 느끼고 있어.

행운을 빈다, 아우야. 루스 가족, 하네베이크 가족, 카라벤투스 가족을 만나면 내 안부인사도 전해주렴.

나는 수영을 배우는 중이다.

미슐레Jules Michelet 책(『사랑(L'amour)』)을 이미 읽었다면 네 감상평을 들려주면 좋겠다. 내게는 계시와도 같은 책이었거든. à Dieu.

빈센트

* 빈센트는 여동생 아나와 함께 런던으로 돌아갈 계획이었다.

** 화랑의 동료 직원

20네 1874년 7월 31일(금)

테오에게

미슐레를 그런 식으로 이해했다니 대단하구나. 그 책은 사랑이, 사람들이 흔히들 생각하는 것보다 훨씬 더 많은 것을 내포하고 있음을 깨닫게 해주지.

내게는 계시며 복음과도 같은 책이었어.

"나이 든 여자는 없다(Il n'y a pas de vieille femme)!"(정말로 나이 든 여자가 없다는 말이 아니라, 여자는 사랑하고 사랑받는 동안만큼은 늙지 않는다는 뜻이야.)

〈가을의 동경Les aspirations de l'Automne〉 같은 장(章)은 또 얼마나 깊고 풍부하더냐!

무릇 여성은 남성과 아주 다른 존재고, 우리는 아직 그 존재를 이해하지 못해. 네 말마따나 아주 피상적으로만 이해할 뿐이지. 그래, 확실히 그렇다. 또 남성과 여성은 *하나*가 될 수 있어. 그러니까, 반반이 아니라 *완전한 하나*가 말이야. 맞아, 그것도 맞는 말이다.

아나는 아주 잘 지내. 같이 기분 좋은 산책을 자주 한다. 여긴 정말 아름다워. 맑고 환한 눈, 들보가 없는 눈으로 본다면 말이야. 그런 눈을 가진 이에게는 온 사방이 아름답다.

테르스테이흐 씨가 주문하신 테이스 마리스의 회화는 분명 근사할 거야. 명성은 익히 들었어. 나도 비슷한 그림을 하나 사서 되판 적이 있다.

영국에 돌아오니까 그림을 그리고 싶던 마음이 다시 사그라들었어. 하지만 언제 다시 변덕을 부려 또 되살아날지 모르지. 지금은 책을 무척 많이 읽고 있다.

어쩌면 1875년 1월 1일에 더 넓은 화랑으로 옮길 것 같다. 지금 오바흐 지점장이 파리에 가셨는데 그 화랑을 인수할지 말지 결정을 앞두고 있거든. 당분간은 너와 나만 알고 있도록 하자.

행운을 빈다. 곧 답장해라. 아나도 회화 감상에 재미를 들이기 시작했는데, 꽤 안목이 있어. 보턴, 마리스, 자케의 그림이 남달라서 좋다는 거야. 이렇게 시작하는 거지. *우리끼리 하는 말인데* 아나 일자리를 찾기는 쉽지 않겠어. 다들 아나가 너무 어리다고들 하고, 대부분은 독일어 가능자를 찾거든. 그래도 네덜란드에서보다는 기회가 많겠지. à Dieu.

빈센트

아나와 런던에 함께 머무니 얼마나 좋은지 모른다. 테르스테이흐 씨께는 그림이 손상 없이 도착했고 내가 곧 소식 전할 거라고 말씀드려라.

21네 ___ 1874년 8월 10일(월)

테오에게

'너희는 사람의 기준으로 심판하지만, 나는 아무도 심판하지 않는다.'*

'너희 가운데 죄 없는 자가 먼저 저 여자에게 돌을 던져라.'**

그러니 소신을 지켜라. 그런데 만약 네 소신에 의심이 들거든 '내가 곧 진리요'라고 외치신 분의 말씀과 비교해보거나 다른 인간들, 예를 들어 미슐레 같은 이의 말과 비교해봐.

영혼의 순수함과 육체의 불결함은 서로 조화를 이룰 수 있어. 아리 쉐페르가 그린 〈분수대의 마르그리트Marguerite à la fontaine〉를 봐. 세상에 '그토록 많은 사랑을 나눈' 그 마르그리트보다 더 순결한 여성이 또 있을까?

'레이스Henri (Hendrik) Leys는 흉내를 내는 사람이 아니라 영혼이 닮은 동지에 가깝다.' 이 진실한 글귀에 감동을 받았다. 〈눈 위의 산책〉, 〈성벽의 산책〉, 〈성당의 마르그리트〉 같은 티소의 그림들도 응당 그런 평가를 받아야 해.

내가 준 돈으로 알퐁스 카르Alphonse Karr의 『내 정원 둘러보기Voyage autour de mon jardin』를 사서 꼭 읽어봐라. 네가 그 책을 읽으면 좋겠다.

아나와 나는 매일 밤 산책을 나가. 가을이 성큼 다가오니 자연이 좀 무겁고 위협적으로 느껴진다. 조만간 담쟁이로 완전히 휘감긴 집으로 이사 간다. 새집에 들어가서 더 긴 편지 쓸게. 내 근황을 궁금해하는 모두에게 안부 전한다.

빈센트

22네 ___ 1875년 2월경

테오에게

네게 줄 노트를 이제 다 채웠어.*** 완성하고 보니 제법 잘된 것 같아. 기회가 되거든 쥘 브르통의 《절벽La Falaise》을 보내주면 좋겠다.

우리 화랑은 개관 준비를 마쳤어. 아주 근사해. 지금은 쥘 뒤프레, 미셸Georges Michel, 도비니, 마리스, 이스라엘스, 마우베, 비스홉Christoffel Bisschop 등등 괜찮은 작가들의 작품을 많이 보유하고 있다. 4월경 전시회를 열 거야. 부소Léon Boussod 씨가 전시회에 맞춰 구할 수 있는 최고의 그림들을 보내겠다고 약속도 했어. 바로 에베르Ernest Hébert의 〈말라리아La Malaria〉와 브르통의

* 요한복음 8장 15절

** 요한복음 8장 7절

*** 빈센트는 테오에게 주려고 노트 한 권에 여러 편의 시를 옮겨 적었다.

〈절벽〉 같은 작품들 말이야.

네가 여기 함께 있다면 얼마나 좋을까! 언젠간 꼭 그렇게 되도록 노력하자. 내 방도 보여주고, 같이하고 싶은 게 얼마나 많은지 몰라.

여기선 옛 화가들 작품 전시회가 한창이야. 렘브란트의 〈십자가에서 내림〉이나 〈애도〉도 있어. 그 그림 앞에 섰을 때 느낌이 상상이 갈 거다. 거기다가 라위스달Jacob Isaacksz n. Van Ruisdael 그림 5점, 프란스 할스 1점, 반 다이크Anthony van Dyck, 루벤스의 풍경화, 티치아노Titian (Titiano Vecellio)의 〈가을 저녁〉, 틴토레토Tintoretto (Jacopo Robusti)의 초상화 2점, 또 고풍스러운 영국 화가 레이놀즈Joshua Reynolds, 롬니George Romney, 올드 크롬John Crome (Old Crome)의 웅장한 풍경화들까지 감상할 수 있어.

Adieu. 틈나는 즉시 노트 보내줄게. 곧 편지해라.

빈센트

23네 —— 1875년 3월 6일(토)

테오에게

대단하구나, 테오야! 『애덤 비드Adam Bede』 소설 속 그 여성을 제대로 알아봤어. 그 풍경 말이야, 연노랑 흙길이 언덕을 가로질러, 지붕이 이끼로 뒤덮인 희멀건 토벽 오두막집 마을과 이어지고, 여기저기 자라난 시커먼 자두나무, 반대편으로 보이는 갈색 들판과 높이 자란 풀들, 지평선을 따라 이어진 하얀 띠 위로 잿빛 하늘, 바로 미셸의 그림 같지. 물론 미셸의 그림보다 더 순수하고 고결한 분위기가 묻어나지만.

오늘 발송한 상자에 일전에 말했던 작은 시집 노트도 넣었다. 르낭Joseph-Ernest Renan의 『예수』, 미슐레의 『잔 다르크』, 또 「런던 뉴스」에서 오린 코로의 초상화도 1장 함께 넣었어. 똑같은 초상화 사진을 내 방에도 걸었지.

당분간은 네가 런던 지점으로 발령받기는 어렵겠어.

너무 쉬운 업무만 한다고 속상해 말아라. 나도 그러고 있다만, 인생은 꽤나 길고, '누군가 네게 띠 띠우고 원하지 않는 곳으로 데려가는'* 순간이 얼마든지 들이닥칠 테니까.

à Dieu. 내가 아는 모두에게 안부 전해라. 마음으로 악수 청한다.

빈센트

* 요한복음 21장 18절

24네 —— 1875년 4월 6일(화)

베드포드 가 25번지, 스트랜드

테오에게

편지 고맙게 받았다. 내가 보낸 노트에 하이네Heinrich Heine의 〈바다의 고요Meeresstille〉를 잘 옮겨적었나 모르겠다. 얼마 전 테이스 마리스의 그림을 보는데 문득 그 시가 떠올랐거든.

네덜란드의 옛 마을, 줄지어 늘어선 적갈색 벽돌집, 계단식 박공, 높은 계단, 회색 지붕, 하얗거나 노란 대문, 창턱과 코니스, 운하를 오가는 배들, 커다란 도개교, 그 아래로 키잡이가 모는 바지선이 지나가고, 도개교 관리인의 사무실, 그 창문으로 보이는 작은 책상 앞에 앉은 관리인.

조금 떨어진 곳에 운하 위로 놓인 돌다리, 그 다리 위를 오가는 사람들과 백마가 끄는 수레.

어디를 봐도 살아 움직이고 있어. 손수레를 끄는 인부, 난간에 기대서서 물을 내려다보는 남자, 흰 모자에 검은 옷 차림의 여성들.

전경에는 검은 포장도로가 깔린 부두와 난간이 보여. 저 멀리 집들 뒤로 보이는 교회 첨탑, 그리고 이 모든 것 위로 펼쳐진 창백한 잿빛 하늘.

작은 그림인데 수직으로 그려졌지. 주제는 너도 잘 아는 암스테르담의 J. 마리스의 대형 회화와 같은데, 그게 재능이 있는 작품이라면, 이건 천재적이야!

네게 보내주려고 두어 편 더 옮겨적었는데, 기회가 되는 대로 보내줄게.

《절벽》을 기억해라. 그리고 우연이 내게 알게 해주고 만나게 해준 다른 것들도. 빅토르 위고의 연극은 정말 장관이더라. à Dieu. 아버지를 뵙거든 안부 전해주렴.

빈센트

25네 —— 1875년 4월 18일(일)

테오에게

편지에 작은 데생 하나 동봉한다. 지난 일요일에 그렸어. 하숙집 여주인 딸(13살이었지)이 죽은 날 아침에.

스트리섬 커먼Streatham Common의 풍경으로, 떡갈나무와 금작화가 자라는 드넓은 초원이야. 밤새 비가 내려서 땅은 온통 물에 잠겼는데 봄 잔디 새싹은 참 푸르고 싱싱하지.

네가 보듯, 에드몽 로슈Edmond Roche의 시집 제목 쪽 여백에 끄적여봤다. 몇몇 시들은 무척 아름다운데, 무겁고 침울한 분위기야. 이런 식으로 시작했다가 끝나는 거야.

> 나 홀로 서글피, 침울하고 헐벗은 모래 언덕을 오른다.
>
> 바다가 끊임없이 애도하는 그곳.

Hartelyk gegroet & het beste u toegewenscht. Adieu

Vincent

널찍한 너울을 만든 파도가 최후를 맞으러 오는 모래 언덕,
구불구불하면서 단조로운 길을 만들면서.

〈칼레Calais〉라는 시도 있어.

다시 한 번 보고 싶어라, 오 나의 고향이여,
해변가에 앉은 친애하는 바다요정이여,
뾰족하게 솟은 당신의 종탑은
대담하면서 동시에 우아한 멋을 지녔네,
둥근 지붕의 채광창으로 하늘이 보이네.

코로의 동판화가 어떤 분위기일지 자못 궁금해할 너를 위해 이것도 옮겨 적는다.

〈연못L'étang : 코로에게〉
연못을 바라본다. 침울한 납빛의 물.
산들바람 아래 서서히 너울이 생기며
부드러운 선이 진흙을 감싸 안고
진창에 멈춰 선 배의 뱃머리와 옆구리를 어루만진다.

숲 꼭대기에서 떨어진 나뭇잎들,
바닥에 깔리고, 안개는 하늘을 감싸네.
우리 둘은 속삭이네, 들릴 듯 말 듯,
서글프게 속삭이네, "여름이 끝났다"고.

"언덕은 예의 우아함을 상실했다"고.
"초록빛 나뭇잎도, 황금빛 햇살도 사라졌다"고.
"떨리는 물에서 떨리면서, 언덕을 물들이던 그 나뭇잎과 햇살."

이런 시가 다시 한 번 우리 눈앞에 펼쳐지기를
당신이 원한다면, 그렇다면
당신은 창조주를 따라 재창조를 한 이가 아니라는 말입니까?

_빌 다브레Ville-d'Avray*

좋은 일만 있기 바란다. à Dieu.

빈센트

26네 ____ 1875년 5월 8일(토)

테오에게

편지 잘 받았다. 환자 상태는 좀 어떠니? 아버지께 야네트여Jannetje (Annet) Cornelia Haanebeek가 아프다는 얘기는 이미 들었는데, 네가 편지로 설명한 것만큼이나 심각한 줄은 몰랐어. 시간 될 때 다시 자세히 소식 전해주렴. 그래, 아우야, 우리가 "무슨 말을 하겠냐?"

코르 작은아버지와 테르스테이흐 씨가 여기 오셨다가 지난 토요일에 가셨어. 내 생각이다만, 두 분 모두 크리스털 팰리스를 비롯해서 별 관련 없는 여러 곳을 너무 자주 찾으시는 것 같아. 차라리 내가 사는 곳을 한 번 방문하실 수도 있었을 텐데 말이다.

아나 소식이 궁금하겠지만, 그건 다음 편지로 미루도록 하자.

난 남들이 지금 생각하고 있는 그런 사람이 아니길 바라고, 또 그렇게 믿는다. 두고 볼 일이지. 시간이 흘러야 알 수 있으니까. 아마 몇 년 후에는 네게도 똑같이 말할 게다. 적어도 네가 지금의 너로 남아 있다면 말이야. 이중적인 의미**가 담긴 말이다, 아우야.

잘 있어라, 그리고 야네트여에게 안부 전하고.

네게도 악수 청한다. 빈센트

> 이 세상에서 큰일을 하려면 자기 자신은 죽여야 하는 법이다. 종교적 신념을 가지고 선교사가 되는 사람들은 그 신념이 그들의 조국이 된다.
>
> 자고로 인간이 세상에 태어난 이유는 단지 행복하기 위해서만이 아니다. 또 정직하게 살기 위해서도 아니다. 인류를 위해 큰일을 이루기 위해서고, 평범한 일개 인간들의 저속한 생활상을 뛰어넘어 고귀한 경지에 다다르기 위함이다.
>
> _르낭***

* 코로가 젊은 시절 그림을 그리던 곳이다.

** 두 사람 다 짝사랑을 앓고 있음을 암시한다. 테오는 야네트여 하네베이크를, 빈센트는 카롤리나 하네베이크를 짝사랑하고 있었다.

*** 르낭의 글은 불어로 옮겨적었다.

Paris

3
프랑스
/
파리

1875년 5월 15일
/
1876년 3월 28일

구필 화랑 운영진들은 지난 6년간 만족스러운 실적을 보여준 모범 사원의 방황이 안타까웠다. 그래서 1875년 5월 중순, 본점인 파리로 정식 발령을 냈고 업무도 갤러리를 담당시켜서 환경을 완전히 바꿔주고자 했다. 하지만 그는 '선실'이라고 이름 붙인 몽마르트르 언덕의 작은 방에 칩거하며 성경 통독에 열중했고, 동료 직원들 말고는 일반 파리 시민들과 거의 접촉하지 않고 지냈다.

부모는 편지의 행간에서 장남의 상태가 전혀 나아지지 않고 있음을 읽어냈다. 아버지는 차남 테오에게 "아무래도 네 형은 두세 달 안에 구필 화랑을 떠나는 게 좋을 것 같구나. 그의 내면에는 잠재력이 있지만, 지금 그곳에서는 전혀 행복하지 않아 보인다"고 편지했다. 빈센트는 남에게 도움이 되는 삶을 살고 위대한 일을 하고 싶어했지만, 도대체 무엇을 어떻게 해야 할지 전혀 감을 잡지 못하고 방황했다. 급기야 1년 중 갤러리가 가장 바쁜 시기에, 아무런 사전 통보도 없이 크리스마스와 새해를 집에서 보내겠다며 에턴으로 가버렸다.

점점 더 괴팍해지는 성격과 근무 태만에 근무지 무단이탈 사건까지 있자, 결국 부소 사장(구필 씨의 사위이자 후계자)은 1876년 1월 초 네덜란드에서 돌아온 빈센트에게 해고를 통보했다. 빈센트도 별다른 변명 없이 해고를 받아들였고, 4월 1일자 사직서를 제출해두고 신문 광고를 보며 구직 활동을 했다.

그 시기에 빈센트는 해고조차 조금은 가볍게 여겼는데, 다만 우울하고 위협적인 먹구름이 자신을 덮쳐온다는 예감만큼은 느꼈던 듯하다. 센트 큰아버지는 큰 기대를 걸었던 조카의 기행에 크게 실망해서 등을 돌렸고, 부모는 자녀 교육비로 모아뒀던 신탁자금을 생활비로 써야 했으니(목사의 연봉은 820길더쯤이었다), 자연스럽게 테오가 가족의 주 부양자가 되었다. 이때 테오가 화가가 되라고 권유했는데, 빈센트는 전혀 듣지 않았다. 아버지가 "센트 큰아버지나 코르 작은아버지가 그랬듯, 너도 너만의 작은 갤러리를 열라"고 제안했고, 졸작까지 판매해야 하는 의무가 사라져 부담이 덜어지는 일이었지만, 이마저도 거절했다.

그의 마음은 다시 영국으로 향했고, 거기로 가서 선생님이 되기로 결정했다.

27네 ____ 1875년 5월 31일(월)*

테오에게

오늘 아침에 편지 고맙게 잘 받았다.

어제 카미유 코로의 전시회에 갔어. 〈올리브나무 정원Le jardin des oliviers〉을 봤지. 코로가 이 그림을 그려줘서 얼마나 기쁘던지! 오른쪽에 올리브나무 여러 그루가 땅거미 지는 파란 하늘 아래에 시커먼 그림자처럼 모여 있어. 뒤로 관목들과 큼직한 나무 몇 그루가 솟은 언덕이 보이고, 그 위 밤하늘에 별이 반짝이는 그림이야.

전시회에서 코로의 작품 3점이 유독 아름답더라. 그중에서도 최고는 〈나무하는 여인들Les Bûcheronnes〉로, 죽기 얼마 전에 남긴 작품이지. 아마 「일뤼스트라시옹」이나 「르 몽드 일뤼스트레」에 목판화로 소개된 적이 있을 거야.

물론 루브르 미술관과 뤽상부르 미술관도 이미 다녀왔어. 루브르의 라위스달 그림들은 정말 근사했는데, 특히 〈덤불Le Buisson〉, 〈방파제L'Estacade〉, 〈햇살Le Coup de Soleil〉이 눈에 띄더라. 너도 꼭 여기 와서 렘브란트의 소품들을 보면 좋겠다. 〈엠마오의 저녁 식사Les Pèlerins d'Emmaus〉와 짝을 이루는 〈철학가Les Philosophes〉까지 함께 말이야.

얼마 전에 아내와 두 딸과 함께 외출을 나온 쥘 브르통을 봤다. 얼굴이 J. 마리스를 많이 닮았는데, 다만 머리 색은 더 짙어. 기회를 봐서 되도록 빨리 그 사람 책 『벌판과 바다Les Champs et La Mer』를 보내줄게. 그의 모든 시가 수록된 책이야. 전시회에 그가 그린 〈성 요한의 전야La Saint-Jean〉도 있었어. 여름 밤에 시골 아가씨들이 '성 요한의 모닥불' 주위를 돌며 춤을 추지. 뒤로는 마을과 교회가 보이고 그 위로 달이 떠 있어.

> 춤을 추어라, 춤을 추어라, 오 아가씨들이여
> 당신들이 가진 사랑의 노래를 부르면서
> 내일, 동이 트자마자
> 반달낫을 들고 길을 나서야 할 테니**

뤽상부르에는 그의 회화가 3점 전시돼 있어. 〈밀밭에서의 은총Une Procession dans Les Blés〉, 〈이삭 줍는 여인들Les Glaneuses〉, 〈홀로Seule〉. 잘 있어라.

빈센트

* 이때부터는 구필 화랑 파리 지점의 직인이 찍힌 종이에 편지를 써서 보냈다.

** 불어로 썼다.

28네 ___ 1875년 6월 19일(토)

테오에게

야네트여를 한 번 더 보고 싶었는데, 결국 그렇게 안 되고 말았구나. 인간이 기를 써도, 이끄시는 건 하나님이시니.

네덜란드로 보낸 첫 번째 상자에 필리프 드 샹페뉴Philippe de Champaigne의 회화 사진을 넣었다. 바로 미슐레가 "30년간 내 곁에 머물며, 고집스레 날 찾아왔다"던 그 그림이야. 거기다가 라위스달의 〈덤불〉을 본뜬 도비니의 동판화 복제화, 코로의 석판화 〈석양Soleil couchant〉 복제화, 보드메르Karl Bodmer의 석판화 〈가을의 퐁텐블로Fontainebleau en automne〉 각각 1점씩, 그리고 자크Charles Emile Jacque(s)의 동판화 2점까지 같이 보낸다.

잘 있어라. 빈센트

파리에 언제까지 있을지 나도 잘 모르겠다만, 런던으로 돌아가기 전에 헬보이르트에 들르고 싶다. 그때 너도 와주면 좋겠구나. 여행 경비는 내가 다 지불할게.

야네트여도, 그녀의 죽음도 잊을 수는 없겠지만 그래도 네 마음을 잘 추슬러야 한다. 그렇게 시간이 흐르면 서서히 "슬프지만 항상 기쁘게"* 생활할 수 있게 돼. 그런 경지까지 다다라야 해.

29네 ___ 1875년 6월 29일(화)

테오에게

헤이그를 떠나 있는 게 좋겠다. 너도 가끔 그러고 싶지 않니? 그런지 아닌지 편지 바란다.

파리 체류는 당분간이지만, 그래도 가을까지는 네덜란드로 돌아가지 않을 거야.

헤이그로 보내는 첫 번째 상자에 헬보이르트행 작은 소포를 넣었어. 받으면 상자를 열어 내용물을 확인하고 집으로 보내줘. 아버지 서재의 판 데르 마턴Jacobus (Jakob) Jan van der Maaten의 〈밀밭의 장례식〉 옆에 뒀으면 하는 석판화들이다. 안케르의 〈위그노 노인〉의 석판화 사진 같은 경우엔, 내가 센트 큰아버지께도 한 장 팔았어. 며칠 전에 여기 다녀가셨거든. 비를 맞으며 쟁기를 끄는 말을 화폭에 담은 자크의 회화도 사셨어.

여기서 밀레의 데생도 몇 점 팔았다고 얘기했었던가? 그림들이 전시된 드루오 호텔의 전시실에 발을 들인 순간 이런 기분이 들더라. "네가 선 곳은 신성한 땅이니 네 발에서 신을 벗어라."**

* 고린도후서 6장 10절

** 출애굽기 3장 5절

너도 알다시피 밀레는 그레빌에 살았지. 일전에 말했던 그 사람이 죽은 곳*이 그레빌이었는지 그랑빌이었는지 잘 모르겠다만, 어쨌든 밀레의 데생 〈그레빌의 절벽Cliffs of Gréville〉을 아주 세심히 들여다봤어. 뤽상부르 미술관에는 밀레의 또 다른 회화 〈그레빌의 교회The Church of Greville〉도 있어. à Dieu.

빈센트

30네 ____ 1875년 7월 6일(화)

테오에게

편지 고맙게 잘 받았다. 그래, 아우야, 안 그래도 그렇게 생각했어. 영어 실력이 얼마나 늘었는지 알려줘야지. 실력은 좀 늘었어? 안 늘었어도 그게 무슨 대수냐.

난 몽마르트르에 작은 방을 구했어. 네 마음에도 들 게다. 작지만 송악과 개머루가 가득 핀 정원을 향해 창이 나 있어. 벽에 어떤 판화들을 걸었는지 말해줄게.

라위스달, 〈덤불〉과 〈빨래하는 여인들〉
렘브란트, 〈성경 읽기〉 (옛 네덜란드식의 큰 방에서, 밤에 탁자에 초를 켜두고 엄마가 아기의 요람 옆에 앉아 성경을 읽고, 노파가 곁에 앉아 듣고 있어. 이 그림을 볼 때마다 이 말이 떠오른다. '진실로 너희에게 이르노니, 두세 사람이 내 이름으로 모인 곳에는 나도 그들 중에 있느니라.'** 〈덤불〉만큼이나 커다랗고 화려한 동판화야).
필리프 드 샹페뉴, 〈어느 부인의 초상화〉
코로, 〈저녁〉
보드메르, 〈퐁텐블로〉
보닝턴, 〈길〉
트루아용, 〈아침〉
쥘 뒤프레, 〈저녁(안식처)〉
마리스, 〈빨래하는 여인들〉과 〈세례〉
밀레, 〈한나절〉(4폭 목판화)
판 데르 마턴, 〈밀밭의 매장〉
도비니, 〈여명(닭이 울 때)〉

* 쥘 브르통의 짧은 단편 속 캐릭터에 대해 이야기를 주고받은 적이 있었는데, 그 이야기를 하고 있다.

** 마태복음 18장 20절

샤를레, 〈관용〉(눈 내린 겨울에, 소나무로 둘러싸인 농장. 문 앞에 선 농부와 병사)

에두아르 프레르Edouard Frère, 〈재단사들Les couturières〉과 〈술통 제조업자Un tonnelier〉

이만 줄인다, 아우야. 잘 지내라. 너도 잘 알지, 최대한 온유하고 절제된 삶을 살아야 한다는 사실 말이야. 우린 언제나 좋은 친구로 지내자. à Dieu.

빈센트

31네 ___ 1875년 7월 15일(목)

테오에게

센트 큰아버지가 또 오셨어. 단둘이 있을 때 이런저런 이야기들을 꽤 많이 나눴다. 혹시 네가 여기 파리 지점으로 올 수 있을지 여쭤봤어. 처음엔 넌 헤이그에 있는 게 훨씬 낫다며 잘 듣지도 않으시더라. 하지만 내가 거듭 말을 꺼냈으니 아마도 생각은 해보실 게다.

헤이그에 돌아가시면 분명히 너한테 한마디 하실 거야. 하실 말씀 다 하시게 침착하게 듣기만 해라. 듣는다고 네게 손해될 일은 없고, 훗날 그분의 도움이 필요할 날이 또 있을 거야. 굳이 언급할 필요 없으면 내 얘기는 가급적 꺼내지 말아라.

센트 큰아버지는 무섭도록 총명한 분이지. 지난겨울, 내가 여기에서 지낼 때 대화 도중에 불쑥 이런 말씀을 하시더라. "내가 초자연적인 건 잘 모른다만, 자연에 관해서는 모르는 게 없지." 정확한 말씀은 기억나지 않지만 대충 그랬어. 한 가지 더 알려주자면 당신이 가장 좋아하는 그림 중 하나가 글레르Charles Gleyre의 〈부서진 환상Les illusions perdues〉이야.

생트 뵈브Charles Augustin Sainte-Beuve가 말했어. "무릇 사람들은 마음속에 요절한 시인을 묻고서 살아남았다." 뮈세Louis Charles Alfred de Musset 말은 또 달라. "우리 마음속에는 젊고 활기찬 시인이 잠들어 있다." 센트 큰아버지는 전자일 거야. 네가 어떤 양반을 상대하는 건지 잘 알고, 조심하라는 말이다! 네가 이곳 파리나 런던으로 가겠다고 분명히 말씀드려.

오늘 아침에 편지 고맙게 받았어. 뤼케르트Friedrich Rückert의 시구(詩句)도 잘 받았고. 혹시 그 사람 시집을 가지고 있니? 다른 작품들도 더 읽어보고 싶네. 나중에 프랑스어 성경과 『그리스도를 본받아』*를 보내주마. 분명히 샹페뉴가 그린 초상화 속 부인이 가장 좋아하는 책이었을 거야. 루브르에 가면 성직자가 된 그 부인의 따님 초상화가 있는데, 역시 샹페뉴의 작품이야. 그 그림 속 주인공 옆의 의자에 바로 그 책이 놓여 있지.

일전에 아버지가 이렇게 편지하셨어. "*'비둘기처럼 솔직하라'고 말했던 입술로 곧바로 '뱀처*

* 토마스 아 켐피스(Thomas a Kempis)의 책

*럼 신중하라'고 말하는 사람도 있더라."** 너도 이 점을 항상 명심해라.

너를 사랑하는 형, 빈센트

혹시 화랑에 메소니에Ernest Meissonier 작품 사진들이 있니? 있다면 자주 들여다봐. 그는 *사람*을 그린다. 〈창가에서 담배 피우는 사람〉과 〈점심 식사하는 청년〉 등은 너도 알 테지.

32네 —— 1875년 7월 24일(토)

테오에게

며칠 전, 데 니티스Giuseppe de Nittis의 그림 1점이 우리 화랑에 도착했어. 비 오는 날의 런던 시내 풍경이야. 웨스트민스터 다리와 국회의사당 뒤로 해가 넘어가는 그 분위기는 내가 누구보다 잘 알지. 한겨울, 눈 내리는 이른 아침, 안개 낀 분위기도 눈에 선하다.

그 그림을 본 순간, 내가 얼마나 런던을 사랑했는지 깨달았어. 그렇지만, 런던을 떠난 건 잘한 일이었어. 이게 네 질문에 대한 답이다. 네가 런던으로 갈 일도 없을 것 같다.

뤼케르트의 〈젊은 날의 노래Aus der Jugendzeit〉와 〈자정Um Mitternacht〉은 고맙게 받았다. 무척 아름다운 시야. 특히 〈자정〉은 뮈세의 〈12월의 밤La nuit de Décembre〉이 떠오르더라. 네게 써주고 싶은데 전문을 가지고 있질 않아서.

어제 헤이그로 상자 하나를 보냈는데 일전에 네게 약속했던 물건들도 넣었어.

아나와 리스가 집에 왔다는 소식 들었다. 두 아이 모두 보고 싶구나.

좋은 일만 있기 바란다. 곧 편지해라. 마음으로 악수 청한다.

너를 사랑하는 형, 빈센트

33네 —— 1875년 8월 13일(금)

테오에게

편지가 좀 늦어졌구나. 아버지가 에턴행을 수락하셨다니 잘됐다. 이런 상황에선 빌레미나가 아나를 따라가는 게 좋을 것 같아. 나도 그 일요일에 헬보이르트에 너희와 함께 있었다면 좋았을 텐데. 내가 그날, 소에크 가족과 빌 다브레에 있었다고 말했던가? 그곳의 작은 교회에 코로의 회화가 3점이나 있어서 정말 깜짝 놀랐어.

지난 일요일, 그리고 2주 전 주일에도 베르시에Eugène Bersier 목사님 교회에 갔다. "하나님을

* 마태복음 10장 16절

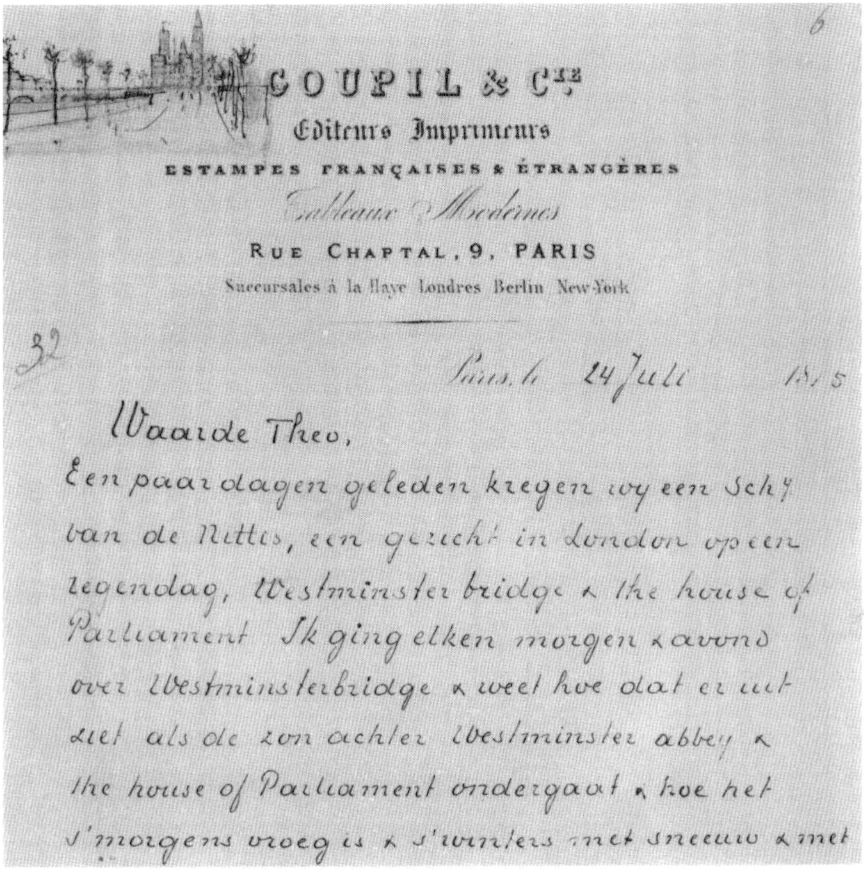

6

GOUPIL & Cie
Éditeurs Imprimeurs
ESTAMPES FRANÇAISES & ÉTRANGÈRES
Tableaux Modernes
RUE CHAPTAL, 9, PARIS
Succursales à la Haye Londres Berlin New-York

32

Paris, le 24 Juli 1875

Waarde Theo,
Een paar dagen geleden kregen wy een schy van de Nittis, een gezicht in London op een regendag, Westminster bridge & the house of Parliament. Ik ging elken morgen & avond over Westminsterbridge & weet hoe dat er uit ziet als de zon achter Westminster abbey & the house of Parliament ondergaat & hoe het 's morgens vroeg is & 's winters met sneeuw & met

사랑하는 이들에게는 모든 것이 협력하여 선을 이룬다."* 그리고 "그분은 자신의 모습대로 인간을 창조하셨다"**는 설교 말씀이었어. 정말 아름답고 위대한 내용이야. 너도 일요일마다 꼭 교회에 가거라. 설교가 조금 시원찮더라도 가는 게 훨씬 나아. 절대 후회하지 않을 게다. 혹시 쥐블리 목사의 설교를 들어봤는지 모르겠다.

내 방 벽에 걸어둔 작품들 목록에서 몇 가지를 빠뜨렸더구나.

N. 마스Nicolaes Maes, 〈예수의 탄생La nativité〉

아몽Jean Louis Hamon, 〈내가 음산한 겨울이었다면Si j'étais l'hiver sombre〉

프랑세Louis-François Français, 〈최후의 어느 날Dernier beau jour〉

* 로마서 8장 28절

** 창세기 1장 27절

루이페레스Luis Ruipérez, 〈그리스도를 본받아La Imitación de Jesucristo〉
보스봄Johannes Bosboom, 〈칸타비무스와 살레무스Cantabimus and psallemus〉

네게 줄 렘브란트의 〈성경 읽기〉 복제화를 하나 더 구하려고 백방으로 알아보는 중이야. 잘하면 바로 다음에 떠나는 회화 화물 상자에 같이 넣어 보낼 수 있을 것 같다. 트루아용의 석판화 〈아침 효과Effet de Matin〉와 프랑세의 석판화 〈최후의 어느 날〉은 보내줬었나? 아니라면 편지해라. 각각 1점씩 여분을 가지고 있거든. 이제 줄인다. 행운을 빈다. 최선을 다하고 뒤돌아보지 말아라(최대한). 내 말 명심해라.

너를 사랑하는 형, 빈센트

테르스테이흐 씨 부부와 마우베 형님 형수님께도 안부인사 전해다오. 판 스토큄 씨 가족, 하네베이크 씨 가족은 물론 피에 이모님과 루스 씨 가족에게도!

34네 ___ 1875년 8월 16일(월)에서 9월 1일(수) 사이

테오에게

이번 편지와 뤼케트르의 시, 고맙게 잘 받았다.

지난 일요일에 베르시에 목사님 교회에 다시 갔어. '옳지 않음'에 대해 설교하시면서 "가시덤불 속에 뿌려진 삶에 행복을 기원한다"는 결론을 내리시더라.

빈센트 큰아버지가 들으셨으면 좋아하셨을 말씀이 기억난다. "청년이여, 네 어린 때를 즐거워하며 네 젊음의 날들을 마음에 기뻐하여 마음이 원하는 길들과 네 눈이 보는 대로 가라. 다만 이 모든 일에 대하여 하나님께서 너를 심판하실 줄 알라. 그런즉 네 마음에서 근심을 떨쳐버리고 네 몸에서 고통을 흘려버려라. 젊음도 청춘도 다 헛되다. 젊음의 날에 너의 창조주를 기억하여라, 불행의 날이 닥치기 전에. 네가 '마음에 아무 낙이 없다'고 말할 날이 가깝기 전에."*

더 좋은 말씀도 있어. "하나님을 경외하고 그의 계명들을 지켜라. 이것이 모든 사람의 본분이다."** 그리고 "아버지의 뜻대로 이루어지리다."*** 또 "저희를 유혹에 빠지지 않게 하시고 다만 악에서 구하소서."****

* 전도서 11장 9~10절

** 전도서 12장 13절

*** 마태복음 6장 10절과 26장 42절, 누가복음 11장 2절

**** 마태복음 6장 13절

테르스테이흐 씨에게 보내는 짤막한 편지 동봉한다. 다음에 발송해줄 〈성 금요일Vendredi Saint〉과 〈성 어거스틴Saint Augustin〉 판화작품을 액자에 넣어달라는 부탁이야. 그리고 넌 그림들이 9월 10일까지 헬보이르트에 도착할 수 있게 애써주면 고맙겠다. 우리 둘이 같이 드리는 선물로 해서, 비용도 나눠 내는 게 좋겠어. 그러면 넌 액자 비용으로 2.5길더*만 내라. 테르스테이흐 씨에게는 비용이 얼마나 드는지 네게 편지를 받으면 비용을 보내드리겠다고 이미 말했거든. 그러니 넌 나중에 만나면 그 비용만 주면 돼. 아마 크리스마스 직전 즈음이 되겠지. 그때까지는 휴가를 쓰지 않는 게 좋겠다.

오늘은 함만Edouard Jean Conrad Hamman 씨 댁에 저녁식사 초대를 받았다. à Dieu. 곧 편지해라. 내 말 명심하고.

너를 사랑하는 형, 빈센트

35네 ____ 1875년 9월 2일(목)

테오에게

오늘 아침에 아버지와 네게서 동시에 얀 외삼촌**의 부음을 전해들었다. 이런 일이 있을 때마다 우린 말하지. "주여, 우리를 더 가깝게 결속시키시고, 당신에 대한 사랑으로 그 결속력이 더 강해지게 하소서." 또 "하나님을 경외하고 그의 계명들을 지켜라. 이것이 모든 사람의 본분이다."

네덜란드행 첫 번째 화물 상자에 전에 말했던 렘브란트의 석판화와 판화 복제화 몇 점을 넣었다. 보닝턴의 석판화 복제화 2점도 있는데 틀림없이 네 취향일 게다. 아버지께 드리는 쥘 브르통과 코로의 복제화도 몇 장 같이 보낸다. 뒷장에 '헬보이르트행'이라고 따로 적어둘게.

네가 편지에 언급했던 피나스Jan Symonsz. Pynas라는 작가는 들어본 적이 없어. 어떤 그림인지 궁금하다. 디아즈Narcisse Virgile Diaz de la Peña의 석판화 〈수도승Un moine〉도 잘 모르겠어.

지난 일요일에 루브르에 다녀왔어(거의 일요일마다 루브르나 뤽상부르 미술관에 간단다). 언젠가 너도 판 오스타데Adriaen van Ostade의 가족 초상화를 봤으면 좋겠다. 화가 자신과 부인을 비롯해 내 기억으로는, 총 여덟 명의 자녀가 화폭에 담겼는데, 모두 검은색 옷을 입었고 아내와 딸아이들만 흰 모자를 쓰고 목 스카프를 했어. 커다란 벽난로에 떡갈나무 찬장이 달린 화려하고 고풍스러운 네덜란드식 방이고, 하얀 벽에 검은 액자에 든 그림들이 걸렸고 구석에 파란 커튼과 담요로 장식된 큰 침대가 있어.

* 네덜란드의 옛 화폐 단위. 2002년에 유로로 바뀌었다.

** 얀 카르벤튀스

네게 말했던 렘브란트의 〈엠마오의 저녁 식사〉는 판화로 제작됐어. 구필 화랑 어르신들이 아마 늦가을경 발표할 예정이야.

보르허르스 씨 댁에 방문해봤니? 내 기억에, 그분 어머니가 매우 남다른 귀부인이셔. 되도록 많이 돌아다녀라. 그러니까, 당연히 판 스토큄 씨 가족, 하네베이크 씨 가족, 카르벤튀스 일가, 보르허르스 씨 가족 등을 자주 찾아뵈라는 뜻이야. 크라프트 씨나 마르타 씨가 아니라.* 도저히 피치 못할 사정이 생긴다면 모를까. 뭐, 그럴 땐 오가며 한두 번 인사드려도 나쁠 것 없지.

화랑 일은 어떠니? 가끔은 정말 견디기 힘들다는 걸 잘 알지만, 그래도 되도록 유용한 일꾼이 되도록 노력해야 한다.

네게 좋은 일만 있기 바랄게. 곧 또 편지해라.

언제나 너를 사랑하는 형, 빈센트

보르허르스 씨 가족에게 건네는 짤막한 편지 동봉한다. 루스 씨 가족과 내 근황을 궁금해하는 모든 이에게 안부 전해라. 보르허르스 씨 말이 베이하위전이 사망했다더라. 난 모르고 있었어. 넌 장례식에 참석했었는지 궁금하다.

36네 —— 1875년 9월 4일(토)

테오에게

이 편지에 어머니 생신 축하 서신을 동봉하니 네 것과 같이 전해드리면 좋겠다.

미셸Georges Michel 그림의 동판화 복제화와 함께 그 사람에 관한 책을 샀어. 다 읽는 대로 네게 보내주마. 하지만 미셸의 작품이 우리 두 사람 모두에게 깊은 감동을 선사했던 『애덤 비드』에 묘사된 풍경만큼 아름답지는 않더라. 보닝턴도 *거의 그렇게* 그린 그림이 있는데, *바로 그것*은 아니야. 혹시 너만 괜찮다면, 네가 이 책을 다 읽고 나서, 내가 드리는 거라고 말씀드리며 코르 작은아버지께 전해주면 좋겠는데. 아무튼 그 책은 네게 주는 거야.

하네베이크 씨 가족, 카르벤튀스 일가, 판 스토큄 씨 가족, 마우베 형님 가족, 루스 씨 가족 등을 만나거든 안부 전해라. 행운을 빈다. 좋은 일만 있기를.

언제나 너를 사랑하는 형, 빈센트

미셸 책은 테르스테이흐 씨에게도 읽어보시라고 권해라.

* 보르허르스 씨는 헤이그 시청의 공무원, 크라프트 씨는 헤이그 술집의 주인, 마르타 씨는 담배 가게 주인이다.

36a네 ____ 1875년 9월 7일자(화) 테오의 편지, 그리고 9월 8일자(수) 빈센트의 답장

(헤이그에서 테오가 보낸 편지)

빈센트 형님

베이하위전은 지난봄에 유명을 달리했습니다. 형님도 아시는 줄 알았어요. 병에 걸려 며칠 시름시름 앓다가, 병원에서 아무도 없을 때 갑자기 숨을 거두었다네요. 곁을 지키지 못해서 못내 후회스럽습니다. 최근 들어 자주 만나던 사이였기에 더 그렇습니다. 미슐레의 『사랑』을 읽었다면서 제게 자주 그 책 얘기를 했었어요. 자신은 자연을 무척 사랑하고, 자연 속에서 *감미로운 우울*을 찾는다고 말했었죠. 지난 일요일에는 *감동적인* 설교를 들었습니다. "예수께서 눈물을 흘리셨다"는 내용입니다.

약속하셨던 복제화와 미셸에 관한 책은 감사히 잘 받겠습니다. 얼른 보고 싶네요.

보르허르스 씨께는 형님 서한 잘 전했습니다. 좋은 분들 같네요. 자주 교류하면 좋겠습니다. 오늘 렘브란트 판화를 비롯한 새로운 작품들이 도착했습니다. 훌륭한데, 특히 예수님의 얼굴이 아름다워 보였고, 전반적으로 다 고귀한 분위기가 풍깁니다. 이만 줄입니다. 행운을 빕니다.

사랑하는 동생, 테오

어머니 생신 때 드릴 액자는 개당 4길더입니다.

(이튿날 곧바로 보낸 빈센트의 답장)

사랑하는 테오에게

이 편지가 네게 되돌아갈 줄은 예상하지 못했을 거야. 그렇지?

아니, 아우야, 그렇게 바라봐서는 안 돼. 베이하위전의 죽음은 분명 슬픈 일이지만, 네가 말한 것과는 다소 다른 의미의 슬픔이다.

눈을 크게 뜨고, 강인하고 단호해지도록 노력해라. 미슐레의 책이 그 친구한테 그토록 의미가 있었다고?

테오야, 네게 제안을 하나 하고 싶은데, 들으면 깜짝 놀랄 게다. 미슐레의 책을 더 이상 읽지 마. 아니, 그 어떤 책도 읽지 말아라(성경만 빼고). 우리가 다시 만날 크리스마스 때까지 내 말대로 해봐. 그 대신 저녁에 판 스토큄 씨 댁이나 보르허르스 씨 댁에 자주 들러서 어울려라. 결코 후회하지 않을 거야. 내 말을 따르는 순간부터 훨씬 자유로워졌다는 느낌도 들 거고.

네 편지에 밑줄 그어놓은 단어는 신중히 사용해야 해. 물론, 하나님 감사하게도, 세상에는 감미로운 우울이라는 기분도 있겠지. 다만 우리가 모두 벌써 그런 걸 느낄 수 있는지는 잘 모르겠다. 내 말은, 나도 아니고 너도 아닌, *우리*가 말이야.

아버지가 일전에 편지하셨더라. "우울은 나쁜 게 아니다. 오히려 더 성스러운 눈으로 매사를 바라보게 해준다." *이 말이* 사실이야. 말하자면, '감미로운 우울'은 순금이야. 우리는 아직 그 경지까지 다다르지 못했지. 한참 멀었어. 그러니 그날이 오기를 바라며 기도하자. 내 말 명심해.

너를 사랑하는 형, 빈센트

내가 너보다는 그래도 조금 앞서가고 있지. 아, 애석하지만 "젊음도 청춘도 그저 헛되다(La jeunesse & l'adolescence ne sont que vanité)"가 *거의* 진리에 가까운 말임을 너도 깨닫길 바란다. 그러니 굳건해라, 아우야. 진심의 손을 내밀어 악수 청한다.

37네 —— 1875년 9월 12일(일)

테오에게

Flügel, Flügel über's Leben (날개여, 삶을 날아다니는 날개여)
Flügel über Grab und Tod! (날개여, 무덤과 죽음을 내려다보는 날개여!)*

이게 바로 우리에게 필요한 거야. 그리고 손에 넣을 수 있겠다는 생각이 들기 시작했어. 아버지가 이미 가지고 계시지 않을까? 어떻게 얻으셨을 것 같아? 바로 기도와 그 기도의 열매(인내심과 신앙심)로, 그리고 성경이 아버지 가시는 길의 빛이고, 발걸음을 밝히는 등불이 된 결과였어.

오늘 오후에 "지나간 일은 잊으라"는 주제의 설교를 들었다. 이런 말씀이 기억나. "기억보다 희망을 가져라. 소중하고 복된 당신의 과거는 사라지지 않고, 살아가며 언제든 다시 찾을 수 있다. 그러니 과거는 그만 생각하고, 앞으로 나아가라. 누구든지 그리스도 안에서 새로워진다."

건강 잘 챙기고, 내 말 명심해라.

너를 사랑하는 형, 빈센트

"젊음도 청춘도 그저 헛되다." 이게 사실이라면(위에 적은 내용을 항상 기억해, 훗날 모든 걸 다시 시작해야 할지라도, 잘 보낸 젊음은 보배와도 같다는 걸 명심해라) 아버지 같은 어른이 되기를 바라야 하지 않을까? 그렇게 바라고 기도하자. 내 소식을 궁금해할 모두에게 안부 전해라.

* 독일시인 뤼케르트의 시 「날개, 비행하는 날개(Flügel! Flügel um zu fliegen)」의 일부분

창가에 서서 책을 읽는 모습을 그린 렘브란트의 동판화 〈식스 시장Burgemeester Six〉 알지? 빈센트 큰아버지와 코르 작은아버지가 무척 좋아하시는 작품인데, 가끔은 두 양반 모두 젊었을 때 그 작품 속 인물과 꼭 닮았을 거라는 생각이 들어. 나이 든 식스 시장의 초상화도 알 거야. 너희 헤이그 화랑에 복제화가 하나 있을걸. 그의 삶은 분명 아름답고 진지했을 것만 같다.

37a네 ___ 1875년 9월 13일(월)

테오에게

쥘 브르통 작품 사진이랑 코로 작품 사진은 헬보이르트로 보내는 거야. 나머지는 네 것이고.

시간 날 때 헬보이르트로 보내주렴. 다만, 렘브란트의 작품은 구하려고 백방으로 애쓰는 중이니, 내가 그것까지 찾아서 보낼 때까지 되도록 늦추는 게 나을 수도 있겠지.

어제 보낸 편지는 아마 받았겠지.

안부 전한다, Vr.

38네 ___ 1875년 9월 17일(금)

테오에게

자연의 아름다움 앞에서 느끼는 감정은, 제아무리 강렬하다 해도, 신앙의 감정과는 달라. 아무리 이 두 감정이 밀접하게 이어져 있어도 말이야. 자연에 대한 감정은, 경중의 차이는 있겠지만, 어쨌든 거의 모든 사람이 느끼지. 하지만 하나님은 영이시니, 그분께는 영과 진리 안에서 예배를 드려야 한다는 사실을 아는 사람은 드물어. 우리 부모님이 바로 그런 소수에 속하는 분들이고, 아마 빈센트 큰아버지도 그런 분 같아.

이 구절 알지. "이 세상도, 정욕도 지나가리라."* 그런데 정반대로 "절대로 빼앗기지 않을 몫"**이니 "영원히 마르지 않는 샘"***이니 하는 말도 있어. 그러니 하나님 앞에서 풍족한 사람이 되도록 기도하자. 이런 모순들에 너무 매달리지 말고. 자연스레 점점 선명하게 깨닫게 될 테니까. 내 충고대로 지내봐. 우리가 하나님의 나라 안에서 더 가난한 자로, 하나님의 종으로 살게 해달라고 기도하자. 그 경지에 이르려면 아직 까마득하잖아. 제 눈의 들보조차 못 보는 경우가 대부분이니 말이야. 우리는 눈이 더 올바라지도록, 그래서 온몸이 밝아지도록 기도하자.****

* 요한일서 2장 17절

** 누가복음 10장 42절

*** 요한복음 4장 14절

**** 마태복음 6장 22절, '눈은 몸의 등불이니 그러므로 눈이 성하면 온 몸이 밝을 것이요.'

루스 씨 가족과 내 소식을 묻는 사람들에게 안부 전해주렴. 그리고 항상 내 말 명심해라.

너를 사랑하는 형, 빈센트

예술 앞에서 느끼는 감정 역시 마찬가지야. 그러니 너 자신을 *전부* 쏟아붓진 마. 네 일에 대한 애정과 테르스테이흐 씨에 대한 존경심은 남겨둬라. 나중에 아마 지금보다 훨씬 더 존경받는 분이 되실 게다. 그렇다고 또 너무 크게 받아들일 필요도 없고.

식사는 잘 하고 다니니? 빵은 먹고 싶은 만큼 꼭 챙겨 먹어. 잘 자. 난 내일 신고 나갈 구두를 닦아야겠다.

39네 ___ 1875년 9월 25일(토)

테오에게

길이 좁으니* 신중해야 해. 다른 이들이 우리가 가고자 하는 곳에 어떻게 도달했는지 너도 잘 알 거야. 우리도 그 좁은 길로 가야만 해.

Ora et labora(기도하고 일하라).** 매일 주어진 일을 성실히 마쳐라. 네 손이 일을 얻는 대로 힘을 다하여 할지어다.*** 그러면 구하는 자에게 하나님 아버지께서 좋은 것으로 주시지 않겠느냐, '결코 빼앗기지 않을' 좋은 것으로.****

"그런즉 누구든지 그리스도 안에 있으면 새로운 피조물이라. 이전 것은 지나갔으니, 보라, 새것이 되었다." 고린도후서 5장 18절 말씀이야.*****

미슐레 책은 전부 처분할 생각이야. 너도 그렇게 했으면 좋겠다.

크리스마스가 정말 기다려진다. 조만간 맞이할 그날까지 끈기있게 기다리자.

담대해라, 아우야. 모두에게 안부 전한다. 내 말 명심해라.

너를 사랑하는 형, 빈센트

액자비는 곧 보낼게. 테르스테이흐 씨께 편지로 내가 당분간 수중에 현금이 없는 이유를 설명할 거야. 크리스마스 즈음 필요한 여행경비 등을 한꺼번에 받으려고 월급 일부의 지급을 보

* 마태복음 7장 14절, '생명으로 인도하는 문은 좁고 길이 협착하여 찾는 자가 적음이라.'

** 베네딕토 선교회의 유명한 규율

*** 전도서 9장 10절

**** 마태복음 7장 11절

***** 고린도후서 5장 17절 내용인데, 잘못 쓴 듯하다.

류해달라고 부탁했다고 말이야. 그렇더라도 너무 늦어지지 않도록 신경 쓰마.

39a네 ____ 1875년 9월 29일(수)

테오에게

조심해라, 아우야. 용기를 잃지 마.

모든 걸 있는 그대로 바라보되, 모든 게 네게 좋을 거라 여기지도 말아라. 길을 가다 보면 오른쪽으로 빗나갈 수도 있고 왼쪽으로 잘못 갈 수도 있어.

아버지도 네게 수차례 말씀하셨잖아. "*지식*(머리)과 감정(마음)은 나란히 함께 간다."

언제나 진심으로 안부 전한다.

너를 사랑하는 형, 빈센트

곧 또 편지해라. 많이 외출하라고 네게 조언했다만, 딱히 내키지 않는다면 그냥 편한 대로 해. 너도 알다시피 나 역시 별로 돌아다니지 않는 편인데, 그 점을 많이 지적받는단다.

내 방에서 따끈한 코코아 한 잔 앞에 두고 너와 점심이라도 함께하면 얼마나 좋을까! 건강 잘 챙겨라, 아우야. 너와 별 관련 없는 문제는 *크게* 신경 쓰지 말고 가볍게 넘겨.

빵을 먹어보니 어때? 해봤니? 진심 어린 마음으로 서둘러 따듯한 악수 청한다.

39b네* ____ 1875년 9월 27일(월) 추정

테오에게

"하나님의 나라는 눈에 보이게 임하는 것이 아니라, 너희 안에 있다." "인자(사람의 아들)가 온 것은 섬김을 받으려 함이 아니라 도리어 섬기려고 왔다." 또 그분의 제자인 그리스도인 되기를 바라는 우리는 주님보다 높지 않다. 복되다, 마음이 가난한 자여! 복 있다, 마음이 청결한 자여!

생명으로 이끄는 문은 얼마나 비좁고, 찾는 자는 얼마나 적으냐. 너희는 좁은 문으로 들어가기를 힘써라. 왜냐하면 들어가려는 자는 많으나 들어가지 못할 것이기 때문이다.

아우야, 신중하자. 높은 데서 우리를 위해 간구하시는 그분께 부탁드리자. 우리를 세상에서 데려가시기를 위함이 아니라, 다만 악에 빠지지 않게 보전하시기를. 그래, 잠들지 말고 맑은 정신으로 깨어 있자. 온마음으로 주님을 신뢰할 뿐 우리의 예지는 의지하지 말자. 우리를 집에 데

* 신약의 4복음서(마태복음, 마가복음, 누가복음, 요한복음) 속 성경구절을 섞어서 인용하며 써내려가고 있다.

려다달라고, 그리스도인의 삶을 충실히 살게 해달라고, 우리 자신을 버리고 날마다 우리 십자가를 지고 그분을 따라가게 해달라고, 겸손과 온유를 다하고, 인내하며 매달려 기도하자.

빼앗기지 않을 좋은 몫, 영원히 마르지 않는 생수의 샘, 이것은 기도를 들어주시는 분, 구하는 이들에게 온갖 좋은 선물과 모든 완전한 은사를 내리는 그분의 소중한 선물이다.

이 모든 것에 더해 "내 아버지 집에 거할 곳이 많고" 우리의 거처를 마련하러 가셨으니, 우리 모두를 포용하실 것이다. 그리고 아버지의 집까지 가는 길이 평온하도록, 진리의 영이신 위로자께서 진리로 이끄실 것이다. 그렇다고 그리스도인의 삶에는 여전히 어둠이 있을 테니, 그건 오롯이 인간의 몫이기 때문이다.

하나님과 함께 걷는 이들, 하나님의 친구, 하나님의 신실한 신자들, 영과 진리 안에서 하나님께 예배드렸던 이들도 시련과 단련 과정을 겪어왔다. 그리고 때로는 육신의 가시도 받았다. 바울을 따라 살 수 있는 이들은 축복되도다. "내가 아이였을 때는 아이처럼 말하고 아이처럼 생각하고 아이처럼 헤아렸으나, 장성한 사람이 되어서는 어린아이의 일을 버렸다. 그리고 아버지가 만드신 대로, 근심하는 자 같으나 항상 기뻐하는 자가 되었다."*

곧 편지해라. 내가 아는 모두에게 안부 전해주기 바란다. 내 말 명심해라.

너를 사랑하는 형, 빈센트

40네 ____ 1875년 9월 30일(목)

사랑하는 테오에게

일전에 약속했던 미슐레 책을 동봉한다. 거기에 쉐페르의 〈마르그리트Marguerite〉 동판화 복제화, 코로의 석판화 복제화, 작은 초콜릿 상자도 함께.

지금 네 상황이 쉽지 않다는 걸 내가 잘 안다. 아우야, 굳게 마음먹고 담대해라. "꿈꾸지도 말고, 한탄하지도 말아라." 이런 말이 가끔은 도움이 되지.

너도 알다시피 "너는 혼자가 아니라 아버지께서 너와 함께 계신다."

마음으로 진심 어린 악수 청한다.

언제나 너를 사랑하는 형, 빈센트

함께 보내는 렘브란트의 동판화 복제화와 일전에 네게 보냈던 사진들(코로와 쥘 브르통)은, 아버지 어머니가 에턴에 자리잡으실 때까지 네가 보관해줬으면 한다. 나중에, 한 11월 말쯤 보내드리면 좋겠구나.

* 고리도전서 13장 11절과 고리도후서 6장 10절

41네 ___ 1875년 10월 6일(수)

테오에게

바로 얼마 전에 편지했지만, 또 펜을 들었다. 일상이라는 게 가끔은 얼마나 버거운지 너무나 잘 알기에. 기운 내라, 아우야. 비 온 후에는 해가 뜨는 법이잖아. 그런 희망을 품자.

'오르막길을 오르는 내내, 그러니까, 끝까지' 비와 해가 오락가락할 거야. 때로는 '새벽부터 밤까지 꼬박 하루'*의 여정을 쉬어가기도 하고. 항상 이 말을 기억해라. "이 또한 지나가리라." 또 쥘 뒤프레는 "누구나 전성기가 있다"고 말하곤 했지. 그 말도 믿어보자.

마침 오늘 영국에 있는 아나와 빌레미나에게 작은 소포를 하나 보냈다. 『그리스도를 본받아』와 네게 보내줬던 시편과 같은 판본의 성경 말씀 몇 편을 보냈지. 너도 그 말씀, 충실히 읽어봐라. 혹시 개별 편집된 복음서 4권과 시편이 필요하면 말하렴.

네덜란드 성가집이 있으면 좋겠다. 기회가 되면 가장 저렴한 걸로 구해서 보내줄래? 시편은 하나 가지고 있거든. 영국에도 아름다운 성가가 많은데, 그중 이런 성가가 있어.

> 주님의 길은 내 길과 다르니
> 아무리 어두울지라도
> 당신의 손으로 날 이끄소서
> 날 위해 길을 안내하소서
>
> 내 운명, 스스로 선택할 수 없나니
> 그럴 수 있더라도, 그러지 않으리니
> 주님이시여, 주님이시여, 나를 위해
> 똑바로 걷도록 이끄소서
>
> 내가 찾는 왕국
> 그곳은 당신의 왕국이니
> 그곳으로 가는 길이 좁고 험해
> 나는 길을 잃고 헤매노니
>
> 날 위해 길을 안내하소서
> 내 친구, 내 건강, 내 고통

* 로제티(Christina Georgina Rossetti)의 시 〈오르막길(Up-hill)〉의 일부 구절. 편지 끄트머리에도 다른 부분을 적어두었다.

날 위해 길을 안내해주소서
내 고민, 가난과 부

크든, 작든
오직 나만을 위해서가 아니라
길을 안내해주소서
내 힘, 내 지혜, 내 모든 것을 위해서

이것도 있다.

당신 가까이, 더 가까이, 주여!
가까이, 더 가까이, 당신 곁으로!
내 몸을 짓누르는
십자가를 지더라도
언제나 내 노래는 이어지리라
당신 가까이, 더 가까이, 주여!
가까이, 더 가까이, 당신 곁으로!

때론 슬픔 속에, 때론 고통 속에
앞으로, 그리스도인은 앞으로 걸어 나가네
생명의 빵에 의지하며
전투를 벌이고 싸움에 맞선다네

가라, 상처받은 마음 치유되도록
천상의 갑옷을 입고
가라, 싸워라, 싸움은 길지 않다
승리가 곧 너의 노래로 채워지리니
괴로움이 네 시야를 가리지 않으리니
곧 네 눈물이 마르리라
두려움도 네 길을 막지 못하리라
비탄이 큰 만큼 강인해지리라

내가 아는 모두에게 안부 전한다. 카롤리나 판 스토큄은 어떻게 지내는지 궁금하다. 내가 각별히 안부 묻더라고 전해주면 좋겠다. 내 말 명심해라.

너를 사랑하는 형, 빈센트

길은 계속 오르막인가요?
- 그래요. 끝까지 오르막이에요.
밤까지 계속 걸어야 할까요?
- 네, 새벽부터 밤까지 걸어야 합니다, 친구.

42네 ____ 1875년 10월 11일(월)

테오에게

오늘 아침에 네 편지 고맙게 받았다. 오늘은 평소 네게 하던 이야기 말고, 이곳 생활을 아주 상세히 말해볼까 해.

알다시피 난 지금 몽마르트르에 살고 있다. 화랑에서 같이 근무하는 영국 청년과 함께. 열여덟 살이고, 런던의 어느 미술상 아들이니까 아마도 나중에 아버지 사업을 물려받겠지. 타지 생활은 생전 처음이라는데, 그래서 첫 몇 주 동안은 정말 무례했다. 예를 들면, 아침 점심 저녁으로 매일같이 빵을 4~6수*어치씩 먹어대고(파리는 빵값이 아주 저렴해) 거기에 사과와 배까지 몇 파운드씩 먹어치우지 뭐냐. 그런데도 몸은 막대기처럼 비쩍 말랐어. 치열이 위아래로 툭 불거졌고 두툼하니 벌건 입술에 반짝이는 눈과 항상 벌겋게 상기된 널찍한 두 귀를 가졌고 거의 민머리야(머리카락은 검은색).

내 장담하는데, 필리프 드 샹페뉴의 그림 속 부인과 분위기가 정반대야. 처음엔 모두가 그 친구를 비웃었어. 나도 그랬지. 그런데 점점 그 친구에게 정이 가더니 지금은 저녁시간을 함께 보낼 수 있어서 얼마나 행복한지 모르겠다. 마음씨는 순진하고 천진난만한데 온 힘을 다해 일하는 성격이야. 저녁마다 같이 집으로 돌아와 내 방에서 이것저것 먹으며 시간을 보내지. 저녁 여가 시간에는 내가 큰소리로 책을 읽어주는데 주로 성경을 읽어줘. 이참에 둘이서 아예 처음부터 끝까지 성경을 완독할 생각이야. 아침에는 대략 5시에서 6시 사이에 그 친구가 나를 깨우러 와서, 내 방에서 아침을 같이 먹고, 8시경 화랑으로 출근하지. 얼마 전부터는 식사량을 다소나마 조절하기 시작했고, 내 도움으로 판화 복제화도 모으기 시작했어.

어제는 그 친구와 함께 뤽상부르 미술관에 가서 내가 가장 좋아하는 그림들을 보여주었어.

* 20수(sou)가 1리브르(livre). 리브르는 나중에 프랑(franc)으로 바뀐다.

그게, 지혜로운 이들이 전혀 못 알아보는 것들을 철부지들이 알아볼 때가 많더라.

쥘 브르통, 〈홀로〉와 〈수확의 축복Bénédiction des blés〉과 〈이삭 줍는 여인들〉
브리옹Gustave Brion, 〈노아Noé〉와 〈성 오딜의 여행자들Les pèlerins de St Odille〉
베르니에Camille Bernier, 〈겨울 들판Les champs en hiver〉
카바Louis Cabat, 〈가을 저녁의 연못L'étang en Soir d'automne〉
에밀 브르통Emile Adélard Breton, 〈겨울 저녁Soir d'hiver〉
보드메르, 〈퐁텐블로〉
뒤베르제Théophile Emmanuel Duverger, 〈농부와 아이들Le laboureur & ses enfants〉
밀레, 〈그레빌 성당〉
도비니, 〈봄과 가을Printemps & Automne〉
프랑세, 〈겨울 끝자락의 공동묘지La fin de l'hiver & Le cimetière〉
글레르, 〈부서진 환상〉
에베르, 〈올리브 정원의 그리스도Le Christ au jardin des oliviers〉와 〈말라리아〉
로자 보뇌르Marie-Rosalie (Rosa) Bonheur, 〈쟁기질Labourage〉

대략 이 정도야. 아, 수도원 그림도 빼놓을 수 없겠다(화가 이름은 기억나지 않아). 수도사들이 이방인을 맞이하다가 갑자기 그분이 예수임을 깨닫는 장면이야. 수도원 벽에 이런 글귀가 적혀 있어. "움직이는 건 사람이지만, 이끄시는 건 주님이다." "너희를 받아들이는 것이고 나를 받아들이는 것이고, 곧 나를 보내신 분을 받아들이는 것이다."

화랑에서는 손에 닿는 대로 일하고 있어. 우리가 살면서 평생 해야 할 일이 아닐까 싶다, 아우야. 다만 내가 온 힘을 다해 할 수 있기를 바랄 뿐이야.

내 조언대로 미슐레나 르낭 등의 책을 치워버렸는지 궁금하다. 그렇게 하면 네 마음도 조금은 편해질 거야. 다만 필리프 드 샹페뉴가 그린 〈여인의 초상〉 속 미슐레 책만큼은 꼭 기억해라. 르낭도 기억하고. 그래도 일단 그 사람들 책은 일단 다 치워. "꿀을 발견하더라도 적당히 먹어라. 질려서 뱉어버리게 된다." 잠언에 이런 비슷한 내용이 있지.* 『신병』, 『워털루』, 무엇보다 『친구, 프리츠』와 『테레즈 부인』을 쓴 에르크만Émile Erckmann과 샤트리앙Alexandre Chatrian을 아는지 궁금하다. 구할 수 있다면 이 책들을 읽어봐. 식단이 달라지니 입맛이 돈다(그렇더라도 우리는 *간소한 식사*를 하려고 노력해야 해. "오늘 우리에게 일용할 양식을 주시고"가 괜히 나온 말이 아니거든). 활도 언제나 굽은 상태로 있을 수는 없고 말이야.

* 잠언 25장 16절

이런 말을 한다고 나를 원망하진 않았으면 한다. 넌 내 말을 잘 가려들을 수 있으니까. *모든 게* 다 좋다고 치부해버리지 말고, 상대적으로 좋은 것과 *나쁜 것*을 구분하는 법을 배워야 해. 그걸 알아야 저 높은 곳에서 바른 길로 인도하시는 분을 느낄 수 있어. 왜냐하면, 아우야, 우리는 "주님이 이끌어주셔야만 하는" 사람들이기 때문이야.

지체하지 말고 또 편지하고, 한 번쯤은 아주 상세한 소식까지 전해주면 좋겠다. 특히 테르스테이흐 씨와 가족분들을 비롯해 너와 내가 알고 지내는 주변 사람 모두에게 안부인사 전한다. 네게 좋은 일만 있기를 진심으로 기원할게. à Dieu. 내 말 명심하고.

너를 사랑하는 형, 빈센트

43네 ____ 1875년 10월 14일(목)

테오에게

널 위한 격려이자 날 위한 위로 차원에서 짤막하게 몇 자 적을게. 일전에 책들을 치워버리라고 조언했었는데 여전히 같은 생각이다. 한번 해봐. 마음의 안식이 찾아올 거야. 다만 시야가 편협해져 명문들까지 기피하는 우를 범하지 않도록 각별히 신경써야 해. 왜냐하면 명문들은 오히려 인생의 *위안*이 되거든.

"무엇이든지 참되고 경건하고 옳고 정결하고 사랑받을 만하며 칭찬받을 만한지, 무슨 덕이나 칭송이 있거든, 이것들을 마음에 생각하라."*

빛(진리)과 자유를 좇되, *세상의 진창 속으로 너무 깊이 들어가지 말아라.*

널 여기 데려와서 루브르 미술관과 뤽상부르 미술관을 구경시켜주면 얼마나 좋을까! 하지만 언젠가, 때가 되면 네가 알아서 찾겠지.

아버지가 언젠가 이런 글을 보내셨다. "태양 가까이 날아가려다 하늘 높은 곳에서 날개를 잃고 바다로 추락해버린 이카루스를 잊지 말아라."

가끔은 너나 나나 애초에 되고자 했던 사람은 못 되었다고 생각할 수도 있어. 아버지나 다른 분들에게도 한참 못 미치고, 여전히 견실함과 소박함과 솔직함이 부족하다고 말이야. 하지만 사람은 하루아침에 소박해지고 자연스러워질 수는 없는 법이야.

그러니 *무엇보다 끈기를 갖고* 기다리자. *신념이 있으면 초조하지 않아*. 그리스도인이 되고자 하는 마음과 태양까지 날아가려 했던 이카루스의 마음에는 분명 차이가 있어. 몸이 건강한 게 해로울 건 없지. 그러니 잘 챙겨 먹어라. 가끔은 '미치도록 허기'가 밀려들고, 미친 듯이 '식욕'이 당길 때는 그냥 그렇게 먹어. 내게도 자주 일어나는 일이고, 방금도 그렇게 먹었거든. 특

* 빌립보서 4장 8절

히 빵을 많이 먹어라, 아우야. 영국 사람들은 "빵은 생명의 양식"이라고 말해(물론 영국인들도 고기를 즐기지. 아니, 어마어마하게 먹지!).

이만 줄인다. 조만간 또 편지하고 네 일상은 어떠한지도 잊지 말고 알려주면 좋겠다.

용기를 가져라. 그리고 내 소식을 묻는 모두에게 안부 전해라. 9~10주 후면 서로 얼굴을 볼 수 있기를 바란다. 진심 어린 마음으로 악수 청한다.

너를 언제나 사랑하는 형, 빈센트

44네 —— 1875년 11월 9일(화)

테오에게

내 소식 궁금할 때가 된 것 같아 이렇게 편지한다만, 너무 바빠서 짧게 몇 자만 적을게.

보내준 건 고맙게 잘 받았어. 내겐 언제나 큰 기쁨이야.

아버지 부임식에 맞춰 네가 에턴에 갔다니 참 다행이다. 그날 분위기가 어땠는지 상세하게 알려주면 좋겠어.

빈센트 큰아버지와 큰어머니가 어제 떠나셨어. 평소에 자주 찾아뵀는데, 떠나시는 날 역으로 배웅을 못 나가서 속상하다. 동봉하는 짧은 편지를 큰아버지 뵙거든 전해드려라. 어쩌다가 기차역에서 서로 어긋났는지 해명하는 내용이야.

이곳은 바야흐로 가을이야! 산책은 자주 하고 있겠지. 아침에 몇 시쯤 일어나니? 난 일찍 일어나는 편인데, 습관이 되니 아주 좋더라. 이른 새벽의 여명을 만나는 시간이 무척 소중하고 반가워. 저녁에는 거의 매일 일찍 잠자리에 든다. 아침이면 친애하는 내 영국 친구가 오트밀을 준비해주지. 그 아침을 너도 함께 보낼 수 있으면 얼마나 좋을까!

이만 줄인다. 조만간 긴 편지 쓰도록 해보마. 다만 조속한 시일 내에 솔직한 네 심정이 담긴 답장 써주기 바란다. 한결같이, 마음으로 악수 청한다.

너를 사랑하는 형, 빈센트

45네 —— 1875년 11월 15일(월)

테오에게

하네베이크 씨께 쓴 편지 동봉한다. 야네트여가 세상을 뜬 뒤로 소식을 못 전했는데 이제는 그럴 때가 된 것 같다. 넌 가끔 찾아뵙고 있니? 어쨌든 네가 직접 전해드리면 좋겠어.

친애하는 내 영국 친구는 매일 아침 오트밀을 준비해준다. 아버지가 25파운드나 보내주셨대. 너도 맛보면 참 좋을 텐데! 이 친구를 알게 돼서 얼마나 기쁜지 모르겠다. 같이 지내면서 정말 많은 걸 배우거든. 그 대신, 난 이 친구에게 곤경에 빠질 수 있는 위험 요소들을 알려주지.

집에서 처음 독립해봤으니, 티를 안 내려고 애는 쓰지만 자기 아버지와 집을 병적으로 그리워해(고귀하게 느껴지기도 한다). 하나님과 천국을 향한 열망에 버금갈 정도로 아버지와 집을 갈구하는데, 우상숭배 같은 감정은 사랑이 아니야. 부모를 그토록 흠모한다면 당연히 부모의 길을 따라 걷는 게 맞겠지. 영국 친구도 이제는 확실히 알아듣고 정신을 차렸어. 그래서 슬픈 마음은 가슴 한켠에 묻어두고 일상을 씩씩하게 되찾아가고 있다.

아버지가 내게 하셨던 말씀을 네게도 하셨나 모르겠다. "더욱 네 마음을 지켜라. 생명의 샘이 거기서 흘러나온다."* 우리 그렇게 살자. 그러면 하나님의 도움으로 어떤 난관도 극복할 수 있을 거야. 행운을 빈다. 언제나 내 말 명심해라.

너를 사랑하는 형, 빈센트

46네 ___ 1875년 12월 4일(토)

테오에게

내일이 성 니콜라스 축일이라 급한 마음에 짤막하게 몇 자 적는다. 이 아름다운 축일의 네덜란드 분위기가 그립구나.

크리스마스를 손꼽아 기다리고 있다. 너도 그렇지? 할 말이 정말 많아! 아나는 못 온다니 정말 아쉽다. 그 아이도 이 아름다운 날을 함께 보내면 좋을 텐데. 영국의 크리스마스 분위기는 꽤 흥미롭지. 아나가 거기서 크리스마스를 보내면 오히려 그곳 생활에 더 익숙해지고 자기 집처럼 느끼며 지내는 데 도움이 될 것도 같다.

친애하는 내 영국 친구도(이름이 글래드웰이야) 집으로 돌아가 며칠 보낼 거라더라. 얼마나 들떠 있는지 너도 상상이 갈 거야. 집을 처음 떠나본 친구니까 말이야.

조만간 또 편지해라.

헤이그도 여기 파리만큼 춥니? 글래드웰과 나는 죽이 잘 맞아서 밤이나 낮이나 작은 난로 앞에 앉아 즐거운 시간을 보내고 있어.

파이프 담배를 다시 피우기 시작했는데 그 맛이 역시 예전만큼 좋을 때도 더러 있더라. 내 소식을 묻는 모두에게 인사 전해라. 진심 어린 악수 청하며

한결같이 널 사랑하는 형, 빈센트

* 잠언 4장 23절

47네 ____ 1875년 12월 9일(목)

테오에게

어제 집에서 온 편지로 네가 무슨 일을 겪었는지 알고 곧바로 펜을 들었다.* 널 위해 뭐라도 해주고 싶은데! 조만간 상자 하나가 헤이그로 발송될 예정인데, 거기에 초콜릿을 넣으마(글래드웰은 초콜릿을 "위로"라고 불러). 지금은 잠시 누구에게 좀 빌려줬는데 돌려받으면 쥘 브르통의 책도 같이 보낼 생각이야. 네가 어떻게 지내는지 정말 걱정되니까, 짤막하게라도 조속히 회신 바란다. 조금 여력이 있으면 요즘 근황을 상세히 전해주면 더 좋고.

정말 너와 함께 있고 싶다만, 테오야, 그렇지만 어쩌겠냐? 현실적으로 달리 할 수 있는 게 없구나, 아우야. 보름만 지나면 집으로 가니, 그때 꼭 보자. 비록 네가 그런 일을 겪었어도, 서로 얼굴을 마주 대하면 또 얼마나 기쁠까 싶어.

얀 큰아버지를 뵙거든 내 안부인사와 함께 편지 감사히 받았다고 꼭 말씀드려라. 얀 큰아버지와 반드시 좋은 관계를 유지해라. 그분을 잘은 모르지만 '순금' 같은 분인 건 확실히 알거든.

추위가 얼마나 혹독하던지! 그나마 어제부터 좀 풀려서 다행이야. 요 며칠은 재고 목록 작성이며 떠나기 전에 마무리지어야 할 일들로 분주했어.

이만 줄인다, 테오야. 진심 어린 악수 청한다. 얼른 회복되기를 바란다. 언제나

너를 사랑하는 형, 빈센트

48네 ____ 1875년 12월 10일(금)

테오에게

전에 약속한 것, 이 편지에 동봉한다. 너라면 쥘 브르통의 책이 아주 마음에 들 거야. 특히 감명을 받은 시는 「환상Illusions」이야. 마음이 준비된 사람들은 행복할지어다!

"하나님을 사랑하는 자들에게는 모든 것이 협력하여 선을 이룬다."** 정말 아름다운 말이야. 너도 분명 이렇게 될 게다. 이 힘든 시기의 쓴맛은 금세 온데간데없이 사라질 거야.

아무튼 어떻게 지내는지 조속히 소식 전해라. 언제가 돼야 의사가 괜찮다고 말해줄지도. 아직 아무 소식을 못 들었구나.

보름 후에는 에턴에 있겠지. 내가 그날을 얼마나 기다리는지 쉽게 상상이 될 거야.

파이프 담배를 다시 피운다고 얘기했었나? 파이프 담배를 물고 있으면 신뢰하는 옛 친구와 마주 앉은 느낌이고 절대 헤어질 일이 없다는 기분도 들어. 빈센트 큰아버지가 너도 담배를 피

* 테오가 길에서 미끄러져서 발을 심하게 다쳤다.

** 로마서 8장 28절

운다고 말씀하시던데.

루스 씨 가족에게 내가 안부 묻더라고 말씀드려라. 너나 나나 그 댁에서 정말 좋은 시간을 보냈고 얼마나 많은 호의를 받았냐.

지금 우리 화랑에 에밀 브르통의 〈일요일 아침Le dimanche matin〉이 와 있어. 너도 아는 작품일 거야. 어느 마을의 한적한 길에 시골집과 곳간들이 늘어섰고 그 끝에 포플러 나무로 둘러싸인 성당이 있다. 모든 게 눈으로 덮였는데 작고 검은 그림자들이 성당을 향해 걸어가고 있어. 보고 있으면, 겨울은 춥지만 사람의 마음은 따뜻하다는 생각이 든다.

건강히 잘 지내라, 아우야. 항상 내 말 명심하고.

너를 사랑하는 형, 빈센트

X자로 표시한 초콜릿 상자가 네 것이고, 다른 2개는 루스 부인에게 드리는 선물이야. 담배는 다른 사람들과 나눠 피워라. à Dieu.

49네 ____ 1875년 12월 13일(월)

테오에게

눈이 빠지게 기다리던 네 편지를 드디어 오늘 아침에 받았어. 회복되고 있다니 정말 다행이다. 말했던 상자는 오늘에야 발송했어. 쥘 브르통의 책도 넣었다.

어서 크리스마스가 와서 널 만났으면 하는 마음뿐이다, 아우야! 그런데 그날이 생각보다 앞당겨지겠어. 아마 이번 주중, 저녁에 떠날 예정이거든. 그러니 너도 최대한 길게 휴가를 얻어봐라.

그리고 좀 다른 얘긴데, 내 말에 불쾌해하지 않았으면 해. 너도 나처럼 하이네Heinrich Heine와 울란드Ludwig Uhland의 시를 아름답다고 생각할 텐데, 아우야, 조심해라. 아름다운 만큼 위험해. 환상은 오래가지 못하지. 그러니 너무 탐닉하지 않도록 조심해! 내가 읽어보라고 필사해준 책들을 버리는 게 좋지 않겠니? 나중에는 하이네와 울란드의 시집을 다시 집어들 때가 찾아올 텐데, 그때는 다른 감정을 가지고, 더 차분한 마음으로 읽어보기 바란다.

알다시피 난 에르크만-샤트리앙을 좋아해. 『친구, 프리츠L'Ami Fritz』라는 소설, 들어봤니?

다시 하이네로 돌아가서, 아버지 어머니의 초상화와 브리옹의 〈작별〉을 챙겨 네 눈앞에 두고 다시 하이네의 시를 읽어봐라. 틀림없이 내가 무슨 말을 하려는지 알게 될 거야. 아우야, 난 훈계나 설교를 늘어놓거나 널 가르치려는 게 아니야, 알지? 네 마음속에 내가 느끼는 게 들어 있는 걸 알기에, 종종 네게 진지한 이야기를 꺼내놓는 거야. 그러니 어쨌든 내 말대로 한번 해봐.

그리고 이제는 건강회복에 최선을 다해라. 조만간 또 편지하고. 빌럼 팔키스*는 잘 지내? 그 친구와 너희 화랑 사람 모두,나를 아는 모두에게 안부 전해라. 이테르손에게도.

현재 우리 화랑이 슈레이어Adolphe Schreyer의 걸작을 1점 보관 중인데, 가을에 석양이 질 무렵 말들과 수레를 그린 그림이야. 음울한 풍경 속의 양떼들을 그린 자크의 걸작도 1점 있어. 자크의 소품인 〈쟁기질〉을 어떻게 보니? 헤이그 화랑에 한동안 있었던 걸로 아는데. 네게 좋은 일만 있고 얼른 낫기를 바란다! 언제나

너를 사랑하는 형, 빈센트

50네 ____ 1876년 1월 10일(월)

테오에게

지난번에 만나고 아직 네게 편지를 못 썼다. 그간 일이 좀 있었는데, 전혀 예상하지 못했던 건 아니었어.

부소Léon Boussod 사장님을 다시 면담했을 때, 혹시 존경하는 사장님께서 올해도 내가 이 화랑 직원으로 일하는 걸 긍정적으로 생각하시는지 여쭤봤어. 물론 사장님께서 나를 심하게 나무라신 적이 없다는 점도 분명히 상기시켜 드렸지. 그게 또 사실이고. 그런데 존경하는 사장님께서 딱 내가 하려던 말을 가로채시지 뭐냐. 그러니까, 나더러 4월 1일 자로 화랑을 떠나라더구나. 그러면서 그간 회사에서 내게 이것저것 가르쳐준 사람들에게 고마워하라더라.

사과가 익으면 산들바람에도 나무에서 떨어진다지. 내 경우가 꼭 그래. 그동안 잘못을 저지르기도 했으니, 나도 딱히 할 말은 없어.

그래서 말인데, 아우야, 앞으로 무슨 일을, 어떻게 해야 할지는 다소 앞이 캄캄하다만, 그래도 희망과 용기를 잃지 않도록 힘쓰려 한다.

이 편지는 테르스테이흐 씨께도 보여드리면 좋겠다. 존경하는 그분도 곧 알게 되겠지만 지금으로서는 아무에게도 말하지 말고 아무렇지 않게 행동하는 게 좋을 것 같다.

네 소식 기다리마. 내 말, 항상 명심해라.

너를 사랑하는 형, 빈센트

* 루스 씨네에서 같이 하숙하는 사람

51네 ____ 1876년 1월 17일(월) 추정

테오에게

헤이그로 보내는 첫 번째 화물 상자에 작은 상자들을 여럿 넣었어. 그것들 좀 신경써 줬으면 좋겠다.

우선 하나는 네게 보내는 걸로 『펠릭스 홀트Felix Holt』*가 들었어. 다 읽으면 꼭 에텐으로 보내라. 그리고 식구들이 다 읽으면, 부디 이리로 다시 보내줘. 내 책이 아니라서 그래. 내가 무척 감명 깊게 읽은 책이니, 아마 네게도 같은 감동을 선사할 거야.

또 테르스테이흐 씨와 사모님께 드리는 선물 상자가 각각 하나씩, 마우베 형님 부부에게 보내는 것들도 각각 하나씩이야. 마우베 형님께는 편지로 네게 미셸에 관한 책을 부탁하라고 말해두었으니, 조만간 시간 날 때 그 형님께 보여드려라.

아버지께 드리는 소포도 하나 있으니, 아버지 생신 날짜가 지나기 전에 에텐에 도착하게 신경써 주면 좋겠다. 어쩌면 아버지 상자에 아예 『펠릭스 홀트』를 넣어서 보냈다가 에텐에 가서 읽는 게 나을지도 모르겠구나.

네 앞으로 작은 두루마리도 하나 있을 텐데, 쥘 뒤프레의 동판화 복제화 3점이 들었어. 하나는 네가 갖고, 하나는 인사말과 함께 얀 큰아버지께, 남은 하나는 아버지께 드려라. 또 아버지께 드릴 보드메르의 석판화 복제화와 자크의 동판화 복제화 1점씩, 그리고 마지막으로 네게 주는 카바의 석판화 복제화도 있어. 카바는 라위스달을 무척 좋아하는데 그 사람 작품 2점이 뤽상부르 미술관에 있지. 하나는 석양이 지는 가을날에 나무에 둘러싸인 연못이고, 다른 하나는 우중충한 가을 저녁에 물가와 나란히 이어지는 길과 커다란 떡갈나무 몇 그루를 담고 있어.

쥘 뒤프레의 동판화는 정말 아름답다. 뒤프레의 초상화가 들어 있는 6번 앨범에서 나온 물건이야. 단순하면서도 고귀한 얼굴을 보니 마우베 형님이 떠올랐는데, 뒤프레가 더 나이가 많고 외모 역시 찬찬히 뜯어보니 형님과 전혀 닮지 않았더라.

영어 수업을 받는다니 잘했다. 후회하지 않을 거야. 롱펠로나 안데르센의 동화 같은 책들을 한번 구해보마. 혹여 내가 롱펠로의 『에반젤린Evangeline』, 『마일즈 스텐디시Miles Standish』, 『성 캐스틴의 남작The baron of St Castine』, 『시실리의 킹 로버트King Robert of Sicily』 등을 보내주면 꼭 읽어보기 바란다.

이만 줄이면서 다시 한 번 안부 전하고 마음으로 악수 청한다. 루스 씨 가족은 물론, 내 근황을 묻는 이들에게도 안부 전하고 항상 내 말 명심해라.

너를 사랑하는 형, 빈센트

* 조지 엘리엇(George Eliot)의 소설로, 영국의 작은 마을에서 벌어지는 정치적 논쟁에 대해 쓴 사회 소설이다.

한 가지 더. 보르허르스 씨에게도 대신 안부 인사 전해라.

52네 ____ 1876년 1월 24일(월) 추정

테오에게

편지해줘서 고맙다. 안 그래도 네가 보내주는 편지가 절실한 시기이니만큼* 자주 소식 주면 좋겠다. 일상의 시시콜콜한 일까지 길고 자세히 적어주면 더 좋고. 나도 그러마. 복스Martinus Boks의 소식, 그가 어떻게 작업실을 꾸몄고 네가 자주 보러 간다든지 등의 이야기는 아주 반갑더라. 관련된 소식들 자주 전해다오.

우리는 이따금 혼자라고 느끼면서 친구가 있었으면 하고 바라잖아. "*바로 이 친구야!*"라고 말할 수 있을 만한 이가 하나만 있었어도 삶이 지금과 다르고 더 행복할 거라고. 하지만 이런 생각 이면에는 자신에 대한 실망감을 감추려는 심리가 작용한다는 걸 인정해야 해. 또 그런 욕망에 너무 기대면 오히려 잘못된 길로 접어들 수 있지.

얼마 전부터 뇌리에 계속 맴도는 말이 있었는데 오늘 설교에 나왔어. "그의 아들들은 가난한 자들에게 은혜를 베풀고."**

소식이 하나 더 있어. 영국 친구 글래드웰이 이사를 나갈 거야. 인쇄소 직원 하나가 자기 집으로 들어오라고 설득했다더라. 한동안 공을 들이더니 이렇게 됐다. 글래드웰은 별로 깊이 생각하지 않고 그러기로 한 모양이고, 난 아주 유감스럽다. 이달 말쯤, 며칠 내로 나갈 것 같아.

요즘 우리 '선실'(우리 방을 이렇게 부른다)에 생쥐 한 마리가 나타났어. 밤마다 빵 부스러기를 놓아두는데 그 위치를 이미 외워둔 것 같더라.

영국 신문에서 광고를 읽다가 몇몇 군데 편지를 보냈어. 잘되길 기대해보자.

루스 씨 가족과 내 소식을 묻는 모두에게 안부 전해라. 곧 편지하고. à Dieu.

테르스테이흐 씨가 혹여 내 얘기를 하시거든 곧장 내게 알려라. 내가 편지할 때마다 안부 인사 전한다고도 말씀드리고. 언제나

너를 사랑하는 형, 빈센트

* 빈센트는 4월 1일로 퇴사하겠다는 사직서를 제출해둔 상태였다.

** 욥기 20장 10절

53네 ___ 1876년 2월 2일(수)

테오에게

어려운 부탁 하나 해야겠다. 15센트 전집 안에 텐 카터 목사님이 번역한 안데르센의 『달님 이야기』가 있는데, 그 책을 한 권 구해서 보내줄 수 있겠니?

헤이그행 화물 상자는 내일이나 돼야 출발해. 말했던 물건들을 같이 넣은 상자 말이야. 아버지 소포는 제때 에턴에 도착할 수 없겠어. 그래도 최대한 빨리 보내드려라.

광고를 보고 여기저기 편지를 보냈는데 아직 답장은 한 통도 없다. 빈센트 큰아버지도 답장이 없으시고. 오바흐 씨께 정중히 추천서를 부탁드렸는데, 아주 잘 써주셨어.

아우야, 무슨 일이 있더라도 묵묵히 앞으로 나아가면서 "우리에게 선을 보일 자 누구랴?"*라고 말하신 그분만 바라보자.

à Dieu. 내 소식 궁금해하는 모두에게 안부 전하고. 언제나

너를 사랑하는 형, 빈센트

54네 ___ 1876년 2월 7일(월)

테오에게

아버지 생신을 맞아, 네게도 행운이 있기를 진심으로 기원한다.

내일 설교 말씀, 무척 아름답더라. "너희를 부르시는 이는 신실하시니 그가 또한 이루시리라."** 우리는 아버지와 우리 앞에 무엇이 놓여 있는지 모른다. 하지만 "아버지" 혹은 "스스로 있는 자"라고 불리시는 분에게 맡기면 되겠지.

오늘 구직에 대한 답신을 한 장 받았다. 프랑스어와 독일어와 그림을 가르칠 수 있냐고 묻고는 내 사진도 요구하더라. 즉시 답장했지. 더 구체적으로 알게 되면 곧바로 편지할게.

안데르센 책 보내줘서 고맙다. 한 권 가져서 기뻐. 최근 시간 날 때마다 같이 외출하는 화랑 직원에게 읽어줄 거야. 네덜란드 사람이거든.

어제 파리에 있는 영국 교회에 갔다. 오랜만에 영국식 예배에 참석하니 기분이 좋더라. 참 간결하고 아름다운 분위기였어. 설교 주제는 "주님은 나의 목자시니 내게 부족함이 없어라"였다.

안데르센의 책, 다시 한 번 고맙다. 마음으로 악수 청한다. 루스 씨 가족에게 안부 전해라. 집에서 연락이 왔는데 테르스테이흐 씨가 에턴에 다녀가셨다더라. 곧 또 연락하자.

언제나 너를 사랑하는 형, 빈센트

* 시편 4장 6절

** 데살로니가전서 5장 24절

55네 ___ 1876년 2월 19일(토)

테오에게

가장 최근에 보내준 편지와 화물 상자 속 목록, 고맙게 잘 받았어. 안데르센 책도 잘 받았다고 이야기했던가? 만일 안 했다면 이참에 인사 전한다.

집에서 소식 들었어. 봄에 새로운 작품들을 가지고 순회 전시를 할 거라고. 반대할 이유가 없지. 얼마나 좋은 경험이 되겠어. 여행 중에 아름다운 것들도 많이 접할 테니까.

요 다음번 발송할 화물 상자에 롱펠로의 책을 넣었어. 어제저녁에는 글래드웰이 찾아왔다. 금요일마다 와서 나와 함께 롱펠로의 시를 읽어. 난 아직 『하이페리온Hyperion』은 못 읽었는데 아주 아름답다더라.

얼마 전에 엘리엇의 아름다운 책 『성직자의 일상 풍경Scenes of clerical life』을 다 읽었다. 단편 3편이 수록되어 있는데, 특히 마지막 이야기인 〈자넷의 뉘우침Janet's repentance〉이 감동적이야. 도시의 최극빈층들을 자주 찾아다니는 어느 목사님의 일상이 나와. 목사님의 책상에서는 양배추가 자라는 정원과 굴뚝에서 연기가 피어오르는 허름한 주택들의 빨간 지붕이 보여. 점심때면 대충 삶은 양고기와 눅눅해진 감자를 드셨고. 그런데 서른네 살에 그만 죽어. 오랜 병치레 기간에, 예전에 술고래였던 여인이 간호를 했지. 그녀는 목사님의 가르침으로, 그러니까, 그분께 의지함으로써 자신의 흠결을 부수고 마음의 평화를 찾았어. 목사님의 장례식 날, 사람들은 이 대목을 다 같이 낭독했어. "나는 부활이요 생명이니 나를 믿는 자는 죽어도 살리라."*

벌써 토요일 저녁이다. 시간에 날개가 달린 것 같아. 출발일이 점점 가까워오는구나. 스카버러에서는 여전히 아무 소식이 없네. 안부 전하며 마음으로 악수 청한다.

언제나 너를 사랑하는 형, 빈센트

루스 씨 가족과 이테르손, 얀, 피에** 모두에게 안부 전해라.

56네 ___ 1876년 3월 15일(수)

테오에게

지난번 편지, 고맙다. 마우베 형님 부부에게도 내가 두 사람 편지 정말 반갑게 잘 받았다고 감사 인사 전해줄래? 형님이 전시회에 뭘 거실지 너무 궁금하다.

글래드웰이 예전의 방으로 돌아올 것 같아. 화랑에서의 내 직무를 대신할 거거든.

* 요한복음 11장 25절

** 구필 화랑 헤이그 지점 직원들

헤이그에도 심한 비바람이 몰아치는지 궁금하다. 여긴 며칠째 폭우가 멈추지 않고 기승을 부리고 있어.

아는지 모르겠지만, 이변이 없는 한 나는 우선 에턴으로 갈 거야. 3월 말일이나 4월 1일에 출발한다. 집에서 받은 연락에 따르면 너도 순회 전시 중에 에턴에 들를 생각이라던데, 출발일이 언제야? 그 전에 롱펠로 책을 구해 보내주고 싶은데. 가지고 다니며 읽기 딱 좋은 책이거든. 여기 머물 시간이 거짓말처럼 쑥쑥 줄어들고 있어. 이제 채 3주도 남지 않았어! 초조해질 때면 스스로 "화평과 오래 참음"을 떠올리며 다독이곤 한다,

코르넬리 이모가 무척 좋은 책을 보내주셨어. 불워리턴Edward George Earle Bulwer-Lytton의 『냉담한 케넬럼Kenelm Chillingly』인데, 아름다운 대목이 적지 않아. 영국의 어느 부잣집 아들이 자신을 둘러싼 환경에서 마음의 휴식과 평화를 얻지 못하자 다른 사회 계층에서는 가능하리라 생각하고 집을 떠났다가 결국은 일말의 미련 없이 과거의 삶으로 돌아간다는, 일종의 모험담이야.

자, 이제 à Dieu. 여행 잘 하고. 행운을 빈다! 다음 편지를 받기 전에 출발하게 된다면 아름다운 것들도 많이 경험하기 바란다.

한결같이 너를 사랑하는 형, 빈센트

57네 _____ 1876년 3월 23일(목)

테오에게

드디어 여기 롱펠로 시집을 보낸다. 네게 친구 같은 책이 되리라고 확신해.

오늘도 2개의 구인광고에 지원서를 보냈어. 회신은 거의 없지만 계속할 거야. 파리에 머물 시간이 이제 손으로 꼽을 수 있을 정도가 됐어.

여행하면서 아름다운 것들을 많이 볼 게다. 비록 자연에 대해 느끼는 사랑과 *똑같지*는 않겠지만, 그렇더라도 엄청나게 소중한 경험이 될 거야. 그 경험, 부디 평생 간직하기를!

이곳저곳 *여인숙*에 들를 텐데 그게 또 아주 재미가 쏠쏠한 일이야. 언젠가 내가 걸어서 브라이튼까지 갔었잖아. 지금도 그때를 생각하면 즐겁다. 영국의 여인숙은 간혹 아주 아늑해. 롱펠로가 『길가 여인숙 이야기Tales of the wayside inn』에 고스란히 담아냈지.

글래드웰은 화랑에서 내 업무를 맡았는데, 이미 꽤나 업무를 익힌 모양이야. 전시회에 보낼 회화 몇 점을 다시 감상했는데, 특히 가브리엘의 아름다운 대형 회화 2점이 기억에 남더라. 희뿌연 안개 저 너머에 마을이 보이는 〈새벽녘 목초지〉 그림과 〈희미한 햇살〉이라고 불러야 할 것 같은 그림이야.

자비에 드 콕스Xavier de Cock의 대형 회화 2점도 인상적이었어. 그중 하나는 초여름날 저녁,

포플러로 둘러싸인 목초지를 배경으로 저 멀리 농가 하나, 들판, 농장으로 소들을 이끌고 가는 소녀가 보이고, 전경에는 늪이 있는데 그 주변으로 흰색 검은색 붉은색의 황소가 풀밭에 누워 있는 그림이야. 해는 이미 지평선 아래로 떨어져 연노란색으로 물들어가는 하늘이 어둠에 잠기는 나무와 대조를 이루고.

내가 얼마나 급하게 썼는지 글씨체만으로도 티가 날 거야. 여행 잘 해라. 한결같이

너를 사랑하는 형, 빈센트

58네 ____ 1876년 3월 28일(화)

테오에게

할 말이 조금 남아서 또 쓴다. 아마 이게 파리에서 보내는 마지막 편지가 되겠구나.

나는 금요일 저녁에 출발해서 토요일 아침에, 크리스마스 때와 비슷하게 집에 도착할 것 같다.

어제는 미셸의 회화 6점을 감상했어. 정말이지 네가 그 자리에 함께 있었다면 얼마나 좋았을까! 움푹 패인 길이 모래밭을 지나서 물레방아까지 이어지고, 한 남자가 잿빛 하늘 아래 황야를 가로질러 집으로 돌아가고 있다. 참으로 단순하고도 아름다운 장면들이지. 어쩐지 '엠마오로 가는 두 제자'가 자연을 바라보던 시선이 이랬을 것 같고, 그래서 미셸의 작품을 대할 때마다 그들이 떠올라.

또 쥘 뒤프레의 대형화도 봤어. 아득히 멀리 검은 늪지대가 보이고, 그 앞에 강이 흐르고, 전경에는 진창에 세 마리의 말이 거닌다. 강과 진창에 모두 흰 구름 잿빛 구름이 반사되고, 그 뒤로 석양이 내려앉아. 하늘은 창백한 파란색인데 지평선은 붉은 잿빛과 자줏빛으로 펼쳐지고.

전부 미술상 뒤랑 뤼엘 씨 댁에서 봤어. 그 밖에도 밀레 동판화 복제화 25점, 그만큼의 미셸 동판화 복제화, 뒤프레와 코로의 작품 복제화 여럿, 기타 여러 작가들 작품도 있었고, 1점당 1프랑씩 판매하더라. 제법 탐나던데, 특히 밀레의 복제화들은 도저히 지나칠 수가 없어서, 결국 마지막으로 남아 있던 〈만종〉 3점을 구입했어. 물론 내 아우에게 가장 먼저 선물할 계획이다.

조만간 또 편지해라. 루스 씨 가족, 테르스테이흐 씨 부부 그리고 내 소식을 묻는 모든 지인들에게 안부 전해주고. 마음으로 악수 청한다. 한결같이

너를 사랑하는 형, 빈센트

59네 ____ 1876년 4월 4일(화), 에턴에서

테오에게

파리를 떠나던 날 아침, 램스게이트의 한 선생님에게서 편지를 받았어. 자신의 학교에서 한 달간 무급으로 지내며 아이들을 지도하고 한 달 뒤에 고용 여부를 결정하면 어떻겠냐는 제안이었어. 내가 얼마나 기뻤을지 상상이 갈 거다. 어쨌든 숙식이 해결되는 자리니까.

어제 아버지와 함께 브뤼셀에 갔었어. 헤인 큰아버지를 뵙고 마음이 상당히 무거웠다. 기차 안에서 아버지와 루브르에 전시된 렘브란트 그림, 식스 시장의 초상화, 미셸의 작품 등 그림에 관해 이야기를 나눴다. 미셸에 관한 책을 아버지께도 보여드리면 어떨까 싶네. 그럴 기회가 생기면 꼭 빌려드려라.

이곳을 떠나기 전에 너와 리스를 다시 만날 수 있어 정말 기쁘다.

너도 알겠지만 램스게이트는 해수욕장을 끼고 있는 인구 12만의 도시라더라. 책에서 읽은 내용이라 더는 아는 게 없어.

이제 그만 줄인다. 토요일에 보자! 여행 잘 하고, 한결같이

너를 사랑하는 형, 빈센트

글래드웰이 지난 금요일 밤에 기차역까지 배웅해줬다. 내 생일날에는 아침 6시 반에 쇼벨Théophile-Narcisse Chauvel의 동판화 복제화 1점을 선물로 가져왔고. 모래 언덕에 한 무리의 양 떼가 모여 있는 가을 풍경화야.

Ramsg
Islewo

4
영국

/

램스게이트·아일워스

1876년 4월
/
1876년 12월

1876년 4월 1일, 빈센트는 구필 화랑을 퇴사했다. 23세의 백수 청년은 에턴 집으로 돌아가서 2주쯤 쉰 뒤에, 영국의 바닷가 마을 램스게이트로 향했다. 신문 구직 광고를 통해 스톡스 교장의 기숙학교 교사로 일하게 된 것인데, 학교는 7월에 런던 근교인 아일워스로 이전할 예정이었다. 첫 달에는 무임금으로 숙식만 제공받고 이후에 재협상을 하기로 했는데, 스톡스 교장은 계속 임금 지불을 거절했다.

이에 빈센트는 아일워스로 온 후에 감리교 존스 목사의 학교로 직장을 옮겼는데, 존스 목사의 주선으로 교회에서 설교자 보조로 일하게 되어 처음으로 남들 앞에서 설교하는 경험을 했다. 한편 테오는 부소 사장의 신임을 얻어서 영향력 있는 미술상으로 성장해갔다. 그 덕분에 이후로 약 10여 년 동안 형에게 매달 150~200프랑을 지원해줄 수 있었다.

이 시기 빈센트의 편지는 우울했다. "뭔가에 위협을 당하는 기분"이라는 글을 읽은 부모는 장남에게 교직이 어울리지 않는다고 판단하고, 나중에 미술이나 자연과 연관된 직업을 구할 수 있도록 프랑스나 독일의 대학에 진학할 것을 권했다. 하지만 빈센트는 여전히 강한 좌절감에 휩싸인 채 종교를 파고들며, 미를 탐닉하고 남에게 봉사하는 삶을 갈망했다. 그는 영어로 된 성경 말씀과 찬송가의 운율을 좋아했고, 영국 시골 교회의 낭만적이고 사랑스러운 분위기를 찾아다녔고, 영국 교회 예배의 성스러운 분위기를 예찬했다.

하지만 크리스마스를 맞아 다시 에턴을 찾은 장남을 본 부모는 돌려보내지 않기로 결정했다. 물론 존스 목사와는 좋은 관계를 유지했지만 아일워스에 빈센트의 미래는 없어 보였다. 그들은 네덜란드에서 일자리를 찾아주려고 애썼고, 다시 센트 큰아버지가 나서서 도르트레흐트의 블뤼세-판 브람 서점에 취직시켰다. 빈센트는 이 자리를 수락했지만 열의는 보이지 않았다. 두 여동생들은 테오에게 이런 편지를 보냈다. "오빠는 빈센트 오빠가 특별한 사람이라고 말하지만, 내 생각에는 큰오빠가 자신을 평범한 사람으로 여겨야만 상황이 나아질 것 같아요." "큰오빠는 종교 때문에 완전히 괴팍하고 무뚝뚝한 사람으로 변해버렸어요."

60네 ___ 1876년 4월 17일(월)

(전보)

안전하게 도착. 기숙사, 학생 24명, 괜찮아 보임. 안녕히. _V.V.G

아버지 어머니께

전보는 이미 받으셨겠지만 세세한 부분까지 궁금하시겠지요. 기차 타고 가는 중에 몇 자 적어서 보내니, 아마 제 여정이 어땠는지 그려지실 겁니다.

금요일

오늘 같은 날은 모두가 함께 있으면 좋았겠죠. 하지만 재회의 기쁨과 석별의 아쉬움, 어느 쪽이 더 나을까요? 이별의 아쉬움은 이미 전에도 겪어봤지만, 이번엔 과거에 비해 더 슬펐습니다. 하지만 동시에 더 큰 용기를 갖게 되었습니다. 그 어느 때보다 하나님의 축복을 향한 갈망이 강하기 때문입니다. 게다가 자연도 우리의 마음에 공감하는 듯하지 않았나요? 몇 시간 전에는 하늘도 우중충하고 바람도 매서웠으니까요.

그런데 지금, 제 눈앞에 펼쳐진 들판은 무척 고요합니다. 태양은 잿빛 구름 뒤로 저물어가면서도 시골을 황금빛으로 물들이고 있습니다.

헤어지고 나서 몇 시간은 (두 분은 교회에 계셨을 테고, 저는 역에서 기차에 올라타 있었죠.) 다들 너무 그리웠습니다. 아나와 테오와 다른 동생들까지 무척 보고 싶었습니다.

지금 막 기차가 제벤베르헌을 지납니다. 아버지가 저를 처음 여기 데려가셨던 날이 떠오르네요. 프로빌리 교장 선생님 댁 현관 계단에 서서 아버지가 탄 마차가 질퍽거리는 길 위로 멀어져가는 모습을 바라보던 기억도 납니다. 처음으로 기숙학교로 찾아오신 날 밤도 떠올라요. 또 첫 크리스마스 연휴를 맞아 집으로 돌아갔던 날도.

토요일과 일요일

배에 앉아 아나를 생각하니 함께 여행하던 기억들이 새록새록 떠오르네요.

날이 무척 청명하고 모든 게 환상적입니다. 특히 바다에서 바라보니 모래 언덕들이 햇살 아래 새하얗게 반짝이는 모습이 장관입니다. 네덜란드에서 마지막으로 본 건 잿빛의 작은 종루였지요. 해가 질 때까지 갑판에 서 있었는데, 춥고 을씨년스러워지더군요.

이튿날 새벽녘, 해리치Harwich에서 런던까지 가는 기차에 앉으니 검은 들판, 양과 염소들이 뛰노는 푸른 잔디밭, 간간이 세워진 산사나무 울타리, 축 늘어진 가지에 몸통에 회색 이끼가 낀 떡갈나무들이 눈앞으로 지나갑니다. 여명이 밝아오는 파란 하늘에는 여전히 별이 빛나고, 잿빛 구름 덩어리들이 지평선 위로 솟습니다. 해도 뜨기 전인데 벌써 종달새 소리가 들려옵니다.

런던행 기차의 마지막 경유지에 도착하니 해가 떴습니다. 잿빛 구름 덩어리들은 어느새 사라지고 그 자리에 커다랗고 또렷한, 그래서 진정한 부활절 태양 같은 해가 솟아올랐어요. 간밤의 서리와 이슬을 머금은 풀들이 햇살에 반짝였지요. 하지만 저는 우리가 이별했던 그 우중충했던 시간이 더 그리워졌습니다.

토요일 오후에는 해가 질 때까지 갑판에 있었습니다. 시선이 닿는 한 최대한 멀리까지 바라봐도 바다는 짙푸른 색에 하얀 거품을 머리에 인 파도가 높게 넘실거리더군요. 해안은 벌써 사라져 보이지도 않았습니다. 파란 하늘은 구름 한 점 없이 맑기만 했습니다. 태양이 바다 위에 황금빛 물결을 만들면서 시나브로 저물었습니다.

웅대하고 위엄 있는 장관이었습니다. 하지만 가장 평범하고 고즈넉한 것이야말로 마음속 깊이 각인되는 모양입니다. 비좁은 선상 휴게실에서 담배를 피우고 노래를 하던 다른 여행객들과 함께했던 날 밤을 떠올리니 절로 온몸에 전율이 퍼지더군요.

런던에 도착하고 약 2시간 후에 램스게이트행 기차가 출발했습니다. 런던에서도 기차로 4시간 반을 더 가는 곳입니다. 가는 길이 아주 멋있었습니다. 골짜기가 이어지는 지역은 장관이었지요. 언덕의 기슭은 잔디로 덮였고 위쪽은 떡갈나무들이 무성했습니다. 고향의 모래 언덕이 떠오르는 풍경이었어요. 구릉 지대 중간에 마을이 있었는데 여느 집들처럼 송악으로 둘러싸인 회색 교회 건물이 인상적이었습니다. 과수원의 과실수들이 한창 꽃을 피웠고 잿빛과 하얀 구름이 떠다니는 하늘은 파랗게 빛났습니다.

캔터베리 인근도 지났는데, 중세의 건축물들이 많이 보였습니다. 특히 오래된 느릅나무들로 둘러싸인 교회가 아주 멋졌습니다. 다양한 그림들에서 이미 여러 번 본 듯 익숙한 분위기의 마을이더군요. 제가 그렇게 창문을 통해 미리 램스케이트를 지켜보는 모습이 그려지실 겁니다.

오후 1시경에 스톡스 교장 선생님 댁에 도착했습니다. 스톡스 씨는 저녁에나 돌아오신다고 하더군요. 그분이 자리를 비운 동안 런던에서 교사로 재직중인 아드님(23세쯤으로 보입니다)이 대신 일을 보고 있었습니다. 스톡스 부인은 저녁 식사 시간에 만났습니다. 10세~14세 남학생이 24명 있습니다(24명의 아이들이 밥 먹는 장면을 보고 있는데 참 흐뭇했습니다).

그러니까, 그리 큰 학교는 아닙니다. 하지만 창이 바다를 향해 나 있어요. 식사 후에는 해안을 따라 산책을 했지요. 정말 풍경이 아름다웠습니다. 해안가 집들 대부분이 고딕 양식의 소박한 노란 벽돌집이고 향나무와 잎이 짙은 상록수 관목들로 꽉 찬 정원을 가졌습니다. 우리가 걷는 바위 방파제 옆이 배들이 잔뜩 정박한 항구고, 그 너머에 원생의 바다가 넘실대는데 정말 장관입니다! 어제는 온통 잿빛이었지만요.

저녁에 아이들과 함께 교회로 갔습니다. 교회 벽에 이런 문구가 걸려 있습니다. "볼지어다, 내가 세상 끝날까지 너희와 항상 함께 있으리라."*

* 마태복음 28장 20절

아이들은 8시에 취침해 6시에 기상한다고 합니다.

보조 교사도 한 명 있는데 열일곱 살입니다. 저는 이 친구와 학생 4명과 함께 인접한 다른 건물에서 지내게 됩니다. 이 작은 방 벽에 판화를 몇 점 걸 생각입니다.

오늘은 이만 줄입니다. 정말 얼마나 행복한 시간을 보냈는지, 감사드리고, 또 감사드립니다. 모두에게 안부 전해주시고요, 마음으로 악수 청합니다.

사랑하는 아들, 빈센트 올림

보내주신 편지 방금 받았습니다. 감사합니다. 여기서 며칠 더 지내며 스톡스 씨를 뵌 다음 조만간 또 편지 올리겠습니다.

61네 —— 1876년 4월 17일(월), 램스게이트

테오에게

나는 어제 오후 1시에 잘 도착했다. 가장 인상적인 첫인상은 학교(큰 건물은 아니야)의 창이 바다를 향해 있다는 거야.

기숙학교로 10~14세 소년들 24명이 생활하고 있어.

스톡스 씨는 며칠간 자리를 비워서 아직 못 만났는데, 오늘 저녁에 돌아온대. 열일곱 살 된 보조 교사도 한 명 있어.

어제저녁과 오늘 아침, 모두가 함께 해변 산책을 했어. 해조류 두어 조각 동봉하마.

해변가 주택들이 대부분 노란 벽돌집이어서 헤이그의 나사우Nassaulaan 대로 분위기가 느껴지는데, 여기 건물들이 좀 더 높고 집마다 삼나무와 진초록색 상록수 관목들이 가득한 정원이 있어. 온갖 종류의 배들이 정박한 항구도 있는데, 바위 방파제로 막혀 있지만 그 위로 걸어다닐 수 있어. 어제는 온통 잿빛이더구나.

방금 짐가방이 도착했다. 이제 짐을 풀고 벽에 그림들을 걸 생각이야.

아직 방학 기간이라서 아이들을 가르칠 일은 없었어. 스톡스 씨가 어떤 분일지 너무 궁금하다. 아이들과 산책 갈 시간이구나. à Dieu, 언제나

너를 사랑하는 형, 빈센트

62네 —— 1876년 4월 21일(금), 램스게이트

테오에게

편지에 우편환 10실링 동봉하니, 번거롭겠지만 그 돈으로 같이 보내는 아나의 구직광고를

신문에 실어주면 좋겠어.

신문사는 네가 결정해라. 광고비가 부족하면 그만큼 더 보내줄게. 그런데 혹시 돈이 남거든 복제화 몇 장 사서 5월 21일* 에텐으로 보내라. 아무튼 광고에 얼마를 냈고 신문사가 어디인지 꼭 알려줘. 나중에 또 필요할지도 몰라서 그래.

오늘 드디어 스톡스 씨가 돌아오셨다. 장신에 민머리고 구레나룻을 가진 신사분이야. 학생들은 그분을 좋아하면서도 존경하는 것처럼 보여. 돌아온 지 몇 시간도 안 됐는데 벌써 아이들과 구슬치기를 하며 놀아주신다.

난 아이들과 해변에 자주 나가. 오늘 아침에도 아이들과 함께 모래성을 쌓았는데 예전에 우리가 쥔더르트 정원에서 모래성 쌓고 놀던 기억이 나더라.

네게도 이곳 학교 창에서 내다보이는 바깥 풍경을 보여주고 싶다! 광장을 향해 있는데(주변 집들도 다 비슷해) 여기선 굉장히 흔한 모습이다. 광장 한가운데에 널찍한 잔디밭이 펼쳐져 있는데, 그 주변을 철제 담장이 둘러싸고 그 담장은 라일락으로 뒤덮였지. 점심시간이면 아이들이 몰려나가 잔디밭에서 뛰어놀아. 내가 머무는 숙소도 같은 장소에 있어.

로테르담을 경유할 때, 거기서 상당히 오래 기다려야 한다는 말을 듣자 충동적으로 헤이그로 발길을 돌릴 뻔했어. 역까지 갔다니까. 하지만 포기했지. 나중에 편안한 마음으로 모두와 재회하기를 바라면서 말이야.

* 부모님의 은혼식 날

지난 성금요일에 식구들과 헤어지던 순간은 쉬 잊을 수 없을 것 같다. 아침에 후번Hoeven의 교회에 가서 모두가 성찬식에 참석했지. 거기서 아버지가 이렇게 말씀하시더라. "일어나라. 지금 여기를 떠나자!"* 그렇게 오후에 자리에서 일어났는데 문틈으로 보니 아버지와 코르가 지나가는 기차를 하염없이 바라보고 있더라고.

일요일 오후에는 램스게이트의 교회에 나갔는데 벽에 걸린 문구가 퍽 인상적이었어. 아나에게 보내는 편지에서 읽어봐라(아나 편지도 동봉하마).

루스 씨 가족과 내 소식을 묻는 모두에게 안부 전해라. 마음으로 악수 청한다.

한결같이 너를 사랑하는 형, 빈센트

곧 편지해라.

63네 ____ 1876년 4월 28일(금), 램스게이트

테오에게

오래오래 좋은 일만 있기를 기원한다. 진심으로 축하해! 우리 형제의 우애도 나이가 들수록 무르익어간다면 좋겠다.

너와 내가 이토록 많은 것들을 공유하고 있어서 참 행복하다. 유년기의 추억뿐만 아니라, 바로 얼마 전까지만 해도 내가 다녔던 화랑에서 네가 일하고, 그래서 내가 아는 사람들과 장소들을 너도 알지, 또 너 역시 예술과 자연을 무척 사랑하고.

스톡스 씨가 방학이 끝나면 이사할 계획이라고 말하더라. 학교 전체를 옮겨간대. 템스강 인근의 작은 마을이고 런던에서 3시간 거리인데, 구조도 다소 변경하고 건물을 더 확장할 거래.

어제의 산책에 대해 말해줄게. 목적지는 작은 만이었는데 산사나무 울타리가 쳐진 누런 밀밭을 가로질렀지. 만에 도착하고 보니, 왼편에 2층집 높이쯤 되는 가파른 모래와 바위 언덕이 있어. 그 위로 앙상한 산사나무 수풀이 솟았는데, 회색 이끼를 두른 줄기와 시커먼 가지들이 바람 때문에 한쪽으로 누워 있었어. 주변의 딱총나무 밑둥도 마찬가지였고. 거기서 큼지막한 회색 돌멩이와 백악, 조개껍질들로 덮인 길을 걸었지. 오른편에 연못처럼 고요한 바다가 펼쳐지는데 태양이 저물어가는 아름다운 잿빛 하늘빛을 반사하더라. 썰물 때라 수면은 아주 낮았고.

편지 어제 잘 받았어. 빌럼 팔키스도 같이 일하게 됐다니 잘됐다. 내 안부, 꼭 전해주기 바란다. 너희 두 사람과 다시 한 번, 스헤베닝언의 숲을 거닐고 싶은 마음 간절하구나.

좋은 하루 보내고, 내 소식 묻는 이들에게 안부 전해주기 바란다. 내 말 명심하고.

* 요한복음 14장 31절

너를 사랑하는 형, 빈센트

정말 즐거운 하루 보내라, 아우야. 네게 정말 행복하고 축복받는 한 해가 되기를. 너나 나나 많은 게 걸린 아주 중요한 시기다. 다 잘되겠지.

아나가 뭔가를 찾았다니 다행이다. 그 아이가 찾는 일자리가 워낙 자리가 나기 힘든 일 아니냐. 여기서도 노부인이 간병인을 구하는 광고를 내면 편지가 300통이나 온다더라.

마음으로 악수 청한다. à Dieu!

64네 ___ 1876년 5월 1일(월), 램스게이트

테오에게

편지와 동봉한 광고 기사 고맙게 잘 받았어. 우편환은 잘 받았니?

어제 점심 무렵에 바람이 얼마나 거세게 불던지 스톡스 씨가 아이들과 산책을 나가지 못하게 했어. 그래도 가장 큰 아이들 여섯만 데리고 다녀오겠다고 허락을 구했지. 해변에 갔는데, 파도가 너무 높고 걷기 힘들 정도로 바람이 거셌어. 저 멀리 모래 언덕에 좌초된 배를 도와준 후 증기선에 끌려 되돌아오는 구명정을 봤는데 아무런 성과도 없이 되돌아오는 모습이었어.

빌렘스Florent Willems의 그림은 나도 잘 알아. 네가 편지에 설명한 마우베 형님의 데생은 근사할 것 같더라. 화실에 종종 들르기는 하는 거냐?

어린 학생들에게 무얼 가르치느냐고 물었지? 주로 기초 프랑스어인데, 한 아이에게는 독일어를 가르쳐. 그리고 다른 것들도 가르치지. 계산법이나 받아쓰기도 시키고, 암기도 시키고. 지금으로서는 힘든 건 없어. 다만 아이들이 스스로 공부하게 만드는 게 결코 쉽지 않다.

자, 오늘은 네 생일이잖아! 마음으로 악수 청하고 진심으로, 다시 한 번, 세상의 모든 행운을 기원한다.

수업 시간 외에는 아이들 생활지도도 맡고 있어. 그러니 자유시간은 거의 없는 셈인데 점점 더 그럴 것 같다. 지난 토요일 저녁에는 아이들 대여섯 명을 씻겼어. 뭐, 의무 사항은 아니고 재미삼아 거들었지만, 그래야 시간에 맞춰 준비할 수 있기 때문이야. 또 아이들이 책을 읽도록 유도하고 있지. 녀석들이 딱 좋아할 만한 이야기들은 차고 넘쳐. 『넓고 넓은 세상The wide, wide world』* 같은 책들 말이다.

이제 그만 줄일게. 편지도, 광고가 실린 신문도, 보내줘서 고맙다

언제나 너를 사랑하는 형, 빈센트

* 미국 작가 Elizabeth Wetherell (Susan Warner)의 소설

조만간 영국의 성가 모음집이 도착할 거야. 몇 개에 내가 표시를 해뒀어. 너무 아름다운 내용이 담겼는데 자주 듣다 보면 아주 마음에 들더라.

65네 ____ 1876년 5월 6일(토), 램스게이트

테오에게

이 편지와 함께 네게 약속했던 책 2권도 받을 게다. 여러 군데 내가 표시를 했는데, 그것들 말고도 좋은 대목들이 많을 거야. 전에도 편지에 썼다만, 역시 그 나라에 살아야 그 나라의 것들을 좋아할 수 있게 되더라.

다시 토요일 저녁이 돌아왔다. 오늘은 날씨가 다시 좋아졌어. 지금은 바다도 고요하고 썰물 때야. 하늘은 섬세한 암청색인데 저 멀리 안개가 장막처럼 펼쳐지네. 이른 아침에는 청명하고 화창하기만 했는데 이제 안개가 피어오르기 시작한다.

이곳만의 남다른 특징들이 있어. 무엇보다도 바다에 인접해 있다는 점이야. 그런데 사실 헤이그나 스헤베닝언도 그렇긴 해.

가끔 코르 작은아버지 댁에 들르니? 문득문득 그분이 사무치게 보고 싶을 때가 있어. 어제도 편지를 썼지. 테르스테이흐 씨께 이 학교에 대해 말씀드려라. 난 여기서 하루하루 정말 즐겁게 보내고 있지만, 아직은 *이 행복과 평화가 굳건하지는 않지*. 그렇더라도 어쨌든 모든 일이 서로에게 영향을 주니까. 인간은 쉽게 만족하지 못하는 존재야. 어느 날은 삶이 순조롭다고 여기다가도 어느 날 갑자기 불행하다고 생각하는 게 인간이거든. 그런데 이런 이야기는 우리끼리만 하고, 부모님께는 언급하지 말자. 묵묵히 갈 길을 가자.

일요일 아침 잘 보내고 루스 씨 가족 모두에게 안부 인사 전해라. 테르스테이흐 씨 부부와 벳시에게도. 마음으로 악수 청한다.

너를 사랑하는 형, 빈센트

66네 ____ 1876년 5월 12일(금), 램스게이트

테오에게

편지 고맙게 잘 받았다. 〈주 예수 크신 사랑〉* 은 나도 참 아름다운 성가라고 생각해. 파리에서 간간이 들렀던 작은 교회에서 어느 저녁에 처음 들었지. 12번 성가도 아름다워. 무디Dwight Lyman Moody 목사와 생키Ira David Sankey 목사가 런던에 왔을 때 그 설교를 직접 듣지 못한 게 못

* Arabella Catherine Hankey의 책 〈Tell me the old, old story〉에서 가사를 뽑아 만든 동명의 성가

내 아쉽다.

대도시 인구 중에는 종교를 갈망하는 사람들이 꽤 많아. 다수의 공장 노동자나 가게 점원들은 놀랍도록 순수하고 독실한 유년기를 보낸 이들이야. 하지만 대도시의 삶이 '새벽이슬'*을 앗아가지. 그렇지만 '주 예수, 크신 사랑'에 대한 갈망은 고스란히 가슴속 깊이 남아 있어. 조지 엘리엇의 소설 중에서, 소규모 공동체를 이루어 랜턴 야드Lantern Yard의 작은 예배당에서 예배를 드리는 공장 노동자의 삶을 그린 게 있어.** 그녀는 그 예배당을 "지상에 존재하는 하나님의 왕국," 딱 그렇게 불렀지. 전도사들의 설교를 들으려고 몰려드는 수천의 인파라니, 뭔가 가슴이 뭉클해진다.

아버지 어머니께 사데이Philip Lodewijck Jacob Frederik Sadée의 〈작별인사Après le départ〉를 선물하자는 네 제안은 탁월했어. 그렇게 하자. 어쩌면 빌레미나도 5월 21일까지 집에 갈 수 있을지 몰라. 네 편지를 받고 보니 너도 그럴 생각인 모양인데. 조율할 수 있다면, 아우야, 꼭 그래라. 그렇게 살다 보면 분명 축복받을 때가 있는 법이거든. 네가 직접 간다면 두 분이 얼마나 좋아하시겠어!

어머니의 마지막 편지의 어조가 좀 우울했어. 너나 내가 어쩔 수 없이 멀리 타향에서 사는 것을 안타까워하셨고, 눈 때문에 또 고생하시는 모양이더라. 그래, 아우야, 그날 너라도 가면 두 분이 더 즐거워하실 거야.

오늘 오후에 레이드George Robert Reid 씨가 런던 전시회에 출품할 작품 목록을 받았어.

마음으로 악수 청한다. 다가올 리스와 코르 생일도 축하하고, 5월 21일도 축하한다. 루스 씨 가족에게 안부 전해라. 급히 마친다.

너를 사랑하는 형, 빈센트

67네 ____ 1876년 5월 31일(수), 램스게이트

테오에게

5월 21일에 에턴에 간 일, 정말 잘했다! 자식 여섯 중에 넷이나 집에 모였으니 얼마나 다행이냐. 그날 어땠는지 아버지가 편지로 상세히 적어주셨어. 네 편지도 고맙게 받았고.

혹시 내가 최근에 목격한 폭풍우 이야기를 했던가? 바다가 누래졌는데, 해안에 가까울수록 더 누래. 수평선은 한 줄기 빛으로 빛나고, 그 위로 떠 있는 어마어마한 잿빛 구름 덩어리에서 빗줄기가 거세게 퍼붓더라. 바람이 흰 바위 방파제길에 먼지를 휘날렸고, 바위틈 사이로 만개

* 위 성가의 가사에 나오는 내용이다. '주 예수 크신 사랑을 나는 자주 잊지, 새벽 이슬처럼 정오가 되면 사라져.'

** 『사일러스 마너 : 라벨로의 직조공(Silas Marner : The weaver of Raveloe)』

한 산사나무 수풀과 노란 꽃무들을 사정없이 흔들어댔지.

오른쪽에 파릇파릇 싹이 움튼 밀밭이 펼쳐지고, 저 멀리로 알브레히트 뒤러Albrecht Dürer의 동판화에서 본 듯한 마을이 보였어. 종루, 풍차, 슬레이트 지붕, 고딕 양식의 가옥들이 있는 마을 말이야. 그리고 아래쪽에, 방파제 사이로 보이는 항구가 마치 바다로 달려 나가려는 듯한 모양새를 취하고 있더라.

지난 일요일 밤에도 바다를 보았지. 모든 게 우중충한 잿빛이었지만 수평선에서는 동이 터오고 있었어. 한참 이른 시간이었는데도 종달새가 노래를 부르고, 해안가 정원에서는 밤꾀꼬리소리도 들렸어. 그리고 멀리 등대 불빛, 경비정 불빛 등도 보였고.

그날 밤에 내 방 창으로, 지붕들 위로 밤하늘을 향해 시커멓게 솟아오른 검은 느릅나무 우듬지를 바라봤지. 그 지붕들 위로 별 하나가 홀로 떴는데 크고 아름답고 다정해 보였어. 그 순간 우리 가족이 모두 생각나고, 이미 흘러가버린 과거와 집들이 떠올랐고, 이런 고백이 나도 모르게 격하게 흘러나왔다. "부끄러움을 끼치는 아들로 남지 않게 하소서,* 저를 축복하시되, 제가 자격이 있어서가 아니라, 제 어머니를 위해 그리하소서. 당신은 사랑이며 사랑은 모든 것을 이루니** 당신의 축복 없이 우리는 아무것도 할 수 없나이다."

학교 창문으로 보이는 풍경을 그린 작은 데생 1점 보낸다. 아이들이 학교를 방문했다가 역으로 떠나는 부모들의 뒷모습을 바라보는 바로 그 창문이지. 누구도 그 창밖 풍경을 쉽게 잊지 못할 거야. 이번 주에 비가 내릴 때의 창밖 풍경은 *너도 봤으면 좋았을 텐데*. 특히 석양 무렵, 가로등이 켜지고 그 불빛이 비에 젖은 길 위에 반사되는 모습을 말이야.

스톡스 씨는 요즘 들어 자주 화를 내신다. 학생들이 너무 소란스럽다 싶으면 저녁에 빵과 차를 주지 않을 때도 있어. 그런 날 창밖을 물끄러미 바라보는 학생들 모습을 네가 봤어야 하는

* 잠언 10장 5절과 17장 2절

** 고린도전서 13장 7절

데. 무척이나 우울한 장면이다. 사실, 학생들은 그 일용할 양식만 기대하며 하루를 버텨내는데! 학생들이 어두운 계단을 올라와 식당 앞 복도로 들어서는 모습도 꼭 봐야 해. 복도가 환한 햇살로 밝게 빛나거든.

특이한 장소가 하나 더 있는데, 썩은 마룻바닥이 깔린 방에 대야 6개가 놓인 세면장이야. 세면대를 밝히는 조명이라고는 깨진 창문 틈으로 새어들어오는 희미한 불빛이 전부야. 이 또한 우울하기 짝이 없는 장면이다. 아이들과 겨울을 함께 보냈더라면 이 분위기를 더 제대로 알 수 있었겠지.

어린 학생들이 네게 보낼 그림에 기름 얼룩을 남겼어. 이해해주기 바란다.

얀 큰아버지께 몇 자 적어 동봉한다.

이만 그만 자야겠다. 내 소식을 묻는 사람들에게 안부 전해주고. 보르허르스 씨 댁에는 종종 가니? 혹시 뵙거든 안부 전하고, 빌럼 팔키스와 루스 씨 가족 모두에게도 안부 전해라. 마음으로 악수 청한다.

너를 사랑하는 형, 빈센트

68네* ____

테오에게

방금 이테르손이 다녀갔어. 전혀 뜻밖의 방문이라 반갑긴 했다만, 그는 마치 다른 세계에서 온 사람 같더구나. 우리가 구필 화랑에서 함께 일했던 그때와는 많은 것들이 변했어.

『넓고 넓은 세상』과 작은 책 1권 동봉한다. 작은 책은 카롤리나에게 주고.

정말이지, 네가 여기 와서 이 모든 걸 두 눈으로 보고 갔으면 하는 마음이 굴뚝 같구나!

토요일 오전 10시에, 런던까지 걸어가서 글래드웰과 다른 사람들을 만나고 싶다. 네가 길동무라면 얼마나 좋을까! 진심 어린 마음으로 악수 청한다. à Dieu.

너를 사랑하는 형, 빈센트

69네 ____ 1876년 6월 17일(토), 웰윈

테오에게

지난 월요일에 램스게이트에서 출발해 런던으로 향했다. 도보 여정이었는데 처음부터 찌는 듯한 무더위가 극성이더니 캔터베리에 도착한 저녁까지도 기승을 부리더라. 그래도 저녁에 조

* 급히 연필로 휘갈겨 쓴 편지로, 날짜를 특정하기가 어렵다.

금 더 걸어서, 너도밤나무와 느릅나무들로 둘러싸인 작은 연못에 도착해 쉬었어. 이튿날 새벽 3시 반이 되자마자, 여명이 밝아오며 새들이 지저귀기 시작했어. 그래서 나도 다시 걷기 시작했지. 걷기에 아주 좋은 시간대였어.

오후 무렵에 채텀에 도착했어. 군데군데 물에 잠긴 저지대 초원과 드문드문 자란 느릅나무 너머 저 멀리, 배들이 분주히 오가는 템스강이 보이더라. 아마도 날씨는 항상 우중충했겠지. 거기서 마침 수레를 얻어타고 몇 마일쯤 이동했는데, 여인숙을 찾아들어간 수레꾼이 아무래도 며칠 묵을 모양이길래 나는 다시 발걸음을 옮겼어. 저녁 무렵에야 내가 아주 잘 아는 런던 교외에 다다랐고, 길고 긴 '길'을 따라 도시를 향해 걸었다.

런던에서 이틀을 묵는 동안 일전에 내가 편지를 보냈던 개신교 목사님*을 비롯해 이런저런 사람들을 만나려고 런던을 이쪽 끝에서 저쪽 끝까지 여러 차례 돌아다녔어. 그분께 보낸 편지를 번역해서 동봉하는 건, 출발할 때의 내 기분을 알려주고 싶어서야. "아버지여, 저는 감당하지 못하겠사오니"** "아버지여, 불쌍히 여기소서!"*** 그게, 런던 교회의 노동자들 사이에서 목사나 선교사로 살 수도 있지 않을까 생각해본단다. 아직은 아무에게도 말하지 마. 아무래도 스톡스 씨 학교의 봉급이 형편없을 것 같다. 숙식 제공과 아이들을 가르치다가 남는 자유시간이 전부일 것 같아. 자유시간이 없대도 고작해야 1년에 20파운드 남짓 될까 모르겠다.

아무튼 얘기를 계속할게. 나는 첫날은 레이드 씨 댁에서, 이튿날은 글래드웰 씨 댁에서 묵었는데 아주 융숭하게 대접을 받았다. 밤이 되자 글래드웰 씨가 잘 자라는 인사와 함께 끌어안아 주는데 그렇게 기분이 좋을 수 없더라. 훗날 아들인 해리에게 내가 받은 환대만큼만이라도 갚을 수 있으면 좋겠다.

그날 밤에 곧장 웰윈Welwyn까지 가려 했는데 폭우가 쏟아진다고 모두가 만류하며 한사코 놔주지 않더라. 그래도 새벽 4시경에는 비가 다소 잦아들길래 출발했지. 도시 이쪽 끝에서 저편 끝이니 족히 10여 마일쯤 돼(1마일에 20분쯤 걸려). 오후 5시경에 아나의 집에 도착했다. 정말 반가웠어! 건강해 보이는 데다가 〈성금요일Le vendredi Saint〉, 〈올리브 정원의 그리스도Le Christ au jardin des oliviers〉, 〈마테르 돌로로사Mater Dolorosa〉****에 담쟁이덩굴을 액자처럼 둘러서 작은 방에 걸어둔 모습은 너도 나만큼이나 좋아했을 거야.

아우야, 내가 목사님에게 보낸 편지를 읽고 나면 넌 아마 이렇게 생각할 거야. '형은 그렇게 형편없는 인간은 아니야.' 아니, 난 *형편없는* 인간이다. 좌우지간에 이런 형을 종종 생각해주면

* 피셔(Edmund Henry Fisher) 목사로 추정된다.

** 마태복음 8장 8절과 누가복음 7장 6절

*** 누가복음 18장 13절

**** Paul (Hippolyte) Delaroche의 그림들이다.

좋겠다. 마음으로 악수 청한다.

너를 사랑하는 형, 빈센트

(동봉한 첫 번째 편지)

존경하는 목사님께

저는 목사의 아들입니다. 그런데 생계를 위해 일해야 해서 킹스 칼리지에서 공부할 수 있는 여윳돈도, 시간도 없습니다. 게다가 다른 일반 신입생들보다 나이도 몇 살 더 많고, 입학 시험 과목인 라틴어와 그리스어는 공부해본 적도 없습니다. 신학교를 졸업한 정식 성직자가 될 여력은 없지만, 그래도 교회와 관련된 일자리를 얻을 수 있으면 하는 마음입니다.

제 아버지는 네덜란드 작은 마을의 개신교 목사님이십니다. 저는 열한 살에 학교에 입학해 열여섯 살까지 다녔습니다. 일자리를 찾아야 했지만 무슨 일을 해야 할지 몰랐습니다. 미술상 겸 판화제작사인 구필 화랑의 임원이신 큰아버지의 도움으로 구필 화랑 헤이그 지점에 취직했습니다. 거기서 3년간 일하다가 런던으로 가서 영어를 배웠고, 2년 후에 다시 파리로 옮겨갔습니다. 피치 못할 여러 사정으로 구필 화랑을 그만두었고 2달 전부터 스톡스 씨가 운영하는 램스게이트의 학교에서 교사로 재직하고 있습니다. 그러나 목표는 교회와 관련된 일자리라서 지금도 계속 찾는 중입니다.

비록 정식으로 성직자 교육을 받지는 못했지만, 여러 곳을 여행하고 여러 나라에서 살아본 경험으로 빈자와 부자, 신자와 불신자 등 다양한 사람들과 어울릴 수 있고, 막노동부터 사무직까지 다양한 직종에도 종사해봤으며, 외국어도 여럿 구사하기 때문에, 대학 교육을 받지 못한 것이 조금은 보충되지 않을까 생각합니다.

하지만 무엇보다 교회와 관련된 일에 자원하는 이유는 전부 교회를 향한 타고난 애정 때문입니다. 그 애정이 종종 휴지기를 거치기도 하지만 언제나 다시 깨어납니다. 감히 말씀드리자면, 비록 한참 부족하고 불완전한 감정이지만 그것은 '신과 인간을 향한 사랑'입니다. 또한, 제 지난 삶과 네덜란드 시골 마을의 아버지 집을 떠올릴 때마다 이런 기분이 듭니다. "아버지, 제가 하늘과 아버지께 죄를 지어서 더 이상 아버지의 아들로 불릴 자격이 없으니, 저를 아버지의 품꾼의 하나로 삼아주소서. 이 죄인을 불쌍히 여기소서."*

런던에서 지낼 때 종종 목사님의 교회에 가서 설교를 들었고, 지금도 목사님을 기억합니다. 그래서 목사님께 추천서를 부탁드리고 싶습니다. 제가 원하는 일자리를 찾을 수 있도록, 아버지 같은 시선으로 절 지켜봐 주십시오. 그간 대부분의 시간을 홀로 외롭게 지내왔습니다. 목사님의 그 아버지 같은 눈길이 제 마음을 평안하게 해줄 거라 믿습니다. 제게 해주실 일들에 미리

* 누가복음 15장 19절~21절과 18장 13절

감사드립니다…….

(동봉한 두 번째 편지)

테오 오빠에게

빈센트 오빠가 날 보러 와서 얼마나 기쁜지 몰라! 오빠는 내 지인들도 다 만났는데, 내가 얼마나 좋은 사람들에게 사랑받으며 잘 지내는지 보여줄 수 있어서 너무 좋았어. 그들과 어떻게 작별할지 벌써부터 걱정이야. 아마도 크리스마스 때까지는 여기 머물 것 같아.

지난 번 편지 잘 받았어. 오빠가 소개해준 일은 내가 찾는 조건과 맞지 않아. 난 당분간은 그냥 영국에 머물려고 해. 이만 쓸게. 올여름에 오빠를 꼭 보고 싶은데, 휴가철이 코앞까지 다가왔으니 얼마나 좋아!

빈센트 오빠는 지금 아이들에게 판화를 가르쳐주느라고 바쁘네.

사랑을 담아

동생 아나가, 담쟁이덩굴 오두막에서

70네 ___ 1876년 7월 5일(수), 아일워스

테오에게

언젠가 '이집트의 고기 가마'*를 그리워하는 서글픈 날도 오겠지. 더 많은 월급을 받고 남들에게 더 대우받던 시절 말이야. 틀림없이 그럴 거야. 왜냐하면 내가 접어든 이 길 끝의 집에는 '빵'은 함께 나눌 정도로 풍족하게 있어도, 돈은 없을 테니까. 그렇지만 저 멀리서 반짝이는 빛은 선명하게 보인다. 그 빛이 간간이 사라지는 건, 대개 내가 잘못해서 그래.

내가 이 길에서 성과를 낼 수 있을지 잘 모르겠어. *이 일*을 준비하며 써야 했던 6년을 구필화랑에서 허비한 것도, 물론 결코 뛰어넘지 못할 장애물은 아니겠지만 걱정이 된다. 그러나, 난 결코 뒤돌아보며 후회하지 않겠어. 설사 내 마음의 일부는 그러기를 원하더라도 말이지(*훗날을 말하는 거야. 아직은 그렇지 않아*).

요즘은 이 땅에서 내가 할 수 있는 일이 학교 선생님과 목회자뿐인 것 같아. 그 중간쯤에 걸쳐 있는 선교사, 그 중에서도 런던의 선교사라든가. 그래, 런던의 선교사가 딱 적합하겠어. 노동자들과 빈자들과 어울리며 성경 말씀을 설파하고, 곧바로 현장에 뛰어들어서 그들과 대화하고, 일자리 찾는 외국인들을 도와주고, 어떤 이유로든 곤경에 처한 모든 이들을 돕는 일이니까.

* 출애굽기 16장 3절. '우리가 애굽 땅에서 고기 가마 곁에 앉아 있던 때와 떡을 배불리 먹던 때에 여호와의 손에 죽었더라면 좋았을 것을, 너희가 이 광야로 우리를 인도해 내어 주려 죽게 하는도다.'

지난주에 런던에 두세 차례 가서 이런 일자리를 찾아봤지. 난 여러 외국어를 구사하고, 특히 파리와 영국에 체류하면서 빈곤층 및 외국인들과 교류해봤잖아. 또한 나 역시 외국인이니까, 생각할수록 나야말로 이런 일에 딱 적임자라는 확신이 들어.

하지만 스물네 살까지는 기다려봐야 해. 어쨌든 난 아직 1년의 여유가 있는 셈이다.

스톡스 씨는 월급을 줄 수 없다고 선언했어. 숙식만 제공하면 교사 자원자는 차고 넘친다나. 그 말도 맞지. 하지만 내가 계속 이렇게 일할 수 있을까? 못 할 것 같다. 머지않아 어느쪽으로든 결심이 서겠지.

어떻게 결정하든, 아우야, 한 가지는 확실해. 지난 몇 달의 경험이 나를 학교 선생님에서 성직자의 영역으로 강하게 이끌었다. 가시에 찔리듯 고통스러웠지만 그만큼 만족스럽기도 한 시간이었기에, 후회는 전혀 없어. 계속 앞으로 나갈 거야!

벌써부터 까다로운 난관들이 여럿 나타났고, 앞으로 닥칠 어려움들도 그려진다. 구필 화랑에서 그림을 팔던 것과는 확연히 다른 세상이야.

혹시 네가 전에 약속했던 〈위로자 그리스도Christus consolator〉와 〈베푸시는 자 그리스도Christus Remunerator〉의 작은 판화작품 복제화를 언제 받을 수 있을까? 시간 나는 대로 편지로 알려다오. 단, 주소는 부모님 댁으로 해. 내 주소가 곧 바뀔 건데, 아버지께 가장 먼저 알려드릴 거니까.

지난 주에 햄튼 코트Hampton Court에 가서 정원을 거닐었어. 환상적인 곳이야. 기다란 산책로에 줄지어 선 참나무와 밤나무에 까마귀와 떼까마귀들이 둥지를 지었더라. 정원도 좋았지만, 궁전과 그림들도 아주 좋았어. 무엇보다도 홀바인Hans Holbein the Younger이 그린 초상화들이 무척 아름다웠고, 렘브란트의 근사한 초상화 2점(아내와 랍비), 벨리니Giovanni Bellini나 티치아노Titiano Vecellio 등 이탈리아 화가들의 초상화, 다빈치의 회화, 만테냐Andrea Mantegna의 카툰들, 라위스달Salomon van Ruysdael의 근사한 회화, 카위프Jacob Gerritsz. Cuyp의 과일 정물화 등등 전부 다 근사했어. 너도 같이 봤으면 좋았을 텐데. 오랜만에 다시 그림들을 감상하니 정말 즐거웠다.

저절로 당시 햄튼 코트 궁전에 살았던 이들도 떠오르더라. 찰스 1세, 그의 부인(이렇게 말한 장본인이지. *"신이여, 저를 여왕으로 만들어주셔서 감사드립니다. 불행한 여왕으로요."*, 보쉬에Jacques Bénigne Bossuet가 무덤가에서 진심에 차서 말했거든. 『추도사Oraisons funèbres』에 적혀 있어. 50센트쯤 하는 저렴한 판본이 있을 거야.) 또 햄튼 코트에 자주 드나들었을 러셀 경 부부Lord William Russell, Rachel Russell-Wriothesley도 생각났지(기조François Pierre Guillaume Guizot가 『결혼 속의 사랑L'amour dans le mariage』에서 그들 부부의 삶도 다뤘는데 그것도 구할 수 있으면 읽어봐라).

떼까마귀 깃털 하나 동봉한다.

가능하면 곧 편지해라. 네 소식이 궁금하다. 내 말 명심하고, 마음으로 악수 청한다.

너를 사랑하는 형, 빈센트

71네 ___ 1876년 7월 8일(토), 아일워스

c/o 존스 씨 댁, 호움 코트

테오에게

오늘 아침 정원에서 감자를 고르고 있는데 네가 보낸 편지와 판화가 깜짝 선물처럼 도착했어. 정말 고맙다. 〈위로자 그리스도〉와 〈베푸시는 자 그리스도〉는 벌써 내 방 독서대 위에 걸어뒀어. 하나님은 정의로워서, 길 잃은 자들을 설득해서 옳은 길로 안내하신다. 네가 "이 시기도 지나가겠죠"라고 쓸 때 저 말을 떠올렸겠지. 나 역시 방황하고 있지만 여전히 희망을 품고 있다. 네 식으로 표현한 너의 '방탕한' 삶을 걱정하지 않아도 돼. 차분하게 네 길을 가라. 넌 나보다 더 순수하니 아마 나보다 빠르게, 훨씬 멀리까지 갈 거야.

내가 누리는 자유에 너무 큰 환상을 갖지 않았으면 한다. 내게도 온갖 종류의 제약과 심지어 굴욕적인 부분도 있고, 시간이 갈수록 더 심해질 뿐이거든. 그래도 〈위로자 그리스도〉에 적힌 말, "주님이 포로 된 자에게 자유를 선포하신다"*는 언제나 진실이다. 오늘날까지도.

부탁이 있어. 예전에 내가 헤이그에 있을 때 힐런이라는 전도사님 댁에 찾아간 일이 있거든. 당시 바헤이네스트라트Bagijnestraat에 사셨고, 나 때문에 적잖이 마음고생을 하신 분이야. 그땐 티내지 않으려 했었는데, 그분 말씀에 감명받을 때가 많았다. 그래서 짤막한 편지라도 몇 자 적어 보내드리면 좋아하시지 않을까 생각 중이야.

그러니 시간이 되면 그분 주소를 찾아서 만나 뵈면 좋겠다. 그리고 내가 학교 선생님이 됐고, 교회와 관련된 일자리를 찾고 있다고 전해줘. 무척 겸손한 분이고, 내 짐작에 부침이 많은 삶을 사신 듯해. 그분의 얼굴을 보면서 종종 이렇게 생각했지. "이분의 삶은 평화롭게 끝나겠구나."

찾아뵙거든 동봉하는 작은 데생을 건네드려라.

마우베 형님이 어떻게 꾸미고 사시는지 보고 싶구나! 네가 언젠가 저녁에 형님댁에 들러서 눈으로 보고 묘사한 장면이 마치 내 눈으로 직접 본 것처럼 느껴지거든.

곧 또 편지해라. 행운을 빈다. 내 말 명심해라.

누구보다 너를 사랑하는 형, 빈센트

테르스테이흐 씨 부부와 따님인 벳시에게 안부 전하고, 루스 씨 가족과 네가 만나는 다른 사람들에게도 내 안부 전해주기 바란다. 그런데 내 근황은 말하지 말아라. 너도 알다시피 어쨌든 다른 학교로 옮겼어. 학교 안내장 동봉할게. 혹여 주변에 아들들을 영국 기술학교로 유학 보내려는 사람이 있거든 추천해주면 좋겠다.

* 누가복음 4장 18~19절

72네 ___ 1876년 8월 2일(수), 아일워스

테오에게

아나와 리스가 집에 있는 동안 너도 다녀갈 거라고, 아버지가 편지하셨어. 정말 그렇게 되거든 편지해라.

어제 존스 목사님 가족이 돌아왔어. 나는 학생 식당 벽에 호랑가시나무와 담쟁이덩굴로 "환영합니다"라는 문구를 장식하고 식탁에는 꽃다발을 두었지. 여기 정원에 호랑가시나무가 넘쳐나길래 시들해진 가지들을 다 쳐냈더니 여기저기 작은 분홍색 잎이 달린 희고 누런 새 가지들이 쑥쑥 자란다. 보고만 있어도 기분이 좋아지는데 그것들로 큼지막한 다발을 만든 거야.

존스 목사님이 네덜란드에서는 버터 50파운드에 얼마 정도 하냐고 묻는데, 너무 비싸지 않으면 정기적으로 주문을 해볼까 한다는구나. 좋은 기회니 루스 부인께 한번 여쭤보고 조속히 답장해주면 좋겠다.

곧 학생들이 도착할 거야.

혹시 엘리야와 엘리사의 이야기를 주의 깊게 읽은 적 있니? 요즘 다시 읽어봤는데 널 위해 필사해서 동봉하마. 정말 감동적인 구절이야. 또 사도행전에서 바울이 해변에서 무릎을 꿇고 기도하고, 그가 일어났을 때 모두가 울며 그의 목을 껴안았다는 구절을 읽었어.* 특히 바울의 말에 감동했다. "하나님은 비천한 이들을 위로하신다."

하나님이 우리를 인간으로 만드셨고, 우리 삶을 보다 고결한 시간과 고상한 기분으로 채워주신다. 바다가 스스로 존재하겠니? 떡갈나무는? 하지만 우리 아버지 같은 인간은 바다보다 더 아름다운 존재시지. 물론 바다도 아름답지만 말이야. 스톡스 씨의 학교에 살 때 침대에 빈대가 들끓었는데 창밖의 아름다운 바다 풍경 덕분에 잊고 지낼 수 있었어.

필멸의 육체를 가진 인간의 마음은 "종종 갈구하게 된다." 성령과 불로 세례를 주실 분을 위해 헌신하는 사람들을 보면서 말이야. 그리고 젊은 시절 "그분이 베풀어주신 은혜"를 되돌아보며 눈시울을 적시기도 해. 하지만 그들이 느끼게 될 숭고한 평화는 이전에 경험했던 기만적인 평화보다 낫다. *진정한* 휴식과 평화는 "더 이상 기댈 곳이 아무것도 남지 않았고" "이 세상에 오직 하나님밖에 소망이 없을 때" 비로소 시작된다. 그러면 "오 슬프도다!" 탄식이 흘러나오고, "이 죽어야 할 육신에서 누가 나를 구해줄까?" 기도하게 된다. 그런데 바로 그 순간이야말로 그들 인생의 최고의 순간이야. 그 높은 경지에 다다른 이들이여, 축복받을지어다!

이렇게 말하는 사람을 이제까지 두 명 만났다. 파리에서 만난 베르시에 목사님은, 자신을 기다리고 있는 끔찍한 육체적 고통에 대한 두려움 속에서도 이렇게 설교하셨어. "누가 이 육신의 몸에서 나를 구해줄까?" 당시 교회 안에 있던 모두가 전율했지. 다른 한 사람은 바로 우리 아버

* 사도행전 20장 37절

지야. 4월에 집에 갔을 때 설교에서 그 구절을 언급하셨어. 말투는 더 부드러워졌지만, 강렬하게 가슴을 파고들더라. 그리고 (마치 천사 같은 얼굴로) 계속 말씀하셨어. "하늘의 축복받은 자들이 말하나니 '지금 당신들의 모습은 과거의 내 모습이니, 지금 내 모습이 당신들의 미래다.'"

아버지와 하늘의 축복받은 이들 사이에 '삶의 간극'이 있고, 우리와 아버지 사이에도 '삶의 간극'이 있어. 저 높으신 이가 우리를 아버지의 친구가 되게 하시고, 너와 나를 갈수록 더 긴밀하게 결속시켜 주실 거야. 그렇게 하자, 아우야! 내가 얼마나 너를 사랑하는지 넌 분명히 알 거야.

어제는 템스 강변을 산책했어. 강 건너편에 정원을 가진 근사한 주택들이 줄지어 있었어. 그 위로 라위스달과 컨스테이블의 그림 같은 하늘이 펼쳐져 있더라.

이만 줄인다. 마음으로 악수 청한다. 루스 씨 가족에게 안부 전해라. 내 말 명심하고.

너를 사랑하는 형, 빈센트

73네 ____ 1876년 8월 18일(금), 아일워스

테오에게

어제 글래드웰에게 다녀왔다. 그 친구, 집안에 슬픈 소식이 생겨서 며칠 집에 가 있거든. 검은 머리에 검은 눈동자를 가진 명랑한 열일곱 소녀인 여동생이 블랙히스Blackheath에서 말을 타다가 낙마했는데, 5시간 만에 그만 의식을 회복하지 못하고 유명을 달리했다더라.

그런 비보에 이어 그 친구가 집에 갔다는 소식을 듣자마자 곧장 길을 나섰어. 오전 11시에 출발해서 한참을 걸어 루이셤Lewisham에 도착했어. 런던 끝에서 끝까지 걸은 셈이지. 오후 5시 무렵에 글래드웰의 집에 도착했다.

장례식을 마치고 돌아온 직후여서 온 집안이 침통한 분위기였어. 가길 잘했어. 엄청난 슬픔에 빠진 사람들을 마주하니, 당혹스럽기도 하고 안타깝더라. 그 고통 앞에서 경외심마저 들었어. "침통한 이들에게, 슬퍼하는 이들에게 축복이 있으니 기뻐할지라. 마음이 순수한 이들에게 축복이 있으니, 하나님을 볼지라. 살면서 사랑을 깨닫고 하나님과 함께 걷는 이들에게 축복이 있으니, 모든 일이 협력하여 선을 이루리라."

저녁까지 해리와 오래 이야기를 나눴어. 하나님의 왕국과 성경에 대해서, 이런저런 이야기를 주고받으며 역까지 거닐었어. 헤어지기 직전까지 이어졌던 그 시간, 아마 우리 둘 모두 쉽게 잊지 못할 것 같다.

우리가 서로를 무척 잘 알지! 내가 하던 일을 해리가 하고 있고, 해리의 지인이 내 지인이고, 그 친구의 생활이 내 생활이었으니까. 내가 글래드웰 가족을 잘 아는 건 그들을 사랑하기 때문이야. 그들의 과거사를 속속들이 안다기보다, 그들의 생활방식과 분위기와 성향을 이해하지.

우리 둘은 대합실을 이리저리 오가며 일상 속에서 한참을 서성였지만, 결코 매일의 일상과 같을 수 없었어. 그 순간은 그리 길지 않았고, 우린 서둘러 작별 인사를 나눴어.

기차를 타고 가는 길에, 세인트 폴 교회를 비롯해 여러 교회 건물들이 저 멀리 어둠 속에 잠기는 광경이 참 장관이었다.

나는 리치몬드에서 내려 템스강을 따라 아일워스까지 걸었는데 근사한 산책 코스였어. 왼쪽으로는 포플러나무, 참나무, 느릅나무가 자라는 공원이 보이고, 오른쪽으로는 키 큰 나무들의 거울 역할을 하며 강이 유유히 흘러갔지. 아름다운 밤이었어. 장엄하다는 말이 더 어울릴지도 모르겠다. 집에 도착하니 밤 10시 15분이더라.

이번 편지 잘 받았다. 그런데 V부인이 돌아가셨다는 이야기는 안 썼더구나. 내가 자주 집까지 모셔다 드리곤 했었는데! 문득 너와 함께 후번까지 거닐던 기억이 떠오르네.

나는 학생들에게 종종 성경 속 역사를 가르친단다. 지난 일요일에도 아이들과 성경을 읽었어. 아침 저녁으로 몇 구절씩 읽고 성가도 부르고 기도도 함께 올리는데 아주 좋더라. 램스게이트에서도 이렇게 했었는데, 스물한 명에 달하는 런던 거리와 시장의 아이들이 일제히 "하늘에 계신 우리 아버지, 오늘 우리에게 일용할 양식을 주시고"라고 외칠 때마다 새끼 까마귀들의 지저귐 같다고 생각했지. 그 아이들과 함께 고개를 숙이고 기도하면 그냥 말로만 읊조릴 때보다 좋았어. "우리를 유혹에 빠지지 않게 하시고 다만 악에서 구하소서."

지금도 여전히 어제의 일들을 더듬고 있다. 글래드웰 씨를 정말 위로해드리고 싶었는데! 하지만 당혹감 속에서 그분 앞에 가만히 서 있기만 했어. 해리와만 이야기를 나누면서. 어제 그 집에는 무언가 성스러운 분위기가 감돌았다.

『삶을 위한 삶A life for a life』이라는 책을 아니? (네덜란드어 제목은 『Leven om leven』일 거야.) 『존 핼리펙스John Halifax』를 쓴 소설가*의 글인데, 분명히 너도 좋아할 거야. 그나저나 영어 실력은 좀 늘었니?

긴 산책을 한 번 더 즐긴 건 무척 즐거웠어. 이 학교에서는 사실상 산책을 거의 즐길 수 없거든. 작년 파리에서 보냈던 격랑 같은 시간들에 비하면, 지금 여기서는 하루종일 문 밖으로 나가지 않는 날도 많고, 나가봐야 정원 정도야. 가끔 궁금해진다. '언젠가 다시 그 세상으로 되돌아갈 수 있을까?' 되돌아갈 수 있다면 기필코, 작년처럼은 살지 않겠어. 하지만 산책보다 아이들과 성경 속 역사를 공부하는 게 더 좋기는 해. 더 편안해.

그만 줄인다. 루스 씨 가족과 내 소식을 묻는 모두에게 안부 전한다. 마음으로 악수 청한다. 행운을 기원하면서

누구보다 너를 사랑하는 형, 빈센트

* 영국의 여류 소설가 Dinah Maria Mulock Craik

마우베 형님에게 쓴 편지 동봉하는데, 네가 읽어봐도 무방하다. 경험상 예전부터 알아온 지인들을 챙기는 게 쓸데없는 일은 아니더라. 그래서 이따금 그들에게 편지를 쓴다. 파리에 있는 소에크나 다른 친구들도 마찬가지야.

너도 알겠지만, 수업 사이의 쉬는 시간에 짬을 내 황급히 쓴다. 네가 남에게 엘리엇의 『성직자의 일상 풍경Scenes from clerical life』이나 『펠릭스 홀트』를 읽게 설득한다면 정말 좋은 일을 하는 거야. 특히 『성직자의 일상 풍경』은 정말 근사한 책이거든! 카롤리나 빌렘과 마우베 형님 부부, 또 가능하다면, 테르스테이흐 씨에게도 권해보면 좋겠구나.

74네 ____ 1876년 8월 26일(토), 아일워스

테오에게

테르스테이흐 씨에게 쓴 짧은 편지 동봉한다. 파리에서 마지막으로 편지했었으니, 이제 소식 한 번 드릴 때도 된 것 같아서. 헤이그를 떠난 뒤로도 꾸준히 연락하며 지냈거든.

오늘 아침은 아주 화창했다. 햇살이 운동장의 커다란 아카시아나무들 사이를 뚫고 들어와 건물 지붕과 정원 너머까지 내다보이는 창을 비췄지. 정원의 거미줄까지 보일 정도였어. 아침엔 좀 쌀쌀해서 아이들이 이리저리 뛰어다니며 몸을 데우기도 한다. 오늘 저녁에는 아이들이 잠들기 전에 요한과 테아게네스의 이야기를 들려줄까 해. 저녁에 아이들에게 다양한 이야기들을 읽어주거든. 콩시앙스Henri (Hendrik) Conscience의 『징집Le Conscrit』, 에르크만-샤트리앙의 『테레즈 부인Madame Therèse』, 장 폴Johann Paul Friedrich Richter의 『선달 그믐날Oudejaar』(이 책은 동봉해 보낸다), 『안데르센 동화』에서 〈어머니 이야기〉, 〈빨간 구두〉, 〈성냥팔이 소녀〉, 롱펠로의 〈시실리 왕 로버트King Robert of Sicily〉 등등. 가끔은 네덜란드의 자랑스런 역사를 들려주기도 하고.

그리고 아이들과 함께 매일 성경도 읽는데, 즐거움 이상의 보람이 느껴지는 시간이야. 하루도 거르지 않고 하나님에게 기도 드리고, 하나님에 대한 이야기를 해주지. 내가 해주는 말은 보잘것없지만, 하나님의 도우심과 축복을 받으면 더 훌륭하게 성장할 거야.

보턴의 〈순례자〉 얘기를 했던가? 저녁 무렵이 배경이고, 먼지 날리는 길이 언덕으로 산으로 이어지는데, 산마루에 자리잡은 성도(聖都)가 잿빛 구름 뒤로 사라지는 석양에 빛나. 그 길 위에 순례자가 성도를 향해 걷고 있다. 벌써 너무나 지쳐서 길가에 선 검은 옷의 여성에게 무언가를 묻지. 그녀의 이름은 "슬프지만 항상 기쁘게"야.

> 길은 계속 오르막인가요?
> - 그래요. 끝까지 오르막이에요.
> 밤까지 계속 걸어야 할까요?

– 네, 새벽부터 밤까지 걸어야 합니다, 친구.

길 주변의 풍경이 정말 아름답다. 갈색 황야에 여기저기 자작나무와 소나무가 자라고, 저 멀리 태양을 향해 솟은 산들이 보여. 그냥 그림이 아니라, '영감' 같은 작품이야.

수업 시간 사이사이에 쓴다. 오늘은 몇 분간 밖에 나가서 요한과 테아게네스와 대화하며 울타리 사이를 걸었어. 언젠가, 석양 무렵의 이 운동장과 정원을 네게 보여줄 수 있다면 얼마나 좋을까! 학교에서 가스등 불빛이 흔들거리는 사이로 웅얼웅얼 암기하는 소리가 들려온다. 간혹 노래 같은 멜로디를 흥얼거리는 아이가 있는데 듣고 있으면 마음속에서 "오랜 신념"이 떠오르곤 해. 내가 되고 싶은 사람이 되기까지 아직 가야 할 길이 멀지만, 하나님의 도우심으로 기필코 원하는 걸 이루고 싶다.

엽서 고맙게 잘 받았다. 존스 씨는 아직 뭘 하실지 결정하지 못하셨어. 내 소식을 묻는 모두에게 안부 전해라. 마음으로 악수 청한다.

너를 사랑하는 형, 빈센트

한 가지만 더. 방금 아이들의 공동 침실에서 요한과 테아게네스 이야기를 읽어주고, 넷만 따로 자는 위층 침실에서도 이야기해주고 왔어. 이야기를 마쳤을 때 모든 아이들이 다 잠들었더라. 하루종일 잔디밭에서 뛰어놀았으니 당연하지! 게다가 내 영어가 좀 서툴잖니. 영국 사람들 귀에 어떻게 들릴지 잘 모르겠다. 외국어가 느는 방법은 연습뿐이지. 하나님께서는 나를 있는 그대로, 내 단점까지도 전부 받아주셨다는 생각이 든다. 물론 내가 소망하는 건 여전히 더 좁은 의미의 받아들이심이지만 말이야.

내일 저녁에는 큰애들 둘과 보조교사에게도 똑같은 이야기를 들려줘야겠다. 걔들은 더 늦게 자거든. 우리 넷이 저녁을 같이 먹어. 오늘 저녁에 내가 이야기를 하고 있는데 아래층에서 누군가 피아노로 "주 예수 크신 사랑"을 치더라.

많이 늦었다. 교칙에 따르면 이 시간까지 깨어 있으면 안 돼. 방금 운동장에 나가 파이프 담배를 피우고 왔어. 바깥 날씨가 너무 좋아서 거의 1년 내내 야외 사육장에서 돼지를 키운다(지금은 한 마리도 없지만). 어둠이 내린 밤에 나와 여기저기, 위아래로 돌아다니고 나면 마음이 편안해진다.

잘 자라. 밤에 기도 드릴 때 내 생각을 해주면 좋겠다. 내가 그러듯이 말이야. 잘 지내라, 아우야. 마음으로 악수 청한다.

괴로운 마음이 자라나 넘쳐날 때
그들은 끌어안고 울며 궁금해한다

멀리 계신 하나님도 그들을 위해 울고 계시는지

누구보다 너를 아끼는 형, 빈센트

75네 ____ 1876년 10월 3일(화), 아일워스

테오에게

몸져누웠다는 소식 들었다.* 가엾은 아우, 네 곁을 지켜줄 수 있으면 얼마나 좋을까! 어제저녁에는 산책을 나와 리치몬드까지 걸었는데 내내 네 생각이 나더라. 안개가 끼었지만 아름다운 밤이었어. 말했듯이 월요일 저녁에는 감리교 교회에 나간다. 어제도 "그리스도 안에서만 행복하네, 그분 안에서는 모든 게 행복하네"의 가사에 대해 몇 마디 언급할 기회가 있었어.

하지만 지금 당장은 너와 있고 싶구나! 아! 우리는 도대체 왜 이렇게 멀리 떨어져 사는 걸까. 뭘 하겠다고…….

쥔더르트의 이모께 받은 편지 동봉한다. 베트여 이모가 심하게 다치셨다기에 너와 내가 크리스마스 무렵에 산책 삼아 쥔더르트로 찾아뵙겠다고 편지 드렸어.

시편 몇 구절 필사해 동봉하니 병상에서 읽어봐. 짧게라도 몇 자 적어 보내주면 좋고.

지지난 주 토요일에 도보로 런던까지 가는 도중 괜찮은 일자리에 관해 들었어. 리버풀이나 헐 같은 해안 지방의 목사님들이 자신들의 교구에서 다양한 외국어 구사가 가능한 인재를 찾고 있다더라. 뱃사람이나 외국인을 상대로 전도도 하고 병자들을 찾아다니는 일을 돕는 건데, 월급도 나온대.

오늘은 새벽 4시 무렵, 이른 시각에 길을 나섰어. 이곳의 공원은 밤이 참 아름답다. 느릅나무로 둘러싸인 어두운 갈래길, 공원을 가로지르는 젖은 길, 비를 머금은 진회색 하늘, 그리고 저 멀리서 느껴지는 폭우의 분위기까지. 낮에는 하이드파크로 나가는데 벌써 나뭇잎들이 떨어지기 시작한다. 안개 낀 날이었는데, 집들을 둘러싼 빨간 담쟁이덩굴이 참 보기 좋더라.

7시경에 켄싱턴에 도착해 일전에 일요일마다 여러 번 갔던 교회에 들러 잠시 쉬었지. 이 사람 저 사람 만나고 구필 화랑에도 들러 이테르손이 최근 여행에서 수집해온 그림들도 구경했어. 네덜란드의 마을과 초원들을 다시 보니 정말 반갑더라. 수로 옆 풍차를 화폭에 담은 아르츠David Adolph Constant Artz의 그림이 특히 아름다웠어. 네게도 창창한 미래가 기다리고 있어, 테오야. 그러니 건강 꼭 챙겨라.

이테르손은 벌써 돌아갔니? 그 친구를 다시 보니 반갑더라. 그에게 『넓고 넓은 세상』을 들려

* 테오는 정확한 원인을 모르는 채로 몸의 쇠약과 미열에 시달리고 있었다.

보냈으니 병상에서 읽어봐. 무엇보다 제1장의 내용이 상당히 아름답고 또 소박해. 롱펠로의 시에도 좋은 구절들이 많지.

> 마을 불빛이 보인다, 비와 안개를 뚫고 명멸하는 불빛.
> 그러자 하염없이 마음이 슬퍼진다. 도저히 달랠 수 없도록.*

이만 줄인다, 아우야. 너와 얀 큰아버지께 마음으로 악수 청한다. à Dieu, 힘내. 몸조리 잘하고 잘 지내는지 곧 편지하고. 이모님 편지도 다시 보내주기 바란다. 베트여 이모님이 안됐어! 참 오래 알고 지낸 분인데. 아, 휜더르트! 생각만으로도 너무 벅차구나. à Dieu, 아우야. 하나님께서 우리가 더 가까운 형제로 지내도록 힘쓰시나 보다! 그래서 그분을 향한 사랑이 우리 관계를 더더욱 돈독히 만들어주고 있고. 얀 큰아버지와 루스 씨 가족에게 안부 전해라,

너를 누구보다 사랑하는 형, 빈센트

가을의 파리는 정말 아름답지. 작년에 글래드웰과 함께 일요일마다 시간 나는 대로 여러 사람을 만나고 많은 교회를 돌아다녔지! 아침 일찍 길을 나서서 저녁이나 아주 늦은 밤에 돌아왔어. 가을밤 밤나무들 사이로 보이는 노트르담 성당은 정말 근사해. 그런데 파리의 가을 풍경이나 성당보다 아름다운 건 가난한 사람들이야. 가끔 그때 거기서 만났던 이들의 모습이 떠오른다.

판 이테르손이 주는 책 중에 영국 성가 모음집이 있을 텐데 14장을 읽어봐라.

76네 ___ 1876년 10월 7일(토)과 8일(일), 아일워스

테오에게

토요일이 다시 돌아와 짤막하게나마 몇 자 적는다. 네가 정말 보고 싶구나. 아! 문득문득 사무치게 그립다. 건강이 좀 어떤지 짧게라도 편지로 소식 전해라.

지난 수요일, 도보로 1시간쯤 걸리는 마을까지 긴 산책을 다녀왔어. 길이 초원과 들판을 가로지르는데, 블랙베리와 클레마티스가 칭칭 감긴 산사나무 울타리와 저 멀리 커다란 느릅나무들이 서 있어. 해가 잿빛 구름 뒤로 넘어가며 긴 그림자를 만드는 시각에는 너무나 아름다웠어. 걷다가 우연히 스톡스 씨의 학교를 지나갔는데, 아는 아이들 몇몇이 여전히 보이더라. 해가 넘어간 뒤로도 한참을 구름은 강렬한 붉은 기운을 머금고 있었고, 노을이 지기 시작하자 저 멀리 마을의 가로등에 불이 켜졌지.

* 〈하루를 끝내고(The day is done)〉의 일부

이 편지를 쓰고 있는데, 존스 씨가 호출해서 혹시 런던에 가서 수금을 대신 해올 수 없겠느냐 묻더라. 그리고 저녁에 집에 돌아오니 반갑게도 네 근황을 적은 아버지 편지가 와 있고. 아우야, 지금 너와 아버지 곁에 있다면 얼마나 좋을까! 하나님 감사하게도, 완쾌는 아니어도 많이 나아졌다니 참 다행이야. 어머니가 많이 그리웠을 텐데, 집으로 가서 어머니와 함께 있을 예정이라니! 콩시앙스의 책에서 한 대목이 떠오르더라.

> 나는 아팠다. 정신이 지치고 마음에 환멸이 느껴지면서 몸까지 아파왔다. 적어도 신으로부터 정신력과 남을 향한 애정만큼은 차고 넘치게 받은 내가 끝을 알 수 없는 비탄 속에 빠져들고 편협해진 마음에 치명적인 독이 스며드는 것 같은 두려움을 느끼게 되었다. 3개월을 브뤼에르에서 보냈다. 마음도 제자리로 돌아가 달콤한 휴식을 즐기고 모든 게 고요하고 평화로운 곳, 신의 순수한 창조물(인간)의 마음이 관습의 굴레에서 벗어날 수 있는 곳, 사회를 잊고 다시 태어난 젊음이라는 활력으로 모든 관계에서 벗어날 수 있는 곳, 생각 하나하나가 기도가 되고, 신선하고 자유로운 자연과 조화를 이루지 못하는 모든 것이 마음에서 사라지는 그 아름다운 곳에서. 오! 그곳에서는 지친 마음이 평안해지고, 기력이 쇠한 인간이 젊음을 되찾는다. 병든 하루하루가 그렇게 지나가고…… 그 밤이 찾아왔다! 커다란 벽난로 앞에 앉아, 재 위에 발을 올리고, 마치 나를 부르기라도 하듯 굴뚝을 통해 빛을 보내오는 별을 올려다보거나, 몽상에 잠겨 멍하니 불을 바라본다. 붙어서 일어나 헐떡이며 타들어가다 서로를 밀어내며 혓바닥으로 냄비를 집어삼키려는 듯한 불. 그 모습이 인간의 삶 같았다. 태어나고, 일하고, 사랑하고, 성장한 뒤, 사라져버리는 인간.*

존스 목사님이 이제 아이들 지도를 조금 줄이고 그 대신 교구 신방 활동으로 신자들과 대면할 기회를 만들어주겠다고 약속하셨어. 부디 내가 그 일을 할 수 있도록 신의 가호가 있기를!

런던 나들이 이야기를 이어나가야겠다. 점심때쯤 길을 나서서 오후 5~6시 무렵에 목적지에 도착했어. 대다수의 미술상들이 밀집해 있는 스트랜드 인근 마을인데, 지인들도 여럿 만났어. 식사 시간과 겹친 탓에 집으로 돌아가려고 사무실에서 나온 사람들이 거리에 가득했거든. 여기서 한 번 설교를 듣고 알고 지낸 젊은 목사님도 만났어. 윌리스 씨와 그의 밑에서 일하는 직원도 직접 봤다. 그 집에는 딱 한 번 가봤었는데 지금은 자녀가 둘이나 있다더라. 이제는 오랜 친구 사이가 된 리드 씨와 리차드슨 씨도 만났어. 작년 이맘때 파리에서 리차드슨 씨와 페르 라셰즈 묘지를 거닐곤 했었지.

그런 다음 미술상인 판 비셀링Elbert Jan van Wisselingh 씨에게 갔다가 두 종류의 성당 스테인

* 『징집』에서.

드글라스 스케치를 봤어. 하나는 가운데 상당히 고고한 얼굴을 한 중년 부인의 초상이 있고 위에 이런 문구가 적혀 있어. "아버지의 뜻이 이루어지소서". 다른 하나는 그 부인의 딸의 초상인데 거기 글귀는 이랬어. "믿음은 우리가 바라는 것들의 보증이며 보이지 않는 실체들의 확증이다." 그곳과 구필 화랑에서 근사한 회화작품과 스케치 등을 감상했는데, 예술작품을 통해 네덜란드에 대한 추억을 떠올려보는 게 강렬한 기쁨이었어.

런던 시내에 온 김에 다시 글래드웰도 찾아갔고 세인트 폴 교회도 들렀어. 거기서 또 런던 정반대편까지 갔지. 스톡스 씨의 학교에 다니다가 몸이 좋지 않아 그만둔 학생을 만나고 싶었거든. 거리에서 놀고 있던데 건강해 보이더라. 그다음에는 존스 씨 부탁대로 수금할 곳으로 발걸음을 옮겼어.

런던의 교외에는 나름의 독특한 멋이 있어. 정원 딸린 작은 집들 사이에 보통 잔디 깔린 공터가 있는데, 대개 나무나 수풀로 둘러싸인 교회나 학교나 빈민구호소 건물이 그곳을 차지하고 있지. 석양이 질 무렵, 아름다운 밤안개 끄트머리로 그 붉은 기운이 퍼지며 장관을 만들어낼 때가 종종 있다. 어제가 그런 날이었어. 땅거미가 내려앉고 가로등이 불을 밝히면 사람들도 집으로 돌아가고, 만물이 제자리를 찾아가는 그 시각……. 네가 그런 런던의 거리 풍경을 꼭 느껴보면 좋겠다. 온 사방에서 토요일 저녁 분위기가 느껴져. 일요일이 다가오고 있다는 만족감과 평화. 아! 일요일이란 해야 할 일을 하고, 되어야 할 일이 되는, 그 일요일 아닌가! 가난한 이들이 사는 곳과 요동치는 거리에 휴식과 위로가 되는 그 일요일!

시내는 어둠에 잠겼지만, 가는 길마다 마주치는 교회 건물이 반갑더라. 스트랜드 근처에서 버스를 타고 한참을 갔다. 늦은 시각이었어. 존스 목사님의 작은 교회를 지나갔고, 멀리 또 다른 교회가 보이는데 그 시간까지 불이 켜져 있는 거야. 버스에서 내려 걸어갔는데 작고 아담한 가톨릭 성당이었어. 여인들이 여럿 앉아 기도를 드리고 있었어. 그다음에 앞에서 이미 언급했던 어두운 공원에 도착했지. 저 멀리 아일워스의 빛이 보이더라. 담쟁이덩굴로 휘감긴 교회, 공동묘지, 템스강을 따라 늘어선 축 늘어진 버드나무까지.

내일은 새 교회에서 두 번째로 소정의 월급을 받을 거야. 그 돈으로 새 신발과 새 모자를 구할 생각이야. 하나님의 도움으로 돈이 남는다면 새 옷도 사볼까 싶고.

런던에서는 1년에 두 번 피는 바이올렛 향이 나는 방향제를 여기저기서 팔아. 내 파이프 담배 냄새를 눈감아주십사 하는 마음으로 존스 부인에게 드리려고 하나 샀어. 요즘 가끔 파이프 담배를 피우거든. 여기 담배는 향이 강해서 거의 저녁에 마당에 나가서 피운다.

테오야, 얼른 나아야지. 어머니가 곁에 계시면 어머니께도 이 편지 읽어드려라. 나도 너와 어머니 곁에 있고 싶구나! 그래도 존스 목사님이 교구에서 할 만한 일을 주겠다고 약속하셨으니 만족스럽다. 조금씩 내 일을 찾아가는 것 같아.

문득문득 가족들이 사무치게 그립구나. 힘차게 마음으로 악수 청한다. 나 대신 어머니 손 한

번 잡아드려라. 루스 씨 가족과 테르스테이흐 씨 가족 그리고 내가 아는 모든 지인들에게 안부 인사 전한다. 어머니께는 런던에 다녀온 뒤에 어머니가 짜주신 양말을 신었더니 기분이 정말 좋더라는 말씀도 드리고.

오늘도 일출이 장관이구나. 매일 아침 여명을 보며 아이들을 깨우러 간다. à Dieu.

진심으로 너를 사랑하는 형, 빈센트

77네 —— 1876년 10월 13일(금), 아일워스

어머니와 테오 보세요

내일 학생들이 각자 집으로 돌아갑니다. 그리고 저는 월급을 받습니다. 존스 목사님께 사흘간 어머니와 동생과 함께 시간을 보내고 오겠다고 부탁드렸습니다. 제 마음은 벌써 두 사람 곁에 가 있습니다! 이제 두 사람에게 달렸어요. 오라고 말씀만 하시면 존스 목사님도 허락하실 겁니다. 테오의 병상 곁을 지키는 것도 기쁘지만, 어머니를 뵐 생각에 가슴이 벅차오릅니다. 또 여건이 되면 에턴에도 들러 아버지를 뵙고 이야기도 나눌 생각입니다. 워낙 짧은 기간이라, 두 사람과 보낼 시간이 하루나 이틀에 불과할 것 같습니다.

지난 월요일에는 다시 리치몬드의 교회*에 갔습니다. 제 기도 제목은 "주님이 가난한 자에게 복음을 전하게 하시려고 나를 보내사"**였습니다. 하지만 복음을 전하려는 자는 먼저 복음을 마음속에 담고 살아야 합니다. 오! 제가 그럴 수 있기를 바랄 뿐입니다. 오직 순수한 마음에서 나오는 말만이 결실을 맺을 수 있으니까요.

조만간 런던이나 루이셤Lewisham***에 다시 갈 겁니다.

요즘 존스 목사님 따님들에게 독일어를 가르치는데, 수업이 끝나면 안데르센의 『눈의 여왕』을 읽어줬습니다.

어쨌든 제가 가도 될지 회신 부탁드립니다. 일전에 어머니 편지를 받고 참 기뻤습니다.

조만간 스톡스 씨의 학교도 찾아갈까 합니다. 새 신발과 새 옷도 장만할 거고요.

요즘 제 방 창밖 풍경이 아름답게 보이는 시기겠네요. 오래 봐왔으니 저도 잘 알죠. 이곳은 우기인데, 네덜란드도 그렇겠죠. 크리스마스에는 네덜란드에서 2~3주쯤 보낼 수 있을 겁니다. 아나도 갈 수 있다면 함께 갈게요. 겨울이 점점 다가오고 있습니다. 그때까지 건강하세요. 크리스마스가 한겨울이라서 얼마나 환상적인지!

* 빈센트는 월요일 저녁마다 리치몬드에 있는 Wesleyan 감리교 교회 기도 모임에 참석하고 있었다.

** 누가복음 4장 18절

*** 빈센트는 존스 목사의 심부름으로 런던과 루이셤에 가서 학생들 부모님에게 수업료를 대신 받아오곤 했는데, 글래드웰의 집이 마침 루이셤이었다.

그리고, 아! 아우야, 난 추운 날을 만끽하며 턴햄 그린Turnham Green을 오갈 생각에 무척 들떠 있단다.*

"어머니를 위로하고, 어머니에게 위로받는 자식"인 네 처지가 부럽다만, 얼른 병석에서 털고 일어나야 한다. 어제 존스 목사님이 네덜란드에 다녀오겠다는 말에 별로 내키지 않은 기색이다가 결국 이렇게 말하셨어. "어머니가 그러라고 회신하시면, 그렇게 하게."

헤네스텃Petrus Augustus de Génestet의 시가 참 아름답더라. 〈고통의 정점Op de Bergen (On the Mountains of Sorrow)〉과 〈나 어렸을 적에Toen ik een knaap was (When I Was a Lad)〉야.

두 사람 모두에게 악수 청합니다. 루스 씨 가족과 빌럼, 또 내 지인들에게 안부 전합니다. 그리고 테오야, 네 상태가 나아지는지 속히 편지하고, 내 말 명심해라.

진심으로 너를 사랑하는 형, 빈센트

〈고통의 정점〉(일부)
고통의 정점에서
신성한 땅을 향해 가파른 길을 오른다
위를 향해서, 더 나은 삶을 향해서
사투를 벌이듯 가파른 길을 오른다
이 고통의 정점에서
주님의 사랑의 손길이
별과 천국과 아버지의 집과 더 가까운 그 정점에서
내가 눈여겨보던 이 땅으로 떨어진다
하지만 그날 아침을 떠올려보면
오래전 그날 아침을 떠올려보면
슬쩍만 봐도, 근심 하나 없이 웃으며
오 주님, 당신의 이 낮은 세상이여!

〈나 어렸을 적에〉
나 어렸을 적에 삶에 고통이라곤 없었지
뭐든 맘에 드는 옷을 골라 걸치고

* 빈센트는 턴햄 그린에 있는 존스 목사의 작은 회중파 교회(Congregational Church)에서 11월 19일부터 사역을 하기로 되어 있었다.

자유롭게 거닐고, 탐구하고, 노력하고
자유롭게 여행하고, 꿈꾸고, 쉬고

하지만 그러면서도, 점점 느꼈네
소명의 시간, 포용하고 진지해야 할 시간이 다가오고 있음을
가슴속 깊숙이에서 묻는 음성을 들었지
"나를 사랑하는가?" "네, 그럼요."

꿈에서 깨야 할 시간이 다가왔네
내 의지와 반대로, 무언가가 날 이끌어
내가 더 멀리 치열하게 손을 뻗도록
따르고 행하게 하니, 아, 행복하고 안심했지

그러나 이제 초월적인 존재가 삶을 지배하니
고통스럽고 구속되더라도, 공허한 것들을 좇았다는 사실에
영혼이 갈기갈기 찢기도록 괴롭네
내 괴로운 마음에 더 많은 평화를 주소서

78네 ___ 1876년 10월 23일(월)에서 25일(수) 사이, 아일워스

테오에게

네 편지와 어머니가 몇 자 적으신 글, 감사히 잘 받았어. 그러니까 일단 크리스마스까지 기다려야겠구나. 하나님께서 우리에게 평화로운 재회를 허락하시도록 기도해야겠다.

"제 병은 불행이 아닙니다." 맞아. 왜냐하면 '슬픔이 웃음보다 나으니까!' 그래, 하나님이 붙잡아주시니까 병은 불행이 아니지. 특히나 우리는 아픈 나날을 겪지 않았다면 결코 떠올리지 못했을 새로운 아이디어와 동기들을 얻게 되니까. 그래서 병상에 누워 있는 동안 더 확고한 신앙을, 강인한 믿음을 갖게 되니, 그게 어디 나쁜 일이겠냐.

"인간의 고뇌는 하나님에게는 기회다." 우리는 약함으로 강해진다. 병 때문에 우리는 건강의 소중함을 깨닫고 그것을 잘 지키려고 애쓴다. 그러니 아우야, 얼른 건강을 회복해야 해. 아, 크리스마스가 왜 이리 더디게 오는지 모르겠다!

어제는 존스 목사님 교회에서 오늘 저녁 있을 행사 준비를 도왔어. 레스터 교구의 어느 목사님이 오셔서 개혁에 관한 강연회를 하시는데, 환등기로 이미지를 보여주며 설명하실 예정이

야. 삽화들을 몇 판 보았는데 홀바인풍이더라. 알다시피 영국에서는 적잖은 화가나 삽화가들이 홀바인풍으로 그려. 〈루터의 결혼식〉 같은 그림은 정말 볼만하다.

지난 월요일에 교회 개척 1주년을 기념하는 차 모임이 있었어. 손님이 250여 명이나 찾아왔는데 존스 목사님과 여러 전도사님들이 밤늦게까지 대화를 이어갔지.

여기는 요즘 날씨가 아주 좋아. 특히 저녁에 옅은 안개가 깔린 거리에 가로등이 켜지는데, 며칠 전에 내가 일전에 편지에 썼던 그 공원에 나가서 이제는 구릿빛 잎을 달고 있는 느릅나무 뒤로 해가 저무는 광경을 봤어. 잔디 위로 아나가 편지에 쓴 것처럼 아지랑이가 피어오르더라. 구불거리며 공원을 가로지르는 개울에서 헤엄치는 백조도 봤다. 아이들이 뛰어다니는 잔디밭 위에서 자라는 아카시아나무는 잎을 거의 다 떨궜어. 내 독서대 앞 창문으로 그 나무들이 보이는데 가끔은 하늘을 배경으로 검은 그림자처럼 보이기도 하지만 안개에 둘러싸여 붉은 기운과 함께 그 나무들 뒤로 넘어가는 태양이 보일 때도 있어.

빨리 겨울이 오면 좋겠다! 크리스마스가 겨울이라서 얼마나 좋은지! 그래서인지 1년 중, 그 어느 계절보다 나는 겨울이 제일 좋더라. 템스강을 타고 바다로 내려가 네덜란드의 정다운 모래 언덕과 종루를 멀리서나마 바라볼 수 있으면 얼마나 좋을까.

아우야, 너와 내가 얼굴 보는 일도 거의 없지만 우리는 부모님 얼굴 보기도 힘들구나! 하지만 우리는 가족에 대한 애틋함과 서로를 향한 사랑이 강렬하니 마음을 열고 눈을 들어 하나님을 올려다보며 기도드리자. "그들과 먼 곳에서, 너무 오랫동안, 길을 잃지 않도록 해주소서, 주님."

à Dieu, 아우야. 모든 행운이 네게 찾아오기를. 루스 씨 가족과 모든 지인들에게 안부 전한다. 그리고 내 말 명심해라. 마음으로 악수 청한다.

누구보다 너를 사랑하는 형, 빈센트

79네 ____ 1876년 11월 3일(금), 아일워스

테오에게

내 소식을 전한 지도 한참 되었기에 편지한다. 네 건강이 계속 회복되고 있다니 하나님께 감사할 따름이야! 크리스마스가 얼른 왔으면 좋겠는데! 물론 어느새가 불쑥 다가와 있겠지만, 아직은 여전히 멀게만 느껴진다.

테오야, 네 형이 지난 일요일에 처음으로 하나님의 전당, 그러니까 "내가 그 땅에 평화를 줄 것인즉"*의 '그 땅'에서 설교를 했다. 설교 원고를 동봉하마. 앞으로 이어질 다른 많은 기회의

* 레위기 26장 6절

첫걸음이기를 바랄 뿐이야!

아주 청명한 가을날이라 리치몬드까지 가는 길이 무척 즐거웠다. 템스강을 따라 걷는데 누런 잎사귀 달린 커다란 밤나무들이 강물 위에서 찰랑거리고 그 위에 펼쳐진 하늘은 한없이 파랗더라. 우듬지 사이로 언덕 위 리치몬드가 얼핏 보였어. 빨간 지붕에 커튼 없는 창문과 초록의 정원을 가진 집들이 있고, 그 위로 잿빛 탑이 솟았고, 그 아래에는 양쪽에 포플러나무가 늘어선 커다란 회색 교각과 그 위를 오가는 행인들이 작고 검은 그림자 같더라.

설교단 앞에 섰을 때, 마치 캄캄한 지하에서 올라와 온화한 빛 속으로 걸어들어가는 것 같았어. 앞으로 가는 곳마다 복음을 전파하리라 생각하니 정말 벅차더라. 그 일을 *잘 해내려면* 항상 복음을 마음속에 담고 살아야겠지. 주님이 내게 그런 능력을 내려주시기를!

너도 세상사를 알 만큼 알잖아, 테오야. *가난한* 설교사는 세상에서 고립된 생활을 하게 된다. 하지만 하나님께서는 우리에게 깨달음을 주시고, 신앙을 일깨워주실 수 있어. "그러나 내가 혼자 있는 것이 아니라 아버지께서 나와 함께 계시느니라."*

나는 내가 의지해야 할 분을 알지
밤과 낮은 계속 바뀌지만
내 집은 굳건한 반석 위에 있다네
나를 반드시 구원하실 나의 구세주

아, 아우야, 얼른 크리스마스가 와서 너와 온 가족을 만나고 싶구나! 지난 몇 달 사이에 몇 년은 늙은 것 같아.

어제저녁에 다시 리치몬드로 가서 나무로 둘러싸인 넓은 풀밭과 교회 종탑이 내려다보는 집들 사이를 거닐었어. 잔디는 이슬을 머금었는데 해가 지고 있었지. 밤이 다가오고 있었어. 해는 이미 지평선 아래로 떨어졌지만, 하늘은 여전히 붉은 기운으로 이글거렸고 반대편에서는 달이 떠오르더라. 검은 옷차림에 백발이 멋들어진 노부인이 나무 사이를 거닐고, 풀밭 한가운데에 남자아이들이 모여서 멀리서 봐도 큼지막한 불을 피웠지. 이런 찬송 구절이 떠올랐어. "내 삶의 황혼에 다다르면, 고군분투로 지친 마음, 더 크고 분명하게 당신을 찬양하리라, 나에게 주어진 하루하루를."

à Dieu. 마음으로 악수 청한다.

너를 사랑하는 형, 빈센트

* 요한복음 16장 32절

다음 주 목요일(11월 16일)에 존스 목사님 교회에서 요한과 테네아게스 이야기를 할까 해. 네 형은 설교단 앞에 서서, 고개를 숙이며 이렇게 기도를 시작할 때 깊은 감동을 받았어. "아버지여, 모든 것이 아버지의 이름으로 시작되기를 바랍니다."

테르스테이흐 씨 부부, 루스 씨 가족, 이테르손 가족, 내 지인들 모두에게 안부 전해라.

80네 ―― 1876년 11월 10일(금), 아일워스

테오에게

네게 짤막하게나마 소식을 전해야 할 것 같아 펜을 들었다. 집에서 좋은 시간을 보내고 있겠지. 네가 부럽다, 아우야. 거기 가을 날씨가 정말 화창하잖아! 이제 아침에 해 뜨는 것도 보겠구나. 어느 방에서 머물고 있는지 궁금하다.

혹시 『그리스도를 본받아』를 구할 수 있으면 한번 읽어봐라. 많은 깨달음을 줄 아주 훌륭한 책이야. 저자 본인이 직접 실천했던 바를 기록했거든. 신앙의 의무를 다하기 위해 성전(聖戰)을 벌이는 것이 얼마나 좋은 일인지, 선행을 베풀고 의무를 *다함*으로써 얻는 기쁨이 얼마나 위대한지를 상세하게 설명하고 있어.

이 편지는 아버지 어머니께도 보여드려라. 요즘은 산책을 아주 흡족하게 즐기고 있다. 여기 와서 첫 달에는 사실 압박감에 시달렸거든.

사는 게 다 그렇지. 매일 그날의 고통도 있고 그날의 기쁨도 있어. 하지만 신앙으로 지지되고 위로받지 못한다면, 특히나 세속적인 일들과 연관된 고통들이 매일 쌓여만 간다면, 삶이 얼마나 끔찍하겠어. 그래도 주님 안에서는 모든 세상사가 나아질 수 있어. 성스러울 수 있다는 거야.

"오직 그리스도만이 나를 기쁘게 하네. 그리스도 안에서는 모든 것이 기쁘다네." 얼마나 아름다운 말이냐. 이 말을 이해하는 사람은 행복한 사람이야. 하지만 하루아침에 그렇게 될 수는 없겠지. 그래도 찾는 자에게는 길이 있는 법이야.

다음에 아버지 어머니가 편지하실 때, 너도 몇 글자 적어 보내라.

월요일 저녁에 리치몬드에 가면, 이번에는 이걸 설교할 생각이다. "아직도 거리가 먼데 아버지가 아들을 보고 측은히 여겨 달려갔다."*

테오야, 내가 복음을 전하지 않거나, 복음을 가까이하지 않거나, 그리스도에 대한 희망과 믿음이 없었다면, 내게는 *불행뿐*이었을 거야. 그런데 지금은 약간의 용기가 생겼다.

지난 목요일 저녁에 턴햄 그린의 작은 교회에 네가 왔더라면 얼마나 좋았을까. 학교에서 가

* 누가복음 15장 20절

장 나이가 많은 학생 둘을 데리고 거기까지 걸어갔는데, 가는 길에 안데르센의 『어머니 이야기』 등을 들려줬지.

겨울로 서서히 접어들고 있다. 적잖은 사람들이 겨울을 두려워해. 그래도 크리스마스가 있으니 즐겁지! 마치 지붕 위에 붙은 이끼처럼, 눈 속에 파묻힌 호랑가시나무나 담쟁이덩굴을 보듯 반갑지 않니! 나도 아나와 함께 집에 가고 싶지! 아무래도 오늘 다시 편지해봐야겠다.

오늘 식모 한 분이 일을 그만두셨어. 일이 상당히 힘들기도 했지만, 더 이상 근무 조건을 버틸 수 없었겠지. 부자나 빈자나, 강자나 약자나, 사람은 더 이상 버텨낼 수 없는 순간이 있거든. '모든 게 내게 등을 돌린 것 같은 순간,' 이제껏 쌓아올린 게 와르르 무너져내리는 순간 말이야. 하지만 절대로 절망하지 마라. 엘리야는 일곱 번이나 기도했잖아. 다윗도 몇 번이나 머리에 잿더미를 뒤집어썼고.

앞으로 내가 턴햄 그린에서 할 일이 많아질 터라서 학교에 새 보조교사가 왔어. 집을 떠나온 게 처음이라고 하니 아마 처음에는 모든 게 쉽지 않을 거다.

그만 줄이며 마음으로 악수 청한다. 시간이 너무 늦기도 했고 피곤하기도 하구나. 행운을 바라고 가끔은 생각해주기 바란다.

진심으로 너를 사랑하는 이 형, 빈센트를

81네 ____ 1876년 11월 17일(금)과 18일(토), 아일워스

아버지 어머니께

테오가 거의 다 나았다니 참 다행입니다. 아버지와 함께 헷헤이커het Heike까지 눈길을 산책했다니 대단해요! 저도 그 자리에 있었다면 얼마나 좋았을까요. 지금은 자정이 넘어가는 시각입니다. 그런데 전 내일 아침 일찍, 존스 목사님 심부름으로 런던과 루이셤에 가야 합니다. 시간이 되면 글래드웰도 만나볼까 합니다. 그러면 아주 늦게야 돌아오겠지요.

존스 목사님이며 다른 이들은 대체 어디서 수입이 날까요? 네, 종종 이런 생각을 합니다. 이때 자주 듣는 말이 이겁니다. "하나님은 그분을 위해 일하는 이들을 돌보신다." 이 내용에 대해 아버지께 진지하게 여쭤보고 싶습니다.

여전히 학생들을 가르치느냐고 물으셨죠? 네, 매일 아침부터 오후 1시까지요. 그 이후에는 주로 존스 목사님 부탁으로 외부에 심부름을 나가거나 목사님 자녀나 마을 아이들을 가르칩니다. 그리고 저녁이나 혹은 수업 사이사이에 노트에 설교할 내용을 메모하죠.

지난 일요일에는 아침 일찍 턴햄 그린의 교회에 갔습니다. 주일학교에서 아이들을 가르치거든요. 그날 전형적인 영국식 비가 쏟아졌어요. 존스 목사님이 사마리아 여인에 대한 설교를 했고, 그 뒤에 주일학교가 이어졌죠. 저 역시 주일에는 주일학교를 책임져야 합니다. 아이들이 꽤 많아서 규칙적으로 한자리에 모으기가 쉽지 않아요. 오후에는 존스 목사님과 그분의 아드님들과 함께 교회 관리인의 집에 가서 차를 마셨습니다. 교외에 살며 구두를 만드는 분입니다. 창밖으로 보이는 풍경이 네덜란드를 참 많이 닮았더군요. 넓은 풀밭이 장대비 때문에 늪지대처럼 변해가고, 그 주변으로 정원이 있는 빨간 벽돌집들이 있고, 가로등 불빛이 하나둘 켜지는 모습이요. 저녁에는 존스 목사님이 아람 사람 나아만에 대한 설교를 하셨고, 그 후에 산책하듯 걸어서 집으로 돌아왔습니다.

목요일에 존스 목사님이 제게 설교단을 양보해주셨습니다. 그래서 이런 주제로 설교를 했습니다. "당신뿐만 아니라 오늘 내 말을 듣는 모든 사람이, 이 결박된 것 외에는 나와 같이 되기를 하나님께 기도합니다."*

다음 일요일에는 피터셤에 있는 감리교 교회에 갑니다. 피터셤은 템스강 주변의 마을인데 리치몬드에서 20여 분 더 들어갑니다. 거기서는 어떤 주제로 복음을 전할지 아직 고민 중인데, 시편 42장 1절의 탕아 이야기가 어떨까 합니다. 오전과 오후에는 턴햄 그린에서 주일학교 관련 일을 하고요.

이렇게 한 주 한 주 지나가면 겨울이 오고 즐거운 크리스마스가 찾아옵니다. 내일은 런던에서도 양끝 동네 두 곳을 다녀와야 합니다. 디킨스의 작품에서 들어보셨을 가난한 동네 화이트채플Whitechapel에 갔다가, 배를 타고 템스강을 건너 루이셤에 갈 겁니다. 존스 목사님 자제분들은 완치됐지만, 학교 아이들 셋이 아직 홍역을 앓고 있습니다.

이번 주에 존스 목사님 심부름으로 학생 하나와 액턴 그린Acton Green에 다녀왔습니다. 교회 관리인 집 창으로 봤던 풀밭이 펼쳐진 바로 그곳입니다. 심한 진흙탕길이었지만 날이 어두워지니 근사해 보이는 데다 피어오르는 안개 너머로 들판 한가운데 세워진 작은 교회 건물의 불빛이 보였습니다. 왼쪽으로는 다소 경사진 둑을 따라 철길이 뻗어 있었습니다. 때마침 기차가 지나가는데 기관차의 벌건 불빛과 석양을 배경으로 불 들어온 객차 창문들이 보이는데, 무척 장관이더군요. 오른쪽으로는 산사나무와 나무딸기가 둘러싼 울타리 안으로 말 몇 마리가 목초지를 돌아다니며 풀을 뜯고 있었고요.

지금 적막한 제 방에서 두 분께 편지를 쓰며 주변을 둘러보니, 두 분의 사진과 벽에 건 그림들(〈위로자 그리스도〉, 〈성금요일〉, 〈무덤으로 가는 여인들〉, 〈위그노 노인〉, 아리 쉐페르의 〈돌아온 탕아〉 및 격랑의 바닷속에 떠 있는 한 척의 배)과 동판화(해리 글래드웰에게 생일 선물로 받은 황야에서 바라본 가을 풍경)가 눈에 들어오면서, 두 분을 비롯한 온 가족, 그리고 턴햄 그린, 리치몬드, 피터셤 등등 이곳의 모두가 떠오르고 이런 생각이 듭니다. 주님, 제가 부모님 집을 떠나던 날, 제 어머니가 저를 위해 하신 기도를 들어주소서. "아버지, 내 아들을 세상에서 데려가시

* 사도행전 26장 29절

기를 위함이 아니요, 다만 악에서 지켜주십사고 기도합니다."* 그리고 "주님, 저를 신실한 믿음의 일꾼인 제 아버지의 형제로 만들어주소서. 당신이 시작하신 임무를 제가 완수해서 우리의 유대를 긴밀히 엮으사 당신을 향한 사랑으로 더 강하게 만들어주소서."**

이제 두 분을 비롯해 테오, 빌레미네, 코르 작은아버지께 작별 인사 드립니다. 다시 말씀드리지만 두 분의 편지를 간절히 기다리고 있습니다! 안녕히 주무세요. 저는 내일 아침 일찍 길을 떠나야 합니다. 마음으로 악수 청합니다.

두 분을 진심으로 사랑하는 아들, 빈센트가

(그 아래, 연필로 적은 글)

런던의 또 다른 끝자락에서.

다들 안녕하시죠? 오늘은 새벽 4시부터 일어나 출발해 지금은 오후 2시가 됐습니다. 지금 막, 다 익은 배추밭을 지나왔어요. 루이셤으로 가는 길입니다. 사람은 문득 이런 생각을 하곤 하죠. 대체 거기까지 어떻게 갈 수 있을까? à Dieu!

82네 ___ 1876년 11월 25일(토), 아일워스

테오에게

편지 잘 받았다. 에턴에서 보낸 편지와 같은 날 도착했더라. 그러니까 이제 다시 화랑으로 출근한다고? 손 닿는 모든 일에 진심을 다하면, 분명 행운이 네게 미소 짓는 날이 찾아올 거야. 나도 첫눈 오는 날 헷헤이커와 스프륀덜Sprundel까지 함께 걸었더라면 얼마나 좋았을까 싶다.

아버지가 편지에 이렇게 쓰셨다. "오후에 후번에 가야 했었다. 네 어머니가 마차를 불렀는데 말에게 빙판 위를 걸을 수 있는 편자를 신기지 못해서 못 온다더구나. 그래서 걸어가려 했더니 얀 큰아버지가 나 혼자는 절대로 못 보낸다면서 따라나섰어. 힘든 여정이었지만 얀 큰아버지가 이런 말을 했지. '악마는 보이지 않을 정도로 검은 얼굴을 하고 있지는 않아!' 비록 무시무시한 폭우는 물론, 길이 거울처럼 보이는 빙판길도 수없이 겪어야 했지만, 무사히 목적지에 갔다가 안전히 귀가했다. 밤에 따뜻한 방에 앉아 편히 쉬는데, 이루 말할 수 없이 행복하더구나!"

우리도 언제 한번 날을 잡아 그런 식으로 여기저기 교회들을 찾아가볼까? "슬퍼하지만 항상 기뻐하면서" 영원한 기쁨을 마음속에 품고 다녀보자. 왜냐하면 우리는 하나님 왕국에 든 가난한 사람들이거든. 하나님, 굽어 살피소서!

* 요한복음 17장 15절

** 아마도 반 고흐의 가족끼리 자주 해오던 기도문인 듯하다.

지난 일요일 저녁에 템스 강변의 피터섬이라는 마을에 갔어. 아침에 턴햄 그린에서 주일학교를 이끌고, 해가 질 무렵 리치몬드 공원에 갔다 다시 피터섬으로 돌아왔지. 길은 모르는데 해는 빨리 지고, 느릅나무와 덤불이 자라는 비탈길 같은 제방길은 곳곳이 진창이더라. 비탈길을 내려온 뒤에야 인가의 불빛이 보였고, 진창을 감수하면서 거기까지 가서 길을 물었어.

그런데 아우야, 그렇게 고생해서 간 길 끝에 은은하게 불을 밝힌 작은 목조 건물 교회가 나오더라. 나는 사도행전 5장 14~16절과 12장 5~17절, 감옥에 간 베드로 이야기를 봉독했고, 요한과 테아게네스 이야기를 다시 들려줬지. 풍금이 하나 있었는데 전원이 예배에 참석하는 기숙학교의 어느 여학생이 반주를 했어.

아침에 턴햄 그린으로 돌아오는 길이 어찌나 눈부시게 아름답던지! 밤나무며 파랗게 맑은 하늘, 템스강 물 위에 비춰져 이글거리는 태양, 영롱하게 반짝이는 초록 잔디에 온 사방으로 퍼져나가는 교회 종소리까지.

전날에는 런던까지 긴 거리를 걸었지. 여기서 새벽 4시에 출발해 6시 반에 하이드파크에 도착했는데 안개가 잔디까지 뒤덮은 상태에 나무에서 잎들이 떨어지더라. 멀리서 아직 꺼지지 않은 가로등 불빛과 웨스트민스터 사원, 국회의사당이 보이고 그 안개 속에서 시뻘건 태양이 솟아오르고 있었어. 거기서 런던에서 가장 가난한 지역인 화이트채플에 들렀다가 챈서리 레인Chancery Lane과 웨스트민스터를 거쳐 클랍함Clapham에 가서 루아이에 부인을 만났다. 전날이 생신이었다더라. 그리고 오바흐 씨 댁에 들러서 사모님과 아이들에게 안부 인사를 전했고, 거기서 루이셤으로 가서 4시 무렵에 글래드웰 씨의 집에 도착했지. 정확히 3개월 만이더라. 해리의 여동생이 유명을 달리했던 그날로부터. 두세 시간쯤 머물렀는데 다들 머릿속에 과거의 기억이 떠오르고 생각이 많아져 서로 제대로 말을 잇지 못했다. 거기서 나와 파리에 있는 해리에게 편지를 썼어. 너도 언젠가 그 친구를 만나보면 좋겠다. 네가 파리로 가게 될 수도 있으니까. 그런 다음 걷기도 하고 일부 구간에서는 언더그라운드도 타면서 밤 10시 반쯤 돌아왔어. 다행히 존스 목사님의 돈도 받아왔고.

피터섬에서 신자들에게 서툰 영어로 설교를 듣게 될 거라고 미리 고지했는데, 그렇게 말하면서 우화 속 이 남자를 떠올렸다. "내게 참으소서, 다 갚으리다."* 하나님이 나와 함께해 주시길!

오바흐 씨 댁에서 그림, 정확히는 보턴의 〈순례자〉 스케치를 봤어. 나중에 존 버니언의 『천로역정』을 구해서 꼭 읽어봐라. 내가 진심으로 좋아하는 책이거든.

지금은 캄캄한 밤인데 잠이 안 와서 루이셤의 글래드웰 씨께 드릴 글들을 몇 개 옮겨 적고 있어. 쇠는 뜨거울 때 두드려야 하듯이, 인간의 마음도 타오를 때 부드러워지니까.

* 마태복음 18장 26절

마음의 악수 청한다. 테르스테이흐 씨 부부, 루스 씨 가족, 하네베이크 가족, 판 스토컴 가족, 마우베 형님 가족 등에게 안부 전해라. à Dieu. 내 말 명심하고.

너를 사랑하는 형, 빈센트

눈이여, 더 이상 울지 말고 눈물을 참아라.

마음이여, 더 이상 슬픔은 없으니, 기도하고 또 기도하라!

82a네

테오에게

아침에 편지 고맙게 받았다. 살다 보면 하나님이 몇 시간, 며칠, 혹은 몇 년씩 얼굴을 감추실 때도 있어. 하지만 하나님을 섬기는 사람에게는 그런 순간, 그 서글픈 순간에도 신이 완전히 사라지는 건 아니야. 오히려 미래를 위한 예언으로, 과거의 목소리로 가득차지. "하나님이 여기까지 너를 이끄셨으니, 옛 믿음을 다시 소중히 하라."

상황이 네가 기대한 대로 흘러가지 않을 때에는, 하나님에 대한 사랑으로 네 안의 슬픔을 다스리고 더 큰 목소리로 울부짖어라. "아빠, 아버지!"

어느 가을날인가, 프로빌리 기숙학교의 입구 계단에 서서 아버지 어머니가 탄 마차가 집으로 돌아가는 모습을 바라봤지, 노란색 작은 마차가 목초지를 가로질러 뻗은 길을 달려 멀어지는데, 길은 비에 젖었고 양옆으로 가녀린 나무들이 늘어서 있었어.

위쪽 잿빛 하늘이 물웅덩이에 비쳐 보였고.

그리고 약 보름 후에, 어느 저녁 운동장 구석에 앉아 있는데 누군가 날 찾아왔다고 하더라. 누구인지 대번에 알았어. 그래서 순식간에 뛰어가 *아버지*의 목에 매달렸지. 그때 내 마음은 "진정 내가 자녀이기에, 하나님이 자기 아들의 영을 우리 마음에 보내셨으니, 내 마음이 울부짖는구나. '아빠! 아버지!'" 그 순간 아버지와 내가 함께 하늘에 계신 아버지를 느꼈어. 왜냐하면 아버지도 눈을 들어 하늘을 올려다보시며 가슴속으로 나보다 훨씬 더 큰소리로 부르짖고 계셨기 때문이야. "아빠! 아버지!"

(미슐레의 발췌문을 좀 보내주면 좋겠다.)

(편지지 여백에 끄적인 글)

가끔 성찬식에는 참석하느냐? 건강한 이가 아니라 병든 이에게 의사가 필요하지.

그때 그 순간과 오늘 사이에 수 년이 흘렀는데, 내내 이방인으로 살아온 기분이야. 우리를 따라다니면서 우리 안에서 자라는 문장이 있다. "슬프지만 항상 기쁘게."

자녀를 위한 어머니의 기도문이 있는데, 의로운 마음으로 간절히 기도하면 큰 힘이 되는 기도문이야. "아버지, 내 아들을 세상에서 데려가시기를 위함이 아니요, 다만 악에서 지켜주십사고 기도합니다."

우리가 부모님의 집을 떠날 때, 아버지의 신실하신 손길이 우리를 축복하시지.

아우야, 전에도 말했는데, 나는 하나님이 내 젊은 날의 허물을 더 이상 기억하지 않으시는 그날이 오기를 간절한 바라고 있다. 나이 들어 늙는 걸 누가 좋아하겠어? 그래도 "동이 서에서 먼 것같이, 너희의 죄과를 너희에게서 멀리 옮기리라.(시편 103장 12절)" "너희 죄가 주홍 같을지라도 눈과 같이 희어질 것이요.(이사야서 1장 18절)" "누구든지 자기 목숨까지 미워하지 않으면 그리스도의 제자가 되지 못하리라.(누가복음 14장 26절)" 아버지가 언젠가 이런 걸 보내주셨어.

〈축성을 바라며〉
우리를 영원히 자유롭게 하실 분 누구,
구부러진 멍에 아래 매달린 죽음이라는 육신으로부터?
얼마나 더 싸워야 하나,
이 마음속에서 죄악을 지워내기까지?
아버지를 주인으로 섬기기로 약속했네,
일편단심, 그분만 따라가리.

지치고, 괴로우니, 맹세를 잊어가고,
유혹에 시달려 발걸음도 흔들리네.

내게 남은 힘으로는 이길 수 없네.
내 마음, 약점을 알아 허망하게 무너지네.
자식의 마음을 다잡아주는 건 아버지가 하실 일,
학생을 끌어주는 건 선생님이 하실 일.

그러니 용기를 가져라! 오, 하나님, 당신의 사랑이 나를 비춰주네,
주인님, 내 손을 잡으사, 당신의 깃발을 보여주소서.
홀로 남아 넘어졌지만 우리는 함께 나가리라.
전에는 무릎을 꿇었지만 내 앞의 전쟁에서 이길 수 있다네.

이제는 내 힘을 느끼네.
내가 얼마나 나약했는지 깨달았네.
나 홀로는 무력하지만, 주님 안에서는 강하다네.
죄가 유혹하고 욕심이 앞을 가려도,
내 안의 주님과 함께라면 적들을 물리칠 수 있다네.

나는 슬프지만 경건한 슬픔이라네.
검은 구름이지만 천상의 빛으로 감겨 있다네.
눈물이 흐르지만, 오 주님, 마음은 기쁨에 넘치나이다.
머리를 숙입니다. 당신의 무릎 위에.

그 누가 백발이 되는 것을 즐길까? 그 누가 펠릭스 홀트처럼 *실패*라는 단어의 이면을 들여다볼 수 있지? 그 누가 태어나 유년기, 성장기, 청년기를 지나면서 세상의 즐거움과 화려함은 필연적으로 시들어가고 결국엔 활짝 핀 꽃처럼 땅에 떨어져버린다는 사실을 내다볼까? 그 누가 활기찬 새 삶, 그리스도를 사랑하는 삶은 어쩔 수 없이 슬프지만 결코 후회가 없을 것임을 알까? 하나님을 가까이 의지하고 그분의 존재를 확실하고 예민하게 느낄 때 그분의 눈에서, 너무나 순수해서 악을 볼 수 없는 그 눈에서 넘치는 선의를 볼 수 있고, 성령에게 나약한 우리들을 맡기시니, 성령이 우리를 생명으로, 더 좋은 길로 이끌어주시는 걸 알까? 누가 나이 먹는 걸 좋아하겠어? 누가 슬프지만 언제나 기쁘고, 벌을 받되 죽지 않고, 죽어도 웃겠어? 봐라, 우리

는 살아가고 있어. 아, 넘어져도 일어나는 것에 기뻐하며, 오랜 고통이 희미해지는 것에 기뻐하면서 말이야. 곧게 뻗은 소나무, 서양삼나무, 담쟁이덩굴, 호랑가시나무, 겨울 이끼의 초록빛에 기뻐하면서 말이야. 시든 나무가, 일단 불이 붙으면, 더 뜨겁게 열기를 *내뿜고* 초록 숲보다 더 밝고 환한 빛을 낸다. 사랑에는 두려움이 낄 자리가 없다. 완전한 사랑은 모든 근심 걱정을 쫓아버린다.

아버지, 내 고통의 한복판에 서셔서
아버지, 벌하시고 구하시네
아버지, 죽은 이들의 왕국에서조차
아버지, 적막한 무덤에서조차
눈앞의 모든 게 달라지니
오, 하나님, 언제나 옳으신 당신이여
내 고통이 당신의 신실하신 돌보심에 달렸으니
아버지 같은 당신의 손 안에서 잠드네

세월이여, 어서 가라 저 멀리
기쁨도 괴로움도 다 가지고
이런저런 불행을 아쉬워해도
하나님, 나의 하나님만은 변하지 않네
칠흑 같은 어둠 속에 있을 때도
오! 저 영원한 빛은 여전히 우리를 밝혀주네
영광과 찬양받으실 그 빛
나는 내가 의지해야 할 분을 알지
밤과 낮은 계속 바뀌어도
내 집은 굳건한 반석 위에 있다네
나를 반드시 구원하실 나의 구세주
온갖 분쟁과 고통에 지쳐 생의 끝자락에 다다르면
주어진 하루하루 당신을 찬양하리라
더 높고 더 순수한 찬양을
내 영혼아, 왜 낙담해 있느냐
왜 그리 힘들어 하느냐
예전의 신앙을 다시 일깨우고

높으신 그분을 찬양하며 기뻐하라
네가 짊어진 무거운 짐을 수없이 행복으로 바꿔주신 주
그에게 의지하라. 눈을 들어 천국을 올려다보라
나는 영원히 하나님의 영광을 찬양하리라

무엇보다도 뜨겁게 서로 사랑하라, 사랑은 허다한 죄를 덮느니라.(베드로전서 4장 8절)

주님은 사랑이 머무는 곳을 축복하시니
그곳에 머무시고, 그분의 영광이 머물고
영생이 있는 곳

서로 사랑하자. 주님이 우리 사랑을 더 자라고 충만하게 하시도록. 주변을 사랑하자. 충분히 사랑해줄 가까운 사람이 없다면 우리가 사는 마을을 사랑하자. 네가 그렇게 하고 있지, 테오야. 나도 어린 시절의 소나무길과 램스게이트의 해변을 사랑했듯, 파리와 런던을 사랑하고 있지 않니? 그리고 가난한 이들을 돕고 그들의 눈에서 호의를 느껴라.

"마음을 굳건하게 하라." "왜냐하면 너는 내 아들들이니, 하나님께서 당신 아들의 영을 우리 마음 마음에 보내서 울부짖게 하셨다. '아빠! 아버지!'"

그러하니 사랑하지 않는 사람은 하나님을 알지 못한다. 하나님은 사랑이시니까. "이것이 영생이니, 하나님과 그분이 보내신 자 그리스도를 아는 것이니라(요한복음 17장 3절)." 사랑에는 두려움이 없나니. "내 아버지의 집에는 거할 곳이 많다. 그렇지 않으면 내가 너희를 위하여 자리를 마련하러 간다고 말하였겠느냐?"

"하지만 나는 혼자가 아니다. 하나님 아버지가 함께하시니."

"주님을 믿음이 사람을 믿음보다 나으니라." 사람의 손을 의지하기보다 주님의 손을 의지함이 더 낫지.

그리스도를 너의 갈망의 중심에, 괴로운 마음의 치유자로 세우라! 이런 식으로도 "마음을 굳건하게 하라." 소박한 마음으로 *빵*을 먹어라. 적어도 난 이렇게 지내고 있다. 다른 길은 모르겠어. 이러한 삶에 위험이 닥치면 주님, 날 도우소서. "아버지, 제 영을 아버지 손에 맡깁니다." 네 빵을 먹고 소박하게 살고, 네 담배를 태워라. 난 외출할 일이 있을 때 그렇게 하며 지낸다. "네 길을 주님께 맡기고 그분을 신뢰하여라. 그분이 몸소 해주시리라."

(편지지 여백에 끄적인 글)

아무도 없는 밤길을 혼자 걸을 때, 두려워 말고 찬송하라. "사냥꾼에게 쫓기는 사슴이 시원한 냇가를 찾아오듯……" 혹은 "내 영혼아, 어찌하여 신음하느냐……" 아니면 "갈망의 중심……"이나 "내가 의지하는 분을 아네……" 등등.

스무 살과 서른 살 사이에는 온갖 위험들이 꽉 차 있어. 죄와 죽음과 연관된 위험들. 하지만 또 그만큼 하나님의 빛과 위로도 가득하다. 치열하게 싸우면 그 위험을 다스릴 수 있고, 모든 위험이 지나가면 그때를 회상하며 그리워하겠지. "그래도 그때가 좋았지."

"자비(charity)를 굳건하게 하라." 바울이 말한 자비가 정확히 뭘까? 너도 잘 아는 고린도전서 13장의 '사랑'을 말하나? 바로 그리스도를 믿는 삶이고, 우리의 어머니인 거야. 이 세상의 모든 선은 어머니로부터 나와. 감사한 마음으로 받으면 모든 게 선한데, 어머니의 능력은 지상의 모든 선을 넘어서지. 길을 가다 마시는 시냇물 한 모금도, 런던이나 파리의 뜨거운 길 위에서 마시는 분수대의 물 한 모금도 어머니에게서 온 거야. "아픈 네 병상을 마련해주는" 일도 어머니의 능력이야. "어머니가 자식을 위로하듯 내가 너희를 위로하리라"도 그래. "죽음에 이를 때까지 그리스도 안에서 헌신하리니, 그가 우리에게 모든 힘을 주신다."

"세상에는 형제보다 더 가까운 벗도 있다."

"소망을 굳건하게 하라." 삶에는 선이 많기 때문이야. 그리스도를 사랑하는 이에게 세상은 그 자체로 의미 있어서, 모든 것을 거저 누릴 수 있지. 이미 지나가버린 즐거움이 많은 것도 분명하지만, 앞으로 다가와 누릴 수 있는 기쁨 역시 많아. "세상은 지나가고 세상의 욕망도 지나가버렸지." 그렇다면,

> 고통을 잠재울 비밀의 향유는, 슬픔 속에 기쁨이 있다는 것
> 폭우가 지나가면 태양이 뜨는 아름다운 내일이 온다는 것
> 모든 비탄의 샘 옆에는 약초가 있지
> 툭 부러트리면 새어나오는 희망의 속삭임

그러니 불행이 없으면 기쁨도 없어. "슬픔이 웃음보다 낫고, 초상집에 가는 것이 잔칫집에 가는 것보다 나으니, 얼굴에 근심하는 것이 마음에 유익하기 때문이다.(전도서 7장 2~3절)"

얼굴이 웃더라도 마음은 슬프기 때문이다.

나는 평생 온 마음을 다해 그리스도를 사랑하고, 그분을 위해 일할 거야. 물론 실패하거나 실수하더라도, 지상의 불행에서 벗어나 저 높은 곳을 향해 올라가는 길 위에 서 있겠지. 하지만 그 어떤 상황에서도 믿음과 사랑, 더 나아가 성령을 찾는 노력은 절대로 게을리하지 않을 거야. 이것이 바로 내가 주님께 드리는 서약이자…… [알아볼 수 없는 글자들] …… 나의 반석이야. 내가 버림을 받는다면, 버림을 받더라도, 그분은 영생을 얻는 신실한 사랑이시니, 우리의 마음에 영

생을 동경하는 갈망으로 채워주시지.

(편지지 여백에 끄적인 글)

루스 씨 가족, 하네베이크 가족, 테르스테이흐 씨 가족, 보르허르스 씨 가족, 카롤리나와 마리에게 안부 전한다.

(편지지 다음 장 윗부분 여백에 끄적인 글)

이사야서와 예레미아서를 읽어라. 이사야서 9장, 11장, 35장, 40장, 42~44장과 45장 2절, 또 49장, 53장, 55장, 58장, 61장, 63장, 65장. 예레미아서 3장, 17장, 30~31장.

주님은 너를 지키시는 분, 그는 너의 그늘이자, 네 오른쪽에 계신다. 그분에 의지하는 것이 죽음에서 빠져나오는 구원이요, 영생을 얻는 길이다. 아우야, 이제 그런 날이 올 게다. 그의 말을 들어서 믿는 게 아니라, 그를 알고 느끼고 사랑해서 믿는 날이. 그러면 주님의 이름을 듣는 것만으로도 감동하게 될 거야. 한동안 집을 떠났다가 고향으로 돌아가 아버지를 다시 뵐 때 감동을 느꼈던 것처럼. 그리고 우리 모두는 형제 자매요, 목자의 자녀들이지, 다양한 의미에서 말이야.

우리의 두 다리가 버텨주는 데까지 최대한 생의 앞으로 걸어나가자. 다리는 지쳐 아파오고 큰 고난이 닥쳐도, 지난 수년간 끊임없이 들어온 세상의 소문들이 우리 귀를 간지럽혀도. 더 이상 머리가 돌아가지 않고 다리가 뻣뻣해져도, 생의 앞으로 걸어나가자. 왜냐하면 우리의 아버지 어머니가 말씀하시니까. "앞으로 걸어나가라, 뒤돌아보지 말고!" 살면서 선행을 할 수 있으면 간과하지 말고 꾸준히 하자. 하지만 하나님 아버지는 우리에게 행동보다 마음을 바라신다. 아버지 어머니 말씀이 "앞으로 나아가라!" 두 분은 우리를 사랑하신다. 아버지가 이렇게 말씀하셨잖아. "내 아들아, 내가 너에게 내 마지막 셔츠까지 줄 거라는 걸 너도 잘 알지 않느냐!"

그러니 두 다리가 우리를 버텨줄 때까지 계속 앞으로 걸어나가자. 하나님이 지친 이들에게 힘을 주시고, 약한 이들을 강하게 해주심을 너도 깨닫게 될 거야. 하나님이 우리 뒤를 든든히 보호해주심을. 왜냐하면 미래에는 더 위대한 사랑이 기다리고 있고, 그렇기에 우리는 다가올 삶에 희망과 믿음을 가질 수 있는 거야.

마음으로 악수 청한다. 밤이 꽤 깊었다. à Dieu. 그래, 아우야, 이 편지는 내 펜과 마음의 산물(産物)이다.

무척이나 너를 사랑하는 형, 빈센트

(편지지 여백에 끄적인 글)

여건이 되면, 어머니 생신에 맞춰 축하 카드를 겸해서 카탈로그 669번, 쉐페르의 〈돌아온 탕아〉를 보내드려라.

나는 크리스마스를 고대하고 있어. 2년 전이었나, 밤에 너와 함께 눈길에 산책하다가(기억하니?) 마리엔호프Mariënhof* 위로 떠오르는 달을 보았지. 그해 크리스마스에 덴 보스Den Bosch에서 헬보이르트까지 지붕 없는 마차를 타고 갔던 것도 기억나고. 정말 춥고 길도 미끄러웠지. 덴 보스는 정말 아름다웠어. 시장이며 눈 덮인 길이며, 지붕에 흰 눈이 쌓인 검은 집들하며! 브라반트는 브라반트고, 뭐라 해도, 내 고국은 내 고국이고, 나그네살이 하는 땅은 나그네살이 하는 땅이야. 그날 저녁, 헬보이르트는 정겨웠지. 마을의 불빛도, 눈 덮인 포플러나무 사이의 종탑도. 덴 보스로 가는 길에 멀리서 바라본 풍경은 그랬어. 하지만 세상 만물을 아름답게 만들고 강한 생명력을 불어넣는 건 바로 사랑이야. 너도 신트미힐스헤스털Sint-Michielsgestel에 갔던 일 기억하겠지?

"주님의 속량함을 받은 자들이 돌아오되, 환호하며 시온에 이르리라. 머리 위에 끝없는 기쁨과 즐거움이 넘치니 슬픔과 탄식이 사라진다.(이사야 35장 10절)"

"라마에서 슬퍼하며 통곡하는 소리가 들리니, 라헬이 자식들을 잃고 애곡하는 소리다. 자식들이 없으니 위로도 마다한다. 주님이 말씀하시길, 네 울음소리와 눈물을 멈추어라. 네 노고가 보상을 받아 그들이 원수의 땅에서 돌아오리라.(예레미야 31장 15~16절)"

"너희는 맥 풀린 손에 힘을 불어넣고 꺾인 무릎에 힘을 돋우어라.(이사야 35절 3절) 이는 내 생각이 너희의 생각과 다르며 내 길은 너희의 길과 다름이니라. 하늘이 땅보다 높음 같이 내 길은 너희의 길보다 높으며, 내 생각은 너희의 생각보다 높음이니라.(이사야 55장 8~9절)"

(편지지 다음 장 윗부분 여백에 끄적인 글)

살아가면서 사랑만큼 안전하고 좋은 길은 없어. 무엇보다 아버지를 향한 사랑. 그분의 이름으로 우리가 하루하루 앞으로 나아가고 있는 거야. 하지만 다른 이들을 향한 사랑도 느낄 수 있어. 런던의 거리를 돌아다니거나 늦은 밤 도시를 벗어나 양배추밭 사이의 시골길을 걸으면서, 거할 곳이 많은 아버지의 집으로 이미 돌아간 사람들에 대한 기억으로 마음이 따뜻해지고 사랑으로 불타올랐던 날이 얼마나 많았던지. 런던의 거리를 걸을 때마다 내 안에서 그분을 향한 사랑이 깨어난다.

* 헬보이르트의 남서쪽 지역 마을

크리스마스를 맞아 집으로 돌아온 리스를 만났을 때 참 즐거웠어. 학교 친구인 알베르티엔과 함께 브레다에서 센트 큰아버지 마차를 타고 도착했었지. 아버지와 코르 작은아버지와 내가 길까지 마중을 나갔는데, 멀리서 마차가 보이자마자 난 곧바로 뛰어갔어. 석양 무렵이어서 마차 안이 컴컴하니까, 창에 풍경이 비쳤지. 들판 가운데 뻗은 길의 양옆에 나무들이 줄지어 서 있고, 저 길 끝에 하늘 아래 검게 솟은 교회 건물이 보였어. 교회 뒤로 시커멓지만 은빛 테두리를 두른 저녁 구름이 떠다녔고. 그렇게 리스를 다시 보는 건 뜻밖의 즐거움이었어! 단순히 반가운 정도가 아니었지.

지금쯤이면 아나는 다시 웰윈으로 돌아갔겠구나. 아마 웰윈을 떠날 때가 돼야 자신이 얼마나 그곳을 좋아했는지 깨닫겠지. 그 아이는 집주인에게는 축복과도 같은 존재잖아. 겨울에 가장 먼저 일어나 집에 불을 땐 사람이 아나였던 거 기억하지? 담쟁이덩굴이 틀처럼 에워싼 창이 있던 아나의 방은 참 아름다웠어. 정원도 보이고, 커다란 밤나무들도 보이고, 여름이면 나무 뒤로 해가 질 무렵, 제비 떼가 날아다니고. 까마귀들이 둥지도 틀고. 아나의 침대 위에는 들라로슈의 〈마테르 돌로로사〉가 걸려 있었지.

혹시 "여기서 한 여성이 보인다(Je vois d'ici une dame)"라고 시작되는 미슐레의 책 발췌본을 보관하고 있니? 가지고 있다면 하나 필사해줄래? 필요한데 나한테 책이 없더라.

> 아, 내가 나의 의지에 사로잡힌다면
> 당신이 나를 구원하고 깨끗하게 해주옵소서
> 이 세상의 소란함 속에서 당신이 건져낸 이가 가장 복되도다
> 당신 가까이 다가가, 당신의 복된 음성을 듣고
> 아, 당신의 집에 거하게 하소서
> 당신에게 죄 사함을 받은 이가 가장 복되도다
> 영원히 벌받지 않도록
> 당신의 신성한 눈길로 부당하게 더럽혀진 죄의 허물을 씻어주소서
> 주님이 더 이상 죄인이 아니고 의인이라 말하신 이가 가장 복되도다
> 독실하고 솔직한 마음으로, 거짓말 대신 결백한 순수로 채워주소서

어떻게 이런 일이 있어날 수 있을까?

"누가 우리를 위해 무덤 문에서 돌을 굴려주리요?" (마가복음 16장 3절)

"내가 너보다 앞서 가서 험한 곳을 평탄하게 하며 놋문을 쳐서 부수며 쇠빗장을 부러뜨리리라." (이사야 45장 2절)

"나는 …… 처음과 마지막이요, 시작과 마침이라." (요한계시록 22장 13절)

"여인이 어찌 제 젖먹이를 잊겠으며, 제 몸에서 난 아기를 가엾이 여기지 않겠느냐? 설령 여인들이 잊더라도 나는 너를 잊지 않을 것이다." (이사야 49장 15절)

"그러니 이 말을 들어라, 너 곤고하며 술을 마시지도 않았는데 취한 자여…… 보라, 내가 널 비틀거리게 하는 그 술잔, 곧 나의 진노의 잔을 네 손에서 거두리니, 네가 다시는 마시지 못하리라." (이사야 51장 21~22절)

"산들이 떠나고 언덕들이 흔들려도 나의 자비는 네게서 떠나지 않고 내 화평의 언약은 흔들리지 아니하리라. 너를 가엾이 여기시는 주님께서 말씀하신다." (이사야 54장 10절)

"다시는 낮의 해가 네 빛이 되지 않고 달도 네게 빛을 비추지 않으리니, 오직 주님이 네게 영원한 빛이 되고 네 영광이 되리라. 다시는 네 해가 지지 않고 네 달이 물러가지 않으리니, 주님이 네 영원한 빛이 되고 네 슬픔의 날이 끝날 것임이라." (이사야 60장 19~20절)

"어머니가 제 자식을 위로하듯 내가 너희를 위로하리니…… 지금부터 너는 '나의 아버지여, 아버지는 내 청년 시절의 보호자'라 부르짖으라. 네가 나를 나의 아버지라 부르고 내게서 고개를 돌리지 말 것이라." (이사야 66장 13절, 예레미야 3장 4절과 19절)

"주님, 나를 고치소서. 그리하면 내가 낫겠나이다. 나를 구원하소서. 그리하면 내가 구원을 얻으리이다. 나를 이끌어 돌이키소서. 그리하면 내가 돌아가겠나이다." (예레미야 17장 14절, 31장 18절)

"내가 너와 함께 있어 너를 구원할 것이다. 너를 사랑하던 자가 다 너를 잊고 찾지 않을 것이다." (예레미야 30장 11절과 14절)

"내가 너의 상처에서 새살이 돋아나게 하여 너를 고쳐주리라." (예레미야 30장 17절)

"옛적에 주님이 나에게 나타나, 내가 영원한 사랑으로 너를 사랑한다고 말하였다. 그리하여 너에게 한결같이 자애를 베풀었다. 어머니가 자식을 위로하듯 내가 너희를 위로하리니…… 어떤 친구는 형제보다 더 친밀하다." (예레미야 31장 3절, 잠언 18장 24절)

83네 ____ 1876년 12월 31일(일), 에턴

테오에게

새해에는 모든 일이, 모든 면에서 행운이 깃들고 번성하기를 진심으로 기원한다. 널 다시 만나서 얼마나 행복했던지! 또 네가 떠나던 날 아침은 어찌나 화창하던지! 함Chaam에 함께 다녀온 기억이 자주 떠오를 것 같다.

오늘 아침, 아버지의 설교는 또 얼마나 환상적이었는지 모른다.

이렇게 올해의 마지막 밤이 왔구나. 네가 곁에 있으면 얼마나 좋을까!

네게 긴히 할 말도 있고. 며칠 전에 도르드레흐트에서 브라트Pieter Kornelis Braat 씨가 빈센트 큰아버지를 찾아왔는데, 내 얘기를 나누셨대. 큰아버지가 서점에 적당한 일자리가 있는지 물어보셨고, 물론 내가 그럴 의사가 있다면 말이야. 브라트 씨는 하나쯤은 있을 거라면서 다만, 내가 직접 찾아와 이야기를 하라고 했다더라. 그래서 어제아침 일찍 찾아갔지. 정확히 알아보지도 않고 그냥 넘기면 안 된다 싶었거든. 일단, 새해가 지나고 일주일 정도 그분 밑에서 일해 보고 결정하기로 했다.

아무래도 네덜란드로 돌아가는 게 나을 이유가 여럿이더라. 부모님 곁으로 가고, 곧 너나 다른 식구들과도 가까워지는 거니까. 봉급도 존스 목사님 밑에서보다 많을 것 같고. 미래를 준비하려면 그 부분을 간과할 수 없지.

교회와 관련된 일자리를 포기한 건 아니야. 아버지도 다양한 분야에 대해 다재다능하시잖아. 나도 그런 점을 좀 닮았기를 바랄 뿐이다. 바뀌는 건 학생들을 가르치는 대신, 서점에서 책을 팔게 된다는 점뿐이지.

그동안 가까이 지낼 수 있었으면 하고 바란 게 몇 번이었냐! 네가 아플 때, 병이 나거나 시름에 빠졌을 때 서로 멀리 있는 상황이 정말 끔찍했어. 그리고 생활비가 부족한 느낌도, 필요할 경우 우리가 함께 있는 걸 방해하는 요소였지.

그렇기 때문에 내가 그리 옮겨가는 게 최선인 것 같아.

어제저녁에 도르드레흐트에 다녀온 걸 말씀드리려고 빈센트 큰아버지 댁에 갔다. 폭우가 심한 밤이었어. 프린센하허로 가는 길이 은 테두리를 두른 검은 구름 아래 얼마나 아름다워 보였을지 상상이 가니? 아주 잠깐이지만 저녁 미사가 진행 중인 가톨릭 성당에도 들렀어. 농부들과 검은 옷에 흰 모자를 쓴 아낙들이 앉아 있는 모습이 뭔가 달라 보이더라. 은은한 불빛 아래에서 성당 안이 따사롭게 느껴졌어.

테르스테이흐 씨께 즉시 내가 1주일 일정으로 도르드레흐트에 간다고 알려라. 뒷일은 그 후에 결정할 거라고도. 그리고 행운이 깃든 새해가 되시길 바란다는 안부 인사도. 급하게 쓰는 편지다. 아나가 다른 누이들을 데리고 프린센하허에 가는데, 아버지가 내가 동행하길 바라셨거든. 큰어머니가 그 애들과 함께 마차를 타고 오실 때, 나는 빌렘과 산책을 겸해 걸어왔다. 아우야, 사랑하는 내 동생아. 정말이지 며칠간 너와 함께 시간을 보내서 얼마나 기뻤는지 몰라! 한 해의 마지막 밤, 잘 보내고 내 말 명심해라.

너를 사랑하는 형, 빈센트

곧 소식 전할게. à Dieu. 다음에 편지를 쓰려거든 도르드레흐트로 보내고.

(빈센트의 설교는 영어로 진행되었다)

시편 119장 19절 말씀입니다. "나는 땅에서 나그네가 되었사오니 주의 계명들을 내게 숨기지 마소서."

우리는 이 땅의 이방인이고 순례자지만, 언제든 혼자가 아닌 건 하나님 아버지가 우리와 함께하시기 때문입니다. 이는 오랜 신념이자 올바른 믿음입니다. 우리는 순례자고 우리 삶은 지상에서 천상으로 이르는 기나긴 여정입니다.

이 삶의 시작은 이렇습니다. 여기, 이 세상에 태어났다는 기쁨 때문에 온갖 괴로움과 두려움을 잊고 사는 한 여성이 있습니다. 바로 우리 어머니입니다. 그 순례길의 끝은, 아버지의 집으로 들어가는 것입니다. 그곳은 거처할 곳도 많고, 아버지께서 우리보다 먼저 들어가 우리를 맞을 준비를 하고 계신 곳이기도 합니다. 이 삶의 끝을 우리가 죽음이라고 부릅니다. 그 시간에는 그 자리에 있던 사람들의 마음속 비밀스런 공간에 간직돼 있던 것들이 보이고, 느껴지고, 들립니다. 아마 다들 마음속에 그런 기억을 가지고 있거나 그런 예감이 든 적이 있었을 겁니다. 한 사람이 이 땅에 태어나는 순간, 두렵기도 하지만 기쁘기도 합니다. 형언할 수 없이 깊은 기쁨. 그리고 저 하늘 높은 곳에 이를 정도로 무한히 감사한 마음도 듭니다. 그래서 하나님이 보내신 천사들이 미소를 짓는 겁니다. 한 사람의 출생에 천사들도 기뻐하고 기대합니다. 죽음의 순간에도 역시, 무척이나 괴롭지만 동시에 기쁨도 느낄 수 있습니다. 특히 지상에서 훌륭히 싸웠던 사람은 형언할 수 없는 기쁨을 누리게 됩니다. 그분은 이렇게 말씀하셨습니다. "나는 부활이요 생명이다. 나를 믿는 사람은 죽더라도 살 것이다." 한 사도는 천상에서 들려오는 목소리를 들었습니다. "이제부터 주님 안에서 죽는 이들은 행복하다. 그들은 이제 안식을 누릴 것이다. 그들이 한 일이 그들을 따라가기 때문이다."

한 인간이 세상에 태어났을 때 기쁨이 있지만, 영혼이 시련을 겪거나 하늘에서 천사가 태어날 때, 더한 기쁨이 찾아옵니다. 슬픔은 기쁨보다 낫습니다. 기뻐하는 것처럼 보이지만 실은 슬퍼합니다. 초상집에 가는 것이 잔칫집에 가는 것보다 낫다고 합니다. 왜냐하면 얼굴은 애처로워도 마음은 편안할 수 있기 때문입니다. 우리의 천성은 슬프지만 예수 그리스도 바라보는 법을 배웠거나 깨달은 이들은 기뻐할 이유가 충분합니다. 사도 바울이 남긴 좋은 말씀이 있습니다. "근심하는 자같이 보이지만 늘 기뻐합니다." 예수 그리스도를 믿는 사람에게는 죽음도 없고, 희망과 뒤섞인 고통도 없으며, 절망도 없기 때문입니다. 오직 지속적인 환생, 어둠에서 빛으로 나아가는 과정만 있을 뿐입니다. 믿음이 있는 자들은, 희망이 없는 자들처럼 슬퍼하지 않습니다. 그리스도에 대한 믿음이 삶을 언제나 푸르게 만들어줍니다.

우리는 지상의 순례자며 이방인입니다. 아주 멀리서 와서 아주 멀리까지 가는 사람들입니다. 우리 삶은 지상에 있는 포근한 어머니의 품에서 시작돼 천상에 계신 아버지의 품으로 이어집니다. 지상에서는 모든 게 변합니다. 지상에는 영원한 집이 없습니다. 모두가 경험하는 일입니다. 우리가 지상에서 가장 아끼는 것과 작별해야 하는 것은 하나님의 뜻이기 때문입니다. 우리 자신도 변해갑니다. 우리는 여러 면에서 이전의 우리와 같지 않습니다. 또한 지금의 우리에 머물러 있지 않을 겁니다. 우리는 아기로 태어나, 소년 소녀로 자라, 청년이 됩니다. 그리고 하나님의 도움으로 남편과 아내가 되고, 아버지와 어머니가 됩니다. 그리고 서서히, 하지만 분명히, 영롱한 아침이슬 같던 얼굴에 어느 날부터 주름이 지기 시작하고, 젊음과 총명함이 가득하던 두 눈은, 아직은 믿음과 희망과 자애의 불꽃으로 이글거리고 여전히 영성의 기운으로 빛나고 있지만, 어느 날부터 심각하고 무거운 슬픔을 이야기하게 될 겁니다. 머리는 세거나 빠질 것입니다. 그렇게 우리는 지상을 지나고, 생을 건너는 것입니다. 지상에서 우리는 이방인이고 순례자이기 때문입니다. 세상은 지나가고 세상의 영광도 지나갑니다. 그러니 우리의 마지막 날들이 창조주 하나님 아버지 곁에 더 가까워지도록 해주소서. 지상에서보다는 나을 수 있도록 해주소서!

그렇다고 아무렇게나 하루하루를 살아갈 수는 없습니다. 하루하루가 투쟁이고, 치열한 전투입니다. 그렇다면 무얼 해야 하겠습니까? 진심을 담은 마음으로, 영혼으로, 생각으로 주님을 사랑해야 합니다. 내 이웃을 나 자신처럼 사랑해야 합니다. 이 두 가지 계율을 지켜야 합니다. 이 계율을 끝까지 잘 지키고 충실히 따르기만 하면 우리는 혼자가 아닙니다. 하늘에 계신 우리 아버지가 우리와 함께하시어, 우리를 돕고, 우리를 인도하실 겁니다. 날마다, 시시각각 우리에게 필요한 힘을 내려주실 겁니다. 그렇게 우리는 그리스도가 주시는 힘으로 모든 걸 할 수 있습니다. 우리는 지상에서 순례자고 이방인입니다. 우리에게서 당신의 계명을 감추지 마소서. 우리의 눈을 뜨게 하소서. 당신의 계율로 기적들을 바라보게 하소서. 당신의 뜻을 따르도록 가르치소서. 우리 마음을 움직여 그리스도를 향한 사랑이 우리를 다그쳐, 구원받을 수 있게 해야 할 일을 하게 하소서.

지상에서 천국으로 가는 길
당신의 눈으로 우리를 이끄소서
우리는 연약하고, 당신은 전능하니
당신의 강한 손으로 우리를 붙드소서

우리 삶은 여행에 비유할 수 있습니다. 태어난 곳에서 멀고 먼 안식처로 떠나는 것과 마찬가지니까요. 유년기의 삶은 강에서 돛단배를 타는 것과 같습니다. 하지만 오래지 않아, 아니 순식간에 격렬한 풍랑이 찾아옵니다. 우리도 모르는 사이 어느덧 바다에 나오고 하나님을 향해 마음으로 기도를 드리게 됩니다. "주여, 저를 지켜주소서. 제 배는 보잘것없이 작은데, 당신의 바다는 거대합니다!" 인간의 마음은 바다와 같지요. 밀물과 썰물이 교차하기도 하고, 폭풍우가 지나가기도 합니다. 그리고 깊숙한 그 속에 저마다의 진주도 품고 있습니다. 그래서 하나님을 갈구하는 마음속이나 하나님 보시기에 좋아 보이는 삶을 살고자 하는 마음속에는 더 큰 폭풍우가 찾아옵니다.

시편의 작가가 바다의 폭풍우를 어떻게 묘사하는지 보시지요. 이 마음속 폭풍우를 겪어본 것이 틀림없습니다. 107편을 봅시다. "배들을 바다에 띄우며 큰물에서 일을 하는 자는 여호와께서 행하신 일들과 그의 기이한 일들(기적)을 깊은 바다에서 보나니, 주님께서 명령하신즉 광풍이 일어나 바다 물결을 사납게 일으키니, 파도가 하늘로 솟구쳤다가 해심으로 떨어지니 그들 마음이 괴로움으로 녹는도다. 이 곤경 속에서 그들이 주님께 부르짖자 난관에서 그들을 빼내주셨다. 광풍을 고요하게 하고 물결을 잔잔하게 하셨다. 그리고 그들을 원하는 항구로 인도해주셨다."

우리도 삶이라는 바다를 건너는 동안 이런 일을 경험하지 않았던가요?

여러분도 저처럼 두려움일 수도 있고, 전조일 수도 있고, 기억일 수도 있는 삶의 폭풍우를 만나지 않았습니까?

신약에 묘사된 또 다른 폭풍우를 봅시다. 요한복음 6장 17~21절입니다. "제자들이 배를 타고 호수 건너편 가버나움으로 가는데 이미 어두웠고 예수님은 아직 그들에게 오시지 않았더니, 그때 큰 바람이 불어 높은 파도가 일었다. 그들이 배를 25~30스타디온쯤 저어갔을 때 예수님이 호수 위를 걸어 배에 가까이 오시는데 그 모습을 보고 두려워졌다. 그래서 예수님을 배 안으로 모셔 들이니 배가 어느새 그들이 가려던 곳에 가 닿았다."

삶의 폭풍우를 경험한 여러분, 주님이 만드신 온갖 파도와 온갖 고난의 길을 걸어본 여러분들은 마음이 두려움으로 떨릴 때 친숙하고 다정한 목소리, 어린 시절 여러분을 안심시켰던 그 목소리, 그 이름이 구원자요 평화의 왕자라는 분의 목소리, 마치 내게만 이야기하시듯 '내 얘기가 들리느냐?' 하며 묻는 그 목소리, 오직 여러분만을 바라보며 "나다, 두려워하지 마라" 하고 말하는 그 목소리를 들어본 적 없습니까? 두려워하지 마라! 마음이 산란해지는 일도 없도록 하라는 말씀입니다. 지금까지 다른 이들보다 비교적 평온한 삶을 살아온 우리가 삶의 폭풍우를 두려워하지 않도록 해주소서. 그리하면 격랑의 바다에서도, 먹구름 가득한 잿빛 하늘 아래서도, 우리를 향해 다가오시는 그분을, 그토록 기대하고 기다렸던 그분, 그토록 필요했던 그분을 볼 수 있습니다. "나다, 두려워하지 마라"고 말씀하시는 그분의 목소리를 들을 수 있습니다. 번민 혹은 비탄과 고난, 고통과 슬픔의 시간을 한 시간, 아니 한참 동안 겪은 끝에 "나를 사랑하느냐?"고 묻는 목소리를 듣거든, 이렇게 대답합시다. "주님은 모든 것을 아십니다. 제가 주님을 사랑하는 것을 주님은 알고 계십니다." 그리고 예수님을 향한 사랑으로 우리 마음을 가득 채우고, 그 사랑이 우리 삶을 채우도록 합시다. 주님은 모든 것을 아십니다. 그래서 제가 주님을 사랑하는 것을 알고 계십니다. 돌이켜보면, 저희는 언제나 주님을 사랑하고 있었던 것 같습니다. 왜냐하면 저희가 사랑했던 모든 건, 주님의 이름으로 사랑했기 때문입니다.

때로는 기쁘거나 행복할 때도, 또는 그만큼, 아니, 그보다 더한 슬픔이 찾아왔을 때도, 주님 생각만으로 과부가 된 것도 같고 고아가 된 것도 같은 느낌이 들지 않았습니까?

사실, 저희 영혼은 주님을 기다렸습니다. 태양이 떠오르는 모습을 보려는 사람보다 더 큰 기대로 두 눈을 하늘 높이 들어올리고 하늘을 다스리시는 주님, 당신을 올려다봅니다. 평범한 하루를 사는 동안에도 주님을 살피고, 찾고, 기대할 공간은 얼마든지 있습니다.

우리는 주님께 무엇을 요구하고 있습니까? 그게 많은 걸까요? 그렇습니다. 대단한 걸 바라고 있습니다. 마음의 평화, 영혼의 평화를 요구하고 있으니까요. 이 평화가 주어지면 더 이상 바랄 게 없겠죠. 많은 게 부족해도 없는 채로 살아갈 수 있고, 주님의 이름이라면 큰 괴로움도 감당할 수 있을 겁니다. 하지만 이것만큼은 알고 싶습니다. 우리가 주님의 것이고, 주님이 우리의 것인지를 말입니다. 우리는 주님에게 속한 그리스도인이 되고 싶습니다. 우리는 아버지를 바라고, 아버지의 사랑, 아버지의 허락, 아버지의 지지를 원하고 있습니다. 부디 삶의 경험을 통해 맑은 두 눈을 갖게 하시어, 당신에게 시선을 고정할 수 있게 하소서. 삶을 살아가는 동안 우리가 더 나아지도록 하소서.

지금까지 삶이라는 여행에서 우리를 기다리고 있는 폭풍우에 대한 이야기를 했습니다. 이번에는 그리스도인의 삶에서 오는 평온과 기쁨에 대해 이야기하겠습니다. 그런데 신도 여러분, 오히려 어려운 순간, 고된 노동의 시간, 슬픔의 기간에 더 집중해봅시다. 왜냐하면 평온은 종종 눈속임으로 찾아오기 때문입니다. 마음은 자기만의 폭풍우가 있고, 낙담하는 시기만큼이나 평온한 시간을 따로 가지고 있고, 열광의 순간도 따로 지니고 있습니다.

한숨을 쉴 시간, 기도할 시간도 있지만, 우리 기도에 응답하는 시간도 따로 있습니다. 밤새도록 울 수는 있지만, 아침이 되면 기쁨이 찾아옵니다.

> 때때로 괴로운 사람들이
> 넘쳐나는 것 같을 때
> 이를 본 다른 이들은
> 의아해하지만 그 이유는 모른다
> 멀리 계신 하나님이
> 그들을 위해 울고 계시는 거라는 걸

내 평화를 당신에게 바칩니다. 우리는 폭풍우 속에서도 평화가 있을 수 있다는 사실을 지켜보았습니다. 그리스도의 나라에서 태어나고 살게 해주신 하나님께 감사드립니다. 우리 중 세상에 태어나 부모님의 집에서 보낸 황금기를 잊은 사람이 있을까요? 대다수가 그렇듯 먹고살기 위해 부모님의 집을 떠난 뒤로, 우리를 지금의 이곳까지 이끄신 게 주님 아니었습니까? 우리 신앙에 부족한 게 있거든, 주님이시여, 우리 믿음을 채울 수 있도록 도와주소서. 처음으로 부모님의 삶에 대해 진지하게 생각하면서 그분들이 얼마나 신실한 그리스도교인인지 직감적으로 깨닫던 순간 경험했던 황홀, 감동, 기쁨을 지금도 느끼고 있습니다. 그리고 지금도 느끼고 있는 영원한 젊음, 영원한 열정에 대한 감동으로 말미암아 저는 주님께 다가가 말했습니다. "저도 그리스도교인이 되고 싶습니다."

과연 우리는 꿈꿨던 사람이 되었습니까? 아닙니다. 슬픔과 매일매일의 근심, 일상의 의무, 상상 이상으로 많은 삶을 뒤흔드는 것들이 우리의 결심을 가로막고 있었기 때문입니다. 하지만 우리의 꿈은 죽지 않았습니다. 잠들어 있을 뿐입니다. 오랜 믿음과 그리스도를 향한 사랑은 우리 안에 잠들어 있었을 겁니다. 죽지 않았으니 주님께서 우리 안에서 다시 불씨를 되살려주실 수 있습니다.

하지만 영생, 믿음, 소망, 사랑, 영원히 푸르른 삶, 그리스도인의 삶, 그리스도의 종으로 다시 태어나 살더라도, 주님의 선물이자 오직 유일한 주님의 작품인 그리스도인으로서 우리 스스로 마음이라는 밭에 있는 쟁기를 손에 들어야 합니다. 다시 한 번 그물을 던집시다. 주님은 우리 마음의 의도를 아십니다. 주님은 우리 자신보다 우리를 더 잘 아십니다. 바로 우리를 만드신 창조주시기 때문입니다. 우리는 우리 스스로 만들어지지 않았습니다. 주님은 우리가 필요한 것을 아십니다. 우리에게 좋은 것도 알고 계십니다. 말씀이라는 씨앗, 우리 마음에 뿌리신 그 씨앗에 축복을 내려주소서. 주님이 도와주시면 우리는 삶을 헤쳐나갈 수 있습니다. 유혹이 있더라도 굴하지 않을 방법을 알려주실 겁니다.

아버지, 저희가 이렇게 기도드립니다. 저희를 세상에서 데려가시라고 비는 것이 아니라 저희를 악에서 지켜주십사고 기도드립니다. 저희를 가난하게도, 부유하게도 하지 마시고 정해진 양식만 허락하소서. 저희 순례의 집에 울려퍼지는 당신의 노래가 저희의 기쁨이 되게 하소서. 저희 아버지의 하나님이 저희 하나님이요, 그분들의 겨레가 저희 겨레요, 그분들의 믿음이 저희 믿음입니다!

저희는 지상의 이방인일 뿐, 저희에게서 당신 계명을 감추지 마시고, 그리스도의 사랑이 우리를 이끄시고 우리 안에 들어오게 하소서. 주님을 포기하지 마라, 주님 따르는 것을 거부하지 말라 명하소서. 주님의 겨레가 저의 겨레입니다. 주님은 저희의 하나님이십니다.

우리의 삶은 순례의 길입니다. 언젠가 아름다운 그림을 보았습니다. 저녁을 그린 풍경화였습니다. 저 멀리 오른쪽으로 어슴푸레한 저녁 안개 속에 언덕들이 삐죽삐죽 솟았는데, 그 너머로 잿빛 구름이 은빛과 금빛, 보랏빛이 어우러진 테두리와 함께 근사한 석양을 만들어내고 있었습니다. 배경은 풀과 누런 나뭇잎이 뒤덮인 벌판이었습니다. 가을 풍경이었으니까요. 길 하나가 벌판을 지나 저 멀리 있는 산으로 연결되는데 산꼭대기에 지는 해가 장엄하게 밝혀주는 마을이 자리잡고 있습니다. 그리고 지팡이를 든 순례자가 그 길을 가고 있습니다. 얼마나 오래 걸었는지 지친 모습입니다. 순례자는 검은 옷을 입고, 사도 바울의 말 "슬프지만 항상 즐거운"을 떠오르게 하는 한 여성과 마주칩니다. 하나님이 보내신 천사는 순례자에게 용기를 주고 그의 질문에 답하려고 그 자리에 있었던 겁니다. 순례자가 묻습니다. "길은 계속 오르막인가요?" 여성이 대답합니다. "그렇습니다. 끝까지 오르막이에요." 순례자가 다시 묻습니다. "밤까지 계속 걸어야 할까요?" 답이 이어집니다. "새벽부터 밤까지 걸어야 합니다, 친구." 순례자는 슬픈 표정으로 발걸음을 옮기지만 항상 즐겁습니다. 새벽부터 밤까지 걸어온 데다 여전히 갈 길이 멀다니 슬픕니다. 하지만 눈을 들어 저 멀리, 저녁 기운 속에 화려하게 빛나는 영원한 마을을 바라보자 마음이 희망으로 가득 차오릅니다. 순례자는 오래전에 들었던 두 개의 속담을 떠올립니다. 그 하나는,

> 수도 없이 싸워야 하고
> 수도 없는 고통을 감내해야 하니
> 끝없이 기도하고, 또 기도하면
> 종국에 평화가 오리라

또 다른 하나는,

> 물은 입술까지는 적셔도
> 그 위로는 올라오지 못한다

순례자가 말합니다. "점점 더 지쳐가겠지만 점점 더 주님께 가까이 다가갑니다!" 순례자는 지상에서 힘든 싸움을 하고 있지는 않았을까요? 하지만 주님의 위로가 그를 기다리고 있습니다. 주님이 보내신 천사, 순례자를 위로하는 천사는 사랑의 천사입니다. 그 천사를 잊지 맙시다. 매일매일의 고민거리로 돌아가더라도, 일상의 의무에 복귀하더라도, 보이는 게 전부가 아니라는 사실을 결코 잊지 마시기 바랍니다. 주님께서는 일상에 보이는 것을 통하여 고귀한 가르침을 주시는 분입니다. 우리의 삶은 순례의 길이라는 사실을 잊지 마시기 바랍니다. 우리는 지상의 이방인일 뿐이라는 사실을 말입니다. 하지만 우리에게는 이방인을 지켜주시는 주님과 아버지가 있다는 사실을 기억해야 합니다. 우리는 모두 형제라는 사실을 잊지 맙시다.

아멘.

주 예수 그리스도의 은총과 하나님의 사랑과 성령의 친교가 여러분 모두와 영원히 함께하기를 기도합니다.

아멘.

(시편 91장 낭독 : 전능하고 공평하신 주님)

Dordre

5

네덜란드

/

도르드레흐트

1877년 1월 21일
/
1877년 4월 30일

빈센트는 아일워스에서 에턴으로 크리스마스 휴가를 갔다가, 결국 부모님의 설득으로 돌아가지 않고 3주간 머물렀고, 이후에 도르드레흐트로 가서 센트 큰아버지가 소개한 블뤼세-판 브람 서점의 직원으로 일하기 시작했다. 운영자인 브라트 씨는 아들이 파리의 부소-발라동 화랑에서 일했기에 센트 큰아버지의 부탁을 들어주었고, 테오와도 안면이 있었다.

서점에서의 업무는 대수롭지 않은 일들이었다. 그런데 빈센트는 목회자가 되겠다는 의지가 확고해서 그마저도 무성의했고, 책상에 앉아서 성경 구절을 영어나 독일어나 프랑스어로 번역하는 일에만 열중했다. 브라트 씨는 이 청년이 어디에도 정착하지 못하고 있는 딱한 사정을 잘 알았기에 내버려두었다.

빈센트의 사생활은 직장 생활만큼이나 기이했다. 그 무엇에도 개의치 않고 먹지도 않고 잠도 안 자는 탓에 하숙집 주인 부부가 걱정할 정도였고, 벽에 그림을 건다며 못질을 해대서 원성을 샀다. 하지만 이 시기부터 그는 꾸준히 그림을 그리기 시작했다. 또한 편지 속에 시도 때도 없이 인용하던 성경 구절의 인용이 서서히 줄었고, 조금씩 진정한 화가의 눈으로 잡아낸 풍경 묘사가 늘어갔다.

84네 ___ 1877년 1월 21일(일)

테오에게

좀 더 일찍 편지가 오리라 기대했을 텐데, 여기 일이 워낙 많아 정신이 없었어. 오전 8시에 출근해 일하다가 집에 오면 새벽 1시야(불평이 아니라, 이렇게 일할 수 있으면 더 바랄 게 없지).

2월 11일에 에턴에 갈 수 있으면 좋겠다. 너도 알겠지만, 아버지 생신 잔치를 그날 하잖아. 너도 그날에 맞춰 올 수 있니? 이번에는 엘리엇의 『노벨런Novellen』*을 드릴 생각인데, 우리가 함께 해드린다면 『애덤 비드』를 추가해도 될 것 같다.

지난 일요일에 존스 목사님 부부에게 편지를 썼어. 돌아가지 않겠다고. 의도한 건 아니었는데 편지가 하염없이 길어지더라. 아무래도 내가 마음에 담아두었던 게 많았던 모양이다. 두 분이 마음 한구석에 나라는 사람을 기억해주시면 좋겠다는 뜻으로 '사랑이라는 옷에 내 기억을 고이 접어넣으시라'고 적었다.

예전에 네가 보내줘서 방에 걸어뒀던 〈위로자 그리스도〉와 〈참회하는 그리스도〉 판화 복제화 2점 말이야. 그걸 여기 미술관에서 봤다. 쉐페르의 〈겟세마네 동산의 그리스도〉도. 정말 잊을 수 없는 작품이야. 〈지상의 슬픔Les douleurs de la terre〉 습작 1점과 스케치 여러 장, 아틀리에 전경 스케치, 그리고 너도 잘 아는, 그의 어머니 초상화도 있었어. 그 외에도 근사한 회화가 여럿 있었는데 아헨바흐Andreas Achenbach, 스헬프하우트Andreas Schelfhout, 쿠쿡Barend Cornelis Koekkoek, 또 난롯가의 노인을 묘사한 알레베August Allebé 그림이 정말 마음에 들더라. 언제 한번 날 잡아 그 그림들 같이 보러 가면 어떻겠냐?

여기서 보낸 첫 일요일에 '보라, 내가 만물을 새롭게 한다'**는 설교 말씀을 들었어. 저녁에는 '우리가 지금은 거울에 비친 모습처럼 어렴풋이 보지만 그때에는 얼굴과 얼굴을 마주 볼 것이다. 어렸을 때는 어린아이처럼 말하고 어린아이처럼 생각하다가, 장성해서는 어린아이의 일을 버렸다'***라는 말씀을 들었고.

오늘 아침에는 오래된 작은 교회에서 베베르선 목사님의 말씀을 들었지. 성찬식이 있었는데 '누구든지 목마르거든 내게로 와서 마시라'****고 설교하셨어.

내 방 창밖으로 소나무랑 포플러나무 등이 심어진 정원이 보여. 그리고 담쟁이덩굴로 뒤덮인 낡은 집도 보인다. '담쟁이덩굴은 나이 많은 기묘한 식물'이라고 디킨스가 말했지. 창밖 풍경이 다소 엄숙하고 우울해 보인다만, 네가 동틀 무렵의 광경을 봤어야 해. 그때는 완전히 다른

* 『성직자의 일상 풍경』의 네덜란드 번역본 제목

** 요한계시록 21장 5절

*** 고린도전서 13장 11~12절

**** 요한복음 7장 37절

분위기거든. 문득 네가 편지에서 담쟁이덩굴로 감긴 집을 묘사했던 내용이 떠오르더라고. 기억나니?

그나저나 여유가 되면(나도 여유가 있으면 똑같이 할 건데) 올해는 「캇홀리커 일뤼스트라시Katholieke Illustratie」를 구독해봐라. 귀스타브 도레Gustave Doré가 그린 런던 풍경화가 실려 있거든. 템스강 주변의 공사장, 웨스트민스트, 화이트채플, 언더그라운드 등등.

여기 하숙집에 학교 선생님이 있는데, 지난 일요일하고 오늘, 함께 운하를 따라 산책을 했다. 도시 바깥으로 나가 메르베더Merwede강 근처까지 갔었지. 네가 배를 타려고 기다렸던 그 장소도 지나갔지.

오늘 저녁에는 석양이 물가와 유리창에 반사돼서 주변 모든 것을 화려한 금빛으로 밝혀주는 모습이 꼭 카위프Aelbert Cuyp 그림 같더라.

시간 나거든 또 편지해라. 난 책 정리도 좀 더하고 다른 해야 할 일도 많다.

루스 씨 가족에게 안부 전해주고. 마음으로 악수 청한다.

너를 사랑하는 형, 빈센트

85네 ____ 1877년 2월 7일(수)과 8일(목)

테오에게

『애덤 비드』에 2.6길더가 들어서, 1.4길더는 되돌려보낸다. 이제 두 분이 책을 받고 재미있게 읽으실 일만 남았다. 분명히 좋아하실 거야. 편지 잘 받았어. 네 편지는 받을 때마다 항상 기쁘다. 다음에 우리 다시 만나면 서로 눈을 마주 보며 이야기하자. 가끔은 우리가 같은 땅을 밟고 서서 같은 언어로 대화한다는 사실이 얼마나 기쁜지 몰라.

지난주에 여기 홍수가 났어. 어제저녁, 그러니까 서점에서 퇴근하던 자정에서 1시 사이에, 산책 삼아 대성당Grote Kerk [Great Church] 쪽으로 돌아오는데 비바람이 대성당 주변에 늘어선 느릅나무를 사정없이 흔들어대더라. 잔뜩 부푼 비구름 사이로 살짝 모습을 드러낸 달이 운하에 비쳐 반짝이는데, 수위가 벌써 끝까지 차올랐더라고. 3시 무렵에는 레이컨 씨네* 온 가족이 가게의 물건들을 위층으로 분주히 나르는데, 이미 30센티미터 넘게 물이 차서 아주 난리였어! 집집마다 1층 사람들은 물건들을 위층으로 옮기느라 정신 없고, 길에는 뗏목도 다녔어. 날이 밝기 시작하니까 길 끝으로 사람들 한 무리가 한 줄로 서서 물길을 헤치며 각자의 창고로 걸어가더라.

아무튼 피해가 어마어마해. 브라트 씨가 각종 서류와 물건들을 보관하는 방에도 물이 찼는

* 하숙집 주인. 1층에 식료품점을 운영한다.

데, 거긴 홍수로 물이 넘친 게 아니라 지하에서 발생한 강력한 압력 때문이었어. 브라트 씨 말이, 피해액이 한두 푼이 아니래! 물건들을 위층으로 옮기는 데만 꼬박 하루하고 반나절이 걸렸다. 하루종일 애쓴 덕분에 상황이 좀 나아졌는데, 이런 일로 이렇게 애쓴 일이 좀 유감스럽기도 하더라.

그날 저녁의 석양을 너도 봤어야 했는데, 너무 아쉽다. 금빛으로 물들어가는 길들이 카위프가 가끔 그리는 그림 속 풍경 같았거든.

아직 도착하지 않은 짐가방들을 목이 빠지게 기다리는 중이야. 무엇보다도 얼른 방에 그림들을 걸어두고 싶거든. 네가 준 〈위로자 그리스도〉는 있고, 〈엠마오의 저녁 식사〉 같은 영국 목판화 복제화도 2점 있어. 하나는 "그들이 강권하여 말하되, 우리와 함께 머무세요. 저녁 때가 되어 날이 이미 저물었습니다."* 다른 하나는 "흑암과 죽음의 그림자 속에 앉아 있던 이들이 커다란 빛을 보았다. 저녁에는 울음이 깃들지라도 아침에는 환호하게 되리라."**

살다 보면 만사가 다 피곤한 순간이 있다. 내가 하는 일마다 그릇된 일 같다는 기분이 들 때도 있고(기분만 그런 게 아니라 아마 정말 그런 거겠지). 그런 기분은 외면하고 밀어내야 할까, 아니면 "두려워할 필요는 없고 다만 선행으로 이어지는지 주의해야 하는, 하나님의 뜻에 맞는 슬픔"***일까? 우리를 결코 후회하지 않을 선택으로 이끌어줄, 하나님의 뜻에 맞는 슬픔인 걸까?

자기 자신이 싫어질 때면 희망과 사랑의 말들을 열심히 생각해야 해. "수고하고 무거운 짐 진 너희는 다 내게로 오라. 내가 너희에게 휴식을 주리라. 나는 마음이 온유하고 겸손하니 내 멍에를 메고 나에게 배워라. 그러면 너희 마음이 쉼을 얻을 것이다. 정녕 내 멍에는 쉽고 내 짐은 가볍기 때문이다."**** "나를 따라오려면 자기를 부인하고 날마다 제 십자가를 지고 따라야 한다."***** 그런 순간이 닥치면 이런 말이 떠오른다. "사람이 거듭나지 않으면 하나님 나라를 볼 수 없다."******

삶의 경험이 가르쳐주는 대로, 하나님의 뜻에 맞는 슬픔이 이끄는 대로 가다 보면, 지친 마음 속에서도 새로운 활력이 솟아날 수 있어. 그래서 지치고 힘들 때일수록, 우리가 더욱더 굳건히 하나님을 믿어야 하는 거야. 주님의 말씀에 따르면, 그리스도 안에서 친구며 위로자를 찾을 수 있거든. 이렇게 느끼는 날이 오겠지. '해 뜨는 데가 해 지는 데서 먼 것처럼, 우리의 허물들을 우리에게서 멀리하신다.' 이 말이 사실임을 체감할 날도 올 거야. '당신 집에 대한 열정이 저를

* 누가복음 24장 29절

** 마태복음 4장 16절, 시편 30장 5절

*** 고린도후서 7장 10절

**** 마태복음 11장 28~30절

***** 누가복음 9장 23절

****** 요한복음 3장 3절

불태우고' 또 '우리의 하나님은 다 태워버리는 불이십니다.' 그리고 영적으로 열성적인 게 무언지 새삼 깨달을 날도 온다. '희망은 언제나 사그라지지 않는다.' 하지만 '처음부터 들은 것을' 결코 잊어선 안 된다. 태초에 말씀이 계셨고, 말씀은 하나님과 함께 계셨는데 말씀은 하나님이셨다. 하나님께서는 세상을 너무 사랑하신 나머지 외아들을 내주시어, 그를 믿는 사람은 누구나 멸망하지 않고 영원한 생명을 얻게 하셨다. 현재의 것도, 미래의 것도, 그 어떠한 것도 우리 주 그리스도 예수님에게서 드러난 하나님의 사랑에서 우리를 떼어놓을 수 없다.

(편지지 여백에 적은 글)

기뻐하라, 이 땅이여, 높으신 곳의 주를 기뻐하라
네 눈에서 감사의 눈물이 흐르게 하라
그분을 향해, 넘치도록
이 즐거운 날을 즐겁게 축하하자
세상에서 가장 아름다운 해가 지평선을 물들이는 날
이 행복한 밤을 기뻐하는 소리가 들리네
별들이 새롭게 빛나는 하늘에서
기쁨에 찬 천사의 무리가 내려와
예수의 탄생을 환호하네

나는 그분을 헌신적으로 믿네
밤과 낮은 계속 바뀌지만
내 집은 굳건한 반석 위에 있다네
나를 반드시 구원하실 나의 구세주
온갖 분쟁과 고통에 지쳐 생의 끝자락에 다다르면
주어진 하루하루 당신을 찬양하리라
더 높고 더 순수한 찬양을

사냥꾼에게 쫓기는 사슴이
시원한 냇가를 만난 듯
내 영혼아, 오 주님을 향한
내 마음, 주님을 향한 갈증!
내 삶 속의 주님, 말씀하소서
어느 날, 주님 앞에 설 수 있는지

주님의 집으로 들어가 그 영광 드높이리라

내 영혼아, 왜 낙담해 있느냐
왜 그리 힘들어 하느냐
예전의 신앙을 다시 일깨우고
높으신 그분을 찬양하며 기뻐하라
네가 짊어진 무거운 짐을 수없이 행복으로 바꿔주신 주
그에게 의지하라, 눈을 들어 천국을 올려다보라
나는 영원히 하나님의 영광을 찬양하리라

지난 일요일 아침, 여기 있는 프랑스 교회*에 나갔다. 엄숙하고 진지한 분위기가 매력적이었어. '네가 가진 것을 굳게 잡아 아무도 네 면류관을 빼앗지 못하게 하라'**는 설교였는데, 결론은 '오, 예루살렘아 예루살렘아 내가 너를 잊을진대 내 오른손이 그의 재주를 잊을지로다.'*** 교회에서 나와 홀로 제방길로 풍차를 따라 기분 좋게 걸었어. 들판 위로 펼쳐진 맑은 하늘이 물 위에 반사돼 반짝였지.

물론 다른 나라에도 남다른 경관들이 있어. 프랑스 해변에서는 디에프Dieppe에서 위쪽이 초록색 잔디로 뒤덮인 깎아지른 절벽을 봤지. 그리고 바다와 하늘, 낡은 배들이 정박한 항구, 그건 마치 도비니의 그림 같았어. 배들에 걸린 갈색 그물과 돛, 식당을 겸하며 옹기종기 모여 있는 작은 집들에 달린 하얀 커튼과 창가의 초록 소나무 가지, 빨간 술 장식이 달린 파란 고삐를 맨 백마가 끄는 마차, 파란 작업복 차림의 마차꾼들, 방수 작업복을 입은 어부들의 수염 난 번들번들한 얼굴, 반면에 창백한 피부와 아주 깊어 보이는 검은 눈동자에 검은 앞치마와 흰 모자를 둘러쓴 프랑스 여성들 등등.

비 오는 런던의 거리 풍경도 있지. 가로등 불빛 아래서, 작고 낡은 회색 교회 앞 계단에 앉아 밤을 지새웠었다. 올여름이었어. 램스게이트까지 걸어갔다 온 날.

그 외에도 어딜 가든 신기하고 남다른 광경들이 많아. 그런데 지난 일요일, 제방길을 홀로 걷는데 이런 생각이 드는 거야. '네덜란드 땅을 밟고 있으니 정말 좋구나!' 마치 그 느낌은 이렇더라. '이제 나는 주 하나님과 계약을 맺기로 결심했어.' 지나간 유년시절의 기억이 전부 떠올랐어. 2월의 마지막 즈음이면 아버지와 함께 레이스베르헌까지 걸었던 산책, 밀알의 초록 새싹이

* Visstraat가와 Voorstraat가의 교차 지점에 있는 교회

** 요한계시록 3장 11절

*** 시편 137장 5절

막 움튼 검은 들판 위에서 들려왔던 종달새의 지저귐, 그 위로 흰 구름 둥둥 떠다니는 하늘이며 포장도로, 너도밤나무들까지. '오, 예루살렘, 예루살렘아!' 대신 내게는 '오, 췬더르트, 췬더르트여!' 혹시 알아? 올여름에 우리 다같이 바닷가를 걷게 될지도. 테오야, 우리는 항상 이렇게 좋은 친구로 남자. 하나님을 믿고, 그분이 무엇이든 가능하게 해주실 거라는 믿음의 확신을 갖자. 그날(아버지 생신)을 진심으로 축하하자! 새벽 2시 반이 넘었으니 2월 8일이지. 하나님, 부디 저희 아버지가 오래도록 저희와 함께하실 수 있도록 보살펴주소서!

아버지가 벌써 찌르레기를 봤다고 쓰셨더라. 췬더르트에 살 때 걔들이 교회 건물에 앉아 있던 모습 기억나니? 여기서는 아직 못 봤는데 대교회 근처만 가도 지저귀는 소리가 들린다. 조만간 봄이 찾아올 테니 종달새도 다시 보이겠지.

건강 잘 챙기고, 루스 씨 가족과 테르스테이흐 씨 부부에게 안부 전해라. 마음으로 청하는 악수 받아주기 바라며 내 말 명심해라.

너를 사랑하는 형, 빈센트

테르스테이흐 씨에게 데생 견본 선별 작업이 늦어지는 것에 대해 양해를 구해다오. 고등학생용 30장은 이미 골라놨는데, 중학생용도 필요하다고 해서 며칠 더 걸릴 것 같아. 되는 대로 즉시 보낼 거야.*

(편지지 여백에 끄적인 글)

아우야, 미슐레 책 발췌본 좀 다시 보내주라. 이전에 네가 준 건 내 필기구 짐가방에 들었는데, 지금 필요해서 말이야. 곧 편지해라.

86네 ___ 1877년 2월 26일(월)

테오에게

함께 보낸 몇 시간이 너무 빨리 지나갔어. 역 뒤편 오솔길에서 마을 위로 지는 해를 바라보았고, 배수로에 비친 밤하늘, 이끼로 덮인 채 꼿꼿이 서 있는 고목들과 저 멀리 작은 풍차도 보았지. 그곳을 산책할 때면 네 생각이 날 것 같다.

〈위그노〉 복제화 사진 1장 동봉한다. 방에 걸어두렴. 너도 아는 내용이야. 성 바르톨로메오 축일 전날, 한 청년이 약혼녀에게 주의사항을 듣는데 그녀는 그밤 무슨 일이 일어날지 알았거든. 그래서 약혼자에게 가톨릭교도라는 표시인 하얀 완장을 차라고 했지만, 청년이 거부해. 그

* 테르스테이흐 씨는 구필 화랑 이름으로 주변 학교들에서 실습용으로 쓸 데생 견본집을 만들었던 것 같다.

는 애인에 대한 사랑보다 자신의 믿음과 의무가 더 중요했거든.

전에 네게 롱펠로의 시*를 써 보냈던가? 아무튼 하나 동봉한다. 난 그 시를 읽을 때마다 전율한다. 아마 너도 그럴 거야.

쉐페르의 그림을 너와 함께 보니 정말 좋더라. 저녁에는 마허르**을 찾아갔어. 정통 네덜란드식 고택인 루터교회 전례 집행자네 집에서 하숙하고 있는데, 방이 아주 아담했어. 우린 한참을 떠들었는데, 그가 망통Menton***에서 보낸 크리스마스 이야기를 해주더라.

어제 찾아와줘서 정말 고맙다. 우린 서로 비밀 같은 건 만들지 말자. 형제끼리 무슨 비밀이야.

오늘도 온갖 잡무들로 쉴 틈 없이 바빴다. 아무 관련 없는 다수의 일들이 전부 내 업무야. 업무에 대한 감도 없이 어떻게 생각을 정리할 수 있는지 모르겠다. 업무 감각이 있어서 확인하고 통합할 수 있지. 소소한 일들을 엮어서 큰 성과로 만들어낼 수 있다고.

잘 돌아갔는지, 산책과 여행이 너무 강행군은 아니었는지, 얼른 편지해라. 에턴에 간다는 소식을 담았을지 모를 네 편지 기다린다. 마음으로 악수 청하고

누구보다 너를 사랑하는 형, 빈센트

아마도 지금이 네게 '과거의 노래, 십자가의 애가'가 필요한 순간일지도 모르겠다.

> 그리고 난 밤의 고요를 들은 듯하다
> 너무나 부드럽고 감미로운 목소리를

87네 ____ 1877년 2월 28일(수)

테오에게

틈이 나면 곧장 편지해라. 굳세고 꿋꿋해져라. 어젯밤에 널 위해 적은 것 동봉하마.****

어젯밤에도 새벽 1시 퇴근이었어. 또다시 대교회 쪽으로 한바퀴 돌아 운하를 따라서 걸으며 옛 성문oude poort 앞을 지나 신(新)교회Nieuwe Kerk [New Church] 쪽으로 해서 집에 왔다. 눈이 내리고 있었고 사방이 고요했어. 눈밭에는 간간이 불 켜진 주택의 2층에서 새어나오는 희미한 불빛과, 종을 들고 다니며 시간을 알리는 야경꾼의 검은 그림자만 비쳤지. 만조 때라서 그랬는지 운

* 〈The light of stars〉

** 서점의 동료 직원

*** 프랑스 리비에라 지역의 유명한 휴양도시로, 센트 큰아버지가 겨울을 보내는 곳이기도 하다.

**** 시편을 비롯한 여러 성경 구절

하와 정박된 배들이 더 검게 보였다. 대교회 근처라서 더 아름다워 보였을까. 잿빛 하늘을 가린 구름 사이로 창백한 달빛도 쏟아졌고.

걷는 내내 네 생각을 했고, 집에 도착하자마자 네게 보내주려고 시를 옮겨 적은 거야. 그런데 헤네스텃의 시는 이미 보내줬지 않니? 그걸 자주 읽으렴. 파리에 있을 때 아버지가 내게 〈나 어렸을 적에〉와 〈주님을 설명해줄 수 있는 사제는 없네〉를 보내주셨었어.

일하는 도중에 급히 썼다. à Dieu. 진심 어린 마음으로 악수 청한다.

너를 사랑하는 형, 빈센트

87a네 ___ 1877년 3월 8일(목)

코르 작은아버지께

얼마 전 아버지가 여기 오셔서, 작은아버지께서 테오와 제가 한번 와주면 좋겠다고 하셨다는 말을 들었습니다. 저도 찾아뵙고 이런저런 말씀 나누고 싶은 마음 간절합니다. 그래서 저희가 다음 주 일요일에 가도 될지 여쭤봅니다. 헤이그에서 첫 기차를 타면 늦은 오후나 저녁 무렵 도착할 것 같습니다. 테오는 곧 출장이 예정되어 있어서, 이번이 아니면 한동안 못 뵐지도 모르겠습니다.

아버지와 함께 보낸 시간은 정말 즐거웠습니다. 여기저기 함께 걷고, 미술관에 가서 쉐페르의 작품들도 감상했습니다.

저는 잘 지내고 있습니다. 연초에는 서점에 일이 얼마나 많은지 자정을 넘겨 새벽 1시에 퇴근하는 일이 잦았습니다.

네덜란드로 돌아오니 정말 좋습니다. 다만 일만은, 무척 고되고 실망감도 컸어도, 예전이 더 그립습니다. 물론 이번 일도 역시나 힘들고 잘 못해내고 있지만, 제게 원인이 있으니까요.

아나가 그렇게 빨리 다른 일자리를 찾을 수 있었던 것도 정말 다행입니다.* 거기서 잘해낼 겁니다. 테오와 제가 다음 주 일요일에 가도 괜찮다면, 저희 둘 중 아무에게나 엽서 한 통 보내주세요. 두 분께 진심을 담은 안부 인사드립니다.

사랑하는 조카, 빈센트

더 일찍 여쭤봤어야 했는데, 아버지가 다음 주에 작은아버지 댁에 다녀오라고 말씀하신 게 바로 어제저녁이었습니다.

* 아나는 네덜란드 서쪽 지역인 Hengelo에서 Van Houten 집의 가정교사 일을 맡았다.

88네 ___ 1877년 3월 16일(금)

테오에게

편지 고맙다. 암스테르담에 가더라도 짤막한 편지 정도는 꼭 보내마. 일요일에 보겠구나. 다시 볼 생각에 기분이 좋아.*

빌레미나 생일을 맞아 축하 인사 전한다. 녀석, 이제 아가씨가 다 됐어! 빌레미나는 부모님께 『넓고 넓은 세상』을, 나한테는 벵제네르Laurence Louis Félix Bungener의 『극지방에서 보낸 크리스마스』를 받게 될 거야.

그나저나 곧 출장을 간다니 잘됐구나. 네게도 좋은 변화가 될 거야.

네가 그랬지, 혼자라서 슬프다는 생각이 든다고. "하지만 나는 혼자가 아니다. 아버지께서 나와 함께 계시다."**

어디서든, 어떤 상황에서든, 그리스도를 떠올리는 게 좋아. 브라반트의 농부들이 얼마나 고된 삶을 살아가는지 봐라! 아르선 가족***만 봐도 그래. 그들의 힘이 어디서 나올까? 그 가련한 여성들을 생각해봐. 그녀들의 삶을 지탱해주는 게 과연 뭐지? 〈세상의 빛Light of the world〉****에 담겨 있는 것 같지 않니?

내가 얼마나 성경에 끌리는지 넌 짐작도 못 할 거다. 매일 읽는 건 물론이고, 사실은 그 말씀을 진심으로 이해하고 그 말씀의 불빛대로 삶을 바라보고 싶다. "주의 말씀은 내 발에 등이요 내 길에 빛이다.(시편 119장 105절)" 난 바라고 믿는다. 내 삶은 분명 달라질 거라고. 또 그분을 향한 이 갈망도 분명 채워질 거라고. 나 역시 종종 외롭고 슬프다고 느껴. 특히 교회나 목사관 주변을 거닐 때.

하지만 낙담하지 말고, 겸손, 온유, 인내의 끈을 놓지 말자. 남들과 다르다고 움츠러들지도 말자. 혼자이더라도, 또 겉으로 보여지지 않더라도, 선과 악을 구분하며 살면 돼.

"어떤 식으로든 그리스도를 향한 사랑을 드러내 보이기 전에는 삶의 끈을 놓지 말아라." 독일 신학자 클라우디스Matthias Claudius의 말이다.

너도 아마 네 평생을 신중하게 살아가도록 만들어주는 경험들이 있겠기. 그렇게 배운 것들을 굳게 지켜나가라. "Nourris-moi du pain de mes larmes, vérité enseignez moi(우리에게 눈물의 빵을 먹게 하사, 진리로 나를 가르치신다.)"***** 죄를 미워해라. 아버지가 매일 아침 하시던

* 테오가 코르 작은아버지 댁에 먼저 가 있었고, 빈센트는 18일에 갔다가 19일에 돌아온다.

** 요한복음 16장 32절

*** 반 고흐 목사 가족이 살던 쥔더르트의 목사관의 정원사로 일했던 일용직 노동자

**** 영국화가 윌리엄 헌트(William Holman Hunt)의 그림

***** 토마스 아 켐피스의 책 〈그리스도를 본받아〉에서 인용한 구절로 프랑스어 원어로 표기하였다. 시편 80장 5절과 연관된 내용이기도 하다.

기도문을 기억해. "우리를 악에서 지키시고 무엇보다 죄악에서 지켜주소서!" 아, 아버지는 아셨던 거야.

일요일을 손꼽아 기다리고 있어. 너도 편한 여행길이 되길 바란다. 일은 언제나 좋은 거야. "모든 노동은 가치가 있어." 난 바빠서 항상 밤늦게까지 일하지만 그게 오히려 기쁘다.

여기는 황새는 이미 보이는데 아직 종달새소리는 안 들려. 하늘이 종종 험악할 때가 있지만, 까마귀나 찌르레기 무리는 자주 보이더라.

네가 보내준 〈마테르 돌로로사〉는 내 방에 걸었어. 그게 쥔더르트의 아버지 서재에 걸려 있을 때 얼마나 근사했는지, 기억나니?

네게 좋은 일만 있기를 바란다, 테오야. 곧 만나자. 네가 말했던 그 판화가 과연 어떤 것들인지 궁금하다. 일요일에 보자. à Dieu. 마음으로 악수 청한다.

너를 사랑하는 형, 빈센트

89네 ___ 1877년 3월 23일(금)

테오에게

출장길에서 이 편지를 받겠구나. 암스테르담에서 함께 보낸 시간이 꿈만 같아! 네가 타고 떠난 기차가 시야에서 사라질 때까지 바라보고 있었지. 우리는 이미 오랜 친구나 다름없지! 쥔더르트 시절에 이맘때쯤, 초록 밀싹이 막 움트기 시작한 검은 벌판으로 종달새 노랫소리를 들으려고 아버지와 함께 셋이 끝도 없이 같이 걸었지.

오늘 아침에 코르 작은아버지와 함께 스트리커르 이모부 댁에 가서, 너도 잘 아는 문제에 대해 한참을 논의했어. 저녁 6시 반쯤, 작은아버지가 역까지 데려다주셨고. 아주 근사한 저녁 시간이었다. 눈에 보이는 모든 게 말을 거는 듯했지. 차분히 내려앉은 날씨에 살짝 안개 낀 도로가 영락없는 런던 분위기더라. 꽃시장도 지나갔는데, 나는 꽃을 참 사랑한다. 담쟁이덩굴도, 전나무도, 산사나무 울타리도. 태어날 때부터 쭉 함께했었으니까. 집에다가 암스테르담에서 우리가 함께 뭘 했고 무슨 대화를 나눴는지 편지했다.

집에 돌아오니 에턴에서 편지가 와 있었어. 지난 주일에 아버지가 편찮으셔서 캄Jan Gerrit Kam 목사님이 대신 설교를 하셨다더라. 신앙의 열정이 뜨거운 분이지. 아, 나도 그렇게 온전히 믿음의 길만 걸어갈 수 있다면 얼마나 좋을까! 아버지도 항상 내게 그 길을 바라셨지. 아! 그런 일이 이뤄지도록 주님이 내게 축복을 내려주신다면!

너에게 내 계획을 적다 보면 생각이 좀 더 명확해지고 확실해지더라. 우선 성경 말씀이 떠올라. '당신의 말씀을 지키는 것이 내 사명이다.' 나는 성경 속 보물들을 샅샅이 알고 싶고, 성경 속 모든 이야기들을 깊이 사랑하고 이해하고 싶고, 특히 그리스도에 대해 철저히 알고 싶어. 내가 알기로, 우리 집안은 대대로 독실한 그리스도교 집안이었고, 대대로 복음의 전도사가 한 명씩은 꼭 있었어. 그런 집안의 구성원이 왜 부르심을 받았다고 느끼면 안 돼? 그 부름심에 응답하겠다고 선언하고, 거기까지 도달할 방법을 모색하면 왜 안 되는데? 나의 강렬한 소망이자 기도는, 내 아버지와 할아버지의 영혼이 내게도 임해서 내가 신실한 그리스도인이며 그리스도의 사역자가 되도록, 그래서 내 삶이 점점 더 그들의 삶을 닮아가도록 해달라는 거야.(봐, 와인은 오래될수록 향긋한데, 내가 왜 새것을 바라겠어).

테오, 내 동생, 사랑하는 아우야, 이 형은 꼭 그 경지에 다다르고 싶다! 그런데 어떻게 하면 될까? 내가 이미 복음의 설교자가 되는 데 필요한 어렵고 지리한 공부를 다 마친 뒤라면 얼마나 좋을까.

출장일 잘되길 바라고, 곧 편지해라. 마음으로 악수 청한다. à Dieu. 항상

너를 사랑하는 형, 빈센트

부활절에는 에턴에 오도록 애써봐. 또 다시 한자리에 모이면 얼마나 좋겠니.

90네

테오에게

어제 편지 잘 받았다. 오늘 한가한 시간이 좀 나서 이렇게 답장하는 거야.

판 데르 호프Van der Hoop 미술관에서 뷔르제 책에 관해 얘기했던 게 기억나더라. 그래서 그 책, 우편으로 함께 보낸다. 도레의 목판화 복제화 〈유디트와 홀로페르네스Judith et Holopherne〉와 브리옹의 다른 판화 복제화도 보내니 스크랩북에 넣어둬. 수집은 멈추지 말아라. 시간이 흐르면 근사한 스크랩북이 될 테니까. 거기에 나도 작게 보탬이 되고 싶으니 받아두고. 이런 소소한 것들을 통해서도 너와 교감하고 싶은 게 내 마음이야. 내 작은 방에 들어와 벽의 그림들을 보면 항상 네가 떠올라. 형제는 삶을 살아가는 데 든든한 버팀목이라는 건, 시대를 초월하는 진리야. 우리 서로에게 그런 든든한 후원자가 되자. 함께한 많은 경험들이 우리 사이를 더 돈독하게 하겠지. 서로에게 충실하고 솔직하고, 절대로 비밀을 가지지 말자. 바로 지금처럼 이대로.

지난 편지에서 솔직하게 말해줘서 고맙다. '아직 안 끝났다'고 했지. 그래, 어떻게 그럴 수 있겠어. 네 마음은 의지할 곳, 속내를 털어놓을 곳이 필요한 거야. 계속 갈등하고(그 여자와 아버지 사이에서). 난 아버지가 그 여자보다 널 더 사랑하시니, 아버지의 사랑이 더 크고 가치 있다고 생각해. 마치 순금처럼.

아이는 아버지를 믿지
아버지는 믿을 만한 가치가 있는 존재니까
아버지만큼 당신과 가까운 사람은 없어
하늘에도, 땅에도*

그러니 너무 힘들면 다시 한 번 되돌아가라.

이번 주에 빈센트 큰아버지의 편지를 받았다. 더 이상 편지 해도 소용없다고, 아쉽게도 날 도와줄 수 없다고 쓰셨어.** 글래드웰 씨 편지도 받았는데 해리가 요즘 심한 압박감에 시달리면서 불안해한다고 걱정하시더라.

오늘 회를리츠가 집에 와서 아버지에게 뢰르*** 쪽에 남는 교사 자리에 관해 얘기했어. 진심으로 그 친구가 그 자리를 얻었으면 좋겠구나. 아침에 예배에 참석했다. 말씀이 정말 좋았어. 예수님이 티베리아 호숫가에서 제자들 앞에 나타나신 내용이야(요한복음 21장).

감명 깊게 읽은 울란트Ludwig Uhland의 시 몇 편**** 필사해 동봉한다.

곧 편지해라, 아우야. 루스 씨 가족에게 안부 전한다. 마음으로 악수 청한다.

너를 사랑하는 형, 빈센트

회를리츠가 에턴에서 사온 꽃이야.*****

91네 ___ 1877년 4월 8일(일), 에턴

테오에게

편지를 또 써야만 했어. 보다시피 난 에턴에 있다.

어제아침에 아버지 편지가 왔는데, 아르선 씨가 임종을 앞두고 있어서 보고 왔다고 하시더라. 아버지께 꼭 와주십사 했다는 거야. 이 소식에 내 마음은 강력하게 쥔더르트로 끌렸고 그곳

* 네덜란드의 찬송가

** 4월 18일에 어머니는 테오에게 이런 편지를 보냈다. "빈센트 큰아버지가 형한테 '네 계획에 동의할 수 없다'고 편지하셨다더라. 넌 큰아버지가 형을 잘 모르신다고 말하지만, 그렇지 않아. 큰아버지도 빈센트가 좋은 아이란 걸 알지만, 다만 그애의 계획이 현실적이지 않다고 판단하신 거야. 사실 우리도 아직 이해한 건 아니고, 그래도 가능한 도움은 다 주려는 거야. 아직 암스테르담의 코르 작은아버지와 스트리커르 이모부는 답이 없고, 얀 큰아버지는 '빈센트의 방은 마련해두었으니 언제든 와도 좋지만, 그 이상은 도와줄 수 없다'고 하셨다."

*** 에턴의 서쪽 지역에 있는 마을

**** 어떤 시인지 정확히 밝혀지지 않았다.

***** 꽃을 말려서 동봉한 듯하다.

에 나도 있고 싶었어.

이 얘긴 뒤에서 더 하마. 왜냐하면 방금 네 편지를 읽었는데, 출장을 마치고 헤이그로 돌아갔다고? 얼른 또 편지해라. 우리 자주 연락하며 가깝게 지내자.

오늘은 아나의 엽서도 도착했다. 잘 도착했다고 말이야. 그애는 잘해낼 거야. 너도 아나가 많이 달라져서 놀랐잖아. 성경 속에 나오는, 예수님을 따르던 여성들이 떠올랐다고 말이야. 나도 아나를 생각하면 베랑제Pierre Jean de Béranger의 시 구절이 머릿속에 맴돈다.

궁전 안의 짚더미 아래서
동정녀가 말하네
고통받는 인간들을 위해
손수 꿀과 향유를 준비했다고*

웰윈의 하숙집에서 그들과 함께 기쁨과 슬픔을 나누고, 몸을 사리지 않고 그들을 돕고 위로하면서 많은 사랑을 받고 지냈잖니. 특히, 주인집 아이가 병을 앓다가 세상을 떠났을 때도 아나가 그들을 위로했지. 그 식구들이 아나를 얼마나 사랑하는지 내가 똑똑이 목격했어. 아나는 처음부터 헌신적이었어. 겨울이면 가장 먼저 일어나 손수 집에 불을 땠어. 그래도 첫 며칠은 힘들어서 이런 성가를 되뇌었다더라. '오, 주님. 당신 없이 사람이 이 땅에서 어떻게 살아갈까요? 당신의 손길 없이 누가 천국에 들어갈 수 있을까요? 당신 외에 이 땅에서 바랄 게 없습니다.' 그렇게 성찬식에 참여하고 싶어 하더니, 다녀와서 아주 강인해졌더라. 아버지 어머니도 아나를 얼마나 예뻐하시니. 우리들도 그렇고. 그러니 모두 가깝게 지내자!

토요일 밤에 도르드레흐트에서 마지막 기차를 타고 아우덴보스Oudenbosch에 간 다음 거기서부터 쥔더르트까지 걸었다. 황야가 정말 아름답더라! 캄캄한 밤인데도 허허벌판이 눈에 들어오고, 소나무 숲과 늪지대도 구분되어 보였어. 아버지 책상 위에 걸린 보드메르 판화가 떠오르더라. 하늘이 잔뜩 찌푸렸는데 구름 사이로 별이 하나 반짝였어. 걷다 보니 다른 별빛도 여기저기 간간이 보이고. 쥔더르트 묘지에 도착했을 때는 한참 이른 시각이라서 사방이 고요했다. 낯익은 옛 장소와 오솔길을 거닐며 동이 트기를 기다렸지. 부활 이야기 말이야, 이른 새벽 평온한 묘지를 거니는데 모든 게 다 부활을 연상시켰어.

날이 밝자마자, 미엔티어 부인**과 아들이 와서 아르선 씨가 밤사이 운명하셨다고 말했다. 아, 그들의 슬픔은 너무나 컸어! 꽤 이른 시각에 헤인도 따라왔더라. 가기를 잘했어. 나도 돌아

* 〈두 자매의 사랑(Les deux soeurs de charité)〉에서

** 아르선 씨가 쥔더르트 목사관의 정원사일 때, 부인인 미엔티어 부인은 반 고흐 목사 가족의 집안일을 했다.

가신 양반을 무척 좋아해서 그런지 유가족들 마음이 그대로 느껴졌어.

숙모님들과 얀 도머 씨* 댁에도 들렀는데 다들 네 안부를 묻더라. 이후에 헤인과 레이스베르헌까지 1시간쯤을 걸어갔고 같이 성경도 읽었다. 바우트여 프린스 아주머니**도 그들과 함께 간호하시다가 임종까지 함께하셨대. 편히 눈을 감으셨다는구나.

침상에 누워 있는 고인의 고결한 얼굴을 절대로 못 잊을 거야. 드문드문 고통의 흔적도 보였지만 전체적으로 아주 평온하고 성스러운 표정이었어. 오! 아름답기까지 했다. 내 말은, 이 나라, 네덜란드에 걸맞는, 브라반트 사람들의 삶에 어울리는 분위기였다는 뜻이야. 그리고 다들 아버지 얘기를 했어. 아버지가 자신들에게 얼마나 잘해주셨는지, 그리고 고인과 아버지가 서로를 얼마나 소중히 여기셨는지 말이야.

그러고 나서 헤인과 함께 에턴까지 걸었고, 지금은 집에 와서 내일 아침 일찍 도르드레흐트로 떠날 채비를 하고 있어.

잘 있어라, 아우야. 편지를 부쳐야 할 시간이네. 마음으로 악수 청한다. 모두에게 안부 인사 전하며

너를 무척 사랑하는 형, 빈센트

91a네

(빈센트의 편지 뒷면에 쓴 아버지의 편지)

테오 보거라

우리에게 편지한 건 잘했다. 견뎌내라, 내 사랑하는 아들아. 그리고 삶에 대해, 가족에 대해 더 흥미와 관심을 가져라. 오! 가족은 서로를 행복하게 해줄 수 있단다. 그게 삶의 위대한 목표가 아닐까?

테오야, 빈센트가 이번에도 우리를 놀라게 한 일에 대해 넌 어떻게 생각하는지 궁금하다. 네 형이 좀 신중해야 하지 않나 싶다.

다행히도 핵심은 묘지였어. 엄마는 물론 우리 모두 너를 사랑한다. 리스는 내일 떠난다.

언제나 너를 사랑하는 아버지, T.V.G.

* 정원사

** 바우트여 프린스 부인은 그들의 유모였다.

92네 ___ 1877년 4월 16일(월)

테오에게

편지 고맙구나. 강해지렴, 하나님께서 네 마음을 굳건하게 해주실 테니까. 오늘 집에서 장문의 편지가 왔어. 아버지가 다음 일요일에 암스테르담 코르 작은아버지 댁에 같이 갈 수 있는지 물어보셨어. 너만 괜찮다면 내가 헤이그에 토요일 밤 11시에 도착하는 기차를 타고 너희 집에 갔다가, 이튿날 아침에 같이 암스테르담행 첫 기차를 타면 어떨까 싶다.

그게 나을 것 같은 게, 아버지가 큰 기대를 걸고 계신 듯도 하고, 그 기회에 우리도 주말을 또 같이 보낼 수 있잖아. 너희 집에서 묵어도 될까? 곤란하면 호텔에 가지, 뭐. 엽서로 의사만 알려주라. 항상 가까운 사이로 지내자.

밤이 깊었다. 오늘 오후에는 꽤 긴 산책을 했어. 걷고 싶었거든. 먼저 대교회 쪽으로 돌아갔다가, 신교회를 지나쳐서, 다시 제방을 따라 죽 걸었지. 저 멀리로 늘어선 풍차가 보이는 기차역 근방 말이야. 찬찬히 둘러보고 있자니, 이 특유의 풍경이 내게 소리치는 것 같았어. "용기를 내, 두려워하지 마."

아, 내 삶을 주님과 복음에 완전히 헌신할 방법이 보이는 것 같았어. 나는 겸허한 마음으로 기도를 멈추지 않을 것이고, 결국에는 응답을 듣겠지! 사람의 눈으로 보자면 불가능한 일이지. 하지만 진지하게 생각할수록, 사람에게 불가능하다고 하는 것들을 깊이 성찰해볼수록, 내 영혼은 하나님과 더 함께 있더라. 왜냐하면 그분이 말씀하시면 모든 게 가능하고, 그분이 명령하시면 생겨나니까.

아, 테오, 사랑하는 아우 테오야. 꼭 이루어졌으면! 그렇게만 된다면, 맡았던 모든 일에 실패해서 느끼는 이 무거운 우울감이, 내가 듣고 느꼈던 무수한 비난과 자책들이 다 사라질 텐데. 그리고 아버지와 내가 그토록 간절하게 주님께 간구했던 것들을 키우고 지키는 데 필요한 기회와 힘이 내게 주어질 텐데.

마음으로 악수 청한다. 루스 씨 가족에게 안부 전해라.

너를 무척 사랑하는 형, 빈센트

93네 ___ 1877년 4월 22일(일)에서 23일(월) 사이

테오에게

4월 21일 편지 받았다. 빨리 답장 줘서 고마워. 그 편지를 받고 꼭 잃어버렸던 은화를 되찾은 누가복음서 속 여인이 된 기분이었어. 루스 부인이 봄맞이 대청소를 하다가 아버지 어머니의 편지가 든 코스 숙모님의 필기대를 찾았다니까 말이야.

작년에 내가 그걸 얼마나 찾았었니? 난 내가 그 필기대를 영국에 들고 갔다가 어느 하숙집에

두고 온 줄로만 여겼지! 그걸 찾았다니 정말 다행이고 기쁘다. 일단 네가 가지고 있어라. 암스테르담으로 가는 길*에 꼭 필요한 물건이거든. 이제는 영국으로 떠날 때 루스 씨 댁에 놔뒀던 것이 또렷이 기억난다. 가방에 더 들어갈 자리가 없어서 고민하다가, 외국을 떠도느니 거기 그대로 두는 게 더 안전하다고 생각했었어.

이번 일이 아무래도 또 다른 계시 같아. 안 그래도 내가 그토록 갈망했던 일이 마침내 이루어질 것 같은 전조들이 이미 여럿 보였거든. 생각은 견고해지고 마음은 새로워지고 영혼은 치유될 거라는, 내 안의 오랜 믿음이 점점 자라고 있다. 이건 나의 평생을 결정짓는 선택이 될 거니까!

너도 마음과 정신을 가치 있는 생각, 그럴 듯한 일에 집중해라. 그렇게 해달라고 하나님께 기도해.

얀 큰아버지가 에턴에 다녀가시면서, 내가 머물 방을 마련해뒀다고 하셨다. 브라트 씨가 현재 사람을 뽑고 있으니, 아마 5월이면 나도 새롭게 시작할 수 있을 듯해.

그 방에 네가 준 판화들을 걸 거야. 매일 너를 생각할 수 있도록.

수도승 로센털Constantin David Rosenthal의 판화 아래에 이렇게 썼다. '내 멍에를 메고 나에게 배워라. 나는 마음이 온유하고 겸소하니, 너희가 안식을 얻을 것이다. 정녕 내 멍에는 편하고 내 짐은 가볍다. 누구든지 내 뒤를 따라오려면, 자신을 버리고 내 십자가를 대신 짊어지고 나를 따라오라. 하나님의 왕국에서는 장가들 일도, 시집갈 일도 없다.'**

이 그림과 짝이 되는 〈그리스도를 본받아〉(루이페레스 작) 판화 밑에는 아버지가 항상 우리에게 하시던 말씀을 적었지. '주님, 신중하고 진지한 사람이 되게 하소서.'

오늘 아침에는 켈러르 판 호른 목사님의 아름다운 설교를 들었어. 오후에는 회를리츠, 마허르, 텐브룩과 함께 미술관에 가서 쉐페르의 그림들을 감상했고. 어찌나 아름답던지!

회를리츠가 뢰르의 학교 교사 자리 때문에 에턴에 왔었다고 얘기했었나? 그 친구, 자신이 보고 경험한 모든 걸 차곡차곡 챙겨서 왔더라고. 아버지가 베델의 벌판에서 잠든 야곱에 대해 말씀하셨는데 그걸 듣고 상당히 감동하더라. 나도 그 친구가 꼭 그 자리를 얻기를 바란다. 그렇게 되면 조만간 결혼도 할 것 같더라.

지난주에 해리 글래드웰의 편지를 받았어. 약삭빠른 새잡이들***이 많은 위험한 상황에 놓인 모양이야. 조만간 더 자세한 소식이 왔으면 좋겠다. 우린 그때 다시 얘기하자.

그나저나 텐Hippolyte Adolphe Taine의 삶에 대해서는 거의 아는 게 없다. 다만 그자의 글들로 추

* 암스테르담으로 가서 신학 공부를 하겠다는 계획을 암시하고 있다.

** 〈그리스도를 본받아〉에서 인용한 글인 듯하다.

*** 그물을 쳐서 새를 잡듯, 올가미를 쳐서 사람을 잡는 나쁜 사람이라는 뜻. 예레미아 91장 3절의 인용이다.

측해 보자면 프랑스, 이탈리아, 영국, 네덜란드 등지를 무수히 돌아다닌 것 같더라. 진정한 예술가야. 뷔르제의 첫 책 『미술관』은 내가 가지고 있다.

테오야, 오늘 일요일 잘 보내라. 내가 암스테르담에 갈 때 또 보자.

난 '하나님의 말씀을 뿌리는 자'가 되고 싶어. 밭에서 씨 뿌리는 농부처럼. 땅에서 온갖 가시와 엉겅퀴가 자라나겠지만 매일 그 힘듦을 감수해야지. 우리는 서로에게 버팀목이 되고, 형제애를 더욱더 다지자.

à Dieu. 루스 씨에게 안부 전한다. 마음으로 악수를 청한다.

너를 사랑하는 형, 빈센트

비가 내리고 있어. 꼭 런던 같구나. 이 편지를 보내러 우체국에 갈 때, 우리가 같이 걸었던 역 뒤로 난 오솔길로 갈 생각이야.

94네 ___ 1877년 4월 30일(월)

테오에게

내일 생일 많이 축하한다. 기쁜 날 보내고, 앞으로의 1년도 모든 일이 잘 되길 바란다. 시간이 참 빠르지. 하루가 휙휙 지나간다. 그래도 분명히 무언가 남는 게 있지. 과거는 사라져버리는 게 아니니까. 지식도, 마음도, 인격도 훨씬 더 값지고 단단해졌을 테고, 주님 안에서는 더 값지겠지. 순금보다 훨씬 값진 삶을 살고, 더 큰 사랑으로 서로를 아껴주며, 피부로 느끼게 될 거야. '그러나 나는 혼자 있는 것이 아니라, 아버지께서 나와 함께 계신다.'

우리 모두가 다 이런 삶을 살면 좋겠다. 아버지가 자주 하시던 좋은 기도가 있어. '주여, 우리를 더 가깝게 결속시키시고, 당신에 대한 사랑으로 그 결속이 더 강해지게 하소서.'

조만간 볼 수 있으면 좋겠다. 내가 암스테르담에 가는 길에 잠깐 헤이그에 머물 거야. 다른 사람들에겐 말하지 마. 널 만나러 가는 거니까. 다음 주 수요일에 에턴에 며칠 다녀온 다음, 일을 시작해야지!

어제 네가 여기 있었으면 좋았을걸. 아침에 프랑스식 교회에 나가 호이어르 목사님의 마지막 설교 말씀을 들었어. 교회가 신자들로 꽉 찼더라. 목사님은 열정과 열심으로 말씀하셨지. 그 엄숙하고 남다른 신도들을 보고 충격을 받았다. 극도로 진지한 분위기였거든.

목사님은 그간 신자들이 보여준 사랑에 감사하다고 하셨어. 특히나 4년 전, 목회 초창기에 적응하려고 애썼던 시기에, 자신의 프랑스어 설교를 견뎌줘서 고맙다고 말이야. 네덜란드 분이거든. 그 자리에 다른 목회자분들도 여럿 함께하셨어.

오후에는 켈레르 판 호른 목사님의 설교를 들으러 대교회에 갔다. 설교 주제는 '우리 아버지'였어. 저녁 설교는 흐레이프 목사님이 했는데, 내가 도르드레흐트로 와서 첫 일요 저녁 예배에서 설교를 들었던 분이거든. 공교롭게도 첫 설교 때의 말씀을 하시더라. '우리가 지금은 거울에 비친 모습으로 어렴풋이 보기에 부분적으로밖에 알지 못하지만, 나중에는 남이 나를 온전히 보듯 나도 나 자신을 온전히 보게 될 것입니다.'

> 주님이 당신을 축복하고 지켜주리라. 주님이 당신에게 얼굴을 보이고 평화를 베풀리라. 주님이 당신의 기도와 생각을 더 풍성히 이루리라! 주님은 당신을 지키는 분이고, 당신의 오른손의 그늘이라. 주님이 세상 끝날까지 언제나 당신과 함께 있으리라.

교회를 나와서 우리가 같이 걷곤 했던 역 뒷길로 걸어왔어. 널 생각하며 걷다 보니 더 보고 싶어지더라. 초원을 가로질러 시커멓게 보이는 길 끝의 공동묘지까지 걷는데, 노을 속에 모든 게 정말 아름다웠어. 묘지는 「에이헌 하르트Eigen Haard」*에 나오는 아폴의 데생 같은 분위기가 물씬 풍겼어. 주변에 도랑이 흐르고 소나무로 둘러싸인 집이 있는데, 어젯밤에는 그 집 창문으로 불빛이 은은하게 흘러나오고 있었어. 아주 오래된 집이야. 목사관인 모양이야.

우리 둘의 앞날에 좋은 일들이 많을 거야. 아버지처럼 말하는 법을 배우자. '나는 결코 절망하지 않는다.' 얀 큰아버지처럼 말하는 법도 배우자. '악마는 보이지 않을 정도로 검은 얼굴을 하고 있지는 않다.'

조만간 또 편지해라. 난 수요일에 에턴에 있을 예정이야. 혹시 드 플랑시Jacques Albin Simon Collin de Plancy의 책 『예술가의 전설Légendes des artistes』 가지고 있니? 로휘선의 목판화가 실려 있는 거. 없으면 가져다주려고 그래. 요즘은 짬짬이 스트리커르 이모부가 쓰신 교리책으로 기독교 역사를 공부하면서, 필사를 해보고 있어. 그래서 유난히 렘브란트며 여러 화가들의 작품이 떠오르네. 내 선택에 대해서 결코 후회하지 않겠어. 신실한 그리스도인이자 그리스도의 사역자가 되기로 한 결심 말이야. 그래, 과거의 모든 경험이 도움이 될 게다. 런던과 파리 같은 대도시에서 많은 사람들과 어울리고, 램스게이트와 아일워스에서 기숙학교나 하숙 생활 등을 경험한 덕분에, 난 많은 분야에 호기심이 강하고, 성경과 관련된 다양한 책들도 좋아하지(특히 사도행전과 연관되어서 말이야). 쥘 브르통, 밀레, 자크, 렘브란트, 보스봄, 여타 참 많은 작가들의 작품과 삶을 알고 사랑하기에, 거기서부터 새로운 아이디어가 샘솟는 거야. 하나님 아버지의 삶과 업적도 그들과 많이 닮았잖아! 그래도 난 아버지의 삶이 훨씬 더 훌륭하다고 생각한다만.

주님께 우리를 도와주십사 기도한다, 아우야. 마음으로 악수 청한다. 다시 한 번 축하해.

* 네덜란드의 주간지

너를 사랑하는 형, 빈센트

루스 씨 가족들 모두에게 안부인사 전해주렴.

Amsterd

6

네덜란드

/

암스테르담

1877년 5월 9일
/
1878년 7월

빈센트가 도르드레흐트에서도 목회자가 되겠다는 소망만을 강하게 드러내자, 부모는 24세의 장남에게 정식으로 신학을 공부할 기회를 주기로 결정하고 친척들에게 도움을 청했다. 당시 아내와 사별하고 장성한 아이들은 다 독립해서 암스테르담의 해군조선소 영내 관사에서 홀로 살고 있던 얀 큰아버지가 조카에게 거처를 제공했다. 이모부 스트리커르 목사는 직접 공부를 봐주면서, 고대어(라틴어, 희랍어) 과외교사로 포르투갈계 유대인 청년 멘데스 다 코스타Maurits Benjamin Mendes da Costa를 소개해주었다. 또 코르 작은아버지가 운영하는 레이츠스트라트Leidsestraat의 화랑은 빈센트의 예술에 대한 호기심과 갈증을 해소해주었다. 단, 조카에게 단단히 실망한 센트 큰아버지만은 이 계획을 끝까지 반대하며 돕지 않았다.

빈센트는 주변 사람들의 따뜻한 보살핌 속에서 용기를 얻었고, 보통 2년이 걸리는 시험 공부를 단기간에 해내겠다는 단호한 의지를 보였다. 하지만 순조롭게 흘러가는 듯했던 빈센트의 열의는 반 년 만에 꺾였다. 작문 시험이며 문법 공부는 그가 하고 싶은 일이 아니었다. 빈센트는 자신의 목적은 복음서의 뜻에 따른 삶을 사는 것이라고 강변했고, 얼른 설교대에 서고 싶어서 조바심을 냈다. 성경 공부에만 열심이고 정식 성직자가 되기 위한 대학 입학 시험 공부에는 태만했다.

빈센트와 나이가 엇비슷했던 멘데스는 이 괴짜 청년에게 강한 연민을 느끼고 그가 진지하게 다시 공부에 전념할 수 있게 격려를 아끼지 않았지만, 결국에는 '빈센트는 시험에 합격할 가능성이 희박하니 포기시키자'고 말하기에 이르렀다. "매력 없는 외모는 아니었지만 좀 신경질적이고 거칠었다. 잘하고 싶다는 마음이 뜨거워서, 스스로를 훈육하고 징벌하곤 했다. 자신의 노력이 부족했다고 느껴지면 스스로에게 무자비한 벌을 내리는 것이다. 몽둥이로 자신의 등을 때리거나, 추운 겨울밤에 노숙을 하는 식이었다. 끝내 정규 교육에는 적응하지 못했다. 함께한 지 채 1년이 안 되었을 때, 이미 나는 그가 입학시험에 합격하지 못하리라는 걸 알아버렸다.(122a편지)"

15개월을 공부하고도 실망스러운 결과가 나오자, 마침내 부모와 친척들은 빈센트가 레이던 대학에 입학할 가능성이 전혀 없다고 판단하고 그를 에턴으로 되돌려 보냈다. 빈센트는 자신의 실패를 인정하지 않았고, 자신에게 노력이 부족하다고 질책하는 아버지, 얀 큰아버지, 스트리커르 이모부, 코르 작은아버지에게 반감을 드러내며 시험에 재도전하겠다는 의지를 불태웠다. 하지만 결국 에턴의 목사관으로 돌아가는 수밖에 없었다.

그는 겉으로는 "신학 공부에 무작정 매달릴 때보다 내 앞날에 무엇을 기대할 수 있는지 더 명확해져서, 차라리 이렇게 된 게 더 좋다"고 공공연히 떠들고 다녔지만, 사실은 이 시기를 훗날 "내 인생에서 가장 암흑기"라고 회고했다. 편지 속에 복제화 이야기가 자주 등장하는데, 빈센트는 이 그림들의 여백에 '그림의 주제와 거의 상관이 없는' 온갖 메모를 비롯해 성경 구절 혹은 토마스 아 켐피스의 글귀 등을 잔뜩 끄적여 놓았다고 한다.

95네 ____ 1877년 5월 19일(토)

테오에게

함께 보낸 시간이 정말 행복했다! 절대 잊지 못할 시간이었어. 에턴에서 돌아가면 내 편지가 도착해 있을 거야. 집에서도 즐거운 시간 보냈겠지. 어떻게 지냈는지 곧 편지해라.

네 수집품에 도움이 될 것들 몇 가지 함께 보내마. J. 마리스의 석판화 복제화는 〈하나님 나라의 가난한 사람〉*이라고 부를 만하고, 몰링어르Gerrit Alexander Godart Philip (Alexander) Mollinger의 석판화 복제화도 있는데 처음 본 그림이야. 넌 본 적이 있니?

내게 필요한 라틴어 교재와 그리스어 교재를 샀던 유대인 서적상이 판화 복제화들도 여럿 가지고 있거든. 가격도 13점에 고작 70센트로 아주 싸! 그래서 내 방에 분위기를 낼 것도 몇 개 샀지. 생각을 정리하고 아이디어도 구상하려면 이런 게 필요해. 작품들 알려줄게. 그러면 내 방 분위기가 어떤지 대충 그려질 테니까. 야민Diederik Franciscus Jamin 1점(네 방에도 걸려 있지), M. 마리스도 1점(〈학교 가는 아이〉), 보스봄 5점, 판 데르 마턴(〈밀밭의 장례식〉), 이스라엘스(〈어느 겨울〉, 〈눈 쌓인 길을 걷고 있는 가련한 남자〉), 오스타더(〈화실〉)를 걸어뒀어. 알레베(〈어느 겨울 아침〉, 〈눈길을 걸어 물과 불 피울 땔감을 가지러 가는 키 작은 노부인〉)도 있길래, 이건 특별히 코르에게 생일 선물로 보내줬다. 더 아름다운 작품들도 많았지만, 더 이상 여윳돈이 없었어. 게다가 난 방에 그림을 걸어두는 걸 좋아하지, 수집할 생각도 딱히 없으니까.

어제 코르 작은아버지가 지금 이 편지지와 비슷한 재질의 낡은 종이 뭉치를 보내주셨어. 연습장으로 유용하게 쓸 수 있겠지?

해야 할 일은 많은데 쉽지가 않아. 하지만 끈기를 가지면 해낼 수 있겠지. 담쟁이덩굴을 기억하려고 해. '날개도 없는데 서서히 위로 뻗어올라가는' 담쟁이덩굴 말이야. 담쟁이가 벽을 뒤덮듯 펜으로 종이를 뒤덮어야지.

매일 긴 산책을 한단다. 얼마 전에는 이 도시의 아주 근사한 모습을 목격했어. 바위텡칸트Buitenkant를 따라서 홀란츠허 스포르Hollandsche Spoor [=Dutch Railroad] 역으로 걷다가, 이에IJ 강변**을 따라 일꾼들이 수레에 모래를 잔뜩 싣고 옮기는 장면도 보고, 담쟁이덩굴이 가득한 정원들이 있는 좁은 골목길들도 돌아다녔어. 램스게이트가 떠오르더라. 역에서 풍차들이 서 있는 왼쪽으로 꺾어서 운하를 따라 느릅나무가 늘어선 길로 들어갔는데, 꼭 렘브란트의 동판화 속 풍경 같았어.

조만간 스트레크푸스Carl Adolph Streckfuß의 『역사 개론』 공부를 시작한다. 엄밀히 말하면 이미 시작했어. 쉽지 않지만, 한 단계씩 해야 할 일만 제대로 해나가면 언젠가는 분명히 좋은 결

* 마태복음 5장 3절

** 자위더르해의 지류에 있던, 암스테르담 항구 인근 모습인 듯하다.

과를 얻겠지. 그러길 간절히 바란다. 하지만 시간은 걸릴 거야. 카미유 코로만이 아니라 다들 이렇게 말했는걸. "Il n'a fallu pour cela que quarante ans de travail, de pensée et d'attention(딱 40년만 열심히 노력하고 사색하고 집중하면 된다.)" 아버지나 스트리커르 이모부 같은 분들의 업적을 쌓으려면 무수히 연구하고 공부해야 해. 그림 그리는 일과 똑같지.

그런데 종종 이런 생각이 들어. '내가 과연 그럴 수 있을까?'

테르스테이흐 씨 부인은 잘 지내시니? 마우베 형님은 찾아뵈었고? 씩씩하게 버텨라. 주님이 우리 삶과 일에 축복을 내려주시면 꼭 좋은 날이 찾아올 테니까. 언젠가 네가 내 설교를 들을 수도 있겠지? 주님, 제 기도를 들어주소서! 분명히 들어주실 거다.

언제 일요일에 내 공부방에 또 와주렴. 그때도 스헤베닝언의 작은 교회에 같이 가면 정말 좋겠구나.

루스 씨 가족들에게 안부 전한다. 마음으로 악수를 청하며

너를 누구보다 아끼는 형, 빈센트

어제 미슐레의 초상화를 봤어. 자세히 들여다보면서 sa vie d'encre et de papier(잉크와 종이로 점철된 그의 삶)을 떠올려봤어. 밤이 되면 너무 피곤해서 마음먹은 대로 일찍 일어나기도 힘들다. 뭐, 나아지겠지. 그러도록 힘쓸 생각이다.

96네 ___ 1877년 5월 21일(월)과 22일(화)

테오에게

편지와 세례 증명서* 고맙게 잘 받았다. 성령 강림절에 네가 에턴에 안 와서 아쉬웠어. 다음 주 일요일에는 꼭 와주기를 진심으로 바란다. 증명서 발급은 어렵지 않았니? 수고했다.

어제 오전 7시 예배에 참석해서 '나는 인간과 끝까지 싸우리라 : 어째서 실망과 슬픔의 시간이 지나면 가장 간절한 소원과 바람이 이뤄지는가?'라는 내용의 설교를 들었어.** 오전 10시에는 스트리커르 이모부가 사도행전 2장 1~4절을 봉독하셨는데, 아름답고도 열정적인 말씀이었다. 오늘 아침에도 이모부 설교를 들으러 갈 거야. 이제 가야겠다. 나중에 이어쓰면서 오늘은 무슨 말씀이었는지 알려줄게.

오늘 비가 내린다. 바위텡칸트를 따라 북교회[Noorder Kerk]까지 걸어갔어. 스레이예르스 Schreijers 탑 근처, 이에 강이 바라다보이는 부근 말이야. 거기서 마을을 바라보니 꼭 J. 마리스

* 교구를 옮길 때 이전 교회에서 신자의 신앙이 건전하고 바람직함을 증명해서 써준다.

** 이사야 57장 16절, "내가 그들에게 영원히 질책하지도, 영원히 화내지도 않을 것은, 내가 창조한 그들의 영혼이 쇠약해질까 해서다."

의 회화를 보는 기분이더라. 오늘 이모부의 설교는 고린도전서 12장 13절 말씀이었어. '우리는 모두 한 성령 안에서 세례를 받아 한몸이 되었습니다.'

여기는 예쁜 교회들이 여럿 있어. 이번 주에는 산책 겸 자위더르해(海)Zuider Zee까지 걸었는데, 해안마을 근처 제방길로 걷다가 유대인 공동묘지가 있길래 잠시 들렀지. 아주 간소하게, 딱 총나무와 히브리어로 쓰인 낡은 묘석들만 가득하더라. 어떤 묘석들은 간간이 짙은 초록색 풀들로 뒤덮였고.

어제(일요일) 오후에 얀 큰아버지와 바른Baarn*에 갔어. 마을이 참 아름답더라. 소나무와 너도밤나무가 들어찬 숲길을 걷고 잡목림 너머로 지는 노을도 구경했어. 저녁에 집으로 돌아오며 바라본 강둑, 부두, 이에 강기슭이 얼마나 아름답던지! 또 그 시간대에 유독 진하게 풍기는 타르 냄새에 꼭 소나무 숲에 들어온 기분이었어.

혹시 옛 영국 판화 〈목사의 딸The Vicar's Daughter〉을 아니? 코르 작은아버지 댁에 걸려 있더라. 어제 봤는데 크게 감동받았어. 혹시 바른에 가거든 너도 꼭 자세히 들여다봐. 분위기가 마치 〈저녁 종Die Aendglocke〉 같아.

오늘 아침에 교회에서 키 작은 노부인을 봤어. 발난로 대여해주는 분 같은데, 렘브란트의 동판화 속 여인과 무척 닮았어. 성경을 읽다가 한 손을 이마에 짚고 살짝 잠든 여성 말이야. 블랑Charles Blanc이 감정을 한껏 담아서 아름답게 쓴 글이 있지. 아마 미슐레도 'il n'y a point de vieille femme(늙은 여자는 없다)'라고 했었고. 헤네스텃의 시구 '그녀의 삶은 그 끝을 향해 외롭게 걸어가네'도 그 분위기와 비슷해.

우리도 미처 알지 못하는 사이에 생의 저녁에 다다르게 될까? 하루하루가 갈수록 빠른 속도로 우리를 스쳐간다고 느낀다면, 가끔은 이렇게 믿는 게 좋을 것 같다. 'L'homme s'agite et Dieu le mène(인간이 몸부림쳐도, 이끄시는 건 하나님이다).'

혹시 성령강림절 아침에도 출근했었니? 네가 늘 잘 지내기를 바란다.

5월 22일

어젯밤에 스트리커르 이모부 댁에 가서 즐거운 시간을 보냈다. 11시가 넘어서 돌아왔는데, 이렇게 자정을 넘겨서까지 앉아서 편지를 쓰고 있어. 너와 함께 여기저기 다니고 싶구나. 어젯밤에도 네가 같이 있었더라면 얼마나 좋았을까! 시간 나는 대로 곧 편지해라.

오늘 아침에도 해야 할 일들이 많아. 공부가 쉽지 않고, 갈수록 더 어려워질 텐데, 그래도 해낼 수 있다고 굳게 믿고 있어. 또한 연습하면 공부하는 습관이 생겨서, 실력도 향상되고 깊이도 깊어지리라 확신한다. 성경 공부는 이미 시작했는데, 주간 공부를 다 끝낸 밤이나 이른 아침에

* 암스테르담에서 32킬로미터쯤 떨어진 외곽 지역으로, 코르 작은아버지의 별장이 있었다.

만 해. 결국, 가장 중요한 건 성경이니까. 물론 다른 과목들도 신경 써야지. 그렇게 하고 있다.

어젯밤에 스트리커르 이모부 식구들이 런던과 파리에 대해 많이 물었어. 대답해주는데, 모든 기억들이 눈앞에 생생한 거야. 과거의 그 모든 시간들이 지금의 내 공부에 도움이 되겠지. 거기서 정말 많은 것들을 사랑했는데, 아! 가는 곳마다 그랬구나! 그러니까, 난 헤이그나 쥔더르트 거리를 걸을 때도 지난번에 방문했을 때의 추억을 떠올리곤 한다.

스트리커르 이모부 댁에 가는 길에 트리펜하위스에 들러 회화 몇 점을 다시 들여다봤어. 무슨 그림인지 너도 알 거다. 테오야, 내 지인들에게 안부인사 전한다. 곧 편지하고. 행복해라. 마음으로 열렬한 악수를 청하며.

너를 무척 사랑하는 형, 빈센트가

97네 ___ 1877년 5월 28일(월)

테오에게

오늘은 폭우가 몰아쳤다. 아침에 수업 가는 길에 다리 위에서 자위더르해 쪽을 바라봤어. 지평선을 따라 하얀 줄이 기다랗고(길게 늘어선 주택들 사이로 동교회[Ooster Kerk (=Eastern Church)]가 삐죽 솟았어), 하늘에 먹구름이 짙은데 저 멀리 먹구름에서는 사선으로 비가 쏟아지고 있더라.

얀 큰아버지가 어제 레이던에 가셔서 하루종일 혼자 있었어. 아침에 동교회에 갔다가 점심 무렵에 바닷가로 산책을 다녀온 다음, 내내 공부했지. 공부가 기대만큼 쉽게 빨리 늘지가 않네. 그래도 연습하다 보면 늘겠지. 가능하다면 몇 년만 훽 건너뛰고 싶다, 아우야. 어쨌든 몇 년 열심히 공부하면 좀 안심이 되면서 계속해 나갈 수 있을 것 같거든.

오늘 아침 스트리커르 이모부 서재에 들어갔는데, 무척 멋지더라. 아리 쉐페르가 그린 칼뱅의 초상화가 벽에 걸려 있어. 그런데 난 벽에 복제화들이 더 많이 걸려 있으면 좋겠다 싶더라.

지난주에 창세기 23장을 읽었어. 아브라함이 밭을 사서 막벨라의 동굴에 사라를 묻어주잖아. 그 장소를 상상으로 한 번 그려봤어. 딱히 잘 그린 건 아닌데, 그래도 이 편지에 동봉한다.

어제 집에서 반가운 편지가 와서 오늘 바로 답장했다. 너도 얼른 편지해라. 정말 기다리고 있어.

지금 막, 조선소 근로자들이 일을 마치고 집으로 돌아가고 있다. 참 장관이야. 아주 이른 아침에 출근 소리가 들리거든. 약 3천 명쯤 일하는 모양인데, 그들의 발소리가 마치 바다가 울부짖는 소리처럼 들려.

오늘 아침 유대인 서적상에게 작은 판화 복제화를 샀어. 렘브란트의 〈토비아스〉로 6센트야.

얀 큰아버지가 네게 안부 전하신다.

테르스테이흐 씨 부인은 잘 지내시니? 마우베 형님은 만났는지 너무 궁금하다.

미나 이모가 며칠 에턴에 가신다는데, 어머니가 기쁘시겠어. 아버지 편지에 보니 교회 건물을 하얗게 칠하고 오르간도 다시 칠했다더라. 어제는 세 아이가 세례를 받았고. L 아저씨*는 여전히 차도가 없고 W. 판 에이켈런 아저씨의 부인도 많이 편찮으시다고. 빈센트 큰아버지 천식이 재발했다는 소식은 들었니? 이번에는 꽤 심각한 모양인데, 그나마 해외 출타중이 아니고 시골집에 계셔서 다행이다. 아버지 어머니가 거의 매일 가보실 수 있으니 말이야.

아우야, 이만 줄이면서 네게 행운을 기원한다. 루스 씨 가족에게 안부 전한다. 또 편지하고, 마음으로 청하는 진지한 악수 받고 내 말 명심해라.

형은 너를 무척 사랑한다는 걸, 빈센트

98네 ____ 1877년 5월 30일(수)

테오에게

오늘 네 편지 고맙게 잘 받았다. 여전히 할 일이 많아서 틈날 때마다 급하게 몇 자 적는다. 얀 큰아버지께 네 편지 보여드렸어. 네 안부 물으시며 편지해줘 고맙다고 하시더라.

네 편지를 읽다가 울컥했다. "이 모든 것들로부터 떠나 있고 싶습니다. 제가 모든 문제의 원인이고, 모두에게 슬픔만 안겨주네요. 바로 나 자신이 나와 다른 이들에게 이 모든 불행을 일으켰어요."** 이 문장이 내 마음을 때렸어. 왜냐하면 같은 감정, 정말 더도 말고 덜도 말고, 딱 똑같은 기분을 내가 느끼고 있거든.

지난 일을 돌이켜보고, 앞일을 생각해보면, 그러니까 피할 수 없는 난제들과 관심도 없는 힘겹고 버거운 과제들에 노력을 쏟아부어야 할 일을 떠올리면, 가증스러운 내 일부가 "달아나라"고 부추긴다. 나를 지켜보는 수많은 시선들이 느껴질 때도 마찬가지야. 내가 실패하면 무엇을 잘못했는지 안다면서, 매번 나를 나무라진 않지만 매번 '진짜 옳고 정직하고 순수한 것'을 잘 판단해내도록 훈련받았다는 듯 온 얼굴로 말할 거거든. "우린 널 도왔고, 네 앞길을 내내 비춰주며 우리가 해줄 수 있는 건 다해줬는데, 솔직히 넌 노력했니? 너는 이걸 지금 보상이라고, 우리 노력의 대가라고 내놓는 거냐?" 알겠지? 이 모든 것들을 생각하고, 너무 많아서 말로도 설명할 수 없는 그 외의 온갖 것들을 생각하고, 살아가면서 결코 줄어들지 않는 난관과 근

* Jacobus Lips. 에턴의 농부

** 테오가 사랑의 아픔을 겪고 있었는데, 식구들도 이 사랑에 반대했다. 어머니는 평소에 자녀에 대한 기대가 컸던 만큼 '그렇게 평범한 여자애는 네게 어울리지 않는다'고 편지했고, 빈센트도 '널 하찮게 취급하는 그녀로부터 멀어져라. 거리에서 우연히 마주치는 것도 피해라'라고 편지한다. 이후에 테오가 부모님에게 다른 곳으로 가고 싶다고 말했고, 어머니가 센트 큰아버지와 의논해서 해외 파견을 추진한다.

심, 걱정, 고통, 실망, 위험, 실패에 대한 수치심, 나 자신 등을 떠올리다 보면, 너와 비슷한 바람이 드는 거야. 나도 모든 것으로부터 멀리 떠나고 싶다!

하지만 난 계속해 나갈 거야. 신중하게, 내 앞을 가로막는 장애물들을 지혜롭게 뛰어넘을 수 있다는 희망으로. 그래서 나를 향한 힐난에 당당히 할 말은 하고 넘어갈 거야. 비록 지금은 모든 게 나에게 불리해 보이지만 내가 꿈꿔온 목표에 꼭 도달하고, 이변이 없는 한, 내가 좋아하는 사람들과 내 뒤를 따를 사람들이 보고 잘했다고 말하게 할 거야.

이런 말이 있어. '맥 풀린 손과 힘 빠진 무릎을 바로 세워라.'(이사야 35장 3절) 밤새도록 애썼지만 아무것도 건지지 못한 제자들 귀에 이런 말씀이 들린 거야. '깊은 데로 저어 나가서 다시 한 번 바다에 그물을 던져라!'

이따금 머리가 멍해지고, 가끔은 펄펄 끓어오르면서 생각이 어지러워져. 이 어렵고 숨 막히도록 복잡한 공부를 내가 이해하고 배울 수 있을까? 모르겠다. 지난 몇 년간, 우여곡절을 겪으면서 규칙적이고 단순한 노동에 적응하고, 그 일을 꾸준히 해오는 것도 결코 쉽진 않았어. 그래도 난 계속할 거다. 만약 지쳤다면, 이미 한참을 걸어왔다는 뜻 아닐까? 인간은 이 땅에 태어나 자신만의 투쟁을 하니까, 머리가 무기력해지거나 뜨겁게 끓어오르는 느낌은 결국 투쟁하고 있다는 증거가 아니겠어? 어려운 일에 전념하고 좋은 목표를 좇는다면, 그것이 올바른 투쟁이지. 악으로부터 보호를 받은 게 즉각적인 보상이고.

하나님은 괴로움과 슬픔을 지켜보고 계셔. 그리고 언제라도 우리를 도우실 수 있어. 그분에 대한 믿음이 내 안에 굳건해. 그냥 해본 생각이나 헛된 믿음이 아니라, 진정한 믿음이야. 살아 계신 주님이 계시고, 그분은 우리의 부모님과도 함께하시며, *그분의 눈길은 항상 우리에게 향해 있어*. 그래서 그분이 우리 삶을 계획하시니, 우리 삶은 온전히 우리 것은 아닌 거야. 이 주님이라는 분은, 우리가 성경에서 읽었던 그리스도시고, 그의 말과 역사가 우리 마음속에 깊이 각인되어 있지. 내가 가진 모든 힘을 주님 앞에 드리면, 맞아, 지금쯤 더 멀리 가 있었겠지. 하지만 여전히 주님이 나의 가장 든든한 버팀목이다. 그분의 능력 안에서 우리는 삶을 견딜 수 있고, 악에 빠지지 않고, 모든 것이 협력하여 선을 이루고, 평온한 마지막을 맞이하지.*

세상에는 악한 것이 훨씬 많고, 우리 안에도 악이 존재해. 끔찍하지. 굳이 멀리까지 살펴보지 않아도 알 수 있어. 삶이 두려운 것 투성이라는 것, 현세 이후에 또 다른 삶이 있다는 굳건한 희망을 가져야 한다는 것, 주님에 대한 믿음 없이는 살기도 힘들고 살 수도 없다는 것, 하지만 그 믿음만 있으면 오래도록 버텨낸다는 걸 말이야.

아르선 아저씨 시신 곁에 섰을 때 느껴졌던 '죽음'의 무게감, 차분함, 엄숙한 적막감이, 살아 있는 우리와 너무 대조적이라서, 거기 있던 모두가 속으로 아마 무덤덤한 따님의 단순한 말 한

* 데살로니가후서 3장 3절, 로마서 8장 28절, 시편 37장 37절

마디가 진실임을 절감했을 거야. "아버지는 삶이라는 짐, 남아 있는 우리가 여전히 짊어지고 가야 할 그 짐에서 해방되셨습니다." 그렇지만 우린 여전히 그 오랜 삶에 애착이 있어. 왜냐하면 낙담에 반하는 쾌활함이 있고, 우리 마음과 영혼이 아침에 일어나면 조용하거나 노래를 멈출 수 없는 종달새처럼 즐겁게 지내고 싶은 욕망과 필요를 느끼기 때문이지. 때로는 의기소침해지거나 걱정에 휩싸이고, 불안해지니까. 그리고 삶의 끝자락에서 우리가 좋아하고 사랑했던 모든 기억이 고스란히 남아 되돌아와. 이는 죽음이 아니야. 잠드는 것뿐이지. 그러니 보석 같은 기억들을 많이 모아두는 게 좋아.

마음으로 악수 청한다. 속히 편지해라.

누구보다 너를 사랑하는 형, 빈센트

99네 ____ 1877년 5월 31일(목)

테오에게

밤이 깊었다. 이미 모두가 잠든 시각이지만 너한테 몇 자 적고 싶어졌어.

지난 편지에서 넌, 가능하다면 다른 데로 옮기고 싶다면서 런던이나 파리를 언급했지. 좋은 생각이야. 아! 아우야, 나도 그 두 도시를 정말 사랑하거든. 거기서 만나고 경험한 정말 많은 것들을 사랑한단다. 그런데 끔찍이 싫어했던 것도 많아. 적어도 산사나무 울타리, 푸른 잔디, 아담한 회색 벽돌 교회만큼 좋아했던 건 아니라는 말이야.

네 생각은 나쁘지 않아. 다만 이건 알아둬라. 우리 둘은 서른이라는 나이까지 살아가야 할 시간이 많고, 그래서 죄를 짓지 않도록 유념해야 해. 우리는 지금 생의 한복판에 서 있기 때문에 제대로 된 싸움을 해야 하는 거야. 남자가 돼야 한다고. 아직은 너나 나나 어른이 되지 못했어. 내 내면의 목소리가, 우리의 미래에 아주 큰일이 기다리고 있다고, 우리는 남들과 다르다고 말한다. 그러니까, 그렇게 되도록 애써보자는 말이야. 내 소망이 뭔지 알지. 내가 목사가 되어서 설교자로서 아버지의 업적에 필적하는 수준에 오른다면, 그때는 하나님께 진심으로 감사드릴 생각이야.

반드시 성공하고 싶어. 예전에 나보다 삶을 앞서서 걸어갔던 누군가가, '예루살렘의 이방인'* 이 아닌 이가(나와 같은 목표를 추구했고 이뤄냈다는 뜻이야), 내게 이렇게 말했었어. "난 자네가 그리스도인이라고 믿네." 그 말을 듣는데 얼마나 기분이 좋던지! 너도 너 자신을 위해 꿈꿨던 걸 꼭 마음속에 간직하고서, 그리스도의 생각과 말씀대로 살아라(지금처럼 말이야). 우리에게 필요한 걸 우리보다 더 잘 알고, 우리에게 도움이 필요할 때 기꺼이 도와주시는 주님이 있음을

* 누가복음 24장 18절, '당신이 예루살렘에 체류하면서도 요즘 그곳에서 일어난 일을 혼자만 모르오?'

믿어라. 그 옛날처럼 지금도 여전히, 슬픔에 잠긴 사람들과 멀지 않은 곳에 천사가 있음을 믿어라. 천사와 다름없는 사람들뿐만 아니라, 악으로부터 보호받아야 하기에 더 큰 힘이 필요한 사람들에게도 임하심을 믿어라. 우리가 알다시피 악은 어디에나 숨어 있어. 마음 아픈 자들, 억압받는 자들로부터 멀지 않은 곳에 도사리고 있다고. 나는 틈날 때마다 엘리야의 이야기를 꼼꼼히 읽는다. 지금도 여전히 거기서 힘을 얻지.

> 엘리야가 이 형편을 보고 일어나 목숨을 구하려고 도망하여 유다의 브엘세바에 이르니, 시종은 그곳에 남겨두고 자신은 하룻길을 더 걸어 광야로 나가 로뎀 아래로 들어가 앉아 죽기를 간청했다. "주님, 이것으로 충분하니 저의 목숨을 거둬주십시오. 저는 제 조상들보다 나을 것이 없습니다." 그러고 나서 로뎀 아래에 누워 잠이 들었는데, 그때 천사가 나타나 흔들어 깨웠다. "일어나 먹어라!" 머리맡에 숯불에 구운 떡과 물 한 병이 있었다. 그가 먹고 마시고 다시 누웠는데, 천사가 다시 그를 흔들었다. "일어나 먹어라. 갈 길이 멀다." 엘리야는 일어나서 먹고 마셨고, 그 음식으로 힘을 얻어 밤낮으로 40일을 걸어 하나님의 산 호렙에 이르렀다. 그곳 동굴에 들어가 머무는데 주님의 말씀이 들렸다. "엘리야야, 여기에서 무엇을 하고 있느냐?" 엘리야가 대답했다. "저는 주 만군의 하나님을 위하여 열정을 다해 일했습니다. 이스라엘 자손들이 당신의 계약을 저버리고, 당신의 제단들을 헐었으며, 당신의 예언자들을 칼로 죽였습니다. 이제 저 혼자 남았는데, 저들은 제 목숨마저 없애려고 저를 찾고 있습니다." 주님이 말씀하셨다. "나와서 산 위, 주님 앞에 서라." 그러고서 주님께서 지나가시는데, 크고 강한 바람이 산을 할퀴고 바위를 부수었으나 주님은 바람 가운데 계시지 않았다. 바람 후에 지진이 났으나 주님은 지진 가운데도 계시지 않았다. 지진 후에 불이 일어났으나 주님은 불 속에도 계시지 않았다. 불 후에 세미한 소리가 들려, 엘리야가 듣고 겉옷 자락으로 얼굴을 가린 채 동굴 어귀에 나와 섰다. 한 소리가 들려왔다. "엘리야야, 여기서 무엇을 하고 있느냐?" 엘리야가 대답했다. "저는 주 만군의 하나님을 위하여 열정을 다해 일해왔습니다!" 주님께서 말씀하셨다. "발길을 돌려라."*

엘리야의 이야기는 이게 전부가 아니다. 천사가 겟세마네에서 죽음을 바랄 정도로 침울해하던 그의 앞에 나타나 위로했어. 또 감옥에서 잠자는 베드로를 깨우고, 한밤중에 나타나 "두려워하지 마라"고 말한 천사도 있어. 비록 천사는 보지 못해도, 비록 옛 선지자들 같지는 못해도, 우리가 저 높은 곳에서 위로가 찾아온다는 것도 모르겠어?

오늘 오후에 여기는 거센 비바람이 몰아쳤다. 비가 억수로 쏟아지는데 바닷가의 유대인 공동묘지에 갔어. 며칠 전에는 동교회 근처 바위텡칸트를 걷다가 모래를 실어나르는 광경을 봤

* 열왕기상 19장 3~15절

지. 물 위를 걷는 예수님의 이야기(마태복음 14장 22~23절)는 얼마나 아름답고 감동적이니!

예수께서 즉시 제자들을 재촉하여 배를 타고 앞서 건너편으로 가게 하시고, 자신은 군중을 돌려보낸 후에 따로 기도하려고 산에 올라 저물 때까지 혼자 거기 계셨다. 배는 이미 호수 한가운데 떠 있었는데 마침 맞바람이 불어 파도에 시달렸다.

새벽녘 예수께서 호수 위를 걸어 제자들에게 가시니, 제자들은 그 모습을 보고 겁에 질렸다. "유령이다!" 예수께서 즉시 말씀하셨다. "안심하라. 나다. 두려워하지 말라." 그러자 베드로가 말했다. "주님이시거든 저더러 물 위를 걸어오라고 명령하십시오." 예수께서 "오너라" 하시자, 베드로가 배에서 내려 물 위를 걸어 예수께 갔다. 그러나 거센 바람을 보고 그만 무서워져 물에 빠졌고, 소리쳤다. "주님, 저를 구해주십시오." 예수께서 곧 손을 내밀어 그를 붙잡고 말씀하셨다. "믿음이 작은 자야. 왜 의심하였느냐?" 그들이 배에 함께 오르자 바람이 그쳤다.

주님을 믿어라. 믿음을 통해 '슬프지만 항상 기쁠' 수 있고, 언제나 푸를 수 있으니까. 젊음이 떠나가며 힘이 무르익으니 불평할 이유가 어디 있을까?

에스키로Henri Alphonse Esquiros의 시를 동봉한다. 행운을 빈다. 곧 또 편지해라. 루스 씨 가족과 지인들에게 안부 전한다. 마음으로 진심 어린 악수 청한다.

누구보다 널 사랑하는 형, 빈센트가

기회가 되거든 시편 23장, 42장과 91장을 읽어봐라.

100네 ____ 1877년 6월 4일(월)과 5일(화)

테오에게

도르드레흐트의 밤 기억나니? 같이 시내를 돌아다녔던 날 말이야. 대성당도 돌아보고 온갖 길을 돌아다니다가, 옛날 집들과 창문의 불빛들이 반사돼 비치는 운하를 따라 걸었잖아. 그때 네가 테오필 고티에가 묘사한 런던의 하루에 대해 이야기했어. 비바람에 안개까지 자욱한 어느 날 교회 문 앞에 마부가 결혼식 마차를 세우고 서 있는 장면을. 그 장면이 내 눈앞에 펼쳐지더라. 고티에의 묘사가 마음에 든다면 동봉하는 내용도 좋아할 거야.* 지난주에 궂은 날씨가 이어지는 동안 읽었거든. 지는 해의 붉은 기운이 잿빛 구름을 감싸고 그걸 배경으로 떠다니는 배들의 돛, 길게 늘어선 낡은 집들과 나무들, 이 모든 것이 수면에 비치고 있었지. 하늘이 묘한

* 알퐁스 드 라마르틴이 쓴 전기 『크롬웰』을 3쪽에 걸쳐 필사했다.

빛으로 검은 대지, 데이지와 미나리아재비가 깔린 잔디밭, 흰색과 보라색 라일락 수풀, 강변 정원의 딱총나무들을 물들였어.

라마르틴의 책은 런던에서 읽었는데, 무척 인상적이었어. 특히 마지막 부분이 더 그랬지. 지금 읽어도 감동이 고스란히 살아난다. 네 생각은 어떤지 편지해줘. 거기에 나오는 장소들 말이야. 떼까마귀 둥지가 달린 보리수들이 길 곳곳에 서 있는 햄튼 코트, 뒤쪽이 담쟁이덩굴로 뒤덮인 화이트홀, 웨스트민스터사원이 보이는 세인트제임스파크에 인접한 광장 등등, 전부 눈에 선하다. 우중충한 하늘과 분위기까지. Cela m'empêche de dormir(그래서 잠을 이룰 수가 없구나)!

일요일에 에턴은 다녀왔니? 그랬기를 바라고, 즐겁게 보냈으리라 생각한다. 에턴에서 온 최근 편지에 이런 문장이 있었거든. '다음 주 일요일에 테오가 올 것 같구나.'

오늘밤에는 스트리커르 이모부 댁에 가야 해. 어제아침에 7시 예배에 참석해서 이 구절의 설교를 들었거든. '네가 낫고자 하느냐? 건강한 자에게는 의사가 쓸 데 없고 병든 자에게라야 쓸 데 있다.'* 그다음에는 그 유명한 암스텔교회에서 스트리커르 이모부의 고린도후서 4장 18절 말씀 설교를 들었다. "보이는 것은 잠깐이요 보이지 않는 것은 영원합니다."

결론을 향해가면서 열정적으로 외치셨어. "그중에 제일은 사랑입니다." 그러면서 우리가 하나님이 손수 엮으신 관계에 따라 서로 연결되어 있고, 그 관계 속에서 우리의 힘이 나오니, 아주 오래되고 결코 쉽게 끊어지지 않는다고도 하셨지.

할 일이 너무 많아 à Dieu. 저녁에 몇 자 더 적을게. 마음으로 악수 청한다.

너를 진심으로 사랑하는 형, 빈센트

오늘 싱얼Singel의 꽃시장을 지나오다가 아주 아름다운 장면을 봤어. 어떤 농부가 온갖 꽃과 나무의 화분들을 어마어마하게 쌓아놓고 파는데, 뒷벽이 담쟁이덩굴로 덮여 있고, 마리스가 자주 그리는 아이의 모습을 한 농부의 딸이 그 사이에 앉아 있었어. 머리에 검정색 작은 두건을 쓰고 두 눈에 생기와 웃음이 넘치는 아이가 앉아서 뜨개질을 하더라. 농부가 열심히 물건을 자랑하다가(여윳돈이 있다면 기꺼이 뭐라도 사고 싶더라) 꽃을 가리키며 말했는데, 의도치 않게 자신의 딸아이를 가리킨 거야. "정말 예쁘지 않나요?"

* 요한복음 5장 6절, 누가복음 5장 31절

6월 5일

어제저녁에 스트리커르 이모부 댁에 갔는데, 폴*의 약혼녀 M. M.도 와 있더라. 분위기가 꼭 『넓고 넓은 세상The wide, wide World』에 나오는 엘렌 같은 아가씨였어. 그녀의 아버지도 아주 지혜롭고 훌륭한 목사님으로 스트리커르 이모부의 친구 분이라더라. 우리는 바위텡칸트 근처로 산책을 나가서 한창 방파제 작업 중인 동철도[Oosters Poor] 역 근방도 지나갔다. 석양 무렵의 광경이 얼마나 아름다운지 말로 다 설명할 수가 없구나. 렘브란트며 미셸이며 여러 화가들이 종종 화폭에 담았던 모습이지. 검은 대지, 저녁놀이 여전히 밝혀주는 하늘, 줄지어 늘어선 집들과 그 위로 솟은 탑들, 여기저기 창문의 불빛들 그리고 그 모든것이 물에 비치는 모습까지. 렘브란트 그림에서 본 것처럼 행인과 마차들이 작고 검은 형체로 보였어. 우리 모두 그 아름다움에 취해서 다양한 이야기들을 주고받았다.

어젯밤에도 늦게까지 글을 썼고, 오늘아침에도 일찍 일어났어. 날이 참 맑구나! 밤의 강변 선착장도 정말 근사하다. 쥐 죽은 듯 고요한 가운데 가로등에 불이 밝혀지고, 그 위로 별이 총총한 하늘까지. 'When all sounds cease, God's voice is heard Under the stars(사위가 고요해지면 하나님의 목소리가 들려오네, 별 아래로).'**

곧 편지해라. 그리고 『크롬웰』의 이 대목이 마치 런던의 심장에서 꺼내온 듯한지 아닌지 말해다오.

〈크롬웰의 청년기〉

오래지 않아 가세가 기울었다. 그는 헌팅던 늪지에 보유하고 있던 작은 영지로 거처를 옮겼다. 초라하고 험준하며 침울한 분위기의 해안 마을, 단조로운 수평선, 진창에 가까운 강, 우중충한 하늘, 가냘픈 나무들, 드물게 보이는 초가집, 거칠고 투박한 마을 등, 모든 것이 한 청년의 성격을 어둡고 외곬수로 만들고 있었다. 장소에 깃든 혼이 사람의 혼에도 스미는 듯했다. 가끔 이 척박하고 침울한 동네에서 활기차고 열성적이고 진지한 믿음이 생겨났다. 장소가 사람을 만들었다. 영혼은 집이기 이전에 거울이다.

내면의 슬픔이 크롬웰을 덮쳤다. 한창 치고 올라가야 할 시기 청년의 마음을 깊이 건드렸다. 찰스 1세가 자녀들의 손에서 억지로 떼어내져 죽으러 가는 모습도 무덤덤하게 바라봤던 그 청년의 눈에 눈물이 맺힌 걸 보고 사람들은 충격을 받았다. 그가 아흔네 살의 어머니를 여윈 것이었다…….***

* 스트리커르 이모부의 아들로 빈센트의 사촌동생. 그의 약혼녀는 Margreet Meyboom이다.

** 영국 시인 Dinah Maria Mulock Craik의 〈별 아래서(Under the stars)〉에서

*** 이 인용글을 프랑스어로 작성했다.

101네 ____ 1877년 6월 12일(화)

테오에게

6월 7일 편지 잘 받았다. 에턴에 들러서 일요일까지 잘 보내고 갔다는 소식, 반갑게 읽었어. 아버지와 막내가 도르드레흐트까지 배웅했다니 내가 다 고맙다.

그건 그렇고 아버지 어머니께 네 향후 계획을 말씀드렸다고? 그 부분을 읽는데 내 마음이 널 향해 달려가더라. 잘했다. Launch out into the deep(깊은 데로 가서 그물을 내려라).* 이제 너한테 바라는 단 한 가지는, 파리 전에 런던부터 가보라는 거야. 하지만 일단은 차분하게 상황을 좀 보자. 난 이 두 도시에서 정말 많은 것들을 좋아했지! 그곳 생활을 떠올릴 때마다 우수에 젖기도 하고, 너랑 함께 가보고 싶다는 생각도 들어. 네덜란드의 대형교회에서 작은 자리라도 하나 맡는다면 당시의 경험들이 설교 내용을 풍성하게 해줄 거야. 그러니 너와 나, 신념과 자신감을 가지고 꾸준히 노력하자! 혹시 아니, 우리가 다시 손을 맞잡게 될지? 예전에 아버지와 얀 큰아버지가 쥔더르트의 작은 교회에서 악수를 나눴던 것처럼. 큰아버지가 여행에서 돌아오셨을 때였지. 그 뒤로 두 분의 삶에 많은 변화가 있었어. 그리고 지금은 두 분 모두 두 발로 단단히 땅을 딛고 서 계시잖아.

네 계획이 더 구체화되면 즉시 꼭 알려줘. 네가 떠나기 전에 짧게라도 너와 조용한 시간을 보냈으면 좋겠어. 당장 일어나긴 힘들겠지만, 그렇다고 먼 훗날의 일만도 아닐 거야. 아우야, 언제나 하는 말인데, 내 마음은 항상 너와 함께 있어. 네 계획이 아주 마음에 든다. 네 미래를 생각하면 내 과거가 오롯이 떠올라. '보라, 모든 것이 새롭게 되었다!'** 이 말씀을 조만간 네가 경험하겠구나.

행운이 가득한 날들이 네게 찾아오기를! 네 주변 사람들을 잘 챙기고 절대 잊지 말아라. 성경 말씀처럼 '그 땅을 종과 횡으로 두루 다녀보아라.'***

매일 너무 바쁘고 시간이 어떻게 지나가는지 모르겠다. 아무리 애를 써도 하루가 너무 짧아. 빨리 앞서가고 싶은 마음, 성경을 더 깊이 있게 잘 알고 싶은 마음, 내가 『크롬웰』에서 필사해준 내용처럼 많은 걸 알고 싶은 마음이 매우 간절하고 강렬하다. 'Pas un jour sans une ligne(하루도 빠짐없이 글을 쓴다).' 쓰고, 읽고, 공부하고, 연습하는 과정을 꾸준히 반복하면 결국 좋은 결과가 나오겠지.

이번 주에 마위데르 문[Muider Poort] 너머에 있는 공동묘지에 다녀왔어. 그 앞에 작은 숲이 있는데 저녁에 나뭇잎 사이로 햇살이 쏟아지는 모습이 아름답더라. 근사한 묘도 여럿 보이고, 온

* 누가복음 5장 4절

** 고린도후서 5장 17절

*** 창세기 13장 17절

갖 종류의 상록수는 물론이고 장미에 물망초 등이 넘쳐나. 자위더르해 쪽도 또 한 바퀴 둘러보고 왔지. 여기서 40여 분 거리인데 제방길 너머로 목초지와 소작지가 끝없이 펼쳐져서, 볼 때마다 렘브란트 동판화가 떠오른다.

암스테르담은 아주 아름다운 도시야. 오늘도 돌아다니다가 테이스 마리스나 알레베의 그림이 연상되는 작은 동네를 또 발견했어. 그러니까 동교회 뒤쪽 작은 광장에 집들이 붙어 있는 거야. 교회에서 큰아버지의 직위를 논의하려고 교회지기의 집을 방문한 길이었지. 거기서 조금 떨어진 곳에 구두 수선공도 살더라. *이런 동네*는 어디를 가도 있어서 세상이 온통 이런 동네로 들어찬 것 같다. 교회지기를 보고 있자니 레텔Alfred Rethel의 목판화가 떠올랐고. 너도 알 거야, 〈der Tod als Freund(친구 같은 죽음)〉. 볼 때마다 감동받는 그림이야. 예전에 런던에 살 때에는 거리의 판화 전문점 진열장마다 그의 작품이 걸려 있었어. 연작으로 〈파리의 콜레라〉, 〈죽음의 무도〉도 있고.

일요일 아침 7시 예배에서 라우릴라르트 목사님이 '밀밭을 지나는 예수'라는 제목으로 설교를 하셨어. 상당히 인상적이었어. 씨 뿌리는 자 이야기도 있었는데, "밭에 씨앗을 뿌리고 밤낮으로 자고 일어나고를 반복하는 사이, 씨앗이 싹이 트고 자랐는데, 정작 씨를 뿌린 자는 그게 어떻게 된 일인지 알 수 없었다." 말씀 중에 판 데어 마텐의 〈밀밭의 장례식〉을 언급하셨다. 창으로 햇살이 밀려들어와 빛났고. 신자가 많지 않았고 참석자 대부분이 노동자와 여성들이었어. 그다음에는 동교회로 가서 스트리커르 이모부의 설교를 들었지. '사람이 아니라 하나님께 칭찬 받아라.'* 서거하신 여왕님을 추도하는 의미도 있었지.**

오늘 아침에 4시 45분쯤일까, 어마어마한 폭우가 쏟아졌어. 그리고 직후에 장대비를 뚫고 첫 작업반 인부들이 조선소 앞에 도착했지. 나도 일어나서 노트 몇 권 들고 강변으로 걸어 나가서 지붕 달린 정자에 앉아 책도 읽고 강변, 조선소 등 주변도 둘러봤어. 포플러나무, 딱총나무 등등의 관목들이 바람 때문에 삐딱하게 누워버렸고 사정없이 쏟아지는 비는 쌓아놓은 장작과 배들의 갑판 위에 떨어지며 따닥따닥 소리를 냈어. 작은 배 몇 척과 소형 증기선 한 대가 이리저리 오가고, 저 멀리 이에강 반대편의 마을 옆을 빠르게 지나가는 범선과 집, 바위텡칸트의 나무, 교회들이 더 선명한 색으로 보였어. 수시로 천둥이 치고 번개가 번쩍이니까, 하늘이 마치 라위스달의 캔버스라도 된 것 같았고, 갈매기들은 수면 위로 낮게 날았지. 대단한 장관이었고, 어제의 찌는 듯한 더위 이후라서 위로 같은 날씨였다. 머리가 맑고 상쾌해졌어. 솔직히 어젯밤 침실에 올라왔을 때 정말 지쳤었거든.

어제 메이여스 목사님 부부를 찾아뵙고(아버지가 시키신 일이야) 차를 얻어 마셨다.

* 로마서 2장 29절

** 네덜란드의 소피아 여왕(Sophia Frederika Mathilda)이 1877년 6월 7일에 서거했다.

그집에 도착했을 때 목사님이 낮잠을 주무셔서 잠시 산책을 하고 오라더라. 그렇게 했지. 다행히 주머니에 라므네 책을 넣고 가서 나무 밑에 앉아 읽었어. 바로 옆이 물길이 지나는 곳이라 저녁 햇살이 어두운 강물에 비치는 게 보기 좋았다. 그 후에 되돌아갔는데 목사님 부부를 보니 토르발센Bertel Thorvaldsen의 조각 〈겨울〉이 떠올랐어. 물론 아버지 어머니 댁이 훨씬 좋지만, 아까도 말했듯이, 목사님 댁도 나쁘지는 않았어.

하루하루가 순식간에 지나간다. 내가 너보다 네 살 많아서인지, 네 시간보다 내 시간이 훨씬 빨리 지나가는 느낌이야. 그래도 어떻게든 아침저녁으로 하루하루를 조금이라도 더 붙잡아두려고 기를 쓰면서 빠져나가는 시간과 싸움하는 중이다.

금방 또 편지할 거지? 마허르가 당장은 올 수 없다니 유감이다. 날이 다시 맑아져서 하늘은 파랗고 태양은 반짝이고 새들이 노래한다. 조선소 쪽에 온갖 새들이 날아다니고 있어. 저녁에는 개를 산책시키면서 그 근처를 걷는데 종종 〈별빛 아래서〉라는 시가 떠오른다. 담벼락에 붙어 자라는 장미 나무에도 꽃이 만발했고 정원에는 딱총나무와 재스민이 자라고 있어.

얼마 전에 트리펜하위스에 다시 다녀왔어. 지난번에 너와 같이 갔을 때 닫혀 있던 전시관이 개관했는지 궁금해서. 그런데 아직 2주는 더 기다려야 한대. 외국인들이 많아졌다. 프랑스인, 영국인 등. 그들의 말소리를 듣고 있으니 옛 생각이 떠오르더라. 그래도 여기 돌아온 걸 후회하지는 않아. 'Life hath quicksands, life hath snares(인생에는 유사(流沙)도 있고, 덫도 있지)'*는 진실이야.

테르스테이흐 씨 부인은 어떠시니? 마우베 형님 댁에 방문하거나 뵙게 되면, 안부 전해드려라. 하네베이크 씨 가족과 루스 씨 가족에게도.

이제 다시 공부를 해야겠다. 오늘은 수업이 없었지만, 내일 아침에 2시간이 있어서 예습할 게 정말 많아. 구약 공부는 꾸준히 해서 이제 사무엘서까지 했고, 오늘밤부터 열왕기를 시작할 거야. 끝마치면 뭔가 얻는 게 있겠지.

편지를 쓰는 동안 이따금 본능적으로 작은 그림을 끄적이게 돼. 지난번에 네게 보내준 것처럼. 오늘아침에는 광야에 선 엘리야를 그렸어. 폭우가 몰아치는 하늘, 그 전경에 가시덤불이 펼쳐져 있지. 별로 대수롭진 않아도 이따금 어떤 장면이 내 머릿속에 생생하게 떠오르거든. 그럴 때면, 정말 열정적으로 그것을 말할 수 있을 것 같아. 나중에 기회가 올 거라 믿는다.

네게 좋은 일만 있기를 바란다. 나중에 스헤베닝언의 작은 숲이나 해변에 가거든, 나 대신 잘 둘러봐다오. 다음에 여기 다시 오면, 아기자기한 장소들을 구경시켜줄게. 매일 멘데스 집에 가는 길에 유대인 동네를 지난다. 이만 à Dieu! 마음으로 악수 청한다.

너를 무척 사랑하는 형, 빈센트

* 롱펠로의 시 〈Maidenhood〉에서

101a네 ___ 1877년 7월 9일(월)

테오에게

아나 일*을 어떻게 생각하니? 난 솔직히 좀 놀랐다. 내 생각에는 진지해 보이고 오래갈 것도 같아. 어쩌면 아주 잘된 일일 수도 있어. 단순노동의 어려운 점은, 무엇보다 오랜 기간 동안 고집스레 그 일을 해왔을 경우, 아나가 순수한 의도로 몇 년간 그랬던 것처럼, 상당히 클 수 있고 그래서 종종 많은 노력이 필요하다. 그러니까, 쉬워 보이지만 상당히 어려울 수 있다는 뜻이야. 직업이란 나름 시적인 면도 있고 몇 년의 경험이 축적되면 결코 사라지지 않는 보물 같기도 해. 특히 처음으로 헌신하고, 포기하고, 희생하고, 굴복한 경우, 심적으로는 놀랍도록 평화로운 기분을 경험하게 되지만, 아나의 미래는 가끔 어둡게 느껴질 때도 있다는 점은 나도 충분히 상상할 수 있어. 아나가 이미 마음의 결정을 내린 게 합리적일 수 있어. 그리고 아나가 그 남자를 진심으로 사랑하는 거겠지. 진심으로 그럴 거라는 믿음과 확신도 들 정도라서 아나가 실망할 일 없기를 진심으로 바라는 거다. 아나에게는 주님의 보호 아래, 영원한 행복을 향한 첫걸음이기를 바랄 뿐이야. 주님이 씩씩한 우리 여동생, 아나에게 평화와 축복을 내리사 사는 동안 좋은 것만 경험하게 해주시길 기도드린다. 이번 일을 계기로 네게도 행운이 깃들기를 기원한다. 아나뿐만 아니라 아버지 어머니께도.

그나저나 어떻게 지내니, 아우야? 좀 더 일찍 답장하고 싶었지만 할 일이 너무 많은 데다 쉽지도 않아서 그럴 수가 없었어. 게다가 교회도 자주 나가지. 여기는 아름답고 오래된 교회들이며 훌륭한 설교사들이 많아. 스트리커르 이모부의 설교도 자주 듣는다. 말씀이 아주 마음에 와 닿고, 말투도 아주 다정다감하셔. 라우릴라르트 목사님의 설교는 세 번 들었는데, 너도 들었으면 분명히 마음에 들었을 거야. 마치 그림을 그리듯 말씀하시거든. 표현력이 고상하고 우아한 예술에 가까워. 말 그대로 예술가의 혼이 마음에 담긴 분이야. 그런 예술가의 혼을 가졌던 안데르센이 이런 글을 남겼지.

> 매일 밤 달님이 찾아와 나에게 속삭였어
> 그 잔잔하고 고요한 밤에
> 저 높고 높은 하늘에서 내려다본 걸 말이야
> 수백 년의 기억을 간직한 달님은 여기저기 여행하며
> 격랑의 바다를 떠도는 방주를 은은한 은빛으로 비췄고
> 지금은 내 쓸쓸한 방 창문을 비추지
> 이스라엘인들이 바빌론 강가에서 울고 있을 때

* 여동생 아나가 가정교사로 일하던 집의 장남에게 청혼을 받았다.

버드나무에 걸린 줄 끊어진 하프에 슬픈 빛을 쏘았던 것처럼*

달은 여전히 반짝이고 있어. 해도, 밤별도. 행복한 일이지. 또한 그것들이 우리에게 종종 주님의 사랑을 말해주고, 이런 말씀을 떠올리게 해. '보라, 내가 세상 끝날까지 너희와 항상 함께 있겠다.'**

à Dieu, 테오야. 진심으로 마음의 악수 청한다. 행운을 기원한다. 내 말 명심해라. 언제나 네 생각을 한다.

너를 누구보다 사랑하는 형, 빈센트

네 스크랩북에 추가할 만한 작은 선물을 동봉한다. 많이 모았니? 루스 씨 가족들과 내 소식 궁금해하는 이들에게 안부 전한다.

102네 ___ 1877년 7월 15일(일)

테오에게

또 네게 편지하고 싶어졌어. 너도 틈이 날 때 짤막하게나마 소식 전해줘.

오늘은 이른 아침, 아침 예배에 참석했어. 설교 주제는 에베소서 5장 14절, '잠자는 사람아, 깨어나라. 죽은 이들 가운데서 일어나라. 그리스도께서 너를 비추시리라.' 예배를 마치고 나오니 비가 내리더라. 예배가 끝나갈 무렵부터 비가 내리긴 했는데 예배 도중에는 태양이 창문 너머로 밝게 빛나고 있었지.

오늘 아침에는 아버지가 에턴에서 예배를 주관하셨어. 그리고 바로 쥔더르트로 가셔야 했고. 나중에는 아우데제이츠 카펄에서 스트리커르 이모부 설교를 들었다. '너희는 주의하라. 바리사이들의 누룩을 조심하라.' 마음에서 우러나는 신앙심 없이 겉으로 드러나는 외형과 의식에 대한 지나친 집착을 경계하라는 내용인데, 결국 현세보다 더 높은 세상에 대한 믿음이 없는 삶을 지적한 거야. 그렇게 크지도 않고 낡은 교회에 신자도 별로 없었고 빨간색과 검은색 옷을 입은 고아 소년 소녀들이 자리를 차지하고 있었어.

네가 다시 여기 오거든, 너도 데려가면 좋겠다. 아우데제이츠 카펄은 바위텡칸트에서도 '아우더 테이르타위넌'이라고 불리는 곳과 바르무스트라트 근처에 있는 제이데이크라는 좁은 길 근처에 있거든. 거기 동네가 아주 근사해. 꼭 '서점가' 같은 런던의 심장부를 연상시키는 곳이

* 안데르센의 〈Vertellingen van de maan(달님이 본 것)〉에서

** 마태복음 28장 20절

야. 예전에 좋은 말씀을 들려줬던 사람들과 지금도 매주 일요일 좋은 말씀을 들려주는 사람들처럼 조만간 내게도 그렇게 모두의 앞에 서서 말할 기회가 주어지면 좋겠다. 그게 실현되도록 최선을 다하는 중이다. 지금 종교개혁 내용을 요약하고 있는데 그 시절에는 격려가 되는 사건이나 흥미로운 사건들이 여럿 있어.

지난주에 메이여스 목사님 부부를 찾아뵈었다. 아드님인 예레미 메이여스 목사님도 있었는데 틸라뉘스 교수님의 따님인 아내 분과 여기서 고등학교에 다니는 아드님과 장차 엔지니어가 되려고 준비중인 다른 아드님도 자리를 함께했어. 특히 엔지니어를 꿈꾸는 아드님은 여기 조선소에서 지붕 만드는 일도 도왔고(네가 여기 왔을 때, 삼촌과 함께 오후 산책을 나갔다가 봤던, 그 조립공장의 지붕) 카텐뷔르흐 다리 신설공사에도 참여했다더라.

저녁 시간엔 분위기가 좋았다. 외국 이 나라 저 나라의 온갖 이야기를 나눴거든. 예레미 메이여스 목사님은 능력도 많고 재주도 많은 데다 신앙심이 아주 깊은 분 같더라. 서교회[Westerkerk]에서 설교하실 때 들었어. 설교를 마치고 설교단에서 내려와 교회를 가로질러 나가는데, 훤칠한 키에 우아하면서도 다소 창백하고 피곤한 표정, 벌써 희끗희끗해진 머리카락까지 전체적으로 무척 인상적인 모습이었다. 그런 설교를 마치고 피곤해지는 건 분명 행복한 일일 거야.

오늘은 네가 스헤베닝언에 가는 날이 아닐까 싶다. 일요일 잘 보내라. 언제 한번 날 잡아서 네 방도 구경하고 싶다! 집에서 온 편지에, 네가 조만간 모래 언덕에 있다는 마우베 형님의 집에 가서 하룻밤을 보낼 거라더구나. 네가 앉아 있는 모습이 머릿속에 그려진다. 둘이서 무슨 이야기를 나눌지도 어렴풋이 알 것 같고.

지난주 멘데스가 아주 흥미로운 동네를 소개하더라. 레이데세 문Leidse poort 너머, 그러니까 폰델스파르크Vondelpark 근방부터 홀란츠허 스포르 역에 이르는 동네인데, 얘기 듣고 어제 가봤더니 일부는 나도 아는 곳이었어. 특히 역 주변 동네는 너도 알 거야. 풍차도 많고 제재소에 정원 딸린 노동자들의 주택들에 옛날 집들, 온갖 것들이 모여 있고 사람도 많이 사는 곳이야. 게다가 여러 작은 운하들로 동네가 열십자로 나뉜 모양새인데, 오가는 배들과 그림 같이 여기저기 놓인 다리들 때문에 풍경이 퍽 근사해. 그런 곳에서 목사로 활동하면 더 바랄 게 없겠다.

아우야, 공부는 이루 말할 수 없을 정도로 지겹다. 그래도 어쩌겠어? 꾸준히 계속해야지.

조만간 마우베 형님 집에 가거든, 내가 진심을 담아 안부 전한다고 말해라. 좋은 시간 보내고. 모래 언덕과 바다에게도 내 인사 전해주고. 형님이 그린 〈들판의 쟁기〉 사진이 내 방에 걸려 있어서 수시로 형님을 생각한다는 말도 꼭 전해주고.

요즘 읽은 괜찮은 책이 있니? 나는 이것저것 많이 읽고 싶긴 한데 시간이 없구나. 『존 핼리팩스』를 구해서 한번 읽어봐라. 읽으면 슬퍼지겠지만 '내 취향이 아니야'라고 말하지는 말자. 왜냐하면 세상의 모든 게 고귀하다고 믿어서 나쁠 건 없으니까. 주인공의 삶과 성격에 영감을 준 실제 인물이 얼마 전 사망했다더라. 하퍼라고, 런던에서 대형서점을 운영했다고 해.

언젠가, 런던 시내에서 길을 걷다가 밀레이John Everett Millais를 만난 적이 있어. 운 좋게 그의 작품을 여러 점 감상한 지 얼마 되지 않은 시점이었지. 그 근엄한 표정이 존 핼리팩스 같다는 생각이 들더라고. 그가 〈과부의 엽전 한 닢〉을 그렸어. 젊은 여성이 이른 아침에 잃어버린 엽전을 찾는 모습이야(〈잃어버린 엽전〉이라고, 판화로 만들었지). 가을 풍경을 담은 〈10월의 추위〉도 그의 걸작으로 손꼽히고.

à Dieu, 아우야. 마음으로 청하는 악수 받아라. 루스 씨 하숙집 모든 이들에게 안부 전하고 내 말 명심해라.

형은 너를 진심으로 사랑한다, 빈센트

렘브란트의 〈포목상 조합의 이사들〉이 있던 트리펜하위스의 전시관이 다시 문을 열었더라. 어제 교회에서 오는 길에 잠시 들렀지. 렘브란트 그림 바로 옆에는 판 데르 헬스트의 그 유명한 초상화가 걸려 있어.

103네 ___ 1877년 7월 27일(금)

테오에게

마지막에 보내준 편지 잘 받았다. 집에서 온 소식을 통해, 마우베 형님 집에 다녀왔다는 건 전해 들었어. 좋은 시간 보냈겠구나. 무슨 이야기들을 나눴는지 내게도 전해주면 좋겠다.

네 스크랩북에 넣을 만한 작품들을 함께 보낸다. 보스봄의 석판화 복제화 3점과 J. 베이센브뤼흐 작품 복제화 2점이야. 오늘 아침에 유대인 서적상에게 구입했다. 보스봄의 작품 하나는 스헤베닝언의 교회 같지 않니? 다른 하나는 브레다의 대교회야. 세 번째는 대규모 파리 전시회에 출품됐던 회화고. 베이센브뤼흐 석판화들은 개인적으로 내가 좋아하는 것들이야. 이미 소장하고 있을지도 모르겠다. 아닐 가능성이 더 크지만. 어쨌든 이런 종류의 판화작품들을 잘 모아두면 좋을 거야. 책도 마찬가지고.

요즘은 라틴어와 그리스어 문장들을 정리하는 중이야. 역사에 관련된 건 뭐든 가리지 않고 정리 중이야. 종교개혁 부분을 들여다보고 있는데 아무래도 좀 길어질 것 같다.

얼마 전에 레이던 대학 입학시험을 통과한 청년을 만났어. 어떤 과정을 거쳤는지 들었는데, 결코 쉬워 보이진 않지만 그래도 희망은 있다 싶더라. 주님의 도움으로 이후 과정까지 꼭 성공할 거다. 멘데스도 희망적으로 말해줬어. 모든 게 순조롭게 진행된다면, 3달 후에 자신이 상상했던 그 자리에 내가 올라가 있을 거라고 말이야. 하지만 암스테르담 한복판에서, 아니, 유대인 구역 심장부에서, 그것도 숨 막히는 한여름 오후 찜통더위 속에서, 명석하고 교활한 교수들이 주관하는 시험을 여러 개 거쳐야 한다는 사실을 머릿속에 떠올리며 그리스어 공부를 하고 있는 이 현실이 브라반트의 밀밭만큼이나 빽빽하고 갑갑하다. 그나저나 지금 같은 날씨에 밀밭은 바라보기에 아름답기는 하겠다. 그래도 얀 큰아버지 말씀대로, 거쳐나가야 할 과정이니 계속해야지.

며칠 전에 카텐뷔르흐 다리 근처에서 아이들이 물에 빠지는 사건이 있었어. 큰아버지가 그 광경을 목격하고 근처에 정박 중이던 마카서르 범선을 현장으로 보냈어. 가까스로 꼬마 아이 하나를 건졌는데, 큰아버지가 범선에 태웠던 의사 두 명과 아이를 호송한 사람들을 약방까지 따라가셨고, 어떻게든 살려보려고 애를 썼지만 결국 아이를 살려내지는 못했어. 그 과정에서 조선소 화부(火夫)인 아이 아버지가 아들을 알아보았고 아이는 그렇게 담요에 싸인 채 집으로 향했어. 여자아이 하나가 더 빠졌다고 생각한 사람들이 한 시간 반이 넘도록 인근을 수색했는데 다행히 빠진 아이는 더 없는 것 같더라. 저녁에 그 아이 집에 다시 찾아갔어. 집은 이미 컴컴하더라. 아이를 작은 방 침대 위에 눕혀놨더라고. 용감한 아이였는데 말이야. 부모님들은 망연자실한 상태였지. 아이가 집안의 기쁨이었을 텐데. 아니, 그 집의 빛과도 같은 존재였는데 그 불이 꺼져버렸으니. 거친 일을 하는 사람들은 슬픔을 표현하는 방식도 품위 따위 따지지 않고 사정없이 거칠다고 하지만(특히 그 어머니가 유난하더라), 상갓집을 찾은 마음이 무거웠다. 걸어서 돌아오는 내내 그 기분이 가시지 않더라고.

지난 일요일 아침에는 기분 좋게 나들이를 하고 왔다. 우선 북교회[Noorder kerk]의 아침 예배에 참석해 포스튀뮈스 메이여스 목사님의 설교를 듣고, 그다음에 비케르세일란트에 가서 이에 강변의 제방길을 따라 한참을 걸었어. 그러고는 스트리커르 이모부가 설교하시는 섬교회[Eilandskerk (=Island Church)]로 갔지. 그랬는데 벌써 또다시 주말이 찾아왔으니 시간 참 빠르다. 넌 어떻게 지내니, 아우야? 매일 네 생각을 한다. 주님께서 언제나 맨정신으로 버틸 힘을 내려주시길 기도한다. 능력 있는 예술가들과 인연을 만들어가는 건 네게 아주 좋은 일이야. 나도 그런 사람들과 함께 지냈던 일들을 항상 떠올린다.

"선으로 악을 굴복시켜라."* 쉬운 일이 아니야. 그래서 주님이 우리를 도와주시지. 간간이 좋은 일을 만들어주셔서 하루하루를 견딜 수 있는 시간으로 만드시고, 크게 후회할 일로부터 우리를 보호하시는 거야. 불행한 사고가 일어났던 날, 이 형은 큰아버지가 너무나 의연하게 범선을 보내고 의사까지 동행시키는 모습을 지켜보았다.

이제 공부하러 갈 시간이다. 하지만 먼저, 이 편지지는 다 채울 생각이야. 종종 아주 일찍 잠에서 깰 때가 있어. 조선소 위로 동이 트면 잠시 후 인부들이 속속 도착하는데, 창문으로 바라보는 그 광경이 아주 장관이야. 네가 여기 와서 그 장면을 봤으면 하는 마음 정말 간절하다. 언젠가, 그런 날 아침, 차분히 앉아 '그분께서는 악인에게나 선인에게나 당신의 해가 떠오르게 하

* 로마서 12장 21절

신다'는 주제나 '잠자는 사람아, 깨어나라. 죽은 이들 가운데서 일어나라. 그리스도께서 너를 비추어 주시리라'라는 주제, 혹은 '이른 아침에 주님을 찬송함이 좋기도 합니다. 그렇게 태양을 바라보니 눈이 좋기도 합니다'라는 주제로 설교 준비를 했으면 좋겠다. 진심으로.* 어쨌든 태양은 목사관이나 교회에서 가장 밝고 아름답게 빛난다는 말이 틀리지 않는 것 같다. 그래서인지 이른 아침에 성경 공부를 하면 훨씬 좋아.

시간 나면, 우표 한 장과 종이 한 장 들고 내게 편지를 써주면 좋겠다. 얀 큰아버지가 네 안부 물으신다. 네가 묘사한 그날 저녁, 모래 언덕에서 보낸 시간이 참 즐거웠겠다. 코르 작은아버지 가게에서 최근에 비다Alexandre Bida가 삽화를 그린 〈복음서〉를 봤다. 정말 근사했어! 말로는 도저히 형언할 수 없을 정도야. 작품 속에 렘브란트를 떠올리게 하는 요소가 적지 않더라고.

이제 진심 어린 마음으로 악수 청한다. 네게 좋은 일만 있기를 기원한다. 내 말 명심해라.

형은 누구보다 너를 사랑한다는 걸, 빈센트

104네 ____ 1877년 8월 3일(금)

테오에게

편지 잘 받았다. 정말 반가운 소식 전해줘서 진심으로 고맙다.

그러니까 마우베 형님 집에서 좋은 시간을 보냈구나. 그 집에 있는 동안 혹시 그림을 그리지는 않았니? 처음 영국에 가기 며칠 전, 베이센브뤼흐 선생의 화실에 간 적이 있어. 거기서 봤던 스케치나 회화가 지금도 눈에 선하다. 화가 본인에 대한 기억도 마찬가지야. 다음번 편지에는 전시회 소식 좀 전해다오. 어제 개막했을 테니까. 여기 조선소도 예술가들이 보면 화폭에 담고 싶은 게 여럿 있을 것 같다.

메이여스 목사님과 두 아드님이 며칠 전 여기 오셨기에 큰아버지에게 허락을 받고 조선소를 구경했어. 평소대로라면 제철 작업 등이 한창이었을 텐데 우리가 만난 일요일에는 모든 게 고요했지! 폼퍼 삼촌과 얀과 함께 바세나르 해안 경비정도 타봤는데 정말 신나는 경험이었어.

이번 주에는 집에 사람들이 많이 방문했어. 폼페 삼촌과 숙모, 얀, 코르 작은아버지, 빈센트, 하를럼Haarlem의 베르트하 반 고흐 등등. 베르트하는 젊은 아가씨인데 성격이 아주 좋아.

지난 일요일에 하세브룩 목사님 교회에서 아침 첫 예배를 봤고, 곧바로 일전에 말했던 아우데제이츠 카펄에도 들렀어. 하루하루 착실히 최선을 다해 공부하고 있는데 특히 라틴어와 그리스어에 집중하고 있어. 정리해둔 라틴어, 그리스어 문장이 제법 되는데, 학창 시절이 떠오르는 것들도 제법 있어. 예를 들면 '아테네 사람들이 죽음으로 몰아간 명석한 철학자는?' 정답은

* 마태복음 5장 45절, 고린도전서 23장 30절, 전도서 11장 7절

바로 소크라테스지. 삶이라는 게 꼭 여행을 닮았어. 수많은 일을 겪는데, 큰 위험에도 처하고 사고도 당하니까. 『오디세이아』나 성경 속에 나오는 포도밭의 포도를 생각해봐.

오늘아침에는 일찍 일어났다. 밤사이 비가 많이 내렸지만 이른 아침부터 해가 구름을 뚫고 나오더라. 땅은 물론이고 장작더미나 조선소의 빔들이 흠뻑 물에 젖은 상태였어. 곳곳에 생긴 물웅덩이에 비친 하늘은 해가 뜨니까 금색으로 반짝였고. 5시쯤 되니 검은 점같이 보이는 근로자 수백여 명이 사방으로 뿔뿔이 흩어지더라.

스트리커르 이모부 서재에 자주 간다. 박식한 분이고 장서도 아주 많은데, 자기 일과 직업을 그 누구보다 자랑스럽게 여기고 사랑하는 분이지.

지난 월요일에 아버지가 헬보이르트에서 보내신 격려의 편지를 받았다. 코스터르 박사님이 40플로린에 달하는 치료비를 청구했다는 소식 들었다. 퍽 난처하겠구나. 그 돈을 계산하려면 어금니가 강제로 뽑히는 기분이 들 텐데. 나라도 도울 수 있으면 좋으련만! 너도 알다시피 내게는 금도, 돈도 없다. 이따금 교회 헌금에서 몇 푼 슬쩍 챙기긴 해. 그렇게 챙긴 돈은 담뱃가게에 가서 우표로 바꿔서 사용하고. 하지만 아우야, 수면 아래로 가라앉지 않도록 잘 버티자. "하나님의 왕국에서 가난한 이들이여 '행복'할지어다"라는 말도 있으니까.

빈센트 큰아버지를 뵐 때마다 놀란다. 형언할 수는 없는 친절함 같은 게 느껴지는데 뭐랄까, 좋은 걸 넘어서 영적인 무언가를 지닌 분 같아. 그게 뭔지는 나도 잘 모르겠다. 아버지는 그 무언가를 더 많이 가지고 계시고, 양상은 조금 다르지만 얀 큰아버지도 마찬가지지. 코르 작은아버지도 그렇고. 사람 백 명이 모여 있어도 이분들 같은 사람은 못 찾겠더라고. 그러니 이분들의 이미지, 이분들에 대한 기억을 잘 간직하자. 그 무언가가 혹시 페늘롱François de Salignac de La Mothe Fénelon이 쓴 『텔레마코스』에 묘사된 그런 게 아닌가 싶어.

진심 어린 마음으로 악수 청한다. 마우베 형님에게 안부 전하고 다른 사람들, 특히 같은 집에 사는 사람들에게 꼭 인사 전해라. 행복해라. 최대한 많이 행복해라. 청구서에 대한 해결책이 찾아지기를 진심으로 기원한다. 잘 있어라. 내 말 명심해라.

형은 너를 누구보다 사랑한다는 걸, 빈센트

105네 ―― 1877년 8월 5일(일)

테오에게

어제 네 편지 잘 받았다. 반가운 편지였어. 반가운 소식이 담겨 있고 내게는 커다란 위안이 되는 내용이었어. 우표도 동봉해 보냈더구나. 정말 진심으로 고맙다. 헤이그에 와서 데생 전시회도 둘러보라고 우편환을 보낼 거라고 말하더니 일요일 아침에 우편환도 잘 도착했어. 내 호의와 제안은 정말 고맙다만, 우편환은 돌려보낸다. 전시회에 가서 흥미롭고 아름다운 것들을 둘러보고 싶지만, 가지는 않을 생각이야.

바른에 오라는 제안도 이미 거절했어. 왜냐하면 여기서 일요일마다 교회도 여러 번 가야 하고, 편지도 써야 하고, 또 공부도 해야 하거든. 또 거기 가려면 스트리커르 이모부께 여행경비를 부탁드려야 해. 아버지가 필요할 때 쓰라고 이모부께 돈을 맡겨두셨다만, 되도록 안 쓰려고 노력 중이다. 헤이그에 간다면 바른에 안 갈 수 없고, 그렇다고 딱 한 번만 가고 말 수도 없는 일이니, quoi qu'il en soit(어쨌든), 차라리 안 가는 게 낫다. 게다가 아우야, 지금은 그 돈이 네게 더 절실한 상황이라는 걸 잘 안다. 네 마음만 고맙게 받을게.

늘 빈털터리지만 큰 불만은 없어. 하고 싶은 거야 수도 없이 많거든! 호주머니에 돈이 있으면 제일 먼저 책을 사고, 기타 잡다한 것들도 살 텐데, 분명히, 없어도 그만이지만 지금 당장 해야 할 공부를 방해할 물건들이 틀림없어. 이미 지금도 집중을 방해하는 온갖 상황에 맞서 싸우느라 고생 중인데, 돈까지 있었으면 더 끔찍했겠지. 어쨌든 이 땅에서는 우린 언제나 약하고 불쌍한 이로 살아가. 그게 내가 깨달은 현실이고. 그런데 한 가지, 우리도 부자가 될 수 있어. 주님 안에서. 그리고 그 안에서 얻은 것은 빼앗길 일도 없고. 게다가 책을 사들이는 것보다 훨씬 현명하게 돈을 쓰게 될 시간이 올 거야. 젊은 시절, 자신에게만 돈을 쏟아부은 걸 후회하게 될 시간이 분명 올 거라고. 가정을 돌봐야 할 시기, 나 자신보다 남을 더 생각해야 할 시간 말이야.

"삶의 한가운데 있지만 우린 죽음 속에 있다." 우리 모두가 개인적으로 마음에 새겨둘 격언이야. 카롤리나 판 스토컴만 봐도 이 말이 진리임을 알 수 있잖아. 같은 집안의 다른 사람의 경우도 마찬가지고. 솔직히 난 심히 충격을 받았어. 하루속히 쾌차하기를 진심으로 바랄 따름이다. 아! 나에게도, 남들에게도, 이 세상에는 괴로움, 슬픔, 고통이 너무 많구나! 몇 년 전과 비교하면 우리 집안의 너무 많은 것들이 변했어. '함께했던 시절은 이제 오래전 일이구나.' 그 시절은 '집주인 따님'이 살던 시절이고 롱펠로는 이렇게 말했지. "생각만으로도 강심장을 무너뜨릴 수 있다." 하지만 그보다 먼저 이런 말씀이 있었어. '쟁기에 손을 대는 사람은 뒤를 돌아보지 않는다.' 사내다워지자. 라위스달의 〈하를럼과 오버르베인Haarlem and Overveen〉 목판화 복제화를 다시 유심히 들여다봤어. 이해하려고. 라위스달 역시 무언가를 알고 있었어.

그녀가 얼른 회복해서 한 번 더 헤이그로 온다면 꼭 만나서 안부 전해라. 위로와 격려의 말, 다시 일어나 살아야 할 충분한 이유를 떠올리게 할 말이 있으면 그 말을 꼭 건네. 무엇보다 아이들을 위해서라도 그래야 한다고. 그게 선을 행하는 일이다. 진심에서 우러나는 힘을 실은 말은 적재적소에 사용하면 누군가에게는 위안이 되고 선행과도 같은 효과를 내는 법이야.

오늘 아침에도 일찍 일어나 6시쯤 나가 첫 예배에 참석한 다음 너와 함께 걸었으면 했던 옛길들을 이리저리 돌아다녔다. 도비니의 〈마리 교Le pont Marie〉 알지? (적어도 석판화나 목판화로 보긴 했을 거다.) 그 그림이 떠오르더라. 비좁고 좀 칙칙한 옛길 돌아다니는 게 참 좋더라. 아우데제이츠 카펄이나 테이르타위넌 근처, 아니면 바르무스트라트 끝자락같이 약방도 있고 석판화 화실, 인쇄소, 해도(海圖) 상인들, 배 부속품 파는 가게들이 즐비하게 모여 있는 그런 길. 모든 게 다 추억거리였다. 그다음에 포스Christoffel Martinus Vos 목사*와 케이Cornelia (Kee) Adriana Vos-Stricker를 찾아가 안부 인사를 하고 섬교회에 갔어. 『창조』를 지은 시인이자 아름다운 책 여러 권을 저술한 저자인 텐 카터 목사님이 로마서 1장 15~17절을 주제로 설교를 하셨어. 교회가 꽉 찼는데 앉아 있던 신자들 면면을 자세히 들여다보니 하나같이 굳은 신념에 가득 찬 표정들이었어. 몇몇 남자나 여자 신도들의 얼굴에 각기 다른 방식이긴 했지만 무언가 뜻이 담겨 있는 듯도 보이고. 설교하실 때 목사님의 어조나 표현이 꼭 아버지 목소리 같더라. 말씀도 잘하시는 데다 진심이 우러나서 그랬는지, 꽤 긴 설교였는데도 한 마디 한 마디가 얼마나 매력적이었는지 예배 끝날 때까지 시간 가는 줄 모르고 경청했지.

지난주에는 분위기도 전환할 겸, 사도 바울의 여정에 대해 정리하고 지도 몇 장도 그려넣었다. 괜찮아 보이더라고.

스트리커르 이모부가 얼마 전에 팔레스타인 지리에 관한 책(라우머Karl Georg von Raumer가 쓴 독일어책) 한 권을 주셨어. 두 권 가지고 계셨거든.

『텔레마코스』에서 감명 깊게 읽은 대목 적는다. 멘토르가 한 말이야.

> 대지는 배은망덕하지 않아서, 수고와 사랑으로 경작한 이들에게 아낌없이 열매를 주지. 단, 노동하지 않는 자에게는 절대로 풍요로움을 나눠주지 않아. 농부가 아이를 많이 키울수록 더 부유해지는 건(영주가 너무 중한 세금만 걷어가지 않는다면), 아주 유년기부터 부모를 도와 일하기 때문이야. 막내는 초원에서 양 떼를 치고, 조금 큰 녀석들은 더 큰 무리를 맡아서 키우고, 장남은 아버지와 함께 일하지. 그동안 어머니는 하루의 노동에 지쳐 돌아올 남편과 아이들을 위해 소박한 음식을 준비해. 소와 염소의 젖을 짜서, 끓여서 우유를 만들지. 화덕에 불을 피우고, 그 주위에 착하고 행복한 가족이 모여 앉아 찬송을 부르다가 평화롭게 잠든다네.

자크의 동판화 작품으로 삽화를 넣었으면 정말 근사했을 것 같더라.

방금 네 엽서가 도착했다. 빨리 답장 줘서 고마워. 일요일 즐거웠길 바란다. 사촌들인 파니와 베츠와 베르트하가 여전히 여기 있다. 이 집의 꽃 같은 처자들이야. 베르트하가 유난히 돋보이더라. 루스 씨 가족들에게 안부 전한다. 마음으로 청하는 악수 받아라.

너를 무척이나 사랑하는 형, 빈센트

우편환으로 보낼 수가 없어서, 돈은 일반 우편으로 보낸다.

* 스트리커르 목사의 딸인 케이의 남편

106네 ___ 1877년 8월 18일(토)

테오에게

네게 다시 한 번 편지를 써야겠더구나. 상황이 어떻게 되든 크리스마스에 에턴에 다 같이 모이면 좋겠지만, 아무래도 다시 만날 때까지 적잖은 시간이 걸릴 것 같아서.

지난 일요일에 미나 이모님 생신을 기념했어. 마침 그날 저녁, 스트리커르 이모부가 내게 이것저것 질문하셨는데, 내 대답에 어느 정도 만족하신 듯도 하고……. 내 생각에도 실력이 나아진 것 같았어.

목요일 아침은 꽤 근사했어. 얀 큰아버지는 위트레흐트에 가셨고, 난 7시까지 스트리커르 이모부 댁에 가야 했거든. 얀이 파리로 떠나는데 홀란츠허 스포르 역까지 배웅해야 해서. 그래서 아침 일찍 일어나서 조선소에 인부들이 모여드는 광경을 지켜봤다. 그사이에 해가 환하게 솟아올랐어. 너도 분명 마음에 들어했을 거야. 크고 작은 검은 점들이 해도 잘 들지 않는 비좁은 길부터 시작해서 조선소로 줄줄이 모여드는 그 신기한 광경 말이야. 그러고 나서 마른 빵 한 조각에 맥주 한 잔을 마셨어. 디킨스식 요법이라고, 자살 시도를 하려는 사람들의 관심을 일시적으로 다른 곳으로 돌리는 데 효과적이라더라. 뭐, 우리 정신 상태가 딱히 그 정도는 아니지만, 가끔 효과적이라는 요법을 따라 해서 나쁠 건 없잖아. 그러면서 렘브란트의 〈엠마오의 저녁 식사〉를 생각하는 것도. 그다음에 또 여기저기 걸어 다니다가 스트리커르 이모부 댁으로 가기 전에 유대인 동네를 거쳐 바위텡칸트, 구(舊) 테이르타위넌, 제이데이크, 바르무스트라트를 거쳐 아우데제이츠 카펄과 아우더와 자위더르교회를 따라 걸으며 온갖 옛길을 다 누비고 다녔다. 니절에서처럼 골목길 사이사이에 대장장이도 있고 통 만드는 사람들도 볼 수 있었어. 운하를 따라서 낡은 교각들이 촘촘히 붙어 있는 그 모습이, 우리가 도르드레흐트에서 저녁마다 잠시 멈춰서 바라보던 모습과 같았어. 이른 시각에 도시가 깨어나는 모습을 지켜보는 건 참 매력적이더라.

각종 우화나 기적 등을 순서대로 정리해서 글로 썼다. 지금은 영어와 프랑스어로 번역하는 중이고, 나중에 라틴어와 그리스어로도 작성할 거야. 낮에는 멘데스와 공부할 게 많아서 주로 저녁에 따로 시간을 내거나, 아니면 오늘처럼 늦은 밤이나 이른 아침에 해. 영국과 프랑스에 그렇게 오래 있었는데 그 두 나라 언어를 완벽히 구사하지는 못하더라도 최소한 까먹는 건 도저히 용납할 수 없어. 'Polissez le sans cesse et le repolissez(쉬지 말고 광을 내고, 또 광을 내라).' 이런 말도 있고. 'Travaillez, prenez de la peine(일하라, 수고해서 일하라).'

아우야, 넌 어떻게 지내니? 짤막하게나마 소식 전해라. 내가 돈을 돌려보내도 기분 좋게 받았으면 한다. 너도 알지? 내가 *정말 반가운 마음으로* 기꺼이 네 손을 맞잡으러, 전시회를 둘러보러 갔을 거라는 거. 하지만 지금은 일요일만큼은 여기 머물러 있을 작정이라서 갈 수가 없다.

오늘 아침에는 멘데스와 M. 마리스 이야기를 나눴어. 그에게 세 아이의 석판화를 보여줬거든. 〈세례식〉도. 그림을 보더니 제대로 이해하더라고. 멘데스를 보고 있으면 가끔 루이페레스의 〈그리스도를 본받아L'imitation de Jesus Christ〉가 생각난다.

혹시 카롤리나 소식은 들은 게 있니? 나는 위트레흐트에 가서 헨드릭*의 결혼식 피로연에 참석했어. 네 이름으로도 행운을 빌어줬다. 식은 잘 치러졌어. 화초들도 풍성하게 배치돼 있었고 신부도 매력적이었고. 위트레흐트의 대성당과 낡은 교회 건물, 학교 건물 등을 봤는데, 꼭 웨스트민스터사원 경내에 들어온 기분이 들더라.

잘 있어라, 테오. 네게 행운이 깃들기를 기원한다. 같이 사는 사람들에게 안부 전해라. 얀 큰아버지가 네 안부 물으신다. à Dieu, 마음으로 악수 청한다.

너를 무척 사랑하는 형, 빈센트

107네 ____ 1877년 8월 27일(월)

테오에게

곧 어머니 생신이지. 그래서 1.23플로린을 우편환으로 동봉해 보낸다. 우리가 같이 뭔가를 선물해드리면 좋겠는데. 적은 돈이지만 그게 전부야. 네가 그만큼만 보태도 근사한 복제화 사진 한 장 정도는 살 수 있지 않을까. 네가 직접 골라야 할 거야. 잘라베르의 〈물 위를 걷는 예수〉는 가격이 또 올랐어. 그렇지만 않았어도 이걸 사자 그랬을 텐데. 렘브란트의 〈엠마오의 저녁 식사〉는 훨씬 더 비싸더라. 어쨌든 너도 대충 시세를 알 테니 네가 골라봐. 결정하거든 엽서로나마 그림 이름 알려주고.

편지 고맙게 잘 받았어. 받을 때마다 반갑고 기쁘다. 집에서 오는 편지도 반갑기는 마찬가지인데 마침 어제 활기찬 소식을 담은 편지가 도착했다.

어제는 아침에 비가 좀 내려서 외투를 차려입고 북교회의 아침 예배에 참석했어. 포스튀뮈스 메이여스(당연히 젊은 분) 목사님이 사도행전 4장 12절 말씀으로 설교를 하셨어. "이 예수님께서는 '너희 집 짓는 자들에게 버림을 받았지만 모퉁이의 머릿돌이 되신 분'이십니다."** 아들 목사님이 와서 작은 서재에 잠시 머물다가, 실은 나를 보러왔다면서 저녁 초대를 하기에 기꺼이 그러겠다고 대답했다. 지난주에도 아버지 목사님을 뵙고 왔었거든. 그리고 어젯밤에는 또 섬교회 예배에 참석했어. 스트리커르 이모부가 누가복음 11장 28절로 설교를 하셨어. '하나님의 말씀을 듣고 지키는 이들이 오히려 행복하다.' 오후부터 초저녁까지 스트리커르 이모부

* 얀 큰아버지의 아들

** 사도행전 4장 11절

댁에서 시간을 보냈지. 어쨌든 일요일 잘 보냈다. 가끔은 넌 지금 무얼 하고 있을까 궁금하다.

혹시 가을쯤 출장 갈 일은 없니? 가게 되면 암스테르담에 들를래? 꼭 들러주면 좋겠으니, 혹시 일정이 나오면 즉시 편지해라. 네가 묵을 수 있게 준비해둘 테니까. 방이야 많고 큰아버지께 미리 말씀만 드리면 돼. 함께할 시간과 기회를 최대한 만들어서 만끽하자. 오늘도 할 일이 많다. 너는 어때? 화랑 일은 많이 바쁘니?

지난주에 조선소에서 진수식이(드라크의 경비정) 있었어. 아주 흥미로운 광경이었는데 조선소 인부들에게는 환호의 순간이더라. 비케르세일란트에는 조선소가 여럿 있지만 작은 선박 제조가 대부분이야. 지나다닐 때 유심히 살펴봤거든. 일하는 법을 스스로 배우고 싶을 땐 인부들이 일하는 모습을 관찰해야 하는 법이잖아. 더욱이 공부하는 서재 창문이 조업장으로 향해 있다면……. 배를 만드는 조선소에서는 크고 작은 배들이 조립되고 만들어져 진수되는 반면, 공부하는 서재에서는 크고 작은 계획들이 수립되고 '선행하는 마음으로 인내심을 갖고 꾸준히' 진행되다가 주님의 도움으로 완수에 이르게 되는 거야.

아우야, 정말 보고 싶다. 얼른 이리로 와서 잠시라도 같이 시간을 보낼 수 있게 애써봐. 일요일을 함께 보낼 수는 없을까? 너에게 아우데제이츠 카펄을 비롯해 이것저것 많이 보여주고 싶거든. 스트리커르 이모부의 말씀도 들을 수 있잖아. 자, 어떻게든 손을 써 봐라!

네가 말한 도데의 책은 잘 모르겠다.

자, 이제 그리스어 문장을 공부해야겠다. 그곳 분들에게 인사 전하고, 찾아뵙거든 마우베 형님 부부께도 안부 전해라. 잘 있어라, 사랑하는 아우야. 마음으로나마 진심 어린 악수 청한다. 어머니 생신 선물 구입에 더 많은 돈을 보내고 싶지만 그럴 수가 없다. 네게 행운을 기원한다.

언제나 내 말 명심해라.

너를 사랑하는 형, 빈센트

얀 큰아버지가 9월 1일부터 8일간 헬보이르트에 가실 거야. 이 기회에 아래층 서재에서 밤새도록 글을 써보려고 한다. 물론 큰아버지가 계셔도 가능하지만 바로 옆방이 침실이라 영 신경이 쓰이거든. 내 방에 편히 앉아서 해도 되지만 시간이 늦어지면 눕고 싶다는 생각이 간절해지는 데다 가스도 없다.

108네 ___ 1877년 9월 4일(화)

테오에게

아나와 리스에게 보내는 짧은 편지 동봉한다. 너도 몇 자 적어 넣어서 어머니 생신 무렵에 집으로 보내라. 이 편지를 너한테 보내는 이유는, 그 무렵이면 집으로 보내는 편지에 쓸 우표밖에 안 남을 것 같아서야. 당장 쓸 말이 없으면 그때까지 가지고 있어도 괜찮아.

얀 큰아버지는 지난 토요일에 헬보이르트로 가셨어. 9월 10일까지 집을 비우실 예정이라 요즘은 집이 아주 조용해. 그런데 시간이 너무 빨리 흘러간다. 매일 같이 공부해야 할 내용이 쌓이고 쌓이는데. 하루가 더 길었으면 하는 바람이 간절해. 그래야 더 많이 배우지. 공부라는 게 항상 쉬울 수는 없고, 한참씩 앉아서 책을 들여다봐도 결과가 신통치 않을 때가 많다. 난 "어려운 게 좋은 거"라는 말을 믿어. 아직 성과는 안 났지만.

코르 작은아버지에게 빌린 『그리스도를 본받아』 프랑스판을 통째로 필사하는 중이야. 정말 대단한 책이야. 저자는 분명히 '하나님의 마음을 그대로 따르는 사람'일 거야. 며칠 전에 그렇게 이 책이 읽고 싶더라고. 루이페레스 석판화를 너무 들여다본 영향일 거야. 그런데 책이 없어서 작은아버지께 빌려달라고 했지. 지금은 이렇게 앉아서 밤새도록 필사 중이고. 쉽지 않지만 이미 꽤 진도가 나갔고, 또 제대로 습득하려면 필사만 한 방법도 없다. 보쉬에의 『추도사』를 또 샀어(40센트에 구입했다). 사실 억지로 붙잡고 있는 기분이야. 이 말을 여러 번 곱씹어본다. '그 날들이 다 험악하다.'* 그래서 불행한 날에 맞서고 준비된 자세로 임할 수 있도록 최대한 선으로 무장해야겠지. 너도 알겠지만 절대 쉬운 일은 아니야. 결과도 알 수 없고. 하지만 그래도 난 끝까지 잘 싸워볼 생각이야.

토마스 아 켐피스의 책은 대단히 남다르다. 깊이 있고 진중한 문장들이 담겨서 읽다 보면 혼란스럽고 두려움마저 느껴져. 적어도 빛과 진리를 추구하는 진지한 욕망을 갖고 읽는다면 분명 그런 감정을 피할 수 없을 거야. 책 속의 유창한 그 언어들이 독자의 마음을 사로잡을 수 있는 건 마음에서 우러나온 이야기라서야. 이 책, 너도 분명 하나 가지고 있지 않나?

네게 꼭 말해야 할 게 있다, 테오야. 네겐 비밀이 하나도 없으니까. 얀 큰아버지와 코르 작은아버지와 빈센트 큰아버지의 삶에는 훌륭하고 아름다운 부분이 어마어마하게 많은데, 부족한 부분도 더러 있더라. 앞의 두 분이 저녁에 여기 오셔서 네게도 익숙한 아담한 방에 앉아 담소를 나누실 때가 더러 있는데, 그 광경을 나처럼 애정 어린 시선으로 바라보고 있으면 가슴이 따뜻해진다. 그런데 여전히 렘브란트의 〈엠마오의 저녁 식사〉가 훨씬 아름답다고 생각해. 그만큼 아름다울 수도 있었고 거의 그럴 수도 있었지만, 완전히 그런 건 아니었어. 아버지는 그분들에게 부족한 걸 가지셨지. '그리스도인이 되는 것, 그리스도인이 되려고 노력하고, 완전한 그리스도인이 되는 건 좋은 일이다.' 난 그보다 더 멀리까지 갈 거야. 그래서 그분들에게 부족한 건, 그분들의 집에도 부족하고, 가족들에게도 부족하다고. 이렇게 말하면 아마, 남의 눈의 티는 보면서 정작 네 눈의 들보는 못 보냐고 묻겠지. 그 질문에는 이렇게 대답할 거야. 그런 지적은 분명 옳은 부분도 있지만 적어도 이 말만큼은 진실이라고. '그리스도인이 되는 것, 거의 그리스도인

* 잠언 15장 15절

이 되고, 완전한 그리스도인이 되는 건 좋은 일이다.'

며칠 전 메이여스 목사님의 서재에서 저녁 시간을 보냈어. 일전에 말했던 젊은 메이여스 목사님 말이야. 아주 좋은 시간이었어. 내게 런던을 비롯해서 이것저것 묻더라. 대부분 대답할 수 있는 내용이었고. 목사님은 자신의 일에 당연히 따라오는 행복감을 이야기했어.

서재에 근사한 목탄화가 걸려 있었는데, 겨울밤 목사님이 주로 집에서 치르는 의식을 표현한 그림이었어. 이스라엘스가 봤으면 아주 좋아했을 법한 근사한 그림이었어. 참석한 신자들은 전원이 노동자와 그 부인들이고. 귀스타브 도레도 런던에 관해 쓴 책에서 비슷한 주제들을 여러 번 언급했지.

또 다른 날 저녁에는 스트리커르 이모부 댁에 또 갔고, 지난 일요일에는 이모부의 고린도전서 3장 14절 설교를 들었다. '어떤 이가 그 기초 위에 지은 건물이 그대로 남으면 그는 삯을 받게 된다.' 행복 비슷한 무언가, 내 삶의 변화 같은 무언가가 느껴지는 것 같기도 해.

여기서 너에게 보여주고 싶은 것, 네 두 눈으로 봤으면 하는 것들이 정말 너무 많다. 유대인 동네나 여기 근처를 돌아다니다 보면 저절로 드 그루가 떠올라! 벌목꾼이나 목수가 운영하는 가게, 식료품점, 대장간, 약국 등 드 그루를 매료시킬 것들이 넘쳐난다니까. 예를 들면, 오늘 아침에는 창고로 쓰는 커다란 지하 저장고의 문이 시커먼 내부가 들여다보이게 활짝 열려 있었어. 순간적으로 끔찍한 생각이 들었는데, 그게 뭔지는 너도 알 거야. 그 시커먼 돔 아래서 사람들이 불을 들고 이리저리 뛰어다니고 있더라. 매일 볼 수 있는 일상 같은 장면이지만, 어느 순간에는 그런 평범한 일상이 깊은 인상을 남기거나 다른 차원의 깊은 뜻을 내포한 듯 보이기도 해. 그런 순간을 귀신같이 포착해서 화폭에 옮기는 게 드 그루였어. 특히 석판화로.

안 그래도 이 편지를 쓰고 있는데 네 편지가 도착했다. 고맙다. 무엇보다 글래드웰이 헤이그에 있다니 깜짝 놀랐어. 꼭 안부 전해줘. 언제 여기도 들러달라는 부탁도 빼놓지 말고. 지금 막 그 친구한테 어떻게든 암스테르담에도 꼭 오라고 엽서를 썼어. 너도 그 친구 마음을 잘 구슬려줘. 외국인에게 암스테르담이라는 도시며 이곳 조선소, 내가 사는 동네가 얼마나 흥미롭게 보일지 너도 잘 알잖아. 오기만 하면 내가 기꺼이 길잡이가 돼줄 수 있지. 내 능력이 닿는 한 말이야. 그 친구 갈색 눈동자가 정말 그립구나. 미셸을 비롯해 여러 그림들을 같이 감상할 때, '온갖 것'에 대한 이야기를 주고받을 때 반짝이던 그 눈동자 말이야. 그래, 해리가 여기 와서 손해 볼 건 전혀 없어. 아니, 오히려 최대한 오래 머물러도 괜찮지. 어쩌면 우리 옛 우정이 정말 진지한 관계였는지 알아볼 기회가 될 수도 있겠다. 결코 가볍진 않았지만 시간이 흐르면서 그 관계가 영원히 그대로일 거라고 장담할 수는 없으니까. '죽은 것이 아니고 자는 것'이니까. 그 잠든 걸 깨워 되살리려면 재회만큼 좋은 방법은 없지.

그 엽서도 동봉한다. 트리펜하위스나 판 데르 호프를 보지 않고 네덜란드를 떠나게 할 수는 없어. 그 친구가 이리 오도록 네가 꼭 좀 설득해줘라. 물론 여건이 허락하고 그 친구가 억지로 그런 결정을 내리는 게 아니라면 말이지. 오늘 밤에는 최대한 늦게까지 깨어 있어야 해서 이만 줄인다. 나중에 시간 나면 더 이어쓸게. 해리와 좋은 관계를 유지하고 좋은 기억을 만들어가는 건 무척 좋은 일이야. 그 친구를 만난 지 정말 오래되긴 했다.

잘 있어라. 마음으로 청하는 악수 받아라. 행운을 빈다. 나 대신 글래드웰과 악수 잘하고, 언제나 내 말 명심해라.

너를 무척 사랑하는 형, 빈센트

109네 ____ 1877년 9월 7일(금)

테오에게

위층에서 공부하고 있는데, 느닷없이 아래층에서 글래드웰의 목소리가 들리고, 바로 뒤이어 그 친구 얼굴을 보고 손을 잡아 악수까지 나누고 나니 정말 가슴이 뭉클하더라. 어제는 큰길 위주로 산책하면서 웬만한 교회 건물은 다 둘러봤어. 오늘 아침에는 5시도 되기 전에 일어나 조선소에 출근하는 인부들 행렬을 같이 지켜봤지. 그리고 이것저것 둘러보면서 제이뷔르흐로 걸었고, 트리펜하위스는 두 번이나 다녀왔다. 판 데르 호프는 글래드웰 혼자 다녀왔고. 그 친구, 코르 작은아버지 가게도(지금 시내에 안 계셔서 아쉽다) 다녀왔고 멘데스도 찾아가 만났어. 스트리커르 이모부 댁에도 동행할 생각이야(저녁식사에 초대하셨는데, 데려가려고). 비케르세일란트도 함께 가보고 싶은데 시간이 될지 모르겠다. 하를럼에는 꼭 가서 프란스 할스의 그림들을 봐야 한다고 조언해줬어. 아마 돌아갈 때는 애초에 들르려던 안트베르펜 말고 그쪽으로 갈 것 같아. 벨기에는 다음 기회로 미루고 이번에는 네덜란드만 돌아볼 생각이래.

대부분의 시간을 내 공부방에서 보내면서 '옛이야기도 꺼내고, 요즘 이야기도 꺼내고' 많은 대화를 나눴다. 그 친구가 내 옆에 앉아 있는데, 예전에 글래드웰을 가깝게 느꼈던 그 감정이 되살아나더라. 마치 내 형제 같은 느낌, 신앙의 형제 말이야. 왜냐하면 그 친구는 '병고에 익숙한 고통의 사람'인 우리 주님을 좋아하기 때문이야. 우리는 그분의 부활을 믿고, 성령을 흠모하고, 현재에도 미래에도 그 무엇도 하나님의 사랑에서 우리를 떼어놓지 못하게 해달라고 기도하며 살고 있거든. '하나님의 뜻에 맞는 슬픔'은 글래드웰도 겪었고, 이미 과거에 많은 사람들이 겪었고, 지금도 겪고 있고, 앞으로도 겪을 일이다. 이 선택은 우리가 결코 후회할 일 없는 선택이요, 제대로 된 선택이라 빼앗기지도 않을 것이며 회개에 합당한 열매를 맺는 데 필요한 유일한 선택이다. 글래드웰은 그리스도인이지만 더욱더 신실한 신자가 될 거야. 오늘아침에는 둘이 함께 그릿 시내와 과부의 집에 간 엘리야의 이야기(우리 두 사람 모두 몽마르트르 하숙집 시절에 결코 바닥을 드러내지 않는 밀가루 단지와 물동이를 경험했지)를 읽었고 어젯밤에는 씨뿌리는 사람의 우화 등 성경 구절 여러 편을 함께 읽었어.

이제 얼마간 너랑 가까운 곳에서 지내게 되니, 네 방 그림들을 무척 궁금해한다.

글래드웰이 버니언의 『천로역정』을 주더라. 얼마 전 보쉬에의 『추도사』를 싸게 구입했을 때, 포스에게 토마스 아 켐피스의 『그리스도를 본받아』를 받았을 때처럼 자산이 늘어난 기분이야. 조만간 라틴어로도 읽을 수 있기를 바랄 따름이다. 글래드웰은 여기 와서 벵제네르, 에스키로, 라므네, 수베스트르, 라마르틴(『크롬웰』)의 책 여러 대목을 읽었고 보스봄의 석판화를 보면서 아주 좋아했어. 유대인 책방에 가서 하나를 구입했는데 나중에 자신을 위해 몇 점 더 사달라고 하더라고.

너도 그 친구와 좋은 시간을 보내기를 진심으로 기원한다. 네가 그 친구를 이해하려 애쓰면, 그만큼 많이 이해할 수 있을 거야.

글래드웰과 무수히 많은 대화를 나눴는데 주된 내용은 이런 거였어. 뭘 하고 살아야 할지 선택의 기로에 서게 된 수많은 사람들은 '그리스도의 사랑과 굶주림'에 대한 선택을 하거나 '저를 가난하게도 부유하게도 하지 마시고 정해진 양식만 허락하소서'에 대한 선택을 한다는 거.

함께 보낸 시간이 내 곁에서 멀리 날아가 버리는 느낌이다. 같이 머무는 시간이 조금 더 길었으면 하는 바람 간절하지만 그럴 수가 없다. 각자의 길이 다르니, 자신에게 주어진 일을 하고 해야 할 일을 해야지. 그래도 내심 정말 감사하다. 그 친구를 다시 만났고, 예전에 친했던 그 친구의 모습이 그대로임을 확인했으니까. 나한테 이런 말을 하더라. 네가 *신상품*을 들고 출장을 가게 될 텐데 대략 3~4주 후쯤일 거라고. 그 기회에 너를 다시 만나면 좋겠다.

글래드웰이 네덜란드에서 좋은 추억을 간직하고 돌아가기를 진심으로 바란다. 여기 오겠다는 계획을 실천에 옮긴 것도 정말 대단하잖아.

같이 사는 사람들에게 안부 전해라. 글래드웰과 좋은 저녁 시간 보내고 너를 누구보다 사랑하는 형이 마음으로 청하는 악수 받아라.

빈센트

너도 리카르트 부인의 부고를 들었겠지. 정말 끔찍한 밤이었을 것 같다. 성경을 아는 것, 깊이 있게 아는 것과 사랑의 마음으로 아는 것만큼 바람직한 일이 있을까?

110네 ___ 1877년 9월 18일(화)

테오에게

조만간 구필 화랑 어르신들 모시고 출장 올 날이 다가오고 있구나. 나는 벌써부터 너와 만나 이런저런 이야기할 기대에 부풀어 있다. 네게 부탁하고 싶은 건, 다만 얼마간이라도 조용히 함께 보낼 시간을 낼 수 있느냐는 거야. 적어도 하루 정도.

이번 주에는 멘데스가 자리를 비웠어. 즈볼러에 사는 스뢰더르라는 목사님 집에 며칠 갔어. 예전에 공부를 가르쳤던 사람이래. 그래서 조금 시간 여유가 생겼기에 트리펜하위스에 가서 렘브란트 동판화 감상 계획을 실천에 옮겼지. 이른 아침 시간에 찾았는데 결과는 아주 만족스러웠어. 그림을 보는 내내 이런 생각이 들더라. 테오와 함께 이 그림들을 같이 볼 수 있을까? 잘 생각해보고, 최소한 하루는 자유 시간을 내봐라. 〈이집트로의 피신〉이나 〈그리스도의 매장〉 같은 렘브란트의 동판화 앞에 서면, 수도 없이 이곳저곳을 찾아다녔던 아버지는 무슨 생각을 하실까? 한밤중에도 등불을 손에 들고 환자나 임종을 앞둔 이들을 찾아가서 죽음에 대한 불안과 고통의 밤에 빛이 되어주는 하나님의 말씀을 전할 때 무슨 생각을 하셨을지 궁금하다. 트리펜하위스의 전시작들은 아주 훌륭했어. 이전에 못 봤던 것들도 많이 봤다. 포도르 미술관에서도 렘브란트의 작품을 볼 수 있다더라. 가능하면 테르스테이흐 씨와 얘기해보고 언제 올 수 있다고 미리 짤막한 글로나마 알려줘. 네가 오는 날에 맞춰 나도 하루를 비워놓을 테니까.

그림을 보고 있으면 너나 부모님, 우리 가족들이 떠오른다.

그런 것 외에는 눈코 뜰 새 없이 공부에 전념하고 있어. 이제 내가 뭘 알아야 하는지, 그들이 뭘 깨달았는지, 그들이 무엇에 영감을 받았는지 알아가기 시작했거든. 내가 본받고 따르고자 하는 이들 말이야. '성경을 연구하라'는 말이 괜히 나온 말이 아니야. 길잡이 같은 말씀이지. 그래서 나는 자기 곳간에서 새것도 꺼내고, 옛것도 꺼내는 집주인 같은 율법학자가 되고 싶어.

월요일에는 포스와 케이 부부와 함께 저녁을 보냈어. 두 사람, 서로 너무 사랑하는 모습에, 주님께서 사랑이 머무는 곳에 축복을 내리신다는 말이 무슨 뜻인지 확실히 알겠더라. 아주 좋은 시간이었어. 다만, 포스가 더이상 목회 활동을 할 수 없게 됐다는 건 유감스러웠어. 그렇게 저녁 시간에 부부가 나란히, 은은한 조명이 켜진 거실에 앉아 있고, 바로 옆 아들의 침실에서 아이가 이따금 밖으로 나와 엄마한테 이것저것 해달라고 조르는 모습이, 마치 한 폭의 목가적인 그림 같더라. 하지만 그들도 어려운 시절이 있었어. 불안과 근심 걱정으로 불면의 밤도 겪었고. 돌아오는 길에는 너도 잘 아는 오스테르스포르 근처의 대형 토공 현장을 거쳐서 바위텡칸트를 따라서 왔어. 달빛이 반짝이는데 모든 게 M. 마리스 그림 같고 안데르센 동화 속 세상 같더라. 거기서 보니, 도시와 탑들 너머로 한쪽에는 이에 강변과 그 반대쪽으로는 비케르세일란트의 여기저기서 빛나는 불빛 덕분에 그림 같은 풍경이 이어졌어. 그리고 모든 게 적막감에 휩싸여 있었어. '마른 잎은 떨리는 게 아니다. 창공이 말하고 있을 뿐…….' '모든 소리가 멈추면 하나님의 소리가 별빛 사이로 울려 퍼지네.'

지난 일요일에는 아우데제이츠 카펠에 가서 예레미아스 메이여스 목사님의 설교를 들었다. 전도서 11장 7절부터 12장 7절까지의 말씀이었어.

빛은 실로 아름다운 것이라 눈으로 해를 보는 것은 즐거운 일이다. 사람이 여러 해를 살면서 그 모든 세월을 즐겨야 한다. 그러나 어둠의 날이 많음을 명심해야 하니, 그날들을 생각하면 다가올 일이 다 헛되다. 젊은이여, 네 젊은 시절과 젊음의 날들을 기뻐하며, 네 마음이 원하는 길을 걷고, 네 눈이 이끄는 대로 가라. 다만 그 모든 일에 대하여 하나님의 심판은 있으리라. 그러니 마음의 근심을 떨쳐버리고 몸의 고통을 흘려버려라. 젊음도, 청춘도 허무일 뿐이다. 젊음의 날에 네 창조주를 기억하여라. 불행의 날들이 닥치기 전에. "아무 기쁨이 없어"라고 말할 시기가 오기 전에. 해와 빛과 달과 별들이 어두워지고 비 온 뒤 구름이 다시 몰려오기 전에 그분을 기억하여라. 그때에는 이미 집을 지키는 자들은 떨고, 힘센 사내들은 등이 굽고, 맷돌 가는 여종들의 수가 줄어 손을 놓고, 창밖을 내다보던 여인들은 생기를 잃는다. 길거리 문들이 닫히고 맷돌소리는 줄어든다. 새들이 지저귀는 소리에 일어나지만 노랫소리는 모두 희미해진다. 높은 곳을 두려워하고 길에서도 무서워한다. 편도나무는 꽃이 한창이고 메뚜기는 살이 오르며 참양각초는 싹을 터뜨리는데 인간은 자기의 영원한 집으로 가야만 하고 거리에는 조문객들이 돌아다닌다. 은 사슬이 끊어지고 금 그릇이 깨지며 샘에서 물동이가 부서지고 우물에서 도르래가 깨지기 전에 너의 창조주를 기억하여라.

사람은 자기가 뿌린 것을 거두는 법이야. 그래서 성령에게 뿌리는 사람은 성령에게서 영원한 생명을 거두게 될 것이다.

아침에 라우릴라르트 목사님의 설교를 또 들었어. 예레미야 8장 7절, '하늘을 나는 황새도 제철을 알고, 산비둘기와 제비와 두루미도 때맞춰 돌아온다.' 낙엽에 뒤덮인 길을 걷다가 참새떼를 보았는데, 이동하는 철새들처럼 인간도 언젠가는 따뜻한 나라를 찾아 떠나게 될 거라고 강조하시더라. 마치 이야기를 미슐레나 뤼케르트의 관점에서 풀어낸 느낌이야. 많은 화가들이 이미 화폭에 담았던 분위기 같은 거, 예를 들면 프로테가 그린 〈고향에 대한 기억〉 같은 장면처럼.

아버지 편지에 보니 네가 안트베르펜에 갔다던데, 거기서 뭘 봤는지 궁금하다. 나는 예전에 미술관에서 옛 회화를 감상했는데 지금도 렘브란트의 근사한 초상화가 기억나. 눈으로 본 걸 고스란히 기억할 수 있으면 얼마나 환상적일까! 하지만 현실은 길게 뻗은 길을 보는 것과 같지. 저 멀리, 더 작게, 안개에 휩싸인 것처럼.

어젯밤에 물가에서 대형화재가 발생했었어. 아라크주(酒)나 뭐 비슷한 걸 싣고 있던 배에 불이 났던 모양이야. 나는 큰아버지와 바세나르 호에 타고 있었는데 위험할 건 없었어. 불이 난 배를 다른 배들과 떨어뜨린 다음 기둥에 묶어뒀거든. 불길이 어느 정도 지점까지 올라오니까 바위텡칸트가 보이고, 검은 줄을 이루면서 선 채로 구경하는 사람들까지 보이더라. 불길 주변을 지나가던 작은 배들도 물에 비친 불꽃 때문에 검게 보였어. 혹시 네가 전에 자제의 복제화 사진을 봤는지 모르겠다. 지금은 없어진 사진 갤러리에 있었거든. 〈크리스마스이브〉와 〈대화재〉 등등 몇 점 더 있었는데, 딱 그 분위기였어.

밤이 내리기 시작했다. 디킨스가 말했지. '축복받은 황혼'이라고. 딱 맞는 말이야. 특히 두세 사람이 모여 있는데 영적으로 일치할 때, 율법학자들이 자기 곳간에서 '새것도 꺼내고 옛것도 꺼낼 때.', 그리고 둘이든 셋이든 그분 이름으로 모인 곳에는 그분도 함께 있기 때문에 정말 맞는 말이야. 이 모든 걸 알고, 실천에 옮기는 이들에게 축복이 있기를.

렘브란트는 알고 있었어. 마음에서 넘치는 것에서 목탄과 잉크로 진하게 칠한 그림을 꺼낸 거지(대영박물관에 있는 것). 베타니의 집을 담은 그림 말이야. 황혼이 비치는 그 방에 온화한 주님의 얼굴이 보이는데, 상당히 인상적인 데다 황혼이 비쳐들어오는 창문에 비해 어둡고 준엄한 표정이었어. 예수님 발치에는 마리아가 앉아 있는데, 좋은 몫을 차지했고 결코 빼앗기지 않을 거야. 마르타도 곁에 앉아 있는데 뭔가를 하느라 분주해. 내 기억에 불 피우기나 그 비슷한 일을 하고 있었어. 이 그림, 정말 잊히지 않았으면 좋겠어. 나한테 이렇게 말하는 듯하거든. '나는 세상의 빛이다. 나를 따르는 이는 어둠 속을 걷지 않고, 생명의 빛을 얻을 것이다.'

분위기가 『존 핼리팩스』에 나오는 주인공을 연상시켜. 그자가 로즈 코티지의 흰 커튼 달린 방 창문 앞에 서서 자기도 그리스도인이라고 말하는 대목이 있거든. 감정을 잔뜩 싣고 여러 차례 책 속에 묘사된 그런 밤이었을 거야.

'내 아버지의 나라에서 가난한 이들에게 전하는 복음의 빛은 집 안에 있는 모든 것들을 비춰주는 촛대 위의 양초와도 같다. 나는 저들에게 생명을 주려고 왔고, 이미 있는 자들에게는 더 넉넉히 주려고 왔다. 나는 부활이요 생명이다. 나를 믿는 사람은 죽더라도 살고, 또 살아서 나를 믿는 모든 사람은 영원히 죽지 않을 것이다. 누구든지 나를 사랑하면, 아버지께서 그를 사랑하시고, 우리가 그에게 가서 그와 함께 살 것이고, 그에게 가서 그와 함께 만찬을 즐길 것이다.'

황혼은 이렇게 많은 이야기를 하고 있어. 귀가 있어 들을 수 있는 사람들에게, 마음이 있어 이해하고, 주님에 대한 신앙을 가질 수 있는 사람들에게. 그래서 "축복받은 황혼"인 거야. 황혼은 루이페레스의 〈그리스도를 본받아〉를 지배하는 요소이기도 하고 렘브란트의 동판화 〈기도하는 다윗〉에서도 마찬가지고.

맞아, '축복받은 황혼' 덕분에 이런 멋진 문장도 가능한 거잖아. '사슴이 물을 좇듯, 내 영혼도 주 하나님, 당신을 좇습니다. 내 영혼은 아버지 하나님, 살아계신 주님을 갈구합니다. 화는 화를 부를지어니, 당신의 모든 풍랑이 나를 밟고 지나갑니다. 하지만 낮에, 주님께서 자비를 베푸시면, 저는 밤에 주님을 칭송하고 평생 찬양할 주님께 기도하겠나이다. 내 영혼아, 너는 왜 주저앉는 것이냐, 왜 네 안에서 신음하고 있는 것이냐? 주님께 기도하라. 왜냐하면 내가 여전히 그분을 찬양하기 때문이다. 그분은 내 구원이요 내 주님이시다.'

그런데 네가 보다시피, 내 편지 속에 언제나 '축복받은 황혼'만 있는 것은 아니다. 지금 위층 공부방에 불을 켜놓고 앉아 있어. 아래층에 사람들이 있어서 책을 펼쳐놓고 볼 수가 없거든. 안 큰아버지가 네게 안부 전하신다.

헨드릭과 마리가 지난주에 와서 하루 묵고 갔어. 월요일에 *마두라*가 사우샘프턴에 도착했다는 전보가 왔다. 헨드릭과 마리가 떠나던 날, 큰아버지는 기차를 타고 포스 씨와 함께 새벽 6시에 니우에데이프 역까지 나가셨어. 포스 씨는 두 사람을 배웅하려고 전날 위트레흐트에서 여기까지 왔던 거야. 아우야, 우리 아버지 같은 삶을 살아온 이들은 정말 대단한 것 같아! 주님께서 우리도 그런 길을 걷게 해주시면 좋겠다. 주님의 마음과 정신을 따르는 자식으로 만들어주시길! 분명, 지금도 여전히 무언가가 우릴 기다리고 있을 거야. 주님은 인간을 더 높은 곳으로 끌어올리시는 분이고 그분의 힘은 우리가 약해졌을 때 더 빛을 발하게 될 테니까.

행운을 빈다. 조속히 편지하고 얼른 와라. 서로 보고 이야기하는 것만큼 좋은 게 또 있겠냐. 어쩌면 이번 여름에는 최근 문을 연 박람회 구경도 할 수 있을지 모르겠다. 같은 집에 사는 사람들에게도 안부 전해라.

잘 있어라, 마음으로 청하는 악수 받아라.

너를 많이 사랑하는 형, 빈센트

111네 ___ 1877년 10월 21일(일)

테오에게

짧은 글이나마 네게 빨리 전해졌으면 하는 마음이다. 어제 에턴에서 반가운 편지가 왔어. 네가 토요일 저녁에 집에 가서 일요일까지 머문다고 했으니 지금쯤 집에 있겠구나. 아주 즐거운 일요일이었겠네.

어제는 아침 예배에 참석하고(북교회) 동네 여기저기를 좀 돌아다녔어. 나뭇잎이 가을의 색으로 변해가는 지금 같은 시기에는 운하가 유난히 예뻐 보이더라. 그 후에 영국 교회에 갔는데 설교 주제가 이랬어. '무엇을 먹을지, 무엇을 마실지, 무엇을 입을지 걱정하지 마라.'

아담한 이 영국 교회가 마음에 들더라. 아마 많은 사람들이 이 교회를 아름답게 기억할 것 같고, 장소도 내게는 전혀 생소하지 않았지.

에스키로의 책을 읽어봤는지 모르겠다. 『영국의 생활』(아니면 『영국과 영국의 생활』이었나)이라고, 난 아직 못 읽었는데 꽤 흥미로울 것 같더라. 나중에 여유가 생기고 구미가 당기거든 쥘 브르통이나 미슐레의 책도 부분부분 읽어봐라.

잘 돌아가기는 한 거냐? 짧게라도 속히 편지해라. 네가 그날 밤, 여기로 왔던 것만큼 놀랍고 반가운 일이 또 있을까 싶다. (역에 있던 그 아가씨가 황급히 떠나는 우리를 보고 분명 깜짝 놀랐을 거다.) 운 좋게 마우베 형님을 한 번 더 만났잖아.

집에 들어와서는 한참 동안 공부를 했어. 그게 벌써 여드레 전이네. 시간이 참 빨리 간다. 아리 쉐페르의 〈그리스도의 매장〉 판화 복제화는 정말 아름답더라! 그걸 갖게 돼서 기쁘다. 특히, 노부인이 표현된 부분. 이럴 때 "바로 그거야!"라고 할 수 있는 거지. 오가는 길에 수집할 만한 것들은 찾았나 궁금하다. 꾸준히 늘려나가라. 아주 좋은 습관이니까.

오늘 아침에 탈만 킵 해군 목사님이 큰아버지를 찾아와서 함께 커피를 드셨어. 표정과 눈빛에서 강인한 성격이 고스란히 느껴지더라. 그런데 나도 모르게 구필 사장님이나 기조 같은 사람이 떠오르더라고. 왜냐고? 나도 모르겠다. 그런데 한주 내내, 쥘 구필의 〈혁명년의 청년 시민〉을 본뜬 동판화 복제화가 생각나더라. 파리에서 그림을 봤는데 말할 수 없이 아름답고 쉬 잊히지 않을 그림이었어.

혁명기 때 그려진 적잖은 프랑스 회화가 그래. 들라로슈의 〈지롱드 당원〉, 〈공포정치 최후의 희생자〉, 〈마리 앙투아네트〉, 앞서 말한 〈청년 시민〉과 구필의 다른 그림 여러 점, 안케르 등 여러 화가들의 그림은 여러 책들과 일맥상통하는 부분이 있어. 미슐레, 칼라일, 디킨스(『두 도시 이야기』) 등의 책들과 환상적으로 잘 어울려. 이 모든 게 '나는 부활이요 생명이다'라는 말씀과 '죽은 것처럼 보이나 죽은 게 아니라, 잠들었을 뿐이다'라는 말과 궤를 같이하는 것 같지 않아?

나도 책을 많이 읽고 싶은데 그럴 수가 없다. 사실 그렇게 바라는 게 잘못된 일일 수도 있어. 그리스도의 말씀 안에서는 모든 것이 그 어느 말보다 완벽하고 영광스러우니까. 쥘 구필의 동판화 복제화는 런던에 살 때 내 방에 한참 걸려 있었어. 내가 미슐레며 프랑스 작가들의 책에 심취해 있었을 때야. 그 복제화를 지금은 아마 해리가 가지고 있을 거다. 그 친구, 파리로 돌아간 뒤로 짧은 편지 한 통 보냈더라. 오늘 같은 날, 그 친구랑 황혼 무렵의 센강을 따라 노트르담까지 걷고 싶다. 파리는 가을에 정말 멋지게 변신하는데 노트르담까지 가는 길은 정말 아름다워. 런던의 겨울 국화꽃들도 정원에서 멋들어지게 피고 있겠지. 겨우내 만발하는 꽃이거든.

혹시 겨울에 무슨 계획이 있나 궁금하다. '기필코' 몇 권의 책을 읽겠다, 뭐 그런 계획. 가끔은 그냥 한 권 들고 몰아붙이듯 읽어도 괜찮더라. 얀 큰아버지가 워낙 다독가라서 지식이 많으셔. 이 정신적 유대감, 전념하는 자세, 사랑, 이것들이 아버지와 큰아버지의 공통분모인데, 이런 걸 두고 삶의 결실이라고 하는 거야. 이런 열정이 가끔은 가슴속에서 끓기만 할 수 있어. 근심 걱정이나 일상 때문에. 하지만 어느 순간 그 어느 때보다 밝게 빛날 수도 있는 거야. 예를 들면, 두 사람이 함께 후번으로 떠나던 지난겨울의 어느 밤처럼.

> 헤클라 산봉우리는 만년설로 뒤덮였지
> 하지만 그 안에서 영겁의 세월을 타오른 불꽃
> 머리에 흰 겨울을 얹고 있지만
> 사랑, 그 하나님의 불꽃은 가슴 속에서 꺼지지 않았네

이 사행시가 무얼 뜻하는지, 우린 아마 보기도 했고 알고 있을 거야. 영적인 불꽃, 사랑의 불꽃은 세상의 어둡고, 해롭고, 의심스러운 것들, 삶에 드리운 어두운 그림자에 맞서는 하나님의 사랑이시다. 죽음보다 강한 부활의 힘이자, 우리를 일깨워주는 희망의 빛이며, 마음 깊은 곳, 마음의 비밀스런 곳에서 올라오는 확신이고 단순해 보이지만 많은 걸 의미하는 한마디 말과도 같다. '나는 결코 절망하지 않는다.'

아우야, 나는 아직 해야 할 일이 많다. 이만 마쳐야겠다. 행운을 기원한다! 찾을 수 있다면, 예술과 책 속에서 무언가를 찾아봐라. '찾아라, 얻을 것이다'라는 말이 있잖아. '지혜가 모자라면 하나님께 청하라'는 말도 있어. 우리에겐 그 지혜가 필요해. 카롤리나는 어떤지 궁금하다.

안부 전해라. 같이 사는 사람들을 비롯해 마우베 형님 가족과 테르스테이흐 씨 가족에게도 안부 전해라. 진심 어린 마음으로 악수 청한다.

형은 너를 사랑한다. 빈센트

요한 반 고흐의 초상화는 어딘가 *청년 시민*을 닮은 것 같아. 보고 있으면 '슬프지만 항상 즐겁다'가 떠올라. 무수히 많은 경우에 떠오르는 그 말 말이야.

112네 —— 1877년 10월 30일(화)

테오에게

편지 받고 정말 반가웠다. 그래, 아우야, 쥘 구필 그림의 동판화 복제화는 진짜 근사해. 그림 속의 모든 요소가 예쁘고 아름다운 분위기를 자아내고 있어서 마음속에 담아둬야 할 귀중한 자산 같은 작품이지. 칼라일의 『프랑스 혁명사』를 읽었다니 부럽구나. 나도 아는 책이다만 완독은 못 했어. 테느의 책처럼 다른 책에서 발췌 인용된 부분만 읽었거든.

지금은 무엇보다 모틀리의 책에서 필요한 부분을 발췌해 정리하는 중이야. 덴 브릴 점령*, 하를럼, 알크마르, 레이던 포위 같은 것들. 제대로 하려고 정리한 내용 옆에 작은 지도도 그려 넣었다.

시험 합격을 위해 적어둔 메모들을 모아서 정리하는 중이야. 전부 멘데스의 조언을 따르고, 그 친구가 했던 방식대로 방향을 잡아가고 있어. 나도 멘데스처럼 해내고 싶거든. '80년 전쟁'은 정말 흥미진진해. 이 전쟁사를 본보기 삼아 자신의 삶에서도 투쟁을 이어나가면 정말 멋지겠어. 사실 살아가는 것 자체가 투쟁이잖아. 자기 갈 길을 가기 위해서는 예리하고 날카로운 정신으로 버티고, 방어하고, 계획하고, 계산하고, 수단을 만들어내야 하는 거니까. 삶은 살면 살

* 프로머의 제일란트 섬에 있는 요새. 지방 신교도들이 알베 공에 맞서 첫 승리를 거둔 곳이다.

수록, 쉬워지는 게 없어. 그래서 이런 말이 당연한 거 같아.

"길은 계속 오르막인가요?"
"그렇습니다. 끝까지 오르막이에요."
"밤까지 계속 걸어야 할까요?"
"새벽부터 밤까지 걸어야 합니다, 친구."

하지만 우리 가는 길에 도사린 난관들에 맞서 싸우면서 마음속에 내면의 힘을 키울 수 있고 우리가 선하고 순수하고, 하나님 안에서 부유한 사람이 되려 노력하고(마음은 생명의 샘이니까), 하나님이 보시고 인간이 보기에 양심을 지닌 사람이 되려 애쓴다면 마음은 생존이 걸린 투쟁에 점점 적응해갈 수 있어(폭우 속에서 성장하는 거니까).

우리가 타인을 관찰하듯, 우리 자신도 타인에게는 관찰의 대상이지. 수많은 시선이 우리를 지켜본다. 양심의 눈으로. 양심은 하나님이 주신 가장 아름다운 선물이자, 모든 것을 보시고 모든 것을 아시는 하나님께서 우리를 지켜보고 계시다는 증거이기도 해. 그분이 우리 개개인에게서 결코 멀리 있지 않으시고 우리 오른손 아래 그늘에 숨어 계시다가 우리를 악에서 구원하시지. 그래서 양심의 눈은 삶과 세상의 어둠 속에서 우리를 인도하는 빛의 원천이 되는 거야. 그렇기 때문에 지켜보는 시선이 느껴질 때면 보이지 않는 게 보이는 것처럼 눈을 들고 하늘을 올려다보는 것도 괜찮은 것 같아.

멘첼의 삽화 〈프리드리히 2세의 생애〉는 나도 알아. 좋은 걸 구했구나. 시작한 대로 계속해서 잘 모아둬라. 자크의 〈양 우리〉 목판화 복제품도 잘 알지. 무엇보다 이것들을 크리스마스에 집으로 가져오면 좋겠다. 나는 유대인 서적상 가게에서 언젠가 네가 한 번 보여줬던 L. 스테펀스의 석판화 복제품을 구입했어. 나이 지긋한 개신교 목사님과 젊은 목사가 정원에서 이야기하는 장면인데, 아주 괜찮아. 보고 있으면 자캉의 그림이 떠오르더라(제목이 아마 〈신임 보좌신부〉일 거야). G. 도레의 〈수련사〉를 봐도 같은 느낌이 들어.

아우야, 라틴어와 그리스어는 너무 어렵구나. 그래도 내가 가장 원하는 것들을 마음껏 할 수 있다는 점은 너무 행복해. 이제는 밤늦게까지 깨어 있을 수가 없어. 큰아버지가 엄하게 막으시더라고. 하지만 렘브란트의 동판화 아래 적힌 문구는 정확히 외우고 있어. In medio noctis vim suam lux ecerit(한밤중에 빛은 그 힘을 발한다). 그래서 밤새도록 불을 밝혀줄 작은 가스등 하나를 마련해뒀지. 종종 in medio noctis(한밤중)까지 깨서, 다음날 공부 계획표를 들여다보며 생각하거나, 더 효과적인 공부법을 궁리할 때가 있어. 겨울에는 이른 아침에 불을 켤 수 있었으면 좋겠다. 겨울 아침은 뭔가 특별하거든. 프레르가 〈술통 제조공〉(아마 네 방에 동판화 복제화가 걸려 있을 것 같다)에서 표현한 바로 그런 느낌 말이야.

'네게 합당한 성스러운 비통함으로 내 마음을 채우면, 나는 평생을 내 마음의 비통함 속에서 너를 위해 겸허히 살아가겠노라. 그렇다, 너를 위해서 살아가겠노라. 오, 괴로움을 아는 고통의 사람이여.' 괜찮은 기도문이야. 그냥 이 세상에서 커피를 마시는 게 얼마나 좋은지 얘기하려다가 이런 생각까지 했네. 인간은 일하기 위해 힘과 위안이 필요한 존재야. 자신에게 주어진 수단을 활용하고, 손에 쥘 수 있는 무기로 싸워 나가고, 믿을 수 있는 도구를 이용해 최대한 이득을 얻어내야 해. (내 글씨체에서 어둠이 내려앉은 게 느껴질 거야. 막 램프에 불을 켰다.)

언젠가 점심에 스트리커르 이모부 댁에서 휘체폿*을 먹는데, 모틀리의 책에서 발췌했던 내용이 떠오르는 거야. 크리스마스에 만나면 보여주마. 내가 사는 이 동네에서, 무수히 많은 문 위에 달린 상인방이나 창문, 교회 계단, 집 앞 돌계단을 직접 보고 발로 밟다 보니 바위투성이 스코틀랜드 지도를 그려야겠다는 생각이 들었고, 빨간색과 초록색으로 칠하려다 보니 이모부가 좋아하시고 나도 이제 즐겨 찾게 된 시큼한 양념들이 생각나더라. 인간의 영혼은 진짜 오묘해. 영혼을 가질 수 있는 건 좋은 거야. 사랑으로 채워진 영국 지도 같은 영혼. 그리고 그 영혼을, 신성하고, 모든 것을 믿고, 모든 기대가 가능하고, 모든 것을 견디고, 절대 사그라지지 않는 사랑으로 채우는 것도 아주 좋은 일이야. 이 사랑은 세상의 빛이자 진정한 생명이고, 인간의 빛과도 같은 거야. 외국어 지식은 분명 귀한 재산임이 분명해서 거기서 더 얻을 수 있는 게 있을까 진지하게 고민하고 있어.

딱딱한 호밀빵 부스러기를 먹으며 이 말을 떠올려도 좋겠다. 'Tunc justi fulgebunt ut sol in regnum Patris sui(의인들은 아버지의 나라에서 해처럼 빛나리라)'. 더러운 신발을 신어야 하거나, 더럽고 물에 젖은 옷을 입어야 할 때도 마찬가지야. 우리 모두 언젠가 '이 세상에 속하지 않는 왕국'으로 들어갈 수 있기를! '아내를 맞이하고, 남편을 맞이할 수 없고, 해가 더이상 낮을 밝히는 빛이 아니고, 달도 밤의 광채로 환하게 비추지 않은 이 세상과 달리, 주님이 영원한 빛이 되시고, 주님께서 우리의 영광이 되시며, 태양이 결코 지지 않고, 달빛이 흐릴 일 없는 그런 세상으로 들어갈 수 있기를! 주님은 영원한 빛이며 이제 애도의 날이 다하였기에 주님께서 모두의 눈에 흐르는 눈물을 닦아주시기 때문이다.' 그래서 우리를 '슬프지만 항상 기쁘게' 만들어줄 효모를 우리 안에 자라게 할 수 있는 거야. 우리가 하나님의 영광으로 존재하고, 마음속 은밀한 곳에 '나는 결코 절망하지 않는다'라는 말씀을 담고 사는 건, 우리가 하나님을 믿기 때문이야. 그리고 '내 얼굴을 차돌처럼 만든다'는 말씀도 여러 상황에 적용되는 좋은 말씀이야. '쇠기둥처럼, 오래된 참나무처럼 되어라'는 말씀도 그래. 작은 영국 교회에 둘러쳐진 울타리의 가시나무 지금이면 화려하게 만개한 공동묘지의 장미를 좋아하는 것도 나쁘지 않아. 그래, 인간에게 보이기 위해서가 아니라, 하나님께만 보이는 인생의 가시나무로 가시 면류관을 만들어

* 프랑스 북부 일부와 벨기에 플랑드르 지방에서 주로 먹는 야채와 고기 스튜의 일종

쓰는 것도 좋은 일일 거야.

스웨인의 목판화를 아는지 모르겠다. 재주가 대단한 사람이야! 런던의 좋은 동네에 화실을 가지고 있는데 「런던 뉴스」, 「더 그래픽」 같은 삽화 잡지사 사무실이 있는 스트랜드에서 그리 멀지 않고, 온갖 것들을 파는 서적상들이나 렘브란트의 동판화 복제화부터 디킨스의 『익숙한 이야기』나 샨도스 고전 전집 등을 파는 만물상들이 즐비한 서점가(街)와도 가까운 위치야. 거기는 사방이 초록빛으로 둘러싸인 동네인데, 특히 가을이나 안개 낀 날 혹은 크리스마스 직전 즈음의 어두컴컴한 날들에 유난히 초록빛이 도드라져 보여. 그 동네에 가면 나도 모르게 사도행전에 평범하게 묘사된 에페소 땅이 떠오르기도 해. (파리의 서점들도 비슷한 재미가 있는데 특히, 생제르맹 포부르 쪽이 그래.)

아우야, 내가 시험을 통과하고, 모든 난관을 뚫고 이겨냈다고 말할 수 있으면 얼마나 행복할까? 진심으로 노력하고 주님께 기도해서 이겨냈노라고 말할 수 있으면 얼마나 좋겠냐! 지금 이 순간, 내게 필요한 지혜를 주십사, 매일같이, 또 얼마나 간절히 기도드리고 있는지 모른다. 언젠가, 글로 쓰고 말로 풀어내려 설교 준비할 일이 셀 수 없이 많아지도록……. 그런 일이 많아질수록, 난 더 행복해할 거야. 아버지의 설교와 비슷한 설교를 하게 될 거고, 내 삶도 모든 것이 함께 작용해 선을 이루는 삶이 될 수 있을 거야.

월요일 저녁에는 코르 작은아버지 댁에 가서 숙모님을 비롯한 온 가족을 만났어. 다들 네게 안부 전하시더라. 거기서 『도비니 판화집』을 봤어. 거기 있다가 스트리커르 이모부 댁에 가서 이모부와 이모님하고 한참 이야기를 했는데, 며칠 전에 멘데스가 찾아왔었다고 하시더라(세상에는 생각보다 천재가 많다만, 그렇다고 천재라는 말을 너무 가볍게 남발해서는 안 돼. 그런데 멘데스는 아무리 봐도 천재야. 그 친구와 인연을 맺을 수 있었던 운명에 감사하고, 앞으로도 감사할 거야). (다행스럽게) 내 얘기를 나쁘게 하지는 않았더라고. 그래도 이모부가 혹시 공부가 어렵지는 않은지 물으시더라. 그래서 *너무* 어렵다고 솔직히 말씀드리면서 그래도 꾸준히 최선을 다하는 중이고 잠들지 않으려고 온갖 방법을 다 써봤다 대답했다. 그랬더니 열심히 해보라고 격려하시더라. 그런데 대수며 기하며 정말 끔찍할 따름이다! 어쨌든 두고 봐야지. 크리스마스가 지나고 나면 두 과목 교습을 받아야 해. 피해갈 방법이 없거든.

그렇다고 교회에 가고 서점에 가는 걸 게을리하는 건 아니야. 사야 할 물건들이 생길 때는 사러 나가. 그래서 오늘은 하르테스트라트에 있는 스할레캄프 서점과 브링크만 서점에 들렀다(스할레캄프 서점에 흥미로운 게 많더라). 교사협회가 제작한 작은 지도를 몇 장 샀지. 장당 5센트에 백여 종류나 되는데, 네덜란드 지도는 시대별로 다 갖춰져 있었어. (서점 방문은 항상 내게 자극이 되는 동시에 이 세상에 아름다운 게 너무나 많다는 사실을 일깨워주는 기회야!)

이스라엘스의 그림은 정말 근사하겠어. 네가 자세히 묘사해준 덕분에 머릿속에 대충 그려볼 수 있었어. 코르 작은아버지 댁에서 그의 그림을 본 적이 있고, 마우베 형님의 작품도 하나 본

적 있는데, 모래 언덕에서 양 떼를 모는 목동의 그림이었어. 근사하더라고.

집에서 반가운 소식이 왔다. 다행히, 프린센하허에서도 모든 게 나아지고 있더라. 크리스마스가 정말 너무나 간절히 기다려진다. 벌써부터 네가 가져올 물건들이 하나둘 궁금해지네. 다들 좋아할 거야. 담배는 안 챙겨도 괜찮아. 아직 여분이 있으니까. 담배는 도움이 되는 물건인데, 특히 공부에 도움이 돼. 오늘 떠난 해리 글래드웰에게 장문의 편지도 썼다. 네가 안부 전한다는 말도 덧붙였어.

시간이 나고 기회가 생기면 미슐레를 한 번씩 꼭 떠올려라. 무슨 말인지 알 거다. J. 브르통도 마찬가지야. 내가 이런 말을 왜 하는지는 너도 잘 알 거야. 그렇다고 서두를 건 없어. 크리스마스 때까지 아직 시간이 있으니까. 이만 줄여야겠다. 공부도 해야 하고, 편지지도 꽉 찼다. 행운을 빈다. 시간 되면 편지해라.

삼촌이 안부 전하신다. 스트리커르 이모부와 이모도. 같이 사는 사람들에게 인사 전해라. 마우베 형님 부부, 테르스테이흐 씨 가족, 스토컴 씨 가족(카롤리나는 좀 어떤지?)에게도 안부 전하고. 네가 하는 모든 일에 행운이 깃들긴 빈다. 용기를 잃지 말고, 다가오는 가을, 기분 좋게 잘 지내라. 어서 크리스마스가 와서 다시 함께 시간을 보내면 좋겠다! 얼마 남지 않았지만, 그 시간도 언제 지나갔는지 모르게 빨리 지나가기를!

à Dieu, 마음으로 악수 청한다. 그리고 언제나 내 말 명심해라.

형은 너를 무척 사랑한다. 빈센트

가브리엘 막스의 복제화 사진 2점을 봤다. 〈야이로 딸의 부활〉과 〈수도원 정원의 수녀〉. 첫 번째 작품이 훨씬 근사하더라.

(편지지 여백에 끄적인 글)

버니언의 『천로역정』에서 몇 문장을 추려봤어. 아침부터 밤까지 앉아서 매일같이 공부하고 있다. 분명, 무언가는 얻는 게 있겠지.

랜시어의 판화 본 적 있니? 제목이 〈하이랜더〉였나 그랬는데, 스코틀랜드 사람이 눈보라가 휘몰아치는 날 산 정상에 서서 사냥한 독수리를 손에 들고 있는 그림이야.

113네 ____ 1877년 11월 19일(월)

테오에게

편지가 다시 쓰고 싶더라. 수시로 네 생각을 하면서 다시 만날 크리스마스를 기대해서 그런가 보다.

크리스마스 즈음의 어두컴컴한 날들이 시작됐어. 그 뒤에 크리스마스가 기다리고 있고. 어느 어두운 날, 바위와 바위에 부딪혀 깨지는 물 뒤로 보이는 집을 밝히는 친절한 불빛처럼. 크리스마스는 우리에게 언제나 그렇게 밝게 빛나는 점 같은 날이었어. 앞으로도 그렇게 이어지기를!

입학시험이 대학에서 치러진 건 처음이래. 난 여기서 시험을 봐야 했다. 주요 과목 4개(라틴어, 그리스어, 대수, 기하)와 역사, 지리, 국어 실력도 평가해. 대수와 기하 선생님을 찾느라 애를 먹었는데, 멘데스의 사촌인 유대인 빈민 학교 선생님 텍세이라 데 마토스 씨가 맡아주기로 했다. 내년 10월 경에는 필수적인 내용에 대한 공부를 마칠 수 있을 거라 희망을 주셨어. 내가 바로 시험에 통과하면 모든 게 순조롭게 진행된다고 할 수 있는 거야. 왜냐하면 처음에 공부를 시작할 때 주요 네 과목을 공부하는 데 적어도 2년이 걸린다고 했었거든. 그런데 10월에 시험에 통과하면 시간을 줄일 수 있잖아. 주님께서 내게 필요한 지식을 허락하시고 내 마음의 간절한 염원을 들으셔서, 조속히 공부를 마무리하고 오롯이 설교자의 길만 걸을 수 있게 해주시길!

준비과정을 설명하면 엄밀히 말해 신학 과목(강론, 발성 연습)보다 먼저 역사, 외국어, 그리스, 소아시아, 이탈리아 지리 등을 공부해야 해. 그러니까 뼈다귀를 물고 놓지 않는 개처럼 악착같이 전 과목을 병행해야 한다는 뜻이지. 그런데 사실 북구 쪽 언어와 역사, 지리도 들여다보고 싶어. 북해와 영국해협 너머 국가들 말이야.

그동안 갖고 싶었던 걸 드디어 찾았어. 소아시아와 그리스, 이탈리아 지도인데 크기도 적당히 커(사도 바울의 여정이 표시돼 있어). 그리고 영국 지도도 한 장 찾았는데 내가 지도 안에 포함돼 있었으면 했던 것들이 어느 정도 다 표현돼 있더라고. 적어도 멘데스 눈에 그렇게 보이고, 또 내가 봐도 감정을 실어서 그린 지도 같더라. 사랑과 애정이 느껴질 정도야. 그 지도 위에 멘데스가 가지고 있는 스프루너 멘케의 『아틀라스 안티쿠스』에 있는 이름들을 옮겨 적었어. 역사 공부에 필요하거든.

내가 말한 지도는 꼭 한번 찾아서 직접 봐라. 슈틸러 지도도. 진짜 예술작품 같아.

두 번이나 저녁에 코르 작은아버지 댁에 갔어. 한 번은 고서들을 보러 갔지. 「릴뤼스트라시옹」 과월호가 몇 년치 쌓여 있는데 아는 인물들을 여럿 발견했어. 진짜 흥미로운 잡지야! 찰스 디킨스의 옛 초상화도 있고 드 르뮈의 〈커피잔〉 목판화도 있었어. 굳은 표정의 심각해 보이는 젊은 남자 그림도 있었는데, 마치 『수도원 생활 본받기』의 한 대목을 곱씹는 표정 같기도 하고, 유용하지만 아주 난해한 일이나 계획, 한마디로 심경이 괴로운 사람만이 고민하는 그런 문제로 머릿속이 복잡한 사람 같아 보였어. 이 난제들이 항상 나쁜 것만은 아니야. 하지만 고통 속에서 하고 난 일은 고스란히 남더라. Heureux celui que la Verité instruit non par des mots fugitifs mais par elle-même en se montrant telle qu'elle est(덧없는 말이 아니라, 있는 그대로의 진실 그 자체의 가르침을 따르는 사람은 행복할지어다). 정말 멋진 말이지.

또 한 번은, 지난 금요일 이모님 생신날이었어. 저녁에 카드놀이를 했는데 나는 하는 법을 몰라서 A. 그뤼종의 『십자군의 역사』(50상팀짜리 팡테옹 고전 전집)를 읽었어. 작지만 근사한 책이었는데 테이스 마리스가 느꼈을 것 같은 대목이 군데군데 보이더라. 예를 들면, 가을 숲을 배경으로 황혼이 질 무렵, 바위 위에 뾰족 솟은 낡은 성과 검은 들판과 거기서 백마를 데리고 일하는 농부를 전경에 배치한 그림을 그렸을 때 느낌 같은 것. 미슐레나 칼라일의 책도 떠올랐고.

아버지가 〈혁명년의 청년 시민〉 동판화 복제화를 꼭 보시면 좋겠다. 말 나온 김에 그 작품 하나, 아버지 생신 선물로 드리는 건 어떻겠니? 혁명과 관련된 회화 복제화도 몇 장 추가해서 드리면 아버지도 우리 형제가 무슨 생각을 하고 무얼 보고 다니는지 알게 되시지 않을까?

너도 아마 브뤼셀에서 들려온 안 좋은 소식 들었겠지. 아버지가 이미 헤인 큰아버지께 가셨다는 것도. 어머니 전보를 받은 얀 큰아버지가 브뤼셀에 계신 아버지한테 전보를 보냈는데 이런 답변이 왔다더라. '*차도가 없으니 아직 오지 마십시오. 제가 여기 있습니다.*' 얀 큰아버지와 코르 작은아버지는 벌써 떠날 준비를 하고 계셔. 아버지께 자세한 소식이 오기만 기다리고 있지. 길고 잔인한 이 고통, 과연 끝이 있을까?

잘 있어라, 테오야. 시간 되면 속히 편지해라, 아우야. 매일 같이 필요한 건강과 명석함, 힘과 용기를 달라고 하나님께 기도한다!

마음으로 청하는 진심 어린 악수, 받아라.

너를 사랑하는 형, 빈센트

이 편지를 보내기 전에 헤인 큰아버지 소식이 도착했다.

114네 ____ 1877년 11월 24일(토)와 25일(일)

테오에게

정겨운 편지, 고맙게 잘 받았다. 미슐레의 책 발췌문도 고맙고. 그건 노르망디하고 브르타뉴 지도 뒷면에 다시 옮겨 적었어. 남다른 멋을 지닌 얼마나 아름다운 문장인지 모르겠다. 전율마저 느껴질 정도였지. 게다가 그릿 시내에 과부와 함께 있던 엘리야 이야기 속에는 가장 아름다운 표현이 담겨 있어. 슬프지만, 항상 기쁜 사람이 공손하고 소박한 마음으로 쓴 글이야.

슈틸러 지도와 스프루너 멘케 지도를 보러 도서관에 간다니 정말 잘 생각했다. 두 지도 모두 정말 아름답고 근사하거든. 어젯밤에 코르 작은아버지 댁에 갔을 때 다시 한 번 보았지. 지도책을 보게 되면 덴마크와 스웨덴, 노르웨이, 그리스를 유심히 살펴봐라.

아버지가 브뤼셀에서 편지를 쓰신 다음 전보를 보내서 큰아버지랑 삼촌 두 분을 다 오시라고 했어. 편지가 도착했을 때, 마침 얀 큰아버지가 레이드세스트라트에 계셨어. 그래서 내가 직접 편지를 갖다 드리려고 나갔지. 사실, 이미 댁으로 돌아가셔서 길이 어긋나는 건 아닌지 걱정은 되더라. 담 광장에 도착했을 때, 가로등 옆에 서서 합승 마차를 기다리는 큰아버지가 보였어. 그래서 근처 판 헨트-로스 사무소로 가서 편지를 읽었어. 두 분은 다음날 바로 출발하셨어.

코르 작은아버지는 이미 돌아오셨다.

브뤼셀 일은 정말 슬프고 참담한 소식이야. 이런 끔찍한 소식을 듣게 되고, 또 우리에게도 충분히 일어날 수 있는(우리라고 뭐가 다르겠어? 다를 게 없잖아?) 일이라고 생각해보면 이런 말씀이 더 잘 이해가 가. '자기 목숨까지 미워하지 않으면, 내 제자가 될 수 없다.' 왜냐하면 자기 목숨을 비롯해 이른바, '죽음에 빠진 몸'까지 미워해야 할 이유가 분명히 있기 때문이야. 그래서 이렇게 말하는 것도 일리가 있어. Si vous desirez apprendre et savoir utilement quelque chose, aimez à rester inconnu et à n'être compté pour rien et l'étude la plus élevée et la plus utile c'est de se bien connaître et de se mépriser. Se mépriser et penser toujours favorablement des autres, c'est grande sagesse(무언가 도움이 될 것을 배우고 알고자 한다면 주목받지 않는 무명인으로 남는 걸 즐길 줄 알아야 한다. 가장 고차원적이고 가장 유용한 학문은 자신을 잘 알고 낮출 줄 아는 자세다).

멘데스에게 고대 이탈리아 지도를 한 장 그려줬어. 아니, 로마에서 나폴리까지 이탈리아 중부 지도를 한 장 더 그렸으니 두 장을 그린 셈이지.

담 광장에서 가로등 옆에 서 계시던 큰아버지를 봤을 때, 그 그림자가 꼭 랜시어의 〈하이랜더〉처럼 느껴지더라(판화 제목이 〈산꼭대기〉였던가?).

이번 주에는 예레미 메이여스 목사님을 찾아갔다. 비 오는 날이었지. 집에 계시길 바라면서 갔는데 외출하셨더라고. 나처럼 그 순간에, 누군가를 만나러 나가셨을지 어떻게 알 수 있겠어? 그런데 사모님은 계시더라고. 작은 방에 앉아 일하고 계셨는데, 꼭 에턴 집의 뒷방 같았어(다른 거라면 에턴 집 방은 길가로 나 있었다는 거). 사모님을 보고 있으니까 존스 부인이 떠오르더라. 정말 친절한 분들이었지! 얼마 전에 어느 강연회 자리에서 두 분을 다시 뵀어. 참석자들 사이에서 유난히 눈에 띄더라. 이끼로 뒤덮인 늙은 사과나무 같기도 하고 온갖 종류의 화려한 이국적인 식물들 사이에서 돋보이는 장미 덤불 같기도 하고 그랬어.

코르 작은아버지가 브뤼셀에서 얀 큰아버지와 같이 캉브르 숲을 돌아보신 이야기를 해주셨어. 옹이 진 잡목림에 기이하게 생긴 나무들이 자라는 숲 말이야. 거길 도는 내내 폭풍우가 몰아칠 것처럼 하늘에 거대한 먹구름이 잔뜩 끼고 그게 연못에 반사돼 비치고 그런 시간이 이어졌다더라. 큰아버지, 작은아버지, 아버지 모두에게 슬픈 여정이었을 거야. 아흐레 되는 날 환자한테 갑자기 변화가 찾아오는 경우가 많다고 해서 얀 큰아버지는 그날까지 기다리시겠다고 하니, 아마 월요일까지는 거기 계실 것 같다.

프린센하허에서 들려오는 소식도 그리 밝지는 않은 것 같더라.

십자군에 관한 작은 책(그뤼종의 『십자군의 역사』)을 다음 달에 네게 보내줄 수 있으면 좋겠다. 간간이 읽어봐라. 그리고 다음에 아버지께 드리자.

브리옹도 세상을 떴다고 하더라. 생전에 아름다운 작품을 남긴 화가야. 〈라인강 인근의 장례식〉은 좀 오래된 작품인데 아는지 모르겠다. 뤽상부르 미술관에 있는 〈노아〉도 수작이야. 안 그린 게 있나 싶어. 자신이 가진 재주 중에서도 최고의 기술을 최대한 활용한 작가이기도 해. 에르크만-샤트리앙의 삽화 수록 특별판본에도 브리옹의 삽화가 여럿 들었지. 〈침략〉도 그가 남긴 명화 중 하나야.

아버지가 내일 마레인 판 아르천의 결혼식 주례를 맡으실 거야. 충직하고 아주 잘생긴 사람이라 브리옹이 봤으면 분명 화폭에 옮겼을 거야.

혹시 화랑에 아직도 전례를 표현한 옛 석판화가 있는지 모르겠다. 라플란드인가 그 근처가 배경인 메이어 폰 브레멘의 작품인데, 짝을 이루는 작품이 우리 집에 걸려 있어. 어머니들과 아이들 말이야. 두 그림을 나란히 놓고 값어치가 얼마나 나가는지 편지해라.

여기 큰아버지 방에 걸려 있는 낡은 동판 부식화로 된 더 라워터르 제독 초상화도 정말 근사한 그림이야. 수시로 보게 되는데, 격렬한 폭우나 천둥 번개 같은 이미지가 풍겨. 상상으로 그려본 크롬웰 분위기와 비슷한 면도 있고.

코르 작은아버지 댁에서 어스킨 니콜의 새 판화 복제품을 봤어. 〈안식일〉인데 비 오는 날 집으로 돌아오는 노부인을 그린 작품이야. 아주 근사하고 판화 솜씨도 아주 기가 막혀.

내일 아침에는 너도 아는 영국 교회에 나갈 계획이야. 저녁이면 가시나무 울타리로 둘러싸인 베긴 수도원 안에 있는 그 교회가 얼마나 고요한지 몰라. 마치 이렇게 말하고 있는 것 같다니까. In loco isto dabo pacem. 그러니까 '내가 평화를 줄 곳은 여기로다.' 주님의 말씀이야.

평소에는 아침에 아름다운 조선소 풍경이 펼쳐졌는데, 이제는 크리스마스를 앞두고 컴컴한 날이 이어지는 탓에, 해가 늦게 떠서 인부들도 7시나 돼야 조선소에 도착해. 밖에서는 폭우가 기승을 부리는데 요즘 비바람이 잦아졌어. 고대 로마 역사를 번역하다가 어떻게 몇몇 인물들의 머리에 앉은 까마귀나 독수리가 저 높은 곳의 축복과 찬양의 상징이자 증거가 됐는지 설명하는 대목을 읽었어.

역사를 알아가는 건 정말 좋은 일 같다. 정말 즐겁게 공부한 것 같은데 계속 공부하면서 이것저것 더 배울 수 있으면 좋겠다. 코르 작은아버지에게 디킨스의 『어린이를 위한 영국 역사』라는 책을 받았어. 네게 이미 말했는지 모르겠는데 정말 괜찮은 책이야. 그중에서도 헤이스팅스 전투에 관한 내용을 읽었어. 내 생각인데, 이런저런 책, 예를 들면 모틀리나 디킨스, 아니면 그뤼종의 『십자군』 등을 집중해서 읽다 보면 자신도 모르는 사이, 역사 전반에 대한 정확하고 단순한 개념이 서서히 잡히는 것 같다. 아우야, 내가 시험에 통과하면 그건 정말 대단한 사건이 될 거야! 첫 시험에서 치를 과목들은 단순한 편이지만 어렵기는 해. 정말 시험이 내 뒤에 다가 온다면, 용기를 내서 가야 할 길을 갈 생각이야…….

공부를 더 해야 할 것 같다. 내일 아침에는 라틴어 격언들을 정리한 다음 할 수 있는 건 다할 생각이야. 시간 나면, 조만간 편지해라. 모든 면에서, 모든 일이 잘 풀리기를 기원한다. 크리스마스가 되기 전에 슈틸러 지도 몇 장 더 구할 수 있으면 좋겠다. 지금 공부 중인데 비록 노력할 게 점점 많아지기는 하지만 분명, 좋은 결과가 나올 거야. 그리고 같은 걸 공부하는 사람들이 진지하게 임하는 만큼 나도 진지하게 공부하고 싶다. 내 인생이 걸린 경주, 이상도 이하도 아니야. 공부라는 이 경주를 버티고 끝까지 완주한 사람은 평생 기억할 거야. 완주했다는 사실이 큰 재산이 될 테니까.

비르다라는 분은 참 성실한 데다 영리한 서점 직원이야. 책과 관련된 일을 하는 사람 중에는 괜찮은 사람들이 많더라. 코르 작은아버지, 브라트 씨 그리고 여기는 슈뢰더(멘데스는 슈뢰더 씨 가게에서 책을 사고 나도 가끔 가는 편이야) 씨도 그렇고. 테르스테이흐 씨도 빼놓을 수 없지. 너도 마찬가지야. 안 그래? 네가 가진 것들을 소중히 잘 지켜야 해. 너 역시 이 전투 같은 경주에 참가한 선수니까.

그 집 사람들에게 안부 전해라. à Dieu, 아우야. 크리스마스에 같이 여행을 다닐 수 있도록 최선을 다해보자. 마음으로 청하는 진심 어린 악수 받아라.

너를 무척 사랑하는 형, 빈센트

115네 ____ 1877년 12월 3일(월)과 4일(화)

테오에게

방금 예레미 메이여스 목사님 댁에 다녀왔다. 이번엔 댁에 계시더라. 그런데 장로 회의에 가셔야 한다기에 몇 마디 못 나눴어. 사모님과 어린 자제분 둘도 만났는데 사모님이 지금 덴 헬더르의 기관에 가 있는 아드님의 편지를 읽어주셨어. 이제는 내가 시험을 앞둔 처지다 보니, 비슷한 입장인 사람들 심정이 충분히 공감돼. 사회에서 당당히 한자리를 차지하고 싶은 사람이라면 머리가 지끈거릴 정도로 힘든 시기를 거쳐야 하는 법이다. 성공은 대수롭지 않은 차이에 따라 달라질 수도 있는 거야. 시험을 치르는 과정에서 했던 한마디 말, 글로 써낸 한 단어 때문에 실패할 수도 있으니까. 하지만 중요한 건 그렇게 무너진 사람들이 아니라 난관을 극복하고 뛰어넘어 성공한 사람들을 참고해야 하는 거야.

헤인 큰아버지가 돌아가신 건 당연히 너도 알고 있겠지. 그나마 마지막 가시는 길이 비교적 평온했고 마침내 구원이 찾아왔다는 점에서는 하나님께 감사드릴 일이야.

시간 되거든, 속히 편지해서 에턴에는 언제 올 계획인지, 같이 어디 여행이라도 갈 수 있는지 알려주면 좋겠다. 만약 여행을 가게 되면 그 길에 하를럼에서 그다음 기차 시간이 될 때까지 잠시 머물면 좋겠고, 무엇보다 도르드레흐트에도 꼭 들렀으면 한다. 도르드레흐트에 다시 같이 갈 수 있다면 정말 좋겠거든. 가능할까?

얼마 전에, 훼손되지 않게 잘 간직했으면 하는 문서들을 하나로 모아 제본소에 맡겼어. 집에서 그걸 다시 받으면 기분이 너무 좋을 것 같다. 여기서 가까운 카텐뷔르흐의 좁은 골목길 어귀에 있는 제본업자를 찾아갔었는데 온갖 종류의 종교 서적을 취급하는 곳이야. 형제가 운영하는 것 같은데 두 사람을 보고 있으면 본능적으로 두 가지가 떠오르더라. 올빼미하고 여기저기 대문 위에 달린 사자머리상.

이번 주에도 많이 돌아다녔어. 동네에 뭐가 있는지 알아보는 것도 나쁘지는 않을 것 같아서.

오늘은 공부하던 중에 눈앞에 바르그의 『데생 기법』에서 떨어져나온 종이가 하나 보이더라. 제목이 제1권, 39번, 안 드 브르타뉴였는데 런던에 있을 때 같은 책에 있던 59번하고 같이 내 방 벽에 붙어있던 거였어. 그사이에 〈청년 시민〉을 걸어뒀었고. 그때도 멋지고 근사하다고 생각했지만 지금도 그 생각은 변함이 없다. 그리고 교본에 나온 안 드 브르타뉴의 표정은 상당히 우아해. 보고 있으면 바다나 해안가의 바위들이 떠올라. 그 여자의 사연을 알고 싶더라고. 왕족처럼 우아한 여성이야. 드 르뮈라면 기가 막힌 초상화를 그렸을 거야.

하를럼에서도 너랑 같이 갈 수 있으면 좋겠어. 그러니까 휴가를 언제, 며칠까지 쓸 수 있는지 편지로 알려주면 좋겠다. 아우야, 이 형은 크리스마스와 고향 집, 그리고 네가 정말 그립다! 판화 복제화는 되도록 많이 가져와라. 다 아는 것들이래도 기꺼이 다시 감상할 의향이 있으니까.

이제 다시 한 해가 저물어간다. 내게 많은 일이 일어난 해였어. 뒤돌아보면 정말 감사하다는 생각이 먼저 들어. 브라트 씨 댁에 머물던 시절과 여기서 공부하는 지금을 생각하면 이 두 경험이 정말 소중한 경험 같기도 하다. 아우야, 내년 크리스마스에는 내가 대학에 다니고 있고, 라틴어와 그리스어 입문 단계를 막 뛰어넘은 것처럼, 초반의 난관을 이미 극복한 뒤라면, 그보다 더 좋은 게 있을까! Indefessus favente Deo(주님이 받쳐주시면 피곤할 일 없다네)! 이런 경지에 올라야 해. 멘데스도 이 격언을 좋아하더라고 지난 토요일에도 강조했어.

오늘은 해리 글래드웰에게 편지를 썼어. 네 안부도 전하면서 크리스마스에는 고향 집에 갈 수 있기를 바란다고도 적었다.

오늘은 성 니콜라 축일을 기념해 슈틸러 지도 2장 보낼게. 〈영국의 섬〉과 〈노르망디와 브르타뉴〉야. 얼마간 네 방에 걸어둬라. 그러겠다고 약속해줘. 둘 다 심혈을 기울여서 다시 그린 지도거든. 너도 알겠지만, 영국 지도는 그렇게 두 번이나 그렸어. 그리고 더 잘 그린 지도를 골라 지역을 구분하고 지명을 라틴어로 적고 이웃 나라 지형을 로마 시대 기준에 맞춰 조금 수정했어. 예를 들면, 자위더르해 대신 플레보 호수, 이런 식으로 바꿨어. 이걸 완성하려고 며칠간, 평소보다 이른 시간에 멘데스의 집에 가서 내 지도와 스프루너 멘케 고지도에 나온 브리타니아, 칼레도니아, 에이레 지방을 비교해봤어. 나는 더 필요 없지만 네가 얼마간 방에 두고 들여다보면 나쁠 것도 없을 것 같다. 메이여스 목사님 댁에 갔을 때도 슈틸러 지도에 관한 이야기를 들었거든. 덴 헬더르 기관에 있는 아드님이 슈틸러 지도 세계 전도를 가지고 있는데 마지막 편지에 아드님이 그 지도를 베껴 그렸다고 하더라.

코르 작은아버지도 커다란 베르니에 그림을 걸어 두신 그 방에 그 지도가 걸려 있는 거, 아마 너도 잘 알 거야. 지난번에 코르 작은아버지 댁에 갔을 때 보스봄의 〈제의실〉이라는 대형 스케치 작품을 봤어. 그리고 판 보서 양의 그림 2점도 같이 봤는데 정말 아름다웠어. 특히, 농가의 건물을 그려놓은 작품이 유독 눈에 띄더라.

그리고 지도하고 같이 그뤼종의 『십자군 역사』도 받게 될 거야. 멘데스에게도 똑같은 책을 줬는데 좋아하더라. 처음부터 끝까지 다 읽을 시간이 없거든 처음부터 끝까지 대충 넘겨보기라도 해봐. 그러다 보면 가장 아름다운 구절이나 문장이 알아서 펼쳐질 거야. 테이스 마리스의 그림을 좋아한다면 이 책도 마음에 들 거다.

코르 작은아버지께는 성 니콜라 축일 기념으로(얀 큰아버지가 에턴에 작은 상자를 보내신 것 같으니) 묘지에서 돌아오는 여인을 표현한 J. 마리스의 석판화 복제화를 보내드렸어. 옛말에 Quand il n'y a plus rien il y en a toujours encore(아무것도 남은 게 없어도, 무언가는 꼭 남아 있다)라는 말이 있잖아. 오늘 아침 딱 그런 일을 겪었어. 성 니콜라 축일에 아무에게도 선물을 못 주겠다고 생각했었거든. 그런데 비록 대단한 건 아니지만, 모두에게 선물 하나씩은 줄 수 있겠더라고. 아버지 어머니께는 내가 직접 그린 지도를 드릴 생각이야.

어둠이 내려앉기 시작하면 창밖으로 보이는 조선소 풍경이 이루 말할 수 없이 아름다워진다. 황혼이 지는 잿빛 하늘 아래, 길쭉한 가지와 늘씬하게 뻗은 우아한 모양새가 두드러지는 포플러나무 길이며, 이사야서에 나오는 '옛 저수지의 물'처럼 잔잔한 수면 위에 비쳐 반사되는 낡은 가게 건물들의 그림자며. 전체가 초록인 건물 벽면에서 수면과 맞닿는 부분은 세월에 풍화된 자국이 남아 있어. 더 아래쪽으로 장미 덤불 울타리가 둘러싸고 있는 작은 정원, 검은 점 같은 조선소 인부들, 개 한 마리, 그리고 지금은 동네 한바퀴 둘러보러 나가신 것 같은 긴 회색 머리의 얀 큰아버지의 그림자도 보인다. 저 멀리, 부두에서 오가는 배들의 돛도 보이고, 그 전경에는 전체가 검은색인 아트여호가 서 있고 회색과 빨간색 해안 경비함들이 움직이고 있어. 이제야 가로등에 하나씩 불이 들어오기 시작하네. 종소리가 울려 퍼지니까 인부들이 줄지어 문으로 향하고 가로등지기도 동시에 나타나 집 뒤에 있는 등에 불을 켜고 있다.

할 일이 많을 시기겠지만 틈 나면 편지해라. 무엇보다 에턴으로 출발할 날짜가 정확하게 잡히면 꼭 알려줘. 혹시 크리스마스 전인 금요일이나 토요일에 함께 도르드레흐트에 갈 수는 없을까? 기왕 하는 여행이나 산책이나 최대한 활용하는 게 나을 것 같아서 그래.

같은 집에 사는 사람들에게 안부 전하고 혹시 가게 되거든 하네베이크 씨와 판 스토컴 씨 가족에게도 안부 전해라. 테르스테이흐 씨도 슈틸러 지도를 알고 계실까? 잘 있어라, 테오야. 우리가 다시 만나기 전까지 내가 편지 쓰지 않더라도 건강히 잘 지내라. 마음으로 청하는 진심어린 악수 받고, 언제나 내 말 명심해라.

형은 너를 사랑한다. 빈센트

116네 ___ 1877년 12월 9일(일)

테오에게

네게 편지하는 일을 더 이상 지체하면 안 되겠다는 생각이 들었어. 세 가지 일에 대해 너한테 고맙다는 말을 먼저 전해야 하기 때문이야.

첫째, 네가 보내준 4장짜리 편지가 정말 반갑고 기뻤어. 이 땅에 나만큼 걷는 걸 좋아하는 다른 형제가 살아 있다는 사실이 감사하기 때문이야. 생각할 거리나 할 일도 많은 상황에서 문득, 여기가 어디지? 난 무얼 하고 있는 거지? 어디로 가는 거지? 이런 생각을 하다가 현기증이 일기도 하잖아. 하지만 그럴 때면, 익숙한 목소리, 아니, 아주 익숙한 글귀 덕분에 우리가 여전히 이 땅에 단단히 발을 붙이고 서 있다는 사실을 깨닫게 된다.

둘째로는 E. 프레르를 다룬 「갈르리 콩탕포렌」을 보내줘서 고맙다. 흥미로운 인물인데 그와 관련된 물건이 생기니 너무 반가웠어. 그리고 마지막으로 고마운 건 우표 10장인데, 과분하다는 생각이 들 정도다. 이렇게나 많이 해줄 필요는 없었는데. 모든 것에 대해 진심에서 우러나는 마음으로 악수 청한다.

성 니콜라 축일에 관해 몇 가지 전할 말이 있어. 에턴에서 반가운 편지를 받았는데 그 안에 장갑 한 켤레 살 우편환이 들어 있더라. 그런데 장갑은 이미 가지고 있어서 다른 걸 샀어. 바로 슈틸러 지도에서 나온 스코틀랜드 지도야. 세이파르트 서점에서 특별 판매를 하는데 그런 기회는 자주 없거든. 이 지도도 똑같이 따라 그려서 한 장이 더 있는 셈인데 마침 해리 글래드웰에게도 크리스마스 선물을 주고 싶다는 생각이 들더라. 네게 보내면 네가 파리로 가는 화물에 넣어서 보내주면 좋겠다. *반석 위에 집을 지어야 한다.* 스코틀랜드, 노르망디, 브르타뉴가 말 그대로 반석 위에 지어진 땅이 아닐까? 내가 보내는 지도를 받으면 한번 자세히 들여다봐라. 공부하는 과정과 집 짓는 과정을 비교하면 지금 이 시기는 기초를 다지는 시기라고 할 수 있어. 그러니까 기초가 반석 위에 다져진다는 뜻이야.

그건 그렇고, 아무튼 그날 저녁 이야기를 이어나가야겠다. 코르 작은아버지에게는 보쉬에의 『추도사』를 받았어. 아주 근사한 판형인데 생긴 것도, 크기도, 내용도 아주 완벽한 책이야. 무엇보다 사도 바울의 '내가 약할 때 오히려 강하기 때문입니다' 성경 구절이 포함돼 있어서 너무 좋다. 아주 고급스럽고 우아한 책이야. 크리스마스에 보여줄게. 지금까지도 흥분을 감출 수 없어서 어딜 가든 주머니에 넣고 다닌다. 그런데 이제는 그만 가지고 다니려고. 책이 상할 수도 있으니까. 멘데스에게 클라우디우스의 저서를 여러 권 받았는데 근사하고 아주 튼튼한 책이야. 나는 그 친구한테 토마스 아 켐피스의 『그리스도를 본받아』를 보내줬지. 첫 장에 이 말씀을 적었다. '그래서 유대인도 그리스인도 없고, 종도 자유인도 없으며, 남자도 여자도 없습니다. 여러분은 모두 그리스도 예수님 안에서 하나입니다.' 스트리커르 이모부에게는 시가 한 통을 받았어. 내가 그걸 어떻게 활용했는지 알아? 안 그래도 루스 씨 가족들이 내게 참 잘해줬거든. 그래서 선물할 게 뭐 없을까 고민하고 있었는데 시가 한 상자가 해결해줬지. 그리고 저녁에 방에 오니 얀 큰아버지가 내 책상 위에 편지를 올려놓으셨더라. 그래서 포스와 케이의 집으로 갔더니 이모와 이모부가 계시긴 했는데, 오래 앉아 있을 수는 없었어. 8시부터 10시까지 텍세이라 선생님과 수업이 있었거든. 얀 큰아버지도 그날 저녁은 코르 작은아버지 댁에 가셨어.

브르타뉴 지도에 그 이름들을 적어넣자는 계획은 아주 괜찮은 것 같다. 크리스마스에 가져와서 한번 비교해보자.

네가 에턴 가는 길에 헤이그도 들러가라고 했었잖아. 기꺼이 그러고 싶은데, 혹시 루스 씨 댁에서 하룻밤 묵을 수 있을까? 그럴 수 있으면 굳이 편지로 알릴 필요까지는 없어. 일단 가능하다고 생각하고 있을게. 네 방을 다시 한 번 보고 싶고, 담쟁이덩굴도 보고 싶고 그렇다. 그럴 기회가 한 번 더 있었으면 정말 좋겠어.

크리스마스가 기다려진다! 몇 번을 얘기해도 그 심정을 다 표현할 수 없을 정도야. 지금까지 내가 한 일들에 대해 아버지가 만족하셨으면 좋겠다. 오늘은 날씨가 정말 좋았어. 어둠이 내리기 시작할 때, 작은 교회 근처의 산사나무 울타리 사이로 보이는 경관이 기가 막히게 아름답다.

이번 주에 멘데스와 '자기 목숨까지 미워하지 않으면, 내 제자가 될 수 없다'는 말씀에 관해 이야기를 나눴어. 멘데스는 다소 격한 표현이라고 말했고, 나는 순수한 진리라는 주장을 꺾지 않았어. 토마스 아 켐피스도 스스로에 대한 평가와 관련된 부분을 언급할 때 똑같이 주장했었잖아? 사람은 자신보다 훨씬 많은 걸 이룩하고 더 나은 사람을 보면, 남들 같은 경지에 다다르지 못한 자신의 삶을 순식간에 증오하게 된다. 토마스 아 켐피스를 생각해보라고. 그가 쓴 책은 정직하고 진지하고 단순할 뿐만 아니라, 그 이전에도, 그리고 아직까지 그 누구도 이렇게 진실된 글을 쓴 적은 없잖아. 분야를 바꿔보라고. 밀레의 작품을 떠올려봐. 아니면 쥘 뒤프레의 〈떡갈나무〉나. 두 작품 모두 "바로, 그거야!"의 바로 '그거'잖아. 오늘 일요일, 잘 보내라. 너랑 함께 있을 수 있다면 얼마나 좋을까!

얀 삼촌이 하를럼으로 떠나셔서 오늘밤은 혼자만의 시간이 생겼지만, 할 수 있는 일만큼이나 해야 할 일이 여전히 많다.

네가 보내준 E. 프레르에 관한 잡지가 내게 얼마나 큰 선물인지 몰라. 언젠가 구필 화랑에서 그 사람을 내 눈으로 직접 봤거든. 순수한 분위기가 물씬 풍겼어. 그 사람 이력에 이런 말이 있어. Enfin il vainquit(결국, 해냈다). 언젠가 우리도 그렇게 될 수 있기를 바란다! 불가능한 일은 아니야. 그러니까 항상 이렇게 생각해야 하는 거야. '나는 결코 절망하지 않는다.' 어느 날 갑자기 '그걸' 찾아내는 사람은 없어. 자신만의 '그걸' 찾아낸 사람들은 저마다 길고 힘든 준비과정을 거쳤어. 집을 세우기 위해 반석을 다지는 기간인 거지.

이제 좀 서둘러야겠다. 해야 할 공부가 남아 있거든. 아마 다음 주중 하루를 잡아 헤이그에 갈 수 있을 것 같아. 대략 목요일, 아니면 그 이후가 될 수도 있어. 우선 가장 효과적으로 공부할 수 있는 계획을 짜봐야 알 것 같다. 헤이그에서 도르드레흐트로 갈 수 있으면 좋겠다. 네가 토요일 저녁에 출발하면 도르드레흐트 역에서 만날 수 있는데. 그러면 나는 루스 씨 댁에서 이틀쯤 머물 수 있어. 헤이그에 가서 며칠 더 있으면서 지인들 몇 명 더 만난다고 해서 손해 볼 것도 없으니까.

반면, 마우베 형님이 이사 간다는 건 좀 아쉽다.* 같이 만나러 갈 수 있으면 좋겠다. 작년 그날 밤처럼 말이야. 그날 정말 좋았지!

인간은 천성적으로, 아무리 잘 봐줘도 도둑에 지나지 않는 타락한 존재지만 하나님의 축복과 가르침을 받으면 더 높은 곳, 더 고귀한 자리에 이를 수 있어. 그래서 사도 바울도 헤롯 왕에게 솔직하고 자신 있게 이렇게 말할 수 있었던 거야. "조금 있든, 오래 있든, 나는 임금님만이 아니라 오늘 내 말을 듣는 모든 이들이 이 사슬만 빼고 나와 같은 사람이 되기를 하나님께 기도합니다." (사도행전 26장 29절)

석판화에 관해 네가 편지에 적은 글, 정말 고맙다. 한 가지만 더. 〈위로자 그리스도〉와 짝을 이루는 쌍둥이 작품을 보냈던데 정말 반가웠다.

너도 이 스코틀랜드 지도 하나 가지고 있어서 나쁠 건 없을 것 같다. 그러면 네게도 슈틸러 지도 3장이 생기는 셈이잖아. '셋이 모이면 좋은 일이 있다'는 옛말도 있으니까. 그러니 이번에도 한 장 더 받아두고, 절대로 네 돈을 들여서 사지는 말아라. 처음에는 글래드웰에게 보내는 이 지도를 네게 줄 생각이었는데, 아무래도 그 친구에게 간간이 내 소식을 전하는 게 내 의무가 아닐까 하는 생각이 들었어. 그 친구도 크리스마스는 루이셤에서 보낼 수 있기를 바랄 뿐이다. 여기 미술관에 있는 카위프의 그림 너도 알지. 〈유서 깊은 한 네덜란드 가문〉. 글래드웰이 그 그림을 한참을 가만히 서서 보다가 '반석 위에 지은 집'과 루이셤에 있는 부모님 집 이야기를 하더라고. 나도 그 집에 대한 남다른 기억이 있거든. 그 집에는 크고 강렬한 사랑이 언제나 넘쳐흘렀어. 그리고 지금도 그 사랑이 해리의 마음속에 불타오르고 있어. '죽지 않고 잠들어 있을 뿐'이야.

나 때문에 번거롭게 루스 씨 댁에 연락하지는 말아라. 내가 그럴 수 없게 되면 굳이 묻지 않아도 네가 알 수 있을 테니 그냥 편지로 알려주면 내가 알아서 할게. 별 문제 없으면 그냥 전날

* 사촌 매형이며 화가인 안톤 마우베가 라렌으로의 이사를 앞두고 있었다.

에만 말씀드려도 될 거야.

네가 하는 일에 행운이 깃들고, 번창하기를 기원한다. 신경 써야 할 게 많겠지만, 무엇보다 이런 고통, 혹사, 아니 온갖 종류의 시련을 이겨내면 남들에게 인정받을 수 있는 거야. 왜냐하면 그 시련을 오래 견뎌내야 성장할 수 있거든. 어떻게든 네가 토요일에 출발할 수 있으면 좋겠다. 집에서 크리스마스 전인 일요일에 우리 형제가 같이 뭐를 좀 해줬으면 하는 것 같더라. 어쨌든 잘 있어라. 너한테 별다른 소식 없으면 나는 목요일이나 금요일, 12월 20일이나 21일에 도착할 예정이야.

바르그의 『데생 기법』에서 떨어져나온 안 드 브르타뉴 사진, 벽에 다시 붙여놨다. 그래, 인간은 천성이 바르지 않아. 하지만 하루하루 치열하게 살다 보면 가치를 회복하고 위엄을 얻을 수 있어. 안 드 브르타뉴의 얼굴을 한참 동안 바라보다가 머릿속에 문득 든 생각이야. 왕가의 후손인 그녀의 얼굴을 보고 있으면 이런 말이 떠올라. '병고에 익숙한 고통의 사람, 슬프지만 항상 기뻐하는 사람'.

à Dieu. 같이 사는 사람들에게 안부 전하고 내 말 명심해라.

형은 너를 무척 사랑한다. 빈센트

너한테 다른 소식 없으면 목요일이나 금요일인 12월 20일 혹은 21일에 갈 생각이다.

116a네 ——— 1877년 12월 30일(일), 에턴

테오에게

새해에는 네게 행운이 깃들기를 진심으로 기원한다. 모든 면에서 행복하고 번창하는 한 해가 되었으면 좋겠다. 여기서 너와 함께 보낸 시간은 정말 좋았지만, 너무 짧아서 아쉬웠다. 내 휴가도 곧 끝나가는데 나는 적어도 하루 정도 더 머물 생각이야. 아버지가 너무 바쁘신 탓에 아무래도 내 향후 공부에 대한 논의는 조용한 분위기에서 하는 게 나을 것 같아서 말이야.

아버지는 선달그믐날 프린센하허에 설교를 하러 가셔야 해. 카윌만 목사님이 넘어지시면서 팔을 삐는 큰 부상을 당하셨다더라고. 그래서 송구영신 예배를 맡으실 수 없어서 아버지께 부탁하셨대. 아버지는 열흘 동안 아홉 번 설교를 하시는 거야.

해리 글래드웰에게 아직 지도를 보내지 않았으면 조금 더 기다려봐라. 지금 파리에 없다더라고. 오늘 그 친구 아버님께 편지를 썼으니 조만간 답이 올 거야. 작은 두루마리에 뭐 하나 더 넣어 보낼 수 있을까 싶다. 메소니에 동판화 복제화를 두고 갔더라. 조만간 쥘 브르통의 〈겨울의 밀밭〉 석판화 복제화와 함께 보내줄게. 네 개인 수집품이라 내가 갖는 건 아닌 것 같다.

지난주에는 눈이 내려서 막내 코르가 썰매를 타고 신나게 놀았어. 학스트루스 씨 댁에 머무는 여자아이도 같이 나와서 놀기에 내가 썰매를 끌어줬다. 오늘은 아버지, 어머니, 막내와 함께 즐거운 산책을 하고 왔어. 너도 있었어야 했는데 아쉽다. 어제는 요즘 교회 회의실에서 진행되는 재봉 수업을 구경하고 왔는데 보기 좋았어. 그런 장면을 그림으로 표현하면 딱 좋겠더라. 아이들이 상당히 많이 참여하던데.

브르타뉴와 관련된 그림이 또 떠오르더라. 리보의 〈기도〉. 어둠이 내린 교회 구석 자리에 여러 아이가 무릎을 꿇고 있지. 리보 본인이 직접 대형 동판화로 만든 것도 있는데, 아마 너도 본 적 있을 거야. 자크도 똑같은 그림을 동판화로 만들었는데 크기는 작았어.

오늘은 프랑스 혁명에 대해 기억나는 모든 걸 적은 목록을 만들었다. 뒷면에 작은 지도를 그려 넣으려고 만든 건데, 이런 식으로 조금씩 영역을 넓혀나갔으면 좋겠어. 예를 들면, 중세시대나 80년 전쟁 시대의 주요 사건들을 정리하는 식이지. 본 것이나 아는 것은 잊지 않게 기억해둬야 해. 필요할 때 쓸 수 있도록 말이야.

혹시 너도 이런 비슷한 목록 같은 걸 만들어야 하는 일이 생기면 나한테도 보내주면 좋겠다. 서로 비교해보자. 우리 지식을 비교해보는 것도 좋은 일이잖아. 우리가 가지고 있는 지식을 확실히 다지고 최대한 정확하게 알아두는 건 중요한 일이야. 무엇보다 수중에 돈이 떨어졌을 때는 이런 일로 그 공허함을 채우는 것도 좋아.

같이 사는 사람들에게 안부 전해라. 그 사람들에게도 내가 새해 인사한다고 전해주고. 암스테르담에 가는 길에 잠시 헤이그에 들렀다 갈 수도 있을 것 같다. 네가 두고 간 판화, 직접 가져다줄 수도 있어. 그렇다고 너무 기대는 말고. 다시 한 번 à Dieu. 진심 어린 마음으로 악수 청한다.

너를 무척 사랑하는 형, 빈센트

(편지 아래 여동생들이 적은 글)

사랑하는 오빠

행복한 새해와 행운이 깃들기를 기원합니다. 다들 구필 화랑에 관해 고등법원이 어떤 결정을 내릴지 궁금해 해요. 모든 면에서 오빠에게 유리한 결과가 나오길 모두 기대하고 있고요. 오빠랑 다시 함께 시간을 보낼 수 있어서 얼마나 기뻤는지 몰라요. '있었다'라는 과거로 이미 지나갔다는 게 너무 아쉬워요. 안 그래요? 이제 부활절이 기대되는데 오빠도 마찬가지겠죠.

내 잔소리 어땠어요? 카윌만 목사님은요? 어쩌면 팔을 다치셔도 이렇게 중요한 날 직전에 그런 일을 당하신 건지 참 안타까워요. 이만 줄여요. 빌레미나가 자기도 몇 자 적을 공간을 남겨달라고 하네요. 서둘러 마쳐요.

항상 오빠를 생각하는, 리스

테오 오빠 보세요

행운이 깃든 새해가 되기를 진심으로 기원해요. 리스 언니가 '사랑하는 오빠'라는 말은 실수로 잘못 쓴 거라고 전하랬어요. 우리 이제 자야 해요. 잘 자요. 좋은 하루 되고요!

오빠를 무척 사랑하는 여동생, 빌

117네 ___ 1878년 1월 9일(수)과 10일(목)

테오에게

지금은 좀 괜찮아졌는지 무척 궁금해서 급하게 편지하니 너도 여력이 생기거든, 엽서든 뭐든 속히 답장해주면 좋겠다.

나는 월요일 저녁에 여기 무사히 도착했어. 화요일 아침부터 다시 공부를 시작했다. 이번에는 내가 이전에 정리해서 적어둔 내용을 다시 한번 정리하며 옮겨 적을 계획이야. 단, 다른 일들을 다 마치고 시간이 따로 나면 그렇게 할 생각이다. 아버지가 그렇게 해보라고 조언해주셨거든. 기본적인 문법 지식과 동사에 대한 개념을 습득하면 번역 기술은 빨리 배울 수 있다고 하시더라. 해가 좀 더 일찍 뜨고 아침 추위가 좀 누그러져서 일찍부터 움직일 수 있게 되면 시간이 날 것 같다. 이른 아침부터 밤늦은 시각까지 공부하면 몇 달 안에 많은 걸 배울 수 있을 거야. 그렇게 해서 10월에는 시험을 치를 수 있으면 좋겠다.

코르 작은아버지 댁에서 괜찮은 데생 몇 작품을 봤는데 로휘선 신작도 있더라. 〈외교행사의 밤〉이라고, 강렬해. 마우베 형님이 오늘 저녁에 아르티ARTI*에서 강연을 한다. 가보고 싶긴 한데 너랑 형님 집에 갔던 날 밤에 그림을 이미 많이 봤잖아. 코르 작은아버지도 팔켄뷔르흐의 멋진 그림을 가지고 계셔. 작은 인물 넷이 있는 어느 농가의 실내를 그린 작품이야.

네게 받은 Th. 루소의 〈화덕〉하고 베이센브뤼흐의 〈레이스베이크의 예인로〉는 내 방에 걸어둘 생각이야.

헤이그에서 더 늦은 기차를 탈 수 없었던 게 유감스럽다. 조금이라도 더 같이 있을 수 있었을텐데. 봄 출장 때 또 만날 수 있으면 좋겠다. 여기는 요즘 혹독한 추위가 기승을 부리더니 오늘 아침에는 눈까지 내렸어. 센트 큰아버지가 오늘 떠나셔서 다행이야. 아마 저녁 무렵에는 파리에 도착하실 거야.

마우베 형님 집에 가거든 쥘 브르통의 〈농부〉를 가지고 있는지 물어보고 혹시 받게 되면 나한테 보내주면 좋겠다.

C. M.이 오늘 제롬의 〈프리네〉가 아름답지 않냐고 물으시더라. 그래서 난 이스라엘스나 밀

* 암스테르담에 있던 예술인 모임

레가 그린 못생긴 여자나 E. 프레르가 그린 작고 늙은 여인을 더 좋아한다고 대답했어. 〈프리네〉 같은 여자의 아름다운 육체가 무슨 의미가 있겠어? 아름다운 육체는 동물들도 가지고 있어. 어쩌면 인간보다 더 아름다울 수도 있지. 하지만 이스라엘스, 밀레, 프레르가 그린 인물들은 동물들이 가질 수 없는 영혼을 지녔어. 삶이라는 게 우리에게 주어진 이유가 비록 삶 속에는 고통이 숨겨져 있지만, 영혼을 살찌우라고 주어진 게 아닐까? 제롬의 그림 앞에 서면 나는 솔직히 호감을 거의 못 느껴. 내 눈엔 아무것도 안 보이거든. 아무 의미가 없으니까. 노동의 흔적을 간직한 손이 고운 손보다 훨씬 아름다워. 아름다운 여자와 파커 같은 사람, 아니면 토마스 아 켐피스, 아니, 메소니에의 그림 속 주인공들 사이에는 더 큰 차이가 있어. 그러니까, 주인을 둘이나 섬기지 못하듯이 서로 다른 걸 동시에 좋아할 수는 없는 거잖아. 그렇다고 모든 것에 똑같이 호감을 가질 수도 없는 거고.

C. M.이 다시 여쭤보시더라. 아름다운 여성이나 젊은 아가씨를 만나면 아무런 감정이 들지 않느냐고. 그래서 이렇게 말씀드렸어. 차라리 추한 여자, 나이 든 여자, 가련한 여자, 어떤 이유로든 불행한 여자, 삶 속에서 슬픔을 경험하면서 이해력과 영혼을 갖게 된 그런 여자 앞에서 감정이 살아난다고. C. M. 댁에는 마리스가 그린 근사한 데생도 있어. 마을을 그린 건데 전경에 물과 광활한 하늘을 그린 그림이야. 너도 아마 아는 그림일 거야.

속히 편지해라. 네게 행운이 있기만을 기원한다. 같은 집에 사는 사람들에게 안부 전해라. à Dieu. 진심 어린 마음으로 악수 청하니 받아주고 언제나 내 말 명심해라.

형은 너를 사랑한다. 빈센트

118N ____ 1878년 2월 10일(일)

테오에게

오늘은 일요일이고 저녁이 되니, 너한테 다시 짤막하게나마 소식 전하고 싶어졌다. 또 그만큼 네 편지도 받고 싶고. 그러니 속히 편지해라. 생각만으로는 언제나 너와 함께 하니까. 너도 일요일 잘 보냈기를 바란다.

알다시피 아버지가 여기 오셔서 정말 기분 좋았어. 아버지랑 같이 멘데스의 집에도 가고, 스트리커르 이모부 댁에도 가고, 코르 작은아버지 댁은 물론 두 메이여스 목사님 댁에도 각각 찾아갔어. 가장 기억에 남는 건 아버지랑 같이 보낸 아침 시간이었어. 내 공부방에서 내가 지금까지 해온 걸 같이 보고 이런저런 이야기도 나눴거든.

그렇게 보낸 날들이 얼마나 순식간에 지나갔을지 너도 잘 알 수 있을 거야. 아버지를 역까지 배웅해드리고, 떠나는 기차와 연기가 시야에서 사라질 때까지 쳐다보다가 집으로 돌아와 내 방에 들어가서 전날 펼쳐놓았던 책들과 종이가 그 상태로 남아 있는 책상 옆, 아버지가 앉으셨던 그 의자가 눈에 들어오던 순간, 조만간 다시 만나게 될 걸 잘 알면서도 꼭 어린아이처럼 하염없이 슬퍼지더라.

오늘 아침에 영국 교회에 나갔다가 나오는 길에 비르다 씨를 만났어. 함께 좀 걸었지. 자기 방에 초대하더라. 베테링스트라트에 사는데 같이 가서 커피 한 잔 마시고 3시쯤까지 머물며 그 양반 책도 구경하고, 그 양반 살아온 과정도 듣고 그랬다. 집에 돌아와서 카이사르의 명언을 번역한 다음에 오후에 스트리커르 이모부 댁에 갔어. 돌아와 보니 얀 큰아버지가 외출하셔서 아버지가 돌아가신 후에 다시 집에 혼자 있게 됐어.

오늘은 안개가 끼더라. 아버지가 계시는 동안은 다행히 날이 좋았던 덕분에 여기저기 산책도 많이 다녔어. 큰아버지는 화요일에 오실 거야.

다들 그렇듯 연초라 너도 할 일이 많겠다. 나도 마찬가지야. 시험이 다가올수록 해야 할 일들이 점점 늘어난다. 어서 해가 조금이라도 빨리 뜨는 날이 찾아왔으면 좋겠다.

아버지가 마리스 작품 사진은 잊지 않고 돌려주셨니? 판 호이언 판화 복제화 〈도르드레흐트〉가 그 자리에 걸려 있더라. 지난번에 여기 미술관에서 그 그림을 보러 갔었는데 역시 모든 면에서 아주 훌륭한 그림이었어. 네가 돌아오면 너랑 같이 지난번, 렘브란트 복제화 보러 갔던 것처럼 뒤러의 동판화 복제화도 보러 가고 싶구나.

요즘 같은 우중충한 날에도 스헤베닝언은 화창하겠지! 거기는 가끔 가 보니? 헤이그 미술관에 전시된 라위스달 그림 같을 거야. 얼마 전에 「퀸스트크로네이크」에 석판화가 실렸는데 정말 아름답더라니까!

마우베 형님은 어떻게 지내? 잘 지내면 좋겠다. 만난 지 좀 됐지?

요즘은 스트리커르 이모부가 일주일에 한두 번씩 수업을 해주고 계셔. 도움이 많이 된다. 이렇게 박식한 이모부가 시간을 내주셔서 정말 다행이야.

이만 줄여야겠다, 아우야. 진심 어린 마음으로 악수 청한다. 공부할 준비 해야겠다. 또 편지하고 언제나 내 말 명심해라.

형은 너를 사랑한다. 빈센트

마우베 형님 보거든 안부 전해라. 잘 자라, 아우야. 자정이 될 때까지 편지 썼다.

119N ___ 1878년 2월 18일(월)과 19일(화)

테오에게

2월 17일에 쓴 편지, 잘 받았다. 간절히 기다렸던 소식이라 정말 반가웠어. 아우야, 조만간 또 편지할 생각이야. 그만큼 매 순간, 네 생각을 하고 네가 정말 보고 싶다. 매일 아침, 공부방 벽에 걸린 판화 그림들을 볼 때마다 네 생각이 나. 〈위로자 그리스도〉와 쌍둥이 작품, 판 호이언의 판화, 〈도르드레흐트〉, Th. 루소의 〈화덕〉. 모두 네가 준 것들이라 네 잔소리는 숯 보고 검정 나무라고 하는 경우와 다를 바 없다. 이따금 네가 가지고 있는 것들과 잘 어울릴 만한 판화를 찾아서 네 방에 걸어 두라고 보내면 마치 해선 안 될 짓을 한 것처럼 잔소리하잖아. 그 이야기는 여기까지 하고, 내 얘기를 할게. 다만, 수집품 목록을 풍성하게 만들어줄 좋은 작품을 찾았는지 편지해라.

어젯밤에 C. M. 댁에 갔다가 일 년치에 달하는 「라르(L'Art)」가 쌓여 있는 걸 봤어. 코로의 목판화 복제품이 수록된 특별판은 너도 가지고 있을 거야. 그런데 내가 놀란 건, 거기 수록된 밀레의 데생 목판화 복제화였어. 〈낙엽〉, 〈까마귀의 결혼식〉, 〈늪에 빠진 당나귀〉(안개효과), 〈벌목꾼〉, 〈빗질하는 아낙네〉, 〈농가〉(밤 효과) 등등. 코로의 동판화 복제화도 있었어. 〈모래 언덕〉과 쥘 브르통의 〈세례 요한〉도 있었고. 쇼벨의 작품도 있었고 또 밀레의 〈강낭콩〉도 있었어.

일요일 오후에서 밤까지 얀 큰아버지와 같이 있었어. 한마디로, 하루를 잘 보냈다는 뜻이다. 아침에 일찍 일어나서 프랑스 교회에 갔어. 프랑스 리옹 근처에서 오신 목사님이 설교를 하셨는데 선교 활동 기금 마련 때문에 오셨더라고. 무엇보다 자신이 사는 지역의 공장 근로자들의 삶에 관해 많은 이야기를 하셨어. 말씀이 유창한 것도 아니고, 말투도 투박한 데다, 서투른 부분도 군데군데 보였지만 공감되지 않은 건 아니야. 진심에서 우러난 게 느껴졌거든. 남들의 마음을 움직이려면 진심만큼 효과적인 건 없잖아.

그다음에는 1시까지 애들러 목사님이 운영하는 바른데스테이흐의 주일학교에 가야 했어. 애들러 목사님은 거기서 오랜 역사를 지닌 작은 교회 운영을 맡고 계시거든. 주일학교는 교회 작은 방에서 열리는데 그 시간, 그러니까 한낮에도 불을 켜야 해. 인근 빈민가 아이들 대략 스무 명 정도가 모여 있었어. 목사님은 외국인인데도 네덜란드 말을 하시고(그런데 예배는 영어로 진행돼) 교리교육도 네덜란드 말로 하셔. 하지만 친절하시고 능력도 있는 분이야. 아버지 생신 선물로 드리려고 그리고 있던 성지 지도를 가져갔었거든. 두툼한 갈색 종이에 빨간 색연필로 그린 것 말이야. 그걸 애들러 목사님께 드렸어. 주일학교가 진행되는 방에 더 어울릴 것 같더라고. 그 지도가 벽에 걸린 걸 보면 기분이 좋을 것 같아. 애들러 목사님은 베헤인호프에서 작은 영국 교회를 운영하시는 멕팔레인 목사님 댁에서 만났어. 종종 찾아가는 교회야. 어쨌든 반갑게 맞아주셔서 다음에 또 갈 수 있으면 좋겠다.

영국 목사님 댁만 간 건 아니고, 하흐네빈 목사님 댁에도 갔지. 날 반겨주셨는데, 저녁에 날을 잡고 다시 오라고 하시더라. 그렇게 약속한 날이 오늘 저녁이야. 그래서 지금 나가봐야 할 것 같다. 다녀와서 어떤 이야기를 하고 왔는지 이어서 쓸게. 아버지도 사람들을 만나 인맥을 넓히는 게 도움이 된다고 말씀하셨어. 다시 프랑스어나 영어를 쓰게 되니 괜히 기분이 좋아지더라. 너무 오랜만이라 좀 어색하기도 했다.

사도 바울의 여정을 기록한 지도를 그리려고 두 번이나 새벽같이 일어났어. 여전히 그리는 중이고 완성도를 조금 더 높인 덕분에 이제는 제법 그럴듯해 보이고, 지명도 프랑스어로 적어 넣었어. 아버지께 드린 것과 내 서재에 걸어둔 것보다 훨씬 나은 것 같기도 하다. 이 지도를 하흐네빈 목사께 드릴 생각이야. 내 방문이 깊은 인상을 남겼으면 하는 바람이기도 하고 상당히 명석한 분이시니 나중에 이런저런 조언을 받을 수 있었으면 하는 마음 때문이기도 해. 내 의사를 진지하게 받아들이신다면 말이야.

지금 하흐네빈 목사님 댁에서 돌아왔다. 그런데 너무 바빠서 만나줄 수 없다는 말만 들었어(정작 목사님 본인이 날짜와 시간을 정했는데). 음악소리가 들리던 걸 보니 무언가 하시는 도중인 것 같길래, 그분을 위해서 가져간 걸 건네며 꼭 전해달라고 부탁했다. 아무래도 가끔은 이런 걸 만들어야 할 것 같다는 생각도 들어. 내가 시험에 통과하리라는 보장도 없고, 내게 주어진 것들을 동시에 다 해낼 수 있을지도 모르겠거든.

최소 5년은 걸리는데 그것도 긴 시간이잖아. 몇 살이라도 어려서 시작했으면 훨씬 쉽게 해냈을 거야. 공부도 더 많이 하고 집중을 방해하는 다른 일에 관심도 덜 가졌을 뿐만 아니라 다른 이들이 좋아할 만한 것들에 관심도 두지 않았을 거라고. 그렇다고 해도 공부는 내게 힘든 일이다. 시험에 통과하지 못하더라도 어쨌든 내가 살아온 흔적을 여기저기 남기고 싶구나.

시험을 위해 알아야 할 것들이 어마어마하다. 주변에서는 다들 나를 안심시키려고 애를 쓰지만 이루 말할 수 없이 극심한 불안감이 항상 따라다녀. 그저 공부하는 것 외에는 달리 불안감을 잠재울 방법이 없더라. 무슨 일이 있어도 내가 꼭 해야 할 일이니까. 그래서 계속 앞으로 나아간다! 멈추거나 물러서는 건 생각하기도 싫어. 그건 최악의 상황에 몰리는 것인 동시에 난관을 자청하고 결국엔 전부 다시 시작해야 한다는 뜻이기 때문이야.

집에서 좋은 소식을 전해왔어. 다행히 아버지 출장 일이 잘 마무리된 것 같더라.

많이 늦은 시각인데 너무 피곤하다. 오늘은 여기저기 너무 많이 다녔거든.

네 앞길에 행운이 깃들기만을 바란다. 직장뿐만 아니라 네가 하는 모든 일에도 행운을 기원한다. 루스 씨 가족에게도 안부 전하고 마음으로 청하는 진심 어린 악수 받아라. 잘 자고 내 말 명심해라.

형은 너를 무척 사랑한다. 빈센트

화요일 아침이다. 날이 너무 좋다. 이참에 멘데스를 찾아가 볼 생각이야.

120네 ___ 1878년 3월 3일(일)

테오에게

네게 다시 편지 쓸 때가 된 것 같다. 너와 함께 있고 싶은 마음 간절하구나! 여기는 오늘 날씨가 너무 좋아서 봄이 다가오는 게 물씬 느껴질 정도야. 시골에 있으면 벌써 종달새 지저귀는 소리가 들릴 텐데 도시에서는 그 소리를 듣기 힘들어. 진심에서 우러나는 설교를 해주시는 어느 교회의 나이 지긋한 목사님 목소리를 종달새소리 같다고 생각하지 않는 이상은 말이지.

오늘도 코르 작은아버지 댁에 갔다가 막 돌아왔어. 벽지를 새로 붙이고 바닥에도 회색 새 카펫을 까셨더라. 우아한 책장에는 이제 빨갛게 장정된 「가제트 데 보자르」가 순서대로 꽂혀서 아주 근사해졌어. 삼촌이 도비니가 사망했다고 하시더라. 솔직히 고백하는데, 브리옹이 사망했다는 소식을 들었을 때만큼이나 슬프고 괴로웠어(〈식사기도〉가 내 방에 걸려 있어). 왜냐하면 이런 화가들의 그림은, 제대로 보고 이해할 수만 있으면 우리가 생각하는 것보다 더 깊숙이 우리 마음속까지 들어와 감동을 전하는 힘을 가지고 있기 때문이야. 죽어가면서 자신이 이렇게 아름다운 걸작을 만들어냈다는 사실을 인식할 수 있다면 그 기분이 꼭 그리 나쁘지만은 않을 거야. 그 걸작 덕분에 적어도 몇 사람의 기억 속에 살아 숨 쉬게 되고, 같은 일을 하는 후대에게 좋은 본보기로 남을 수 있다는 사실을 알고 이 세상을 떠난다면 말이야. 작품이라는 것은 걸작이라 해도 길이길이 보존될 수는 없어. 하지만 그 걸작 속에 표현된 정신만큼은 오래 남는 법이야. 세월이 흐른 뒤 후대의 누군가가 따라해도 그건 선대가 걸어간 길을 따라가는 것에 지나지 않아.

걸작 얘기를 하다 보니 너도 네덜란드어로 된 『그리스도를 본받아』를 가지고 있으면 좋겠다는 생각이 드는데 조만간 보내줄 수 있을 것 같다. 언제든 주머니에 넣고 다닐 수 있을 정도로 작은 판형이야.

삼촌이 도비니 이야기를 하실 때 문득 그가 만든 라위스달 그림의 동판화 복제화가 떠올랐어. 〈수풀〉과 〈한 줄기 햇살〉. 한번 구해보시겠대. 본 적 없는 그림들이라고.

지난 월요일 밤에는 하흐네빈 목사님 댁에 다녀왔어. 사모님하고 따님도 만났고 서재에서 목사님과 11시까지 이런저런 이야기를 나눴지.

네덜란드 역사를 진지하게 공부하면서 촘촘하게 적어 30쪽 정도로 요약해봤어. 로휘선이 레이던 포위 같은 역사적 사건을 그림으로 그렸던 거 알고 있어? 아마 더 포스 씨라는 분이 소유하고 있을 거야. 지금은 역사 전반을 공부하고 있어. 네가 다시 여기 와주면 정말 좋을 텐데. 최대한 오래 머물 수 있는 방법이 있는지 한번 알아봐라. 그리고 시간이 되면 또 속히 편지해라. 네 편지가 내게 얼마나 큰 기쁨인지 잘 알잖니.

최근에 읽은 감동적인 작품은 뭐가 있었니? 언제 시간 내서 엘리엇의 작품들을 읽어봐라. 절대 후회하지 않을 거야. 『애덤 비드』, 『사일러스 마너』, 『펠릭스 홀트』, 『로몰라』(사보나롤라 이야기), 『성직자의 일상 풍경』 등이 있어. 나도 시간이 나면 다시 읽어볼 생각이야.

혹시 밀레가 직접 만든 동판화 본 적 있니? 오늘 같은 초봄을 배경으로 농부가 정원에서 손수레 위에 거름을 잔뜩 싣고 가는 장면이야. 밀레가 〈땅 파는 사람들〉을 동판화로 만든 것도 기억해둬라. 우연히 보더라도 절대 쉽게 잊히지 않는 그림이야. 아침에 스트리커르 이모부가 성경에서 *거름*이라는 단어가 들어간 구절을 찾으시는 동안에 이 동판화들이 가장 먼저 내 머릿속에 떠오르더라고. '이 나무를 올해만 그냥 두시지요. 그동안에 제가 그 둘레를 파서 거름을 주겠습니다.'

얼마 전에 기억나는 대로 브리옹의 그림 목록을 만들어봤다. 다음에 여기 오면 내가 얼마나 많이 빠뜨렸는지 알려주렴. 날짜를 미리 알려주면 나도 그날에 맞춰 미리 공부를 더 해두고, 우리가 조금이라도 더 함께 보낼 수 있을 거다. à Dieu, 마음으로 악수 청한다. 그리고 내 말 명심해라.

형은 너를 사랑한다. 빈센트

얀 큰아버지가 네게 안부 전하신다.

121네 ____ 1878년 4월 3일(수)

테오에게

우리가 나눴던 이야기를 되짚어보다가 문득, 머릿속에 이 문장이 떠오르더라. Nous sommes aujourd'hui ce que nous étions hier(오늘의 우리는 어제의 우리다). 정체된 채로 살라거나 나아지려고 노력하지 말라는 뜻이 아니라 반대로, 발전하고 나아질 수 있는 방법을 찾아야 하는 절박한 이유를 설명하는 문장이야. 그런데 이 말대로 살려면, 뒤로 물러설 수 없어. 그리고 사실, 자유롭고 자신감 넘치는 시각으로 모든 것을 다시 바라보기 시작하면, 뒤로 되돌아가거나 포기하겠다는 생각이 들지도 않아.

'오늘의 우리는 어제의 우리'라고 말한 사람들은 honnêtes hommes(정직한 사람들)이야. 그들이 수립한 기본법의 측면에서 보면 당연한 거지. 그 기본법은 어느 시대에나 유효하겠지만 avec le rayon d'en haut(저 높은 곳에서 오는 빛)과 d'un doigt de fe(불의 손가락)으로 작성됐다는 말도 있어. '정직한 사람'이 되는 건 좋은 일이야. 더 나은 사람이 되려고 실질적으로 노력하는 것도 마찬가지고. 그래서 이 말은 homme intérieur et spirituel(내면의 영적인 사람)을 뜻하는 말이야.

만약 우리가 이런 사람이라는 걸 분명하고 확실히 알 수만 있다면, 좋은 결과를 의심하지 않고 언제나 침착하고 차분하게 갈 길을 가게 될 거야. 언젠가 교회에 들어온 한 남자가 이렇게

물었어. "내 열정으로 인해 길을 잃고, 가지 말아야 할 길로 계속해서 가고 있는 건 아닌지요? 오! 이런 의심 속에서 빠져나와 극복하고 성공할 수 있다는 강한 확신을 가질 수는 없습니까!" 그러자 하늘에서 응답하는 목소리가 들렸어. "그런 확신을 가지면 어떻게 할 생각이냐? 확신을 가진 것처럼 하여라. 네가 부끄러운 일을 당하지 않으리라." 그래서 남자는 자기 갈 길을 갔어. 의심을 버리고 믿음을 가지고. 그리고 일터로 돌아가 더 이상 의심하지 않고, 주저하지 않고 살았어.

일반 역사 지식을 쌓는 것으로도 '내면의 영적인 사람'이 되는 게 가능할까? 성서 시대부터 프랑스 혁명기까지 시대별 위인들의 역사를 잘 알면 그게 가능할까? 『오디세이아』나 디킨스의 책, 미슐레의 책에 나온 이야기들을 알면 그게 가능할까? 렘브란트의 작품에서, 브르통의 〈잡초〉나 밀레의 〈일상의 네 가지 풍경〉, 드 그루나 브리옹의 〈식사 기도〉, 드 그루의 〈징집〉(아니면 콩시앙스이거나), 뒤프레의 〈떡갈나무〉 아니면 미셸의 〈풍차와 모래사장〉 등에서 무언가를 배울 수 있지 않을까?

우리의 의무에 대해서는 이미 충분히 많은 이야기를 한 것 같다. 어떻게 해야 올바른 경지에 오를 수 있는지에 대해서도. 이런 결론에 이르렀잖아. 우선 정확한 분야의 직업을 가져야 한다고. 헌신적으로 파고들 수 있는 그런 분야의 직업을. 그리고 이 부분만큼은 생각이 같았던 것 같다. 도달해야 할 목표를 두고 한눈팔지 말아야 한다는 것, 빠른 성공보다는 평생 일하고 노력을 통해 얻은 성공이 더 값지다는 것. 바르게 살며 고난과 실망을 경험했지만 쓰러지지 않고 버티는 사람이 상대적인 부를 갖추고 순조로운 삶을 살아온 사람보다 나은 법이야. 어느 쪽이 고결한 면을 더 갖추고 있다고 생각하니? 그건 이런 말이 적용되는 사람들이야. Laboureurs votre vie est triste, laboureurs vous souffrez dans la vie, laboureurs vous êtes bienheureux(노동자여, 당신의 삶은 슬프구나. 노동자여, 고통을 경험한 사람이여. 노동자여, 그대는 행복한 사람이다). Toute une vie de lutte et de travail soutenu sans fléchir jamais(투쟁과 강도 높은 노동에도 굴하지 않은) 삶의 흔적을 지닌 사람들이야. 이런 삶을 살도록 노력하는 게 좋다고 생각한다.

그러니 우리 길을 indefessi favente Deo(신의 가호로 지침 없이) 걸어 나가자. 나 같은 경우는 목사의 길을 걸어야 해. 이 세상에 도움이 되는 말씀을 전파하는 사람 말이야. 그러니까 남들 앞에서 설교하는 부름을 받기 전에 상대적으로 오랫동안 준비과정을 거쳐서 굳은 신념이 뿌리를 내리게 하는 것도 나쁘지 않지. 바르게 살아가려고 노력하면 좋은 일이 일어날 거야. 피할 수 없는 슬픔과 환멸을 느낄 수도 있을 거야. 어쩌면 어마어마한 실수를 저지를 수도 있고, 나쁜 짓을 행할 수도 있어. 그렇다고 해도 편협하고 옹졸한 사람이 되느니 실수를 하더라도 열정적인 마음을 갖고 사는 편이 더 나은 거야.

살면서 최대한 많은 것을 좋아하는 게 바람직하다. 진정한 힘이 거기서 나오거든. 좋아하는 게 많으면 많은 걸 하고, 많은 걸 할 수 있는 데다, 사랑으로 행해진 건 결과도 좋다. 이런저런 책을 읽다 감동하는 경우가 있는데, 예를 들면 미슐레의 〈제비〉, 〈종달새〉, 〈나이팅게일〉, 〈가을에 대한 염원〉, 〈여기서 한 여인이 보이네〉, 〈나는 특이한 이 작은 마을을 좋아했었다〉 등이야. 왜냐하면 순수함과 겸허함, 그리고 진심 어린 마음을 담아 쓴 글이기 때문이야. 짧지만 진정한 의미가 담긴 말은 발음하기는 쉽지만 공허한 말 여러 마디보다 낫다. 그런 말은 전혀 쓸모가 없기 때문이야.

사랑받아 마땅한 걸 꾸준히 사랑하고, 무의미하고 덧없고 가벼운 것들에 관심을 빼앗기지 않으면 우리 가는 길에 언제나 빛을 발견할 수 있고 강해질 수 있는 법이야.

한 분야에서 빨리 일솜씨가 능숙해지고 독립적으로 생각하고 행동하게 될수록, 단호한 규칙, 그러니까 한 인간의 성격보다 더 단호한 규칙을 고집하게 되는데, 그게 편협하게 된다는 뜻은 아니야. 인생은 짧고, 시간은 빨리 흐르니, 이렇게 사는 게 현명한 거야. 어떤 일에 능숙해지면 깨달음도 찾아오고 결과적으로 여러 방면으로 시야와 지식도 넓어지게 되니까.

세상 밖으로 나와서 사람들과 자주 만나도 좋지. 가끔은 의무적으로 그래야 할 때도 있고, 그렇게 하라는 명령을 받기도 해. 하지만 혼자서, 묵묵히 자기 일에만 전념하고 친구도 별로 없는 사람은 세상에서 가장 안전하게 자기 길을 가게 돼 있어.

아무런 어려움이나 걱정거리, 장애물이 없는 상황을 결코 믿어선 안 돼. 너무 쉬운 길로만 가지 않도록 애써야지. 교양 있는 사람들이 모이는 곳이나 우호적인 사람들과 같이 있거나 유리한 상황에 놓여 있더라도 로빈슨 크루소나 야생에 사는 사람들의 기질은 어느 정도 갖추고 있어야 해. 그런 게 없으면 자신의 뿌리를 내릴 수가 없어. 그리고 마음속에서 끓어오르는 열정을 밖으로 퍼뜨리지 말고 안에서 다스려야 해. 스스로 청빈한 삶을 받아들이는 사람은 진귀한 보물을 얻고 자신의 양심이 하는 말을 또렷이 듣게 돼. 주님이 내려주신 최고의 선물인 내면의 목소리를 듣는 사람은 친구를 만들 수 있고, 결코 혼자 남는 법이 없어.

주님을 향한 믿음이 있는 이들에게 행복이 있기를! 그들은, 비록 힘들 때도 있고, 슬플 때도 있겠지만 끝내 삶의 난관을 헤쳐나갈 수 있어.

어떤 상황에서도, 어디서도, 언제라도, 주님을 생각하고 주님을 알기 위해 애쓰는 것만큼 좋은 일도 없을 거야. 성경으로도 가능하고 모든 것으로도 가능해. 모든 것이 놀랍고 기적 같다고 믿는 게 좋다. 우리가 이해하는 것보다 훨씬 더 놀랍고 기적 같다고. 그게 진리기 때문이야. 때로는 감정을 숨겨야 하는 일도 있지만, 마음은 항상 겸허하고 유순하며 세심하게 쓰는 게 좋아. 그럴 필요가 있기 때문이야. 신중하고 이성적인 사람들의 눈에는 보이지 않지만 가난한 자, 순수한 자, 여성과 아이들에게는 너무나 자연스럽게 보이는 것들을 배우는 것도 좋은 일이야. 주님이 모든 인간의 영혼에 나눠주셨고 그 영혼 깊숙한 곳에서 살며 사랑하고, 희망하고, 믿는 것보다 더 나은 것을 배울 수는 없기 때문이야. 일부러 그 영혼의 불을 꺼뜨리지 않는 한.

무한함과 기적 외에는 아무것도 필요 없고, 주를 향한 믿음보다 낮은 것에 인간이 만족할 수 없는 게 당연할 뿐만 아니라, 그 믿음에 다다르지 못하거나 받아들이지 못하는 한, 오래도록 평온을 느낄 수 없는 게 사실이야.

위인들이 작품 속에서 털어놓는 고백이 바로 이런 거야. 남들보다 더 멀리 생각하고 찾아보고 더 많이 일한 위인들, 남들보다 삶이라는 대양을 더 많이 좋아하고, 더 깊이 파고든 위인들. 더 깊숙이 파고드는 게 바로 우리에게 주어진 의무이기도 해. 무언가를 제대로 건져올리고 싶다면 말이야. 밤새도록 일하고도 아무것도 건지지 못하는 일도 있을 거야. 그럴 때는 포기하지 말고 오히려 새벽녘에 그물을 한 번 더 던지는 것도 좋아.

그러니까 각자 주어진 길로 sursum corda(마음을 드높이 올려)하는 빛을 따라 침착하게 앞으로 나아가자. 우리가 남과 같고, 남이 우리와 같음을 아는 이상 서로를 사랑해야 해. 모든 것을 덮어주고, 모든 것을 믿으며, 모든 것을 바라고, 모든 것을 견뎌내며 결코 닳지 않는 사랑으로. 단점이 있다고 해서 너무 걱정하지 않아도 괜찮아. 단점이 없는 사람도 찾아보면 하나 정도는 있게 마련이고 단점을 가지고 있지 않다는 사람, 너무나 완벽하다고 스스로 믿는 사람들은 처음부터 다시 시작해서, 어리석은 사람이 돼야 하는 법이야.

오늘의 우리는 어제의 우리다. 그러니까 '솔직한 사람들'은 내면이 단단하고 확고한 사람이 되고 주님의 은총으로 지금의 그런 사람이 되기 위해 삶이 주는 불같은 시련을 겪은 사람들인 거야. 우리도 마찬가지다, 아우야. 네가 가는 길에 좋은 일만 있기를 바라고 주님이 네가 하는 모든 일에 함께하시어 네가 손대는 일은 성공으로 이끌어주시기를 기원하며, 출발*을 앞둔 시점에서 마음으로 악수 청한다.

너를 무척 사랑하는 형, 빈센트

바르데스테이흐에 있는 아주 작은 주일학교 교실에 있는 작은 양초에 지나지 않지만, 내가 그 양초에 불을 밝힐 수 있도록 해주시길. 내가 그렇게 하지 못하더라도, 애들러 목사님이 그냥 그렇게 두실 분은 아닐 거야.

122네 ____ 1878년 5월 13일(월)

테오에게

소식 전할 때가 된 것 같아 이렇게 편지한다. 네가 파리에 잘 도착해서 첫 며칠간 얼마나 돌아다녔는지 편지했다고 아버지한테 이미 전해들었어. 그 과정에서 네가 어떤 느낌이 들었을지 정말 궁금하다. 그래서 하는 말인데 시간이 날 때마다 짤막하게나마 편지로 알려주면 좋겠구나. 첫인상은 그리 오래 가지 않는 게 사실이야. 반짝인다고 다 금이 아니라는 건 너나 나나 너무 잘 알잖아. 화사한 아침이 있듯, 컴컴한 밤도 있고, 숨 막힐 정도로 찌는 듯한 더위를 동반하는 오후도 있는 법이야. 하지만 화사한 아침이 축복받은 시간이고, 새벽 일은 황금을 가져오는 것처럼 첫인상도 마찬가지야. 첫인상은 순식간에 지나가지만 나름의 가치가 있어. 시간이 지나고 보면 첫인상이 가장 정확했구나 싶거든. 그러니까 첫날 본 것들이 뭔지, 그리고 무슨 생각을 했는지 편지에 적어 보내라.

요즘 여기 날씨는 끔찍해. 아마 파리도 비슷하지 않을까 싶다. 그곳 여름이 여기보다 조금 더 덥다는 걸 금방 깨닫게 될 거야. 하지만 보닝턴이 그린 듯한 폭풍우 몰아치는 하늘도 분명 경험할 거다. 네가 사는 동네는 아주 괜찮아. 아침저녁으로 그 동네 골목길과 몽마르트르 근처를 걸으며 화실이나 작은 방들을 봤는데, 마치 E. 프레르가 그린 〈술통 제조공〉이나 〈재단사〉가 떠오르지. 가끔은 단순한 것들을 보는 것도 좋아. 사실, 각기 다양한 이유로 자연스럽지 않은 모습을 하고 외적인 삶은 물론 내적인 삶까지 낭비하는 사람들을 많이 보고 살잖아. 불행이라는 진창 속에 박혀 있거나 그보다 더 끔찍한 구렁텅이에 빠진 사람들은 또 얼마나 많이 보겠어. 저녁

* 테오는 일시적으로 구필 화랑 파리 지점으로 가게 된다

이나 밤이 되면 어두운 표정을 한 온갖 남자나 여자들이 이리저리 오가는 걸 보게 돼. 그들의 얼굴은 어둠의 공포 그 자체며 그들이 빠져 사는 불행은 이 세상 그 어떤 언어로도 이름을 붙일 수 없을 정도지.

지난주에 여기 목사님 한 분이 돌아가셨어. 네덜란드에서는 유명한 분이셨어(판테쿡 목사님). 토요일에 장례식이 있었는데 〈기억〉이 떠오르더라. 암스텔의 풀이 무성한 강변을 따르는 행렬들을 표현한 그림 말이야. 목사님 자제분이 여섯인데 장남이 스무 살 정도 됐어. 조문객이 얼마나 많았는지 말 그대로 떠밀릴 지경이었어.

그래서 어제는 전국 대부분 교회에서 그분에 관한 설교가 주를 이뤘지. 나는 고인을 잘 아시는 스트리커르 이모부의 말씀을 들었어. 어제는 이모부가 주로 고아원 아이들과 선원 학교 아이들이 자주 찾는 아우데제이츠 카펄에서 설교하시는 날이었거든. 아주 경건한 분위기에서 이런 말씀을 하셨어. "제 마음이 산란합니다. 무슨 말씀을 드려야 합니까?" 길고 참혹한 고통, 그게 이 땅에서 지니고 다녔던 고인의 몫이었다고도 하셨어.

언젠가 저녁에 그 목사님의 마지막 설교를 들은 적이 있었어. 이미 그때도 하루하루 목소리가 떨리고 쇠약해지는 기색이 역력했어. 유심히 듣고 있으면 목소리를 내려고 굉장히 애쓰시는 게 느껴질 정도였으니까. 그런데 설교를 듣고 있으면 공감하지 않을 수가 없고, 나도 모르게 전율이 느껴지기도 했어. 영원한 집으로 가는 길은 어둡지만, 어둠과 밤이 다가오더라도 더 나은 삶에 대한 희망이 있어 행복할 수 있는 거야. 거기서 지내는 동안 미슐레가 쓴 『프랑스 혁명』 같은 좋은 책이나 토레*나 테오필 고티에가 파리와 동시대 젊은 화가와 작가들을 다룬 책들을 읽어둬라.

아우야, 정말이지 너랑 같이 파리의 길을 거닐고 싶구나!

오늘은 자주 가보지 못한 곳까지 크게 한 바퀴 돌고 올 수 있으면 좋겠어. 얼마 전 브레이스트라트에서 렘브란트가 살았던 집을 발견했어. 네가 여기 왔을 때 그 얘기했던 거 기억나지.

뤽상부르 미술관의 그 그림을 생각해봐. '너희를 받아들이는 이는 나를 받아들이는 사람이고, 나를 받아들이는 이는 나를 보내신 분을 받아들이는 사람이다.' 편지로 그게 누구 그림이었는지 알려주면 좋겠다.

파리의 가을은 정말 환상적이야! 9월 말쯤이면 그런 모습들을 보게 될 거야.

소에크 가족 모두에게 안부 전해라. 그 가족들과 빌 다브레에 소풍 갔던 날을 지금도 종종 떠올리곤 한다. 그곳에 있던 작은 교회에서 코로의 그림 몇 점을 볼 수 있어서 놀랐었지. 알다시피 코로가 거기서 오래 살았거든.

브라트 씨하고 뮈테르 씨에게도 안부 전해라. 행운을 빈다. 곧 편지하고, 마음으로 청하는 진

* W. 뷔르제라는 이름으로 더 알려져 있다.

심 어린 악수 받아라. 그리고 항상 내 말 명심해라.

형은 너를 무척 사랑한다. 빈센트

네 사진 보내줘서 다시 한 번 정말 고맙다고 말해야겠다. 정말 반가웠고 사진이 제법 근사하게 나왔더라. 보내줘서 고맙다.

122a

(1910년 12월 2일, 멘데스가 암스테르담의 신문 'Het Algemeen Handelsblad'에 기고한 글)

암스테르담에 체류하던 시기의 빈센트 반 고흐를 회상하며

1877년쯤으로 기억한다. 암스테르담에서 존경받는 성직자인 스트리커르 목사님이 "친척 조카인 빈센트에게 라틴어와 희랍어 과외를 해줄 수 있겠느냐"고 물으셨다. 에턴과 호벤에서 목회 활동을 하시는 반 고흐 목사님의 아들로 신학대학의 입시를 준비하는데, 단, 그가 여느 평범한 소년들과는 다르고 일반인들과도 매우 다르게 행동한다고 했다. 그러나 나는 조금도 망설이지 않았다. 왜냐하면 스트리커스 목사님의 말투에서 조카 빈센트와 그의 부모들에 대한 깊은 사랑이 뚝뚝 묻어났기 때문이다.

교사와 학생의 관계가 만들어지는 데 가장 중요한 첫 만남 또한 대단히 즐거웠다. 꽤나 과묵해 보이는 이 청년(나이 차이는 났지만 많지는 않았으니, 내가 26세였고 그도 확실히 20세가 넘었었다)은 즉시 편안해 했고, 곧게 뻗은 빨강 머리카락과 수많은 주근깨에도 불구하고 그의 외모는 내게 꽤나 매력적으로 보였다. 그런 면에서, 그의 누이가 왜 "다소 거친 외모죠"라고 말했는지 명확히 이해되지는 않는다. 다만, 내가 그를 알았던 시절 이후에, 행색이 지저분해지고 수염을 기르면서, 그에게서 풍기던 독특한 매력이 사라지긴 했다. 하지만 동작에도 표정에도, 확실히 거친 면모는 없었다. 오히려 표정이 담백했는데, 그속에 너무 많은 것을 감춘 듯도 했고 너무 많은 표현이 담긴 듯도 했다.

나는 곧 그의 신뢰와 우정을 얻었고, 이는 매우 핵심적이었다. 왜냐하면 그가 최선을 다해 공부에 임했기 때문에 초기에 꽤나 빠른 학습 성과를 냈기 때문이다(나는 곧장 그에게 쉬운 라틴어 글을 번역하게 했다). 말할 필요도 없이, 그는 그때 매우 열렬한 신앙을 가지고 있었기에, 라틴어의 기초를 배우자마자 토마스 아 켐피스의 저서를 원서로 읽기 시작했다.

한동안은 모든 게 순조로웠다. 그가 다른 교사와 함께 배우던 수학까지도 진척이 있었다. 하지만 희랍어 동사가 문제가 되었다. 내가 아무리 애를 써도, 수업을 재미있게 해보려고 갖은 방법을 강구해도 소용없었다. 그는 이렇게 말하곤 했다. "멘데스(우리는 서로에게 '선생님'이라는 경어를 쓰지 않았다), 정말로 이 끔찍한 것들이 내가 하려는 일에 필수적인 요소라고 생각해?

빈자들에게 평화를 주고 이 땅에서 그들이 공존하게 도우려는 이 일에?"

그의 교사인 나로서야 당연히 동의할 수 없는 말이었지만, 마음속 깊숙한 곳에서는 그가(내 말은 빈센트 반 고흐 말이다!) 맞다고 느꼈다. 나는 최대한 강력한 반대 논리로 맞섰지만, 역부족이었다.

"내게는 존 버니언의 『천로역정』이, 토마스 아 켐피스의 글과 번역 성경이 훨씬 더 유용해. 그것들 말고는 필요 없어." 이 말을 얼마나 많이 했는지 모른다. 그때마다 나 역시 스트리커르 목사님께 가서 의논을 드렸고, 빈센트는 다른 길을 찾아봐야 한다는 결론에 매번 도달했다.

하지만 얼마 안 있어서 새로운 문제가 터졌다. 아침마다 그가 내게 와서 이렇게 말하는 것이었다. "멘데스, 어젯밤에도 곤봉을 사용했어." "멘데스, 어젯밤에 방에 날 가두었어." 의무를 다하지 못했다는 자책감이 들 때마다 행하는 일종의 자기 징벌로 볼 수 있다. 그 시기에 빈센트는 큰아버지인 얀 해군제독의 관사에 체류했는데, 암스테르담 해군 기지인 부둣가의 큰 건물이었다. 빈센트는 조금이라도 부정한 생각을 했다고 느낄 때마다 자신에게 체벌을 가했다. 밤에 침대에서 편하게 잠들 자격이 없다고 느끼면 아무도 몰래 집을 빠져나와 돌아다녔는데, 돌아왔을 때 집의 문이 잠겨 있으면 허름한 나무헛간의 맨바닥에 담요도 없이 누워서 자야 했다. 점차 그는 겨울에도 이렇게 하기를 좋아했고, 이런 체벌은(정신적 자기 학대에서 기인한 행위로 보는데) 점점 더 심해졌다.

빈센트는 내가 자신의 그런 말들을 싫어한다는 걸 잘 알았기에, 제 딴에는 나를 달래주려고, 그런 고백의 전날이나 이튿날, 이른 아침에 공원에 가서(그때는 서쪽 묘지였는데, 그가 가장 좋아하던 산책 코스였다) 작고 흰 스노드롭 꽃을 꺾어서(아마도 눈밭에서 찾았겠지) 들고 왔다. 그때 내 자취방은 Jonas Daniel Meyer 광장의 3층이었다. 그가 Herengracht 신교를 건너 광장을 가로질러 경쾌하게 걸어오는 모습이 마음속에 생생하게 그려진다. 외투도 걸치지 않고(또 하나의 자기 체벌이다), 오른쪽 겨드랑이에는 책을 단단히 끼고, 왼손에는 스노드롭 꽃다발을 가슴 높이로 들고서. 고개는 살짝 오른쪽으로 향하게 앞으로 기울였고, 얼굴 표정은, 양쪽 입꼬리가 한껏 아래로 쳐져서인지 이루 말할 수 없는 슬픔과 절망을 드러내고 있다. 마침내 그가 3층으로 올라오면, 또다시 그 독특한, 엄청나게 우울하고 깊은 목소리가 들려온다. "내게 화내지 말아줘, 멘데스. 내게 정말 친절한 널 위해서 이번에도 내가 작은 꽃을 가져왔어."

그런 상황에서 어느 누가 화를 낼 수 있을까. 나는 그가 불행한 사람들을 돕고 싶은 열망에 사로잡혀 있다는 걸 금세 알아챘다. 우리 집에서조차 쉽게 알 수 있었는데, 그가 나의 청각장애 남동생에게 엄청난 호의를 보여줬을 뿐 아니라, 그 당시에 무일푼으로 갈 곳이 없어서 함께 거주하던 친척 아주머니에게도 늘 친절했기 때문이었다. 아주머니는 약간의 장애를 가지고 있어서 이해가 늦고 말도 어눌했는데, 그래서 사람들의 놀림거리가 되곤 했다. 그녀는 "성실한 문지기" 역할을 수행해서 누가 되지 않으려고 애쓰셨다. 그래서 빈센트가 걸어오는 게 보이면 그

짧고 노쇠한 다리로 재빨리 1층으로 내려가서 문을 열고 그를 맞아들였다. "좋은 아침이에요, 반 고트* 씨."

"멘데스, 내 이름을 너무나 망가뜨리시긴 하지만, 자네 아주머니는 참 좋은 분이야. 난 그녀를 많이 좋아한다네." 빈센트는 이렇게 말하곤 했다.

그때는 나도 한가한 시간이 많았기에, 그는 수업을 마친 후에도 한참을 머물며 이야기를 나눴고, 자연히 그의 이전 직업인 미술상 얘기도 종종 나왔다. 그는 예전에 꽤 많은 복제화들을 다뤘고, 그림을 본뜬 석판화들도 상당히 많이 수집했다. 계속 가져와서 나에게 보여주었는데, 하나같이 완전히 망가져 있었다. 흰 테두리 부분에 토마스 아 켐피스나 성경 구절을 잔뜩 끄적였는데, 대개 주제와 관련된 말들로 그림 여기저기에 다 휘갈겼다. 한번은 『그리스도를 본받아』를 선물로 주었는데, 나를 개종시키려는 의도가 있었던 게 아니라 그저 그 안의 깊은 인류애를 느끼게 해주고 싶었던 것이다.

그 시절에 내가(다른 누구라도, 빈센트 자신 역시도) 상상이나 할 수 있었겠는가, 그의 영혼 깊숙한 곳에서 미래의 색채에 대한 상상력이 잠자고 있었다는 것을!

한 가지 일화만 기억난다. 내가 직접 번 돈으로 산다는 자부심을 안고, 내 방의 스미르나 카펫을(족히 50년은 넘어서 올이 거의 다 풀렸다) 밝은색의 세련된 쇠털 카펫으로 교체했을 때다. 빈센트가 보더니 이렇게 말했다. "멘데스! 자네가 이런 짓을 하다니! 정말 이게 예전의 바랜 색보다 낫다고 생각해? 그 속에 얼마나 많은 색상이 들어 있었는데!" 그러자 나는 후회했다. 이 괴상한 소년의 말이 맞았기 때문이다.

함께한 지 채 1년이 안 되었을 때, 이미 나는 그가 입학시험에 합격하지 못하리라는 걸 알아 버렸다. 뒤 케스네 부인이 틀렸다. 그가 몇 달이면 라틴어와 희랍어를 숙지할 거라고 했으니 말이다. 빈센트도 틀렸다. 그 시점에 정규 교육과정을 밟아야겠다고 말한 것이다. 아니, 그 수준이 되려면 적어도 1년은 더 걸리고, 그것도 그가 최대한의 노력을 쏟는다는 전제하에 그랬다. 나는 스트리커르 목사님에게 제안하기를 '완전히 빈센트가 원하는 대로 해주자'고, 그러니까, 공부를 중단시키자고 말했다. 그리고 그렇게 됐다.

빈센트가 보리나주로 떠나기 전 다정한 작별인사를 나눈 이후로, 나는 다시는 그를 만나지 못했다. 그곳에서 그가 1통의 편지를 내게 보냈고, 내가 그에게 1통의 답장을 보냈고, 그리고…… 그다음에는, 아무 일도 없었다…….

1910년 11월 30일, 암스테르담에서

* 원문은 네덜란드어 'gort'로, 'barley groats(거칠게 빻은 보릿가루)'라는 뜻이다. 발음이 어눌해서 이름을 잘못 발음한다는 뜻이다.

Bel-Ami

Ette Borina Bruxell

7

네덜란드
벨기에
/

에턴·보리나주·브뤼셀

1878년 7월
/
1881년 4월

신학대학 진학에 실패하고 에턴 집으로 돌아왔지만, 빈센트는 여전히 '낮은 자세로 살겠다, 나를 버리고 남을 위해 희생하는 삶을 살겠다'는 목표를 포기하지 않았다. 아일워스의 존스 목사가 에턴에 들렀다가 반 고흐 목사에게 라틴어나 희랍어 시험이 필요 없고 학비도 무료여서 기숙사비만 내면 되는 벨기에의 전도사 학교를 소개했다. 두 목사는 1878년 7월에 빈센트를 데리고 브뤼셀로 가서 교장인 보크마 목사를 만났다. 이 자리에서 빈센트는 명쾌한 자기 소개로 입학을 허락받았다.

8월 말, 빈센트는 브뤼셀의 학교에 도착했다. 처음에는 뛰어난 성경 지식과 진지한 태도로 좋은 평가를 받는 듯했지만, 곧 문제점이 드러났다. 남들과 잘 어울리지 못했고, 즉흥적인 발표 능력이 부족해서 늘 원고를 보고 읽어야 했으며, 무엇보다도 교과 과정에 전혀 따르지 않았다. 동급생은 빈센트가 "'순응'이라는 단어의 뜻을 전혀 모르는 친구였다"고 증언했다. 결국 3개월 후에 빈센트는 낙제했고, 학교는 집으로 이런 편지를 보냈다. "빈센트가 너무 마르고 허약해졌습니다. 잠도 자지 않고 항상 초조하고 흥분된 상태입니다. 부모님이 오셔서 데려가는 게 좋겠습니다."

아버지는 즉시 브뤼셀로 가서 학교측을 설득했고, 빈센트가 자비로 수련을 한 후에 다시 평가를 받기로 했다. 빈센트는 몽스(프랑스 국경 부근) 부근의 보리나주 탄광촌으로 가서, 행상일을 하는 판 데르 하헌의 집에 월 30프랑짜리 하숙을 하며, 아이들에게 성경을 가르치고 빈자와 병자들의 집을 방문해 봉사했다.

그리고 마침내 1879년 1월, 왐므에서 6개월간 임시 전도사로 활동할 것을 허락받았다. 월급은 50프랑이었다. 그는 매우 만족했고 온 영혼을 쏟아서 직무에 임했다. 주민들에게 설교를 전하고, 병자와 환자들을 간호했다. 하지만 곧 빈센트는 자신만의 엄격한 사명을 수행하기 시작했다. 런던 동부지역 빈민들의 삶을 직접 목격했던 빈센트는 벨기에 탄광촌 광부들의 일상을 경험하고 전염병과 각종 사고를 가까이에서 지켜보며 충격을 받았고, 이들에게 필요한 건 설교가 아니라 실제적인 도움이라고 결론을 내렸다. 그는 예수가 그러했든 자신도 모든 것을 내주기로 결심했다. 돈을 주고, 옷을 벗어주고, 심지어 하숙집 침대까지 내주고 생필품도 없이 판잣집 바닥에서 잠을 잤다.

주변에서는 그의 열정이 과도하고 부적절하다고 판단했다. 2월 말에 상황 조사차 방문했던 로셸리외Rochelieu 목사가 위원회에 보고했고, 위원회는 상황이 개선되지 않으면 임시 전도사 자격을 박탈하겠다고 통보했다. 이번에도 빈센트는 순응하지 않았다. "어떻게 해야 할까? 예수께서도 폭풍우 속에서 침착하셨다. 동트기 전이 가장 어두운 법이다." 아버지가 왐므로 가서 장남을 하숙집으로 되돌려보내고 과도한 행동을 삼가라고 신신당부했다. 한동안은 상황이 잠잠히 흘러가는 듯했지만, 탄광에서 대규모 폭발 사고가 일어나고 광부들이 파업 시위를 벌이자 빈센트는 또다시 자신의 삶을 광부들에게 완전히 헌신하려 했다.

결국 7월에 위원회는 빈센트의 전도사 임명 거부를 통보했고, 다른 직업을 찾아볼 3개월의 유예 기간을 주었다. 낙담한 빈센트는 왐므에서 브뤼셀까지 도보로 걸어가서 피테르슨Pietersen 목사에게 조언을 구했다. 목사는 화실까지 마련해두고 취미로 그림을 그리는 아마추어 화가였다. 빈센트의 몰골이 얼마나 처참했던지, 문을 열어준 목사의 딸은 깜짝 놀라서 아버지를 소리쳐 부르고는 달아나버렸다. 피테르슨 목사는 방황하는 청년을 따뜻하게 맞아들여 재웠고, 이튿날 화실에서 청년이 들고온 광부들의 그림을 함께 보며 "그림으로서도 얼마든지 전도 사역을 감당할 수 있다"고 위로했다.

빈센트는 조언을 받아들여서, 보리나주로 돌아가서 자비로 묵으며 그림을 그리기로 마음 먹고는 8월 중순경 에턴에 들렀다. 부모님은 차남에게 보낸 편지에 이렇게 썼다. "네 형은 옷만 빼면 괜찮아 보인다. 하루 종일 디킨스만 읽고, 말을 걸지 않으면 먼저 입을 여는 일이 없어. 특히나 장래 계획에 대해서는 단 한 마디도 하지 않는구나."

그림과 설교로 광부들의 비참한 삶을 개선시키겠다는 목표는 애초부터 실현 가능성이 희박했다. 갈수록 신앙적 의심과 회의가 몰려왔고, 점차 성경보다는 사회 소설(에밀 졸라, 찰스 디킨스, 해리엇 비처 스토Harriet Elizabeth Beecher Stowe, 빅토르 위고, 쥘 미슐레 등등)을 읽는 시간이 길어졌다. 보리나주에서는 직업도, 친구도, 먹을 음식도 없이 떠돌아다녔다. 아버지와 테오가 보내주는 생활비가 아주 적기도 했지만, 경제 관념이 희박해서 수중에 돈 한 푼 없이 지내는 날이 많았던 것이다. 그런데 형은 동생의 후원으로 먹고살고 있는 줄도 모르고, 테오에 대한 믿음을 잃고 가을까지 단 한 장의 편지도 쓰지 않았다.

10월, 테오는 구필 화랑의 본점인 파리로 정식 발령을 받았고, 그 사이 휴가 기간에 보리나주에 들렀다. 형에게 확실한 직업을 가지라고 설득하겠다는 목표가 있었다. 역시나 빈센트는 귀 기울이지 않았고, 그렇게 1879년 겨울 빈센트는 또 다른 실패에 절망하고 동생의 조언에 상처를 받아서 테오와 연락을 끊었다. 그 겨울에 무모하게도 주머니에 달랑 10프랑을 넣고 파 드 칼레에 있는 쿠리에르까지 걸어갔는데, 존경했던 화가 쥘 브르통이 노동자들을 주인공으로 그림을 그리며 살고 있었기 때문이다. 하지만 낯설고 위압적인 그의 새 화실 건물 앞에서 자신을 소개할 용기를 잃고 실망한 채 되돌아왔다. 돈이 없어서 거의 노숙을 했고 그림을 그려 빵과 바꾸기도 했는데, 이때 지독하게 건강을 해친 후에 영영 회복되지 못했다.

1880년 봄, 빈센트는 에턴의 목사관으로 가서 다시 한 번 런던에 가고 싶다고 피력했는데, 결국에는 아버지에게 생활비 지원을 약속받고 다시 보리나주의 퀴엠므로 돌아가서 광부들과 머물렀다. 그리고 반 년여가 지난 6월, 자신의 생활비를 테오가 보내주고 있었음을 듣고 다시 편지를 썼다(133번 편지). 하지만 이건 구실이고, 생각을 정리하고 믿고 의지할 수 있는 영혼의 동반자가 필요했던 것 같다. "나의 유일한 걱정은, 내가 어떻게 쓰임받을 수 있을까 하는 거야. 어떤 사명을 가지고 살아갈 순 없을까?" 이후로 이어지는 편지들은 중요한데(총 6통. 133~137번 편지는 프랑스어로 썼으니. 테오가 파리에서 근무해서 그랬던 모양이다),

비로소 보리나주를 떠나서 그림에 매진하겠다는 의지를 구체적으로 밝히는, 빈센트 반 고흐 인생의 대전환점의 심경이 들어 있기 때문이다. 그는 테오에게 쓴 편지에서, 자신이 읽던 어떤 책이나 문학작품에서도 답을 발견하지 못했다면서 이렇게 말했다. "어느 날 난 이렇게 혼잣말을 했지. '다시 연필을 잡고 그림을 그려야겠어.' 그 순간부터 모든 게 달라지더구나."

마침내 그는 자신의 소명을 발견하고 마음의 평정을 되찾았다. 그때부터는 자포자기하지 않고 자신이 머물던 광부 Decrucq의 아이들에게 그림을 가르치며, 이른 아침 출근하는 광부들을 그린 첫 번째 그림을 완성했다. 밀레의 대형화를 모사하기 시작했고, 캔버스를 들고 정원으로 나갔다.

10월에 날씨가 추워져서 야외 스케치가 힘들어지고 퀴엠므에서의 상황도 꼬여가자, 빈센트는 누더기 옷가지와 그림 도구를 담은 가방을 들고 평소처럼 터벅터벅 걸어서 브뤼셀로 갔고 미디대로 72번지에 자리를 잡았다. 다시 그림들을 감상하고 싶은 마음도 있었지만, 다른 화가들과 교류하고 싶은 열망이 더 컸다. 구필 화랑 브뤼셀 지점장 슈미트 씨가 다른 화가들을 소개해줬고, 테오의 소개로 판 라파르트라는 네덜란드 화가도 만났다. 부유한 귀족 청년 판 라파르트는 처음에 기인 같은 빈센트를 경계했지만, 곧 자신의 화실에서 같이 그림을 그리자고 제안할 정도로 친해진다. "브뤼셀에서 그와의 첫만남이 바로 어제처럼 생생합니다. 오전 9시에 그가 내 화실로 걸어들어왔죠. 우린 처음엔 별로 잘 어울리지 못했지만, 몇 차례 함께 그림을 그려본 후에 급속도로 친해졌습니다." 빈센트가 죽은 후에 그의 어머니에게 보냈던 편지글의 내용이다.

빈센트는 신학을 공부할 때처럼 그림에 있어서도 역시나 자신만의 길을 걸으려 했다. 여러 충고에도 불구하고 브뤼셀의 미술학교에 들어가지 않았고, 해부학이며 모델 데생 등을 독학했다. 그러다가 판 라파르트가 고향으로 돌아가자 빈센트는 작업실을 잃고 생활비를 감당할 수가 없어서 다시 에턴으로 귀환한다.

123네 ___ 1878년 7월 22일(월), 에턴

테오에게

아버지 편지에 나도 몇 자 더 적는다. 낯선 곳에 잘 적응했다니 기쁘구나. 언젠가 파리를 너와 함께 거닐고 싶다.

아버지가 이미 쓰셨겠지만, 지난주에 우리는 존스 목사님과 함께 브뤼셀에 다녀왔어. 일요일에 여기서 묵으셨거든. 이번 여행에서 아주 만족스러운 인상을 받고 돌아왔다. 조만간 일자리를 찾을 수 있을 것 같고, 또 네덜란드보다 교육 과정이 짧고 비용도 덜 들더라. 그러니 좋은 자리가 나올 때까지 벨기에 쪽을 유심히 지켜보려고 한다.

플랑드르 교육학교에 들렀는데 3년 과정 수업이 있어. 너도 알다시피 네덜란드는 똑같은 과정이 최소 6년 걸리는데. 게다가 교육 과정 완료 전이라도 전도사 자격으로 일할 기회를 준대. 필요한 건 사람들에게 대중적이고 매력적인 설교를 할 수 있는 능력이야. 장황하고 박식한 내용보다는 간결하고도 호소력 있게. 더 이상 쓰지도 않는 사어(死語)나 밑도 끝도 없는 신학적 지식이 아니라(물론 모든 지식이 자산이긴 하지만), 실무 능력과 신실한 신앙심을 더 높이 평가하는 곳이야.

물론 내겐 아직도 난관이 많아. 우선, 진지한 설교를 능수능란하고 자연스럽게 하는 능력은 하루아침에 생기지 않아. 오랜 연습이 필요하지. 말에 의미와 목적 그리고 약간의 설득력이 담겨야, 청자들이 믿음의 확신을 세우려고 애쓰게 된다. 한마디로, 대중적인 설교자가 되어야 해.

브뤼셀 학교의 Ces Messieurs(양반들)은 내게 일단 3개월쯤 머물며 더 자세히 알아보라는데, 그러려면 또 많은 비용이 드니까 그건 되도록 피하려고. 현재로서는 에턴에 계속 머물면서 선행 공부를 할 생각이야. 그리고 간간이 메헬렌Malines의 피테르슨Pietersen 목사님과 브뤼셀의 더 용어De Jong 목사님을 찾아가 친분을 쌓고. 중간 과정이 얼마나 길어질지는 그 두 분이 학교에 어떻게 말해주느냐에 달렸거든. 그래서 아버지와 내가 얼마 전에 다시 두 분께 편지를 썼다.

지금부터 작문들을 써둘까 해. 써두면 나중에 내게 유용할 테니까. 하나는 루브르 미술관에 있는 렘브란트의 그림 〈목수의 집〉이 주제야.

어제 아버지가 쥔더르트에서 설교를 하셨는데 나도 따라갔지. 숙모님들이 네 안부를 물으셨어. 간 김에 정원사 얀 도먼 아저씨도 찾아갔는데, 다리 관절염이 어찌나 심한지 이제는 걸어서 브레다까지도 못 간다고 불평하셨어. 그래도 밭일이나 정원일에는 큰 지장이 없고, 다만 새벽부터 통증 때문에 잠에서 깨서 힘드시대. 연로하신 메이여스 목사님은 이렇게 말씀하셨겠지. 나이가 들면 온갖 잔병이 따라오는 법이라고.

「릴뤼스트라시옹」 최신호에 쥘 구필의 〈혁명년의 청년 시민Un jeune Citoyen de l'an V〉 목판화가 근사하게 실렸는데 혹시 봤니? 우연히 한 권 얻어서 내가 사용하는 작은 방 벽에 붙였

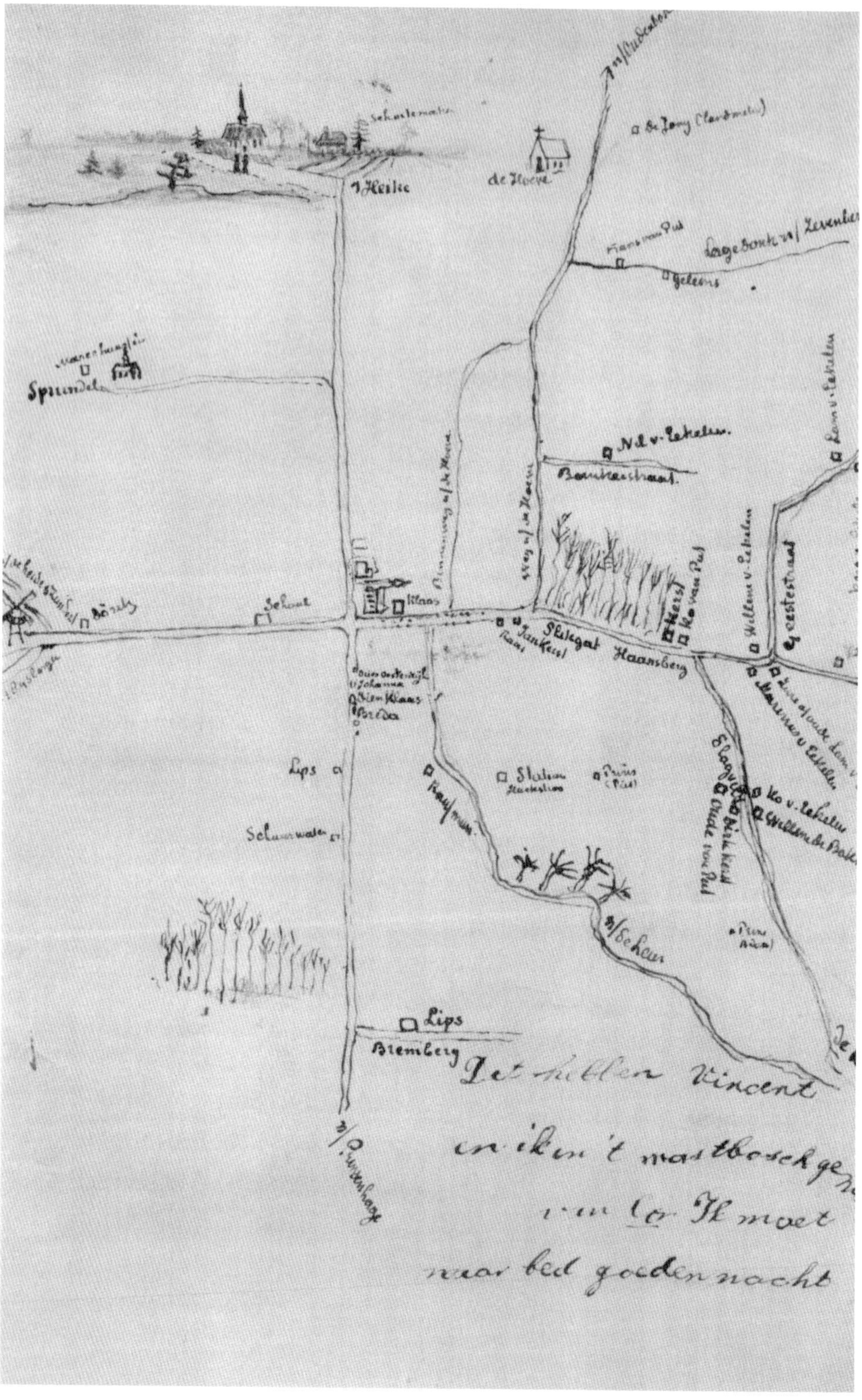
de Hoeve
Klaas
Haansberg
Lips
Bremberg
Dit hebben Vincent
Ik moet
naar bed goedennacht

다. 정원으로 창이 나고 외벽이 담쟁이덩굴로 뒤덮인 공부방 말이야. 작품 밑에 이런 평이 달렸더라. 'Un regard qui a vu le spectacle de l'affreuse guillotine, une pensée qui a survécu à toutes les scènes de la révolution. Il est presque étonné de se trouver encore vivant après tant de catastrophes(참혹한 단두대의 실상을 목격한 눈빛, 혁명의 순간들을 떠올리는 생각, 이 혼돈의 시기에 수없이 재앙을 겪고도 자신이 여전히 살아 있다는 사실에 놀란 듯하다).' 예술사에 한 획을 그을 작품이야. 앞으로도 많은 이들에게 큰 영향을 끼칠 뿐만 아니라 순수예술 애호가들에게 계속 감동을 줄 테니까. 파브리티위스Carel Fabritius의 걸작이나 렘브란트 학파의 신비주의 화풍 그림들처럼 말이야.

저녁에 퀸더르트에서 황야를 가로질러 돌아오는 길에, 아버지와 함께 마차에서 내려 걸었다. 소나무 너머로 석양이 붉게 번졌고, 늪지대 위로 저녁 하늘이 반사돼 비쳤지. 황야의 흙들이 노랗고, 하얗고, 회색으로 조화롭고 감동적이었어. 살다 보면 그런 순간들이 있잖아. 우리 내면의 모든 것이 조화롭고 평화롭게 느껴지고, 삶이 황야를 가로질러 걸어가는 길처럼 느껴지는 때가. 다만, 현실이 언제나 그렇지는 않지.

오늘 아침에는 방학 중인 막내 코르를 데리고 다시 황야와 소나무 숲을 찾아갔다. 풍차를 지나서 조금 더 올라가서 야생화도 따왔어. 토끼들이 좋아하는 것 같아서 작은 꽃바구니를 꽉 채워 왔지. 함께 소나무 숲속에 한동안 앉아서, 에턴과 인근 지역, 그러니까 브렘베르흐, 한스베르흐, 스프륀덜, 헷 헤이커, 후번까지 지도로 그리며 놀았어.

혹시 찾아갈 일이 있거든, 소에크 가족 모두에게 인사 전해라. 우연히 만나거든 프란스 브라트, 에르네스트, 또 다른 이들에게도. 네 생각 많이 한다. 그래서 네가 거기서 잘 지내고, 네게 활력을 주는 영혼의 양식들을 찾아다니고 있다니 정말 기쁘구나. 바로 그것이 위대한 예술의 존재 의미니까. 온 마음과 정신과 영혼을 쏟아부은 작품들. 네가 이름을 알거나 개인적으로 만났던 많은 작가들이 그렇게 작업한다. 그들의 말과 행동은 영혼과 생명으로 꽉 차 있어.

진심 어린 마음으로 악수 청한다.

너를 사랑하는 형, 빈센트

코르가 지도에 이렇게 적었구나. "빈센트 형과 소나무 숲에서 그렸음. 코르. 이제 그만 자야겠음, 잘 자요."

124네 ―― 1878년 8월 5일(월), 에턴

테오에게

아버지 편지에 몇 자 덧붙인다. 나도 네 편지를 기다리고 있어. 파리에서 모든 상황이 더 나아지고, 흥미로운 것들을 많이 보고 듣기를 간절히 바란다.

피테르슨 목사님의 엽서가 막 도착했는데, 8월 중순에 브뤼셀로 오라시는구나. 하지만 아직 날짜가 미정이고, 아버지 어머니도 아나의 결혼식을 보고 떠나라고 하셔서, 그때까지는 머물 생각이야. 일전에 에밀 브르통의 〈일요일 아침Un Dimanche matin〉을 본떠서 데생을 해봤다. 잉크랑 펜이랑 연필을 썼어. 난 그의 작품이 정말 좋아! 올해 신작을 그렸을까? 넌 파리에서 이 사람 작품 많이 봤니? 어제오늘 겨자씨 이야기로 작문을 해봤다. 27쪽이나 되는 긴 글이야. 잘 쓴 거였으면 좋겠어. 너도 알겠지만 아버지와 교구 주변을 돌아다닐 일이 많아. 후번이나 뢰르까지 갈 때도 있고, 막내 코르와도 황야를 가로질러 긴 산책을 자주 한다.

물론 브뤼셀 쪽 일이 어떻게 진행될지 너무너무 궁금하지. 제발 내 노력이 축복을 받아 성공으로 이어지면 좋겠다.

들판이 무르익어 아름다워지는 시기가 왔어. 밀을 거두고 감자가 익고 건초가 마르기 시작했다. 메밀꽃도 하얗게 만개했어.

아우야, 편지를 쓰느라 켜놓은 작은 양초가 꺼지려고 깜박거린다. à Dieu, 잘 지내렴. 그리고 시간 나면 네가 들은 재미있는 화가 이야기들도 전해주고. 하지만 무엇보다도 너만의 첫인상이 어땠는지가 가장 궁금하구나. 잘 자라. 마음으로 악수 청한다.

너를 사랑하는 형, 빈센트

125네 —— 1878년 8월 15일(목), 에턴

테오에게

아버지 어머니 편지에 급히 몇 자 적어서 안부 전한다. 밖에 비가 내리는데 요즘 유난히 비가 많이 오고 바람도 심하게 부네.

더 용어 목사님께 편지했다. 브뤼셀에서 해야 할 일이 있다면 지체 없이 갈 수 있는데, 다만 당장 절박한 일이 아니라면 한 일주일 여기에 더 있다가 아나의 결혼식을 보고 가겠다고 말이야. 그렇게 되면 대략 8월 25일 일요일에 에턴을 떠날 것 같다.

회화전*은 예정대로 열리겠지? 꼭 보고 싶거든. 네 편지 빨리 받았으면 좋겠다. 나도 브뤼셀에 가면 더 자주 소식 전하마. 회화전 소식도. 그때까지 폐관하지 않았다면 말이지.

브라트와 소에크에게 안부 전해다오. à Dieu, 잘 지내. 우린 매일 네 얘기를 한단다. 곧 편지해라. 마음으로 청하는 진심 어린 악수 받고.

너를 사랑하는 형, 빈센트

* 브뤼셀 미술전이 9월 5일부터 10월 15일까지 열릴 예정이었다.

126네 ____ 1878년 11월 13일(수)부터 15일(금) 사이, 라컨*

테오에게

오늘은 우리가 함께 보냈던 그 밤에 대해 얘기하고 싶구나.** 정말 눈 깜짝할 사이에 지나갔어. 널 다시 만나 함께 이런저런 이야기를 주고받으니 너무나 기뻤어. 다행히도, 시간은 순식간에 흐르고 기쁨도 덧없이 사라지지만, 기억에 새겨진 감정의 흔적은 추억이 되어 쉽게 지워지지 않지.

널 배웅하고 돌아오는 길에, 지름길 대신 예선로를 따라 걸었다. 한눈에도 근사한 선박 작업장들이 몇 군데 있는데 작업장에 불을 밝힌 밤에는 정말 그림처럼 멋져. 그런데 이 작업장들은 저마다의 방식으로 말을 걸어와. 결국 우리도 각자 주어진 환경에서 해야 할 일이 있는 노동자니까, 듣고자만 하면 얼마든지 들리지. "낮에 일해야 하리라. 밤이 오리니, 그때는 아무도 일할 수 없으니."***

마침 도로 청소부들이 늙은 백마가 끄는 수레를 타고 집으로 돌아가는 시간이라 예선로 초입의 쓰레기 하치장 주변으로 수레 행렬이 길게 늘어섰어. 비쩍 마른 백마들을 보니 옛 아콰틴트 판화****가 떠오르더라. 너도 알지. 예술적 가치는 별로 없지만 무척 인상적이지. 〈어느 말의 생애〉라는 연작의 마지막 그림 말이야. 일생을 중노동에 시달리느라 늙고 야위고 죽을 만큼 지친 백마. 그 불쌍한 짐승이 완전히 고독하고 황량한 벌판에 서 있어. 바싹 마른 풀들로 뒤덮여 있고, 폭우에 뒤틀리고 굽고 부러진 나무들이 듬성듬성 남아 있지. 바닥에 해골이 하나 굴러다니고. 저 멀리 원경에 백골 상태의 말 사체가 도살자의 오두막 옆에 널브러져 있어. 그 위로 혹독한 추위와 매서운 바람을 동반한 폭풍우가 몰아칠 것 같은 어두컴컴한 하늘이 펼쳐지고.

딱하기도 하고 한없이 우울하기도 한 광경이다. 언젠가 우리도 사망의 음침한 골짜기를 지나가야 하고 'que la fin de la vie humaine ce sont des larmes ou des cheveux blancs(삶의 끝자락은 결국 눈물과 백발임을)' 알고 느끼는 사람이라면 전율할 수밖에 없는 그림이야. 삶 너머에 존재하는 미지의 세상은 오직 하나님만 아시지만, 우리가 알아듣게 전부 다 말씀해 주셨지. '죽은 자 가운데서 다시 살아나는 부활'을 말이야.

늙고 충성스런 하인 같은 그 가련한 백마는 얌전히 차분하게, 그러나 용감하고 단호하게 서 있었어. 마치 노병이 이렇게 말하듯이. "la garde meurt mais elle ne se rend pas(병사는 투항하느니 죽음을 택한다)." 오늘밤 그 잿빛 백마와 마주치자, 나도 모르게 그 판화가 떠오른 거야.

* 브뤼셀의 북쪽 변두리 지역

** 테오는 파리에서 파견 근무로 구필 화랑의 세계회화전 개최를 마친 후에 네덜란드로 돌아가는 길에 에턴에 들렀다.

*** 요한복음 9장 4절

**** 부식 동판화 기법

더러운 누더기 차림의 청소부들은, 그 마차 행렬보다 더 길고 더 깊은 불행 속에 아예 뿌리를 내린 사람들처럼 보였어. 아니, 드 그루의 〈가난한 이들의 무리Le banc des pauvres〉 속 초라한 사람들에 가까워. 형언할 수조차 없이 완전히 버려진 느낌, 철저한 외로움과 헐벗음, 세상의 끝과도 같은 극단의 상황을 마주할 때마다 머릿속에 하나님이 떠오르는 건 놀랍고 신기하다. 적어도 난 그래. 아버지도 말씀하셨잖아. "공동묘지만큼 설교하기 편한 곳도 없다. 거기서는 모든 사람이 동등하게 같은 땅을 밟고 서 있기 때문이다. 게다가, 모두가 그것을 *깨닫는다*."

너와 함께 미술관에 가서 정말 좋았다. 특히 드 그루와 레이스, 또 코세만스의 풍경화 같은 걸작들을 다시 감상해서 즐거웠어. 네가 준 판화 2점도 마음에 든다. 그런데 〈풍차 셋〉은 네가 가졌어야 해. 공동으로 내자고 했는데 네가 다 지불했잖아. 어쨌든 네 수집품에 넣어둘 만한 작품이니 기억해라. 비록 복제품의 완성도가 좀 떨어져도 여전히 훌륭한 작품이야. 잘 모르겠다만, 벨벳 브뤼헐Jan Brueghel the Elder (Velvet Brueghel)보다는 농부 브뤼헐Pieter Bruegel the Elder(Peasant Bruegel)의 작품 같다.

급히 끄적인 데생인데, 〈샤르보나주의 카페Café Au charbonnage〉 동봉한다. 오가며 마주치는 것들을 대충이라도 데생해 보고 싶은 생각이 자주 드는데, 그러지 말아야겠어. 내 본연의 임무를 소홀히 하면 안 되니까. 집에 오자마자 누가복음 13장 6절에서 9절에 나오는 '열매를 맺지 못하는 무화과나무'에 관해 설교 원고를 만들어봤어.

〈샤르보나주의 카페〉는 별건 아니고, 다만 여기서는 탄광에서 일하는 인부들을 무척 자주 마주치는데 그들의 특징들이 아주 또렷해. 예선로에서 가까운 이 작은 건물은 거대한 석탄 보관 창고 옆에 붙어 있는데, 인부들이 식사 시간에 빵을 먹고 맥주 마시러 오는 작은 카페야.

영국에 있을 때 탄광 노동자들을 위한 전도사 자리에 지원했었어. 하지만 그들이 최소 25세가 넘어야 한다면서 날 거절했지. 너도 알다시피 복음서, 아니 성경 전체에서 가장 뿌리며 근본 진리는 '빛은 어둠 속에서 빛난다'는 말이야. *어둠에서 빛으로*. 자, 그 빛이 가장 필요한 사람들이 누굴까? 내 경험에 비춰보면, 탄광촌 광부들처럼 어둠 속에서, 땅속 깊은 곳에서 일하는 이들이야말로 복음에 감동하고 믿음을 품고 있어. 정말이야! 벨기에 남부, 프랑스와 국경을 마주한 몽스 인근 에노Hainaut, 아니, 그보다 훨씬 위쪽에 보리나주라는 마을이 있는데, 거기 주민들은 독특하게도 광부들과 탄광 노동자들이야. 지리 교과서에서 찾아낸 내용을 써줄 테니 한번 읽어봐라.

> 보렝The Borins(몽스 서쪽 지역인 보리나주의 주민)은 석탄채굴과 관련된 일에만 종사한다. 지하 300미터까지 뚫린 갱도로 매일 수많은 인부들이 내려가는 모습을 보고 있으면 경의와 동시에 연민의 정이 인다. 보리나주 광부들의 삶은 특별하다. 일요일 하루를 제외하면 낮의 햇살을 누리지 못한다. 희미하고 흐릿한 랜턴 불빛에 의존해 비좁은 갱도에서 허리를 구부린 채로, 때

> 로는 바닥을 기면서 힘겹게 작업에 임한다. 그들이 땅속에서 파내는 물질은 유용성이 익히 알려진 광물 자원이다. 그들은 끝없이 반복되는 수많은 위험 속에서 일한다. 그러나 이 벨기에의 광부들은 유쾌한 성격 덕분에 이런 생활에 적응한다. 그들은 어둠 속에서 자신들을 인도해줄 작은 랜턴 달린 모자를 쓰고 갱으로 들어가면서, 자신의 노동을 지켜보며 자신과 아내와 아이들을 보호해주시는 하나님에게 온전히 모든 것을 맡긴다.

그러니까 보리나주는 채석장이 있는 레신 남쪽까지 걸쳐져 있다. 전도사로서 그곳에 가고 싶어. 더 용어 목사님과 피테르슨 목사님이 정한 수습 기간 3개월도 이제 막바지야. 사도 바울은 설교자로 활동하며 선교여행을 떠나고 이교도들 사이에서 사역하기 전에 아라비아에서 3년을 보냈지. 내게도 한 3년 보리나주 같은 작은 마을에서 조용히 일할 기회가 주어지면, 끊임없이 배우고 관찰해서, 누가 들어도 귀담아들을 가치 있는 이야기들을 엮어낼 자신이 있어. 정말 솔직하고 겸손한 심정으로 하는 말이야. 주님이 원하시고 그가 내 삶을 주관하신다면, 서른 무렵에는 내 일을 시작할 수 있겠지. 흔치 않은 경험도 했고 착실하게 준비 과정을 거쳤으니 지금보다 훨씬 능숙하게 잘해낼 수 있을 거야.

이미 같이 나눴던 이야기지만 다시 한 번 이렇게 글로 적는다.

보리나주에는 소규모 개신교 공동체가 여럿 있어. 학교도 여럿이고. 날 전도사 자격으로 보리나주에 보내주면 좋겠어. 그러면 가난한 이들을 비롯해 필요한 모든 이에게 복음을 전하고, 남는 시간은 교육 활동에 쏟아부을 텐데.

너도 생질Saint-Gilles*에 가봤지? 나도 언젠가 고대 성벽이 있는 지역을 다녀왔어. 거기서 몽생장Mont Saint Jean 가는 길의 시작 지점에 알셈베르흐Alsemberg라는 언덕이 있고, 그 오른편이 생질 공동묘지인데 서양 삼나무와 담쟁이덩굴로 뒤덮여 있어. 거기서 마을이 한눈에 내려다보여. 조금 더 멀리 가면 숲이 나오고. 정말 그림 같은 풍경이다. 높은 언덕에 왕관처럼 얹힌 낡은 집들이 꼭 보스봄 그림 같지. 밭에서는 농부들이 각자 자기 일을 해. 밀 씨를 뿌리고, 감자를 캐고, 무를 씻고. 심지어 나뭇가지 모으는 것까지 그림처럼 보인다. 몽마르트르 분위기와 무척 비슷하지. 담쟁이덩굴과 포도나무덩굴로 뒤덮인 낡은 막집이나 아담하고 예쁜 카페가 보여. 그중에 페르키센이라고 겨자 제조업자의 집이 유난히 눈길을 끌더라. 그 사람 작업장은 놀랍도록 테이스 마리스의 그림과 비슷해. 여기저기 돌들이 보이는 곳이 작은 채석장들이고 거기서 이어지는 길은 수레가 지나다니며 파놓은 바퀴 홈이 깊더라. 빨간 장식 술을 머리에 단 작은 백마 몇 마리와 파란 작업복 차림의 수레꾼들과 목동들이 보이고, 드 그루의 회화를 연상시키는 흰 머리쓰개와 검은 옷을 입은 여성들도 빠지지 않았어.

어딜 가도 있겠지만, 여기에 이런 곳이 있다는 사실이 그저 하나님께 감사하다! 딱 내 고향집처럼 편안한 곳, 그러면서도 향수같이 쓸쓸한 애수에 사로잡히는 곳, 그래도 우리의 정신을 자극하고 일으켜세워 새로운 활력을 불어넣는 곳 말이다(왜 그런지, 어떻게 그렇게 되는지는 모르겠지만). 그날은 숲 너머까지 갔는데, 샛길로 들어서니 담쟁이덩굴로 뒤덮인 낡고 작은 교회가 나오더라. 얽히고설켜 자란 보리수들이 있는데, 굳이 표현하자면 우리가 공원에서 본 것들보다 훨씬 고딕풍이야. 공동묘지로 이어지는 움푹 패인 길 주변에는 기둥은 물론 뿌리까지 뒤틀린 나무 기둥들이 서 있는데, 꼭 알브레히트 뒤러의 동판화 〈기사, 죽음, 악마Ritter, Tod und Tauful〉처럼 변화무쌍한 모습이었어.

카를로 돌치Carlo (Carlino) Dolci의 작품인데, 복제화 사진으로라도 〈올리브 정원〉 본 적 있어? 렘브란트 분위기가 묻어나거든. 난 얼마 전에 봤어. 아마 너도 알 거야. 렘브란트를 거칠게 따

* 브뤼셀의 남서쪽 지역

라그린 대형 동판화, 그러니까 〈성경 읽기〉라는 그림과 짝을 이루는 작품으로 두 여성과 요람이 나오지. *아버지* 코로가 똑같은 주제로 그린 회화*를 봤다는 네 말을 듣고, 나도 기억이 났어. 그가 죽고 얼마 지나지 않아서 열린 전시회에서 봤었거든. 정말 인상이 강렬했었다.

예술은 얼마나 풍부한지! 만약 우리가 눈으로 본 것들을 기억할 수만 있다면, 결코 허망하거나 외롭거나 혼자라는 기분이 들지 않을 거야.

à Dieu, 테오야. 진심 어린 마음으로 악수 청한다. 건강해라. 그리고 네 일에 성취감을 얻고, 또 삶 속으로 걸어들어가 좋은 경험을 많이 해라. 기억에 남아서 우리를 풍요롭게 해주는 그런 것들 말이야. 비록 아직은 별로 없겠지만. 마우베 형님 뵙거든 안부 전해주고 내 말 명심해라.

형은 너를 사랑한다. 빈센트

이 편지를 써놓고 며칠 가지고 있었다. 11월 15일로 수습 3개월이 다 끝났어. 더 용어 목사님과 보크마 선생님과 얘기했는데, 내가 플랑드르 학생들과 같은 조건으로 학교를 다닐 방법은 없대. 필요할 경우 수업을 무료로 받을 수 있는 게 내가 받을 수 있는 혜택의 전부더라. 학교에 남으려면 조만간 지금보다 더 많은 비용을 지불해야 하는데, 가진 돈이 전혀 없다. 그래서 조만간 보리나주로 가서 내 운을 시험해볼까 해. 일단 거기로 가면 가까운 시일 내에 대도시로 돌아올 일은 없을 것 같다.

주님에 대한 믿음과 확신 없이는 살기가 쉽지 않아. 믿음 없이는 용기도 잃게 되니까.

127네 ___ 1878년 12월 26일(목), 왐므

에노, 보리나주, 프티왐므에서**

테오에게

네게 편지할 때가 되었지. 우선 새해가 코앞이니 새해 인사부터 전한다. 새해에는 행운과 더불어, 네 앞으로 열린 한 해 동안 하는 모든 일에 하나님의 은총이 깃들기를 기도한다.

네 소식도 너무 궁금하다. 회사 일은 어떤지, 건강은 괜찮은지, 그리고 혹시 근래 주목되는 작품들을 보았는지 등등 편지해다오.

나는, 너도 짐작하겠지만, 보리나주에 와서 그림 한 점 본 적이 없다. 여기 사람들은 그림이라는 것 자체를 몰라. 그러니 브뤼셀을 떠난 뒤로 예술 비슷한 것도 감상한 적이 없단다. 그렇지만 여기 시골 풍경이 아주 독특하고 그림 같아. 모든 게 제 모습 그대로 *말을 걸어오는데*, 아

* 〈Christ on the Mount of Olives〉

** Petit-Wasmes. 벨기에 남부의 마을이다. 빈센트는 전도사 학교에 더 이상 머물 수 없게 되자, 보리나주로 가기로 결정하고 이곳으로 왔다. 한 개신교 가정의 아이들을 과외해 주기로 하고 싼값에 하숙을 구했다.

주 개성이 강해. 최근까지, 크리스마스 직전의 어두컴컴한 날들에 눈이 내렸거든. 그 눈 덮인 마을을 보는데 딱 농부 화가 브뤼헐이 그린 중세시대 그림 같은 거야. 빨간색과 초록색, 검은색과 흰색의 대비 효과를 절묘하게 표현했던 수많은 화가들의 그림 말이야. 여기 살면서 매 순간 테이스 마리스나 알브레히트 뒤러를 떠올린다. 양쪽으로 가시덤불과 뿌리까지 어지럽게 뒤틀린 나무들이 서 있는 움푹 패인 길은 뒤러의 동판화 〈기사, 죽음, 악마〉와 똑같다니까.

며칠 전 해 질 녘, 광부들이 눈길을 걸어가는 광경을 보고 매료되었다. 온통 새까만 사람들. 탄광에서 빛의 세계로 올라온 그들의 모습은 딱 굴뚝 청소부 같아. 대개 아주 좁은, 오두막에 가까운 집에 살아. 집들은 움푹 패인 길을 따라 숲속이나 언덕 비탈에 흩어져 있고. 이끼가 자란 지붕들이 여기저기 보이고, 밤이면 작은 격자무늬 창문으로 은은한 불빛이 흘러나오지.

브라반트에는 잡목림과 참나무 숲이 있고, 네덜란드에는 가지치기한 버드나무가 있듯이, 여긴 정원과 밭과 초원을 둘러싼 가시덤불 울타리가 눈에 띈다. 지금은 그 위를 눈이 덮어서, 마치 하얀 종이 위에 글자가 적힌 것처럼 보여. 복음서의 한 장처럼 보인다니까.

이미 여러 차례 사람들 앞에서 설교를 했다. 종교모임 용도로 특별히 꾸며진 널찍한 방에서, 또한 광부들 오두막에서 열리는 저녁 소규모 모임에도 서봤어. 겨자씨 이야기, 열매를 맺지 않는 무화과나무, 나면서부터 눈먼 사람 이야기를 들려줬어. 크리스마스에는 물론 베들레헴의 마구간과 이 땅의 평화에 대해 이야기했지. 부디 하나님의 은총으로 여기서 종신직으로 임명된다면 정말 정말 정말 행복할 것 같다.

여기서는 어디를 둘러봐도 거대한 굴뚝과 탄광 입구에 쌓인 석탄산이 보여. 너도 잘 아는 보스봄의 〈쇼퐁텐Chaudfontaine〉, 그 대형 데생이 이 동네 특징을 아주 잘 살렸다. 단지 전부 석탄이라는 거. 채석장은 에노의 북쪽이고, 쇼퐁텐에는 철이 있지.

지금도 네가 브뤼셀에 왔을 때 같이 미술관에 갔던 날을 자주 떠올린다. 네가 가까이 살아서 지금보다 훨씬 더 자주 보고 싶은 마음 간절하구나. 그러니 얼른 편지해라. 〈청년 시민〉 동판화 복제화는 아무리 봐도 질리지 않더라.

광부들 말을 알아듣기가 어려운데, 반대로 그들은 프랑스어를 잘 알아들어. 대신 빠르고 유창하게 말해야 해. 빠른 프랑스어가 속도가 빠른 그이들 방언과 놀랍도록 비슷하게 들리거든.

이번 주 모임의 말씀은 사도행전 16장 9절이었어. "밤에 바울에게 환상이 보이니 마케도니아 사람 하나가 서서 청하기를 '마케도니아로 건너와 우리를 도와주십시오' 하거늘." 다들 집중해서 듣더라. 내가 마케도니아 사람이 얼마나 복음의 위로에 굶주리고 목말랐는지, 얼마나 진실하신 하나님을 알고 싶어 했는지 자세히 설명했거든. "이 마케도니아인의 얼굴은 여느 노동자들처럼 슬픔과 고통과 피곤으로 얼룩져 있었겠지요. 광채나 영광이 없는, 하지만 불멸의 영혼이 깃든 얼굴입니다. 결코 사라지지 않는 양식인 주님의 말씀을 갈구하고 있습니다. 예수 그리스도는 이 마케도니아인처럼, 힘겹게 살아가는 노동자를 격려하고 위로하며 그의 짐을 덜어주는 주인이십니다. 왜냐하면 그는 우리의 슬픔을 아시는, 위대한 고통의 사람이기 때문입니다. 하나님의 아들이지만 목수의 아들로 불리며, 하나님 아버지의 뜻을 이루기 위해 30년이나 목수 아버지의 허름한 작업실에서 일했기 때문입니다. 주님께서 인간에게 바라시는 건 오직 하나, 그리스도를 본받아 겸허히 살라는 것입니다! 높고 귀한 하늘의 것만 탐하지 말고, 낮은 이 땅의 검소한 삶을 따르고, 복음서의 가르침대로 온화하고 겸손한 마음가짐을 배우라는 것입니다."

병자들의 집에도 이미 몇 차례 다녀왔어. 여기는 아픈 사람이 많아.

오늘 전도위원회 회장에게 편지를 써서 다음 회의에서 나를 심사해달라고 부탁했다.

간밤에 눈이 녹았더라. 이 동네는 요즘처럼 눈이 녹으며 겨울밀의 초록 새싹이 검은 밀밭에서 올라오는 시기에 그야말로 한 폭의 그림이다. 어떻게 말로 표현할 수가 없구나.

외지인에게는 언덕 아래에서 비탈과 꼭대기 여기저기 흩어진 광부들의 집으로 끝없이 이어지는 골목길과 통행로가 골치 아픈 미로 같을 거야. 굳이 비교하자면 스헤베닝언의 마을, 특히 그곳 빈민가, 혹은 우리가 그림으로만 봤던 브르타뉴 마을과 비슷한 분위기야. 너도 파리 가는 길에 기차로 지나다녔으니 어렴풋이 기억날 게다.

개신교 교회는 아주 작아. 후번의 교회랑 비슷한데, 거기보다 조금 커. 내가 설교한 곳은 고작 백여 명쯤 들어가는 작은 방이었어. 외양간이나 헛간에서 예배를 드린 적도 있다. 그만큼 단순하고 소박하단다.

시간 되면 편지해라. 항상까지는 아니더라도 네 생각 자주 한다. 다시 한 번, 새해 복 많이 받아라. 새해에는 주님의 은총이 네게 충만하기를! 마음으로 악수 청한다.

형은 너를 사랑한다. 빈센트

루스 씨 가족, 그리고 내 근황을 묻는 모든 이들에게도 안부 전한다.

편지할 때 주소를 이리로 해라. 「에노 주, 보리나주. 몽스 근처에 있는 파튀라주의 행상, 반 데르 하헌 씨 댁.」

어느 광부네의 연로한 할머니를 찾아뵙고 오는 길이야. 건강이 매우 안 좋지만, 깊은 신앙심으로 운명을 받아들이시더라. 그분과 함께 성경 구절을 읽고 다 같이 기도드렸어. 쥔더르트와 에턴의 브라반트 사람들처럼, 이곳 사람들도 특유의 순수함과 호의가 있다.

128네 —— 1879년 3월 4일(화)에서 31일(월) 사이, 왐므

테오에게

아버지 어머니 편지로 알았다. 마침 아버지가 여기서 집으로 돌아가신 날, 네가 두 분을 깜짝 방문했었다면서? 나도 아버지가 여기 오셨던 게 정말 기뻐. 함께 보리나주의 목사님 세 분도 만났고, 눈길도 걸었고, 광부들 집에도 초대받고, 'Les trois Diefs(세 봉우리)'라는 이름의 탄광 앞에 쌓인 석탄산도 보고, 성경 봉독회에도 두 번이나 참석했지. 아주 꽉 찬 이틀을 보냈어. 아버지도 이곳 보리나주에 대해 강렬한 인상을 받으신 듯하니 쉽게 잊지 못하실 거야. 하긴, 묘하고 놀랍고 그림 같은 이곳을 방문한 이들은 모두 그럴 게다.

네게 참 오랜만에 편지하는구나. 주님의 은총으로 여기서 성공하기를 진심으로 기도하고 있어. 그렇게만 되면 너도 이곳에 편하게 올 수 있어. 파리로 가는 길에 잠깐 들리거나, 회사 출장길에 들를 수도 있고.

얼마 전 탄광에서 오래 일해온 한 어르신 댁에서 몽스 남쪽 탄맥을 모두 표시한 목록을 봤어. 무려 155개나 되더라. 하루하루 지날수록 이 동네와 여기 사람들에게 마음이 끌린다. 황야나 언덕들이 꼭 집처럼 느껴지기도 해. 사람들이 참 소박하고 선하다. 여길 떠난 이들은 향수병을 느끼는 반면, 외지인들은 고향에 대한 그리움을 까맣게 잊고 이곳에 스며들어 적응하지.

마우베 형님과 마리스는 어떻게 지내니? 최근에 본 흥미로운 작품은 없고? 봄이 가까웠으니 그 양반들 그림 소재도 새로워지겠구나. 이스라엘스는 이번 겨울에 무슨 그림을 그렸는지 아니? 여기는 화가들의 눈길을 끌 소재들이 참 많다. 백마가 끄는 짐수레에 탄광에서 다친 부상자가 실려 오는 모습이, 이스라엘스의 〈조난자The shipwrecked man〉와 꼭 닮아서 놀랐다. 여기서는 매 순간, 이런저런 강렬한 감동들을 겪는 게 일상이야.

짧게라도 편지해라. 화가들 얘기를 들려줘도 내가 여전히 잘 알아들을 수 있으니 걱정 말고. 비록 그림 구경한 게 언제인지 기억도 나지 않을 만큼 오래전 일이다만.

최근에 혼자 살고 싶어서 작은 집을 하나 얻었는데, 지금은 작업실 겸 공부방으로만 쓰고 있어. 아버지는 내가 드니 씨 댁에서 계속 사는 게 좋겠다고 하시고, 내 생각도 그래. 그 대신 벽에 판화나 내가 좋아하는 것들을 걸었다.

나가서 몇몇 병자들과 신자들을 방문할 시간이야. 잘 지내고, 속히 답장해줘. 마우베 형님께 안부 전해주고. 루스 씨 가족에게도.

완연한 봄이 된 것 같다. 종달새소리가 들리고 숲 여기저기에, 특히 오리나무 가지들에 싹이 움트기 시작했어. 아버지는 온 마을이 눈에 덮였을 때 오셔서, 새하얀 바탕에 시커먼 탄전과 굴뚝들이 만들어낸 그림 같은 장면을 보셨지. 이 동네는 보스봄의 〈쇼퐁텐〉 속 장면들이 곳곳에 보여.

à Dieu, 마음으로 악수 청한다. 그리고 언제나 내 말 명심해라.

너를 사랑하는 형, 빈센트

129네 ___ 1879년 4월 1일(화)에서 16일(수) 사이, 왐므

테오에게

내 소식을 전할 때가 된 것 같아 이렇게 편지한다. 집에서 온 편지에 보니 네가 출장길에 에턴에서 며칠 지냈더구나. 좋은 여정이었길 바란다. 이 무렵이면 스헤베닝언의 모래언덕에 몇 차례 다녀왔겠어. 여기도 봄기운이 아주 사랑스럽다. 여기저기 구릉이 많아서 꼭 모래언덕에 와 있는 기분이라니까.

얼마 전에 흥미로운 모험을 했어. 6시간 동안 '마르카스' 탄광에 내려갔다 왔거든. 인근에서 가장 오래되고 위험한 탄광에 속해. 지하로 오르내릴 때 유독가스에 질식하거나 가스 폭발, 침수, 낡은 갱도 붕괴 등의 사고로 광부들의 목숨을 숱하게 앗아간 것으로 아주 악명이 높아. 더없이 암울한 곳이지. 언뜻 주변을 둘러봐도 그저 을씨년스럽고 음산해.

거기서 일하는 인부 대부분이 비쩍 마르고 열병들을 앓아서 낯빛이 창백하다. 피곤에 찌들어서 진이 빠지고 세파에 시달리다 보니 원래 나이보다 훨씬 늙어 보여. 여자들 표정도 대체로 창백하고 생기가 없다. 탄광 주변에는 옹색한 오두막에 지나지 않는 광부들의 집과 이미 죽은 상태로 연기에 검게 그을린 나무 몇 그루, 가시덤불 울타리, 퇴비와 잿더미, 석탄 찌꺼기 더미가 전부야. 마리스Jacob Hendrik Maris라면 이 광경을 멋진 그림으로 그려냈겠지. 나도 시간 나면 크로키로 몇 장 그려봐야겠다. 그걸 보면 네가 이 동네 분위기를 쉽게 파악할 수 있을 테니까.

괜찮은 안내인을 만났는데 33년간 갱도에서 일했다더라. 친절하고 참을성도 많고, 뭐든 자세히 설명해줬어. 그 양반과 함께 700미터를 내려갔어. 지하세계에서도 가장 후미진 구석까지 간 셈이지. 출구에서 가장 멀리 떨어진 멩트나주maintenages나 그르뎅gredins(광부들이 채굴하는 구역)은 '카슈des caches(숨겨진 곳, 수색해야 하는 곳)'라고 부르더라.

마르카스 탄광의 갱도는 5층 구조인데, 위 3개 층은 채굴이 다 끝나서 이제 아무도 일하지 않아. 더 캐낼 석탄이 없거든. 누군가 여기 멩트나주들을 그림으로 그려낸다면 새로운, 더 정확히 말하면 지금껏 본 적 없는 작품이 될 거야. 골조로 대충 세워놓은 비좁고 낮은 갱도에 여러 개의 채굴장이 있는 모습을 한번 상상해봐. 채굴장마다 굴뚝 청소부처럼 때 묻고 더러운 거친 천의 작업복을 입은 광부들이 작은 랜턴의 흐릿한 불빛에 의지해 도끼질로 석탄을 캐내지. 서서 작업하기도 하지만(세로로 긴 채굴장), 바닥에 납작 엎드려 작업해야 하는 곳도 있어(가로로 긴 채굴장). 채굴장 배열 모양새가 꼭 벌통의 벌집 구멍 모양인데, 지하 감방의 시커먼 복도 같기도 해. 소형 방직기, 아니면 농가의 빵 굽는 가마를 이어붙여 놓은 듯도 하고, 지하 납골당의 무덤처럼도 보이고. 그야말로 갱도는 꼭 브라반트 농가들의 거대한 굴뚝과 다름없지.

갱도 곳곳에서 스며나온 물에 랜턴 불빛이 비춰지면서, 종유석 동굴에 빛이 반짝거리는 듯한 묘한 분위기마저 느껴져. 광부들 일부는 멩트나주에서 작업하고, 일부는 전차 선로 비슷한 레일 위로 밀고 다니는 탄차에 석탄 더미를 채워넣는데, 이건 대부분 아이들이 해. 남자아이,

여자아이 모두 있어. 지하 700미터에 마구간도 있었어. 늙은 말 7마리가 탄차 여러 대를 동시에 끌고 적치장까지 이동하더라. 또 다른 인부들은 붕괴 직전의 낡은 갱도를 보수하거나 새로운 갱도를 파느라 여념이 없었어. 뱃사람들이 육지에 내리면 바다를 그리워하듯, 위험이 도사리고 고된 일밖에 펼쳐질 게 없는데도 광부들은 바깥세상보다 땅속을 더 편안해한다. 그러니 마을은 황량하고 썰렁하고 생기가 없어. 삶이 지상이 아니라 지하에서 돌아가니까. 몇 년을 살더라도 탄광에 내려가 보지 않으면 절대로 이곳을 알 수가 없을 거야.

주민들은 배움이 없어서 문맹에 무식하지만 자신들의 일에서만큼은 누구보다 능숙하고 지혜로워. 게다가 용감하기까지 하지. 대부분 체구는 작은데 어깨가 떡 벌어졌고 움푹 들어간 두 눈의 눈빛이 어두워. 여러 일에 능숙하지만, 노동량도 그만큼 많아서 상당히 신경질적이야. 나약해서가 아니라 예민해서 그런 것 같아. 그리고 자신들에게 어떤 규칙을 강요하는 자들을 향해서는 무섭도록 뿌리 깊은 적대감과 불신을 드러낸다. 그래서 광부들과 어울리려면 광부처럼 살아야 한다고들 말해. 거만해도, 오만해도, 가르치려 들어서도 안 돼. 그런 식으로는 그들과 가까워질 수 없고 신뢰도 얻지 못해.

혹시 갱내 가스 폭발로 끔찍한 화상을 입었던 광부 이야기를 했었나? 하나님 감사하게도 지금은 다소 몸이 회복돼서 집 밖으로 나와 걸으며 재활을 시작했어. 두 손이 예전 같지 않아서 일에 복귀하려면 한참 걸리겠지만, 목숨은 건졌잖아. 그런 사고 외에도 발진티푸스나 악성고열증 같은 병도 돌았는데, 특히 악성고열증은 여기서 la sotte fievre(바보 열병)으로 불려. 그 병에 걸리면 불쾌한 악몽에 시달리거나 헛소리를 하거든. 그렇게 아픈 사람, 병상에 누운 사람, 말라가는 사람, 약해진 사람, 불행한 사람들이 많아.

식구 전체가 다 열병에 걸렸는데, 간호할 이가 아무도 없어서 병자끼리 서로를 돌보기도 해. 그 집 부인이 그러더라. "Ici c'est les malades qui soignent les malades(여기선 아픈 사람이 아픈 사람을 간호하죠)." 마치 "le pauvre est l'ami du pauvre(빈자의 친구는 빈자)"인 것처럼.

요즘은 어떤 작품들이 괜찮은지 궁금하다. 네 소식도 궁금하고. 이스라엘스는 그림을 많이 그렸니? 마리스와 마우베 형님은?

며칠 전에 마구간에서 망아지 한 마리가 태어났어. 그 작고 귀여운 녀석이 세상 빛을 보고 얼마 되지도 않았는데 제 발로 우뚝 서더라. 이곳 광부들은 염소를 키워. 집집마다 아이들도 낳아 키우고. 토끼를 키우는 가정도 흔해.

이제 환자들을 방문할 시간이니 그만 펜을 놓는다. 시간 날 때 편지해라. 네 모든 게 잘 되길 바라며, 마음으로 악수 청한다. 내 말 명심해라.

형은 너를 사랑한다, 빈센트

탄광으로 내려가는 기분은 무척 음울해. 우물의 두레박 비슷한 바구니나 철창 같은 걸 타고 내려가는데 깊이가 자그마치 600~700미터야. 도착해서 눈을 들어 위를 보면 밤하늘에 뜬 별 정도 크기의 빛밖에 안 보여. 배를 타고 생전 처음 망망대해로 나간 심정과 비슷할 텐데, 그보다 더 끔찍하지. 다행히 그 기분이 오래 가지는 않는다. 광부들은 금세 적응한다만, 공포심과 두려움을 완전히 떨쳐내지는 못하더라.

그래도 일단 바닥에 도착하면 고비는 넘긴 거고, 거기서 보는 장면 하나하나가 고생에 대한 충분한 보상이 되고도 남는다.

편지는 이 주소로 보내라. [장 바티스트 드니 씨 댁, 빈센트 반 고흐, 프티왐므가, 왐므(보리나주, 에노)]

130네 .... 1879년 6월 19일(목) 추정, 왐므

테오에게

이미 많이 늦은 시각이야. 거의 자정에 가까운데, 그래도 오늘 네게 몇 자 꼭 적고 싶어서 펜을 들었다. 우선, 편지를 쓴 게 한참 전인데, 아우야, 사실 딱히 쓸 말도 없구나. 항상 온갖 일에 치어 살고 있거든. 내가 좋아하는 것들을 여유롭게 생각해보는 건 고사하고, 관심 기울일 틈조차 주어지는 날이 거의 없다.

그런데 오늘 편지를 쓰는 건 아버지 어머니께 들은 소식 때문이야. 네가 6주간 파리에 머물 거라던데, 그렇다면 파리 가는 길에 보리나주를 지나갈 테니 하루 이틀쯤 여기 머물면 어떻겠니? 네게 이 시골을 더 잘 알려주고 싶은데, 무언가를 알아보는 감식안을 가진 이에게는 어마어마하게 매력적인 동네라서야. 바닷가 마을을 평생 한 번도 본 적 없는 사람이라면 스헤베닝언이나 카트베이크 같은 마을이 얼마나 흥미롭겠냐? 자, 보리나주는 바다는 없지만 모든 게 다 흥미롭고 개성이 있어서 한번 경험해볼 가치가 있어. 그러니 네 마음이 끌리고, 시간이 난다면, 여기 잠시 들르면 좋겠구나. 그 대신 언제 어떤 역으로 몇 번 기차를 타고 올지는 미리 알려줘야 해. 그래야 마중을 나갈 수 있잖아.

이 편지는 어머니가 여기 다녀가실 때 드리려 해. 아마 파리에서 돌아오는 길에 들르실 것 같거든.* 어머니를 빨리 뵙고 싶다. 다행히 큰아버지가 일단 고비는 넘기신 것 같다.

그런데 프란스 소에크의 사망 소식은 정말 충격이었어. 도대체 어떻게 된 일인지 네가 아는 대로 알려다오. 불쌍한 친구, 쉽지 않은 삶이었는데...... 정말 고생을 많이 했거든.

며칠 전, 밤 11시쯤 됐을까, 끔찍한 폭풍우가 지나갔어. 내 하숙집에서 아주 가까운 곳에 저 아래, 보리나주의 대부분이 내려다보이는 고지대가 있어. 굴뚝들이며 석탄산, 광부들의 오두

* 센트 큰아버지가 위중한 상태가 되어서 형제의 어머니가 간호하러 파리로 가셨던 참이다.

막, 또 낮에 개미들처럼 종종걸음으로 이리저리 다니는 사람들의 움직임까지 보인다. 더 멀리 지평선 끝에 소나무 숲이 있고 그 위로 흰 집들, 작은 종루, 낡은 풍차도 보여. 평소에는 거기에 항상 안개 같은 게 뿌연데, 구름이 빛과 그림자로 만들어내는 변덕스러운 효과 같기도 해. 그 장면을 보고 있으면 렘브란트나 미셸, 혹은 라위스달의 그림이 떠오른다.

칠흑같이 캄캄한 밤에 폭풍우가 들이닥치는데, 번개가 번쩍할 때마다 온 동네가 선명하게 보이면서 아주 신비롭더라. 제일 가까이에서, '마르카스' 탄광의 크고 음침한 구조물이 허허벌판에 홀로 우뚝 솟았는데, 그날 밤에는 꼭 노아의 방주처럼 보였어. 번개가 어둠을 번쩍 가르던 순간 억수같이 퍼붓는 빗속에 서 있는 모습이 말이야. 오늘밤 성경 수업에서 난파 이야기를 들려줬다. 그 장면에 영감을 받아서.

아직도 종종 『톰 아저씨의 오두막』을 읽는다. 이 세상에는 여전히 수많은 노예제가 존재하는데, 이 걸작 소설이 그 문제를 아주 큰 지혜와 애정과 열정을 담아 다루면서, 억압받는 빈자들의 행복을 진심으로 걱정하고 있어서야. 그래서 수시로 펼쳐보는데 그때마다 새로운 걸 발견하지.

'L'Art c'est l'homme ajouté à la natur(예술이란 자연에 덧붙여진 인간이다).' 이보다 더 예술을 정확하게 정의한 문장은 못 들어봤어. 예술가는 자연 – 현실 – 진실에서 의미 – 개념 – 개성을 끄집어내서, 그것들을 표현하고, 없애고, 뒤섞고, 해방시키고, 해석해내.

마우베 형님이나 마리스나 이스라엘스의 그림이, 자연이 직접 얘기해주는 것보다 더 많은 이야기를 건네지. 그것도 훨씬 명확하게. 책도 마찬가지야. 특히 『톰 아저씨의 오두막』 같은 책은, 오래전에 쓰였다고 구닥다리 책 취급을 받기 시작하지만, 예술가가 새로운 시각을 던져주면 우리 시각도 완전히 새로워져. 책 속 감정들이 매우 섬세하고 우아하고 완결된 느낌이다. 대단히 많은 애정과 진지함과 신뢰성으로 빚어낸 문장들이거든. 그런데도 어디 하나 튀는 것 없이 소박하고 간결하지만, 그와 동시에 우아하고, 고귀하면서, 세련됐어.

최근에 영국의 탄광촌에 관한 책을 읽었는데, 자세한 설명은 별로 없었어. 네가 소장할 만한 목판화 작품 하나 동봉한다.

얼마 전 수년 동안 갱내 감독관으로 일했던 분을 알게 됐어. 빈민 출신인데 자수성가한 사람이야. 지금은 흉통이 극심해져서 더 이상은 지하 갱도에서의 지독하게 고단한 업무 강도를 견딜 수가 없대. 그가 탄광 일에 관한 거의 모든 사정을 들려줬는데 흥미롭더라. 그는 늘 광부들의 친구로 지내고 있지. 진짜 애정이 있어서가 아니라 돈 때문에 그러는 자들과는 달라. 순수하기는커녕 오히려 저속한 동기로 움직이는 치들이 얼마나 많은데. 그는 지금도 성실하고 정직하고 용감한 노동자의 마음을 지녔으면서, 다른 근로자들보다 교양 수준도 월등히 높다. 두어 차례 파업이 닥쳤을 때 광부들의 마음을 움직였던 유일한 사람이야. 광부들은 그 사람 말고는 누구의 이야기도, 누구의 충고도 듣지 않았어. 위급 상황에도 오직 그의 말만 따랐지. 첫 인상이 마치 메소니에의 동판화 속 사내 같아. 너도 알지, 〈책 읽는 남자〉라고. 드니 씨의 아들이 그의 딸과 약혼할 사이여서 그가 이 집에 자주 들렀어. 그때 그를 봤고, 이후로 여러 차례 그 사람 집에 다녀왔어. 르구베Ernest Legouvé가 쓴 『아버지들과 아이들Les pères et les enfants』 읽어봤니? 놀라운 책이다. 그분에게 빌려서 아주 흥미진진하게 읽었어.

며칠 전에 존스 목사님 편지가 왔는데, 보리나주에 목제건물로 작은 교회들을 만들어보면 어떠냐고 묻더라. 과연 가능할까? 바람직한 일일까? 당신은 첫 교회 건축에 어떻게든 힘을 보탤 용의가 있다고. 심지어 봄에 직접 이리 올 테니 얘기해보자고 했어. 그렇게 되면 정말 좋겠다.

시간 나거든 몇 자라도 적어서 보내주고, 가능하면 파리 가는 길에 여기 잠시 들러라. 어쨌든 기차 번호와 왐므 근처 어느 역에서 하차할 건지 미리 알려주면 마중 나갈게.

네가 하는 일에 하나님의 축복이 있기를 기원한다. 그리고 언제나 내 말 명심해라.

너를 사랑하는 형, 빈센트

131네 ____ 1879년 8월 5일(화), 퀴엠므

테오에게

급하게 몇 자 적는다. 곧 파리로 갈 날짜가 되지 않았니? 만약 그렇다면, 여기 지나는 날짜와 시간을 편지로 알려줘. 분명 역에서 만날 방법이 있을 테니까.

네가 여기서 하루나 이틀, 아니면 반나절이라도 잠시 머물 시간을 낸다면 더는 바라지도 않아. 내가 크로키로 그린 여기 사람들 모습을 보여줄게. 이거 보자고 꼭 기차에서 내리라는 건 아니고, 조금만 둘러봐도 이곳의 풍경과 신기한 면모에 매료될 거야. 이 동네의 모든 것이 정말 그림 같은 특징을 지녔거든.

디킨스의 『Les temps difficiles(어려운 시절)』 읽어봤니? 프랑스어 제목으로 쓴 건데, 아셰트에서 나온 외국 소설 총서에 포함된 1프랑 25센트짜리 프랑스어 번역본이 아주 괜찮거든. 수작이야. 스티븐 블랙풀이라는 인물이 노동자인데 가장 강력하고 공감이 간다.

최근에 브뤼셀에 갔을 때 마리아 호레베커Maria-Horebeke와 투르네Tournai도 다녀왔어.* 부분부분 걸어다녔지.

현재 나는 여기에 머물고 있다. 「프랑크 전도사의 집. 쿠엠므(몽스 근처), 마레.」

요즘은 폭우가 잦은 편이다. 어쨌든, 아우야, 다음 기차 기다리는 딱 1시간 만이라도 머물 시간을 내봐라.

* 빈센트는 전도사 자격을 잃어서 다른 방도를 모색하러 다녔다. 위원회가 그에게 전도사로서의 필수 자질, 예를 들면 유창한 설교 실력과 모임을 이끄는 리더십 등이 부족하다고 결론을 내리고, 후일을 준비할 3개월의 유예 기간을 주었기 때문이다. 빈센트의 후임자로 온 허튼은 2달 안에 교구 상황을 성공적으로 반전시켰다.

피테르슨 목사님 작업실에 또 갔었어. 화풍이 스헬프하우트Andreas Schelfhout나 호펜브라우어르스Johannes Franciscus Hoppenbrouwers와 비슷한데, 그림에 대한 안목이 훌륭한 분이야.

내가 그린 광부 크로키를 달라고 부탁하시더라. 밤늦게까지 그림 그릴 때가 많아. 여기서 본 것들을 추억으로 붙들고, 문득문득 떠오르는 것들을 아이디어로 구체화하려고.

그런데 아우야, 시간이 없어! 진즉에 테르스테이흐 씨께 물감과 스케치북을 보내줘서 감사하다고 편지했어야 했는데. 스케치북은 벌써 절반이나 썼어.

브뤼셀에서 유대인 서점에 들러 옛날 네덜란드 종이 재질로 된 큰 스케치북을 사왔지.

널 볼 수 있는 거니? 얼마나 반가울까! 네가 온다면야 디킨스의 『어려운 시절』을 꼭 구해놓으마. 그게 아니면 구하자마자 바로 네게 보내줄게.

à Dieu, 마음으로 악수 청한다. 항상 내 말 명심해라.

*Yours truly**, *빈센트*

132네 —— 1879년 8월 11일(월)에서 14일(목) 사이, 퀴엠므

테오에게

무엇보다 네가 여기까지 와줘서 고마웠다는 말부터 전하고 싶다. 한참만에 봤지. 예전엔 자주 보고 편지도 자주했었는데. 그래도 서로에게 죽은 사람이 되느니 친구가 되는 게 좋지. 특히나 진짜로 죽은 것도 아닌데 그런다면, 위선이고 유치한 행동이잖아. 열네 살 꼬마가 자신의 사회적 체면과 지위 때문에 실크해트를 써야 한다고 착각하는 것만큼이나 유치해.

우리가 함께 보낸 시간에 적어도, 우리가 여전히 이 땅에 발붙이고 살아 있음을 확인했다. 널 다시 만나 함께 걷는데 예전에는 훨씬 더 강했던 이 감정이 되살아났어. 삶이 정말 가치 있고 소중하다는 마음. 그래서 정말 오랜만에 즐겁고 쾌활한 기분을 느꼈다. 점점 삶에 대한 소중함과 흥미가 사라지며 모든 일에 영 무관심해지고 있었거든. 그런데 주변 사람들과 어울리며 애정을 느끼게 되니, 살아가야 하는 이유를 알겠더라. 내가 꼭 그렇게 쓸모없고 기생충처럼 빌붙어사는 존재가 아니고, 뭔가 장점도 있는 인간이라고 느꼈어. 인간은 같은 여정을 걸어가는 길동무로서 서로를 필요로 하지만, 자존감 또한 남들과의 관계에 크게 영향을 받아.

죄수가 독방에 수감되고 노역도 금지당한 채 지내면 결국엔, '너무 오랜 시간'이 지나면, 마치 너무 오래 굶은 사람과 똑같은 고통을 느끼지. 나도 똑같아. 가족의 애정과 친구의 우정처럼, 그런 다정한 교제가 필요하다. 난 돌이나 쇠붙이로 만들어진 소화전도, 가로등도 아니니까. 애정어린 교류가 없으면 공허하고 뭔가 빠졌다는 느낌을 받아. 지성과 교양을 갖춘 여느 사람

* 영어로 썼다.

들처럼. 네 방문이 그만큼이나 기쁘고 반가웠다는 말을 하는 거야.

난 너와 결코 남남처럼 살기 싫은 만큼, 다른 식구들과도 서먹하게 지내기 싫어. 하지만 지금으로선 집으로 돌아가는 건 영 내키지 않고, 그냥 여기 있고 싶다. 내 잘못이겠지. 내가 상황을 제대로 보지 못한다는 네 지적이 옳을 거야. 그래서, 비록 대단히 반감이 들고 하기 싫지만, 단 며칠 만이라도 에턴에 갈 생각이다.

네 방문을 고맙게 추억하며, 우리가 나눴던 대화들도 곱씹는다. 벌써 여러 번, 심지어 수도 없이 많은 사람들에게 자주 들었던 말이지. 개선책이니, 다른 방향이니, 격려 차원이니 하는 말들. 기분 나쁘게 들을까 걱정이다만, 이제껏 그런 조언들을 따를 때마다 결과는 형편없었어. 수많은 논의들이 나중에 실현 불가능한 계획들로 판명났지. 지금도 암스테르담에서의 시간들이 아주 생생하다. 너도 직접 봤잖아. 얼마나 경중을 따져서 다시 계산하고, 토론하고, 의논하고, 꼼꼼히 재검토하곤 했었는지. 하지만 전적으로 지혜와 선의로 진행했음에도 불구하고 결과는 처참했어. 철저히 어리석었고, 완전히 멍청한 일이었다고. 지금도 그때를 돌이켜보면 등에 식은땀이 흐른다.

내 인생 최악의 시기였어. 그때와 비교하면 여기 이 가난한 동네에서, 이 척박한 환경에서 어렵고 힘들게 지내는 지금이 더 바람직하고 매력적이야. 그래서 예전과 비슷한 결과를 맞을까 봐, 최선의 호의로 건네주는 지혜로운 조언들마저 따르기가 두렵다.

그런 경험은 너무 가혹해. 피해와 슬픔과 고통이 너무 크거든. 그런데 이런 일을 겪고 나면 어느 한쪽에만 치우치지 않고 지혜로워지는 게 사실이야. 어디서 이런 걸 따로 배우겠어? 그때는 '내 앞에 정해진 목표를 이루려고' 노력했지. 내 야망은 제대로 배신당했고, 이젠 그런 걸 열망하지 않아. 그땐 괜찮아 보였던 것들이더라도, 지금은 경험에서 얻어진 제3의 시각으로 새롭게 바라본다. 비록 이런 의견이 용납되지 못하더라도 할 수 없고.

맞아. 용납되지 않지. 예를 들면, 프랭크 전도사는 내가 장 앙드리 목사님의 설교 말씀이 어느 로마가톨릭 사제의 강론보다 아주 조금 더 복음적이라고 말했다고 비난해. 난 학교에서 가르쳐주는 대로 죽음의 과정을 준비하느니 차라리 자연사를 따르겠어. 그리고 그리스어 수업보다 날품팔이 독일인 노동자에게 얻는 배움이 훨씬 유용할 때도 많아.

내 삶을 향상시키고 싶다는 생각, 나라고 안 했겠어? 그럴 필요성을 모르겠냐고? 당연히 나도 훨씬 나은 사람이 되고 싶어. 하지만 그렇기 때문에, 병 자체보다 더 나쁜 약을 받아들일까봐 두렵다. 병자가 의사를 신중히 고른다고, 엉터리 치료나 돌팔이 의사를 거부한다고 비난할 수 있어?

결핵이나 장티푸스에 걸린 사람이 보리죽보다 강력한 약이 필요하다고 생각하는 게 잘못이야? 아니, 보리죽이 나쁘다는 게 아니라, 보리죽에 과연 자신의 질병을 치유할 능력이 있는지 의심도 못 해? 보리죽을 처방한 의사가 "이 환자는 고집쟁이라서 어떤 약도 거부하니 스스로 죽음을 자초하는 겁니다"라고 말해선 안 돼. 절대로. 왜냐하면 그 환자가 고집을 부리는 게 아니라, 소위 약이라는 것이 효과가 없는 거니까.

도록에 멤링Hans Memling (Memlinc)의 작품으로 표시되어 있지만, 고딕 양식이라는 것 외에는 멤링과 아무 상관이 없는 가치 없는 그림을 앞에 두고 무관심하다고 해서 그가 잘못된 거야?

혹여 내가 네 조언을 돌팔이 의사의 진단으로 취급하는 말이라고 생각한다면 완전히 오해야. 전혀 그렇지 않아. 하지만 마찬가지로, 내가 네 조언을 곧이곧대로 따르는 게 유익하겠다고 생각해서, 청구서 머릿글자나 명함 파는 석판공, 경리, 아니면 목수 도제나 제빵사 등 하나같이 어울리지도 않고, 현실적으로 이루기도 힘든 온갖 제안을 진지하게 고민해봤다고 여긴다면 그 또한 오해야.

물론 너는 그 충고들을 곧이곧대로 따를 필요는 없다고 말하겠지. 그저 내가 하루를 너무 게으르게 보내서 걱정스러웠고, 그런 생활을 그만 끝내야 한다고 판단해서 한 말이라고.

내 입장에서는 '게으르다'는 말이 다소 이상하게 들린다. 날 변호하기가 좀 힘들다만, 이것만큼은 조속히 네 시선이 바뀌지 않는다면 너무 속상할 것 같다. 정말로 제빵사가 되어서 그 비난을 반박하는 게 잘하는 일인지도 모르겠어. 물론 결연한 대답은 되겠지(번개처럼 순식간에 제빵사, 이발사, 사서로 변신할 수 있다면). 하지만 정말 멍청한 대답이기도 해. 딱 그 남자 같잖아. 당나귀 등에 올라탔다는 이유로 잔인하다고 비난받자, 즉시 땅으로 내려와 당나귀를 어깨에 메고 걸어갔다는 남자.*

자, 농담은 잠시 접어두고, 난 우리 관계가 더 친해졌으면 좋겠구나. 너나 가족들에게 내 존재가 골칫덩어리나 방해물이라면, 누구에게도 쓸모 없는 인간이라면, 그래서 나조차 날 침입자나 낙오자로 느낀다면, 난 차라리 이 세상에서 사라지는 게 낫다. 또 내가 네 앞길에 방해가 되지 않게 사라져야겠다는 생각이 들면, 정말 이 길 외에는 달리 방법이 없다고 생각되면, 나는 슬픔과 절망 속에서 헤어나오지 못할 게다. 이런 생각만으로도 버텨내기 힘든데, 더욱 견디기 힘든 건 내가 우리 사이는 물론 가족 간의 불화와 슬픔의 원인이라는 생각이야. 정말 그렇다면 차라리 더 이상 이 세상에 미련을 두지 않는 게 나을지도 모르겠다.

그러나 이런 생각에 가끔 심하게, 너무 극단적으로 낙담하는데, 언젠가부터는 동시에 이런 생각도 들더라. 이건 단지 끔찍하고 지독한 악몽에 불과하다고. 곧 상황을 명확하게 바라보고, 제대로 이해할 수 있을 거라고. 아니면, 이 꿈이 진실이 아닐까? 개선되는 게 아니라 악화되는 게 아닐까? 많은 이들이 이렇게 말해. 나아질 거라고 믿는 건 어리석고 허황된 바람이라고. 간혹 겨울 추위가 혹독할 때 이렇게 생각하는 사람이 있어. '이렇게 추운데 과연 여름이 올까? 악은 언제나 선을 훨씬 능가하는데.' 그러나 우리가 허락했든 안 했든, 결국엔 이 혹독한 추위는

* 〈라퐁텐 우화집〉에 나오는 이야기. 농부가 당나귀를 팔려고 아들과 함께 장에 가는데, 주위에서 "당나귀를 안 타다니, 멍청하다"는 말에 아들을 태우고, "불효막심하다"는 말에 자신이 탔다가, "어린 아이가 불쌍하다"고 하자 둘이 함께 탔고, "나귀가 불쌍하다"는 말에 둘이 들어서 옮기니, 결국 놀란 당나귀가 발버둥치다가 개울에 빠져 죽고 말았다.

끝나고, 어느 날 아침 바람의 방향이 바뀌며 해빙을 맞게 된다. 계절의 변화를 우리 심리 상태와 생활 여건에 빗대보면(변화에 굴복하고 변화무쌍한 게 계절과 닮았으니까), 그래도 여전히 더 나아질 거라는 희망을 품게 돼.

얼른 답장해 주면 정말 기쁘겠다. 편지는 이쪽으로 보내라. 「J. B. 드니, 프티 왐므가, 왐므(에노).」 널 배웅했던 밤에 왐므까지 걸어서 왔다. 그 뒤로 초상화를 하나 그렸고.

à Dieu, 마음으로 악수 청한다. 내 말 명심해라.

잘 있어라, 빈센트

133프 ____ 1880년 6월 22일(화)에서 24일(목) 사이, 퀴엠므

테오에게

네게 편지쓰기가 썩 내키지 않아서 그간 소식을 끊었었다. 여러 이유가 있어.

어느 정도 넌 내게 남이 되었고, 나도 네게 그렇게 되었다. 아마도 네가 생각하는 것 이상으로. 그러니 이런 관계를 굳이 이어가서 서로에게 좋을 게 없어. 네게 편지해야 한다는 의무감만 안 들었어도, 또는 그럴 필요만 없었어도, 이 편지는 안 썼을 거다. 에턴에서 네가 내게 50프랑을 보낸 걸 알았다. 그래, 그걸 받았지. 마지못해서 받았고 우울한 마음이었다만, 막다른 골목에 몰린 혼란스러운 처지라 어쩔 수가 없었어. 내가 달리 무슨 방도가 있었겠니? 그래서 고맙다는 편지를 쓰고 있는 거야.

아마 알고 있겠지만 난 보리나주로 돌아왔다. 아버지는 에턴 근처에 있었으면 하셨지만 내가 거절했지. 그리고 그건 잘한 결정이었다. 본의 아니게, 가족에게 이미 난 골칫덩어리, 이해할 수 없는 인간, 요주의 인물로 취급되는데, 내가 대체 누구에게 어떻게 도움이 되겠어? 그러니까, 결국엔, 내가 집과 적당히 떨어져서, 마치 존재하지 않는 듯이 사는 게 가장 최선이자 합리적인 결정이라고 판단했다.

새들이 깃털을 바꾸는 털갈이 시기가, 우리 인간에게는 어려움을 겪는 시련과 불행의 시기야. 털갈이 도중에 멈춰버릴 수도 있지만, 새롭게 거듭날 수도 있지. 하지만 어쨌든 그게 남들 앞에서 드러내고 할 일은 아닌 게, 그리 유쾌한 일이 아니거든. 유일하게 할 수 있는 거라곤 안 보이는 곳으로 숨는 거야. 글쎄, 내 마음이 그렇다.

자, 온 가족에게 잃었던 신뢰를 되찾는 건 절망에 가까울 정도로 어렵다. 편견 없는 신뢰를 회복하고 그에 맞먹는 명예와 품위를 보여주는 것도 마찬가지로 힘들겠지. 하지만 조금씩, 느려도 확실하게, 다정한 관계를 회복해갈 거라는 믿음을 버린 건 아니다. 그리고 가장 먼저, 아버지와 나 사이의 상호적인 교감이 회복되었으면 하는 마음이다. 그다음에는 당연히 너와의 관계 회복을 바라고. 친화가 오해보다는 백번 낫지.

이제 다소 추상적인 이야기로 널 성가시게 해야겠는데, 참고 끝까지 읽어주면 좋겠다. 나라는 사람은 열정적이어서 엉뚱한 일을 벌일 때가 많고, 그러고 나면 좀 후회도 하는 편이다. 인내하며 차분히 기다리는 게 나을 때도 성급하게 말을 내뱉거나 행동에 옮기는 일이 잦아. 아마 나 말고도 이렇게 경솔한 사람들이 있겠지. 이럴 땐 어떻게 해야 하니? 나 스스로를 위험인물, 무능한 인간으로 낙인찍고 자책해야 할까? 내 생각은 달라. 해답은 모든 방법을 동원해서 그 열정을 긍정적으로 활용하는 거야. 하나만 예를 들어보자. 나는 책에 대해서 억누를 수 없는 열정이 있어. 끊임없이 지식을 쌓고 공부하고 싶어. 매일 빵을 먹고 싶은 것과 똑같은 거야. 넌 틀림없이 이해하겠지. 내가 다른 환경에 있었을 때, 그러니까 그림과 예술작품에 둘러싸여 지낼 때도, 난 예술작품들에 격한 열정을 품고 최대치로 몰입했었잖아. 그 일을 절대 후회하지 않아. 심지어 지금도, *이렇게 동떨어져 있으면서도 그 미술의 땅이 사무치게 그립곤 한다.*

너도 기억할 거야. 난 렘브란트, 밀레, 쥘 뒤프레, 들라크루아, 밀레이, 마리스 등에 대해서 아주 잘 알았잖아(아마 지금도 잘 알 거야). 그게, 지금은 더 이상 그런 환경에 있지 않지만, '영혼'이라고 불리는 것, 그게 죽지 않고 살아남아서 영원히 찾고 찾고 또 찾아다니더라. 그래서 향수병에 젖어 그리워하느니, 어디나 다 내 고향이고 내 나라로 여기자고 마음먹었다. 절망에 빠져드는 대신, 힘닿는 한 적극적으로 우울하게 지내기로. 말하자면, 생기 없고 정체된 채로 절망에 빠져드는 우울이 아니라, 우울을 희망하고 갈망하고 찾아나서는 쪽을 택했다는 뜻이야. 그래서 성경과 미슐레의 『프랑스 혁명』을 제법 진지하게 열독했어. 지난 겨울에는 셰익스피어, 빅토르 위고, 찰스 디킨스, 비처 스토우 등을 읽었고, 최근에는 아이스킬로스 같은 고전과, 고전까지는 아니어도 파브리티우스Barent Fabritius나 비다Alexandre Bida처럼 나름 명작에 가까운 작품들도 들여다봤어.

그런데 이런 작품들에 심취한 사람은, 남들 눈에 shocking(충격적으로 비칠)할 수 있어. 본의 아니게 특정 관습이나 예법, 사회상규에 어긋나는 죄를 범할 때가 있거든. 그렇다고 무조건 나쁘게만 보는 시선이 정말 유감스럽다. 너도 알다시피 난 옷차림에 거의 신경을 쓰지 않잖아. 그래, 나도 인정해, 남들에게 shocking(충격받을 만)하지. 하지만 봐봐, 그건 가난과 결핍 그리고 어마어마하게 낙담한 마음 때문이야. 때로는 관심 분야를 깊이 파고드는 데 필요한 자발적 고독을 확보하는 좋은 방법이기도 해. 예를 들면 의학 분야 말이야. 거의 모든 사람이 의학 지식에 관심이 있고 알고 싶어 할 텐데, 난 단 하나도 관심이 없다. 그저 내가 사로잡힌 것에 몰두하고, 꿈꾸고, 상상하고, 생각하는 모든 여력을 쏟고 있어.

이제 5년이 넘어가는 것 같다(정확히는 잘 모르겠네). 내가 그럴듯한 직업도 없이 떠돌아다닌 게 말이야. 넌 이렇게 말해. 언젠가부터 형은 실패했고, 상황을 악화시켰고, 아무것도 안 한다고. 과연 그럴까?

간간이 밥벌이는 했어. 몇몇 친구들이 선의로 준 돈도 받았고. 그런 식으로 근근이 먹고 살아온 게 사실이지. 또한 주변인들에게 신뢰를 잃은 것도, 호주머니 사정이 처참한 지경인 것도, 미래가 암담한 것도, 더 잘할 수 있었던 것도 사실이야. 밥벌이를 하겠다면서 시간을 낭비했고, 그간 알량하게 했다는 공부도 서글프고 절망적인 상황이다. 그런데도 내 야망에는 턱없이 못 미쳐. 그렇다고 이걸 '실패'라고 부르니? '아무것도 안 한다'고 말해?

넌 아마 이렇게 묻겠지. 그럼 왜 다들 바랐던 것처럼 공부를 계속하지 않았어요? 대학에 가지 그랬어요?

내 대답은 하나뿐이야. 학비가 너무 비쌌어. 게다가 그 길 끝에 놓인 미래도 지금 나의 현재보다 더 나아 보이지도 않았다.

하지만 난 지금 이 길을 계속 가야 해. 아무것도 않고, 공부도 않고, 탐구하지도 않는다면, 그게 실패야. 문제는 나야. 이게 내 판단이다. 계속하고 또 하는 거야. 그런 꾸준함이 필요한 거야.

하지만 그러면 네가 또 이렇게 묻겠지. 형의 궁극적인 목표가 뭐냐고.

그건 차차 명확해질 거야. 서서히, 하지만 확실하게. 마치 크로키가 데생이 되고 데생이 그림이 되듯, 애초에 어렴풋하고 모호했던 생각을 진지하게 파고들면, 아이디어가 되어 뇌리를 스치고 결국 확실한 의견으로 굳어지는 거야.

전도사나 예술가나 사실 크게 다르지 않다. 옛 학파들은 낡은 구시대적 관습을 고집해. 이 '혐오스럽고 폭압적인 존재들'은 편견과 관례라는 철갑옷을 두르고 주도권을 손에 쥐면 관료주의 체제를 동원해 자리를 마음대로 주무르고 편애하는 자들의 뒤를 봐주느라 능력자들을 배제하지. 그들의 신은 셰익스피어의 『헨리 4세』에서 주정뱅이 팔스타프가 신봉한 신처럼 'le dedans d'une église(교회 내부)'야. 사실 어떤 전도사(???) 양반들은 묘하게도 저 주정뱅이의 영적 관점을 공유하고 있어(만약 이들이 인간적인 감정을 느낄 수 있다는 걸 알면 스스로도 놀라겠지). 하지만 맹목성이 혜안으로 뒤바뀔 염려 따위는 안 해도 돼.

이런 분위기 때문에, 동의하지 않고 가능한 온갖 분노를 끌어내 온 마음과 영혼을 바쳐 반대하는 사람들이 있어. 나는, 저런 낡은 학파에 속하지 않은 학자들은 존경해. 하지만 언뜻 봐도 존경받을 만한 자격을 갖춘 사람들은 희박하지. 지금 내가 무직인 이유, 수년간 취업하지 못한 이유는 간단해. 내가 자신들과 같은 생각을 하는 자들에게만 자리를 내주는 그 양반들과 생각이 달라서야. 내 옷차림을 탓하는 것처럼 단순한 문제가 아니라, 훨씬 심각한 문제라고 단언할 수 있어.

왜 이런 이야기를 하느냐고? 불평하는 것도, 내가 틀렸을 수 있는 부분들을 변명하는 것도 아니야. 단지 이 말을 하고 싶었다. 지난여름 네가 왔을 때, '라 소르시에la sorcière(마녀)'라고 부르는 폐광 근처를 지나가다가, 예전에 레이스베이크의 옛 운하와 풍차 주변을 거닐던 일을 떠올렸지. "전엔 우리가 많은 부분에서 생각이 같았는데, 언젠가부터 형님이 달라졌어요. 예전 같지 않아."

천만에! 전혀 그렇지 않아. 달라진 게 있다면, 그땐 내 삶이 조금 덜 힘들었기에 내 미래가 덜 암울해 보였던 거야. 내면을 들여다봐도, 내 시선과 사고방식도 달라진 게 없어. 단지 바뀐 게 있다면, 그때 생각하고 믿고 사랑했던 것들을 지금은 더 진지하게 생각하고 믿고 사랑한다는 것뿐이야.

그러니까 내가 이제는 렘브란트, 밀레, 들라크루아 같은 화가들에 대한 관심이 식었다고 생각하는 건 오해야. 정반대거든. 오히려 믿고 사랑해야 할 대상이 여럿으로 늘었지. 셰익스피어의 작품에 렘브란트적인 요소가 있고, 미슐레 속에 코레조Antonio Allegri Correggio나 사토Andrea del Sarto가, 빅토르 위고 안에 들라크루아가, 비처 스토Harriet Elizabeth Beecher Stowe의 책에 아리 쉐페르가, 버니언의 책에 마리스나 밀레가 담겨 있어. 마찬가지로 복음서에 렘브란트가, 렘브란트의 그림에 복음서의 이야기가 표현되어 있지. 결국, 모든 게 대부분 똑같다는 뜻이야. 있는 그대로 듣고 이해하고, 악의적으로 왜곡하려 들지 않고, 원래 가진 개성을 깎아내리지 않고 비교 대상을 동등하게 바라봐야 한다는 거지.

그림을 너무 깊게 파고드는 열정을 용인할 수 있다면, 책에 대한 사랑 역시 렘브란트에 대한 사랑만큼 신성하다는 사실을 인정해야 할 거야. 나는 책과 그림, 두 분야에 대한 사랑이 상호보완적이라고 생각하거든. 나는 파브리티위스의 〈자화상〉을 정말 좋아해. 언젠가 너랑 같이 다니다 하를럼 미술관에서 한참을 쳐다봤던 그림이야. 그리고 1793년의 파리와 런던을 배경으로 한 디킨스의 『두 도시 이야기』에 등장하는 시드니 칼튼도 좋아해. 그 외에도 다른 소설 속에 등장하는 묘하게 매력적이면서 놀랍도록 닮은 인물들을 얼마든지 열거할 수 있어. 셰익스피어의 『리어왕』 속 켄트는 토마스 드 카이저Thomas de Keyser의 화폭에 담긴 인물만큼이나 고귀하고 남다르지. 물론 켄트와 리어왕이 훨씬 옛날 사람이지만, 아무튼 그렇다고. 세상에, 셰익스피어의 문장이 어찌나 아름다운지! 이렇게 신비한 작가가 또 있을까? 그의 말과 그가 만들어낸 문체는 흥분과 동요로 떨리는 붓의 움직임과 같아. 하지만 보는 법을 배우고 사는 법을 배우듯, 읽는 법도 배워야 해.

그러니까 내가 이것도 저것도 다 부정한다고 생각해선 안 돼. 믿음을 버린 사람처럼 보이겠지만, 조금 바뀌었을 뿐 나는 여전히 나야. 나의 유일한 걱정은 이거 하나야. 나는 세상에 어떻게 쓰임받을 수 있을까? 임무를 맡아서 도움을 줄 수는 없을까? 어떻게 해야 이런저런 지식을 더 많이, 더 깊이 배울 수 있을까? 이런 고민거리들이 날 끊임없이 괴롭힌다. 게다가 가난에 발목 잡힌 죄수의 심정이야. 맡았던 일들에서 배제되고, 꼭 필요한 자격들에는 내 손이 닿질 않아. 그러니 우울할 수밖에. 우정이나 고귀하고 진지한 사랑이 있어야 할 자리는 텅 비었고, 사기를 통째로 꺾고 좀먹는 끔찍한 좌절감에 시달리고, 운명은 애정이라는 본능에 장벽을 세워 가로막는 것만 같고, 역겨움에 구역질이 솟구치기만 해. 그래서 이렇게 외친다. "도대체 언제까지입니까, 주님!"*

아, 무슨 말을 할 수 있을까? 내면의 생각을 외부로 표현할 수 있을까? 내 마음에 커다란 화덕이 있는데 불을 쬐러 오는 이가 아무도 없고, 지나가는 이들은 그저 굴뚝에서 나오는 작은 연기만 쳐다보다 가던 길을 그대로 간다. 봐라, 이젠 어떻게 해야 하지? 내면의 불을 계속 피우고 있어야 할까? 마음에 소금을 두고 있어야 하나?** 아무리 초조해도 끈기 있게 기다려야 해? 누군가 다가와, 앉고, 그렇게 머물 때까지? 아마도 하나님을 믿는 자는 누구든, 조만간 찾아올 그 때까지 기다려야겠지.

지금 당장은 내가 하는 모든 일이 엉망진창이 되어가는 듯해. 이미 상당한 시간 동안 그래왔고, 앞으로도 얼마간은 계속될 것 같아. 하지만 전부 뒤죽박죽인 시간이 다 지나면 어느 순간 모든 게 다 나아질 게다. 딱히 기대하는 건 아니야. 어쩌면 절대로 일어나지 않을 수도 있으니까. 하지만 조금이라도 개선되는 변화가 보인다면, 나는 큰 성취로 여길 거다. 기뻐서 소리칠 거야. "드디어 됐어. 봐, *결국 될 줄 알았어!*"

하지만 넌 이렇게 말하겠지. 형님은 정말 밉살스러운 인간이군요. 말도 안 되는 종교관에 유치하기 짝이 없는 양심 타령이나 하고 있으니.

내 생각이 그렇게나 밉살스럽고 유치하다면 당장 빠져나오고 싶구나. 그렇게만 되면 더 바랄 게 없지. 그런데 이 문제에 대해 내 생각과 비슷한 글이 있어. 수베스트르Emile Souvestre의 『다락방 철학자의 하루Le philosophe sous les toits』에 어느 서민, 더 자세히 말해 형편이 딱한 한 노동자가 조국을 어떻게 생각하는지 잘 나와.

> "넌 아직 조국이 무언지 생각해본 적이 없겠지." 그는 내 어깨에 손을 얹으며 다시 말을 이어나갔다. "조국은 널 둘러싼 모든 것이고, 널 길러주고 먹여준 모든 것이고, 네가 사랑한 모든 것이야. 네가 보고 있는 이 시골, 집들, 나무들, 저기 웃으며 지나가는 처자들 모두가 조국이야! 널 보호해주는 법, 네가 일해서 번 빵, 네가 주고받는 말, 네가 살아가며 마주치는 사람과 물건에서 얻는 기쁨과 슬픔, 이 모든 게 다 조국이야! 지난날 어머니가 앉아 계셨던 작은 방, 그 어머니가 남겨주신 추억, 그 어머니가 잠들어계신 대지, 그게 다 조국이지! 넌 어디서든 조국을 보고, 조국을 숨 쉬는 거야! 권리와 의무, 애착과 요구, 추억과 감사, 이 모든 것을 하나로 모은 명사가 바로 조국이다."

마찬가지야. 인간과 그 인간의 작품 속에 깃든 진정 선하고 아름다운 모든 것, 숭고하고 영적

* 이사야 6장 11절

** 마가복음 9장 50절

이며 도덕적인 내면의 아름다움은 주님에게서 왔어. 그리고 인간의 나쁘고 사악한 것들은 주님에게서 온 게 아니야. 주님은 그런 것들을 용납하지 않으셔.

그런데 나는 예전부터 주님을 제대로 아는 최선의 방법은, 많은 것을 사랑하는 길이라고 생각해왔어. 친구를, 아내를, 무언가를 사랑한다면, 그것이 바로 주님을 더 잘 알아가는 길이라고. 그게 내 생각이야. 하지만 제대로 알려면 내면에서 우러나는 진지하고 고귀하고 친밀한 마음으로, 공감과 의지와 지혜를 담아 사랑해야 한다. 그리고 항상 더 많이, 더 깊게 알려고 노력해야 해. 이것이 주님에게, 흔들리지 않는 믿음에 이르는 길이야.

예를 들어, 렘브란트를 좋아하는 사람이 어느 날 렘브란트의 그림 속에 주님이 계심을 깨달으면, 그는 주님을 믿게 될 거야. 프랑스 혁명사를 깊이 파고든 사람은 믿음이 없을 수가 없어. 위대한 사건 속에 드러나는 전능한 힘을 목격하니까. 잠깐이라도 '가난'이라는 위대한 대학의 무료 수업을 관심 있게 지켜보고, 귀 기울여 듣고, 생각해본 사람이라면, 그 역시 결국엔 믿음을 갖게 되고 자신이 인지하는 것보다 훨씬 더 많은 걸 깨닫지. 위대한 예술가나 진지한 거장들이 걸작을 통해 하고 싶었던 궁극의 말을 이해하려다 보면, 그 안에도 주님이 계셔. 누군가는 글로 쓰고, 누군가는 그림으로 그렸을 뿐. 그땐 그냥 성경을 펼쳐서 복음을 읽어봐. 그러면 생각하게 돼. 많이 생각하고, 항상 생각하게 돼. 아무렴! 많이 생각하고 항상 생각하다 보면, 자신도 모르게 사고의 수준이 보통 이상으로 높아져. 우리 모두 읽을 줄은 알잖아. 그러니까, 읽자!

사실 인간은 누구나 가끔은 멍한 순간을 겪고, 환영을 볼 때도 있어. 그런데 남들보다 더 멍하게, 더 깊은 몽상에 빠지는 사람이 있어. 내가 그래. 내 잘못이지. 언제나 이유는 있었어. 너무 집중해서, 딴 데 정신이 팔려서, 골치 아픈 일이 있어서 등등. 하지만 그 정도는 극복해야지. 몽상가는 이따금 우물에 빠지지만 나중엔 빠져나온다고들 말하지. 멍해 보이는 사람도 일종의 보상처럼 순간순간 정신이 또렷해질 때가 있어. 그도 나름의 *존재 이유*가 있는 건데, 처음부터 이해받지는 못하고, 관심사에서 사라지며 슬그머니 잊혀져. 그런데 이 사람은 폭풍우가 몰아치는 바다에 내던져진 듯 이리저리 흔들리며 오랜 세월을 견디다가 마침내 목적지에 도달하지. 쓸모없고, 직업도 없고, 능력도 없어 보이던 그도, 결국엔 번듯하게 자리를 잡고 언뜻 봤을 때와는 달리 적극적으로 능력을 펼쳐 보이게 돼.

솔직히 지금 펜이 흘러가는 대로 이 글을 쓰고 있다. 네가 나를 그저 게으른 인간으로만 보지 않았으면 좋겠다. 왜냐하면 게으른 사람도 두 종류로 결이 완전히 다르거든. 우선, 천성이 나태하고 나약해서 게으른 사람이 있지. 혹시 네가 날 그렇게 본대도 괜찮다.

그런데 또 다른 부류는, 속으로는 무언가를 하고 싶은 욕구가 불타는데도 아무것도 하지 않는 사람이야. 왜냐하면 형편상 생산적인 일을 하는 데 필요한 것들이 아무것도 없는, 일종의 감옥에 갇힌 듯한 환경이거든. 환경 탓에 그 지경까지 퇴보한 거야. 이 사람은 자신이 뭘 해야 할지 늘 알지는 못해도, 본능적으로는 느껴. 나도 뭔가는 잘하고, 내 삶에도 목표가 있으며, 결국 나도 지금과 무척 다른 사람이 될 수 있다! 나는 어떤 쓸모가 있을까? 무슨 일을 할 수 있을까? 내 안에 있는 그것, 그게 과연 뭘까? 이건 완전히 다른 게으름이지. 네가 날 이렇게 보고 싶으면 그렇게 해.

새장에 갇힌 새도 봄이 찾아오면 뭔가 할 일이 생긴 걸 잘 알아. 해야 할 일이 있다는 걸 강렬히 느끼는데, 할 수가 없어. 왜일까? 할 일이 기억나지 않고, 생각이 모호해지다가 이런 생각이 들거든. '다른 새들은 둥지를 만들고 새끼를 낳아 키우잖아.' 그러고는 새장 창살에 머리를 들이받아. 새장은 멀쩡하고 새만 머리가 깨질 듯 아프지.

지나가던 새가 한마디 던지지. "이런 게으름뱅이를 봤나. 참 편하게도 사네."

맞아, 죄수는 살아. 죽지 않아. 그가 겪은 내면의 일들이 겉으로 드러나지 않거든. 그냥 건강히 지내고 햇살을 받으며 그럭저럭 즐겁게 지내지. 그런데 철새들이 이동하는 계절이 오면 침울한 감정이 엄습해. 새장 속 새를 돌봐주는 아이들은 이렇게 말해. "필요한 건 새장 속에 다 가지고 있잖아요." 새는 철창 사이로 목을 내밀고, 천둥 번개가 내리칠 것처럼 먹구름으로 가득 찬 하늘을 올려다봐. 그러면서 속으로 운명에 맞서고 싶은 반항심을 느껴. "난 새장에 갇혔어, 새장에 갇혔다고. 그런데 내가 부족한 게 없다고, 이 멍청이들아! 넌 내가 다 가진 줄 알지! 아, 제발 자유를, 다른 새들처럼 날 수 있는 자유를 달라고!"

결이 다른 게으른 사람은 새장 속의 새 같다.

상황 때문에 아무것도 하지 못할 때가 있어. 나조차도 알지 못하는, 아주 끔찍하고 소름 끼치고 흉측한 철장에 갇힌 죄수처럼. 해방의 시간(이건 나도 알지)도 역시 찾아오지만, 아주 뒤늦은 해방이지. 이유야 정당했든 부당했든 망쳐진 명예, 가난, 피할 수 없었던 상황, 불행, 이런 것들이 사람을 죄수로 만들어버려.

무엇이 우리를 가두고, 가로막고, 묻어버리는지 늘 알 수 있는 건 아니야. 그렇지만 그 어떤 빗장, 철창, 벽은 느껴져. 이게 전부 상상이요, 환상이야? 난 그렇게 생각하지 않아. 그래서 이렇게 묻지. "주님, 언제까지요? 앞으로도 계속 이런가요? 영원히 계속될까요?"

어떻게 이 감금 상태에서 해방되는지 알아? 바로 진지하고 깊은 사랑이야. 친구의 우정, 형제의 우애, 사랑, 바로 그런 전능한 힘들이, 강력한 마법이 감옥의 문을 열지. 그러니 사랑이 없으면, 감옥 안에 머물러야지. 연민이 다시 샘솟는 곳에 생명도 다시 솟아난다.

그 감옥은 여러 이름으로 불려. 편견, 오해, 이런저런 것들에 대한 치명적인 무지, 불신, 왜곡된 수치심…….

좀 다른 이야긴데, 내가 세상에서 실패했다면, 반대로 넌 우뚝 일어섰다. 내가 연민을 잃었다면, 반대로 넌 그걸 얻었고. 그래서 무척 기쁘구나. 진심이고, 앞으로도 계속 기뻐할 거야. 네가 진지하고 사려 깊은 아이가 아니었다면, 오래가지 않을 것을 염려했을 거야. 하지만 너는 무척 진지하고 사려 깊은 사람이니 오래도록 기뻐할 수 있다고 믿는다. 다만, 네가 날 형편없는 게으름뱅이가 아닌 다른 존재로 봐준다면 내 마음도 편할 것 같다.

혹시라도 내가 널 위해 해줄 수 있거나 도와줄 수 있는 일이 있다면 언제든 말해라. 내가 네가 준 돈을 받았듯, 너도 내 도움을 받을 수 있으니, 어떤 식으로든 내가 도울 일이 있을 때 주저하지 말고 말해다오. 그러면 네가 날 신뢰한다 여겨져서 기쁘겠구나. 서로 떨어져 살았던 만큼 여러 면에서 관점이 많이 다르지만, 한 번은 서로 도울 일이 있겠지.

오늘은 여기서 이만 작별의 악수를 청한다. 내게 보여준 호의에 다시 한 번 고맙다.

조만간 편지하려면 이리로 보내라. 「드크뤼크 씨 댁, 파비용 3번지, 퀴엠므(몽스 인근).」 네 편지가 내게는 언제나 기쁨이라는 사실을 알아주면 좋겠다.

잘 있어라, 빈센트

134프 —— 1880년 8월 20일(금), 퀴엠므

테오에게

내 짐작이 틀리지 않는다면 네게 아직 밀레의 〈밭에서 하는 일les travaux des champs〉 판화 복제화가 있을 것 같은데. 혹시 얼마간 빌려도 될까? 우편으로 보내주면 좋겠는데.

요즘 스케치로 밀레의 그림을 따라 그리고 있거든. 〈한나절les heures de la journée〉과 〈씨 뿌리는 사람le Semeur〉은 이미 그렸어. 솔직히, 네가 봐도 실망하진 않을 게다. 그리고 〈밭에서 하는 일〉을 보내줄 때 다른 그림도 몇 장 더해주면 좋겠다. 밀레나 브르통, 페렝의 작품이나 복제화 사진 같은 거. 일부러 살 필요는 없고 네게 있는 것만 빌려줘.

그냥 네가 할 수 있는 만큼만 보내주면 돼. 내 걱정은 말고. 내가 계속 일만 할 수 있었어도 어떻게든 꾸려갔을 텐데. 네가 이런 식으로 도와주는 게 큰 도움이 된다. 네덜란드로 출장 갈 일이 생기면, 오가는 길에 서툴게 그린 그림이나마 보고 가거라.

지금도 한창 그리던 와중에 편지를 쓴다. 얼른 다시 그려야겠어. 이만 줄인다. 그림은 되도록 빨리 보내주면 좋겠다. 그리고 내 말 명심해라.

형은 너를 사랑한다. 빈센트

「샤를 드크뤼크 씨 댁, 파비용 3번지, 퀴엠므.」

내가 따라 그린 밀레 그림은 〈한나절〉이야. 『바르그 데생 기법』 책 크기 정도.

나한테 뭐가 필요한지 굳이 설명하지 않아도 넌 충분히 이해하겠지만 그래도 내 계획을 말해주마. 지금 주로 인물화를 연습한다. 밀레의 〈땅 파는 사람들〉이나 석판화 복제화로 된 〈키질하는 사람〉, 또 브리옹, 프레르, 페렝, 쥘 브르통 그림 속의 인물들을 그려봤어. 아마 「알리앙스 데 자르」를 뒤져보면 내게 필요한 것들을 찾을 수 있을 거야. 거기 현대 예술가들 석판화 사진이 많거든. 게다가 그렇게 비싸지도 않아. 정말 갖고 싶은 건, 도비니가 만든 라위스달의 〈숲〉 대형 동판화 복제화 사진인데 루브르 원판 전시실에서 팔아.

광부들을 표현한 데생도 그려봤다. 눈 내린 이른 아침, 남자들과 여자들이 가시나무 울타리를 따라 난 길로 탄차를 밀며 탄광으로 가는 모습이야. 그림자는 여명에 어슴푸레 처리했고, 뒤로 하늘 높이 솟은 탄광 관련 시설과 광재(鑛滓) 더미도 그려넣었다. 급히 휘갈겨 그린 데생이지만 보내줄 테니까 한번 머릿속으로 상상해봐라. 그런데 아무래도 밀레나 브르통, 브리옹, 보턴 같은 대가들의 인물 스케치 기법을 더 연구해야 할 것 같아. 크로키 연습에 대해 어떻게 생각해? 괜찮은 생각 같아?

빙엄이 만든 쥘 브르통 복제화 사진 중에, 내 기억이 맞다면 이삭 줍는 여자를 그린 게 있을 거야. 붉은 노을을 만들어내며 지는 태양 아래서 어두운 선으로 처리된 그림. 그런 게 눈앞에 있으면 좋겠어. 무위도식하는 것보다, 뭔가 그럴듯한 걸 하는 내 모습을 보여주면 네가 더 좋아할까 싶어서 이런 이야기를 쓰는 거다. 어쩌면 우리 둘 사이에 *화합*와 호감을 회복하는 방법이 될 수도 있고, 서로에게 도움이 될 기회이기도 할 테니까.

내가 말한 그 그림, 정말 근사하게 그려보고 싶다. 내가 그려놓은 인물들 크기는 10센티미터쯤 돼. 탄광에서 돌아오는 사람들을 짝으로 그려보긴 했는데 완성도는 많이 떨어져. 그리기 어려운 게, 해가 지면서 줄무늬가 쳐진 하늘과 대비되도록 빛에 둘러싸인 밤색 그림자 효과를 내야 하는 거라서 말이야.

가능하다면, 또 네가 괜찮다면, 〈밭에서 하는 일〉을 우편으로 보내주면 좋겠다. 테르스테이흐 씨에게도 『목탄화 연습 교본』을 한동안 빌려줄 수 있냐고 편지했어. 너도 잘 아는 누드모델 연습 교재 말이야. 어떤 답이 돌아올지는 모르겠어. 혹시 거절하면 네가 가서 잘 말씀드려줄래? 그 『목탄화 연습 교본』이 반드시 필요하거든. 적어도 몇 장 정도는 보내주시지 않을까 싶다. 한 권 통째로는 안 되더라도.

135프 ____ 1880년 9월 7일(화), 퀴엠므

테오에게

얼마 전에 보내준 그림 사진이며 동판화 복제화며 아주 잘 받았다. 이렇게 큰 부탁 들어줘서 정말 고마워. 내게 정말 큰 도움을 줬어.

밀레의 〈밭에서 하는 일〉은 10장이나 스케치했는데(『바르그 데생 기법』과 거의 비슷한 크기로) 1장을 완성했다. 더 많이 할 수도 있었는데, 고맙게도 테르스테이흐 씨가 빌려준 『목탄화 연습 교본』을 먼저 하고 싶었거든. 지금은 60장이나 그렸어. 게다가 네가 보내준 〈만종〉 동판화 복제화를 보고 데생도 하나 완성했지.

너한테 보여주고 네 의견을 들어보고 싶다. 다른 데생들도 마찬가지고. 테오도르 루소의 〈랑드의 화덕〉을 본뜬 대형 세피아 묵화도. 수채화로는 벌써 두 번이나 그런 다음에 성공한 거야. 말했듯이 라위스달의 〈숲〉은 정말로 그려보고 싶어. 너도 알겠지만, 그 두 풍경화는 화풍이며 느껴지는 감정이 비슷해.

데생을 한동안 붙들고 있었는데 진척이 별로 없어. 그나마 마지막으로 손볼 때는 좀 나아진 것 같은데 앞으로도 계속 좋아졌으면 좋겠다. 무엇보다 테르스테이흐 씨와 네가 좋은 교본을 준 게 도움이 되었어. 지금으로서는 아무런 기준 없이 그냥 그리는 것보다 좋은 그림들을 따라 그리는 연습이 훨씬 나은 것 같아. 그래도 불쑥불쑥 스케치가 하고 싶어져서, 네게 보내준 거친 크로키처럼, 탄광에 일하러 가는 광부들을 좀 크게 그려봤다. 나중에 인물들의 구성을 조금 바꾸긴 했어. 바르그 교본에 있는 기법 2개 정도 더 연습하면, 탄차를 미는 남녀들을 더 그럴듯하게 그릴 수 있겠지. 나중에 개성 있는 모델을 그려볼 기회가 생기면 좋겠어. 그런 사람들이야 여기에선 도처에 있으니까.

〈외양간 내부〉라고, 보스봄 그림 석판화 복제화도 아주 근사하더라. 에베르의 〈말라리아〉를 같이 보낸 걸 보니 네가 내 뜻을 아주 잘 이해했더구나.

혹시 지금도 미셸의 작품을 본뜬 동판화 사진들이 담긴 책을 가지고 있으면 기회 될 때 좀 빌렸으면 한다. 급한 건 아니야. 지금은 할 게 많거든. 다만, 그 풍경들이 좀 빨리 보고 싶기는 해. 지금은 그림 그리기 전하고 보는 눈이 달라졌거든.

밀레를 따라 그린 그림을 보고 네가 실망하지 않았으면 좋겠다. 작은 목판화들이 꽤 근사하거든.

밀레 복제화 사진을 벌써 20장쯤 가지고 있는데, 더 구해줄 수 있으면 기꺼이 그래 주면 좋겠다. 이 거장을 진지하게 연구하는 중이야. 〈땅 파는 사람들〉 대형 동판화 복제화는 귀한 것 같다만, 계속 찾아줬으면 좋겠고. 얼마쯤 될지도 알려줘. 광부들 스케치로 언젠가 몇 푼 벌게 되면 꼭 갖고 싶은 그림이야. 좀 비쌀 것 같지만 〈숲〉도 꼭 사고 싶다. 며칠 전에 2.5프랑을 주고 『세계의 미술관』을 2권 샀어. 거기에 밀레 작품 3점에 숲이 배경인 그럴듯한 판화 작품 여러 점이 있었거든.

테르스테이흐 씨가 『목탄화 연습 교본』과 『바르그 데생 기법』을 흔쾌히 빌려줘서 얼마나 행복한지 모르겠다. 교본을 보며 보름 동안 새벽부터 밤늦게까지 연습했더니 내 솜씨도 제법 그럴듯해진 것 같아. 전혀 지겹지 않고, 오히려 더 열의가 붙어서 〈밭에서 하는 일〉을 연습하고 있다. 지금은 〈양털 깎는 사람들〉을 그리고 있고.

그림들을 보내줘서 정말 다시 한 번 진심으로 고맙다. 밀레와 관련된 건 뭐든 나한테 도움이 될 거야. 〈씨 뿌리는 사람〉은 벌써 5번이나 그려봤어. 작은 그림 2개, 큰 그림 3개. 그런데 다시 그릴 생각이야. 그 인물의 동작이 머리에서 떠나질 않더라고.

조만간 편지할 수 있거든(내게는 가장 반가운 기분전환 거리야) 르그로Alphonse Legros의 동판화에 대해 좀 설명해줄 수 있을까? 내 기억이 맞다면 영국에 있을 때 근사한 작품들을 10여 점이나 봤거든. 오늘은 이만 마친다. 다시 한 번 고맙고 마음으로 악수 청한다.

빈센트

9월 10일, 어머니 생신을 기념하며 축하 인사 전한다.

내 주소. 「파비용 3번지, 몽스 인근의 퀴엠므, 드크뤼크 씨 댁.」

내가 가지고 있는 밀레 그림 사진 목록 :
〈씨 뿌리는 사람〉
〈저녁 기도〉
〈이삭줍기〉
〈나무꾼과 그의 아내〉
〈겨울 들판〉
〈밭에서 하는 일〉 10장
〈한나절〉 4장

숲에서 혼자 일하는 늙은 나무꾼을 그린 목판화, 아직 네 수집품 목록에 가지고 있니?

136프 ____ 1880년 9월 24일(금), 퀴엠므

테오에게

편지 반갑게 잘 받았어. 이렇게 편지해줘서 정말 고맙다.

새로운 동판화 컬렉션을 비롯해 다양한 작품의 사진들이 담긴 두루마리 소포가 막 도착했어. 특히 도비니와 라위스달의 걸작 〈숲〉. *바로 이거지!* 데생을 2개 그릴 건데, 하나는 세피아를 쓸 거야. 소재는 하나는 이 〈숲〉을, 다른 하나는 테오도르 루소의 〈랑드의 화덕〉이야. 사실 화덕은 이미 세피아로 그려봤는데, 도비니의 동판화와 비교하니 좀 약해. 나중에 너도 보면 알 거야. 세피아 물감 자체가 고유의 색조와 분위기를 지니고 있는데도 그래. 다시 그려봐야겠다.

『바르그 데생 기법』으로 꾸준히 공부하고 있어. 이걸 다 끝낸 후에 다른 책을 볼 거야. 하루하루 연습을 이어갈수록 손가락은 물론이고 정신까지 유연하게 풀리면서 동시에 강해지는 것 같거든. 흔쾌히 책을 빌려준 테르스테이흐 씨의 관대함에 정말 감사한다. 책 속에 제시된 본보기들이 정말 훌륭해. 테르스테이흐 씨가 보내준 해부학과 원근법에 관한 책도 틈틈이 읽고 있는데, 딱딱하고 어려워서 엄청나게 짜증도 나지만 그래도 공부해서 나쁠 건 없을 것 같아.

보다시피 열심히는 하고 있는데 당장은 결과가 딱히 고무적이지는 않아. 하지만 때가 되면 가시나무에서도 흰 꽃이 피듯, 지금은 겉보기에 별 성과 없는 싸움처럼 보이지만 산고의 과정이라고 생각해. 고통 후에, 환희가 뒤따라오지.

네가 말한 레소르Henri Emile Lessore, 언젠가 수채화로 그린 우아한 풍경화를 본 기억이 난다. 금빛 색조에 언뜻 보면 쉽고 가볍게 처리한 것 같지만 정확하고 탁월한 솜씨가 남달랐고, 장식 효과(깎아내리는 게 아니라, 좋은 의미로 하는 말이야)도 두드러졌었어. 그러니까 나도 그 작가를 조금은 알고 있는 셈이니, 네가 전혀 생소한 작가 얘기를 한 건 아니야. 빅토르 위고의 초상화를 좋아하는데, 상당히 공들인 작품인 게 별다른 기교가 없는데도 두드러지고 사실적으로 그려냈기 때문이야.

지난겨울에 위고의 작품들을 좀 읽었어. 특히 『사형수 최후의 날』하고, 셰익스피어의 명작도 한 권 읽었다. 사실 셰익스피어에 관심을 갖고 공부한 지 좀 됐는데 렘브란트만큼 멋진 작가야. 셰익스피어와 찰스 디킨스 혹은 빅토르 위고의 관계는, 라위스달과 도비니의 관계 그리고 렘브란트와 밀레의 관계와 같아.

네가 편지에 썼던 바르비종Barbizon에 대한 이야기는 대부분 사실이야. 내가 아는 걸 몇 가지 얘기하면 내 관점도 비슷하다는 걸 알 거야. 바르비종에 직접 가본 적은 없는데, 작년 겨울에 쿠리에르Courrières*를 도보로 다녀왔어. 주로 파드칼레Pas de Calais를 따라 걸었고 영불해협 쪽이 아니라 내륙 쪽이었어. 혹시 일자리가 있으면 뭐든 해보고 싶다는 생각에 발걸음을 옮기긴 했는데, 실질적인 계획도 없었고, 정확한 이유도 딱히 뭐라고 설명하기 힘들다.

쿠리에르는 꼭 가자고 되뇌며 걸었지. 손에 쥔 돈은 10프랑이었는데, 초반에 기차를 탔더니 그것마저 떨어져버렸어. 그래서 일주일 가까이 노숙하며 걸었으니 완전히 지쳤지. 그래도 쿠리에르도 두 눈으로 직접 보고, 쥘 브르통의 작업실 앞에도 갔어. 그런데 외관이 좀 실망스럽더라. 최근에 새로 지은 벽돌 건물이었는데 감리교풍의 엄격함, 그러니까 꼭 코르 작은아버지의 별장(조빈다)처럼 쌀쌀맞고 냉정한 분위기야. 만약 실내를 들여다봤더라면 겉모습은 개의치 않았을지도 모르지. 틀림없이 말이야, 하지만 어쩌겠어, 안은 볼 수 없었어. 들어가서 내 소개를 할 용기가 나지 않았거든.

그래서 쥘 브르통이나 다른 화가들의 발자취를 찾아 쿠리에르를 돌아다녔어. 간신히 찾은 거라곤 어느 사진관에 걸린 브르통의 초상뿐이었지. 그리고 옛날 교회의 어두운 모퉁이에서 티치아노의 〈매장〉 복제화를 봤어. 어둠 속에서 보는데 무척 아름답고 위엄 있는 색조가 느껴

* 릴에서 남쪽으로 20km쯤 떨어진 곳

졌어. 누가 따라 그린 걸까? 어디에도 서명이 없어서 알 수가 없더라.

생존 화가들의 작품은 전혀 못 봤다. '카페 데 보자르Café des Beaux-Arts'라고, 역시나 벽돌 신축건물로 쌀쌀맞고 냉정하고 굴욕감까지 주는 카페가 전부였어. 실내를 돈키호테의 생애를 담은 듯한 프레스코화나 벽화로 꾸몄어. 단언컨대, 내게 별 감흥이 없었던 게, 좀 수준이 낮은 그림이었거든. 누가 그렸는지 원.

하지만 적어도 짚단 더미, 갈색의 경작지, 커피색 비슷한 이회암 지대 등 쿠리에르라는 동네는 제대로 눈에 담고 왔다. 특히 이회토가 흰 점처럼 흩뿌려진 모습이 검은 대지에 익숙한 사람 눈에는 신기하더라. 개인적으로 프랑스 하늘은 늘 연기와 안개가 자욱한 보리나주 하늘에 비하면 깨끗하고 청명했어. 게다가 하나님 감사하게도, 이끼 낀 초가지붕을 고스란히 간직한 농가나 헛간도 여럿 있었고, 도비니나 밀레의 회화 속에서나 볼 법한 까마귀 무리도 봤어. 하지만 가장 먼저 언급했어야 할 것은, 다양한 사람들이 일하는 그림 같은 독특한 풍경이었어. 땅 파는 사람, 나무꾼, 쟁기 끄는 말을 모는 농장 머슴, 언뜻언뜻 보이는 흰 모자 쓴 아낙들의 모습까지. 쿠리에르에도 아직 탄광이나 채굴광이 남아 있어서 저녁놀이 질 무렵이면 지하로 내려갔던 광부들이 바깥으로 나오는 모습이 보이는데 보리나주처럼 남자 옷을 입고 일하는 여자들은 없더라. 하나같이 피곤에 찌들고 초췌한 데다 석탄 먼지를 뒤집어써서 시커먼 얼굴을 한 남자들이었고 대부분 누더기 같은 작업복을 입고 있었어. 낡은 군용외투를 걸친 사람도 하나 있었다.

솔직히 다소 지루한 여정인 데다, 까지고 부르튼 발로 꾸역꾸역 걸어 돌아오다 보니 진도 다 빠지고 기분도 울적했지만, 후회는 안 한다. 흥미로운 것들을 많이 봤거든. 극한 환경에서 시련을 겪고 나면 다른 관점을 익히게 돼. 그래도 오는 길에 가방에 넣어뒀던 데생 몇 장을 주고 빵도 얻어먹었어. 하지만 10프랑이 바닥난 뒤에는 한데서 잘 수밖에 없었지. 한 번은 버려진 마차에서 잤는데 아침에 일어났더니 새하얀 서리가 내려앉았더라. 열악했지. 또 한 번은 나뭇단 사이에서 보냈고, 그다음은 무너져내린 짚더미에 나름 편안한 보금자리를 만들었으니 그나마 좀 나았어. 가랑비가 그 편안함마저 방해하긴 했지만 말이야.

그런데 신기하게, 이 지독한 곤경 속에서 솟구치는 힘이 느껴지며 이런 생각이 들더라. 어떤 상황이 닥쳐도 난 다시 일어나리라. 낙담 속에 처박아뒀던 연필을 다시 들고 데생을 시작하리라. 그순간 모든 게 달라진 것 같았어. 그래서 곧장 시작했고, 지금은 연필을 어느 정도 내 뜻대로 다룰 수 있고 하루가 다르게 더 능숙해지고 있어. 너무 오랫동안 너무나 가난했기 때문에 지독하게 낙심했고, 아무것도 할 수 없었던 거야.

이번 여행에서 보고 온 게 하나 더 있는데, 바로 직조공들이 모여 사는 마을이다.

광부나 직조공은 여타 다른 노동자나 수공업자들과는 또 달라. 나는 그들과 커다란 공감대를 가지고 있어서, 언젠가, 지금까지 거의 혹은 전혀 알려지지 않았던 이들을 그림에 담아내서 세상에 알릴 수 있으면 좋겠다. 'de profundis(심연의 밑바닥)'까지 들어가는 자들이 광부라면, 몽상하듯 생각에 잠겨서 거의 몽유병 환자처럼 걸어다니는 이들이 직조공이야. 그들 틈바구니에서 지내온 게 벌써 2년이다. 그래서 그들만의 독특한 성격을 조금은 잘 알지. 특히나 광부들, 이들을 알아가면 알아갈수록, 마음이 뭉클해지고 비통해진다. 이 가난하고 변변치 못한 노동자들, 말하자면 세상의 밑바닥이자 가장 천대받는 부류들은, 사람들의 지나치고 부당하지만 생생한 상상력 때문에 강도나 범죄자 무리로 오해 받곤 한다. 물론 이들 중에 강도나 범죄자나 주정뱅이야 있겠지만, 거야 어디든 그렇고, 이런 범죄자들은 진정한 광부와는 거리가 멀어.

네가 편지에 얼핏, 파리나 그 인근으로 오면 어떠냐고 물었지? 조만간 여건이 가능해지고 나도 원한다면 말이야. 물론 파리나 바르비종 같은 곳에 가고 싶은 마음이 굴뚝 같다. 그런데 가능할까? 벌이가 한푼도 없는 데다, 아무리 열심히 해도 파리에 갈 정도 수준이 되려면 한참 시간이 걸릴 텐데. 게다가 제대로 그리려면 한 달에 최소 100프랑은 있어야 해. 그것보다 더 아껴 쓸 수야 있지만 그러면 사는 게 상당히 팍팍해지겠지.

예전에 팔리시Bernard Palissy가 '가난이 능력 있는 사람의 앞길을 가로막는다'*고 말했었어. 어느 정도 맞는 말이지. 그리고 그 진정한 의도와 뜻을 정확히 이해한다면, 어느 정도가 아니라 전적으로 옳은 말이야.

지금으로서는 네 제안을 가능하게 만들 방법이 전혀 보이지 않아. 여기 남아서 지금처럼 일하고, 또 앞으로도 그렇게 사는 게 낫겠다. 어쨌든 여기 생활비가 더 저렴하고.

그런데 지금 지내는 이 작은 방에서 더 오래 버틸 수는 없겠어. 너무 비좁고 침대가 2개인데 하나는 아동용이라 다른 걸 쓰고 있어. 게다가 요즘은 바르그 교본의 큰 그림들을 따라 그리려니 말도 못 하게 불편하다. 어쨌든 살림살이 가지고 주인 식구를 불편하게 하고 싶진 않고, 그들도 돈을 더 얹어줘도 다른 방은 빌려줄 수 없다고 했어. 왜냐하면 빨래 공간이 필요해서. 광부의 집에서는 거의 매일 빨래를 하니까.

그래서 그냥 인부들이 사는 작은 집을 한 채 빌리고 싶어. 월세가 9프랑이야.

이걸 어떻게 표현할 수 있을까. 매일 난제들을 해결해도 새로운 고민거리들이 생겨나고 있지만, 다시 그림을 그리게 되어서 얼마나 기쁜지 모르겠어. 생각이야 오래전부터 해왔었지만 그냥 '불가능한 일, 내 능력 밖'으로 여겼지. 하지만 지금은, 비록 약점도 많고 온갖 것에 의존해야 하는 처지가 비참하긴 해도, 마음이 안정을 찾았고 하루하루 지날수록 힘이 솟는다.

파리행만 해도, 친절하고 성실한 예술가와 교류할 기회가 생긴다면 나로서는 더할 나위 없이 좋은 일이겠지. 그런데 대책 없이 덜컥 파리에 가면, 판만 더 크게 벌린 쿠리에르 여행과 다를 바 없어. 예술가라는 사람들을 직접 만날 수 있을 줄 알았는데 한 명도 못 만났거든. 내 관건

* 팔리시의 말이 아니고 출처가 불분명한데, 그 당시 사람들 대다수가 팔리시의 말이라고 착각했다.

은 데생 잘하는 법을 배우고, 연필이든 목탄이든 붓이든 어느 하나의 사용법을 숙지하는 거야. 그 능력만 갖춰도 어딜 가든 그럴듯한 그림을 그릴 수 있으니까. 보리나주의 그림 같은 풍경은 옛 베니스나 아라비아, 브르타뉴, 노르망디 피카르디, 브리에에 못지않아.

내 그림이 별로인 건 확실히 내 잘못이야. 하지만 바르비종이라면 다른 곳보다는 더 앞서가는 화가를 만날 확률이 분명히 높을 테고, 그런 화가는 내겐 주님이 보내주신 천사 같을 거야. 과장 하나 없이 진지하게 하는 말이다. 그러니 나중에 그런 방법이나 기회가 생기거든 나를 좀 챙겨주면 좋겠다. 그때까지는 여기 광부의 작은 오두막에서 묵묵히 내가 그릴 수 있는 그림을 그리며 기다릴게.

네가 메리옹Charles Meryon에 대해서 들려준 얘기, 사실이더라. 나도 그 사람 동판화를 조금은 알아. 신기한 거 하나 알려줄까? 메리옹이 정확하고 강렬한 손길로 휘갈겨놓은 그림 하나를 비올레 르 뒤크Eugène Emmanuel Viollet-le-Duc나 다른 건축가의 도판 옆에 올려놓고 봐봐. 그러면 메리옹의 진가를 알아보게 될 테니까. 옆 동판화가 극명한 대조 효과를 줘서 메리옹의 작품이 아주 돋보이거든. 그러면, 뭐가 보일까? 메리옹은 하다못해 그냥 벽돌이나 화강암, 쇠창살, 다리 난간을 그릴 때도, 정확히 뭐라고 말할 순 없는 비통함에 동요된 인간의 영혼 같은 것을 동판화 속에 담아낸다. 언젠가 빅토르 위고가 고딕식 건축물을 스케치한 걸 봤는데, 메리옹처럼 강렬하고 웅장한 손길은 아니었지만 비슷한 감정이 오롯이 느껴졌어. 그게 무슨 감정일까? 알브레히트 뒤러가 〈멜랑콜리아〉에 표현한 감정과 궤를 같이하고, 현대 화가들 중에서는 제임스 티소와 M. 마리스가 해당돼(이 둘은 좀 다른 면이 있지만). 어느 진지한 비평가는 제임스 티소를 '고뇌하는 영혼'이라고 했지. 아주 적절한 표현이야. 하지만 어쨌든 그 안에는 인간의 영혼 같은 뭔가가 담겨 있고, 그렇기 때문에 그 영혼은 위대하고, 광활하며, 무한한 거야. 비올레 르 뒤크와 메리옹의 작품을 나란히 놓고 보면, 전자는 돌이고 후자는 영혼이야. 메리옹에게는 사랑의 힘이 넘쳤을 거야. 여기저기 보이는 돌멩이조차 사랑했던 디킨스의 소설 속 시드니 칼튼처럼.

하지만 밀레, 쥘 브르통, 요제프 이스라엘스의 그림 속에서도 마찬가지로, 보다 고귀하고 위엄 있고, 이렇게 말해도 될지 모르겠지만 복음서보다 더 복음서답게 표현된 진귀한 진주 같은 요소가 더 많이, 더 잘 보여. 그건 바로 인간의 영혼이야.

다시 메리옹으로 돌아와서, 내 눈에는 그가 용킨트Johan Barthold Jongkind나 시모어 헤이든 Francis Seymour Haden과 궤를 같이하는 작가로 보여. 왜냐하면 어떤 면에서는 이 두 사람 그림도 상당히 강렬하거든. 아무튼, 기다려주면 좋겠다. 아마도 언젠간 네가 나 역시 예술가라고 인정하게 될 테니까. 지금 당장은 내가 뭘 할 수 있는지 모르겠지만, 인간의 내면에 있는 감정을 담은 그림을 그리려고 노력할 거야. 하지만 우선, 바르그의 교본부터 마치고 그다음 조금 더 난이도가 높은 것들도 연습해야겠지. 갈 길도 좁고 들어갈 문도 비좁아서, 해내는 사람이 거의 없어도.

네 호의는 정말 고맙다. 특히 〈숲〉을 보내줘서. 마음으로 악수 청한다.

빈센트

네 수집품은 지금 다 내게 있는데, 곧 돌려 보내마. 그리고 목판화 수집은, 내가 2권짜리 『세계의 미술관』에서 아주 좋은 것들을 찾았어. 네게 주려고 말이야.

137프 ____ 1880년 10월 15일(금), 브뤼셀

테오에게

보다시피 지금 브뤼셀에서 편지 쓰는 거야. 주거지를 옮길 때가 된 것 같았고, 다른 이유들도 있다.

우선, 필요성이 절박했어. 작년에 너도 와서 봤던 그 방이 너무 좁기도 했고, 빛도 잘 안 들어서 데생하기에 매우 불편했다. 다른 방을 쓸 수 있었다면 그냥 머물렀을 텐데, 큰 방은 식구들이 살림도 해야 하고 빨래도 널어야 한다니, 월세를 더 내도 나는 쓸 수가 없더라. 솔직히 바르그의 목탄이나 석고 데생 교본 연습은 작은 방과 정원을 오가며 어떻게든 하긴 했는데, 지금은 데생 기법 제3장에 나오는 홀바인풍의 초상화 따라하기를 연습하고 있거든. 그건 도저히 불가능해.

그래서 이사를 결심했고, 문제를 좀 과감하게 해결해보려고 계획을 세워 실행했다. 여기 브뤼셀에 와서 슈미트 씨를 만나 얘기했지. 화가들과 인맥을 쌓게 중간에서 다리를 놔줄 수 있느냐고. 그들의 작업실에서 제대로 그림을 계속 그릴 수 있게 말이야. 왜냐하면, 이젠 제대로 된 작품들을 감상하고 화가들이 작업하는 모습도 직접 보는 게 꼭 필요하다고 느껴지거든. 그래야 내게 부족한 게 뭔지를 알고, 개선시킬 방법도 배울 수 있잖아.

그간 너무 오랫동안 제대로 된 회화나 데생을 구경하지 못해서 그런지, 브뤼셀에 와서 본 좋은 작품 몇 점만으로도 영감을 받고 내 손으로 꼭 그런 작품을 그려보겠다는 강한 열망이 솟구치더라.

슈미트 씨가 화가 한두 명만 찾아서 내 사정을 진지하게 얘기해줄 호의만 있다면 쉽게 해결될 문제라고 본다. 날 아주 반갑게 맞아주긴 하더라만, 그래도, 혹시 네가 나를 추천하듯이 좋은 얘기 한두 마디 해준다면 더 효과가 있을 것 같구나. 사실 슈미트 씨가 날 탐탁치 않게 보는 것도 당연해. 예전에 구필 화랑에서 일했고, 거길 떠났다가 예술계로 다시 돌아온 셈이니까.

그러니까 답장할 때 그분한테 쓴 짤막한 편지 한 통 동봉해주면 정말 고맙겠다. 나로서는 괜한 시간 낭비를 피하는 셈이거든.

여기 오자마자 바로 그리기 시작했어. 바르그 교본 제3장 연습 말이야. 여기 미디대로에 있는 하숙집 방은 이전의 작은 방보다 훨씬 낫다.

아버지가 당분간 매달 60프랑 정도를 중개자를 통해 지원해주겠다고 편지하셨어. 막 그림을 시작했고 다 비슷하게 경제적 여유가 없는 젊은 친구들이 여럿 있어. 이런 상황에서 힘이 되는 건, 혼자 있는 게 아니라 처지가 비슷한 사람들끼리 친하게 교류하며 지내는 거야. 그래, 정말이지 나는 슈미트 씨가 젊은 화가들을 몇 명 소개해주기를 간절히 바라고 있단다. 그러니까 네가 좀 도와주겠니? 슈미트 씨에게 짤막한 편지를 써줘서 말이야.

펜으로 다시 밀레의 〈나무꾼〉을 따라 그렸어(네가 보내준 목판화). 나중에 동판화를 할 생각이 있다면 펜화 데생은 좋은 준비 과정인 것 같아. 펜화는 정교하게 다듬기가 좋은데, 다만 처음부터 잘되지는 않아. 라위스달의 〈숲〉 따라 그리기는 특별히 펜으로 먼저 그릴 생각이고, 그걸 다른 데생에도 활용해볼 거야. 그중에서도 단테 두상을 그려봤는데 결과물이 꼭 동판화 같아. 하지만 보기보다 쉽지 않더라.

슈미트 씨가 브뤼셀 왕립 미술학교에 다녀보라고 권하길래 솔직하게 대답했어. 나 같이 특수한 경우는 학교보다 화가들과 어울리며 배우는 게 훨씬 더 낫다고. 이미 바르그 교본을 2장까지 마쳤고 지금은 3장을 연습 중이잖아. 여기에 알롱제 목탄 교본을 더하면 보완될 것 같아. 그렇다고 미술학교 입학을 아예 배제한다는 건 아니야. 브뤼셀에 있는 동안엔 야간반을 다녀도 되겠지. 학비가 공짜거나 아주 저렴하다면 말이야.

그래도 내 목표는 적어도 지금으로선, 어서 빨리 남들에게 선보이고 팔 수 있는 그림을 그리는 거야. 그러면 직접 돈벌이를 할 수 있게 되잖아. 내게는 가장 필요하고 중요한 문제거든.

나한테 답장할 때, 꼭 슈미트 씨 주소로 보내라. 이 숙소에 더 머물지 말지 결정을 못 해서 그래.

넌 내 부탁을 들어줄 거라 믿는다. 앞으로 나아가려면 일정한 추진력이 지속적으로 필요하잖아.

펜화든 수채화든 동판화든, 뭐라도 일단 숙달되면 그 광부와 직조공들의 마을로 돌아가서 여기보다 더 생동감 넘치는 인물들을 그려낼 수 있을 거야. 하지만 그러려면 무엇보다 악착같이 기술을 터득해야 해.

이번 편지는 이 정도로 마무리할게. 내 부탁, 잘 들어줬으면 좋겠다.

보리나주에 비해 숙식 환경이 좀 나아진 점도 내가 다시 힘을 낼 수 있게 도와줬다. 벨기에의 혹독한 '검은 마을'에서 힘겹게 지낸 터라 최근엔 건강이 그리 좋지 않았거든. 하지만 내가 표현하고 싶은 걸 마음껏 그릴 수 있게만 된다면, 지난날은 다 잊고 좋은 것만 기억할 거야. 자세히 들여다보면 좋은 기억도 분명 있었거든. 하지만 아직은 체력 회복이 최우선 과제다. 앞으로는 전력을 다해야 할 테니까.

악수 청하며, 빈센트

138네 ___ 1880년 11월 1일(월), 브뤼셀

미디대로 72번지, 브뤼셀

테오에게

네 편지에 대한 답변부터 몇 가지 할게.

우선, 네 편지를 받고 이튿날 곧장 룰로포스Willem Roelofs 씨 댁에 갔다. 앞으로는 실물을 그릴 때 (석고상이든 모델이든) 반드시 능력 있는 선생님의 지도를 받으라고 하시더라. 룰로포스 씨를 비롯해 다른 사람들도, 브뤼셀이나 안트베르펜의 미술학교에 가라고 진지하게 조언했어. 그러니 저곳들에 입학이 가능한 수준으로 그림 실력을 키워야 할 것 같다. 그런데 솔직히 썩 내키는 일은 아니야. 여기 *브뤼셀은 수업료가 무료*고(암스테르담에서는 1년에 100플로린이 든다더라) 작업실에 조명과 난방 시설이 잘 갖춰져 있대. 참 잘됐지. 특히 겨울에는.

바르그 교본 연습은 착실히 연습하고 있어. 실력이 향상되고 있다.

게다가 요즘 그리는 데생이 꽤나 손이 많이 가는데, 그래도 이걸 시작하길 잘했다 싶어. 잉크펜으로 골격을 그렸는데, 크기가 제법 커서 앵그르지White Ingres paper 5장에 나눠 그렸다.

종이1 : 머리, 골격, 근육.

종이2 : 상반신, 골격

종이3 : 손바닥, 골격, 근육.

종이4 : 손등, 골격, 근육.

종이5 : 하반신과 다리, 골격.

찬Albert von Zahn이 쓴 개론서 『예술가를 위한 해부학 스케치』를 보고 따라 그렸어. 손이나 발을 비롯해 여러 부위를 정교하게 그려놓은 스케치가 있어서 상당히 유용하겠어. 이제 상반신과 다리 쪽 근육을 마무리해야 해. 다 그리고 나면 신체 해부도 한 편이 완성되는 셈이야. 그다음에는 뒤에서 본 신체와 옆에서 본 신체를 그려볼 생각이야. 보다시피 끊임없이 노력하고 있다. 쉽지 않은 일이야. 시간이 걸리고 어마어마한 인내심이 필요해.

미술학교에 입학하려면 먼저 시장의 허가서를 받아야 등록이 가능해. 그래서 지금 신청해두고 허가서를 기다리고 있어. 아무리 절약하고 아껴도 브뤼셀에서의 생활비가 더 많이 든다는 건 나도 잘 알고 있어. 하지만 지도를 받지 않으면 계속해 나갈 수가 없어. 내가 열심히 한다면, 적어도 코르 작은아버지나 빈센트 큰아버지가 도와주시지 않을까. 내가 아니더라도, 아버지를 도와준다는 마음으로 말이야.

수의학 대학에서 해부학 그림을 얻어볼까 해. 말이나 소나 양의 골격 그림 같은 거. 그래서 그걸 인간의 골격을 그렸던 식으로 그려보려고.

비율, 빛과 그림자, 원근 등에 법칙이 있는데, 그림을 잘 그리려면 *꼭 알아야 해*. 그런 법칙들을 모르고 그렸다간 불모지에 씨를 뿌리는 격이야. 절대로 열매를 맺을 수 없다고. 그렇기 때문에 난 지금까지 내가 해온 방향이 맞다고 보고, 이번 겨울에는 해부학 지식을 해박하게 쌓을 거야. 더 이상 미룰 수 없어. 결국엔 비용만 더 들 뿐이야, 시간 낭비니까.

아마 네 관점도 나와 같을 거라고 생각해.

그림을 잘 그리기 위한 배움의 길은 참 고되고 힘든 싸움이다.

여기서 안정적인 일자리를 구할 수 있다면 한결 수월할 텐데. 하지만 그런 걸 바랄 엄두조차 나지 않는구나. 아직도 배워야 할 게 많거든.

판 라파르트Anthon G. A. Ridder van Rappard*도 만났어. 지금은 트라베르시에르 6a가에 살더라. 얘기를 좀 나눴는데 잘생긴 친구야. 그림은 펜 데생으로 그린 소형 풍경화 몇 점 본 게 전부였어. 다만 생활방식으로 봐서 가정이 부유한 것 같은데, 과연 내가 같이 어울리고 작업해도 될 만한 사람인지 잘 모르겠다. 각자가 처한 경제적 상황이 너무 달라서 말이야. 어쨌든 조만간 다시 만날 거야. 진지한 사람 같아서 마음에 들었거든.

아우야, 내가 퀴엠므에 한 달 더 머물렀더라면 틀림없이 '불행'이라는 병에 걸렸을 거야. 그렇다고 지금은 편하게 산다고 생각지는 마. 평소 주식은 딱딱한 빵 조각에 감자나 길거리에서 파는 밤 정도니까. 그래도 버틸 수 있는 건, 전보다 편한 방이 있고, 아주 가끔씩 주머니 사정이 허락할 때면 식당에 가서 그럴듯한 식사도 하거든. 지난 2년간 보리나주에서는 더 고된 시간을 견뎠지. 전혀 유쾌한 경험이 아니야. 이곳 한 달 생활비가 60프랑을 조금 넘는다만, 어쩔 수 없어. 화구들이며 보고 그릴 그림들(예를 들어 해부학 교재 그림)이며, 다 돈이 들지만, 내게는 꼭 필요한 것들이야. 이렇게 해야만 내가 돈 들인 만큼 성장할 수 있다. 다른 방법이 없어.

일전에 라파터Johann Caspar Lavater와 갈Franz Joseph Gall이 공저한 개론서 『인상학과 골상학』을 아주 흥미롭게 읽었어. 얼굴과 머리 모양으로 사람의 성격을 구분할 수 있다는 거야.

밀레의 〈땅 파는 사람들〉을 그려봤는데 슈미트 씨 댁에 갔을 때 봤던 브롱의 복제화 사진을 보고 그렸어. 그 사진하고 〈만종〉 사진도 빌려왔어. 내가 뭘 하고 있는지 아시라고, 내가 그린 그림 2장을 아버지께 보내드렸다.

빨리 답장해라. 주소는 미디대로 72번지야. 작은 호텔인데, 월세 50프랑에 아침, 점심, 저녁에 빵과 커피가 제공돼. 그리 싸진 않지만, 여긴 어디나 다 비싸거든.

〈대가들의 그림 스타일〉에 본보기로 나오는 홀바인풍 그림들은 정말 근사해. 따라 그리다 보니 예전보다 훨씬 더 잘 이해가 된다. 그런데 정말 어려운 그림이야.

* 네덜란드 화가 리더르 판 라파르트(1858~1892). 파리에서 유학할 때 테오의 친구였다. 빈센트는 테오의 소개로 만나 5년 동안 절친한 사이를 이어갔지만 오해 때문에 갑자기 절교하고 만다. '판 라파르트'가 올바른 호칭이지만 빈센트는 거의 '라파르트'로만 불렀다.

슈미트 씨를 만나러 갔을 때, 난 그 양반이 우리 반 고흐 집안과 돈 문제가 얽혀 있어서 곧 법적 소송이 걸릴지 전혀 몰랐어. 네 편지를 보고서야 알았지. 참 운이 나쁜데, 어쨌든 날 반갑게 맞아주더라. 그래도 이젠 그런 사정을 알게 됐으니 그 집에 가는 건 자제해야겠지. 그렇다고 일부러 피해 다닐 이유도 없잖아.

골격 데생에 매달려 있느라 바쁘지 않았으면 더 빨리 편지 썼을 거야. 너도 곰곰이 생각해보면 내가 하루속히 다른 예술가들과 어울려 지내는 게 전적으로 필요하다는 사실에 공감하게 될 게다. 어떻게 시작해야 하는지 아무도 가르쳐주지 않는데 어떻게 실력이 늘겠어? 세상 그 누구보다 의지가 강한 사람도, 실력이 더 나은 화가들과 교류하지 않고서는 발전이 있을 수 없어. 차고 넘치는 의지만으로는 발전의 기회를 잡기에 충분치 않아.

너도 알다시피, 난 *그저그런* 화가가 되고 싶진 않아. 무슨 말이 더 필요해? 그저그런 수준이 뭐냐는 기준은 제각각일 거야. 난 내가 할 수 있는 노력을 다할 거야. 그렇다고 그저그런 화가들을 무시한다는 건 아니야. 뭔가를 무시한다고 해서 그 수준을 뛰어넘는 건 아니라는 거야. 개인적인 의견인데, 그저그런 수준에 대한 나름의 존중이 먼저 있어야 해. 그저그런 수준에도 의미가 있는 게, 거기에도 엄청난 노력을 통해서만 도달할 수 있다는 걸 깨달아야 해.

여기서 이만 줄인다. 마음으로 악수 청한다. 기회 되거든 얼른 답장해라.

빈센트

139프 ____ 1881년 1월 초, 브뤼셀

사랑하는 동생아

몇 달 가까이 소식 한 번 없는 데다, 내 마지막 편지에도 감감무소식이니, 살아는 있는지 안부를 물어도 어색할 일은 없을 것 같구나.

솔직히 말해서, 내가 여기 도착해서 받았던 1통 말고는 소식이 없는 게 좀 이상하고, 이해도 안 간다. 편지를 안 쓰는 게 나쁜 건 아니다만, 적절할 때 편지 한 번 하는 건 더더욱 나쁜 일이 아니야. 아니, 오히려 바람직한 일이기도 해.

불쑥불쑥 네 얼굴이 떠오르면, 이런 생각까지 하게 되더라. 왜 편지를 안 할까? 혹시, 이 형이랑 연락하고 있다는 사실 때문에 구필 화랑의 높으신 양반들한테 책잡힐까 두려워서 그러나? 저 높으신 양반들과의 관계가 그 정도로 흔들리고 위태로운 건가? 이렇게 눈치 보고 조심해야 할 정도로? 아니면 내가 돈을 달라고 할까봐 피하나? 하지만 정말로 그런 이유로 잠잠한 거라면 최소한, 속된 말로, 내가 널 등쳐먹으려 들 때까지는 기다렸어야 하지 않나 싶다.

아무튼, 네가 편지하지 않는 그럴 만한 이유를 떠올리다 머릿속에 든 생각들을 주저리주저리 이 편지에 길게 늘어놓고 싶은 마음은 없어.

올겨울은 여기서 그림도 많이 그리고 책도 많이 읽었어. 독서는 간접적이긴 하지만 절대적으로 필요한 일이거든. 전체적으로 내 실력이 꽤 늘었다고 말할 수 있긴 한데, 지금보다 더 분발해야 할 것 같다. 지금 이 편지를 쓰는 주된 이유는, 혹시, 내가 테르스테이흐 씨와 마우베 형님을 만나러 가면 안 되는 이유가 있는지 묻고 싶어서야. 얼마간 헤이그에 가 있는 게 나한테 도움이 될 것 같거든. 그런데 만약 테르스테이흐 씨가 확실히 내가 안 왔으면 한다면, 나도 계획을 변경해야겠지. 네 의견이 궁금하다.

판 라파트르는 거의 못 보고 지냈어. 그 친구, 방해받는 걸 좋아하지 않는 것 같아서 말이야. 그나저나 내 실력이 향상되기 전까지는 젊은 화가들과의 교류는 피하는 게 좋겠어. 젊은 친구들은 생각 없이 말과 행동이 튀어나오곤 하니까. 그래서 더더욱, 나보다 뛰어나서 내 실력을 끌어 올려줄 수 있는 사람을 만나고 싶다.

어쨌든 내가 헤이그로 가는 길에 도저히 넘을 수 없는 장애물이 있는지 먼저 본 게 있으면 알려주면 좋겠다. 아울러 만약 그렇다면, 나도 거기 가는 일을 자제하려고 한다.

조속한 답장 기다리며 악수 청한다.

빈센트

140프 ____ 1881년 1월, 브뤼셀

미디대로 72번지, 브뤼셀

테오에게

이전 편지는 심적으로 불안한 상태에서 썼다는 걸 네가 안다면, 너그러이 용서해주리라 믿는다. 그림들은 다 엉망이 됐고 뭘 해야 할지도 모르겠을 때 답답한 마음에 펜을 들었었거든. 더 적절한 때가 될 때까지 기다렸어야 했는데. 네 눈에는 내가 지난번 편지 말미에 흉봤던 그런 부류들이나 별반 차이가 없어 보였겠어. 깊이 생각하지 않고 함부로 말하고 행동하는 사람들 말이야. 그러니 그 부분은 그냥 넘어가자.

이것만 알아다오. 요 며칠 사이에 꽤 긍정적인 변화가 있었단다. 적어도 데생을 12장 마무리했는데, 대부분 연필과 펜이긴 해도 내가 봐도 많이 나아졌더라. 어렴풋이 랑송Auguste André Lançon의 데생과 닮았고, 또 어찌 보면 영국식 목판화 같기도 해. 물론 더 어색하고 서툴지만 말이야. 대략 잔심부름꾼, 광부, 눈 치우는 사람, 눈길 산책, 노부인들, 노신사(발자크의 『13인당 이야기』의 주인공 페라귀스) 등을 그렸지. 작은 그림 2장은 동봉한다. 〈출발〉과 〈잉걸불 앞에서〉야. 아직은 그럴싸하다고 말하긴 이르지만 그래도 괜찮아지기 시작했어.

거의 매일같이 모델을 만날 수 있어. 나이 든 잔심부름꾼, 노동자, 혹은 꼬마들이 자세를 취해줘. 다음 일요일에는 아마 군인 한두 명이 모델을 서줄 것 같다. 나쁜 기분이 가시고 나니 너

는 물론이고 세상 사람들 전체가 좋게 보이고, 달라 보인다. 풍경도 다시 데생으로 그려봤어. 황야를 배경으로 했는데 그려본 지 좀 오래됐더라고.

난 풍경을 좋아하는데, 일상에 대한 관찰은 그보다 한 열 배쯤 더 좋아한다. 가끔은 두려울 정도로 사실적이거든. 가바르니, 앙리 모니에Henry Bonaventure Monnier, 도미에, 드 르뮈, 앙리 필 Charles Henri Pille, 쉴레르(Jules) Théophile Schuler, 모렝Edmond (Edward) Morin, 구스타브 도레(그의 작품 〈런던〉에서), 랑송, 드 그루, 펠리시엥 롭스Félicien Joseph Victor Rops 등이 표현한 일상은 정말 대단한 걸작들이야. 이 대가들처럼 되겠다고 큰소리치는 건 아니지만, 일상에서 마주치는 노동자들을 계속 그려가다 보면 머지않아 신문이나 책의 삽화 정도는 그리게 되지 않을까. 무엇보다 모델들을 더 많이 그리면, 그것도 여성 모델을, 그림 실력이 월등해질 거야. 느낌이 온다니까. 그리고 어쩌면 초상화 그리기도 터득하게 될 것 같아. 물론 어마어마한 연습이 뒤따라야겠지. '하루라도 선 하나 긋지 않고 넘어가는 날이 없었다.' 가바르니가 그랬잖아.

그래서 내가 당분간은 여기서 지내고 있을게. 네가 더 좋은 제안을 줄 때까지는. 틈틈이 편지나 좀 해라. 바르그 목탄 교본의 그림들은 벌써 세 번씩 전부 따라 그려봤어.

구필 화랑 직원에 변화가 있었다고 했잖아. 네 직위도 변했고. 축하한다. 그리고 구필 화랑 양반들도 앓던 이들을 뺀 격일 테니 축하해야겠지. 그래도 이 양반들이 드디어 떨려난 인간들보다는 고상하고 우아한 정신을 지녔다고 생각했거든. 어쩌면 떨려난 인간들이 화랑에서 한동안 자리를 차지하고 앉아 영향력을 휘두르며 군림했으니, 구필 화랑 양반들이 그렇게 내버려 둔 셈이지만, 어쨌든 다른 직원들이 신물을 느꼈잖아. 회사가 이 직원들을 끝까지 붙잡아뒀어야 했는데, 워낙 그만두겠다는 의지가 극에 달했으니까.

일전에 파리에 오는 게 어떻겠느냐고 지나가는 말로 물었잖아. 조만간 정말로 갈 수 있다면야 더 바랄 게 없겠다. 거기서 매달 최소한 100프랑 정도를 벌 일자리만 있다면 당장 가지. 또한, 난 이제 막 그림을 시작했고 그만둘 마음이 전혀 없으니, 그 부분부터 중점적으로 파고들 생각이야. 일상의 인물과 풍경을 잘 그리려면 회화 기법과 지식의 습득은 당연히 필요하고, 거기에 문학, 관상학 등등 제법 어려운 공부들도 깊이 해야 해.

오늘은 이만 줄일게. 악수 청한다. 시간 나거든 편지하고, 내 말 명심해라.

너를 사랑하는 형, 빈센트

미디대로 72번지

오르타Victor Horta라는 건축가는 언젠가 만나보면 좋겠구나.*

141네 ___ 1881년 2월 16일(수) 추정, 브뤼셀

아버지 어머니께

편지 잘 받았습니다. 안 그래도 초조하게 소식 기다리던 터라 정말 반가웠습니다. 무엇보다 아버지 병환을 염려했는데 차도가 있으시다니 다행입니다.

제 일도 순조롭게 잘 진행되고 있습니다. 그래도 여전히 부족한 게 많고, 개선해야 할 점이 많긴 합니다.

그 화가**의 화실에서 골격에 관한 도판을 봤는데, 워낙 구하기 힘든 물건이라서 며칠 빌려달라고 부탁했습니다. 옮겨 그릴 생각으로요. 처음에는 거절하더군요. 아마 제가 옮겨 그릴 만한 실력이 없거나 너무 오래 걸릴 거라고 봤던 모양입니다. 하지만 재차 부탁하니 허락했어요. 그게 지난 일요일 오후였습니다. 저는 집에 돌아오자마자 작업을 시작했고 월요일 저녁에 완

* 테오가 구필 화랑에서 알게 된 건축가 오르타와의 만남을 형에게 권했던 것으로 보인다.

** 빈센트가 이미 여러 차례 아버지에게 언급했던 화가로 보인다. 요안나는 네덜란드 화가 마디올로 추정했다.

성했습니다. 그리고 화요일 아침에 책을 되돌려주니 놀라더군요. 게다가 제 그림도 훌륭하다고 칭찬했습니다. 솔직히 제 눈에도 제법 그럴듯해 보입니다. 이분이 시간만 내주신다면 되도록 많이 지도를 받고 싶습니다. 여러 부분에서, 특히나 원근법이 매우 뛰어난 분이라서, 배울게 아주 많습니다.

한 가지 말씀드릴 게 있습니다. 일전에 편지로 말씀드렸던 것처럼, 한 달쯤 전에 구제로 바지와 상의를 하나씩 장만했는데, 너무 마음에 들어서 똑같은 가게에서 상의와 바지를 한 벌 더 구입했습니다. 한 벌로도 충분할 수도 있지만, 두 벌이 훨씬 더 낫습니다. 번갈아 입으면 더 오래 입으니까요. 옷감을 조금 잘라 편지에 동봉합니다. 또 속옷도 모자라서 개당 2.75프랑짜리로 3개를 샀습니다. 그리고 4프랑짜리 구두도 구매했어요. 하나같이 다 필요한 것들이었습니다. 하지만 지출을 다 합치니까 이달 생활비가 크게 부족해졌습니다. 거기에 그림 수업료 5프랑도 선불로 낸 마당이라, 허리띠를 단단히 졸라매야 합니다.

하지만 이 지출들은 크게 걱정 마시고, 제게 낭비벽이 있다고 나무라지 마세요. 오히려 궁색할 정도로 절약하는 게 제 단점이니까요. 만약 제가 더 지출할 수 있다면, 분명히 더 빨리 더 많이 배울 수 있을 겁니다. 그래서 크게 무리가 없다면, 이번 달에 돈을 좀 더 보내주시면 좋겠습니다. 하지만 사정이 여의치 않다면, 전혀 서두르실 필요없습니다. 집 주인에게 이달 형편이 좀 어렵다고 말했고, 사정이 나아진 뒤에 월세를 내도 괜찮다는 양해를 얻었습니다. 이젠 어느 정도 아는 사이라, 굳이 월세를 선불로 강요하진 않거든요.

옷 구매에는 오래 입으려는 목적 말고 다른 이유도 있습니다. 입던 옷이 해지면 해진 대로 용처가 있다는 말씀입니다. 그렇게 하나씩 모인 옷은 제 그림의 모델들에게 입힐 소품이 됩니다. 예를 들면, 브라반트 농부들의 파란 작업복, 광부들이 입었던 잿빛 정장에 가죽 모자, 밀짚모자와 나막신, 어부들이 입는 갈색 면직물 정장, 무엇보다 그림 같고 독특한 검은색과 갈색의 벨벳 상의들이며 거칠고 투박한 빨간 작업복 등이 필요합니다. 켐펜Kempen(브라반트의 한 지역)이나 안트베르펜 등지에서 아낙네들이 입는 작업복, 브라반트 사람들의 전통 모자, 블랑켄베르크Blankenberge, 스헤베닝언, 카트베이크Katwijk 등지의 전통 정장들도요.

물론 한 번에 몽땅 사들이겠다는 게 아니라 서서히, 하나씩, 이번에는 이것, 다음번에는 저것, 이런 식으로 사 모을 겁니다. 구제로 얼마든지 살 수 있으니 구하기 어렵지 않아요. 제 화실이 생긴다면 이것들을 더 잘 관리할 수 있을 겁니다.

적절한 의상을 걸친 모델을 그려야만 성공할 수 있습니다. 오직 제가 진지하고 철저하게 그림을 공부하고, 언제나 본 것을 충실히 재현하려고 노력할 때만 성공에 이를 수 있어요. 그러면 지출이야 불가피하지만, 그렇게 그린 그림으로 충분히 먹고살 수 있습니다. 요즘은 데생을 잘하는 화가는 쉽게 일을 구해요. 찾는 사람이 많아서 벌이도 괜찮고요. 그렇기 때문에 최대한 실력을 갖추는 게 관건입니다. 그런 이는 파리에서는 하루에 10~15프랑은 벌고 런던이나 다른 곳에서는 그보다 더 많이 벌어요. 물론 단숨에 그렇게 될 순 없고, 전 그 수준에는 한참 못 미칩니다만 충분히 가능한 일입니다. 행운이 좀 따라주고, 테르스테이흐 씨나 테오 같은 이들과 관계를 새롭게 돈독하게 회복한다면 말이죠. 특히 괜찮은 화가나 데생 화가들과 잘 어울려 지내야 해요. 하지만 무엇보다 제가 열심히 공부하고 노력해야 합니다. 그게 가장 기본입니다.

제가 왜 테오의 추천이나 테르스테이흐 씨의 소식을 이토록 궁금해하는지 아실 겁니다. 적어도 3월 중으로는 어떻게든 고정적인 일자리를 구해야 하기 때문입니다. 봄여름 동안에 어디서 어떤 일을 할 수 있는지 알아야 합니다.

다만 몇 푼이라도 돈벌이를 할 수 있다면 나쁠 게 전혀 없습니다. 비록 궁극적인 목표는 실력을 키워 완벽한 데생 화가가 되는 것이지만요. 일단 그런 실력만 갖추면 나머지 문제들이야 순차적으로 알아서 풀릴 겁니다. 모델료도 만만치 않게 비싼 편입니다. 그들을 자주 부를 수 있을 정도의 돈이 있다면 그만큼 제 실력도 빠르게 향상될 겁니다. 하지만 그러려면 또 화실이 꼭 있어야죠. 테르스테이흐 씨나 테오 같은 이들은 이런 문제를 속속들이 잘 알고 있어요. 그러니, 저야 그들이 편지를 보내줄 때까지, 제가 할 수 있는 일을 열심히 하면서 참고 기다려야겠죠.

눈길을 걷는 광부들을 다시 데생으로 그려봤습니다. 작년 것보다 좀 나아졌습니다. 특징과 효과가 더 살아 있습니다. 그리고 예전에 테오나 빌레미나가 만들었던 스크랩북 형태로 목판화 복제화들을 다시 모으기 시작했습니다. 어느 정도 채우면 분명 쓸모가 있을 겁니다. 언젠가는 목판화 작업도 필요할 테니까요.

그리고 알아두셔야 할 게 있는데, 제가 산 옷들은 모두 좋은 제품입니다. 지금까지 입었던 옷들 중에서 가장 잘 어울려요. 혹시 괴상망측하게 튀는 옷을 샀다고 오해하실까봐 말씀드리는 겁니다. 적잖은 사람들이 화실에서 입고 다니는 그런 옷입니다.

이만 여기서 인사드릴게요. 아나의 생일에 축하 인사 전하며 모두에게 안부 전합니다.

두 분을 사랑하는 아들, 빈센트

제게 그림을 가르쳐주는 화가는 블란켄베르크의 어부를 근사하게 그리고 있습니다.

142네 —— 1881년 4월 2일(토), 브뤼셀

미디대로 72번지, 브뤼셀

테오에게

네게 반가운 편지도 두 통 받고, 그렇게 기다렸던 아버지도 여기 다녀가셨고 해서, 답장 겸 할 말도 있어 소식 전한다.

우선, 아버지 말씀이, 이미 오래전부터 나 모르게 네가 내 생활비를 대주고 있었다고 하시더

라. 진심으로 고맙다. 이렇게 도와준 일, 결코 후회하지 않을 거라고 장담한다. 이렇게만 배워가면, 비록 많은 돈은 못 벌더라도, 최소한 한 달에 100프랑쯤은 벌어서 먹고살 수 있을 거야. 좋은 삽화가가 되어서 안정적인 일자리를 가지면 말이야.

네가 말해준 헤이여달Hans Olaf Heyerdahl*에 대해 라파르트와 나는 상당히 흥미를 가졌어. 틀림없이 라파르트가 네게 따로 편지할 테니, 나는 나와 직접 관련된 부분만 얘기할게.

네덜란드 화가들에 대한 네 지적은 아주 정확해. 그들의 그림으로는 내가 고전하고 있는 원근법이라는 난제에 대한 정확한 해법을 찾을 수 없어. 적어도 헤이여달(교양 수준도 상당한 것 같더라) 같은 이는, 자신의 화법을 제대로 설명도 못 하고 필요한 조언도 못 해주는 여타 화가들과는 확실히 달랐어. 네가 그랬지, 헤이여달은 '데생의 비율'을 찾아내려고 상당히 공들인 화가라고. 딱 내게 필요한 조언이야. 유명한 화가들도 데생의 비율, 제대로 된 선 긋기, 남다른 구도, 아이디어, 시적인 요소 등에 대해 아는 게 아예 없거나 거의 없어. 그러나 페렝François Nicolas Auguste Feyen-Perrin, 윌리스 뷔텡Ulysse Louis Auguste Butin, 알퐁스 르그로Alphonse Legros들은 대단히 중요하게 여겼고 절대로 간과하지 않았지. 브르통, 밀레, 이스라엘스 같은 화가들은 말할 것도 없고.

네덜란드 화가들 대다수가 보턴, 밀레이, 핀웰, 뒤 모리에, 헤르코머, 워커 같은 이들의 걸작을 하나도 이해하지 못해. 눈꼽만큼도. 다른 재능들 말고 오로지 데생화의 대가들에만 국한해서 꼽아본 거야.

이들 작가의 작품 앞에서 이게 뭐냐는 식으로 반응하는 화가가 한둘이 아니야. 아니, 더 제대로 알고 있어야 할 여기 벨기에 화가들조차 드 그루의 그림 앞에서 어깨를 으쓱하는 게 말이 되느냐고! 이번 주에 지금까지 몰랐던 드 그루의 그림을 봤어. 하나는 〈징집〉이고 다른 하나는 〈주정꾼〉이라고 수직으로 기다란 작품이야. 어찌나 보턴과 분위기가 비슷하던지, 평생 서로 만난 적이 없지만 너무나 똑같이 살아가는 두 형제를 보는 듯 놀라웠어.

말했듯이, 나도 헤이여달에 관한 네 견해에 전적으로 동의해. 네가 그와 만날 기회를 마련해준다면 정말 영광스러울 거야. 더구나 네덜란드행을 고집하지 않겠어. 혹시 파리로 갈 가능성이 있다면 말이야.

그런데 그때까지 뭘 하면서 기다리지? 뭐 할 만한 게 있을까? 1~2주는 라파르트 화실을 사용할 수 있지만, 그다음엔 그 친구가 아마 돌아갈 거야. 내 방은 무척 비좁고 조명도 형편없어. 창문 일부를 가리면 아마 다들 반기를 들걸. 벽에 동판화나 내 데생도 못 걸지. 그러니까 만약 라파르트가 5월경에 돌아가면, 이사해야 할 것 같다. 그렇게 되면, 차라리 한동안은 지방으로 돌아다니며 그려보고 싶어. 하이스트, 칼름타우트, 에턴, 스헤베닝언, 카트베이크 등지를 말이

* 노르웨이 화가인데, 보나트의 파리 화실에 기거하며 일한 적이 있었다.

야. 아니면 인근의 스케르베크, 하렌, 그로넨달도 좋아. 기왕이면 화가들과 자주 어울릴 수 있는 화실을 겸하는 방이면 좋겠지. 더 싸고 조건도 좋으니까.

어디에 머물든 최소 생활비가 매달 100프랑은 든다. 그것보다 부족하면, 생필품이나 화구들 중에서 뭔가는 포기해야 해. 지난겨울 대략 한 달에 100프랑씩 쓴 것 같다. 그 정도까지 수중에 들어온 적은 거의 없지만 말이야. 어쨌든 적잖은 액수를 화구에 쏟아부었고 옷도 좀 샀지. 검은색 벨벳 정장 작업복인데, 옷감 이름이 블루틴*이라더라. 나한테 아주 잘 어울리고 평상시에 입고 다녀. 그리고 나중에도 쓸모가 있으니, 모델들에게 입힐 의상 소품으로 쓸 수 있어. 그래서 남성복이든 여성복이든 온갖 작업복들을 필요할 때마다 구제로 사 모으고 있다. 당연히 한꺼번에 사겠다는 건 아니고, 하나씩 차근차근 모으는 중이야.

네 말이 맞아, 잘났든 못났든 모든 사람들이 돈 문제를 안고 있어. 그래서 베르나르 팔리시의 말도 여전히 사실이지. "가난이 미래를 가로막는다." 하지만 다시 생각해보면 좀 헷갈린다. 우리 반 고흐 집안을 보자. 같은 성을 쓰는 두 남자는 매우 부유하고, 둘 다 예술 분야에 종사했어. C. M.과 프린센하허에 계신 큰아버지. 그리고 더 아랫 세대에 너와 내가 있지. 분야는 달라도 같은 일을 해. 그런데 이런 집안에서, 내가 데생 화가가 돼서 안정적인 일자리를 얻을 때까지 꼭 필요한 한 달 생활비 100프랑을 누구에게든 기대하는 게 말이 안 되는 일일까? 3년 전쯤에 C. M.과 다른 문제로 언쟁을 했었는데, 그래서 아직도 내게 적대적이신 걸까? 그분이 그 정도로 내게 앙심을 품었을 거라고 믿지 않고 그냥 오해에 불과하다고 여기고 싶다. 악착같이 따지고 들어서 내 책임은 어디서부터 어디까지만이라고 구분짓느니, 전부 다 내 책임으로 기꺼이 떠안을 수 있어. 그런 말싸움에 낭비할 시간이 없다. 코르 작은아버지는 데생 화가들을 종종 돕곤 하시는데, 나중에, 내가 필요할 때, 내게도 그런 관심을 조금만 기울여 주시는 게 그렇게 힘들까? 내가 경제적인 지원을 받고 싶어서 이런 소리 한다고 생각진 말아라. 그 양반은 돈 말고 다른 식으로도 날 도와줄 수 있어. 예를 들면, 내가 지도받을 수 있는 사람이나 잡지사 삽화가 일자리를 소개해주는 걸로.

아버지께도 이렇게 말씀드렸지. 사람들은 항상, 이런 대단한 집안 일원이면서 가난을 걱정하는 내가 이상하고 이해가 안 간다는 식으로 말한다. 그럴 때마다 잠깐만 이런 것이고, 조금만 지나면 해결될 거라고 말했지. 그래도 아버지와 네게는 터놓고 상의하는 게 나을 것 같았고, 테르스테이흐 씨에게도 짤막하게나마 편지를 보냈어. 그런데 그 양반은 내 진의를 단단히 오해해서, 내가 친척들의 유산으로 살아갈 궁리를 한다고 본 모양이야. 정말 할 말이 없을 정도로 힘빠지는 답장이 왔고, 나더러 그렇게 살지 말라고 썼더라.

내가 옳다고 우기는 게 아니라, 이 일이 그림 그리는 사람들 사이에서 가십거리가 되는 건 막

* 양면에 털이 많은 면직물.

고 싶을 뿐인 거야. 그래서 나와 가족 사이의 관계를 회복할 필요가 있다고 본다. 잠정적이고 표면적으로라도. 그래야 날 바라보는 시선이 달라질 테니까 말이야. 그럴 마음들이 없다면, que soit(그러시든지). 하지만 내가 남들이 뒤에서 수군거리고 다니는 것까지 막을 수는 없다. 당장 C. M.에게 편지를 쓰거나 그 어르신을 찾아간들, 편지도 안 읽으실 테고 냉대할 게 뻔하지. 그래서 아버지와 네게 이렇게 상의하는 거야. 어쨌든 두 사람이 이 문제를 언급해주면 내 진의를 곡해하지 않을 테니까. 난 테르스테이흐 씨의 오해처럼 그분의 돈을 뜯어내려는 게 아니야. 그저 내가 직접 대화를 나눠서 내 미래에 대한 확실한 믿음을 심어드리면, 나를 다른 눈으로 바라봐주시겠지 하는 거야. 그때에야 그분의 지원을 기꺼이 받을 수 있어. 또 그렇게 되면, 돈을 주시는 것 말고 다른 방법으로, 지금부터 파리에 가기 전까지의 기간 동안, 내 생활을 편하게 해주실 수 있어.

내 편지를 그렇게 곡해하시는 게 놀랍지 않다고 답장했다. 너도 나더러 '내 돈으로 살아간다'고 했었으니까. 편지의 어조에서 지금은 네 시선이 달라진 걸 느껴. 내 곤경을 비참한 비극으로만 보지 않는구나 싶은 게, 날 강력히 지원해주잖아. 그러니까 테르스테이흐 씨도 결국엔 달라지리라 믿어. 게다가 바르그 교본까지 빌려줘서 날 도와준 첫 번째 분이잖아. 그것만큼은 항상 감사하는 마음이야.

네가 편지에 마네킹 얘기를 했었지. 일단 그건 급하지 않아. 그래도 있으면 네 말대로 자세 연구에 큰 도움은 되겠다. 그런데 급하다고 엉터리로 가져다 쓰느니 제대로 된 게 나올 때까지 기다리는 게 낫겠어.

너는 너대로, 비율에 관련된 인쇄물이나 책을 최대한 많이 찾고 자세히 알아봐 주면 좋겠어. 내겐 엄청나게 중요한 부분이야. 비율 문제를 해결하지 못하면 인물화를 제대로 그리는 건 불가능해. 그리고 말, 양, 소 등의 동물 해부도 같은 자료를 구할 수 있을까? 수의학적인 내용이 아니라 동물 그리는 데 필요한 자료들을 말하는 거야. 아무래도 네가 이런 인쇄물을 접하고 저렴하게 살 기회가 많지 않을까 싶어서 부탁하는 거야. 내가 예전에 그랬으니까. 가령 혹시 네가 바르그나 비올레 르 뒤크에게 비율에 관한 자료를 요청해준다면, 그들이 비율 문제에 대해 최선의 해결책을 줄 수 있을 거야.

나중에 너와 함께 살면 좋겠다만, 아직은 그럴 상황이 아니야. C. M.이 직업을 알선해주신다면 거절하진 않을 생각이야.

실력이 형편없는 화가들에게도 간접적으로 배우는 게 많아. 예를 들어, 마우베 형님은 마구간이나 수레를 원근법으로 표현하는 기술과 말의 해부학적 지식 같은 걸 페르스휘르Wouterus (Wouter) Verschuur에게 배웠는데, 마우베 형님 솜씨가 페르스휘르보다 훨씬 뛰어나.

혹시 살롱전에 마디올Adriaan Johannes (Jan) Madiol의 그림을 추천할 수 있다면 주저하지 말고 그렇게 해. 그림이 아주 아름답거든. 사정도 너무 딱한 게, 어린 자식이 여럿이야. 지금은 대장간을 그리고 있는데 아주 좋아. 얼마전에는 왜소한 노부인을 그렸는데 데생과 색감이 정말 탁월했어. 다만 기복이 좀 심하다. 목탄화 데생은 뛰어난 편이야.

편지가 너무 길어진 것 같은데 짧게 줄일 방법이 없다. C. M.과 그 주위 분들이 나에 관한 편견을 거두셨으면 하고 바란다. 말만이라도 그렇게 해주셨으면 싶어. 룰로프스 같은 양반은 어느 쪽 말을 믿어야 할지 갈팡질팡하고 있거든. 내가 잘못인지, 다른 쪽이 잘못인지 말이야. 어쨌든 한쪽은 틀렸겠지. 게다가 워낙 신중한 성격이라 아예 나와 부딪힐 일 자체를 안 만들려고 해. 그 어느 때보다 그 양반의 조언과 조력이 필요한데 말이야.

이런 경험이 유쾌하지는 않아. 내가 궁금한 건, 이렇게 꾸준히 참아내며 혼자 그리다 보면 실력이 늘까? 그럴 거라고 생각해. Where there is a will there is a way(뜻이 있는 곳에 길이 있다고 했으니까). 나중에 내가 앙갚음이라도 하면 사람들이 비난할까? 어쨌든, 화가는 복수심으로 그림을 그리는 게 아니라, 그림에 대한 사랑으로 그리지. 사랑이 가장 큰 동기이자 추진력이야. 그러니 지금의 문제들도 아마 저절로 해결되겠지.

이번 겨울에 목판화 작품을 제법 모았어. 네가 보내준 밀레 외에도 여러 점을 장만했거든. 나중에 보면 알겠지만 정말 네가 보내준 목판화들은 나한테 항상 결정적인 도움을 주는 것들이야. 지금은 밀레의 목판화와 복제화가, 〈밭에서 하는 일〉까지 합쳐서 24점이야.

그런데 중요한 건 데생이야. 그 부분에 모든 걸 집중해야 해. 돈이 가장 적게 들 방법은 내가 에턴에서 여름을 보내는 거야. 거기에는 그릴 대상도 많고. 너도 동의한다면 네가 아버지께 편지로 알려드려줘. 옷차림이든 뭐든 다 잘 맞춰서 하고, 간 김에 C. M.을 찾아뵐 의향도 얼마든지 있다. 나야 전혀 불편할 거 없어. 어차피 우리 집안 사람이든 아니든 다들 끊임없이 내 얘기를 하고 다닐 테니까. 진실과 상반되는 얘기들까지 말이야. 내 행동과 정반대의 판단을 할 거고, 터무니없는 소문들을 내고 다닐 테지.

아무도 탓하지 않아. 화가가 왜 이런저런 행동들을 하는지 이해하는 사람이 시골 동네에는 거의 없잖아. 동굴이나 모퉁이처럼, 그림 같은 풍경이나 인물을 찾아 헤매는 행동이, 지나가는 사람들 눈에는 나쁜 의도로 보이고, 영 이해하지 못할 악인으로 비춰지겠지. 나무 밑둥을 데생으로 그린다고 1시간 넘게 앉아 있는 모습을 본 농부는 아마 내가 미쳤다고 생각하고 비웃을 거야. 먼지와 땀범벅이 된 누더기 작업복을 걸친 사람과 마주친 여성은 그자가 대체 왜 보리나주나 하이스트 같은 곳에 와서 땅속 탄광 멩트나주까지 내려가는지 절대 이해 못 해. 그녀 역시 날 미쳤다고 보겠지.

그런 건 전혀 상관 안 해. 단지 너와 테르스테이흐 씨, C. M., 아버지, 거기에 나와 관련 있는 주변인들 몇몇이 상황을 제대로 알고, 비난의 말 대신 이렇게 말해줬으면 하는 거야. "그럴 만했고, 네가 왜 그랬는지 이해한다"고.

그래서 다시 한 번 강조하는데, 지금 같은 상황에서 내가 에턴이나 헤이그에 절대로 가지 말아야 할 이유는 없어. 잘나신 분들이 이런저런 뒷이야기를 이어간다고 해도 상관없어. 아버지가 여기 오셨을 때 이렇게 말씀하셨어. "테오한테 편지해서 무엇이 최선인지, 비용이 가장 적게 드는 방법이 뭘지 상의해라." 그러니 네 의견을 얼른 알려주면 좋겠다.

하이스트와 칼름타우트는 경치가 아주 장관이고, 에턴에는 그릴 대상이 넘치지. 뭐, 여기도 마찬가지지만, 그러려면 스케르베크로 옮겨야 해.

C. M.이 나에 대한 평가를 바꾸면 스헤베닝언이나 카트베이크로 갈 수도 있고. 거기서는 직간접적으로 네덜란드 화가들과 교류도 가능하니까. 비용은 매달 최소 100프랑은 들겠지. 그 밑으로는 생활이 불가능해. '타작 일을 하는 소에게 부리망을 씌우지 마라.'*

이런 일들에 대한 내 의견 기다리고 있다. 그동안 난 라파르트와 그림을 그리고 있을게.

라파르트가 학교에서 모델들을 상대로 두세 가지 그럴듯한 습작을 그려왔더라. 제법 훌륭해. 이 친구, 좀 더 자신감과 패기를 가지면 좋을 텐데. 예전에 누군가가 그러더라. Nous devons faire des efforts de perdus, de désespérés(길을 잃고 완전히 절망해서 죽기 살기로 노력도 해봐야 한다). 그는 아직 그 길까지는 안 가봤어. 라파르트가 그린 펜 데생, 특히 풍경을 담은 그림들은 대부분 재치가 넘치고 매력적이야. 그런데 거기에 열정만 조금 더 들어간다면 더 좋을 텐데.

이만 줄인다. 마음으로 악수 청한다. 나는 언제나 그대로다.

너를 사랑하는 형. 빈센트

143네 ____ 1881년 4월 12일(화), 브뤼셀

테오에게

아버지를 통해 네가 다음 주 일요일에 에턴에 올 수도 있다는 소식 들었다. 나도 거기 있으면 좋을 것 같다는 생각에 오늘 에턴행을 결심했어.

곧 만나자. 당장이라도 보고 싶은 이유가, 라파르트의 화실에서 데생을 2점이나 그렸거든. 〈등불 든 사람들〉하고 〈짐 옮기는 사람들〉이야. 어떤 식으로 더 보완해야 할지 너와 의논하고 싶은 마음이 굴뚝 같다. 이걸 완성하려면 모델이 필요해. 적당한 사람만 찾으면 아주 끝내주는 작품이 될 거야. 그렇게 완성해서 「스메이톤 틸리」나 「릴뤼스트라시옹」 같은 잡지사에 보내볼까 싶다.

내일 떠나는데 네게 빨리 알려주고 싶었어. 난 이제 브뤼셀에 없다고 말이야. 에턴의 황야를 스케치해보고 싶어서 며칠 일찍 떠나는 거야.

* 디모데전서 5장 18절

어쨌든 빨리 만나자. 마음으로 먼저 악수 청한다.

잘 지내라, 빈센트

동봉하는 습작 3점, 대충 그린 거긴 한데, 그래도 네가 보면, 내가 발전하고 있다고 알아줄 것 같아서 보낸다. 어렸을 때 어느 정도 끄적이긴 했어도 데생을 본격적으로 시작한 게 얼마 되지 않았다는 점을 꼭 감안해서 봐라. 이번 겨울에는 나만의 창작보다는 해부학 공부에 더 많은 시간을 쏟았어.

Etten

8

네덜란드

/

에턴

1881년 4월

/

1881년 12월

1881년 여름, 빈센트가 에턴의 목사관으로 와서 그림을 그리며 부모와 함께 머물 때, 암스테르담의 사촌이 휴가를 보내러 방문했다. 스트리커르 이모부의 딸 케이 포스Kae Vos가 네 살짜리 아들을 데리고 휴가를 보내러 온 것이다. 그녀는 사별의 아픔을 조심스럽게 위로해주고 아들에게 다정하게 대해주는 빈센트가 무척 고마웠고, 그들 사이에는 친밀한 감정이 싹텄다. 다만 케이는 그것을 우정이라고 느꼈던 반면에 빈센트는 사랑이라고 확신했다. 빈센트가 급작스럽게 사랑을 고백하자, 케이는 남편을 잃은 상실감만으로도 벅차서 새로운 사랑을 생각할 마음의 여유가 전혀 없었기에 서둘러 에턴을 떠나 암스테르담으로 돌아갔다.

하지만 빈센트는 포기하지 않았고, 결국 11월에 그 사실을 테오에게 털어놓았다. 그 순간부터 빈센트의 편지에는, 하나님이 아니라 실체가 있는 '인간'을 향한 사랑 고백이 이어진다. 집안의 반대를 편협한 신앙심 탓으로 돌리며 맹비난을 퍼부었는데, 이후에 빈센트가 반교권주의적인 성향을 드러낸 이유와 무관하지 않을 것이다. 그는 가족들이 케이의 답장을 막고 있다고 여기고, 직접 그녀를 만나러 암스테르담으로 갔다. 빈센트가 방문하자 저녁 식사 중이던 케이는 급히 자리를 피했고, 빈센트는 스트리커르 이모부에게 타오르는 등불에 손을 넣겠다고 협박을 하지만 끝내 그녀를 만나지 못했다. "그는 자신이 날 사랑한다는 사실에 열광하는 것 같았어요." 훗날 그녀는 이렇게 회상했다.

짧았지만 극도로 격정적이었던 이 사건으로 빈센트는 크게 좌절했고, 그의 삶은 뒤집혀버렸다. 다만 심리적 위기에도 그림은 손에서 놓지 않아서, 테오와 판라파르트에게 자신이 세피아나 수채화의 다양한 기법을 시도했으며 갈대 펜으로 인상적인 효과도 만들어냈다고 자랑했다. 하지만 갈수록 더욱 신경질적으로 변했고, 부모 특히 아버지와의 갈등이 극으로 치달았으니, 결국 연말에 훌쩍 헤이그로 떠났다. 사촌 매형이자 화가인 안톤 마우베에게 조언을 듣겠다는 게 이유였다. 이미 8월 초, 테오가 에턴을 방문한 직후에 헤이그로 가서 진로를 상의했다가 대단히 큰 격려를 받고 돌아온 일이 있었기 때문이었다.

144네 ___ 1881년 5월 1일(일)

테오에게

진심으로 생일 축하한다. 지금도 가끔 네가 왔을 때를 생각해. 자유롭게 이런저런 이야기를 나눠서 정말 기뻤어. 여름에 또 올 수 있으면 좋겠구나. 난 여기 온 지 며칠 됐는데, 바깥 날씨가 기가 막히게 좋지만 아직은 매일 야외에서 그림을 그릴 정도는 안 돼. 그래서 그 동안 밀레를 그렸지. 〈씨 뿌리는 사람〉은 완성했고 〈한나절〉을 시작했다. 〈밭에서 하는 일〉은 아직도 그리고 있고.

너도 알다시피 브뤼셀에서 수채화 전시회가 있었는데, 상당히 괜찮았어. 네덜란드 화가들로는, 마우베 형님 그림도 네다섯 점 걸렸고 J. 마리스의 〈나무꾼〉, 라위스달이나 판 더 펠더의 그림풍인 〈모래 언덕〉, 베이센브뤼흐가 그린 환상적인 대형 데생 5점, 룰로포스 작품 5점 그리고 가브리엘, 판 더 산더, 박하위전, 팔켄뷔르흐, 판 트리흐트Hendrik Albert van Trigt, 스토르텐베커르Pieter Stortenbeker, 포헐Johannes Gijsbert Vogel 등도 있었어.

그중에 메스다흐Hendrik Willem Mesdag 작품도 하나 있었는데, 나머지 다른 그림으로 향할 시선까지 끌어당길 정도였지. 적어도 내게는 그랬어. 폭풍우가 밀려드는 황혼녘 해안가인데, 잿빛 먹구름이 잔뜩 낀 하늘에 저무는 태양이 저녁놀만 남겨둔 장면이었어. 전경에 어부가 말을 타고 가는데 호리호리한 검은 그림자가 흰 거품이 부서지는 파도와 대비되더라. 그는 바다 위에서 출렁이는 고기잡이배에 탄 어부들과 이야기를 하고 있어. 갑판 위 사람들은 전등 주변을 바쁘게 오가며 말 등에 앉은 사람에게 말하는데, 확실히 닻을 해변으로 올려달라는 거겠지. 워낙 크고 강렬한 그림이고 시원시원하고 힘차게 그려져서, 말했듯이 나머지 그림들을 압도한다.

거기에 테르 묄런François (Frans) Pieter ter Meulen의 데생 2점에도 관심이 가더라. 〈모래 언덕의 양 떼〉와 〈눈밭의 양 떼〉였어. 그림이 눈에 띄게 좋아졌어. 내 기억이 정확하다면, 박하위전의 화실에서 봤을 때만 해도 고전했는데, 지금은 경지에 이르렀다니 대단해. 적어도 이 2개의 데생은 훌륭해.

그리고 조각가 뫼니에Constantin Emile Meunier의 데생도 있었어. 〈헛간에 있는 농부의 아들〉. 색조와 분위기가 세련됐고, 구도도 섬세해. 자연을 닮은 그 소박하고 충실한 분위기가 꼭 밀레를 닮았어. 〈화부(火夫)〉나 〈공장 근로자〉도 밀레의 분위기야.

또 로휘선의 데생도 여러 점 있었고, 다른 것들도 많았어. 그런데 솔직히, 벨기에 작가들 작품 중에서는 뫼니에만 눈에 들어오더라.

라파르트는 3주 후에 네덜란드로 돌아갈 거니까, 올여름에는 시골을 그리겠지. 겨울쯤 파리에 갈 것 같긴 하지만 거기 정착할지는 아직 모르겠대. 예전에 파리에서 푸대접을 받았던 모양인데, 계속 홀대만 받을 이유는 없잖아. 그때보다 괄목할 만큼 달라진 건 확실하니까.

이곳 상황이 다 정리가 되어서 당분간은 조용히 그림만 그릴 수 있으니 너무 좋다. 최대한 공부도 많이 할 생각이야. 모든 게 나중에 나만의 그림을 그릴 씨앗이 될 테니까.

가끔 편지해서 넌 어떻게 지내는지 소식 전해라. 그리고 여기저기 혹시 삽화가 자리가 나면 내 생각도 해주고.

이제 편지 들고 우체국에 가야겠다. 내가 어떻게 지내는지 연락할 테니, 너도 가끔씩 그림과 관련된 이런저런 조언도 해주고 그래라. 네 조언이 도움이 될 때가 많거든. 아닐 때도 있지만, 그래도 과감하게 할 얘기는 해줘. 나도 네게 그럴 테니까. 서로 힘을 합쳐서 옥석을 가려보자고. Adieu, 마음으로 악수 청한다.

빈센트

145네 ___ 1881년 5월 하순

테오에게

다른 식구들이 네게 편지를 쓰는 동안 짧은 글 쓴다. 내 근황도 궁금할 것 같고.

비가 안 오는 날마다 들판으로 나간다. 대개는 황야로 가지. 네가 와서 봤던 것들처럼 제법 커다란 습작을 그려보고 있어. 황야의 오두막이랑, 로센달세베흐 도로 쪽에 있는 지붕에 이끼 낀 헛간을 그렸어. 여기서는 개신교 헛간이라고 부르는 거.

뭘 말하는 건지 너도 알 거야.

그다음에는 맞은편 벌판의 풍차들과 공동묘지 주변의 느릅나무들을 그려봤어.

그리고 커다란 소나무를 잘라낸 넓은 벌판에서 일하는 나무꾼들도 그렸어. 수레나 쟁기, 쇠스랑, 손수레 같은 장비들도 스케치했고.

나무꾼 그림을 가장 잘 그렸어. 너도 마음에 들 거다.

라파르트가 편지했는데, 올여름에 여기로 오고 싶다더라.

마음으로 악수 청한다. 그리고 내 말 명심해라.

너를 사랑하는 형, 빈센트

146네 ___ 1881년 6월 말

테오에게

짤막하게나마 소식 전할 때가 된 것 같구나.

라파르트가 여기 와서 12일 동안 있었다는 것부터 알려줘야겠다. 지금은 떠났어. 당연히 네 안부를 묻더라. 그 친구랑 여기저기 많이 다녔어. 세퍼 근처 황야를 비롯해서 파시바르트Passievaart라고 부르는 넓은 늪지대로도 나갔어. 라파르트는 거기서 커다란 습작(가로 1미터, 세로 50센티미터)을 그렸는데 무척 근사해. 리스보스Liesbos*에서는 소품으로 세피아 묵화를 10점이나 그렸어.

그 친구가 그리는 동안 나는 수련이 많은 늪지 다른 쪽(로센달로 근처)에서 펜 데생을 했어. 같이 프린센하허도 갔다만, 삼촌은 병석에 계신데 병세가 다시 악화되셨다더라. 라파르트의 그림은 확실히 나아지고 있어. 집에 화실도 잘 꾸몄대. 이번 주에 로스드레흐트로 떠나는데 거기 한 달쯤 머물 거래. 아무튼 그림을 *꾸준히* 열심히 그리는 친구야.

카사뉴의 『수채화 개론』을 받아서 지금 공부 중이야. 난 수채화를 그리진 않지만, 배울 만한 지식들이 많아. 세피아나 펜 데생 기법 같은 거 말이야. 지금까지는 연필로만 데생을 했거든. 완성 단계에서 갈대 펜으로 명암 같은 걸 좀 주고 그러긴 했지. 윤곽선이 굵게 나오거든. 내가 요즘 그리는 것들이 원근법에 따른 그림이라 그런 식의 손질이 필요해. 동네에서 많이 볼 수 있는 여러 공방이나 대장간, 목공장, 나막신 공방 등.

빌레미나가 떠나서 좀 아쉽다. 포즈를 잘 취해줬었는데. 빌레미나도 그리고 우리 집에서 머물렀던 다른 아가씨 그림도 그렸는데, 그 안에 재봉틀도 그려넣었어. 요즘은 물레를 보기 힘들더라. 화가나 삽화가한테는 유감스러운 일이야. 그림 소재에 전혀 어울리지 않는 장비가 물레의 자리를 차지하고 있으니 말이다. 재봉틀 말이야.

그나저나 이번 여름에 어떻게 되는 거니? 네가 온다고 기대해도 되니? 난 그렇게 믿고 싶다.

라파르트는 로스드레흐트에 전용 카누도 가지고 있나 보던데, 근사하겠더라!

아마 거기 더 있다가 헬데를란트로 갈 것 같아.

널 정말 만나고 싶어 하길래, 네가 여기 오는 소식을 미리 알려주겠다고 약속했어. 어떻게든 시간 내서 올 친구야.

파리로 되돌아갈지는 모르겠다. 그런 얘긴 한마디도 안 해서. 그렇게 침묵을 지키는 게 올 생각이 전혀 없다는 건지, 아니면 다른 계획을 품고 있다는 건지 모르겠다. 이제 겨우 스물세 살인 걸 고려하면, 다른 계획이 있더라도 놀랄 일은 아니지.

틈이 날 때 편지 써주면 좋겠다. 전시회 카탈로그를 구해서 보내준다면 무척 고마울 거야.

라파르트가 『카사뉴 개론서』 전집을 사겠다더라. 그 친구도 아직은 원근법이 약한데, 그 책들보다 더 좋은 해법은 없지. 적어도 나는, 만약 이 문제를 해결하면, 그건 오롯이 『카사뉴 개론서』 덕분일 거야. 그러니까 개론서 속의 이론을 연습해서 그렇게 될 수 있다는 거지. 이론을 실전에 활용하는 건 돈 주고 살 수 없는 거잖아. 그런 게 가능했으면 책이 어마어마하게 팔렸겠지.

그만 줄인다. 악수 청한다.

빈센트

* 숲의 가장자리 지역. 빈센트는 리스보스에서 자주 그림을 그렸다.

147네 ___ 1881년 7월 15일(금)과 20일(수) 사이

테오에게

지난 편지에, 조만간 네덜란드에 올 가능성이 높다고 했었잖아. 그 소식이 정말 반가웠다. 널 진짜 보고 싶었거든. 그나저나 네가 온다니 이번에는 그림을 보낼 필요가 없겠네. 혹시 못 오면 보내려고 준비하고 있었지. 네가 직접 보면 내 그림 실력이 퇴보하진 않았구나 확인할 수 있으니까. 그래도 목표에 도달하려면 아직 갈 길이 멀다. 어쨌든 네가 여기 오면 직접 보여줄게.

내가 지난번 편지에 살롱전 카탈로그 얘기했잖아. 혹시 기회가 되면, 하나쯤 구했으면 한다. 물론 살롱전 카탈로그 없다고 그림을 못 그릴 정도로 꼭 필요한 건 아니야.

다만 소소하지만 꼭 필요한 것들도 몇 가지 있는데, 큰 부담이 아니라면 올 때 가져다주면 정말 고맙겠다. 앵그르지 말이야. 브뤼셀에서 올 때 사와서 아주 잘 썼거든. 펜이나 갈대 펜으로 데생할 때 아주 좋아. 그런데 한참 전에 종이가 다 떨어졌다. 여기서는 반들반들한 종이밖에 구할 수가 없어(하는 수 없이 와트만Whatman지나 하딩Harding지를 쓰는데, 데생용으로는 너무 고가야. 앵그르지는 장당 10상팀 정도거든). 그래서 여기 올 때 가방에, 약간, 아니 좀 많이 챙겨 와주면 그 어떤 것보다 기쁘겠구나.

리스보스에서 그림을 하나 더 그렸어. 날이 더워도 너무 더워서 황야에 하루종일 있기 힘들어서, 요즘은 집에서 그린다. 『바르그 교본』의 홀바인 데생을 따라 그렸고, 일전에 네가 좋은 방법이라고 소개해준 대로 사진을 보고 초상화를 따라 그려봤는데 상당히 도움이 되는 것 같아.

몇 번 이야기하긴 했지만 시간 될 때 편지해라. 마음으로 악수 청한다.

빈센트

148네 ___ 1881년 8월 5일(금)*

테오에게

네가 다시 와줘서 이런저런 이야기들을 길게 나눌 수 있어서 정말 행복했어. 매번 반복되는 생각이지만 자주 만날 수 없는 게 참 유감스러울 따름이다. 같이 나누는 이야기만으로도 소중하지만, 서로를 더 잘 이해하는 친밀해질 수 있는 시간이기 때문이야. 로센달 역에서 널 배웅하고 돌아오는 내내 이런 생각을 했다. 특히 헤어지기 직전에 나눴던 얘기들에 관해서.

오늘 받은 편지를 보니 조만간 또 올 수 있겠다 싶어 더더욱 반가웠다.

난 이제 다 나았어. 물론 네가 돌아간 다음날에는 침대에서 일어나지도 못했지만 말이야. 판 헹크 선생님에게 진찰을 받았어. 유능하고 실용적인 분이더라. 별 대수롭지 않은 불안증을 큰

* Van Beselaere는 이 편지가 7월에 쓰여졌다고 추정한다.

병처럼 여겨서가 아니라, 나는 아프든 아니든 간간이 의사와 상담해서 다 괜찮은지 확인하는 걸 좋아해. 틈틈이 건강에 대해 적절하고 정확한 의견을 들어두면, 점차 건강에 관한 판단이 명확해지지. 해야 할 것과 피해야 할 것을 알면, 건강과 질병에 대해 떠도는 온갖 허무맹랑하고 터무니없는 이야기에 현혹되지 않을 수 있거든.

그건 그렇고, 요즘은 네가 가져다준 앵그르지에 『목탄화 교본』에 나온 것들을 연습하는 데 많은 시간을 쏟고 있어. 이 교본은 말 그대로 쭉 따라가야 해. 『바르그 교본』을 따라 그리는 것보다 자연에 나가서 직접 보고 그릴 때 훨씬 영감을 받지만, 그래도 한 번 더 따라 그리기로 했어. 대신 이번이 마지막이야. 자연을 그릴 때 너무 세세한 것에만 집착하다간 정작 중요한 걸 간과할 수 있거든. 마지막에 그렸던 그림에서 이런 실수를 너무 많이 했지. 그래서 야외 스케치는 잠시 접고 다시 한 번 『바르그 교본』을 복습하려는 거야(굵은 선, 질감, 가늘고 얇은 윤곽선 표현법 등을 아주 잘 배웠거든). 조만간 다시 나가는 날에는 이전보다 시선이 좋아질 게다.

네가 영어 책도 읽는지 모르겠구나. 커러 벨Charlotte Brontë (Currer Bell)이 쓴 소설 『셜리』를 꼭 읽어봐. 『제인 에어』도 있어. 이 사람 작품은 밀레나 보턴, 헤르코머의 그림처럼 아름다워. 프린센하허에 갔다가 발견한 책인데, 제법 두툼한 데도 사흘 만에 다 읽었어.

모든 사람들이 내가 지금 배우기 시작한 속독법을 배우면 좋겠어. 책을 빠르고 쉽게 속독하면서도 명확하게 기억하는 능력 말이야. 독서도 사실, 그림 감상과 비슷하거든. 스스로 아름다움을 찾아내야 해. 스스로의 판단으로 확실하게, 거리낌없이.

책들을 정리하는 중이야. 읽기는 많이 읽었는데 체계적인 방법으로 읽어오지 않은 탓인지 현대문학에 대해서 아는 게 거의 없다. 역사를, 특히 현대사를 잘 몰라서 무척 아쉬워. 그렇다고 속상해만 하고 손 놓고 있는다고 도움될 게 없지. 유일하게 할 수 있는 일은 앞으로 나아가는 거야.

네 대화 속에 아주 훌륭한 철학이 감지되는 게 정말 기뻤다. 이러다 네가 철학자가 될지 누가 알겠어! 발자크의 『잃어버린 환상』(두 권짜리야)이 너무 길다 싶으면 한 권짜리 『고리오 영감』부터 읽어봐. 발자크 이야기에 맛들이면 다른 건 다 시시해 보일걸. 발자크의 별명을 꼭 기억해둬. Vétérinaire des maladies incurables(불치병 수의사).

『바르그 교본』을 끝낼 때쯤이면 초가을이겠어. 그림 그리기 딱 좋을 때지. 그때쯤 라파르트가 여기 오면 좋겠다.

정원사 피트 카우프만처럼 좋은 모델을 찾아야 하는데. 기왕이면 집이 아니라, 그 친구 작업장이나 밭에서 삽이나 쟁기를 들고 자세를 잡아보는 게 더 낫겠더라. 여기 사람들에게 포즈를 취해보라는 말을 이해시키려면 마법사라도 돼야 할 정도야. 시골 사람들은 도대체가 고집을 꺾지 않는다니까. 포즈를 취해달라고 하면 진짜, 일요일 나들이 나갈 때나 입을 법한 말도 안 되는 옷을 입겠다고 끝까지 우기거든. 무릎이니, 팔꿈치니, 쇄골이니, 하다못해 움푹 들어간 곳이나 불룩 튀어나온 신체 부위조차 드러내지 않는 그런 복장을 걸치겠다잖아. 진짜, 이런 게 petites misères de la vie d'un dessinateur(삽화가가 겪는 일상의 작은 불행)이지.

Adieu. 시간 나면 편지하고. 마음으로 악수 청한다. 그리고 명심해라.

형은 너를 사랑한다. 빈센트

149네 ___ 1881년 8월 26일(금)

테오에게

방금 헤이그에서 돌아오는 길이야. 오늘 저녁은, 아버지 어머니가 프린센하허에 가셔서 혼자 있다. 네게 이런저런 이야기를 전하기 딱 좋은 시간 같다.

지난 화요일에 집을 떠났다가, 돌아오니 금요일이야.

헤이그에서 테르스테이흐 씨와 마우베 형님, 더 복도 만났어. 테르스테이흐 씨는 무척 친절했고 내 그림 실력이 많이 나아졌다고 칭찬하더라. 내가 『목탄 교본』의 1~60번까지 실전연습 문제를 반복해서 그리고 가져다 드린 터였기에, 특별히 그런 언급을 한 것 같아. 이런 연습을 매우 비중 있게 칭찬했고, 종종 밀레나 보턴의 그림 속 인물을 따라 그린 것도 잘했다고 했어. 대부분 그렇게 따라 그리는 걸 중요하게 여기지 않는다고 말이야.

어쨌든 그렇게 연습했던 결과는 만족스러웠어.

오후가 다 지나고 초저녁까지 마우베 형님과 있었어. 형님 화실에 아름다운 작품들이 많더라. 형님도 내 데생에 관심을 보였고, 좋은 조언도 아끼지 않았는데 정말 고마웠다. 조만간 새로운 습작들을 그려서 다시 찾아뵙기로 했다. 형님도 자신의 습작을 내보이며 이것저것 설명해주는데, 유화의 밑그림 같은 게 아니라 정말로 별 의미 없는 스케치였어. 내가 이젠 채색을 시작해볼 때라고 생각하시더라.

더 복을 만난 시간도 즐거웠다. 그의 화실에 갔지. 작업대 위에 모래 언덕을 그린 커다란 근사한 그림이 있더라. 아마 인물들을 그려넣지 않을까 싶은데, 그러면 그림이 확 달라지겠어. 진정한 화가 기질이 넘치는 친구라 어디까지 성장할지 기대된다. 밀레와 코로에 푹 빠졌다고 하는데, 이들은 인물화에 공을 들이지 않았던가? 코로의 인물화가 풍경화에 가려져 있긴 해도 인물화를 꽤 그렸거든. 게다가 나무 둥치 하나를 그려도 마치 인물을 그리듯 애정과 관심을 기울여 그렸지. 그래서 코로가 그린 나무는 더 복이 그린 나무와는 달라. 더 복의 그림 중에서 가장 아름다운 걸 꼽으라면 단연, 코로를 본뜬 그림이야. 코로의 진품처럼 보일 리야 만무하지만, 아주 제대로 작업한 거라서 여타 코로를 흉내 낸 변변찮은 그림들에 비해 훨씬 뛰어나. 진품과 차이가 거의 없어 보여.

그다음에 더 복과 함께 메스다흐의 〈파노라마〉를 보러 갔어. 극도의 찬사를 자아내는 걸작이야. 그림을 감상하는 내내 머릿속에 뷔르제인가 토레인가가 렘브란트의 〈해부학 강의〉를 두고 했던 평이 떠오르더라. 'Le seul défaut de ce tableau est de ne pas avoir de défaut(이 그림의 유일한 단점은 단점이 없다는 것이다).' 지난번에 전시회에서 봤던 메스다흐의 데생 3점에 오히려 단점이 있었지만, 어떻게 보면 그래서 더 호감이 갔나 봐. 적어도 내 생각은 그래.

전시회에는 이스라엘스의 멋진 그림도 있었어. 〈카트베이크의 봉제 학교〉. 마우베 형님의 〈쟁기〉도 훌륭했어! 〈모래 언덕 위의 양 떼〉도 좋고, 또 한 인물은 노동자로 보이는데 석양 녘에 들판에 앉아 한숨 돌리고 있어. 내 기억이 맞다면 아르츠의 데생도 3점 또렷이 기억나. 하나는 요양원에서 남녀 노인들이 오트밀을 먹는 장면인데, 아주 잘 그린 데다가 무척 진지한 분위기야. 나머지 2점은 스헤베닝언의 남성과 여성인데 특징이 두드러지는 인물의 얼굴을 그린 습작 같았어. 베이센브뤼흐의 작품 가운데 수련 그림이 있는데, 단순하면서도 개성이 생생하고 대상에 대한 이해와 애정이 가득해서, 그 옆에 어떤 작품이 놓여도 압도해 버리더라. 어쨌든 이 전시회는 정말이지 젊은 화가 중에서 괜찮은 풍경화 작가들이 많다는 사실을 입증하는 자리였어.

뒤 하털Fredericus Jacobus van Rossum du Chattel이나 뇌하위스Jozef Hendrikus Neuhuys가 대표적이야. 알버르트 뇌하위스가 그린 대형 인물화 〈여성과 두 아이〉는 훌륭했어.

클라라 몬탈바Clara Montalba의 작품은 신성의 탄생을 알렸어. 독특한 재능이었고, 보고 있으면 로휘선이 떠오르더라.

테르스테이흐 씨 댁에도 역시나 팔켄뷔르흐나 뇌하위스의 좋은 작품이 많이 있더라. 전시회에서 J. 마리스도 아름다운 작품들을 선보였어. 피아노 앞에 앉은 흰 옷의 소녀 둘을 그린 작품과 눈 위의 풍차가 인상적이었어. 더 복의 화실에서 빌럼 마리스를 만났어. 더 복이 그의 그림을 하나 가지고 있는데 진짜 근사해. 우산을 쓰고 눈길을 걷는 인물이야.

정말 우연히 보스봄이 내 습작을 보고, 몇 가지 조언을 해줬어. 앞으로도 이런 조언을 들을 기회가 있으면 좋겠다. 보스봄은 남들에게 무언가를 가르치고 이해시키는 재주를 타고난 사람이야. 이번 전시회에는 서너 점 출품했다더라고.

헤이그에 목요일 오전까지 있다가 도르드레흐트에 잠깐 들렀어. 기차가 지날 때 그려보고 싶은 지점을 점찍어 뒀었거든. 풍차가 줄지어 선 장소야. 비 오는 날이었지만 결국 해냈고, 덕분에 적어도 이번 짧은 여행에서 추억거리는 만들어왔지.

스탐 씨 가게에 들렀다가 일반용보다 두 배나 두꺼운 앵그르지를 찾았어. 여러 용도로 사용이 가능할 것 같았는데 아쉽게도 백색이지 뭐냐! 표백하지 않은 면이나 린넨 색상의 두툼한 앵그르지를 구할 방법은 없을까? 네가 구해준 뭉치에 그런 색의 종이가 좀 있었어. 『목탄화 교본』과 비슷한 재질의 종이야. 백색 종이에 작업하려면 전체에 밑작업이 또 따로 필요하거든.

여기까지가 헤이그에 다녀온 이야기야. 이번 기회가 마우베 형님이나 다른 화가들과 관계를 새롭게 이어가는 출발점이 되었으면 한다. 그 이상은 바라지도 않아. 마음으로 악수 청한다. 항상 도와줘서 고마워. 네 도움이 아니었으면 이런 여행은, 어마어마한 비용 때문에 꿈도 못 꿨을 거야. 어쨌든 훗날, 꼭 갚을게.

너를 사랑하는 형, 빈센트

더 복이 너한테 구입한 밀레의 그림을 정말 좋아하더라.

150네 ____ 1881년 9월 중순

테오에게

바로 얼마 전에 편지했지만, 벌써 하고 싶은 말이 쌓였어.

우선 내 그림이 달라졌다. 데생 기법이 달라지니 결과도 달라지더라고. 마우베 형님의 조언대로 실물 모델을 보며 그리기 시작했는데, 다행히 에턴에서 모델을 서줄 만한 사람을 여럿 만났어. 그중에 정원사인 피트 카우프만도 있지. 『바르그의 목탄화 교본』을 꼼꼼히 읽고 연구하면서 실습과제를 여러 번 반복했더니 인물화 데생의 개념이 확실히 잡혔어. 테두리 윤곽선을 측정하고 위치를 잡아 배치하는 기술을 숙지했는데, 이전에 절대로 안 되던 것들이 하나씩 풀려간다. 아, 어찌나 기쁜지!

삽을 든 농부를 최소 5장은 그렸다. 그러니까, 다 다른 동작을 포착한 거지. 땅 파는 사람도 다 자세를 달리해서 그려봤고, 씨 뿌리는 사람 2장, 빗질하는 아가씨도 2장 그렸어. 흰 모자를 쓰고 감자를 깎는 아낙과 양손을 머리에 얹고 팔꿈치를 무릎에 얹은 자세로 난로 앞 의자에 앉은 병든 노인도 1장씩. 물론 그게 다는 아니야. 두세 마리가 다리를 먼저 건너서 앞서가고 그 뒤를 따르는 양 떼도 그렸어. 삽질하는 사람, 씨 뿌리는 사람, 일하는 사람, 여자든 남자든 계속 그렇게 그렸어. 전원생활과 관련된 모든 걸 연구하고 관찰하고 그려봤다. 남들도 다들 그랬었고, 지금도 그러고 있으니까. 지금은 더 이상 예전처럼 자연 앞에서 쩔쩔매지 않는다.

헤이그에 갔을 때 콩테랑 연필을 가져왔는데 지금 그걸 주로 사용하고 있어.

또 붓과 찰필도 쓰기 시작했어. 세피아도 좀 써봤고 먹물도 좀 써봤고 색깔 있는 물감도 써봤고. 요즘 그리는 데생들은 확실히 예전 것들과 달라. 인물 크기도 『목탄화 교본』에 나오는 인물들과 거의 비슷해지고 있고.

풍경화 실력도 줄기보다 오히려 늘었다. 데생 몇 장 동봉하니 한번 봐줘.

그나저나 모델료를 지불해야 해. 큰돈은 아니지만 매일 그리다 보니, 내가 그림을 팔지 못하는 한 분수에 넘치는 지출이 생긴 셈이지.

하지만 인물화를 완전히 망치는 경우는 거의 없으니까, 머지않아 모델 비용은 회수할 수 있

De andere zaaier heeft een korf.
Enorm graag zou ik eens een vrouw laten poseeren ~~als~~ met een zaaikorf om dat figuurtje te vinden dat ik u 't voorjaar te heb laten zien en dat ge op den voorgrond van 't eerste schetsje ziet

Enfin zooals Mauve zegt. „de fabriek is in volle werking".
Als ge weet en kunt denk dan eens aan het papier Ingres van de kleur van ongebleekt linnen zoo mogelijk het sterkere soort. Schrijf my eens spoedig als ge kunt in elk geval, en ontvang een handdruk in gedachten.

t. à t.

Vincent

을 거라 믿는다. 요즘은 모델의 동작을 포착하고 종이 위에 잘 담아내는 사람이라면 돈을 벌 수 있는 세상이잖아.

크로키들에서 모델들 포즈를 봐달라는 뜻인 거, 말 안 해도 알겠지. 연필로 급하게 그려서, 비율이 많이 이상한 거 알고 있다. 그림을 그릴 때보다 훨씬 왜곡이 심해.

라파르트한테 근사한 편지를 받았어. 열심히 작업하고 있는 모양이야. 아주 잘 그린 풍경화 스케치를 보냈더라. 그 친구가 다시 한번 여기 와서 며칠 보내면 좋겠는데.

그루터기들이 남은 밭을 갈고 파종하는 장면이야. 폭우가 밀려들기 직전의 분위기를 담아 크게 그린 데생도 하나 있어.

작은 크기의 나머지 2장은 땅 파는 사람의 포즈야. 이런 걸 좀 더 많이 그릴 생각이야.

다른 하나는 씨 뿌리는 사람이 바구니를 든 모습이고.

이런 바구니를 든 아낙들을 많이 그리고 싶어. 지난봄에 보여줬던 것처럼 작은 크기의 인물들을 제대로 표현하고 싶거든. 첫 번째 크로키 전경에 있는 인물들 있잖아.

아무튼 마우베 형님 표현대로 '공장 전체가 가동중이다.'

표백하지 않은 아마색 앵그르지 잊지 말고 챙겨주기 바란다. 얼른 편지하고. 마음으로 악수 청한다.

너를 사랑하는 형, 빈센트

151네 ___ 1881년 10월 초*

테오에게

가족들이 전부 네게 편지를 쓰고 있어서, 나도 짧게 적어 동봉한다. 네가 건강하기를, 30분쯤 시간 내서 내게 답장해주기를 진심으로 바란다.

지난번 편지 이후로 내가 한 일들을 설명하마.

먼저 큰 그림을 2점(연필과 세피아 먹 약간) 그렸어. 버드나무들인데 약간 아래 크로키랑 비슷한 느낌이야.

그다음은 세로로 긴 그림으로, 뢰르Leur로 가는 길이야. 땅 파는 사람과 광주리 짜는 사람도 몇 차례 모델을 세워두고 그렸다.

그리고 지난주에는 센트 큰아버지가 그림물감을 선물로 보내셨어. 특히 초보자용으로(파이야르 물감이거든) 좋은 것 같아서 아주 만족스럽더라.

그래서 즉시 수채화를 칠해봤어. 아래 스케치로 말이야.

* Van Beselaere는 이 편지가 10월 12일보다 조금 전에 쓰여졌다고 추정한다.

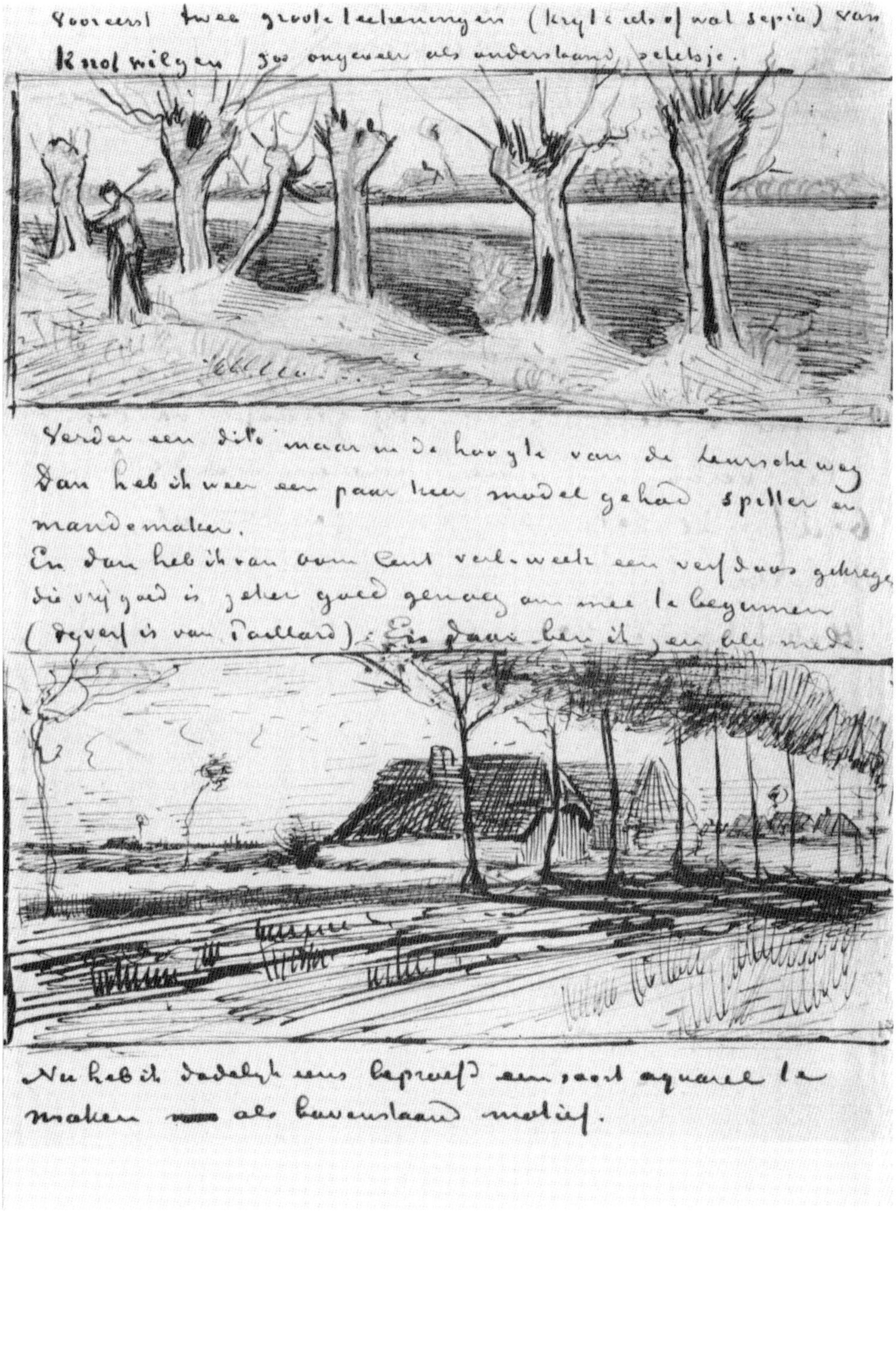

Vooreerst twee groote teekeningen (krijt & als of wat sepia) van Knotwilgen zoo ongeveer als onderstaand schetsje.

Verder een dito maar in de hoogte van de Leursche weg
Dan heb ik weer een paar keer model gehad spitter en mandemaker.
En dan heb ik van oom Cent verl. week een verfdoos gekregen die vrij goed is zeker goed genoeg om mee te beginnen (de verf is van Paillard). En daar ben ik zeer blij mede.

Nu heb ik dadelijk eens beproefd een soort aquarel te maken als bovenstaand motief.

Dit is een akker of stoppelveld waar men aan 't ploegen en zaaien is heb daarvan een vrij groote schets met opkomend onweer

De twee anderen schetsjes zijn poses van spitters Ik hoop er daarvan nog verscheiden te maken.

모델들을 쉽게 찾을 수 있어서 기쁘다. 지금은 말과 당나귀도 찾고 있어.

내가 말했던 두꺼운 앵그르지는 특히 수채화에 최적이더라. 가격도 월등히 싸고. 어쨌든 당장 급할 건 없다. 헤이그에서 가져온 게 남아 있어. 백색이어서 좀 마음에 걸리지만.

보다시피 나는 열심히 그림에 몰두하고 있다.

센트 큰아버지가 내일 헤이그에 가시는데, 마우베 형님 집에 들러 내가 언제 다시 가도 될지 여쭤보신다네.

이만 줄인다. 잘 지내. 얼마나 걸었는지 오늘은 많이 피곤하다. 그래도 너한테 가는 편지가 있는데 아무것도 안 넣어 보낼 순 없지.

건강해라. 마음으로 악수 청한다.

너를 사랑하는 형, 빈센트

라1네 ____ 1881년 10월 12일(수)

친애하는 라파르트에게

방금 『가바르니, 그와 그의 작품』을 받았어. 돌려줘서 고마워. 개인적으로 가바르니는 예술가로서도 위대하지만 인간적으로도 매우 흥미로워. 물론 실수도 꽤나 저질렀지. 테커레이 William Makepeace Thackeray나 찰스 디킨스에게 한 행동만 봐도 그렇잖아. 하지만 누구나 그런 정도의 실수는 하니까.

그리고 본인도 자신의 행동을 후회했던 것 같아. 나중에 거칠게 대한 사람들에게는 자신의 그림을 보냈다잖아. 따지고 보면 테커레이 역시 발자크를 비슷하게 대했고. 사실 더 심했지. 그렇다고 해도 두 사람이 같은 영혼을 품은 사람들이라는 사실은 달라지지 않는다고. 정작 본인들은 전혀 모르고 지냈겠지만.

오늘 아침에 책을 받는 순간 생각했어. '이 친구, 여기 오지 않겠구나. 올 거였으면 굳이 지금 보내지 않았겠지.' 아무튼 가족 모두가 자네를 다시 보기를 고대하고 있다는 말은 굳이 또다시 전할 필요도 없겠고. 오래 머물지 못하더라도 지나는 길에 잠시 들러주면 좋겠어.

그나저나 올겨울에는 어떤 계획을 가지고 있는지 정말 궁금해. 안트베르펜, 브뤼셀, 파리 등에 갈 계획이라면 가는 길에 꼭 들러주게. 그냥 네덜란드에 머물 예정이더라도, 나는 희망을 접지 않고 기다릴 거야. 여긴 겨울에도 날씨가 좋아서 얼마든지 밖으로 나가 그림을 그릴 수 있어. 아니면 농부들 집을 찾아다니며 모델을 보고 그릴 수도 있고.

근래 들어 모델을 보며 그리는 일이 많아졌어. 기꺼이 모델을 서줄 사람이 여럿 있었거든. 땅 파는 사람들, 씨 뿌리는 사람들, 남자, 여자 등 다양한 습작들이 꽤 모였어. 지금은 목탄이나 콩테로 연습 중이야. 세피아랑 템페라도 시도해봤어. 솔직히 내 데생에서 나아진 점을 얼마나 찾을 수 있을지는 모르겠지만 달라진 건 분명 느끼게 될 거야.

조만간 마우베 형님을 찾아가 본격적으로 그림을 그릴지 말지 상의하려고 해. 일단 시작하면 끝까지 해볼 생각이거든. 그러니까 우선 여러 사람들 의견을 듣고 싶어. 인물화 그리는 재미에 점점 빠져드는 것 같아. 집중하는 법을 배우기 때문에 간접적으로 풍경화 데생 실력도 늘고 있어.

시간이 되면 크로키 몇 장 그려서 보내고 싶은데, 이것저것 신경 쓸 게 너무 많은 상황이야. 그래도 조만간 보낼 수 있을 거야. 혹시 네덜란드에 머물 생각이 아니라면 주소를 알려줘. 어쨌든 겨울에 편지라도 하고 싶으니까. 그리고 칼 로버트Mathieu Meusnier (Georges Karl Robert)의 『목탄화』를 내가 조금 더 가지고 있어도 괜찮을까? 지금 목탄화를 작업 중이어서 더 봐야 하거든. 헤이그에 가면 나도 한 권 구입할 생각이야. 별일 없는 한 이번 겨울에 난 조용히 에턴에 머물 거야. 어쨌든 외국에 나갈 계획은 없어. 왜냐하면 네덜란드로 돌아온 뒤로 운이 좀 따르고 있거든. 그림 솜씨를 비롯해 여러 방면으로 말이지. 그래서 한동안은 여기 머물까 해. 사실 적잖은 시간 동안 외국을 떠돌았잖아. 영국에도 있고, 프랑스에도 있고, 벨기에에도 있었으니, 이젠 내 나라에서 살 때도 됐지. 지금 시기에 가장 아름다운 게 뭔지 알아? 기차역과 뢰르까지 가는데 양쪽으로 버드나무들이 늘어선 도로야. 자네도 세피아로 데생을 그렸었지. 그 버드나무들이 어찌나 아름다운지! 습작으로 7장 정도 그렸어. 크기도 제법 커.

다만 일주일이라도 자네가 여기 온다면 정말 근사한 작품 몇 점 만들 수 있을 거라 장담해. 마음이 동해 찾아오면 우린 언제든 환영이야.

부모님과 내가 다시 한 번 안부 전하고, 마음으로 악수 청해.

잘 지내게, 빈센트

라2네 —— 1881년 10월 15일(토)

친애하는 벗, 라파르트에게

자네 편지에 바로 답장을 해야 할 것 같았어. 무엇보다 지금까지의 자네 편지들 중에서 가장 흥미로운 내용이었거든. 자네가 하고 싶었던 말보다 더 많은 내용을 읽어냈지.

이런 걸 말이야. '나의 벗 라파르트가 아주 큰 발전을 이뤄냈거나, 조만간 그렇게 되겠구나.' 그걸 어떻게 아느냐? 그런 건 중요하지 않아. 난 자네가 혁명적 전환점에 도달했다고 믿을 만한 충분한 이유가 있어. 그렇게 될 거야! 곧 열정의 불꽃이 내면에서 끓어오를 테니까. 그렇게 될 거야! 지금으로선 거기까지만 말하지.

정 의심스럽다면 자네를 직접 만나서 그 이유를 설명해 주겠네. 어쨌든 조만간 자네를 꼭 봤으면 해. 브레다나 로센달에 가는 길에 꼭 들러줘. 우선은 부모님을 대신해 내가 자네를 우리 집에 초대하고 싶어. 다만 며칠이라도 괜찮으니 우리 집에 들러주면 좋겠어.

가도 되느냐는 양해는 구할 필요 없고, 마음을 먹으면 언제, 어느 기차로 오는지만 편지해 주면 돼.

사정이 여의치 않아 올 수 없다면, 적어도 브레다 역이나 로센달 역에 잠시 내려서 다음 기차가 올 때까지만 기다려주면 좋겠어. 그때는 편지나 엽서로, 어느 역에 몇 시에 도착하는지 미리 알려줘. 내가 그 역에 시간 맞춰 가 있을게. 그때 내 그림들을 가져갈 생각이야. 여러 차례 얘기했었던 커다란 'Worn Out(난롯가에 앉은 남자)'하고 자네가 모르는 그림들 몇 점. 이참에 자네가 그린 수채화들도 좀 봤으면 한다는 건, 굳이 말하지 않아도 알겠지. 정말 궁금해.

어떻게든 조만간 만날 약속을 잡아야겠어. 자네가 근처를 지나간다고 해도 내가 역에 나갈 수 없는 경우가 딱 한 가지 있긴 한데, 날짜가 겹칠 일은 거의 없을 거야. 마우베 형님이 프리센하허로 갔다가 여기 들러 하루 묵고 갈 예정이거든. 조만간일 텐데 정확한 날짜를 아직 몰라. 그 양반이 여기 오면 아무래도 동행해드려야 하니까.

아니면 마우베 형님이 오실 때 맞춰서 자네도 오면, 자네가 좀 많이 불편하려나? 난 괜찮을 것 같은데. 자네가 개인적으로 형님을 아는지 모르겠지만, 이번 기회에 서로 안면을 트거나 다시 만나도 좋을 거야. 그 형님은 내게 격려가 너무나 절실했던 시절에, 내 영혼을 채워준 분이거든. 게다가 아주 재능이 넘치는 화가야.

그런데, 정말로 브뤼셀로 가서 크리스마스까지 누드화를 그릴 생각인 거야?

뭐, 이해하네. 무엇보다 현재 자네 마음 상태를 감안하면 충분히 이해하고도 남지. 난 자네가 차분하고 자신감 있게 잘 헤쳐 나가리라 믿어. 일어날 일은 일어나는 법이니까.

브뤼셀에 가든 가지 않든, 자네 가슴에는 새로운 불꽃이 타오를 거야. 그렇게 될 거야. 자네의 브뤼셀행은 좋은 쪽으로든 나쁜 쪽으로든 별 상관이 없어. 왜냐하면, 애벌레는 결국 나비로 거듭날 테니까. 난 지금 힘든 시기를 함께하는 동료로서 이야기하는 거야.

내 말은, 에턴에서 보낼 시간을 의무를 소홀히 하는 행동으로 여기지 말라는 거야. 오히려 의무를 이행하는 행동이지. 왜냐하면, 자네나 나나, 무위도식하는 성격이 아니잖아.

자네가 원한다면, 여기서도 인물화를 데생할 방법은 많아. 프린센하허의 큰아버지가 이미 자네가 편지 귀퉁이에 그린 크로키를 보시고 상당히 잘 그린다고 평가하셨다고 내가 얘기했었던가? 인물화나 풍경화나 실력이 많이 나아졌다는 말씀도 덧붙이셨어.

내 생각에는, 라파르트, 자네가 옷 입은 모델을 더 많이 그려보는 게 좋겠어. 누드는 반드시 확고히 이해하고 있을 때 그려야 하고, 실생활에서 주로 접하는 대상들은 언제나 옷을 입고 있으니까 말이야.

단, 자네가 보드리Paul Jacques Aimé Baudry나 르페브르Jules Joseph Lefebvre, 에네르Jean Jacques Henner를 비롯한 여타 누드화가들의 뒤를 잇겠다는 생각이라면 얘기가 다르지. 그렇다면 당연히 전적으로 누드화 연습에 매달려야지. 오히려 그쪽으로 더 방향을 몰아서 집중하면 할수록, 더 좋은 결과를 얻을 거야. 하지만 난 자네가 그 길을 걸을 것 같지 않아. 자네는 다른 것들도 마음에 담는 사람이거든. 밭에서 감자 캐는 여성들, 땅을 파고 씨를 뿌리는 사람, 길이나 집에서 마주치는 여성들까지 모두 아름답다고 여겨 그림으로 담아내지 않고는 못 버틸 친구라고. 지금까지 해온 방식과는 다르게 말이야. 자네는 색채나 색조에 대해서도 남다른 감각이 있어서 보드리의 길을 따라가기에는 풍경화가 너무 잘 어울려. 그렇기 때문에 난 자네가 결국, 여기 네덜란드에 정착할 것 같아. 자넨 보드리가 되기에는 너무나 네덜란드적인 사람이야. 누워 있는 여성과 앉아 있는 갈색 피부 여성을 그린 커다란 두 개의 누드화 습작만 봐도, 자네 솜씨가 훌륭하다는 건 나도 잘 알아. 그 그림들을 그린 게 나였으면 하고 바란 적도 있었어. 솔직하게 말하는 거야. 그러니 자네도 자네 생각을 내게 솔직하게 털어놔야 해.

〈씨 뿌리는 사람〉에 대해 지적한 부분 말이야, 씨를 뿌리는 사람처럼 보이지 않고, 씨 뿌리는 사람 흉내를 내는 것 같다는 그 지적. 정말 정확해. 그렇지만 요즘 내 습작들은 모델을 보고 그대로 따라 그린 거야. 그들도 뭔가를 하는 시늉을 낸 적이 없고. 1~2년쯤 지나면 씨 뿌리는 사람을 씨 뿌리는 사람처럼 표현할 수 있겠지. 어쨌든 이 부분은 자네 생각에 동의하네.

라파르트, 자네가 그랬지. 보름 내내, 말 그대로, 아무것도 할 수 없었다고. 난 그 보름이 어땠을지 잘 알아. 나도 올여름에 겪었거든. 하지만 직접 그린 그림은 하나도 없었어도, 간접적으로는 계속 그림 그리는 일을 한 거야. 바로 '변신'의 시기였던 거야.

메스다흐의 〈파노라마〉를 봤어. 더 복이라는 화가와 함께 갔었는데, 그 그림 작업에 참여했던 친구였지. 그가 마무리 단계에서 있었던 재미있는 일화를 얘기해주더라고. 데스트레 Johannes Joseph Destrée 알지? 우리끼리 하는 말이지만, 현학적 허세주의의 대표주자잖아. 글쎄, 이 양반이 어느 날 화실로 찾아와 오만한 표정으로 너스레를 떨면서, 특유의 허세를 곁들여 이렇게 말하더래. "이보게 더 복, 사실 나도 〈파노라마〉 작업 참여를 권유받았는데 난 거절했지. 왜냐하면, 예술적인 구석이 전혀 없잖아."

그래서 더 복이 이렇게 받아쳤다더군. "데스트레 선생. 〈파노라마〉를 그리는 것과 〈파노라마〉 그리기를 거절하는 것 중에 어느 것이 더 쉽겠습니까? 무언가를 하는 것과 아무것도 하지 않는 것 중에는 어떤 쪽이 더 예술적일까요?" 그 친구 응수가 가히 일품이야.

내 동생 테오에게 좋은 소식을 들었어. 자네에게 안부 전해달라더군. 두 사람, 꼭 좋은 관계를 유지해야 해. 간혹 편지도 쓰고. 테오는 예술에 조예도 깊고 열정적이거든. 아우가 화가가 되지 않아서 유감일 정도야! 하지만 화가들에게는 테오 같은 사람이 있다는 게 다행이지.

그 녀석과 교류하다 보면 직접 경험하게 될 거야. 이만 줄여야겠지? 마음으로 악수 청하고, 내 말 명심해.

자네를 사랑하는 친구, 빈센트

시 한 편을 기억하려 애쓰는 중인데, 아마 톰 후드의 〈셔츠의 노래〉였을 거야. 이 시를 아는지 모르겠는데 혹시 찾아봐 주겠나? 알고 있다면 한 편 옮겨적어 주면 정말 고맙겠어.

편지를 접어두었다가 전할 말이 더 생겨 다시 펼쳤어. 자네가 이미 세워둔 계획인 건 너무도 잘 알지만, 실행에 옮기기 전에 다시 한 번 생각해보는 건 어떨까 싶어서.

내 마음이 하는 말은 이거야. "라파르트, 이 나라에 머물러." 물론 내가 전혀 알 수 없는 이유도 있을 거고, 자네가 이런 계획을 세우도록 밀어붙인 중대한 사연도 있겠지.

그래서 전적으로 예술가의 입장에서 얘기하는 거야. 자네는 네덜란드 사람이니까, 네덜란드적인 감수성과 더 잘 어울리고, 이 나라의 자연(인물화든 풍경화든)을 그릴 때 더 만족스러운 결과를 얻을 거라고 생각해. 누드를 전문으로 그리는 것보다.

나도 보드리며 르페브르, 에네르 등을 좋아하지만 쥘 브르통, 페이엥 페랭François Nicolas Auguste Feyen-Perrin, 밀레, 윌리스 뷔텡Ulysse Louis Auguste Butin, 마우베, 아르츠David Adolph Constant Artz, 이스라엘스를 더 좋아해.

분명한 건, 자네 생각도 본질적으로 나와 같다고 믿기에 이런 말을 하는 거야. 자네는 이것저것 본 게 많겠지만 나도 그만큼은 봤고, 예술적인 시각은 자네보다 더 많이 경험해봤어. 그렇기 때문에, 나는 화가로서는 비교적 초보자지만, 예술 전반을 두루 바라보는 시각을 갖추고 있어. 그러니 내가 자네한테 한두 마디 건네는 훈수를 너무 가볍게 넘기지 않았으면 해. 내 생각에, 자네나 나나 네덜란드의 자연(인물이나 풍경이나)을 그릴 때 최고로 잘할 수 있어. 우린 네덜란드인이고, 네덜란드에 살고, 네덜란드적인 것을 느끼며 지내잖아. 외국 상황을 알수록 도움이야 당연히 되지만, 우리가 네덜란드 토양에 깊숙이 뿌리를 박고 사는 사람임을 잊으면 안 돼.

내 생각이 틀리지 않았다면 자네 삼촌 란츠헤이르Willem Nicolaas Lantsheer 씨 일은 잘 진행되고 있겠지. 어쨌든 그분이 아르티에 자네 그림 이야기를 해줬다니 정말 반가운 소식이야. 그림 보는 눈이 아주 정확한 분이잖아. 그 양반만큼 예술에 대한 식견과 취향을 가진 사람도 드물지.

152네 ___ 1881년 10월 12일(수)과 15일(토) 사이

테오에게

그토록 기다렸던 네 편지를 받으니 정말 너무나 반갑고 기쁘다. 안 그래도 며칠 전부터 네게 편지를 써야지 생각하던 터라 바로 답장한다.

앵그르지를 보냈다니 정말 좋구나. 아직 조금 남았지만 내가 말한 그 색은 다 썼거든.

테르스테이흐 씨가 내 데생을 보고 한마디 평도 하셨다니 그것도 만족스럽고, 내가 보낸 작은 크로키들을 보고 내 솜씨가 나아졌다고 생각한다는 네 평도 기쁘지 않을 수가 없다. 이렇게 그림 솜씨가 나아지고 있으니, 앞으로 더욱 열심히 해서 너나 테르스테이흐 씨가 긍정적인 평가를 잃지 않도록 할 거야. 실망시키는 일 없도록 최선을 다할 거라고.

자연은 처음에 항상 그리는 사람에게 저항한다. 하지만 단호하게 그려 나가면 자연의 적대감에 휘둘리지 않아. 오히려 힘이 실리지. 사실상 화가와 자연은 뜻을 같이하니까. 자연은 손으로 만져지는 대상이 아니나, 화가는 자연을 손으로 움켜쥐고 단단히 붙잡아야 해. 그렇게 한동안 씨름하고 실랑이를 벌이고 나면, 자연이 유연해지고 고분고분해지지. 내가 그 경지에 다다랐다는 건 아니야. 나조차 그렇게 생각 안 하니까. 다만 이제 그렇게 되어가고 있다는 말은 할 수 있어. 자연과의 싸움은 셰익스피어가 이야기하는 『말괄량이 길들이기Taming the shrew』와 비슷한 것 같아(좋든 싫든, 저항에는 끈기로 대응하는 방식이 말이야). 어느 분야나 다 그렇겠지만 특히 데생만큼은 내버려두는 것보다 가까이 다가가 움켜쥐는 게 훨씬 나은 것 같다.

생각할수록, 인물 데생이 대단히 유용하고, 풍경화 데생에도 도움이 된다는 확신이 점점 굳어진다. 버드나무를 생명체(사실 살아 있는 생명체 맞지)로 대하며 데생을 하면, 그 한 그루 나무에 오롯이 생명을 불어넣을 때까지 쉬지 않고 작업하는 동안 자연스레 그 주변으로 관심이 돌아가지. 작은 크로키 몇 장 동봉한다. 요즘은 뢰르로 가는 길에 자주 나가 그림을 그린다. 가끔 수채화나 세피아 묵화를 시도하는데 처음부터 잘될 리는 없잖아.

마우베 형님은 드렌터로 떠났어. 내가 만나러 가도 될 여건이 되면 편지해 준다고 했는데 언제 프린센하허로 하루 올 수도 있다더라. 나도 지난 여행 때 로테르담에 내려 파브리티위스 그림을 보러 갔었지. 메스다흐의 그림을 봤다니 다행이다. 네가 편지에 쓴 메스다흐 부인의 그림이, 이끼로 뒤덮인 땅에 핀 노란 장미꽃이라면 그건 나도 봤어. 정말 아름답고 예술적이었어.

더 복에 대한 네 견해에도 전적으로 동의해. 내 생각이 바로 그랬는데, 너처럼 그렇게 글로 풀어내는 게 나는 안 되더라. 그 친구가 그림에 집중하길 원하고, 그럴 수 있다면 분명히 지금보다 훨씬 더 유능한 화가가 될 거야. 그 친구에게 단도직입적으로 한마디했어.

"더 복, 자네와 내가 1년간 인물 데생에만 집중해도 우리 실력은 지금보다 확연히 좋아지네. 하지만 제자리걸음만 하고 계속 배우려 하지 않으면, 지금의 이 실력도 유지하기 힘들어. 멈춤은 곧 퇴보를 뜻하니까. 인물을 그리지 않거나, 나무 등을 인물로 여기며 그림을 그리지 않을 경우, 결국 척추가 없는 사람으로 전락하거나 있어도 제구실을 하지 못하게 돼. 우리 두 사람이 그토록 좋아하는 밀레나 코로는 어땠지? 그들이 인물화 그리는 법을 알았나, 몰랐나? 이 두 거장은 그 어떤 것도 주저하지 않았어." 그랬더니 대부분 내 말이 옳다고 하더라. 〈파노라마〉를 제작할 때 꽤나 진지하게 작업하던데, 뭐, 본인은 인정하려 들지 않지만, 전체적으로 그 경험이 많은 도움이 됐을 거야.

〈파노라마〉에 관한 아주 재미있는 일화를 들려줬는데, 듣고 나니 더 공감이 가더라. 너도 데스트레 알지. 그 양반이 찾아와서는 허세를 부리면서 참을 수 없을 정도로 오만하고 거만한 말투로 말하더래. "이보게, 더 복. 나도 〈파노라마〉 작업 참여를 부탁받았는데, 예술적인 구석이 전혀 없길래 난 거절하는 게 낫겠다 싶었다네." 더 복이 이렇게 받아쳤다는 거야. "데스트레 선생, 그러면 〈파노라마〉 작업 참여와 거절, 둘 중에 어느 것이 더 쉬운 일일까요? 예술성 역시, 덜 예술적인 것과 아무것도 하지 않는 것, 둘 중에 어느 쪽이 더 예술적이라고 생각하십니까?" 정확히 이렇게 말했는지는 모르지만, 그가 받아친 문장의 정확한 뜻은 충분히 이해할 수 있었어. 정곡을 찌르는 말이잖아.

연로하고 현명하다는 그 노인 양반들 대하는 네 방식도 그만큼 대단하다고 생각한다. 너는 젊음과 활기를 먹으며 앞으로 나아가면서, 그 양반들을 가만히 앉아 나이와 허세만 먹게 하는 그 기술 말이야. 진정한 지혜란 더 복이나 너처럼 상황에 맞게 대처하는 법을 알려주는 능력이야. 그런 지혜야말로 실용적이지. 마우베 형님이 그러더라. 채색도 데생이라고.

종이가 이제 다 차서 편지는 이만 줄여야겠다. 그리고 밖에도 나가봐야 해. 너의 적극적인 지지, 정말 고맙다. 마음으로 악수 청한다. 내 말 명심해라.

너를 사랑하는 형, 빈센트

라3네 ___ 1881년 11월 2일(수)

친애하는 라파르트

신속히 답장 줘서 정말 고마워. 그러니까 학교 인근에 집을 빨리 얻는 데 성공했군.

자네가 엽서 하단에 적은 질문에 대한 답변부터 하지. 난 자네가 그 기관에 입학한 걸 전혀 '어리석다'고 생각하지 않아. 오히려 아주 잘했다고, 매우 현명한 결정이었다고 생각해. 아니, *지나치게* 현명하고 정당한 결정이라고 말하겠네.

자네가 떠나지 않았거나 그냥 입학 못 하고 돌아왔다면 더 나았겠다는 게 개인적인 의견이지만, 이왕 시작했으니 꼭 성공하고 좋은 결과가 있기를 진심으로 기원하는 바야.

자네를 비롯해 그 학교에 다닐 이들을 고지식한 학구파라고 폄하할 생각은 눈곱만큼도 없어. 그러니까 예술계의 바리사이파Pharisees랄 수 있는 현학적 허세주의자로 여기지 않는다는 거야. 대표적으로 스탈라르트Joseph Stallaert 같은 양반들 말이야. 솔직히 스탈라르트 영감도 장점이 있을 테고, 내가 *그 양반*을 더 잘 알았다면 달리 볼 수도 있었을 테지. 하지만 혹시 있을지 모를 장점들이 *그 양반*의 결정적인 단점을 덮을 수 있다고 보지 않아. *이런 양반*들한테서조차 장점을 발견하면 더없이 반가워. 누군가를 만나서 "이런 부분은 좀 과하고, 저런 부분은 좀 모자라고"라는 말을 해줘야 하는 건 솔직히 괴롭고 짜증나는 일이니까. 이 불편한 감정은 그 상대에게 장점을 찾아내는 날까지 계속 사라지지 않기 때문에 힘들어. 내가 남들 단점 찾는 걸 즐기고 좋아해서가 아니야. 너무 거슬려서 그냥 조용히 지나가기 힘든 순간이 많은 거야. 신경질이 나거든.

*내 눈 속에 있는 들보*를 발견하는 것도 너무나 싫지만, 그래, 하지만 발견할 때가 있어. 그러면 그냥 지나치지 않고 없애버릴 방법을 끝까지 찾는 편이야.

바로 그렇기 때문에, *내 눈 속 들보*를 발견하는 게 얼마나 끔찍한지 알기에, 그런 사람들을 보면 모른 척 넘어가지 못하는 거야.

그렇다고 또 나를 광신도나 편파적인 인간으로 봐서도 안 돼. 나도 누구처럼 감히 어느 편에 설 수 있어. 살다 보면 가끔은 *그래야 할 때*가 있잖아. 내가 어느 편인지 밝혀야 하고, 내 의견이 어떻다고 과감히 표현한 다음 지켜내야 할 때가 말이야.

하지만 난 지금까지 줄곧, 긍정적이고 좋은 부분부터 찾아보고, 그다음에야 단점을 마지못해 마주했지. 그래야, 물론 아직 그런 경지에 다다르지는 못했지만, 궁극적으로는 너그럽고 대범하고 편견 없는 마음의 눈을 갖게 될 거라고 생각하기 때문이야. 그래서 이런 것들이 *자질구레한 골칫거리*야. 뭐든 자신이 옳고, 남들도 자신을 옳다고 여겨주기 바라는 사람을 보는 거 말이야. 난 남들이 틀릴 수 있는 만큼 나 자신도 틀릴 수 있음을 뼈저리게 느끼고 있어.

자네도 아마 너그럽고, 대범하고, 편견 없는 마음의 눈을 갖고 싶어 노력하고 있겠지. 삶 전반에 대해서도 그렇지만 무엇보다 예술 분야에서만큼은 말이야. 그렇기 때문에 난 자네를, 윤리적인 관점에서나, 예술적인 관점에서도 결코, 바리사이파로 보지 않아.

그렇다고 자네나 나처럼 근본적으로 정직한 의도로 움직이는 사람도 완벽하지 않기에 종종 큰 실수를 저지르고, 주변 사람들이나 환경에 영향을 받는다는 사실은 변하지 않아. 우리가 두 발을 단단히 땅에 딛고 서 있기 때문에 넘어질 걱정할 필요가 없다고 굳게 믿는 건 착각에 불과해.

자네와 나는 어느 정도까지는 두 발을 단단히 땅에 딛고 서 있지. 하지만 우리 스스로가 장점들을 지녔다고 과신하고 경솔하게 행동하면 화가 미칠 거야! 우리가 실제로 그런 자질을 갖추고 있다고 해도 거기에 필요 이상의 가치를 부여하는 건 위선이야.

자네가 학교에서든 다른 데서든, 이전에 내가 보았던 것처럼 근사한 누드화 습작을 그리거나, 내가 감자밭에서 땅 파는 사람들을 그리는 건, 우리 자신에게 좋은 일이야. 그 덕에 우리 실력은 나아질 테니까. 하지만 그렇더라도, 올바른 길로 나아가고 있다고 생각할 때도, 언제나 스스로를 조심하고, 자기 자신을 경계해야 해. 이렇게 되뇌야지. '매사에 조심하자. *왜냐하면 나라는 사람은 조심하지 않으면, 모든 게 잘 굴러가고 있는 상황에서도, 모든 걸 엉망으로 만들 수 있는 사람이니까.*' 그런데 어떻게 조심하지? …… 그건 나도 정확하게 설명하기 힘들어. 하지만 앞서 언급했던 문제들만큼은 조심해야 하네. 내가 직접 겪은 쓰디쓴 경험 덕분에 누구보다 잘 알거든. 제대로 고생하고 깨달은 건데, 나 자신이 틀리거나 실수할 수 있다는 사실을 인식하고 있으면 이런저런 실수를 피할 수 있어. 그렇다고 실수를 아예 안 할 수야 없지만, 넘어지면 다시 일어나면 돼!

그러니까 난 자네가 학교에 가서 누드화를 그리는 것도 좋다고 생각해. 자네를 믿으니까. 자네는 바리사이파 사람들처럼 자신만 옳다고 우기는 위선자가 아니고, 다른 의견을 가진 이들을 무시하지 않으니까. 자네가 그렇게 말하고 선언해서가 아니라, 자네의 그림이 내게 그런 확신을 주었어. 그리고 그 확신은 날이 갈수록 단단해지고 있어.

오늘 〈씨 뿌리는 사람〉을 다시 그려봤어. 자네가 다녀간 후로 〈낫으로 풀을 베는 소년〉도 그리고 있고.

그리고 불가에 앉은 남자와 여자도.

와줘서 다들 기뻐했어. 난 또 자네 수채화를 봐서 기뻤고. 정말 실력이 늘었더군.

다만 바라는 게 하나 있다면, 데생이든 수채화든, 옷을 입은 평범한 사람들도 그리라는 거야. 자넨 그런 그림을 제법 잘 그리리라고 확신해. 지금도 캄 목사님 설교를 들으면서 자네가 그린 〈책 읽는 사람〉을 문득문득 떠올려. 그런데 그 후로는 그런 데생을 못 봐서 너무 아쉬워. 혹시 더 독실해져서, 이제는 목사와 신자들을 관찰하기보다는 설교 말씀에 더 귀를 기울여서 그런 거야? 가끔은 좌중을 휘어잡는 설교에 주변을 잊고 빠져들 때도 있지. 하지만 자주 있는 일일까? 항상 그랬으면 좋겠군.

조만간 편지해주면 좋겠고 좋은 시간 되기를 바라면서 브뤼셀에서 성공하기를 기원할게. 돌아가는 길에는 우리 집에 꼭 들르고. 지금 당장 약속을 하자고.

부모님이 안부 전한다고 하셔. 마음으로 악수 청하고, 항상 내 말 명심하고.

자네를 사랑하는 친구, 빈센트

153네 ____ 1881년 11월 3일(목)

테오에게

마음에 담아두고 있던 얘기를 털어놓고 싶다. 아마 너도 이미 알고 있을 테니 새로울 것도 없겠지.

나는 올여름에 케이를 미친 듯이 사랑하게 되었다. '케이에게는 내가 가장 가까운 사람이고, 나에게는 케이가 가장 가까운 사람'이라고밖에 표현할 말이 없어. 그래서 그렇게 고백했다. 하지만 그녀는, 자신은 이제껏 살아온 과거처럼 미래에도 살아갈 것이기에 내 마음을 받아들일 수 없다고 대답하더라.

그래서 내 마음속에서 아주 치열한 전투가 벌어졌지. 그녀의 "아니, 싫어, 절대로" 앞에서 포기해야 할까? 아니면, 이미 끝난 일이라고 여기지 말고, 희망을 갖고 포기하지 말아야 할까?

난 포기하지 않는 쪽을 택했다. 지금도 여전히 "아니, 싫어, 절대로"라는 반응이 전부지만 내 결정을 후회하지 않아.

그 후로 당연히, 수많은 *인생의 소소한 고통들*을 감수하며 지내고 있다. 책에 쓰이면 읽는 이들에게 재미라도 전해주지, 직접 겪으면 절대로 유쾌할 수 없는 불행들. 하지만 아직까지는 포기나 '*사랑하지 않을* 방법' 따위는 당신들이나 따르라고 하고, 조금 더 용기를 냈던 내 결정이 만족스러워. 너도 알다시피 이런 경우에는 뭘 할 수 있고, 해야 하는지 아는 게 놀랍도록 어렵다. 그러나 *길을 찾기 위해 끊임없이 서성여야지.* 가만히 앉아만 있는 게 아니라.

이제껏 네게 침묵했던 이유는, 내 마음이 너무 애매하고 어중간해서 네게 정확히 설명할 수가 없었거든.

하지만 지금은 모두에게 다 말했다. 케이는 물론이고 아버지, 어머니, 스트리커르 이모부와 이모, 센트 큰아버지와 큰어머니께도. 그나마 호의적으로, 내가 이를 악물고 열심히 해서 성공하면 그래도 가능성이 있을 거라고 조용히 말씀해주신 분은, 전혀 기대하지 않았던 센트 큰아버지셨어. 내가 "아니, 싫어, 절대로"라고 말한 케이에게 화내지 않고, 가볍게 웃어넘기는 모습이 좋으셨나 봐. 난 케이가 앵무새처럼 계속 내뱉는 말은 멈추길 바라지만, 항상 그녀의 행복을 바라거든. 마찬가지로 스트리커르 이모부의 말도 별로 신경쓰지 않아. 내가 *오랜 친분 관계들을 끊어서 망치고 있다*고 했지만, 난 '오랜 친분들을 끊는 게 아니라 오히려 옛 관계들을 새롭게 해서 더 돈독하게 만드는 것'이라고 말씀드렸지. 어쨌든 난 우울과 비관은 저 멀리 날려버리고 계속 이 방향으로 밀고 나갈 생각이야. 그동안에도 열심히 일했어. 케이를 만난 뒤로 그림이 훨씬 더 좋아졌다니까.

이제 상황은 좀 더 명확해졌다고 할 수 있지. 케이는 여전히 "아니, 싫어, 절대로"라고 말하고 있고, 난 연로한 양반들 때문에 엄청나게 시달릴 듯해. 그네들은 이미 다 끝난 옛일로 치부하면서, 나를 기어이 포기시키려 들 테니까. 그래도 당분간은 신중하실 거다. 12월 이모부와 이모 생신 때까지는 내게 듣기 좋은 말만 늘어놓으며 어르겠지. 그런데 그 후에는 날 떼어놓는 조치를 취하실 테니 걱정이야.

상황을 명확히 설명하려다 보니 다소 원색적인 표현을 쓰는 점은 미안하다. 요란한 색으로 지나치게 진한 선을 긋는 식으로 상황을 설명한 건 인정할게. 하지만 이래야 내가 지금 어떤 상황에서 겉돌고 있는지 네가 더 쉽게 이해할 수 있어. 그러니 어른들을 공경하지 않는다고 날 나무라지는 말아라.

이 양반들은 내 뜻에 극구 반대할 거라는 것만 네가 명확히 알면 돼. 무슨 수를 써서라도 나와 케이가, 만남은 고사하고 대화나 편지도 주고받지 못하게 할 거다. 왜냐하면 우리가 서로 만나고, 대화하고, 편지를 주고받으면 케이의 마음이 돌아설 수도 있으니까. 케이는 자신의 의지는 결코 달라질 일 없다고 믿고 있지. 하지만 어른들은 케이는 마음을 바꾸지 않을 거라고 날 설득하면서도, 케이가 마음을 바꿀까 봐 걱정하고 있다니까.

이 어른들의 생각은, 케이가 마음을 바꾼 때가 아니라, 내가 매년 최소 1,000플로린씩은 버는 사람이 되었을 때 바뀔 게다. 상황을 명확하게 설명하려다 보니 이번에도 거친 윤곽선을 사용했구나, 다시 한 번 사과한다. 이 어른들에게는 동정조차 가지 않는다만, 그래도 비교적 젊은 축들은 내 태도를 이해할 거야. 테오, 너 말이다. 아마 너도 내가 상황을 억지로 끌어가고 있다거나, 뭐 그런 비슷한 이야기들 들었을 거야. 하지만 사랑에서 억지를 부리는 것만큼 어리석은 게 없다는 걸 누가 모르겠어? 아니, 아니야, 내 생각은 전혀 그런 게 아니야. 케이와 내가 서로 만나서 대화하고 편지를 주고받으며 서로를 더 잘 알게 되고, 서로가 서로를 위하는 관계가 될 수 있는지 아닌지 *스스로 알아보겠다*는 건 지나친 요구도, 비상식적인 요구도 아니라고. 딱 1년만 만나보면 그녀에게도 나에게도 좋을 거야. 그런데 어른들은 이 부분은 전혀 고려도 안 해. 아마 내가 부자였다면 얘기가 달라졌겠지.

하지만 넌 알 거다. 내가 케이와 가까워지기 위해 모든 노력을 다할 거라는 거. 난 단단히 마음먹었어.

> 그녀를 사랑할 거야.
> 결국 그녀도 나를 사랑하게 될 때까지.

테오야, 너도 사랑에 빠져봤잖니? 제발 그랬기를 바란다. 왜냐하면, 사랑에 따르는 이 *소소한 고통*은 겪어볼 가치가 있거든. 때로는 비탄에 빠지고, 지옥 같은 순간도 있지만, 훨씬 좋은 게 있으니까. 사랑에는 세 단계가 있다.

> 첫 번째, 사랑하지도 않고 사랑받지도 않는다.
> 두 번째, 사랑하고 있지만 사랑받지 못한다(지금의 내 경우).
> 세 번째, 사랑하기도 하고 사랑받기도 한다.

첫 번째보다야 두 번째가 낫겠지만, 세 번째가 '*바로 그거야!*'

그래, 아우야, 살다가 언젠가 사랑에 빠지거든 내게 말해다오. 이 복잡한 상황들은 지적하지 말고, 그저 내 마음만 알아다오. 그녀가 "네"라고 대답해주면 얼마나 좋겠냐마는, 지금으로서는 "아니, 싫어, 절대로"만으로도 행복하단다. 정말이야. 그것만으로도 내게는 *의미가 있어*. 늙은 현자들은 아무 의미 없다고 하더라만.

라파르트가 왔었어. 자신이 그린 수채화를 가져왔는데 실력이 늘었더라고. 조만간 마우베 형님이 들러주면 좋겠는데, 아니면 내가 가볼 생각이다. 나도 데생을 많이 하고 있는데 실력이 많이 좋아진 것 같아. 요즘은 전보다 붓을 많이 써서 그려. 지금은 날이 너무 추워서 실내에서 인물 데생밖에 할 수가 없어. 재단사, 바구니 짜는 사람 등을 그려봤어.

마음으로 악수 청한다. 곧 편지하고, 내 말 명심해라.

형은 너를 사랑한다, 빈센트

계속 나에게 이 문제를 거론하거나 편지하지 않겠다고 약속하라는데, 그렇게는 못 하겠다. 세상의 그 누구도, 합리적인 사람이라면, 그런 일을 강요할 순 없어. 내게든, 이런 상황에 놓인 누군가에게든. 그저 센트 큰아버지에게 이것만 확실히 말씀드렸다. 예상치 못한 상황에 꼭 편지해야 할 형편이 아니라면, 당분간 스트리커르 이모부에게는 편지하지 않겠다고. 종달새가 봄에 노래하지 않을 수는 없으니까.

언젠가 누군가를 사랑하게 됐는데 "아니, 싫어, 절대로"라는 대답을 듣거든, 절대로 포기하지 마! 하지만 넌 항상 운이 따르는 아이니까, 네게는 그런 일이 없으리라 믿는다.

154네 ____ 1881년 11월 7일(월)

아우야

(이 편지는 너 혼자만 읽고 아무에게도 보여주지 마. 알았지?)

지난번 내 편지를 네가 좀 이상하게 느꼈더라도 당연하다. 그렇기는 해도, 네가 현 상황을 더 제대로 이해했으면 해. 그래서 비율과 공간 배치를 확실히 보여주려고 아주 굵은 목탄으로 직선을 그었지. 이제 일단 기본적인 윤곽선이 생겼으니 목탄 가루를 털어내고 더 섬세한 윤곽선만 남겨보마.

그러니까 이 편지는 더 사적이지만, 원색적이고 신랄한 면은 덜할 거란 말이다.

우선 한 가지 물어보자. 끝없이 반복되는 '아니, 싫어, 절대로'에도 불구하고 결코 식지 않는 진지하고 열정적인 사랑이 존재한다면, 그게 네게 놀랍니? 아니, 넌 놀라는 게 아니라, 지극히 자연스럽고 당연하다고 말할 거야. 사랑은 긍정적이고 강력하고 대단히 진지한 감정이기에, 사랑에 빠진 마음을 되돌리는 건 목숨을 끊는 것만큼이나 불가능해. "하지만 자신의 숨통을 끊어버리는 사람도 있잖아." 만약 네가 이렇게 받아친다면, 내 대답은 간단해. "아무리 생각해도 나는 그런 성향의 사람이 아니야."

난 삶의 의욕을 되찾았고 사랑에 빠진 지금 무척 행복하다. 내 삶과 내 사랑은 한몸이야. 하지만 넌 이렇게 말할 수도 있을 거야. "형은 지금 '아니, 싫어, 절대로'에 부딪힌 상태잖아?" 그럼

난 이렇게 대답할 거야. "아우야, 나는 이 '아니, 싫어, 절대로'를 당분간 얼음조각으로 여기고 마음에 꼭 품어서 녹일 거란다."

차가운 얼음과 뜨거운 내 마음, 둘 중에서 누가 승자가 되느냐는 매우 예민한 문제니까 지금으로선 아무 대답도 하지 않을 거야. 남들도 그렇게 침묵을 지켜주면 고마울 것 같아. 어차피 '녹일 수 없다'느니 '미친 짓'이라느니 등등 그저 비난하고 멸시하는 말 외엔 할 말도 없을 테니 말이야. 만약 가로, 세로, 높이가 몇 미터가 될지 모를 그린란드나 뉴질랜드의 빙하 앞에 서서, 이 커다란 얼음덩어리를 끌어안고 마음속에 품고 녹여보라고 하면 그건 확실히 심각한 문제겠지.

하지만 지금까지는 내가 서 있는 뱃머리에서 마주친 빙하는 그 정도로 크지 않아. 그러니 그녀의 "아니, 싫어, 절대로"가, 내가 측정한 바에 따르면 끌어안지 못할 정도로 거대하지는 않기 때문에, 내 행동이 *무분별하다*는 지적은 수긍할 수 없어.

그래서 난 "아니, 싫어, 절대로"라는 얼음을 마음속에 품을 거야. 다른 방법은 모르니까. 내가 그걸 녹여서 없애겠다는데, 누가 반대하겠다는 거야?

말해봐, 테오야, "아니, 싫어, 절대로"라는 그녀의 말은 절대로 녹지 않는다고, 훼손되지 않고 굳건하다고 칭찬하는 사람들이 영리한 거야? 많이들 그렇게 하지. 하지만 내 생각에는 그저 소란을 피우는 것처럼만 보여. 차라리 그냥 웃어넘기는 게 더 인간적인 거 아냐?

이 상황을 비극적으로 보는 사람이 이렇게 많다는 사실이 개탄스러워. 그렇다고 해도 난 절대로 낙담하거나, 내가 겹겹이 쌓아올린 희망을 무너뜨릴 생각은 추호도 없어. 생각조차 하기 싫어.

실의에 빠져 살 사람은 그렇게 살라고 해. 난 그런 생활 지긋지긋하게 해봤어. 이제는 봄철에 날아다니는 종달새처럼 한없이 즐겁게만 살고 싶어. '여전히 사랑해'라는 노래만 부를 거야.

테오야, 너는 이 "아니, 싫어, 절대로"가 즐겁게 들리니? 솔직히, 정반대로 생각하겠지. 하지만 그렇게 여기는 사람도 적지는 않은 것 같더라. 그들은 남의 속도 모르면서 당연히 '*최선을 위해, 선의로*' 날 위한답시고 내 마음속 얼음을 애써 꺼내서는, 무신경하게, 열정적인 내 사랑이 있던 자리에 자신들도 상상하지 못한 정도로 차가운 물을 퍼부어대고 있어.

하지만 차가운 물을 제아무리 많이 퍼부어도 내 사랑을 식힐 순 없어, 아우야. 또 종교적으로도, 특히나 기독교인으로서, "아니, 싫어, 절대로"를 강하게 믿고 '여전히 사랑해'에는 아무런 믿음이 없다면 기독교인답지 않아. 기독교인이라면서 왜 이 경우에는 어디서 그런 무력감, 그런 상실감과 박탈감을 들이대는지 이해할 수가 없어. 대체 어떤 물리학책에서 얼음이 녹지 않을 수 있다고 배웠는지 몰라. 나로서는 날 몰아붙이는 자들, 혼돈과 좌절과 모욕을 주는 자들을 친구로 여기기가 어렵다.

정말 교활하지 않니? 아무래도 조만간 그녀가 돈 많은 다른 남자를 만났다는 소식, 그녀가 점점 더 아름다워지고 청혼도 받게 될 거라는 소식을 전해듣게 될 테니 마음의 준비를 하라고 은근슬쩍 한마디씩 던지는 사람들! 내가 계속해서 '사촌 남매(거기까지가 최대한의 한계라는 거야!)' 이상의 관계를 요구하면 그녀가 나를 역겨운 인간으로 바라볼 테고, '그러는 동안(!!!)' 더 나은 기회를 날려버리고 후회하게 될 거라니!

아, 내가 마지못해 적어둔 윗줄, 그런 혐오의 말들을 내뱉는 자들에게는, 나도 모르게 말이 경솔하고 거칠게 튀어나가지 않겠니? 설마 네 마음도 그런 자들처럼 교만하고 천박한 건 아니겠지? 하나님, 제발 너만은 그렇지 않기를!

> 내 친구가 아닌 자들, 당신들은 비겁해.
> 난 그 절망의 굴레를 짊어질 생각이 없어.*

'다른 누구도 아닌, 그녀'라고 말하는 법도 모르는 인간이 과연 사랑을 알까? 난 *다른 누구도 아닌, 그녀*라는 말을 온마음으로, 온영혼으로, 온이성으로 느꼈어. 누구는 이렇게 반박할 거야. '다른 누구도 아닌, 그녀라고 말하는 건 나약함, 집착, 무지, 삶에 대한 미숙함을 드러내는 거야. 그러니 헌신하지 말고, 얼른 빠져나갈 구멍을 만들어!' 천만에! 나의 이 약점이 내 힘이 되기를! '다른 누구도 아닌, 그녀'에게 의지할 생각이고, 그녀와 무관해질 수 있더라도 절대로 그렇게 살지 않기를!

그게, 그녀는 이미 누군가를 사랑했었기에 여전히 과거의 생각에 머물러 있지. 그리고 새로운 사랑을 생각하는 것만으로도 양심의 가책을 느끼는 것 같아. 하지만 이런 말이 있잖아. 너도 알 거야.

> 사랑해보고, 그 사랑에서 빠져나와서, 다시 사랑해야 하리!
> 여전히 사랑하라. 아끼고, 소중한, 내 사랑이여.

테오야, 내가 사랑의 승자가 될 수 있다는 열망에 꽉 차 있다고 해서 무모하고 성급하다고 여기지는 마라. 이미 그 사랑을 쟁취했거나 그녀가 날 사랑하게 되었다는 게 아니라, 그녀의 사랑을 얻은 것마냥 사랑을 추구하고 있는 거야. 내 사랑이 크기에 마침내 그녀도 날 사랑하게 될 게다.

그녀는 여전히 과거를 떠올리고 집착에 가까울 정도로 옛 기억에 파묻혀 있어. 그래서 생각했지. 그녀의 감정을 충분히 존중하고 감동하고 있지만, 이 깊은 애도는 너무나 치명적이라고.

* 셜리 프리돔의 시에서

그렇기 때문에 내 마음이 약해지도록 내버려두지 않고, 강철 검처럼 단단하고 단호하게 벼를 거야.

'새로운 무언가'를 만들어내고 싶어. 과거를 지워버리지 않고도 존재할 권리를 가진 새로운 무언가를.

그래서 그녀에게 말하게 된 거야. 처음에는 서툴고 어색하기 짝이 없었지만 그래도 단호했지. "케이, 난 당신이 내게 가장 가까운 사람이고 나도 당신에게 가장 가까운 사람임을 느껴요. 난 나 자신을 사랑하듯 당신을 사랑해요." 그랬더니 그녀가 대답한 거야. "아니, 싫어, 절대로."

아니, 싫어, 절대로! 이것의 정반대 대답이 뭐지? 여전히 사랑한다고!

어느 쪽이 이길까? 모르지. 그건 오직 주님만이 아실 거야. 내가 아는 건 단지, *내 믿음을 굳게 지켜야 한다*는 것뿐이야.

올여름에 "아니, 싫어, 절대로"라는 말을 들었을 때, 오, 세상에, 정말 끔찍했어! 전혀 예상 못 한 말도 아니었는데도, 그 순간에는 저주, 그래 맞아, 바로 저주, 감히 말하는데, 그 저주라는 게 머리 위로 떨어져 짓누르는 기분이었어. 하지만 내 마음이 형언할 수 없이 두렵던 순간, 어떤 생각이 마치 밤하늘을 밝히는 번갯빛처럼 떠올랐다. '포기할 수 있다면 포기하지만, 믿을 수 있다면 *믿음을 버리지 말아라!*' 그래서 벌떡 일어섰다. 포기가 아니라 믿음을 쥐고서. 그리고 오직 이 생각만 했지. *다른 누구도 아닌, 그녀만을.*

넌 내게 말하겠지. "그녀의 사랑을 쟁취하면 어떻게 살아갈 생각인데?" 아니면 "그녀의 사랑은 얻지 못할 거야"라고. 천만의 말씀! 넌 그렇게 물을 일이 없을 거야. 사랑하는 이는 살게 되고, 사는 이는 일하게 되고, 일하는 이는 빵을 얻는 법이지.

하나님께서 *서로 사랑하라*고 하셨지. 그게 첫 번째 명령이야.

그렇기에 나는 마음이 편안하고 안심이 돼. 이런 마음가짐이 일에도 영향을 끼쳐. 온몸을 다 바쳐 미친 듯이 일하고 있고, 그러니까 성공하리라 확신해. 아주 특출나게 대단한 사람이 되겠다고 우기는 게 아니라 매우 *평범한* 사람이 되겠다는 거야. '평범'하다는 건 내가 건전하고 이성적인 작품을 만든다는 뜻이고, 그 작품은 존재 이유를 갖추고 유용하게 사용될 거라는 거야. 진정한 사랑만큼 우리를 현실 속에 내던지는 것도 없을 거다. 현실 속에 떨어진 사람은 길을 잘못 들어선 거야? 아니야. 이 묘한 감정, '사랑한다'라는 이 이상한 발견을 어디에 비교해야 하지? 왜냐하면, 진심으로 사랑에 빠지면 자신의 삶에서 완전히 새로운 영역을 발견하기 때문이야.

그래서 너도 사랑에 빠져보라는 거야. 하지만 그러려면 *그녀*가 있어야지. '그녀'도 다른 것과 마찬가지로, *찾아 헤매는* 사람의 눈에 띈다. 찾아내느냐 마느냐는 재능이 아니라 순전히 *운*이지만. 그래도 찾아 헤매는 건 부질없는 짓이 아냐. 무엇보다도, 누가 그걸 거부하겠어? 사실은 누구나, 자기 생각보다도 훨씬 더, 혹은 자기도 모르는 사이에 그녀를 찾아 헤매고 있지 않겠어?

또한 찾아 헤맸다 해도, 막상 발견하는 건 완전히 놀라운 사건이지. 거기다가 그렇게 발견했는데, 그때, 그게, "아니, 싫어, 절대로"라는 벽에 부딪친다면 더 놀라지. 그건 전혀 즐겁지 않아. 정말 끔찍하지.

얀 큰아버지가 그러셨어. 악마의 얼굴이 보이지 않을 정도로 검지는 않다고. "아니, 싫어, 절대로"도 마찬가지야. 나로서는 이렇게 받아들였어. 아무리 끔찍해도 용감하게 맞닥뜨린다면, 최소한 후회하진 않을 거라고.

꼭 답장해야 한다. 아직 쓰지 않았으면 꼭 답장 부탁해. 특히나 이 편지를 받고 읽었으면 꼭. 왜냐하면 너한테 다 털어놓고 난 뒤라 네 생각이 정말 궁금하다. 네가 내 뜻을 오해할 거라고는 생각하지 않아. 너도 속으로는, 나와 비슷한 생각일 거라고 믿고 싶어. 특히 '다른 누구도 아닌, 그녀'의 필요성이 절대적이라는 점에 대해서만큼은.

어찌 됐든, 속히 편지하고 내 말 명심해라.

형은 너를 사랑한다, 빈센트

155네 ___ 1881년 11월 8일(화) 혹은 9일(수)

아우야

오늘 아버지 어머니가 받으신 편지에는 지난 내 편지 2통에 대한 네 의견이 전혀 없더라. 동봉된 편지도 없고 딱히 내게 전하는 말도 없으니, 조만간 따로 소식을 주리라 기대하마. 기왕 이렇게 된 마당에 내 편지 2통을(이것까지 포함하면 3통이지) 다 읽고서, 첫 번째 편지에만 답장해줄 게 아니라, 서로 이어지고 보완이 되는 나머지 편지들을 다 읽고 답장해주면 더 낫겠다 싶다.

첫 번째 편지는 꽤나 쌀쌀맞고 냉담하게 들렸을 테니, 그걸 읽고 틀림없이 내가 너무 무정하고 완고하다고 생각했겠지. 하지만 내 잘못일까? 나의 가장 민감하고 사적인 감정 문제를 네게 즉시 알리지 않았다고 날 탓할 생각이니? 오, 넌 하루하루를 장사에 대한 열정으로 불태우는 사업가가 아니냐(솔직히 사랑 타령을 할 마음의 여유는 없겠지). 그래서 순차적으로 해야겠다고 마음먹었지. 일단은 그 사업가의 마음을 깨운 다음에, 부드러운 말의 씨를 뿌리기로 말이야. '사업에 여념이 없는' 남자의 마음을 그렇게 경작할 생각이었다.

그래서 첫 번째 편지가 쟁기날처럼 차가웠던 거야. 그래도 두 번째 편지는 나름 더 진지하고 사적이지 않았어? 안 그래?

기왕 사적인 이야기를 시작했으니 더 이어가 보자. 하지만 '그러는 동안' 쟁기날을 조금만 더 쓰고 싶은데…… 잘 들어봐라.

비록 네가 '다른 누구도 아닌, 그녀' 없이도 지금 여기까지 올라왔고, '다른 누구도 아닌, 그녀' 없이도 당당히 네 주장을 펼치고, '다른 누구도 아닌, 그녀' 없이도 사업을 잘 꾸려왔고, '다른 누구도 아닌, 그녀' 없이도 의욕과 힘이 넘치는 성품을 타고났고, '다른 누구도 아닌, 그녀' 없이도 인간의 마음과 경험을 꿰뚫어보고, '다른 누구도 아닌, 그녀' 없이도 낙천적으로 삶을 즐겨왔고, '다른 누구도 아닌, 그녀' 없이도 어느 한쪽으로 치우치지 않고 당당히 한 편에 섰지…….

그러나 *너만의* '다른 누구도 아닌, *그녀*'를 만나는 순간, 넌 지금보다 더 높은 곳까지 오르고, 더 당당히 네 주장을 펼치며, 사업은 더 번창하고, 의욕과 힘과 성품은 더 차고 넘칠 뿐만 아니라, 인간의 마음을 더 정확히 들여다보고, 더 많은 경험을 쌓고, 더더욱 낙천적으로 삶을 즐기면서 의심하거나 흔들리지 않고 더 당당하고 꼿꼿하게 어느 편에 설 수 있게 될 거야. 한마디로, 그녀와 *함께라면* 훨씬 너다워진다는 말이야. 더 행복하고 더 나은 사람이 된다고. 진심으로, 그녀가 *없으면* 절대로 이전과 같지 않음을 깊이 느끼는 사람이라면 말이야.

쟁기날을 쓴 김에 조금 더 쓴다고 화를 내지는 않겠지? 아버지 어머니께 보낸 편지 내용이 매우 침울하더라. 진짜 솔직히 털어놓자면, 도대체 무슨 내용인지 전혀 갈피를 잡을 수가 없었어. 어떻게 받아들여야 할지도 모르겠고. 혹시 무슨 문제라도 있니?

몇몇 표현들에는 정말 놀랐다. 네가 그런 표현을 썼다는 게, 그리고 그 표현을 아버지와 어머니께 썼다는 사실이.

아무래도 네가 온갖 크고 작은 '소소한 일상의 고통'을 그 누구보다 더 가슴속에 꽁꽁 묻어두고 지내서인 것 같다. 넌 속내를 털어놓아야 할 경우, 네 취약점을 잘 아는 이들에게 털어놓잖아. 한마디로, 너는 이런저런 게 취약하다고 느낄 때 그 부분을 해결해줄 능력이 있는 사람이 아니라면 절대로 속마음을 털어놓지 않아. 게다가 바로 올여름에도 네가 그렇게 말했잖아. 살다가 겪는 어려운 부분들은 남에게 털어놓지 않고 혼자 간직하는 게 나은데, '회복력을 잃지 않기 위해서'라고 말했지. 마음에 그런 힘이 있다니 대단하다만, 공감하기는 힘들다. 나는 격려는커녕 사기를 꺾을 사람들에게 공감을 얻어내려고 애쓸 때가 대부분이니까. 아버지 어머니, 좋은 분들이지. 하지만 두 분은 너나 내가 어떤 마음인지, 실제로 어떤 상황에 처해 있는지 전혀 이해하지 못하셔. 진심으로 우리 둘을(특히 너를) 사랑하시고, 너와 나도 두 분을 진심으로 사랑하는데, 아, 안타까울 따름이다! 두 분은 우리가 처한 여러 상황들에 적절한 충고를 해주실 수 없어. 마음만큼은 이 세상 누구보다 더 적극적이시지만, 때로는 우리를 전혀 이해하지 못하시지.

두 분 탓도, 우리 탓도 아니야. 단지 세대, 정서, 생각, 상황의 차이로 빚어진 일이야. 난 말이다, 테오야, 아버지 어머니와 네가 서로를 얼마나 사랑하고 있든지 간에 두 분은 실제의 너를 절대로 알 수가 없다고 본다. 그래서 개인사든 일 얘기든 넌 (부모님보다) 나와 더 친밀하게 나눠야 해. 테르스테이흐 씨와 마우베 형님처럼. 쟁기질이 너무 냉정하고 날카로웠니, 아우야?

전부 내 경험에서 우러나온 말이다.

그렇다고, 우리 마음의 비밀들을 전부 부모님에게 숨기고 그들을 신뢰하지 말라는 뜻은 아니야. 절대로! 부모님의 조언이 틀렸거나 어리석다는 말도 아니야, 당연히 아니지! 다만 부모님이 다른 이들처럼 현실적이고 필수적인 조언을 해주리라는 기대는 접어야 해. 예를 들어 테르스테이흐 씨는 부모님께 하는 설명의 절반만 듣고도 상황을 정확하게 간파하니까. 물론 내가 틀렸을 수도 있겠지. 한번 생각해보고 네 입장을 꼭 알려다오.

그래도 아버지 품 같은 우리 집은, 상황이 어떻게 되더라도 우리에게는 안식처고 또 그렇게 남아 있을 거야. 그러니 그 점을 감사하게 여기고 그만큼 공경하는 게 우리의 의무지. 이 부분은 나도 전적으로 네 생각과 똑같아. 내가 너한테 이렇게까지 솔직하게 심정을 털어놓을 줄은 몰랐을 거야.

그런데 아직 최고의 안식처가 하나 남아 있어. 어머니 품 같은 우리 집이 제아무리 좋고 필수적인 존재라 해도, 그보다 더 우리에게 좋고 필요하고 정말 떼려야 뗄 수 없는 집. 바로 우리 자신의 집, 우리 각자의 둥지야. '다른 누구도 아닌, 그녀'와 함께 꾸릴 가정.

그러니까, 이 사업가 양반아, 네게 가장 중요한 사업은 너만의 '다른 누구도 아닌, 그녀'와 함께 만들 네 집이라는 거야.

명심해라. 내 생각에는, 이거야말로 네가 놓쳐서는 안 될 핵심이고, 세상 그 어떤 강장제보다 하루를 살아갈 용기, 기쁨, 힘, 그리고 체력을 키워주고 끌어 올려줄 치료제야. 오늘 네 편지를 읽다가 이런 생각도 들더라. 어떤 특별한 이유로 *누군가*를 그 어느 때보다 경계하고 단호하고 지혜롭게 대처해야 하는 상황에 놓일 때, *누군가*가 널 무너뜨리려고 네게 불리한 계략을 꾸며서 곤경에 빠졌을 때, 네가 26세로 '인생의 황금기'를 보내고 있음을 잊지 말아라. 그러니까, 최대한으로 한번 주먹을 날려봐! 완전히 새사람이 되는 거야! 그리고 누군가를, 그러니까 주변의 여인들을 항상 주의깊게 살펴봐. 그중에 *너의* '다른 누구도 아닌, 그녀'가 있는지 말이야.

자, 잿기날은 여기까지야.

이번 여름에 여자 문제와 관련해 우리가 나눴던 이야기, 기억할 거야. 좀 씁쓸했지. 어떤 감정이었냐면, 이런 거였지.

La femme est la désolation du juste(여자는 의로운 남자를 피폐하게 만드는 존재).

그리고 내가, 어쨌든 나는, 어쩌면 너도, 어느 정도는 저 '의로운 남자'에 해당했었어. 그런데 저 말이 과연 맞는 말이냐고 묻는다면, 뭐라고 답해야 할지 모르겠다. 왜냐하면 올여름부터, 과연 내가 '여자가 어떤 존재인지', '의로운 남자는 어떤 존재인지' 알고 있기는 한 건지 의심이 들기 시작했거든. 그래서 두 질문을 더 깊이 파고들었고, 그 결과로 이런 생각을 되뇌게 됐어.

Tu ne sais pas encore ce que c'est qu'une femme(넌 아직 여자가 어떤 존재인지 몰라).

Tu ne sais pas encore ce que c'est qu'un juste, sinon toutefois que tu n'en es pas encore un(넌 아직 의로운 남자도 몰라. 네가 의로운 남자가 아니라는 사실 말고는).

그래서 올여름에 내 가치관이 완전히 달라졌지.

내 말이 아니라, 미슐레 영감님이 너나 나 같은 젊은이들에게 한 말이야. 'Il faut qu'une femme souffle sur toi pour que tu sois homme(*여자가 숨결을 불어넣어야 비로소 너는 남자가 된다*).' 그런데 *그녀*가 내게 입김을 불어넣었다고, 이 친구야! 무슨 뜻이냐고? 그녀가 내게 3번이나 "안 돼"라고 대답했거든. 그게, 그것도 그녀가 숨결을 불어넣는 한 방식이야. 그 숨결에 괴물은 남자로 변한다고! 그녀를 향한 사랑! 다른 누구도 아닌, 그녀!

이해하니, 친구?

그럼 마찬가지로 정반대도 성립할까? '*남자가 숨결을 불어넣어야 비로소 여자가 된다.*' 난 진심으로 그렇다고 생각해!

그녀에게 어떻게 숨결을 불어넣지? 자, 아주 명쾌하고 간단해.

그녀의 "안 돼"라는 거절에 이렇게 응수하는 거야. "내 사랑, 난 당신을 사랑하고, 당신도 날 사랑하게 될 거예요. 신이여, 축복해주소서!" 사랑에 빠졌다가, 그 사랑에서 빠져나와도, 다시 계속 사랑해가야지! 이해하니, 친구?

안 돼! 이게 네 독침이라고? "절대로 안 돼", 그게 네 승리야! 다시 사랑에 빠지는 것, 그건 신의 뜻에 달렸지! 이해하니, 친구?

그러니까 이게 바로 사업가 아우인, 너에게 들려주려고 했던 사랑 이야기야. 혹시 너무 지루하고 감상적으로 들렸니?

일단, 모두에게 원성을 듣겠지만 포기하지 않겠다고 다짐했고, '다른 누구도 아닌, 그녀'만을 따르겠다고 마음먹으니, 아주 평안하고 온화한 확신이 서서히 내 몸을 감싼다.

그러자 우울한 기분도 다 사라졌어. 모든 게 새롭게 보이고, 몸에도 힘이 차올라.

내가 포기해야 한다고들 말한다. 이번 경우만큼은 내가 졌다고 여기지 않으면 규칙에 어긋난다고도 말하고. 이번 여름, 내 사랑 고백을 두고 '일찍부터 지저귀는 새가 고양이 먹잇감만 된다'며 폄훼했던 사람들에게 너도 아는 이 시로 받아쳐주고 싶구나.

그는 풍성했던 깃털을 잃었지
하지만 알았지, 다시 자랄 거라는 걸
전보다 훨씬 더 아름다운 깃털로*

* 독일 시인 Petrus Augustus de Genestet

지금은 물론, 소소한 일상의 고통을 겪고 있지. 그녀를 보러 갈 수도 없고 편지도 쓸 수 없으니. 또 주위 사람들이 자신들의 영향력으로 "아니, 싫어, 절대로"를 뒤흔들 수 있는 사람들이 반대로 "아니, 싫어, 절대로"를 결정적인 상태로 만들어버리는 것도 그렇고.

아! 세상 사람 모두가 다 아니라고 말할 수만 있다면! 모두가 자신들의 "아니, 싫어, 절대로"에게 아니라고 말할 수 있다면! 세상 사람 모두가 힘을 모아 "아니, 싫어, 절대로"의 목소리를 낮추려고 노력한다면, "아니, 싫어, 절대로"라고 말하는 모든 이들에게는 경고가 되고, '여전히 사랑하라'고 외치는 모든 이들에게는 격려가 될 거야.

만약 네가 어떤 식으로든, 무시무시할 정도로 적대적인 아버지와 어머니를 설득해, 두 분이 조금이나마 이해심과 용기, 자비를 보여주시도록 마음을 돌려 준다면, 정말 고마울 게다. 이번 일로 얼마나 갈팡질팡하셨는지 내가 이번 여름에 한 일을 두고 '무례'하고 '몰상식'하다고까지 하셨어(오죽하면 내가 제발 그런 표현은 쓰지 마시라고 간곡히 빌기까지 했다니까! 만약 계속 하셨더라면 나도 아마 두 분에게 사자처럼 대들었을 거야). 다시 한 번 말하지만, 네가 두 분이 다소나마 고집을 꺾고 용기를 내서 자비를 베푸시도록 해준다면 정말 더없이 고마울 것 같다.

네가 하는 한마디 말이, 내가 하는 백 마디 말보다 더 효과가 클 거야. 이제는 내가 편하게 일할 수 있게 해주시는 게 두 분에게나, 나한테나 좋을 테니까.

아버지 어머니는 내가 스트리커르 이모부와 이모께 보내는 편지를 끊었으면 하셔. 당연히 그런 약속은 못 해. 얼마간은 그럴 수 있을지 몰라도, 곧 더 강한 의지로 편지를 쓰게 될 거야.

그녀는 편지 읽기를 거부하겠지. 하지만—하지만—하지만 겨울에도 *지나치게 혹독한 추위*는 금방 끝나.

내가 처음으로 마음을 드러내 보였을 때, 그녀가 강하게 "아니, 싫어, 절대로"라고 거절한 게 더 건전하고 자연스럽다고 생각해. 그건, 내게 그녀의 치명적인 상처가 어느 부위인지를 확인시켜준 셈이니까. 난 그 증상이 뭔지 파악했다는 사실을 희망으로 여길 거야. 스스로를 꽁꽁 싸매고 과거 속에 틀어박혀 있는 증상 말이야. 그녀는 지금 분노의 시기를 보내고 있어. 하지만 외과 의사는 속으로 회심의 미소를 지으며 웃겠지. *정곡을 찔렀노라*고. 이건 우리끼리만 알고 있자! 봐봐, 테오야, 그녀는 내가 외과용 수술칼을 아주 제대로 쓴 결과에 만족해한다는 사실을 알면 안 되는 거야. 차라리 그녀 앞에서 혼란스러워 보여야 해. "내가 상처를 주었습니까? 너무 거칠고 과격했나요? 오, 내가 왜 그랬을까요!" 그녀 앞에서 보일 내 반응이야. 이모부께는 후회하는 마음을 담은 공손한 편지를 이미 보냈지만, 그래도 '다른 누구도 아닌, 그녀'라고는 썼어. 절대로 나를 배신하지 말아라, 아우야. 이미 벌어진 일을 없던 것처럼, 일어나지 않은 것처럼 우기는 건 멍청한 짓이야.

아우야, 나는 그녀의 '거부'가 반가울 따름이야. 기쁘다고 외치고 싶지만, 꾹 참고 침묵을 지키는 거야. 다시 공략할 방법을 찾는 중이고. 어떻게 그녀에게 가까이 갈까? 응? 어떻게 다가갈 수 있지? 그녀가 전혀 예상치 못한 순간과 기회를 노려야 해. 내가 제대로 버티지 못하면, 그녀의 증상(과거 속으로 빠져들어 틀어박히는 행위)은 7배나 더 지독해질 테니까. '여전히 사랑한다'는 내 명분은 의도만큼은 순수해. 그래서 내가 몸과 마음을 다 바칠 가치가 충분히 있어.

아버지 어머니에 대해 좀 투덜거렸다만, 사실은 내게 그 어느 때보다 자상하게 대해주신다. 다만 도대체 이 일에 대해 아무것도 이해하지 못하시니까. 문제가 뭐고, 여전히 사랑한다는 대의가 뭔지 전혀 모르시니까, 제지시킬 때까지 그냥 '무례'하고 '몰상식'하다는 말씀만 되풀이하실 뿐이야.

제발이지 내 머릿속에 들어와서 요만큼이라도 내 생각을 엿보실 수 있으면 얼마나 좋겠어! 내가 절대로 양보할 수 없는 부분들을, 내가 포기하고 체념하기를 바라고 계신다.

어쩌면 "아니, 싫어, 절대로"를 농담식으로 풀어쓴 네 편지 한 통이 도움이 될지도 모르겠다. 이번 여름, 어머니가 한마디 말씀만 하셨어도, 아무에게나 할 수 없었던 말을 털어놓기로 마음먹을 수도 있었어.

그런데 끝끝내 그 말씀은 안 하시더라. 오히려 내가 털어놓을 기회조차 거부하셨어. 연민을 비롯해 위로의 말을 잔뜩 품은 표정으로 나를 찾아오셨더라고. 아마 나를 위해 기도하고 오셨을 거야. 내게 포기할 힘과 용기를 달라고.

지금까지도 어머니의 그 기도는 이뤄지지 않았어. 오히려 그 기도가 내게 계속 밀고 나가는 힘을 주는 것 같아.

너도 이해할 거다. 단호히 마음먹은 남자는, 아들이 포기하기를 바라는 마음으로 기도드리는 어머니의 마음을 다는 이해할 수 없다는 걸. 그런 어머니가 하는 *위로의 말*을 곧이곧대로 들을 수 없다는 걸. 그래서 그 남자는 속으로 이렇게 외친다는 걸. '*절망이라는 구속은 절대로 받아들일 수 없습니다.*'

나를 위한 기도는 제발 안 하셨으면 좋겠다. 차라리 허심탄회하게 속마음 털어놓을 기회를 주셨으면 좋겠어. 그리고 "아니, 싫어, 절대로"를 체념하고 받아들이는 대신 오히려, 케이가 어머니를 믿고 마음을 열 때, 내 입장을 대변해 주실 수는 없는 걸까 궁금하다. 이런 걸 글로 다 적어 네게 전하는 이유는, 네가 아버지 어머니께 편지 한 통 써주는 일이 얼마나 나한테 큰 도움이 될지 설명하기 위해서야. 내 생각이 틀린 건 아니지, 동생아. 우리는 단순한 형제가 아니라 친구며 같은 곳으로 향하는 동반자니까, 그렇지? à Dieu, 곧 편지하고, 마음으로 악수 청한다. 내 말 명심해라.

형은 너를 사랑한다, 빈센트

진짜로 사랑을 시작한 뒤로 내 그림에도 사실적인 변화가 일어나고 있다. 지금 방에서 이 편지를 쓰고 있는데 주변에는 내가 그린 헷 헤이커의 남자, 여자, 아이들이 나를 쳐다보고 있어.

마우베 형님이 아프다더라. 아버지 어머니가 그 양반에게, 거동이 가능하면 여기로 와서 좀 쉬라고 하셨어.

156네 ____ 1881년 11월 10일(목) 혹은 11일(금)

사랑하는 동생에게

네 편지 받았다. 그런데 첫 번째 편지에 대한 답장만 있는 것 같더라.

하긴, 이어 보낸 두 통에는 네 조언에 대한 감사 표시라면서 '잔소리'만 잔뜩 쓰여 있었겠지. '헛수고가 아니라는 확신이 들기 전에는 경계를 풀지 마라'느니 하면서.

어쨌든 그런 잔소리도 할 만큼 했으니, 반복하지 않으마. 네게 좋은 일만 있기를 바란다, 아우야!

이 사랑이 시작되었을 때부터, 다른 저의나 빠져나갈 구멍 같은 걸 만들지 않고, 진심으로 온전히 몸과 마음을 던지지 않는 한, 이 사랑에 성공할 가능성은 없다고 느꼈다. 그렇게 한다 해도 성공 가능성은 매우 희박하고. 그런데 그게 무슨 상관이야! 사랑에 빠질 때, 승산을 꼭 따져봐야 할까? 아니, 그까짓 게 뭐라고! 사랑하니까 사랑하는 거야.

사랑, 그게 뭘까!

상상해 봐. 여자가 자신에게 사랑을 고백한 남자가 거절당할 경우를 대비해 빠져나갈 구멍을 만들어놓은 걸 알았다면 "아니, 싫어, 절대로"보다 더한 소리를 하지 않겠어? 그러니 테오야, 이 얘기는 그만하자. 너나 나나, 사랑에 빠지면, 그냥 그렇게 사랑하면 돼. 그뿐이야.

그러고 나서 맑은 정신으로, 실의에 빠지지 않고, 감정도 구속하지 않고, 불도 빛도 꺼뜨리지 않고, 그저 이렇게 말하면 그만이야. 하나님 감사합니다. 제가 사랑을 합니다.

게다가 여자는 성공을 자신하며 사랑을 고백하는 남자를 어떻게 생각할까? 상대가 케이 같은 여자라면 그 남자의 성공 가능성 따위는 내 관심 밖이야. 10만 플로린을 준다고 해도 내가 겪은 "아니, 싫어, 절대로"와 바꿀 생각도 없어.

내가 그린 데생 몇 장 동봉한다. 보고 있으면 헷 헤이커가 떠오르지 않을까 싶다.

하나만 알려다오. 왜 그림들이 안 팔리지? 어떻게 해야 팔리는 그림을 그릴 수 있겠니?

왜냐하면, 간간이 그렇게 돈이라도 벌어야 "아니, 싫어, 절대로"의 상태를 확인하러 갈 경비라도 마련할 수 있거든.

지체 높으시고 박식하신 J. P. S. 나으리(스트리커르 이모부)께는 절대 비밀이다. 알았지? 불시에 찾아가면 내키지는 않아도 소란이 일지 않도록 묵인해 줄지도 모르니까.

J. P. S. 나으리처럼 지체 높으시고 박식하신 양반들은, 당신 딸과 사랑에 빠진 녀석이라는 걸 알게 되는 순간 완전히 다른 사람이 된다. '문제의 사건' 관계자로 바라보는 게지. 그래서 상상

을 초월하게 거대하고 막강한 사람으로 변해. 그렇지만 이미 그 딸을 사랑하게 된 남자는, 나으리를 *만나는 것*보다 *만나지 못하는 것*이 더 두려워지지. 비록 이런 상황에서 나으리가 어떤 무시무시한 행동까지 할 수 있는지 잘 알면서도 말이야.

그나저나 요즘은 내가 '데생 화가의 손을 가지고 태어났구나' 싶어. 물론 아직 표현이 서툴지만 이런 재주를 가졌다니 너무 행복하다. 앵그르지는 너무 마음에 들어.

그러니까, 다들 널 두고 '행운아'라고 불러서 '소소한 일상의 고통'을 느낀다고? 너 자신이 정말 행운아인지 의심스럽다는 건데, 그걸 왜 의심하지? 그 이유가 정말 궁금하구나. 어떤 부분이 '소소한 일상의 고통'인데? 전부는 아니어도 내가 조금 알기로는, 남들은 전혀 안 그래.

너도 간간이 여인과 관련된 소소한 고통들에 시달리니? 그거야 당연하겠지만, 어떤 고통인지 구체적으로 듣고 싶구나. 확실히 "아니, 싫어, 절대로"보다는 덜할 거 아니야?

아, 아니면 혹시, 정반대로 긍정의 대답을 너무 많이 들어서일까? 너의 연애사 이야기가 무척 궁금하다. 왜냐하면 난 네 소소한 고통들을 내것과 비슷하다고 보거든. 말하자면, 대부분 이해 부족에서 기인한 것이어서, 잘 찾아보면 감춰진 보물이 있다는 거야. 찾아서 꺼내는 방법만 안다면 말이지.

불행은, 그게 소소하든 심각하든, 하나의 수수께끼야. 해답을 찾아야 하는데, 충분히 그럴 만한 가치가 있어.

이 불평하는 행운아야, 아무 이유도 없이!

사람들이 나는 '우울한 인간'이라고 불러. 그런 나는 너한테 "아니, 싫어, 절대로"를 축하해 달라고 하고.

또 바다에서 항해하는 건 위험하다고, 익사할지도 모른다고 내게 화를 내지. 하지만 난 화가 나지 않아. 그들의 말은 틀렸으니까. 또 아무래도 그들이 '태풍의 눈은 고요하다'는 사실을 잊고 있는 것 같으니까. 그러니 이 행운아야, 네가 행복한 게 왜? 확실히 넌 사랑에 빠지는 걸 딸기에 비유해서 아주 자극적으로 표현할 줄 알지.

그래, 매우 적절한 비유야. 하지만 사랑에 빠져서 3배나 강한 거절(아니, 싫어, 절대로!)을 맞닥뜨리고, 거기다가 '문제의 사건'(그분 표현에 따르면)에 대한 실질적인 대책을 요구하는 J. P. S. 나으리까지 상대하는 건 또 다른 일이야. 아니, 어쩌면 그 양반은 (예술에 문외한이니) 내게 먹고살 대책이 전혀 없다고 보고 아무것도 요구하지 않을 수도 있겠다. 그러니까, 이런 사랑을 한다는 건 봄에 나가 산딸기를 따는 것과 똑같을 수 없다는 거야. "아니, 싫어, 절대로"도 온화한 봄바람에 비할 바가 아니고. 살을 에는 듯한 겨울 한파처럼 매섭고, 사납고, 맹렬해. 셰익스피어*도 말했잖아. "이건 절대로 사탕발림이 아니오." 그렇지만 삼손은 이렇게 말했었지.

*「뜻대로 하세요(As You Like It)」

"강한 자에게서 단 것이 나왔다."

하지만 삼손은 나보다 별반 지혜롭지는 않았던 것 같으니. 또 그는 대범하게 사자를 죽여서 그 가죽을 취했지. 그러나 우리가 과연 그렇게 할 수 있나?

삼손이야 '당신은 틀림없이 할 수 있다'고 말하겠지. 맞는 말일 테고. 그만하자. 산딸기 철이 되려면 아직 멀었고, 묘목도 다 얼어붙어 있더라. 과연 봄이 올까? 그래서 나무가 다 녹고 꽃을 피울까? 그러면, 그 산딸기는 누가 따러 갈 수 있을까?

이 "아니, 싫어, 절대로" 덕분에 지금껏 몰랐던 것들을 몇 가지 배웠다. 첫 번째로, 내가 그동안 정말 아무것도 모르고 살았다는 것. 두 번째로, 여자들의 세계가 있다는 것. 그 외 또 다른 이런저런 것들까지 많이.

생계 수단이라는 문제도 그래. 인간적으로(헌법에 따르면 유죄로 판명되기 전까지는 무죄로 추정하잖아) 반대로 판명되기 전까지는, 서로를 각자 생계 수단을 보유하고 있는 존재로 바라보는 게 신중한 자세라는 것도 알았다. 예를 들면, 여기 한 사람이 존재해. 눈에도 보이고, 말도 하고, 그 사람이 '문제의 사건'에 연루되지 않았다는 사실조차 실존 인물임을 증명하고 있어. 내 눈에 그는 확실히 존재하는 사람이야(그저 영혼만 있는 게 아니라 피와 살의 육신을 가진 생명체라고). 그렇다면 이렇게 전제할 필요가 있어. 그 사람은 존재하기에 생계 수단이 있을 거라고, 그게 뭐든 어떻게든 생계를 위해 일하고 있다고 말이야. 그렇기 때문에 생계 수단이 없다고, 그 사람의 존재 자체를 의심해서는 안 돼.

그런데 사람들 생각은 그렇지 않아. 특히 암스테르담에 계신 그분은 더 그래. 생계 수단부터 확인이 되어야 그 사람이 존재한다고 생각한다니까. 그들은 사람의 존재만으로는 생계 수단이 실제로 있다고 믿지 않아. 사정이 이래서, 내 데생 솜씨부터 그의 눈앞에 들이밀어야 하는 거야. 그를 받아치거나 위협하려는 게 아니라. 그다음에는 이 데생 솜씨를 최대한 잘 활용해봐야 하고.

이걸로는 "아니, 싫어, 절대로"의 수수께끼는 결코 풀리지 않아. 남들의 조언과 정반대로 하다가 좋은 결과가 나올 때도 있거든. 그래서 여러 상황에 조언을 구해야 하지. 그렇지만 가끔은 문자 그대로 따라야 할 조언도 있어. 까뒤집어 보거나, 뒤죽박죽 섞을 필요가 전혀 없이. 다만 이런 조언을 경험하는 건 무척 드물고, 특별하지. 조언이야 여기저기 굴러다녀. 하지만 이런 조언은 훨씬 귀하고, 불필요한 조언들은 거저 얻어지고 딱히 묻지 않아도 집 앞까지 수북이 가져다주지. '그러는 동안!!!'

너를 사랑하는 형, 빈센트

이 편지는 조언에 대한 조언으로 마무리하마. 언젠가 사랑하게 되거든, 완전히 헌신하는 걸 두려워하지 마라. 아니, 사랑하게 되거든, 빠져나갈 핑계를 만들 생각조차 하지 마. 무엇보다도, 사랑하게 되면, 사랑을 얻어낼 수 있을지 자신이 없을 테고, *고통받는 영혼*이 된 듯할 거야. 그렇지만 미소가 지어질 거야.

사랑의 아픔을 배우기도 전에, 폭풍우가 몰아치는 대양 한복판에서 생과 사를 가르며 바다를 누벼보지도 않고, 사랑을 얻을 거라 자신하며 '그녀는 내 여자'라고 성급히 단정짓는 자는, 여자의 마음을 전혀 모르는 사람이야. 여자는 그런 자가 다가오면 아주 호되게 진실을 가르쳐 주지. 더 어렸을 때는, 이쪽을 좋아한다고 상상하면서 실제로는 저쪽을 좋아하곤 했었어. 그 결과는 몇 년에 걸친 수모일 뿐이었지. 그 수모의 세월 동안 무언가는 꼭 배웠기를 바랄 뿐이야.

내 말투가 꼭 패배자 같다면, 쓰라린 경험에서 우러나서다. 큰 대가를 치르고 배운 거라고.

이 행운아야! 뭐가 문제야? 어디가 그렇게 따가운 거야?

이래저래 해서 지금까지는 행운아가 아니었다고 쳐도, 내가 볼 때 넌 제대로 가고 있어.

네 편지를 읽고 내린 결론이야. 목에 아주 가느다란 털이 걸려서 힘들어하는 목소리야. 어떤 털이니? 내가 이렇게까지 다 말했는데, 너도 말해줄 순 없니? 테오야, 모든 딸 가진 아버지들은 저마다 '마음의 문을 여는 열쇠'라는 도구를 가지고 있어. 베드로와 바울이 천국의 문을 열었다 닫았다 하듯, 마음의 문을 열고 닫는, 아주 강력한 무기가 되는 거야. 그런데 그 열쇠가 모든 딸의 마음에 다 들어맞을까? '마음의 문을 여는 열쇠' 하나로 모든 여자의 마음을 열고 닫을 수 있을까? 아닐 거야. 여자의 마음을 열고 닫을 수 있는 건, 오직 하나님과 사랑뿐이야. 과연 그녀 마음의 문도 언젠가 열릴까? 동생아, 그녀가 내가 들어가도록 열어줄까? 하나님은 아시겠지. 나는 앞일을 뭐라고 말할 수가 없구나.

라4네* ―― **1881년 11월 12일(토)**

친애하는 라파르트

지금까지도 자네의 답장을 못 받고 보니 이런 생각이 들어. '지난번 내 편지가 정말 못마땅했나 본데. 편지에 담긴 어떤 내용이 몹시 언짢은 모양이군.' Qu'y faire(어떻게 해야 할까)? 정말로 그렇다면, 자네 정말 괜찮은가? 내 논리가 어디까지 맞고 틀린지, 적절한지 아닌지 스스로 판단하기가 늘 어렵네만, 한 가지만큼은 확실히 알아. 내가 이따금 자네에게 투박하고 거친 어투로 말하지만, 내 편지를 읽고 또 읽어보면, 내가 얼마나 자네를 좋아하는지, 말은 그렇게 했어도 결코 자네의 적이 아니라는 것을 알게 될 거야. 그러니, 애초에 투박하고 거칠게 느꼈던

* 이 편지에는 프랑스어로 쓴 문장이 빈번히 등장한다.

말이나 표현들을 이제는 좀 달리 봐줄 수 없을까 싶어.

라파르트, 내가 대체 왜 자네 기분을 상하게 할 편지를 써서 보내겠나? 자네를 덫에 걸려들게 하려고? 자네를 우물에 빠뜨리려 호시탐탐 기회만 노리는 사람이라서? 실제로 이런 생각은 했을 수 있어. '라파르트가 얇은 얼음판 위로 위태롭게 걸어들어가고 있어!' 얇은 얼음판 위에서도 균형을 잘 잡고 곡예까지 부리는 사람들도 있다지만, 자네가 그런 재주를 가진 사람이라고 해도(자네한테 그런 능력이 없다는 게 아니고) 난 자네가 오솔길이나 포장된 길로 안전하게 다니는 모습을 보는 게 더 좋아.

화내지 말고 일단 계속, 끝까지 읽어주게. 화가 나더라도 끝까지 읽기도 전에 편지를 찢는 대신, 차라리 열까지 숫자를 세어봐. 하나, 둘, 셋…….

기분이 좀 가라앉았겠지. 왜냐하면, 지금부터 *더 무거운* 내용을 말할 거라서. 들어봐, 자네한테 하고 싶은 말은 이런 거야.

라파르트, 내가 보기에 자네는 지금, 아카데미에서 그릴 때도 점점 더 사실주의적으로 그리려고 애쓰지. 학교에서도 역시 사실성을 고수해. 하지만 자네도 전혀 느끼지 못하는 사이에, 아카데미가 자네에게 정부(情婦) 같은 존재가 돼가고 있어. 더 진지하고, 더 뜨겁고, 더 풍부한 사랑이 자네 안에서 깨어나는 걸 방해하는 존재라고. 그 정부는 놔버리고 자네만의 진정한 사랑에 푹 빠지게나. 자연의 여신 혹은 현실이라는 배필을.

나 역시 사랑에 빠졌어. 다시 한번, 아주 열렬히, 자연 혹은 현실이라는 상대를 만나서. 그 후로 아주 행복하게 지내지. 가끔은 내가 성급하게 자신을 내 소유물처럼 여길 때면 호되게 야단치긴 하지만 말이야. 그래서 이미 정복한 것처럼 구는 대신 언젠간 그렇게 만들 거라는 마음으로 대하고 있어. 아무리 호되게 야단을 맞아도 그녀 마음의 문을 열 열쇠를 찾는 중이야.

그런데 이 자연 혹은 현실이라는 이름을 가진 여성이 세상에 오직 하나라고 생각해서는 안 돼. 아니, 그건 그냥 성(姓)에 불과해. 다른 이름을 쓰는 자매들이 공통으로 갖는 성. 그러니 우리가 서로 경쟁할 필요는 없어. As-tu compris mon cher, c'est purement artistique, bien entendu, n'est ce pas(알겠어, 이 친구야, 당연히 전적으로 예술적인 이야기라는 걸)?

내가 볼 때, 정부도 두 종류가 있어. 첫 번째 부류와는 사랑을 나누게 된다네. 하지만 누군가는, 혹 두 사람 모두, 그 사랑이 영원하지 않다는 걸 내내 알고 있기에, 빠져나갈 출구나 대책을 마련하지 않고서 상대에게 푹 빠져드는 법이 없지.

이런 정부는 분노하게 했다가 어르고 달랬다가 하며 남자를 엉망진창으로 만들어서, 그러면, 그러고 나면, 꽤나 많은 남자들이 다 타버리고 재만 남지.

두 번째 부류는 차원이 달라. 근엄한 척만 하는 바리사이파, 예수회 위선자들이야!!! 대리석같이 차가운 이 여자들은(냉혈한 스핑크스 살무사) 남자들에게 영원히 착 달라붙어 있으려고 들지. 당연히 자신은 빠져나갈 구멍을 마련해 두었고, 상대에게 푹 빠져들지도 않으면서 말이야. Elles sucent le sang. Ces maîtresses-là elles glacent les hommes, et les pétrifient(그녀들은 자네의 피를 빨아먹네. *남자를 얼어붙게 하고 돌로 만들어버려*).

이건 전부 순전히 예술적인 차원의 이야기라고, 친구. 난 첫 번째 정부들, 상대를 불태워버리는 부류들은 진부함에 젖어버린 예술학교이고, 두 번째 (근엄한 척하는) 여자들, 상대를 얼어붙게 하고 돌로 만들어버리는 부류는 학계의 현실이라고 본다네. 아니, 자네는 내가 감언이설로 괜찮아 보이게 말해줬으면 하겠지만, 그럴 도리가 없어. 안타깝지만 자네도 곧 이 사실을 꿰뚫어보게 될 걸세. 입에 쓴 약이 몸에는 좋은 법이지…… 키니네(감기약의 일종)처럼 말이야.

As-tu compris, mon cher(이해할 수 있겠어, 친구)?

그런데 이 두 부류 외에, 하나님 감사하게도, 다른 부류가 또 있어. 자연과 현실의 가족 같은 집단인데 숱한 내적 갈등을 겪은 끝에야 만날 수 있는 사람들이야.

이들은 더도, 덜도 말고 온 마음과 영혼, 정신을 오롯이 한쪽으로, 우리 안의 모든 사랑을 그 한쪽으로 몰아가기를 요구하고, 그다음, 그다음에는 자신들도 오롯이 모든 걸 던지는 사람들이야. 하지만 진정한 이 '자연'에 속하는 부류가 비둘기처럼 솔직하다고 해도 그들은 뱀처럼 신중한 동시에 진지한 이들과 그렇지 못한 이들을 구분하는 감식안을 가지고 있어.

Elle renouvelle, elle retrempe, elle donne la vie! cette dame Nature, cette dame Realité(그들은 새로 태어나고, 새로 힘을 불어넣고, 생명을 탄생시키네! 이 '자연', 이 '현실')!

라파르트, 진짜 사랑을 만나고 나서야 '이제껏 정부들만 만나왔었구나' 혹은 '그녀들을 제대로 알았던가' 하고 깨닫는 사람들이 있네(아마 자네나 나겠지). 또렷이든 막연히든 말일세.

Tu as donc selon moi, une maîtresse qui te glace, te pétrifie et te suce le sang(내 눈에 자네는, 지금 자네의 피를 빨면서 얼어붙고 굳어버리게 만드는 정부와 지내고 있어).

그러니까, 친구, 당장, 그 대리석 같은 여인의 품에서 떨어져 나와야 해(단지 석고에 불과한 걸까? 정말 끔찍할 따름이야!). 계속 그렇게 있다가는 얼어 죽을 거야!

자네 눈에 내가, 정말로 자네를 깊은 수렁으로 끌어당길 기회만 호시탐탐 노리는 사람으로 보인다면, 그 수렁은 '진실의 우물'일 거라네. 한마디로, 더 이상은 자네의 그녀가 비학구적이지는 않다면서(예술에 관해) 떠받들지 말란 말이야. 내 생각에, 아주 고약한 악녀가 분명하거든. Mon cher, je suis d'avis qu'elle te trompera si tu te laisses prendre. Envoie la à tous les diables. Faites la décamper plus vite que ça. C'est purement artistique cependant, n'est ce pas, mon cher(친구여, 자네가 이대로 끌려가면 그녀는 자네를 기만할 거야. 썩 꺼지라고 해. 당장 물러나라고! 이건 전적으로 예술적인 차원의 이야기야. 안 그래, 친구)?

Eh quoi! Si en dehors et en outre de ça c'était encore autre chose, tant mieux, je ne m'en dédis pas. quand bien même tu voudrais prendre mes paroles en sens non figuré. As tu compris, mon cher, et , et, dites moi, m'écriras tu maintenant plus vite que ça, hein! Crois moi toujours, avec une poignee de main(자, 이런 거야! 이것 외에 또 다른 이야기를 덧붙인다 해도(그러면 다행이지만) 내가 내뱉은 말을 되돌릴 생각은 없어. 그렇기 때문에 비유적인 뜻을 걷어내고 이해해도 상관없어. 무슨 말인지 알아들었으리라 믿네, 친구. 그러면 이제 속히 편지해주면 좋겠어)!

자네를 사랑하는 친구, 빈센트

얼마 전에 데생 하나를 마쳤어. 어느 노동자의 식사 시간이야. 커피를 마시며 빵을 잘라 먹으려는 모습이지. 바닥에는 밭에서 일하고 가지고 온 삽이 있어.

*아무래도 그 여자는 좀 차가워 보여, 친구. 자네가 사랑한다는 그 여자. 지금 자네 이상형이라는 사람. 내가 말한 대리석 같고, 석고 같은 그런 여자 같은데, 내가 어찌 알 수 있겠어. 고작해야 몽유병 환자 같을까. 살아 있는, 아니야?

자네가 뭐라고 했었지?

어디서 왔다고? 하늘에서.

어디에 머문다고? 온 세상에.

무슨 목표라고? 아름답고 숭고한.

그런데 자네 적어도 무척 진지하군. 단지 자네도 모르는 사이에 정부를 두고 있다는 점을 인정했다는 걸 모르고 있을 뿐이지. 내가 근엄한 척만 한다고 말했던 부류의 정부를 말이야.

그래, 맞아, 자네 묘사가 아주 정확해. 그런데 그녀는 바리사이파 사람이야! 자네가 그런 그녀와 사랑에 빠졌으니, 얼마나 유감인지!

여인이여, 당신은 누구시오? 난 '*아름답고 숭고한*' 자예요. 어디, 들어봅시다, '아름답고 숭고한' 여인이여. 당신은 정말 당신 말대로 아름답고 숭고합니까? 살다가 힘들 때나, 괴로울 때, 주체할 수 없이 기쁠 때, 아름답고 숭고하다고 느낄 수도 있는데, 난 그런 순간을 감사히 여길 줄 아는 사람이고 싶어요. 그렇지만, 여인이여, 나를 이렇게 아무런 감정 없이 싸늘하게 내버려 둔 건 당신 아닙니까? 그건 어떻게 설명할 겁니까? 내 살가죽은 그렇게 두껍지 않습니다. 난 그렇기를 바라지만 말입니다. 아주 예쁘지 않아도, 너무 숭고하지 않아도, 가끔 그런 사람들에게 매력을 느끼지만, 여인이여, 나는 어떤 식으로든 당신에게 아무런 매력을 느끼지 못합니다. '아름답고 숭고한'게 전문직이 될 수는 없나 봅니다!

여인이여, 나는 당신을 조금도 사랑하지 않고, 당신 역시 사랑하는 법을 알고 있다고 생각하지도 않습니다. 어느 학구적인 하늘 아래서면 또 모를까 말입니다. 하지만 황야에서, 친한 이들이 모여앉은 불가에서는 어림도 없을 겁니다. 그러니 노래할 생각도 하지 말기 바랍니다, '아름

* 여기서부터는 대부분 프랑스어로 쓰였다.

답고 숭고한' 여인이여, 당신은 아무것도 모르는 사람입니다.

여인이여, 나는 단지 인간의 욕망을 가진 한 남자에 불과합니다. 황야 '낮은 곳'을 돌아다니는 한, 나는 천상의 신비로운 사랑에 신경 쓸 겨를이 없습니다. 더욱 현세에 가깝고 솔직한 사랑을 느끼는 한, 그런 것에 신경 쓸 겨를이 없습니다.

아름답고 숭고한 것, 내게도 그런 것이 필요하다는 건 인정하지만 그보다 먼저 필요한 게 있습니다. 호의, 선의, 애정이 그 시작인데, 당신은 이것들을 얼마나 가지고 있습니까, 바리사이파 여인이여? 나는 그게 의심스럽습니다. 여인이여, 당신은 육신과 영혼이라는 실체를 가지고 있습니까? 당신의 육신도, 당신의 영혼도 심히 의심스럽습니다.

여인이여, 당신이 어디서 왔다고 한들, '아름답고 숭고한' 목표를 가졌다고 주장한들(그건 *결과*로 나타나지, *목표*가 될 수는 없습니다), 다시 말하지만, 당신이 어디서 왔다고 주장한들, 그건 살아 계신 주님의 품도 아니요, 여인의 품도 아닌 게 분명합니다. 가버리시오, 스핑크스 같은 여인이여! 당장 물러나라 (내가 명하노라) 이 농담에 불과한 존재야! 너는 세상에 존재하지 않는다. Le tiaple n'egssisde boinde(악마는 존재하지 않는다).* 뉘싱겐이 말했죠. 그런데 당신이 정말 존재하고, 정말로 어딘가에서 온 게 사실이라면, 정말로 당신이, 거짓의 대마왕인 사탄에게서 온 게 아니라고 자신합니까? 당신이 그 사탄보다 덜 살모사 같고, 덜 사악한 뱀이라고 자부할 수 있습니까, 아름답고 숭고한 여인이여?

난, 하늘에서 내려와 온 세상에 살고 있다는 '아름답고 숭고한' 자네 정부라는 존재가 심히 의심스럽다네. 이렇게 얘기한들 충분한 설명이 되지는 않을 거야.

그녀에게 직접 물어봐. 정말 선하고 유용한지, 정말 사랑을 할 수 있고 사랑을 필요로 하는지. 아마 혼란스러워하다가 그렇다고 대답한다면, 그건 거짓말이야.

그렇다면 그녀(그러니까 *또 다른*), 저 위에 적은 그 목표를 갖지 않은 그녀는 어디서 오지?

나는 그녀의 신성성을, 그녀가 불멸의 존재임을 부인하지 못하겠어. 난 그녀를 확실히 믿어. 비록, 무엇보다, 그녀가 현세의 사람이고 분명, 여성에게서 태어난 여성이라고 해도.

그녀? 어디에 있든, 그건 자네나 나나, 우리와 그리 멀지 않은 곳에 살고 있다는 것도 알아.

그녀. 목표가 뭐냐고? 난들 알 리 있겠어? 하지만 뭐랄까 (차라리 조용히 있고 싶지만) 말을 해야 하는 거라면, 내 생각에, 목표는 사랑하고 사랑받는 거야. 살고, 생명을 낳고, 새롭게 하고, 낫게 하고, 지켜주고, 일하고, 빛을 발하기 위해 반짝이고, 무엇보다 선하고, 도움이 되고, 어딘가에 쓸모가 있고, 예를 들면 불을 붙이거나 아이에게 파이를 만들어주거나 병자에게 물을 줄 수 있는 일을 하는 것들이야.

* 발자크의 『인간 희곡』에서 인용한 문장이다. 뉘싱겐(Nucingen)이라는 유대계 영국인 금융가가 영국인 특유의 억양으로 'le diable n'existe point(르 디아블 네그지스뜨 뿌앵)'이라는 프랑스어 문장을 'le tiaple n'egssisde boinde(르 티아플 네그씨스드 부앵드)'로 읽었다는 의미다.

아! 이 모든 것들은 대단히 아름답고, 너무 숭고해. 그렇지만 정작 그녀는 그게 그렇게 불린다는 것조차 모르고 있어. 그냥 단순한 일이라고 믿을 뿐이지 무슨 목적을 가지고 하는 것도 아니야. 이렇게 시끄럽게 하려 했던 *의도는 없었어*. 세상 사람들이 주목할 거라 생각도 한 적 없고.

그녀만의 '이유'는 자네가 보다시피, 그럴듯하지도 않고, 치밀하게 계획한 것 같지도 않아. 하지만 그녀의 감정은 언제나 정확해.

To know what's her duty she does not go to her head, she goes to her heart(그녀는 자신의 의무를 떠올릴 때, 머리가 아니라 가슴에서 찾는다).

하지만 그녀는 정부가 될 수 없어. *여자는 여자*이기 때문이야. 미슐레의 말처럼.

그나저나, 라파르트, 경선 순위에 관해 흥미롭게 읽었어.

숫자 11은 그 자체로는 바보 같은 숫자고, '마지막'이라는 것도 좋은 징조가 될 수 있어. 그래서 나는 진심으로 축하하고 싶어. 어쨌든 이거나 저거나 자네한테는 좋은 징조가 되는 거니까. 좋은 일이 있을 거야.

자네가 주장하는 이론들을 얼마든지 반박할 수 있지만, 우리 사이의 bête noire(눈엣가시)는 저 위에 언급한 정부니까, 일단 자네 이론은 넘어가지. 자네가 아름답고 숭고한 저 여인에게 작별을 고하고 다른 사람을 만나 사랑에 빠지게 되면, 자네 머리와 마음속에, 또 다른 이론들이 자랄 거야. 비록 자네가 여전히 아름답고 숭고한 여인에게 집착하고 있다고 해도, 나는 몇몇 증상을 통해, 자네는 그 여인 곁에서 오래 버티지 못할 거라고 결론 내릴 수 있을 것 같아. 그녀가 먼저 자네를 이런 식으로 얼어붙고 꼼짝 못 하게 만들지 않는다면 말이야. 하지만 자넨 상식이 차고 넘치는 친구라 그럴 일은 거의 없을 거야. 경계를 늦추지 말아야 해. 따뜻하게 지내고(알다시피 싸늘한 영향력에 맞서는 최소한의 예방책이니까). 산책도 자주 다니고(굳는다는 느낌이 들기 시작하는 순간에는 꼭). 신중해서 손해 볼 거는 없는 법이야. 자네는 신중히 지내고 있는 거야.

날 원망하지는 마. 학구적인 문장으로 보일지 모르겠지만, '다 자넬 위해서야.'

어쨌든 자네한테 좋은 일이 있기를 바라는 마음이야. 내게는 아직 물리쳐야 할 눈엣가시가 있어. 지금 그 문제까지 설명할 순 없어. 그래도 조금은 말해줄게. 그 눈엣가시는 '*낙담한 심정으로 포기*'하는 거야. 이번에도 믿기지 않을 정도로 예수회 배신자들의 바리사이파적인 술책이지. 하지만 이건 신학, 아주 신학적인 부분이야. 친구, 절대로 포기하지 말고, 절대로 낙담하지 마. 자네한테 줄 수 있는 최고의 조언이야. 냉혈한 같은 그 정부는 두말할 것도 없이 쫓아버리는 게 신상에 이로워. 두 가지 조언이지만 결국 하나로 궤를 같이하는 조언이야.

마음으로 악수 청하고, 항상 내 말 명심해.

자네를 사랑하는 친구, 빈센트

157네 ____ 1881년 11월 12일(토)

테오에게

지난 11월 6일의 네 편지에서 한 문장만큼은 특별히 답을 해야 할 것 같다.

이 부분 말이야. '제가 형님 입장이었다면 낙담하지는 않았겠지만, 이 일과 직접 관련 없는 주변 사람들에게는 입도 뻥끗하지 않았을 겁니다. 그렇게 하면 직접 관련된 몇몇은 오히려 놀랄 테고, 마음이 누그러질 수도 있으니까요.' 이미 수차례 시행해봐서 이것이 가장 좋은 방패막인인 걸 나도 이미 알고 있다. 하지만 지금은, 그래, 내가 아는 만큼밖에 말할 수 없는데, 그런데 넌 뭘 더 아는데? 네가 잊지 말아야 할 건, 어떤 경우에는 방어적인 자세만으론 부족하다는 거야. 특히, 상대의 전략이 그렇게 신통한 것 같지도 않고, 내가 할 수 있는 게 수세적인 반응뿐이라는 가정을 기반으로 세워진 전략이라면 말이야.

테오야, 너도 나처럼 사랑을 키우게 된다면 (왜? 아우야, 너한테는 이런 일이 없을 것 같아?) 아마 전에는 한 번도 경험해본 적 없는 증상들을 겪게 될 거야. 너대로 대규모가 됐든, 나대로 소규모가 됐든, 어쨌든 너나 나처럼 사람 만나는 걸 좋아하는 사람들이나 사업할 거리가 뭐 있나 항상 찾아다니는 사람들은 뭐든 머리를 써서 일하는 게 익숙해. 기교도 약간 부리고, 천재적인 계산도 곧잘 해내지. 그런데 언젠가, 사랑에 빠지는 순간, 우리를 행동하게 만드는 또 하나의 힘이 있음을 깨닫게 되는데 그게 바로 마음이야.

사람들은 때때로 마음을 무시하곤 해. 하지만 사랑에 관한 이 말만큼은 진리라고 할 수 있어. 'I don't go to my head to ask my duty, in this case I go to my heart(내가 해야 할 일은 머리가 아니라 마음에 물어봐야 한다).'

네가 나더러, 우리 부모님이나 그녀의 부모님을 이 일과 '관계없는' 사람들로 바라보기를 바란다니 믿을 수가 없구나. 오히려 그분들과 이따금 속내를 주고받는 게 전혀 지나치지 않다고 생각해. 특히 이번처럼, 그분들 마음이 긍정도 부정도 아닐 때는 더욱 그래. 명확하게 찬성하지도 반대하지도 않겠다는 거잖아. 대체 어떻게 그럴 수가 있는지. 냉정도 열정도 아닌, 그저 비참함이잖아.

이 소중한 시간들을 이렇게 허비하고 있다니! 네가 이 일에 관심도 없고 관여하고 싶은 생각도 없는 부류에 속하더라도, 난 계속 네게 말할 거다. 네가 듣기 싫어해도 말이야. 바로 지금 내가 부모님과 이모부 내외분께 하고 있듯이. 아버지께 내가 이번 여름에 대해 이야기를 꺼내니까, 내 말을 끊으시고 너무 많이 먹은 사람과 충분히 먹지 못한 사람에 관한 이야기를 하시더라. 너무 생뚱맞지. 게다가 이야기가 영 두서도 없어서, 듣다 결국 이런 생각이 드는 거야. 아버지 정신이 혼미해지셨나?

물론 당황하셔서 그랬겠지. 전혀 예상하지 못하셨을 테니. 그렇지만 내가 그녀와 몇 날, 몇 주에 걸쳐 담소를 나누고 함께 산책하는 걸 뻔히 보셨으면서, 알고 계셔야 하는 거 아니야. 심리 상태가 이러면 상황이 더 명확하게 보일까? 아닐 거야. 내가 만약 미온적이고, 갈팡질팡하고 주저하는 입장이라면 아버지 어머니 태도를 받아들였을 거야. 하지만 지금의 상황은 완전히 달라. 나의 이 사랑은 너무나 확실해서, 화가 난다(아주 건강한 내면의 힘이지). 진정한 사랑을 경험하는 사람들이 그러하듯이 말이야. 그래서 아우야, 내가 하고 싶은 말은, 더도 덜도 말고 딱 이거야. 누구든 가장 중요한 한 가지, 내면 깊숙이 잠들어 있던 미지의 힘이, '다른 누구도 아닌, 그녀'를 만나서야 비로소 깨어난다고 굳게 믿고 있어.

사랑이 아니라 돈에 대한 갈망과 야망이 더 크다면, 그 사람은 뭔가 잘못된 거야. 사랑만 알고 돈벌이 능력이 없는 사람 역시 뭔가 잘못됐어. 야망과 탐욕은 사랑과 원수지간이야. 상반되는 이 두 힘은 태어날 때부터 우리 안에 공존한다. 우리가 크면서 따라 크는 씨앗과도 같지만 양쪽이 똑같이 자라진 않아. 누구는 사랑이, 누구는 야망과 욕심이 더 크지.

그러다가 너나 내 나이가 되면, 마음속 두 힘의 균형을 적절히 조절할 수 있어.

그 힘들이 최대치로 만개한다면, 사랑이 반대쪽 감정(야망과 탐욕)보다 더 나은 사람으로 만든다는 게 내 생각이야.

하지만 사랑이 너무 강렬한 감정이라서 젊을 때는(열일곱, 열여덟, 스무 살 정도) 힘없이 끌려다니지. 열정은 배 위에 달린 돛과 같아. 무슨 말인지 알지? 스무 살에는 완전히 감정에 휘둘리기 때문에, 결국 바람을 너무 받아 질주하다가 물이 차서 가라앉거나 간신히 수면에 떠 있는 지경이지.

반면, 다른 건 다 빼놓고 야망과 탐욕이라는 돛만 올리고 인생의 바다에 나가 앞만 보고 직선으로 항해하는 사람은 사고를 당할 일도 없고, 이리저리 헤맬 일도 없어. 그러다가 마침내, 자신의 항해가 충분치 않음을 깨닫고, 1 제곱미터의 돛만 구할 수 있다면 모든 걸 내줄 텐데 구할 수가 없다고 절망하게 되지.

그런데 고민하다가 다른 힘의 존재를 기억해내. 지금껏 무시하고 구석에 처박아둔 돛을 기억해내고, 이번에는 그 돛으로 항해를 해. 그 사랑의 항해가 그를 구조하지. 그 돛을 올리지 않으면 항구에 도착하지 못하니까.

그렇다면 스무 살에 타고 나간 배가 전복된 첫 번째 사람은 어떻게 됐을까? 가라앉아버렸나? 아니, 그도 다시 수면 위로 떠올랐어. 그게 바로 네 형, 빈센트라고. "무너졌으나 다시 일어나" 이렇게 편지를 쓰고 있는 바로 이 사람.

내가 스무 살에 느꼈던 사랑은 무엇이었을까? 설명하기 쉽지 않아. 수년간의 가난과 고된 노동 탓에 육체적인 열정은 그리 크지 않았다. 그러나 지적인 열망은 강렬했어. 돌려받을 생각도, 동정받을 마음도 없이 무조건 퍼주고 싶었지. 부조리하고, 부적절하고, 허황되고, 오만하고, 경솔했어. 왜냐하면, 사랑만큼은 일방적으로 주는 게 아니야. 주고받는 거지. 다시 말하면, 받기만 해도 안 되고 그만큼 줘야 해. 길에서 왼쪽이나 오른쪽으로 이탈해도 도움을 받을 수가 없어. 그렇게 난 넘어졌다만, 놀랍게도 다시 일어섰지. 내가 다시 균형을 회복하도록 도와준 건, 몸과 마음의 병에 관한 책 읽기였어. 나는 내 마음을 깊숙이 들여다볼 수 있게 되었고, 아울러 다른 이들의 마음도 보였지. 점차 난 자신을 포함해서 사람들을 다시 사랑하게 되었고, 점점 더 내 정신과 마음이(한동안 시들었던, 온갖 비극들을 겪으며 엉망진창으로 피폐해졌던 정신과 마음이) 되살아났다. 그리고 점점 더 현실로 돌아올수록, 사람들과 어울릴수록, 내 안에서 새 삶이 꿈틀댄다고 느꼈어. 그러다가 마침내 *그녀*를 만난 거야.

'네 이웃을 너 자신처럼 사랑하라!' 왼쪽이나 오른쪽으로 벗어날 수도 있는데, 어느 쪽이든 벗어나면 위험한 거야. 나는 상대가 준 만큼 자신도 줘야 한다고 생각해. 그게 가장 중요한 규칙이자 진리와 진심이 요구하는 바이기도 해. 여기 양극단이 있어. 첫 번째, 모든 걸 다 요구하면서 하나도 주지 않는 경우. 두 번째, 하나도 요구하지 않으며 모든 걸 다 주는 경우.

두 가지 경우 모두 치명적인 동시에 좋지 않은 자세야. 어느 쪽 하나 좋다고 할 수가 없어.

그런데도 이 양극단의 이쪽이나 저쪽으로 가야 한다고 하는 사람들이 있게 마련이야. 한쪽은 강도나 고리대금업자 같은 질 나쁜 인간들이고, 다른 한쪽은 예수회나 바리사이파 사람들처럼 위선적인 남자와 여자들인데, 질 나쁜 인간이기는 서로 마찬가지지!

네가 만약 "안 돼, 싫어, 절대 안 돼"에 더 빠져들지 않도록 조심하라고 말하고, 그 말이 모든 걸 다 주고 아무것도 요구하지 않는 행동을 경계하라는 뜻이라면, 네 지적은 구구절절 옳다. 하지만 나는 이미 과거에도 그런 실수는 한 적 있어. 그렇게 한 사람을 포기했고 그녀는 다른 남자와 결혼했어. 그녀의 곁에 있을 수 없었지만, 마음은 계속 그녀 곁에 있었어. 처참했지!

그렇게 겪으며 배웠기에, 지금은 이렇게 말하는 거야. 그냥 포기하느니, 맹렬한 기세와 인내심으로 내가 더 기쁘고 행복할 수 있도록 노력하는 게 낫다고. 온 힘을 다해서 "안 돼, 싫어, 절대 안 돼"를 녹여보겠다고.

테오야, 사랑에 빠진 상태여도 난 여전히 침착하고 이성적으로 생각할 수 있다는 걸 보여주기 위해 이런 편지를 쓰는 중이야.

만약 그녀와 내가 둘 다 한없이 감상적이고 마음이 약한 사람이었다면, 진즉에 결혼해서 어마어마한 불행을 자초했을 게다. 가난, 굶주림, 추위, 질병 등등. 아, 그렇더라도 함께하지 않은 것보다는 그렇게 함께인 것이 더 나아.

만약 내가 난폭한 열정에 사로잡히고 그녀도 결국 굴복했더라면, 그 열정은 곧 식었을 거야. lendemain de fête(축제 후에는) 비탄만 남고, 그녀의 마음은 찢어졌을지 몰라.

만일 그녀가 coquette(남자의 마음을 쥐락펴락하는 여자)였고 상대 남자가 전혀 그녀의 농간을 알아채지 못했다면, 그는 멍청이지만 숭고한 멍청이다(멍청이가 숭고할 수 있다면 말이야).

만약 내가 그녀를 다른 이유(돈 혹은 관능적 욕망) 때문에 원한 거라면, 또 내가 "그녀는 어떤 이유로도 날 피할 수 없어"라고 여겼다면, 나는 혐오스러운 악질 예수회나 바리사이파 위선자나 같아('지금까지'라는 단서를 붙였듯이 아직은 우리 사이에 그런 일은 없었다).

우리가 그냥 사촌 남매 사이로만 지냈다면 그냥 애들처럼 유치하게 놀았다는 건데, 그것도 말이 안 되는 거야.

만약 그녀가 내 감정의 호소에 응해주지 않는다면, 난 아마 독신으로 늙어가겠지.

만약 그녀가 다른 남자를 사랑하게 된다면, 난 멀리, 아주 멀리 떠나버릴 거야. 만약 그녀가 사랑하지도 않는 남자를 돈 때문에 선택했다면, 난 나의 비루한 안목을 탓하며 이렇게 말할 거야. 브로샤르의 그림을 쥘 구필의 그림으로 착각했다고. 통속화를 보턴이나 밀레이, 혹은 티소의 인물화로 착각했던 거라고.

내가 이 정도로 보는 눈이 없는 사람일까???

하지만 내 안목은 너만큼이나 숙련되고 정확한걸.

하지만 만약, 그녀와 내가, 새 삶에 다시 숨을 불어넣고 새로운 힘이 있다는 것을 보여준다면, 아! 미래가 그리 어둡지만은 않을 텐데!

그녀는 여성스러운 손으로, 나는 화가의 손으로 열심히 일해 나가면, 우리는 물론 그녀의 아들이 먹을 일용할 양식이 떨어질 일은 없을 텐데.

보다시피, 만약 내가 빠져나갈 구멍을 만들어놓고 그녀에게 다가갔었다면, 아마 나를 경멸했을지 모르지만 지금 그녀는 나를 그런 눈으로 바라보지 않잖아.

세 번째 편지지도 거의 꽉 찼지만 한 가지 더 부탁하고 싶은 게 있어. 아우야, 그녀를 다시 직접 만나서 얘기해야 해. 얼른 얼굴을 못 본다면, 성대한 가족 행사 날* 내가 너무 곤란할 것 같아서. 정확히 무슨 곤란한 일인지는 묻지 말아라. 너도 사랑에 빠지면 알게 될 테니까. 하지만 내가 직접 설명해줄 방법은 없어. 넌 아직 사랑에 빠지지 않았으니까.

테오야, 암스테르담까지 갈 노잣돈이 꼭 필요하다. 가진 건 없지만 그래도 꼭 가야만 한다. 아버지 어머니도 굳이 막지는 않겠다고 약속하셨어. 단, 내가 두 분을 곤란하게 하지 않는 조건으로. 아우야, 네가 약간의 돈을 보태주면, 널 위해 헤이커의 일상을 담은 데생을 많이 그려줄게. 나중에 어떻게 될지 누가 알겠어? 만에 하나, "안 돼, 싫어, 절대 안 돼"가 녹기 시작하면, 그 데생들은 훨씬 나아질지도 몰라. 그림을 잘 그리는 최선의 방법은 다시, 계속 사랑하는 길이거든.

여비를 조금 마련해줄 수 있을까, 아우야? 다만 20프랑이라도. 아버지도 10프랑 정도는 주실 수 있을 거야(눈 딱 감고 몰래). Et alors je décampe plus vite que ça. As-tu compris mon cher! Crois moi toujours(그렇게만 되면 당장이라도 달려갈 거야. 내 마음 이해하겠지, 아우야? 항상 내 말 명심해라).

형은 너를 사랑한다, 빈센트

* 스트리커르 이모부 부부의 결혼 40주년 기념일이 다가오고 있었다.

158네 ____ 1881년 11월 18일(금)

테오에게

이 마음이라는 보일러를 간간이 식혀주지 않으면 폭발할 것만 같구나. 마음속에만 묻어두고 있으려니 머리가 돌아버릴 것 같아서 네게 털어놓는다. 이렇게 밖으로 흘려보내면 조금이나마 가벼워질 것 같아서.

너도 알다시피 "안 돼, 싫어, 절대 안 돼"를 대하는 입장이 아버지 어머니와 내가 정반대쪽이라 전혀 일치되지 않잖아. 그게, '무례'하고 '몰상식'하다는 과격한 표현을 쏟아내다가(네가 누군가를 사랑하는데, 그 마음을 무례하고 몰상식하다고 폄훼하면, 당장 화내면서 그만하라고 말하지 않겠니?), 제발 좀 그만하시라는 내 요청에 결국 그 말은 멈추셨지만, 이제는 한 단계 높아진 말이 이어지더라. "가족의 연을 끊고 있다"고 하시네.

아, 나는 몇 차례나 온화하게, 인내심을 갖고, 진심을 담아 말씀드렸지. 그런 문제가 전혀 아니라고. 얼마간은 괜찮았는데, 다시 시작되면서 그 강도가 점점 심해진다.

그래서 난 '편지를 썼다.' 말하자면 일종의 공격이었던 셈이지. 하지만 계속해서 부적절하고 경솔하게 "가족의 연을 끊고 있다"는 말만 고집하시길래, 이렇게 해버렸어.

며칠을 입도 뻥긋 안 하고 아버지 어머니를 못 본 체했지. 마지못해 그런 건데, 진짜 가족의 연을 끊는 게 어떤 건지 알려드리고 싶었거든. 당연히 내 반응에 놀라셨지. 그래서 한마디 하셨는데 이렇게 받아쳤어. "가족이라는 연이 끊어지면 이렇게 되는 겁니다. 다행히 아직 그 연은 붙어 있고 당장 끊어질 일은 없습니다. 다만, 두 분께 그게 얼마나 부적절한 표현인지 알려드리고 싶어서 그랬으니, 그런 말은 더 이상은 쓰지 말아주세요."

그 결과, 아버지가 불같이 화를 내면서 나보고 당장 집에서 나가라고 하셨다. 자세히 옮길 수는 없지만, 욕설에 가까운 말까지 퍼부으셨어! 전에는 아버지가 화를 내시면 다들 수긍했었지. 나도 그랬고. 그런데 이번만큼은 굽히지 않았어. 어쩌겠어. 진노하셔서 집을 나가 사라져버리라는 뉘앙스의 말씀도 하셨어. 워낙 격앙된 상태에서 하신 말씀이라 큰 의미는 두지 않는다.*

여기서는 모델도 있고 나름 화실도 갖추고 지내. 다른 곳에 가면 생활비도 비싸고, 작업 환경도 더 힘든 데다 모델료도 훨씬 더 들어. 하지만 아버지 어머니가 정색을 하시며 진지하게 "*썩 꺼져라*" 하시면 그땐 나갈 생각이야. 참는 데도 한계가 있으니까.

심장이 있는 사람이라면 "미쳤어", "가족의 연을 끊고 있구나", "넌 몰상식한 놈이야"라는 말에 반발하지 않겠어? 그래서 아버지 어머니께 있는 그대로의 사실을 말씀드렸어. 내 사랑에 대해 대단히 잘못 알고 계시고, 두 분 모두 너무 무정하셔서 감상적이고 인간적인 관점을 도대체

* 아버지는 이때 장남을 '헤일(Geel)'에 보내겠다는 언급까지 했다. 헤일은 정신병원 혹은 요양원으로, 환자들이 병원의 감독을 받으며 근처 마을에서 제한된 자유를 누리며 살아갈 수도 있었다.

이해 못 하시는 거라고. 어쨌든 두 분의 관점은 너무 편협해서 아량이 없고 너그럽지도 않다고 말씀드렸고, 사랑을 숨겨야 하고 마음에서 이끄는 대로 갈 수도 없으면 *하나님*을 불러봐야 그냥 공허한 외침에 불과하겠다고도 했다.

순간순간 화를 주체하지 못했다는 건 나도 인정해. 그런데 "몰상식"하니 "가족의 연을 끊고" 있니 따위의 말을 듣는데, 아무런 대꾸도 않고 침착하게 그 상황을 넘길 사람이 과연 몇이나 될까?

Quoi qu'il en soit(어쨌든), 아버지는 불같이 화를 내며 욕설 비슷한 말을 중얼거리셨다니까! 작년에 워낙 많이 들은 말이라, 하나님 감사하게도, 온갖 저주에 굴하기는커녕 내면에서 새 힘이 넘치고 새 생명이 크는 기분이 들었다. 결과적으로, 그 힘이 작년만큼, 아니 오히려 더 넓고 강력한 효과를 가져다줄 거라는 굳은 희망이 생겼어.

테오야, 나는 그녀를 사랑한다. 다른 누구도 아닌, 그녀를. 그녀만을 영원히. 그리고…… 그리고…… 그리고…… 테오야, 나는 마음속에 해방감 같은 자유를 느끼고 있어. 물론 그 느낌이 지배적인 건 전혀 '아니지만,' 나는 그녀와 둘이 아니라, 이제는 영원히 하나가 된 기분이 들어.

내 그림 받았니? 어제는, 이른 아침 시간에 주전자가 매달린 난로에 불을 켜는 남자와, 난로에 마른 가지를 넣는 노인을 그렸어. 유감스럽게 여전히 내 그림에는 거칠고 딱딱한 분위기가 남아 있다. 그걸 눌러 다스리려면 그녀가 필요해. 그녀의 영향을 받으면 좀 부드러워지지 않을까.

아우야, 어쨌든 저주 비슷한 욕을 들었다고 마음 쓸 필요는 없어. 오히려 아버지 어머니가 내 말에 귀를 닫아버리신 건 나 때문일 수도 있으니까. 마음으로 악수 청한다. 내 말 명심해라.

형은 언제나 너를 사랑한다, 빈센트

159네 ____ 1881년 11월 18일(금)

금요일 저녁

사랑하는 동생 보아라

아침에 네게 편지를 보낼 때, 그러니까 우체통에 편지를 집어넣는 순간, 안도감이 들었어.

사실 네게 이 모든 걸 다 털어놓아야 할까 말아야 할까 고민했는데, 아무리 생각해도 말하는 게 낫겠다 싶었거든. 지금은 화실로 쓰는 방에서 이 편지를 쓰고 있다. 다른 방은 너무 습해. 주변을 둘러보니 보이는 거라고는 습작들뿐인데, 주제는 한 가지다. *브라반트 사람*들.

그게 내가 그리는 그림인데, 갑자기 이곳을 떠난다면 그림 주제를 바꿔야 하고 이것들은 미완성으로 남잖아. 그럴 순 없어! 5월 초부터 시작했고, 이제야 모델들과 편해지고 그들을 이해하기 시작했거든. 그림도 잘 진행되고 있고. 하지만 이렇게 되기까지 안간힘을 다했다.

그렇게 여기까지 달려왔는데, 이 순간에 아버지가 이러시는 거지. "네가 케이에게 계속 편지질을 해서 우리 사이에 문젯거리를 만드는 데다(*이게 핵심이지*. 순리를 거슬렀느니 뭐니 무슨 말씀을 하셔도, 그런 건 다 핑계야. 결국은 못마땅하시다는 얘기야), 이 일로 우리 사이도 틀어질 만큼 틀어졌으니, 네 녀석을 당장 쫓아낼 생각이다!"

너무 심한 거 아니야? 그런 이유로 이제까지 해온 내 일을 그만두라니, 너무 어이없잖아. 이제 막 물이 오르기 시작했는데 말이야. 아니, 난 절대로 받아들일 수 없어.

게다가 부모님과 언쟁을 벌이긴 했지만, 도저히 한 지붕 아래 같이 살 수 없을 정도로 심각하거나 끔찍하지는 않았어. 하지만 아버지 어머니가 나이가 들면서 편견은 물론, 너나 내가 절대 공감할 수 없을 정도로 시대에 뒤떨어진 생각에 점점 매몰되시고 있다. 특히 아버지는 내 손에 미슐레나 빅토르 위고 등의 프랑스 책이 들려 있는 걸 볼 때마다 무슨 방화범이나 살인범 등 온갖 '부도덕한' 짓을 하는 인간으로 보신다니까! 정말 어처구니없어! 그러니 통속 소설 같은 책으로 관심을 돌릴 수도 없어. 이미 여러 차례 말씀드렸거든. "이런 책, 딱 두세 페이지만 한번 읽어보세요. 아버지도 감동하실 겁니다." 끝까지 거부하셨다니까. 사랑이 내 마음속에 뿌리를 내릴 때 나는 미슐레의 『사랑』과 『여자』를 다시 읽고 있었는데 그때까지 수수께끼로 남아 있던 문제들이 그제야 하나씩 이해가 되더라. 그래서 아버지께 단호하게 다시 말씀드렸어. 아버지 말씀보다, 미슐레의 조언에 더 비중을 두고 따를 거라고.

그랬더니 대답 대신, 프랑스 사상에 빠져들어 끝내 알코올 중독자가 된 증조부 얘기를 굳이 꺼내시더라. 그러면서 내가 꼭 그렇게 살다갈 팔자라고 그러셨어.

Quelle misère(이 얼마나 비극이냐)!

아버지와 어머니는 날 제대로 키우려 최선을 다하신 좋은 분들이야. 나도 그 점에 정말 감사하고 있어. 하지만 그렇다고 해서 인간이 먹고, 마시고, 자는 것만으로 만족하고 살 수는 없잖아. 좀 더 고귀하고 아름다운 걸 추구하지. 없으면 도저히 살 수 없는 거.

내게는 케이의 사랑이 바로 그런 거야. 두 분의 논리는 한결같아. *그녀가 싫다고 했으니 너도 포기해라*. 전혀 동의할 수 없어. 그녀나 그녀의 부모님께 편지 쓰는 걸 포기하느니, 차라리 이제 막 시작한 내 그림을 포기하고, 편안한 부모님의 집을 포기할 거야.

이 모든 이야기를 털어놓는 건, 네가 내 작업과 관련되어 있기 때문이야. 내가 그림을 그리도록 네가 들인 돈이 한두 푼이 아니잖아. 난 제대로 가고 있고, 잘 진행되고 있어. 희망이 보이기 시작했다고. 다시 한 번 말하는데, 테오야, 이 상황이 내게 너무나 크나큰 위협이야. 모든 게 잘 풀리기 시작한 바로 지금, 아버지가 아침에 말씀하신 것처럼, 정말 날 내치려고 하신다는 거.

아무래도 힘 있는 네 말 한마디가 이 상황을 정리해줄 수 있을 것 같다. *너만*은 그림을 그리기 위해서, 예술가가 되기 위해서, 감정을 오롯이 작품 속에 투영하는 그런 예술가가 되기 위해서 *사랑*이 필요하다는 내 말을 이해하잖아. 작가 스스로가 사랑을 느껴보고, 그 마음속에서 살아야 한다는 걸.

아버지 어머니 입장은, 입버릇처럼 말씀하시는 그 '생계 수단'에 관해서 만큼은 돌보다 더 단단해. 당장 결혼해야 하는 상황이라면 두 분의 생각이 옳아. 나도 충분히 동의한다. 하지만 *여기선* "안 돼, 싫어, 절대 안 돼"가 녹아내리길 기다리는 게 관건이지, 이른바 그 '생계 수단'은 해결에 아무런 도움이 되지 않아. 돈 문제가 아니라 마음의 문제니까. 그렇기에 우리는 서로 만나야 하고, 편지를 주고받아야 하고, 대화해야 하는 거라고. 대낮처럼 너무 자명하고 상식적인 일이잖아. 게다가 너한테 자신 있게 말하는데 (비록 나를 나약하고 물러터진 인간이라고 부르지만) 난 이 사랑을 절대로 포기하지 않는다. 오늘 일을 내일로, 내일 일을 모레로 끌면서 조용히 기다릴 일이 아니라고. 지저귈 수 있는 종달새에게 아무 소리도 내지 말라고 하면 그게 가당키나 하겠어?

그럼 이제 어떻게 할 거냐고?

테오야, 아버지 어머니가 내 사랑을 반대하신다는 이유로, 이제 막 그림 실력이 붙기 시작하는데 더 이상 브라반트 서민들을 그리지 않는다면 정말 어처구니없는 상황 아니야?

이건 말도 안 되잖아.

두 분이 마음을 돌릴 문제야. 기성세대가 가진 편견 때문에 젊은이들이 자신의 힘을 낭비하고 희생해야 하는 건 정말, 누가 봐도 멍청한 일이야.

아니야, 동생아. 정말, 이건 아니라고. 조금씩 돈을 모아 암스테르담에 갈 경비를 마련해도 모자랄 판에, 내 활동 무대를 떠나, 모든 게 다 비싼 다른 데로 가서 쓸데없이 돈을 낭비하는 건 정말 멍청한 짓이야. 아니야. 아무리 봐도 이건 아니야. 두 분 생각이 틀렸어. 날 내쫓는 건 정말 한참 잘못된 판단이야. 그것도 지금 이 시기에. 날 내쫓을 그럴듯한 이유도 없고, 내 그림을 방해할 구실은 더더욱 없어. 안 돼. 이럴 수는 없는 법이라고.

그녀는 뭐라고 할까? 오늘 아침에 이런 소동이 있었다는 걸 알면, 무슨 말을 할까? 착하고 다정하기만 한 그녀는 무례한 말 단 한마디에도 가슴이 찢어져라 아파하는 사람이야. 하지만 그녀처럼 다정하고 부드럽고 친근한 사람이 상처를 받고 받아치기 시작하면 그 상대는 아마 재앙을 경험하게 될 거야. 부디 그녀가 나를 상대로 그렇게 화낼 일은 없었으면 한다, 동생아. 그녀도 이제는 내가 날강도나 무식한 사람이 아니라고 깨닫기 시작한 것 같아. 겉보기와는 달리 내면은 평온하고 침착한 사람이라는 걸 말이야. 처음에는 이런 나를 이해하지 못했어. 편견의 시각으로 날 바라봤지만, 왜 그런지는 몰라도, 그녀 쪽에서 해가 뜨기 시작했어. 그런데 여기서는 하늘이 어두워지면서 갈등과 저주가 쏟아질 뿐이야.

아우야, 네가 소정의 여행경비를 대줄 수 있다면 당장 데생 3점을 보낼게. 약속한다. 〈식사 시간〉, 〈불 지피는 사람〉, 〈구빈원 사람〉. 그러니 괜찮다면, 여행경비로 돈을 좀 보내주면 좋겠다. 쓸데없는 여행이 아니야. 20~30프랑만 있어도, 그녀의 얼굴은 한 번 볼 수 있다고.

그리고 저주에 가까운 말들에 대해 네 의견 꼭 듣고 싶으니 답장해줘. 그래야 마음 편하게 그림을 그릴 것 같아. 그렇게 되면 좋겠다. 예술적으로 한 차원 더 높은 단계로 올라서려면 그녀와 그녀의 영향력이 필요해. 그녀 없이 난 아무것도 아니야. 그녀와 함께라면 희망이 있어. 따지고 보면, 살고, 일하고, 사랑하는 건 결국 하나인 거야. 이만 줄인다. Adieu, 악수 청한다.

너를 사랑하는 형, 빈센트

160네 ___ 1881년 11월 19일(토)

사랑하는 동생 보아라

방금 네 편지 받았다. 내 마음 이해해줘서 고맙고, *여행경비*도 고마워. 수준에 비해 후한 그림평도 고맙다. 앞으로도 계속 내 그림에 대한 평 부탁한다. 내가 기분 상할 걱정 같은 건 하지 말고. 그런 식으로 받는 상처는 우정의 표시이자, 입바른소리보다 천 배 이상 가치 있는 애정에서 비롯된 조언으로 여기니까. 너는 항상 실질적인 조언을 많이 해주잖아. 난 그런 실질적인 기술을 배우고 싶어. 그러니 끊임없이 설교해줘야 해. 회개하는 건 거부하지 않을 테니까. 아니, 회개할 필요가 아주 많아.

돈을 받으면서 이렇게 고마운 건 또 처음이다. 그녀를 한 번 더 보고 싶었는데 그럴 수 없다는 생각에 미칠 것만 같았거든. 덕분에 이제 적어도 내 운은 시험해볼 수 있게 됐어. 10플로린만 있었어도 벌써 오래전에 갔을 거야. 하지만 찾아가기 전에 그녀가 확실히 집에 있는지부터 알아야 하잖아. 안 그래도 빌레미나와 계속 편지를 주고받는 중이야. 잘 지켜보고 있다가 알려줄 거야. 그녀가 하를럼으로 갈 거라는데, 암스테르담으로 돌아오면 빌레미나가 알려준다고 했다.

오, 테오야! 그녀는 생각이 깊은 사람이야. 그런데 얼핏 봐서는 전혀 알 수가 없어. 그녀나 너나 나나, 우리 모두 무사태평한 껍질을 두르고 있지. 하지만 내면에는 아주 단단한 나무 몸통을 가지고 있잖아. 그녀의 나무는 결이 아주 고와! 글쎄, 뒷일은 두고 보자.

만약 너도 누군가를 사랑하게 되거든, 내게 허심탄회하게 털어놔라. 비밀은 꼭 지켜줄 테니까. 내가 *넘어져본 경험*이 없이, 늘 두 다리로 단단히 서서 버텼던 남자라면, 네게 아무런 도움도 못 되겠지. 그런데 나는 마음의 불행이라는 끝도 알 수 없는 우물 속에 빠져본 경험이 있는 사람이니, 마음 부분만큼은 쓸 만한 조언을 해줄 수 있어. 그림과 실생활 부분에 대해서는 내가 너한테 *치료*를 부탁하는 처지지만, 또 누가 아니? 언젠가 네가 사랑의 어려움을 겪으면 내가 도움이 될지.

나는 미슐레를 통해 많은 걸 배웠어. 구할 수 있다면 너도『사랑』과『여자』를 읽어봐. 비처 스토의『아내와 나』나『이웃 사람들』같은 것, 아니면 커러 벨의『제인 에어』나『셜리』도. 이 작가들은 나보다 훨씬 더 흥미진진한 이야기들을 들려줄 거야. 보다 더 확실하게 가르쳐줄 거고.

미슐레나 비처 스토, 칼라일, 조지 엘리엇, 그 외 다수의 현대 문명의 거장으로 여길 수 있는 남성과 여성들은 우리에게 이렇게 말하고 있어.

“남자여, 그대가 누구든, 심장을 가졌다면, 우리와 함께 실제하고 영원하고 진실된 것을 세워나가자. 한 가지 직업에 열중하고, 한 여자만을 사랑하라. 현대적인 직업을 가지고, 아내에게 현대적인 자유로운 마음을 심어주어 그녀를 옭아매고 있는 끔찍한 편견의 굴레를 벗겨주어라. 주님의 도움을 의심하지 말고 주님이 시키신 일을 따르라. 주님은 지금 우리가 윤리 전반에 걸친 개혁, 영원한 사랑의 빛과 불을 새롭게 밝혀 세상을 변화시키길 바라신다. 이렇게 따르면 그대는 목적을 이루고 주변에 긍정적인 영향을 끼칠 것이다. 그대의 능력에 따라 크게든 작게든 영향을 끼칠 것이다.”

미슐레가 우리에게 하고 싶은 말이 대충 이런 거야. 성인이 된 우리는 우리 세대에서는 전사 같은 존재야. 우리는 아버지나 어머니, 스트리커르 이모부 같은 세대와는 전혀 다른 사람들이라고. 그렇기 때문에 우리는 과거보다 현대적인 것에 더 충실해야 해. 늙은 세대가 우리를 이해하지 못한다고 해도 좌절할 필요 없어. 우리가 그들 마음에는 들지 않을지 몰라도, 우리가 가야 할 길이 있는 법이니까. 그들도 나중에 인정하게 될 거야. 결국, 우리가 옳았었다고.

네 눈에는 내가 이것저것 아는 게 많아 보일 수도 있지만, 난 여전히 편협하고 무지하기도 해. 아, 이 들뜨고 급한 현대의 삶에서는 한쪽으로 치우칠 수 있다는 말이야. 그런데 너나 내가, 한 여자에게 사랑을 고백할 때도 주저할까? 그 사랑을 쟁취할 수 있을지 의심할까? 물론 성공을 자신하는 건 오만해 보일지 모르지만 이런 믿음을 갖는 것까지 뭐라고 할 순 없다. 내가 겪은 내적 갈등이 쓸데없는 건 아닐 거라고. 그래서 그 갈등을 풀 때까지 싸울 거라고. 비록 약하고 단점밖에 없지만 어떻게든 싸워갈 거야.

아흔아홉 번 넘어져도, 백 번째 다시 일어설 거야.

도대체 왜 그런 잔소리를 늘어놓는 걸까? 왜 내가 아무것도 가진 게 없는 사람처럼 시종일관 ‘생계 수단’과 관련된 말만 늘어놓느냐고. 힘들게 생고생 안 해본 예술가가 과연 있을까? 두 다리로 땅에 버티고 서 있다는 느낌을 경험할 다른 방법은 없는 거야?

도대체 언제부터 그림 그리는 재주를 가진 사람이 밥 먹고 살 능력이 없어진 거냐고?

밭에서 땅을 파고 감자를 캐는 사람을 다시 그리기 시작했어. 그 사람 주변에 보이는 것들에도 관심을 더 기울였고. 뒷배경으로는 작은 숲을 그리고 그 너머로 하늘을 표현해봤어. 시골 풍경은 정말 아름답다, 아우야! 돈을 더 벌어 모델들에게 더 쓸 수 있으면 훨씬 그럴듯한 그림들을 그릴 수 있을 것 같다. 정말이야.

포즈를 취하는 건 정말 힘든 일이거든. 게다가 내 그림의 모델들은 전문가가 아니잖아. 어쩌면 그래서 더 좋지. 만약 혹시나 내 그림에 관심 있는 사람을 만나면 내 얘기를 해줘도 괜찮다.

그런데 내가 더 잘 그리려면 모델료가 더 있어야겠어. 지금은 하루에 20이나 25, 혹은 30센트씩 주는데, 매일은 못 하고, 그러니까 턱없이 부족해. 비용을 더 쓰면 정말 빨리 실력이 늘 것 같다.

올 겨울에 야외에 모델을 세우고 그림을 그릴 수는 없을 텐데, 실내에서 그려도 괜찮아. 잘 그릴 수 있어. 다시 한 번 여행경비 보내줘서 고맙다, 아우야. 따뜻하고 인간적인 네 마음씨가 느껴진다. 마음으로 악수 청한다. 그리고 내 말 명심해라.

형은 너를 사랑한다, 빈센트

라5네 ______ 1881년 11월 21일(월)

친애하는 라파르트

오늘은 추상적인 이야기는 잠시 접어두고 현실적인 이야기를 좀 했으면 해. 그러니까 텐 카터Siebe Johannes ten Cate라는 친구가 나랑 비슷한 얘기를 했다는 거지? 그건 그런데, 그 친구가 내가 자네 화실에 갔던 날 잠깐 봤던 그 사람이라면, 그 친구가 나랑 생각이 똑같은지 심히 의심스러워. 키가 작고, 밝은 갈색 머리에, 피부는 좀 허여멀겋고, 자네 화실에서 마주친 날 반듯한 검은색 소모사 정장을 입었던 그 사람? 미리 말해두는데, 나는 마주친 상대의 정신세계가 궁금하면 외모를 아주 꼼꼼히 살피는 경향이 좀 있어. 그런데 텐 카터라는 이는, 보기는 봤지만 우연히 딱 한 번 마주친 거라 정확히 어떤 사람인지 모르겠어. 어떤 면에서는 나랑 생각이 똑같을 수도 있겠지. 그렇다고 내가 기분 나쁠 이유도 없고, 오히려 더 나은 이야기를 해줄 수도 있는 거잖아. 그런데 내 편지에 대한 답은 반밖에 하지 않았잖아. 그래도 어쨌든 답장은 해줘서 고마워. 나머지 절반은 나중에 들을 수 있으리라 믿네. 지금 당장은 아니라도. 그 절반의 이야기는 분명, 먼저 받은 것보다 훨씬 길고 더 만족스러운 내용일 거야.

조만간 자네가 학교를 그만둔다고 가정하면, 앞으로, 물론 지금도 겪어서 익숙하겠지만, 전형적인 난관에 봉착할 거야. 자네처럼, 학교에서 착실히 공부하는 사람들은 나아질 수 있다는 생각보다, 불안하고 자신감도 떨어진다는 느낌이 들 거야. 오늘은 이것도 해야 하고, 저것도 해야 하고, 중간중간에 이쪽 영역도 해봐야 하고, 창작도 해봐야 하고 때마다 다 알아서 해야 하니까. 게다가 장기적으로도 일거리를 찾거나 그마저도 쉽지 않을 테고 말이야. 아무튼, 학교를 완전히 떠나는 순간 발밑으로 땅이 내려앉는 느낌이 수시로 든대도 놀랍지 않아. 하지만 난 자네가 이런 자연스러운 현상을 겪을 때 망연자실해서 주저앉을 사람이 아닌 걸 알지. 자넨 금방 균형을 되찾을 거야.

빠져나갈 뒷문을 만들어놓지 않고, 현실 속으로(일단 한번 던지면 빠져나올 수 없으니까) 아주 제대로 머리부터 들이밀 생각이면, 텐 카터나 내 말대로, 아직은 학교라는 기관을 고집하는 다른 학생들과 진지하게 얘기부터 해봐. 텐 카터가 해줬다는 얘기를 들어보니, 이렇게 요약되는군. "라파르트, 발빼 생각 말고 머리부터 현실 속으로 던져넣어."

드넓은 대양이 자네의 무대라네. 학교에 다녀도 자네의 성격, 타고난 천성은 사라지지 않아. 그랬기에 학교에 계신 양반들이 자네의 진가를 알아보지 못하고 얼렁뚱땅 말도 안 되는 소리만 해댄 거지.

그렇다고 텐 카터와 내가, 물론 난 이 친구보다 더 모자라지만, 바다를 잘 알아서 원하는 대로 항해할 수 있다는 건 아니야. 하지만 다행히 침몰하지 않고 암초에 좌초되지도 않는다면, 결국엔 진짜 뱃사람이 될 수 있네. 심해를 향해 항해를 시작한 사람은 무자비할 정도로 궁핍과 고난에 시달리지. 초반에는 한 마리 간신히 잡으면 다행이겠지. 하지만 그러면서 물길을 다루고 항해하는 법을 배우게 되고, 그게 핵심이야. 그렇게 한참을 지내면, 많은 물고기를 건져올리겠지. 그것도 아주 큰 월척들로! 다만 텐 카터라는 친구는 나와 잡고 싶은 물고기가 다른 것 같아. 우리는 성향이 완전히 다른 사람 같거든. 낚시꾼들이 자기 일정은 각자 알아서 짜는 거니까. 물론 이쪽에서 잡은 물고기가 빠져나가 저쪽 그물에 걸리기도 하지. 반대로 저쪽에서 잡은 물고기가 이쪽 그물에 걸리기도 하고. 이런 식으로 그 친구의 어획과 나의 어획이 가끔은 비슷할 때도 있는 거고. 자네가 씨 뿌리는 사람, 재단사, 땅 파는 사람을 그리기 싫을 때도 있을 거야. 나도 그러니까. 그런데 나는 그런 반감이 열정으로 다스려지는데, 자네는 오히려 반감이 열정을 누르는 모양이야.

혹시 내 옛 편지들을 가지고 있어? 아직 불 속에 던져넣어 재가 되지 않았다면 여유가 있을 때 다시 쭉 읽어보게. 내 자랑 같긴 하지만 절대로 가벼운 마음으로 쓴 건 아니거든. 군데군데 상상력을 너무 발휘하지 않았나 걱정은 되지만 말이야. 어쩌면 자네 눈에는 내가 나만의 교리를 주장하는 광신도처럼 보일 수도 있겠어.

뭐, 자네에게 그렇게 보이면 그렇게 보이는 것이지 어쩌겠어. 난 아무래도 상관없어. 난 내 감정이 부끄럽지 않으니까. 원칙과 소신을 가진 게 부끄러울 일은 아니잖아. 그런데 나는 과연 어디로 사람들을 이끌고 싶은 걸까? 나 같은 사람이? 바로 대양이야. 그럼 또 어떤 교리를 퍼뜨리고 싶은 걸까? 사람들이여, 명분을 위해 영혼을 희생하고 마음으로 일하며 사랑하는 것을 사랑합시다!

사랑하는 것을 사랑한다. 뜬구름 잡는 소리처럼 들릴 거야. 하지만 raison d'être(*존재 이유*)가 차고 넘치는 말이기도 해. 애써 해야 할 가치도 없는 일에 공을 들이고, 마음이 이끄는 대로 솔직히 따라가기는커녕 소중한 것들을 계모처럼 여기는 일이 어디 한두 번인가. 그런데도 이런 자세를 '심지가 굳다'거나 '정신력이 강하다'고 믿으며 관심받을 자격도 없는 대상에게 공을 들이고 있다는 말이야. 그러면서 정말로 사랑받아야 할 대상은 외면하고 있지. 이 모든 건 '윤리적 신념'과 '의무감'으로 '지상에서 가장 신성한 의도'와 '그래야 한다고 생각'해서 행동으로

옮기는 거야. 이런 식으로 진정한 의무감과 의무감 같지 않은 의무감이나 그저 자신이 가졌으면 하고 바라는 의무감과 혼동하면서 그 들보를 붙잡고 있어. 친애하는 라파르트라는 친구에게 이렇게 편지를 쓰고 있는 사람은 한동안 어마어마한 크기의 들보를 한 개, 아니 그보다 더 많이 눈에 넣은 채 이 세상을 비틀거리며 살아온 사내라네.

그렇다면 이제 그 들보는 다 걷어냈느냐고 묻고 싶겠지. 그래, 과연 질문을 받은 사람은 뭐라고 대답할까? 그는 이거 하나는 확실히 알지. 어마어마하게 커다란 들보는 걷어냈지만, 그게 눈에 들어와 자리를 잡는 내내 아픈 걸 몰랐으니, 다른 들보가 또다시 자라지 않을 거라 장담할 수도 없고, 아직 남아 있는지 아니면 정말 다 없어졌는지 모른다는 사실. 그렇지만 그 사람은 그때 이후로 눈에 들보 같은 게 들어오는지, 나쁜 게 자라는지 경계하는 법을 알아. 여기서 말한 어마어마하게 커다란 들보는 예술적인 것과는 무관해. 이번 편지에서 정확히 밝힐 생각은 없네. 어쨌든 눈에는 온갖 종류의 들보가 다 들어설 수도 있으니까. 예술적인 것, 신학적인 것, 윤리적인 것(가장 흔하지!), 실용적인 것, 이상적인 것(가끔은 실용과 이상이 섞이는데, 그러면 치명적이야!), 기타 등등.

그러니까 들보들을 다 뽑아내지 못했다고 해서 지나치게 아파하고 슬퍼할 필요도 없어. '망연자실하지 않는 자세'가 '태만'하거나 무관심, 무정한 자세로 변질되는 일만 없게 하면 되네.

최근에 내 동생 테오에게 아주 기분 좋은 편지를 받았지. 자네의 안부도 물었어. 답장으로 내가 그린 데생을 몇 점 보냈는데, 녀석이 강하게 권고하는 거야. 브라반트 사람들을 계속 그리라고. 예술에 관해서는 테오의 조언이 큰 도움이 돼. 실질적이고도 실행할 수 있는 내용들을 많이 알려주거든.

난 오늘도 내 안의 bête noire(악당)을 몰아냈어. 체념하려는 마음 말이야. 이 악당은 마치 머리를 잘라내면 잘라낼수록 새 머리가 돋아나는 히드라 같아. 하지만 끝끝내 히드라를 처단하는 사람들도 있지.

다만 30분 정도라도 시간이 날 때마다 내가 가장 즐겨하던 게 바로 이 악당과의 싸움이야. 하지만 신학에서는 금욕이라는 체념 체계가 있어. 이게 만약 상상 속이나 성경, 신학자들의 설교 속에만 존재한다면 딱히 골치를 썩을 일도 없지. 하지만 애석하게도 어떤 신학자들은 이런 무거운 짐들을 사람의 목에 걸어버리고 자신은 손가락 하나 까딱하지 않는 경우도 있어. 그렇기 때문에 불행히도 체념이라는 영역은 현실로 들어왔고, 인간의 삶에 크고 작은 불행을 빚어내는 거야. 그들이 내 목에 그런 짐을 걸려 할 때 나는 큰소리로 외칠 거야. "썩 물러가시오!" 나를 오만불손하다고 하겠지. 그러거나 말거나. 체념의 *존재 이유*가 뭐든, 체념은 자기 자신과 신념을 포기하는 것이야. 내가 체념을 위해 태어난 사람이 아니라, 신념과 그에 수반되는 모든 것을 위해 태어난 사람이라면 어떻게 할 거야?

시간이 나거든 또 편지하게. 그때까지 내 말 명심하고, 마음으로 악수 청해.

자네를 사랑하는 친구, 빈센트

161네 ―― 1881년 11월 23일(수)

사랑하는 동생에게

내가 부탁한 대로 아버지 어머니께 이런저런 이야기를 해줘서 정말 고맙구나. 좋은 효과가 있으리라 믿는다. 시간은 좀 걸리겠지만. 넌 내가 아버지 어머니가 마음 상하시도록 일부러 그런 말을 할 사람이 아닌 걸 알 거야. 두 분의 기대에 반하고 상처가 되는 말을 할 수밖에 없는 상황은 내게도 많이 힘들다.

그렇다고 유감스러운 이번 일을 단지 홧김에 일어난 일로 여기지는 마라. 앞서 내가 암스테르담에서의 공부를 중단하겠다고 했을 때도, 나중에 보리나주에서 목사님들의 요구대로 따르지 않겠다고 했을 때도, 아버지는 그러셨어. 아무래도 아버지와 나 사이에는 오해와 반목이 뿌리 깊은 나무처럼 박혀 있는 것 같다. 그게 평생, 완전히 사라질 것 같지도 않고. 그래도 아버지나 나나, 종종 서로 의견이 다르지만(*심지어 정반대*일 때도 많지만), 여러 부분에서 같은 생각을 하는 편이니 서로 존중하며 지낼 방법은 있다.

그러니까, 내가 아버지를 적이 아니라 친구처럼 생각한다는 말이야. 내가 프랑스적 '실수(?)'에 전염될 걱정만 좀 덜하시면 더 친근한 친구로 지낼 텐데. 아버지가 내 생각을 좀 더 이해해주시면 나도 이런저런 식으로 아버지를 도와드릴 수 있어. 아버지와 다른 방식으로 성경 말씀을 바라볼 때도 있으니 설교문 작성에 도움을 드릴 수도 있거든.

하지만 아버지는 내 관점이 완전히 잘못됐다면서 무조건 거부하셔.

S이모부가 '문제의 사건'이라고 부르는 케이와 나의 관계에 대해서 몇 마디 하자면, 나는 대단하신 이모부를 향해 위험을 무릅쓰고 공격을 감행했지. 등기우편으로 편지를 보냈어. 일반우편은 버려버릴 수 있지만, 등기우편은 반드시 읽을 수밖에 없잖아. 여러 면에서 지체 높으신 양반의 관심을 끌려고, 특히나 대수롭지 않다고 판단해서 간과해버리지 않게 하려고 애를 썼어. 편지는 전혀 *외교적이지 않고* 과감하게 썼는데, 그래서 오히려 이모부의 관심을 끌 거라 생각해. 아마 내 편지가 지체 높은 양반이 설교 중에는 결코, 꺼낼 일 없는 격한 단어들을 입 밖으로 쏟아내게 만들 수도 있어.

세상에서 가장 무정하고 완고하게 남을 안 믿는 사람이 목사들일 거야. 목사 사모님들은 더하고(예외는 있겠지). 하지만 3겹 철제 갑옷 속에 인간다운 마음씨를 가진 목사님들도 있긴 해.

어쨌든 매우 초조한 마음으로 암스테르담행 준비를 끝마쳤다. 다만 경비가 많이 드니 화약을 낭비할 수는 없어. 암스테르담행은 내 편지가 효과가 없을 시의 대비책이야.

혹시 J. P. S.가 상당히 비상한 데다 어쨌든 예술가라는 사실, 너도 알았니? 그 양반이 쓴 책이 있는데 내용도 괜찮고 감수성도 상당히 뛰어나더라. 이번 여름에 출간된 『작은 선지자』와 상대적으로 덜 팔린 성경에 관한 책 몇 권을 읽어봤는데 나중에 시간이 흐르고 나면 지체 높은 양반도 지금보다는 훨씬 우호적으로 날 대해주실 수도 있겠다는 희망이 생길 정도야.

몇 달 전에 그 양반한테 받은 편지도 그런 호감 같은 게 아예 없진 않았고, 홧김에 쓴 것도 아니었어. 다만 "그 아이의 거절은 확정적이다" 하고 단언했지. 그런 편지를 받고도 내가 다시 케이에게 편지를 보내자, 프린센하허의 큰아버지를 중재자로 내세워 날 가로막아야 한다고 생각한 것 같아. 이 전략은 별 효과는 없었어. 날 번쩍 들어올릴 만큼 튼튼한 지렛대는 아니었거든.

그나저나 시간 나면 소식 좀 전해라. 너한테 썼던 내용이 머릿속에서 자꾸 맴돈다.

행여 내 편지 내용을, 사업이나 돈을 향한 열정이나 야망을 꺾고, 억누르고, 아예 없애버려야 한다는 뜻으로 해석한다면 오해야. 오히려 그런 열정은 더 많은 양질의 성과를 얻어야 한다고 생각하거든. 줄이는 게 아니라 사랑으로 균형을 맞추는 거야. *탐욕*은 매우 사악한 단어야. 그 악마는 누구 하나 평안히 내버려두지 않지. 너나 나도 당연히, 욕심에 이끌릴 때가 있잖아. 심지어 "돈이 주인이다, 돈이면 다 된다, 돈이 최고다"라는 말이 목끝까지 차오를 정도로.

우리가 정말로 맘몬* 앞에 머리를 조아리고 그를 섬긴다는 뜻이 아니라, 너나 나나 맘몬에게 집요하게 괴롭힘을 당했다는 말이야. 나는 기나긴 가난으로, 너는 높은 월급으로. 두 경우 모두 돈의 지배력 앞에서 굽신거리게 만드는 유혹이야. 이 유혹에 강력하게 끌리더라도, 적어도 우리 형제는 돈이라는 마귀에게 무기력하게 끌려다니는 먹잇감은 되지 말자. 그렇지만 과연 완전히 그 영향력에서 벗어나 온전할 수 있을까? 어쨌든 돈이라는 괴물이 간사한 술책을 부려서 네가 돈 많이 버는 걸 죄스럽게 여기도록, 내가 가난하게 사는 걸 장점으로 믿게 만든 건 아니야. 어쨌든 나처럼 돈 버는 능력이 없는 게 칭송받을 일은 당연히 아니지. 이건 분명히 바뀌어야 할 부분이니 좋은 조언 부탁한다.

그런데 너도 이제 네 관심을 네 인생에서 가장 중요한 부분에 집중해서 쏟아부어야 해. 아직 네 안에 잠들어 있는 생명의 힘 말이야, 사랑! 지구상의 그 어느 것보다 강력한 힘. 겉으로만 보면, 사랑은 너를 의존적으로 만드는 듯 보이거든? 그런데 진실은, 진짜 독립, 진짜 자유, 진짜 자존감은 사랑이 있을 때에야 비로소 가능해. 의무감의 경계를 설정하고 해야 할 일을 명확히 규명해주는 것도 사랑이야. 우리는 서로 사랑하고 또 사랑의 의무를 완수하면서 신의 뜻을 따를 수 있어. 성경에 괜히 이런 말이 있는 게 아니야. "사랑은 허다한 죄를 덮느니라.(베드로전서 4장 8절)" 또 "주님께 자비를 구하니. 두렵기 때문이다.(시편 130장 4절)" 하지만 사랑에 관해서, 성경보다 미슐레의 저서가 도움이 될 거야.

내게는 미슐레의 저서가 세상에서 가장 중요한 책이야. 성경은 확실하고 또 영원해. 하지만

* Mr. Mammon. '부귀영화'를 인격화한 명칭

미슐레의 저서는 너와 내가 살아가는 이 현란한 현대사회에 당장이라도 적용이 가능할 정도로 실용적이고 확실한 조언들이 놀랍도록 많을 뿐만 아니라, 빠르게 성장할 수 있게 도와주기 때문에 없어서는 안 될 것들이야. 반면에 성경은 하나하나가 성장을 의미하는 여러 층이 겹겹이 쌓인 집합체라 할 수 있어. 모세와 노아가 다르듯, 예수님과 바울도 다르잖아. 미슐레와 비처 스토의 책을 보면, 복음서가 가치 없는 내용이라고 말하는 게 아니라, 그걸 우리 시대에 어떻게 적용해야 하는지를 가르쳐줘. 네 삶과 내 삶에 각각. 미슐레는 큰소리로 복음서를 설명하고 있어. 복음서는 단지 품고 있는 씨앗을 우리 귀에 대고 속삭일 뿐이라고.

이런 말을 한다고 놀라지는 마라. 날 광신도로 볼지도 모를 위험을 무릅쓰고 말한다만, 난 사랑하려면 온전히 주님을 믿어야 한다고 생각한단다. (그렇다고 모든 목사들의 설교니, 독실한 척 위선 떠는 예수회 특유의 교리니, 밑도 끝도 없는 그런 걸 전부 다 믿으라는 소리가 아니야.) 주님을 믿는 건, 주님이 계심을 느끼는 거야. 죽어서 박제가 된 신이 아니라, 살아 계신 주님, 여전히 사랑하라고 가르치시는 그 주님을 믿는 거야. 이게 내 생각이야.

마우베 형님에게 밭에서 감자 캐는 사람 그림을 보냈어. 잘 살아 있다는 안부 인사로. 조만간 다녀가면 좋겠는데. 형님이 내 습작을 다 보고 나면 너한테도 몇 장 또 보낼게. 그리고 내가 장문의 편지를 너무 자주 보낸다 싶으면 언제든 '그만!'이라고 솔직히 말해라. 다만 다른 이유로 내가 편지를 중단할 수는 있어. 예를 들어 이 편지를 쓰려고 남겨둔 시간을 그녀를 위해 써야 할 경우가 생기면 너한테 이렇게 긴 메시지를 계속해서 전할 수는 없을 것 같거든.

암스테르담 소식을 전혀 모르니 기분이 너무 이상하다. 그러니까, *아는* 건 없고 *느껴지는* 것만 있다는 말이야. 이렇게 멀리 떨어져 있는데 어떻게 느껴질까? 설명은 못 하겠다만, 너도 사랑에 빠져보면 알 거다. 멀리서 어떤 목소리가 들려오고 작은 거 하나로 큰 것까지 볼 수 있게 될 거라는 걸. 저 멀리서 피어오르는 연기를 보고 불이 있다는 걸 알게 되듯이 말이야. 다행히 날씨가 잠잠하고 포근한 편이라 사람들 기분이 좋았던 것 같아. 북풍이 살을 에이는 추위였다면 '문제의 사건'이 훨씬 심각하게 다가왔을지도 몰라.

이모와 이모부 기념일이 다가온다. 아버지 어머니는 그날 가실 모양인데, 네가 그 전에 두 분께 편지를 써드려서 정말 다행이다. 그날을 계기로 두 분께서 내 사랑과 관련해 '무례함과 몰상식'에 관한 속마음을 대놓고 드러내지 않으셨으면 했거든.

조만간 또 네 소식 받았으면 좋겠다. 내 말 명심하고, 악수 청한다.

너를 사랑하는 형, 빈센트

나와 관련된 많은 부분을 바꿔보려고 최선을 다하고 있다는 걸 알아다오. 특히 엉망인 재정 상태를 신경 쓰고 있어. 그리고 사람들과 더 많이 어울리는 게 좋을 것 같아.

물론 열심히 일하는 게 주머니를 채우는 최선이자 가장 확실한 방법이긴 해. 'Travaillez,

prenez de la peine. C'est le fonds qui manque le moins(일하라, 수고하라, 그러면 주머니가 빌 날이 없을 테니까).' 그런데 그게 다가 아니야. 아니, 더 정확히는 해결해야 할 문제들이 여전히 여럿 있다고 해야겠지. 오랫동안 '땅속에 파묻혀서,' 말하자면 '패배자'로 지낸 게 후회되지는 않지만, 지금은 당연히 그 심연의 밑바닥으로 다시 들어가고 싶은 생각은 없어. 당장 우울함을 떨쳐내고, 두 발로 단단히 땅을 딛고 서서, 즐거운 시선으로 세상을 바라보는 게 옳아. 땅 위를 걷고, 가능한 한 옛 인연들을 회복하고, 새로운 인연을 만들어가면서 말이야.

이리저리 좌충우돌하겠지만 상관없어. 난 끝까지 가보고 싶고, 죽을 힘을 다해 계속해서 다시 일어설 거야. 종종 생각해보곤 했지. 얼마간 헤이그에 머무는 게 가능할지, 그게 좋을지 말이야. 그때마다 지금 여기서 브라반트 사람들을 그리는 게 진짜 내 일이라는 결론이다. 이 분야를 더 깊이 파고들어야 해. 이제 친해지기 시작했기 때문에 그릴 대상은 몇 년간 더 찾아볼 수 있어.

그런데 브라반트 사람들을 그린다고 해서 다른 것들과는 아예 관계를 끊겠다거나 다른 곳에선 절대로 살지 않겠다는 의미가 아니야. 화가들이나 삽화가들이나 다들 그렇게 여기저기 다니며 그림을 그리잖아.

내가 원하는 게 뭔지 알아? 케이에게 "안 돼, 싫어, 절대 안 돼"보다 조금이라도 다정한 한마디를 듣는 거야. 그러고 나면 예술 기행 같은 걸 계획할 수도 있을 것 같아. 다만 지금은 위선자들을 상대로 한 전투에 온 힘을 쏟아야 하고, 첫 여행의 결과가 승전보로 이어질지 모르는 터라 두 번째 기행을 실천에 옮기는 건 무리일 것 같아.

케이는 자신의 의도와 상관없이 내 앞길을 가로막고 있다는 걸 알까? 나중에 그 피해에 대해서 보상을 해야 해!!! 예술 기행에 동참해주면 좋겠다는 거지. 무슨 말인지 알지?

그런데 곰도 제대로 잡지 않고 곰 가죽부터 팔려고 기를 쓰는 멍청한 상황에 놓인 것 같은 기분이 든다. 그래도 곰 가죽 하나라도 팔 생각은 계속할 거야.

아버지가 최근에 이러시더라. "내 양심이 너희 둘의 결혼을 어떻게든 막아야 한다고 말한다." 그런데 내 양심은 그 정반대의 말을 해. 다행히 미슐레는 이런 따위의 양심은 없었지. 그런게 있었으면 이런 책들이 출간되지 못했을 테니까. 미슐레에 대한 감사의 뜻으로, 나중에 언젠가 자꾸 '변죽만 울리는' 화가들과 어울리게 되면, 꼭 결혼하도록 설득한다고 약속할게. 그리고 '가정을 꾸리는' 게 '가정을 꾸리지 않는' 것보다 더 많은 비용이 든다고 생각하는 '미술상'들에게는, 결혼한 화가는 정부를 거느리고 사는 독신 화가보다 아내에게 훨씬 적은 돈을 쓰지만, 더 많은 결과물을 만들어낸다는 말도 해줄 거야.

밀레 영감님은 '하늘은 놋이고 대지는 철인 사막에서 사는'* 이탈리아나 스페인 사람들보다

* 신명기 28장 23절

훨씬 많은 돈을 썼을까요? 부인에게 쓰는 돈이, 정부에게 드는 돈보다 많을까요? 미술상 나으리들은 정부에게 돈을 쓰실 텐데, 그 정부들은 나으리들 뒤에서 키득거리며 비웃고 있습니다. 구필 화랑 나으리들, Qui est ce qui vous tire des carottes(누가 여러분들을 속이고 있나요)? Les femmes comme il en faut(음탕한 그녀들) 아니면 les femmes comme il faut(정숙한 그녀들)?

On est sûr de périr à part, on ne se sauve qu'ensemble(따로따로면 침몰하고, 오직 함께일 때만 구원받는다). 미슐레가 정말 압축적으로 표현했지. 언뜻 생각하면 틀린 말 같은데 결국은 옳았다는 걸 인정할 수밖에 없더라고. Il faut les avoir aimé, puis desaimé, puis aimé encore(사랑해봤어야 하고, 사랑에서 빠져나와 봤어야 하고, 다시 사랑해야 한다). 이것도 미슐레의 문장이야.

이 온화한 날들이 계속 이어져서 언젠가 나의 "안 돼, 싫어, 절대 안 돼"를 녹여줄 수 있을까? 잔칫날 혹은 조금 지나서 찾아가도 날 쫓아낼까? 그럴 일은 없기를!

트로이의 목마(내가 보낸 등기우편)가 트로이 성 안으로 들어갔을까? 목마 뱃속에 숨은 그리스인들(내가 편지에 써놓은 내용들)이 과연 견고한 성을 허물 수 있을까?

아! 그 결과가 정말 궁금해 죽겠다. à Dieu.

너를 사랑하는 형, 빈센트

라6네 ___ 1881년 11월 23일(수)

친애하는 라파르트

자네 편지를 다시 읽다 보니 적절한 지적과 흥미로운 대목들이 새롭게 보였어. 바로 그래서 자네에게 이렇게 계속 편지를 쓰네.

아, 결국 나는 고집불통인 인간이로군! 내가 졌어. 제대로 찔린 셈이야. 어쩌겠어. 이런 사실을 알려줘 고맙네. 정말이지, 하나님 감사하게도, 처음엔 도저히 믿을 수 없었는데 자네가 이해시켜준 거야. 한마디로, 내가 *의지*와 *성향*이 있고, *확고한 방향*으로 가며, 거기서 만족하지 않고 남들도 나를 따라오게 하려 한다는 거잖아. 세상에, 난 정말 고집불통인 거야! 자, 이제부터 나는 계속 그렇게 살겠어! 그래서 부탁하는데, 친애하는 라파르트, 내 길동무가 돼주겠어? 자네를 두고 그냥 갈 수는 없을 것 같아서 그래. 내 말이 틀렸나?

사실, 성급한 마음에 사람들을 '대양(내 지난 편지를 한번 봐봐)'으로 몰아갔지. 만약 그러고 만다면 난 끔찍한 야만인인 거야. 하지만 논리적인 설명이 있다네. 길게 봤을 때 인간은 대양에서 살아갈 수가 없어. 해변에 초가집이라도 있어야 하고, 거기에 불을 피울 난로가 필요하고, 그 불가에 아내와 아이들도 둘러앉아야 하지.

그러니까 라파르트, 내가 추구하고 남들도 따라오게 하려던 건, 바다에 나가 고기를 낚는 낚시꾼이 되자는 거야. 현실이라는 대양 말이지. 하지만 거기에 숨은 뜻은, 그 작은 '초가집'도 필요하다는 거야. 난롯가와 가족까지 모두 있는 집 말이야. 말하자면, 대양이 있으면 휴식처도 있고, 휴식처가 있으면 대양도 있는 거야.

자 이제 내 설명을 들어봐! 내가 말한 '여러분, 사랑하는 것을 사랑합시다'에는 자명한 근거가 있어. 그 근거의 이치를 설명해봐야 동어반복인 셈인데, 그래도 명확하게 짚고 넘어갈게. 그건 바로 '여러분, 우리는 사랑합니다.' 여기서 다른 말들이 유추되는 거야.

여러분, 사랑하는 것을 사랑합시다. 우리 자신이 됩시다. '주님보다 더 많이 알려고 하지 맙시다(이건 내 말이 아니라 마우베 형님 표현이야).' 이 주장을 reductio ad absurdum(귀류법)* 으로 증명해볼게. 자, 여기 자신이 사랑하는 것을 사랑하지 않는 한 남자가 있어. 그는 자신은 물론 남들에게도 불행을 초래하고 주님이 만드신 이 세상에 온갖 걱정을 끼치게 돼. 한마디로, 온 세상 사람들이 그 남자 같아서(이런 가정이 가능하다면 말이야), 자신이 사랑하는 것을 사랑하지 않게 되면, 이 세상은 어떻게 될까? 내 보기에, 주님이 세우고, 지금 이렇게 유지하고 있는 이 세상, 자네와 내가 앞으로 산 자들 사이에서 사는 동안 여전히 이렇게 유지될 이 세상은 어떻게 될까? 그러니까 모든 사람들이 그 남자처럼 일부러 엉망진창 뒤죽박죽으로 살면(이런 인간이 추상화처럼 우리 상상 속에만 존재한다는 게 얼마나 다행이야. 수학적이지 않은 이 귀류법 입증을 위한 예에서만 나오는 인물이니) 주님께서 세우신 이 세상이 완전히 엉망진창이 되어버릴 거야. 사랑하는 것을 사랑하지 않는 쪽을 택하고 일부러 엉망진창 뒤죽박죽으로 살지만, 추상화처럼 우리 상상 속에만 존재해서 실제 세상에서는 당연히 만날 수 없는 이 남자가 있을 수 있다고 가정하면, 무언가 역행하는 것 같은 느낌이 들기 때문에 이 주장이 올바를 뿐만 아니라 근거가 있다는 결론에 이르게 되는 거야. 여러분, 사랑하는 것을 사랑하시오. (문제의 주장이 가지고 있는 오류가 얼마나 부조리한지 내가 명쾌히 입증해 보이지 못했을지도 모르지만, 나보다 수학 능력이 출중한 자네라면 약간의 의지만 더해도 내 주장을 뒷받침할 설득력 있는 근거들을 쉽게 찾을 수 있을 거야.)

그래서 내 주장에 대한 다음과 같은 결론이나 '결과'에 도달하는 거야.

첫째, 자신이 사랑하는 것을 사랑하기를 단호히 거부하는 남자는 자멸에 이른다.

둘째, 오래 버티려면 다량의 고집/금욕이 필요하다(상반된 두 단어가 희한하게 둘 다 말이 되네!).**

셋째, 조금 달라지더라도 근본적으로 바뀌지는 않는다.

그래, 더 이상 덧붙이지 않더라도 자넨 내 말을 이해했을 거야. 라파르트, 학교에 매달려 있는 동안 빠져나갈 출구를 찾아놔야 해. 대양으로 나가고 싶어도 그 문턱을 넘지 못해 발만 동동

* 어떤 명제의 부정을 참으로 가정하고, 그것의 불합리성을 증명함으로써 원래의 명제가 참임을 보여주는 간접 증명법.

** 원문에서는 Obstinence/Abstinence의 두 단어를 합해서 사용하고 있다.

구르는 사람이 한둘이 아니라고!

자네는 근육으로 단련된 사람이라 필요한 경우, 그 문턱을 훌쩍 뛰어넘을 수 있어. 하지만 다른 친구들은? 그 문턱을 넘어서고 싶지만 그러지 못하는 친구들이 한둘이 아니라고.

이런 '학구적인 출구'외에 다른 출구도 있어. 내 지난 편지에 쓴 '들보'를 떠올려 봐. 미안하지만 온갖 출구만큼이나 온갖 들보가 있는 법이라고.

얼마나 많냐고? *무수히 많다고, 무수히!*

문턱 앞에서 발만 구르는 건 당당하게 올가미에 목을 매고 한 번에 숨통을 끊는 것에 비하면 서서히, 더 고통스럽게 죽어가는 과정이라고 할 수 있어.

보다 윤리적인 출구는 없냐고? 왜 없겠어? 윤리적인 '눈의 들보'도 있는 마당에. 하지만 자네나 나는 그런 걸로 아팠던 적도 없고, 아프지도 않으니, 앞으로도 아플 일이 없지 않겠어?

아니, 잘 모르겠다. 단지 내 문제인 건지, 자네도 관련이 있는 문제인 건지 말이야. 내 경우는 솔직히, 눈 안에 든 윤리적인 들보와 윤리적인 출구 때문에 예전에도 아팠고, 지금도 아프고, 앞으로도 아플 거야. 그렇지만 과거에도, 지금도, 그리고 앞으로도 계속해서 들보를 들어냈고, 들어내고 있고, 들어낼 거야. 그리고 과거에도, 지금도, 그리고 앞으로도 계속해서 문을 뚫고 나갔고, 뚫고 나가는 중이고, 뚫고 나갈 거야.

시야가 뻥 뚫리고 가는 길이 활짝 열릴 때까지. 그게 언제일까?

끝장을 볼 때까지 끈질기게 나아갔을 때지. 끝장을 볼 때까지.

이제 자네도 우리가 서로 계속해서 편지를 주고받으면서 얻는 게 정말 많다는 걸 깨달았겠지. 편지가 점점 더 진지해지고 있잖아. 물론, 전에도 말한 것처럼 내가 내 멋대로 상상의 나래를 펴듯 글을 쓰는 부분도 있지만, 가벼운 마음으로 자네한테 편지를 쓰는 것도 아니고, 거드름을 피우며 잘난 척하려는 것도 아니야. 내가 자네한테 이렇게 글로 하고 싶은 이야기는 이런 거야. "깨어나, 라파르트!" 그런데 자네를 잠에서 깨우려고 하면서 내가 졸고 있는 건 아닌지 의구심이 들기도 하네. 세상에, 그건 말도 안 되는 일이지. 절대로 그럴 수는 없어.

내가 전에도 말했을 거야. 일반적으로, 특히 예술에서는, 작품보다 그 작품을 만든 예술가를 더 유심히 살펴본다고 말이야. 예술가 없이 작품만 마주 대할 때도 있어(모든 예술가들을 개인적으로 알 수는 없으니까). 반대로 작품 없이 작가만 만나는 경우도 있고. 그런데 나는 판 라파르트의 작품을 좀 알고, 거기에 더해 그 작품의 작가도 직접 알아.

그의 작품은 내게 항상 이런 믿음을 준다. 다음 작품은 더 나은 작품이 될 거라는 믿음.

작가 본인도 역시 그런 믿음을 심어주고.

이미 좋은데, 더 나아진다는 확신.

내 판단이 가혹하다고 생각해? 그나저나 오늘도 내 *눈엣가시*들은(뜬금없는 전환이지만), 시간이 없어 몰아내지는 못했지만 그래도 찔러보기는 했어.

조만간 또 내 공격을 받게 될 거야. 그런데 살짝 경계심이 들기 시작하더군. 체념이 익숙한 습관이 되어, 결국엔 포기하게 될 거라고 말이야. 하지만 두고 봐. 난 그럴 생각 없으니까. 어쨌든 내 눈엣가시에 대해 자세히 설명할 기회가 올 거야. 빌어먹을 *눈엣가시*! 아무튼 반가웠어. 자네 소식 기다리면서 마음으로 악수 청하니, 내 말 명심하게.

자네를 사랑하는 친구, 빈센트

자네한테 편지를 많이 쓰는 이유는 그만큼 많은 편지를 기대하기 때문이라네.

162네 ___ 1881년 12월 1일(목)과 3일(토) 사이, 헤이그

사랑하는 테오에게

보다시피, 헤이그에서 편지를 쓰고 있어.

지난 일요일에 왔어. 너도 기억할 텐데, 마우베 형님한테 에턴에 며칠 오시라고 했었잖아. 그런데 그게 불발되거나 오더라도 반짝 며칠만 있다 가게 될 것 같아서, 다른 대안을 찾아보자 생각했지. 효과적이고 획기적인 대안을.

형님에게 물었지. "제가 한 달 정도 형님을 찾아뵙고, 귀찮으시겠지만 도움과 조언을 구해도 될까요? 그러면 그림에서의 사소한 문젯거리들을 좀 해결하고서, 헷 헤이커로 돌아갈 수 있을 것 같은데요."

말이 끝나기가 무섭게 나를 이런저런 물건 가운데 낡은 나막신 등이 놓여 있는 정물 앞에 앉히더라고. 그래서 난 즉시 그림을 그렸지. 그리고 저녁에도 그림을 그리러 갔고.

마우베 형님 집 근처 하숙집에 머물고 있다. 방 한 칸에 월세가 30플로린이고 아침 식사 포함이야. 네가 대준다는 100프랑이면 생활이 가능할 것 같아.

형님이, 나 정도면 오래지 않아 내다팔 만한 그림을 그릴 것 같다고 희망적으로 말하더라. 그러면서 이런 말을 덧붙였어. "널 한심한 녀석이라고 생각했었는데 지금 보니 그렇지는 않구나." 위선적인 칭찬 백 마디보다 훨씬 듣기 좋았다.

조만간 형님이 네게 직접 편지를 쓰실 게다.

'그간에' 암스테르담에 다녀왔어. S이모부가 제법 심하게 화를 내시더라. 그나마 '빌어먹을 녀석'보다는 다소 정제된 표현을 쓰셨어. 찾아간 걸 후회하지는 않아. 이제 어째야 하지? 찾아가기 전보다 사랑하는 마음이 조금도 식지 않았으니 말이야. 그녀가 내게 용기를 준 건 아니야. 오히려, 약 24시간 동안이나 너무나 비참하게 만들었지. 그런데 다시 곰곰이 생각해보니까, 감이 오더라. 잘되고 있다는 감. 그래서 더 생각해봤지. 그랬더니 낭만적이거나 감상적인 차원을 뛰어넘는 감정이 들었어. 물론 봄에 딸기를 따는 기분만은 한참 못하지만, 그래도 언젠가 내 손

에도 딸기가 들릴 거라는 희망이 있다는 거야.

테르스테이흐 씨도 찾아갔다가 (즐거운) 베이센브뤼흐, 박하위전, 더 복도 만났다.

어쨌든 테오야, 나는 하루가 지날수록 모든 면에서 현실적인 사람이 돼가는 것 같다. 그녀도, 다행스럽게, 상당히 현실적인 존재고.

마우베 형님과 예트 형수님이 네게 안부 전한다. 내 말 명심해라.

형은 너를 사랑한다, 빈센트

마우베 형님이 괜찮다고 하면 네게도 데생 하나 보내마. 그런데 형님이 습작은 웬만하면 가지고 있으라고 하네. 특히 인물화는 말이야. 그리고 내 솜씨면 수채화도 금방 배울 것 같다고 한다.

라7네 ____ 1881년 12월 3일(토), 헤이그

친애하는 라파르트

브뤼셀에서 보낸 편지 잘 받았어. 내용은 썩 마음에 들지 않지만, 자네 말마따나 제정신으로 쓴 게 아니라니 어쩌겠어. 나중에 다시 읽어봐야 할 게 한두 개가 아니야.

그래도 브뤼셀에서 돌아왔다니 반가워. 개인적인 생각이지만 브뤼셀은 자네와 어울리지 않아. 학교에서 배우고 싶었다던 '능수능란한 기교'는 아무래도 사기를 당한 게 아닌가 싶어. 게다가 스탈라르트 같은 이에게 배울 수 있는 기교도 아니고.

지금은 잡다하게 처리할 일이 좀 많네. 여기서 작은 화실을 얻어서 1월 1일부터 사용할 것 같아. 그 외에도 해야 할 게 많아. 나중에 좀 여유가 생기면 차분하게 생각하면서 다시 편지하겠지만, 지금은, 미안하지만, 진지하게 앉아 상세한 소식을 전할 처지가 아니야.

물론 그렇다고 지금까지 내 편지가 다 진지했고, 자네한테 모든 걸 상세히 설명했다는 건 아니지. 하여튼 내가 이렇다니까! 그래도 라파르트, 자네가 존경한다는 학교 선생들, 스탈라르트나 세베르동크Joseph van Severdonck가 하등의 가치도 없는 양반들이라는 사실만큼은 진지하게 하는 말이야. 다시 한 번 강조하지만, 내가 자네라면 그 인간들은 생각도 안 할 거야. 그 인간들 얘기는 이미 여러 차례 할 만큼 했으니 그만할게. 나 역시 학교의 '학'자도 듣고 싶지 않고, 입에 담고 싶지도 않으니까. 그럴 가치가 없거든. 여기서 그만.

그런데 그 사람들은 누구였어? 람비크*를 같이 마셨다는 그 예술가들. 왜 누군지 하나도 안 알려줘? 자네에게 도움이 될 만한 사람들이야? 그러기를 바라지만, 과연 그럴지는 의문이야.

* Lambiek. 도수가 높은 벨기에산 맥주.

잘 지내게. 더 길게 쓸 시간도, 마음의 여유도 없네. 화실에 자리잡거든 주기적으로 모델을 세우고 그려봐. 길게 보면 자네한테 큰 도움이 될 거야. 잘 있게.

빈센트

혹여 나한테 편지를 쓸 거라면 에턴으로 보내줘. 그럼 집에서 다시 내게 보내줄 테니까. 지금 화실 두세 곳을 알아보는 중이야. 1월 1일까지는 결정할 건데, 그때까지는 일정한 주거지가 없어. 생기면 나중에 알려줄게.

에턴을 떠난 건, 이런저런 일 때문에 아버지와의 관계가 좀 껄끄러워져서야. 교회 참석 문제 등등, 굳이 말로 설명할 필요 없는 하찮은 일들이야. 그런데 아무리 작업에 열중해도 근심 걱정의 대상에 놓이니까 마음이 편치가 않더라고. 그래서 이렇게 여기 헤이그까지 왔다네. 다른 환경에서 지내니까 또 좋더라고. 여전히 걱정거리들은 있지만, 그래도 뭐, 계속 언쟁을 벌이고 불편한 관계로 지내는 것보다는 이게 나은 것 같아.

163네 ___ 1881년 12월 18일(일) 추정, 헤이그

테오에게

어쩌면 내가 어떻게 지내고 있는지 궁금해서 내 편지를 기다리고 있었을지도 모르겠구나. 나도 네 편지 기다리고 있었다.

여전히 매일 마우베 형님에게 간다. 낮에는 채색을 하고 밤에는 데생을 해.

벌써 습작을 5개나 그렸고 수채화도 2점, 이런저런 잡다한 것도 끄적이며 그려놨지.

마우베 형님과 예트 형수님이 얼마나 잘해주는지 말로 다 표현할 수가 없구나. 형님이 이것저것 시범을 보이고 설명도 해준다. 지금 당장은 다 해낼 수 없지만, 꾸준히 연습하고 있어. 지금 열심히 배워둬야, 에턴으로 돌아갔을 때 실제로 변화를 만들 수 있을 테니까. 무엇보다도, 모델로부터 충분히 떨어져서 그릴 수 있는 넓은 화실을 구해야겠어. 그게 안 되면 인물화는 못 그려. 신체 일부만 그리는 경우가 아니라면 말이지. 이 부분은 마우베 형님과 다시 상의해볼 생각이야. 며칠 후에 다시 소식 전할게.

습작들은 다 정물화야. 수채화는 모델을 두고 그린 건데 스헤베닝언 출신 여성이야.

조만간 마우베 형님이 네게도 편지할 거야.

그런데 테오야, 내가 집을 떠나온 게 이제 한 달쯤 돼가는데 너도 알겠지만 비용이 꽤 들었다. 물론 마우베 형님이 물감 등을 주기도 하지만, 대부분은 내가 사야 하고 며칠은 모델료도 들었어. 신발도 한 켤레 필요해서 샀으니, 아주 꼼꼼히 절약한 건 아니지. 그러다 보니 200프랑 한도를 넘어버렸어. 여비만도 벌써 90플로린이거든. 아버지도 지금 사정이 좀 안 좋으신 듯한

데, 어찌해야 할지 모르겠다.

난 여기 좀 더 있고 싶어. 아예 방까지 빌려서, 스헤베닝언에서 두세 달쯤(어쩌면 더 오래). 하지만 상황이 상황인 만큼 에턴으로 돌아가는 게 낫겠지. 스헤베닝언은 아주 아름다운 곳이더라. 사람들도 훌륭해서 인물화 그리기에 좋겠어. 다만 모델료가 좀 많이 드는 게 흠이야. 하루에 1.5~2플로린을 주는데, 더 들 때도 있어. 그리고 여기는 화가들과 만날 기회도 많은 편이야.

이번 주에 아버지에게 돈 좀 부탁드린다는 편지를 썼는데 90플로린이라는 많은 돈을 어디에 쓰고 다녔냐고 하시더라. 내가 그 돈을 흥청망청 쓰지 않았다는 걸 너는 알 거라 생각한다. 일단 모든 게 다 비싸잖아. 그런데 돈을 어디에 썼는지 일일이 아버지한테 보고할 생각을 하니 끔찍하다. 다들 알게 되면 그거 가지고 또 이래저래 부풀리며 한마디씩 할 거 아니야.

그냥 너한테만 말하고 싶은 건, 테오야, 가진 돈이 다 바닥이 났다는 거야. 너한테만 털어놓는 거야. 여기 더 머물 돈도 없지만, 집으로 돌아갈 여비도 없어. 어떻게 되든 며칠 더 기다리면서 네가 하라는 대로 할 생각이야.

내가 여기 더 머무는 게 낫다고 생각한다면, 기꺼이 그렇게 할게. 그림 솜씨가 확실히 나아지기 전까지는 에턴으로 돌아가고 싶지 않아서 그래.

반대로 당장 돌아가는 게 낫겠다고 한대도 그렇게 할게. 대신, 돌아가면 지금 쓰는 방보다 널찍한 화실이 필요해. 어느 정도 혼자 작업하다가 나중에 다시 헤이그로 올 수 있어야 하고.

어쨌든 테오야, 마우베 형님이 수수께끼 같은 팔레트 사용법과 수채화에 대한 해답을 찾아줬어. 덕분에 경비로 든 90플로린은 건질 수 있을 것 같아. 형님이, 내 태양이 지금 뜨고 있는데 아직 안개가 좀 가리고 있다더라. 나도 그 말에 반대할 생각이 없다.

나중에 형님이 얼마나 친절하게 사려깊게 배려해줬는지 자세히 말해주마.

일단 며칠 동안 네 답장 먼저 기다릴게. 사나흘 지나도 답이 없으면 아버지한테 집으로 돌아갈 경비라도 부탁해볼 생각이다.

그 외에도 네가 흥미로워할 만한 이야깃거리가 많아. 특히 에턴에 돌아가서 모델을 그리는 방법 같은 거 말이야. 편지에 내가 그린 수채화 2점 다시 보고 스케치한 것 동봉한다. 조속한 시일 내에 어디 내다 팔 수 있을 만큼 그럴듯한 그림을 그릴 것 같다. 그게, *이 수채화 2점은 팔아도 될 수준이야*. 특히나 마우베 형님이 손봐준 그림은. 아니, 일단은 가지고 있는 게 낫겠다. 그릴 때 사용한 기법들을 잘 기억해놔야 하니까.

수채화는 공간과 하늘이 효과적으로 표현되니까, 그 안의 인물을 둘러싼 공기까지 잘 녹아들고 살아 있는 것 같아! 내가 여기서 널 위한 수채화 몇 점 그려주길 원하니? 나도 기꺼이 그려주고 싶다만, 체류비니 모델료니 물감이며 종이며 기타 등등, 다 돈이다. 그런데 돈이 없어. 어쨌든 내가 여기 더 있기를 바라면 답장할 때 돈도 좀 보내주면 좋겠다.

물감 사용과 붓 다루는 법에 대한 유용한 기술을 배운 터라 실력 발휘가 될 것 같거든.

마우베 형님이 베풀어준 친절을 절대 후회하지 않게 하겠다는 게 내 마음이라는 거, 아마 너도 잘 알 거야. 그럴 수 있도록 우리 형제가 힘을 좀 써보자.

이만 줄인다. 네 답장 기다린다(주소는 안톤 마우베, 아윌렌보먼 198번지). 내 말 명심하고, 마음으로 악수 청한다.

너를 사랑하는 형, 빈센트

여기 내가 그린 습작 2점이다. 하나는 가죽 모자 쓴 꼬마 테라코타 두상이고 다른 하나는 감자 같은 것들 가운데 있는 양배추야.

164네* ____ **1881년 12월 23일(금) 추정**

테오에게

혹시 네가 너무 현실적인 책은 그냥 팽개치는 편일까봐 걱정이다. 만일 그렇더라도 이 편지는 인내심을 가지고 끝까지 읽어주면 좋겠구나. 다소 거슬리는 내용이 나오더라도 말이야.

헤이그에서 편지했던 것처럼, 이제 에턴으로 돌아왔으니 그간 의논하고 싶었던 이야기를 하마. 이번 헤이그 여행에서 여러 감정들을 느꼈단다. 마우베 형님댁에 갔을 때 심장이 어찌나 두근거리던지. 혹시 형님도 이런저런 잔소리를 하는 건 아닌지, 아니면 여기선 달리 대해주실지 걱정이 되었거든. 그런데 모든 부분에서 친절하고 실질적인 조언들을 주며 격려해줬어. 물론 내 모든 말과 행동을 다 옳다고 해줬다는 건 아니야. 오히려 반대였지. 하지만 "이러이러한 게 좋지 않아"라는 말과 동시에 "그러니 이러저러하게 해봐"라고 했어. 단지 비난할 목적인 지적과는 차원이 다른 조언이었어. "넌 병이 났어"라는 말만 백날 해줘봐야 무슨 소용이야? 어디 어디가 아프니까 "이러저러한 치료법을 쓰면 나을 거야"라고 말해줘야, 그게 상대를 속이려는 목적이 아닌 이상, 그래, 이제 병이 낫겠다 하는 믿음이 생기고 정말 그렇게 될 수 있잖아.

마우베 형님과 헤어질 때 유화 습작 몇 점과 수채화 2점을 가져왔어. 당연히 걸작은 아니야. 그래도 지금까지 그렸던 것들에 비하면 확실히 온전하고 사실적으로 그리는 방법을 깨달은 것 같아. 한마디로, 이제 뭔가 그럴듯한 그림을 그릴 수 있겠다는 자신감이 든다는 거야. 게다가 물감이나 붓 다루는 기법도 몇 가지 터득해서 그런지, 이제 전환점에 다다른 기분이 들어.

이제 남은 건, 그 기법들을 활용하는 것뿐이야. 마우베 형님이 내 습작을 보고 이렇게 말하더라. "모델과 너무 가까운 거리에서 그렸어." 그래서 비율을 제대로 계산해서 그리지 못했다

* 빈센트가 시엔(본명 Christine Clasina Maria Hoornik)을 처음으로 언급했다.

는 거야. 내가 가장 먼저 신경 쓸 부분이 바로 이 문제야. 그래서 널찍한 공간을 빌릴 수밖에 없는 거고. 방 한 칸, 아니면 헛간이라도. 비용은 그리 비싸지 않을 거야. 인부들 숙소 임대료가 여기서는 1년에 30플로린 정도야. 그러니까 인부들 숙소보다 2배 크면 60플로린 정도겠지. 아예 터무니없는 가격은 아니잖아. 헛간도 이미 알아봤는데, 헛간은 특히 추운 계절이 문제더라. 날이 포근할 때는 괜찮겠지만. 게다가 브라반트에서는 모델을 구하기가 그리 어렵지는 않겠더라. 여기 에턴이 힘들면 근처 다른 동네로 찾아가면 되니까.

브라반트가 마음에 들지만 브라반트 농민들 말고 다른 지방 사람들 인물화도 그려보고 싶어. 스헤베닝언도 말문이 막힐 정도로 아름답더라. 하지만 마우베 형님한테 그럴듯한 화실 먼저 구하기로 단단히 약속했다. 게다가 물감과 종이도 좀 괜찮은 걸로 사야 해서, 비용이 많이 들어가.

그나저나 앵그르지가 습작이나 스케치 용도로는 아주 좋아. 하나 사는 것보다 다양한 크기의 스케치북을 만들어서 쓰면 훨씬 경제적이고. 아직 남은 종이가 있긴 한데 내게 습작을 돌려보낼 때 앵그르지도 좀 넣어 보내주면 좋겠다. 새하얀 백색 말고, 표백 안 된 면이나 아마색으로. 차가운 색은 안 맞더라고.

테오야, 회화에서는 색조와 색감이 상당히 중요하더라. 그러니 그 차이를 느끼지 못하는 사람은 삶도 그렇게 살아갈 거야. 마우베 형님 덕에 이전에는 못 보던 것들을 많이 보게 됐다. 기회가 될 때마다 얘기해줄게. 너도 못 봤던 것들도 있을 테니까. 어쨌든 예술적인 문제는 나중에 다시 얘기하자.

돈벌이에 관해 마우베 형님이 한 말을 떠올리면 정말 얼마나 안심이 되는지, 아마 너는 상상도 못 할 거야. 생각해봐, 지금까지 내가 몇 년을 엉뚱한 곳에서 헤맸는지 말이야. 이제야 희미하게나마 진정한 빛이 보이기 시작했어.

이번에 가져온 수채화 2점을 네가 꼭 봤으면 한다. 진짜, 다른 화가들이 그린 그런 수채화랑 똑같아 보인다니까. 물론 흠잡을 데 없이 완벽한 것과는 거리가 멀어. 내 눈에도 만족스럽지 않으니까. 그래도 지금까지의 습작들과는 달리 생생하고 아주 그럴듯해. 앞으로도 생생하고 그럴듯한 그림을 그려야겠지만 내가 원한다고 순식간에 변할 순 없잖아. 조금씩 달라질 거야. 하지만 지금은 그 2점이 필요한 상황이야. 계속 비교해가며 그려야 하거든. 앞으로 *적어도* 마우베 형님 집에서 그려온 것만큼은 그려야 하지 않겠어?

형님은 내게, 여기서 몇 달 이래저래 버티다가 3월경에 다시 오면 팔 만한 그림들을 꾸준히 그릴 수 있겠다고 하는데, 내 사정이 그리 편치가 않다. 모델료, 화실 임대료, 화구 구입비까지 점점 늘어나고 있는데 벌이가 전혀 없으니까.

아버지가 필수적인 비용만큼은 걱정 말라고는 하시더라. 게다가 마우베 형님에게 직접 들은 이야기며, 내가 헤이그에서 가져온 습작과 데생에 흡족해하셔. 하지만 아버지가 그걸 다 감당하셔야 한다는 생각에 마음이 너무 무겁다. 당연히 나중에는 나아질 거라는 희망은 있지만, 그때까지는 내내 마음이 무겁겠지. 여기 온 뒤로 내가 제대로 된 돈이라고는 한 푼도 못 버니까 아버지가 계속 이것저것 사주시기만 했어. 얼마 전에는, 필요하지만 없어도 될 바지랑 외투를 사 오셨어. 얼마나 부담스러운 상황인지 알겠지? 몸에 맞지도 않고 입을 일도 거의 없는 옷들인데. 뭐, 이런 '일상의 소소한 불행'들이 많아.

그리고 지난번에도 얘기했지만, 여기선 자유롭지가 않으니 갑갑하다. 게다가 내가 세세하게 말씀드리는 게 아닌데도 아버지는 내가 돈을 어디에 얼마나 썼는지 속속들이 다 아셔. 딱히 비밀로 감추고 싶은 건 아니어도 모든 게 이렇게 투명한 상황이 결코 유쾌하지는 않다. 비밀이라는 건 공감대가 있는 사람들과 나누는 거잖아. 아버지를 대하는 내 감정이 너나 마우베 형님을 대하는 것과 같진 않지. 진심으로 아버지를 사랑하지만, 아버지와 공유할 수 있는 감정은 너나 마우베 형님과 공유할 수 있는 감정과는 차원이 달라. 아버지는 내 삶을 공감하고 공유하실 수 없고, 나 역시 부모님의 생활방식에 맞출 수 없어. 나를 억누르고 숨이 막혀온다.

아버지와의 대화는 늘 겉돌아. 어머니와도 그렇고. 두 분의 가치관, 그러니까 신, 사람, 도덕, 윤리를 바라보는 관점들이 다 엉터리라고 본다. 나도 물론 가끔 성경을 읽어. 미슐레나 발자크, 엘리엇 등의 책을 읽듯이 말이야. 하지만 성경에 대한 내 해석은 아버지와 완전히 달라. 아버지의 그 속좁고 틀에 박힌 엄격한 해석에 도저히 동의할 수가 없어. 텐 카터 목사님이 얼마 전에 괴테의 『파우스트』를 번역하셨는데 아버지 어머니가 그 책을 읽으셨거든. 목사님이 번역한 책은 부도덕할 리가 없어서 읽었다나??? (그게 말이나 되는 소리냐?) 그 책에서 보신 게 고작 부도덕한 사랑의 결과는 재앙이라나 뭐라나.

도대체 성경조차 제대로 이해하지 못하시는 것 같아. 마우베 형님은 말이지, 무언가를 읽을 때 깊이 읽고, 섣불리 저자의 의도가 이거네 저거네 말하지 않아. 시의 세계는 심오하고 실체가 만져지지 않으니, 읽어도 이러저러한 내용이라고 단순히 정의 내릴 수 없지. 마우베 형님은 감성이 남다르고, 그 감성이야말로 온갖 정의와 비평을 남발하는 것보다 훨씬 가치 있다고 생각해. 그래서 내가 책을 읽는 건 (사실 그닥 많이 읽지도 않고, 읽어도 우연히 접한 작가 한두 명에 불과한데) 저자들이 세상을 나보다 더 넓고, 너그럽고, 사랑이 담긴 시선으로 바라보기 때문이야. 또 현실을 더 잘 알아서 많은 것을 배울 수 있어서야. 선과 악, 윤리성과 비윤리성에 대한 사변적인 내용 따위는 일말의 관심도 없어. 솔직한 말로, 내가 무슨 수로 선과 악을, 윤리와 비윤리를 나누겠어?

윤리적인 개념이 나오면 자연스레 생각이 케이 쪽으로 흐른다. 아! 전에도 편지에 썼지만, 점점 더 '봄에 딸기 먹는 것'과 멀어지는 것 같다고 했었지. 정말 딱 말 그대로야. 같은 말만 반복하는 것 같아 미안하구나. 그런데 암스테르담에서 무슨 일이 있었는지 정확하게 네게 얘기했는지 기억이 가물가물하다.

거기 가면서 생각했지. "안 돼, 싫어, 절대로"가 혹시 녹고 있는 건 아닐까. 그만큼 날씨가 온화했거든. 아름다운 밤이었어. 나는 케이제르스흐라흐트Keizersgracht를 따라 터벅터벅 걸어갔고, 집 앞에서 초인종을 눌렀어. 안에서 가족들이 식사중인 소리가 들렸지. 여느 때처럼 들어오라고는 하더라. 그런데 다른 식구는 다 있는데 케이만 안 보였어. 각자의 앞에 개인 접시가 놓여 있었는데 남는 접시는 없었어. 바로 그 점이 더 수상했어. 케이가 원래부터 그 자리에 없었다고 믿게 하려고 접시를 치운 거겠지. 하지만 난 케이가 집에 있다는 걸 알았기 때문에 이 모든 게 촌극이거나 속임수인 걸 알아챘어.

몇 분쯤 이야기를 나누다가(인사도 하고, 그냥 이런저런 사담도 주고받고) 내가 대뜸 물었어. "케이는 어디 있습니까?"

스트리커르 이모부는 이모에게 되물었어. "케이가 어디 갔소?"

이모가 대답하더군. "케이는 외출했어요."

더 이상 캐묻지 않았어. 그리고 아르티 클럽에서 본 전시회 얘기 등으로 이야기를 이어갔어. 저녁 식사가 끝나자 다들 어딘가로 사라졌고 이모부와 이모, 그리고 나만 남았어. 그렇게 세 사람 사이에서 전투가 시작된 거야. S이모부는 목사님이자 아버지처럼 말문을 열었어. 안 그래도 내게 편지를 썼는데 이참에 직접 읽어주겠다고 하시더라.

하지만 내가 선수를 쳤어. "케이는 어디 있죠?"(그녀가 여기 있다는 걸 알고 있었거든.)

그러자 S이모부가 대답하시더라. "케이는 네가 왔다는 소식을 듣고 집을 나갔다."

지금은 그녀의 성격을 어느 정도 알지만, 솔직히 그땐 전혀 몰랐고, 쌀쌀맞고 무뚝뚝한 반응이 좋은 징조인지 아닌지는 지금도 사실 잘 모르겠어. 어쨌든 한 가지는 확실한데, 그게 본심이든 아니든, 그녀는 그 누구에게도 나만큼 쌀쌀맞고 무뚝뚝하고 매섭게 대하지 않는다는 거야. 물론 나도 딱히 뭐라고 대꾸하지 않고 침착하게 앉아서 말했어.

"그 편지를 읽으시거나 말거나, 상관없습니다. 저는 중요하게 생각하지 않습니다."

그러자 편지를 다 읽으시더라. 박학다식한 성직자다운 내용이었어. 하지만 그게 전부였어. 편지는 그만 보내고, 그간의 일을 잊으려 온 힘을 다해주면 좋겠다는 내용이었지. S이모부가 편지를 다 읽은 순간 든 느낌은, 교회에서 한 목사가, 작은 소리로 설교를 이어가다가, 갑자기 큰소리로 "아멘"이라고 맺음말을 하는 순간 같았어. 그저그런 설교를 들은 것처럼 아무런 감흥도 없었어.

그래서 나는 최대한 침착하고 공손한 말투로 여쭤봤지. "그런 말은 전에도 충분히 들을 만큼 들었는데, 그다음은요? 그다음은 어떻게 되는 겁니까?"

이모부는 놀란 눈으로 날 보시더라. 그래, 놀란 눈. 당신 편지 속에 담긴, 인간적인 논리와 감성에 전혀 공감하지 않는 내 모습에 아연실색한 듯했지. 내가 "그다음은요?"라고 받아칠 줄은 전혀 예상하지 못했던 거야. 그런 대화가 계속 이어졌고 이모가 간간이 종교적인 훈수로 끼어

들었어. 나는 자꾸 화가 치미는 탓에 결국 언성을 높였고, 이모부도 똑같이 큰소리를 냈어. 그래봐야 목사님 체면 구기지 않을 정도였지만. 정확히 "빌어먹을 녀석아!"라고는 안 했지만, 목사님이 아니었다면 그 말을 내뱉고도 남을 상황이었어.*

너도 알 거야, 내가 아버지나 S이모부를, 그들의 믿음은 혐오하지만, 내 방식대로 좋아한다는 거 말이야. 그래서 밀고 당기기를 계속한 끝에 저녁이 되자, 결국 괜찮으면 집에서 자고 가라고 하시더라. 그래서 대답했지. "말씀은 감사합니다만, 제가 찾아왔다는 소식에 케이가 집을 나간 거라면 제가 여기 묵어선 안 될 것 같습니다. 여관으로 가겠습니다."

그러자 어느 여관에 묵느냐고 묻더라. "아직 안 정했습니다"라고 했더니, 세상에, 두 노인네가 나를 따라나서서, 안개가 자욱하고 질퍽거리는 싸늘한 밤거리를 걸어 부득부득 싸구려 여관까지 데려다줬어. 내가 극구 사양했지만 끝까지 고집을 피우셨지.

조금은 인간적으로 느껴져서 얼마쯤 마음이 차분해지더라. 그렇게 암스테르담에서 한 이틀 더 있다가 다시 S이모부를 만나러 가서 이런저런 얘기를 했는데 그때도 역시 케이는 못 봤어. 매번 사라지더라. 그래서 두 양반한테 단도직입적으로 말했어. 나는 두 분의 바람과 달리 이 일이 결코, 끝났다고 생각할 수 없다고. 그랬더니 두 분도 악착같이 받아치시더라. "시간이 지나면 너도 알게 될 거다."

최근에 미슐레의 『여성, 종교, 사제La femme, la religion et le prêtre』를 읽었어. 현실적인 이야기로 꽉 찬 책이야. 하지만 현실이 가장 현실적인 거 아니겠니? 삶이 가장 삶다운 거 아니냐고. 최선을 다해서 살아가는 우리가, 어떻게 더 강렬하게 살아갈 수 있겠냔 말이야.

고통받는 영혼처럼 그렇게 사흘 동안 암스테르담 시내를 쏘다녔어. 속에서 무언가가 부글부글 끓어오르더라. 이모부 내외의 겉으로만 호의적이지 어설픈 논리도 성가셔 죽을 것만 같았어. 나 자신마저 귀찮게 느껴지면서 이런 생각이 들더라. '또다시 우울한 세계로 빠져들고 싶진 않잖아. 안 그래?'

그래서 속으로 되뇌었지. "절대로 무너지지 말자. 기죽지 말자." 그리고 일요일 아침에 마지막으로 S이모부를 찾아가 말했어. "존경하는 이모부님, 만약 케이가 천사라면 너무나 고귀해서 감히 제가 넘볼 수 없을 겁니다. 만약 케이가 악마라면 제가 원하지 않습니다. 그런데 제 눈에 케이는 지극히 여성스러운 애교와 남다른 열정을 품은 진정한 여성으로 보입니다. 그래서 있는 그대로의 케이를 사랑하고, 그 사실을 기쁘게 생각할 따름입니다. 케이가 천사나 악마가 아닌 이상, 이 일은 결코 끝나지 않을 겁니다."

이모부는 대답 대신에 여자의 열정에 대해 이런저런 얘기를 하셨는데, 제대로 기억도 안 난다. 그러고는 그냥 교회로 가버리셨어. 그 상태로 교회에 들어가봐야 머리가 멍해지고 온몸도

* 빈센트는 촛불에 손을 집어넣어 다쳤던 사건은 함구하고, 나중에야 털어놓는다(193번 편지).

뻣뻣하게 굳을 뿐이지. 나도 경험해봐서 알아. 문제의 네 형도 주저앉지 않으려고 기를 썼어. 그런데도 어안이 벙벙해지는 느낌은 어쩔 수가 없어서 한동안 차갑고 딱딱한 흰 교회 벽에 기대서 있어야 했어.

무슨 말을 더 해야 할까, 아우야? 현실주의자로 사는 건 무모할 때가 많아. 그런데 테오, 너도 현실주의자이니, 내 무모함을 참고 더 받아줘! 이미 말했다시피, 네게는 내 비밀도 털어놓지. 그걸 후회하지도 않는다. 이런 나를 어떻게 생각할지는 네 마음이야. 내 행동을 네가 인정하든 부정하든 중요하지 않다.

난 여행을 계속했다. 암스테르담에서 하를럼으로 가서 빌레미나와 몇 시간 같이 보냈지. 같이 산책도 하고, 저녁에 헤이그로 갔어. 7시쯤 마우베 형님 집에 도착했어.

내가 그랬지. "형님, 에턴에 와서 팔레트 사용법 좀 이것저것 알려주기로 약속했잖아요. 그런데 아무래도 그게 며칠 사이에 될 일은 아니기에 직접 찾아왔습니다. 형님이 괜찮으면 삼사, 아니 오륙 주 정도, 최대한 오래, 아니면 원하는 만큼 짧게 머물겠습니다. 그러면서 할 수 있는 게 뭐가 있을지 함께 찾아보면 어떨까 싶습니다." 솔직히 너무 급작스럽고 무례한 부탁이었는데 j'ai l'épée dans les reins(내가 이것저것 가릴 입장이 아니었지).

그랬더니 형님이 묻더라. "뭐 가지고 온 건 있어?" "네, 여기 습작 몇 점 있습니다." 그랬더니 칭찬을 해주더라. 어마어마하게 많이. 물론 지적들도 있었지만 거의 없었어. 그러고는 이튿날 나를 정물 앞에 앉히고 설명을 시작했어. "팔레트는 이렇게 잡는 거야." 그 뒤로, 유화 습작을 그리고 수채화 2점을 그렸어.

그림의 결과물은 그게 다야. 그러나 머리와 손을 써서 일하는 게 삶의 전부는 아니잖아.

상상이든 실제든 간에, 난 여전히 교회 벽을 떠올리면 등골이 서늘하다. 영혼까지 오싹해져. 하지만 이런 감정에 짓눌리기 싫다. 그리고 생각했지. 내 곁에도 여인이 있으면 좋겠다고. 사랑 없이, 여인 없이 살 수는 없다고. 무한하고 심오하고도 현실적인 무언가가 없는 삶은 내게 전혀 가치가 없다.

그때 스스로에게 물어봤어. "내내 '다른 누구도 아닌, 그녀'를 외쳐놓고서 이제와서 다른 여자를 만나겠다고? 사리에 어긋나고 논리적으로도 안 맞아."

내 대답은 이랬다. "누가 주인인데? 논리야, 나야? 논리가 날 위해 있는 거야, 내가 논리를 위해 있는 거야? 나의 이 사리에 어긋나는 멍청한 짓에 아무 이유도, 의미도 없단 말이야?" 내 행동이 옳든 그르든 어쨌든 이렇게밖에 할 수가 없는데, 그 빌어먹을 교회 벽은 너무 싸늘해. 난 여인과 있고 싶다. 나는 사랑 없이는 살 수 없고, 살지도 않을 거고, 살고 싶지도 않다. 난 사람이고, 욕망으로 가득 찬 남자다. 여인이 없으면 얼어 죽거나, 돌로 굳어져 버릴 거야. 한마디로, 완전히 무너져 버린다는 말이다.

그러니 치열한 내면의 싸움을 이어가야만 해. 그러면서 동시에 육체의 힘과 건강을 우선 챙겨야지. 쓰라린 경험으로 배운 거야. 여인 없이는 오랫동안 무탈하게 오래 살 수가 없어. 나는 우리 주님 혹은 전능하신 분 혹은 창조주라고 불리는 그분이 비이성적이고 무자비하다고 생각하지 않아. 한마디로, 함께할 여인을 찾아봐야겠다는 게 내 결론이다.

세상에, 멀리 갈 것도 없었어. 한 여자를 만났다. 굳이 설명하자면, 젊지도 않고, 예쁘지도 않고, 뛰어나지도 않아. 하지만 넌 궁금하겠지? 키는 꽤 크고 체구도 제법 있어. 케이 같은 아가씨의 손이 아니라, 고되게 일하는 여자의 손을 가졌어. 그렇다고 상스럽거나 저속하진 않아. 여성적인 무언가가 물씬 느껴지는데 샤르뎅Jean Baptiste Siméon Chardin이나 프레르Edouard Frère, 아니면 얀 스테인Jan Steen의 그림 속 인물을 닮았달까. 프랑스인들이 'une ouvrière(여성 노동자)'라고 부르는 여자의 이미지야. 근심 걱정이 많았고 삶이 쉽지 않았겠다는 게 한눈에 보여. 아, 딱히 뛰어난 것도, 특별한 것도 없는, 그저그런 평범한 여자야.

> Toute, à tout âge, si elle aime et si elle est bonne, peut donner à l'homme non l'infini du moment mais le moment de l'infini. (모든 여자는, 나이와 상관없이, 사랑하는 마음이 있고 마음이 따뜻하다면, 남자에게 순간의 무한함뿐 아니라, 무한함의 순간까지도 얼마든지 준다.)*

테오야, 힘겨운 삶을 살아오며 시들어버린 그 얼굴에서, 나는 *형언할 수 없는* 매력을 느낀다. 아, 매력적인 그 분위기에서 페렝François Nicolas Auguste Feyen-Perrin이나 페루지노Perugino의 그림이 보여. 난 요람 속의 아기는 고사하고, 풋내기 같은 순수함조차 없지. 여자에게 애정과 욕망을 느낀다. 특히나 성직자들이 오만한 자세로, 저주하고, 낙인찍고, 손가락질하며 욕하는 부류의 여자에게 사랑과 애정을 느끼는 것도 처음은 아니야. 난 그녀들을 저주하지 않아. 낙인찍지도, 무시하지도 않아. 나도 이제 거의 서른인데, 지금까지 내가 이런 사랑의 감정을 한 번도 느껴본 적이 없었겠니?

케이는 나보다 연상이고, 사랑을 경험했지, 그런 점 때문에 난 그녀를 더 사랑한다. 그녀는 무지하지 않고, 나도 그래. 그녀가 과거의 사랑에만 매달려서 새로운 사랑에 전혀 관심이 없다면, 그거야 그녀 마음이야. 하지만 끈질기게 나를 피해 다닐수록, 그녀를 향한 나의 정신적인 힘과 역량은 잠자코 있지 못해. 아니, 그러기 싫어. 그녀를 사랑하지만, 그녀 때문에 마음이 얼어붙고 마비되는 건 싫다. 우리에게 필요한 자극, 그 불꽃은 바로 사랑이야. 정신적인 사랑을 말하는 게 아니고.

이 여인은 날 속이지 않았어. 아! 이런 여인들을 다 거짓말쟁이로 여기는 자들은 단단히 잘못 알고 있어. 이해를 못 하는 거라고. 이 여인은 내게 잘해줘. 매우 잘하고, 무척 예의 있고, 아

* 미슐레의 〈사랑〉에서

주 다정해. 내 동생 테오에게는 더 이상 설명하지 않을게. 왠지 너도 이런 경험이 있을 것 같아서 말이야. 동생 녀석에게도 다행인 거지.

우리가 흥청망청 돈을 쓰고 다녔을까? 전혀. 난 항상 가진 게 없었으니까 그녀에게 이렇게 말했지. "우리는 서로 술에 취할 필요가 없는 사람이야. 난 없어도 살 수 있으니 당신 주머니에 넣어둬요." 더 챙겨줄 수 있다면 더 좋겠는데. 그녀는 그럴 자격이 있거든.

우린 만나면 이런저런 이야기를 나눈다. 사는 이야기, 고민거리, 궁핍한 처지, 건강 등등. 그녀와의 대화가 지체 높고 박학다식한 이모부의 아드님 얀과의 대화보다 훨씬 더 흥미로워. 이런 이야기까지 다 털어놨으니, 비록 내가 들뜬 감정에 취했대도 어리석게 빠져든 건 아니라는 걸 네가 알아줬으면 한다. 나는 제대로 그림을 그리기 위해서라도 삶에 대한 열의, 맑은 정신과 건강한 신체를 유지하고 싶어. 케이를 향한 내 마음도 이렇게 정리하고 싶어서이기도 해. 그녀 때문에 우울해하며 그림을 그리거나 주저앉고 싶지 않다. 목사들은 우리를 죄 속에서 잉태되어 태어난 죄인 취급을 한다. 세상에, 이런 어이없는 소리는 또 처음이다! 사랑하는 게 *죄*라고? 사랑을 필요로 하는 게, 사랑 없이 못 사는 게 죄란 말이야? 내 눈에는 사랑 없이 사는 게 오히려 죄악이고 부도덕한 짓이야.

지금 와서 뼈저리게 후회하는 일은, 한동안 그런 말도 안 되는 신비주의니 신학이니 추상적인 세상에 빠져서 지나치게 날 가두고 살았다는 거야. 이제는 서서히 빠져나오는 중이야. 아침에 눈을 뜨면 여명 속에서 자신의 곁에 있는 또 다른 존재를 보며 더 이상 혼자가 아님을 깨닫고, 세상이 즐겁게 느껴져. 목사들이나 사랑에 빠질 경건한 책이나 새하얀 교회 벽보다 훨씬 즐거운 삶이야. 그녀는 수수하게 꾸민 작은 방에 살아. 단색의 벽지 때문에 우울하게 가라앉아 보이지만, 샤르뎅의 그림처럼 따사로운 온기도 느껴져. 나무 바닥에 매트와 암적색 낡은 카펫이 깔렸고 취사용 스토브, 서랍장, 평범한 침대가 갖춰져 있지. 한마디로 여성 노동자들이 사는 그런 방이야. 바로 다음날 그녀가 빨래통에서 빨래를 밟는데, 아주 근사했어. 만약 그 갈색인지 적회색인지 하는 치마 대신 보라색 자켓에 검정 치마를 입고 있었더라면 훨씬 더 매력적으로 보였을 거야. 그녀도 어린 나이는 아니야. 케이와 비슷할 거야. 아이도 하나 있어. 그래, 삶이 평탄하지 않았고 그녀의 젊음은 사라져버렸어. 사라져? 아니, il n'y a point de vieille femme(세상에 늙은 여자는 없어)! 아, 그녀는 강하고 강건했어! 상스럽지도, 저속하지도 않아. 남다른 것에 그토록 집착하는 자들은, 정말 남다른 것을 알아보는 눈을 가지고는 있을까? 글쎄다! 손만 뻗으면 닿을 곳에 있는 걸, 저 높은 곳에서, 혹은 저 깊은 곳에서 찾고 있잖아. 나 역시 때때로 그랬고…….

난 내가 이렇게 행동한 것에 만족한다. 왜냐하면 그 무엇도 내 일을 방해할 수 없고, 내 활력을 빼앗아갈 수 없기 때문이야. 케이를 생각하면, 여전히 '다른 누구도 아닌, 그녀'야. 하지만 목사들이 비난하고 저주하는 이 여자에게 마음이 생긴 건 최근이 아니다. 사실은 케이에 대한 사랑보다도 먼저였어. 홀로 쓸쓸히 아픈 몸을 이끌고 거리를 배회하고 다닐 때가 많았다. 그때마다 이런 여자들을 보았고 그녀들과 함께 갈 여유가 있는 남자들이 부러웠어. 그리고 이 가련한 여자들이 사회적 위치나 인생의 경험으로 보나, 마치 나와 같은 처지의 누이들처럼 느껴졌다. 그런데 테오야, 이건 내겐 아주 오래된 뿌리 깊은 감정이야. 어릴 때도, 반은 시들어버린 얼굴의 여인들을 막연한 연민과 존경심으로 올려다보곤 했어. 그 얼굴에는, 감히 말하건대, 힘들게 걸어온 인생의 굴곡진 길이 새겨져 있었어.

그러나 케이를 향한 내 사랑은 완전히 다른, 전혀 새로운 감정이야. 그녀는 그걸 모르니까 자신만의 감옥에 갇혀 지내고 있지. 케이 역시 가엾게도 자신이 원하는 대로 할 수가 없어. 그래서 얼마쯤 체념 상태고. 케이는 나보다 성직자들이나 지나치게 독실한 여인들의 위선에 휘둘리고 있어. 나는 이제 그 영향력에서 벗어났지. 그들의 속임수를 깨달았거든. 하지만 그녀는 여전히 그들을 믿어. 훗날 체념이니 죄악이니 하나님이니 하는 그런 개념들이 무용지물이었다는 게 만천하에 드러나면, 심히 괴로울 거야.

아마도 그녀는 물타툴리Multatuli*가 『무지한 자의 기도』를 끝맺는 말 "오, 주님! 주님은 없군요!"를 우리도 따라 내뱉을 때에야 비로소 신의 존재가 시작된다는 걸 생각조차 해본 적이 없을 게다. 목사들이 말하는 하나님? 그건 죽은 신이야. 그렇다면 나는 무신론자일까? 목사들은 나를 그렇게 여기겠지. 그러거나 말거나. 하지만 나는 보다시피 사랑하고 있어. 내가 살아 있지 않고, 남들이 살아 있지 않다면 내가 어떻게 사랑을 느끼겠어? 그러니 살아 있다는 자체가 신비로운 일이지. 이걸 신이든, 인간 본성이든, 뭐든 원하는 대로 불러도 좋다. 다만 이건 너무나 생생하고 사실적인데도 막상 개념을 정의 내리기가 쉽지 않아. 어쨌든 그런 게 신이고 신에 가까운 거야.

정말이지 내가 케이를 사랑하는 이유는 수천 가지야. 하지만 나는 삶과 현실을 믿기 때문에, 과거에 케이처럼 하나님을 따르고 종교를 믿었던 시절처럼 추상적이 될 수가 없어. 그녀에 대한 사랑을 포기하지는 않아. 하지만 그녀가 속으로 겪고 있는 내적 갈등은 꽤 오래갈 거야. 나는 기다릴 수 있어. 그녀가 지금, 무슨 말을 하고 무슨 행동을 해도 나는 상처 받지 않아. 하지만 그녀가 여전히 구시대적 원칙에 매달려 있는 한, 나는 그림을 그리고, 데생을 하고, 내 일을 챙기기 위해 일하고, 온전한 정신 상태를 유지해야 해. 그래서 이렇게 행동한 거야. 인간적인 온기를 느끼고 건강을 챙기려고. 이렇게까지 비밀스러운 이야기를 털어놓는 건, 내가 예전처럼 우울한 생각에 빠져들거나 뜬구름 잡는 추상적인 사상에 젖어 있는 게 아니라는 걸 네게 보여주기 위해서야. 난 오히려, 대부분의 시간을 물감 사용이나 수채화 기법을 생각하며 보내고 있어. 어떻게 해야 수채화를 더 잘 그리고, 화실은 어떻게 구할까, 등등.

* 네덜란드 작가 에드워드 도우즈(Eduard Douwes Dekker)의 필명이다.

아우야, 제발 적당한 화실을 찾을 수 있으면 좋겠다!

편지가 결국, 길어져버렸네.

앞으로 다가올 3개월이 이미 과거로 지나가 있었으면 좋겠다. 지금 이 시간부터 마우베 형님 집으로 떠날 수 있는 3개월 말이야. 내게는 유용하게 쓰일 기간이야. 네게 부탁이 있다면, 간간이 편지나 한 장씩 써주겠니? 혹시 겨울에 올 마음은 있니? 아우야. 마우베 형님의 동의 여부에 따라 화실을 빌릴지 말지 결정할 생각이야. 약속대로 내가 평면도를 보내면, 필요할 경우 직접 와서 봐주겠다고 했거든. 그런데 아버지는 참견 않으시면 좋겠다. 예술적인 부분에 관여할 적임자는 아니시잖아. 게다가 아버지 간섭이 적을수록 나와 아버지의 관계는 더 나아질 거야. 여러 면에서 얼른 자유롭게 독립해야 해. 그 길밖에 없어.

여전히 과거에 얽매여서 해묵은 원칙만 고집하는 케이를 떠올릴 때면 소름이 끼친다. 더 치명적인 건, 자기 생각을 바꿔도 잃을 건 하나도 없다는 거야. 그래도 난 무슨 반응이 있을 거라 믿어. 그녀는 건강하고 생기 있는 사람이니까. 아무튼 3월에 헤이그로 갈 건데 그 김에 암스테르담까지 가볼 생각이야. 이번에 암스테르담을 떠나면서 이런 생각을 했었어. 그림이 지지부진하다고 해서 우울한 생각에 빠져들지는 말자. 특히나 이제 막 잘 풀려가기 시작했는데 찬물을 끼얹을 상황 속에 말려들지 말자. 봄에 딸기를 먹는 것, 그래, 그런 게 인생이야. 그런데 1년 중에 봄은 아주 짧고, 다음 봄까지 가야 할 길이 멀지.

이런저런 이유로 내가 부럽니? 아닐 거야, 그렇지, 아우야? 내가 추구하는 것들은 누구나 다 찾을 수 있는 것들이야. 너라면 훨씬 빨리 찾아낼 게다. 애석하게도 나는 여러모로 뒤처지고 편협한 사람이야. 그 원인을 알 수만 있다면, 어떻게 개선해갈지 알 텐데. 하지만 불행히도 우리는 자기 눈에 든 들보를 못 보고 지나갈 때가 많잖아.

조속히 답장해주기 바란다. 내 글 속에 섞여 있는 가라지와 낟알을 잘 골라야 해. 괜찮은 낟알, 제대로 된 낟알을 네가 골라내면 좋겠지만 종종 틀렸거나 과장, 억지를 나도 미처 인지하지 못한 것도 있을 거야. 난 별로 박학다식하지 않고, 그냥 남들만큼 무지하다. 그래서 나 자신을 판단할 능력도 없고, 남들은 그보다도 더 판단하지 못해. 그래서 자주 실수를 하지. 그런데 정처 없이 떠돌다가 다행스럽게 제대로 된 방향을 잡아나가는 일도 종종 있어. 그래서 il y a du bon en tout mouvement(어디로든 움직이면 좋은 일이 생기는 법이야). 쥘 브르통이 했던 말인데, 듣자마자 잘 외워뒀지.

그나저나 혹시 마우베 형님의 설교 들어봤니? 여러 목사님 흉내 내는 걸 들은 적이 있는데, 베드로의 조각배에 관한 이야기였어. (설교는 3부분으로 이뤄졌어.)

첫째, 조각배는 샀을까, 물려받았을까?

둘째, 통째로 샀을까, 따로따로 샀을까?

셋째, 혹시(끔찍한 가정이지만) 훔친 건 아닐까?

그러고는 '주님의 선한 의지'와 '티그리스와 유프라테스' 이야기를 했어. 그러고는 스트리커 이모부를 흉내 내며 '안나와 콩테의 결혼'을 언급했지.

마지막 마무리는 베른하르트 신부님 말투로 이어진 '전능하신 주님'에 대한 이야기였어. 주님은 바다도 만드시고, 땅도 만드시고, 하늘도 만드시고, 별도 만드시고, 태양도 만드시고, 달도 만드시고, 모든 걸 하실 수 있어서 전능하고, 전능하신데, 전능하다는 말과 달리 못 하시는 게 한 가지 있다고.

전능하신 하나님이 못 하시는 게 과연 뭘까?

전능하신 주님은 죄인을 버리지 못하신다는 거지…….

Adieu, 테오. 곧 편지하고, 마음으로 악수 청한다, 내 말 명심해라.

형은 너를 사랑한다, 빈센트

165네

테오에게

아버지 어머니가 네게 편지하신다기에 몇 마디 적어 넣는다. 그래도 조만간 긴 편지 써서 보낼 생각이야. 마우베 형님이 조만간 프린센하허에 도착할 것 같은데, 아무래도 그 형님이 우리 집에 올 때가 될 것 같다. 그나저나 테오야, 형님이 물감과 붓, 팔레트, 물감 주걱, 채색 기름, 테레빈유(油) 등 필요한 화구들을 다 보내줬어. 이제 본격적으로 그림을 그릴 수 있게 됐다는 말이야. 정말 기뻐.

요즘은 데생을 많이 그렸어. 특히, 인물화 습작들. 네가 보면 내가 어떤 걸 추구하는지 알 수 있을 거야.

마우베 형님 생각은 어떤지도 정말 궁금하다.

그리고 아이들 데생을 주로 그렸어. 아주 마음에 들어.

시골에서는 지금이 색조와 색감이 한창 살아나는 시기야. 만약 내가 유화 그리기에 능통했더라면 이 넘치는 색조와 색감을 그림에 담아내고 싶었을 거야. 하지만 그런 날이 올 때까지는 아직 해야 할 게 있어. 인물 데생을 시작했는데, 완벽해질 때까지 계속해보고 싶어. 야외에서 그림 그릴 때 나무들을 대상으로 연습하는데, 사실, 나무를 인물이라고 생각하고 데생하고 있어. 그러니까, 나무를 볼 때, 윤곽선, 비율, 구조를 계산하면서 본다는 뜻이야. 무엇보다 그 부분들을 눈여겨봐야 하거든. 그다음이 기복, 색, 그리고 나머지 배경인데 이 부분들을 마우베 형님하고 같이 상의해봐야 해.

테오야, 물감 상자가 생겨서 너무 행복하다. 그런데 처음부터 그냥 막 사용하느니 적어도 일 년여 동안 데생을 하고 난 지금에서야 갖게 된 게 다행인 것 같아. 너도 나와 같은 생각일 거라 믿는다.

지난 편지에 말한다는 걸 깜빡했는데, 런던에 간다는 네 생각, 나도 적극 찬성이야. 아예 거기에 자리를 잡겠다면 그건 좀 달갑지 않을 것 같지만, 네가 런던을 알아가는 건 아주 좋은 일이다. 거기서 아무 문제 없이 적응하는 건 상당히 힘들 거야. 어쨌든 런던이 나를 위한 도시는 아니었다는 건 확실히 알 것 같아.

난 여기, 네덜란드가 훨씬 편해지고 있어. 그래, 맞아. 난 이제 거의 1백 퍼센트, 다시 네덜란드 사람이 돼가는 중이야. 따지고 보면, 네가 보기에도, 결국, 이게 가장 합리적인 결론이라고 생각하지 않아? 나는 결국, 다시, 머리부터 발끝까지 네덜란드 사람이 될 것 같아. 성격도 그렇고 데생이나 유화 그리는 방식도 그렇고. 하지만 훗날에는, 외국에서 생활했던 날들과 그때 봤던 것들이 결코, 괜한 시간 낭비는 아니었다는 사실에 미소 짓게 될 거다. 런던에 가거든, 내 오랜 지인인 조지 리드와 리처드슨에게 안부 좀 전해주면 좋겠다.

이번 여름에 헤이그에서 오바흐 씨를 만났어.

그나저나 조지 리드는 업계에서 그리 튀는 친구는 아니야. 그냥 평범한 사람인데 만나서 조금만 가까워지면 상당히 헌신적이고, 남을 진심으로 대할 뿐만 아니라, 매사에 세심하다는 걸 알 수 있어. 게다가 쾌활하면서 동시에 신중해서 친구로 둘 수 있으면 아주 괜찮은 친구야. 영국에서 만난 지인들 중에서 가장 보고 싶은 게 누구냐고 묻는다면, 단 한순간도 주저하지 않고 조지 리드라고 말하겠어. 그러니, 이 형을 행복하게 해주고 싶다면, 그 친구 만나서 얘기 한번 해봐라. 그리고 언젠가 꼭 만나자고, 기회가 되면 꼭 편지하겠다고 전해주고.

그런데, 네가 직접 만나 얘기하기 전까지 편지는 쓰지 않을게. 그리고 그림을 시작하기 전에도.

그림을 그린다는 건 내 직업 생활의 시작 아니냐, 테오야? 너도 그렇게 봐야 한다고 생각하지 않아?

그만 줄인다. 마음으로 악수 청하고, 내 말 명심해라.

형은 너를 사랑한다, 빈센트

165a네

작은아버지 보세요

안 그래도 부탁드리고 싶은 게 있었는데 마침 테오가 작은아버지를 뵈러 간다기에, 이참에 부탁 좀 드리게 되었습니다.

혹시 조만간 작은아버지 그림을 감상하러 찾아뵈어도 될는지 여쭙고 싶습니다. 그림을 본지도 좀 되긴 했지만, 무엇보다, 이걸 부탁드려도 될는지 궁금해서요.

테오가 제가 그린 습작 2점을 가지고 찾아뵐 겁니다. 개인적으로 잘됐다 싶은 것보다 색이 좀 차가워 보이긴 하지만 2점을 가지고 있고, 크기는 똑같은데 색감이 조금 더 온화합니다. 혹시 지금 당장 쓸 일이 없는 낡은 액자라도 여유분이 있으시면 제 습작 1점과 액자를 교환하실 의향이 있으신지 여쭤봅니다.

삼가 안부를 여쭙니다, 빈센트

Den Haag

9-1

네덜란드

/

헤이그

1881년 12월
/
1882년 12월

케이의 거절로 빈센트에게는 두 번째 실연의 절망감과 함께, 또다시 친척들의 매서운 질책이 쏟아졌다. 이번에는 아버지도 장남에게 깊이 실망해서 부자(父子)의 갈등이 극단으로 치달았다. 그러자 12월 빈센트는 돌연 헤이그로 떠났는데, 그렇게 시작된 헤이그에서의 2년은 빈센트의 화가 인생에서 중요한 시기가 된다. 정신적 · 물질적으로는 최악이었지만, 200여 점의 데생과 수채화, 석판화 및 20여 점의 유화를 완성했다.

환경의 변화와 마우베의 응원으로 빈센트의 낮은 자존감은 조금 회복되는 듯했다. 브레이트너르, 더 복, 판 데르 베일러 등 또래 화가들과 친분을 쌓으려 했고, 자신의 그림을 팔려고 C. M.과 테르스테이흐도 찾아갔다. 그러나 모두가 자신을 오해하고 미워한다는 슬픔은 사라지지 않았다. 이 와중에 1월 추운 겨울에 거리의 여인 시엔을 만났다. 임신한 채로 남자에게 버림을 받았고, 술과 가난으로 병든 데다가, 전혀 아름답지도 않고 젊지도 않은 여성이었다. 하지만 케이에게 거절당한 후로, 그는 사회적 위치가 어떻든 자신과 비슷한 처지의 여자에게 연민을 느꼈다. 남들에게 봉사하고 싶어했던 전도사의 기질도 발동했을 것이다. 그래서 시엔을 그림의 모델로 쓰면서, 그녀와 아이까지 다 함께 살기 시작했다.

그러나 사회적으로 존경받는 독실한 기독교 목사 집안의 아들이 보여주는 기행에 대한 반발은 격렬했다. 그나마 호의적이었던 마우베와 테르스테이흐조차 차갑게 돌아섰다. 여전히 테오가 보내주는 돈밖에는 생활비가 없는 처지에 시엔의 식구들까지 책임지기로 한 터라서 결국 동생에게는 사실대로 털어놓지만, 테오는 형의 헤이그 화실로 달려가서 그 결혼에 반대한다는 뜻을 분명히 밝혔다. 빈센트는 몇 달간 시엔 이야기를 일절 꺼내지 않고 석판화 복제화 제작 등의 얘기만 늘어놓는데, 동생이 관계를 정리했다고 여겨주길 기대한 것이다. 하지만 정작 관계에 종지부를 찍은 건 빈센트가 아니라 시엔이었다. 빈센트가 결혼 이야기를 먼저 꺼내고도 애매한 태도를 보였고, 갈수록 유화에 들어가는 비용이 엄청나서 생활이 더욱 궁핍해졌으며, 그녀의 가족들까지 그를 떠나라고 부추겼던 것이다.

이 시기에 빈센트는 처음으로 유화 작품을 완성했다. 그는 테오에게 '본격적으로 그림을 시작한 지 2년 만에 수채화 실력이 좋아졌다'고 편지했다. 하지만 누구에게도 인정받지 못했고, 테오는 여동생에게 이런 고민을 토로했다. "이렇게 끝없이 형님을 돕는 게 잘못이 아닐까, 수도 없이 생각한다. 스스로 알아서 하도록 내버려두려다가 마지막에 마음을 접은 것도 한두 번이 아닌데, 차라리 그러는 게 나았을까 싶어. 네 편지를 받고 그 점을 곰곰이 생각해봤지. 그런데 아무래도 계속 도와야 할 것 같다. 달리 방법이 없어. 형님은 화가야. 비록 지금은 아름답고 화려한 작품을 만들지 못하지만, 분명히 나중에 도움이 될 테고, 언젠가는 사람들도 알아주지 않을까. 그래서 형님이 계속 연구하고 공부하는 걸 가로막을 수가 없다. 여전히 마음에 들지는 않지만 언젠가는 팔 수 있는 그림을 그려낼 거야." 테오가 처음에는 형제로서 도왔지만, 뒤늦게 예술계에 입문해 완벽을 추구하려고 고집스레 매달리는 한 화가를 후원하는 예술 애호가로서 뒷바라지했던 것이다.

1883년 초에 테오가 자신 역시 홀로 사는 아픈 여인과 가까운 사이라고 고백하자, 빈센트는 다시 시엔과 두 아이들과 지내고 있는 속사정을 꺼내놓았다. 그러면서 이제껏 말하지 않았던 그간의 내밀한 심경을 토로했다(313~322번 편지. 구필 화랑에서 해고될 당시의 상황, 그림을 팔고는 싶은데 자신의 인상이 좋지 않아서 걱정하는 마음, 케이에게 거절당해서 낙심하지 않았더라면 자신의 삶도 많이 달랐을 거라는 후회 등등).

하지만 여름에 빚이 불어나고 시엔과의 갈등도 심해지자, 마침내 테오의 조언대로 헤이그를 떠나 홀로 드렌터로 향했다. 드렌터는 네덜란드의 북쪽 지역으로, 이미 마우베나 리베르만 같은 화가들이 멋진 그림으로 그리기도 했고, 무엇보다도 판 라파르트가 그 야생적인 풍경을 묘사한 편지를 보냈는데, 이것이 고향인 브라반트의 자연을 늘 그리워하고 사랑하는 빈센트의 마음에 더없이 매력적으로 다가왔다.

166네 ___ 1881년 12월 29일(목)

목요일 저녁, 헤이그에서

테오에게

편지와 동봉해준 것도 고맙게 받았다. 네 편지가 도착했을 때 마침, 말했듯이 마우베 형님과의 일정이 있어서 에텐에 와 있었어. 그리고 지금은 보다시피 다시 헤이그로 왔다. 크리스마스에 아버지와 심한 언쟁이 있었어. 상황이 심각하게 흘러서 결국, 아버지가 나더러 집에서 썩 나가라고 하시더라. 너무나 단호하게 말씀하셔서 그냥 그 길로 나와버렸어.

내가 교회에 가지 않는 문제 때문이었어. 내가 그랬거든. 꼭 교회에 나가라고 강요한다면, 지금까지는 에텐에 와서 예의상 꼬박꼬박 교회에 나갔지만, 앞으로는 다시는 나가지 않을 거라고. 그러나 진짜 이유는 그게 아니지. 올여름 케이와 나 사이에 있었던 일 때문이야.

내 평생에 이렇게 화를 낸 적이 있었나 싶다. 그 종교 체계가 역겹다고 솔직하게 말했어. 내 인생 가장 비참한 시절에 깊숙이 파고들었던 문제이기에, 더 이상은 생각하고 싶지도 않고 그런 치명적인 짓은 멀리할 거라고도 했지.

너무 심했나? *너무* 과격했나? 그러거나 말거나. 어쨌든, 이젠 다 끝난 일이다.

마우베 형님에게 돌아가서 말했어. "형님, 에텐에 더 있기가 힘듭니다. 다른 데 거처를 알아봐야 할 것 같은데 가능하면 이쪽이 좋을 것 같습니다."

자, 이렇게 대답하더라. "그럼 여기 있어야지."

그래서 화실, 정확히는 벽감이 있는 방 한 칸을 빌려 화실로 꾸며서 쓰기로 했지. 비싸지도 않고, 스헹크베흐와 가까운 교외 지역인데 마우베 형님 집에서는 도보로 10분 거리야. 아버지가 돈이 필요하면 빌려주겠다고 하셨지만 못 받겠다. 이제는 아버지에게서 벗어나고 싶거든.

어떻게 할 거냐고? 아직은 모르겠어. 마우베 형님이 도와주시겠지. 일단 그랬으면 좋겠고, 그렇게 믿고 싶어. 물론 그림을 그려서 다만 몇 푼이라도 벌도록 최선을 다해야지.

이제 시작됐다. 되돌릴 수도 없어. 시기는 상당히 좋지 않지만, 어쩌겠어?

간단한 가구들이 필요하고, 게다가 화구에 들어가는 비용은 점점 늘어나겠지.

옷도 좀 제대로 갖춰 입어야겠고.

무모한 도전이지. 침몰하느냐, 헤엄쳐 나아가느냐. 하지만 언젠가는 독립해야지 했었잖아. 그 일이 예상보다 일찍 들이닥친 셈 치는 거야. 아버지와의 관계는 쉽게 회복될 것 같지 않다. 아버지가 생각과 시선이 나와 차이가 너무 커. 참 힘겨운 시간이 될 것 같다. 물이 계속 차올라 입술까지 닿는데, 계속 더 높아지고 있는 기분이야. 이렇게 될지 누가 알았겠어? 그래도 포기하지 않을 거야. 죽을힘을 다해 싸울 거야. 어떻게든 수면 위로 올라갈 거다.

1월 1일에 새 화실로 들어갈 예정이야. 가구들은 딱 필요한 것만 장만할 생각이다. 탁자 하나에 의자 몇 개. 침대는 바닥에 이불을 깔면 되는데, 마우베 형님이 간이침대 하나는 있어야 된다며, 돈이 필요하면 빌려주신대.

지금도 걱정거리가 산더미인데 앞으로가 더 걱정이야. 그래도 되돌아갈 수 없을 정도로 멀리 온 건 만족스럽다. 앞으로 넘어야 할 장애물이 한둘이 아니겠지만, 길이 어디로 뻗어 있는지는 확실히 보인다.

그래서 말인데, 테오야, 혹시, 네가 곤란을 겪지 않는 선에서 간간이 돈을 좀 보내줬으면 한다. 지금 같은 상황에서는 다른 사람을 통하기보다 네가 직접 전해주면 좋겠어. 되도록 마우베 형님과 돈 문제로 얽히지는 않았으면 해. 이미 지금도 화구며 이것저것 미술과 관련된 부분들에서 어마어마하게 신세를 지고 있는 데다, 침대며 가구도 꼭 사라고 하면서 필요하면 돈까지 빌려주겠다니 말이야. 게다가 형님 말이, 나더러 옷도 좀 그럴듯하게 차려입는 게 좋겠다더라고. 지나치게 궁색해 보일 필요는 없다면서 말이야.

조만간 또 길게 소식 전할게. 나한테 벌어진 일을 *불행이라고 생각하지 않는다.* 그렇게 격한 감정의 소용돌이를 겪었지만, 오히려 상대적으로 마음이 차분해져. There is safety in the midst of danger(태풍의 눈이지). 살면서 이런 도전 하나 없으면 사는 게 무슨 재미가 있겠어?

쓸만한 화실을 찾으려고 동네는 물론이고 스헤베닝언까지 백방으로 알아봤어. 스헤베닝언은 월세가 어마어마해. 반면에 여기는 월세가 단돈 7플로린이야. 가구 비용이 더 들어. 하지만 일단 자신만의 집을 가지면, 좋은 재산이 되고 더 정붙이고 살지. 빛이 드는 남향 창인데, 높이 달렸고 널찍해. 좀 지나서 적응이 되면 방이 꽤 쾌적할 것 같다. 내가 지금 얼마나 신났는지 느껴질 게다. 1년 뒤에 내 그림은 어떻게 달라져 있을까? 아, 내 느낌을 고스란히 그림으로 표현할 수 있으면 정말 좋겠어! 마우베 형님은 이런 내 마음을 누구보다 잘 알아서 도움이 되는 조언을 최대한 아끼지 않아. 내 머리와 마음속에 넘쳐나는 모든 걸 데생이나 유화로 표현해내고 싶어.

마우베 형님은 요즘 대형 유화를 그리는데, 말 여러 마리가 모래 언덕에서 고기잡이배를 끌고 가는 장면이야.*

헤이그에 오길 정말 잘했어. 아름다운 것들이 끝도 없고, 전부 다 그려내고 싶구나. à Dieu, 아우야. 마음으로 악수 청한다. 곧 편지하고, 내 말 명심해라.

너를 사랑하는 형, 빈센트

마우베 형님 부부가 안부 물으셨다.

돈은 조금 남아 있다만 언제까지 버틸 수 있을지는 모르겠어. 1월 1일까지는 이 하숙집에 머물러야 하거든. 편지는 여기로 보내라. 「안톤 마우베, 아월렌보먼 198번지.」 거의 매일 가거든.

167네 ____ 1882년 1월 3일(화) 추정

사랑하는 동생에게

새해 인사 전한다. 올해는 네가 하는 모든 일이 잘 풀리길 바라면서, 이기적일지는 몰라도 내게도 좋은 일만 있었으면 한다. 내가 화실을 얻었다는 소식이 네게도 반가우리라 생각한다. 벽감이 있는 작은 방인데, 창도 커서 빛이 충분히 들어오는 편이야. 보통 창문의 두 배 크기에다 남향이거든.

가구들도 장만했는데, 네가 엄숙한 '순경' 스타일이라고 부르는 딱 그런 스타일이야. 표현은 네가 만들어냈다만, 내 물건들이 더 순경스럽지 않나 싶다(진짜 튼튼한 식탁과 의자들이거든).

마우베 형님이 월세와 가구 구입에 쓰고 창문도 수리하라고 100플로린을 빌려줬어. 마음의 빚을 진 셈인데, 달리 방법이 없었다. 길게 보면, 가구가 갖춰진 방을 빌리는 것보다는 내 가구를 구입하는 것이 훨씬 비용을 절약할 수 있어.

여기 구해서 수리하고 가구 들어갈 자리 만들어 집어넣느라 고생고생했어.

어쨌든 아우야, 지금은 그럴듯한 나만의 화실이 생겨서 아주 마음이 편하다.

이렇게 빠른 시일 내에 화실을 가질 줄은 엄두도 내지 못했는데, 막상 생기니까 진짜 좋다. 네 마음도 나 같으면 좋겠다.

상황은 너도 이미 알 거야. 에턴에서보다 생활비 지출이 훨씬 더 많아. 그러나 난 최선을 다해 해결해 나갈 거다. 마우베 형님은 내가 곧 돈벌이를 할 수 있을 거라고 희망을 준다. 내가 화실을 장만했다는 사실이, 나를 단순한 풋내기에 놀고먹는 게으른 인간으로만 봤던 모든 이들

* 〈해변의 낚싯배(Fishing Boat on the Beach)〉, 1882

에게 신선한 충격이 될 거야. 네가 조만간 얼마라도 좀 보내주면 좋겠구나. 상황이 진짜 다급해서 마우베 형님한테 부탁하면 거절하시진 않겠지만, 이미 신세를 많이 져서 말이야.

살다 보면 한 번쯤은 정착해볼 필요를 느끼지. 난 처음에는 빚을 지고 시작한다는 것이 두려웠는데, 지금은 이대로가 훨씬 마음이 편하다.

이제 규칙적으로 모델을 불러서 그릴 생각이야. 비용이 많이 들지만, 사실은 가장 경제적인 해결책이기도 해.

더 복에게는 좀 실망했어. 사람이 대범하지 못해서, 미술에서 가장 기본적인 사항 몇 가지만 지적했는데도 발끈하더라고. 풍경화를 잘 그리고 그림에 매력을 잘 살릴 줄 아는데(지금 작업 중인 대형 유화가 그래) 딱 이거다 싶은 결정적인 개성이 안 보여. 모호하고 추상적이지, du coton filé trop fin(고운 면직물 같달까). 그림이 대부분 자기가 받았던 어떤 인상의 그림자 같은 분위기인데, 그런 건 한 번 이상만 써도 질리지.

아무래도 화가들과 자주 어울리지 않는 편이 좋겠어. 매일 마우베 형님이 가장 믿음직스럽고 재능 있는 화가임을 깨닫는데, 내게 뭐가 더 필요하겠어? 다만, 테오야, 옷차림은 좀 단정한 게 낫겠다. 이제 나아갈 방향을 확실히 알기에, 나 자신을 감출 생각이 없다. 그래서 사람들과의 친교를 피하진 않으려고 해. 그렇다고 좇아다닐 생각도 없다만.

마우베 형님 부부가 안부 전한다.

à Dieu. 아직 해야 할 일이 많다. 내 말 명심해라.

형은 언제나 너를 사랑한다. 빈센트

168네 ___ 1882년 1월 5일(목) 혹은 6일(금)

사랑하는 동생에게

아니, 테오야, 무슨 일 있니? 지난번 내 편지 못 받았어? 집에서 사건이 있었고, 그래서 내가 집을 떠나 헤이그로 돌아왔고, 지금은 내 화실에 정착했다고 다 썼는데. 스헹크베흐 138번지야(레인스포르* 역 근처).

마우베 형님이 많이 도와준 것도 알 거야. 그래도 여전히 들어갈 비용이 많고, 지난 며칠은 진짜 주머니에 돈이 한푼도 없었다만, 1월 생활비로 네가 보내줄 100프랑을 믿고 있었지.

그런데 아직까지 돈은 고사하고 편지조차 없구나. 가장 난처한 건 주머니가 빈 상태라 모델을 불러 그림을 그릴 수도 없다는 거야. 정말 아무것도 못 하고 있다. 날씨가 너무 나빠서 밖에 나가 그림을 그릴 수도 없는데 말이야(몇 차례 시도해보긴 했다).

* Rynspoor. 철도 회사의 이름이다.

건강은 좋다. 다만 요 며칠간 불안증 때문에 고생했어. 그간 모델들을 찾았고 몇 명 쓸만한 사람을 만났는데, 부탁을 할 수가 없구나.

궁여지책으로 아침에 구필 화랑에 나녀왔어. 네가 편지에 쓴 그대로, 테르스테이흐 씨에게 좀 빌려볼 생각이었지. 그런데 막 출장을 가서 며칠 자리를 비우신다더라.

마우베 형님한테는 차마 입이 안 떨어진다. 이미 너무 많은 신세를 졌으니까.

테르스테이흐 씨도 화실에 한 번 들르마고 약속했었는데 아직까지 감감무소식이고. 혹시 피치 못할 사정이 있어서 한 번에 100프랑을 보내기가 어려운 거라면, 답장할 때 일부만이라도 보내주면 좋겠다.

주머니에 우표가 남아 있어서 다행이지, 이 편지도 못 보낼 뻔했다. 너나 나나 힘든 시기지. 하지만 난 우리가 발전하고 있다고 본다. 그러니 계속 용기를 내자. à Dieu, 마음으로 악수 청한다.

너를 사랑하는 형, 빈센트

169네 ___ 1882년 1월 5일(목), 그리고 7일(토)

(파리에서, 테오가 빈센트에게 보낸 편지)*

빈센트 형님 보세요

편지 두 통 잘 받았습니다. 근황 전해줘서 고마워요. 헤이그에 거처를 마련한 건 퍽 잘된 일이고, 형님이 혼자 힘으로 돈을 벌 수 있을 때까지는 금전적으로 돕고 싶은 게 제 마음이기도 합니다. 제가 이해되지 않는 건, 형님이 아버지 어머니 집을 기어이 뛰쳐나가고야 만 것입니다. (1) 두 분 밑에서 생활하는 게 참기 힘들었을 거라는 건 충분히 이해합니다. 평생 시골에서만 살아서 현대적인 생활방식을 전혀 모르는 분들과 여러모로 의견이 다른 것도 당연합니다. 그런데 도대체 왜, 그렇게까지 유치하고 오만하게 아버지 어머니의 삶을 엉망으로 망치신 겁니까? (2) 안 그래도 피곤한 분들한테 그런 식으로 행동하는 건 치사한 겁니다. (3) 그 일에 대해 아버지가 편지하셨을 때만 해도 그냥 오해로 여겼는데, 형님이 직접 이렇게 쓰셨네요. "아버지와의 관계는 쉽게 회복될 것 같지 않다." (4) 아버지가 어떤 분인지 모르세요? 형님과의 불화가 지속되면 못 견디실 거라는 걸 무시하고 싶은 거예요? (5) coûte que coûte(기어코) 이번 일은 형님이 해결해야 합니다. 나중에 이렇게 매정하게 행동한 걸 뼈저리게 후회하실 거라고 확신합니다. (6) 지금은 온 관심이 마우베 형님에게 향했고, 그 형님 수준이 아니면 모든 게 다 모자

* 아버지의 편에 서서 형 빈센트를 강하게 질책하는 내용이다. 이에 빈센트는 이 편지에 번호를 매기고, 그에 대한 답변을 뒷장에 적어서 반송했다.

라 보이는 겁니다. 왜냐하면, 형님은 늘 과장이 심한 데다, 모두에게 똑같은 기준을 들이대니까요. (7) 자신이 훨씬 자유로운 사고방식을 가지고 있다고 큰소리치는 상대에게, (8) 또 내심 그 명철한 시각이 부럽기도 했던 그 상대에게 하찮은 인간 취급을 받은 아버지 마음은 쓰라리지 않겠어요? (9) *아버지*의 삶이 그 정도로 하찮습니까? (10) 형님을 도저히 이해할 수 없습니다. (11) 기회 되시면 편지하세요. (12) 마우베 형님 부부께 안부 전합니다.

언제나 형님을 사랑하는 동생, 테오

(테오의 편지지에 적어 돌려보낸 빈센트의 답장)

일부러 네 기분을 상하게 하려고 편지를 고스란히 돌려보내는 게 아니다. 네가 헷갈리지 않도록 하려니 이게 최선이었어. 네 편지가 없으면 내 답변의 내용을 잘못 이해할 수도 있으니까. 번호대로 읽으면 된다. 지금 모델을 기다리는 중이라 시간이 많지는 않아.

시간에 쫓기는 터라, 네 편지에 순서대로 답을 다는 게 최선인 것 같다.

(1) '기어이' 뛰쳐나간 게 아니다. 반대로, 아버지가 여기 오셨을 때 마우베 형님, 아버지 나, 이렇게 셋이서 같이 에턴에 화실을 얻는 방법을 의논했다. 겨울은 에턴에서 지내고, 봄에는 헤이그로 오고 하는 식으로. 모델 문제도 있고, 에턴에서 내가 꾸준히 그려오면서 조금씩 성과를 보이기도 했으니까.

그래도 사실 난 헤이그에 더 길게 머물고 싶었어. 일단 이미 헤이그에 와 있고. 하지만 결국 난 브라반트 사람들을 계속 그릴 생각이었거든. 그래서 마우베 형님과 이미 화실 구하는 문제로 편지를 통해 상의 중이었는데(헛간을 개조해야 하는 상황이었어), 그게 눈앞에서 날아가 버렸을 때 도저히 화를 참을 수 없더라.

습작을 완성하고 싶다고 편지에 썼던 거, 네가 기억했으면 좋겠다. 아버지 어머니께 에턴에서의 내 작업이 얼마나 중요한지 좀 정확하게 설명해달라고 네게 부탁했던 편지 말이야. 내가 이렇게 썼었지. 아버지 어머니의 변덕 때문에, 몇 달간 공을 들여 이제 막 궤도에 오른 작업을 포기해야 한다는 건 너무한 거 아니냐고. 잘 생각해봐. 마우베 형님이 도와주고는 있지만, 사실 여기가 집보다는 힘들지. 대체 이걸 어떻게 해결해야 할지 나도 방법을 알고 싶다.

(2) '아버지 어머니의 삶을 엉망으로 망쳤다'는 네 표현이 아니야. 내가 알지. 이미 오래 들어왔던 아버지의 위선적인 궤변이니까. 아버지 어머니께도 이미 말씀드렸다. 그런 궤변에는 눈 하나 깜짝하지 않는다고.

당신 말문이 막히는 질문을 들을 때마다 상습적으로 그런 궤변을 둘러대신다고. 그냥 "날 죽일 작정이로구나"라고 한마디 내뱉고는 아무렇지 않게 신문을 읽고 파이프를 피우신다고. 그래서 그런 말씀을 하셔도 솔직히 눈곱만큼도 신경 쓰고 싶지 않다.

예전에는 버럭 화를 냈을 때 대개 상대가 움찔하는 반응에 익숙하셨을 텐데, 내가 지지 않고 꼿꼿이 버티니 놀라셨겠지.

아버지는 가정에서는 극도로 예민하고 성마른 성격에 완고하시지. 그래서 마치 당신 마음대로 해도 된다는 듯 행동하셔. 그리고 매사에 '가풍과 전통'을 이유로 내세우시니, 나 역시 거기에 무조건 따라야만 한다고.

(3) 피곤한 분들께 그런 식으로 행동하는 건 치사하다……. 아버지가 나이 드신 어른이라서 내가 못 참을 것도 참고 넘어간 게 백 번도 넘어. 이번에도 그저 '젠장!'이라는 말만 내뱉었을 뿐이야. 도대체 이성과 상식에 막무가내로 귀를 막으시잖아. 그래도 난 내 생각을 고스란히 다 말씀드렸어. 남들이 어떻게 생각하고 있는지 그걸 큰소리로 끝까지 들으시게 만든 건 아주 잘한 거라 생각해. 물론 그때뿐이었지만.

(4) 쉽게 회복될 것 같지 않다……. 형식에 불과했지만, 아버지 어머니께 화실을 얻었다고 말씀드려서 다 정리했고 새해에는 언쟁 벌일 일도 없었으면 한다는 뜻으로 새해 인사도 드렸어. 그 이상은 나도 하기 싫다. 그래야 할 의무도 없고.

이번 일이 일회성에 불과한 사소한 언쟁이었다면 금방 정리됐겠지. 하지만 전에도 여러 번 반복된 일인 데다, 그때마다 내가 차분하고 단호하게 아버지에게 말씀을 드렸지만, 대단하신 목사님께서는 번번이 그 말을 무시하셨어. 이번에 내가 화가 나서 내뱉었던 말들, 솔직히 평소 차분한 상태에서도 할 수 있는 말이었어. 다만 융통성 있게 돌려 말하거나 그냥 말을 삼켰을 거야. 하지만 이번에 화가 머리끝까지 치솟자, 융통성은 다 어디로 사라져버리더라. 그래서 이제껏 마음에 담아두었던 말을 다 쏟아낸 거야. 사과할 마음은 없다. 아버지 어머니가 계속 똑같은 입장을 고수하신다면, 내뱉은 말을 주워담을 생각도 없고. 만에 하나, 두 분이 너그러운 마음으로 세심하게, 그리고 정당하게 내 입장을 헤아려주신다면 나도 기꺼이 내 입장을 철회할 수 있어. 하지만 과연 그럴 일이 일어날까 싶다.

(5) 아버지 어머니는 이 불화를 오래 못 버티신다……. 그래, 맞는 말이야. 아름답고 편안한 시간을 보내실 수도 있는데도 굳이, 주변을 사막으로 만들어놓고 불행한 노년을 맞이하신다면 말이지. "더 이상은 못 참겠다!"느니, "죽일 작정이냐!"느니, "내 인생을 망치려는 거냐!"느니, 그런 말은 이제 신경 안 쓴다. 공허한 단어에 불과할 뿐이야. 다시 한 번 말하는데, 두 분이 스스로 바뀌지 않으시는 한, 두 분의 앞날은 암울하고 외로울 뿐이야.

(6) 내가 나중에 후회할 거다……. 일이 이 지경이 되기 전에는 후회도 하고 괴로워도 했어. 부모님과 나 사이가 너무 악화되는 게 염려되고 씁쓸하고. 그런데 이렇게 된 마당이니, 이제는 될 대로 되라지 싶다. 너한테 솔직히 말하는데, 난 더 이상 아무런 후회도 없어. 의도한 건 없었지만 오히려 속이 후련하다. 시간이 흐른 뒤에 내가 잘못했다는 생각이 들면 당연히 후회하겠

지만, 지금으로선 내가 달리 반응할 수 있었을까 의심스러워. 누군가한테 "내 집에서 당장 나가! 1시간, 아니 30분도 못 주니, 당장 짐 싸서 나가!"라는 말을 들으면, 아우야, 정말이지, 나가는 데 15분도 안 걸린다! 그러고 나면 다시는 발도 들이지 않겠다는 마음이 들어. 진짜 너무했어! 경제적인 문제로 네게 더 부담을 주기 싫기 때문에, 내가 자발적으로 뛰쳐나올 생각은 전혀 없었어. 이건 네가 알아야 해. "꺼져!"가 내 뜻이 아니라 그분들의 뜻이니, 내가 어디로 가야 할지는 아주 분명했지.

(7) 그래, 확실히 마우베 형님을 좋아한다. 잘 지내려고 노력 중이고, 형님 그림도 마음에 들고, 그런 분에게 조언을 들을 수 있어서 기쁘고. 그런데 마우베 형님처럼 어느 한 방식이나 학파, 어느 사조에 매몰되고 싶지는 않아. 마우베 형님과 화풍이 전혀 다른 화가들도 좋아해. 나나 내 그림이나 닮은 점도 있겠지만 또 그만큼 실질적으로 다른 점도 있어. 사람이든 사물이든 좋아하게 되면 난 전력을 다하고, 때론 불 같은 열정으로 열렬히 좋아한다. 그렇다고 오직 그 사람이나 그것만이 완벽하고 나머지는 아무런 가치가 없다고 생각하지 않아. 천만의 말씀!

(8) '자유로운 사고방식'이라는 말, 나도 가끔, 달리 표현할 말이 없어서 어쩔 수 없이 쓰긴 하지만 정말 듣기 싫은 말이야.

(9) 생각의 흐름을 끝까지 따라가려고 최선을 다하고, 실행할 때는 이성과 상식의 소리를 듣고 판단하는 편이야. 그런데 그런 원칙을 저버리고 내가 다른 사람을 하찮게 취급했다고? 아버지한테 이렇게 말한 적은 있어. "이런저런 것들을 좀 곰곰이 생각해보세요." 혹은 "제가 보기에는 이런 게, 저런 게 말이 안 되는 것 같습니다." 이런 게 사람을 하찮게 본다는 거냐? 진실을 말할 때, 화가 치밀어서 내뱉거나 거칠게 말대꾸를 한다고 해서 내가 아버지를 적대하는 건 아니야. 그래 봐야 하나도 도움은 안 되고, 아버지 기분만 상하는 거니까. 혹시 아버지가, 내가 dessous de cartes(사건의 내막)을 속속들이 알아서 윤리며, 목사들의 신앙체계며, 학문적인 해석을 업신여기는 거라고 하신다면, 부정하지 않겠어. 정말 그렇게 생각하니까. 하지만 난 차분할 때는 절대로 그런 말을 내뱉지 않아. 나를 억지로 교회에 끌고가려 하거나 얼토당토않은 가치관을 인정하라고 강요하면, 상황은 달라지는 거야. 당연히 말도 안 된다고 받아칠 수밖에.

(10) 아버지 삶이 그 정도로 중요하지 않냐고? 이미 말했다시피, "날 죽이려고 작정했구나" 같은 단정적인 말은 솔직히 심하게 과장된 말이야. 신문을 읽으며 그런 말을 하시더니, 얼마 지나지 않아 태연히 광고 이야기를 하시는 걸 들으면 당연히 걱정할 일도 없을 것 같다. 그런데 내 입에서 그 표현이나 아니면 비슷한 표현이 흘러나왔고, 그걸 제삼자가 듣고서 나를 존속 살해범으로 오해하기 시작한다고 가정해봐라! 내가 할 수 있는 일은, 그런 비방이 말도 안 되는 헛소리라고 우기는 게 전부야. 한마디로, 난 신경 안 쓴다. 거기에 마음을 쓰는 게 더 우습지!

(11) 네가 그랬지. "형님을 도저히 이해할 수 없습니다." 그런 마음 충분히 이해한다. 편지로 설명이 불가능한 것들이 있으니까. 시간이 필요한 문제인데, 너와 나는 이미 너무 바쁘지. 그러

니 일단 다시 얼굴을 마주 대하고 편하게 얘기할 수 있을 때까지는 잠시 참고 기다리면 좋겠어.

(12) 편지하라고? 당연하지. 그런데 일단 어떤 식으로 해야 할지부터 정하자. 사업 얘기를 나누듯 딱딱하고 형식에 맞춘 문체에, 무게만 잔뜩 실은 단어를 써서, 한마디로 아무 의미 없는 방식으로 할까, 아니면 얼마 전과 마찬가지로 이런저런 온갖 이야기에 대해 머릿속에 드는 생각들을 너무 포장하는 건 아닐까, 생각의 날개를 꺾는 건 아닐까, 너무 억압하는 건 아닐까, 그런 걱정 없이 자유롭게 털어놓는 방식으로 할까? 나는 개인적으로 내 생각을 네게 솔직하게 털어놓는 게 더 좋다.

네 편지에 대한 직접적인 답변은 여기까지 할게. 그림에 관해 할 이야기가 많기 때문인데, 사실 난 너와 그림 이야기를 하는 게 더 좋다.

이번 겨울을 에턴에서 보냈으면 훨씬 좋았을 거야. 경제적인 부분을 고려하면 훨씬 편했을 테고. 머릿속에 돈 문제가 떠올라 괴로울 때면 자꾸 우울증이 도지는 것 같아서, 더 이상 그 얘기는 안 할 생각이야. 여기서 이만 접자. 어쨌든 이젠 헤이그에 있으니, 내가 알아서 해결해야 하는 상황이지. 이 문제로 아버지에게 편지를 다시 쓰는 건, 불에다 기름을 붓는 격이고, 나도 더 이상 화내고 싶은 마음이 없다. 내 힘을 오롯이 내 생활과 내 작업에만 쏟아부을 거야. 어쩌겠어? 에턴이나 헤이커 생활은 다 날아간 마당이니 *대체할 걸 찾는 데 집중해야지*. 보내준 건 정말 고맙게 받았다. 걱정거리에 짓눌려 산다는 말은 굳이 할 필요도 없겠지. 에턴에서보다 지출이 많아질 건 각오했다. 좀 더 여유가 있으면 내가 원하는 만큼 그림에 몰두할 수 있을 텐데 그럴 수가 없어.

화실은 이제 좀 정리가 돼가는 중이야. 네가 와서 봐주면 좋겠다. 벽에 습작들을 걸어놨거든. 말 나온 김에, 가지고 있는 내 습작들을 좀 돌려 보내주면 좋겠다. 쓸 데가 있어. 어디 내다 팔 물건은 아니잖아. 내가 봐도 모자란 구석이 여기저기 보이거든. 그런데 나름 열정을 가지고 작업한 거라 자연스러운 맛이 많이 느껴지는 그림들이야.

요즘은 수채화에 전념하고 있어. 제대로 배우면 돈 받고 팔 만할 거야.

그런데 테오야, 새로운 재료들을 사용하는 게 정말 얼마나 어려운지 모르겠더라. 처음에 펜 데생을 가지고 마우베 형님을 찾아갔을 때 "이젠 목탄, 색연필, 붓, 찰필로 그려봐"라고 하셔서, 인내심을 갖고 해봤는데 별 발전이 없더라고. 참는 만큼 화도 치밀어서 내가 그린 목탄화를 발로 짓밟기도 하면서 좌절했었어. 그래도 얼마 지나지 않아, 너한테 색연필이며 목탄이며 붓으로 한 데생을 보냈지. 그리고 네게 보냈던 것들과 비슷한 데생 여러 점을 들고 형님을 찾아갔더니 너랑 똑같은 지적을 하더라. 그래도 어쨌든 한발은 앞으로 내디딘 셈이잖아.

또다시 어렵고, 낙담하고, 인내하면서, 조바심도 나고, 희망이 생기면서 동시에 절망하는 시기를 보내는 중이야. 그렇지만 이런 난관, 다 극복하고 머지않아 수채화도 터득하게 될 거야.

수채화 그리기가 그렇게 쉬웠다면 재미없었을 거야. 유화도 마찬가지야.

또 다른 악재는 여기 날씨야. 별로 좋지 않고 이번 겨울에는 그림 그리기에는 정말 어렵더라. 그래도 새로운 환경을 마음껏 즐기고 있다. 특히 화실이 생겨서 얼마나 좋은지 모르겠어. 언제 한번, 커피나 차 한잔 하러 오겠니? 조만간이면 좋겠다. 자고 가도 돼. 공간도 편하고 넉넉한 데다 꽃도 가져다 놨고 구근을 심은 화분도 있어.

또 다른 장식품들로는 「그래픽」에 실렸던 근사한 목판화 몇 점을 구했는데, 연판이 아니라 판목에서 직접 찍어낸 것도 있어. 몇 년간 눈독만 들이던 것들이야. 헤르코머, 프랭크 홀Francis (Frank) Montague Holl, 워커를 비롯한 다른 작가들 데생도 있어. 블록이라는 서적상 가게에서 구입한 것들이야. 5플로린을 주고 「그래픽」이나 「런던 뉴스」에서 가장 그럴듯한 것들만 추려온 거야. 그중에서 필즈의 〈노숙자와 부랑자〉(무료 숙박시설 앞에 길게 줄을 선 빈민들), 헤르코머의 대형 작품 2점과 소형 여러 개, 프랭크 홀의 〈아일랜드 이민자〉, 워커의 〈낡은 문〉 그리고 무엇보다 프랭크 홀의 〈여학교〉와 헤르코머의 대형 작품 〈상이군인들〉이 볼만해.

한마디로, 정확히 내가 원했던 것들이야.

이 아름다운 그림들이 나만의 화실에 걸려 있으니 마음이 평안해지더구나. 그래서 하는 말인데, 아우야, 비록 아직은 한참 못 미치는 실력이지만, 내 방 벽에 걸린 늙은 농부들을 그린 습작은, 이런 화가들을 향한 내 열정이 결코 허영심이 아니라는 증거와 같아. 나도 현실적이면서도 감수성이 담긴, 그런 작품을 만들려고 애쓰고 있다.

밭을 가는 사람이나 감자밭에서 일하는 농부들을 그린 인물 데생이 12점 있는데, 이것들로 뭔가 만들 수 있지 않을까 궁리 중이야. 네게 있는 내 습작 중에서 감자 포대를 채우고 있는 농부가 있잖아. 어쨌든 아직 구상이 확실하진 않지만 조만간 완성해볼 생각이야. 왜냐하면 올여름에 매우 주의깊게 관찰했기에, 여기 모래 언덕에서 땅이며 하늘이며 습작을 많이 만들 수 있을 것 같거든. 거기에 과감하게 인물을 집어넣을 수 있겠고.

그렇다고 이 습작들이 대단히 훌륭한 건 아니고, 좀 색다르고 더 나은 방식으로 바꿔볼 거야. 브라반트 사람들이 워낙 특징이 두드러져서, 혹시 그걸 더 활용할 수 있을지도 모르겠어. 어쨌든 습작들, 네가 갖고 싶다면 그렇게 해라. 기꺼이 주마. 그런데 네게 큰 의미가 없는 것들은 다시 돌려 보내주면 좋겠다. 모델들을 다시 관찰하다가 여름에 한 습작들의 비율이 어떻게 잘못됐는지 깨닫게 될 수도 있어서 그것들이 필요하다는 거야.

네 편지가 늦어지는 탓에(마우베 형님 집을 거쳐서 오니 늦어질 수밖에) 어쩔 수 없이 테르스테이흐 씨를 찾아갔다. 네 편지가 오기 전까지 쓰라며 25플로린을 빌려주더라. 너든 나든 우리 중 하나는 테르스테이흐 씨와 가깝게 지내는 게 좋겠어. 테오야, 네가 꼭 알아야 하는 게, 나는 내가 정확히 어디까지 의지할 수 있는지를 미리 알아야만 해. 그래야 내가 할 수 있는 것과 할 수 없는 것을 구분해서 계산하고 예측할 수 있거든. 그러니까 우리 사이에 규칙 같은 걸 정하면 아주 좋을 것 같다. 이 부분에 대한 네 답장 기다릴게.

마우베 형님이 나를 풀흐리Pulchri 협회* 준회원으로 추천해준다고 약속했어. 그렇게 되면 일주일에 두 번은 거기서 모델을 그릴 수 있고 다른 화가들도 만날 수 있어. 그 다음에는 정회원도 될 수 있을 거야.

보내준 건 정말 고맙다, 아우야. 내 말 명심하고, 마음으로 악수 청한다.

너를 사랑하는 형, 빈센트

170네 ___ 1882년 1월 14일(토) 추정

사랑하는 동생에게

전에도 종종 그러긴 했지만, 지난번 편지에 내 답변이 짧고 함축적이었지. 그렇다고 해서 내 기분이 여전히 냉랭하고 날이 서 있다고 오해하지는 말아라. 마우베 형님은 '까칠한 비누'나 '소금물' 같은 기분이라고 표현하더라. 어쨌든 내가 까칠한 비누나 소금물 같은 기분으로 그 편지를 썼다는 것보다, 만사를 감상적으로 받아들이는 것이 더 나쁠 거야.

네가 그랬지. "언젠가 땅을 치고 후회할 겁니다." 아우야, 그런 후회는 전에도 수없이 경험한 것 같다. 무슨 일이 벌어질지 보여서 어떻게든 막아보려 했지만, 마음대로 안 되더라. 벌어질 일은 벌어져. 지금은 후회하느냐고? 천만의 말씀. 그런데 사실, 그럴 시간도 없어. 점점 더 그림의 묘미에 빠져들고 있거든. 뱃사람이 바다의 참맛을 깨닫는 기분이랄까.

마우베 형님에게 새로운 수채화 표현법을 배우고 있다. 심화해서 연습 중인데 색을 자꾸 망쳐서 지우게 돼. 한마디로, 색을 찾아내느라 계속 시도하는 거야.

Puisqu'il faut faire des efforts de perdu(왜냐하면 될 때까지 노력해야 하거든).

Puisque l'execution d'une aquarelle a quelque chose de diabolique(수채화 한 점 완성하는 건 진짜 진저리쳐지는 작업이거든).

Puisqu'il y a du bon en tout mouvement énergique(힘찬 동작에는 항상 좋은 기운이 담겨 있거든).

집에서 있었던 일을 네게 더 상세히 설명하고 내 입장도 더 자세히 늘어놓을까 고민했고, 다른 문제들도 털어놓을까 이래저래 고민 많이 했는데, 지금으로선 그럴 시간이 없다. 그래서 그림 이야기를 더 하는 게 낫겠어. 지금 수채화를 작은 것 여러 개랑 큰 것 하나를 동시에 그리기 시작했어. 큰 그림은 에턴에서 그렸던 인물화 크기만 해. 당연히 마음먹은 대로 그려지지는 않았지. 형님이 열댓 개는 그려봐야 붓 사용법이 손에 익는다고 했어. 나중에는 더 나은 미래가

* 네덜란드 헤이그에 있는 예술가 협회

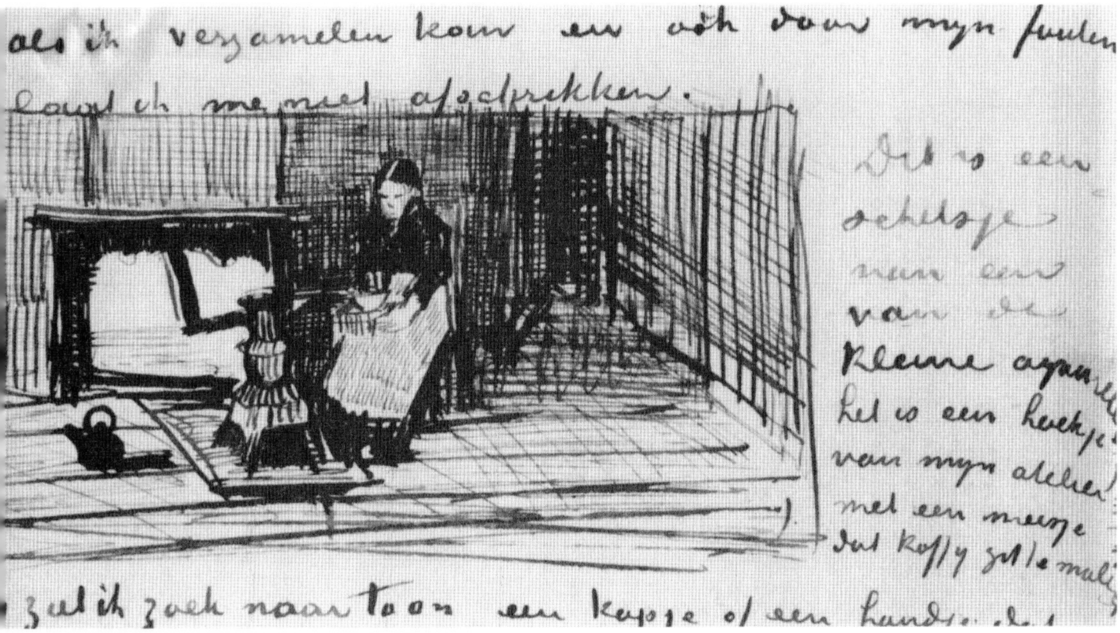

기다리고 있을 테니까, 최대한 냉정한 자세로 그리고 있다. 실수 몇 번에 좌절하지 않을 거야.

이건 작은 수채화 하나의 스케치야. 내 화실 모퉁이에서 여인이 커피 원두를 갈고 있지.

보다시피, 색조를 고민 중이야. 머리와 손을 밝게 처리해서 생명력을 강조하고, 배경을 좀 흐릿하게 만들면 튀는 효과도 나고, 벽난로하고 스토브 대비 효과가 쇠붙이, 돌, 마룻바닥, 이렇게 극명하기도 하고 그렇잖아. 이 그림을 내가 원하는 대로 완성하게 되면, 적어도 4분의 3은 '까칠한 비누' 같은 기분으로 그린 거야. 온화하고 부드럽고 감상적인 마음은 여인이 있는 모퉁이에만 쏟아부을 생각이거든.

아직은 내 느낌을 고스란히 표현할 수 없다는 거, 네게도 보일 거야. 난제를 정면으로 돌파하는 게 관건이다. '까칠한 비누' 같은 분위기가 '까칠한 비누'만큼 충분하지 않은 것 같고, 대비되는 부드러운 분위기도 여전히 모자란 것 같아.

그래도 대충 괜찮아 보여. 첫 시도부터 기술을 완벽히 다룰 수는 없는 법이잖아.

이건 큰 데생의 주인공이야. 급한 마음에 빨리 그린 스케치라 상태는 엉망이다.

오늘 웬 신사분이 날 찾아왔다고 전해 들었어. 테르스테이흐 씨였으면 좋겠다. 안 그래도 언제 한 번 들른다고 해서 기다리고 있거든. 이것저것 상의할 것도 있고.

내일 아침에 다시 오겠다고 했대.

테오야, 모델 때문에 골치가 아프다. 어찌어찌해서 모델을 간신히 찾아도, 화실로 오게 만들기까지가 또 아주 난관이야. 막판에 마음을 바꾸는 경우도 잦아. 오늘 아침에도 대장간 집 아들

이 온다고 하고 안 왔는데 그 이유가, 애비 되는 사람이 시간당 1플로린은 받아야 하는 거라고 했다는 거야. 나야 물론 그렇게 줄 돈이 없지. 내일은 키 작은 부인이 다시 올 거야. 사흘간 못 왔었지.

나가면 주로 무료 급식소나 삼등석 대합실 같은 곳을 스케치한다. 그런데 날씨가 지독하게 추워. 게다가 난 숙련된 화가만큼 빨리 그리지 못하고. 또 나중에 잘 활용하려면 더 상세하게 그려야겠어.

보다시피 하루도 쉬지 않고 열심히 일하고 있고, 지금으로선 에턴의 일은 생각 않고 여기에 뿌리를 내릴 궁리에 머리가 지끈거린다. 당연히 모델료가 많이 들고, 생필품도 사야 해. 가장 저렴한 것들만(식사는 무료 급식소에서 해결해). 계속 이렇게 지낼 거냐고 네가 반대하진 않았으면 좋겠다.

이전 편지에도 아마 적었을 텐데, 내가 정확하게 네게 어디까지 기대해도 좋은지 알려줘. 테르스테이흐 씨와 네가 합의를 봐주면 정말 고맙겠고. 생활이 여의치 않을 때, 괜한 걱정하면서 어렵게 말 꺼낼 일이 없도록 말이야. 그림은 최대한 열심히 그릴 거라고 약속한다만, 모델에 관해서는 내 그림 솜씨가 순식간에 좋아질지, 천천히 좋아질지, 전혀 좋아지지 않을지가 내 주머니 사정에 따라 달라질 거라 뭐라 장담은 못 하겠다. 지금은 아이를 데리고 다니는 한 여성과 협상 중인데, 모델료를 과하게 요구할까 봐 걱정이야. 나야 그림 솜씨가 순식간에 좋아졌으면 싶지만…… 내 말 무슨 뜻인지 알 거야. 자유와 여유를 만끽하기까지는 여러모로 자제해야 하는 상황이라는 거.

조속히 편지하고, 2월 초에 최대한 빨리 돈을 좀 보내주라. 이달 말이면 주머니가 텅텅 빌 것 같거든. 기회가 되면 펜 데생을 할 생각인데, 지난 여름과는 좀 다른 방식으로 해볼 계획이야. 좀 더 날카롭고 공격적으로. 내 화실 창문 밖으로 보이는 스헹크베흐 풍경을 작은 스케치로 그려봤다.

Adieu. 마음으로 악수 청한다.

형은 너를 사랑한다, 빈센트

171네 ____ 1882년 1월 21일(토)

테오에게

한 주가 끝나가는 터라 네게 다시 편지한다.

매일, 아침부터 밤까지 모델을 불러서 그림을 그리고 있어. 모델이 아주 괜찮아.

마우베 형님이 다녀갔고, 테르스테이흐 씨도 왔다 갔어. 아주 만족스럽고 기분도 좋다. 요즘은 수채화만 그리는데 그릴수록 더 좋아진다.

너도 한번 다녀가면 좋을 텐데. 할 얘기도 많고, 부탁할 것도 많거든. 혹시 봄 무렵에 올 수 있겠니? 가능하면 미리 날짜를 알려줄래?

아직은 좋은 그림이라고 하기 부족하지만, 예전과는 달라졌다. 색감이 생생하고 힘이 있어. 피부 색은 칠하지 않았고.

조만간 네 편지가 오기를 바라고 있다. 특히 돈 문제에 관한 네 의견을 듣고 싶구나. 월 100프랑이 생활비로는 충분하지만, 매일 모델료를 내고 음식을 챙겨주려면 완전히 다른 문제가 된다. 거기에 종이도 사야지, 물감도 사야지, 기타 등등. 지난 편지에도 얘기했지만, 주머니 사정에 따라 그림 솜씨 느는 속도도 달라지거든.

여기 정착을 하다 보니 매일 고정 지출비가 있는데, 그것도 만만치가 않다. 얼마간은 잘 버텨왔는데, 지금은 수중에 한 푼도 없어.

독립해서 나와 살면 오만가지 비용을 스스로 감당해야 하는 거야 당연하겠지.

그래도 어쨌든, 지금 내 그림 솜씨만큼은 확실히 늘었어. 조만간 수채화 기법을 완성하게 될 테니, 머지않아 내다 팔 수 있는 그림을 그릴 수 있을 거야.

테르스테이흐 씨도 비슷하게 말했어. 작은 크기로 적절한 그림들을 완성하면 사주겠다고. 크로키로 네게 보냈던 그 부인 그림을 꼼꼼하게 완성했다. 머지않아 꼭 팔리겠지.

정말 열심히, 맹렬히, 미친 듯이, 하루 종일 그림에 매달려 있는데, 기쁘게 작업하고 있어. 그런데 지금만큼, 혹은 더 많이 그릴 수 없게 된다면 크게 낙심할 것 같아. 이런 점을 네가 테르스테이흐 씨에게 편지로 써준다면, 네가 책정하는 액수를 선뜻 내줄 게다. 날 못 믿겠다면 비용을 직접 통제할 수도 있고. 하지만 내가 지난 3주처럼 그릴 수 없는 상황이 온다면 정말 끔찍할 거야.

그림 크기나 주제는 테르스테이흐 씨나 마우베 형님 의견을 전적으로 따를 생각이다. 최근에 제법 큰 그림들을 그리기 시작했어. 어떻게든 여름 습작에서 보였던 건조함을 없애려고. 마우베 형님이 어제저녁 내 그림을 보면서 이렇게 말하더라. 물론 지적할 것들도 보이지만 "제법 수채화다운데!"라고. 그런 평가를 들었다면, 내가 시간도 돈도 허비한 게 아니라고 자부해도 되잖아. 큰 그림에 붓과 색감을 잘 활용해봤으니, 작은 그림들에 다시 시도해봐야겠다. 사실은 작은 것들로 먼저 시도했다가 망쳐서 다 지워버리고 큰 그림에 착수했었거든. 네게 보낸 그 크

로키 말이야.

그래서 내일부터 이번 주 내내 할 일이 많은데, 주머니가 텅 비어서 걱정이다. 2.5플로린에 몇 센트가 남은 돈 전부야. 어쩌면 좋을까? 마우베 형님이나 테르스테이흐 씨에게 부탁하면 거절하진 않을 것 같아. 다만 형님한테는 워낙 신세를 많이 졌고, 테르스테이흐 씨한테는 돈을 빌리느니 차라리 그럴듯한 그림을 그려서 파는 게 나을 거야. 그러니 얼른 답장해주고, 제발 뭐라도 돈을 좀 보내줘서 내가 계속 그림을 그릴 수 있게 해줘. 테오야, 이제는 내 안의 역량이 느껴져. 그걸 더 끌어올려서 보여줄 수 있게 애쓰고 있다. 내 그림에 대한 고민만으로도 버거운데, 모델료 등의 부수적인 고민까지 떠안으려니 제정신을 잃을 것만 같다. 그 비용을 전부 네가 치러야 하는 건 난감하겠지만, 작년 겨울처럼 상황이 나쁜 건 아니야. 성공에 다가가고 있다고 느껴져. 그러니 내가 할 수 있는 건 다 해볼 거야. 끈질기게 앉아서 그림을 그릴 거야. 내 붓질에 힘이 생기자마자 지금보다 더 열심히 그릴 거야. 지치지 않고 뚝심 있게 밀고 나가면, 네가 생활비 보낼 필요가 없는 순간이 곧 찾아올 거야.

그러니 아우야, 네가 할 수 있는 일을 해다오. 나 역시 내가 할 수 있는 건 다 할 테니. 잘 있어라. 아우야, 너만 믿는다. 속히 편지해라. 한 번에 많이 보낼 필요도 없고 매주 버틸 정도로만 부탁한다.

마음으로 악수 청한다.

너를 사랑하는 형, 빈센트

172네 ____ 1882년 1월 22일(일)

일요일 저녁, 스헹크베흐 138번지(레인스포르 역 근처)

테오에게

바로 어제 편지를 보냈는데 하루 만에 다시 펜을 들었다. 엄두를 못 낼 일은 아니지만 마우베 형님이나 테르스테이흐 씨 앞에서 태연한 척 말을 꺼내는 게 쉽지 않아. 하지만 그래도 해야 할 상황이야. 걱정이 없는 척 연기할 처지는 아니지만, 그렇다고 고민거리를 속속들이 다 꺼내 펼쳐 보일 마음은 없어. 아! 머리를 쥐어뜯는 게 한두 번이 아니다. 오늘 아침에는 너무 불안해서 다시 침대에 누웠어. 머리가 깨질 것만 같고 열까지 오르더라. 다가올 한 주가 두려운데, 어떻게 보내야 할지 모르겠더라고. 그래서 일어났다가 다시 누웠어. 지금은 좀 괜찮다. 그래도 어제 편지에 적은 내용이 단순한 엄살이 아니라는 말은 꼭 하고 싶다. 지금처럼 열심히 그림을 그리면 조만간, 돈 벌 기회가 찾아올 거야. 그런데 그렇게 되기까지는 고민을 떠안고 살아야 해. 화구도 많이 부족하고 그나마 가지고 있는 것들도 많이 망가졌어. 일단 물감통이나 이젤, 붓같이 없으면 안 될 물건들은 있다. 그런데 지난주에 그림판이 통처럼 휘어버렸어. 너무 얇으니 그렇게 되더라. 게다가 이젤은 에턴에서 여기로 가져오는 동안 군데군데 망가졌고. 좀 많이 불편할 정도야.

그게, 새로 구입하거나 바꿔야 할 게 많다는 거지. 물론 한 번에 다 살 필요는 없어. 그런데 매일 사소한 것 하나씩 꼭 필요한 일이 생기니, 그게 걱정거리로 쌓이는구나. 옷들도 수선해야 할 상황인데 마우베 형님이 먼저 지적하더라. 대충 기워 입을 생각인데 그마저도 한꺼번에 다는 못 해. 알다시피, 내 옷이래봐야 대부분 이미 기운 낡은 외투에 싸구려 재질의 기성복들이잖아. 이미 허름한 것들인데 시종일관 물감이 튀니까 깨끗하게 입을 수가 없지. 신발이라고 사정이 다르지는 않아. 게다가 속옷도 이제 닳기 시작했어. 형편이 넉넉하지 못한 게 하루 이틀 이야기는 아니지만, 셔츠를 비롯한 옷가지들이 올이 보일 정도로 닳아 있다.

그래서인지 나도 모르게 심하게 낙담하는 날이 늘어난다. 일시적인 현상이면 좋겠는데, 며칠 전도 그렇고, 오늘도 그렇고, 꼭 내가 심기일전하려는 순간마다 번번이 반복되네. 오늘 아침에도 극도로 긴장이 되더니 어느 순간부터 힘이 빠지고 한없이 무력해지더라. 마우베 형님과 야외에서 모델을 두고 그림을 그리기로 했는데, 순간 돈이 없어서 못 나가겠다 싶더라고. 이틀 후면 돈이 완전히 떨어지거든. 그런데 형님은 내가 게을러서 그런다고 여길지도 모르지 않니. 그래서 머리도 복잡하고 해서 네게 편지를 쓰려고 침대에서 일어난 거야. 이런저런 근심 걱정에 화구 상태도 온전치 않으니 좀처럼 그림에 집중할 수가 없다. 모델을 앞에 세워두고도, 이건 무슨 돈으로 내나, 저건 또 무슨 돈으로 내지, 내일은 해결할 수 있을까, 이런 걸 고민하고 있으니 말이야. 그림 그릴 때는 차분하게 나 자신을 다스려야 하거든. 그것만도 힘든 일이야. 그래서 안정된 환경이 절대적으로 필요한 순간이야. 그런데 아침에 눈을 떠보니, 그림 그리고 싶은 마음과 힘이 솟구치는 게 아니라 오히려 기운이 쭉 빠지더라고. 그러다가 너한테 이런 사정을 다시 털어놓는 거야.

너도 어려움이 있겠지, 충분히 이해한다. 그렇지만, 테르스테이흐 씨와 적정선에서 합의가 이뤄지면 다 해결될 것 같아.

퓔흐리 협회에서 주2회 저녁에 모델을 그릴 수 있게 됐으니 화실에서는 주4회만 모델을 부르면 될 것 같아. 키 작은 부인과는 얘기가 잘됐어. 혼자서 어떻게든 해보던 초반에 비해 비용이 더 들어가긴 해. 모델이 여럿 있었는데, 누구는 과한 비용을 요구하고, 내 화실이 너무 멀다고 거부할 때도 있어. 나중에 불평을 늘어놓으며 재방문을 않는 사람도 있고. 그런데 이 부인하고는 얘기가 잘됐어.

어제 마우베 형님이, 손과 얼굴을 제대로 표현하려면 색을 연하게 쓰라고 알려줬다. 정말 뭐든 철저히 알고, 말할 때도 그냥 하는 소리가 없이 신중하게 말해주니, 나도 경청하고 부지런히 연습하게 된다. 사실은 어제 그 자리에서 어떻게든 돈을 벌어야 할 상황이라고 털어놓긴 했어. 하지만 형님에게 돈을 부탁하진 않을 거야. 이미 돈보다 훨씬 좋은 걸 주고 있는 데다가, 가구 구입비까지 신세 진 게 차고 넘칠 지경이거든.

그래서 이렇게 너한테 편지 쓴다. 내일은 심기일전해서 다시 진지하게 그림을 그릴 거야. 여름에, 네가 에턴에 왔을 때 수채화를 그려보라고 했었잖아. 그때는 어떻게 시작해야 할지 몰랐었어. 그런데 지금은 빛이 보이기 시작한다. 모든 악조건에도 불구하고 해가 떠오르고 있어.

여기서 줄인다, Adieu, 테오야. 마음으로 악수 청한다.

너를 사랑하는 형, 빈센트

173네 —— 1882년 1월 26일(목)

스헹크베흐 138번지, 목요일

테오에게

편지와 동봉해준 100프랑 잘 받았어. 둘 다 정말 고맙다. 지난번에 네게 편지 쓰면서 걱정했던 일이 기어이 벌어졌다. 불안 증세와 고열로 거의 사흘을 앓아누웠어. 두통이 가시질 않고 간간이 치통까지 기승을 부리더라. 마우베 형님이 문병을 와줬고, 용기를 잃지 말고 심기일전하기로 결론지었다.

그런데 원하는 대로 할 수 없는 나 자신에게 너무 화가 나. 손발이 꽁꽁 묶여서 아무것도 할 수 없는 무력감, 깊고 어두운 우물에 갇힌 기분이야. 지금은 조금 나아져서, 어제저녁에는 침대에서 일어나 이것저것 치우고 정리 좀 했다. 모델이 올까 반신반의하고 있었는데 아침에 찾아왔길래, 마우베 형님의 도움을 받아 포즈를 잡게 하고 그려봤다. 그런데 잘 안 되더라. 그래서 저녁 내내 비참하고 속상했다. 하지만 며칠만 더 쉬면 괜찮아질 것 같아. 내가 알아서 조심하면 다시 도질 염려도 없고.

너도 아팠다고 하니 참 마음이 아프다. 지난겨울 브뤼셀에 있을 때, 목욕탕에 자주 갔었거든. 일주일에 두세 번 갔던 것 같은데, 아주 괜찮았어. 여기서도 다시 목욕탕에 다닐까 싶다. 너도 어느 정도 꾸준히만 다니면 크게 도움이 될 거야. 혈액순환을 돕고 땀구멍도 열어서, 피부가 제 기능을 회복하게 해줘. '정화과정'이라고 부르는데, 그걸 안 해주면, 특히 겨울철에 피부가 쭈글쭈글해지더라고.

너한테 솔직히 말하는데, 가끔 여자를 만나는 걸 망설일 필요는 없다고 본다. 마음에 들고 믿을 만한 사람이면 더 좋겠지. 그런 사람이 실제로 많고. 긴장된 삶을 사는 사람에게는 필요해. 제정신으로 균형감을 유지하려면 절대적으로 필요하다. 과장할 일도 아니고, 남용할 일도 아니야. 다만 자연이 돌아가는 정해진 법칙에 반기를 드는 건 해롭다. 어쨌든, 너도 알 만큼은 다 알잖아. 결혼을 한다면야 네게도 좋고, 내게도 좋겠지만, 어쩌겠니?

작은 그림 하나 동봉한다. 이거 받고 내 그림이 다 이런 식일 거라 단정하지는 말아라. 엷게 칠했다가 대충 지운 건데, 큰 그림에는 이런 방식이 잘 안 먹히더라. 그래도 이게 다, 내가 영 가망이 없진 않고, 화가의 길을 제대로 알아간다는 증명이잖아.

마우베 형님이 지난번 방문 때 혹시 돈이 필요하냐고 묻더라. 체면 구길 일은 넘길 수 있었어. 지금은 견딜 만해. 이렇게 마우베 형님은 필요하면 어떻게든 도와주려 해. 길게 보면 계속 문젯거리가 있겠지만 어쨌든 열심히만 하면 고생 끝에 낙이라는 희망은 여전해. 무엇보다, 정말 어쩔 수 없는 상황, 네게도 도움을 받을 수 없는 상황이 되었을 때 테르스테이흐 씨가 도와줄 수 있다면 그것만큼 감사할 일도 없을 거야.

*밝은 미래*를 네가 얘기했었잖아. 내 생각도 비슷해. 그런데 마우베 형님 말이, 앞으론 좋아지겠지만, 아직 수채화를 어디 내다 팔기에는 부족하다더라. 사실 수채화에 큰 기대를 걸고 전력을 기울이고 있는데, 색조를 좀 밝게 해보려고 할 때마다 칠이 너무 두꺼워져서 절망한다. 결코 작은 문제가 아니거든. 게다가 수채화는 실패하면 재작업에 비용이 많이 들어. 종이에, 물감에, 붓에, 모델에, 내 시간까지, 끝이 없어.

그래도 가장 비용이 적게 드는 해결책은 허송세월하지 않고 끈기 있게 연습하는 거라는 믿음은 여전해.

어려운 시기는 *결국엔* 지나갈 테고.

독학으로 익혔던 습관의 일부를 버리고, 새로운 시선으로 보는 법을 배워야 해.

올바른 비율로 사물을 바라보게 되기까지는 많은 노력이 필요해.

마우베 형님과 잘 지내는 게 사실 쉽지는 않아. 그건 형님도 마찬가지겠지. 우리 둘 다 다소 예민한 편이니까. 게다가 형님 입장에서는 날 제대로 지도하려면 신경 쓸 게 많고, 나 역시 그걸 듣고 이해하고 따라가는 게 결코 쉬운 일도 아니고 말이야.

그래도 이제 서로를 깊이 있게 알아가기 시작했다. 적어도 겉치레로 상대를 대하는 수준은 넘어섰으니까. 형님은 지금 살롱전에 출품할 대형 유화를 그리고 있는데, 완성작이 기대돼. 〈겨울 풍경〉도 작업 중이고 데생도 여럿 그리는 중이더라고.

형님은 유화 하나하나, 데생 하나하나에 자기 삶의 조각을 심는 것 같아. 그렇게 혼신의 힘을 다하니 피곤에 지칠 때가 많은데, 최근엔 이런 말을 하더라. "힘이 하나도 안 남았어." 그 순간의 형님 표정이 정말 잊혀지지가 않는다.

내 수채화가 너무 무겁거나, 두텁거나, 덕지덕지 거칠거나, 어둡고 우중충하면, 마우베 형님은 이렇게 말해. "*벌써부터* 얇게 칠하는 건 겉멋이고 허세야. 나중엔 두꺼워질 거야. 지금 착실히 연습하며 서서히 두껍게 칠하면, 나중엔 빨리 칠해도 가벼운 붓터치가 가능해." 정말 그렇게 되면 더 바랄 게 없겠어! 동봉하는 그림을 보면 알 거야. 색이 두꺼워진 큰 그림 끝내고 단 15분 만에 그렸거든. 큰 그림 그리느라 애쓰다가 모델이 순간적으로 이 자세를 취하기에 남아 있던 와트만지 하나를 들고 순식간에 크로키로 그렸어. 모델은 젊은 아가씨인데, 주로 아르츠

David Adolph Constant Artz와 작업할 거야. 하루에 1.5플로린을 받는다더라. 지금은 여유가 없어서 못 부르고, 키 작은 부인과 작업하고 있지.

그림의 성공 여부는 심리적인 요소도 크게 좌우하는 것 같아. 그래서 나도 밝고 쾌활한 마음가짐을 가지려고 애쓰고 있어. 그렇게 애를 써도 순간순간, 불안감에 휩싸이는 건 어쩔 수가 없다. 지금이 또 그런 시기이기도 하고 그래서 진척이 없어.

이럴 때 할 수 있는 일도 꾸준히 그리는 것뿐이지. 마우베 형님도, 이스라엘스도, 또 다른 여러 화가들도, 다들 어떤 심리 상태에 놓이든 그걸 활용할 줄 알더라고.

그래서 나도 궤도에만 오르면 지금보다는 좀 나아지리라 희망하고 있다. 한동안 쉬어야겠지만, 금방 일어설 거야. 전반적으로 건강이 작년보다 좋지 않아. 전에는 하루 이상 앓아누운 적은 없었거든. 그런데 지금은 걸핏하면 아프네. 심하지 않은 게 그나마 다행이지.

아, 나의 젊음은 가버렸구나. 삶에 대한 사랑이나 힘 말고, 뭐든 경쾌하게 걱정 없이 느끼던 시절 말이야. 그런데 정말로, 훨씬 좋아. 결국엔 훨씬 좋은 것들이 많아졌어.

실망하지 마라, 아우야. 구필 화랑 영감님들은 정말 쪼잔하고 야박해. 돈을 좀 융통하게 해달라는 네 부탁을 거절하다니. 너 같은 직원을 이런 식으로 대하면 안 되지. 그동안 네가 건강을 상해가면서까지 그 양반들 주머니 불려주느라 얼마나 고생했는데. 최소한의 공은 인정해줘야 맞잖아.

마음으로 악수 청한다. 다음에는 오늘이나 근래보다는 더 반가운 소식 전할 수 있으면 좋겠다. 그런데 나만 탓하지는 말아다오. 건강이 안 좋아. à Dieu.

너를 사랑하는 형, 빈센트

174네 ____ 1882년 2월 13일(월)

테오에게

네 답장을 매일 기다리면서, 또 이렇게 편지한다.

테르스테이흐 씨가 파리에 다녀오면서 네 안부 전해주셨어. 넌 잘 지내고, 출장갔던 일도 잘됐다고. 내 그림들을 몇 개 가지고 찾아갔었어. 전보다 나아졌다면서 작은 크기로 몇 점을 더 그려보라더라. 그래서 지금 작업 중이야.

키 작은 부인이 뜨개질하는 모습도 펜화로 그려봤어. 여름보다는 확실히 나아진 것 같아. 명암이 더 두드러져 보이니까. 언젠가 펜화를 제대로 완성하면 사겠다는 사람이 분명히 나오겠지.

얼마 전에 C. M에게 편지 드렸어. 여기에 화실을 하나 얻었으니, 헤이그 오실 일이 있으면 미리 연락 주고 들러주시면 감사하겠다고 말이야. 센트 큰아버지도 지난여름에 좀 작은 그림을 그리면 기꺼이 사주겠다고 하셨어. 그림을 그려서 돈을 벌 날이 그리 멀지 않은 듯하다. 앞으로의 일을 진지하게 생각하면 절대적으로 그렇게 돼야 해.

주로 어떤 그림이 잡지 같은 데 실리는 건지 알고 싶다. 가만 보니 서민들의 모습을 담은 펜화가 많던데. 난 복제하기 적합한 그림을 그리고 싶어. 모든 그림을 다 직접 목판에 데생하는 건 아닌 것 같고, 아마 목판에 모사하는 방법이 따로 있겠지. 그게 뭔지는 정확히 모르겠다. 문득문득 네가 보고 싶고 만나서 이런저런 이야기를 하고 싶다. 아직도 네덜란드에 올 일은 없는 거니? 아버지가 당신 생신 무렵에 네가 와줬으면 하시는 것 같더라.

테르스테이흐 씨가 내 그림이 좀 나아졌다고 해줘서 기분이 좋다. 모델과도 호흡이 좋아지고 있고, 그래서 계속 불러야 할 것 같아. 마지막으로 그린 두 작품을 본 사람들이 전부, 내가 모델의 특징을 잘 포착했다고 그러더라고.

요즘은 브레이트너르George Hendrik Breitner라는 친구랑 같이 그림을 그리러 다녀. 젊은 화가로 로휘선 씨와 친해. 나랑 마우베 형님 관계랑 비슷하지. 솜씨가 뛰어나고 나와는 스타일이 많이 달라. 무료 급식소나 대합실 같은 데 스케치하러 자주 간다. 종종 내 화실에 와서 목판화 새기는 걸 구경하고, 나도 그 친구 화실에 놀러가고 그래. 시베르하르Christiaan Siebenhaar의 집에서 아폴Lodewijk (Louis) Franciscus Hendrik Apol이 쓰던 화실을 쓰더라고.

지난주에는 퓔흐리가 개최한 전시회에 가서 보스봄과 헹커스의 크로키를 감상했어. 근사했다. 헹커스의 인물 데생은 평소보다 좀 커졌더라. 아마 요즘 그런 걸 많이 그리나 봐.

베이센브뤼흐 씨도 날 찾아왔었어.

벌써 며칠째 네 편지 기다리고 있다. 돈이 빨리 좀 왔으면 해서 그래. 너도, 나도, 용기를 잃지 않고, 지금 이 시기를 잘 버텨내자. 이 시기만 지나면 분명, 좋은 시절이 올 거야.

인물화를 꾸준히 그려왔던 게 얼마나 다행인지 몰라. 풍경화만 그려왔으면, 그랬다면 지금 다만 얼마에라도 팔 수 있는 그림을 그리고 있겠지. 하지만 결국엔 그 수준에서 정체되었을 거야. 인물화는 정말 진저리나고 복잡하지만, 결국에는 더 가치가 있다.

지난 편지에 재고목록 정리가 끝나기 전에는 가불이 안 된다고 했었잖아. 네가 보내줄 수 없으면 테르스테이흐 씨한테 편지라도 한 장 써주면 고맙겠다. 남은 돈이 2~3플로린이 전부인데 아직도 2월의 절반을 더 보내야 하는 상황이야.

어쨌든 조만간 네 답장이 올 거라 기대한다.

이전 그림들에 비해 얼마 전에 그린 데생은 비율이 훨씬 좋은 것 같아. 지금까지 내 그림에서 최악의 단점이 뭘까 고민했었거든. 하나님 감사하게도 그게 나아지고 있어. 이대로만 하면 머지않아, 모든 장애물을 뛰어넘을 수 있을 거야.

à Dieu, 테오야. 속히 편지 부탁한다. 마음으로 청하는 악수 받고.

형은 너를 사랑한다. 빈센트

175네 ____ 1882년 2월 18일(토)

테오에게

지금이 2월 18일인데, 이달 들어 네 소식을 한 번도 듣지 못했구나. 지난 편지에 얼핏 지나가는 말처럼 건강이 별로라고 하더니 혹시 병이 난 건지 걱정된다. 그런데 테르스테이흐 씨는 네가 괜찮아 보였다고, 적어도 어디 아파 보이지는 않았다고 했거든.

내가 얼마나 돈에 쪼들리고 있는지 너도 예상할 거야. 테르스테이흐 씨가 작은 그림 하나를 10플로린에 사줘서 간신히 이번 주를 버텼다. 그런데 그 양반은 작은 크기의 수채화만 찾는데, 내 실력이 아직 들쭉날쭉해서 그나마 겨우 하나 성공했던 거야. 최선을 다해 그리고 있지만, 고민거리가 너무 쌓이다 보면 다 망칠 수 있다는 점, 잊지 말아라.

그러니 시간 나면 답장하면서 돈도 좀 같이 보내주라. 내 말 명심하고, 악수 청한다.

너를 사랑하는 형, 빈센트

테르스테이흐 씨가 산 습작 외에, 이번 주에 작업한 습작이 몇 개 더 있는데, 아직 손볼 곳은 있지만 데생이 하나님 감사하게도 나아졌어!

내 데생이 점점 좋아지고 있음을 느끼면 용기가 난다. 아무리 봐도 데생이 가장 중요한데, 또 가장 어렵더라고. 그래서 감히 장담하는데, 1년 내로 팔 수 있는 그림을 그릴 거야. 테르스테이흐 씨에게 판 습작은 예외야. 실력이 붙으면 더 나은 걸 그릴 수 있고, 힘도 덜 들 거야.

à Dieu, 아우야. 속히 편지 바란다.

176네 ____ 1882년 2월 25일(토)

테오에게

네 편지와 보내준 100프랑 잘 받았다. 진심으로 고맙다.

받는 즉시 수령 통지서를 보냈어야 했는데 마침 모델을 두고 데생을 여러 점 만들던 중이라 도저히 시간을 낼 수 없었어.

너도 일에 치여 지낼 때가 있을 거야. 나도 종종 그러는데, 요즘은 점점 더 잦아진다. 사실, 워낙 그림에 집중하기 때문에 편지를 쓰거나 아무리 필요한 일 때문이라도 사람을 만나러 나가려고 작업을 중단하기가 정말 어려워.

조만간 네덜란드에 올 거라니 정말 반가운 소식이다. 내가 요즘 그린 것들을 직접 보면, 너도 우리 미래에 대해 보다 확신이 생기지 않을까 싶어. 내 화실에 편하게 앉아서 이런저런 얘기도 나눴으면 한다. 일정 미리 알려줘. 네가 와 있는 동안은 모델을 부르지 않을 테니까.

아버지 생신 이야기를 썼던데, 솔직히 말하면 난 그 문제에서 해방된 것과 그림 작업에 절대적으로 필요한 이 평온함을 만끽할 수 있어서 너무 행복하다. 내 머리는 실질적인 용량 이상을 수용할 능력이 없어. 다시 편지를 주고받는 것도 부담스럽고 두려워. 그냥 지금은 이 상태로 조용히 지내고 싶다. 에턴을 떠올릴 때마다 마치 교회에 끌려 나온 것처럼 등골이 오싹오싹해. 그래도 qu'y faire(어쩌겠어)? 뭘 더 qu'y faire(어쩌겠냐고)?

이 문제로 내 탓은 하지 마라, 테오야. 그렇다고 너한테 억지 부리고, 시비 건다고도 생각지 마. 물론 내게도 도움이 될 거라 생각해서 이 문제를 꺼냈을 거라는 건 알지만, 나는 전혀 반갑지 않다. 작은 수채화 그림이 네가 본 내 그림 중에서 최고라고 했지. 절대 그렇지 않아! 네가 가지고 있는 습작들을 비롯해 지난 여름의 작은 펜화들이 훨씬 나아. 그 수채화는 별거 아니야. 그건 그냥, 나도 수채화를 그릴 수 있다는 걸 보여주려고 보낸 거야. 다른 것들이야말로 정말 혼신의 힘을 다해서 그렸어. 비록 '까칠한 비누' 분위기가 물씬 풍기지만, 훨씬 가치 있는 것들이야. 테르스테이흐 씨가 원망스러운(그렇다고 그 양반 탓을 하는 건 아니다) 이유도 똑같아. 모델을 세워두고 어려운 데생을 연습하라고 다그쳐도 모자랄 판에, 내 성격과 기분에 따라 표현하고 싶은 내용을 절반도 보여줄 수 없는 기법에 치중하라고 독려하니 말이야.

내가 그린 그림을 팔 수 있다면 당연히 행복하겠지. 그런데 베이센브뤼흐 같이 진정한 예술가가 내다팔 수 없는(???) 습작이나 데생에 대해 이렇게 말해준다면 그건 더 행복할 것 같다. "이 그림은 정말 제대로야. 이걸 한번 따라 그렸으면 좋겠네." 물론 내가 돈 문제를 무시할 처지도 아니고, 지금은 더욱 그래야 하지만, 아무리 그래도 난 진지한 작품을 그리고 싶다.

베이센브뤼흐 씨가 황야의 초가집 풍경화에 대해 한 말이, 마우베 형님이 인물화를 보고(난로 앞에 앉아서 불꽃이나 연기 사이로 피어오르는 과거를 회상하는 늙은 농부) 한 말과 똑같아.

오래 걸리든 적게 걸리든, 가야 할 길은 정해졌다는 거지. 자연을 꿰뚫고 들어가야 한다는 거. Il reste à être vrai(마지막에 남는 것이 진실이다). 가바르니가 그랬어. 잠시 소소한 문제들은 언제든 겪을 수 있지만, 결국엔 극복할 수 있어. 처음엔 거부당했던 그림을 비싸게 팔 수 있는 거야.

얼마 전에 C. M.에게 편지를 썼다. 여기 화실을 구했다고 알려드렸지. 그랬더니 조만간 헤이그에 오면 들르겠다고 답장하셨어. 일전에는 또 런던에서 알게 된 오랜 친구 비셀링예 씨한테도 연락이 왔어. 한 번 들르겠다면서, 내가 그림을 그린다는 소식을 듣고 반가웠다더라.

네가 꼭 휴가를 얻었으면 좋겠다. 네가 무척 보고 싶거든. 내 마지막 주의 습작들을 직접 보고 나면, 나더러 꾸준히 모델을 불러 그리라고 할 게 뻔해. 확실히 모델과 더 친해질수록 데생이 훨씬 나아지더라. 그리고 요즘은 모델을 쉽게 찾게 됐고.

이 편지를 쓰는 동안에도, 한 30분쯤 모델을 서줄 아이가 와 있는데, 그 30분을 나는 이 편지에 할애했다.

보내준 돈, 정말 고맙다. 마음으로 악수 청한다. à Dieu.

너를 사랑하는 형, 빈센트

오늘은 아까 그 아이를 모델로 습작 2점을 그렸어. 어두워진다. 잘 자라.

177네 ___ 1882년 3월 3일(금)

테오에게

네 편지와 돈을 받은 뒤로, 매일 모델을 불러서, 그림에 온 정신을 불사르고 있다.

모델이 한 명 더 늘었는데 지난번에 대충 크로키로 습작해본 모델이야. 더 정확히는 그 가족의 식구 셋을 이미 모델로 그리고 있었지. 에드워드 프레르의 인물화를 꼭 닮은 마흔다섯 쯤의 여성과 서른 살 정도로 보이는 딸 그리고 10~12세 정도의 여자아이야. 가난한 가족인데, 내 그림에 아주 적극적으로 모델을 서줘.*

포즈를 잡게 만드는 게 결코 쉬운 일은 아니었는데, 정기적으로 일할 수 있게 해주겠다고 약속했어. 내가 바랐던 일이 그대로 이루어진 셈이지. 횡재한 기분이 들 정도라니까.

젊은 여성은 예쁜 얼굴은 아니야. 천연두 자국도 있고. 그런데 몸매가 상당히 우아해서 내 눈에는 꽤 매력적이야. 게다가 검은 양모에, 잘 어울리는 머리쓰개, 아름다운 숄 등 옷차림들도 제법 괜찮아. 모델료도 크게 걱정할 게 없는 게, 적정선에서 해결책을 찾았거든. 내 그림이 팔리면 일당을 1플로린씩으로 정산해주기로. 그리고 나중에 너무 낮은 금액인 걸 보상해주겠다고. 그러니 어떻게든 그림을 팔아야 해.

경제적으로 여유만 있다면 지금 그린 것들은 다 내가 보관하고 싶지. 단 몇 년간이라도 내가 더 가지고 있으면, 지금 파는 것보다 값을 더 받을 수 있을지도 모르잖아. 하지만 지금 상황을 고려해보면, 테르스테이흐 씨가 간간이 몇 작품 사주는 것만으로도 기쁘다. 단, 팔아치우지 않는 조건으로 말이야. 조만간 시간이 나는 대로 다시 들르겠다고 했어.

내 그림들을 보관하고 싶은 이유는 아주 간단해. 인물화를 따로따로 그릴 때도, 어쨌든 머릿속에 여럿이 한데 모여 있는 그림을 염두에 두거든. 삼등석 대합실이나 전당포, 그런 실내 장소 말이야. 그런데 그런 큰 그림은 한 번에는 못 그려. 막말로, 재단사 3명이 일하는 모습을 한 장 그리려면, 적어도 90명은 그려봐야 해. Voilà l'affaire(그래서 그러는 거야).

C. M.이 반가운 소식을 주셨는데, 조만간 헤이그에 올 일이 있는데 내 화실도 들르겠다는거야. 뭐, 이번에도 빈말일 수 있지만, 진짜 올 수도 있는 거니까. Enfin(마침내).

그리고 이제는 사람들, 그러니까 미술상이며 화가들이며, 그런 이들을 따라다니지 않을 거

* 크리스티엔(시엔)의 가족을 말한다. 실제 나이는 어머니는 53세, 시엔은 32세, 딸은 10세였다.

야. 모델들만 찾아다녀야지. 모델 없이 그리는 건 정말 큰 실수야. 적어도 난 그래. 그나저나 테오야, 서광이 비치는 건 아주 기쁜 일인데 그 서광이라는 게 이제야 서서히 보이고 있구나. 사람을 그리고 있으면 놀라워. 살아 있는 생명체잖아. 죽을 만큼 어려운데, 또 그만큼 황홀하다.

내일은 두 아이가 올 건데, 걔들을 재밌게 해주면서 그려야 해. 내 화실에 생명력이 넘치면 좋겠어. 이제는 웬만한 동네 사람들은 다 안다. 다음 주 일요일에 고아원에서 소년이 하나 올 거야. 아주 멋진 모델인데, 안타깝게 오래 머물 수는 없어. 나는 아무래도 격식 차리기 좋아하는 사람들과는 잘 어울리지 못하는 사람인 것 같다. 하지만 반대로, 가난한 사람들이나 일반 서민들과는 잘 지내지. 한편을 잃었지만 한편은 얻었으니, 그냥 인정하고 살아간다. "어쨌든, 예술가로서 내가 이해하고 표현하고 싶은 대로 사는 게 옳아." Honni soit qui mal y pense(사악한 의도를 가진 이들에게, 화가 있으리니)!

또 새로운 달이 시작됐어. 네가 돈을 보내준 지 한 달도 채 지나지 않았지만, 혹시 괜찮으면 며칠 내로 조금만 더 보내주면 좋겠구나. 100프랑을 한 번에 보낼 필요는 없고, 네가 더 보내줄 수 있을 때까지 버틸 정도면 괜찮다. 지난 편지에 네가 재고목록 정리가 끝나기 전에는 가불을 받을 수 없다고 했잖아. 모델들에게 돈을 나중에 주겠다고 말하려니 너무 마음이 무거워지더라. 한 푼이 절박한 사람들이니까. 지금까지는 어찌어찌 제때 챙겨줬다만, 당장 다음 주부터는 힘들겠어. 그래도 셋 중에 한 명씩은 모델을 서줄 것 같긴 하다.

그나저나 브레이트너르가 얼마 전에 네 얘기를 하더라. 미안한 게 하나 있는데 그 일로 네가 자신을 원망하지 않나 걱정이라고. 네 그림을 1점 가지고 있다던 것 같던데. 정확히는 무슨 일 때문에 그러는지 못 알아들었어. 아무튼 대형화를 그리느라 바쁘대. 사람이 가득찬 시장 풍경. 어젯밤에는 함께 이리저리 쏘다니면서 그 친구가 나중에 화실로 불러 모델로 삼을 만한 인물이 있나 찾아봤어. 그러다가 헤이스트Geest*에 있는 정신병원 인근에서 본 노부인을 데생으로 그려봤어. 크로키 동봉한다.

잘 자. 빠른 네 소식 기다리마.

너를 사랑하는 형, 빈센트

이번 주에는 월세도 내야 했어. 잘 자라. 새벽 2시지만 아직 할 일이 남았다.

* 헤이그에서 노동자들이 모여 사는 지역이었다. 당시에 인부들이 하수구 파이프를 설치하는 공사가 한창이었다.

178네 ____ 1882년 3월 6일(월)과 9일(목) 사이

테오에게

2월 18일 편지에서 네가 이렇게 말했지. "테르스테이흐 씨가 여기 왔을 때 당연히 형님 얘기를 했는데, 필요한 일이 있거든 언제든지 찾아오라고 했습니다."

그래서 며칠 전에 테르스테이흐 씨를 찾아가 10플로린을 부탁하니까 주더라. 그런데 자기가 무슨 자격으로 그 자리에서 날 나무라는지 모르겠다. 욕설이 튀어나올 뻔했네. 나더러 절제력이 부족하다는데, 설령 내가 그렇다 해도! 그냥 내가 쓸 돈이었으면 10플로린을 면상에 던져버렸을 거야. 하지만 한 푼이 간절한 병들고 가련한 여인을 더 이상 기다리게 할 수 없었어. 그래서 꾹 참았지. 적어도 앞으로 6개월 동안은 테르스테이흐 씨를 볼 일은 없을 거다. 말할 일도, 작품을 보여줄 일도 없어.

그 인간한테 하는 말이 아니라, 너한테 하는 말이야.

테오야, 네가 그랬잖아. "테르스테이흐 씨와 가깝게 지내세요. 어쨌든 우리에겐 큰형님 같은 분이잖아요." 그런데 아우야, 그 양반이 네게는 살가울지 모르겠다만, 솔직히 나는 호의적이지 않고 까칠한 그 성격을 거스르지 않으려고 몇 년을 눈치만 봤다.

내가 그림 그리기를 게을리했다면 나무랄 수 있지. 그런데 엉덩이 한번 제대로 못 떼고 앉아서 그림만 그리는 사람한테 이런 비난을 퍼붓다니!

"자네는 예술가가 될 소질이 없어."

"아무리 봐도, 너무 늦게 시작했어."

"이제 밥벌이할 생각을 해야지."

난 이렇게 대답할 거야. "그만! 좀 적당히 합시다!"

항상 친할 순 없고, 가끔씩은 싸우기도 하지. 지난번에 네가 보내주기로 합의했던 돈 문제 있잖아, 아무래도 마우베 형님도 같이 있는 자리에서 다시 논의해야겠어. 네가 헤이그에 오면(조속한 시일 내에) 마우베 형님만 불러놓고 셋이 얘기했으면 좋겠다. 작업 중인 대형화도 곧 완성될 것 같더라. 그러면 형님이 내게 수채화에 대해서도 이런저런 조언을 더 해줄 거야.

형님은 나한테 이런 말을 해줘. "빈센트, 그림을 그릴 줄 알면, 이미 화가인 거야."

그래서 난 정말 열심히 그렸다. 몇 주 내내 데생에 열중하고, 비율에 집중하고, 원근법을 연구했어. 테르스테이흐 씨는 이런 안목은 전혀 없고, 그냥 '팔리는 물건'만 얘기하지. 내가 그 양반에게 욕을 먹을 이유는 없어. 그나마 지금까지는 존경해온 구석이 있어서 참는 거야. 그러니까, 이 이야기는 6개월 후에 다시 하기로 하고, 그 동안은 언급하지 말자.

큰 무리가 아니라면, 조속한 시일 내에 돈 좀 보내주면 좋겠다. 실력이 많이 늘고 있는데, 주머니가 텅 비었거나 비어가는 상황을 걱정하느라 그림을 제대로 못 그리겠더라.

마음으로 악수 청한다.

너를 사랑하는 형, 빈센트

6개월 동안 저녁은 거를 작정이다. 테르스테이흐 씨한테 다시 손을 내밀고 욕까지 얻어먹으면서 10플로린을 챙기느니 차라리 알뜰하게 사는 게 낫겠어.

"돈 들어가는 걸 생각해서 모델은 그만 부르지 그래." 이 말을 다른 화가들은 어떻게 생각할지 정말 궁금하다. 갖은 고생 끝에, 싼값에 모델을 서주겠다고 나선 사람을 간신히 만난 시점에 말이야.

모델 없이 그림을 그리라는 건, 인물화 그리는 화가를 망치는 조언이다. 그것도 그림을 막 시작한 화가한테는.

179네 ____ 1882년 3월 6일(월)과 9일(목) 사이

테오에게

오늘 아침에 네게 편지를 쓰는 내내 사실 마음에 걸리는 게 하나 있었어. 지금은 좀 정리가 되긴 했지만, 일단 안 좋은 소식부터 하나 전해야겠다. 마우베 형님 건강이 안 좋은데, 늘 그렇듯 지병이지.

그런데 이게 또 좋은 소식인 게, 요즘 들어 형님이 내게 퉁명스러웠던 이유가 내 그림이 잘못된 방향으로 가서 그런 게 아니라, 몸이 아파서 그랬다는 게 확실해졌다는 거야.

베이센브뤼흐 씨가 화실에 왔다고 썼었잖아. 지금 마우베 형님을 만날 수 있는 유일한 사람이 베이센브뤼흐 씨거든. 그래서 나도 그 양반하고 얘기를 해봐야겠다는 생각이 들길래 오늘 화실로 찾아갔다. 나를 보자마자 껄껄 웃더라고. "마우베 소식이 궁금해서 찾아왔겠지." 내가 온 이유를 단번에 아니까 굳이 설명할 필요가 없었어.

그러더니 지난번에 내 화실에 온 이유가, 마우베 형님이 내 그림 솜씨에 의심이 들어 자신을 찾아와 부탁했기 때문이었다는 거야. 그 양반의 의견이 궁금했던 거지.

베이센브뤼흐 씨가 형님한테 이렇게 말씀하셨대. "그 친구, 그림 솜씨가 기가 막혀서, 그 친구 습작을 따라 그리고 싶을 정도야."

그러고는 이러시더라고. "사람들이 나를 '무자비한 검'이라고 부르는데, 사실이야. 내가 자네 습작에서 장점을 못 봤다면 마우베에게 그런 말은 안 했을 거야."

결과적으로 마우베 형님이 병석에 누워 있거나, 대형 유화에 매달려 시간을 낼 수 없을 때, 얼마든지 베이센브뤼흐 씨 화실에 갈 수 있게 됐어. 그리고 마우베 형님의 기분이 들쭉날쭉 하는 것도 크게 걱정하지 말라고 하더군.

베이센브뤼흐 씨한테 내가 그린 펜화에 대해 물었어. "최고였어."

나는 테르스테이스 씨가 혹평을 했다고 말했지. "마음에 담아둘 필요 없어. 언젠가 마우베가 자네한테 화가 소질이 있다고 했더니, 테르스테이흐, 그 친구는 아니라고 했지. 그러자 마우베가 자네 편을 들었네. 내가 그 현장에 있었어. 그런 일이 또 벌어지면, 나도 자네 편을 들 생각이네. 이제는 진짜 자네 작품을 봤으니까."

누군가 '내 편을 들어주기'를 간절히 바라는 건 아니지만, 솔직히 테르스테이흐 씨가 귀에 못이 박히도록 똑같은 말을 해대는 게 슬슬 참기 힘들다. "자네도 이제 스스로 앞가림은 해야 하는 거 아닌가." 너무 끔찍한 표현이지만 화가 치밀어도 억누르는 수밖에 없지. 나는 그냥 최대한 열심히 노력하고, 몸 사리면서 꼼수도 부리지 않았어. 그러니까 아직 팔 만한 그림을 못 그린다고 해서 날 비난해선 안 되는 거야.

이렇게까지 상세한 소식을 전하는 이유는, 네가 이달에 편지도 돈도 보내지 않는 이유를 도대체 알 수가 없어서야.

혹시 테르스테이흐 씨한테 무슨 말을 들어서 네가 혼란스러운 거냐?

다시 한 번 너한테 확실히 말하는데, 나도 잘 팔릴 만한 그림을 그리려고 애쓰고 있어. 특히 수채화를. 그런데 그런 실력이 하루아침에 얻어지진 않잖아. 하나씩 순서대로 배울 수 있는 거라면 내가 순식간에 배웠겠지. 그런데 이건 하룻밤 사이에 뚝딱 배워지는 게 아니거든. 마우베 형님 건강이 나아지는 대로 형님이 내 화실에 오든 내가 찾아가든 해서, 그간 그린 습작들에 대한 조언을 받을 생각이야. 최근 들어 거의 조언을 안 해주고, 한 번은 이런 말도 하더라고. "내가 언제나 네 질문에 무조건 대답해주고 조언해줄 수 있는 건 아니다. 피곤할 때도 있고, 그럴 기분이 아닐 때도 있는 건데, 그럴 때는 적절한 순간이 될 때까지 기다려줘야 하잖아."

가끔이라도 베이센브뤼흐 씨처럼 대단한 분들을 찾아뵐 수 있다는 게 얼마나 큰 행운인지 모르겠어. 특히 오늘 아침 같은 경우가 그래. 굳이 당신이 작업한 미완성 데생을 수고롭게 꺼내서는, 그걸 어떻게 작업해서 완성할지 직접 설명해줬어. 나한테 필요한 게 바로 이런 거야. 우연히 색을 칠하거나 스케치를 하는 과정을 목격한다면 두 눈을 크게 뜨고 잘 관찰해봐라. 그림이 완성되는 과정을 완벽히 꿰뚫어보는 미술상은 다른 관점에서 작품을 바라볼 수 있거든. 작품을 대하면 본능적으로 대충은 이해할 수 있지만, 제작 과정을 직접 보거나 스스로 만들어보면 확실히 더 잘 이해할 수 있겠더라고.

앵그르지를 좀 더 보내줄 수 있으면 작업을 편하게 할 것 같아. 조만간 야외에서 그릴 시기가 돌아오는데 그때 꼭 필요하거든. 이제 나도 내 습작에 대해 인색하게 굴어야 할 것 같아서 그러는데 내가 보내준 것들, 혹시 다시 돌려 보내주면 좋을 것 같다.

à Dieu, 아우야. 마음으로 악수 청한다. 마우베 형님이 딱한 게, 몸이 나아야 대형 유화를 끝마칠 텐데, 그게 끝나면 또 완전히 탈진 상태가 될 것 같다.

언제나 너를 사랑하는 형, 빈센트

180네 .... 1882년 3월 11일(토)

테오에게

테르스테이흐 씨에 대해 쓴 내용이 네게는 너무 신랄하다고 읽혔을 수도 있겠다 싶다. 하지만 내가 뱉은 말을 주워담을 마음은 없어. 더 격한 말로 해야 간신히 그 양반이 걸친 갑옷을 뚫을 테니까. 나를 한심한 인간이나 몽상가로 취급한 게 벌써 몇 년째인지 모르겠다. 지금도 여전히 그런 눈으로 나를 바라보고, 심지어 내 그림에 대해서는 이런 말까지 해. "수채화를 잘 못 그린다는 사실로 인한 고통을 안 느끼려고 스스로에게 주입하는 마약 주사 같은 느낌이야."

뭐, 그럴듯한 의견이긴 하지. 그렇지만 생각도 없고 논점에도 안 맞는 피상적인 발언이다. 내가 수채화를 그리지 못하는 진짜 이유는, 더 공들여서 제대로 그리려고 하기 때문이야. 비율과 원근법에 훨씬 더 많이 신경 써서 말이야.

지긋지긋해. 난 그 양반한테 잔소리 들을 이유가 없다고. 내 그림이 마음에 들지 않는다면, 나도 굳이 그런 양반한테 내 그림을 보여주고 싶은 마음은 없다.

내 그림들을 폄하했는데, 대단히 가치 있는 그림들이라고. 그 양반이 그런 평을 할 줄은 상상도 못 했어.

팔리니 안 팔리니 그런 실용성 평가보다, 모델을 앞에 두고 열심히 습작하는 게 오히려 더 실용적이다. 난 그 양반의 조언 따위는 별로 필요하지 않아. 내가 그림이며 사진의 판매업에 직접 종사했던 사람이잖아. 그러니 그런 의견을 듣고 있느니, 차라리 교류를 않는 게 낫겠어.

비록 온갖 근심 걱정에 짓눌리는 순간들도 있지만, 내 마음은 어느 때보다 침착하다. 그림에만 집중하고 오직 그림만 생각하기 때문에 침착할 수 있는 거야. 지나친 욕망이 들끓고, 내 성격까지 여기에 단단히 한몫 하는 시기를 보내고 있지만, 평온함을 유지한다. 날 오래 알고 지냈으니 그 양반도 이런 나를 잘 알지. 얼마 전에는 이런 말까지 했거든. "자네는 인내심이 지나쳐."

말이 되는 소리야? 예술 하는 사람한테 인내심이 *지나치다*니, 제정신이냐고? 아마 내 입장에서, 테르스테이흐 씨가 인내심이 *유독 없다*고 말하는 건 가능하겠지.

이번만큼은 그 양반도 똑똑히 알아둬야 해. 난 진지하게 작업에 임하고 있으며, 어떤 일이 있어도 내 개성을 작품에 드러내지 말라는 강요에 등 떠밀리지 않을 거라는 거. 테르스테이흐 씨가 그렇게 깎아내렸던 최근의 습작과 그림들에 바로 내 개성이 점점 드러나기 시작했거든.

어쩌면, 어쩌면 지금도 난 팔릴 만한 수채화를 그릴 수 있을 거야. 아주 열심히 노력하면. 그런데 이건 마치 수채화를 따뜻한 온실 속에 넣고 억지로 키우겠다는 것과 같아. 너나 테르스테이흐 씨나 적당한 계절이 돌아올 때까지 기다려야 하고, 아직 그 계절은 오지 않았다.

T씨가 화실에 왔을 때 모델이 있는 걸 보더니 영어로 말하더라. 그래서 나도 영어로 말해줬지. "In due time you shall have your watercolours, now you can't. They are not due yet. Take your time(때가 되면 수채화를 드릴게요. 아직 아닙니다. 아직은 때가 아니라고요. 좀 기다리세

요).” 딱 그렇게만 얘기했어. 정말 질린다.

T씨가 간 후에 구두 닦는 고아를 데생으로 그렸어. 아직은 손이 내 뜻대로 움직여주진 않지만, 그래도 특징은 잡아낼 수 있었어. 손재주가 아직 미숙해도, 결국엔 머리가 원하는 대로 손이 선을 만들어갈 거야. 그래서 스토브, 벽난로, 작업대, 스툴, 탁자 등 습작들을 다시 그려봤어. 물론, 지금 상태로 내다팔 수는 없고, 원근법 다루는 데 필요한 연습이야.

네가 정말 보고 싶다. 여름에 다녀간 뒤로, 또 보여주고 싶은 게 쌓였거든. 테오야, 난 네가 의심과 불만의 시선이 아니라 믿음과 공감의 마음으로 내 그림들을 살펴봐주면 좋겠어.

내가 진짜 열심히 그리고 있거든. 테르스테이흐 씨는 쉬운 일로 치부하지. 아주 큰 착각이야. 사실은, 죽어라 일만 하는 일소처럼 악착같이 그리고 있다고.

그런데 여기 올 때, 앵그르지도 좀 챙겨서 와주면 고맙겠다. *두꺼운* 앵그르지가 작업하기 가장 좋고, 수채화 연습에도 좋을 것 같더라. 내가 장담하는데, 예술이라는 분야에서는 이 말이 진리다. “정직이 최선이다.” 대중의 비위에 맞추려고 유행을 따르는 것보다 노력을 게을리하지 않고 진지하게 연구하는 게 최선이야. 궁핍한 날들이 이어질 때면 나도 그 유행이라는 걸 따를까 싶다가도, 다시 한 번 생각해보고 다짐하지. “아니야, 그냥 나 자신이 되자. 엄격하게 그리자. 솜씨가 서툴더라도 진실되게 표현하자.” 나는 예술 애호가들이나 화상들을 좇아가지 않겠어. 관심 있는 사람이 내게 다가오게 만들어야지. In due time we shall reap if we faint not(포기하지 않으면 제때 수확할 수 있어).

그래, 맞아. 테오야, 밀레는 정말 대단한 사람이야! 더 복이 두툼한 상시에Alfred Jean Philippe Auguste Sensier 작품집을 빌려줬는데 내용이 너무 궁금해서 한밤중에 일어나 불을 밝히고 읽기 시작했어. 낮에는 그림을 그려야 해서 시간이 없거든.

그나저나, 네가 곤란한 게 아니라면 조만간 돈 좀 보내주면 좋겠다. T씨도 한 번쯤, 자신이 나한테 준 돈만으로 일주일을 버텨야 하는 상황을 겪어봤으면 좋겠어. 그 상황에서 내가 뭘 해냈는지도 깨달았으면 좋겠고. 적어도 내가 바보 같은 몽상가에 마약에 현혹된 게 아니라는 걸 깨닫게 될 거야. 여기저기서 튀어나오는 온갖 문제들을 해결하려면 얼마나 맑은 정신으로 깨어 있어야 하는지도. 모델을 찾아내고, 찾은 모델에게 포즈를 취하게 하는 일도 쉽지 않아. 이쯤되면 대부분의 화가들은 절망한다. 특히나, 모델료 때문에 먹고 마시고 입을 걸 줄여야 할 때는 더더욱.

어쨌든 테르스테이흐는 테르스테이흐고, 나는 나야.

그렇다고 내가 그 양반한테 앙심을 품었다거나 적대적인 건 아니라는 걸 알아줬으면 해. 다만 그 양반이 나를 피상적으로만 판단한다는 걸 깨닫게 해주고 싶을 뿐이야. 그걸 깨달으면…… 그러면…… 생각을 바꿀 거야. 진심으로 그랬으면 한다. 그 양반과 사이가 틀어지면 근심걱정이 더 늘어날 테니까.

네 편지가 얼른 왔으면 좋겠다. 마지막 남은 돈으로 이 편지에 붙일 우표를 샀거든. 며칠 전에 테르스테이흐 씨한테 10플로린을 받긴 했지만, 그날 당장 모델료에, 빵값에, 화실 청소해주는 아이에게 들어간 돈만 6플로린이었어.

à Dieu, 건강 잘 챙기고 힘내라. 나도 힘내서 지낼 테니.

마음으로 악수 한번 하자, 빈센트

뜻밖의 반가운 손님이 찾아왔었어. 율리위스 박하위전 씨가 내 화실에 다녀갔는데, 나도 언젠가 마음이 동하면 그의 화실에 찾아갈 생각이야.

(엽서 동봉)

테오야, 기적 같은 일이 일어났어!!!

첫째, 네 등기우편이 도착했고, 둘째, 코르 작은아버지가 작은 펜화 12점을 사겠다고 주문했어. 헤이그의 풍경들인데 완성작 몇 점을 미리 보셨거든(파데무스Paddemoes, 헤이스트 거리, 플레이르스테이흐Vleersteeg 거리를 끝냈어). 판매가는 작품당 1레이크스달더*. 내가 정했어. 거기다가 그림들이 마음에 들면 12점을 더 사는데 내가 정한 가격보다 더 쳐주시겠대. 셋째, 마우베 형님을 만났는데, 대형 유화를 드디어 완성했다더라. 그리고 조만간 화실에 들르겠대. 그러니 Ça va, ça marche, ça ira encore(잘됐고, 잘되고 있고, 더 잘될 거야)!

감동한 일이 하나 더 있어. 아주 아주 깊이 감동했지. 모델에게 오늘은 오지 말라고 하면서 이유는 말 안 했거든. 그런데도 그 가난한 여인이 굳이 온 거야. 그래서 내가 뭐라고 했더니 "알아요, 그런데 오늘은 모델로 온 게 아니라, 당신이 저녁거리가 있는지 보러 온 거예요." 그러면서 강낭콩과 감자 요리를 내놓더라. 살다 보면 아름다운 일들이 참 많아.

상시에가 쓴 『밀레』에서 내가 깊이 감동한 인용문 몇 자 적는다. 밀레가 한 말이야.

> L'art c'est un combat, dans l'art il faut y mettre sa peau(예술은 전투와도 같다. 인생을 걸어야 하기 때문이다).
>
> Il s'agit de travailler comme plusieurs nègres(억척같이 해야 하는 고된 노동이다).
>
> J'aimerais mieux ne rien dire que de m'exprimer faiblement(소극적으로 표현하느니, 차라리 아무 말도 않는 게 낫다).

이 대목을 읽은 건 어제였지만, 이미 오래전부터 느끼고 있던 거야. 내가 왜 부드러운 붓을

* rijksdaalder. 네덜란드의 옛 화폐로, 2.5플로린짜리 동전이다.

마다하고 거칠고 투박한 연필이나 펜으로 내 느낌을 표현하고 싶은지 그 이유에 대한 설명이기도 하고. 정신 차려요, 테르스테이흐 씨, 정신 차리라고. 당신은 단단히 잘못 짚었어!

181네 ___ 1882년 3월 11일(토)*

테오에게

내 편지들을 여러 통 받을 텐데, 이건 오늘 오후에 도착한 네 편지에 대한 답장이야. 네 뜻대로, 테르스테이흐 나으리에게 이번 주에 빌렸던 10플로린을 즉시 갚았다.

지난 편지에 C. M.의 주문을 썼잖아. 자세히 말해줄게. C. M.은 날 만나러 오기 전에 테르스테이흐 씨를 먼저 만났던 모양인지, 날 보자마자 대뜸 그 '밥벌이' 타령을 하는 거야. 무슨 대답을 해야 할지 퍼뜩 머리에 떠오르더라. 정확한 대답이었던 것 같아. "밥벌이요? 무슨 뜻입니까? 밥벌이인가요, 밥 먹을 자격인가요? 밥 먹을 자격이 없다는 건, 그만큼 가치가 없다는 말이니, 분명히 범죄입니다. 모든 정직한 사람은 밥을 먹을 자격이 충분하니까요. 그러나 밥 먹을 자격이 있는데도 밥벌이를 못 하는 건 불행입니다, 커다란 불행. 그러니까, 제게 밥 먹을 가치가 없다고 하셨다면, 절 모욕하신 겁니다. 그런데 그냥 내가 돈을 못 벌고 있다는 지적이라면, 그게, 제가 항상 밥벌이를 제대로 하지는 못했으니 맞는 말이긴 합니다만, 뭐하러 그런 말씀을 하시죠? 제게 아무런 소용도 없는데요."

그랬더니 더 이상 밥벌이 타령은 안 하더라고.

그런데 내가 우연히 언급한 드 그루라는 이름 때문에 다시 폭풍이 몰려왔다. C. M.이 갑자기 묻는 거야. "하지만 드 그루가 사생활에서 얼마나 평판이 나쁜지는 알고 있니?"

민감한 화두를 건드린 거야. 살얼음판 위에 발을 내딛은 셈이지. 그 정직한 드 그루 씨에 대해서 그렇게 말하게 내버려 둘 수가 없었어. 그래서 받아쳤다. "화가는 작품을 대중에게 선보이되, 자신만의 사적인 내면적 고민은 혼자만 간직할 권리가 있다고 생각합니다. (그 고민이 예술작품이 탄생을 둘러싼 문제들과 직접적이고 필연적으로 연관되어 있지요) 화가 본인이 스스로 가까운 친구에게 속마음을 털어놓는 게 아니라면요. 평론가라는 사람이 흠잡을 데 없는 예술작품을 만든 작가의 사생활을 캐고 다니는 건 저속하고 상스러운 짓입니다. 드 그루는 밀레나 가바르니 같은 대가입니다."

C. M.은 가바르니를 대가로 생각해본 적이 분명, 단 한 번도 없었을 거야.

(C. M.이 아니라 다른 사람 앞이었다면 더 과격하게 설명했을 거야. 작품과 사생활의 관계를 아이

* 이 편지부터는 거의 모든 편지에 날짜 표기가 없다. 아마도 이 시기부터 빈센트의 충동성과 예술에 대한 열망이 심하게 드러나기 시작해서, 날짜 따위의 사소한 일들에는 쏟을 정신이 없었던 듯하다. 나중에 많은 연구자들이 편지 속에 드러난 단서들로 날짜를 추정해서 표기했는데, 여전히 날짜를 추정하지 못한 편지들도 많다.

와 산모의 관계에 빗대었을 테니까. 태어난 아기는 볼 수 있지만, 피범벅이 된 상태를 확인하려고 산모의 옷을 들춰보지는 않잖아. 막 출산한 산모한테 그것만큼 상스러운 행동이 또 어디 있겠어?)

C. M.이 격분하지 않을까 염려가 됐지만, 다행히 이야기가 다른 방향으로 흘러갔어. 분위기를 전환하려고 그 틈을 이용해서 내 습작과 크로키가 든 작품집을 펼쳤지. 처음에는 아무 말 없이 보기만 하시더라. 그러다가 작은 데생에 주목하셨어. 브레이트너르와 돌아다니다가 자정 무렵에 그린 크로키였어. 튀르프마르크트에서 바라본 파데무스(신교회 근처의 유대인 동네)야. 다음 날 아침에 일어나서 펜 데생으로 완성했지.

율리위스 박하위전 씨도 주목한 데생이었어. 첫눈에 그게 어디인지 알아보더라고.

"이거랑 비슷한 풍의 도시 풍경을 몇 장 더 그려줄 수 있겠냐?" C. M.이 물으시더라.

"그럼요. 모델을 그리다가 지루해지면 기분전환 삼아 그린 것들인데……. 여기는 플레이르스테이흐, 이거는 헤이스트, 이건 수산시장입니다."

"이런 걸로 한 12장 그려주면 좋겠다."

"물론이죠. 그런데 중요한 문제를 하나 짚어야 하는데요, 가격은 어떻게 생각하세요? 이 크기에 연필이나 펜 데생이면 한 점당 2.5플로린이거든요. 좀 비싼가요?"

"아니. 네 그림이 괜찮으면 암스테르담을 배경으로 다시 12점을 주문할 생각인데, 그건 내가 가격을 정하마. 네가 조금 더 벌 수 있을 거다."

두렵게 시작된 방문이었는데 이 정도면 괜찮은 성과가 아닌가 싶어.

테오야, 우리 약속했었잖아. 내 펜이 이끄는 방식대로 너한테 있었던 일을 전하겠다고 말이야. 그래서 있었던 일을 그대로 너한테 전하는 거야. 이렇게 하면 비록 네가 멀리 있어도, 내 화실 분위기를 대충 짐작할 수 있을 테니까.

네가 무척 보고 싶다. 너에게는, 부모님 문제 등도 더 진지하게 의논해볼 텐데.

C. M.의 주문은 어둠 속에서 드러나는 서광 같았다.

데생화들을 정성껏 다듬어서 특징을 살려야겠어. 나중에 너도 보면, 아우야, 다른 곳에서도 팔릴 만해. 5프랑에 작은 데생들을 살 애호가들을 찾을 수 있을 거라고. 연습만 더 하면 하루에 한 점씩은 그릴 수 있어. 그림만 잘 팔리면, 모델에게 빵과 1플로린씩 줄 수도 있어. 낮이 긴, 아름다운 계절이 다가오고 있다. 아침저녁으로 '식권'을(그러니까 밥값이랑 모델료를) 만드는 거야. 낮에는 모델을 불러서 진지하게 그리고. C. M.은 나 스스로 찾은 고객이었어. 그런 고객이 또 없으리란 법도 없잖아. 테르스테이흐 씨가 잔소리를 그만두고 세 번째 고객을 소개해줄 수도 있지. 그렇게 계속 고객이 늘어나는 거고.

내일 아침에 C. M.을 위한 그림 소재를 찾으러 여기저기 다녀야겠다. 오늘 저녁에는 퓔흐리에 다녀왔어. 「살아있는 그림」 전시회하고 토니 오페르만스의 익살극 공연이 있었는데 익살극은 건너뛰었어. 풍자극을 별로 안 좋아하고, 숨이 막힐 듯한 공연장 분위기도 영 견디기 힘들어. 전시회는 꼭 보고 싶었어. 전시작 하나가 내가 언젠가 마우베 형님한테 선물로 드린 동판화를 본뜬 작품이었거든. 니콜라스 마스의 〈베들레헴 마구간〉(다른 건 렘브란트의 〈야곱을 축복하는 이삭〉을 본뜬 작품이야. 자신의 계략이 통할 것 같다는 표정을 짓고 있는 레베카가 있는 그림). 니콜라스 마스는 명암 배분 효과와 색조를 적절히 잘 쓰는데 전체적인 분위기는 별로야. 진짜, 분위기만큼은 영 아니야. 언젠가 아기 예수가 탄생하는 모습 말고, 송아지가 탄생하는 장면을 직접 본 적이 있거든. 그때 기억이 아직도 생생해. 그날 밤 외양간에 한 소녀가 있었어. 보리나주였어. 갈색 피부에 흰 머리쓰개를 한 소녀였지. 소가 고통스러워하자 불쌍했는지 막 울더라. 순수하고, 성스럽고, 경이로우면서 아름다운 장면이었어. 마치 코레조, 밀레, 이스라엘스의 그림 같은 느낌.

오, 테오야! 너도 미술상을 때려치우고 화가가 되는 건 어떻니? 네가 원하면 넌 분명히 할 수 있어, 아우야. 네 안에 대단한 풍경 화가가 될 소질이 감춰져 있다는 의심을 종종 한다. Entre nous soit dit(우리끼리 얘기지만) 너만큼 자작나무 몸통이나 밭고랑이며 그루터기를 잘 그리고, 눈과 하늘을 정밀하게 칠하는 사람도 드물어. Je te serre la main(마음으로 악수 청한다).

형은 너를 사랑한다. 빈센트

말해봐라, 테오야, 네 안에 유명한 풍경 화가의 소질이 있다는 생각을 안 해봤니? 우리는 둘 다 화가가 되어야 해. 그러면 둘다 어떻게든 먹고살 수 있어. 인물화를 그리려면 단순한 막노동꾼이나 황소보다 훨씬 고되고 힘든 일을 해야 해. There's a long long thought for you, old boy(너에 대한 생각이 길고 길구나, 아우야).*

테오야, 너는 H. G. T.**처럼 물질적인 사람이 되지는 말아라. 중요한 건, 테오, 내 동생아, 어떤 일이 있어도, 절대로, 황금 사슬에 양손이 묶이는 일은 없도록 하는 거야.

Quoiqu'il en soit(아무튼) 예술가가 되는 게 더 건전해. 금전적인 어려움은 심하겠지만, 다시 한 번 말하는데, 넌 풍경 화가가 되면 나보다 그 문제가 훨씬 빨리 풀릴 거야. 나 역시 조만간 극복해낼 거고. 넌 일단 시작만 하면 나를 금세 따라잡을 거다. 왜냐하면 인물화는 복잡해서 발전이 아주 더디거든.

이 형이 아주 진지하게 하는 말이니까 꼭 생각해봐라.

여기, 전시회에 걸렸던 네덜란드 화가 작품 목록이야.

이스라엘스의 〈노인〉(어부가 아니면 아마 『프랑스 혁명사』와 『올리버 크롬웰』을 쓴 톰 칼라일일 거야. 얼굴에서 칼라일의 전형적인 특징이 느껴지거든)은, 반쯤 어둠에 잠긴 방에서 꺼져가는 불

* "And the thoughts of youth are long, long thoughts(청춘의 생각은 길고 긴 생각이다)." 롱펠로의 시 〈잃어버린 청춘〉에서 인용했다.

** Hermanus Gijsbertus Tersteeg(헤르마뉘스 헤이스베르튀스 테르스테이흐)

씨가 보이는 난로 앞에 노인이 앉아 있는 그림이야. 어둡고 낡은 초가집인데 작은 창문에 흰 커튼이 달렸어. 주인처럼 나이 든 개가 앞에 쪼그려 앉아 있고, 둘이 서로를 쳐다본다. 노인은 그 어둠 속에서도, 바지 주머니에서 담배 상자를 꺼내서 파이프에 담배를 채워넣고 있어.

그게 전부야. 반쯤 어둠에 잠긴 분위기, 적막감, 나이 든 주인과 개, 서로를 이해하는 듯한 두 존재, 생각에 잠긴 노인. 그는 무슨 생각을 할까? 나도 몰라. 짐작도 안 가고. 분명히 끝없이 깊고 진지한 생각에 빠져 있는데, 도저히 모르겠어. 저 먼 과거에서 불쑥 튀어나온 옛 기억과 관계가 있을까? 그래서인지 표정이 우울하게도, 만족스럽게도, 체념한 것처럼도 보여. 롱펠로의 유명한 시구처럼. "청춘의 생각은 길고 긴 생각이다."

이 그림을 밀레의 〈사신과 나무꾼la Mort & le bucheron〉과 나란히 걸어두고 싶다. 밀레의 〈사신과 나무꾼〉과 대등하게, 나란히 걸어도 밀리지 않는 그림이 이스라엘스의 〈노인〉 말고 또 뭐가 있을지 모르겠다. 그래서 이 두 그림을 같이 전시하고 싶은 생각을 지울 수가 없다. 두 그림이 서로를 보완해주거든. 그러니까, 이스라엘스의 〈노인〉과 밀레의 〈사신과 나무꾼〉을 좁고 긴 복도의 양쪽 끝에 걸고, 다른 건 일절 걸지 않는 거야. 이스라엘스의 이 그림은 특유의 당당한 분위기가 살아 있어. 솔직히 이 그림에만 시선이 가더라고.

〈노인〉 외에도 대여섯 명의 인물이 있는 작은 그림이 있었는데, 식탁에 둘러앉은 노동자 가족의 모습 같아.

마우베 형님 그림도 있었어. 모래 언덕에서 고기잡이배를 끌고 가는 말들을 화폭에 담은 대형 유화 말이야. 진짜 걸작이야.

마우베 형님의 유화와 밀레의 작품만큼 *체념*을 알려주는 설교를 들어본 적이 없다.

이건 현실의 체념이야. 성직자들이 말하는 그런 게 아니라. 검정, 흰색, 갈색의 말들이 기진맥진해서 서 있는 모습. 인내하고, 복종하고, 묵묵하고, 체념하고, 침묵하는 모습. 일이 거의 끝나가고 있지만, 아직 멀리까지 끌어야 할 무거운 고기잡이배가 남았어. 잠시 쉬어가는 거지. 숨을 고르고, 땀에 젖었지만 신음도 내지 않고, 불평도 하지 않아. 전혀. 그런 건 이미 오래전에 잊었거든. 녀석들은 체념하고 조금 더 살고 조금 더 일하지. 하지만 내일 당장 도살장으로 끌려간다 해도, 그러라지, 녀석들은 죽을 준비가 되어 있어.

이 그림에는 매우 강력하고, 심오하고, 실질적인, 침묵의 철학이 담겼어. 마치 이렇게 말하는 듯이. "Savoir souffrir sans se plaindre, ça c'est la seule chose pratique, c'est là la grande science, la leçon à apprendre, la solution du problème de la vie(불평하지 않고 고통을 감내하는 법, 그것이야말로 유일하게 실질적인 동시에 꼭 배워야 하는 위대한 학문이자, 인생이라는 문제의 해결책이지)." 아마 마우베 형님의 이 그림 앞에서 밀레도 지나가다 발걸음을 멈추고 중얼거렸을 거야. "Il a du coeur ce peintre-là(이 화가는 따뜻한 마음씨를 가진 사람 같군)."

다른 전시작들도 있었는데, 솔직히 거의 안 쳐다봤어. 이 두 작품만으로도 벅차서.

182네 ____ 1882년 3월 16일(목) 20일(월) 사이

테오에게

다시 생각해보니, 지난 편지에서 지금까지 한 번도 진지하게 꺼낸 적 없던 조언을 해서 네가 의아했을 것 같더구나. 그것도 너무 단호하게 몰아붙여서 말이야. "테오야, 전부 다 포기하고 화가가 돼라. 넌 풍경 화가의 소질을 지녔어." 그 순간에 내 열정이 좀 과도했었나 보다. 그렇지만, 열정이 과도하고 흥분한 상태에서 격하게 표현한 감은 있을지 몰라도, 평소에 생각했던 내용이야. 말하자면, 종종 내가 오랫동안 혼자 머릿속으로만 생각하던 이야기를 불쑥 입 밖으로 꺼내버릴 때가 있잖아. 하지만 좀더 차분하게 마음을 다스리고 더 순화해서 표현하든 아니면 그냥 입을 닫든, 그게 내 확실한 의견인 건 변함 없다.

자, 난 말했고, 그 말을 주워담지 않을 거다. 느닷없고 두서 없이 말했지만, 이젠 내 속마음을 너도 알았겠지. 내가 편지에 "절대로 H. G. T.처럼 물질적인 사람이 되지 마라"고 쓰고, 난 미술상들을 높이 평가하지 않는다는 뜻도 내비쳤을 때, 내가 개인적으로만 간직해도 좋을 의견을 침묵을 깨고 입을 연 거야. 맞아, 앞으로는 있는 그대로 말할 거다.

H. G. T.의 경우에, 난 그 양반이 소위 이 업계에서 막 두각을 나타내기 시작할 무렵부터 인연을 맺었어. 그 양반이 갓 결혼한 시기이기도 했지. 그의 인상은 강렬했다. 항상 실용적이고, 대단히 머리가 비상하고 쾌활하며, 큰일이든 작은 일이든 언제나 적극적으로 임했어. 거기다가 감상적인 분위기가 아닌, 정말 시적인 분위기도 풍겼으니까.

그땐 거리감을 느낄 정도로 나보다 우월한 존재로 여겼고 우러러봤다. 하지만, 정말, 진짜로, 그때부터, 의심이 들기 시작했어. 점점 더. 그런데 그게 과연 뭔지 자세히 분석하고 들여다볼 엄두는 나지 않았어. 하지만 지금은 상대가 누구든 내 경력을 망치게 할 수는 없는 법이니, 그 양반도 분석 대상으로 삼았지. 그래서 사무실이나 전시회 같은 장소에서 만나 이런저런 대화를 나누게 되면 최대한 냉철하게 그 양반을 관찰했어. 태연한 표정으로 평범한 질문 같은 걸 던지면서 반응도 살폈고.

돈도 좀 있고, 업계에서도 좀 정평 있는 인물로 봐주기를 바라는 사람 같더라. 한마디로 압축해서 뭐라고 설명해야 하나 모르겠는데, 무슨 뜻인지 너도 대충은 알 거야. 철 가면 뒤로 감수성이 예민하고 따뜻한 마음을 가진 사람처럼 보이려고 했다고 할까.

그런데 그 철 가면이 얼마나 두꺼운지, 아직까지도 이 양반이 정말 단단한 강철로만 된 사람인지, 그냥 쇠나 은으로 된 사람인지도 잘 모르겠고, 강철 같은 외피 저 깊숙한 곳에 인간의 심장 같은 일부가 남아 있기는 한지, 정말 모르겠어. 만약 심장이 없는 사람이라면 더 이상 이 양반에게 마음 쓸 일도 없을 거야. '당신이 뭔데, 성가시게 이래라 저래라야?'라는 마음으로 대할 생각이야.

어쨌든 그 양반은 앞으로 6개월에서 1년간은 날 냉담하게 대할 테니…… 그 양반과 잘 지내

려면 내 쪽에서 방법을 찾아야겠지. 솔직히, 호감을 느끼는 사람에게 '그 양반'이라는 호칭을 쓰지는 않잖아. 결코 긍정적인 건 아니지.

거기까지. 이제, 그만.

테오야, 나는 풍경 화가하고는 확실히 거리가 멀다. 풍경화를 그리려고 해도 *내 그림에는 늘 인물들이 살아나거든.*

그런데 풍경화에 남다른 재주를 타고난 사람들도 확실히 있는데, 아무리 생각해도 네가 바로 그런 사람 같다니까. 하지만 그만큼이나 정반대로 내 머릿속을 뒤덮는 질문도 있어. 테오야. 넌 정말, 네가 타고난 미술상인 것 같니?

내 생각이 옳다는 걸 입증해 보이라면 귀류법을 통해 설명할 수 있어.

어쨌든, 잘 생각해봐라. 굳이 너한테 구구절절 설명할 필요는 없어. 그냥 그림을 그리기로 마음먹기 전에 잘 생각해보라는 거지. 하지만 너한테 이런 말을 한다고 날 탓하지는 않을 거라 믿어. 테오야. 지금까지 너는 네 마음에 드는 일을 할 수도 있고, 하지 않을 수도 있는 자유를 누려왔어. 그런데 만약 네가 구필 화랑 나으리들과 평생을 그곳에 몸담겠다는 계약서에 서명하면 너는 더 이상 자유로운 인간이 될 수 없는 거야.

살다 보면, 어느 순간, 내가 왜 그런 계약을 했는지 후회하게 되는 경우가 있어.

아마 너는 이렇게 받아칠지도 모르겠다. 화가가 된 걸 후회하는 사람도 있을 거라고. 화가가 된 걸 후회하는 사람들은 처음부터 진지하게 기본기를 다지고 공부하는 대신, 어떻게든 두각을 나타내려고 기를 쓴 사람들일 거야. 그렇게 두각을 나타내 '오늘의 화가'가 될 수는 있을지 모르지만 '오늘만' 화가일 수도 있어. 그런데 마음속에 믿음과 사랑을 품은 사람들은 남들이 지루해하는 부분까지도 만족스럽게 들여다보곤 해. 해부학이나 원근법, 비율 등등이 그런 거야. 그런데 이 부분은 숙달되기까지 시간이 오래 걸려.

나도 가끔은 너무 돈에 쪼들려서 나 자신을 잊고 대충, 팔아서 돈이 되는 그림을 그려보자고 생각할 때가 있어. 결과는 언제나 개탄스러울 뿐이야. 마음대로 되지 않거든. 마우베 형님이 이렇게 야단치는 것도 당연해. "그건 가야 할 길이 아니야, 당장 그 그림은 찢어버려!" 그 순간에는 주저하면서 결단을 못 내리지만, 시간이 지나고 나면 내 손으로 알아서 찢게 되더라. 그런데 내가 이제 그림다운 그림을 그리기 시작하니까 테르스테이흐 씨가 내 그림의 진가를 알아보기는커녕, 못마땅하다는 불평이나 하고 대뜸, '팔릴 만한' 그림을 그리라고 독촉하지 뭐냐.

딱 봐도, 마우베 형님과 테르스테이흐 씨 사이의 분명한 차이가 보일 거야. 마우베 형님을 생각할수록 대단히 진지한 사람이라는 결론을 내리게 돼. 과연 테르스테이흐 씨를 생각해봐도 똑같을까? 그랬으면 좋겠지 그럴 일은 없을 것 같다만.

진지한 사람들이 어떤 사람이냐고? 달갑지 않은 소리를 수시로 하지만 결국에는 좋아지고 점점 더 가까워지는 사람이지. 그리고 진지하지 않은 사람들은 곧 지루하게 느껴져.

네 직업을 바꾸는 과정에서 발생할지 모를 재정 상황의 변화를 내가 가볍게 여겼다고 오해는 말아주기 바란다. 그런데도 이 얘기를 계속하는 이유는, 비록 나는 재정적으로 어려운 가운데 있지만, '수작업'만큼 기반이 튼튼한 직업도 없다는 생각 때문이야. 문자 그대로 손으로 하는 작업 말이다. 네가 화가가 되면 아마도, 그림 그리기와 관련된 모든 일들이 육체적으로 너무나 중노동이라는 점에 충격을 받을 게다. 거기에 정신적 긴장감과 마음의 근심걱정이 매일매일 사람을 얼마나 녹초로 만드는지도 깨달을 거야.

오늘은 더 이상 말하지 않을게. 이거 하나만 덧붙이마. 네가 네덜란드에 오면, 너와 단둘이 얼굴을 마주 보고 이야기를 나누고 싶다. 반 시간이 아니라 반나절 내내, 내가 직접 깨닫거나 마우베 형님과 다른 사람들에게 배운 것들을 알려주고 싶다는 거야. 꼭 그래야만 할 것 같은, 널 가르쳐야만 할 것 같은 기분이 든다. 네가 싫어하지 않았으면 한다. 최악의 경우라고 해봐야 아침 나절을 지루하게 보내는 정도일 테고, 지루하지 않을 수도 있지. 그동안은 그림을 '팔 생각'보다는 '그리는 노력'만 생각했으면 싶다. 뭐, 두고 보자고.

월말쯤 돈을 좀 보내줄 수 있으면 아주 고마울 것 같다. 그때쯤이면 C. M.이 주문한 그림 12점도 완성될 것 같거든. 현금으로 바로 주시면 30플로린이 생기고, 거기에 네가 조금만 더 보태주면 새 셔츠 몇 벌에 속옷 등, 시급한 생필품들을 살 수 있을 것 같아. 가진 것도 얼마 안 되는데, 그것들마저 닳기 시작해서 말이야.

지난번에 편지한 뒤로 지금까지 계속 같은 모델들을 그리고 있어. 그 사람들을 만나서 얼마나 다행인지 모르겠어. 지금은 머리를 그리고 있고, 팔 다리도 곧 그릴 거야. 시급하다만 한꺼번에 그릴 순 없거든.

여름이 돌아오면 이제 추위는 문제가 아니니까 어떻게든 누드 습작을 그려야 해. 교과서적인 포즈를 고집할 생각은 없어. 다만 땅 파는 사람이나 재단사를 누드로 그려보고 싶다. 정면, 후면, 측면에서 보여지는 모습을 말이야. 옷 속을 꿰뚫어서 몸의 형태를 뚜렷하게 유추하고 동작을 이해하는 법을 배우려는 거야. 예상하는 습작 수는 대략 12점이야. 남자 여섯, 여자 여섯, 이렇게 그리고 나면 계시처럼 빛이 보일 것 같다. 습작 하나에 하루가 꼬박 걸리겠지만, 더 어려운 문제는 누드모델을 구하는 일이지. 그리고 누드모델을 구하면 가급적 화실로는 부르지 않을 생각이야. 다른 모델들이 심리적으로 위축될 수 있으니까.

누드모델을 부탁할 때 그네들이 '옷을 벗고 몸을 드러내야 한다'는 두려움을 극복하도록 도와주는 게 첫 번째 관문이야. 적어도 이전에 내가 그릴 때는 그랬어. 한번은 상당히 나이 든 노인을 그렸는데, 그때도 리베라José (Jusepe) de Ribera*의 그림 속 인물 같았지.

그렇다고 내가 리베라를 따라 그리고 싶은 건 아니야. 살바토르 로사Salvator Rosa는 더더욱

* 스페인의 화가. 누드를 집요하게 연구했는데, 특히 늙고 낙담한 사람들을 많이 그렸다.

아니고. 내가 보는 방식은 달라. 드캉Alexandre-Gabriel Decamps 스타일을 좋아하는 것도 아니야. 이들의 그림은 좀 불편해. 매번 무언가가 비었거나 사라졌다는 느낌이 들거든. 차라리 고야Francisco José de Goya (y Lucientes)나 가바르니가 훨씬 낫다. 물론 두 사람 모두 "Nada"라고 말하겠지만, 더 적절한 표현이 있을까? "Nada"야말로 솔로몬이 했던 말과 정확히 일치하는 뜻을 가진 단어 같아. "헛되고, 헛되니, 모든 게 헛되도다." 그런데 이런 생각으로 잠들면 분명히 악몽을 꾸겠지.

어쨌든 철학적인 이야기를 하기에는 밤이 너무 늦었구나. 내일은 새벽 5시 반에 일어나야 해. 목수가 출근 전에 화실에 들러 뭐 하나 손봐주기로 했거든. 잘 자라. 그리고 화가가 되는 문제, 진지하게 하는 말이니까 명심하고. 잘 있어라.

너를 사랑하는 형, 빈센트

C. M.이 주문한 데생 2점을 더 완성했어. 스헤베닝언의 길과 모래 언덕에서 땅 파는 인부들이야.

테르스테이흐 씨한테 돈을 갚아서, 곧 다가오는 3월 말에 월세 낼 돈이 부족할 것 같아. 그래서 말인데, 혹시 너만 괜찮다면 이달 말에, 가능한 선에서 돈 좀 보내주면 좋겠다.

테오야, 지난 일요일에 더 복의 화실에 다시 갔었어. 이유는 딱히 모르겠는데, 그 친구를 찾아갈 때마다 똑같은 느낌을 받아. '젊은 친구가 너무 나약해. 바뀌지 않으면 절대로 성공 못 할 거야. 바뀌지 않으면…… 바뀌지 않으면…….' 그 친구 화실에 가면 뭔가 맥빠지고 심드렁하고 건성인 느낌에 짓눌린다. 그 공간에 마치 결핵균이 감도는 느낌이야.

그런데 그게 눈에 확 드러나는 게 아니라서, 나처럼 생각하는 사람은 거의 없어.

뭐, 어쨌든, 그래도 가끔 근사한 그림을 그리지. 우아하고 매력도 있고. 그런데 그걸로 충분할까?

요즘은 무슨 필수조건이 그렇게 많은지, 지금 그리는 그림은 거의 전투나 전쟁처럼, 군사작전을 방불케 한다.

183네 ____ 1882년 3월 24일(금)

금요일 아침

테오야!

요 며칠간은 아침부터 밤까지 일에만 매달려 지냈다. 첫째, C. M.이 주문한 그림들을 모두 완성해서 보냈는데, 답장에 돈도 함께 동봉해줬으면 했는데, 안 그러셔서 혹시 잊으신 건가 걱정이다. 그렇다면 언제 받을 수 있을까??? 지금도 도시의 풍경을 거의 매일같이 데생으로 그리고 있어. 점점 실력이 붙는 느낌이야.

테르스테이흐 씨를 비롯해 나한테 가식적인 호의를 보이는 자들이, 불가능한 걸 시켜서 날 낙담시키지 말고, 내가 *잘하는 걸* 부탁해서 용기를 주면 좋겠다. Enfin que soit(그냥 그렇다고). C. M.이 그림들을 받자마자 바로 돈을 보내주길 바랐는데. 당신께서 주문하기로 결심했던 습작에 결코 뒤지지 않는 작품들이고, 공들여 작업해서 솔직히 30플로린 가치는 넘어. 만약 사람들이 *무일푼은 말 그대로 무일푼*인 걸 알고, 주머니에 한푼도 없이 보내는 나날이 얼마나 고단하고 괴로운지 이해한다면, 나를 이 수렁에서 건져내는 푼돈 좀 받는다고 못마땅해하거나, 그걸 받아가느냐고 비난해서 날 쩔쩔매게 하지도 않을 게다.

땀 흘려 일하면 그 정도는 벌 자격이 있는 거잖아? 아니면 내가 지금 이 돈벌이 수단을 계속할 자격이 없기라도 한 걸까? 아우야, 내가 바라는 건 그저, 하루빨리 네가 여기 와서, 내가 널 속이고 있는지 아닌지 직접 확인해달라는 거야.

블로머르스가 퓔흐리에서 예술의 밤 행사를 기획한다면서, 그 기회에 내가 소장한 헤르코머, 프랭크 홀, 뒤 모리에 등의 목판화 복제화를 전시하면 어떻겠냐고 묻더라. 기꺼이 빌려 주겠다고 했지. 그런 행사 두 번은 연달아 해도 될 만큼 충분히 가지고 있으니까.

드디어 제대로 가고 있고 솜씨가 나아진다는 게 느껴진다. 그렇다고 해도, 손을 완벽히 통제하고 눈대중도 정확해지려면 앞으로도 1년, 빨라도 몇 개월은 더 걸릴 거야. 그 시기만 지나면 다른 사람들한테 팔리는 그림을 많이 그리는 데 방해될 일은 없을 것 같아. 기간을 더 단축하는 건 무리야. 그러면 자칫 그림이 엉망이 될 수 있어. 아무짝에도 쓸모없는 그림이 나올 테니까. 조금만 더 참고 기다리면 좋은 결과를 낼 수 있어.

혹시 조만간 또 돈을 좀 보내주겠니? 그래 주면 좋겠다. 알다시피 테르스테이흐 씨한테 10플로린을 갚았잖아.

너도 화가가 되면 좋겠구나. 네가 원하면 너는 화가가 될 수 있어. 손해 볼 것도 하나 없어. 계속 미술상으로 있느니 화가로서 더 훌륭해질 게다. 네가 최고의 미술상이 된다고 해도 말이야. 하지만 그렇게 되려면 네가 할 수 있는 모든 걸 다 쏟아붓고 노력해야 해.

요즘은 너한테 크로키 한 장 제대로 못 보냈어. 네가 직접 와서 볼 날을 기다리기 때문이야. 그럴 가치가 있거든. 인물화를 그리고 있고, 풍경화도 그리는 중이야. 스헹크베흐의 정원 같은 걸 그려봤지.

궁금한 게 하나 있는데 대체 언제부터, 화가한테 그림 기법이며 그림 주제를 바꿔라 마라 할 수 있는 거니? 특히 테르스테이흐 씨처럼 본인이 스스로 교양 있는 사람임을 자청하면서 그런 행동을 하는 건 더더욱 무례하다는 생각이야.

테오야, 돈을 좀 보내줄 수 있으면 그렇게 해줘라. 하루라도 빨리 보내주면, 그만큼 내 괴로운 날이 더 일찍 줄어든다. 어쨌든 이제 일할 시간이다. à Dieu. 편지하고.

너를 사랑하는 형, 빈센트

184네 ___ 1882년 4월 2일(일) 추정

테오에게

편지를 쓰려고 여러 번 펜을 들었지만, 번번이 마무리 짓지 못했어. 네가 화가가 되는 게 얼마나 자연스러운 일인지 그 이유를 설명하고 싶었거든. 그런데 지금 쓰고 있는 내용은 마음에 들지도 않고, 그보다 더 확실하고 강한 말도 못 찾겠다.

네가 반대하는 것도 당연해. 그렇지만 세상만사는 평형을 이루는 법이잖아. 너는 서른이 됐을 때, 이미 모두에게 존경받는 화가가 되고, 네 작품도 진가를 인정받고 있을 거야. 그리고 서른이라고 해도 한창 젊은 나이잖아.

구필 화랑에서 보고 배운 것과 이미 가지고 있는 네 문화적 소양만으로도 넌 이미 '어린 나이에 시작한' 다른 화가들을 충분히 따라잡을 수 있는 유리한 고지에 선 거야. 제아무리 어린 나이에 시작한 화가라 해도 몇 년간 정체된 상태로 실력이 늘지 않는 경우가 많지만, 늦은 나이에 시작해 활기차게 그림을 그리는 사람은 굳이 이런 침체기를 겪지 않는 경우가 많거든.

화가라는 직업은 대장장이나 의사만큼 먹고사는 데 큰 지장이 없을 만큼 돈을 벌어. 어쨌든 예술가의 이미지는 금리업자와는 정반대잖아. 오히려 내가 말한 대장장이나 의사와 비슷하지.

네가 편지에 이런 말을 했던 게 여전히 생생히 기억난다. 나한테 화가가 돼보라고 했었지. 난 황당한 얘기라고 생각해서 듣지도 않았었고. 그런데 원근법에 대한 기가 막힌 교본인 카사뉴의 『원근법 ABC』를 읽고 주저하는 마음이 한 번에 날아갔어. 그리고 1주일 후부터 부엌에서 스토브와 의자, 테이블과 창문을 그리기 시작했지. 그때까지만 해도 그림 속에 깊이를 표현하고 원근법을 사용하는 건 신기한 재주나 우연에 불과하다고만 여겼어. 아마 한 가지 물건을 그럴듯하게 그린 순간부터 주변에 보이는 수많은 물건을 그리고 싶은 욕구를 누르기가 쉽지 않을 거야. 그런데 가장 중요한 건, 바로 이 걸음을 떼는 거야!

어느 화가가 다가와 네 팔을 잡고 이렇게 말한다고 상상해봐. "테오, 벌판은 이렇게 그려야 해, 고랑을 표현하는 선은 이렇게 그리고, 이런저런 이유로, 이거는 이렇게, 저거는 저렇게, 원근법은 이렇게 표현하는 거야. 버드나무가 이 정도로 크면, 더 멀리 있는 건 반대로 이 정도 크기가 되고, 이만큼 작게 한 다음, 이 크기의 차이는 이런 식으로 계산하면 되고……. 지금부터 집중해! 이 모든 걸 한 장의 종이 위에 던져놓는다고 생각하면 이 굵은 윤곽선을 정확하게 표현하는 순간, 그림을 이어나갈 수 있는 단단한 토대를 쌓게 되는 거야."

이런 식의 조언에 약간의 실전 연습이 더해지면, 온갖 추상적이고 물질적인 설명을 늘어놓는 것보다 훨씬 도움이 돼. 내가 굳이 잔소리 늘어놓을 일도 없고, 매일같이 연습하다 보면 정확한 시선을 갖추게 되고, 원근법의 원리를 깨달아 사물을 있는 그대로 정확히 그리게 되면, 이제 미술상으로서의 소명 의식은 끝나고 코레조처럼 느끼게 되는 거야. "나도 화가다."* 그날부터 기를 펼쳐도 된다는 기분이 들 테고, 그 어느 때보다 젊고 활력이 넘칠 거야. 너의 제2의 청춘이 시작되는 거야! 그건 이전의 첫 번째 청춘보다, 하나님 감사하게도, 여러 모로 더 나을 거야. 내 첫 번째 청춘은 이미 지나갔지만 네 청춘은 이제 시작이잖아.

C. M.의 교육이나 어머니의 생활비 걱정도, 네가 화가만 되면 전혀 문제될 게 없어. 네게도 먹을 것, 마실 것, 숙소, 모델, 이 모든 게 손만 뻗으면 닿을 곳에 있으니까. 네 머릿속에 화가가 되겠다는 생각이 깨어나는 순간, 모든 게 가능하다는 게 눈에 보일 거야.

하지만 혹시 내가 물질적인 부분을 간과하고 있다고 의심할지 모르니, 네 직업이 미술상이긴 하지만, 이것 하나만큼은 미리 밝혀두고 싶다. 손을 써서 직접 하거나 만드는 직업이 아닌 이상, 과연 그게 든든한 일자리가 될 수 있을지 의심스럽다는 거야. 야프 마리스Jacob (Jaap) Hendrik Maris를 봐도 테르스테이흐 씨보다 훨씬 독립적이고 견고한 위치에 있잖아. 나는 지식과 사상을 매우 존중한다. 손재주가 아무리 뛰어나도 지식과 사상이 부족하면 성공할 수 없어. 자신의 손으로 만든 걸 지키고 보호할 수가 없거든. 테이스 마리스가 그 증거야. 그렇지만 지식과 사상을 겸비한 사람들은(당연히 너도 그런 사람이고, 감히 나도 그렇다고 말하고 싶다) 손으로 할 수 있는 일을 가장 잘할 수 있는 사람이기도 해.

내 결론은 이거야. 만약 네가 그림을 시작하면, 넌 성공할 거고, 서른 무렵에는 모든 면에서, 지금 미술상으로서의 네 평판만큼이나, 뛰어난 화가로 인정받을 거야. 네가 화가가 되면, 정말 부정적인 의미의 '평범한' 화가와는 질적으로 다른 화가가 될 거라고.

자, 네가 이달 중순까지 돈을 더 보내줄 수 있다면 내가 돈을 벌 기회가 생길 것 같아. 늦어도 5월 초까지 100프랑을 보내주면 말이야. 네가 얼마 전에 보내준 100프랑으로는 테르스테이흐 씨의 돈을 갚을 수 없어서 그래. 돈 들어갈 데가 너무 많거든. 월세나 바지 구입 등은 더 이상 지출을 미룰 수도 없다. 4월 중순까지 네가 돈을 보내주면 돈을 갚을게(물론 네가 전적으로 그렇게 하라고 하면). 다만, 난 시간이 좀 지난 뒤에 그림으로 갚고 싶어. 그럴 수 있도록 손을 써봐야지. 미술상한테 돈을 받고 돈으로 되돌려주고 싶은 생각은 없어. 너한테 진 빚은 성격이 다르고, 나중에 어떻게 될지도 모를 일이잖아. 네가 계속 미술상으로 남으면 언젠가 내 데생이나 유화로 갚을 수도 있는 거고, 만약 네가 화가가 되면 현금으로 갚아도 되고. 기꺼이 이자도 쳐서 갚을 거야.

그나저나, 테르스테이흐 씨 돈은, 내가 헤이그에 처음 왔을 때 마우베 형님하고 그 양반이 아

* 르네상스에서 바로크로 넘어가는 중간 시기에 유행한 매너리즘 양식의 대표화가. 미켈란젤로가 "넌 위대한 화가는 절대로 못 될 것"이라고 말했을 때 이렇게 반응했다고 한다.

주 우호적으로 대해주면서 아무런 걱정 하지 말라고 그랬어. 그런데 한 달여가 채 지나기도 전부터 삐딱하게 보기 시작하더니 말투도 달라지더라. 어쩌면 내가 포기할 거라고 생각했던 것 같아. 처음에는 상당히 아픈 상처였어. 그런데 시간이 지나면서 무뎌지더라. 이런 생각이 들었어. 더 이상 기분 나빠하지 않겠노라고.

브레이트너르가 병원에 입원했어. 문병을 자주 가는데, 책이나 데생할 도구들을 갖다주곤 한다. C. M.이 그림값을 지불하면서 난이도가 높은 주문을 하셨어. 구체적으로 지정한 도시 풍경 6점이야. 어떻게든 그릴 생각이야. 내가 주문을 제대로 이해한 게 맞다면, 6점만으로 지난번에 그렸던 12점만큼 돈을 벌 수 있는 기회거든. 그리고 암스테르담 풍경도 그려야 할 것 같아.

블로머르스가 목판화 복제화 전시 건으로 찾아왔었어. 3시간 동안 화실에서 판화를 훑어보더니, 풀흐리 위원회에 화를 내더라고. 내 소장품들을 "자위트 홀란츠 코피하위스[South Holland Café]*에서나 굴러다닐 법한 것들"이라고 했다는 거야. 그 인간들이 목판화에 대해 아는 게 그게 전부라면 뭐 충분히 그렇게 폄훼할 수도 있을 거야. 어쨌든, 풀흐리 위원회에서 유보했다고 하더라. 그래도 블로머르스는 자신의 기획을 포기하지 않을 거라면서 다음 주 토요일까지는 판화 복제화들을 준비해달라고 했어. 그런데 몇몇 화가들이 가바르니나 헤르코머 같은 화가들을 '삽화가'라고 부르는 걸 듣고 있자니 기분이 좀 그렇더라. *무지*도 자신들이 흔히 말하는 그 *교양*의 덕목으로 생각하는 모양이야. 어디 잘해보라지!

마음으로 악수 청한다.

너를 사랑하는 형, 빈센트

앵그르지와 내 습작을 넣은 상자는 고맙게 잘 받았어.

사람들이 나더러, 데생은 좀 하는데 회화는 아직 못 그린다고 수군거리기 시작하면, 불시에 그들 앞에 그림을 꺼내놓을 수도 있어. 하지만 꼭 그렇게 해야만 하거나, 달리 할 수 있는 게 없지 않은 이상, 그럴 생각은 없다.

그림을 바라보는 두 가지 방법이 있어. *안 하기*와 *하기*. *하기*는, 데생을 많이 하고 채색을 적게 쓰기. *안 하기*는, 채색을 많이 하고 데생을 적게 하기.

185네 ____ 1882년 4월 6일(목) 추정

테오에게

너한테 화가가 되어보라 했다고 해서 놀라지는 마라. 과거의 내 고통이 이제는 점점 만족감

* 1882년 문을 연 '네덜란드 남부 커피하우스'. 당시 헤이그를 중심으로 활동하던 화가와 시인들의 아지트였다.

이 되어 나타나고 있기 때문에 권하는 거야.

한 주가 지날 때마다, 못 했던 것들을 해내고 있어. 전에도 말했듯이 다시 젊어진 기분이야. 그 무엇도(아픈 경우만 제외하고) 점점 커지고 있는 이 힘을 내게서 빼앗을 수 없다는 확신, 이 확신 덕에 더 대담하게 미래를 바라보고 괴로운 현재를 버틸 수 있다.

무언가를 바라보고 감탄하는 일은 황홀하다. 그걸 오래 붙들고 깊이 생각해본 다음에 이렇게 말하는 거야. 이걸 그려서 '그래 이거야!'라는 느낌을 종이 위에 붙잡아야겠다! 물론 내가 지금의 내 그림에 대단히 만족해서 개선할 필요가 없다를 못 느낀다는 말이 아니야. 하지만 나중에 잘하려면, 오늘 잘하려고 애써야 하고, 그게 쌓여서 내일 발전하는 거야.

내 그림들을 보고 네가 뭐라고 생각할지는 모르겠다만 이건 확실히 안다. 네가 오기를 간절히 기다리고 있다는 거.

(아직 누드 습작을 많이 그린 건 아닌데, 몇 개는 『바르그 교본』의 견본과 대단히 비슷하다. 그만큼 독창성이 없는 걸까? 아마 『바르그 교본』을 너무 열심히 들여다본 결과일 거야.)

네게 "화가가 돼라"라고 편지한 건, 절대로, 지금의 네 일이 전망이 없다고 생각해서가 아니야. 다만 내가 보기에는 화가라는 직업의 전망이 훨씬 좋은 것 같아서, 네가 사무실 책상에 앉아 일하는 것보다 근사한 화실에서 일했으면 하는 마음이다. 그뿐이야.

단언컨대, 네 화실에서는 지금의 넌 도저히 알 수 없는 무언가가 내면에서 깨어날 거야. 만들고 창작하는 엄청난 잠재력이. 그 힘이 일단 깨어나면, 영원히 사라지지 않아.

테르스테이흐 씨가 거드름을 피우며 '매력'이니 '팔릴 만한'이니 그런 소리나 해댈 때 난 그냥 이렇게 생각했어. 최선을 다해서 개성과 감정을 표현해낸 그림이 매력이 없거나 안 팔릴 리가 없다고. 어쩌면 지금 당장 모두의 마음에 들지 않는 게 나을지도 모르겠다.

날이 너무 좋아. 이제 완연한 봄이야. 인물화를 도저히 손에서 내려놓을 수가 없고 지금으로선 가장 일순위인데, 도저히 야외로 나가지 않을 수가 없구나. 하지만 지금 그리는 작품이 너무 어려워도 절대로 포기할 수가 없어.

요즘은 인물의 몸을 머리, 목, 가슴, 어깨, 이렇게 부분별로 그려보고 있다. 동봉하는 습작 한번 봐라.

누드 습작은 더 할 수만 있다면 기꺼이 그릴 거야. 너도 내가 『목탄 교본』으로 여러 번 연습한 거 알잖아. 그런데 거기에는 여성의 몸에 대한 습작은 없었어.

물론, 실제 사람의 신체를 보고 그리는 건 엄청나게 다르지.

동봉한 크로키는 선이 매우 단순해. 그런데 모델 앞에 앉으면 그 단순한 선의 특징을 잡아내기가 어렵다. 선 하나야 너무 간단해서 펜으로 쓱 그으면 그만이지만, 다시 말하는데, 몇 개의 선들로 모델의 본질과 특징을 표현해내기가 지독하게 어렵다는 게 문제야. *완전히 자연스러워 보일 수 있게* 선들을 골라내서 그리기가 쉽지 않다는 거야.

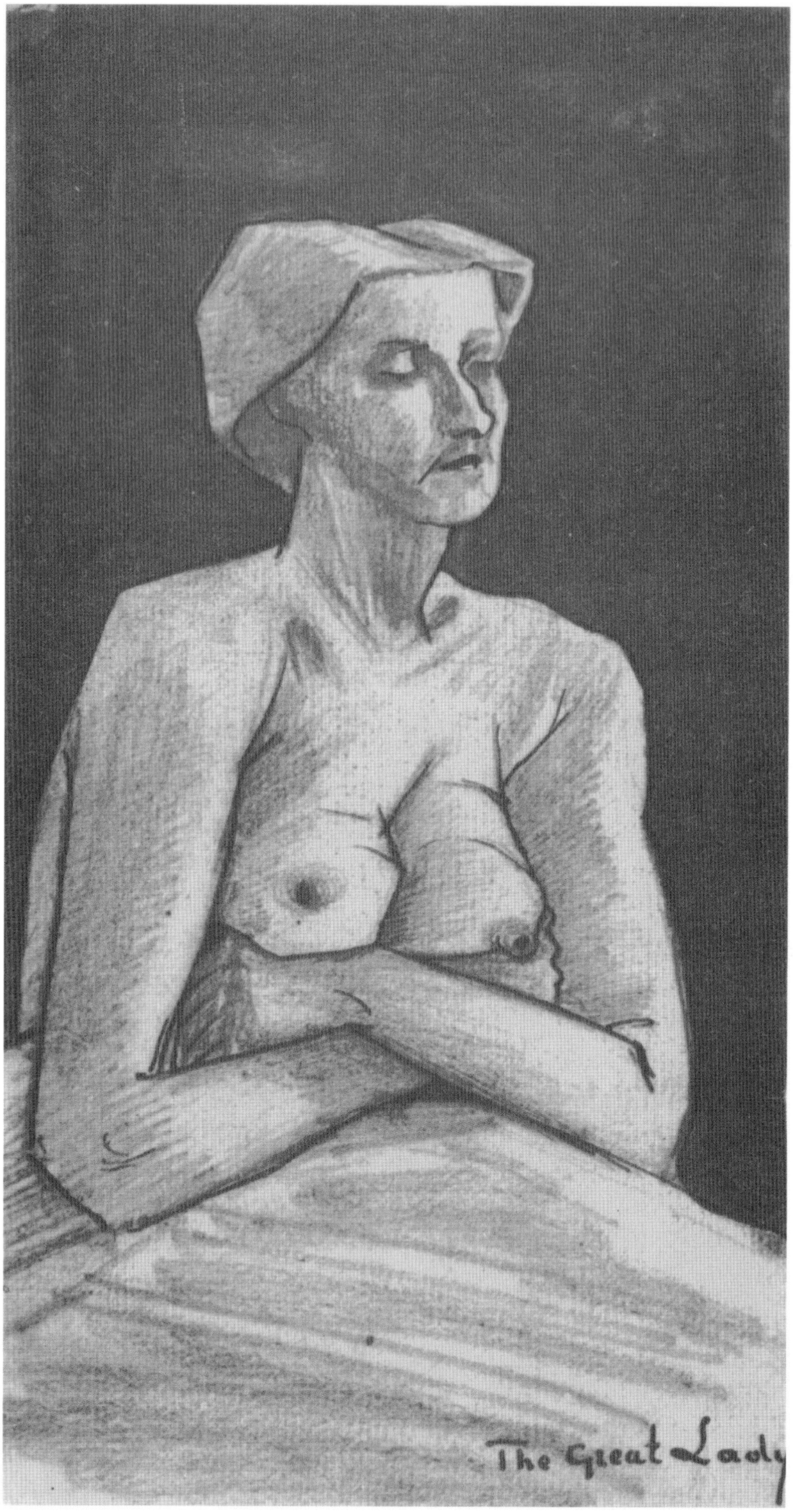
The Great Lady

사실은, 테오야, 최근엔, 헤이그로 온 이후로는, 매달 100프랑을 넘게 썼어. 하지만 안 그러면 모델을 불러 그릴 수가 없고, 그러면 실력이 늘지 않아 제자리걸음이었을 거야.

다른 화가들을 봐도 그래. 브레이트너르를 봐. 정기적으로 모델 부를 엄두를 못 내니, 그림을 거의 못 그리고, 간신히 작품을 완성해도 별로 좋지 않아. 브레이트너르는 최근에 다시 모델을 불러서 그리는데, 과연 작품에 훨씬 개성이 넘쳤다만, 지금은 몸이 아파. 영국 화가 중에서 특히 「그래픽」 같은 잡지의 데생 화가들은 매일 모델을 보며 그리잖아. 개인적인 생각이지만, 모델이 없으면 그림도 없는 거야. 다년간 그림을 그린 화가라면 사전에 다각도로 관찰한 모델을 머릿속 기억만으로 그릴 수도 있겠지. 그런데 내가 그런 식으로 그리는 건 위험천만한 행동이야. 경험이 풍부한 이스라엘스, 블로머르스, 뇌하위스조차 그렇게는 그리지 않아.

그러니까 내가 한 달에 100프랑을 넘게 쓴 건, 그 이하로는 불가능해서야. 내가 흥청망청 돈을 쓴다고 생각하지 않아. 테르스테이흐 씨한테 25플로린을 당장 갚지 않아도 된다면 그나마 좀 낫겠지. 그러면 그림에 더 열중할 수 있거든. 당장 그 돈 못 받는다고 테르스테이흐 씨가 굶어 죽는 것도 아니고, 처음에 나한테 아무 걱정 말라고 그랬다고. 그 25플로린을 갚고 나면 난 작업하기가 힘들어지고 꼭 해야 할 일을 하지 못하게 돼.

작품집에 습작을 차곡차곡 채워놓으면, 나중에 그걸로도 돈을 벌 수 있을 거야. 그런데 지금 당장이 아니라, 보관하고 있다가 나중에 팔 생각이야. 그냥 운에 맡기고 서둘러 어떻게든 억지로 그림을 파는 것보다 내 위치에 걸맞은 대우를 받으며 그림을 팔고 싶어.

동봉하는 크로키는 어두운 표정의 여성을 크게 그렸던 습작을 따라 그렸어. 톰 후드Thomas Hood의 시였나, 부잣집 부인이 한밤중에 잠에서 깨는 내용이 있어. 낮에 원피스를 사러 나갔다가 창백하고 해쓱한 얼굴에 깡마른 재단사 셋이 통풍도 안 되는 곳에 모여서 일하는 장면을 보고 충격을 받았기 때문이야. 호화롭게 사는 자신이 괜히 미안했는지 한밤중에 잠에서 깬다는 그런 내용의 시야. 한마디로, 한밤에 잠에서 깬 깡마르고 창백한 여인의 얼굴이다.

네가 그러라고 하면, 다음에 네가 보내는 돈에서 테르스테이흐 씨의 25길더를 갚아버리고 그만 얘기하마. 그런데 혹시 잘 얘기해서 나중에 그림으로 갚을 수 있으면 더 좋겠다.

건강하고, 다시 한 번 말하지만, 조만간 네 화실에 앉아 그림을 그리고 있을 너를 볼 수 있으면 좋겠다. à Dieu.

너를 사랑하는 형, 빈센트

186네 ____ 1882년 4월 10일(월) 추정

테오에게

오늘 우편으로 데생 1점을 보냈어. 혹독한 지난겨울, 네가 보여준 호의에 대한 감사 표시다.

지난여름 네가 밀레의 〈양치는 여인〉 대형 판화를 보여줬을 때 이런 생각을 했었어. '선 하나로 많은 걸 표현할 수 있구나!' 물론 내가 밀레처럼 선 하나로만 그려보겠다는 건 아니야. 하지만 이 인물화에 내 감정을 담아보려 애썼다. 네 마음에 들면 좋겠어.

또한 내가 얼마나 열심히 그리고 있는지도 알아주리라 믿는다. 일단 시작한 일이니까, 이 기회에 누드 습작을 30점쯤 그려보려고 해.

내 생각에는 이게 지금까지 그린 데생 중에서 가장 잘 그렸어. 그래서 네게 보내기로 했지. 모델을 직접 보고 그리긴 했는데, 모델을 앞에 두고 습작한 건 아니야. 애초에 종이를 3장 겹쳐 놨다가, 윤곽선을 제대로 살리려고 상당히 공들여 눌러 그렸고, 맨 위 종이를 걷어내니 아래 2장에 선이 고스란히 남아서 얼른 원본처럼 완성한 거야. 어떻게 보면 원본보다 새 그림인 거지. 나머지 2장은 처분하지 않고 보관할 생각이야.

넌 이 데생을 보고 내가 이 편지를 쓴 이유를 알았을 거야. 테르스테이흐 씨한테 돈 갚는 건 좀 미뤘으면 해서. 내가 지금 그 돈이 정말 필요하거든. 모델을 보고 그림을 그리는 것만이 성공에 이르는 지름길이기 때문이야. 모델료가 그리 비싸진 않다만, 거의 매일 부르려니 총액이 만만치가 않구나. 어쨌든 이 일은 너 편한 대로 하되, 크게 무리가 아니라면 약속한 돈은 월초에 보내주면 좋겠다. à Dieu. 마음으로 악수 청한다.

너를 사랑하는 형, 빈센트

동봉한 데생은 깔끔한 회색 액자에 넣으면 잘 어울릴 거야. 매번 이렇게 그리진 않지만, 이런 식의 영국식 데생이 상당히 마음에 드는구나. 그래서 한 번 더 그려봐도 괜찮을 것 같다. 게다가 애초에 네게 주려고 그렸기에, 미술을 잘 이해하는 너니까 우울한 분위기를 거침없이 드러냈지. 그러니까, 이런 걸 표현하고 싶었거든.

Mais reste le vide du coeur(마음은 여전히 텅 비어 있고)
Que rien ne remplira(아무것도 그 마음을 채울 수가 없네)
미슐레의 책에 쓰인 구절처럼.

187네 —— 1882년 4월 14일(금) 추정

테오에게

마지막에 보낸 편지와 180프랑 잘 받았어. 마음속 깊이 정말 고맙다.
내가 보낸 데생을 좋아한다니 정말 기쁘구나. 나도 그 그림에 뭔가 있다고 생각하거든.
소박한 회색 액자에 넣어서 걸어 둬라. 그게 가장 잘 어울릴 게다.
그리고 데생들의 분위기에 대한 네 지적에는, 어느 정도 나도 동감해. Je ne sais quoi(뭐라고 말해야 할지 모르겠는데), eauforte non ébarbée(다듬지 않은 동판)과 거의 흡사한 분위기 말이야. 다만, 내 생각에는 전문가들만 제대로 짚어내는 이런 특징적인 효과는 사용하는 소재 때문이 아니라(동판화가 아니라, 원판 자체가 까끌거려), 작업 과정에서 특이한 손 떨림 현상으로 인한 것 같아. 내 습작들도 보면 그렇게, 다듬지 않은 동판 같은 효과가 보이는 게 더러 있거든. 내 데생에 고착제를 쓰지 않았거나 고착제를 쓴 후에 손을 본 건, 빛을 탁하게 만드는 효과를 내려고 그랬던 거야. 우유나 물과 우유를 섞은 액체를 듬뿍 붓고 마를 때까지 기다리면 돼. 그러면 어두운 느낌이 뿌옇게 살아나거든. 연필 데생보다 훨씬 효과가 뛰어나.

이런 특징을 살리려고 분필을 쓰는 건 좀 아닌 것 같고 사전에 아마유(油)에 담가놓은 목탄을 사용하는 게 나을 거야.

물론, 25플로린은 테르스테이흐 씨에게 당장 보내버렸지. 그랬더니 *아무런 말도 없이* 영수증만 보냈더라. 어디 가서 기분 나빴다고 할지는 모르겠지만, 사사건건 "밥벌이를 못 하네, 그럴 자격이 없네," 또 뭐야, 아무튼 그런 이야기를 반복적으로 들어온 내 기분은 어땠을지 생각해봤으면 좋겠어. 당신이 했던 말이, 내가 했던 말에 비해 상처를 덜 주는 게 아니라, 아주 어마어마하게 준다는 걸. 그런 말이 가슴을 얼마나 후벼파고 아프게 하는데.

너한테 이런 말 더 해봐야 무슨 소용이겠어.

지체 높으신 분이 내 그림을 사고 말고는, 개인적인 이유나 이런저런 관점의 차이로 발생한 언쟁에 영향받을 일은 아니라고 생각해. 지체 높으신 분이 내 그림을 사고 말고는, 나라는 사람이 아니라 내 작품에 따라 달라져야지. 지체 높으신 분이 내 그림을 사고 말고는 내 그림 솜씨가 좋냐 나쁘냐의 차이에 따라 달라야 하고, 자신이 가지고 싶거나 누군가 다른 미술 애호가에게 주려면 사는 거고, 그런 게 아니면 안 사면 그만인 거야. 다만, 개인적인 악감정을 작품 평가에 지나치게 반영하거나, 반대로, 예술가의 개인적인 성향에 영향을 받아 단점을 눈감아주는 건 공정하지 못한 일이야.

확실히 작가와 작품 사이에는 연관이 있지. 하지만 그 관계를 규정하는 건 불가능하고, 그 판단도 자주 틀린다.

그래, 어머니가 편찮으신 건 나도 알아. 우리 가족을 비롯해 주변 사람들한테 슬픈 일이 있었다는 것도 알고 있어.

이런 사정에 무심한 게 아니야. 내가 그런 고통에 눈감고 지냈으면 〈슬픔〉같은 데생을 그릴 수도 없었을 거야. 하지만 지난 여름에 부모님과 나의 불화는 너무 오래 지속된 나머지 일종의 만성질환으로 악화됐어. 이젠 각자의 입장에서 괴로워하는 상황일 따름이야.

내 말은, 서로에게 충분히 도움이 될 수도 있었다는 말이야. 그 오래전에, 함께 잘 지내고, 기쁨과 괴로움을 공유하면서, 부모로서, 자식으로서 서로에게 필요한 연결 고리가 끊길 일 없도록 노력만 했다면 말이지. 우리 모두 일이 잘못되기를 바란 적은 없어. 굳이 탓을 하자면 연이

은 난제라는 불가항력과 여유롭지 못한 생활 때문이었어. 아버지 어머니는 이제 나를 아예 반은 이상하고, 반은 성가신 존재로 보시더라. 나도 집 생각을 하면 버림받고 고립된 존재가 된 기분이 들어. 의견이나 고민거리가 너무 달라서, *고의는 아니지만*, 서로가 서로에게 짐이 될 뿐이야. 가슴 아픈 일이지만 세상에 이런 가족관계가 많고도 많아. 누구라고 할 것도 없이 서로에게 도움이 되지 않아. 만나야 서로 비난만 해대니까. 이럴 바에는, 차라리 서로 안 만나는 게 상책이야. 아! 과연 그게 최선인가는 나도 모르겠어. 다른 방법이 있을까? 있다면 정말 알고 싶다.

아버지 어머니는 당신들이 하시는 일에서 위안을 찾고, 난 내 일에서 위로를 찾고. 그래도 아우야, 이런 일상의 소소한 불행에도 불구하고 나는 그림 그리기에 열중하고 있다.

얼마 전에 라파르트에게 편지가 왔어. 한동안 그 친구와 냉랭했는데, 다시 서로의 그림에 관심을 갖기 시작했지. 조만간 여기 화실에도 올 거야. 얼마 전에 블로머르스의 화실에 다녀왔다. 결국 목판화가 전시회에서 빛은 못 봤지만, 내가 덕을 본 게 있다면 그것들을 꺼내서 한 자리에 늘어놓고 정리까지 해봤다는 거야. 다만, 하루하루 그림에 열중하려니 판화 작품을 찾아보고 수집하고 정리하는 데 도저히 시간을 낼 수가 없더라고.

오늘은 누드 습작을 만들었어. 무릎 꿇은 여자 그림이야. 어제 그린 누드 습작은 뜨개질하는 자세로 그렸어. 지난 편지에 말했듯이 최대한 많이 연습하는 중이다.

잘 자라. 밤이 늦었어. 다시 한번, 보내준 거 고맙다는 말 전한다. 마음으로 악수 청한다.

너를 사랑하는 형, 빈센트

네가 〈슬픔〉에 필적하는 작품을 그리는 날이 오기를 기원한다.

188네 ___ 1882년 4월 18일(화) 혹은 19일(수)

테오에게

오늘 그림을 하나 보냈다. 〈란 판 메이르데르보르트Laan van Meerdervoort의 채마밭〉이라는 작품이야.

그러니까 이제 넌 나의 인물화 1점과 풍경화 1점을 가진 거야. 내 실력이 제자리에 머물러 있지 않다는 게 네 눈에도 보일 거다.

'*흑과 백*'만 있는 데다, 내다팔 수도 없고??? 또 서투르기만 한??? 그림이지만 나름 멋있는 그림 같아서 마음에 들어. 다만, 데생만 고집한다고 비난하지는 말아줘. 난 최선의 방법을 찾아갈 뿐이니까. 데생을 잘하면, 회화도 잘 그리게 되거든. 데생 습작 없는 회화는 힘들어.

마우베 형님이나 테르스테이흐 씨 같은 사람에게, 처음에는 공감을 얻을 수 있을 거라 기대했었는데, 정작 무관심과 적대감, 심지어 증오의 대상이 된 기분이 드니까 씁쓸하고 사는 게 괴롭기까지 하다. 마우베 형님은 더 이상 내 그림도 봐주지 않는데, 대부분 아파서 드러눕거나 쉬어야 해서 누워 있기만 하고, 아니면 자기 일로 바빠. 전시회에 소개된 그림은 훌륭했어!

그런데 너도 알 거야, 이런 느낌. 그만하자!

이 그림도 회색 액자에 넣어야 근사해 보일 거야. 편지에 보니 이사 갔다고 했지. 새집에 걸 만한 데생을 몇 점 그려볼게. 괜찮은 목판화도 있으니 생각 있으면 말해라. 2개씩 있는 작품들도 있으니까. 여름에 여기 오거든 고르기만 해.

나는 이사는 안 갔지만, 내부를 좀 바꿔봤어. 칸막이를 가져다 다락방에 침실로 쓸 공간을 마련했어. 그래서 난로도 치워놓으니 작업할 수 있는 공간이 훨씬 넓어졌지.

데생을 하는데 남들은 잘 피해가는 난관에 부딪힌 기분이 들어. 예를 들면, 실내의 정확한 원근법과(이런 데생 언제 한번 보내줄게) 풍경화를 그릴 때 굵은 윤곽선 같은 게 그래. 아무리 생각해도 누드 데생을 연습하지 않고는 해결할 방법이 없을 것 같아.

*데생*이 모든 것의 기본이야. 그래서 어느 정도 철저히 익혀두면 모든 게 명확히 보이기 시작하더라. 나는 서두르지 않고 차분하게 갈 길을 가고 있다. 머지않아 이 사소한 진리를 간과한 사람들을 따라잡을 거라는 걸 알기 때문이야. 나만 잘 버티면 되는 거야.

행운을 기원한다. 여긴 춥고 바람도 많이 불어. 그래서 난감해. C. M.을 위해서 도시 풍경을 그릴 수가 없거든. 비를 맞으면서 해야 할까. 뭐, 조만간 날씨가 풀리겠지. 마음으로 악수 청한다.

너를 사랑하는 형, 빈센트

이 작은 데생은 수채화보다 훨씬 공을 들였어. 몽마르트르 대로*로 보냈으니까, 받으면 뜯어서 사람들한테 보여줘라.

189네 ―― 1882년 4월 21일(금) 추정

테오에게

문득문득 이런 생각이 들어. 내 삶이 좀 편안했더라면 지금보다 훨씬 더 많이, 훨씬 더 잘 그리고 있을 텐데! 물론 지난번에 보낸 그림만 봐도 내가 열심히 그림을 그리고, 난제들을 하나씩 풀어가고 있다는 거, 너도 알 거야. 그런데 그림에 진을 빼는 것 말고도, 하루가 멀다 하고 견디기 버거운 이런저런 문제들이 터진다. 내가 굳이 걱정하지 않아도 될 문제들 때문에 괴로워야 하니, 도대체 내가 무슨 잘못을 했다고 이러고 지내야 하는지 모르겠지만 어떻게든 벗어던

* 테오의 사무실 주소

지고 싶다. 그러니 이제 설명하려는 내용에 대해 네가 알고 있었는지 솔직히 말해다오. 그리고 어떻게 해야 하는지 뭐라도 조언을 좀 해다오.

대략 1월 말쯤, 내가 여기 오고 보름 정도 후부터, 마우베 형님이 나를 대하는 태도가 갑자기 달라졌어. 내내 우호적이었는데 갑자기 불쾌한 티를 내는 거야. 처음에는 내 그림이 시원찮아서 그런가 했다. 그걸로 너무 걱정하고 신경 쓰다가 앓아눕기까지 했지. 너한테 편지했었잖아. 그런데 마우베 형님이 다시 찾아와서, 다 괜찮아질 거니까 힘내라고 다시 격려해주더라고.

그런데 얼마 지나지 않은 어느 날 저녁, 생판 모르는 남 대하듯 내뱉는 거야. 완전히 다른 사람을 마주 대하는 기분이었다니까. 그래서 생각했어. '형님, 어느 방향에서 날아온 건지는 모르겠지만 아무래도 형님 귀에 독약이 흘러들어갔군요. 바로 중상모략이라는 독약이요.' 그것도 모자랐는지, 마우베 형님이 아예 내 말투나 행동까지 따라하더라. 아주 고약한 방식으로. "자네 표정이 딱 이래." "자네 말투가 이런 식이야." 솔직히 흉내 내는 건 아주 똑같더라. 내 특징을 기가 막히게 짚더라니까. 하지만 악의적인 방식으로.

그때 몇 가지 말들은 딱 테르스테이흐 씨가 내 면전에서 쏟아내던 쓴소리였어. 그래서 물어봤지. "마우베 형님, 혹시 최근에 테르스테이흐 씨를 만났어요?" "아니." 이렇게 대답했지. 그런데 계속 얘기를 하다가 10분쯤 지나자, 테르스테이흐 씨가 그날 다녀갔다고 털어놓더라.

배후에 테르스테이흐 씨가 있다는 의심이 내 머릿속에 뿌리를 내렸지. '존경하는 테르스테이흐 씨가, 그 지체 높으신 양반이 이런 계략을 꾸몄다고?' 그래서 그 양반한테 곧바로 편지를 썼어. *무례하지 않은 수준으로*, 오히려 더 예의를 갖춰서, 이 말만 던졌다. '선생님, 누군가 제 험담을 한다는 소리를 듣고 가슴이 너무 아팠습니다. 제가 밥벌이를 못 한다느니, 그저 놀고먹는다느니. 너무 말도 안 되는 소리라서 도저히 그냥 넘길 수가 없었답니다. 지난 몇 년간, 이런 말로 이루 말할 수 없이 마음고생을 한 터라, 이제는 이런 비방은 멈춰야 한다는 게 제 생각입니다.'

테르스테이흐 씨가 처음 파리에 가서는 널 만나 언급했다던 바로 그 편지야.

파리에서 돌아온 뒤에 나는 그 양반을 찾아가서 용서를 바라는 심정으로 얘기했어. 편지에 그런 얘기를 쓴 건 당신을 직접 겨냥한 게 아니라, 도대체 어디서 그런 말이 나돌기 시작했는지 알 수 없어서 그랬던 거라고. 그랬더니 다시 상냥하게 대해주더라. 그런데 마우베 형님은 내가 찾아가도 여전히 퉁명스럽게 굴었어. 몇 번을 찾아가도 집에 없다고만 했어. 그런 반응은 싸늘해진 관계를 뜻하는 명백한 증거잖아. 나도 마우베 형님을 찾아가는 발길을 점점 줄였고, 한 동네에 살면서도 형님은 아예 발길을 끊었지.

애초에는 대인배처럼 굴던 양반이 이젠 말까지 쩨쩨해지더라. 나더러 석고를 따라 그리라는 거야. 솔직히 난 석고상 따라 그리기를 싫어하지만, 화실에 발이랑 손은 몇 개 가져다 놓긴 했어. 따라 그리려는 목적은 아니었어. 그런데 언젠가, 꽉 막힌 대학교수처럼 석고를 모델로 그려야 한다고 설교를 늘어놓는 거야. 간신히 참고 집에 돌아오긴 했는데 화가 머리끝까지 치밀어오르더라. 그래서 애꿎은 석고들을 석탄 통에 던져넣었어. 산산이 깨져버렸지. 이런 생각이 들더라. 석고가 제 스스로 붙어서 하얀 덩어리가 되고, 더 이상 그릴 사람의 손과 발이 없어지지 않는 한, 절대로 석고는 그리지 않겠노라고.

그러고 나서 마우베 형님한테 말했다. "형님, 제게 석고를 모델로 그리라고 하지 마세요. 참기 힘듭니다." 그랬더니 형님한테 편지가 날아오더라. 2달간 날 봐줄 수 없다고. 그렇게 2달을 서로 안 만났지. 하지만 난 그동안 팔짱만 끼고 앉아 있지 않았어. 석고를 그리지도 않았고. 천만의 말씀! 자유의 몸이 됐다는 느낌이 들어서 더 열정적으로, 더 열심히 그림에 매달렸어.

2달이라는 기간이 지나고 다시 형님한테 편지를 썼어. 대형 회화 완성을 축하한다는 내용을 담아서. 그리고 며칠 지나서 오가다 만나 몇 마디 말을 나누기도 했고.

형님이 말했던 2달이라는 기간이 훌쩍 지났는데도 끊었던 발걸음은 아직도 감감무소식이다. 테르스테이흐 씨와의 일도 있고 해서 마우베 형님한테 편지를 썼지. '서로 악수 한 번으로 앙금은 털어내시죠. 저를 이끄느라 힘드셨을 만큼, 저도 형님이 이끄는 대로 가는 게 쉽지 않았습니다. 뭐든 형님의 말에 *엄격히 복종*하는 것도 더는 못 할 것 같습니다. 그러니 이쯤에서 이끌고 따라가는 관계를 정리하시죠. 하지만 제가 형님께 받은 은혜나 감사의 마음은 사라지지 않을 겁니다.'

아직 답장을 못 받았고, 마주친 적도 없어. 형님한테 서로 각자의 길로 가야 할 것 같다고 말하게 된 이유는 테르스테이흐 씨가 배후에서 마우베 형님을 쥐고 흔든다는 확신 때문이야. 그건 그 양반 반응을 통해 알 수 있었어. 네 금전적인 지원을 끊게 할 거라고 나한테 호언장담하던 순간 말이야. "마우베와 내가 확실히 끊어놓을 작정이네."

그래서 H. G. T. 씨한테 짤막한 편지를 보냈지. 먼젓번 것보다는 덜 상냥한 내용으로. 특히나 나를 '이끌어준' 점에는 감사한다고 했지. 그리고 내 생각을 솔직히 전했다, 테오야. 왜냐하면, 마우베 형님의 입에서 테르스테이흐 씨나 쓰는 표현들이 흘러나오던 그날이 떠올랐거든. 처음에는 아니라고 하다가 결국 그날 만났다고 했었잖아. 그래서 이렇게 썼어. '선생님이 말씀하시는 *교양*이라는 게 이런 겁니까? 마우베 형님의 귀에 사악한 말을 흘려넣고 제가 유일하게 받는 지원을 끊어버리는 게요? 그런 행동을 과연 교양이라고 부를 수 있는지 의심스럽군요. 저는 그런 걸 *배신*이라고 생각합니다.'

아, 테오야! 나라는 인간이 모자란 것도 많고, 운도 별로 없고, 감정적인 것도 다 인정하지만, 내가 아는 한, 나라는 사람은 적어도 누군가의 생활 수단을 끊어버리거나, 친구와의 관계를 이간질한 적은 없었어. 말싸움을 한 경우는 나도 여러 번 있었어. 그런데 정직한 사람은 자신과 의견이 다르다는 이유로 남들의 삶에 끼어들어 좌지우지하려 들지 않아. 어쨌든 난 그게 올바른 행동이라고 생각하지 않아.

이런 일을 겪었으니 내가 침통한 심정이라는 게 이해가 되겠지? 얼마나 마음이 아플지도? 마우베 형님의 반응도 내게는 정말 큰 상처야. 이제는 그 형님이 '이끄는 대로' 갈 마음은 없지만, 다시 한 번 손을 내밀고 악수를 청하고 싶어. 그 양반이 내 손을 잡아주면 마음이 편할 것도 같다.

혹시 네가 더 아는 게 있으면 나한테도 알려주면 좋겠다. à Dieu.

형은 너를 사랑한다, 빈센트

이런 이야기로 네 마음을 무겁게 해서 미안하다. 하지만 내가 너무 상황을 모르겠어서 이런 저런 억측까지 해야 하니 너무 힘들어서 그래.

〈슬픔〉하고 비슷한 여인의 인물화를 끝냈다. 더 크고, 더 나은 것 같아. 지금은 하수구인지 수도관인지 보수공사가 이뤄지는 거리 풍경을 데생하고 있어. 구덩이에서 일하는 잡역부들을 그린 거야.

브레이트너르는 여전히 병원에 있다. 한 달은 더 그렇게 지내야 할지도 모르겠다.

C. M.에게 보낼 데생을 하는 중이야. 그런데 이런 일들 때문에 요즘 심히 우울해서 그림에 집중이 안 된다. 번뜩이는 서광이 필요해. 테오 네가 그 불을 밝혀줄 수 있을 것 같다.

190네 ____ 1882년 4월 23일(일) 추정

테오야

마우베 형님한테 편지했다고 했잖아. '형님, 두 달이 지났다는 거 아세요? 이렇게 앙금을 그대로 남겨두는 것보다, 여기서 그만 악수를 하고 각자의 길로 갑시다.' 그 편지에 아무런 답장도 받지 못했어. 무언가가 목을 꽉 조르고 있는 갑갑한 느낌이야.

너도 알다시피 난 마우베 형님을 좋아해. 그래서 형님 덕에 가능했던 그런 행복을 더 이상 맛볼 수 없다는 생각에 앞이 다 캄캄할 지경이야. 내 실력이 나아질수록 더 많은 문제, 더 힘든 일을 겪지 않을까도 걱정이고. 앞으로 고생할 일이 더 많을 거야. 결코 *달라지지 않을* 특이점들 때문이겠지. 내 외모, 말투, 옷차림, 그리고 어울리는 주변 사람들. 나중에 더 많은 돈을 벌게 되더라도 난 대부분의 화가들과는 다른 세계에서 살아갈 텐데, 내가 세상을 보는 방식이나 내가 그리고 싶은 주제들이 다르기 때문이야.

땅 파는 사람들을 그린 작은 크로키를 동봉한다. 왜 보내는지 설명하마. 테르스테이흐 씨가 그러더라. "자넨 예전에도 실패했고, 앞으로도 실패할 거야. 항상 똑같을 거야……." 그만! 아니, 지금은 완전히 달라. 솔직히, 그 양반 주장이라는 게 그냥 궤변이잖아.

장사나 공부에 적성이 안 맞는다는 게, 화가로도 안 맞는다는 증거는 아니잖아. 반대로, 내가 만약 목사나 미술상이 될 소질이 있었다면, 화가나 삽화가로 성공할 자질은 없었을 거야. 그러면 당연히 포기해야겠지.

내가 그림을 그만두지 않는 건, 데생 화가로서 소질이 있어서야. 너한테 하나만 물어보자. 내가 데생을 시작한 후로 의심하고, 주저하고, 약해진 적이 있었니? 넌 잘 알지. 내가 흔들리지 않고 꿋꿋하게 버텼고, 날이 거듭될수록 더 큰 열의에 타올랐다는 걸.

그 증거로 이 크로키를 동봉하는 거야. 이슬비 내리는 어느 날, 헤이스트의 혼란스럽고 소란스러운 어느 진창길이야. 내 크로키가 얼마나 인물들의 분위기를 잘 포착하는지를 네게 직접 보여주려고 보내는 거야.

테르스테이흐 씨를 인부들이 수도관이나 가스관을 설치하느라 바쁜 헤이스트 거리에 데려다 놔봐라. 인상을 잔뜩 찡그리며 어떤 크로키를 그릴지 정말 궁금하다. 공사장, 막다른 골목, 거리, 아니면 집 안이라도 응접실, 유명한 카페 같은 실내에서 일하는 것도, 즐거울 리가 없지. 하지만 *예술가는 달라.* 그들은 아름다운 여인과 마주 앉아 차를 마시느니, 제아무리 더러운 장소여도 그림으로 그릴 가치가 있는 대상을 포착하면 발걸음을 멈춰. 만약 마주 앉은 여인을 그릴 거라면, 예술가는 티 파티도 즐거운 시간으로 여기고.

내가 하고 싶은 말이 이런 거야. 대상을 찾아다니고, 노동자들을 따라다니고, 모델 앞에서 머리를 쥐어짜며 포즈를 잡고, 장소를 골라 그림을 그리는 일이 얼마나 고된지 몰라. 가끔은 잡역부나 다름없다는 기분도 들어. 가게 안의 판매직처럼 점잖게 차려입고 고상하게 말하는 건 우리 같은 사람들하고 전혀 어울리지 않아. '우리'라는 건 나를 비롯해 아름다운 부인들과 돈 많은 나으리들을 상대로 값비싼 물건을 팔고 돈을 받는(자기들 말로는 버는 거겠지) 일을 하지 않는 모든 사람들을 의미해. 우리 같은 사람들도 하는 일은 있거든. 예를 들면, 헤이스트에서 땅을 파고 일하는 잡역부들을 보면서 그리는 일 같은 것.

내가 만약 테르스테이흐 씨가 하는 일을 할 수 있었다면, 지금 내가 하는 일을 직업으로 가질 순 없었을 거야. 지금 하는 일을 하기 위해서는 지금 이대로의 내가, 전혀 나답지 않은 태도를 억지로 취해야 하는 것보다 훨씬 더 잘 어울려.

나는 과거에 가게 점원들이나 입을 법한 옷을 걸치는 것만으로도 심히 불편했었고, 지금도 그렇게 되면 불편하고, 계속 그래야 하면 지겨워서 견디지 못했을 테지만, 헤이스트 같은 곳을 비롯해 황야나 모래 언덕에 나가 일해야 하는 경우에는 전혀 다른 사람이 될 수 있어. 그런 곳에서는 일그러진 내 얼굴도 주변 환경에 아주 잘 어울려서 나 스스로도 내가 된 기분이 들고 일하는 것도 정말 즐거워. '어떻게 해야 하는가'에 대한 난관을 어떻게든 해결하고 싶어.

내가 우아하게 차려입고 있으면, 나한테는 모델이 되는 노동자들이 그런 나를 두려워하거나, 괴물 취급을 하며 경계하고, 아니면 많은 돈을 요구할지도 몰라.

알다시피, 나도 할 수 있는 한 최선을 다해 근근이 버티고 있을 뿐이야. 아! 정말이지, '헤이그에서는 모델을 찾기 힘들어'라며 탄식하는 게 나 혼자는 아니야.

그렇기 때문에 내 행동이나 복장, 표정, 말투를 지적하는 사람들에게 나는 도대체 뭐라고 해

야 할까? 같잖은 소리는 집어치우라는 말밖에 없어.

내가 무례하니? 말하자면, 거칠고 상스러워?

내 생각에 진정한 예의는 첫째, 모든 이들을 호의적으로 대하는 태도, 둘째, 무릇 심장을 가진 사람이라면 남을 위할 줄 알고 쓸모 있는 일을 해야 한다는 생각, 셋째, 나 홀로 사는 게 아니라 사회 속에서 함께 살아간다는 생각에서 비롯된다. 나도 최선을 다하고 있어. 내가 그림을 그리는 건 남들을 귀찮게 하려는 게 아니라, 즐겁게 해주려는 거야. 사람들 대부분이 잘 알아보지 못하지만 관심 갖고 볼 가치가 있는 것들을 찾아서 보여주려고.

테오야, 난 나 자신을, 테르스테이흐 씨가 내린 '판결'처럼, 상스럽고 무례한 괴물 같은 인간, 사회에서 추방돼야 할 인간, 최소한, '헤이그에서 어슬렁거려선 안 될' 인간이라고는 생각지 않는다. 내가 노동자나 가난한 자들의 집에 드나들고, 그들을 내 화실에 들이는 게 품위가 떨어지는 행위일까?

내 직업은 그런 걸 원하는 것 같거든. 원근법이 무언지, 데생이 무언지 이해도 못 하는 사람들이나 왈가왈부 떠드는 거야.

「그래픽」이나 「펀치」 같은 잡지 데생 화가들은 도대체 어디서 모델을 찾는지 알고 싶다. 런던의 가장 후미진 곳을 돌아다니며 모델을 찾나? 그렇게 생각하지 않니?

모델이 되는 이들의 생활상을 선천적으로 알고 있었나? 아니면 그들과 어울려 지내며 남들은 아무 생각 없이 지나치거나 잊는 것들을, 관찰을 통해 후천적으로 알아내는 걸까?

마우베 형님이나 테르스테이흐 씨를 찾아가면 솔직히 내가 하고 싶은 말을 제대로 못 할 때가 대부분이고, 좋을 때보다 상처를 받을 때가 더 많아. 이런 내 특징을 이해한다면 내 말 때문에 기분 나쁠 일은 없을 거야.

너만 괜찮다면 네가 나 대신 이 문제의 근원에 대해 말 좀 전해주면 좋겠다. 내 행동이나 말 때문에 두 사람이 괴로웠으면 그것도 용서받았으면 좋겠다고. 나는 도대체 어떻게 해야 하는지 모르니, 엄선된 단어를 써서, 최대한 격식을 갖춘 표현으로, 끝없이 길게 느껴졌던 지난 몇 달간, 두 사람의 행동은 또 나를 얼마나 괴롭게 했는지도 좀 전해주라. *그들에게 알려줘. 두 사람은 모르고 있거든. 그들은 내가 무심하고 냉정하다고 생각해.*

그렇게만 해준다면 날 크게 도와주는 거야. 이렇게 하면 원만히 해결될 것 같거든.

난 두 사람이 있는 그대로의 나를 인정해주면 좋겠어. 마우베 형님은 나한테 정말 잘해줬었어. 많이 도와주고 가르쳐줬어. 그런데 그 기간이 고작 2주였지. *너무 짧았어.*

à Dieu, 테오야. 상황이 이러니 최선을 다해주면 좋겠다. 불행 대신 행운이 나와 함께 해준다면 더 이상 너를 피곤하게 할 일도 없을 텐데. 이만 줄인다. 내 말 명심해라.

너를 사랑하는 형, 빈센트

(별도의 종이에 적은 편지)

아버지 임명 소식*과 어머니는 좀 건강을 회복하셨는데 센트 큰아버지는 여전히 편찮으시다는 소식, 너도 들었겠지. C. M.께 보낼 데생을 그리는 중인데 네게 편지했듯이 요 며칠 의욕을 잃고 정신이 산만하다. 이런 생각이 들어. 난 어디에 기대야 할까……. 네가 답을 알려다오.

내가 침울한 건 놀랄 일이 아니야. 테르스테이흐 씨가 내 면전에서 '헤이그에 남아 있을 자격이 없는 인간'이라고 했거든. 그 말을 듣고 보니 그 양반이 그런 마음을 먹었다면, 내가 어디에 가서 지내더라도 훼방 놓고 기를 꺾어놓을 수 있겠다 싶어. 이게 말이나 되는 일이니? 그 양반이 어떻게 이럴 수 있지? 내 그림이 마음에 들지 않는다고 이렇게까지 사람을 괴롭힐 수 있는 거야? 그런 협박을 무기 삼아서?

(편지지 여백에 끄적인 글)

개인적인 이유로 누군가의 밥줄을 끊거나 이간질로 남들과의 사이를 갈라놓는 건 올바른 행동이 아니라고 생각해. 실상은 그저 예술에 대한 견해가 다를 뿐인데 말이야.

내 덕에 먹고 사는 사람한테 잔소리를 퍼붓고 싶은 마음이 들 때도 있었어. 하지만 난 그냥 아무 말 없이 꾹 참았다. 나 때문에 밥줄까지 끊어지게 할 수는 없었으니까. 그런데 나름 고상한 양반 생각은 그게 아닌가 보더라. 네가 보다시피 말이야.

191네 ____ 1882년 4월 26일(수) 추정

테오에게

네 편지에 대한 답으로 좀 더 자세한 설명을 해야 할 것 같아. '테르스테이흐 씨와 가깝게 지내는 게 좋을 겁니다. 어쨌든 우리에겐 큰형님 같은 분이시잖아요.' 이 문장 말이야. 적어도 네게는 그랬을지 몰라도, 난 수년간 냉랭하고 인간미 없는 면만 마주 대해왔다.

내가 구필 화랑을 그만두고 나서(잘린 거라 해야겠지) 본격적으로 그림을 그리겠다고 마음먹은 순간까지(결심하자마자 그 양반에게 알리지 않은 내 실수는 인정한다), 그 사이 기간에 테르스테이흐 씨는 내게 아무런 도움도 주지 않았어. 그러니까 친구 하나, 의지할 곳 하나 없이 외국에서 홀로 처절한 가난 속에 살던 그 시절 동안 말이야. 런던 거리에서 노숙한 게 하루 이틀도 아니고, 보리나주에서는 사흘 연속으로 한데서 자야 했던 날도 있었어. 그런데 그렇게 오래 알고 지낸 양반이 그럴 때 내게 용기를 주기를 했나? 다 쓰러져 죽어가기 직전인데 힘이 되어주기를 했나?

* 반 고흐 목사가 북부 브라반트 지역의 소도시 뉘넌으로 부임하게 되었다.

단 한 번도! 그렇다고 내 부탁을 들어주기를 했나? 아니. 『바르그 교본』 빌려준 게 전부였으니까. 그마저도 내가 말 그대로 너댓 번 통사정을 해서 겨우 빌린 거야.

처음으로 데생을 그려 보냈을 때 돌아온 건 물감 상자였지, 돈은 한 푼도 없었어. 물론 그 그림들이 값어치가 있다는 건 아니지만 테르스테이흐 씨 같은 사람이라면 이렇게 생각할 수도 있는 거잖아. 오래 알고 지낸 친구이니만큼 이럴 때 도와줘야겠다고 말이야. 그런 도움이 절실할 뿐만 아니라 어쨌든 잘 먹고 다녀야 한다는 걸 이해해줬어야지.

브뤼셀에서도 편지했었어. "이따금 헤이그에 가서 다른 화가들과 친분을 쌓을 수도 있지 않을까요?" 그런데 번번이 이렇게 얼렁뚱땅 답장을 했어. "아니, 아니지, 자넨 이제 그럴 자격이 없잖아." 그러면서 나더러 영어나 프랑스어를 가르쳐보라는 거야. 그에게 난, 절대로 화가가 아니었던 거지. 그러고는 우리 동네 인근에는 있지도 않은 스메이톤 틸리에서 복사 일자리를 알아보는 게 나을 거라더라고. 브뤼셀 석판 인쇄공 자리도 번번이 거절당하던 시절이었거든. 사업이 성장세가 꺾여서 일자리가 없다는 게 이유야.

그 뒤로 지난 여름에 내 그림을 다시 보여줬더니 이러더라. "이건 전혀 예상 밖인데!" 그러고는 아무런 도움도 주지 않았어. 게다가 자기가 내뱉은 말도 다시 주워 담을 마음이 없는 것 같더라고. 지체 높으신 분의 의견을 묻지도 않고 어쨌든 헤이그까지 왔더니만 기를 쓰고 딴죽을 걸더라. 내가 화가가 되겠다고 했다는 말에 얼마나 나를 비웃었는지 나중에 전해 들었어.

마우베 형님이, 처음엔 날 '한심한 친구'로 생각하셨다는 거야. 그러다가 내가 듣던 것과 너무 다른 사람이라는 걸 알게 된 거지. 난 마우베 형님한테 돈을 부탁한 적도 없어. 그런데 그 형님이 선뜻 그렇게 말을 했었어. "네게 돈이 필요한 것 같으니 내가 벌게 해주지, 힘들었던 시절은 이제 과거가 될 거야. 널 위한 태양이 곧 떠오를 테니까. 이날을 위해 지금까지 열심히 준비해온 거잖아. 그러니 그럴 자격이 충분해." 그러고 나서 내가 정착할 수 있게 도와줬어. 그러다 갑자기 모든 게 달라졌지. 반쯤 마른 화초에 물 같았던 마우베 형님의 호감이 갑자기 말라버렸어.

테르스테이흐 씨가 형님의 귓속에 독약을 불어넣었기 때문이야. "조심해요, 그 친구가 돈 문제를 꺼내면 경계해야 합니다. 그냥 내버려둬요, 도와주지 말고. 장사하는 사람으로서 하는 말인데, 그 친구한테는 기대할 게 없어요!" 이런 내용의 말이었을 거야.

'테르스테이흐 선생님, 이제는 중상모략을 멈춰주시기 바랍니다'라고 편지를 했더니 전혀 못 알아듣는 것처럼 능청을 떠는 거야. 자신은 절대 그런 적 없다고, 내 오해라면서. 그러다가 어느 날 갑자기 이런 식으로 협박하더라. "마우베와 내가 어떻게든 테오를 설득해 자네 돈줄을 끊어놓겠어." 더 이상 의심할 것도 없었어. 혼자 생각했지. 배신당했구나……, 마우베 형님이 네 경제적 지원에 대해서 한 말이 있었거든. 내가 1년 정도 더 지원을 받는 게 나을 거라고…….

한겨울에 사람을 이렇게 내치고, 밥줄까지 끊으려 하는 게 *협박*이 아니면 도대체 뭘까?

교양 있는 행동도, 고상한 행동도 아니야. 인간적이지 않고 배려도 없는 무지막지한 행동이야. 내가 누구라고? 난 힘든 걸 인내하고 살면서 그저 마음의 평화와 약간의 공감을 필요로 하는 사람일 뿐이라고. 그래야 일을 할 수 있으니까.

테오야, 잘 생각해보고 속히 답장 주기 바란다.

비록 마우베 형님이 날 내쳤다는 사실에 마음이 쓰라리긴 했지만 난 내 힘이 닿는 한 최선을 다해 혹독한 겨울을 버텨냈어. 그런데도 내가 충격을 받거나 가슴이 무너져내리는 것 같은 생각이 드는 게 이상한 일일까?

테르스테이흐 씨 같은 이는 *비웃겠지*. 하지만 내 동생만큼은 비웃지 말아주기 바란다.

앞으로의 계획하고 그림 그리는 일에 대해 네게 할 얘기가 많다. 그런데 곧 네가 올 거라고 기대하고 있으니 오늘은 더 이상 그 얘기는 하지 않으마. 내가 보낸 데생 2점은 잘 받았지? 그리 대단한 건 아니지만 이제는 그 정도 수준의 그림은 일정하게 그려낸다. 그림 솜씨도 나날이 나아지고 있어. 그러니 더 이상 밥줄 끊길 걱정하지 않고, 구걸하는 기분이 들지 않게 해달라고 부탁하는 게 터무니없는 요구는 아닌 것 같다.

딱 생활에 필요한 것만 월세, 모델료, 화구 구입비다. 내가 계산해 보니 어마어마한 액수도 아니야. 그 대가로 그림을 그려서 보낼 수 있어. 단, 내 그림을 무시하고 폄훼하지 않는다는 조건이 있어야 해. 일확천금을 벌어들일 생각은 없지만 적어도 먹고 사는 데 쓸 돈과 그림 그리는 데 필요한 도구는 사야 하잖아. 노동자는 자기 노동의 가치를 인정받아야 해.

매주 한 번씩 돈을 받을 수 있으면 좋을 것 같아. 왜냐하면, 한 달간 들어갈 돈을 미리 다 계획할 수는 없을 것 같거든.

테르스테이흐 씨가 자신이 내뱉은 심한 말들을 되돌릴 생각이 있다면 나도 그냥 무심코 나온 말이었던 걸로 여길 수 있어. 용서하고 잊어버릴 생각이야. 그럴 마음이 없다면, 더 이상 그 양반을 우호적인 친구가 아니라, 내 앞길을 가로막는 적으로 간주할 수밖에.

널 번거롭게 해서 미안하지만 날 원망하지 마라, 테오야. 겨우내 이 일 때문에 힘들었다. 도대체 내가 무슨 잘못을 했던 걸까? 두려움과 슬픔이 끝내 나를 이렇게 괴롭히다 못해 신경질까지 나게 만들고 있어. 마우베 형님은 내 흉내를 내고 내 말투까지 따라 하더라. "자네 말투가 이래." 이러면서. 그래서 내가 말했어. "형님, 형님이 나만큼이라도 축축한 런던의 길바닥에서 자봤거나, 보리나주 같은 곳에서 싸늘한 밤공기와 밤하늘의 별을 벗 삼아(굶주린 채 집 하나 없이 고열에 시달리며) 지내봤다면, 형님도 가끔은 흉측하게 표정이 일그러지거나 목소리도 지금과는 달라졌을 겁니다."

à Dieu, 테오야. 마음으로 악수 청한다.

너를 사랑하는 형, 빈센트

비바람 때문에 밖에 나가 그림을 그릴 수 없으니 C. M.께 데생을 못 보냈다. 데생 그림값도 받을 길이 없다는 소리야. 5월 1일에 월세를 내야 한다. 그래서 그 기한 전에 네가 어느 정도 보태준다면 그것만큼 고마운 일이 또 있을까 싶다.

192네 —— 1882년 5월 7일(일) 추정

테오에게

오늘 마우베 형님을 만났는데 아주 유감스러운 말들이 오갔다. 이제 우리 사이의 골이 아주 깊어졌다는 걸 깨달았다. 형님은 되돌아올 수 없는 강을 건넜다는 식으로 얘기하면서, 자신이 내뱉은 말을 주워담을 생각은 추호도 없다고 하더라. 그래도 나는 내 화실에 가서 내 그림들을 보며 좀 차분하게 얘기하자고 청했는데 아주 단호히 거절했어. "네 화실에 갈 일은 없어. 우리 사이는 여기서 끝이니까."

이렇게 한 마디 덧붙이더라. "넌 성질이 아주 고약해." 그러고는 등을 돌리고 가버렸어. 모래 언덕에서 있었던 일이야. 난 혼자 집으로 돌아왔고.

마우베 형님은 내가 스스로 화가라고 말하고 다닌다고 탓하더라. 나도 그 말은 물릴 생각 없어. 왜냐하면, 내 말은 당연히, 내가 완벽한 화가라는 게 아니라, 항상 화가를 추구한다는 뜻이니까. "오! 이미 난 알아! 이미 다 알고 있지!" 이런 자세와는 정반대라고. 그러니까 내 말은, "나는 열의를 다해 찾고 있고, 진심을 다해 작업에 임한다"는 뜻이었어.

나도 귀가 있어서 듣는다, 테오야! "넌 성질이 아주 고약해"라고 말하는 소리를 듣고 어떻게 해야 하는 거냐? 그냥 발걸음을 돌려 집으로 돌아왔지만, 어떻게 그 형님이 내게 그런 말을 할 수 있는지 너무나 마음이 아프다. 해명을 요구할 생각도 없고, 나 또한 사과할 마음 없어. 하지만, 그래도, 그렇지만! 형님 자신이 그런 말을 내뱉었다는 사실을 뼈저리게 후회하길 바랄 뿐이야.

다들 내가 뭔가를 숨긴다고 의심하고 있어. 분위기가 느껴져…… 빈센트는 결코, 남에게 드러낼 수 없는 비밀을 숨기고 있다고…… 자, 나으리들. 이거 하나 말씀드리지요. 예의는 물론이고 교양까지 넘치는 여러분들에게 말입니다. 아, 물론 이게 다 사실이라는 가정하에 드리는 말씀입니다. 여러분들은 한 여성을 그냥 내팽개치는 행동과 버림받은 한 여성을 보살피는 행동 중 어느 쪽이 더 교양 있고, 섬세하고, 감수성 있고 용기 있는 행동이라고 보시는지요?

지난겨울에 아기를 갖게 한 남자에게 버림을 받은 어느 임산부를 알게 됐어.

임산부는 먹고살기 위해 거리를 헤매고 다녔어. 어땠을지 너도 쉽게 상상이 갈 거야.

나는 그녀를 모델 삼아 겨우내 그림을 그렸어. 모델료를 고스란히 다 챙겨줄 형편은 안 됐지만, 그래도 방세 정도는 줄 수 있었고, 하나님 감사하게도 내가 먹을 빵을 함께 나누는 식으로 지금까지 그녀와 그녀의 아이를 추위와 굶주림에서 보호해줄 수 있었어. 처음에, 그녀의 그 병약한 표정이 내 관심을 끌었지.

우리 집에서 목욕도 하게 해주고 내 선에서 가능한 몸보신은 다 해줬어. 레이던에 있는 산부인과에도 데려갔고. 아마 거기서 아이를 낳게 될거야. 그녀가 아픈 것도 당연한 것이, 태아 위치가 잘못되었다더라고. 그래서 수술을 받아야 했어. 겸자로 아이 위치를 정상으로 돌려놔야 했거든. 그나마 다행히도 수술이 순조롭게 끝났어. *6월에 출산할 예정이야.*

가죽 신발을 신고 다닐 정도의 수준이 되는 사람이라면 그런 상황에서 기꺼이 나처럼 행동했을 거야. 너무나 자연스럽고 평범한 일이라 굳이 어디 알릴 필요도 못 느꼈어. 그녀는 처음에 포즈 취하는 걸 어려워했는데 잘 배우더라. 내 그림 솜씨가 나아진 것도 좋은 모델이 함께한 덕이야. 이제는 잘 길들인 비둘기처럼 내 말을 잘 따라. 내 입장도, 뭐, 어차피 결혼은 한 번 하는 건데, 이 여자랑 하는 것보다 나은 게 있을까 싶어. 왜냐하면 그게 이 여인을 도울 수 있는 유일한 방법이니까. 그렇지 않으면 그녀는 가난과 불행이라는 낭떠러지로 또 다시 떠밀릴 거야. 그녀는 가진 돈은 없지만 내가 그림을 그려 돈을 벌 수 있게 도와주는 사람이야.

난 내 직업과 내 일에 열정과 야망이 넘치는 사람이야. 한동안 유화나 수채화를 소홀히 한 건, 마우베 형님이 날 포기한 것에 너무나 충격을 받았기 때문이야. 형님이 마음을 바꿔준다면 나도 다시 시작할 용기를 낼 수는 있을 거야. 하지만 지금으로선 붓을 쳐다볼 엄두도 나지 않아. 보기만 해도 불안하고 초조해지거든.

내가 편지했었지, 테오야. 마우베 형님의 태도가 왜 달라졌는지 모르겠다고. 이 편지가 그 이유에 대한 길잡이가 될 게다. 넌 내 친동생이니 네게는 개인사를 털어놓는 게 자연스러운 일이야. 하지만 내 면전에서 나더러 성질이 고약하다고 말하는 사람과는 말조차 섞지 않을 거다.

어쨌든 달리 방법이 없었어. 나는 그저 손이 이끄는 대로 따랐을 뿐이야. 모두에게 좋은 일을 했을 뿐이라고. 굳이 해명하지 않더라도 날 이해해줄 거라 믿어. 내 마음을 뛰게 했던 다른 여자가 떠오를 때도 있어. 그런데 그녀는 너무 멀리 있고 날 만나줄 마음도 없지. 그런데 여기 이 여자는 한겨울에, 굶주리고 병들고 임신한 채로 거리를 헤매고 있었어. 달리 방법이 없었다고. 마우베 형님, 테오 너, 테르스테이흐 씨, 당신들은 내 빵을 손에 쥐고 있는 사람들입니다. 그런데 그 빵을 건네주기는커녕 날 빈털터리로 남겨두고 내게 등을 돌리겠다는 겁니까? 이렇게 해명을 했으니, 이제 그 답을 기다리겠습니다.

빈센트

습작 몇 점 보낸다. 그녀가 얼마나 열심히 포즈를 취해서 내 그림을 돕고 있는지 너도 알게 될 거야.

내 데생은 〈내 모델과 나〉야. 흰 머리쓰개를 걸친 여성은 그녀의 어머니고.

그런데 한 1년여 후에는 다른 방식으로 그림을 그리고 있을 테니, 그때 참고할 수 있게 이 습작 3점은 다시 돌려주면 좋겠다. 사실 지금도 그 점을 염두에 두고 그리고 있어. 보다시피 무척 공들여 그렸다. 나중에 실내가 배경이거나 대합실 같은 곳을 그려야 할 때 참고자료로 유용할 거야. 내가 시간을 어떻게 보내고 있는지 네가 확인할 수 있는 좋은 방법이라고도 생각했고.

습작들이 좀 투박하긴 하다. 어쩔 수 없는 게, 습작에다 특별한 효과를 내려고 애쓰면 나중에 아무 쓸모가 없게 되거든. 내가 굳이 부연설명을 하지 않아도 잘 알 거라 믿는다. 내가 좋아하는 종이가, 여성이 앞으로 목을 숙이고 있는 인물 데생에 사용한 종이야. 가급적이면 표백되지 않은 아마색으로. 두꺼운 건 이제 다 썼거든. 아마 종이 이름이 더블 앵그르지였던 것 같아. 여기선 구할 수가 없어. 이 데생이 어떻게 그려지는지 알게 되면 얇은 종이가 왜 문제가 되는지 너도 깨달을 거야. 검은 양모 외투 차림의 작은 인물화도 끼워넣고 싶었는데 방법이 없었어. 커다란 인물 옆 의자는 아직 완성 전이야. 떡갈나무로 만든 낡은 의자를 그릴 생각이라서.

193네 ―― 1882년 5월

테오에게

이미 너한테 편지로 쓴 내용이지만 네 이해를 돕기 위해 본질적인 것만 다시 설명한다. 그리고 암스테르담 여행에 대해 어떠한 미화도 없이 있는 그대로 이야기하마. 하지만 먼저 네 생각과 다르다고 해서 날 괴팍한 사람으로 보지는 말아주기 바란다. 우선, 보내준 50프랑은 고맙게 잘 받았어.

아주 강하게 힘줘서 설명하지 않으면 네가 제대로 이해할 수 없을 거야. 그리고 만약 네가 나더러 굴복해야 한다고 주장하면, 침묵을 지킬게. 하지만 네가 그렇게 주장하지는 않을 거라 믿는다. 그리고 어느 부분에서는 네 능력이 탁월할지 모르지만, 또 어떤 문제에서는 네 이해력이 다소 떨어질 수 있다고 말해도 네가 충격받을 일은 없을 거라 생각한다. 사업 부분은 네가 나보다 백 배는 뛰어나니 내가 너와 반대되는 의견을 펼 일도 없어. 네 설명을 듣다 보면 나보다 더 많이, 더 잘 알고 있다는 걸 느낄 때가 대부분이야. 그런데 사랑에 관한 네 생각은 혼란스러울 때가 있다.

지난번 네 편지는 네가 예상했던 것 이상으로 내게 생각거리를 던져줬어. 내 잘못이 뭐였고, 사람들이 날 배척한 진짜 이유를 알겠더라고. 돈 없는 사람은 중요하지 않은 거야. 마우베 형님의 말을 문자 그대로 믿었던 것과 비록 순간이긴 했지만 테르스테이흐 씨가 내 어려운 처지를 기억하고 있을 거라 믿었던 게 바로 내 실수이자 잘못이었어.

요즘 세상의 돈은, 과거에 권력자가 쥐고 있던 권한과도 같아. 누군가의 뜻에 거스르려는 건 위험한 행동이야. 상대는 곰곰이 생각하는 대신, 목덜미를 향해 주먹부터 날리지. 그 주먹질에는 이런 뜻이 담겼다. "다시는 저 인간이 만든 건 사지 않아." "다시는 저 인간을 돕지 않겠어."

이런 원칙에 따르면, 나도 지금 내 목을 걸고 네 뜻을 거스르는 거야. 하지만 달리 뭘 어떻게 해야 할지 모르겠다, 테오야. 네가 나를 때려눕히고 싶다면, 기꺼이 맞을 용의는 있어. 넌 내 사정을 잘 알고, 내 생사가 네 도움에 달렸지. 그런데 보다시피, 이렇게 딜레마에 빠진 상태야. 네 편지에 '그래 맞아, 테오야. 네 생각이 옳아. 시엔을 포기할게'라고 대답한다면, 첫째, 나는 네게 맞춰주기 위해 거짓말을 해야 하고, 둘째, 스스로 자괴감이 들 거야. 내가 네게 반기를 들고, 네가 T.나 M.처럼 반응한다면, 아마 말 그대로, 내 목덜미가 온전히 남아날 리는 없겠지.

정 그래야 한다면, 한방 날려라. 다른 방법이 있다 해도 아마 그게 더 끔찍할 테니까.

몇 가지만큼은 간결하고 명확하게 설명하고 싶다. 내 설명을 네가 오해해도, 그 결과로 네가 경제적 지원을 끊는다 해도 어쩔 수 없어. 네 지원을 받으려고 모른 척 눈감고 지나가면 그것만큼 사악한 행동이 있을까. 차라리 최악의 상황에 내몰리고 말겠어. 이 편지를 통해 네가 아직까지 이해 못 하는 부분을 해명할 수 있으면, 나는 물론이고 시엔과 그녀의 아이까지 우리 셋 모두 상황은 좀 나아질 거야. 하지만 그러려면 위험을 무릅쓰고 이 이야기를 해야만 해.

케이를 향한 내 마음을 표현하기 위해 나는 그녀를 '다른 누구도 아닌, 그녀'라고 불렀어. 그리고 그녀의 '안 돼, 싫어, 절대 안 돼'는 나를 단념시키지 못했어. 나는 희망을 품었고 내 사랑은 열렬히 끓었으며, 계속되는 그녀의 거부도 얼마 지나지 않아 얼음처럼 녹으리라 생각했어. 하지만 걱정은 됐지. 답답한 하루하루가 이어졌고 결국 참을 수 없는 지경까지 이르렀어. 케이가 묵묵부답으로 일관했으니까. 단 한 번도, 내가 보낸 편지의 답장을 받지 못했다.

그래서 암스테르담으로 갔어. 그들이 내게 말했지. "네가 집으로 찾아오면 케이는 도망간다. 케이는 너의 '다른 누구도 아닌, 그녀'라는 결심에 대해 '절대로 그는 안 돼'라고 답했다. 정말 *역겨울 정도로* 고집을 부리는구나."

그래서 나는 램프 불에 손가락을 밀어 넣으며 말했지. "이 불꽃을 참을 수 있을 때까지만 그녀를 보게 해주십시오." 나중에 테르스테이흐 씨가 내 손 상태를 확인한 것도 그래서겠지.

하지만 그 즉시 불을 꺼버리며 이렇게 말하더라. "넌 절대로 케이를 볼 수 없다."

도저히 참을 수가 없었어. 특히, 내가 그녀에게 강요했다는 억지를 부리다니. 결정적인 근거라며 끊임없이 나를 비방하고 '다른 누구도 아닌, 그녀'까지 그 말에 짓이겨지고 있다는 걸 깨달았어.

그러자, 그 순간에는 아니었지만, 곧바로, 내 안의 사랑이 죽은 걸 느꼈다. 공허함, 무한히 텅 빈 마음만 남아 있었어. 너도 알다시피 난 하나님을 믿고, 사랑의 힘을 의심하지 않는다. 하지만 그때 이런 감정을 느꼈어. '오, 주님, 나의 주님! 어찌 저를 버리시나이까?' 머릿속이 하얘졌지. '내가 잘못 생각하고 있었나? 세상에, 애초에 하나님이 없었던 건가?'

암스테르담에서 참을 수 없이 끔찍하고 냉혹한 대접을 받자, 마침내 내 눈이 뜨이더라.

그 정도로 충분했어. 그때 마우베 형님 덕분에 잠시 숨을 돌리고 힘을 되찾았지. 그래서 온 힘을 그림 그리기에 쏟아부었고. 그 와중에 다시 M.에게 버림을 받았고, 병이 나서 며칠 앓아 눕고, 그러다가 1월 말 무렵, 시엔을 만났던 거야.

네가 그랬지, 테오야. 내가 진심으로 케이를 사랑했다면 이렇게 하지 않았을 거라고. 암스테르담에서의 일로 더 이상 견딜 수 없었다는 걸 이제는 이해하겠니? 그냥 절망감에 빠져 허우적거렸어야 했다는 거야? 정직한 사람이 왜 절망의 늪에 빠져야 하지? 내가 범죄자도 아닌데, 왜 그런 푸대접과 냉대를 받아야 해? 자, 이번엔 그들이 과연 뭘 할 수 있지? 그래, 그들은 힘이 있고, 이미 여러 차례 내 계획을 무산시켰지. 하지만 더 이상 그들의 의견 따위는 묻지 않을 거야. 네게 한번 물어보마. 한 성인 남자로서, 난 결혼할 자유가 있지 않니? 노동자의 옷을 입고 노동자로 살아가는 것도 내 선택 아니니? 그래, 안 그래? 내가 누구한테 보고해야 하고, 내 행동에 대해 남에게 잔소리를 들어야 하는 거야?

나와 봐! 내 앞길을 가로막고 싶은 인간들, 어디 당당히 나와 보라고!

보다시피, 나는 피곤하고 지쳤다, 테오야. 잘 생각하면 너도 이해할 거야. 남이 나더러 잘못된 길을 가고 있다고 하면 내가 걸어온 길이 잘못된 길이 되는 거야? C. M.도 테르스테이흐 씨나 다른 목사 양반들처럼 틈만 나면 올바른 길에 대한 잔소리만 늘어놓는다. 그런데 C. M.은 드그루를 흉악범으로 여겨. 잔소리를 하거나 말거나 난 이미 들을 만큼 들었어. 다 잊으려고 모래밭에 있는 낡은 나무뿌리 앞에 엎드려 그림을 그리고 있어. 린넨 작업복을 걸치고, 파이프를 물고 파란 하늘을 올려다보거나 이끼나 풀들을 가만히 들여다보고 있었더니 마음이 차분해진다. 시엔과 그녀의 어머니가 모델을 설 때도 마음이 차분해져. 주름진 옷 속에 가린 육체의 기다랗고 구불구불한 선을 상상하고 비율을 계산할 때도 마음이 차분해져. C. M.과 M.과 T.에게서 멀리 떨어져 있다는 사실도 너무 행복하다. 그런데도 애석하게 걱정은 사라지지 않는구나! 돈 얘기를 해야 하고, 돈 얘기를 써야 하니, 결국 처음으로 되돌아가는 셈이구나. T.나 C. M.이 '올바른 길' 타령을 할 게 아니라, 내가 더 적극적으로 그림을 그릴 수 있게 용기를 주려고 고민했으면 얼마나 좋았을까 싶어.

넌 C. M.은 그러셨다고 말하겠지. 그런데 주문한 그림이 왜 아직 완성되지 않았는지 들어봐.

마우베 형님이 그러더라. 작은아버지가 그림을 주문한 건, 날 만나러 왔다가 예의상 부탁한 거니 괜한 기대는 말라고. 처음이자 마지막 주문이었다고. 아무도 나에게 관심이 없다고. 테오야. *더 이상 이런 말을 참고 들어주기 힘들다.* 이런 말을 들을 때마다 마비된 것처럼 손에 힘이 쭉 빠져. 특히 C. M.마저 전통이니 관습이니 그런 걸 따지고 있으니 더더욱 그래. 총 30플로린을 받고 C. M.의 데생 12점을 그렸어. 그러니까 한 점에 2.5프랑이야. 공들여 작업해서 30플로린 이상의 값어치가 있는 것들이야. 그러니까 그 돈을 동냥이나 단순한 호의로 여길 이유는 전혀 없다.

추가 6점에도 이미 많은 공을 들였어. 습작을 여러 점 해봤는데, 거기서 멈춰버렸다. *새 주문을 위해 이미 많은 공을 들였으니* 게으르다고 말하지 마라. 그냥 내가 마비되어버렸어.

곰곰이 생각해보니까 내가 고민하고 걱정할 문제가 전혀 아니더라. 그런데 화가 나고 계속 신경이 쓰이고 데생을 하려고 할 때마다 계속 떠오르잖아. 그래서 어쩔 수 없이 포기하고 다른 작업을 시작할 수밖에 없는 거야.

마우베 형님이 도대체 이해되지 않아. 애초에 내게 아무런 관심도 주지 않았으면 차라리 나았겠어. *네 생각은 어때?* C. M.을 위한 나머지 6점을 완성할까, 말까? 난 도저히 모르겠다.

전에는 화가들 사이에 어느 정도 공감대라는 게 있었어. 지금은 만나기만 하면 서로 으르렁거리고 잘나신 분들은 호화로운 저택에 살며 쓸데없는 계략만 짜면서 시간을 보내고 있어. 나는 사람들로 북적이고 암울하고 질퍽거리는 헤이스트의 어느 골목길에 있는 게 더 좋아. 여긴 결코 지겨울 일이 없을 테니까. 하지만 호화로운 저택에 있으면서 심심해하는 건 잘못이지. 그냥 내가 있을 자리가 아니고, 더는 가고 싶지도 않아.

하나님 감사하게도 내게는 일이 있어. 그런데 일을 하려면 돈이 필요해. 아직은 벌이가 시원치 않거든. 그게 바로 문제라는 거야. 앞으로 1년 안에(더 빠를지 더 늦을지 잘 모르겠다) 헤이스트의 거리를 내 눈에 보이는 대로, 그러니까 노부인과 노동자, 아가씨들이 오가는 거리를 데생으로 그려내면 T.도 좀 호의적으로 나오겠지. 하지만 그땐 내가 이렇게 소리칠 거야. "썩 꺼져요!" 그리고 이 말도 덧붙일 거야. "내가 그토록 힘들 땐 내버리더니, 이봐요, *누구신지 모르겠으니* 저리 가버려요. 댁이 빛을 가리고 있잖습니까."

세상에, 내가 왜 두려워해야 하지? 테르스테이흐 씨가 '못마땅'하다느니 '안 팔릴' 그림이니 떠들어도, 무슨 상관이야? 난 용기를 잃으면 밀레의 〈땅 파는 사람들〉이나 드 그루의 〈빈민석〉을 다시 보곤 한다. 그때마다 테르스테이흐 씨가 얼마나 형편없고 보잘것없는 인간인지 깨닫게 되고, 그 양반이 퍼뜨린 가십거리가 얼마나 유치하고 쩨쩨하게 느껴지는지, 절로 기분이 좋아져서 파이프에 불을 붙이고 다시 그림을 그리게 돼. 그러니 *문명*을 대표한다면서 내 앞길을 가로막는 작자가 나타난다면, 정신이 번쩍 드는 말을 듣게 될 거다.

테오, 너도 아마 묻고 싶을 거야. 너에게도 해당되는 얘기 아니냐고. 내 대답은 이렇다. "테오야, 날 먹고살 수 있게 도와준 건 너잖아? 그러니 당연히 이건 네게 하는 말이 아니야." 가끔은 이런 생각이 들지. 내 동생은 왜 화가가 아니지? 문명적인 그 분야의 일에 질리진 않았을까? 나중에, 그 문명에 등을 돌리지 않고, 손으로 하는 일을 배우지 않고, 여자를 만나 결혼도 하지 않고, 작업복을 입고 그림을 그리지 않은 걸 후회하지는 않을까? 너만의 이유가 있을 테니 더는 캐묻지 않으마. 네가 사랑의 기본은 제대로 알고 있는지 모르겠다. 잘난체하는 것처럼 보이려나? 내 말은, 가진 돈 한 푼 없이 병상 옆에 앉아 있을 때 비로소 사랑의 참모습이 나타난다는 말이야. '봄철에 딸기 따는' 것과는 다른 일이야. 딸기를 딸 수 있는 날은 며칠에 지나지 않지만 일 년의 대부분은 어둡고 흐리기만 해. 그런데 그 어둡고 흐린 날에도 배울 게 있어! 가끔은 네가 이런 걸 다 아는 것 같으면서도 가만히 보면 또 모르는 것 같기도 하더라.

가정사의 기쁨과 슬픔을 내가 직접 겪어보고 내 데생 속에 담아내고 싶어. 암스테르담에서 돌아왔을 때 내 사랑은(아주 진실되고 충실하고 강렬했다) 말 그대로 *죽었다*. 그런데 죽음 이후에 부활이 있었어. Resurgam(다시 일어나리라).

시엔을 만난 거야. 주저하거나 망설일 시간이 없었지. 바로 행동해야 했으니까. 결혼할 생각이 없었으면 애초에 그녀에게 관심도 갖지 말았어야 해. 물론 내 결심이 주변 사람들과의 관계에 더 깊은 골을 파겠지. 그들 말마따나, 나는 '천해지는' 행동을 하는 거야. 그러나 세상에서 말하듯, 금지된 행동도 아니고 그릇된 행위도 아니야. 난 노동자로 살아가는 삶이 잘 맞는다. 진작 이런 결심을 하고 싶었는데 지금까지는 실행하지 못했지. 비록 골은 파였지만, 넌 그 위로 계속 손을 내밀어줄 거라 믿고 싶다.

내가 한 달에 150프랑 얘기를 했을 때 너는 그보다 더 들 거라고 했잖아. 잠깐 따져보자. 나는 구필 화랑을 떠난 뒤로, 여행을 빼면 매달 100프랑 이상 쓴 적이 없었어. 구필에서의 첫 월급은 30플로린을 받았고, 나중에는 100프랑을 받았지.

최근 몇 달 사이 씀씀이가 늘긴 했어. 하지만 정착에 필요한 비용이었다. 너한테 물어볼게. 그 비용들이 비상식적이고 과도했다고 생각해? 추가로 돈이 들어갈 부분이 있다는 건 너도 알잖아. 지난 몇 년간 난 한 달에 100프랑도 안 되는 돈으로 살아오지 않았니? 종종 여행 경비가 들었지만, 그 덕에 여러 외국어도 배웠고 내 정신도 더 키웠잖아. 그게 쓸데없이 돈을 낭비한 일이야?

이제는 쭉 뻗은 곧은 길을 만들고 그 길을 따라가고 싶어. 결혼을 연기하면 상황만 더 어색해지고 짜증만 날 것 같아. 그녀와 나는 결혼을 하게 되면 허리띠를 졸라매고 최선을 다해 아끼며 살기로 다짐했어. 나는 서른이고, 그녀는 서른둘이야. 철부지 애들처럼 무모하게 모험하는 게 아니라는 거야. 그녀 어머니와 아이에 대해 말하면, 아이는 그녀의 주름을 없애는 존재야. 나는 어머니가 된 그 여인을 존경해. 과거 따위는 궁금하지 않아. 그녀에게 아이가 있다는 건 다행이야. 그렇게 알아야 할 것들을 알아가게 되는 거니까.

그녀 어머니는 아주 성실한 사람이야. 자식 여덟을 몇 년간 먹여 살려왔으니 훈장감이지. 우리한테 의지하지 않으려 해서 남의 집을 돌아다니며 살림을 대신해주며 돈을 벌어.

늦었다. 시엔 건강이 별로 좋지 않아. 레이던으로 갈 날이 다가오고 있거든. 횡설수설한 것 같아 미안하다. 나도 좀 피곤해서 말이야.

그래도 네 편지에 답장하고 싶었어.

암스테르담에서 문전박대당할 때, 거의 쫓겨나다시피 했거든. 그런데도 계속 그 마음을 가져가는 건 미친 짓일 거야.

그렇다고 절망에 허우적거리며 물속에 뛰어들거나 그런 멍청한 짓을 해야 했나? 당치도 않은 소리지. 내가 사악한 인간이었다면 그랬겠지. 난 다시 태어났어. 그렇게 의도한 건 아니지만 그런 기회가 주어졌고 그래서 새롭게 시작하는 걸 거부하지 않았다.

또 다른 차원의 모험이야. 시엔과 나는 서로를 더 잘 이해하고 있어. 사회적으로 나은 대우를 받겠다는 생각도 없으니 남들이 뭐라든 신경 쓰지 않을 거야. 그러고 싶은 마음도 없고. 세상의 편견이 어떤지 잘 알기에 내가 할 수 있는 건 하루빨리 내가 어울리던 사람들과의 관계를 정리하는 거야. 어차피 이미 오래전에 날 내친 사람들이기도 하니까. 이제 끝이야. 더 이상 돌이킬 것도 없어. 그녀와 함께 살기까지는 아직 조금 더 기다려야 해. 상황이 준비돼야 하니까. 하지만 여기저기 알리지 않고 조용히 결혼하겠다는 마음은 아주 굳게 먹었다. 남들이 뭐라고 수군거려도 상관 없어. 그녀가 가톨릭 신자라서 많은 부분을 간소하게 처리할 수 있어. 그녀도 나도 종교적인 의식 같은 건 원하지 않거든.

넌 너무 무모하다고 말하겠지. Que soit(그래도 상관없어).

내가 신경 쓰는 건 단 하나야. 그림. 그녀도 고정적인 일이 있어. 모델.

화실 옆의 집을 구했으면 좋겠어. 둘이 살기에 충분히 넓고, 다락방을 침실로 꾸밀 수도 있어. 그림 그리는 작업 공간도 훨씬 넓고 볕도 잘 들어. 그런데 과연 가능할까? 그녀와 결혼해서 함께 살 수 없는 거라면 차라리 구덩이를 파고들어가 빈약한 난로 앞에 앉아 빵 부스러기를 먹는 게 낫겠어.

그녀도 나처럼 가난이 뭔지 알아. 가난은 장점도 있고 단점도 있지. 우린 다 감수할 준비가 돼 있어. 낚시꾼은 바다가 얼마나 위험하고 풍랑이 얼마나 두려운지 잘 알지만, 그렇다고 그런 위험 때문에 뭍에 머물러 있겠다고 생각하지는 않아. 두려운 사람이나 그런 생각 속에 잠겨 살라 그래. 풍랑이 일고 어둠이 내렸다고 한들, 뭐가 더 두렵지? 위험이? 아니면 위험을 두려워하는 게? 난 현실이 위험 그 자체라고 생각한다.

à Dieu, 테오야. 늦었다. 나도 피곤하지만, 네가 좀 더 이해해줬으면 하는 마음에서 쓴 편지야. 더 명확하고 다정하게 썼어야 했는데 편지 내용 때문에 네가 기분 나쁠 일은 없으면 좋겠다. 너에 대한 비난이라고 받아들이지도 않았으면 한다. 내 말 명심해라.

너를 사랑하는 형, 빈센트

내 생각에, 아니 엄밀히 말하면 점점 그런 생각이 들기 시작했어. 이런 가능성이 있을지도 모르겠다는. "테오는 내가 반대되는 의견을 펼치면 지원을 끊을 거야." 괜한 걱정일 수도 있지만, 그렇게 당한 경우가 워낙 많아서 말이야. 네가 그러지 말라는 법도 없고, 네가 그렇게 해도 난 화낼 생각 없다. 그냥 이렇게 생각하고 넘길게. '테오는 아무것도 몰라. 다들 생각 없이 그러는 거지 악의가 있어서 그러는 건 아닐 거야.'

계속해서 네 경제적 지원을 기대할 수 있다는 건, 나한테는 놀라운 일이면서, 감히 엄두도 내지 못했던 행운이야. 왜냐하면 시엔도 그렇지만 나는 너무 오랫동안 최악의 상황을 대비하면서 살아왔어. 그래서 그녀에게 끊임없이 이런 말을 했어. 빈털터리가 될 날이 찾아올까 걱정이라고. 정말 그 얘기를 해야 할 상황이 오기 전까지는 네게 그런 편지는 쓰지 않았어. 네가 지원을 계속해준다면 그건 전혀 기대하지 않았던 뜻밖의 해결책이자 위로이기에 펄 듯이 기쁠 거야. 아직은 감히 그런 기대를 갖지 않으려고 해. 나약해 보이지 않으려고 굳은 의지를 담아 이 편지를 쓰는 동안만큼은 그런 기대를 머릿속에서 단호히 밀어내고 있어.

지난겨울 마우베 형님과의 일이 내게는 큰 교훈이 됐어. 최악의 상황에 대비하는 자세를 배웠거든. 네가 내리는 사형선고, 그러니까 경제적 지원을 끊어버리는 상황.

넌 이렇게 말하겠지. 지원을 끊은 적은 없다고. 맞아. 하지만 네 도움을 받을 때마다 언제나 마음은 불안했어. '지금은 테오가 모르겠지만 언젠가는 알게 되겠지, 일이 터지기 전까지 살얼음판 위를 걷는 듯 아슬아슬하구나, 언제나 최악의 상황을 대비하자.'

그런데 우려하던 일이 터지고 말았어. 어떻게 해야 할지 모르겠고, 감히 희망을 가질 수도 없다. 그래서 시엔에게 말했어. 무슨 일이 있더라도 레이던까지 데려다주겠다고. 그녀가 돌아왔을 때 내 상황이 어떻게 변해 있을지, 일용할 양식이 있을지 없을지도 모르겠는데, 다만 내가 가진 모든 건 그녀의 것이고 그녀 아이의 것이라고. 시엔은 자세한 내막은 잘 몰라. 더 캐묻지도 않았고. 그저 내가 자신에게 정직하다는 걸 아니까 사정이 이래도 나와 함께하고 싶어 해.

지금까지 네가 그간의 사정을 다 알게 되면 나한테 등을 돌릴 거라고 생각했다. 그래서 하루하루가 최악의 상황을 대비하는 위협이었고, 지금도 여전히 그 위협으로부터 자유로워졌다고 생각할 엄두도 안 나. 매일같이 그림은 그리지만 내 수중에 있는 돈으로 감당할 수 있는 정도로만 화구를 사니, 유화는 엄두도 안 나고, 마우베 형님이나 테르스테이흐 씨와 관계가 좋았다면 당연히 착수했을 작업은 손도 못 대고 있다. 하지만 머릿속으로 항상 되뇌고 있어. 그들의 호의는 겉치레일 뿐이고 마음속은 악의로 가득찼다고. 난 마우베 형님의 말을 진지하다 못해 매우 심각하게 받아들였어. "우리 사이는 여기서 끝이니까." 그런데 정작 그 말이 직접 들었을 때가 아니라(당시에는 무심하게 흘려듣는 척했어. 고문당하면서 끝까지 아프지 않다고 하는 인디언처럼 과감히 넘겼지!) 그 양반의 편지를 받았을 때 실감이 가더라. 앞으로 2달간 나를 봐줄 수 없다던 그 말. 석고상을 깨버린 뒤로 말이야. 그래서 항상 이런 마음을 먹었어. 마우베 형님이나 테르스테이흐 씨에게 더 이상 기댈 것도 없으니 테오가 계속 경제적 지원을 해주는 동안만큼은 하나님께 감사드리자. 시엔을 데리고 무사히 레이던까지 갈 수 있기를! 그다음에 모든 걸 털어놓자. 그리고 말하자. 이제 그만 도와줘도 된다고.

이런 생각을 하고 하고 또 했다. 이해가 되니?

난 최악의 상황을 각오하고 있다. 그러니 어떻게 할지, 네 뜻을 분명해 말해줘.

193a

(앞부분 내용 소실)

…… 내게 더 명확하게 설명하라고 말한다면, 그래, 말해주마. 넌 내게 그 여인을 떠나라고 말하지, 맞아, 그녀를 완전히 떠나라고 말이야. 좋아, 하지만 난 그럴 수 없고, 그러기도 싫다. 알겠니, 이 친구야? 그건 배신이잖아. 구약성서의 이런 말이 떠오르네. "Hide not thy face from thy neighbor(네 이웃에게 네 얼굴을 숨기지 마라)." 지금 내가 담담하게 말하는데, "싫다, 테오야." (혹시나 네가 형이 이렇게 혹은 저렇게 하겠거니 여겼다면, 그저 네가 원하는 대로만 생각한 거겠지. 난 내가 원하는 걸 할 거야, Deo volente[하나님의 뜻이라면].)

이게 돈 문제와 관련해서 상당히 민감한 지점인 건 나도 잘 안다. 네가 편지에 언급했기 때문만이 아니라, 나도 고민이 컸어. 내가 네 돈을 지원받으면서 네가 단호히 반대하는 일을 한다면, 잘못이잖아. 나는 언제나 모든 일들을 너와 솔직하게 의논해왔고, 나 자신을 정확하게 보여줬다. 항상 솔직하게 행동하면서도, 늘 네 충고를 따랐다. 그래, 이런 관계가 멈추고 더 이상 서로의 생활을 친밀하게 공유할 수 없다면, 거짓이 끼어들겠지. 그건 내가 반대한다. 올여름에 내가 아버지에게 들었던 감정들, 너에게 들었던 생각들을 주저 없이 말했지. 왜냐고? 내 관점을 네게 들이밀려고? 아니야. 그런 걸 마음속에만 담아두면 정직하지 못한 거잖아. 난 신뢰할 수 없는 사람이 아니다. 그래서 누군가의 어떤 면모를 반대한다면, 난 그렇다고 말하고 뒷일은 걱정하지 않아. 그 대가가 아무리 심각하더라도.

난 바뀔 수가 없어. 이렇게 생겨먹은 걸 어쩌냐. 내가 스스로 이 상황을 정리하고 싶구나. 그래서 말인데, 잠시만 멈춰줘. 왜냐하면 이런저런 일들에 대해서 내 생각이 너와 무척이나 다르니까, 널 이전처럼 진실하게 대할 수가 없어서 말이다. (아버지나 너와 절연하겠다는 말이 아니야. 내가 그렇게 꽉 막힌 사람은 아니다.)

하지만 뭔가가 망가져버린 게 느껴진다. 그래, 이미 망가진 건 어쩔 수 없지. 이렇게 인정해버리면 적어도 마음의 평화는 되찾을 수가 있어. 계속 솔직하지 못한 상태로 있다간 마음의 평화를 잃을 거야. 장차 어떤 일이 일어나든, 나 스스로가 가식적이라는 수치심을 느끼지만 않는다면 겁날 게 없다.

여전히 또 다른 이유를 들라고 한다면, 이거니까 잘 들어라. 한 여인이 파괴되지 않게 지켜주기 위해서라면, 돈에 관한 이런저런 원칙들 앞에서 자존심을 얼마든지 굽힐 수 있다. 이미 몇 차례 그녀와 자녀들을 위해서 그렇게 했고. 하지만 그녀가 없었더라면, 난 더 자부심을 느꼈겠지. (헤이그에서 내가 답장에 썼었지. 네가 H. G. T. 씨와 좋은 친구가 되라고 썼을 때 말이야. 그때 내가 대답했었어. "그래, 내 생각도 똑같아.") 이 상황을 나는 이렇게 본다. 이런 처지에 지원도 못 받으면(그러니까 네게서), 그 여인에게 아무것도 해줄 수 없어. 그녀를 돕는 힘은 내게 있지 않아. 적어도 지금 당장은 말이야. 그러니 날 너그럽게 이해해줘. 특히 너만이라도. 많은 이들이,

아니, 아무도 내게 동의해주지 않으니 말이지. 그렇다고 해도 네가 나에게 그녀를 포기하게 시킬 수는 없다. 네 재정적 지원이 어떻게 되든 그녀 문제에 관해서는 전혀 양보하지 않겠다(이렇게 분명히 선언한다. 아예 귀를 닫은 이들에게도 들릴 만큼 큰소리로). 미리 알려두는데, 내 모든 소유물은 그녀와 공유할 것이고, 어떤 arrière pensée(속셈)이 있다고 여겨진다면 네 돈을 받지 않겠다.

빈센트

나는 남에게 강요하는 성격이 아니고, 네게도 강요하진 않아. 남의 자유를 존중하는 만큼 내 자유를 주장할 뿐이다.

그 여인과 자녀들은 날 무척 따르고, 그 이별에도 불구하고, 나 역시 그녀를 따른다. 그러니 이제는 어느 정도, 암묵적이든 명시적이든, 그녀를 버리는 데 동의한다? 이번에는 내가 그따위 동의는 하지 않겠다. 네게 어떤 비용이든 책임지라고 하지 않겠어. 정반대로, 송금액을 줄이든 완전히 끊든 네 마음이고, 다만 그녀는 내가 가진 모든 것을 함께할 거다.

내가 모호한 태도를 취한다면, 테오야, 얼마나 겁쟁이냐. 만약 빈털터리 신세가 되더라도, 괜찮아. 그게 발생가능한 최악의 사태이고, 너 말고도 내 생활비를 지원해줄 다른 이가 있을 테니까. 없다면, 할 수 없고.

한마디로, 난 남을 해치지만 않는다면 뭐든 내 뜻대로 할 권리가 있고, 자유를 누리며 살 의무가 있어! 나뿐 아니라 모든 인간에게 주어진 이 무제한의 자연권인 자유, 그러니까, 누구나 누려야 하는 유일한 삶의 종착지 말이야. 그러니 실행하기 전에, 정말 강력하게 자문해본다. '이렇게 하면 누군가에게 해가 갈까?' 하지만 누가 어떤 해를 입는지 반박의 여지 없이 구체적으로 증명되지 않는다면, 내가 행동을 망설일 이유는 전혀 없다.

194네 ____ 1882년 5월

테오에게

지난 편지에 그녀에 대한 내용을 다소 암울하게 적은 듯한데, 내가 장밋빛 환상이 아니라 현실 속에 살고 있음을 말하고 싶어서 그랬어. 그리고 아버지 어머니 같은 분들한테 지금의 상황을 알려드리거나 혹시 의견을 여쭤봤을 때 나한테 쏟아질 그 감정적인 지적 사항에 대한 사전 저항 차원이기도 해.

감정과 감상적인 건 명확히 구분되는 다른 개념인데 두 분은 그걸 모르셔. 아무리 설명해도, 아버지는 결국 당치도 않고, 도움도 안 되는 경찰 노릇을 하시려 들겠지. 그러니까 내가 이 문제를 아버지 어머니께 말씀드리지 않은 점은 이해해줘야 한다. 두 분이 내 개인사에 끼어드는 걸 원치 않아. 나도 성인이니 법적으로 내 마음대로 할 수 있는 부분이 있긴 할 거야. 그런데 과연 내 계획을 가로막으시기까지야 할까 싶다.

사람들은 이렇게 수군거리겠지. "하층민과 결혼할 정도로 가난한 거야."

난 이렇게 대답할 거야. "내가 만약 흥청망청 돈을 쓰며 살 생각이라면 결과가 매우 안 좋겠죠. 하지만 화실에 방 한 칸, 주방, 다락방 침실만 갖춰진 집이면 되고, 생활 방식도 아주 소박할 것이기에 잘 헤쳐나갈 수 있습니다. 또한, 둘이 아껴 살면 혼자 살 때보다 더 절약할 수 있습니다. On est sûr de périr à part, on ne se sauve qu'ensemble(홀로는 반드시 멸망하리니, 오직 함께일 때만 살아남을 수 있다)."*

케이에게 나와 결혼해주겠느냐고 물었다. 너도 알다시피 난 내쳐졌지. 하지만 암스테르담에서 내가 받았던 푸대접은 네게 털어놓았던 것보다 심했어. 그들은 내가 그녀에게 사랑을 강제한다면서, 그녀는 날 만나기도 싫고 얘기하기도 싫다고 했다는 거야. 하루만 그런 핑계를 둘러댄 게 아니라, 암스테르담에 머문 사흘 내내 그 말만 반복했어. 하지만 테오야, 내 의도를 오해하지 않고서는 내가 '강제해서'라는 말을 할 수는 없는 법이다.

지금의 내 태도를 보면, 그때도 내가 케이를 강제했을 리 없다는 걸 알 수 있을 거야.

지금 나와 함께하는 여인은 나를 잘 이해해준다. 단시일에 그녀는 집비둘기처럼 순종적이 되었어. 내가 강제해서가 아니라 내가 과격하지 않다는 걸 알기 때문이야. 그녀는 모든 걸 이해하고 나한테 이렇게 말해줘. "당신이 돈이 별로 없는 건 알지만, 그것보다 더 돈이 없더라도 당신만 내 곁에 있고 나도 당신 곁에 있을 수만 있다면, 얼마든지 맞춰서 살 수 있어. 다시 혼자 살기 싫을 정도로 당신을 너무 좋아해."

누군가 이렇게 말해주며 모든 수단을 통해서(말뿐 아니라 행동까지) 진심을 보여주는데, 그런 사람 앞에서 차가운 가면(거친 태도)을 벗어던지는 게 당연하잖아. 사실은 만만해 보이지 않으려고 일부러 그런 태도를 취했던 거야.

과연 이 여인이 더 궁색하니, 아니면 내가 더 궁색하니? 그녀가 하루가 다르게 밝아지고 명랑해지는 모습에 놀라고 있다. 너무 변해서 이제는 그 추운 겨울에 내가 마주친 병약하고 굶주린 그 여자가 아닌 것 같아. 하지만 내가 대단히 해준 건 없어. 이렇게만 말했을 뿐이야. "이렇게 하고 저렇게 하면, 당신 건강이 나아질 거야." 그녀는 내 조언을 무시하지 않고 따랐고, 내 조언을 믿고 따른다는 걸 깨달은 나는 두 배로 더 관심을 쏟았지.

어쩌면 나야말로 다른 누구보다 그녀를 더 잘 이해할 게다. 왜냐하면, 그녀에게는 남들에게 혐오감을 주는 묘한 특징이 있거든. 첫째로, 쉰 목소리야. 병을 앓다가 얻은 후유증이지. 그리고 변화무쌍하고 불같아서 여러 사람이 견디기 힘들어하는 성격.

* 쥘 미슐레, 〈La Femme(여인)〉에서.

난 이런 점들을 다 이해한다. 전혀 거슬리지 않고, 잘 지내고 있어. 또한 그녀도 내 성격을 잘 이해해줘. 우리는 마치 서로 시비는 걸지 말자고 암묵적인 합의라도 본 사이 같아.

혹시 「그래픽」에 나온 헤르코머의 데생 기억하니? 〈탈주병〉이라는 그 그림 속에 나오는 여성과 상당히 닮았어.

날이 갈수록 포즈에도 능숙해지고 있고, 이건 내게 *무척* 중요하다. 그녀는 내게 전혀 골칫거리나 짐짝이 아니라, 오히려 날 도와주고 협력하는 동반자야. 그런데도 우쭐대는 모습도 없어. "난 그냥 이렇게, 저렇게 살고 싶을 뿐이야." 먹을 게 빵밖에 안 남았어도 투덜거리지 않고 내 곁에 있을 사람이야.

어쨌든, 테오야, 네가 빨리 보고 싶고, 너와 얘기하고 싶어. 네 편지도 얼른 받고 싶고. 이런 얘기를 듣고도 네가 내게 등을 돌리지 않는다는 걸 확인하면, 세상 그 누구보다 행복할 것 같다. 그래, 처음에는 도움이 필요할 거야. 도움을 못 받는다면 아주 궁핍하게 살아야겠지. 나는 물론이고 그녀도 역시. 하지만 혼자 지내던 시절보다 더 많은 지원을 바라는 게 아니야. 내 그림 실력이 나날이 커지고 있어. 최선을 다하고(당연히 그 어느 때보다 더), 어느 정도 네 도움과 지원을 더 기대할 수 있다면 그림을 팔아서 먹고살 수 있을 것 같다.

그 첫걸음이 옆집으로 화실을 옮겨가는 거야. 지난번에 말했던 그 집. 그녀가 레이던에서 돌아오자마자 아무에게 알리지 않고 비밀리에 조촐한 결혼식을 올릴 생각이다. 그리고 여기서 최대한 검소하고 소박하게 살아갈 거야.

네가 여기 직접 와보면, 그녀나 나나, 각자의 자리에서 얼마나 열심히 일할 각오인지 보일 거야.

얼른 출산이 끝났으면 좋겠어. 그녀 앞에 남아 있는 난관이지. 레이던 병원에 입원할 때까지는 모든 게 순조로웠어. 하지만 그녀나 나나, 장밋빛 꿈을 꾸거나 화려한 달만 바라보고 있지는 않아. 그러니 힘든 일이 닥치더라도 견뎌낼 수 있어.

네가 이 상황들을 못마땅하게 바라보지 않기를 정말로 바란다. 당연히 케이가 내 마음을 조금만 받아줬더라도 이 일은 일어나지 않았겠지. 하지만 암스테르담에서 난 단호히 거절당했다. 단기간에 내 재정 상황을 완전히 호전시키지 않고서는, 그녀의 마음을 얻을 일말의 가능성도 없다고 말이야. 그런 일은 불가능해. 행여 내가 그녀와 살며 착실히 돈을 모으더라도 그녀가 원하는 사회적 위치를 보장할 만큼은 못 돼. 게다가 난 그렇게 살고 싶지도, 그렇게 살 사람도 아니거든. 너도 알다시피, 나는 먹고살 정도만 되면 더 욕심내지 않아. 내가 가장 바라는 건, 여느 노동자들처럼 고정된 주급을 받는 거야. 그러면 몸과 머리를 써서 열심히 일할 수 있어.

나는 노동자이기에, 노동자 계층이 익숙하다. 그렇게 살아가며 뿌리내리고 싶다는 생각이 갈수록 커진다.

다른 건 바라지도 않고, 상상할 수도 없어. à Dieu. 마음으로 악수 청한다.

너를 사랑하는 형, 빈센트

195네 ____ 1882년 5월

테오에게

100프랑 동봉한 편지 잘 받았다. 정말 고마워.

그간 혼자 고민하고 괴로워했던 것보다 네 편지 한 통이 마우베 형님과 테르스테이흐 씨에 대한 궁금증을 풀어준 것 같다. 이 점도 정말 고마워. 이제 상황 파악이 좀 된다. 그러니까 내가 제대로 이해한 거라면, 물론 지금도 그러고 있지만, 앞으로 괜한 걱정으로 가슴 졸일 일 없이 차분하게 계속 그림을 그리면 된다는 거잖아. 그 생각만 하면 현기증이 나서 미칠 것만 같았거든. 네가 정확히 설명한 것처럼, 마치 원근법을 전혀 모르는 사람이 그림을 그리면서 저 뒤까지 보이게 하는 효과를 만들어내려 기를 쓰다가 머리가 어질어질해지는 그런 상황이었어.

원근의 정도는 시점의 높이에 따라 달라져. 사물 자체가 아니라 그 사물을 바라보는 사람(자세를 낮추거나 높이거나)에 따라 달라진다는 말이야. 그러니까 마우베 형님과 테르스테이흐 씨의 달라진 반응은 겉모습에 불과하고, 근본적인 원인은 내 심리 상태에 달렸다고 결론 내렸어. 솔직히 무슨 일이 있었는지 확실히는 모르겠다만, 네 편지를 읽고 나니, 내가 꾸준히 일하기만 한다면 굳이 걱정할 일이 아닌 듯하네. 이 얘기는 그만하마. 할 얘기가 아직 많으니까.

헤이여달이 깊이 공감해줘서 감동했다, 그 친구 보면 안부와 더불어 조만간 정식으로 만나서 친분을 쌓고 싶다고 전해주겠니?

큰 데생 2점을 마무리했어. 하나는 〈슬픔〉을 더 크게 그린 건데, 배경 없이 인물만 그렸다. 포즈는 거의 안 바꿨다만, 머리카락은 뒤로 넘기지 않고 앞으로 늘어뜨렸고 부분적으로 땋은 머리를 그렸어. 그렇게 하니까 어깨, 목, 등이 드러나. 어쨌든 인물을 더 공들여 그렸다.

다른 하나는 〈뿌리〉인데 모래 같은 땅에 박힌 나무의 뿌리를 그렸어. 풍경을 마치 인물인 것처럼 생각하며 그린 거야. 경련이라도 일으킨 듯 심하게 뒤틀린 채 땅속에 박혀 있는 뿌리와 비바람에 부분적으로 드러난 뿌리를 함께 표현하고 싶었어. 하얗고 날씬한 여성 인물화나 뒤틀리고 까칠까칠한 검은색 나무뿌리나 모두 삶에 투쟁하는 모습으로 그리고 싶었다. 정확히 말하면, 어떤 철학적 느낌을 담지 않은, 있는 그대로의 자연을 표현하고 싶었다고 해야겠지. 내 앞의 두 그림 모두에 이 위대한 투쟁이 무심히 표현되어 있다. 내 눈에는 그런 감정이 느껴지는데, 틀렸을 수도 있어. 판단은 네 몫으로 남겨둔다.

그림들이 마음에 들면 새로 이사한 집에 잘 어울릴 수도 있으니 네 생일을 축하하는 선물로 줄게. 그런데 제법 커서(앵그르지 1장 전체를 써서) 당장 보낼 수 있을지 모르겠구나. 알아보마. 혹시 내가 이 그림들을 그쪽으로 회송되는 화물 편에 넣어 보내겠다고 하면 테르스테이흐 씨가 날 뻔뻔하다고 하려나?

〈뿌리〉는 연필로만 그렸지만, 유화처럼 문지르고 긁어서 그렸어.

제도용 연필에 대한 내 생각은 이래. 옛 거장들은 대체 어떻게 그림을 그렸던 걸까? 지금처럼 파베르Faber에서 나온 B, BB, BBB 같은 건 아니었을 거잖아. 미켈란젤로나 뒤러는 아마 제도용 연필을 쓰지 않았을까. 내가 그 사람들과 동시대를 살지 않았으니 잘은 모르지만, 제도용 연필을 쓰면 부드러운 파베르 연필보다 훨씬 더 많은 효과를 낼 수 있어.

나는 부드럽게 다듬어진 고가의 파베르 연필보다 자연 상태의 흑연이 더 좋아. 그림을 그려서 우유를 발라놓으면 반짝이는 현상이 사라지거든. 야외에서 그리거나 콩테를 쓸 때 빛이 강렬하면 완성 후에 검은색이 너무 검어질 때가 있는데, 흑연은 검은색보다 회색에 더 가까운 데다 깃털 펜 같은 거로 색조를 몇 단계 끌어올릴 수도 있어. 그러니까 흑연으로 색이 짙어지면 주걱용 칼이나 깃털 등으로 부드럽게 다듬을 수 있다는 뜻이야.

목탄은 아주 적절한 도구이긴 한데 너무 오래 쓰면 신선한 맛이 확 떨어져. 섬세한 효과를 붙잡아두려면 목탄이 날아가지 않게 고정해야 해. 현대 화가들 중에는 라위스달, 호이언, 칼람므, 룰로프스 등이 풍경화에 이런 효과를 많이 썼어. 하지만 야외에서 사용하기 좋은 깃털 펜 같은 걸 만들어내면 이 세상에 깃털 펜 데생 그림이 훨씬 많아질 거야.

목탄을 사전에 기름에 적셔둬도 그럴듯한 효과를 내는 데 도움이 돼. 베이센브뤼흐 선생에게 배웠다. 기름이 점착액 기능을 해서 검은색이 더 진하고 강렬하게 남아. 나는 지금 당장보다는 1년 후에 시도해볼 생각이야. 왜냐하면, 그림의 아름다움이 도구가 아닌 내 손에서 만들어지면 좋겠거든. 내 솜씨가 더 나아지면 가끔은 그럴듯한 옷도 입고 다니며 멋 좀 부릴 생각이야. 그러니까 내 고생에 대한 보상으로 더 나은 그림 재료를 사용하겠다는 뜻이야. 물론 내 솜씨가 확실히 나아져서 그럴듯한 걸 만들어내야겠지. 잘될 거야. 결과가 기대 이상일 수도 있고. 그런데 그런 성공보다 먼저 자연과의 일 대 일 싸움이 우선이야.

작년 한 해 동안 편지로 내 사랑관을 너한테 많이 늘어놓았지. 지금은 그러지 않을 작정이다. 생각해본 것들을 다 실천에 옮기려니 시간이 부족하거든. 게다가 내가 감정을 품고 바라본 사람은 내가 가는 길에 있는 것 같지도 않고. 그토록 갈망했지만 그녀는 날 피할 뿐이었지! 계속 그녀를 생각하며 방해꾼들은 무시하며 지내는 게 잘하는 걸까? 내 행동을 고수해야 할지 바꿔야 할지 도저히 모르겠다.

오늘 데생을 하나 그리기 시작했다고 하자. 예를 들어, 땅 파는 사람을 그리는 거지. 그런데 그 사람이 내게 이렇게 말해. "이제 가야 할 시간이라, 더 이상 포즈를 취하지 않을 겁니다." 내게는 이제 막 그리기 시작한 그림을 포기하게 만든다고 그를 탓할 권리가 없어. 허락도 받지 않고 그렸거든. 그렇다면 땅 파는 사람 그림을 포기해야 하나? 내 생각은 달라. 당장 내일 이런 사람을 마주칠 수도 있잖아. "모델을 서고 싶습니다. 오늘뿐만 아니라 내일도, 그다음 날도 가능해요. 선생께 필요한 게 뭔지 잘 알고, 모델 포즈를 취할 만큼 인내심도 넉넉하고 의지도 넘칩니다." 비록 첫인상에만 집착하면 안 되겠지만, "아뇨, 난 첫 번째 땅 파는 사람이 꼭 필요해요. 그가 아무리 모델을 할 수 없고 하기도 싫다고 말해도 말이죠"라고 말하는 게 낫겠지. 그런데 일단 두 번째 사람을 그리기 시작한다면, 절대로 첫 번째 사람을 생각하며 그릴 수는 없어. 그랬다간 실물과 똑같지 않을 테니까! 이 문제에 대해 지난 편지 내용을 이어서 설명하자면, 내 노력이 성공으로 마무리되려면 네가 조금 더 도와줘야 해. 네가 지난 몇 달간 보내준 것만큼은 꾸준히 계속 들 것 같다.

감히 바라는 게 있다면 1년만 더, 매달 150프랑씩 네 지원을 받을 수 있을지 알고 싶다. 그동안 나도 조금씩 잔돈푼 정도는 벌 수 있겠지. 하지만 내 계산이 틀렸어도 궁핍하게라도 어떻게든 버틸 수 있을 것 같다. 그럼 그 1년이 지난 후에는? 내 그림 솜씨로 보아 그때까지도 성공을 못 할 걸로는 안 보여. 노력을 게을리하지 않고 앞으로 나아갈 테니까. 그리고 무엇보다 나는 늑장을 부리는 사람이 아니고, 억지로 일하는 사람은 더더욱 아니거든. 난 점점 더 데생에 열정이 생기고 있다. 점점 더 빠져들어. Where is a will is a way(뜻이 있는 곳에, 길이 있다).

Where is a will is a way, 하지만 뜻과 길도 서로 만나야 하는 거야. 내가 가지고 있는 뜻이라는 건 무언가를 만들어내는 걸 거야. 그리고 내게 호감을 갖고 있거나, 그런 걸 갖게 될 사람들의 뜻은 내가 만들어낸 물건을 사거나 파는 거겠지.

그렇다면 the way를 찾는 방법이 있을 거라고 생각해. the will이 있다면 말이지.

만에 하나 모두가 테르스테이흐 씨처럼 '팔 수 없다, 형편없다'고 생각하면 앞으로 고난의 산을 넘어야 할 일만 남는 거겠지. 그렇더라도 나는 2배로 더 노력해서 형편없고 팔 수도 없는 상황을 바꿔놓을 거야.

사흘 내내 비바람이 기승을 부리더니 결국 토요일 밤과 일요일 새벽 사이에 화실 창문이 날아가 버렸어(아주 낡은 건물이거든). 유리 4장이 깨지고 창틀까지 뜯겨 나갔는데 그게 전부가 아니라는 건 너도 알 거다. 평원에서 불어온 바람이 창문을 그대로 때렸으니 충격이 대단했을 거야. 아래층 칸막이가 뒤집어지고 벽에 걸었던 그림들이 다 떨어져 나갔을 뿐만 아니라 이젤도 뒤집어졌어. 이웃 사람 도움을 얻어 끈으로 창틀을 고정하고 대략 1평방미터 정도 되는 창문을 일단 이불로 막은 상태야.

밤새도록 한잠도 못 잤다는 건 설명하지 않아도 알겠지. 일요일이어서 나 혼자 다 알아서 정리해야 했어. 집주인도 가난한 사람이라 유리를 대주긴 했지만, 인부들 돈은 내가 줘야 했어. 더더욱 이사할 이유가 하나 더 늘었지. 봐둔 곳이 있는데 지금 화실보다 훨씬 넓어. 위층이라 볕도 잘 들고 내장재도 있어서 바로 지붕이 보이지도 않아. 다락방도 널찍해서 칸막이로 공간을 여럿으로 분리할 수도 있어(필요한 만큼은 있어). 월세가 12.5플로린이야. 집은 튼튼한데 들

어울 사람이 많지 않아. "왜냐하면 여긴 스헹크베흐니까." 한마디로 집주인이 원하는 돈 있는 사람들은 발걸음을 삼가는 곳이란 뜻이야.

거기로 들어가고 싶어. 집주인도 내가 와 줬으면 하고. 그가 먼저 내게 말을 걸어서, 그 집을 둘러본 거야.

편지는 여기서 줄이는데, 나도 아버지 어머니 생각 많이 하고 있다는 건 알아주기 바란다. 한 6개월이면 네게 말했던 일들도 다 해결되고, 아버지 어머니도 이곳을 한번 방문하셔서 기분전환이 되지 않을까도 싶다. 하지만 불행히도 아직은 그럴 때가 아니야. 일단 이 일부터 정리해야 해. 아버지 어머니는 관계자가 아니기 때문에 완벽히 손질된(마우베 형님 말이, 벨기에 미술상들은 피니세라는 말을 자주 쓴다더라) 그림은 제대로 감상하시겠지만, 너 정도 되는 관계자나 이해할 법한 거친 스케치를 보시면 머리가 어질어질하실 거야.

à Dieu, 행운을 기원한다.

너를 사랑하는 형, 빈센트

조만간 네가 올 거면 데생은 안 보내마. 그런데 너도 이제 내 작품을 받아야 할 때가 된 것 같긴 해. 최선을 다하고 있다. 동봉해 보내는 2점이 괜찮으면 다른 것들도 다 보여줄게.

너희 집에 찾아오는 손님들에게 팔 만한 그림을 보여주는 것도 어쩌면 판로를 개척하는 일이 될 수 있겠다. 한 사람이 그린 여러 스타일의 그림들을 모아놓으면, 작품들이 서로 대칭도 되고 보완도 되고 연결도 되니 유리할 거야.

내가 가장 높이 사는 건 너의 공감이야. 네 공감을 얻는다면, 그림은 저절로 팔리겠지.

물론 공감을 남에게 강요할 수는 없지. 난 많이 그릴 수 있다. 그러니까, 빈둥거리지 않고 빨리 그릴 수 있다는 말이야. 내 부탁대로 예전 습작들을 보내줬기에, 최근 습작들(〈란 판 메이르데르보르트〉와 〈슬픔〉)을 보냈다. 네가 원하는 방향이 있다면 그쪽으로 더 그려볼 수도 있다는 걸 직접 보여주려고 말이야. 모자란 점을 서슴없이 말해주면 다른 것들을 보내기 전에 다시 손을 볼게. 그냥 우연히 잘된 작품을 보낸 게 아니야. 내가 지금 그린 그림들은 진짜 내 실력이다. 새로운 단계로 접어들려면 아직 더 노력해야겠지. 하지만 내가 하고 싶은 말은 이거야. 내가 최근에 보낸 데생 중에서 제법 그럴듯한 게 있으면 여기저기 사람들한테 좀 보여주면 좋겠구나. 그러면 내가 그림을 완성할 때마다 너한테 보내줄게.

보여줄 때는 꼭 회색 액자에 넣어라. 그렇게 하면 자연스레 작품집이 만들어지는 거니까. 잘 생각해봐라. 난로 앞에 앉은 소년을 그린 게 하나 더 있어. 〈구빈원 소년〉. 헤이스트에서 그린 노부인 그림도 하나 있고 여성 인물화도 몇 점 더 있으니 한 자리에 모아 놓으면 제법 볼만할 거야. 작은 스케치들도 더 많이 있고.

당장 서둘러 달라는 건 아니지만, 한다고 해서 나쁠 건 없지 않나 싶다. 넌 남들이 거부하고

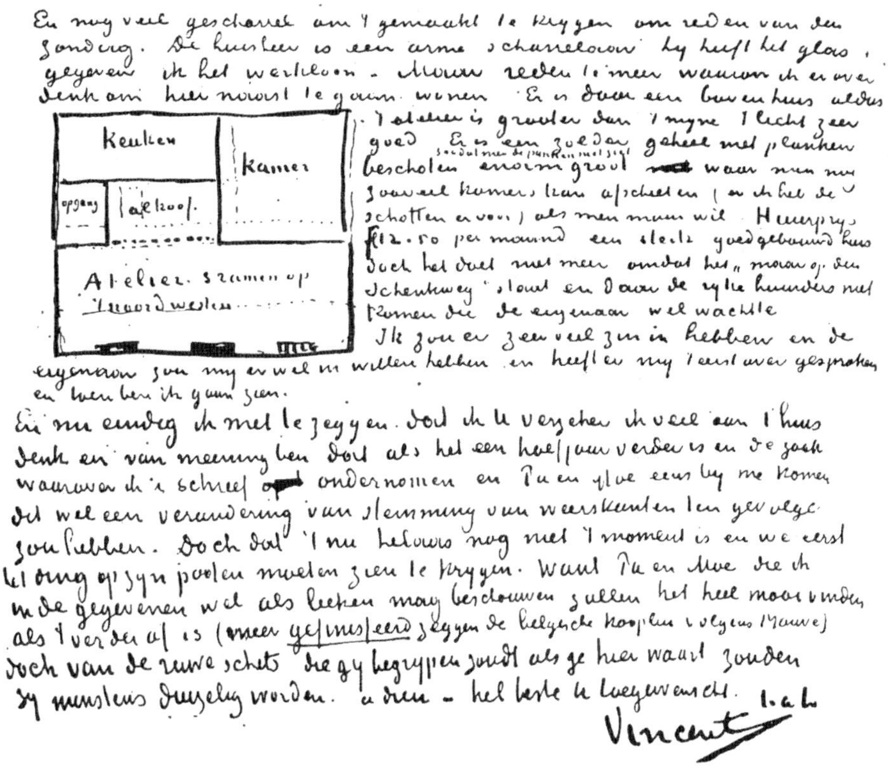

En nog veel gescharrel om 't gemaakt te krijgen om reden van den zondag. De huisbaas is een arme scharrelaar hij heeft het glas gegeven ik het werkloon – Maar reden te meer waarom ik er over denk om hier nooit te gaan wonen. En er is daar een bovenhuis aldus 't atelier is grooter dan 't mijne 't licht zeer goed. En er is een zolder geheel met planken beschoten enorm groot waar men net zooveel kamers kan afschieten (en ik heb de schotten er voor) als men maar wil. Huurprijs f12.50 per maand een sterk goedgebouwd huis doch het doet niet meer omdat het „maar op den Schenkweg" staat en daar de rijke huurders niet komen die de eigenaar wel wachtte. Ik zou er zeer veel zin in hebben en de eigenaar zou mij er wel in willen hebben en heeft er mij 't eerst over gesproken en toen ben ik gaan zien.

En nu eindig ik met te zeggen dat ik u verzeker ik veel aan 't huis denk en van meening ben dat als het een half jaar verder is en de zaak waarover ik u schreef ondernomen en Pa en Moe eens bij me komen dit wel een verandering van stemming van weerskanten ten gevolge zou hebben. Doch dat 't nu helaas nog niet 't moment is en we eerst 't kl ding op zijn pooten moeten zien te krijgen. Want Pa en Moe die ik in de gegevenen wel als leeken mag beschouwen zullen het heel mooi vinden als 't verder af is (meer gefinisseerd zeggen de Belgische kooplui volgens Mauve) doch van de ruwe schets die gij begrijpen zoudt als ge hier waart zouden zij misschien duizelig worden. adieu – het beste u toegewenscht. t. à t.

Vincent

있을 때, 앞뒤 재지 않고 나를 도와줬다. 언젠가, 네가 날 돕는 건 멍청한 짓이라고 비웃었던 사람들을 고스란히 비웃어줄 수 있는 날이 오면 정말 통쾌하고 기쁠 것 같다. "난 손해 본 게 하나도 없다"면서 말이야. 그 생각을 하니 힘이 절로 난다. 아예 네가 지금부터 위탁을 받아야 할 것도 같아. 내가 매달 그림을 보낼 테니까. 요즘은 하루에 5장을 그리는 날도 있어. 그런데 20장쯤 그려야 마음에 드는 게 겨우 1장 나올까 말까 해. 단, 이제는 그 20장 중 하나가 전적으로 우연의 결과물이 아니라는 거지. 이제는 20장을 그리면 1장은 자신 있어. "그럴듯해 보이네"라고 말할 수 있는 걸 일주일에 하나는 확실히 그릴 수 있다는 말이야.

어쨌든 '그럴듯해 보이는' 것들은 네가 가지고 있는 게 낫겠다. 내가 여기 가지고 있어 봐야 고작 10플로린에 넘기는 적선이나 자선 행위에 불과할 테니까. 주변에서는 다들 내 기법을 가지고 한마디씩들 해. 그러면서도 영국 작가들 데생에 대해서도 똑같이 진부한 이야기만 늘어놓는다. 오직 베이센브뤼흐 씨만 달랐어. 나는 사물이 펜 데생처럼 *보인다*고 했더니 이런 대답을 했어. "그렇다면 꼭 펜 데생으로 그려봐야지."

베이센브뤼흐 씨는 작은 크기의 〈슬픔〉은 못 봤고 큰 작품을 봤는데, 좋은 평가를 해줬다.

그래서 큰 그림에 자신이 있는 거야. 난 '지도'를 받거나 '가르침'을 받은 적이 없잖아. 스스로 독학으로 터득했기 때문에 한눈에 기법이 남들과 다른 것도 당연해. 그렇다고 그게 내 그림이 안 팔릴 이유라는 게 아니야. 큰 크기의 〈슬픔〉, 〈헤이스트의 여인〉, 〈구빈원 소년〉 등 여러 작품들이 조만간 주인을 만날 게다. 물론 그림에 마무리로 손을 더 봐야겠지. 그림을 그리러 란 판 메이르데르보르트 거리에 다시 갔었어. 지금 눈앞에 검은 양모 원피스 차림의 여성을 그린 그림이 있다. 내 데생을 한 며칠 들여다보면 이전 그림들과 이어진 기법이 보이면서, 다른 식으로 그려지는 게 싫어질 거다. 나도 처음에는 영국식 데생을 잘 이해하지 못했는데 '애써서 그것들과 친숙'해졌고, 그 노력을 절대로 후회하지 않아.

à Dieu. 오늘은 여기까지다.

너를 사랑하는 형, 빈센트

196영 ___ 1882년 5월 2일(화)

(영어로 쓴 엽서)

오늘 소포로 〈마른 땅에 박힌 뿌리〉라는 그림 1점을 보냈다. 그림을 보고 든 생각을 말해다오. 〈뿌리〉도 이것과 비슷한데, 이것과 〈슬픔〉은 판지에 고정시켜놔서 돌돌 말아서 보낼 수가 없어. 이번에 보내는 건 하루 만에 그렸지만, 〈뿌리〉를 그렸던 장소와 나무들을 연구한 다음에 그렸거든. 그래서 야외로 나가서는 tout d'un trait(한 번에 획) 완성했지. 화실로 돌아와 수정하지도 않았어.

다만 작업하는 과정에서 종이가 두세 군데 훼손됐어. 상태가 더 나빠질지 모르니 빨리 손을 봐주면 좋겠다. 아마 회색 액자에 넣으면 좋을 것 같아.

잘 있어라. 시간 나자마자 소식 주기 바란다.

화요일 저녁, 빈센트

197네 ___ 1882년 5월 12일(금) 혹은 13일(토)

테오에게

방금 데생과 크로키들을 네게 보냈다. 무엇보다도 이 그림들을 보고, 내가 말했던 여러 사정들에도 불구하고 꾸준히 그리고 있음을 알아줬으면 한다. 오히려 정반대로, 그림에 완전히 심취해서 짜릿한 재미도 느끼고 용기도 얻고 있다.

이런 말 해서 불쾌해하지 않기를 바란다. 네가 답장이 없어서 너무 걱정하고 있어. 내가 시엔과 지내는 걸 안 좋게 보는 건 아니겠지. 네가 그런 이유로, 아니, 어떤 이유로도 날 저버릴 리는 없다고 믿어. 다만 마우베 형님, 테르스테이흐 씨와 틀어진 후로 많이 우울해져서인지 이런 걱정이 드는구나. 혹시 *테오까지* 그렇게 변하는 건 아닐까?

어쨌든 이토록 네 편지를 애타게 기다리고 있는데, 물론 네가 이런저런 일로 바쁜 줄 익히 알지만, 소식이 너무 더딘 것 같다. 너도 나중에 경험하게 될 텐데, 임신한 여성과 함께 살면 걱정거리가 많아져서 24시간이 말 그대로 1주일 같고, 1주일이 1달처럼 느껴진단다. 그래서 요즘 네게 자주 편지했던 거야. 답장을 기대하면서.

옆집으로 이사하고 싶다는 계획은 이미 말했지. 강풍이 불어닥치면 모든 게 날아가버리는 이곳보다는 훨씬 괜찮은 곳이거든. 그런데 너도 알지, 내가 무슨 부탁을 할 때 거만하게 이래라저래라 명령하듯 요구하지 않는다는 거. 난 그저 네가 지금까지와 똑같이 있어 주었으면 바랄 뿐이다. 내 행동이 체면을 깎아내리거나 망신스러운 게 아니라고 생각해. 다르게 생각하는 이들도 있더라만. 내 그림은 분명 사람들 마음속에 뿌리내리고, 가장 낮은 곳에서 어렵게 살아가는 이들의 삶에 녹아들 거야. 난 그걸 느낀다. 그래서 엄청나게 고민하고 고생해서라도 그림 실력을 키워야 하는 거야.

다른 길은 생각할 수도 없다. 내가 겪는 이 근심 걱정과 어려움들이 사라지기를 바라지도 않아. 그저 고민과 어려움들이 견딜 수 없을 정도로 혹독하지는 않기를, 그래서 계속 그림을 그릴 수 있고 너 같은 사람들의 공감을 얻고 인정을 받을 수 있기만 바랄 뿐이야.

사는 게 데생과 비슷하다. 때로는 빠르고 단호하게 치고 나가야 하고, 힘차게 대상을 공략해야 할 때도 있고, 또 때로는 번개같이 빠른 속도로 굵은 윤곽선을 그어야 하지. 주저하고 의심하는 건 도움이 안 돼. 손을 떨어도, 여기저기 두리번거려도 안 되고, 눈앞의 목표 대상에만 집중해야 한다. 그렇게 대상에 빠져들면 아무것도 없던 종이나 캔버스 위에 순식간에 무언가를 만들어내는데, 나중에 어떻게 그렇게 그렸는지 기억도 안 나거든. 이성과 사색은 이미 최종 결과물이 나오기 전에 선행되어야 해. *그리는 동안*에는 이성이나 사색이 끼어들 틈이 없다. 빠른 손놀림은 인간의 몫이지만, 그 솜씨를 갖추기까지는 경험이 쌓여야 해. 때때로 키잡이는 격랑을 잘 이용해, 침몰하는 대신 배를 몰고 앞으로 나간다.

다시 한 번 너에게 이 말을 하고 싶어. 난 미래를 대비한 거창한 계획 같은 건 없다. 고민 없이 *안락한 삶*이 순간순간 뇌리를 스칠 때도 있지만, 내가 이 고민들, 문제들, *역경으로 가득한 삶*으로 기꺼이 돌아오면서 이렇게 생각하지. '이게 더 나아, 여기서 난 더 많이 배우고, 더 나은 사람이 되겠지. 이건 삶을 망치는 길이 아니야.' 나는 내 일에 푹 빠져 살고 있고, 비록 지난겨울에 이런저런 일이 있긴 했지만 마우베 형님이나 테르스테이흐 씨나 너 같은 이들이 도움을 줄 거라는 믿음도 있어. 언젠가는 부귀영화까지는 아니더라도 더 이상 먹고사는 문제를 걱정할 일도 없어질 거야. '너는 일해서 이마에 맺히는 땀방울로 먹고 살리라'는 옛말처럼. 시엔은 발목을 붙잡는 족쇄나 어깨를 짓누르는 짐이 아니라, 오히려 내게는 조력자야. 그녀도 혼자였다면 파멸했겠지. 홀로된 여성이 살아남기 힘든 세상이니까. 더욱이 약자들을 배려하기는커녕 방어할 힘 없이 바닥에 쓰러진 사람들을 기어이 짓밟고 뭉개는 이 사회에서는 더더욱 힘들 테고.

약자들이 짓밟히는 모습들을 많이 봤기에, 과연 발전이니 문명이니 부르는 것들이 무슨 가치가 있는지 심히 회의를 가지고 있다. 물론 나도 문명의 가치를 믿어. 비록 이런 시대에도, 진정한 자비와 배려에 기초한 그런 문명은 있기에. 인간의 생명을 무참히 짓밟는 야만적인 것들은 결코 받아들일 수 없다. 이런 이야기는 그만하자. 어쨌든 새 화실을 얻으면 좋겠고, 일주일 단위로 생활비를 받으면 정말 좋을 것 같다. 그게 곤란하더라도, 희망을 잃지 않고 인내하며 기다리마. 하지만 그렇게만 된다면 더없이 행복하겠지. 그만큼 근심 걱정에 사로잡혀 허비하게 될 에너지를 그림에 오롯이 쏟아부을 수 있으니까.

너도 보게 되겠지만 이제 작품집에 다양한 그림들이 채워졌어. 보낸 것들 중에서 가장 마음에 드는 건 네가 가지고 있다가, 혹시 기회가 생기면 남들에게도 보여줘라. 나머지는 되돌려 보내주면 되고. 네가 곧 여기 오겠거니 싶으면 그냥 가지고 있다가 보여줬을 거야. 그런데 작품집 전체를 한 번에 보는 게 가장 좋은 방법이기는 해. 그래야 내가 네 돈으로 편하게 놀고먹는 게 아니라는 걸 확인할 수 있잖아. 시엔과의 관계를 피상적으로만 알고 있을 텐데, 직접 와서 보면 판단이 완전히 달라질 거야. 지난 편지와 이번 편지까지 읽으면 이해가 안 갔던 게 많이 줄어들 게다.

난 내게 잘해주는 사람들이, 나의 모든 행동은 깊은 사랑에서 우러나서, 사랑받고 싶어서 했음을 알아주기를 바란다. 경솔함, 자만심, 무관심 등이 내 생활을 돌리는 동력이 아니라는 거야. 내가 걷는 이 길은 가장 헐벗고 굶주린 자들 사이에 뿌리를 내리겠다는 내 결심을 보여주는 증거라는 것도 이해해주면 좋겠어. 고상한 치들과 어울리며 성격을 뜯어고치고, 내 안위를 찾는 결로는 번영할 수 없을 것 같아. 성숙해지려면 아직 참고 견뎌야 할 것도 많고, 배워야 할 것도 많아. 이건 시간과 끊임없는 노력 차원의 문제야.

à Dieu. 속히 편지하고. 어느 정도 돈을 보내줄 수 있으면, 내게 분명, 아주 많은 도움이 될 것 같다. 내 말 명심하고, 마음으로 악수 청한다.

너를 사랑하는 형, 빈센트

내가 헤이그를 떠나는 게 몇몇이 기뻐할 좋은 일이라면, 여기서 다른 이들을 괴롭히느니 어디로든 떠나는 게 낫겠지.

하지만 난 지금 누군가를 괴롭히고 있는 게 아니야. 그리고 네 편지를 읽고 나니, 테르스테이흐 씨의 말에 너무 신경 쓸 필요 없겠다 싶다.

일전에 말했던 옆집은 아직 비어 있다만 꾸물거리다간 기회를 놓치겠어. 그래서 더더욱 초조한 마음으로 네 편지를 기다리는 거야. 넌 이해해줄 거라 믿으니까. 특히나 마우베 형님과 테르스테이흐 씨의 일도 있었고, 시엔 이야기도 다 털어놓았으니 솔직히 묻는다. 테오야, 이건 우리 관계가 달라졌다거나, 관계를 끊겠다는 의미니? 그런 게 아니라면 천만다행이고, 네 도움과 공감이 두 배나 더 반가울 것 같다. 하지만 만약 그렇다면, 불확실해서 속앓이를 하느니 차라리 최악의 상황을 아는 게 낫겠어.

내가 무엇을 대비해야 할지, 행운일지 불운일지 알고 싶다.

네가 마우베 형님과 테르스테이흐 씨과의 사업적인 부분은 답을 줬는데, 나머지 부분은 아무런 언급이 없었다. 사실 그건 완전히 다른 영역이지. 예술성과 사적 친밀성 사이 경계에 해당하는 내용이니까. 그래도 그 부분을 어떻게 바라볼지 솔직히 합의를 보면 좋을 것 같다.

내 생각은 이래.

테오야. 난 그녀와 결혼할 생각이다. 나는 그녀를 좋아하고 그녀도 내 마음과 같아. 그런데 만약, 불행히도 이 일 때문에 날 대하는 네 태도가 변했다면, 적어도 언제부터 지원을 끊을 건지 미리 경고해주면 좋겠고, 앞으로도 지금과 같이 네 생각을 분명하고 확실하게 알려주면 좋겠어. 당연히 그런 일을 바라지는 않아. 비록 내 행동이 '사회적'으로 권장할 만한 행동은 아니지만, 이 일로 인해 우애 있는 형제로서 악수를 나누는 대신, 경제적 지원을 거둬가고, 더 이상 공감받을 수 없는 이 상황이 달가울 리는 없잖아.

그러니, 아우야. 이 편지를 받거든, 아직 답장을 쓰기 전이라면 속히 써서 보내라. 그래야 내가 안심하든지, 최악을 대비하든지 할 것 같다.

à Dieu. 너와 나 사이에 펼쳐진 하늘은 언제나 먹구름 없이 잔잔하기를 기원한다.

198네 ____ 1882년 5월 14일(일) 혹은 15일(월)

테오에게

네가 5월 13일에 쓴 편지를 받았는데, 아마도 내 편지와 서로 엇갈린 모양이다. 아무튼, 몇 가지를 추가로 설명해야 할 것 같아서 다시 펜을 든다.

올바른 가치관을 드러낸 대목이 많다는 점은 정말 높이 산다. "사회 계층에 우위가 있다고 여기는 건 뻔뻔하고 편협한 생각에 사로잡힌 사람들"이라는 지적 같은 거 말이야.

하지만 사회는 그렇게 이성적인 논리로 돌아가지 않아. '인간성'을 고려하지도, 존중하지도 않아. 오로지 한 인간이 사는 동안 가지고 있는 돈과 소유물에만 집중하지. 그 이면의 세상은 쳐다보지도 않아. 그래서 사회라는 게 발이 달려 있는데도 이렇게 더디게 변화하는 거야.

나는 사람 그 자체에 대해서 호감을 느끼거나 반감을 느껴. 그 사람의 주변 환경은 관심 밖이야. 어느 정도는 네 생각에 동의하는 것도 있어(여건만 허락한다면 다른 여러 부분들에 대해서도 입장을 밝힐 텐데). "적잖은 사람들이 자신들에게 쏟아지는 관심을 피하기 위해 특정 수준의 생활을 이어간다. 그렇게 타인의 간섭을 피한다." 내 경우엔 아주 자주 일어나는 일이야. '내가 이러저러하게 하지 않아야 저 사람이 공격으로 느끼지 않겠구나.'

그런데 정말 중요한 일에는 대중이 이끄는 대로, 열정이 이끄는 대로 행동해서는 안 돼. 이땐 윤리라는 개념이 가르쳐주는 대로 따라야 해. 네 이웃을 너 자신처럼 사랑하고, 신 앞에 네 행동을 설명할 수 있도록 행동하고, 올바로 행동하고, 성실해야 해.

시엔과 함께하면서 확실히 알게 됐다. 처음에는 이것저것 도와주다가 갑자기 나를 내치는 사람들을 어떻게 좋아할 수 있나? 어차피 계속 도와줄 생각이 없으면서 속이는 거라면, 차라리 처음부터 내버려두는 게 낫다. 시작은 했지만 완수할 생각이 없다면, 그 자체로 상대를 속인 것이나 다름 없다.

시엔의 첫 아이 아빠는 네가 편지에 묘사한 딱 그런 사람이다, 테오야. 그는 아주 잘못된 행동을 했어. 그녀에게 아주 다정했다지만, 그녀가 자신의 아이를 가졌다는데도 사회적 상황이니 가족이니 어쩌니 갖은 핑계를 대면서 결혼하지 않았어. 그녀가 아이를 낳고 자신의 곁에 있는데도 말이야. 그녀는 자기 아버지가 돌아가신 뒤에 그 남자를 만났어. 그땐 어려서 잘 몰랐기 때문에, 그 남자가 죽자 그냥 아이와 함께 덩그러니 남겨진 거야. 한푼도 없이. 아무도 없이 쓸쓸히 버려진 채로. 그래서 à contre coeur(마지 못해) 거리로 나서야 했고, 병에 걸렸고, 병원 신세를 지게 됐고, 온갖 불행이 닥쳤고…….

그 남자의 행동은 하나님 앞에서 명백한 죄인이지만, 사회는 그를 용인한다. "그 여자에게 돈은 치렀잖아." 그래도 *죽음* 앞에서는, 그 남자도 양심의 가책을 느끼지 않았을까?

세상은 이렇게 돌아가. 그 남자 같은 성격을 가진 사람이 있는가 하면, 나 같은 사람도 있는 거잖아. 그 남자는 '세상이 *옳다고 하는 것*'에 신경 썼지만, 난 그런 건 고민하지 않아. 그 남자는 정의로워 보이는 척만 한 반면, 나는 사회적 여론 따윈 무시해. 내가 중시하는 건 *여인을 기만하거나 내치지 않는* 일이야. 케이 같은 여자가 날 거부해도, 그녀를 향한 내 마음이 두 배나 더 컸지만 난 그녀에게 강제하지 않았어. '다른 누구도 아닌, 그녀'라는 마음을 '무슨 일이 있어도 너는 안 돼'라며 그녀가 거부했을 때, 나는 상처 입은 내 마음을 나 혼자 스스로 잊었어.

난 강제하지도 않고, 내치지도 않아. 나 역시, 누군가 날 강제하거나 내치면 참을 수 없으니까.

내가 한 여자와 결혼했는데 그녀가 다른 남자와 놀아난다면 분명 참을 수 없겠지만 적어도 쫓아내기 전에 마음을 돌려놓기 위해 최선을 다해볼 거야.

이제 내가 결혼에 대해 어떻게 생각하는지, 얼마나 진지한지 알겠지. 당연하지! 시엔을 만났을 때, 이미 네게도 말했듯이, 그녀는 임신해서 병에 걸린 채로 추운 겨울 거리를 쏘다니고 있었어. 나는 혼자였지. 암스테르담에서 그 일을 겪고 난 뒤였으니까. 그녀에게 연민을 느꼈지만 결혼은 생각도 안 했어. 그러다가 점점 그녀를 알아가면서 그녀를 도우려면 제대로 해야 한다는 걸 깨달았지.

그래서 솔직하게 말했다. '내 생각은 이러저러하고, 당신과 나의 처지는 이러저러하다. 난 가난하지만 가벼운 바람둥이는 아니다. 나랑 함께하지 않겠는가.' 그녀가 대답했어. '당신이 더 가난했어도 함께했을 거다.' 그렇게 우린 함께하는 중이야.

그녀는 곧 레이던으로 가고 난 그녀가 돌아오면 바로 결혼할 생각이야. 그러지 않으면 내 입장이나 그녀의 입장이나 모두 위선이고 거짓이 되는데, 그런 상황만큼은 무슨 일이 있어도 피하고 싶거든.

나는 손재주를 가진 노동자고, 그녀는 날 돕는 조력자야. 내 그림들은 네 손에 달렸다. 적어도 다가올 한 해에는, 내 일용할 양식이 네 손에 달렸고, 날 도와주는 모든 이들에게 달렸어. 너는 내가 최선을 다해 그림을 그리고 있고, 내가 데생에(채색에도) 소질이 있으며, 결국엔 그 소질이 빛을 보리라는 걸 알고 있어.

테오야, 나는 내 행동으로 우리 집안을 수치스럽게 한 적은 없다고 생각한다. 그래서 우리 가족이 괜한 고집 피우지 말고 그 사실을 인정해주면 좋겠어. 그러지 않으면 우리는 계속해서 서로 칼을 겨눈 사이가 될 테고 난 이렇게 말해야겠지. "난 절대로 여자를 내치지 않습니다. 나와 그녀는 서로 돕고 존중하는 마음으로 서로를 아끼고 좋아합니다." 나에 대해 절대로 '고집 피운다'느니 '억지 부린다'느니 말할 순 없다는 걸 넌 알 거야.

나는 그녀의 과거를 받아들였고, 그녀도 내 과거를 받아들였어. 내가 여자를 꾀었다고 우리 가족이 날 거부하면, 내가 정말로 그랬다면 파렴치범처럼 부끄럽겠지. 하지만 내가 한 여자에게 변함없는 사랑을 약속했다는 이유로 내 결정을 반대한다면, 나는 우리 가족을 경멸할 거야. 아무나 다 *화가의 아내*가 될 수는 없어. *그녀는 기꺼이 그렇게 살 것이고, 매일 발전하고 있어.*

남들이 그녀의 어떤 면에 반감을 갖는지 이해한다. 테르스테이흐 씨는 나를 재단했던 기준으로 그녀를 보며 이렇게 말할 게 분명해. "성격이 고약하고 기분 나쁜 여자야." 계속 그렇게 물어뜯겠지.

세상이란 게 어떤 곳인지, 사람이란 게 어떤 존재인지 너무 잘 알기 때문에 그저 내 결혼 계획을 훼방 놓지만 않으면 좋겠어. 내가 괜찮은 화가나 단순한 삽화가라도 되기 위해 쉬지 않고 최선을 다한다는 증거를 만들어내고 보여주는 한, 굶어 죽을 일은 없기를 바랄 따름이야. 혼자서든 그녀와 함께든 부모님 집으로 들어갈 마음은 추호도 없다. 내가 먼저 다가갈 마음도 없고. 난 그저 내 일이 이끌고 붙잡는 곳만 돌아다닐 생각이야. 누군가에게 싸움을 걸 마음도 없어. 누군가 사악한 의도로 내 다리를 걸고 넘어뜨리려 하지 않는 이상은. 제발 그런 일만큼은 없었으면 하는 마음이야.

어떤 상황이 닥치든 적응할 준비가 되어 있지만, 무슨 일이 있어도 시엔을 배신하지는 않을 거야. 내 거처 문제 등에 관해 네 의견이 궁금하다. 만약 내가 헤이그에 머무는 것에 반대한다면, 나도 헤이그에 더 이상 미련을 갖지 않을 거야. 네가 원하는 곳으로 가서 다시 내 활동 영역을 만들게. 도시든 시골이든 상관없어. 어디를 가더라도 인물화로 그릴 사람이나 풍경화로 담을 경치를 찾아내 최선을 다해 그림에 담아낼 수 있어. 그러니까 솔직히 말해주렴. 단 후견인 같은 형식으로 날 옭아맬 생각이라면 큰 오산이야. 어쨌든 시엔에 대한 내 마음을 정리하면 이래. *난 그녀와의 결혼 약속을 어기지 않겠어*.

그 여름에 케이가 내 이야기를 들어줬다면, 내가 암스테르담에 갔을 때 그렇게 매정하게 내치지만 않았어도, 지금 모든 게 달랐을 거야. 너도 알잖아. 난 모든 시도를 다했다. 심지어 암스테르담까지 찾아갔지만 아무 소용 없었지. 말조차 할 수 없었어. 실낱 같은 희망이라고 여기며 끝까지 붙잡고 의지할 만한 소득도 전혀 없었어. 지금은 삶의 물결이 날 거칠게 몰아대고 재촉한다. 그림 그리는 일도 나를 밀어주고 끌어주는 식이야. 두 다리로 단단히 땅에 딛고 서서 이 싸움을 해나가기 위해서라도 나에게 주어진 이 새로운 기회를 악착같이 붙잡을 거야. 팔짱만 끼고 방관하는 건 과거에나 했던 일이야. 내 일과 내 직업의 본질을 깨달은 지금은 적극적으로 능동적으로 행동할 거야.

그렇기 때문에 네 편지 내용은 완전히 잘못이라는 거야. 아마 충분히 깊이 생각해보지 않았기 때문이겠지? 내가 시엔과 결혼해야 할 의무가 전혀 없다고 했잖아. 시엔과 나는 이렇게 생각해. 우리는 가족을 원하고, 서로를 위해 살고 싶어. 일 때문에도 우리는 서로가 필요하다. 결과적으로 우리는 하루 종일 붙어 지내고 있어. 애매한 상황 때문에 고민하느니 결혼이 사회적인 손가락질이나 동거라는 비난을 피할 수 있는 가장 근본적인 해결책이라고 생각하게 됐어. 우리가 결혼하지 않으면 남들이 해대는 이런저런 말에 이런저런 핑계를 대야 해. 반면, 우리가 결혼하면 가난의 구렁텅이에 다시 굴러떨어지고 사회적 지위가 개선될 리도 만무하겠지만, 적어도 우리 결정은 올바르고 정당하다 할 수 있어. 네가 우리 생각을 이해해주기 바란다.

올 1년간, 매달 150프랑씩(내 작품이 아직 팔 수준은 못 되지만, 앞으로 그릴 그림의 기초가 되니까) 지원받을 수 있다면 더 활기차고 긍정적으로 그림에 집중할 수 있어. 그림 그리는 데 필요한 부분과 먹고사는 부분, 그리고 잠잘 집에 들어가는 최소 금액이야. 반대로 네가 지원을 끊으면 난 무력감에 사로잡히겠지. 의욕이 넘치더라도 내 손이 말을 듣지 않고 마비될 거야. 개탄스러울 뿐만 아니라 정말 끔찍한 일이야. 너나 다른 사람들에게나 이게 과연 반가울 일일까? 내가 힘을 잃고 쓰러지면 시엔과 아이도 그렇게 될 거야. 이런저런 상황을 설명하는데 너무 심하게 과장한다고 여길 수도 있겠지만 *그런 일도 일어나. 이 끔찍한 운명이 나를 덮치겠다면, 그러라지*.

Adieu, 아우야. 그런데 내게 일격을 가하고 목을 잘라버리기 전에 다시 한 번 숙고해줘(시엔과 그녀 아이의 목까지 자르는 셈이지). 다시 말하지만, *내 머리를 잘라야 한다*면 그렇게 해라. 하지만 안 그랬으면 좋겠다. 그래야 그림을 그릴 수 있으니까.

빈센트

199네 ―― 1882년 5월 18일(목) 추정

테오에게

시엔이 자주 경련 등에 시달려서, 아무래도 레이던의 병원에 재입원해서 상태를 정확히 진단받는 게 좋겠더라. 그래서 다녀왔지. 하나님 감사하게도 아무 문제 없대. 너도 알다시피, 그녀는 3월에 수술을 받았고 이번에 다시 정밀 진찰을 받았지. 옆에서 많이 돌봐줘야 하고, 힘이 되는 음식도 많이 먹고 가능한 한 목욕도 자주 해야 한대. 그 정도면 무사히 넘길 수 있다더라.

지난 3월에 갔을 때, 의사 선생님이 정확한 출산일은 알 수 없지만 대략 5월 말~6월 초라고 예상했어. 그런데 이번에는 6월 마지막 주가 될 것 같다면서 6월 중순 무렵의 조산원 입원허가서를 작성해줬어. 그러면서 직업이며 여러 가지를 물었어. 의사의 질의를 통해서 이제 확실히 알겠더라. 그녀가 계속 거리를 헤맸더라면 못 버텼을 거라는 걸. 그리고 지난겨울 내가 그녀를 만났을 때가 필요한 도움을 줄 딱 적기였다는 것도.

편지에 썼듯이, 나는 단 한순간도 그녀를 포기하겠다고 생각한 적 없어. 그건 비열한 짓이다.

의사 말이 3월보다 많이 건강해졌고 태아도 건강하대. 산모가 신경 써서 먹어야 할 것들도 적어왔는데 설명이 아주 상세하다.

아기 배내옷도 준비됐어. 더할 나위 없이 간단했지. 꿈을 꾸는 것도 아니고, 환상 속에 있는 것도 아니라 엄연한 현실이 날 더 열정적으로 행동하게 해.

지금 같은 상황에서는 그녀에게나 나에게나, 결혼 외에 딱히 더 나은 해결책은 없어 보인다. 이미 말했지만, 5월 13일 편지의 다정한 말투에 솔직히 좀 기분도 좋고 놀라기도 했어. 헛된 희망은 품지 않으려고, 네가 내 행동에 실망해서 지원도 끊을 거라고 각오했었거든. 지금도 네 지원을 계속 기대할 엄두는 안 난다. 사실, 너 정도 되는 사람들의 눈에는 내 행동이 사회에서 추방시킬 중범죄에 가까울 테니까. 그래서 네 편지가 오기를 고대하고 있다. 그림을 잘 받았는지도 궁금하고. 하지만 헛된 꿈은 꾸고 있지 않아. 다만 네게 더 진실되려면 이 얘기를 꼭 해야만 하겠구나. 난 최대한 빨리 그녀와 결혼하기로 결심했다. 네가 언급한 이유들은 내 마음을 돌리기엔 설득력이 부족했어. 물론 네가 반대하는 이유 중에는, 부분적이긴 해도 옳은 지적도 없는 건 아니야.

사실대로 말하자면, 이번 달에도 생활비가 더 필요하다. 6월 1일까지 빵값은 지불했는데 커피 같은 것들도 좀 샀거든.

만약 네가, 내 바람대로 전부 문제없다고 말해준다면, 당연히 C. M.이 주문한 그림을 완성하고 싶어. 이미 습작도 해봤거든. 그래도 데생 6점을 완성하려면 2~3주는 걸려. 이미 완성한 작품들 말고도 6점을 더 만들 거거든. 얼마나 받을지는 모르겠다만, 최선은 다할 거야. 그러면 6월 중으로는 돈을 받을 수 있겠지.

어쨌든 시엔을 위한 내 행동이 칭찬받을 일이라면, 그 칭찬은 내가 아니라 *너에게* 돌아가야 해. 나는 그저 도구에 불과하고, 네 도움이 없으면 무력한 인간에 지나지 않으니까.

네가 보내주는 생활비 덕분에 계속 그림을 그릴 수 있어. 게다가 그 덕에 시엔과 아이가 목숨도 구했다. 네 도움을 활용하는 내 방법을 배신이라고 여긴다면, 다 내 잘못이야. 그렇게 생각하지 않기를 바란다.

너를 사랑하는 형, 빈센트

200네 ___ 1882년 5월 23일(화) 추정

테오에게

급하게 몇 자 적는다. 마지막에 보낸 그림과 편지는 받았니? 큰 크기의 〈슬픔〉과 〈나무뿌리〉 등이 들어 있는 작품집 말이야.

방금 센트 큰아버지가 파리에 계신다는 소식을 들었어. 네가 알고 있는 사실에 대해 큰아버지께는 아무 말 안 했기를 바란다. 센트 큰아버지도 당연히 내 행동을 '부도덕'하게, 혹은 그보다 더 나쁘게 여길 분이잖아. 그래, 얼마든지 내 흉을 보라지. 내가 억지로 잔소리를 듣거나 굳이 얼굴 마주칠 일만 없다면 상관 없어.

어제 아버지 어머니한테 다정한 편지를 받았다. 두 분의 그런 마음이 오래도록 지속될 수 있다면 정말 반가운 소식이겠지. 하지만 두 분께 시엔 이야기를(안 그래도 한 2~3주 후에는 할 생각이야. 그녀가 레이던 병원에 입원하면 내게 여유 시간이 생기니까) 전하면, 모든 사정을 알고 나서도, 과연 이 좋은 분위기가 유지될까???

하지만 내 결혼은 두 분이 관여할 문제가 아니야. 그리고 넌 이미 내가 이 문제를 어떻게 생각하는지 잘 알잖아. 불법적인 행동이 아니지만, 아마 두 분은 윤리적 잣대를 들이대면서 반대해서 날 슬프게 하겠지. 그래도 내가 발걸음을 멈추고 되돌아갈 일은 없어.

C. M.이 주문한 그림을 다시 그리기 시작했어. 그런데 과연 좋아하실까? 아닐 거야. 이런 그림은 원근법 습작을 해봐야만 그릴 수 있거든. 지금은 그 연습을 계속 하고 있다.

작은아버지가 그림 인수를 거부하셔도 이 모든 수고가 후회되진 않을 거야. 내가 보관해도 되고, 덕분에 그림에서 아주 중요한 원근법과 비율을 공부하는 기회를 가졌으니까.

보름 전부터 건강이 약해지고 몸이 좋지 않아. 그래도 멈출 수가 없어서 계속 그림을 그렸는데, 며칠 연속으로 잠도 못 자고 열도 나니까 신경질만 나더라. 그 상태로 꿋꿋하게 계속 작업했어. 지금은 아파서 쓰러질 여유가 없거든. 끝까지 버텨야 해.

시엔 모녀는 더 작은 집으로 이사했다. 시엔이 레이던 병원에서 퇴원하면 내 거처가 어디든, 내 상황이 어떻든, 나랑 함께 살기로 했거든. 그 집에 작은 안뜰이 있어서, 이번 주에 한번 그려볼까 한다.

요즘 내가 결심한 변화들 덕분에 그림을 그리고 모델을 찾아 헤매는 시간들이 더 흥미로워졌음을, 하루하루 더 또렷이 실감하고 있다. 나에 대해 평가하려면 이런 부분까지도 모두 고려해야 할 거야. 내 직업 덕분에 이 결혼이 성사될 수 있었어. 과연 다른 직업이었다면 불가능했을 거야.

네 편지가 기다려진다. 조만간 편지 보내주면 좋겠다. 내 생각에, 전후 사정을 알기만 하면, 넌 문젯거리들을 잘 해결할 능력이 있어(그래서 네가 더 많은 정보가 필요하다면 기꺼이 솔직하게 제공하마). 내 말은, 넌 정확한 사정을 아니까, 부정확한 뜬소문들만 듣고 나를 판단하는 사람들의 견해를 적절하게 잘 바꿔서, 충돌을 피하게 해줄 수 있다는 뜻이야. 넌 내가 얼마나 갈등, 험담, 언쟁을 피하고 싶어하는지 잘 안다. 그래서 오직 너에게만 말해주는 게 최선이었다. 정말 불가피한 경우가 아니라면 더 이상은 아무에게도 말하지 않을 거야. 시엔이 레이던으로 떠날 때까지는 아버지에게도 함구할 거야.

이런 일은 전혀 예상치 못했고, 갑자기 내 삶에 끼어들어서 내가 마주하게 된 거야. 나는 기쁘게도 주저하거나 망설이지 않고 즉시 행동했어. 그러고 나서 가장 어두운 면을 네게 처음으로 보여줬는데, 나중에는 결국 네가 불행 중 다행이라고 생각해주길 바란다.

그런데 일전에 말했던 화실은 어떻게 해야 할지 모르겠다. 집이야 더 좁아도 괜찮지만 그 집이 더 적합하고 실용적이어서 말이야. 실용성이 떨어지면 집세가 싸도 이득이 아닌 게, 그림에는 크게 지장을 받는데 절약하는 돈은 고작 한 달에 몇 푼이거든. 그러다 나중엔 후회하겠지. 대체 왜 그 화실을 포기했지? 왜 악착같이 들어갈 생각을 하지 않았을까?

네 편지도 편지지만 어서 빨리 너를 만나고 싶다. 하지만 아직도 몇 달은 기다려야 한다는 거 이해한다. 나도 편지 쓸 정신이 없지만 가끔은 꼭 그래야 할 때도 있잖아. 네가 조금이라도 돈을 좀 보내주면 고맙겠다. 사정이 녹록하지 않아서 그래. 어쨌든 꼭 편지해줘. 그 화실에 대한 네 생각을 꼭 알아야겠어. 조만간 세입자를 들여버릴 수도 있으니까.

à Dieu. 다시 말하지만, 괜히 고민하진 말아라. 괜찮으면 돈은 좀 보내주고.

너를 사랑하는 형, 빈센트

그리고 내 그림들을 받았는지도 알려다오.

201네 ___ 1882년 5월

테오에게

이 말을 너에게 다시 한 번 꼭 해야겠다. 너도 알다시피, 나는 지금까지 살면서 범죄로 분류될 만한 행동을 단 한 번도 하지 않았고, 완전한 시민권을 가진 네덜란드인이다. 나아가, 이 나라의 법에 저촉되는 행위를 하지 않으려고 조심함으로써, 어떤 경우에도 나의 법적 권리를 침해당하거나 법적 후견인이 필요한 상황에 놓이지 않을 것이다. 우리 가문 내에서 나에 대해 흉흉한 소문들이 아주 다양한 경로로 반복적으로 퍼지고 있는 걸 잘 안다. 다만 그 출처가 어디인지는 도대체 모르겠어. 그런데 소문을 퍼뜨리는 인간들이 과연 판사 앞에 불려 나가 선서를 하고서도 그런 말을 할 수 있을지는 심히 의심스럽다. 네가 네덜란드 헌법이나 법률의 조문에 얼마나 익숙한지 모르겠는데, 나는 내가 관련된 이런저런 일들의 합법성이 의심스러울 때마다 들여다보곤 하거든. 그뿐이 아니라, 네덜란드 형법 조문을 프랑스나 영국의 헌법과 비교해보기도 한다. 최근에 필요해져서 시작한 게 아니고, 예전에 공부하면서 역사적인 내용을 확인한다거나 할 때도 법조문을 찾아봤지.

그래서 말인데, 나는 지금 앞으로 펼쳐질 일들을 차분하게 기다리고 있다. 물론 그런 일들은 일어나지 않기를 바란다. 오히려 우리 가족들이 한자리에 모여 이성적이고 평화롭게 논의할 마음이 들었으면 해. 필요하다면 말이다.

테오야, 솔직히 말해서, 아버지는 뜬소문이 돌면 확인하려고도 않고, 그저 진위가 의심스러운 남들 이야기, 피상적인 느낌, 단편적인 정보만으로 성급하게 결론 내리실 때가 한두 번이 아니야. 그런데 법 조항은 따로 뚝 떼어내거나 마음대로 잘라서 적용하는 게 아니라 전체적인 법 취지에 따라, 그와 관련된 수정사항과 조항을 참고해야 하는 거야.

예를 들어, 부모의 권리에 관한 법 조항 전문에 '자녀는 부모를 공경해야 한다'고 나와 있다고 해서 "너는 부모를 충분히 공경하지 않는다"고 펄펄 뛸 게 아니라, 법을 들먹이기 전에 혹시 자녀의 행동에 정말로 불법적인 부분이 있는지 깊이 숙고해봐야 하는 거야.

그런데 우리 집안에서는 어떤 일이 벌어지지? 소문이 돌아다녀. 그런데 거기에 살을 붙이고 바람까지 넣어 어마어마하게 부풀리고는, 이렇게 저렇게 판결을 내리고 형까지 선고해. 단지 인상, 전언, 뜬소문들(악마는 이런 말들을 가장 나중까지 남겨둔다!)에만 의존해서 말이야. 우리의 친애하는 센트 큰아버지도 자신만의 정보 수집망을 가지고 있는데, 내가 보기엔 다 떳떳하지 못한 경로야. 집안에서 자꾸 이런 일들이 반복되는 모습을 목격하며 아버지께 입이 닳도록 말씀드렸어. 이래서는 집안에 행복을 가져올 수 없다고.

대답 좀 해봐라, 테오야. 아버지가 나에 대한 불신과 의심을 약간만 거두셨더라면, 나를 항상 일을 망치는 인간으로 보지 않고 선의를 가지고 인내하며 내 진심을 이해하려 노력하셨다면, 모든 게 지금과는 달라지지 않았을까? 아버지는 여전히 나를 지독하게 오해하신다. 무엇보다 우선, 내 상황을 덜 슬퍼하고 날 떠올려도 마음이 편했겠지. 둘째로, 나 역시 이렇게 마음 아플 일이 없었을 거야. 한없는 슬픔이 밀려온다. 지금의 상황은, 차라리 내게 집도, 아버지도, 어머니도, 아무 가족도 없는 상황보다 더 끔찍해. 전에도 종종 그런 생각을 했었고, 지금도 그래.

그래도 한 가지 확실한 건, 당사자 모르게 조치를 취하는 건 잘못이라는 거야. 내가 알기로는 피고인(혹은 가족회의 안건의 당사자) 불참 시에는 가족대표가 대신 권한을 행사할 수 없어. 아니, 가족회의가 대체 뭐야? 대개는 그저 가족의 허영심을 채우느라 꾸며내는 계략에 불과하잖아, beaucoup de bruit pour peu de besogne(괜한 소동일 뿐이라고).

어떤 결정이 내려져도, 참석자들이 법조항을 고려하지 않고 내린 결정이기에 법정에서는 아무런 의미도 없어.

만약 내가 정말 심보가 고약하고 신뢰할 수 없을 뿐더러, 말썽만 일으키고 저급한 사기꾼에 멍청하다면, 정말 두려워했겠지. 그런데 나라는 사람은, 가족이나 친척들이 나를 향해 꾸미는 계략을 전혀 겁낼 필요가 없다는 걸 안다.

진심으로, 아무 사건도 일어나지 않기를 바란다. 겁이 나서가 아니라, 분쟁보다 평화가 좋기 때문이야.

네가 시엔을 만나봤으면 하지만, 넌 너무 멀리 있고, 나도 말로는 도저히 네 눈앞에 그녀가 서 있기라도 한 것처럼 묘사해줄 능력이 없다. 그래도 일단 시도해볼게.

혹시 레인 페이르만이라고, 쥔더르트 같은 동네에 살던 여자 기억하니? 내 기억이 정확하다면, 그 사람과 분위기가 비슷해. 얼굴의 윤곽이 뚜렷한 게 마치 랑델의 그림 속 천사를 닮았어. 너도 알 거야, 구필 화랑에서 출간한 판화 작품집에서 〈무릎 꿇은 여인〉. 그 인물을 닮았다는 게 아니라, 그녀의 얼굴에서 풍기는 분위기가 비슷하다는 말이야. 얼굴에 천연두를 앓은 흉터 자국이 생겨서 더 이상 아름답지는 않지만, 얼굴선이 간결해서 우아한 느낌이 없지 않다.

그녀의 어떤 점이 마음에 드냐면, 내게 교태를 부리지 않고, 묵묵히 제 할 일을 하고, 근검절약하고, 능동적으로 상황에 적응하고 배우려 해서, 내 그림 작업을 셀 수 없이 많은 방법으로 도와줄 수 있다는 거야. 또 그녀가 더 이상 예쁘지 않고, 젊지 않고, 교태도 없고, 어리석지도 않아서 더 잘 맞아. 건강이 내내 안 좋았고, 지난겨울에는 죽을 고비를 간신히 넘겼지. 지금은 간소한 음식을 먹고, 꾸준히 야외 산책을 하고, 뜨거운 목욕을 자주해서 훨씬 건강해지고 강해졌지만, 임신으로 고생하고 있다. 다만, 말투가 좀 험해서, 권위 있는 교육을 받은 우리 여동생 빌레미나라면 절대로 쓰지 않을 표현들을 내뱉곤 하지. 하지만 난 이런 건 전혀 상관 안 해. 차라리 그녀처럼 상스러워도 착한 말이, 세련되지만 인정머리 없는 말보다 낫지. 그래, 그녀는 마음이 착하고, 잘 참고 견디며, 남 걱정을 많이 해서 날 열심히 도와준다. 그녀가 매주 한 번씩 화실을 청소해주니까 내가 청소비를 아낄 수 있어. 가까스로 한 달을 버티며 생활할 때가 대부분이지만, 그녀는 끼니만 때울 수 있고 심각한 질병에만 걸리지 않으면 만족한다. 하지만 천연두를 앓고 병으로 목소리도 일그러지는 등 큰병으로 고생했지. 아무튼, 그녀가 다시 건강해져서 오래 살지 못할 이유는 없다.

너한테 비밀로 하나만 묻자. 혹시 내가 이런 사정 때문에 부모님께 돈이 필요하다고 부탁하면 싫어하실까? 그렇다면 아무 소리 안 하려고. 내 교육에 들어간 돈이 다른 아이들의 몇 배라는 말을 정말 질리도록 들었어. 그래서 나중에 결혼하게 되더라도 아무것도(낡은 컵 하나, 낡은 컵 받침 하나조차) 부탁하지 않으려고 했어. 우린 우리에게 필요한 건 다 가지고 있어. 유일하게 없으면 못 사는 건, 네가 주는 150프랑이야. 월세, 빵값, 신발값, 화구 구입비 등, 한마디로 고정비 지출에 필요해.

난 아무것도, 낡은 컵 하나에 낡은 컵 받침 하나도 부탁하지 않겠어. 부탁하는 건 딱 하나. *내 가난이 허락하는 한, 이 가난하고 병약하고 가련한 여인을 사랑하게 내버려두세요. 괜히 끼어들어 우리 사이를 가르고, 등지게 하고, 아프게 하지 마세요.*

아무도 그녀를 돌봐주지 않았고, 원하지 않았어. 그녀는 길바닥에 던져진 누더기처럼 철저히 혼자였어. 나는 그런 그녀를 데려와 내가 할 수 있는 한 많은 사랑과 보살핌을 줬어. 그녀는 그런 내 마음을 알아줬고, 회복했어. 엄밀히 말하면 아직도 회복 중이지.

너도 이렇게 시작되는 우화인지 옛날이야기인지를 알 거야. 옛날 옛날에 어느 마을에 한 노인이 살았어. 가진 거라고는 얼마 전에 사서 키우던 어린 암양 한 마리뿐. 그 양이 점점 크면서 노인의 손에 들린 빵을 같이 먹고, 그의 컵에 담긴 물을 같이 마시고, 잠도 그의 무릎에 엎드려 잤어. 노인에게는 딸 같은 존재가 됐지. 한 마을에 살던 부자에게는 양 떼와 소 떼가 있었어. 그런데 부자는 노인의 딸 같은 암양을 데려가 죽여버렸지.

내 말은, 테르스테이흐 씨가 마음대로 할 수 있었다면 나랑 시엔의 사이를 갈라놓고 그녀를 과거의 저주받은 생활로 돌려보냈겠지. 지금도 넌더리를 치는 그 시절로. 대체 왜?

이 여인의 삶과 아기, 내 삶까지, 내 작품이 팔릴 때까지는 네가 보내주는 생명줄 같은 150프랑에 달려 있음을 잘 알아주길 바란다. 그 전에 이 생명줄이 끊어지면 morituri te salutant(죽음이 찾아와 인사하리). 철저히 계산하고 아껴서 나온 최소 금액이야. 하지만 우린 이대로도 행복하다. 사랑이 우리를 아주 가깝게 묶어주고 있으니까.

아버지 어머니가 잠잠하실지 아닐지는 거의 네가 어떻게 말을 전할지에 달렸어. 네가 반대의 뜻을 밝히면 불에 기름을 붓는 격이 되겠지. 그런데 네가 가만히 계세요, 걱정 마세요, 그런 식으로 어떻게든 두 분이 동요하시지 않게 잘 말씀드리면 두 분은 가만히 계실 거야. 네가 굳이 중재하거나 책임지려 하지 마. 전적으로 다 내 책임이니까. 다만 지금까지 해준 것처럼 내 곁을 지켜주겠다면, 두 분께 금전적인 부분에서 두 가지를 안심시켜드리면 좋겠다. 첫째, 네가 다달이 보내주는 150프랑으로 근근이 먹고살고, 둘째, 두 분께는 단 한 푼도(낡은 컵 하나, 낡은 접시 하나도) 부탁드리지 않을 거라고 말이야. 드디어 난 가장 필요한 것들을 다 갖췄다(가구, 침구,

배내옷, 요람까지).

여기까지다, 아우야. '비극'은 비껴가고 평화가 열리기를 기원한다. 내가 원하는 건 그게 전부야. 그렇게 되는 날까지 노력을 게을리하지 않을 거야.

202네 ___ 1882년 5월 27일(토)

테오에게

토요일인 오늘, 반갑게도 라파르트가 방문했어. 네 근황을 수차례 묻더라. C. M.에게 보내려고 그리고 있는 데생을 봤는데 제법 마음에 든 눈치였어. 특히 시엔의 어머니 집을 그린 큰 데생을 눈여겨보더라. 네게도 보여주고 싶구나. 이것 외에도 목공소와 그 앞마당에서 사람들이 일하는 모습을 멀리서 그린 것도 있어. 원근법적으로는 네게 보낸 〈란 판 메이르데르보르트〉보다 훨씬 더 복잡한 데생이야. 그것도 제법 고생하며 그렸었지. 요즘 나는 새벽 4시부터 밖으로 나가서 그린다. 낮에는 행인과 꼬마들 때문에 거리에 자리를 잡고 그리기가 거의 불가능하거든. 그런데 이때가 어둠 때문에 흑백으로 보이면서 윤곽선 포착에 아주 유리해.

그런데, 아우야, 지난 2주 동안은 아주 힘들었다. 5월 중순에 네게 편지할 때, 남은 돈이 빵값을 계산하고 보니 3~3.5플로린뿐이었어. 약간의 커피와 딱딱한 호밀빵 정도로만 버텨야 해. 시엔도 마찬가지고. 태어날 아기를 위해 배내옷도 샀고 그녀도 레이던에 입원해야 했으니까.

6월 1일이면 월세를 내야 하는데, 돈이 없다. 말 그대로 한푼도 없어. 좀 보내주면 좋겠구나.

지난주에는 불면증이 이어져서 정신이 나갈 지경이었다. 그래도 그림에는 운이 따라서 C. M.이 주문한 데생은 거의 끝냈어. 그 덕에 새로운 용기도 생기고 마음도 좀 차분해졌고.

그렇지만 아우야, 속히 편지해주고 나를 집주인에게서 구해줘. 알다시피, 집주인들에게 지불 유예는 어림도 없잖아.

라파르트의 방문으로 기운이 났다. 그림을 아주 열심히 그리는 모양이더라.

2.5플로린을 주고 갔거든. 그림에서 흠집을 발견하고는, 얼른 고치라면서 말이야.

그 말이 맞지만 내가 돈이 없어. 그림도 발송해야 하고. 그렇게 말했지.

그랬더니 주저없이 그 돈을 건넸어. 더 주겠다는 걸 거절했다. 그 대신 답례로 목판화 복제화 여러 점과 그림 1점을 줬고. C. M.에게 보낼 그림 중에서 가장 잘된 그림이었는데, 그걸 고칠 수 있게 돼서 정말 기뻐. 아마 나중에는 50플로린 정도로도 팔릴 만한 그림인데, 거기에 조금 생긴 흠집을 복원할 돈도 없었던 거야.

그나저나 동생아, 네가 나와 시엔을 미워하지 않았으면 한다. 시엔은 내 단점을 잘 받아넘기기도 하지만, 여러모로 남들보다 나를 잘 이해해줘. 내가 하는 일은 뭐든 기꺼이 도우려 하고. 그녀가 얼마나 내게 도움이 되는지 몰라. 그녀가 포즈를 취하거나 할 때 내가 화를 내면, 그녀는 어떻게 대처해야 하는지 잘 알아. 금방 지나가는 화인 걸 아는 거지. 마찬가지로 이런저런 게 풀리지 않아 머리를 쥐어짜고 툴툴거리고 있으면 내 마음이 차분해질 때까지 달래준다. 그게 참 대단한 게, 나 혼자서는 분이 안 풀릴 때가 많거든.

그리고 아주 검소해. 딱딱한 호밀빵 한 조각으로도 낙담하지 않고 만족하지. 그런데 나도 마찬가지거든. 적자만 나지 않으면 돼.

5월 10일 즈음에 보낸 데생은 잘 받았는지 궁금하다. 파일에 약 25점을 넣어 보냈는데. 네가 아무 말이 없길래 물어본다.

C. M.과 같은 조건으로 그림을 주문해줄 사람이 몇 명만 생기기를 정말 바라고 있어. *특히 C. M.이 계속 주문해주면 좋겠구나.* 왜냐하면 처음의 그림들보다 나중의 그림들을 훨씬 잘 그렸고, 갈수록 더 잘 그릴 테니까. 게다가 이 가격이면 그로서는 전혀 손해가 아니지!

이젠 너도 사정을 다 알았지. 네가 시엔이 있어도 날 등지지 않는다면, 용기가 솟구칠 것 같다. 새벽 4시부터 그림을 그리러 나가는데, 지인들이 조금만 응원해주면 뭐든 다 헤쳐갈 수 있어. 네 편지에 희망을 걸어본다. 마음으로 악수 청하고, 속히 답장해서 집주인으로부터 나를 구원해다오.

너를 사랑하는 형, 빈센트

라8네 ____ 1882년 5월 28일(일)

일요일 저녁, 스헹크베흐 138번지

친애하는 라파르트

자네도 아는 그 일* 덕분에 방금 암스테르담으로 보낼 그림들 포장을 마쳤어. 총 7점이야. 안뜰을 그린 대형화 2점은 판지 위에 붙여서 완전히 평평해졌고, 선들도 훨씬 더 날렵해졌고.

〈화원〉은 자네의 조언대로 수정했어. 특히 옆쪽 제방과 전경의 물을 더 신경 써서 다듬었지. 그러고 나니 표현들이 잘 살아나더라고. '봄'과 그 평화로운 분위기가 도드라져. 내 화실에서 바라본 목수의 창고는 펜으로 단색효과를 좀 더 넣었더니 빛이 더 강조되면서 '햇살이 비추는' 분위기가 강렬해졌어. 오늘은 이른 아침부터 나가서 그렸어. 다른 그림을 이런 식으로 하나 더 그려보고 싶었거든. 그래서 모래 언덕의 생선 건조장으로 가서, 목수의 창고처럼 높은 데서 내려다보게 그렸어. 지금 새벽 1시인데 하나님 감사하게도 거의 다 끝났네. 이제 다시 무시무시한 집주인의 눈을 마주볼 수 있겠어. En dus, Ca ira encore(아무튼, 다시 다 잘될 거야).

자네를 다시 봐서 정말 반가웠어. 무엇보다 자네 작업 이야기가 대단히 흥미롭더군. 언제 기

* 라파르트가 2.5길더를 빌려준 일을 말한다. 빈센트는 이 돈을 6월 초에 갚는다.

회가 되면 함께 이 인근을 돌아다니며 산책하세. 근처에 그림으로 그릴 만한 대상들이 제법 보이거든. 스헤베닝언의 생선 건조장이 좋은 예야. 정말 라위스달 그림의 분위기가 나(오버르베인의 세탁장 분위기의 그림처럼). 생각해보니 헤이그와 스헤베닝언은 나보다 자네가 더 잘 알겠군. 혹시 헤이스트나 슬레이케인더(골목길과 안뜰 달린 주택들 때문에 헤이그의 화이트채플이라고 불리는 곳이야)를 안 가봤다면, 자네가 다시 헤이그에 왔을 때 기꺼이 안내해주지.

자네한테 보여줄 목판화 2점을 찾아냈어. 에드워즈 부인Mary Ellen Edwards의 그림과 그린Henry Towneley Green의 그림. 특히 그린의 목판화가 아름다워. 루이 16세 시절을 배경으로 구경꾼들 사이에 한 화가가 간판을 그리고 있지. 나한테 로휘선의 복제화도 하나 있을 거야.

자네가 마음만 먹으면 아마 수집품을 나보다 훨씬 알차고 아름답게 꾸밀 수 있을 거야. 어쩌면 이미 그러고 있는지도 모르겠군. 자네의 수집품 전부를 본 적은 없으니까. 뒤러의 소품들 몇 개와 홀바인 몇 개, 뒤 모리에 몇 개 정도만 봤지. 비슷한 분위기의 그림들을 알고 있으면 나한테도 알려주면 좋겠어.

혹시 프레드 워커의 〈방랑자들〉을 아나? 대형 동판화인데 앞 못 보는 노인이 꼬마의 손에 이끌려 자갈길을 걸어가는 장면이야. 어느 겨울밤, 서리 내린 잡목림이 배경으로 펼쳐지고. 전형적인 현대식 정서를 표현한 비슷한 분위기의 그림 중에서 단연 걸작이지. 뒤러의 〈기사, 죽음, 그리고 악마〉보다 강렬함은 다소 떨어지지만, 보다 친근하고 또 그만큼 독창적이면서 가식적인 기교를 부리지 않았어.

네덜란드 화가들이 영국 화가들의 그림을 잘 모르는 게 유감이야. 마우베 형님도 〈스산한 10월〉 같은 밀레이의 풍경화 앞에 서면 열광하는 것 같다가도, 영국 회화는 다소 깔보거나 깊이 있게 들여다보지 않아. 그 형님은 매번 '영국의 예술은 문학'이라고 강조하는데 디킨스, 엘리엇, 커러 벨 같은 영국 작가를 비롯해 발자크 같은 프랑스 작가들은, 이런 표현이 어울릴지 모르겠지만, 놀라울 정도로 '조형적'이야. 그 작가들의 조형적인 특징은 헤르코머, 필즈, 이스라엘스의 데생보다 훨씬 강렬해. 그래서 디킨스도 가끔 이런 표현을 사용했었어. 'I have sketched(스케치했다).'

나는 감상주의만큼이나 회의주의를 끔찍이 싫어해. 네덜란드 화가들이 회의주의자들이라거나 쩨쩨한 사람들이라는 뜻은 아니야. 가끔은 그런 인상을 주고 분위기를 풍기지만, 자연을 마주하면 최대한 진지하고 독실해져. 사실, 내가 누구를 비판할 입장은 못 돼. 나도 가끔 똑같은 실수를 저질러서, 의도했던 것보다 훨씬 더 감상적으로 흐르거든.

요즘은 아름다운 것들이 사라져가고 있어. 그림 같은 풍경들 말이야. 얼마 전에 찰스 디킨스의 아들이 쓴 글을 읽었는데, 아버지가 살아 돌아오시면 당신이 소설 속에 묘사한 런던을 못 알아보실 거라더라고. 예전의 런던은 누가 '쓸어 가버린' 것처럼 흔적도 없이 사라졌다고 말이야. 우리나라도 사정은 마찬가지야. 아기자기한 주택들이 있던 자리에 전혀 그림 같지 않은 공동

주택들이 들어서고 있어. 차라리 공사 현장일 때가 나았지. 현장에 설치된 막사나 비계, 돌아다니는 인부들이 훨씬 더 보기 좋았어. 여기서 멀지 않은 곳에 있는 바자르스트라트나 란 판 메이르데르보르트 뒤편에 있는 동네에서 흥미로운 것들을 본 적 있거든. 한쪽에서는 땅을 파는데, 반대편에서는 땅을 덮고 있고, 자재 더미에 울타리에 볼만한 게 많이 나와 있더라고.

여기서도 그나마 아기자기한 맛이 있는 건 무료 급식소와 삼등석 대합실이야. 도시 풍경을 그리면서 생활비를 벌어야 하는 상황이 아니었다면 아마 계속해서 인물화만 그리고 있었을 거야. 그런데 아직까지는 내 인물화를 사주겠다는 사람을 못 만났고, 호의로 모델을 서주겠다는 사람들이 간혹 있기는 해도 모델료가 만만치 않게 들어가.

요즘 내가 그리고 있는 모델이 아주 마음에 들어. 자네가 왔을 때 내 화실에 있던 여인을 말하는 거야. 포즈도 잘 취하고 나도 잘 이해해주거든. 예를 들어, 포즈가 마음에 안 들어 화가 나면, 나는 벌떡 일어나서 이런 말을 퍼부어. "아니, 이러고서도 돈을 받겠다고!" 더한 말도 하는 편인데 그녀는 다른 이들과 달리 이런 말을 모욕으로 받아들이지 않고, 내가 흥분을 가라앉히고 다시 그림을 그릴 때까지 기다려줘. 게다가 내가 자신의 포즈나 태도에서 세세한 부분까지 포착하려고 기를 쓰고 있으면 끝까지 기다려준다네. 내게는 보물 같은 존재야. 집 밖에서 인물의 비율을 설정해야 할 때나, 밖에서 그리기 시작한 그림에 작은 그림자가 들어갈 자리를 찾아야 할 때, 구체적으로 예를 들면, 해변에서, 고기잡이배 위에서 빛을 받는 위치의 인물이 어떻게 보이는지를 확인해야 하는 상황이 발생하면, 이렇게 말하면 그만이야. "몇 시까지, 어디로 나와요." 그러면 그 시간에 그 자리에 나와 있어.

내가 하루 종일 그녀와 붙어 다니다 보니 이런저런 소문들이 도는데, 내가 왜 그런 것까지 신경 써야 하지? 솔직히 이렇게 소중하고 또 못생긴(???), 아니 '시든' 보조자의 도움을 받게 될 줄은 전혀 생각도 못 했었어. 내게는 아름다운 여성이야. 그녀에게서 내가 정말 원하는 걸 찾을 수 있거든. 세파에 찌들고 고통과 시련이 그녀에게 강렬한 흔적을 남기고 갔지만, 그 부분에서 얻을 게 있어.

갈아엎지 않은 땅에서는 아무것도 얻을 수가 없어. 그런데 그녀는 경작된 땅과 같아. 그녀에게서는 주름진 삶을 살아보지 않은 여자 여럿보다 많은 걸 얻을 수 있어.

빨리 답장해주게. 그리고 자네만 괜찮다면, 각자 작업하다 여건이 될 때, 그리고 우리 사이에 나누는 '도움이 되는 수다'가 도움이 되지 않을 경우, 이미 자네한테도 얘기했듯, 테르스테이흐 씨처럼 일종의 경고를 날려 서로 얼굴을 붉히지 않고, 사전에 서로에게 알려준다는 조건으로, 주기적으로 편지를 주고받으면 좋겠어.

내일은 다시 모래 언덕으로 나가 생선 건조장을 그릴 계획이야. 얼마 전에 상시에가 밀레에 관해 쓴 대단한 글을 읽었어. 상당히 흥미로운 내용이야. 정말 진지하게 권하는 거니까, 자네도 꼭 한번 읽어봐. 밀레의 절친인 상시에만 아는 상세한 이야기들이 담겼거든. 지금까지 밀레에 관한 책을 여러 권 봤는데도 내가 전혀 몰랐던 내용도 있더라고.

Adieu, 마음으로 악수 청해.

자네를 사랑하는 친구, 빈센트

203영 ___ 1882년 5월 31일(수)

(엽서에 영어로 쓴 글)

사랑하는 동생 보아라

오늘(아니면 내일)은 6월 1일, 집주인에게 화실 4월달 월세 5플로린과 지난달 월세 7.5플로린, 합쳐서 12.5플로린을 주겠다고 약속한 날이야.

하지만 5월 12일 이후로 너한테 아무런 소식을 받지 못해서 집주인에게 줄 12.5플로린이 없다. 더 이상 유예기간을 줄 리는 만무하고, 당장이라도 내 가구들을 경매에 내놓을지도 몰라. 내가 얘기한 부분들에 대한 네 의견이 어떻든, 일단 이런 수치스러운 상황까지는 가게 하지 말아다오. C. M.에게 보낼 그림들은 다 준비됐지만, 그 돈은 당장은 못 받을 거야. 다시 말하지만, 어쨌든 비정상적인 상황이나 공개적으로 망신당하는 상황만큼은 피한 다음에, 차분히 대화하거나 편지를 주고받으면서 어떻게 해야 할지 논의하자. 그러니 우선 내게 절박하게 필요한 것을 보내주고 답장해주렴. 밤낮으로 열심히 그려서 네게 보낼 그림도 하나 완성했다. 우푯값이 없어서 엽서로 보내는 점 양해 바란다. 내 말 명심해라.

잘 지내라, 빈센트

204네 ___ 1882년 6월 1일(목)과 2일(금)

테오에게

편지와 동봉해준 내용물도 잘 받았다. 그길로 당장 집주인에게 월세를 건넸어. 집이 저당 잡힌 상황이라 월세는 다른 사람이 받아가는데, 인정사정을 봐주지 않는 자라서 지난달에도 1층 세입자들을 길거리로 쫓아냈어. 한 달을 셋으로 나누어 1일, 10일, 20일에 돈을 보내겠다는 네 제안을 나로서는 무척 환영한다. 많은 문제가 쉽게 해결될 거야.

네 편지에 내가 얼마나 안도했는지 말할 필요도 없을 거야.

〈가자미 건조장〉은 받았어? 지금도 몇 개 더 그리고 있어서, 완성되면 비슷한 분위기의 그림 3점을 더 보낼게.

C. M.에게도 비슷한 그림을 보냈는데 아직 아무 말이 없구나.

네가 걱정하는 듯한 그 문제, 그러니까 가족들이 나의 법적 권리를 빼앗고 법적 후견인을 세울 가능성에 대해서 얘기해보자. "*증인 두어 명만(거짓 증인이라도) 나서서 형님이 재산 관리 능력을 상실했다고 증언하면*, 아버지가 형님의 법적 권한을 제한하고 후견인이 되기에 충분합니다." 요즘 같은 세상에 그게 과연 말처럼 쉬울지 나로서는 심히 의심스럽구나.

법적 후견제도는 그렇게 손바닥 뒤집듯 순식간에 진행될 수 없어. 이 제도가 '걸리적거리는' 사람이나 '곤란한' 인간을 제거하려는 일에 악용되는 사례가 종종 벌어지기 때문이야. 그래서 법적으로 피후견인이 항소를 제기할 수도 있고, 다른 구제책들도 많아.

그러면 또 넌, 간교한 변호사를 고용하면 법의 테두리를 교묘히 빠져나갈 수도 있다고 말하겠지. 그러고 싶으면 그러라지. 그런데 다시 한 번 말하지만, 요즘 세상에 멀쩡한 사람을 법적 후견제도로 손발을 묶는 게 그리 쉬운 건 아니다. 그렇게 손바닥 뒤집듯 순식간에 되는 일이 아니라고.

예전에, *변호사조차* 후견제로 제거해버리려 하다가 실패했던 남자의 사례를 알고 있어. 이유는 간단해. 그 남자가 "나는 명백히 법적 후견제도가 필요한 사람이 아니다"라고 주장하며 그 뜻을 꺾지 않았기 때문이야. 이런 사례도 있다. 한 남자가 자신의 의지에 반해 감시를 받으며 한 장소에 갇혔어. 가고 싶은 곳에 마음대로 갈 수가 없게 된 거야. 그는 감시자에게 "당신은 나의 이동의 자유를 빼앗아 겁박할 권리가 없으니 풀어줘야 한다"고 경고했어. 몇 차례 더 차분하게 경고했지만 감시자는 번번이 거부했지. 그러자 어느 날, 그가 부지깽이로 감시자의 정수리를 내리쳤고, 차분하게 그 자리에 서 있다가 순순히 체포에 응했어. 조사가 진행됐는데 남자는 무죄 방면된 거야. 왜냐하면, 일부 극단적인 상황에는 '정당방위'라는 법적 권리가 적용되기 때문이야. 살인 문제가 무죄로 결론난 이후, 원 사안에 대한 심리가 다시 열렸고, 그 남자는 법적 후견제도의 대상자가 될 이유가 없다는 판결이 나왔다.

한마디로, 요즘은 침착하고 당당하고 솔직하게 항의하는 사람에게 법적 후견제를 들이대는 게 쉽지 않다. 솔직히, 우리 가족이 내게 그렇게까지 할 거라고는 생각하지 않아. 넌 이미 헤일 사건이 있지 않냐고 반박하겠지.* 그래, 아버지는 그러실 수 있는 분이지. 하지만 내가 장담하는데, 감히 그런 일을 벌이신다면 난 끝까지 맞서 싸울 테다. 나를 공격하기 전에 숙고해보셔야 할 거야. 그런데 다시 말하지만, 그들에게 과연 그런 일을 감행할 용기가 있을지 모르겠다. 그래도 뭐, 의지와 용기가 있어서 감행하면, "오, 제발 그러지 마세요!" 따위 말은 않을 거다. 천만의 말씀. 그냥 내버려두고, 어디 하고 싶은 대로 다 해보라지. 그래봤자 세상 사람들에게 망신을 당하고, 소송비만 몽땅 뒤집어쓰겠지. 게다가, 어느 명문가에서 한 부유한 자를 후견제로 옭아매려고 변호사 여럿에 법률가까지 동원했는데도 실패한 사례가 있어. 쟁점을 2가지나 제기했는데도 말이야. 첫 번째는 재산 관리 능력 상실이고, 두 번째는 심신미약. 그 남자는 당연히

* 158번 편지(1881년 11월 18일) 참고

항변했고 판사는 비공식적으로 가족에게 기소를 철회하는 게 낫겠다는 의견을 전달했지. 가족은 소송이 진행되기 전에 결국 소 제기를 취하했어.

마지막으로 이것 하나만 덧붙인다. 이제 내가 부당한 상황에 놓이면 *끝까지* 저항할 거라는 걸 잘 알 거야. 그러니까 그들이 아무리 내가 아프고 허약해진 틈을 타서 계략을 꾸며도, 내 동의가 없으면 아무것도 할 수 없어.

내가 아플 때 그런 일이 일어난다면, 네가 나서서 반대해주기를 부탁한다. 건강할 때라면 얼마든지 나 자신을 챙길 수 있고 그런 일도 두렵지 않아. 설마 이런 수단까지 들고나오진 않겠지. 하지만 만에 하나라도 그런 움직임이 느껴지거든 곧장 나에게 알려다오.

그런 말이 *언급*되는 것까지 경계하자는 건 아니야. 그런 허튼소리까지 신경 쓸 겨를은 없어. 하지만 *조치*가 취해지는 건 다른 문제야. 그러니 무슨 움직임이 있거든 네가 경고해주리라 믿을게. 법적 후견제는 나도 알만큼 알아. *그래서 그들이 나한테 마음대로 할 수 없다는 것도 알지*.

아주 예전에, 몇 년은 지난 일인데, 네 편지와 비슷한 내용의 편지를 받았던 적이 있어. 어떤 문제에 대해 H. G. T.에게 조언을 구했을 때였지. 그 양반한테 그 얘기를 했던 걸 정말 후회한다. 솔직히 그때만 해도 가족들이 무서웠고 완전히 기겁한 상태였지. 10~20년이 지나서야 나는 가족간의 의무와 관계에 대해 다르게 생각하는 법을 배웠다. 아버지는 계속 '존경과 복종'만 강요했어. 자식이 부모에게 존경과 복종의 마음을 가지지 말라는 말이 아니야. 다만, 아버지가 당신의 권위를 수차례 남용하셨다는 점을 강조하고 싶은 거야. 당신의 의견에 동의하지 않으면 무조건 반항이라고 몰아세웠으니까. 내가 당신이 원하신 삶을 살았다면 좋았겠지. 그러면 그림은 *끝*이야. 아무것도 내 마음대로 할 수 없었을 테니까. 아버지가 예술을 조금만 이해해도 원활하게 대화할 수 있고, 그 과정에서 아버지 의견에 적극적으로 동의할 수도 있었을 거야. 하지만 그런 날은 결코 오지 않아. 목사님들은 설교 도중에 '아름다운 것'이라는 말을 자주 쓰는데, 그냥 형식적인 미사여구일 뿐이고 억지스러운 단어에 불과해.

아버지는 이런 양반이야…… 시급하고 빨리 처리해야 할 일을 마냥 질질 끌고 가서 모두를 화나게 하는 양반. '기다려라'라는 말을 그렇게 좋아하시면 당신이나 기다리시라고 해. 그 말, 한 번만 더 들으면 나도 도저히 못 참겠으니까.

시엔에 대한 네 생각을 솔직히 말해줘서 정말 고맙다. 그러니까, 그녀는 *꿍꿍*이가 있고 나는 순순히 '속아넘어갔다'는 말이잖아. 네 생각, 이해한다. 그런 일들도 일어나니까. 하지만 예전에 어떤 여자가 그렇게 날 속이려고 들길래, 그녀에게 단호히 등을 돌렸었다. 과연 내가 그런 계략에 또 걸려들까?

그리고 시엔에 대해 말하면, 난 정말 그녀가 좋고 그녀도 날 정말 좋아해. 특히 내게는 어디든 따라와주는 든든한 조력자야. 하루하루 내게 더 없어서는 안 될 사람이 되어가고 있다. 그녀에 대한 감정은 작년에 케이에게 품었던 마음만큼 열정적이지는 않아. 하지만 첫사랑의 좌절을 겪은 내가 여전히 느낄 수 있는 감정은, 시엔에 대한 이런 마음이 유일해. 시엔과 나는 함께 짐을 짊어지며 동행하는 불행한 두 영혼이야. 그렇게 함께하기 때문에 불행도 행복이 되고, 견디기 힘든 일도 견뎌 나갈 수 있어. 그녀의 어머니는 프레르의 그림 속 인물을 닮은 작은 노부인이야.

이젠 좀 더 잘 이해했겠지. 그녀를 존중하기 때문에, 우리 가족이 중요하게 생각하지 않는 한 나도 결혼이라는 형식에 얽매이지 않을 거야. 다만 확실한 건, 아버지는 결혼이라는 형식을 상당히 중요하게 생각하시지. 시엔과의 결혼을 허락하지 않을 거면서, 내가 그녀와 결혼식 없이 동거하는 건 더 용납하지 못할 양반이야. 뭐라고 하실지 안 들어도 뻔해. 당장 그녀를 떠나고, 일단 *기다려라*! 상황을 질질 끄는 거지. 절대로 용납할 수 없어. 내 나이도 서른이야. 이마에 주름이 얼마나 패였는지 얼굴 윤곽이 사십 대로 보일 정도인 데다 손은 또 얼마나 갈라졌는지 몰라. 그런데도 아버지 안경 너머로는 아직 내가 철부지 어린애로 보이나 봐. (1년 반쯤 전 편지에 이렇게 쓰셨어. "너도 이제 청소년이 되었으니.")

아버지와 스트리커르 이모부를 보면 누가 떠오르는지 알아? 제롬이 그린 〈두 점술가〉. 하긴, 뭐 나야, mauvais coucheur(불량배) 아니냐, que soit(그러거나 말거나).

넌 또 이렇게 말할 거야. "빈센트 형님. 형님은 〈가자미 건조장〉하고 원근법에 대해서나 고민하세요."

그럼 나는 이렇게 대답하마. "아우야, 네 말이 전적으로 옳다. 앞서 말한 것처럼 2점을 더 그릴 거야. 먼저 그렸던 그림들과 비슷한 분위기로. 그리고 조만간 너한테 보낼게. 난 그저 자연과 예술에만 집중하기를 원하고, 내가 그렇게 살고 있다는 증거니까. 법적 후견제니 뭐니, 그런 얼토당토않은 자질구레한 이야기 따위는 신경 쓰지 않는다."

Adieu. 헌신적인 너의 도움, 진심으로 고맙게 생각한다.

너를 사랑하는 형, 빈센트

이 편지는 아직 보내지 않았어. 작은 데생 몇 점도 같이 보내고 싶은데 아직 덜 끝냈거든. 다른 방식으로 그린 〈가자미 건조장〉 하나는 마무리했다. 시엔과 나는 진짜 보헤미안처럼, 몇 날 며칠, 모래 언덕에 나가 아침부터 밤까지 야영을 하기도 해. 빵과 커피 봉지만 들고 나가서 스헤베닝언에 있는 숯 가게 여주인에게 뜨거운 물을 얻어서 먹었지.

그 가게에서는 숯도 팔고 뜨거운 물도 파는데 보고 있으면 분위기가 아주 매력적이야. 새벽 5시에 갔더니 거리 청소부들이 커피를 마시러 오는 시간이더라. 그림으로 그리기 딱 좋은 무대야, 아우야!!! 그들에게 전부 모델을 부탁하면 돈이 많이 들겠지. 그래도 꼭 그려보고 싶구나.

편지해다오. 특히 마지막에 보낸 3점이 어땠는지 알려주면 좋겠다. 조만간 네가 여기 올 거라는 생각을 하니 정말 기뻐. 네 눈에 시엔이 어떻게 보일지 너무 긴장된다. 특별할 건 없어. 그냥 평범한 서민층 여자야. 다만 내 눈에는 고상한 면들이 보인다. 평범한 여성을 사랑하고, 마찬가지로 그녀에게 사랑을 받는 사람은 이미 행복하다. 삶의 어두운 면을 지나가고 있더라도 말이야. 지난겨울, 그녀가 도움받을 일이 없었고, 나 역시 사랑에 실패한 후 환멸을 느끼고 있지 않았다면 우리 사이에 아무런 인연도 이어지지 않았겠지. 어쨌든 나라는 인간도 쓸모가 있다는 생각 덕분에 현실로 되돌아와 활기를 되찾았다. 내가 사랑을 찾아다닌 게 아니라, 사랑이 날 찾아온 거야. 지금은 따듯한 애정이 우리 두 사람을 이어주고 있어. 무슨 일이 있어도 이 인연을 포기하고 싶지 않다. 그녀를 만나지 않았다면 나는 지금쯤 세상일에 환멸을 느끼면서 회의주의자가 되어 있겠지. 그런데 내 작품과 그녀는 내게 활력을 불어넣어줘. 이 한마디는 꼭 덧붙이고 싶다. 시엔이 화가의 삶에 뒤따르는 어려움과 고통을 꿋꿋하게 감내하고 있는 걸 보면, 오히려 케이와 결혼하지 않고 시엔을 만났기에 내가 더 뛰어난 화가가 될 것 같다는 말 말이야. 시엔이 우아하지는 않을지 몰라. 오히려 적절한 매너를 갖추지 못했지. 하지만 시엔은 언제나 적극적이고 헌신적이고, 난 그 점에 감동한다.

헤이여달이 〈슬픔〉을 봤다. 그런데 솔직히 앙리 필 같은 데생 화가가 내가 그린 최근 작품 3점을 봐주면 얼마나 좋을까 싶어. 아마 날 기억 못 하겠지. 예전에 만난 적이 있는데. 그 친구 행동이 좀 이상하니까, 무슨 말을 해줄지 짐작이 안 돼. 그런데도 그 친구가 내 데생을 어떻게 볼지, 그가 공감해줄지가 정말 궁금해. 그래서 말인데, 혹시라도 앙리 필을 만날 기회가 있거든, 마치 우연인 것처럼 내 그림을 좀 보여주면 좋겠다.

이 말도 꼭 하고 싶은데, 목판화 복제화도 차곡차곡 잘 모아두고 있어. 난 이게 소유권은 너한테 있고, 나는 사용권을 대신 가지고 있을 뿐이라고 생각해. 이제 복제화를 1천여 점쯤 모았는데 영국(주로 스웨인), 미국, 프랑스 작가들 작품이야. 라파르트도 수집하고 있는데, 그들을 무척 존경한다. 어쨌든 내가 모았어도 네 소유인데, 정작 넌 아직까지 제대로 본 적이 없구나. 얼마 전에 도레의 〈런던〉을 못 산 건 못내 마음에 걸리네. 서적상 주인이 7.5플로린을 달라더라고. 그래서 『뵈첼 선집』도 포기해야 했고. 아무튼 여기 오는 길에, 기회가 되면 들러서 확인해보면 좋겠다. 너도 마음에 들 거야. 그걸 들여다보면, 지금까지 한 번도 본 적 없는 예술가들을 발견하게 될지도 몰라.

빈센트

(다른 종이에 적어서 동봉한 글)

그리고, 법적 후견제에 대해 내가 좀 더 진지하게 받아들이고 고민하기를 바라는 거라면, 그럴 일은 없을 거다. 실제로 조치가 취해진다면, 당연히 심각하게 걱정해야겠지. 지금 에턴에 간다고 상황이 나아질 것 같지는 않아. 첫째, 나는 지금 그림을 그리느라 바쁘고, 둘째, 수중의 돈으로는 다녀오는 경비를 충당할 수 없어. 그 돈을 차라리 시엔에게 쓰는 게 낫겠어.

205네 ____ 1882년 6월 3일(토)

테오에게

오늘, 토요일에, 말했던 그림 2점 보낸다. 스헤베닝언 모래 언덕에 있는 〈가자미 건조장〉, 〈목수의 작업장과 세탁장〉(내 화실 창문에서 보이는 풍경).

요즘 네 생각도 많이 나고, 옛날 그 시절도 자꾸 떠오른다. 기억하지? 언젠가 네가 날 보러 헤이그에 왔던 날, 레이스베이크의 예인로를 따라 걸어가다가 풍차 옆에서 우유를 나눠마셨지. 그 기억이 이 그림들을 그릴 때 영향을 많이 끼쳤어. 되도록 순수하게, 내가 본 그대로 자연스럽게 그리려고 애썼어. 풍차가 있던 그날을 떠올리면 언제나 감정이 고스란히 되살아나지만, 그 풍경과 감정을 종이 위에 담아내는 건 불가능했어. 그러니까, 시간이 흐르며 많은 것들이 변했지만 내 감수성의 근간은 바뀌지 않았어. 다만 다른 방식으로 자라났지. 내 삶은, 어쩌면 네 삶도, 그 시절처럼 환하게 빛나지는 않는다. 그렇다고 그때로 되돌아가고 싶은 건 아니야. 고난과 역경을 거치면서 소중한 무언가가 꿈틀대기 시작했거든. 바로 그 감수성을 표현해내는 능력 말이야.

라파르트가 C. M.에게 보냈던 데생에 아주 관심이 많더라. 특히 집과 안뜰을 그린 큰 그림을 유심히 봤어. 그 친구, 내가 그림에 담으려던 의도와 어려움을 이해하더라. 네가 처음 파리에서 그 친구를 만났을 때와는 아주 다른 사람이 됐어.

지금 내 앞에 디킨스의 『하우스홀드 에디션』의 삽화가 들어간 판본이 한 권 있어. 삽화들이 정말 굉장해. 바너드와 필즈가 그린 삽화들이야.

책을 펼치면 내가 그린 목수 화실과는 분위기가 전혀 다른 옛 런던 거리를 구경할 수 있는데 목판화 제작 기술의 특징 때문일 거야. 어쨌든 나중에라도, 보다 과감하고 힘 넘치는 터치를 습득하는 최선의 방법은 서두르지 않고 연습하되 최대한 충실하게 관찰하는 거야. 너도 보면 알겠지만, 이 데생에는 면이 여러 개 있어. 그래서 이 구석 저 구석으로 시선이 옮겨 다니게 돼. 그런데 여전히 생기가 부족하다. 저 삽화들에서 느껴지는 특징들이 전혀 느껴지지 않아. 모자란 게 한두 가지가 아니야. 하지만 꾸준히 따라하다 보면 그 경지에 오르겠지.

C. M.에게 소식이 왔어. 우편환으로 20플로린을 보냈더라. 아무런 인사말조차 없이. 그래서 다른 그림을 주문한다는 건지, 내 데생이 마음에는 든다는 건지, 전혀 모르겠어. 그런데 맨 처음 보냈던 데생들이 총 30플로린이었는데, 그것보다(처음에는 작은 데생 12점, 이번에는 작은 것 하나, 네게 보낸 것 같은 크기 4점, 큰 데생 2점까지 총 7점인데) 훨씬 더 비중 있는 그림들이 이 정도라면, 지체 높으신 양반께서 이유는 몰라도 심기가 불편하시다는 결론이 내려지네. 그래,

수채화에 익숙한 사람의 눈에는 펜자국이며 밝은 부분을 뭉개고 다시 칠해서 채도를 높인 게 거슬릴 수도 있어. 하지만 그런 다듬어지지 않은 부분을 대수롭지 않게 여기는 사람이나 그림 애호가들도 많아. 막말로 신체가 건강한 사람은 강풍이 몰아치는 날의 산책을 좋아할 수도 있잖아.

베이센브뤼흐 씨도 문제의 데생 2점을 투박하다거나 지루하게 여기지 않았을 거야.

그래서, C. M.이 더 이상 그림을 주문할 마음이 없는지, 그걸 알고 싶다. 물론 주문을 강요할 수도, 그럴 마음도 없어. 하지만 혹시 네가 여기 오는 길에 어떻게 된 일인지 좀 알아봐 주면 고맙겠다.

그리고 20플로린도 감사해. 어쨌든 지체 높으신 양반께 가격을 정하시라고 맡겼으니까. 그래도 설마 이전 그림값보다 10플로린이나 깎을 줄이야. 혹시 다시 6점 혹은 12점 주문을 해주면 그릴 준비는 돼 있어. 그림을 팔 기회를 그냥 흘려보내고 싶지는 않거든.

지체 높으신 양반이 만족하시도록 기꺼이 최선을 다할 거야. 왜냐하면 그렇게 해야 월세도 내고 상황이 좀 풀릴 테니까. 그래도 그렇지, 지체 높으신 양반이 당신 입으로 직접, 완성도가 높은 그림들은 값을 덜 쳐주는 게 아니라 더 쳐주겠다고 말했으면서. 나중에라도 꼭 이 문제는 짚고 넘어가야겠어. 그래야 어찌할지 알 수 있잖아. 그림 주문을 다시 받을 수 있을까, 없을까? 나중에 편지라도 하실 수 있겠지.

그나저나 조만간 시간이 나면, 어쩌면 오늘 당장이라도, 내가 그간 수집한 목판화 인쇄물 목록을 대충 정리해서 보내주마. 받아보면 너도 기분 좋을 거야.

지난겨울에는 사실, 다른 화가들에 비해 채색에 신경을 덜 쓴 대신, 원근법과 비율 공부에 쓴 비용이 제법 돼. 알브레히트 뒤러의 책에 나와 있는 도구를 만드는데 돈이 좀 들어갔거든. 옛 네덜란드 화가들도 사용했던 도구야. 가까이 있는 물체와 저 멀리 떨어진 물체의 비율을 측정해주는 도구인데 원근 법칙으로는 도저히 계산이 안 되는 구도를 잡을 때 아주 유용해. *육안으로* 구도를 잡는 건 다년간의 실전 경험이 바탕이 되지 않으면 실수하기 쉽거든.

첫 시도에 바로 만든 건 아니야. 실패를 거듭한 끝에, 목수와 대장장이의 도움을 얻어 만들었다. 연구만 조금 더 하면 아주 좋은 결과를 만들어낼 수 있을 것 같아.

혹시 앞으로 입을 일 없는 옷 중에 나한테 맞는 바지와 겉옷이 있는지 찾아봐 주면 정말 고맙겠다. 사실 나는 옷 한 벌을 사도, 화실에서든 모래 언덕에 나가서든 그림을 그리기에 편한 작업복 용도로 사는데, 그 작업복이 해지기 시작했어. 그림 그리러 나갈 때 평상복을 입는 건 창피하지 않지만, 신사복을 추레하게 걸쳤을 때는 수치스러운 기분이 든다. 내 작업복은 전혀 추레하진 않다. 시엔이 신경 써주고 수선도 해주니까.

편지 마치기 전에 다시 한 번 강조하는데, 가족들이 내가 시엔의 꿍꿍이속에 속아서 같이 산다고 여기는 일만큼은 정말 없었으면 한다. 말도 안 되는 소리고, 듣기도 역겹고 오히려 나와 가족 사이의 골만 더 깊어질 뿐이야. 시대에 뒤떨어진 가치관을 들이대며 우리 일에 끼어들지 말아줬으면 좋겠어. 네가 넌지시 꺼낸 유산과 관련된 의심도 터무니없어. 적어도 내가 알기로, 내가 기대할 유산은 한 푼도 *없거든*. 막말로 우리 집에 유산으로 나눠줄 돈이나 있니? 상속자 명단에 내 이름을 넣어줄 수 있는 사람이라고는 나랑 이름이 같은 센트 큰아버지가 유일한데, 벌써 몇 년째 이런저런 이유로 사이가 틀어졌잖아. 그 양반의 protege(편애받는 조카)가 되고 싶은 마음도 없고 이런 식으로 화해하고 싶은 마음도 없거든. 그래도 우연히라도 만나면, 작년처럼 모두가 보는 앞에서 언쟁 벌일 일은 없기를 바란다. 이제 그만 줄일게. 악수 청한다.

너를 사랑하는 형, 빈센트

목판화 목록

작품집 1 : 전형적인 아일랜드인/ 광부, 공장 인부, 어부 등등. 작은 크기의 펜 데생
작품집 1 : 풍경과 동물/ 보드메르, 자코멜리, 랑송, 그리고 풍경화 다수
작품집 1 : 밀레의 〈밭에서 하는 일〉/ 브르통, 보턴, 클로젠 등등
작품집 1 : 랑송
작품집 1 : 가바르니, 추가로 석판화 복제품, 희귀본은 없음
작품집 1 : 에드 모렝
작품집 1 : G.도레
작품집 1 : 뒤 모리에, 작품 다수
작품집 1 : Ch. 킨과 샘본
작품집 1 : J. 테니얼, 그 외 비콘스필드 카툰
(위 세 항목) 「펀치」 삽화가 다수
존 리치 작품 빠짐, 그러나 쉽게 찾을 수 있음
목판화 새 판본이 나왔는데 가격도 비싸지 않음
작품집 1 : 바너드
작품집 1 : 필즈, 찰스 그린 등등
작품집 1 : 작은 크기의 프랑스 작가 목판화 복제품, 『뵈첼 선집』 등등
작품집 1 : 영국 선박에서 본 장면, 군인 크로키
작품집 1 : 헤르코머의 〈사람들 얼굴〉, 다른 작가들 데생과 초상화
작품집 1 : 런던 일상 풍경, 아편 피우는 사람들부터 화이트채플, 세븐 다이얼스, 로튼 로우나 웨스트민스터 공원의 고상한 부인들 인물화. 파리와 뉴욕의 비슷한 일상화도 첨부. 다 합해놓으면 묘하게 『두 도시 이야기』가 됨
작품집 1 : 「그래픽」, 「런던 뉴스」, 「하퍼스 위클리」, 「릴뤼스트라시옹」 등에 개재된 대형 복

제화. 프랭크 홀, 헤르코머, 프레드 워커, P. 르누아르, 멘첼, 하워드 파일
작품집 1 :「그래픽 포트폴리오」 사진이 아니라 판으로 복제한 목판화 작품을 수록한 특별판, 그중에서도 필즈의 〈노숙자와 굶주린 자〉. 삽화가 들어간 디킨스의 책, 멘첼의 〈프리드리히 대왕〉 축소판

라9네 .... 1882년 6월 6일(화)

친애하는 라파르트

일전에 자네가 기꺼이 빌려줬던 2.5플로린, 감사하는 마음으로 이 편지에 동봉하네. 내 데생에 대한 답장을 받았어. 그런데 데생 7점에 총 30플로린 이상을 기대하진 않았지만, 그래도 대가는 내 기대에 훨씬 못 미치는 액수였어. 고작 20플로린에 덤으로 이런 핀잔도 따라왔지. "내가 이런 데생을 상업적인 가치가 있는 상품으로 생각했을까?"

자네도, 좋지 않은 시기에 이런 경험(더 심한 일도 있긴 하지. 이전에 겪은 일에 비하면 이번 일은 그나마 관대한 처사라고 해야 할까), 이건 전혀 격려가 되지 않는다는 걸 알 거야.

예술이란 질투가 심해서 자신에게 온 시간과 힘을 쏟아붓기를 요구해. 그런데 막상 그렇게 쏟아붓고 나면 쓸모없는 인간이 된 것 같은, 뭐랄까, 씁쓸함만 남지.

그러니까 우리는 알아서 갈 길을 헤쳐나가야 하는 거야.

나는 이렇게 답장했어. '상품의 값어치 같은 건 잘 알지 못하니 미술상이 값어치가 없다고 말하는데 반박할 마음은 없다. 단지 나는 예술적 가치를 더 중시하고, 가치를 돈으로 계산하는 일보다 자연에 빠져드는 걸 더 좋아한다. 내가 값어치를 물어보고, 내 그림을 그냥 거저 줄 수 없는 이유는, 남들처럼 월세도 내고 먹고살아야 하기 때문이다. 상대적으로 덜 중요한 잡일들을 해결하는 것도 내 의무다.' 그러나 이런 말도 덧붙였어. 내 그림을 강매할 생각은 추호도 없고, 높으신 양반께서 원하시면 언제든 다른 그림을 그려드릴 용의가 있는데, 동시에 고객 한 사람을 잃을 준비도 되어 있다고. 아마도 틀림없이, 내 태도를 배은망덕하고 무례하다고 버릇없다고 여기겠지.

그래서 이런 잔소리를 듣게 될 거야. "아니, 암스테르담의 작은아버지가 다 너를 위해서, 너 도와주려고 호의를 베풀어주셨는데, 그렇게나 배은망덕하고 불손한 태도로 대답하다니! 잘못해도 한참 잘못했어!" 등등.

친애하는 라파르트. 지금 이 상황에서 웃어야 할까, 울어야 할까. 너무 뻔한 상황이잖아! 그러니까, 돈 많은 미술상들은 대체로 선량하고 정직하고 솔직하고 공정하며 섬세한 사람들이지. 반면에 우리 같은 사람들, 태양이 작열하는 날에도 눈 내리는 날에도, 시골 길바닥이나 화실에서 그림이나 그리는 가난한 예술가들은, 섬세하지도 않고 상식도 떨어지고 예의도 없고.

그러든지 말든지!

암스테르담의 작은아버지는, 대단히 뻔뻔한 태도로 드 그루를 아주 파렴치한 인간이라고 말했던 양반이라고. 그 말 한마디 때문에 내 의견이 얼마나 달라졌는지 자네도 알 거야! 그런데 고상하신 미술상 나리께서 내가 던진 단 하나의 질문에는 여태 답을 안 하고 계시지. "제게는 *벌이*의 문제라기보다는 *자격*의 문제 같습니다."

아무튼, 내가 자네한테 이런 말을 하는 건 기계의 안전장치를 조금씩 푸는 거라고 예전에 말했었지. 안 그랬다간 앙심만 계속 쌓이다가, 결국 질려서 아예 생각하지 않고 잊어버릴 것 같아서. 처음에 호의로 대해주던 사람들도 결국에는 본색을 드러내서 아연실색하게 만들더라고.

à Dieu, 다시 한 번 고맙다는 말과 함께 내 말 항상 명심하고,

자네를 사랑하는 친구, 빈센트

206네 ―― 1882년 6월 8일(목) 추정

브라우에르스흐라흐트 시립병원(4병동 6호실 9번 병상)

테오에게

네가 6월 말에 온다면 나도 다시 그림을 그리고 있을 거야. 그러길 바란다. 당분간 병원 신세를 지게 됐거든. 한 2주 정도. 벌써 3주 전부터 불면증과 미열에 시달렸고 소변을 볼 때마다 통증도 느꼈어. 내가 임질이라는 질환에 걸린 것 같다더라. 증상은 경미한 편이야.

꼼짝없이 침대에 누워서 키니네quinine 알약만 삼키는 신세야. 간간이 수액이나 백반 용액 주사도 맞고. 한마디로 치료법이 그리 복잡하지 않으니, 걱정할 필요 없다는 말이야. 그래도 이런 감염병을 우습게 보면 안 되는 게, 일단 걸렸으면 조금만 소홀히 해도 악화되거든. 브레이트너르를 봐라. 그 친구, 병실은 다른데 아직 여기에 있어. 머지않아 퇴원할 것 같더라. 내가 여기 입원한 줄은 모른다. 너도 아무에게도 말하지 마라. 사람들은 과장이 심하고 이런저런 소문을 내서 상황만 악화시키잖아. 너한테만 사실대로 말하는 거야. 그렇지만 누군가 내 근황을 직접 묻는다면 굳이 숨길 필요는 없어. 어쨌든 내 상태는 크게 걱정하지 않아도 괜찮아.

병원비는 2주치 10.5플로린을 선불로 냈어. 음식이나 간호나 기관의 지원을 받는 환자나 자비로 내는 환자나 차이는 전혀 없어. 지루하지는 않다. 치료나 간호나 여러모로 괜찮아. 휴식과 치료를 병행하는 셈이니까.

그런데 괜찮으면, 6월 20일까지 위에 적은 주소로 50프랑만 보내주면 좋겠구나. 등기우편 말고. 그게, 6월 1일에 100프랑을 받았으니 괜찮을 것 같기는 한데, 혹시 병원에 더 머물러야 하면 돈을 더 내야 하고, 그게 아니라도 그림 그릴 준비를 해야 하거든. 나야 물론 2주 후부터 곧바로 그림을 그리고 싶지. 모래 언덕에 나가 있고 싶어.

시엔은 매일 병문안을 오고. 내가 입원한 동안 화실도 봐주고 있다.

너한테 말할 게 있는데, 입원 전날 C. M.에게 편지가 왔다. 그런데 나한테 '관심'이 있다는 말을 쓰셨더라. 게다가 테르스테이흐 씨도 내 그림에 관심을 보이지만, 그 양반의 호의에 대해 내가 배은망덕하게 행동해서 용서하지 못하고 있다는 거야. 아무튼 테오야, 지금 내 마음은 차분하고 평안한데, 테르스테이흐 씨 같은 양반이 선택적으로 나한테 관심을 보인다는 말을 들으면 발끈할 것 같다. 그 양반이 날 아편쟁이에 비유할 정도로 많은 관심을 보였던 걸 생각하니, 내가 왜 그 양반 면전에 대고 "지옥으로 꺼져요!"라고 고함을 지르지 않았는지 나 스스로도 의아할 정도야.

아편쟁이라는 말이 나왔으니 말인데, 호화롭고 편안한, H. G. T. 씨가 누리는 여유로운 환경과 오가는 사람들이 끊임없이 늘어놓는 듣기 좋은 말에 취해 살다 보니 본인은 멀쩡하다고 느끼는지 모르겠지만 아무래도 정신이 오락가락하는 것 같다.

한마디로, 그 양반의 겉멋뿐인 우아함, 세련된 척하는 매너, 그 고급 양장들 등등, 생각하면 할수록 그 양반의 모든 행동에 '*위선*'이 묻어나더라. 나도 좋게 표현해보고 싶지만, 다른 말을 찾을 수가 없어.

그 높으신 양반이 대단히 영리하다는 사실에는 의심의 여지가 없다만, 내가 그분을 존경하려면 한 가지 풀어야 할 숙제가 있어. 정말 좋은 분일까? 내 말은, 적어도 마음속에 반감이나 앙심을 품고 빈정거리며 궤변만 늘어놓는 양반이 아니어야 한다는 거야. 그게 가장 중요해.

C. M.의 마지막 편지에 아직 답장하지 않았다. 쓸 마음도 없고. 하지만 나중에 또 그림을 사겠다는 약속만큼은 감사하게 생각한다. 내 그림에 흥미를 보인 점도. 물론, 진심이라면 말이야. 어쨌든 두고 보자.

네 편지를 받는다면 그것보다 좋은 일이 있겠냐. 시엔이 이제 레이던에 입원할 준비를 하고 있다. 그녀를 떠올릴 때마다(지금도 그녀를 기다리고 있어) 무사히 견뎌내기를 바라고 있다.

나는 한참을 참으면서 계속 그림을 그리다가, 결국 위급 상황이라고 느껴서 병원에 왔거든. 그런데 오늘 아침에 의사가 조만간 나을 거라고 하더라고.

며칠간 꼼짝없이 침대에 누워 지내야 하는 처지가 그리 딱한 것만은 아닌 게, 나중에 의사한테 내가 헤일의 정신병원으로 끌려가거나, 법적 후견제로 제약을 받을 필요가 없는 사람이라는 확인서를 부탁할 수 있을 것 같거든.

이걸로 충분하지 않다면, 나중에 레이던의 산부인과 의사한테도 한 장 써달라고 하지.

그런데 또 따지고 보면, 사회나 가족을 동원해 나 같은 사람을 미친 사람 취급해 법적 후견인을 지정하겠다는 계획을 짠 사람들이 어쩌면 여기 의사들보다 수싸움에서 훨씬 고수가 아닐까 싶기도 하다.

내가 보낸 데생 2점은 잘 받았니?

à Dieu. 악수 청한다. 그리고 상상할 수 있는 최대한 많은 행운이 있기를 기원한다.

너를 사랑하는 형, 빈센트

이건 꼭 말해야겠다. 헤일에서의 일 때문에, 아마 가족들이 계획을 갑자기 변경하지는 못할 거야. 대신 이제는 *건강*이 아니라 *재정*을 문제 삼을 것 같아. 왜냐하면, 건강상의 이유는 이미 한번 써먹어 봤으니까.

다 어림없는 소리다. 하지만 다시 말하지만, 난 이런 일이 제발 일어나지 않기를 바랄 뿐이야.

제발 속히 편지해라. 네 소식이 궁금해. 테오야, 넌 알잖아. 여기 의사가 나를 치료해주고, 레이던의 산부인과 의사가 시엔을 돌봐준다고 해서, 내가 그들한테 내 가족사를 미주알고주알 털어놓지 않을 거라는 걸. 네가 말했던 두세 명의 증언에 반대되는 증언 몇 마디만 부탁하고 말 거야.

207네 —— 1882년 6월 9일(금)

테오에게

요즘은 집에서 들려오는 소식 중에 반가운 것들도 있더구나. 아버지 어머니 기분이 좋다는 것도 다행이고. 시엔이 화실로 소포가 하나 왔다고 알려주는 거야. 그래서 가서 뜯어보고 내용물을 알려주고 편지가 있다면 가져다 달라고 했지. 그런데 부모님이 겉옷과 속옷을 비롯해 담배까지 어마어마하게 보내신 거야. 게다가 편지에 10플로린까지 넣어서. 얼마나 감동했는지 몰라. 그러니까 두 분은 내 생각보다는 훨씬 더 마음의 문을 여신 것 같다. 그런데 아직은 모르시는 게 더 많겠지.

테오야, 나는 기력도 없고 쉽게 지친다. 회복을 위해서는 절대적으로, 무조건 휴식을 취해야 해. 내 마음을 평안하게 만들어주고 내게 평화를 주는 거라면 그게 뭐든 환영이야. 여기 오기 전에는 정말 몸이 불편했었는데, 지금은 전혀 위중하지 않고 단기 치료만 잘 받으면 다시 건강해진다고 해. 부모님 소포 얘기를 지체하지 않고 너한테 말하면 반가워할 것 같았어.

시엔은 다음 주 월요일에 떠난다. 지금 그녀는 병원에 있는 게 가장 좋겠지. 6월 중순에나 퇴원할 것 같다. 내가 아프니까 여기 남아 있겠다는데, 그건 내가 원치 않아.

병원에 올 때 원근법에 관한 개론서 몇 권하고 『에드윈 드루드』를 비롯한 디킨스 책들을 들고 왔어. 디킨스의 저서에 원근법에 관한 것도 있어. 세상에! 진짜 이런 작가는 어디에도 없다니까!

그나저나 아무것도 할 수 없는 이 휴식 시간이, 내 그림에 유용하게 쓰이면 좋겠다. 가끔 그런 거 있잖아, 얼마간 그림을 그리지 못하다가 다시 시작하면 보는 눈이 더 넓어지기도 하잖아.

전보다 새롭고 신선한 시선을 갖게 된달까.

병실 유리창 너머로 보이는 풍경이 아주 근사해. 선착장, 감자 실은 화물선이 다니는 운하, 허물어져 가는 주택의 뒷모습, 인부들, 정원 한구석, 좀 더 멀리로는 나무와 가로등이 늘어선 강변과 정원 딸린 복잡한 구조의 공동주택, 그 뒤로 보이는 지붕들까지. 조감도로 보이는 풍경인데 마치 라위스달이나 판 데르 메이르 그림처럼 신비한 분위기야. 특히 밤이나 아침에는 빛이 그런 신비한 효과를 극대화해. 그런데 그걸 그릴 수가 없구나. 기력을 회복하기 전에는 불가능하지. 병상을 벗어나는 건 안 되지만 일어나 앉을 수는 있어. 그래서 저녁에는 창가로 가서 아래를 내려다보곤 해. 어서 편지해라. 아버지 어머니한테 정말 감사드린다. 지금 같은 시기에, 정말 반가운 소식이었거든.

쉬니까 기분은 좋다. 마음도 차분해지고 한동안 날카로웠던 신경도 잠잠해지고. 내 병실도 삼등석 대합실처럼 흥미로운 곳 같다. 그런데 아직은 그림을 그릴 수 없다. Adieu. 편지 쓸 시간이 나기를 바란다. 내 말 명심하고.

너를 사랑하는 형, 빈센트

집에서 그런 소식을 받으니 정말 반갑더라. 그래서 네게 얼른 알려주고 싶었어. 속옷도 더 살 필요 없다. 아버지 어머니께 편지 드렸어. 감사 인사와 함께 여기 입원해 있다는 소식도 알려드렸고. 주소는 너도 알지.

브라우에르스호라흐트 시립병원(4병동 6호실 9번 병상).

208네 ____ 1882년 6월 22일(목)

테오에게

50프랑 동봉된 6월 12일 편지, 잘 받았다. 진심으로 고마워. 아직 답장 못 한 이유는 정확한 병세를 알 수가 없어서야. 의사의 예상과 달리 회복이 늦다. 입원한 지 벌써 보름 정도 됐는데, 병원비 2주 치를 다시 선불로 냈어. 그런데 상태가 호전되면 8~10일 만에 퇴원할 수도 있어. 그러면 차액을 돌려받아. 오늘 아침에 의사와의 진찰 시간에 혹시 합병증 같은 걸로 악화할 수 있는지 물어봤어. 그럴 일은 없는데 더 쉬면서 차도를 지켜봐야 한다더라. 정말이지 녹음과 신선한 공기가 이루 말할 수 없이 그립다. 이 상황이 지속되면 오히려 몸이 더 약해지겠어. 온종일 꼼짝도 않고 있으니까. 그림을 그려 보려 몇 번 시도했는데, 안 되더라고. 책은 읽을 수 있는데, 더 읽을 책이 없어. 아, 이 생활도 끝은 있겠지. 참고 기다려야지 뭐.

시엔은 레이던으로 갔어. 그런데 출산 전까지는 아무 소식도 못 들을 것 같다. 여자들이 겪는 출산의 고통에 비해, 우리 남자들의 불행은 어떤 의미가 있는 걸까? 고통을 감내하는 일만큼은 여성이 남성보다 훨씬 뛰어나. 하지만 우리 남자들은 여러 면에서 훨씬 뛰어나지. 시엔은 병원으로 떠나기 전날까지 나를 찾아왔어. 훈제 고기를 가져올 때도 있고, 설탕을 가져올 때도 있었지. 그것 없이 견디려니 무척 힘들다. 하지만 지금은 내가 그녀에게 답례로 힘이 될 만한 음식을 싸 들고 레이던으로 가져다줄 수 없어서 유감이야. 병원에서 주는 음식이 그저 그래서 꼭 필요할 텐데. 아무것도 못 하는 채로 멍하니 하루하루 보내는 기분이 영 별로다. 순간순간, 이 정도는, 저 정도는 할 수 있을 것 같은 생각도 들지만, 허약한 몸 상태가 결국 현실을 깨닫게 해줄 뿐이야.

내 그림들이 흥미롭다는 네 글을 보고 뛸 듯이 기뻤다. 얼마 전까지 정말 고생하면서 그린 것들이거든. 마무리할 때쯤엔 엄청난 통증에 시달리면서도 진짜 공들여 그렸어. C. M.에게 보낸 것들도 마찬가지였어. 병원에 입원하기 한참 전부터 통증이 극심했었거든.

라파르트한테도 편지가 왔어. 2.5플로린은 진작 갚았지. 그랬더니 답장하면서, 화실에 왔을 때 내 그림에 대해 했던 말을 또 하더라. 구상과 그림 속에 담긴 감정과 생명력이 아주 마음에 들었다고 말이야. 그러면서 조만간 비슷한 분위기의 그림을 또 그리거든 자신에게도 몇 점 보내달라더라. 자신이 팔아줄 수도 있을 것 같다고. 너도 알겠지만, 남들이 내 그림의 가치를 알아주면 그것만큼 좋은 일이 없다. 정말 기뻐. 왜냐하면, 간간이나마 내 그림이 이래저래서 괜찮다거나, 이건 느낌이 오고 저건 상당히 수준급이라는 칭찬조차 못 들으면, 낙담하고 숨 막히고 참담한 기분이 들거든. 한두 사람이라도, 내가 표현하고자 하는 것을 보고 실질적으로 무언가를 공감하고 같이 느껴준다는 거, 그것만큼 힘이 되는 게 없어. 라파르트가 내 누드 습작도 보고 좋아해줬어.

며칠 만에 처음으로 침대에서 일어났어. 너한테 이렇게 편지를 쓰니까 이제 좀 살 것 같다. 아! 얼른 회복하고 싶다! 필요한 만큼만 내 마음대로 움직일 수 있으면 병실 내부를 데생으로 그려보고 싶어. 다인실 병실로 옮겼어. 엄밀히 말하면 커튼 안 달린 간이침대라고 할 수 있지. 그래서인지 특히, 저녁이나 밤이 되면 빛이 내는 효과가 상당히 그럴듯해. 의사 선생님은 볼수록 마음에 드는 분이야. 얼굴만 보면 훤칠한 이마에 호감 가는 표정에 렘브란트를 닮았어. 이 양반한테 배운 게 하나 있는데, 이 양반이 환자 대하듯 나도 모델들을 대하면 좋을 것 같아. 모델들을 활기차게 만들어서 순식간에 필요한 자세를 취하게 만드는 방법 같은 거. 인내심도 대단한 양반이야. 환자들 마사지도 직접 하고, 연고도 직접 발라주고, 하여튼 간호사보다 훨씬 능숙하게 환자들을 대할 줄 알아서 환자들이 주저하지 않고 진찰에 필요한 자세를 취하게 만들어. 연세가 좀 있는데 제로니모 성인(聖人) 같은 분위기를 풍겨. 날렵하면서 건장하고 구릿빛 피부에 주름도 좀 잡혀 있고, 관절 부분도 그림으로 그린 듯 상당히 인상적이라 모델로 삼아 그리지 못하는 게 못내 아쉽다.

헤이여달은 충분히 그런 상을 받을 만해.

이 말도 해야겠는데, 입원하고 며칠 지나지 않아 아버지가 왔다 가셨어. 잠깐 지나는 길이시라, 오래 이런저런 얘기를 나눌 시간은 없었다. 아버지나 나나 무언가 의미 있는 일을 함께할 수 있을 때 오셨으면 얼마나 좋았을까. 그래도 아버지가 병문안을 오신 게 믿어지지 않더라. 꿈인 줄 알았다니까. 하긴, 여기 병원에 입원해 있는 시간 내내 그렇지만.

시엔, 그녀의 어머니, 우리 아버지 외에는 아무도 만나지 못했어. 차라리 더 잘된 일이다만, 흘러가는 하루하루가 좀 외롭고 우울하다. 종종 지난겨울보다 더 침울하고 훨씬 외롭게 느껴지기도 해. 마우베 형님을 찾아갔을 때보다 더 참담한 심정도 들고. 그럴 때마다 가슴이 아프고 숨이 막혀 와. 쓸데없는 짐이라 여기면서 지난 기억을 떨쳐내려 해도 잘 안 되더라.

간호사한테 물어봤는데, 브레이트너르는 며칠 전에 퇴원했다네.

일반병실 의사들이 전반적으로 특실 의사들보다 더 과감한 모양이야. 차라리 잘됐어. 내가 있는 병실에서는 처치 과정에서 환자들이 아파하는 것 따위는 크게 개의치 않는다. 방광에 카테터를 삽관할 때도 사전경고나 설명 없이 그냥 과감히 쑤셔 넣어. 차라리 잘됐다니까. 아무튼 병원도, 삼등석 대합실처럼 흥미로운 곳이야. 아, 여기를 그릴 수 있다면! 하지만 아무것도 못 해. 가진 거라곤 디킨스의 책 몇 권하고 원근법 개론서가 전부야.

속히 편지해다오. 주소는 알지. 브라우에르스흐라흐트 시립병원 4병동 6호실 9번 병상.

à Dieu. 마음으로 악수 청한다. 정겨운 네 편지와 동봉된 것, 정말 고맙게 받을게. 건강하고, 내 말 명심해라,

형은 너를 사랑한다, 빈센트

시엔이 떠날 때가 되니 신경이 날카로워져서 병이 재발한 것 같다. 살다 보면 진정할 수 없을 때가 간혹 있잖니. 그녀는 거기서 홀로 정말 외로울 거야. 정말 그녀를 보러 가고 싶어. 불안에 떨며 지내고 있을 텐데.

라10네 ____ 1882년 6월 24일(토)

6호실 9번 병상

친애하는 라파르트

자네의 지난 편지에 대한 감사를 전하려고 편지하네. 몸 상태가 웬만만 했어도 진작 답장했을 텐데, 자네 편지를 화실이 아니라 3주째 누워 있는 병원 침대에서 받았거든. 그래서 자네 편지가 두 배나 더 반가웠어. 게다가 C. M.의 눈 밖에 난 데생들에 대한 자네의 평가 때문에 더욱 기쁘기도 했고.

다른 사람들도 내 데생이 나쁘지 않다면서 작은아버지의 혹평에 악의는 없었을 거라고 하

더라고. 어쨌든 그 데생을 포함해서 〈가자미 건조장〉과 비슷한 분위기의 그림을 그리려고 모래 언덕에 나가 생활하느라 감기에 걸린 것도 한두 번이 아니고, 고열에 시달린 건 말할 것도 없고, 항상 신경이 곤두선 채로 지냈어. 그 과정에서 방광에 무리가 간 것 같고, 소변을 못 봐 고생고생하고 통증에 시달리다 결국 병원까지 온 거야. 삽관해서 한번 휘저은 뒤로, 조금씩 몸이 정상으로 회복되는 중이긴 해. 반가운 소식이긴 하지만, 아직 완치가 아니라서 언제 퇴원할지 알 수가 없어. 일주일 안에 퇴원하면 좋겠지만 병이라는 게 장담할 수 없는 거라서.

이 병원은 상당히 마음에 들어. 나는 병상이 10개인 다인실에 있어. 지금까지는 그림을 그릴 수 없었어. 꼼짝도 할 수 없었거든. 지금도 간신히 몸을 움직일 정도에 내가 뭘 할 수 있을지, 얼마나 버틸 수 있을지도 모르겠어. 하루에 한 시간은 정원에 나갈 수 있어. 어제 정원에 나가서 스케치 비슷한 걸 그리기 시작했어. 다시 관찰을 시작했는데 처음에는 머리가 멍해지더라고.

퇴원하면 한동안은 건강에 신경을 좀 써야겠어. 암, 그래야지.

여기 병원이 좋은 게 치료법이 남다르다는 거야. 또다시 병원 신세를 져야 할 일이 생기면, 이번과 달리 주저하지 않고 병원을 찾아가 입원할 거야. 집에서 끙끙 앓는 것보다 비교할 수 없을 정도로 편리해. 적어도 내 경우는 그랬어. 지금은 훨씬 나아졌어. 그런데 가장 큰 문제는 이 일 저 일 하고, 여기저기 돌아다니다 병이 재발할까 그게 걱정이야. 지난주에 딱 그런 일이 있었거든. 그것만 아니었으면 벌써 퇴원해서 나갔을 거야.

새로 데생 몇 점만 더 그리면, 그러니까 가자미 건조장이나 안뜰 같은 그림들 말이야, 아무튼 그게 완성되면 자네한테 보낼 테니, 수단이 있으면 한번 주변에 팔아주면 좋겠어. 서두를 생각은 전혀 없어. 그냥 평소 그리던 것보다 더 나은 그림이 나올 때까지 계속 그릴 생각이야. 그렇게 완성한 걸 암스테르담에 보내느니, 자네한테 보내는 게 더 나을 것 같아서 말이야. 물론 암스테르담에서도 거래가 활발히 이루어지면 좋긴 하겠지.

사전에 한 가지 합의를 해두면 좋겠어. 만약 그림이 팔리지 않으면, 불편해하거나 미안해하지 말고 다시 나한테 돌려 보내주기로 말이야. 그것 때문에 내가 낙담할까 봐 걱정할 필요는 없어. 처음부터 잘될 수는 없잖아. 그러니까 피차에, 이런 경험이 실패하지 않을까 하는 두려움은 갖지 말자는 거야(성공하지 못할 경우). 내 그림이 모자라서든, 내 그림 보는 눈의 수준이 낮아서든 말이야.

다시 그림을 그릴 수 있게 되면 즉시 편지하지. 지난번 편지, 다시 한번 고마워. 내 답장이 너무 늦지 않았기를 바라네. 그동안 잘 지내.

자네를 사랑하는 친구, 빈센트

209네 ___ 1882년 7월 1일(토)

테오에게

지금 막 화실로 돌아와서 곧장 편지하는 거야. 다시 회복되니 얼마나 기쁜지, 병원에서 화실로 돌아오는 길에 보이는 모든 게 얼마나 아름다웠는지, 설명할 방법이 없구나. 빛은 또 얼마나 밝고, 공간은 또 왜 이리 넓고, 사물과 사람들은 또 얼마나 오밀조밀한지! 그런데 삶에는 항상 '그러나'가 있더라. 다음 주 화요일에 다시 병원에 가서 의사에게 진찰을 받아야 해. 자칫 방심하면 다시 보름쯤, 혹은 그 이상 입원해야 할 수도 있다더라고. 절대로 그리로 돌아가는 일은 없었으면 한다.

골치 아픈 일이 발생할 경우 재입원을 해야겠지만, 별다른 일이 없더라도 일단 화요일에 병원은 가야 해. 요도가 점점 확장돼야 하는데 마음이 급해서 억지로 하면 또 문제가 생길 수 있어. 순차적으로 지름이 큰 관을 계속 찔러 넣으면 관이 팽창하게 돼. 고통스러운 것도 그렇지만 무엇보다 느낌이 영 별로야. 한동안 그 상태로 있어야 하거든. 관을 뽑을 때 살짝 피가 나지만 며칠 지나면 좀 살 만해지고 통증도 사라져. 증상이 간헐적으로만 나타난 덕에 일단 화실에 올 수 있게 된 거야. 지금은 편하게 소변을 보는데, 이게 무슨 대단한 일이라도 되는 듯 기분이 날아갈 것 같더라. 조만간 모든 게 정상으로 돌아올 거야. 단지 시간 문제지. 어쨌든, 일단 병상에서 일어나니까 카테터 삽관이니 뭐니 까맣게 잊게 되네. 그걸 들고 나타나는 의사를 다시 마주대하기 전까지는 말이야. 결코 기분 좋을 수 없는 일이야.

어쨌든 이런 건 그냥 '인생의 소소한 불행'에 불과해.

임신과 출산이야말로 grande misère(대단한 불행이지). 시엔의 마지막 편지가 상당히 우울했어. 아직 출산 전이지만 당장이라도 애가 태어날 수도 있어. 지금 며칠째 계속 기다리는 중이라 더 걱정이야. 그녀가 보고 싶어서 정원 산책 대신 외출을 허가해달라고 간곡히 부탁해서, 내일 아침에 그녀의 어머니와 함께 그녀에게 가려고 해. 병문안은 일요일만 허용되거든. 마지막 편지는 그녀가 간호사한테 부탁해서 썼는데, 간호사가 방문할 수 없겠느냐고 묻더라고. 하지만 가도 그녀를 못 볼 수도 있어. 가여운 여자. 그래도 그녀는 두려워하지 않고 잘 버틸 거야. 그게, 마지막 편지에서, 위험하진 않아도 그녀가 많이 약해진 느낌이었어. 입원해 있으면서 그녀가 얼마나 보고 싶었는지 몰라. 그 마음은 지금도 마찬가지야. 순간순간, 이렇게 멀쩡히 건강하게 있느니 그녀의 고통을 조금 나눠서 느끼고 싶다는 생각도 해. 그렇더라도 고통을 나누는 방식이 너무 불공평하지.

큰 문제가 없으면 시엔은 이달 말이면 돌아올 거야. 그렇게 되기를 바란다. 그런데 이런 옛말이 있지. Mal de mère dure longtemps(어머니의 고통은 평생 이어진다). 어쨌든 보다시피, 이제 좀 나아지나 싶은데, 검은 그림자가 여전히 도사리고 있어. 내일이 기대되면서 동시에 두렵다.

스헹크베흐로 돌아와 가장 먼저 만난 사람은 전에도 여러 번 나를 도와준 목수야. 원근 측정

도구 만드는 것도 도와준 사람. 그 양반이 내가 지난번에 말했던 그 집 공사 현장 책임자이기도 해. 어쨌든 그 집주인이 마침 작업장에(네가 가지고 있는 데생인데 내 방 창문으로 본 목수 작업장 말이야, 벌판을 배경으로 한 거) 나와 있더라고. 그 둘이서 나를 데려가더니 설명을 해줬어. 내 결정을 기다리느라, 화실 공간을 비워두긴 했지만 도배는 하지 않았대. 나는 아직도 결정하지 못했다고 대답했어.

그랬더니 목수 양반이, 그래도 도배지 하나쯤은 골라도 상관없다더라고. 나중에 내가 고른 종이로 도배를 하겠지만, 내가 꼭 무언가를 해야 하는 건 아니야.

나는 재입원해야 할지 모른다면서 그 양반들의 제안을 거절하긴 했지만, 알아서 공사를 시작하더라. 늦어도 화요일까지는 내 결정을 알려달래.

사실 더 말할 것도 없어. 그 집은 대단히 편안하고 튼튼하고 깨끗하니까. 완성된 널찍한 다락방만으로도 화실로 쓰기에 딱 좋은데, 나는 북향 방을 화실로 쓸 거야. 월세도 믿을 수 없을 만큼 저렴해. 도시에 똑같은 집이 있다면 월세가 두 배는 될걸. 2층집이 주당 3플로린이면 비싼 게 아니야. 노르드발이나 바위텐싱얼스 같은 동네랑 비교해도 싼 편이고. 화가가 머물기에도 위치가 좋아. 볕이 드는 창밖 풍경이 한 편의 동화 같아. 그런데 아직 결정하지 못했어. 시엔이나 나나 병원에 입원한 처지라서 말이야. 그래도 우리 둘 다 몸이 나아지면 꼭 그 집으로 들어갈 계획이야. 공기도 신선하고 공간도 넓어서 거기서 작업하면 운치도 있을 것 같고, 건강에 이로울 것도 같아. 집은 북향인데 방 하나는 남향으로 나 있어. 게다가 작은 부엌 창밖으로는 종종 그림으로 그려보고 싶은 안뜰이 있어.

이건 꼭 너한테 말해줘야 하는데, 테르스테이흐 씨가 문병을 왔었어. 전혀 뜻밖이었지. 한편으로는 반가웠지만, 불편한 이야기는 서로 꺼내지 않았지. 그런 얘기를 할 필요도 없었고. 어쨌든 감사하지. 며칠 뒤에 이테르손도 왔는데, 그 사람은 뭐 크게 신경 쓸 것도 없어. 그리고 요한 반 고흐도 왔다 갔어. 그 친구, 헬보이르트에 있는 줄 알았는데 여기 스타숀스베흐에 살더라고.

그나저나 이번 달에 돈을 조금 보내줄 수 있으면, 부탁인데, 편지를 병원으로 보내주면 좋겠다. 병원 수위가 내가 없는 동안 우편물을 보관해주겠다고 했어(병원 내규에 따라 환자가 부탁하면 완전히 퇴원할 때까지 우편물을 보관해준다더라). 화요일에 병원비도 지불해야 하고 월세도 내야 하는데, 아직은 남은 돈이 좀 있긴 하다.

몸이 회복되면서 가장 반갑고 즐거운 건, 그림 그리고 싶은 욕구와 지금까지 완전히 굳어버렸던 감수성이 되살아나는 느낌이야. 지금까지는 그저 공허함만 느껴졌었거든. 지금은 눈에 보이는 모든 게 다 즐거움의 대상이다. 그리고 파이프 담배도 못 피운 지 한 달이 넘었어. 옛 친구를 다시 만난 기분이 들 정도라니까! 한동안 요강만 끼고 병원에 있다 화실로 돌아온 기분이 얼마나 좋은지 진짜 말로 설명 못 하겠다. 그래도 병원은 나름 운치가 있었어. 특히 산책하는 남자며 여자며 아이들이 돌아다니는 정원이 그래. 스케치로 몇 장면 그려봤는데 환자들이 거동이 자유롭지도 않고 모델처럼 포즈를 취해주는 것도 아니니, 그냥 그렇다. Adieu. 또 편지하고, 내 말 명심해라. 마음으로 악수 청한다.

너를 사랑하는 형, 빈센트

210네 ____ 1882년 7월 2일(일)

일요일 오후

테오에게

어제 말한 대로 레이던에 다녀왔다. 시엔이 간밤에 아이를 낳았어. 난산이었지만, 하나님 감사하게도 고비를 잘 넘기고 사내아이를 낳았어.

그녀의 어머니와 그녀의 딸을 데리고 함께 레이던 병원에 찾아갔지. 간호사가 무슨 말을 전할지 초조하게 기다리는데, 간호사가 "어젯밤에 아이를 낳으셨어요…… 그런데 산모 곁에 오래는 못 계세요"라고 말했을 때 우리 모두 얼마나 기뻤던지! "산모 곁에 오래는 못 계세요"라는 그 말은 도저히 못 잊을 것 같아. 그건 "산모 곁에 계실 수 있어요"라는 말이잖아. "산모 곁에 계실 수 없어요"가 될 수도 있었으니까. 테오야, 그녀를 다시 만나니 정말 행복하더라. 햇살이 쏟아져 들어오고 녹음이 짙은 정원이 내려다보이는 창 앞에 침대가 놓여 있는데, 얼마나 지쳤는지 우리가 병실에 들어갔을 때 잠든 것도 아니고 깬 것도 아닌 반수면 상태였다가 우리를 발견하자 눈을 크게 뜨더라고. 아! 우리를 뚫어지게 쳐다보면서 얼마나 행복해하던지! 우연인지, 우리는 그녀가 출산하고 정확히 12시간 후에 도착했던 거야. 그런데 면회는 일주일에 딱 한 시간만 가능하다더라고. 그녀는 활기를 되찾고 정신을 차린 다음 우리한테 이것저것 궁금한 것들을 물었어.

그러나 내가 가장 충격을 받았던 건 갓난아기였어. 겸자로 끄집어냈다는데 상처 하나 없이 말짱하더라. 요람에 누워 있는 그 표정이 세상 통달한 철학자 같더라니까.

의사들도 대단해! 전해듣기로는 아주 위험한 분만이었다고 해. 그래서 의대 교수 다섯이 출산 과정에 관여했고, 클로로폼으로 시엔을 마취시켰대. 이미 저녁 9시부터 새벽 1시 반까지 산통으로 탈진 상태여서 그랬다는 거야. 그런데 우리를 보더니 그런 기억은 까맣게 잊고는, 심지어 곧 다시 그림을 그리자고 말했어. 그녀의 예언이 현실로 이루어지면 정말 반가운 일이 될 거야. 어쨌든 상처 하나 없이 난산 과정을 거쳤다는 게 놀라울 따름이야. 빌어먹을! 이렇게 행복한데, 검은 그림자는 여전히 우리를 위협하고 있구나! 거장 알브레히트 뒤러가 너도 아는 동판화 속에, 젊은 연인 뒤에 죽음의 사자를 새겨넣은 건 다 이유가 있었던 거야. 하지만 우린 그 검은 그림자가 사라지기를 바라자.

자, 테오야, 전할 말은 다 전한 것 같다. 네 도움이 없었다면 시엔은 이미 이 세상 사람이 아니었을 수도 있어. 그리고 나 역시 시엔에게 꼼꼼히 진찰을 받아보라고 여러 차례 강조했지. 안 그래도 평소 대하증이라는 병으로 고생했거든. 그래서 산부인과 교수에게 제대로 진찰도 받고 처방도 받았어.

의사 말이, 시엔은 여러 차례 죽을 고비를 넘겼었다더라. 특히 후두염을 앓았을 때, 유산했을 때, 그리고 지난겨울에. 다년간 심리적으로나 육체적으로나 힘겨운 생활을 이어온 탓에 몸이 지칠 대로 지친 상태였대. 일단 과로를 하거나 예전의 삶으로 돌아가지 않고, 잘 쉬고 몸에 좋은 것들도 많이 먹고 산책도 다니면, 합병증이 오지 않는 한 건강을 회복할 수 있다고 한다.

과거의 삶은 비참했을지 모르지만, 앞으로는 새로운 삶이 펼쳐질 거야. 그녀 인생의 봄은 되찾아올 수 없어. 이미 과거지사인데다 쓰리고 바람 잘 날도 없었지. 그런데 두 번째 봄이 찾아왔는데 이번에는 아주 생명력 넘치는 시간이 될 거야. 한여름에 나무에서 어린 가지들이 돋아나잖아. 폭염이 지나고 나면 시들해진 잎사귀들을 밀어내고 파릇파릇한 새싹들이 자라나는 법이다.

나는 지금 시엔의 어머니 집에 와 있어. 창문 밖으로 보이는 안뜰을 그렸던 그 집이야. 두 번 그렸는데, 하나는 크고, 하나는 작은 크기야. 지금은 C. M.이 가지고 있는데, 라파르트가 상당히 마음에 들어 했었어. 혹시 C. M. 댁에 갈 일이 있거든 네가 한번 봐주렴. 네 느낌은 어떤지, 특히 큰 그림에 대한 의견이 궁금하거든. 여기는 언제 올 수 있는 거야? 네가 보고 싶다.

아우야, 네 덕분에 오늘은 눈물이 날 정도로 행복하다. 모든 게 다 고맙다, 아우야. 내 말 명심하고, 마음으로 악수 청한다.

너를 사랑하는 형, 빈센트

211네 ___ 1882년 7월 4일(화)

화요일 오후

테오에게

시엔에게 소식이 왔는데, 잘 회복하고 있대. 합병증만 없으면 출산 후 2주가 지나면 퇴원할 수 있다더라. 그 소식을 들으니 이제 집 문제를 결정해야 할 것 같다. 그토록 고생을 하고 돌아올 그녀에게 따뜻한 보금자리를 만들어주고 싶거든. 그래서 집주인을 만나 합의했다. 첫째, 당장 이사를 도와주기로 했어. 그러니까 공사 현장에 있는 인부 두세 명을 오후 동안 나한테 붙여줘서 큰 짐들을 옮기는 일을 도와주는 거지. 지금으로서는 내가 많이, 아니, 엄밀히 말하면 절대 무리하면 안 되거든. 둘째, 나든 시엔이든 완전히 이사 들어가기 전까지는 월세를 내지 않기로 했어. 어쩌면 시엔이 나보다 먼저 퇴원할 수도 있는데, 그동안 지금 사는 집의 이달 월세 문제부터 해결해야 해(몸이 안 좋고 언제 완쾌될지도 모르니 이사일을 특정할 수가 없어). 그냥 1~2

주일 치 정도로 봐주면 좋겠는데. 어쨌든 한 달치를 다 낼 생각은 없어.

네가 이미 돈을 보냈을 수도 있겠구나. 만약 그렇다면 병원 수위가 내일 아침에 편지를 전해주겠지. 혹시 아직이라면, 지체없이 속히 보내주기를 정중히 부탁하마. 형편이 좀 궁해졌거든. 재입원하려면 10플로린을 선불로 내야 해서, 네 편지가 도착해야 입원 여부가 가려질 것 같다. 오늘 아침에 수위가 아직 내 편지를 못 받았다더라.

이사는 거의 마무리 단계야. 시엔의 어머니가 좀 도와주긴 했어. 집안 곳곳에 회반죽 먼지가 날아다니고 있어서 치우는 게 쉽지 않았거든. 마룻바닥도 다 닦아야 했어. 벽감과 방은 제법 준비가 끝났다. 가구들도 거의 다 들어왔고. 지금은 요기하면서 좀 쉬는 중이고.

내 상태는 괜찮아. 정말 오랜만에 기분이 상쾌하다. 길을 가다 우연히 틴호번 병원장과 마주쳐서 이런저런 얘기를 나눴어. 내 상태를 말했더니 다 괜찮다고 안심시켜 주더라.

그러니까 머지않아 완치될 거라 믿어.

새 집을 화실 맞춤용으로 내가 직접 설계했더라도 지금보다 잘 만들진 못했겠어. 이 거리의 집들이 외관은 다 비슷해 보이지만, 이런 내부 구조를 가진 집은 없다. 따지고 보면, 내가 여기로 오게 된 건 폭우가 이전 화실의 창문을 처참히 날려버린 덕분이다. 그 사고가 없었으면 이 집을 찾아보지 않았을 테니까.

그때 목수 양반이 권했거든. "이 기회에 저 집으로 이사 가지 그래요?"

아우야, 이사를 준비하면서 그림 하나를 완성했다. 수채화야. 입원 전에 절반 정도 그려놓은 스케치를 활용했어. 야, 진짜 다시 태어난 기분이라니까! 모래사장 위로 올라온 고깃배들인데, 선체가 어마어마한 배들이 뜨거운 모래 위에 세워져 있고, 저 멀리 뒤로 퍼런 안개나 먼지 너머로 바다를 그려 넣었어. 햇살이 가득한 날이었는데, 내가 해를 등지고 있었지. 그래서 그림자들이 굉장히 짧고, 모래 위로 이글거리는 열기가 느껴진다. 인상만으로 그렸는데, 꽤나 정확한 것 같아.

다시 그림을 그리고 싶어서 손가락이 근질거린다. 병원에 가느니, 스헤베닝언으로 가고 싶은 마음이 굴뚝 같다는 건 말할 필요도 없을 거다. 그래도 할 일은 해야 하니까. 지금은 네 편지를 애타게 기다리고 있고, 사실은 네 방문을 더 손꼽아 기다린다. 그 대신 입원하지 않았을 때 와야 해.

새로운 화실에 대해 네가 뭐라고 할지 궁금하다. 시엔을, 또 갓난아기를 어떻게 생각할지도. 네가 시엔을 조금이나마 호감 어린 눈길로 봐주기를 진심으로 바란다. 그녀가 그런 대접을 받을 자격은 있으니까.

그리고 한 가지 더…… 혹시 앵그르지를 좀 가져다줄 수 있을까? 편지에 동봉하는 두께에, 미색지로. 가능하다면 여기 올 때 종이하고 또 내가 보낸 그림들 중에 굳이 네가 가지고 있지 않아도 될 것들도 좀 가져와 주면 고맙겠다. 물론 〈슬픔〉은 네가 보관해주면 좋겠어. 가장 잘

된 걸로. 그러니까 커다란 판형으로.

à Dieu, 마음으로 악수 청한다.

너를 사랑하는 형, 빈센트

212네 ____ 1882년 7월 6일(목)

사랑하는 아우야

편지와 동봉된 100프랑 잘 건네받았다. 진심으로 고맙다. 또 당장 편지로 전할 말이 있어.

몇 가지 사안들을 너에게 제대로 설명하는 게 낫겠다 싶어. 네가 잘 *알고 이해하고* 있는 게 중요하다. 그러니 이 편지는 차분한 마음으로 천천히 읽어주면 좋겠구나. 그래야 내일 아침, 병원에 돌아가 침대에 편안히 누워 있을 것 같아. 이제 테오도 비록 멀리 떨어져 있지만 모든 것을 정확하고 명확하게 아는구나, 생각하면서……. 네가 여기 있다면 정말 좋을 텐데. 그러면 너에게 다 보여주고 이런저런 이야기를 나눌 텐데. 하는 수 없이 8월을 기약해 보자.

본론에 앞서서, 우선 네 편지에서 파리의 야경을 묘사한 구절이 무척 감동적이었다는 사실부터 밝혀두고 싶어. "Paris tout gris(온통 잿빛의 파리)"를 읽자 옛 기억이 되살아났어. 작고 검은 그림자와 새하얀 백마가 대비를 이루며, 독특한 잿빛에서 섬세한 색감을 자아내 한없이 독특한 풍경들이 인상적이었지. 어두운 톤과 흐릿한 백색이 조화의 열쇠라고 할 수 있지. 그런데 우연인지 필연인지, 병원 신세를 지는 동안에도 한 거장의 손이 묘사한 "Paris tout gris"에 강렬한 인상을 받았었어. 에밀 졸라의 『사랑의 한 페이지』를 읽다가 파리의 이곳저곳을 우아한 유화나 데생을 떠올리게 하듯 그림같이 묘사한 구절을 여러 군데 발견했거든. 소설 속 무대가 네 편지 속 묘사와 똑같은 감정을 불러일으켰어. 짤막한 소설이었지만 앞으로 졸라의 작품은 한 권도 빼놓지 않고 다 읽겠다고 다짐하는 계기가 됐어. 지금까지는 아는 게 거의 없어. 어떤 작품에 삽화를 한번 그려볼까 생각했었는데, 『내가 원하는 것』하고, 제목은 기억 안 나지만 밀레의 그림 속에나 나올 법한 시골 노인이 주인공으로 등장하는 작품이야.

아우야, 네 안에는 예술가의 기질이 있어. 그걸 키워라. 뿌리를 내리고 싹이 틀 때까지 공을 들여봐. 단, 모두에게 떠들 필요는 없고, 조심스레 너 혼자만 간직해야 해. 깊이 숙고하고, 불운으로 여기지 마. 숙고를 통해서, 네 재능은 응축되고, 네가 지금 하는 일에서도 중요한 역할을 해낼 거다. 하지만 어쩌면 내가 금지된 영역을 건드린 건지도 모르니, 오늘은 더 이상 이 이야기를 늘어놓지는 않을게.

한 가지만 더. 그 짧은 네 묘사 속에서 '색채'가 보였다. 비록 네가 받은 인상을 구체적인 형체를 지니고 모두의 눈에 보일 정도로 상세히 설명한 건 아니지만, 내게는 보이고 느껴졌어. 네가 묘사를 멈춘 바로 그 대목에서부터 창작 행위의 고통과 긴장이 시작되는 거야. 그런데 넌 기가 막히게 창작의 재능을 타고났어. 지금은 스스로 확신이 서지 않아서 끝까지 밀고 나갈 자신은 없을 거야. 하지만 그 과정을 지나면, 그 간극을 스스로 뛰어넘고 더 과감하게 밀고 나갈 수도 있어. 네 묘사 속에는 je ne sais quoi(뭐랄까)…… 보닝턴 수채화의 향기나 추억이 풍긴다고 할까? 다만 아직은 그냥 안개 속처럼 모호해. *말로 그리는 것* 또한 일종의 예술이라는 거 알아? 네 안에서 꾸벅꾸벅 졸고 있지만 종종 깨어나서 나와. 난로에 불이 아직 꺼지지 않았다는 걸 알리는 퍼런 회색 연기 같다고 할까?

그나저나 내가 아플 때 아버지 어머니가 보여주신 호의만큼은 정말 감사하다(내 편지 내용 기억할 거야). 테르스테이흐 씨의 병문안도 마찬가지야. 하지만 아버지 어머니께 답장할 때, 그냥 짤막하게 내 상태가 조금 호전되었다고만 쓰고 시엔과 관련된 이야기들은 언급하지 않았어. 왜냐하면 작년 여름과 겨울의 사건 때문에 여전히 거리감이 느껴지거든. 마치 과거와 현재를 가르는 철의 장막이라도 쳐진 것 같아.

작년처럼 아버지 어머니께 조언을 구하거나 의견을 여쭤볼 마음은 전혀 없어. 삶에 대한 두 분의 정서와 기본 생각들이 나랑 굉장히 다르기 때문이야. 내가 진심으로 원하는 건 언쟁을 피하고 평화롭게 두 분을 설득해서, 내 계획을 가로막는 일이 없도록 상황을 이끌어가는 거야. 두 분은 내가 아무것도 할 줄 모른다고 생각하시지. 내가 뜬구름 잡는 생각만 하고 현실적으로 대처하는 법을 전혀 모르기 때문에, 나를 *지도하는* 게 당신들의 의무라고 생각하시는 게 잘못이라고 일깨워 드릴 거야.

테오야, 아버지 어머니를 탓하거나, 경멸하거나, 무시하며 나만 잘났다고 거드름을 피워서 하는 말이 아니야. 그저 네게 현실을 정확히 보여주는 거야. 두 분은 날 이해 못 해(내 단점도, 내 장점도, 전혀). 내 감정이 어떤지도 모르는데 그런 분들과 무슨 논의를 더 하겠어??? 그래서 하는 말인데, 내 계획은 이래. 너도 동의해주면 좋겠다. 예를 들어, 다음 달에 10플로린, 아니 15플로린이 더 낫겠다. 아무튼 그 돈을 쓰지 않고 따로 떼어놓을 거야. 그리고 일단 다음 달까지는 기다렸다가 아버지께 편지를 쓰는 거지. 드릴 말씀이 있으니 이곳에 오셔서 며칠 지내시라고. 경비도 드리겠다고. 그렇게 오셨을 때 시엔과 아기를 소개할 거야. 전혀 예상하지 못한 순간에. 밝은 집과 작업 중인 데생들이 가득한 화실도 보여드려야지. 물론 그때는 몸이 완전히 회복된 상태여야겠지.

내 생각에, 그렇게 보여드리면 말이나 글보다 더 좋고 깊고 바람직한 인상을 심어드릴 수 있을 것 같아. 그냥 짧게 몇 마디로 시엔과 내가 지난겨울 그녀의 임신으로 인해 얼마나 힘겨운 시간을 보냈는지 말씀드릴 거야. 네가 정말 든든하게 도와줬는데, 넌 시엔의 존재를 나중에야 알았다고도 할 거야. 이 여자가 내게는 아주 소중한 사람인데, 첫째로 이런저런 일을 함께 겪는 과정에서 사랑과 애정이 생겨났고, 둘째로 그녀는 처음부터 아무런 계산 없이 내게 헌신적이었고, 비상한 머리와 능숙한 손재주를 동원해 적극적으로 나의 작품을 도왔다고도 말할 거야.

그러니까, 시엔과 나는 아버지가 내가 그녀를 아내로 맞이하는 것을 인정해주시기를 진심으로 바란다고 말이야. '맞이한다' 외에 다른 말이 떠오르지 않는다. 왜냐하면, 결혼식 같은 형식적인 절차가 그녀를 내 아내로 만들어주는 건 아니니까. 그녀와의 인연은 이미 오래전부터 시작되었고, 우리는 서로를 사랑하고 이해하고, 또 서로를 도와주며 지내고 있어.

그러면 아버지가 내 결혼에 대해 하실 말씀은 이걸 거야. "그녀와 결혼해라."

나는 아버지가 나에게 새로운 미래가 열렸다는 사실을 명확하고 확실히 느끼셨으면 좋겠고, 아버지의 막연한 상상과는 전혀 다른 환경에서 살고 있는 것도 직접 보시면 좋겠고, 난 아버지에게 악감정이 없으니 그저 내 미래를 격려해주시고, 법적 후견제니 헤일로 보내느니 하는 생각들은 깨끗이 포기하셨으면 좋겠어. 자, 테오야. 나는 소원해진 관계를 최단 시간 내에 회복하는데 이것만큼 짧고 솔직한 방법은 없을 것 같다. 네 생각은 어떤지 편지해주기 바란다.

시엔에 대한 내 감정을, 직접 말한다는 게 좀 어색하지만, 너에게 다시 한 번 말한다고 지나치진 않은 것 같다. 그녀 곁에 있으면 마치 집에 온 기분이 들어. 그녀가 내 집 같고, 우리가 서로 연결돼 있다고 느껴. 진실되고 깊이도 있고 진지한 느낌이고, 나와 그녀가 겪었던 과거의 어둠이 여전히 그림자를 드리우고 있지. 지난번에도 아마 이 그림자에 대해 썼을 거야. 우리는 그 그림자에 맞서 평생을 싸워야 할지도 몰라. 그런데 동시에 마음 한구석에서 평안함이 느껴져. 정신이 맑아지는 것 같고, 그녀 생각을 하고 활짝 펼쳐진 우리의 미래를 떠올리면 환희의 감정이 느껴져.

작년에 네게 케이에 관한 편지를 썼었지. 그걸 기억한다면, 지금 내 감정이 어떤지 정확히 아는 거야. 그때 내가 감정을 과장했다고 생각하지 마. 케이에 대한 감정은 강렬하고 열정적인 사랑이었어. 지금 시엔에게 쏟는 사랑과는 다른 감정이다. 암스테르담에서 내 예상과 전혀 다르게, 그녀가 내게 반감을 품고 있고, 내가 자신에게 사랑을 강제했다고 여겨서 만나기를 거부하고, 그것도 모자라서 '내가 들어서자마자 집을 나가버린' 사실을 듣고는, 내 사랑이라는 감정이 치명타를 입었다(그 전에는 절대 그렇지 않았어). 지난겨울 여기 헤이그로 돌아와서야 꿈에서 깨듯 현실감이 돌아왔지.

그때 난 이루 말할 수 없을 정도로 우울하더라. 밀레의 남자다운 말들을 자주 떠올렸지. Il m'a toujours semblé que le suicide etait une action de malhonnête homme(자살은 신의 없는 인간이나 하는 짓이다).

공허함과 비참함에 이런 생각까지 들었어. '그래, 이래서 사람들이 물속에 뛰어드는구나.' 절대로 그들의 행동까지 인정한 건 아니야. 다만 저 인용구에서 힘을 얻었고, 힘내서 그림을 그려서 치유되는 것이 훨씬 낫겠다고 마음을 다잡은 거야. 그리고 나서 내가 어떻게 버텨왔는지 너도 잘 알잖아. 작년에 내가 품었던 열정을 헛된 꿈으로 치부하는 건 말이 안 되는, 절대로 안 되는, 아니, 전적으로 있을 수 없는 일이야. 그런데 아버지 어머니는 그러셔. 내 답은 이렇지. 앞으

로도 그럴 일은 없겠지만, 전에도 그럴 뻔했었다고. 그건 착각이 아니었어. 우린 관점이 달랐고, 그런 상황들이 겹치면서 같은 길이 아니라, 각자의 길을 걸으며 갈수록 멀어졌던 거야.

내 생각은 이래. 아주 진지하고 솔직한 심정으로, '*과거에는 그럴 뻔했을지 몰라도 지금은 더 이상 그럴 수 없다*.' 케이가 나에게 반감을 품은 게 옳은가? 고집을 부렸던 내 잘못인가? 솔직히, 전혀 모르겠다. 이 글을 쓰고 있는 심정이 어떻게 슬프지 않고 아무렇지 않을 수 있겠어. 다만 케이가 왜 그렇게 반응하고 행동했는지 그 이유를 알았으면 좋겠어. 우리 부모님이나 케이의 부모님이 도대체 왜 그토록 격렬하게 우리 사이를 반대하셨는지도. 비록 직접 말로는 그렇게 심하게 하지 않으셨지만, 전혀 반기지 않고 공감이라곤 없는 행동으로 보여주셨지. 내 표현이 심하다고 해도 순화할 생각은 없어. 이 모든 게, 결국, 차라리 잊는 게 더 나은 사람들의 심리 상태를 대변한다고 생각하기 때문이야.

크고 깊게 난 상처라서 더디게 아물고는 있지만, 여전히 민감해.

지난겨울, 그런 일을 겪고, 또다시 *사랑*에 빠져들 수 있었을까? 아니. 그런데 그렇게 됐어. 내 인간적인 감정은 완전히 꺼져버렸거나 희미해진 게 아니었으니까. 오히려 내 고통은 다른 이들을 향한 공감을 불러일으켰어. 처음에, 시엔은 그냥 나 같은 사람, 이상도 이하도 아니었어. 단지 홀로 된 사람, 불행한 사람. 하지만 난 실의에 빠져 헤매지 않았고, 그녀를 현실적으로 돕고 싶었어. 그리고 그녀를 돕는 행동은 곧, 나를 다시 일어서도록 도왔다. 그러다가 우리 사이의 관계가 조금씩 서서히 변했어. *서로가 필요한 사이로*. 그래서 우린 헤어질 수 없었고, 서로의 삶이 점점 더 하나로 합쳐지다가, *사랑*이 되었지.

시엔과 나 사이의 감정은 *진짜*야. 꿈이 아니라 현실이다. 그 이후로, 엄청난 축복처럼 내 생각과 의욕에 정확한 목표와 확실한 방향이 생겼어. 케이에게 품었던 감정과 열정이 더 강렬했고, 그녀가 시엔보다 더 예쁘지만, 시엔을 위한 내 사랑은 결코 가볍지 않아. 그녀의 처지는 정말 심각했고 어떻게든 현실적으로 도와야 했어. 처음 만난 순간, 우리 상황은 이랬었다.

테오야, 너의 아픈 부분을 건드릴 수밖에 없겠다. 그래야 네가 이해할 것 같거든. 너도 예전에, 서민층 여인을 만났을 때 아버지 어머니로부터 '허무맹랑한 꿈'이라는 말을 들었잖아.* 그때 그 이야기가 흐지부지 끝났던 건, 네가 그 길을 가지 않아서가 아니라, 지금의 네 자리에 오르려고 이미 준비 중이었기 때문이지. 그래서 이제는 현재의 네 신분에 걸맞은 아가씨와 결혼하는 게 결코, 허황된 꿈이 아니게 된 거고. 그래서인지, 비록 네 첫사랑은 불발로 끝났지만 아무도 그 부분에 대해 말이 없어. 새로운 사랑이 시작될 거고, 넌 성공할 테니까. 한마디로, 너는 신분이 다른 그런 여성을 선택할 일이 전혀 없어. 너에게 허황된 꿈은 서민층 여성이었고, 현실은 케이 포스와 비슷한 계층의 여성이 되겠지.

* 테오는 1877년 3월에 아이가 있는 여인을 사랑한 적이 있다.

나는 그 반대야. 허황된 꿈(*솔직히 이 표현은 적절하지도 않고, 정확하지도 않고, 네 경우나, 내 경우나 어울리지도 않아*)은 케이 포스였어. 현실은 서민층 여성이었고.

네 경우와 내 경우는 여러모로 다르다. 넌 그때 이십 대였고, 난 바로 작년의 일이니까. 그리고 너나 나나, 허황된 꿈을 꾸고 모험을 했지만(도대체 뭐라고 불러야 할지 모르겠네), 거기엔 분명히 현실적인 무언가가 있었다. 그래서 확신하건대, 우리 둘 중 누구도 독신자로 살아가기에 어울리는 사람들이 아니야.

내가 하려는 얘기는 이거야. 시엔과 나의 관계는 *진짜*라는 거. 허황된 꿈이 아니라 *현실*. 결과를 봐. 네가 왔을 때, 맥 빠지고 우울한 나는 더 이상 못 볼 게다. 집 안에 들어와도 편안할 거야. 적어도 마음에 안 들 일은 없다고 자부한다. 화실도 막 모습을 갖추고, 집도 새로 꾸몄으니까. 화실이 신비하고 오묘한 분위기가 아니라, 현실의 삶에 뿌리내리고 있어(*갓난아이 요람*과 아이용 의자가 있는). 어디를 둘러봐도 정체된 느낌은 없고 모든 게 그림을 그리도록 부추기고, 자극하고, 고무하고 있다.

누군가가 나더러 가진 돈이 없다고 말하면, 난 나의 영토를 보여줄 거야. 아우야, 나는 최선을 다했어. 네가 보더라도(너뿐만 아니라 다른 사람들 눈에도 마찬가지야) 내가 목표를 세우고 상당히 실용적으로 알차게 해냈다는 걸 깨닫게 될 거야. *이런 방법으로 해냈어*! 지난겨울 시엔의 임신과 더불어 나도 병원 신세를 지는 바람에 추가로 비용이 많이 발생했지. 지금은 아기가 태어났고 나는 4주째 앓고 있고 완쾌되지 않았어. 그래도 집안 분위기는 아주 깨끗하고 쾌활하고 밝고 즐거워. 필요한 가구들은 다 준비됐고 침구와 화구도 다 갖췄어. 비용은 꼭 필요한 만큼 썼어. 비싸게 산 건 아니지만 그래도 네가 준 돈을 헛되이 써버린 건 아니야. 그 덕분에 새 화실을 꾸릴 수 있었어. 이제 거기서 점점 더 많은 그림들이 나올 거야. 화실을 채운 가구와 화구들은 꼭 필요하고 가치 있는 것들이야.

아우야, 생명력 넘치고 활기찬 우리 집에 와주면 좋겠어. 네가 이 모습을 만들어준 기여자라는 걸 실감하면, 진짜 만족스럽지 않겠니? 솔직히 내가 독신으로 카페나 바를 드나드는 모습을 보는 것보다 지금 이런 모습이 더 보기 좋지 않을까? 네가 원하는 건 다른 결론이었을까? 너도 알다시피, 내가 늘 행복하기만 했던 건 아니잖아. 힘들게 살았지. 그런데 네 도움 덕분에 내 젊음이 되살아나고 내가 가진 진가가 여물어가고 있어.

혹시 네게 다가와서, 날 도와주고 지원하는 게 바보 같은 짓이라고 말하는 사람이 있을지도 모르겠는데, 이런 변화를 기억해주면 좋겠다. 그리고 내가 지금 그리고 있는 그림들뿐 아니라 다음 작품까지 쭉 지켜봐줘. 지금은 병원에 조금 더 있어야 하는데, 나가서 다시 그림을 그리게 되면 그녀가 아이와 함께 포즈를 취해 줄 거야.

그림으로 표현하고 싶은 건 직접 느껴봐야 하고, 친밀감을 표현하려면 현실 속에서 가족의 삶을 살아봐야 하는 건 너무나 당연해. 어머니와 아이, 빨래하는 여자, 재봉틀 돌리는 여자, 또 뭐가 있을까? 끈질긴 작업을 통해 손은 이제 어느 정도 그런 감정에 잘 따르는 편이야. 그런데 이런 감정을 억누르는 건(나의 집을 갖고 싶은 강한 소원을 포기하는 건) 자살행위와 다를 바 없어. 그러니 나는 *앞으로 나아갈 거야*! 검은 그림자와 근심 걱정, 온갖 고난에도 아랑곳하지 않고! 남들의 험담과 괜한 참견도 상관하지 않아. 테오야, 이건 알아다오. 네가 입버릇처럼 하는 말과 같이, 난 크게 *신경은 쓰지 않아도*, 종종 심장까지 슬퍼지는 건 어쩔 수 없어. 내가 왜 남들 얘기에 반박하지 않고 신경을 안 쓰는지 알아? 왜냐하면 나는 그림을 그려야 하기 때문이야. 남들의 쑥덕공론과 이런저런 어려움 때문에 다른 길로 돌아갈 수는 없어. 뜬소문을 퍼뜨리는 자들이 무서워서도 아니고 할 말이 없어서도 아니야. 게다가 그런 자들은 내 앞에서는 한 마디도 하지 않아. 심지어 그런 말을 한 적이 없다고 우기기까지 하더라.

너만큼은 내가 이런 것들을 문제 삼지 않는 건 차분한 마음으로 그림에 집중하기 위해서라는 걸, 내 태도를 이해할 거야. 내가 겁쟁이라서 그런다고 생각하는 건 아니겠지?

내가 스스로를 완벽한 사람으로 여기거나, 적잖은 사람들이 내 성격이 모났다고 하는데도 나 자신은 흠잡을 데 없는 사람이라 여긴다고 생각지는 말아라. 난 종종 우울해지거나 예민해지고, 쉽게 흥분하기도 해. 허기와 갈증을 채우듯 남들의 공감을 얻으려는 것도 사실이야. 그리고 공감을 얻지 못하면, 무심하거나 쌀쌀맞게 행동하고, 가끔은 불에 기름을 붓는 행동도 해. 난 남들과 어울리는 걸 그닥 좋아하지 않고, 가끔은 남들과 만나고 대화를 나눠야 하는 게 괴롭고 어렵다. 그런데 내가 왜 이렇게까지 됐는지 알아? 가장 큰 이유가 뭔지 말이야. 신경과민! 난 신체적으로나 정신적으로나 극도로 예민한 사람이라서, 그 비참한 암흑기를 지나면서 불안이 내 건강을 갉아먹은 거야. 의사한테 한번 물어봐라. 아마 즉시 이해할걸. 싸늘한 밤거리를 쏘다니며 한뎃잠을 자고, 하루하루 일용할 양식을 구하지 못할까 전전긍긍하고, 무직으로 인한 압박감과, 친구와 가족들에게 배척당하는 소외감이 지속되면 이렇게 된다는 걸 말이야. 내 까칠한 성격과 울컥하거나 쉽게 흥분하는 그 성격 4분의 3이 대부분 그 암흑기에서 비롯된 게 아닐까 싶구나.

하지만 너만은, 내 문제에 잠시나마 마음 써본 사람들만큼은, 제발 나를 비난하거나 견디기 힘든 사람으로 보지 않았으면 좋겠다. 나도 그런 점을 없애려고 애쓰는 중이지만 성격을 바꾸는 게 쉽지가 않구나. 물론, 나도 나대로 단점이 있지만, 장점도 분명히 있다고! 그 부분은 도대체 왜 고려해주지 않는 걸까?

내 계획을 어떻게 생각하는지 편지해줘. 일단 아버지 어머니께 내 현 상황에 대해 말씀드릴 생각이야. 미리 우호적인 분위기를 조성해 두려고 편지를 쓰거나 이런저런 핑계로 찾아갈 생각은 없어. 평소대로 일을 그르칠 수 있으니까. 내 성격대로 말하다 두 분 기분이 상할 표현을 꺼낼 수 있다는 뜻이야. 그래서 아우야, 시엔이 아기와 함께 돌아오고, 나도 병원에서 완쾌되어 퇴원한 다음 화실이 정상적으로 돌아가게 되면 아버지께 제안해보려 해. "제집에 오셔서 며칠 지내다 가세요. 그러면서 이런저런 이야기도 나누시고요." 그리고 여행 경비는 내가 부담한다고 말씀드리는 거지. 이것보다 더 나은 방법은 없을 것 같다.

à Dieu, 항상 고맙고, 마음으로 악수 청한다. 그리고 내 말 명심해라.

너를 사랑하는 형, 빈센트

213네 ____ 1882년 7월 6일(목)

테오에게

병원으로 돌아가기 전날이다. 가서 무슨 말을 듣게 되려나. 잠시 있다가 돌아올 수도 있겠지만 다시, 병상에 드러누워 며칠 입원해야 할 수도 있어. 그래서 여기, 화실에서 너한테 편지 한 장 더 쓰는 거야. 밤이 늦어서 너무 조용하고 고요하다. 밖에 비도 내리고 거센 바람도 부는데, 그럴수록 오히려 마음속이 차분해지네.

아우야, 나는 이렇게 내 마음이 평안한 기간에 네가 여기 한번 다녀갔으면 한다. 보여주고 싶은 게 너무 많거든. 내 화실 분위기는 좀 독특해. 민무늬 회갈색 벽지, 물청소한 마룻바닥, 창문 앞에 달아놓은 모슬린 천까지, 모든 게 반짝거려. 벽에는 습작을 걸어뒀고 측면에는 이젤 하나씩 세우고, 흰 나무판으로 된 작업대도 갖췄어. 바로 옆으로 이어지는 벽감에는 데생 전용 그림판, 작품집, 물감통, 널빤지, 판화 작품집과 책들을 꽂아뒀어. 모퉁이 서랍장에도 병들이며 그릇들, 책들을 쌓아뒀고. 작은 거실에는 탁자와 부엌용 의자 몇 개, 등유 난로, 그리고 고리버들로 엮은 커다란 여성용 안락의자가, 작업장과 벌판이 내다보이는 창가 옆 구석자리에 있는데, 아마 내 그림에서 이미 봤을 게다. 그리고 그 옆에 초록색 침대보를 씌운 철제 요람이 있지.

이 마지막 가구를 볼 때마다 가슴이 뭉클해진다. 아기와 함께 있는 사랑하는 여인의 곁에 앉으면 진지하고 강렬한 감정에 사로잡히겠지. 병원에서 그녀 곁에 앉았을 뿐인데도, 크리스마스 밤의 구유 속 아기와 있는 듯한 영원한 시적 분위기가 감돌았어. 네덜란드 고전 대가들의 그림 같은, 밀레나 브르통이 그린 어둠 속의 빛, 캄캄한 밤의 별빛처럼. 그래서 요람 위에 커다란 렘브란트 동판화를 걸었다. 두 여인이 요람 곁을 지키고 한 사람은 촛불에 의지해 성경을 읽는데, 명암 대비 효과의 극대화로 방 전체에 커다란 그림자가 퍼지는 듯해. 아름다운 그림들을 여러 점 더 걸어뒀어. 쉐페르의 〈위로자 그리스도〉, 밀레의 〈씨 뿌리는 사람〉과 〈땅 파는 사람들〉, 라위스달의 〈덤불〉, 헤르코머와 프랭크 홀의 근사한 목판화 복제화 2점, 드 그루의 〈가난한 이들의 무리〉.

부엌에는 필요한 것들만 갖춰놨지만 시엔이 나보다 먼저 퇴원해 돌아와도 단 10분 만에 뭐든 요리해서 식사할 수 있을 정도는 돼. 여러모로 자신을 배려했다는 걸 그녀도 느낄 거야. 그녀가 앉을 창문 앞에 꽃장식도 뒀다. 다락방은 제법 넓어. 우리 두 사람이 같이 잘 수 있는 큰 침대가 있고 내가 쓰던 작은 침대는 아이가 쓰고, 침구도 필요한 만큼 있어. 이걸 한 번에 다 구입했다고 오해하진 마. 지난겨울부터 하나씩 모은 거야. 물론 당시에는 우리 삶이 어떻게 펼쳐질지, 우리가 어떻게 될지 전혀 몰랐지. 그런데 하나님 감사하게도 이런 결과가 찾아왔어. 그토록 고생만 하던 그녀가 기다린 작은 보금자리가 마련된 거지. 그녀의 어머니와 나는(특히 그녀의 어머니가) 마지막까지 제법 많은 돈을 써야 했어. 침구 장만이 가장 까다로웠는데 우리 손으로 수선해서 만들었지. 짚, 갈포(葛布), 두툼한 이불잇을 사서 다락방에 펼쳐놓고 손수 만들었거든. 안 그랬으면 돈이 제법 들었을 거야.

그러고 나서, 전 주인에게 월세까지 내고 나니 네가 보내준 돈에서 40플로린 남았다. 내일 병원에 들어가며 10플로린을 내겠지만, 거긴 2주간의 음식과 치료비가 포함돼. 그러니 비록 이사해서 새로 집도 꾸미고, 시엔도 출산하고 돌아오니 요람을 사는 등 이래저래 추가 비용이 들었지만, 이달에는 네게 다시 손 벌리지 않아도 될 것 같아. On est sûr de périr à part, on ne se sauve qu'ensemble(인간은 혼자서는 쉽게 쓰러지지만, 함께하면 버틸 수 있다). 이 말이 진리이자 삶의 근간이라고 믿어. 그런 믿음이 틀렸을까? 오산일까? 아우야, 요즘 네 생각을 많이 한다. 내가 가진 모든 게 네 것이기도 하고, 내가 이렇게 기쁘고 힘이 넘치는 게 모두 네 덕분이기도 하고, 또 네 덕분에 그나마 행동의 자유를 누릴 수 있고 그림 실력도 점점 균형을 찾아가기 때문이야.

그러나 네 생각을 그렇게 자주 하는 데는 또 다른 이유도 있어.

바로 얼마 전 집에 들어왔을 때, 지금처럼 곳곳에 감정이 배어 있는 내 집으로 안 느껴졌다. 빈자리 두 개가 휑하게 느껴진 탓이었어. 아내도 없고, 아이도 없으니까. 고통스러운 정도는 아니었지만 결코 달갑지 않았어. 그 빈자리 두 개가 그림을 그릴 때 어디든 따라오더라. 거리에서나 화실에서나, 언제든 어디서든.

그녀의 빈자리, 아이의 빈자리.

아, 우리가 혼자일 때 신음 혹은 한숨이 저절로 터져나오는 외로움의 감정을 네가 알까. 세상에, 내 아내는 어디 있지. 신이여, 내 아이는 어디로 갔나요. 이렇게 홀로 살아가도 되는 겁니까.

너에게서 나와 같은 우울감을 보는 게 착각은 아닐 거야. 물론 덜 격정적이고 덜 신경질적이긴 하지만, 특정한 상황에서는 어느 정도 그런 것 같더라. 너에 대한 생각들을 듣고, 네가 인정할지 아닐지, 맞다고 할지 틀렸다고 할지, 솔직히 모르겠어. 하지만 그만큼 난 널 믿고, 그만큼 난 날 잘 알아. 나의 이 신경과민에도 quand bien même 불구하고, 우리 둘의 기본 성격은 차분해서, 우리 중 누구도 불행하지 않아. 왜냐하면 직업과 일에 대한 우리의 진실한 사랑에는 차분함이 깔려 있기 때문이야. 예술이 우리 정신의 많은 부분을 차지해서 삶을 흥미진진하게 해주지. 그래서, 널 우울하게 만들려는 건 절대로 아니라, 그냥 이런저런 나의 행동과 생각을 네 성향에 맞춰 설명해주는 거야.

그런데 네가 보기에, 아버지는 여기 와서 요람 옆에 서서도 무정하게 우리 사이를 반대하실 것 같니? 요람은 아무 물건이 아니잖아(요람엔 속임수가 없어). 시엔의 과거가 어떻든, 내게는 지난겨울에 만난 가련한 여인일 뿐이고, 겨울 내내 함께 그토록 염려했는데 무사히 태어난 작은 아기의 눈을 바라보며 내 손을 꼭 잡고 눈물을 흘린 아기 엄마일 뿐이야. 테오야, entre nous soit dit(우리끼리 얘기지만), 설교 같은 잔소리를 하자는 게 아니라, 세상에 하나님은 없을 수 있지만, 멀지 않은 곳에 누군가 계신다는 걸 그런 순간 느낀다. 그 말과 똑같아(그래서 나는 기꺼이 하나님을 믿을 거다). '나는 신을 믿고, 신의 의지는 인간이 홀로 살지 않고 아내와 아이와 함께 사는 것이다. 그제야 비로소 정상이다.'* 내 방식을 이해해주길 바란다. 그냥 그렇게, 말하자면, 자연스럽다고 받아들여줘서, 내가 바보라거나 속았다거나 하는 생각을 안 했으면 한다. 아우야, 여기 오면(가능하면 빠른 시일 내에 와주면 좋겠어) 시엔을 그냥 아이 엄마며 평범한 주부로만 봐줘. 왜냐하면, 그게 엄연한 사실이고, 나도 그녀가 '동전의 이면'보다는 이렇게만 알았으면 해서야.

마지막으로 구한 건 접시며 포크, 숟가락, 나이프 같은 식기류였어. 그런 게 하나도 없었거든. 그러고 보니 하나가 더 필요하겠구나. 너나 아버지가 우리 집에 오는 날 내놓을 수 있게 말이야. 창가 옆과 식탁의 네 자리들이 널 기다리고 있다. …… 다시 한번 물을게 …… 확실히 올 거지, 그렇지?

아버지 어머니께는 별 말 안 하는 게 현명하고 적절한 것 같다. 이제 출산도 끝났으니, 꽃이 다시 활짝 피겠지. 그때까지는 두 분께 아무런 말도 하지 않는 편이 나아. 가시같이 아픈 부분은 내 손으로 가리고 두 분께는 아름다운 장미만 보여드리는 게 낫다는 거지. 그래서 시엔이 퇴원하고 내 건강도 회복한 다음에. 너한테 설명한 대로 두 분께 말씀드릴 생각이야. 만약 두 분이 너한테 이것저것 물으시면 간단히만 말씀드려라.

잘 있어라. 잘 자.

너를 사랑하는 형, 빈센트

214네 ___ 1882년 7월 7일(금)

금요일 저녁

테오에게

어제저녁 편지에 몇 자 더 적는다. 병원에 다녀왔어. 의사 선생님 말이, 병이 재발해 다시 도지지 않는 한, 더 이상 병원에 올 필요 없다더라. 몸 상태도 좋고. 아직은 통증 없이 정상적으로

* 미슐레의 〈La Femme(여자)〉의 글을 참고, 인용했다.

소변 보기는 힘들지만 그래도 최근에는 많이 나아졌어. 회복되고 있다는 증거야.

오늘 오후에는 나를 돌봐준 의사 선생한테(병원장 말고) 서둘러 그림을 보냈어. 감사의 뜻으로. 스헤베닝언의 뜨개질하는 여인을 그린 거야. 마우베 형님 화실에서 그렸던 작품. 사실 내가 가지고 있는 가장 성공적인 수채화였어. 그럴 수밖에 없는 게, 내가 그리는 동안 마우베 형님이 붓으로 손봐줬거든. 당시만 해도 쉬지 않고 조언해줄 때였으니까.

오늘, 아버지 어머니한테 편지를 받았어. 그래서 재입원이 필요 없다는 얘기를 듣자마자 바로 편지를 썼어.

내일은 전차 타고 스헤베닝언에 다녀오려 해. 해변에서 데생을 좀 그려볼까 하거든.

새 주소 알려줄게. 스헹크베흐 136번지야.

지체 높으신 양반도 행차해주셨으니, 테르스테이흐 씨한테도 편지를 보냈어. 퇴원했고 뜻밖의 병문안에 감사드린다고.

다음 주 일요일에 시엔에게 가보려고. 어제 처음으로 병상에서 일어났다고 편지했더라. 한 30분쯤 서 있었는데 괜찮았다고 해. 아기도 그렇고.

나는 쉽게 피곤해지고 힘이 빠지는데, 아무래도 아무것도 안 하고 병상에 오래 누워 있었기 때문이겠지. 어쨌든 기분이 묘해. 그런데 여러모로 건강이 회복된 것 같아. 지난겨울보다 훨씬 나아졌어. 오만가지가 다 즐겁고 열정이 생긴다.

한 30여 분 시간 내서, 내가 지난번 편지에 썼던, 아버지 어머니께 다 말씀드리겠다는 계획을 어떻게 생각하는지, 답장해주면 좋겠다. 시엔도 기력을 회복할 거야. 지금은 감정이나 에너지를 소모할 일도 없으니까. 아무튼 그녀 상태에 따라 다르겠지만 대략 한 달에서 6주 정도 지나면 괜찮아질 거야.

그녀는 내 병문안을 왔을 때 아래층 복도에서 기다리다가 아버지와 마주쳤었어. 물론 아버지는 그녀가 누구인지 모르시지.

밤이 많이 깊었다. 내일 아침은 일찍 일어나서 데생 도구들 챙겨서 조용히 나갈 거야. 스헤베닝언 모래 언덕에서의 마지막 시간 이후 아무 일도 없었던 것처럼. 라파르트에게 보낼 그림을 성공하면 기분 좋을 것 같다.

Adieu, 테오야. 잘 자고. 예전 생활로 돌아오니 정말 좋구나. 건강 잘 챙기고 네가 원하는 바는 모든 이루어지기를 기원한다. 그리고 마음이 아주 평안하기를 바란다.

너를 사랑하는 형, 빈센트

에밀 졸라는 위대한 작가야. 지금 『파리의 뱃속Le ventre de Paris』을 읽는데 정말 대단하다.

215네 ____ 1882년 7월 15일(토)와 16일(일)

테오에게

금요일에 레이던 병원에서 시엔이 토요일에 퇴원할 수 있다고 들었어. 그래서 오늘 레이던에 가서 함께 돌아왔다. 그녀는 지금 스헹크베흐에 있어. 그녀와 아기 모두 건강해. 다행히 그녀도 젖이 잘 나오고, 아기도 순한 편이야.

네가 오늘 그녀를 봤으면 얼마나 좋았을까. 지난겨울 이후로 외모가 많이 변했어. 거의 변신에 가까워. 그 변화에 내가 지난겨울 조금이나마 기여할 수 있었던 건 네 덕분이고, 가장 큰 공은 당연히 그녀를 진찰하고 치료한 교수야. 그렇다고 교수가 그녀와 나 사이를 이어주는 애정에는 별 도움을 주지 않았어. 여자는 사랑하고 사랑받을 때 달라지고, 아무도 거들떠보지 않으면 미모와 매력을 잃는다. 사랑은 그녀 내면의 매력을 끄집어내고, 여자의 발전은 사랑에 달렸어. 자연은 순리대로, 정상적으로 흘러가야 해. 여자가 원하는 건 한 남자를 만나 영원히 함께하는 거야. 이게 언제나 가능한 게 아닌데, 그렇다고 반대가 되면 자연에 역행하는 거야. 시엔은 지난겨울과 비교하면 표정까지 완전히 달라졌어. 눈빛은 차분하고 조용한데, 얼굴에 행복과 평화와 고요가 가득해. 왜 더 감동적이냐면, 지금도 여전히 통증에 시달리고 있거든. 언제 한번 내가 편지에, 그녀의 두상과 옆모습을 설명하면서, 묘하게 랑델 그림 〈열정의 천사l'ange de la passion〉를 닮았다고 썼을 거야. 평범함과는 전혀 거리가 멀고, 대단히 고상한데, 그게 첫눈에 확 드러나지가 않아.

그런데 오늘은, 퇴원하기 전에, 교수가(그녀를 진짜 연민하지, 이전부터 알았던 사람처럼) 아주 꼼꼼하게 처치하고, 그녀의 부탁대로(레이던 산부인과에 들어가기 전에 내가 그녀에게 시켰던 대로) 머리부터 발끝까지 진찰했어. 그녀와 한참을 수다까지 떨면서 건강을 유지하기 위해 해야 할 일, 하지 말아야 할 일을 상세히 설명해줬어.

① *한 남자*와 살기. 그녀의 체질과 기질이 가사일에 적합하고 가난에 내몰려 어쩔 수 없이 해야 했던 과거의 일은 무슨 일이 있어도 멀리해야 한다.

② 되도록 자주 외출하고, 충분한 기력을 회복하는 대로 많이 걷기. 신선한 공기를 많이 마시기 위해서.

③ 먹어야 할 음식과 몸에 좋지 않은 음식들 목록.

④ 찬물과 브랜디를 섞어서 자주 몸에 바르고, 주 1회 뜨거운 물로 목욕하기.

⑤ 신경을 건드리는 감정적인 자극 피하기. 불안, 긴장, 근심 걱정.

⑥ 마루나 복도를 닦는, 허리를 숙여서 하는 일은 피하기. 특히 무거운 물건 옮기기 등.

한마디로, 이미 전에도 했던 말을 요약해서 되풀이한 건데, 다만 이번에는 아주 상세히 설명했지. 그리고 그녀에게 나에 대해서도 상당히 긴 시간 동안 설명했어. 그는 내 병세를 다 알고서, 내가 병원에 와 치료받은 건 참 잘한 일이라면서, 내가 어떻게 그런 병에 걸렸을지도 정확히 설명했어. 그러고는 나와의 관계가 영원할 건지, 내가 그녀를 버릴 수도 있는지 묻더라. 한 번이 아니라 *여러 번*을. 거짓말 아니냐고 재차 물어도 그녀가 맞다고 강조하자, 결국엔 이렇게 말하며 끝냈지. "정말 그와 영원히 함께한다면, 당신은 대단히 운이 좋네요." 그가 특별히 강조한 건, 가정에서 규칙적이고 조용한 삶을 살라는 거였어.

그녀가 퇴원할 때 그냥 간호사가 아니라 수석 간호사가 찾아와서 작별인사를 해줬어. 나도 거기 있다가, 감사인사를 했지. 시엔이 편지를 쓸 수 없을 때 세 번이나 편지를 써준 사람이거든. 그녀는 서서 잠시 우리와 대화를 나눴어. 다행히 날씨가 따듯하고 화창해서 돌아오는 길 내내 좋았어. 시엔의 어머니와 딸아이는 스헹크베흐 역까지 나와 우리를 기다렸고. 정말 기분 좋은 귀갓길이었어. 시엔도 매우 들떠서 기쁨을 감추지 못했어. 요람이며 안락의자며 모든 것을 보면서. 그런데 특히나 자기 딸을 다시 만나서 기뻐했지. 내가 이날을 위해 아이한테 새 구두를 사 신겨서, 아주 예뻤어.

5월에는 힘든 일만 첩첩산중이었어. 출산에, 내 입원에, 살림은 어떻게 꾸려야 하나, 그녀는 어느 병원에 입원해야 하나, 상황이 복잡했었는데 이제는 여러 문제가 해결되고 개선됐어. 시엔은 지금도 통증을 호소해. 분만 과정에 겸자가 동원됐으니 그 과정이 어땠을지 말 안 해도 대충 짐작할 거야. 아직은 기력이 쇠한 상태지만 앞으로 그녀의 몸과 마음이 회복되고 치유되고 완쾌되는 것을 지켜보는 것만 남았어. 이제야 '우리 집', '집', '우리만의 집'에 사는 기분이 들어.

미슐레의 말이 이해되더라. La femme c'est une religion(여자는 종교다).

출산 후 통증은 6주까지 지속될 수 있으니까 그녀는 아주 조심해야 해.

그런데 말이야, 산부인과 교수와 수석 간호사가 보여주는 호의를 보면 시엔이 진지한 사람들도 호감을 느낄 만한 사람인 것을 알 수 있어. 그들은 아주 놀라울 정도로 그녀를 친절하게 보살펴줬으니까.

산모 병동에 들어갔을 때 산모가 여럿 있었는데 시엔은 평범한데도 분위기가 남달랐어. 더 지적이고 감성적인 느낌이었다. 인고의 시간을 보내며 다듬어진 느낌이랄까. 네가 그녀를 만나는 걸 주저할 이유는 전혀 없을 거야.

시엔이 산부인과 교수와 나눈 이야기를 들려줬는데 정말 웃겼다. 정말 웃기더라. 교수라는 양반이 꽤 친화력 있는 사람 같더라고. 예를 들면, 이런 얘기가 오갔대. "쓴 술도 좀 하는 편이고 담배도 좀 피우신다고요?"

"네." 그렇게 대답했대.

"이걸 묻는 이유는 앞으로도 굳이 끊을 필요가 없다는 걸 말씀드리기 위해서입니다." 그러면서 그 대신 식초, 겨자, 후추를 끊으라고 격렬하게 설명하더래. 그래서 그녀는 허기보다 갈증을 더 자주 느끼는데(종종 그러는데), 진이나 쓴 술을 식욕을 돋우는 약처럼 마셔야 해.

상담을 끝내고 그녀의 주머니 사정을 감안해서 꼭 먹어야 할 보양식 명단도 건네줬어. 그 조언은 나도 따를 생각이야. 고기가 몸에 좋다는데, 일주일에 한두 번 정도면 충분하겠어. 매일 먹을 필요까지는 없고.

교수가 강조하고 또 강조한 첫 번째 보양식은 바로 편안한 '자기 집'이야. 시엔에게 필요한 게 비싼 것들이면 어쩌나 고민도 했었는데, 교수의 처방전은 가장 절약해서 만들 수 있는 것들이야. 그러니까, 정말로 한 달에 150프랑이면 충분하겠어. 또 앞으로 2년간은 아기가 아플 때를 비롯해서 레이던 산부인과에서 무료로 진찰받거나 약을 처방받을 수 있다더라. 또 이런 말도 했어. "우리 의료진은 산모뿐 아니라 출산 후 아기의 건강도 신경 씁니다. 1년쯤 후에는 건강을 완전히 회복하시길 바랍니다. 제 조언만 잘 따르면 밝은 미래가 기다리고 있을 겁니다." 그렇게 마치 아버지처럼 조언을 줄줄 늘어놓더래. 입원할 때만 해도 안 그랬는데 퇴원해서 돌아올 때는 아주 쾌활하고 긍정적으로 변했더라고.

나는 회복되고 있지만 아직도 꽤 쇠약하다는 걸 느껴. 나아지겠지. 하긴, 소화불량에 식욕도 없고, 두 달 내내 열이 오르락내리락했으니 당연해. 아직도 불편한 것들이 싹 사라진 건 아니다.

소변 보는 게 점점 더 편해지다가 요 며칠, 날이 춥고 습해지니까 또 안 좋더라. 소변 줄기가 강해지면서 정상으로 돌아오는 것 같기는 해. 아직은 그 정도지만 완쾌된다는 전조가 아닌가 싶다. 오늘처럼 건조하고 좋은 날이 계속되면 그만큼 완쾌도 빨리 될 거야.

다시 그림을 시작했어. 그래서인지 두통도 생기고 피곤하다. 조금 있으면 나아질 거야. 무엇보다 집 안에서, 아이와 여자를 모델로 그릴 날이 가까워지고 있어. 몸이 아직 멀쩡하진 않아. 어쨌든 병을 앓았으니까.

최근에 그림 2점을 완성했어. 엄밀히 말하면 수채화 2점인데, 그냥 연습용이야. 그런데 한 번 해보니까 데생 연습을 더 해야겠어. 아무래도 모든 그림의 기본이니까. 마지막에 그린 수채화는 네가 보면 알겠지만, 이제는 지우는 방식도 조금씩 시도하는 중이야.

완쾌되면 하딩지에 제대로 수채화를 그려볼 거야. 하딩지가(휘트먼지에 비해) 수채화에서 색을 덜어낼 때 훼손을 최소한으로 줄여주면서 검은색이나 흰색 바탕을 살려주는 효과가 크거든. 아쉬운 건 아직 그렇게 열심히 작업할 수 없다는 거야. 그래서 너무 답답해. 당장이라도 밖으로 나가 그림을 그리고 싶은데 말이야. 그렇게 되기를 기다리면서 소소한 것들로 시간 때우면서 만족하는 중이야.

이 편지는 어젯밤부터 쓰기 시작했어. 우리(그러니까 시엔과 두 아이와 나)는 넓은 다락방에서 잤다. 침실이 신기하게 선박의 선창과 비슷한 분위기야. 나무판으로 다 이어붙여서 그런 것 같은데, 건강에는 좋을 거야. 낮 동안 요람은 아래층에 내려놔. 모든 일이 순조롭다. 외부에서 불쾌한 일이 난입해 들어오는 일만 없으면(그런 일은 없기를 바란다) 집 안에서는 편히 지낼 수 있을 것 같아. 여자와 아이들과 함께 있는 게 전혀 어색하지 않고, 오히려 이미 오래전부터 그래왔던 것처럼 마음이 편안해. 시엔이 아직 기력을 회복하지 못해서 이불 정리며 소소한 일들을 내가 손수 할 때가 많은데, 내게는 오랜 습관 같은 일에 불과해. 내 침상은 물론 병든 사람들도 돌봐주곤 했으니까.

이미 네덜란드 옛 화가들이 유화나 데생으로 이런 상황에서 그림을 그리는 게 가능하다는 걸 충분히 보여줬어. 그러니까 화실과 집의 구분이 따로 없더라도 그림을 그리고 데생을 할 수 있다는 뜻이지. 특히 화가의 초상화를 그릴 때는 더더욱. 오스타더의 화실 내부가 어땠는지 완벽하게 기억해. 작은 펜화로, 그의 집 구석자리를 그렸는데, 오스타드의 화실은 동양식 갑옷, 화려한 꽃병, 페르시아 카펫 등으로 장식된 화가의 화실과는 확실히 거리가 먼 곳이었어.

다시 예술 이야기로 돌아와서, 이따금 다시 *유화*를 그리고 싶은 마음이 강하게 인다. 새 화실이 널찍하고 빛도 잘 들어와서 크게 어지르거나 더럽힐 걱정 없이 여러 색을 써서 그림을 그릴 수 있을 것 같거든. 사실 또 그래서 바로 수채화를 시작했고. 모든 건 내 건강에 달렸어. 재발의 위험이 사라지는 대로 다시 야외로 나가서, 처음부터 다시 그려볼 거야. 공들여서 말이야.

시엔과 내가 살림을 합쳤으니, 앞으로는 매달 받는 150프랑에서 화구에 비용이 더 들 것 같아. 시엔이나 나나 옹색하게 사는 건 두렵지 않아. 내가 그림을 팔아 돈을 더 벌기 전까지는 가구나 살림살이 등을 늘릴 생각도 없어. 어디서 돈을 빌릴 수 있다고 해도, 그렇게 빌리는 것보다 안 쓰고 사는 게 더 낫다는 생각이야.

시엔은 건강을 회복하자마자 곧 포즈를 취해줄 거야. 장담하는데 인물화 모델로는 아주 괜찮아. 게다가 〈슬픔〉을 비롯해서 네게 있는 그림만 봐도 그녀가 어떻게 포즈를 잡아야 하는지 잘 알 뿐만 아니라 제대로 해낸다는 걸 알 수 있을 거야.

네가 아직 못 본 누드 습작도 여러 점 있어. 그녀가 포즈를 제대로 잡을 수 있게 되면 다시 그려볼 계획이야. 도움이 많이 되거든. 또다시(그럴 일이 없기를 바라지만) 병으로 앓아눕게 되면 한동안은 야외로 나가는 건 삼가야 하지만, 적어도 집 안에서 그림의 대상을 찾을 수는 있겠어. 절대로 두 손 놓고 가만히 있지는 않을 거야.

아버지 어머니한테 다정한 편지를 받았다. 그런데 우편환 2장이 동봉돼 있더라. 안 보내셔도 되는데 말이야. 오히려 두 분이 더 필요하실 텐데. 우리는 네가 보내주는 돈으로 잘 버티고 있고, 시엔과 나의 건강도 나날이 좋아지고 있어. 솔직히, 아버지 어머니 돈은 받고 싶지 않아. 너한테 이미 말했었지만, 오히려 내가 돈을 저축해뒀다가 시엔의 몸이 확실히 회복되면 그때, 아버지께 경비를 보내드리면서 여기 오셔서 이런저런 이야기를 하시자고 말할 생각이거든.

내게는 이 돈보다, 두 분의 긍정적인 마음이 더 반갑다. 지금이 딱 적기 같아. 당장 시엔 이야기를 하더라도 거부하지 않고 귀 기울여 내 얘기를 들어주실 것 같다.

얼마 전에 보스칸트에서 열린 프랑스 회화 전시회에 다녀왔어. 메스다흐와 포스트 등의 소장품들이 전시됐어. 도레, 코로, 도비니, 디아즈, 쿠르베, 브르통, 자크 등등의 작품을 감상했다. 메스다흐의 소장품인 Th. 루소의 크로키가 정말 마음에 들더라. 알프스 산악지방의 소 떼를 그린 그림이었어. 쿠르베의 풍경화도 좋더라. 모래 언덕 여기저기 파란 풀들이 자라고, 흰 자작나무 몸통과 대비되는 검은 울타리, 그리고 저 멀리 빨간색과 파란색 지붕을 얹은 잿빛 벽돌집들이 보여. 지평선이 그림 상단에 위치해서 언덕이 그림에서 중요한 부분을 차지하고, 하늘을 상대적으로 작게 그려서 울퉁불퉁한 땅의 질감을 실감나게 표현했어. 이제껏 본 쿠르베의 작품 중 최고였어.

뒤프레의 그림도 훌륭했어. 도비니 그림은 봐도 봐도 안 질리더라고. 경사진 언덕 옆에 붙은 초가지붕 말이야. 코로의 작품도 마찬가지야. 어느 여름날 새벽 4시, 숲 가장자리의 어느 강물을 그린 그림. 핑크빛 구름 하나가 곧 해가 떠오른다는 것을 알리고 있고, 고요하고 차분하고 평화로운 분위기에 끌리는 그림이야.

이런 그림을 다 볼 수 있어서 너무 좋았어.

이제 마친다. 조만간 네 편지를 받으면 좋겠다. 8월에는 확실히 네덜란드에 올 수 있는 거지? '소소한 일들'이라고 표현은 했지만 할 일이 많다는 거, 너도 알 거라 믿는다. 시엔에게 살림을 부탁하겠지만, 혹시라도 그녀가 도움이 필요하진 않은지 계속 옆에서 지켜봐야 하는 상황이야. 그녀가 아직도 많이 허약한 상태지만(산부인과 교수가 "지독하게 쇠약"하다고 했대) 기분전환 삼아 소소한 일거리들을 하는 게 좋대. 그녀에게는 즐겁게 웃는 것도 약이야. 아이도 완전히 위험에서 벗어난 건 아니야. 너도 알다시피 아이도 난산의 영향을 받아. 어쨌든 6주까지는 지켜봐야 해. 물론 모유가 관건이 될 거야.

지루한 내용만 이어진 편지가 아니었기를 바란다. 짤막하게 소식만 전하려고 시작한 편지인데 이렇게 길어졌네. 돈은 아직 모자라지 않지만 한 20일경에 조금이나마 보내준다면 월말까지 아주 큰 도움이 될 것 같아.

à Dieu, 진심으로 마음의 악수 청한다.

너를 사랑하는 형, 빈센트

216네 ____ 1882년 7월 18일(화)

화요일 아침

테오에게

테르스테이흐 씨가 다녀간 얘기를 해야겠다. 오늘 아침에 집으로 왔더라. 시엔과 아이들도 직접 만났지. 2주 전에 출산한 여인을 보면 최소한 친근한 표정은 지어줄 줄 알았는데, 근엄한 그 양반한테 그런 기대는 애초에 무리였던 모양이다. 사랑하는 테오야, 그 양반이 내게 이런 식으로 말하더라. 아마 넌 무슨 뜻인지 이해할 거다.

"이 여자와 아이는 무슨 뜻이지?"

"도대체 어쩌다 여자에 아이들까지 데리고 같이 산다는 생각을 하게 됐지?"

"유별난 마차를 타고 돌아다니는 것만큼이나 우스운 꼴 아니겠나?"

그 말에 나는 전혀 차원이 다른 문제라고 대답했어.

"머리가 어떻게 된 건가? 몸과 마음에 병이 든 게 틀림없군."

그래서 내가, 당신보다 훨씬 유능한 사람들, 그러니까 '의사'라는 양반들이 내 몸과 마음은 어떤 일도 견딜 능력이 된다는 사실을 얼마 전에 확인해줬다고 받아쳤어.

그러니까 갑자기 횡설수설하다가 뜬금없이 아버지 이름을 꺼내고, 누구까지 거론했는지 알아? 프린센하허 큰아버지 이름까지 들먹이더라.

자기가 처리하겠다느니, 편지를 쓰겠다느니.

테오야, 난 그녀와 나의 안전을 위해서 꾹 참고 화 내지 않았어. 그 양반이 던지는 무례한 질문에 짤막하고 평범하게 대답했어. 어쩌면 유약해 보였을 거야. 하지만 화를 내느니 차라리 유약해 보이는 게 낫겠다 싶었어. 어쨌든 그 양반도 점점 진정하더라. 그래서 내가 물었어. 우리 부모님이 선생이 보내는 과장된 내용의 편지를 받고서, 곧바로 똑같은 문제를 상의하고 싶으니 한번 와달라는 내 공손한 초대장과 여비를 받는다면 얼마나 어이없는 일이겠느냐고. 내 질문에 정곡을 찔린 듯 놀라더군. "나더러 편지를 써달라는 건가? 그렇게 해달라는 거야?"

"물론입니다. 다만 때가 좋지 않다는 건 인정하셔야 합니다. 부모님은 바로 얼마 전에 이사하셨고,* 제집 여자는 감정이 조금만 격해져도 산후 합병증이 올 수 있습니다. 지금 이 여자한테 두려움, 걱정, 긴장을 불러일으키는 건 살인 행위와 다를 바 없습니다."

이렇게까지 말했으니 설마 편지를 쓰진 않겠지. 하지만 다시 한 번 치고 나오더라. 내가 물에 빠져 죽으려고 기를 쓰는 멍청이 같은데 자기가 그 꼴은 죽어도 못 보겠다고. 그래서 내가 말했지. 당신의 선의는 의심하지 않으니까 화내지 않겠다고. 하지만 이미 충분히 불쾌한 시간이었지. 결국 내가 이런 얘기들 더 이상 하고 싶지 않다고 단도직입적으로 말했더니, 돌아갔어.

그러고 나서 곧바로 네게 편지하는 거야. 그 양반한테, 이번 일에 대해 네게 있는 그대로 편지하겠다고 말했거든. 그 말에도 좀 잠잠해지긴 했지.

화제를 그림으로 돌려보려고 애썼는데, 건성으로만 휙 보더라. "오, 이건 예전 그림들이네!" 새로 그린 것들도 있었는데 거긴 눈길도 주지 않았어. 너도 알다시피, 가장 최근작은 네게 보냈고, 또 몇 개는 코르 큰아버지에게 보냈잖아. 어쨌든 그 양반, 아주 뭐든 다 서둘고 건성이었어. 딱 한 가지만 확신하더라. 내가 정말로 멍청하고 어리석은 바보라는 거.

* 반 고흐 목사는 아인트호번 근처의 작은 마을인 뉘넌으로 부임했고, 그해 9월에 온 가족이 한자리에 모인다.

하나만 물어보자. 타인에게 어떻게 이런 식으로 말할 수 있는 거냐? 무슨 소용이 있다고? 내가 걱정하는 게 정확히 이런 거야. 무례하게 간섭하고 불쾌하게 훈계하며 남의 깊숙한 사생활까지 기분 나쁘게 파고드는 것. 이런 상황에서 침착할 사람이 과연 있을까. 난 화는 참았다만 T의 행동은 냉정하게 지적해야겠다. 다시는 그 양반 만날 일도 없었으면 좋겠고, 계속해서 이렇게 경찰관처럼 행동한다면 말도 섞기 싫어. 아무튼 지체 없이 너한테 알려주고 싶었어.

너도 알다시피, 난 감추고 싶은 게 하나도 없어. 하지만 시엔을 위해서, 아기를 위해서, 그리고 역시 나를 위해서도 다시는 이런 일이 없었으면 좋겠다. 가련한 여자를 질겁하게 하는 행동은 *폭행*이나 다름없어. 내가 아직 충분히 설명하지 않았나 본데, 시엔은 기력이 쇠하고 예민한 상태야. 사소한 것 하나로도 수유에 문제가 생길 수 있고, 이는 더 심각한 결과로 이어질 수도 있어. 적어도 6주 동안은 지켜봐야 한다고.

그 양반은 좋지 않은 시기에 끼어들어 나한테 온갖 걱정거리를 만들어내고도 남을 사람이야. 집 안에 공포 분위기를 조성하고, 프린센하허를 들먹이고(센트 큰아버지는 이 일과 아무 상관도 없는데), 모두를 뒤흔들고 모든 걸 들쑤시고 있어. *이 양반을 막을 방법이 없을까???* 이제 겨우 부모님과의 관계를 회복해가는 중인데, 봐라, 이 양반이 모든 걸 망칠지도 모르겠어. 조속한 시일 내에 두 분께 편지를 쓸 생각은 있지만, T가 끼어들어 사람을 난처하게 하는 건 정말 싫다. 난처할 사람이 누구냐고? 2주 전에 아이를 낳은 연약하고 가련하고 가난한 여성이지. 아, 생각할수록 고약한 심보야. 그런데 정작 본인은 그런 걸 몰라. 그 양반이 보는 건 오직 하나지. 돈. 이 양반한테 다른 *신*은 존재하지 않아. 하지만 나는 여성과 아이와 약자들에게는 아량을 베풀고 잘 대해줘야 한다고 생각해. 나는 이들을 존중하고 측은한 감정도 느껴.

그런데 이 양반은 이들을 상대할 때도 빈정거려. 기필코 저 여자를 불행하게 만들겠어, 이런 식으로. 내가 '당신은 판단자의 위치에 있지도 않고 그런 언행은 제발 삼가 달라'고 부탁했다. 시엔은 나를 사랑하고 나도 시엔을 사랑해. 우리는 함께 살기로 약속하고 다짐한 사람들이야. 둘이서. 나 혼자 살던 시절의 생활비로도 충분해. 모자라고 없는 살림이라도 아끼고 절약해서 살 수 있어. 이 부분은 편지로 설명했으니 너도 잘 알 거야.

다시 한 번 강조하지만, 아우야, 이건 내 미래가 걸린 문제야. 사랑에 넘어지고 상처 입고, 그로 인해 모든 관계와 계획이 엉망이 되어버린 남자는 한두 번쯤은 다시 수면 위로 떠오를 수 있을지는 몰라……. 하지만 이런 일이 자주 반복돼선 안 돼. 너도 알다시피 난 이제 겨우 회복됐어. 아니, 정신적으로나 육체적으로나 회복하는 중이야. 시엔도 마찬가지고. 그런데 머리를 강하게 한 대 얻어맞으면 치명상을 입을 수 있어.

이 문제는 네가 테르스테이흐 씨보다 더 많이 알고 있지만, 시엔에 대해서는 여전히 아는 게 별로 없지. 그러니 우리가 얼마나 사랑하고, 얼마나 서로 잘 지내는지 모를 게다. 그래서 이렇게 부탁한다. 잘 생각해봐라. 이렇게 간절히 부탁할게. 혹시 방법이 있거든, 제발 T.나 다른 이들이 우리 앞길을 가로막지 못하게 제발 말려줘.

솔직히 말해서, 지금은 몸이 성했을 때처럼 나 자신을 방어할 방법이 없어. 이제 서서히 그림 그리는 일에 다시 집중하고 있어. 서서히. 그런데 오늘 아침 같은 이런 식의 방문은 정말 더는 참을 수 없을 것 같아.

테르스테이흐 씨든 누구든 멋대로 해보라고 하면 아마 순식간에 시엔과 나 사이를 갈라놓았을 거야. 그게 목적이니까. 그 목적을 달성하려고 무력 동원도 불사할 거야. 결국 우리가 함께 지내고 못 지내고는 네가 다달이 보내주는 생활비가 결정해. 하지만 네가 만약 테르스테이흐 씨와 같은 입장이라면 네 돈을 받지 않겠다. 시엔을 포기하라는 강요는 듣고 싶지 않거든. 그녀를 잃으면 나도 망가지고 내 일도 다 엉망이 되는 거야. 다시는 난관을 극복하지 못할 거야. 그리고 더더욱 너한테 짐이 될 테고, '테오야. 난 망가진 인간이다. 모든 게 다 산산조각났어. 이런 날 더 도와봐야 무슨 소용이 있겠냐!' 그런데 *시엔과 있으면 용기가 난다*. 그래서 하는 말이야. '네가 다달이 생활비를 보내준다면 난 유능한 화가가 될 수 있어. 다만 시엔과 함께라면 힘닿는 데까지 최선을 다하겠지만, 그녀가 없다면 모든 걸 내려놓을 거야.' 이게 우리 입장이다.

너는 전에도 여러 번, 남들보다 날 더 잘 이해해줬고 한없이 잘해줬지. 이번에도 네가 너답기를 바랄 뿐이다.

너와 나는 취향이나 관점이 많이 비슷해. 그러니 테오야, 네 고생과 내 고생이 모두 결코 헛되진 않을 거다. 넌 항상 날 도와줬고, 난 꾸준히 그림을 그렸어. 이제 건강도 회복되고 있다. 내 안에서 새로운 힘이 솟구치기 시작했어. 너와 나를 이어주는 끈은 테르스테이흐 씨의 공격을 막아낼 든든한 성벽이 될 수 있어. 그 양반이 또다시 끼어들든, 다른 누가 끼어들든, 절대 무너지지 않을 거야.

하지만 마음 편하게 정상적인 생활을 하려면 이들의 훼방을 멈출 방법이 필요해. 뜻하지 않게 너무 흥분해서 미안하지만 그렇다고 날 원망하지는 말아라. 이번 일은 내 여자나 나나, 퇴원하고 돌아와 처음으로 겪은 아주 고약하고 불쾌한 경험이었어. 너도 우리와 생각이 같다면 더 이상 이번 일을 문제 삼지 않겠지만, 당황한 채로 앉아만 있지는 않을 거야.

어쨌든, 속히 답장해주라. 네 편지 한 통을 간절히 기다린다. 머릿속에 근심과 걱정만 들어차는 건 결코, 내가 바라는 게 아니야. 마음의 안정이 내 회복을 좌지우지할 수 있어. 내 여자와 아이는 얼마나 순하고 착하고 평화로운지, 이들만 보고 있어도 몸에서 힘이 솟는 것 같아. 그러니 테르스테이흐 씨가 그런 말을 내뱉었을 때, 시엔이 사시나무 떨듯 떨었을 모습을 한번 상상해봐라. 나도 깜짝 놀랄 정도였으니 말이야.

병원에도 다시 다녀왔어. 최대한 빨리 완쾌되려면 약을 처방받아야 하니까. 기력도 좀 생긴 것 같고 간헐적으로 열이 나는 일도 많이 줄었어.

테르스테이흐 씨 때문에, 더 좋은 때를 기다릴 겨를도 없이 부모님께 당장 편지를 써야겠다.

20일경, 너한테 생활비를 받는 즉시 편지를 쓸 생각이야. 두 분이 이사를 마치고, 내 여자도 좀 기력을 회복할 때까지 기다리는 게 낫다고 생각은 했어. 아무리 다시 생각해봐도, 그때까지 기다리는 게 더 낫기는 해. 그런데 테르스테이흐 씨가 선수를 칠까봐 걱정이 돼서. 내 생각에, 편지에 아버지 여행 경비를 동봉하면 내 처지가 그리 나쁘지 않다고 판단하실 근거는 될 것 같아. 이런 배려를 해드리면 내가 감사의 마음을 전하고 싶다는 걸 이해하실 거야.

그러니 속히 답장 부탁한다. 이번 시련을 계기로, T든 누구든 간섭해도 우리 사이가 멀어지기는커녕 더 돈독해지고, 우리가 서로를 더 이해할 수 있게 되고, 서로의 믿음이 더 커진다면, 오늘 아침에 겪은 이 불쾌한 경험도 달갑게 받아들일 수 있어.

내가 다시 말하지만, 내 사회적 지위 따위를 논할 마음도 없고, 내가 부유하게 사는 것도 아니라는 거, 나도 잘 알아. 내가 중요하게 생각하는 건 단지, 내 여자를 위한 최소한의 생필품 정도야. 그래서 돈을 더 받겠다는 게 아니라 더 아끼며 살겠다는 뜻이야. 가난은 그녀나 나한테 두려운 일이 아니야. 서로를 사랑하고 있으니까 오히려 이런 상황은, 감히 말하는데 우리에게는 일종의 기쁨과도 같아. 시엔은 몸 상태가 나아지면서 환희에 차 있어. 나 역시 다시 그림에 집중할 수 있게 된다는 생각만으로도 뛸 듯이 기뻐.

시엔은 매력적이고, 평범하면서 마음을 움직이게 하는 그런 아이 엄마야. 너도 만나면 알 거야. 하지만 나와 테르스테이흐 씨의 얘기를 오가다 듣고는 아주 괴로운 표정을 지었어. 그녀가 듣지 않는 줄 알고 테르스테이흐 씨가 막말을 하고 있었던 게 분명해. 어쨌든, 그 양반은 모로 봐도 잘 봐줄 수도 없고, 용서해주고 싶은 마음도 없어.

그 양반이 남을 어떻게 대하는지는 관심 없지만(그래도 이거보다는 낫겠지) 오늘 아침 나한테만큼은 아주 고약했어. 계속 이런 식이라면 내 삶은 엉망이 되고 불행해질 거야. 시엔이 물에 빠지든 뭐든 죽어가도 냉혈한처럼 가만히 지켜만 보다가, 그녀의 죽음이 문명사회에는 더 이로운 결과라고 말할 인간이야.

나도 같이 빠져 죽어도 상관없어. 어쨌든 병원에서 요람에 누운 아이를 함께 바라보며 우리는 그녀의 삶과 내 삶이 하나로 연결되었다는 걸 확실히 느꼈으니까.

봐라, 아우야! 똑같은 소리를 계속 반복해봐야 무슨 의미가 있겠냐. 차라리 일에 더 집중하고, 건강 회복에 더 신경 쓰고 일상에 적응하는 편이 더 낫겠지.

그녀와 나는 이미 합의를 봤어. 이런 식으로 계속 우리를 몰아세우고, 우리를 떼어놓기 위해 무력을 사용하려 하거나 여기서 사는 걸 피곤하게 만들면 다른 나라로 떠나기로 말이야. 가난하게 살다 죽음을 맞이할 가능성도 있겠지만, 우리는 헤어지느니 차라리 그런 죽음을 택할 거야.

우리 두 사람은 사랑으로 하나가 됐고, 영원히 서로에게 충실하겠다고 약속했어.

테오야, 우리 두 사람 일에, 남들이 이래라저래라할 권한은 없어. 삶에서 이것만큼 신성한 부분도 없는 거니까.

그녀와 내가 원하는 건, 상황이 극적으로 돌변하지 않는 거야. 우리는 삶에 대한 기쁨이 충만한 상태고 일하겠다는 욕구가 솟구치는 하루하루를 보내고 있어. 그리고 극단의 상황만큼은 피하기 위해 노력할 거야.

다만 다른 이들, 특히 너를 비롯한 다른 이들이 테르스테이흐 씨와 같은 감정으로 우리를 대하는 거라면, 우리는 더 이상 버틸 수 없고 끝이 안 좋을 수도 있어. 우리를 건드리지 않는다면, 우린 여기서 일하면서 대응할 수 있을 거야. 그냥 평범하고 정상적인 일상이겠지만 그렇다고 만만한 일은 아니야. 계속 버텨가려면 힘과 용기, 의지가 필요해. 우리는 지난겨울을 버텨냈어. 주님의 도움으로 그 시련을 극복해냈다고. 주님의 도움이라고 말한 이유는 너와 주님께 감사하다는 뜻이기도 해. 그때도, 지금도, 이렇게 도움을 받고 있으니까.

테르스테이흐 씨는 힘이 넘치는 양반이야. 그 넘치는 힘을 시엔과 나 같은 사람을 핍박하는 데 소모하지 않으면 좋겠어. 결국은 자신이 우리 두 사람까지 신경 쓸 필요가 없다는 걸 깨닫고 스스로 조용히 물러나겠지. 어쨌든 내가 그리 중요한 사람도 아니니 나란 인간까지 신경 쓸 겨를이 없을 테니까. 그 양반이 내 삶에 끼어드는 건 오로지 센트 큰아버지와 아버지한테 잘 보이기 위해서야.

그 양반은 나의 유익이나 감정 따위에는 일말의 관심도 없고, 존중하지도 않아. 불쑥 내 집으로 들어와, 아기에게 젖을 물리고 있는 그녀에게 다정한 인사말은커녕 심장이 덜컥 내려앉을 정도로 무시무시한 눈빛으로 노려봤다니까. (생판 남이라도 갓 출산한 산모에게는 인사말 한마디 정도는 건네지 않니?) 그러고는 대뜸 이렇게 묻더라. "자네 모델? 아니면 뭐야?" 다정한 건 고사하고 인간적이지도 않아.

나 역시 남들에게 늘 예의바르진 못했지. 하지만 몸이 아픈 여성을 대할 땐 지킬 건 지켰어. 게다가 내 그림이나 화실에 대해서도 질문 하나 던지지 않아. 오히려 교류도 없는 프린센하허 큰아버지 이야기만 늘어놓는 거야. 아버지 얘기도. 분명히 내가 여전히 아버지와 서먹한 관계라 여기고 꺼냈겠지. 얼마 전부터 개선되고 있다는 걸 몰라서 말이지.

정말 지긋지긋하다. 빨리 편지 한 통 보내주면 좋겠다, 아우야. 내 건강에는 약보다 네 편지가 훨씬 효능이 있어.

T가 내 주치의도 아니고, 내 건강 문제는 아무것도 모르지. 건강에 문제가 생기면 의사를 찾아가면 될 일이지, 그 양반을 만나 상의할 일은 아니야. 그렇기 때문에 더더욱 오늘 아침 그런 방문은 우리 집 여자나 나한테도 결코 좋을 게 없어. 내가 지켜야 할 제1원칙은 바로 그들을 피하는 거야. 내가 만난 어느 의사도, 오늘 아침 T.처럼 내가 이상하다느니, 내 머리가 이상하다느니 그런 식으로 말하지 않았어. 이전에도 없었고, 지금도 전혀 없어. 내 천성이 다소 신경질적인 건 사실이지만 그런 건 아무 상관 없어.

테르스테이흐 씨도 예전에 아버지가 나를 헤일로 보내려 했을 때처럼 막 욕설을 퍼붓기 시작할 수도 있어. 아무런 항변도 못 하고 가만히 있을 수는 없어. 그나저나 빨리 너를 만나 내가 어쩌다 이런 병에 걸리게 됐는지 등에 관한 이야기를 하고 싶다. 테르스테이흐 씨가 엉뚱한 시기에 멋대로 끼어들어 마음대로 일을 벌여 곤란한 상황을 만들 수 있어. 안 봐도 뻔해.

잘 있어라, 아우야. 시엔은 차분할 때는 페렝Feyen-Perrin의 유화나 데생, 아니면 동판화 속 인물처럼 매우 다정하고 우아하고 모성애가 넘치는 아이 엄마란다. 빨리 모델을 두고 데생을 할 수 있으면 좋겠어. 어서 빨리 그녀도, 나도 건강을 회복했으면 한다. 나한테 필요한 건 규칙과 마음의 평화 그리고 무엇보다 너의 공감이야.

시엔이 너한테 안부 전하란다. 들었지? 마음으로 악수 청하고, 내 말 명심해라.

너를 사랑하는 형, 빈센트

217네 ____ 1882년 7월 19일(수)

테오에게

어제 테르스테이흐 씨의 방문은 두고두고 불쾌할 거야. 그 일 때문에, 네가 방문하기 전에 몇 가지를 생각해보게 됐어. 실은 너를 만나서 직접 말해주고 싶은 내용이었거든. 너한테 편지했을 거야, 최대한 빨리 시엔과 결혼하고 싶다고. 다만 이 문제는 아버지께 말씀드리기 전에 특별히 너하고만 먼저 얘기하고 싶었다. 너와는 대화가 통하니까. 너는 다른 사람 모두를 한자리에 모아 놓은 것보다 상황을 잘 이해하고, 네 조언은 항상 도움이 됐어. 우리가 모든 문제에 의견이 일치하는 건 아니지만, 너와 나는 언제나 중간 합의점을 찾았지. 왜냐하면 우리는 적어도 공감하며 차분하게 대화하니까.

초대받지 않은 제삼자가 느닷없이 찾아와 분탕만 치지 않았으면 만사가 다 순조롭게 진행됐을 거야. 그런데 봐라. 결혼 문제가 불거지자마자 다들 화를 내고 소란을 피워대니 이제는 차분하게 논의하기도, 뭐라고 말 한마디 꺼내기도 힘든 지경에 이르렀어. 너를 직접 만나 얘기하고 싶었던 것들을 편지로라도 전해야겠다.

내 결혼에 대해서 네가 말했지. 그 여자와 결혼하지 말라고. 넌 시엔이 날 가지고 논다고 생각하니까.

난 몇 가지 이야기를 들려주며 그렇지 않다고 답장했고.

당시에 나는 네 의견에 강하게 반대하고 싶지는 않았어. 왜냐하면 네가 시엔을 직접 만나면 분명히 그녀에게 연민을 느낄 거라 믿었고, 지금도 여전히 그렇게 믿거든. 그러면 더 이상 나를 속이네 이용하네 하는 소리를 멈출 테고, 그러면 자연스럽게 결혼 이야기를 다시 꺼낼 계획이었지. 너도 기억할 거야, 내가 최근 편지에 결혼 이야기를 직접 꺼낸 적이 없다는 걸.

하지만 예전에 분명히 *우리는 결혼을 약속한 사이*라고 밝혔었다. 그러니 내가 그녀를 무슨 첩이나 잠깐 만나는 사람 정도로 여긴다고 생각하지 말기 바란다.

그 문제로 돌아가 보자. 우리의 결혼 약속은 이중적인 의미가 있어. 첫째로는 여건이 허락하는 대로, 시청에 신고하고 결혼식을 올리는 것이고, 둘째로는 결혼한 사람처럼 서로 돕고 의지하고 아껴주자는 약속이야. 한마디로, 모든 걸 나누고, 완전히 서로에게 헌신하며, 무슨 일이 있어도 헤어지지 말자고. 아마 우리 가족은 시청에 신고하는 결혼 절차가 가장 중요하겠지. 물론 그녀와 내게도 절차는 중요해. 하지만 더 중요한 게 있어. 바로 이미 우리를 하나로 연결해준 사랑과 맹세야. 그리고 지금도 하루가 다르게 커지고 있어.

부탁한다. 앞으로 한동안은 시청에 신고하는 결혼은 거론하지 말아줘. 내 그림이 팔려서 매달 150프랑씩 버는 날이 올 때까지 기다려주면 좋겠어. 그때가 되면, 너한테 도움받을 일도 없을 테니까. 그래서 *너*한테 약속할게. 오직 너한테만. 내 그림이 팔려서 내가 경제적으로 확실히 독립하기 전까지는 시청에 신고하는 결혼식은 하지 않겠다고.

내 벌이가 많아지는 만큼 네 경제적 지원을 줄이면 될 거야. 그러다 네가 지원을 할 필요가 없게 되는 날, 다시 그 결혼에 대해 이야기하자. 그때까지는 그녀와 나를 떼어놓거나 헤어지게 할 수 없어. 지난겨울에도 그랬지만, 불과 몇 달 전에도 수많은 일을 함께 겪은 사람이야. 진지한 사랑이라는 단단한 끈이 우리를 감싸고 있어. 서로를 도와가면서. 이렇게 표현해도 될지 모르겠지만 그녀는 내게 동업자와도 같아. 단순한 모델과는 비교도 할 수 없는 존재라고. 포즈도 얼마나 잘 잡고, 이해력도 빠른지, 칭찬하자면 끝도 없어.

이 정도로 설명했으니 이제 네가 다소 편한 마음으로 이 문제를 생각해봐주면 좋겠다. 지난겨울, 헤이여달의 입을 통해 들은 얘기는 아마 테르스테이흐 씨에게 들은 얘기와 달리 아마 내 칭찬이었을 거야. 다시 전력을 다해 진지하게 그림을 그리고 있으니 가을 중으로 한 걸음 더 앞으로 내디딜 수 있으면 좋겠어. 아마 크리스마스 무렵, 그러니까 한 해가 끝나갈 즈음에는, 최근에 그린 데생에 이미 밤색과 빨간색, 회색을 입혀놓았는데 그걸 수채화로 완성해 보내줄 수 있을 것 같아. 가끔은 정말 미치도록 그림이 그리고 싶더라. 그림에 대한 욕망과 함께 야망도 커지는 것 같아. 특히 화실에 볕이 훨씬 더 잘 드니까 그런 마음이 커지네, 의사가 과로를 금지했는데, 쉽게 피로를 느끼기는 해. 조만간 나아지겠지. 몸이 괜찮아지면 정말 전력을 다해 그림을 그릴 거야.

언젠가 네가 여기 오면, 결혼에 관한 이야기도 하고, 생활비에 관한 이야기도 할 생각이야. 네가 잘못 알고 있는 부분이 몇 가지 있어서 그래. 하지만 소소한 얘기들이고, 시엔과 시청에 신고하는 결혼과 직접 관련된 내용도 아니야. 의외의 상황 때문에 너한테 급하게 편지를 쓸 수밖에 없었던 거고, 이 문제는 내가 그림을 팔아서 돈을 벌 수 있을 때까지는 거론하지 말자. 다만 네가 여기 오면 내가 왜 시엔과 당장 결혼해야 하는지 그 이유를 설명해줄게. 거들어달라는 부탁은 절대 아니야. 이미 말했다시피, 얼마든지 자발적으로 양보할 수 있어.

행여 누가 너한테 이 일에 관해 묻거든, 이렇게 대답하는 게 가장 좋을 것 같다. 우리 형제는 서로에 대한 신뢰가 깊어서 서로에게 궁금한 걸 물어보면 다 대답하긴 하지만 이 일만큼은 일단, 괜한 뜬소문을 퍼뜨려봐야 좋을 게 없다고 말이야.

테르스테이흐 씨와의 대화는 싸늘한 북풍보다 훨씬 더 서늘했어. 시엔에게나, 내게나. 그래서 피해야 할 대상이야. 우리 두 사람이 가장 걱정하는 건, 서로의 몸이 완쾌되는 거야. 꾸준히 일할 수 있도록.

그래도 테오야, 결혼에 대해 내가 했던 얘기는 모든 걸 내 마음대로 하겠다는 게 아니라는 걸 너한테 알려주고 싶었기 때문이야. 그리고 최대한 네가 원하는 방향으로 따라가겠다는 뜻이기도 해. 내가 너한테 이렇게까지 하는 건, 적어도 네 신뢰를 얻고, 너한테 이런저런 소식을 전해 들을 자격이 있다는 증거로 여겨주면 좋겠다. 다른 사람들하고는 잘 지내지 못하더라도, 너하고는 대화도 하고, 합의도 볼 수 있으니까.

내가 원하는 건, 단지 한 여자와 두 아이의 삶을 구하는 것뿐이야. 나는 그녀가 질병과 가난에 몸부림치며 싸웠던 끔찍한 시절, 나를 만났던 그 시절로 되돌아가는 건 원치 않아. 내 도움으로 그녀는 지금처럼 구원받았다. 난 그렇게 해왔고, 앞으로도 그렇게 해야 해. 그녀에게 다시 혼자라는 느낌, 버림받은 느낌을 들게 하기 싫다. 내가 그녀를 사랑하고, 그녀의 두 아이도 사랑한다는 걸 말해주고 싶고, 깨닫게 해주고 싶어. 누가 뭐라고 해도, 너는 내 마음 알 거야. 그러지 말라고 나를 가로막지도 않을 거고. 그녀가 나아지는 건 모두 네 덕분이야. 나 자신을 위해서는 최소한만 원할 뿐이야. 나는 도구에 지나지 않거든.

다시 말하지만, 네게 직접 하고 싶었던 말을 편지로 쓰려니 정말 유감이다. 그녀를 직접 만나면 많은 걸 알 수 있을 텐데. 내가 정신이 나간 게 아니라는 걸 너한테 이해시키기 위해 더 많은 말을 할 수도 있었어. 조만간 와줘. 적어도 편지라도 곧 보내줘.

시엔은 금방 널 편안하게 대해줄 거야. 그때 넌, 어제 테르스테이흐 씨가 그랬던 것처럼 오만방자한 눈빛으로 그녀를 노려보지는 말아주면 좋겠다.

그녀도 나도, 언제나처럼 너를 따뜻하게 맞아줄 거다. 마음으로 악수 청하고, 내 말 명심해라.

너를 사랑하는 형, 빈센트

너하고만 얘기하고 싶은 게 하나 더 있어. 내가 그녀를 만났을 때 그녀의 상태와 그녀의 과거에 관한 이야기야. 그녀는 정말 심하게 고생한 사람이야. 그런데 아직은 쾌활한 면도 있고, 섬세한 감수성을 조금은 지니고 있어.

다시 한 번 이 말을 하고 싶은데, 이렇게 모두에게서, 모든 것에서 떨어져 고립된 생활을 하고 있어서 그런지, 네가 정말 보고 싶다. 너의 공감과 너의 온정이 그 어느 때보다 절실하다. *비*

록 레이스베이크의 풍차는 더 이상 그 자리에 없지만, 너와 함께 다시 그 길을 걸어보고 싶구나! 정말로.

218네 ____ 1882년 7월 21일(금) 추정

사랑하는 동생아

이미 늦은 시간인데, 네게 다시 한번 편지를 쓰고 싶어졌어. 넌 여기 없는데 네가 보고 싶구나. 그래서인지 우리가 그렇게 멀리 떨어져 있는 건 아니라는 생각도 든다.

난 오늘 스스로 이런 결론을 내렸다. 나에게 병세, 혹은 병의 후유증은 이제 없다고. 병으로 너무 많은 시간을 허비해서 이제 다시 그림을 그릴 때가 됐거든. 몸이 좋든 안 좋든, 다시 규칙적으로 밖에 나가 아침부터 밤까지 그림을 그릴 거다. 남들한테 이런 소리 듣긴 싫거든. "오! 이건 예전에 그린 그림들이군!"

오늘은 요람을 그려봤는데, 거기에 색칠도 조금 했어.

벌판도 지난번에 보냈던 그림과 비슷한 분위기로 그려봤어. 내 손이 너무 하얘졌는데, 이게

내가 게을러서는 아니잖아.

야외로 나가 그림을 그릴 생각이야. 병이 다시 재발한다고 해도 말이야. 더는 손 놓고 있을 수가 없구나.

예술은 질투가 심해서, 병으로 자신이 홀대받는 상황을 용납하지 않거든. 그런 예술의 의지 앞에서 내가 고개를 숙였다.

그러니 조만간 그럴듯한 그림을 너에게 다시 보내줄 수 있겠지. 나 같은 사람은 *절대 아파도 안 돼*.

너는 내가 예술을 어떻게 바라보는지 이해해야 해. 진정한 예술에 다가가려면 긴 시간, 많은 공을 들여야 한다. 내가 원하는 것, 내가 정해놓은 목표는 사실 달성하기 어려운 수준이지만, 터무니없이 높지는 않다는 게 내 생각이야.

깊은 인상을 심어주는 그림을 그리고 싶어. 〈슬픔〉은 그 소박한 시작이었지. 〈란 판 메이르데르보르트의 채마밭〉, 〈레이스베이크 초원〉, 〈가자미 건조장〉 등의 풍경화도 마찬가지야. 어쨌든, 내 마음에서 우러나는 감정들을 그 그림 속에 표현했어.

나는 내 인물화나 풍경화를 통해 감상적인 우울함이 아니라, 비극적인 고통을 담아내고 싶어.

그러니까 사람들이 내 그림을 보며 이런 말을 해주면 좋겠다는 거야. "대상을 강렬히 느끼는 사람이군." 혹은 "이 사람, 아주 섬세한 감수성을 가졌어." 비록 내 그림에 거친 부분들이 있긴 하지만, 어쩌면 그 부분 때문에 오히려 더 그렇게 생각할 수도 있잖아. 이해하니?

지금 이 시기에 이렇게 말하면 거드름 피우는 것처럼 보일 수도 있겠지만, 그래서 더 힘차게 몰아붙이는 거야.

남들이 나를 어떻게 보고 있을까? 무능하고, 괴짜에, 불쾌한 인간. 사회적 지위도 없고, 앞으로도 없을 인간, 한마디로, 무능한 인간 중에서도 가장 한심한 인간으로 보고 있을 거야. 좋아, 어디 그렇다고 치자. 그런데 난, 내 작품을 통해서 그 괴짜, 무능하고 한심한 인간의 마음속에도 이런 감정이 있다는 걸 보여주고 싶어.

그게 내 야망이야. 그 야망은 원한보다 사랑에서 힘을 얻고, 열정보다 차분함에서 힘을 얻어. 가끔은 머리가 지끈거릴 정도로 복잡하지만, 내 마음속에는 차분하고 순수한 음악과 조화가 균형을 이루고 있기도 해. 나는 아주 초라한 집과 더러운 모퉁이에서도 회화나 데생으로 그릴 대상을 찾아내지. 내게는 그런 것들에 끌리는 거부할 수 없는 성향이 있다.

시간이 갈수록, 다른 고민거리들이 사라지면서 내 눈이 그림 같은 장면을 민첩하게 잡아내는 것 같아. 예술은 끊임없는 노력을 요구해. 그래서 쉬지 않고 작업하고 그 와중에 계속해서 관찰하는 거야. 끊임없는 노력이란, 쉼 없는 작업이라는 의미보다는, 남들이 아무리 왈가왈부해도 자신이 본 걸 포기하지 않는 끈기를 뜻해.

희망이 보인다, 아우야. 몇 년 안에, 아니 당장 며칠 내로, 그간의 네 희생에 대한 보상과도 같이 네 마음에 쏙 드는 그림을 내 손으로 직접 그릴 수 있겠다는 희망 말이야.

요즘은 화가들과도 거의 교류하지 않아. 나쁠 건 없어. 내가 귀 기울여야 하는 건, 화가들의 음성이 아니라 자연의 소리니까. 6개월쯤 전에 마우베 형님이 했던 말이 이제야 이해되더라. "뒤프레 이야기는 하지 말고, 수로 옆 강둑이라든가 뭐 그런 것들에 대해 말해봐." 그땐 냉정하다 느꼈는데, 그게 정확했던 거야. 현실에서 뭐든 있는 그대로 느끼는 것이, 그림을 감상해서 얻는 느낌보다 더 중요해. 그편이 더 생산적이고 활기차다고.

지금의 나는 예술과 삶 자체에 대해 매우 넓고 광대한 감정을 품게 되었기 때문에(물론 중심은 예술이지). 몇몇 사람들이 내게 강요하는 소리들이 무척 귀에 거슬리고 거짓으로 들린다.

개인적으로 많은 현대 회화들에서 고전 작품들에서는 찾아볼 수 없는 특유의 매력을 발견했어.

내게는 가장 고상하고 우아한 예술적 표현을 꼽자면 늘 영국 미술이 들어가. 예를 들면 밀레이, 헤르코머, 프랭크 홀의 작품들. 내가 말하는 고전 거장들과 현대 화가들의 차이는 바로 이거야. 현대 화가들이 더 심오한 사색가라는 거.

감정적인 면을 봐도, 밀레이의 〈스산한 10월〉과 라위스달의 〈오버르베인의 세탁장〉의 차이는 커. 홀의 〈아일랜드 이민자〉와 렘브란트의 〈성경 읽는 여인〉 사이에도 역시 커다란 차이가 있고. 렘브란트와 라위스달은 당시 사람들이 느꼈듯이 우리 눈에도 숭고해 보여. 그런데 현대 화가들은 우리에게 더 개인적으로 친밀하게 호소하지.

스웨인의 목판화도 그렇고, 독일 고전 회화의 거장들도 그랬어.

그렇기 때문에 몇 년 전, 현대 화가들이 고전주의 화가들의 화풍을 심하게 따라했던 건 실수였어.

그래서 난 거장 밀레의 말이 맞다고 생각하는 거야. "Il me semble absurde que les hommes veuillent paraître autre chose que ce qu'ils sont(나는 사람들이 자기 자신이 아닌 다른 사람처럼 보이고 싶어 하는 게 우스꽝스럽다)." 평범한 지적이지만 심해처럼 깊은 뜻이 담겨 있어. 이런 말은 언제라도 가슴속에 새겨두고 다녀야 해.

너한테 꼭 하고 싶은 말은, 곧 작업을 재개하고 예전의 작업 속도도 회복할 거라는 거야. 그나저나 네 편지 기다리고 있다. 오늘밤은 잘 자고. à Dieu, 마음으로 악수 청한다.

너를 사랑하는 형, 빈센트

혹시 괜찮으면 *두꺼운* 앵그르지 좀 챙겨다오. 견본 동봉하마. 얇은 종이는 아직 충분해. 두꺼운 앵그르지는 수채화를 그릴 때 색을 지울 수 있는데 상펭sans fin지에는 수채화가 자꾸 번지는데 나로서는 방법이 없다.

요람은 오늘 그린 것 빼고도 앞으로 백 번은 더 그릴 생각이야. *끈질기게* 노력할 거야.

219네 ___ 1882년 7월 23일(일)

일요일 아침

테오에게

편지와 동봉한 50프랑 잘 받았다. 편지도 돈도 진심으로 고마워. 그리고 방문 일정을 자세히 알려주니 정말 기쁘다. 여기 와 있는 동안, 출장 업무 시간 외의 자유 시간은 내가 계획해도 되겠니? 레이스베이크 풍차까지 다녀오던 날과 같은 마음으로 보낼 수 있도록 우리 둘 다 노력했으면 한다.

아우야, 비록 레이스베이크의 풍차는 내 청춘처럼 영영 사라졌지만, 내 마음 깊은 곳에서 어떤 믿음이 솟아났어. 삶에는 좋은 게 있다, 그러니 자신을 온통 쏟아부어서 진지하게 살아가려고 노력할 가치가 있다! 이 믿음은 경험이 부족했던 예전보다 더 깊게 뿌리내렸을 거야. 아니, 확실히 그래. 이제 내게 주어진 과제는, 그때 그 시절의 시를 어떻게 그림으로 표현할까다.

편지가 서로 엇갈린 모양이야. 이전 편지에, 내 건강 상태와 상관없이 다시 규칙적으로 그림을 그리겠다는 결심을 썼거든. 지금 그렇게 하고 있는데 견딜 만해. 비록 약을 더 먹어야 하지만, 그래도 그림을 그리고 있으면 마음이 정말 평안해져. 그러니 더 이상은 그림과 떨어지면 버텨낼 수가 없겠어.

네가 오면 수채화를 몇 점 선물하마. 이 화실에서 일하는 게 정말 끝내준다. 지난겨울 내가 했던 말 기억해? 1년 안에 수채화를 보내주겠다고 했었잖아.

지금 그린 것들은, 원근법과 비율을 연습했던 것이 수채화에도 큰 발전을 주었다는 걸 보여주거든. 그러니까, 6개월을 데생만 하다가 수채화를 그렸을 때 얼마나 발전이 보일까 실험해보고 싶었고, 모든 그림의 기본이 되는 데생 부분에서 어디를 더 다듬어야 하는지도 알아야 했어.

풍경화가 원근 구도가 복잡하면 그리기가 무척 힘든데, 또 그래야만 네덜란드 특유의 정서와 기질이 나오거든. 최근에 보냈던 그림들과 닮았어. 의식하면서 그렸던 건데, 거기에 남다른 요소가 하나 더 있어. 색이야. 연초록색 목초지가 빨간 지붕과 대비되고, 하늘의 빛은 젖은 흙과 나무들로 꽉찬 전경의 가라앉은 분위기와 뚜렷이 구분되게 그려봤어.

내 인성이나 행실을 문제삼을 때마다 테르스테이흐 씨가 매번 하는 말이, 할 줄 아는 것도 없고 무능하다였어. 그 양반 입에서 나오는 말을 직접 똑똑히 들었다니까. "이런, 자네 그림들은 처음 그림들이나 별반 차이가 없을 거야. 제대로 된 그림은 하나도 못 그릴걸."

지난겨울에 이렇게 말했고, 지금도 그렇게 말해. 그래서 앞으로 6개월 동안은 당신을 보러 갈 일도, 당신이 날 보러올 일도 없으면 참 좋을 것 같다고 대꾸했지. 정확히 알아둬라, 그렇게 받아친 뒤로 더 이상 그 양반을 신경 쓰지 않은 거야. 그 양반도 이번에야말로 제대로 깨달았겠지. 내가 얼마 전부터 자신에게 반감을 품었고, 상종하기도 싫어한다는 걸. 난 차분하게 그림에 전념하고 있어. 머릿속에서 떠오르는 대로 어디 나에 대해 말도 안 되는 이야기들, 마음대로 지껄여 보라고 해. 내 작업을 방해하지 않는 한, 뭐라고 지껄이든 무시할 거야.

지난겨울에 네 경제적 지원을 자기 손으로 끊어놓겠다고 협박할 때는 사정이 달랐어. 그래서 황급히 너한테 편지했었잖아. 하지만 앞으로는, 똑같은 짓을 하지 않는 한 더 이상 그 양반 이야기는 안 할 거야. 그 양반을 쫓아가 받아치는 것도 멍청한 짓 같거든. "테르스테이흐 선생, 테르스테이흐 선생, 선생이 뭐라고 말하든 전 남들처럼 엄연한 화가입니다."

아니, 난 이미 뼛속까지 화가니, 그 양반 말이야 깡그리 무시하고 화구나 챙겨서 벌판이나 모래 언덕, 아니면 내 화실에서 평온하게 그림을 그리고 있는 게 훨씬 더 재밌겠다.

그나저나 너도 『파리의 뱃속』을 읽었다니 반갑구나. 최근에 『나나』도 읽었다. 괜한 말이 아니라, 졸라는 제2의 발자크야. 발자크 1호가 1815년부터 1848년까지의 사회를 프레스코로 그려냈다면, 발자크 2호인 졸라는 발자크에게 붓을 넘겨받아 그 이후부터 스당Sedan*, 엄밀히 말하면 지금의 우리 사회까지 그려냈어. 정말이지 아름다운 작품이다. 하나만 물어보자. 야채상 수레가 지나다니는 길 한복판에 의식을 잃고 쓰러져 있던 가련한 플로랑을 일으켜 세워 데려간 프랑수아 부인을 어떻게 생각하니?

다른 야채상이 소리치잖아. 술 취한 인간은 내버려 두라고. 배수로에 드러누운 사람까지 일으켜 세울 시간은 없다고.

프랑수아 부인은 레 알Les Halles을 배경으로, 소설 첫 장부터 마지막까지 차분하고 위엄 있고 동정심 많은 인물로 그려져. 다른 여인들의 지독한 이기심과 대조적이야.

봐라, 테오야, 프랑수아 부인의 행동은 정말로 인간적이야. 플로랑이 정치보다 부인에게 더 관심을 쏟았더라면 그녀가 그에게 했음직한 행동을 내가 시엔을 위해 했고, 앞으로도 그럴 거야. 이런 인간적인 행동이 바로 인생의 양념 같은 거야. 이런 인간미가 없는 삶은 솔직히 신경 쓰고 싶지도 않아. 더 이야기할 것도 없고.

프랑수아 부인이 다른 야채상의 말을 무시하듯, 테르스테이흐 씨가 지껄이는 말들은 무시할 거야. 그렇게 지껄이고 다니든지 말든지 마음대로 하라고 해. 그런 시끄러운 소리에 신경 쓸 시간도 없으니 말이야. 조만간 시엔도 모델 활동으로 돈벌이를 할 수 있을 거야. 내가 그린 최고의 작품 〈슬픔〉에서 모델로서 재능을 보여줬거든. 어쨌든 나는 그게 내 최고의 작품이라고 생각한다. 이제, 그녀가 포즈를 취하면 1년 안에 규칙적으로 인물화를 그릴 거야. 약속한다! 왜냐하면 내가 풍경화도 좋아하지만, 이제는 인물화를 더 선호한다는 걸 확실히 깨달았거든. 다만 인물화는 그리기 가장 어렵기 때문에, 더 고민하고 더 노력하고, 무엇보다 더 많은 시간을 쏟아부어야 해. 그러니 그녀 때문에 내가 그림에서 멀어질 거라는 사람들 말에 귀 기울이지 마라. 화실에 와보면 저절로 알게 될 거야. 그녀 때문에 덜 그렸다면, 맞아, 그렇다면 그 말이 맞겠지.

* 프랑스 북부의 지방. 프랑스가 패배한 프러시아 전쟁을 의미하는 대목. 나폴레옹 3세가 1870년 스당 전투에서 패했다.

하지만 지금은 정확히 그 반대야.

우리의 견해차는 점점 좁혀질 게다. 말보다는 그림으로. 말이라면 지긋지긋하다. 이제 그만!

그렇지만 아우야, 네가 온다니 너무너무 기뻐! 정말 다시 한번 너와, 고요하고 온화하고 세심한 바람과 환한 하늘이 펼쳐진 들판을 걸을 수 있는 거야? 난 정말 그러고 싶다! 바다도! 해안도! 그 옛날 스헤베닝언의 외진 동네까지! 환상적일 거야.

그나저나, 일전에 더 복이 그린 목탄화를 봤는데 진짜 근사했어. 흰색과 연푸른색으로 하늘을 표현했거든. 아주 훌륭해. 그 친구가 그린 유화보다 더 좋더라.

새 화실이 넓어서 얼마나 좋은지 모르겠다. 다시 그림을 그리기 시작하니 곧바로 느껴지더라고. 앵무새처럼 "딱 예전 그림들이랑 똑같잖아!" 이렇게 말하는 치들을 혼내주자.

이런 농담이 쏙 들어가게 본때를 보여주자고.

알아둬라. 나는 새벽 4시에 다락방 창가의 이젤 앞에 앉은 다음, 원근 측정 도구로 벌판과 목수 작업장을 관찰한다. 그 시각이면 가장 먼저 출근한 인부가 안뜰에 불을 피워 커피를 끓이고 어슬렁거리거든. 빨간 지붕들 위로 새하얀 비둘기 떼가 모여들더니, 검은 연기를 내뿜는 굴뚝들 사이에서 날아오른다. 그 너머로는 넓디넓은 연초록색 평원이 끝없이 펼쳐지고, 그 위 잿빛 하늘은 코로나 판 호이언의 그림처럼 조용하고 평화로워.

풀로 뒤덮인 초기의 빗물받이가 있는 박공 지붕들의 풍경과, 하루 중에서 만물이 깨어나는 바로 그 시각에, 새들의 날갯짓과, 연기가 피어오르는 굴뚝과, 저 아래 작업장에서 어슬렁거리는 형상들이, 내 수채화의 소재들이야. 네 마음에 들면 좋겠다.

미래의 내 성공 여부는 다른 어떤 것도 아닌 내 그림에 달려 있어. 내가 건강을 지킨다면, 그래, 그렇게만 하면 나는 차분하게 나의 전투를 꿋꿋이 수행해갈 거야. 차분하게 나의 창으로 내다보며 자연을 관찰해서 정직하게 사랑스럽게 그려가는 거야. 나머지 일들은 혹시 모를 공격에 대비하는 방어 태세만 취할 생각이야. 왜냐하면 나는 그림을 그리는 게 너무나 좋기 때문에, 다른 일들로 방해받고 싶지 않거든. 내게는 원근법의 효과들을 연구하는 게 이런저런 개인사보다 훨씬 재미있다.

테르스테이흐 씨가 내 그림을 다른 부분들과 분리해서 바라본다면, 이렇게 시끄럽게 소란을 피우지 않을 텐데.

그런데 그 양반은 내가 마우베 형님을 속이고 실망시켰다고 생각하거든. 또, 내가 그림을 그리는 건 오로지 너한테 돈을 받아내기 위해서라고 여기고. 전부 터무니없는 소리지. 너무 어이가 없어서 언급할 가치도 없어. 마우베 형님은 언젠간 자신이 날 잘못 봤고, 내게 나쁜 의도가 없었다는 사실을 깨닫겠지. 다른 일을 시도해보기 전에, 그림을 더 성실하게 그려보라고 권했던 게 바로 *형님 자신*이야. 그런데 당시에는 서로의 마음을 정확히 몰랐지. 정확히 말하면, 테르스테이흐 씨가 배후에 있었을 때야. 테르스테이흐 씨처럼 편견에 매여 있는 사람들과의 관계는 생산적이지도 않고 무의미해.

네 편지에서 하나는 짚고 넘어가야겠다. 시엔에게 다른 아이가 더 있는 걸 몰랐다고 썼는데, 나로서는 딱히 할 말이 없다. 그녀 얘기를 할 때 분명히 언급했거든. 아마 당시에는 아직 태어나지 않았던 아이와 혼동했던 모양이야.

사람들이 마음속에 품은 인류애에 관해서는 이미 몇 마디 했잖아. 에밀 졸라 소설 속 프랑수아 부인의 선행 같은 것 말이야. 하지만 나는 모두를 돕기 위한 자선 계획이나 사업을 구상해본 적은 없고(*자선*이라는 단어의 평판이 나쁘다는 걸 꽤 잘 알고 있지만), 다만 주변의 몇몇 동료들을 사랑해야 한다고 늘 느껴왔다고 자신 있게 말할 수 있어. 왠지 모르게 불행하고, 무시당하고, 버림받은 사람들을 말이야.

지난날, 화상 입은 불쌍한 광부를 6~8주쯤 두 달간 간호해줬어. 겨우내 내가 먹을 일용할 양식을 웬 노인과 나누기도 했지. 그것도 꽤 여러 번. 그리고 이제 시엔이 있어. 이게 멍청한 짓이나 나쁜 짓이라고 생각하지 않아. 오히려 무척 자연스럽고 올바른 행동이기에, 왜 사람들이 서로에게 그토록 무심한지 이해할 수가 없다. 한마디 덧붙이자면, 내 행동이 잘못되었다면, 네가 날 돕는 행동 역시 어리석고 잘못된 거야. 그런데 이게 어떻게 잘못된 행동이야? 나는 지금도 "네 이웃을 너 자신처럼 사랑하라"는 전혀 과장이 아니라 당연한 행동이라고 믿어. 그렇고말고. 그러니 네 호의를 남용하지 않기 위해서, 나는 내 그림을 팔기 위해 최선의 노력을 기울일 거라는 걸 알아줘.

어쨌든, 아우야, 경제적 지원을 끊으라는 주변의 원성(이런 말을 듣지 않았을 리가 없지) 속에서도, 네가 차분히 이렇게 대답해주리라 굳게 믿는다. "빈센트 형님이 좋은 화가가 될 거라고 믿고 있으니 계속 돕겠다"고. 또 "형님의 사생활과 돈 문제는 형님 몫으로 남겨둘 테고, 형에게 뭔가를 강요하거나 남들이 형을 구속하도록 내버려 두지 않겠다"고. 그러면 험담은 금방 멈추겠지, 그들이 할 수 있는 거라곤, 날 따돌림당하는 자로 여겨 자신들의 무리에서 날 추방하는 거야. 솔직히 이미 다 경험해본 일이라 딱히 걱정되진 않는다. 나는 점점 더 예술에 집중할 수 있겠지. 비록 누군가는 끝까지 내 비난을 멈추지 않겠지만 화가라는 내 직업과 내 작품은 분명히 새로운 관계를 만들어줄 거야. 그렇게 만들어진 건전한 관계는 내 지난 과거에 얽힌 편견 때문에 결코 식지도, 굳지도, 시들지도 않을 거야.

아우야, 네 편지와 50프랑, 정말 고맙다. 편지 쓰는 동안 그림이 말라서 다시 손 볼 생각이야. 박공 지붕과 빗물받이 선이 매력적으로 뻗어나가는 게 꼭 화살 같다. 거침없이 한 번에 그었거든.

à Dieu, 마음으로 악수 청한다.

너를 사랑하는 형, 빈센트

에밀 졸라의 책은 되도록 많이 읽어라. 영혼의 양식 같아서 읽을수록 생각이 맑아진다.

220네 ―― 1882년 7월 26일(수)

수요일 오전

테오에게

내가 침울하다거나 기분이 정상이 아니라고 여기지 말아주면 좋겠다. 이미 지난 편지에 내 작업에 관해서 이야기했잖아. 또 작업과 관련해서 부탁할 게 몇 가지 더 있는데 그 내용은 조만간 편지로 다시 전할게.

네가 왔을 때 수채화를 다양한 기법으로 완성해서 보여주고 싶다. 그러면 네가 가장 좋다고 생각하는 그림을 알아보고 함께 논의해볼 수 있을 테니까. 네가 오는 날까지 매일 작업에 집중할 거야.

지금까지 스헤베닝언을 배경으로 3점을 그렸어. 너도 잘 아는 〈가자미 건조장〉은 좀 더 상세하게 묘사하고, 색도 입혀봤지. 테오야, 너도 잘 알겠지만 색칠하는 게 흑백의 스케치보다 더 어렵지는 않아. 오히려 그 반대로, 내가 깨닫기로는, 그림의 성공 여부를 결정 짓는 건 4분의 3이 초기 스케치고, 수채화의 가치는 전적으로 그 스케치의 양질에 달려 있어.

à peu près(어림짐작으로는) 충분치 않아. 예전에도 지금도 내 목표는 스케치를 강화하는 거야.

흑백의 〈가자미 건조장〉 여러 점에서 이미 확연히 나타난다. 왜냐하면 그림 속에 탄생부터 변화 과정까지 전부 보이거든. 그래서 지금 내가 수채화를 훨씬 쉽게 느끼는 이유는, 그토록 오랫동안 스케치를 더 정확히 하려고 훈련해왔기 때문이야.

테르스테이흐 씨는 이런 내 방법을 '시간 낭비'라고 폄하했지만, 네가 보면 오히려 내가 시간을 벌었다는 걸 알 거다. 난 벌써 그렇게 느끼고, 너도 직접 보면 똑같이 느낄 거야.

오늘 저녁에 두꺼운 앵그르지를 구하려고 여러 가게를 돌아다녔는데 소득이 없었어. 얇은 종이는 있는데 두껍거나 두 겹짜리 앵그르지는 어디서도 안 팔더라고. 지난번에 스탐에 남아 있던 물건을 모조리 사 왔었거든. 아주 물건이 괜찮았었어. 부탁인데, 여기 올 때 그 종이 좀 구해주라. 혹 두꺼운 게 없으면, 대체 용지로 누런빛에 좀 질겨서 담채화를 그릴 수 있는 양식지 papier de la forme도 괜찮아. 아마 하딩지나 와트먼지보다는 저렴할 테니 결과적으로는 돈을 아끼는 거야.

네가 오면 같이 걸으려고 목초지를 가로지르는 아름다운 오솔길을 몇 군데 봐놨어. 아주 고요하고 평화로운 분위기여서 너도 반할 거야. 그 근방을 둘러보니 인부들이 사는 낡은 집과 냇가를 따라 늘어선 이 지역 고유의 정원 딸린 주택들도 보이는데, 아주 아담하고 목가적이야. 내

일 아침에는 거기로 가서 그리려고. 벌판을 가로질러 스헹크베흐에서 아인트호번 공장이나 헷지커 쪽으로 향하는 길목이야.

거기서 죽은 버드나무 줄기 하나를 봤는데 바르그가 이상적으로 생각하던 장면이었어. 갈대로 덮인 늪지대 위로 고개를 떨군 채 서 있는 모습이 외롭고 우울해 보였어. 표면이 갈라진 껍질과 이끼로 잔뜩 뒤덮였는데, 암울한 검은색이 대부분이었지만 초록색에 노란색까지 색조가 상당히 다양해. 모양새가 꼭 뱀 가죽 같더라. 껍질이 벗겨진 부분은 허옇고 가지들도 부러지고 다 잘려 나간 상태였어. 내일 아침에 그걸 그려볼 생각이야.

그리고 〈스헤베닝언의 세탁장〉도 현장에 나가서 그렸어. 까칠까칠한 행주로 완성했다고 해야 하나……. 사전에 준비 하나 없이 행주 하나로 완벽하게 색을 다듬었거든. 여기 크로키 몇 장 보낼게.

네가 오기 전까지 몇 점 완성해둘게. 아마 〈가자미 건조장〉이 마음에 들 게다. 이젠 색칠까지 마쳤거든.

아우야, 이제야 일상으로 돌아온 것 같다. 그러니 이제 남은 건 내 작업밖에 없어. 내 그림에 따라 모든 게 달라질 거야. 새 화실은 이전과 완전히 딴판이야. 그림 그리기에 아주 편한데, 모델과 충분한 거리를 확보할 수 있어서 정말 좋아.

전보다 월세를 더 내는 만큼 확실한 보상이 있는 셈이지.

그나저나 부탁이 하나 있다. 8월 7일경에 온다고 했으니, 1일에 보내줄 돈을 네가 직접 갖다주는 게 자연스럽겠지. 나도 너무나 잘 알아. 그런데 네게서 지난번 편지를 받자마자 종이, 물감, 붓 등을 샀고, 8월 1일에도 살 물건들이 좀 있어서 그러니, 혹시 가능하다면, 비록 바로 며칠 뒤에 네가 오겠지만 그래도 8월 1일에 돈을 보내준다면 고맙겠구나. 계산해보니 8월이 되자마자 돈이 완전히 바닥날 것 같더라. 너한테 부담이 아니기를 바란다. 너한테 돈을 더 받자는 게 전혀 아니고, 8월 1일이라는 날짜가 중요해서 그래. 그날이 안 되면, 어쨌든 월 초 며칠 사이면 좋겠다.

레이어비크 벌판을 하나 더 그렸는데, 배경은 똑같고 시점을 완전히 바꿔서 그렸다.

너도 알다시피 내가 요즘 완전히 풍경화에 집중하고 있는데, 시엔이 아직 포즈를 취할 준비가 덜 돼서 그래. 그렇지만 내게는 여전히 인물화가 일순위다.

네가 와 있는 동안, 나는 되도록이면 집 근처에 있을 생각이야. 그러면 넌 언제든 내가 어디 있는지 알 테니까. 네가 미팅이나 전화 업무를 볼 때, 난 평소처럼 그림을 그리고 있으면 돼. 네가 편한 시간에 약속을 잡으면 되는데, 몇 가지 경우만 빼고. 테르스테이흐 씨나 마우베 형님과의 만남에는 동행하지 않을게. 그리고 또, 내가 한 작업복만 오래 입으면서 언덕이나 풀밭에 앉거나 엎드려서 그림을 그려서(간혹 낡은 생선 광주리 정도면 모를까, 언덕에 의자는 가져가지 않거든) 행색이 거의 로빈슨 크루소에 가까우니, 네 주변에 자주 나타나지는 않는 편이

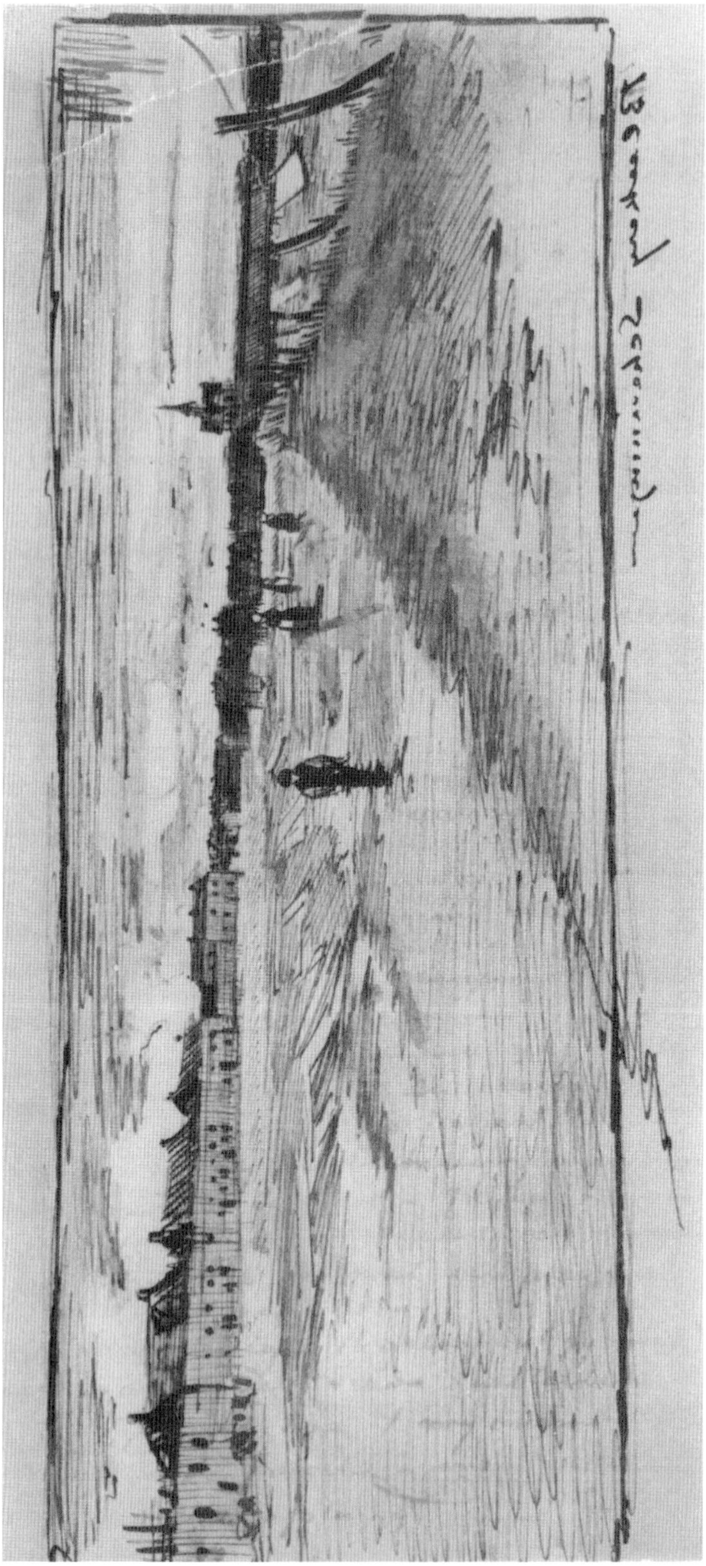

낫겠지.

알아두라고 미리 말해주는데, 널 난처하게 하는 일 따위는 만들지 않을 거야. 그렇지만 내가 얼마나 *너와 함께할 매순간*을 기다리고 있는지 이해해다오. 본격적으로 유화나 데생 얘기를 나누면 서로 더 편해지겠지. 특히나 그림 얘기만 나눈다면. 그러나 네가 싫은 게 아니라면 간간이 이런저런 다른 이야기들도 곁들이자. 난 너한테 숨기는 게 아무것도 없고, 모든 면에서 네 의견을 전적으로 신뢰하니까.

어디 그뿐이겠어, 당장이라도 지금까지 모은 목판화 복제화들도 보여주고 싶어. 얼마 전에 또 근사한 거 하나 구했거든. 필즈의 〈디킨스가 썼던 빈 의자〉인데 1870년도 「그래픽」에 실린 사진이야.

메리옹의 동판화 복제화 3점도 총 2플로린에 살 수 있었는데, 포기했어. 꽤 아름다웠는데, 동판화는 별로 소장한 것도 없고, 기왕이면 목판화에 집중하고 싶어서 말이야. 그래도 네가 알고 있으면 좋겠지. 블록 서적상에 가면 살 수 있다. 메리옹 작품이 희귀작인지, 상품 가치가 있는지 없는지는 잘 모르겠다. 「아티스트」 과월호에서 나온 것들이야.

내 마음은 지금도 에밀 졸라의 소설에 빠져 있어. 소설 속에 묘사된 레 알 광장이 장엄한 모습으로 눈 앞에 펼쳐진 느낌이야.

건강은 괜찮은 편인데, 힘들 때도 가끔 있어. 아무래도 좀 오래가겠어. 시엔과 아기도 잘 지내고. 두 사람 모두 기력을 회복하고 있어서 너무 사랑스러워.

요람을 또 그릴 생각인데(요즘은 비가 많이 와서 나갈 수가 없어) 수채화로 해볼 거야. 아무튼, 네가 여기 오면 꼭 수채화로 그린 풍경화를 보여줄게. 올겨울에는 수채화로 인물화를 그릴 수 있으면 좋겠다. 그러니까 새 화실로 옮긴 지 1년 정도 되면 말이야. 하지만 그전까지는 아무래도 누드화 연습을 더 많이 해야 할 거야. 흑백만 사용해서. 그 부분은 나중에 다시 얘기하자. 네 방문이 이런저런 내 문제를 그럭저럭 정리해주고 내 작업을 완벽하게 해줄 수 있을 거라 확신한다. à Dieu. 마음으로 악수 청한다.

너를 사랑하는 형, 빈센트

차분하게 작업해가다 보면, 조금씩 새로운 사람을 알아갈 수 있을 거라 믿어. 마우베 형님이나 테르스테이흐 씨 등과의 인연을 잃은 만큼 새롭게 채워야지. 그렇다고 인연을 만드는 게 목적은 아니야. 오로지 내 그림으로 새로운 관계를 만들어가겠다는 뜻이야.

테르스테이흐 씨와의 일이 뭐 그리 대단한 건 아니야. 살다 보면 누구나 겪을 수 있는 일이니까. 다만 그 원인을 콕 집어 정확히 설명할 수는 없어. 그런데 테르스테이흐 씨가 오래전부터 나한테 반감을 품었다는 건 확실해. 예전에도 내 평판을 깎아내릴 이야기들을 여기저기 흘리고 다녔으니까. 하지만 이제 신경 안 써. 예전에는 그런 게 나한테 위협이 됐을지 몰라도 이제는 아무것도 아니니까.

네가 내 화실에 오면, 그 양반 말이 완전히 엉터리라는 걸 직접 느낄 거야. "아! 자네 그림은 절대로 작품 수준이 될 수 없어." 그런 발언을 반박하는 게 쉬운 일이 아니야. 감히 그렇게 맞서면, 그 즉시 오만하다느니 헛바람이 들었다느니 비난이 이어지고, 대가들 이름까지 들먹이며 "자기가 저 대가들 수준인 줄 아나봐"라고 빈정댈 테니까.

하지만 다시 한번 말하는데, 자연과 예술에 대한 진심과 사랑은 열정과 지혜로 그림을 그리는 사람에게는 타인의 적대적인 의견을 막아내는 갑옷이 될 수 있어. 자연 그 자체는 엄하고 혹독하지만, 절대로 우리를 속이는 일이 없고, 오히려 성장할 수 있게 도와줘.

그래서 난 테르스테이흐 씨나 다른 사람들에게 평판을 잃은 게 불명예나 불행이라고는 생각지 않아. 아주 *유감*이긴 하지만, 그게 불행의 진짜 원인은 아니지. 자연과 내 일을 사랑하지 않는다면, 그게 바로 불행한 거야. 사람들과 교류를 줄일수록, 자연을 더 믿게 되고, 자연에 집중하는 법을 배우게 돼.

이런 것들이 내 마음을 점점 더 밝고 활기차게 만들어준다. 너도 알게 되겠지만, 난 밝은 초록색, 은은한 파란색을 비롯해 온갖 회색들이 두렵지 않아. 왜냐하면 사실 회색이 빠진 색이 거의 없으니까. 적회색, 황회색, 녹회색, 청회색 등등. 색의 혼합은 이 정도로 설명할게.

〈가자미 건조장〉을 그리던 때만 해도, 전경에 보이는 모래주머니들이(언덕에서 모래가 밀려 내려오는 걸 방지해주는 역할이야) 양파나 유채 등 이루 말할 수 없이 신선한 채소들로 둘러싸여 있었는데, 두 달 전쯤 가보니 작은 정원에 잔디를 빼곤 아무것도 안 보이더라. 그런데 지금은 야생에 가까운 거칠고 왕성한 녹음이 불모지 같은 주변과 대조를 이루면서 매력적인 효과를 만들어내고 있더라.

이 그림이 네 마음에 들면 좋겠어. 마을의 지붕과 종루, 모래 언덕을 위에서 내려다본 풍경인데 제법 근사하거든. 이 수채화를 얼마나 즐거운 마음으로 그렸는지 모를 거다. 아무튼, 목 빠지게 널 기다리고 있어. 와서 보면 다른 화실로 기꺼이 옮겨준 네 자신이 잘했다고 여길 게다. 널찍하고 볕도 잘 들어서 작업이 얼마나 쉬워졌는지 몰라.

어젯밤에는 집에서 소포가 왔다. 열어보니 봄가을에 입을 옷가지들이 들었는데 아주 만족스러웠어. 두 분 모두 참 자상하시지. 게다가 담배, 시가, 과자에 속옷까지 들어 있었다. 두툼한 소포였지. 정말 감사드릴 일이지? 진심으로 날 생각하고 계신다는 증거라 더더욱 반갑고 기쁘다.

라파르트에게도 편지가 왔더라.

그 친구가 영국 목판화에 취미를 들여서 어마어마하게 반갑더라. 처음엔 내가 부추겼는데 이제는 그럴 필요가 없어. 거의 나만큼이나 열성적이라서. 여기 오면, 한 번 보면 쉽게 잊히지 않는 복제화 인쇄물들을 보여줄게. 영국 회화의 대가로 부를 만한 보턴과 퀘를 달리하는 작품들도 있어. 아주 사실적이고 알브레히트 뒤러의 분위기를 풍기는데, 동시에 지역색과 명암 대비 효과도 두드러지는 작품들이야. 요즘은 잘 안 보이고, 10~15년 전 잡지 등을 뒤져야 찾을 수 있어. 1870~1871년, 프랑스-프로이센 전쟁 당시 잡지들 말이야.

221네 ___ 1882년 7월 31일(월)

테오에게

네가 여기 도착하기 전에 미리 환영인사 전한다.* 또한 네가 보내준 편지와 동봉된 내용물을 잘 받았고, 진심으로 고맙다는 말도 전하고 싶구나. 얼마나 반가웠는지 몰라. 열심히 그림을 그리는 중인데 장만해야 할 게 몇 가지 있거든.

내가 이해한 바로는, 자연 속의 검은색에 대해서만큼은 우리 생각이 완벽히 똑같은 것 같다. 사실, 절대 흑(黑)이라는 개념은 존재할 수 없잖아. 검은색은 흰색과 마찬가지로 거의 모든 색에 조금씩 포함되고 끝없이 다양한 회색 계열의 색을 구성해. 그리고 색조tone와 채도strength로 구분된다. 그래서 자연에서 보는 색은 다 특정한 색조와 채도를 가지고 있지.

원색은 3가지밖에 없어. 적(赤)과 황(黃)과 청(青). *혼합색*은 주황색과 초록색과 보라색. 여기에 흑과 백(白)을 다양하게 섞으면 끝없이 다양한 회색으로 파생되지. *적회색, 황회색, 청회색, 녹회색, 자회색* 등등. 또, 녹회색의 종류만 해도 얼마나 많은지 다 열거할 수가 없어. 변주가 무궁무진해.

그런데 그 모든 색 조합들도 삼원색의 법칙과 다를 바가 없어. 그리고 이걸 명확히 아는 것이 70가지 색상을 아는 것보다 더 가치 있다. 왜냐하면 삼원색과 흑백만 있으면, 만들어낼 수 있는 색상이 70가지를 훌쩍 넘거든. 색채 전문가란 특정한 자연의 색을 보고 색 조합을 맞출 수 있는 사람이야. "이 녹회색은 노란색에 검정과 파란색 등등을 섞었군." 다른 말로 하면, 자신의 팔레트에서 자연의 다양한 회색을 만들어낼 줄 아는 사람인 거야.

자연을 그리든 작게 스케치를 하든, 나중에 화풍을 발전시키는 것만큼이나 절대적으로 필요한 게 윤곽선을 제대로 긋는 능력이야. 저절로 잘되는 게 아니고, 제일 먼저 관찰해야 하고, 무엇보다 끊임없이 연습하고 연구해야 해. 또 해부학적 지식과 원근법적 지식도 따로 공부해야 해. 내 옆에 롤로프스의 풍경화 습작이 걸려 있어. 간단한 펜화일 뿐인데, 이 단순한 윤곽선이 얼마나 많은 감정을 표현하고 있는지 설명할 길이 없다. 이 안에 모든 게 다 들어 있어.

더 인상적인 예를 들면, 밀레의 대형 목판화 〈양치는 여인〉이야. 작년에 네가 보여줬는데, 그때부터 내내 그 선들이 내 머릿속에 고스란히 있어. 거기다가 오스타드나 농부화가 브뤼헐의 펜화 몇 점을 더 추가할 수 있어.

* 테오는 헤이그에 오기 전에 부모님께 먼저 들렀기 때문에, 이 편지는 에턴으로 보냈다. 헤이그 방문은 8월 2~4일경이다.

그런 작품들을 보면서, 윤곽선이 얼마나 중요한지 정말 확실히 깨달았지. 그래서 너도 아는 〈슬픔〉에서, 나는 윤곽선 표현을 잘해보려고 엄청나게 공을 들였다.

하지만 네가 이 화실에 오면, 내가 윤곽선 처리뿐만 아니라 동시에 그 누구보다 색채의 힘을 제대로 살리려고 애썼다는 걸 확인하게 될거야. 그리고 이제는 수채화 그리기를 반대하지 않지만, 그 기본은 늘 데생이야. 데생에서 수채화뿐만 아니라 여러 갈래의 그림이 움터나온다. 자신의 작품에 만족하는 모든 화가들처럼, 나도 서서히 데생 능력을 키워갈 거야.

내가 말했던 버드나무 가지를 그려봤다. 내가 그린 최고의 수채화 같아. 어두운 배경에, 부평초로 덮인 썩은 내 나는 늪지대에 있는 죽은 버드나무 가지야. 멀리 뒤로 레인스포르 역 화물창고가 지평선과 맞닿아 있고, 더 멀리 초록색 벌판과 잿빛 오솔길이 이어진다. 하늘에는 구름이 경주하듯 몰려들고 진회색 구름 사이로 밝은 흰 덩어리 구름이 보이는데 그 바로 옆에 찢어진 틈으로 파란 하늘이 보여. 작업복 차림에 빨간색 단기를 든 건널목지기가 하늘을 보면서 "날씨 한번 우울하네!"라고 생각하는 분위기를 표현하고 싶었다.

후유증 때문에 간간이 고생하긴 하지만 그래도 그림 그리는 재미에 푹 빠져 지낸다.

이번에 네게 보여줄 그림들에 대해, 이 말만큼은 할 수 있다. 내 실력이 제자리에 정체되어 있지 않고 올바른 방향으로 발전하고 있음을 증명해줄 거야. 내 작품의 상품 가치에 대해서는, 다른 화가들 작품처럼 조만간 팔려 나가지 않는다면 그게 이상한 일일 거다. *나중일지 지금 당장일지* 확답은 못 하겠지만. 가장 확실한 방법(절대로 *실패할 리 없는* 방법)은 자연을 있는 그대로 존중하면서 꾸준히 그림으로 그려 나가는 거야. 그러면 조만간 그 자연에 대한 감정과 사랑은 예술 애호가들의 마음에 울림을 만들어낼 수 있어. 화가의 의무는, 완전히 자연에 몰입해서 자신의 모든 재능을 활용해 작품에 감정을 담아내서 그 감정을 다른 사람에게 전달하는 거야. 팔아서 돈을 벌려고 그리는 건, 올바른 길이 아니야. 그 반대로, 예술 애호가들을 속이는 행위야. 진짜 화가들은 그런 식으로 그리지 않았어. 결국 그들이 타인의 공감을 얻어낼 수 있는 건, 그들의 진정성 덕분이지. 그게 내가 아는 전부고, 더 알아야 할 것도 없을 거야. 자신의 작품을 좋아해주고 사랑해주는 사람들을 찾는 건 또 다른 일이지. 충분히 그래도 돼. 하지만 어림짐작으로 따라가서는 안 돼. 자칫, 작품 자체에 쏟아야 할 시간을 잘못된 곳에 허비하는 일이 될 테니까.

물론 내 수채화에서 미흡한 점들이 보일 거야. 하지만 시간을 들이면 좋아질 거야.

그러나 잘 알다시피, 난 어떤 체계에 매달리거나 거기에 묶여 있는 걸 못 견딘다. 그런 건, 현실이 아니라, 오직 테르스테이흐 씨의 상상 속에나 존재하겠지. 그 양반에 대해서는, 어디까지나 나만의 개인적인 사견이니까 너에게 강요할 생각이 조금도 없어. 다만 그 양반이 네가 이미 알고 있는 내 이야기를 자기 생각대로 떠벌이고 다니는 한, 그 양반은 친구도 아니고, 어디에도 쓸모없는 인간이다. 오히려, 그 양반이 나에 대해 가진 편견이 너무 뿌리를 깊게 내려서 시간이 흘러도 바뀌지 않을까봐 걱정이야. 특히나 네가 말했다시피, 그 양반은 뭔가를 굳이 되돌아보고 반성하는 수고를 하는 사람이 아니니까.

내가 아는 몇몇 화가들이 수채화나 유화에서 *무척* 애를 먹는 경우를 보는데, 그럴 때면 이렇게 생각한다. "이봐, 친구, 자네 데생이 문제라고." 나는 지금까지 단 한순간도, 처음에 수채화나 유화를 시작하지 않았다고 후회한 적이 없어. 열심히 노력해서 내 손이 데생과 원근법을 거침없이 구사할 수만 있으면, 뒤처진 부분은 금방 따라잡을 수 있어. 젊은 화가들이 *기억에 의존해서* 구성하고 데생하고, 또 *기억에 의존해서* 계획 없이 되는대로 마구 색칠한 다음, 멀찍이 떨어져서 바라보고는, 굉장히 모호하고 우울한 표정이 되어서 대체 이게 무슨 그림일지 알아내려고 애쓰다가, 결국에는 역시나 *기억에 의존해서* 뭔가 제목을 붙이고 마무리하는 모습을 목격하곤 해. 보고 있기가 참 괴롭고, 저렇게 그리려니 얼마나 지루하고 귀찮을까 싶더라.

The whole thing makes me sick(그 모든 과정이 역겨워)!

그런데도 이 젊은 친구들은 조금의 겸손함도 없는 표정으로 내게 지겹도록 묻지. "색칠은 아직도 못 해요?"

가끔은 나도 앉은 자리에서 즉흥적으로 그려. 말 그대로 재미 삼아 종이 귀퉁이 같은 데에 이것저것. 하지만 그건 내게 그냥 걸레나 양배추 잎사귀에 불과한 낙서야.

내가 계속 데생을 고집하는 두 가지 이유를 네가 이해해주면 좋겠어. 무엇보다 데생을 완전히 손에 익히고 싶고, 둘째로는 유화나 수채화는 비용이 무척 많이 드는데 그 비용을 즉각 회수할 수가 없는데다가, 정확하지 않은 데생 위에 칠했을 경우에 비용이 2배에서 10배, 20배까지도 넘어가기 때문이야. 데생 실력도 제대로 갖추기 전에 화실이 그리다 만 캔버스와 종이로 꽉 차고 빚더미에 올라앉게 되면 화실은 말 그대로 지옥이 될 거야. 지옥 같아 보이는 화실을 직접 본 적도 있어. 나는 지금 내 화실에 기쁘게 들어가고 생기 넘치게 작업해. 그러니, 넌 내가 *열의가 없다*고 의심하지는 않으리라 믿는다.

여기 화가들은 이런 식으로 가르치려 들더라. "당신, 이러저러하게 해요." 만약 상대방이 그렇게 안 하거나, 정확하게 못 해내거나, 뭐라고 나름의 대답을 하면 이런 말이 따라오지. "그래서, 당신이 나보다 많이 알아요?" 그러니 즉시, 길어도 5분 이내에, 격렬한 언쟁이 시작되고 어느 쪽도 물러설 수 없는 팽팽한 진퇴양난의 상황이 벌어져. 그나마 덜 볼썽사나우려면, 한쪽이 그냥 잠자코 어디가 됐든 빠져나갈 구멍이 있으면 신속히 자리를 옮겨야 해.

그러면 거의 이런 말이 터져나오려 하지. "세상에, 화가들이란 거의 가족 같군! 그러니까, 이해관계가 충돌하는 사람들이 모인 치명적인 집단이자, 각자가 자기만 맞고 남은 전부 틀리다고 주장하는 자들의 모임." 두셋이 의견일치를 볼 때는 오직 나머지 다른 구성원들에게 단체로 대항할 때뿐이야.

이러한 '*가족*'의 개념은, 아우야, 항상 맞는 건 아닐 거야, 그렇지? 특별히 화가들이나 우리

가족에게 적용될 때만 그렇겠지. 나는 정말 진심으로 우리 가족이 마음이 맞고 평화로운 가족이기를 바라고 있어. 마음으로 악수 청한다.

너를 사랑하는 형, 빈센트

버드나무 가지 분위기는 대충 이런데, 수채화에는 검은색은 농도를 낮춰서만 쓸 생각이야. 수채화에서 가장 강렬한 부분(진녹색, 갈색, 회색)은, 이 작은 스케치에서 가장 어두운 검정색으로 처리됐어.

잘 있어라, 내 말 명심하고. 내가 생각조차 해본 적 없는 말도 안 되는 사악한 행동을 했다고 날 의심하는 사람들이 떠오르면 웃음밖에 안 나온다(내 머릿속을 떠다니는 건 오직 자연에 대한

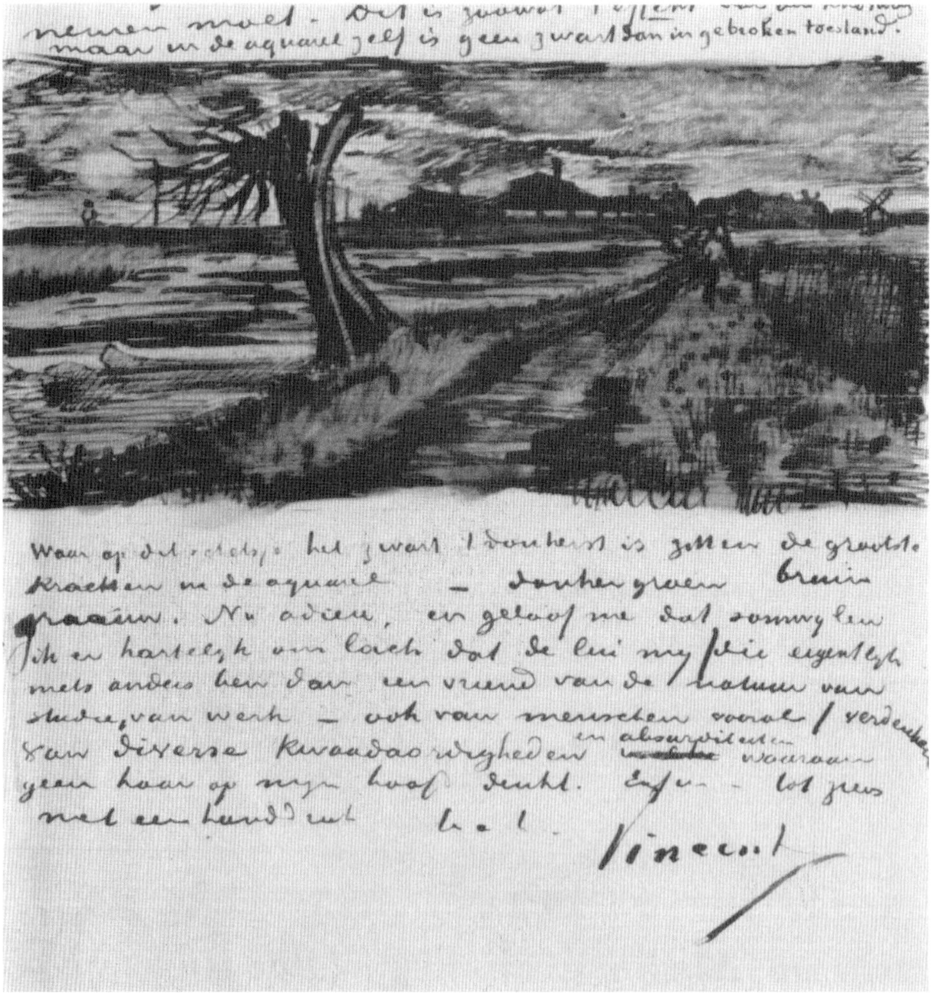
maar in de aquarel zelf is geen zwart dan in gebroken toestand.

Waar op dit schetsje het zwart t donkerst is zitten de grootste krachten in de aquarel — donker groen bruin grauw. Nu adieu, en geloof me dat somtyds lach ik eens hartelyk om dat de lui my die eigentlyk niets anders ben dan een vriend van de natuur van studie, van werk — ook van menschen vooral / verdenken van diverse kwaadaardigheden en absurditeiten waaraan geen haar op myn hoofd denkt. Enfin — tot gauw met een handdruk t. à t.

Vincent

애정과 습작, 그림 그리기, 그리고 무엇보다 사람들뿐인데 말이야). 아무튼, 곧 만나자. 마음으로 악수 청한다.

너를 사랑하는 형, 빈센트

222네 ___ 1882년 8월 5일(토)

테오에게

너에게 이렇게 편지를 쓰고 있는 지금도 네가 다녀간 감흥이 여전히 가시지 않는 데다, 다시 그림에 집중할 수 있게 되어 정말 만족스럽다.

다음 날 아침, 역까지 배웅하고 싶었지만 이미 너는 많은 시간을 나한테 할애한 터라, 그날 아침까지 같이 있겠다고 고집을 피우면 안 되겠다는 생각이 들었다. 찾아와줘서 정말 고맙고, 한 해 동안 불안감 없이 그림에 전념할 수 있다는 기대에 정말 행복하다. 게다가 네가 준 것 덕분에 내 그림 생활에 새로운 지평이 열렸어.

수천 명 가운데 선택받은 특별한 사람이 된 기분이다. 네가 내 앞길을 가로막는 장애물을 번번이 치워주니 말이야.

정말 많은 화가들이 돈 문제에 발목이 잡혀서 포기하거든. 이렇게 계속 그림을 그릴 수 있어서 네게 얼마나 고마운지 말로 다 표현할 수가 없어. 남들보다 늦게 시작했으니, 그만큼 까먹은 시간은 만회하려고 두 배로 더 열심히 노력한다. 하지만 아무리 내가 의욕이 넘쳐도, 네 도움이 없었다면 진작 포기해야 했을 거야.

내가 뭘 샀는지 가르쳐줄게.

첫째, 12색 수채화 물감이 들어가는 큰 물감통을 샀는데, 이중 뚜껑이라서 하나를 팔레트로 쓸 수 있고, 안에 붓도 6개를 넣고 다닐 수 있어. 야외에서 사용할 때 아주 유용하고, 사실은 필수 도구인데, 너무 비싸서 지금까지는 컵 받침을 팔레트 대용으로 쓰며 눈독만 들이고 있었어. 그러려니 가방 하나를 더 꾸려야 해서 번거로웠지. 이젠 좋은 걸 샀으니, 오랫동안 잘 사용할 거야

둘째, 수채화 물감들을 더 사고 붓들도 새로 바꿨어. 그리고 드디어, 유화를 그리기 위한 기본 장비들을 전부 갖췄다. 물감도 대형 튜브로 샀는데(소형보다 훨씬 싸), 수채화 물감이나 마찬가지로 유화 물감도 일단 기본색만 샀어. 황토색(빨간색 – 노란색 – 오렌지색), 코발트색, 프러시안 블루, 나폴리 옐로우, 시에나, 검은색과 흰색, 암적색, 적갈색, 주홍색, 군청색, 자황색 등은 소형 튜브야.

내가 직접 만들 수 있는 색은 사지 않았어. 온전한 색들만 들고 다니는 아주 실용적인 팔레트가 되겠어. 군청색, 암적색 등은 꼭 필요한 경우에만 추가할 거야.

일단 작은 그림부터 시작해야지. 그런데 이번 여름에 목탄으로 대형 스케치를 시도해볼 거

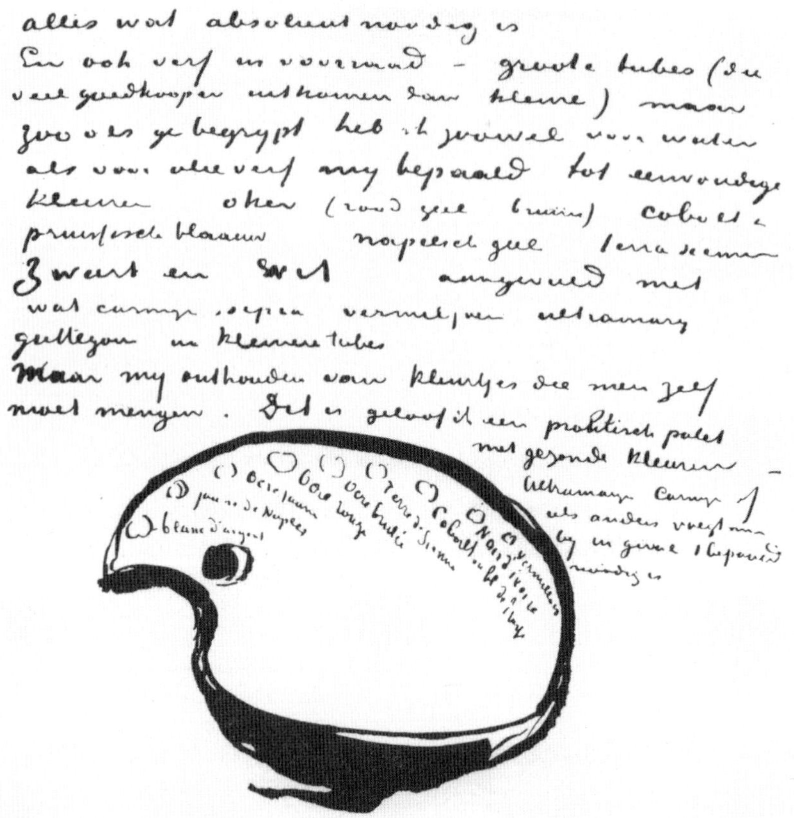
alles wat absoluut noodig is
En ook verf in voorraad - groote tubes (die veel goedkooper uitkomen dan kleine) maar zoo als ge begrypt heb ik zoowel voor water als voor olieverf my bepaald tot eenvoudige kleuren oker (rood geel bruin) cobalt & pruisisch blaauw napelsch geel terra sienna zwart en wit aangevuld met wat carmyn sepia vermiljoen ultramaryn gutttegom in kleinere tubes
Maar my onthouden van kleurtjes die men zelf moet mengen. Dit is geloof ik een praktisch palet met gezonde kleuren -
Ultramaryn Carmyn &c als anders voorkomt by [illegible] bepaald noodig is

라서, 채색은 좀 나중에 도전해야겠지.

원근틀도 하나 다시 주문했어. 성능이 더 향상됐으면 좋겠다. 다리가 2개 달려서 모래 언덕같이 평평하지 않은 곳에도 세울 수 있을 거야. 이렇게 생긴 거야.

스헤베닝언에서 너와 함께 봤던 것들을 언젠가 꼭 그리고 싶어. 모래, 바다, 하늘.

당연히 네가 준 돈을 다 쓰진 않았어. 그렇지만 몇 가지는 내 예상보다 깜짝 놀랄 정도로 비싸기도 했고, 사고 보니 애초에 계획했던 것을 초과해서 사기도 했다. 혹시 평소에 보내주던 생활비를 이달 20일경에 보내줄 수 있냐고 묻는 건, 그때까지 있는 돈을 다 쓸 것 같아서가 아니라, 작업하면서 뜻하지 않게 꼭 필요한 물건들이 생길 경우를 대비해둬야 마음이 편해서야. 또 작업도 더 신속하고 체계적으로 할 수 있지.

물감하고 붓이 들어간 팔레트 겸용 통은 커다란 화구 가방에 넣어서 가지고 다녀야지. 그러면 수채화나 유화에 필요한 도구들을 한 번에 다 가지고 다닐 수 있겠어.

난 화구들만큼은 제대로 갖춰놓고 싶고, 화실도 고가의 골동품이나 태피스트리, 고급 직물

Ik zal beginnen met kleine dingen — maar
wel hoop ik nog dezen zomer ~~een paar~~
my te oefenen met houtskool voor
grootere schetsen met het oog om later
te schilderen en wat ruimer formaat —
En 't is daarvoor dat ik weer een nieuw en
hoop ik beter perspectiefraam laat maken
dat in ongelyken duingrond b.v. hecht vast
staat met twee stylen

b.v. op deze manier
Dat wat we samen op Scheveningen zagen.
Zand - zee - lucht — is iets ~~dat~~
ik zeer zeker van myn leven wel eens hoop
uit te drukken.
Natuurlyk heb ik niet alles wat gy my
gegeven hebt in eens uitgegeven — ofschoon
dat moet ik wel zeggen de prijzen van een & ander
my weer geducht tegenvielen — en er als men nagaat
meer dingen noodig zyn dan oppervlakkig wel schynt.

등이 아니라, 벽에 걸린 습작들이나 그럴듯한 작업 도구로 분위기를 살리고 싶어. 꾸준히 작업해 나가면 해결할 수 있는 문제라고 생각해. '동네 순경' 스타일의 가구들은(솔직히 순경보다 델프트의 도선사 스타일에 더 가깝다고 느끼는데) 내 화실이 안락한 물건들로 채워진 일종의 예인선 분위기인 게 싫지 않아.

어제 오후에 란에 있는 스뮐더르스 지업사 창고를 샅샅이 뒤지다가 뭘 발견했는지 알아? *두꺼운 앵그르지*! 상표명이 파피에 토르숑인데 네가 구해준 제품보다 재질이 거칠어. 견본으로 하나 보낼 테니 한번 확인해봐라. 한 묶음이 통째로 있더라고. 색도 바랬고 오래된 듯한데 내가 쓰기에는 안성맞춤이었어. 우선 절반만 사 왔는데, 언제든 거기 가면 살 수 있다는 걸 알게 됐잖아. 사실 다른 종이를 찾으러 간 길이었어. 소위 '꿀종이'라는 건데, 토지대장 작성에 쓰고 반품된 것들이라 가격이 아주 저렴해서 종종 썼거든. 목탄화에 잘 맞아. 크기가 제법 큰데 하딩지와 색조가 비슷해.

이것도 견본 동봉하니 비교해봐라. 거칠기가 범포하고 거의 비슷해. 색은 네가 구해준 게 훨씬 나아서 강둑이나 땅 같은 걸 습작하기에 적합해. 어쨌든, 그런 종이 구입처를 알아놓은 게 얼마나 다행인지 몰라.

다 네 덕이다, 아우야. 진심으로 고맙다. 마음으로 악수 청한다. 이제 그림을 그려야겠다. 아버지 어머니께도 안부 전해드리고, 조만간 내가 편지한다고 말씀드려라. 너하고 약속했다시피, 전하지 않을 얘기는 전하지 않을 거야.

Adieu. 일상으로 잘 복귀하고.

너를 사랑하는 형, 빈센트

223네 —— 1882년 8월 5일(토) 혹은 6일(일)

테오에게

이전 편지에서 원근틀이라고, 그림으로 그린 거 봤을 거야. 방금 대장장이를 만나고 오는 길인데, 내 원근틀 양쪽 다리에 쇠 징을 달고, 틀 모서리에도 쇠를 덧대줬어. 전체적으로 보면 기다란 지주 두 개로 구성된 물건이야. 그리고 거기다가 나무못으로 원근틀을 수직이나 수평으로 고정해.

그 틀을 통해 바다, 목초지, 들판을 보고 있으면 마치 창문을 통해 바라보는 느낌이 들어. 틀 안에 수직, 수평, 대각선, 십자 방향으로 실이 교차하고 있어서 풍경을 구역별로 나눌 수 있고, 그 덕분에 윤곽선과 비율을 구체적으로 잡아서 스케치하는 데 도움이 돼.

적어도 원근법에 대한 기본적인 상식과 원근법이 어떤 식으로 선의 방향과 대상과 면의 크기를 달라지게 하는지 정도는 알고 있어야 해. 그걸 모르면 이 원근틀로 바라봐도 현기증만 날

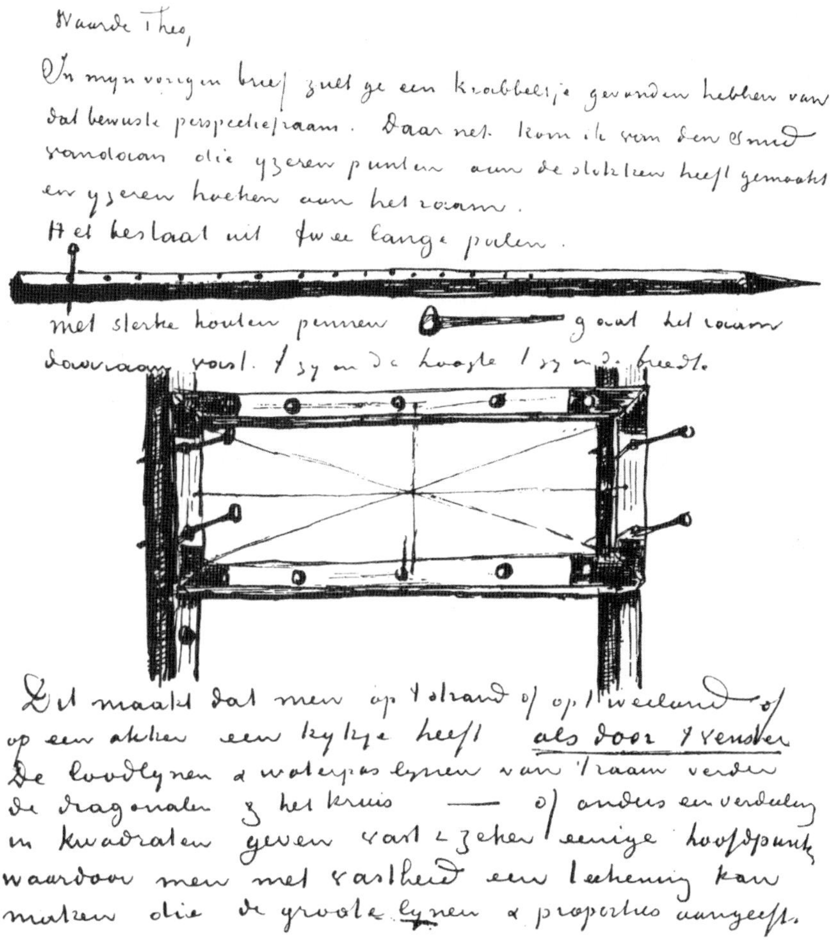

Waarde Theo,
In myn vorigen brief zult ge een krabbeltje gevonden hebben van
dat bewuste perspectiefraam. Daar net kom ik van den smid
vandaan die yzeren punten aan de stokken heeft gemaakt
en yzeren hoeken aan het raam.
Het bestaat uit twee lange palen.
met sterke houten pennen gaat het raam
daaraan vast. t zy in de hoogte t zy in de breedte.
Dit maakt dat men op t strand of op t weiland of
op een akker een kykje heeft als door t venster
De loodlynen & waterpaslynen van 't raam verder
de diagonalen & het kruis — of anders een verdeeling
in kwadraten geven vast & zeker eenige hoofdpunten
waardoor men met vastheid een teekening kan
maken die de groote lynen & proporties aangeeft.

지도 몰라. 그림 완전히 무용지물이 되는 거지.

나중에 보면 알겠지만, 이 원근틀로 바다나 푸른 벌판, 겨울에 눈 덮인 벌판, 가을에 굵고 얇고 제멋대로인 나무들이 뒤엉킨 가을 숲, 천둥 번개가 치는 하늘을 보고 있으면 정말 재미있게 보여.

꾸준히 사용하면서 연습에 연습을 거듭하면 이 원근틀을 이용해 빛보다 빠른 속도로 데생을 할 수 있고, 그렇게 선이 그려지면 또 빛보다 강렬하게 그림을 그릴 수 있게 될 거야.

한 마디로, 아주 유용한 그림 도구라는 거지. 왜냐하면, 하늘이나 땅, 바다는 꼭 붓질을 해줘야 하기 때문이야. 단순한 데생에서도 이런 대상의 느낌을 살리려면 붓을 잘 다룰 줄 알아야 해. 아마 본격적으로 색칠을 시작하면 이 원근틀이 내 그림에 큰 변화를 줄 거라 확신해. 지난

1월에 한 번 써보고 중단했었어. 이런저런 부차적인 이유도 있었지만 가장 큰 이유는 데생 실력에 확실한 자신이 없었기 때문이야. 그 뒤로 대략 반년이 지나는 동안 전적으로 데생에만 매달렸어. 그러니 이제 다시 한번 열정적으로 시도해볼 생각이야. 원근틀은 제법 쓸만한 도구야. 네가 이걸 못 보고 간 게 많이 아쉬울 정도야. 적잖은 돈이 들어간 물건이라 견고해서 오래 쓸 수 있으면 좋겠어.

그나저나 돌아오는 월요일에는 원근틀을 사용해서 커다란 목탄화를 그릴 생각이야. 작은 유화 습작도 그려보고, 성공하면 본격적으로 더 나은 유화도 그려볼 거야.

네가 다시 화실을 찾을 때면 진정한 화가의 화실다운 면모를 갖추고 있으면 좋겠다.

1월에는 그럴 수 없었던 이유가 여럿 있었다는 건 너도 잘 알겠지만, 무엇보다 원근틀 자체에 결함이 있었어. 나사 문제일 수도 있고, 고정대가 약했을 수도 있고. 그래서 부품들을 더 견고한 것들로 바꿨어. 튼튼하고 따뜻한 바지도 한 벌 장만했고 네가 오기 전에 두툼한 신발도 하나 샀어. 이제는 어떤 날씨에도 견딜 수 있어. 그리고 풍경화를 그리며 터득한 기술을 인물화에 최대한 활용할 거야. 대상의 색조와 채도에 변화를 주는 법을 예로 들 수 있어. 정물에 명암을 주면서 구체화하는 법을 배울 수도 있잖아. 네가 찾아온 다음에 이런 결심을 했지만, 사실 네가 오기 전부터 매일같이 머릿속에 담아두고 다닌 생각이었어. 다만, 흰색과 검은색, 그리고 윤곽선만 붙들고 있었을 뿐이지.

자, 이제 내가 탄 배는 앞으로 출발했다. à Dieu, 아우야, 진심으로 전하는 악수다. 내 말 명심해라.

너를 사랑하는 형, 빈센트

224네 ___ 1882년 8월 10일(목)과 11일(금)

테오에게

네가 떠난 뒤, 실험적으로 그림 몇 개를 그려봤어. 아마 내가 어떤 걸 그렸는지 궁금하겠지. 네가 다시 화실에 와서 한 시간만 머문다면 차근차근 설명할 수 있을 텐데 정말 아쉽다. 물론 불가능한 일이라 기대는 안 해. 그래서 말로 설명하는 건데, 습작을 3점 그려봤어. 하나는 목초지에 늘어선 버드나무들이고(헤이스트브뤼흐 너머에 있어), 또 하나는 여기 근처에 있는 우중충한 잿빛 오솔길이야. 그리고 오늘은 란 판 메이르데르보르트의 채마밭으로 나가서 배수로 옆 감자밭에 자리를 잡았어. 파란 작업복 차림의 남자 하나랑 여자가 감자를 줍고 있는데 두 사람을 습작으로 그려봤어.

흰 모래가 덮인 밭이었는데 절반은 삽으로 뒤집어놨고 절반은 마른 건초 더미로 덮여 있었어. 그 사이사이에 초록색 잡초들이 자라고 있더라.

지평선을 진한 녹색으로 처리하고 지붕 몇 개를 배치했어.

아주 기쁜 마음으로 작업한 습작이야. 솔직히, 유화가 네가 염려했던 것만큼 어렵지는 않아 보이더라. 오히려 효과적인 표현 방법 때문인지 남다른 재미가 있더라고. 게다가 다양한 감정 표현이 가능하고, 거친 분위기 속에서도 온화한 회색이나 초록색으로 효과를 낼 수도 있어.

유화를 그릴 도구들이 있다는 게 너무 행복하다. 솔직한 말로, 전에는 그리고 싶은 욕구가 일어도 억누를 수밖에 없었거든. 그런데 유화 덕에 내 영역이 보다 넓어졌어.

화실 벽에 차츰 유화를 걸어둘 수 있게 되면 너무 좋을 것 같다. 다만, 화실에 변화를 주려 한다는 인상을 주고 싶은 마음도 없고, 남들이 내 유화를 보고 놀라도, "설마, 내가 이런 유화를 그릴 능력도 없고 감각도 없을 거라 생각했던 겁니까?"라고 말할 생각도 없어.

어쨌든, 데생에 전력을 다하고 있고, 앞으로도 그럴 생각이야. 데생은 모든 그림의 척추나 마찬가지거든. 나머지를 지탱해주는 중추 골격 말이야. 유화가 정말 마음에 든다, 테오야. 그래서 말인데 너무 심취해선 안 될 것 같아. 비용 때문에.

이 습작들은 중간 크기 정도로, 일반적인 화구 상자 뚜껑 크기보다 살짝 커. 나는 뚜껑을 그림판으로 사용하지 않아. 대신, 편하게 가지고 다닐 수 있게 캔버스 위에 압정으로 종이를 고정해서 써. 대형 유화에 도전하기 전에 더 큰 데생을 여러 장 그려보고 싶어. 아니면, 방법을 찾게 되면(노력 중이야) 그리자이유*로 그려볼 계획이야.

물감 다루는 법을 잘 모르면 돈이 너무 많이 들어가는 그림이야. 아우야, 이렇게 좋은 장비를 갖출 수 있어서 나는 너무 행복하다. 정말, 다시 한 번 너한테 고맙다. 이렇게까지 도와준 걸 후회할 일 없고, 내 그림 솜씨가 나날이 느는 걸 보면서 만족할 수 있도록 최선을 다할게.

이런 말을 하는 건, 드디어 내가 첫걸음을 내디뎠다는 걸 너한테 알리고 싶어서야. 습작도 최고로 만들 거야. 이번 건 완벽하다고 할 수는 없지. 하지만 네 눈에도, 내가 바깥세상을 성공적으로 잘 표현하고 있다는 게 보일 거야. 내가 자연을 느끼고, 화가의 기질과 마음을 가지고 있다는 것도. 란 판 메이르데르보르트를 크로키로 대충 그려본 습작 동봉한다. 여기 채마밭은 볼 때마다 네덜란드의 전통적인 기질이 느껴져서 좋아. 항상 그 점이 나를 끌어당겼어.

이제 잘 자라. 너무 늦었다. 악수 청한다.

너를 사랑하는 형, 빈센트

지금 에밀 졸라의 『쟁탈전La Curée』을 읽는 중이야.

편지를 다 쓰고 나니 무언가를 빠뜨린 기분이 들더라. 그래서 생각했지. 이 얘기를 해야겠다고. 지금 바다랑 모래랑 하늘을 그리고 있어. 우리가 스헤베닝언에서 함께 본 그 풍경들 말이

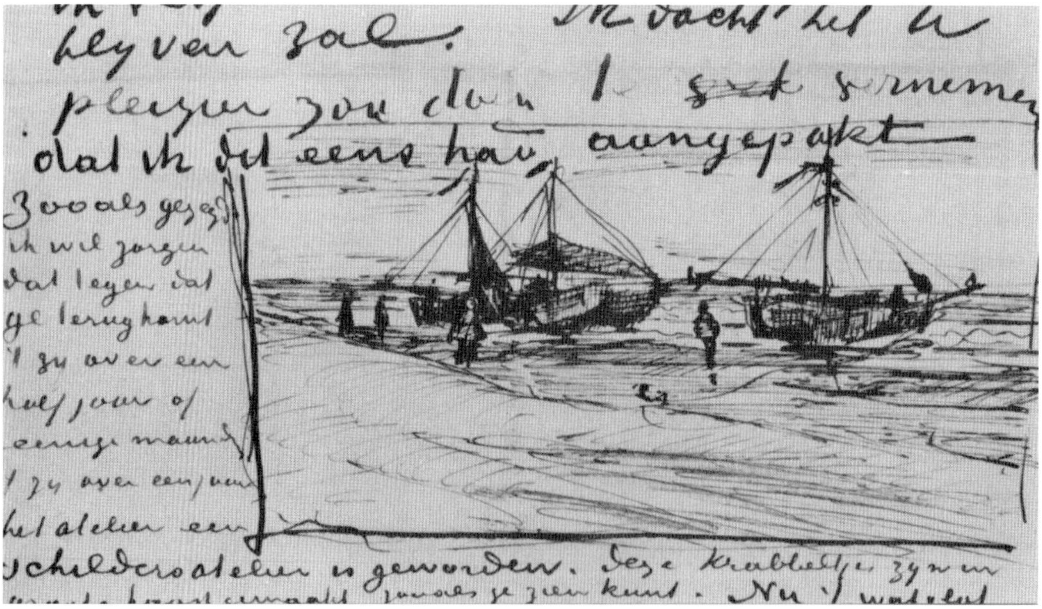

* 주로 회색이나 갈색 톤의 단색화를 지칭한다.

야. 그래서 편지 보내러 가는 대신, 아침에 해변으로 나갔어. 제법 커다란 습작을 그려서 돌아왔다. 모래, 바다, 하늘이야. 고기잡이배 몇 척에 해변에 나와 있는 사람들을 그려봤어. 그림에 언덕의 모래가 살짝 묻었더라. 여기서 멈추지는 않을 거야. 이런 그림을 그리기 시작했다는 걸 네가 알면 좋아할 거라 생각했거든.

이미 말했다시피, 몇 달, 아니면 일 년 뒤에 네가 다시 오면, 진정한 화가의 화실처럼 보이게 꾸미겠다고 했잖아. 아무튼, 보면 알겠지만 이번 습작들은 급한 마음에 그냥 휙휙 그렸어. 그래도 시작은 했으니, 쇠도 뜨거울 때 두드리라는 말처럼, 계속해서 도전할 거야. 20일경에 평소처럼 생활비를 받게 되면, 이번에는 모두 유화에 쏟아부어야 할 것 같아. 주기적으로 유화를 그리면, 한 달만 지나도 화실 분위기가 확 달라질 것 같아. 너한테는 반가운 소식이 되기를 바라면서 다시 한 번 악수 청한다. 네가 하는 모든 일이 잘되기를 진심으로 기원한다.

라11네 ____ 1882년 8월 13일(일)

일요일 저녁

친애하는 라파르트

어제 자네 편지 받고 정말 반가웠어. 안 그래도 소식이 궁금했었는데 어디선가 작업에 열중하고 있다고 생각했었지. 자네가 드렌터에 대해 설명해준 걸 읽고 나니 몹시 궁금해지네. 그쪽은 한 번도 가본 적이 없어. 마우베 형님이나 테르 묄런의 그림에서 본 게 전부니까.

대략 20여 년 전, 내가 어렸을 때 본 브라반트 북부 지방과 비슷할 거라 막연히 상상만 할 뿐이야. 꼬마였을 그 당시에 봤던 풍경들이 기억나. 황야에 작은 농가들, 방직기, 풍차 등, 마우베 형님이나 테르 묄런의 그림에서 볼 수 있는 그런 것들 말이야. 지금은 내가 알고 있던 그 브라반트 지역이 간척사업이며 산업화 등으로 완전히 달라졌지. 이제 빨간 기와지붕을 얹어 새롭게 단장한 카페를 보고 있으면 그냥, 아련한 옛 생각이 떠올라. 군데군데 이끼가 붙어 있는 초가지붕의 흙집이 있던 자리였는데 말이야.

그 후로 사탕무 공장이 들어섰고 기찻길에, 황야 개간까지, 그림 같은 풍경들은 싹 사라져버렸어. 남은 거라고는 진정한 황야가 불러일으켰던 근엄한 시적인 느낌뿐이야. 그런데 드렌터에는 예전의 브라반트처럼 여전히 황야가 남아 있는 것 같네. 브라반트에도 그나마 아름다운 풍경이 남아 있더라. 우리가 함께 갔던 헷 헤이커, 기억할 거야.

편지에 동봉해 보내준 크로키는 상당히 괜찮아 보여. 개인적으로는 묘지가 가장 특징이 살아 있는 것처럼 보였어. 나는 얼마 전에 동생이 여기 와서 내 수채화를 보고 간 뒤로, 유화에 열중하고 있어. 솔직히 말하면, 내 첫 번째 유화 습작을 본 사람들은 그게 정말 처음으로 그려본 거라고 생각하지 않을 거야. 제법 그럴듯해 보이거든. 나도 기대가 커.

어젯밤에는 레이어비크의 목초지에서 아름다운 효과를 내는 빛을 감상했어. 배수로와 같이 뻗어 있는 검고 어두운 길이 평평한 초록색 목초지를 가로지르는데, 시뻘건 태양이 저무는 동안 농부 하나가 피곤에 지친 듯 발을 끌며 걸어가고 있었어. 저 멀리 보이는 투박한 농가를 향해서.

그리고 바다, 모래 언덕, 줄 지어선 버드나무, 감자밭 같은 것들도 그렸어.

유화 그리는 게 얼마나 매력적이던지, 도대체 다른 일을 할 수가 없을 정도더라고.

수채화보다 힘이 넘치는 동시에 훨씬 더 시적이기도 해.

자네도 알겠지만, 지금 여기서 네덜란드 데생 협회가 주최한 전시회가 열리고 있어. 흥미로운 그림들이 많더라고.

특히, 마우베 형님이 그린 〈방직기 앞에 앉은 여인〉을 봤는데 기억에서 잊히지 않아. 이스라엘스의 작은 그림도 마찬가지였어. 뇌하위스, 마리스, 뒤하털, 테르 묄런을 비롯해 여러 작가의 작품도 감상할 수 있었어. 이스라엘스가 그린 베이센브뤼흐 선생의 자화상도 있었는데 얼마나 실물하고 똑같던지 특징까지 잘 살렸더라고.

메스다흐의 대형 그림인 〈바다〉도 제법 근사했고, 스위스와 관련된 그림 2점은 별로였어. 대담한 분위기는 느껴지는데 영감도, 감정도 느껴지지 않더라고. 그래도 〈바다〉는 괜찮았어.

빌럼 마리스가 그린 〈새끼돼지들에게 둘러싸인 암퇘지〉도 근사했어.

야프 마리스 작품은 도시 풍경화인데 페르메이르가 그린 델프트하고 비슷한 분위기였어.

얼마 전에 프랑스 회화전도 있었는데 주로 개인 소장품 위주였고 도비니, 코로, 쥘 뒤프레, 쥘 브르통, 쿠르베, 디아즈, 자크, Th. 루소 등의 작품이 있었어. 그림을 보고 있으면 자극이 되는데 한편으로는 이 진정한 대가들이 하나둘 사라져간다고 생각하니 또 한없이 우울해지더라. 코로도 저세상 사람이고 루소, 밀레, 도비니는 손에서 붓을 놓았잖아. 쥘 브르통, 쥘 뒤프레, 자크, Ed. 프레르는 여전히 활동하지만, 이들이 작업복 입은 모습을 또 언제까지 볼 수 있을지도 알 수 없고. 다들 연로해서 한 발은 벌써 무덤에 걸친 상태라 해도 과언이 아니니까. 어떤 화가들이 이들의 뒤를 이을까? 과연 이 현대 거장들의 맥을 이어갈 자격이 있는 이들일까? 그렇기 때문에라도 우리가 약해지지 말고 더 노력해야 해.

내 새 화실은 아주 마음에 들어. 주변에 그릴 대상들도 많아. 조만간 자네도 여기 한번 다녀가게. 자네 그림이야 언제든 보고 싶고 궁금하지. 편지로라도 설명을 듣고 싶을 정도니까.

내 동생이 자네의 안부를 묻더라고. 그림 그리느라 바쁘다고 했지. 사실, 나도 자네만큼 바쁜 편이라 그간 편지가 좀 뜸했던 거야. 지금 이 편지도 급한 마음에 쓰는 중이거든.

모든 면에서 좋은 일만 있기를 바라면서, 내 말 명심하고, 마음으로 악수 청해.

자네를 사랑하는 친구, 빈센트

225네 ___ 1882년 8월 14일(월)

테오에게

또 편지 쓴다고 나무라지 않으면 좋겠다. 유화 그리는 게 얼마나 신나는 일인지, 그 말을 또 하고 싶었거든.

지난 토요일 저녁에는 그간 여러 번 그려봐야지 했던 그림을 본격적으로 시작했어. 건초 더미가 널려 있는 평평한 목초지와 그 앞을 가로지르는 검고 어두운 길과 그 길을 따라 흐르는 배수로 말이야. 그림 중앙을 차지하는 지평선에는 석양의 붉은 태양을 그렸어. 고작 5초 정도 목격한 장면이라 그림에는 제대로 살리지 못했어. 대충 이런 분위기야.

관건은 전적으로 색채와 색조야. 하늘을 칠할 때 단계별로 변화를 주면서 그렸어. 흐릿한 연보라로 테두리가 빨간 진보라 구름에 반쯤 가린 붉은 태양 효과를 줄 수 있고, 태양 주변으로 주홍색 반사광, 그 아래로 초록색으로 물드는 노란 띠, 더 위쪽으로 파란색(셀룰리언 블루라는 색이야), 여기저기, 다시 연보라에 태양 반사광을 머금은 잿빛 구름 등등.

땅은 초록색–회색–밤색 태피스트리처럼 처리했는데 대신 농담과 움직임으로 분위기를 살렸어. 배수로의 물은 색조가 들어간 땅에서 반짝이는 효과를 줬어.

아마 에밀 브르통이 그리고 싶어 했을 풍경일 거야.

모래 언덕도 그려봤어. 좀 두툼하게 칠했지.

〈바다〉하고 〈감자밭〉은, *사람들이 절대 내 첫 습작으로 생각하지 않을 거야.*

너한테 솔직히 털어놓는 건데, 나도 그려놓고 깜짝 놀랐다니까. 첫 시도가 이 정도면, 두 번째는 더 훌륭하지 않을까 하는 생각도 들 정도였어. 자랑 같은 걸 하고 싶지는 않지만 나도 놀랄 정도로 정말 그럴듯한 게 사실이야.

이게 다 유화를 시작하기 전에 수많은 데생을 그리고 원근법을 연구한 덕분이야. 그 덕에 내가 본 것들을 한 그림에 동시에 넣을 수 있었거든. 유화 물감과 필요한 도구들을 갖춘 뒤로는 쉬지 않고 공부하고 노력해서 습작을 7점 그렸더니, 숨넘어가기 직전이다.

인물화도 있는데, 햇살이 내리쬐는 모래 언덕을 배경으로 커다란 나무 그늘 안에서 아기를 안고 옆모습이 보이게 서 있는 아이 엄마야. 이탈리아 회화 효과를 한번 흉내 내봤지. 정말, 말 그대로 유화 그리기를 멈출 수가 없더라고. 잠깐 쉬는 것 빼고는 말이야.

너도 네덜란드 데생 협회가 주최한 전시회 소식 들었을 거야.

거기에 마우베 형님 유화도 1점 있었어. 〈방직기 앞에 앉은 여인〉인데 아마 드렌터에서 본 장면이었을 거야. 괜찮은 그림이었어. 아마 전시회에 출품된 작품 중 테르스테이흐 씨 집에서 몇 점 보긴 했을 거야. 이스라엘스의 그림도 괜찮았어. 그중에서 베이센브뤼흐 선생 초상화가 단연 돋보였어. 파이프를 물고 팔레트를 든 초상화. 베이센브뤼흐 선생의 작품도 있었어. 풍경화 여러 점하고 바다를 그린 그림들이었어.

J. 마리스의 커다란 그림이 하나 있었는데 놀라울 정도로 근사한 도시 풍경화였어. 새끼돼지들에 둘러싸인 암퇘지를 그린 W. 마리스의 그림도 있었고, 뇌하위스, 뒤하털, 메스다흐의 그림들도 있었어. 특히, 메스다흐의 경우 바다를 그린 커다란 그림은 괜찮았는데, 스위스를 배경으로 한 2점은 무겁고 그저 그랬어. 이스라엘스가 그린 커다란 그림 4점도 더 있었는데(창문 앞에 서 있는 소녀, 돼지우리 앞에 서 있는 아이들, 전시회에 출품된 작은 유화의 데생, 노부인이 반쯤 어둠에 잠긴 방에서 의자에 앉아 불을 살리려고 들쑤시는 그림) 예전에 다른 전시회 때 동판화로도 만든 작품이야.

이것들을 보고 나니까 자극이 되더라고. 아직도 배워야 할 게 많다는 걸 깨달았거든.

내가 하고 싶은 말이 이거야. 전에는 몰랐는데 이제는 색이라는 개념이 머릿속에 들어오기 시작했어. 색조나 농담, 색채의 개념도 점점 잡혀가고.

아직은 아무것도 보내지 않을 거야. 내 솜씨가 좀 더 무르익을 때까지 기다려다오. 대신, 내가 열정에 타오르고 있고 앞으로 잘될 거라는 확신이 있다는 것만큼은 알아주기 바란다(3개월 안에 그럴듯한 그림을 보내주마. 경과보고도 하고, 네 평도 들을 겸 해서).

나한테는 모르는 것들을 더 열심히 공부하고 배워야 할 이유가 되는 거니까.

그렇다고 내가 내 그림 실력에 만족하고 있다고 오해하지는 말아라. 오히려 그 반대니까. 하지만 이런 장점은 하나 생긴 셈이야. 자연을 관찰하다가 마음을 끌어당기는 걸 발견했을 때 과거에 비해 표현법이 하나 더 늘었다는 거 말이야.

앞으로 그릴 그림들이 훨씬 더 그럴듯할 거라고 생각해도 뭐 그렇게 속상하진 않다.

그리고 이따금 몸이 말을 안 들어도 그게 방해거리는 아니야. 내가 아는 한, 일주일이나 보름 동안 화구를 안 만졌다고 화가의 솜씨가 어디로 사라지진 않으니까. 이유는 딱 하나야. 밀레의 말처럼, 예술 속에 마음과 영혼을 담은 사람들에게는 그게 가능하지. 열심히 한다고 손해 볼 건 없어. 그래서 난 열심히 해야 할 때는 물불 가리지 않고 한다. 어느 순간, 지칠 수 있겠지만 다시 회복하게 되고, 고생한 덕에 습작 하나는 챙겨서 귀가할 수 있으니까. 농부가 옥수수나 건초 하나는 챙겨서 귀가하듯이 말이야. 어쨌든, 아직은 쉴 생각이 없어. 그런데 어제 일요일에 딱히 한 게 없다. 밖에 나가지 않았다는 뜻이야. 네가 당장 이번 겨울에 다시 이곳을 찾더라도 유화 습작들로 가득 찬 화실을 보여주고 싶다.

어제, 라파르트한테 편지를 받았어. 드렌터에 있대. 그 친구가 보낸 데생 2점을 잘 살펴보니까 빈둥거리며 논 것 같지는 않아. 열심히 노력하고 있는 게 느껴져. 인물화도 그렇고 풍경화도 그렇고.

그만 마친다. à Dieu. 그림 그리러 가야겠다. 악수 청한다.

너를 사랑하는 형, 빈센트

보리나주에서 데생을 시작한 게 거의 정확히 2년 전 일이구나.

226네 ___ 1882년 8월 26일(토)

토요일 저녁

테오에게

보내준 편지와 동봉해준 것까지 잘 받았다. 정말 고마워. 편지를 받자마자 물감을 사러 가서 7플로린을 썼어. 필요한 것도 있었고, 빈 것도 채워야 했거든. 이번 주에는 유난히 바람도 잦고 비도 많이 오고 궂은날이 이어지더라. 그래도 스헤베닝언으로 여러 번 나가서 이것저것 둘러보고 왔어. 그리고 바다를 배경으로 유화 2점도 그려봤고.

하나는 모래가 많이 묻었어. 다른 하나는 비바람이 기승을 부린 탓에 파도가 모래 언덕까지 밀려와서 그림 위로 모래가 쌓여버렸거든. 그래서 두 번이나 다 긁어내야 했어. 바람이 얼마나 세던지 서 있기도 힘들었고 모래바람 때문에 아무것도 안 보였어.

그래도 기를 쓰고 그림은 끝까지 그렸다. 모래 언덕 뒤에 작은 카페에 가서 모래를 다 걷어내고, 다시 밖으로 나가서 둘러보면서 나머지를 그렸어. 결과적으로 추억거리를 두 개나 가진 셈이지.

그리고 세 번째 추억거리가 생겼는데, 그건, 쉽게 유추할 수 있다시피, 감기에 걸렸다는 거야. 그래서 며칠간 집에만 있어야 해. 이참에 집에서 인물화 습작을 몇 점 그렸는데 2점을 너한테 보낸다.

인물화를 그릴 땐 정말 신나. 다만, 다듬어야 할 부분은 여전히 남아 있어. 어디서는 소위, 예술 요리법이라고 부르는데 아무튼 몇몇 기술들을 더 제대로 파악해야 해. 처음에는 지우고 다시 그리고를 반복하는 편이었는데 이제는 제대로 보는 법을 터득한 것 같아.

다음에 네가 돈을 보내주면 담비털 붓 몇 자루를 좀 살 생각이야. 유화 그릴 때 아주 괜찮더라고. 손이나 옆모습을 그릴 때 편리해. 가느다란 나뭇가지 그릴 때는 없으면 안 될 정도야. 리옹 붓은 가느다랗긴 하지만 남는 부분이 좀 굵어. 게다가 종이도 거의 바닥날 판이라 9월 1일에는 이것저것 물건을 사러 가야 하긴 하지만, 평소 받는 돈으로도 아마 해결할 수 있을 거야.

네가 편지에 쓴 것 중에서 전적으로 동의하는 내용이 여럿 있었어.

첫째로 아버지 어머니가 두루 갖춘 장단점과 함께 지금은 찾아보기 힘든 그런 분들이라는 사실은 나도 인정해. 사실, 젊은 세대들은 이런 분들의 미덕을 따라가기 힘들기 때문에 공경하는 마음을 가져야 하는 건 맞아.

그런 면에서는 내가 소홀히 한 건 없다. 다만, 네 덕에 일단은 진정된 그 문제들이 (두 분이 나를 다시 보시면) 다시 불거져 나오지 않을까, 그게 걱정이야. 두 분은 그림이라는 걸 이해하지 못하실 테니까 말이야. 땅 파는 사람이나, 방금 일구어놓은 밭, 모래 언덕이나 하늘이 나한테 왜 흥미로운 관찰대상인지 이해 못 하실 거야. 그것들이 아름다운 만큼이나 그림으로 그리기 힘들고, 내 삶을 바쳐서라도 그 안에 깃든 시적인 내용을 그림으로 표현할 가치가 있다는 사실을 절대 이해 못 하신다고.

그런데 내가 땀 흘려 그림을 그리고 (나중에는 지금보다 훨씬 더 그럴 텐데) 지우고, 수정하면서, 때로는 자연과 비교하고, 또 때로는 그 장소가 어디인지, 그 인물이 누구인지도 구분할 수 없을 정도로 손보는 과정을 보시면 당연히 실망하실 거야. 유화라는 게 그렇게 뚝딱 한 번에 그리는 게 아니라는 걸 모르실 테니까. 그러면 당연히 기존에 가졌던 편견대로 나는 여전히 할 줄 아는 게 없는 한심한 놈이잖아. 진정한 화가는 그렇게 그리지 않을 거라 생각하실 테니까.

두 분께 헛된 환상을 심어드리는 게 아닌지 걱정도 되고, 결국에는 아버지 어머니가 기뻐하실 일이 전혀 없는 건 아닐지도 두려워. 따지고 보면 놀랄 일도 아니지. 두 분 잘못은 아니니까. 그분들은 너나 나처럼, 세상을 바라보는 법을 배우지 않으셨잖아. 우리랑은 다르게 바라보신다고. 똑같은 물건을, 똑같이 생긴 눈으로 바라보는데, 생각하는 건 달라. 그러지 않기를 바랄 수는 있지만 그렇게 될 일이 없다는 게 내 생각이야.

두 분은 내 심리도 이해하실 수 없어. 내가 하는 건 괴상망측하게만 보일 테니, 어떤 소재들이 날 열광하게 만드는지 짐작도 못 하시겠지. 그 이유를 내가 원래 불만이 많고, 무관심한 데다, 열의가 없기 때문이라 속단하실 거야. 정작 그 원인은 다른 곳에 있는데 말이야. 막말로, 나는 무엇보다 그리고 싶다는 욕망이 일어야 그림으로 그리거든. 아마 두 분은 '알록달록한 유화를 그리고 있을' 내 모습을 기대하시겠지만, 내 그림을 보시고는 실망하실까 솔직히 걱정이다. 보이는 거라곤 물감 범벅뿐일 테니까. 게다가 그걸 '예비 연습'이라고 생각하실 거야. 지난 몇 년간, 정말 이가 갈리게 듣기 싫은 그 표현, 아무리 따져봐도 옳은 구석이라곤 전혀 없는 그 표현을 또 듣게 될지도 모르고. 너도 기억할 거야. 그런데 그때처럼 내가 여전히 '예비 연습'만 하고 있다고 생각하실 거잖아.

내 마음은, 그것보다 더 나은 결과를 바랄 뿐만 아니라, 할 수만 있다면 어떻게든 두 분을 안심시켜드리고 싶어.

두 분이 이사한 새집에 대한 네 묘사가 아주 흥미롭더라. 그래, 그 낡은 교회 건물을 정말 그려보고 싶어. 모래밭 여기저기 흩어져 있는 무덤 앞에 벌레 먹은 나무 십자가들이 서 있는 장면 말이야. 언젠가 그럴 날이 오면 좋겠다. 주변에 황야와 솔밭도 있다고 했지. 예나 지금이나 황야하고 소나무 숲, 전형적인 차림새의 사람들이 그립긴 하다. 나무 조각 줍는 노부인, 모래 퍼 담으러 가는 늙은 농부 등, 지극히 평범한 장면이지만 나한테는 바다만큼이나 장엄한 분위기야. 언젠가 기회가 되고, 여건이 되면, 시골에 아예 자리를 잡을 생각은 여전하다.

물론, 여기는 그릴 대상이 차고 넘치긴 해. 숲이며 바다, 인근의 레이어비크 목초지 등. 말하자면 발걸음 하나 옮길 때마다 그림 그릴 대상들이 나타난다는 뜻이지. 하지만 시골에 내려가면 생활비는 훨씬 덜 들 거야. 그래도 어쨌든, 내가 아는 한, 당장 시골로 옮길 특별한 이유는 없으니까 서두를 필요는 없어. 이런 말을 하는 이유는, 아버지 어머니가 새로 이사 가신 그런 동네를 내가 얼마나 좋아하는지 너한테 알려주고 싶어서야.

한동안 유화에 푹 빠져 지냈는데 잠시 이 욕구를 잠재워야 할 것 같아. 데생에 더 집중해야겠어. 성급하게 유화에 도전했다가 낭패 본 사람들 이야기를 많이 들어서 말이야. 기교에만 집중하다 보니 현실로 돌아왔을 때, 실질적으로 배운 기술은 전혀 없고, 값비싼 물건들을 사들이느라 빚더미에 올라앉았지만 모든 걸 망쳤다는 환멸만 느낀 사람들 말이야. 생각만 해도 두렵고 소름이 끼친다. 처음에도 그랬고, 지금도 여전히 그렇게 생각하는데, 이런 운명을 피할 유일한 방법은 바로 데생이야. 난 데생을 좋아하게 됐어. 하기 힘든 싫은 일이 아니라. 그런데 요즘은 뜻밖에 자꾸 유화로 관심이 가. 전에는 엄두도 못 냈던 효과들을 내는 게 가능한데, 그게 또 공교롭게 내가 가장 좋아하는 효과들이거든. 어쨌든, 유화 덕에 여러 방면에 걸쳐 몰랐던 걸 알게 됐고, 표현 방법도 여러 개로 늘어났어. 얼마나 만족스러운지 모르겠다.

요즘 스헤베닝언 날씨가 아주 좋았어. 바다는 폭풍이 몰아치는 날보다, 오히려 그 직전이 더 장엄해 보여. 강한 비바람이 시작되면 파도 구분하는 것도 쉽지 않아서, 일구어놓은 밭고랑만큼도 영감을 불러일으키지 못해.

파도는 꼬리에 꼬리를 때리며 쉴 새 없이 이어지고, 그렇게 부딪힌 물 덩어리는 유사(流沙)처럼 거품을 만들어내서 안개처럼 바다를 뒤덮지. 점점 더 거세지는 성난 비바람을 계속 보고 있으면 그 장관에 취해서 그런지 오히려 모든 게 다 고요하게 느껴져. 바다는 더러운 구정물처럼 보이고 정확히 그 지점에 고기잡이배 한 척이 보여. 맨 마지막 줄에. 그리고 어두운 그림자 몇 개하고.

유화를 그리면 무한의 세계 속으로 들어가는 기분이야. 뭐라 설명하기는 힘들지만, 감정을 표현하는 가장 효과적인 방법인 것 같다. 다양한 색에는 조화와 대조의 비밀이 숨겨져 있어서 잘만 쓰면 알아서 우리를 도와주는데, 내버려두면 그대로 아무런 의미가 없어.

내일은 밖에 나갈 수 있으면 좋겠어.

얼마 전에 에밀 졸라의 『무레 사제의 잘못』과 『외젠 루공 각하』를 읽었어. 두 권 모두 괜찮은 책이었어. 난 개인적으로 졸라의 여러 소설에 등장하지만 항상 주변 인물로만 묘사되는 의사 파스칼 루공이 귀족적인 인물이라고 생각해. 제아무리 부패하고 타락한 가문이라 해도 의지와 원칙만 있으면 극복할 수 있다는 산증인 같거든. 그는 유전처럼 집안 대대로 물려 내려오는 힘 덕분에 의사 생활을 이어갈 수 있었어. 그래서 자기 천성을 거부하고 또렷하게 그어진 곧은 길을 따라갔어. 그래서 루공 가의 사람들이 빠져서 허우적거리던 그 더러운 물을 피해갈 수 있었던 거야. 파스칼 루공과 『파리의 뱃속』에 나온 프랑수아 부인은 내가 읽은 소설에서 가장 호감 가는 주인공들이야.

그만 줄인다, à Dieu. 항상 네 생각하고, 종종 만나면 얼마나 좋을까 싶다. 마음으로 악수 청한다. 내 말 명심하고.

너를 사랑하는 형, 빈센트

이 편지 쓰는 동안 습작으로 사내아이 하나를 그려봤어. 그리자이유에 목탄과 유화 물감을 썼는데 물감은 색조만 나타내려고 아주 조금만 썼어.

227네 —— 1882년 8월 20일(일)

일요일 오후

테오에게

집에서 반가운 편지를 받았어. 정말 기뻤어. 네가 집에 찾아가서 두 분께 나와 내 그림 이야기를 잘해준 덕분에 두 분이 안심하시는 게 확실한 것 같다. 그게 아주 바람직한 결과를 가져온 것 같아 다시 한 번 너한테 고맙다는 말을 전하고 싶다. 내 얘기를 잘해줘서. 사실보다 더 잘 이야기해준 것도 같더라. 어쨌든, 두 분 모두 새로 이사한 집도 마음에 드시고, 무엇보다 네가 다녀가서 더 좋아하시더라.

나도 그래서 좋았다. 네 생각도 많이 하고, 또 전보다 정이 식은 것도 아니고 말이야. 좋은 말도 해주고. 특히, 네 건강 문제를 솔직히 털어놓은 뒤로 네 생각, 더 많이 한다.

나는 딱히 아픈 데는 없어. 아무 일도 없었던 듯, 내 활동에 별다른 제약을 두지 않을 수도 있어. 그런데 알다시피, 아직은 완전히 회복된 건 아니야. 특히, 저녁에 피곤할 때면 더 그런데, 다

행인 건 그림 그리는 걸 멈춰야 할 정도는 아니라는 거야.

이번 주에는 숲에 가서 커다란 습작 2점을 그렸어. 처음에 그렸던 것보다 채도를 좀 더 높이고 완성도도 더 추가해봤어. 그중에서 내 눈에 가장 잘된 것 같은 그림은 일구어놓은 밭을 그린 거야. 폭우가 휩쓸고 지나간 뒤에 흰색과 검은색, 갈색 모래와 흙으로 뒤덮인 밭. 그래서 흙더미가 여기저기 흩어져 있고 그게 빛을 반사하고 있는 장면을 표현해봤어.

그 광경을 거의 다 그려갈 때쯤, 폭풍이 더 강렬한 비를 몰고 왔다. 거의 한 시간은 그렇게 비가 내렸을 거야. 그런데 워낙 공을 들인 터라 자리를 따로 옮기진 않고 대충 커다란 나무 밑에서 간신히 비만 피했어. 잠잠해지니까 까마귀들이 다시 날아다니는데, 이 순간까지 기다리기를 정말 잘했다 싶더라. 비에 젖은 땅이 정말로 진하고 아름다워서 경탄이 절로 났어.

비가 오기 전에는 지평선을 낮게 그리려고 무릎을 꿇고 그렸거든. 그런데 계속 이어가려니 진창에 그대로 무릎을 꿇어야 했어. 불시에 이런 봉변을 겪을 때가 종종 있는 편이라 쉽게 해지지 않는 작업복을 평소에도 입고 다니는 게 불편하지는 않아. 이번에는 이렇게 근사하게 그린 땅을 습작으로 가져올 수 있었어. 마우베 형님 말이 역시 옳았어. 예전에 그 형님의 습작에 대해 이야기하다가 이런 말을 했었거든. 흙으로 덮인 땅을 그리고 그럴듯하게 효과를 주는 게 얼마나 어려운 일인지 말이야.

다른 습작은 숲인데 벌레 먹은 나뭇가지들이 바닥에 떨어져 있는 굵은 초록색 너도밤나무 줄기하고 흰옷 입은 소녀를 그려봤어. 가장 어려운 부분은 이 습작의 경우 그림을 깨끗하게 그리고, 각각 거리가 다른 나무들 사이로 하늘을 그려 넣는 거였어. 원근법 때문에 나무 굵기며 위치 잡는 게 쉽지 않거든. 그 숲에서 숨 쉬고, 거닐고, 냄새까지 맡을 수 있는 분위기를 느끼게 하는 거 말이야.

이 습작 2점 그리면서 얼마나 즐거웠는지 모른다.

스헤베닝언에서 본 것들을 다시 그리는 것도 정말 반가운 일이었어.

탁 트인 모래밭, 아침 시간, 비 내린 뒤, 상대적으로 푸르른 잔디, 거대한 원처럼 펼쳐놓은 그물들이 적회색, 검은색, 초록색처럼 보이고, 흰 머리쓰개를 쓴 여인들과 남자들이(앉은 사람도 있고, 선 사람도 있고, 돌아다니는 사람도 있고) 그물을 거두거나 펼치는 모습, 어두운 땅 위에 드리워지는 사람들의 그림자까지.

자연 속에서 보는 이 광경, 정말 장관이었어. 밀레나 이스라엘스, 아니면 드 그루의 그림처럼 심심한 가운데 경건한 분위기가 느껴지는 그런 장면이라 더더욱 아름답게 느껴졌어. 그 광경 위로 평범한 잿빛 하늘과 지평선을 따라 난 선명한 선 하나가 있어.

그렇게 비가 퍼붓는 상황에서도 기어이 기름 먹인 토르숑지에 습작을 남겼다.

완성도를 높이기까지 시간은 좀 걸리겠지만, 이런 광경들은 확실히 내 관심을 끌어당겨.

비가 내려 모든 게 다 젖으면 시골은 아름다워지더라. 전에도 그랬지만, 비가 내릴 때도 그렇고, 또 비가 온 뒤에도 그래. 한 마디로, 비 오는 기회를 놓치면 안 된다는 거야.

아침에, 습작들을 화실 벽에 모두 걸었어. 너하고 이 얘기도 해보고 싶다.

미리 얘기했다시피 (그리고 작업하는 도중에도 깨닫긴 했지만) 사야 할 물건들이 있어서, 가진 돈을 거의 다 쓸 수밖에 없었어.

그리고 2주 전부터, 정말 말 그대로, 아침부터 밤까지 그림만 그리고 있어. 이 속도로 계속 그리는데 한 점도 팔지 못하면, 아마 혹독한 대가를 치르게 될 거다.

아마, 네가 내 그림을 보면, 그리고 싶은 생각이 들 때만 유화를 그리라고 할지, 주기적으로 계속 그리라고 할지, 아니면 비용이 얼마나 들든, 열정적으로 그리라고 할지 궁금하다.

유화가 좋긴 하지만 지금은, 내가 원하는 만큼, 원하는 대로 다 그릴 수는 없을 것 같아. 데생에 더 많은 시간을 할애해도 손해 볼 건 없어. 데생을 덜 좋아하는 것도 아니거든. 다만, 걱정되는 게 있다면, 유화를 그려보니까 결과물이 기대 이상인데, 혹시, 이건 유화에 전력을 다하라는 뜻, 그러니까 붓을 더 적극적으로 쓰라는 그런 의미는 아닐까 싶은 생각이 드는 거야. 도대체 어떻게 해야 할지 모르겠다.

어쨌든, 목탄 데생 연습이 전적으로 필요한 시기인 것만큼은 사실이야. 이쪽으로 연습이 더 필요하고 더 잘할 수 있어. 천천히 그린다고 일을 덜 하는 건 아니거든.

비교적 짧은 시간 내에 습작을 여러 점 그린 건, 열심히 그리기 때문이야. 문자 그대로, 아침부터 밤까지, 먹고, 마시는 시간 외에는 계속 그림만 그리면서 지낸다.

여러 습작에 작은 크기로 인물을 넣어봤어. 큰 인물은 한 번 그렸다가 지워버렸어. 네가 봤으면 너무 무모한 시도라고 생각했을지도 모르지만, 꼭 그런 것만은 아니었어. 연습만 꾸준히 하면 더 잘할 수 있을 것 같거든. 시간이 얼마나 걸리고, 얼마나 힘든지는 문젯거리도 아니야.

내가 그리는 풍경화에는 인물이 꼭 들어가야 해. 풍경화는 배경 화면을 속속들이 연구하고 공부해서 만들어내는 습작이야. 인물의 색조가 거기에 달려 있고, 또 그 결과에 따라 그림 전체에 대한 효과가 달라지기 때문이야.

유화가 마음에 드는 점이 바로 이런 거야. 데생보다 더 힘들이지 않고도 더 깊은 인상을 줄 수 있고, 보기에도 훨씬 편해. 그리고 동시에 훨씬 더 현실적인 면도 있어. 한마디로, 유화는 데생보다 확실한 보상을 해준다는 거야. 그래도 유화를 그리기 전에 정확한 비율과 사물의 위치를 정확히 잡을 수 있는 데생 실력은 필수로 갖춰야 해. 거기서 길을 잘못 들면, 영 엉뚱한 결과로 이어지는 거야.

가을이 다가오고 있어서 참 반가워. 이 시기에 맞춰서 물감하고 이것저것 필요한 것들을 장만해야 할 것 같아. 나는 너도밤나무의 초록색 가지하고 대조를 이루면서 노랗게 변해가는 잎사귀를 보고 있으면 유난히 기분이 좋아져. 인물들이 지나다녀도 좋지.

얼마 전에는 『헤라르트 빌더르스의 편지와 일기』라고 좀 우울한 책을 읽었어. 내가 그림을 시작한 무렵 사망한 사람인데, 그림을 늦게 시작한 게 오히려 다행이라는 생각도 들어. 아! 진짜 불행한 삶을 산 데다, 오랫동안 무명으로 지냈더라고. 그런데 읽다 보니, 대단히 취약한 부분도 있고, 성격이 좀 병적으로 이상한 부분도 있는 것 같더라. 삶 자체가, 뭐랄까, 너무 일찍 자라서 추위를 견디지 못한 식물 같다고 할까? 어느 날 밤, 그 뿌리까지 얼어서 결국 시들어버린 거지. 처음에는 별문제 없었어. 선생님 밑에서 배우니 온실 속의 화초처럼 쑥쑥 자랐지. 그러다가 암스테르담으로 옮겨가 홀로 생활하기 시작하면서 무너지기 시작한 거야. 능력을 갖추고 있었는데도 말이야. 그러다가 결국, 아버지 집으로 돌아갔지만 이미 낙심한 상태였지. 그리고 신경은 날카로운데, 무심한 그런 사람이 돼버렸어. 그림은 계속 그렸지만 끝내 암인가, 비슷한 병으로 스물여덟에 생을 마감했다.

그자의 삶에서 마음에 들지 않았던 건, 불평이 많다는 거야. 그림 그리는 내내, 마치 아무것도 할 수 없는 사람처럼, 심심하다고, 나태해진다고 불평해. 그러면서도 계속 주변 친구들과 어울렸는데, 본인에게는 그들과 어울리는 게 압박감처럼 느껴졌고, 그들이 노는 방식도 마음에 들지 않았는데도 계속 따라다녔던 거야. 결과적으로, 어느 정도는 호감도 가지만, 난 밀레나 Th. 루소, 아니면 도비니의 전기 같은 걸 읽는 게 더 나은 것 같아.

상시에가 밀레에 대해 쓴 책만 봐도, 거기서는 힘을 얻을 수 있거든. 그런데 빌더르스의 책을 보면 비통하고 딱하다는 생각만 들어.

밀레의 편지에는 어려움을 토로하는 대목이 상당히 많이 나오는데, 그럴 때마다 밀레는 이런 말을 꼭 덧붙여. "J'ai tout de même fait ceci of cela(그래도 난 이것도 해보고, 저것도 해봤다)." 그리고 어떻게든 문제를 해결하려고 노력하는 모습을 보여주고, 끝내, 그걸 이뤄내.

빌더르스는 이런 문장을 많이 썼어. "이번 주에 난 우울해서 영 엉망진창이었다. 음악회나 극장에도 가봤지만 더 비참해진 심정으로 집으로 돌아왔다."

밀레의 말이 놀라운 이유는 간단해. "그래도 난 이것도 하고 저것도 해야 해."

빌더르스는 고급 시가가 피우고 싶다거나, 사고 싶은 게 있다거나, 아니면 재단사에게 줄 돈이 없다면서 나름 재미 삼아 징징거리는 편이야. 빈털터리가 된 상황을 묘사하는 게, 또 재치가 있어서 아마 본인도 웃었을 거야. 그러니 독자도 따라 웃었을 거고. 그의 이야기는 위트가 넘치지만 전체적으로는 좀 지루했어. 난 밀레가 겪었던 개인적인 어려움을 더 높이 사. 밀레는 "il faut tout de même de la soupe pour les enfants(그래도 아이들에게는 꼭 일용할 양식이 필요하다)"고 말하지, 고급 시가나 다른 유희에 관한 이야기는 일절 언급하지 않아.

내가 하고 싶은 말이 이런 거야. 빌더르스의 삶은 낭만적으로 보일 수는 있지만 결국, 그는 자신의 잃어버린 환상에서 벗어나지 못했던 거지. 반면, 나는 낭만적인 삶이 과거사가 되고 나서야 붓을 잡게 된 게 행운이었다고 생각해. 물론, 늦게 시작한 만큼 뒤따라가려면 열심히 노력해야 한다는 거 나도 알아. 하지만 잃어버린 환상이 과거사가 되니 그림 그리는 게 일상이 되는 거야. 그것만큼 또 기쁜 일도 없거든. 그림을 그리고 있으면 마음이 평안해지고 차분해져.

솔직히, 내가 그린 유화 전체를 네가 보고(간간이 작품을 보내긴 하겠지만) 무엇을 어떻게 해야 할지 얼굴을 맞대고 논의하려면 앞으로 1년은 지나야 한다는 사실이 진심으로 유감이야. 이런 습작들을 그린 게 나한테 나중에 정말 많은 도움이 됐다고 자신 있게 말할 수 있을 거야. 지난 1월에 성공하지 못한 걸, 언젠가는 성공해낼 거야. 유화 그리기가 즐거운 건, 그림이 더 보기 좋아서가 아니라, 유화를 그리면서 다른 문제들의 해결책을 깨달아서야. 색조, 형태, 소재 같은 부분 말이야. 사실 지금까지는 무방비 상태로 지내왔는데 이제는 유화 덕분에 도전이 가능해졌어. 예를 들어, 다시 목탄에 도전하면 그럴듯한 결과를 만들어낼 자신이 생겼어.

그렇다고 내가 돈 문제에 너무 무관심하다고 오해하지는 마. 내 목표는 돈을 벌 수 있는 가장 빠른 지름길을 찾는 거야. 부디 실질적이고 고정적인 수입이 있었으면 좋겠다. 그러려면 내 그림이 진정으로 가치를 인정받아야겠지, 대충 팔릴 만하게 그리려고 애쓴다고 될 일은 아니야. 그랬다간 나중에 혹독한 대가를 치를 거야. 그러니까 진정으로 자연을 연구하고 관찰해야 하는 거야.

네 눈에, 내 유화가 성공할 가능성이 있어 보인다면, 난 주저없이 유화를 더 그릴 거야. 그런데 당장 팔릴 수준이 아니라고 하면, 내가 먼저 나서서 씀씀이를 줄이겠다고 선언하고 데생을 더 하는 게 과도한 지출을 피하고 확실히 실력을 키우는 길이라고 대답할 거야. 비록 느리기는 하겠지만. 이런저런 습작을 통해 각기 다른 점을 찾아서 너한테 편지할 생각이야. 그런 변화가 '당장 팔릴' 그림으로 이어질 수 있는지 그 관계를 보는 눈은 네가 훨씬 더 정확하잖아. 그래도 내가 그린 유화는 전반적으로 데생에 비해 좀 보기 편한 느낌은 들어.

그런데 개인적으로는 그림이 더 보기 편한지 아닌지, 무미건조하지 않은지 등에 대해서는 크게 신경 쓰지 않아. 내 목표는 맹렬하고 사내다운 표현이다. 하지만 그러기 위해서는 노력이 필요해.

네가 만약, 숲이나 풍경, 바다 등을 보면서 작은 습작을 그려보라고 하거나, 굳이 크고 웅장할 필요는 없다고 말하면 거기에 반대하지는 않을 거야. 다만, 과연 내 유화 습작이 붓 하나 정도 가격은 나갈지, 물감이나 캔버스 값어치는 할지, 그걸 알고 싶을 뿐이고, 마찬가지로 습작을 여러 점 만드는 게 돈을 낭비하는 건 아닌지, 오히려 그간 들인 비용을 다시 회수하는 길인지 아닌지를 알고 싶을 뿐이야. 만약 그런 수준에 다다른 거라면, 더 의욕적으로 그려야겠지. 더더욱 열의를 갖고 이 습작들에 공을 들일 거야. 이것들을 좀 묵혀두었다가 다시 손 볼 생각이야. 몇 달 후에 하나를 보낼 테니, 일단 보고 나서 판단하자.

대부분의 유화는 이런 방식으로 완벽해지는 것 같아.

난 거짓이나 위선적인 경향으로 흐를 수 있는 잘못된 원칙에 따라 습작을 만들지는 않을 거야. 나는 자연이 가장 소중하다고 생각하거든. 그런데 문제는, 섬세하고 뛰어난 습작을 그리려면 많은 시도가 필요하다는 거야. 그렇다면 어떤 방법이 비용을 줄이는 길일까? 데생으로 습작을 하는 게 좋을까, 유화로 하는 게 좋을까?

유화 습작이 팔릴 그림이 아닌 것 같다면, 당연히 목탄이나 다른 방법으로 데생해야 비용을 줄일 수 있지. 유화 습작에 들어간 비용을 회수하는 게 가능하다면, 나는 원칙적으로 유화 습작을 반대하지는 않는다는 점을 꼭 말해두고 싶어. 더욱이 지금은 유화가 잘 그려지고 있고, 계속 하면 좋은 기회가 찾아올 것도 같거든. 내가 원칙적으로 반대하는 건 물감 낭비야. 다른 방식으로 배울 수 있다면, 굳이 팔리지도 않을 그림 때문에 물감을 낭비하고 싶지 않다는 거야.

나 자신을 위해서도, 너를 위해서도, 불필요한 지출은 피하려고 노력한다. 그런데 아무리 봐도 내 유화는 정말 그럴듯해. 그래서 더더욱 내가 뭘 해야 할지 망설여지는 거야. 아직 돈을 다 쓰진 않았지만 남은 게 거의 없는 데다, 내가 착각한 게 아니라면 오늘이 20일이야. 이달에는 평소보다 살림에 비용을 적게 썼어. 화구를 마련하느라 비용이 많이 들어가긴 했지만 대부분 오래 쓸 것들이야. 다만, 물건값이 좀 비싼 편이긴 했지. 조만간 생활비 좀 보내주면 좋겠다. 진심으로 마음의 악수 청한다. 내 말 명심해라.

너를 사랑하는 형, 빈센트

이 편지를 읽으면서 내가 첫 유화 습작으로 돈벌이가 가능할 거라 확신하고 있다고 여기지는 말아주면 좋겠다. 예전에는 지금보다 더 자신 있게, 이 그림은 가치가 있다거나, 이 그림은 곧 팔릴 거라는 이야기를 했을 거야. 그런데 지금은 나도 잘 모르겠다. 게다가 나한테 중요한 건 그림의 값어치가 아니라 자연을 연구하고 관찰하는 거야.

유화 습작은 흑백으로 그린 데생이나 네가 최근에 본 수채화보다 더 나아 보여. 그래서 이제는 유화에 중점을 두는 게 시의적절한 게 아닌가 싶다. 왜냐하면, 비록 들어오는 비용보다 나가는 비용이 더 크긴 하지만 궁극적으로는 더 이득이 될 수 있거든. 결정은 내가 아니라 네가 했으면 한다. 우리 둘 중에 그래도 돈과 관련된 문제는 네가 훨씬 유능하니까. 그 부분은 널 전적으로 믿는다.

네가 그랬었지, 데생 실력을 끌어올린 다음에 수채화도 그렇게 해보라고. 다시 수채화를 그릴 때 솜씨가 능숙해지면, 그게 다 유화를 그린 덕분일 것 같아. 그런데 결과가 좋지 않다고 용기를 잃어선 안 된다. 그건 나도 마찬가지일 거야. 그러니 지적할 부분이 있으면 주저하지 말고 나한테 말해주기 바란다. 내 그림에 대한 지적에 내가 무조건 귀를 닫는 건 아니야. 하지만 대부분, 바꾸고 싶은 부분을 지적하는 것보다, 바꾸고 수정하는 데 걸리는 시간이 훨씬 긴 편이야.

그나저나 마우베 형님이 지난 1월에 해준 조언을 실천에 옮겨봤어. 그러니까 그 양반하고 습작에 관한 이야기를 한 뒤에 그린 숲을 말하는 거야.

228네 —— 1882년 9월 3일(일)

일요일 아침

테오에게

네 편지 잘 받았어. 언제나 반가운 소식이니까! 오늘은 좀 쉬기로 했다. 그래서 이렇게 즉시 답장하는 거야. 편지도 고맙고, 동봉해 보내준 것도 고맙게 잘 받았다.

몽마르트르에서 인부들이 일하는 모습을 묘사한 글, 정말 흥미롭게 읽었어. 특히 색에 대한 네 설명이 얼마나 사실적이었는지 눈으로 보는 기분이 들었다니까! 정말 고맙다. 그나저나 네가 가바르니에 관한 책을 읽고 있다니 그것도 반가운 소식이었어. 흥미로운 책이야. 나도 그 책 덕분에 가바르니에게 관심이 두 배나 커졌으니까.

파리와 그 인근 지방이 아무리 아름답다고 해도, 여기 역시 제법 괜찮은 곳이야.

이번 주에 유화를 한 점 그렸는데 네가 보면 우리가 함께 걸었던 그 스헤베닝언을 떠올릴 것 같다. 커다란 습작이야. 모래, 바다, 하늘(방대하게 펼쳐놓은 하늘은 섬세하고 온화한 회색으로 처리했는데 은은한 파란 점 하나가 반짝여)인데, 모래와 바다는 밝은색으로 처리했고, 사람들과 고기잡이배를 그려 넣고 살짝 투박하면서 남다른 색을 살리면서 동시에 색조는 어둡게 낮춰서 전반적으로 금색 분위기가 풍기도록 해봤어. 닻을 올린 고기잡이배가 이 습작의 주요 소재야. 말들은 배를 끌고 물로 나가기 위해 기다리는 중이야. 일단 크로키 먼저 동봉해 보낸다.

공을 많이 들인 습작인데, 화판이나 캔버스에 대고 그리지 않은 게 후회스러워. 배색 효과를 높여보려고, 그러니까 농도하고 색의 지속성을 키우려고 애썼다는 거야. 가끔은 너와 내가 똑같은 생각을 품고 있다는 게 신기할 따름이야. 어젯밤에 숲을 그린 습작을 가지고 집에 왔는데 사실, 이번 주에는 고민이 좀 많았어. 특히, 어제는 색의 농도 문제가 고민거리였거든. 지금 이젤에 올려놓은 이 습작에 대해 너하고 이런저런 얘기를 하면 참 좋겠다 싶었는데, 우연의 장난인지, 오늘 아침에 받은 네 편지에 네가 몽마르트르의 공사 현장에서 색감이 살아 있는 장면을 봤는데 그게 상당히 조화로웠다고 적었잖아.

우리가 똑같은 장면을 인상 깊게 봤는지는 모르겠지만, 내가 보고 감명받은 장면을 네가 봤다면, 너도 감명받았을 거야. 나랑 똑같은 눈으로 봤을 테니까. 이제 너한테 크로키를 보내기 시작할 텐데, 설명은 차차 이어갈게.

숲은 이미 가을 정취가 물씬 풍겨. 색이 만들어내는 효과가 내 눈에는 잘 보이는데, 네덜란드 회화에서는 이런 분위기를 거의 찾아볼 수 없어.

어젯밤에 나무가 우거지고 바닥에 너도밤나무의 마른 잎사귀가 널려 있는 언덕을 그렸어. 땅은 적갈색으로 표현하면서 이쪽은 밝게, 저쪽은 어둡게, 나무 그림자에 따라서 색조에 변화를 줬고, 군데군데 흐릿하거나 선명하게, 혹은 반쯤은 지워진 선을 만들어냈어. 어려운 점은(아주 힘든 부분이야) 색의 농도를 결정하는 문제였어. 그러니까 땅이 가지고 있는 재질과 변하지 않는 성질을 농도 차이로 표현하는 건데, 색을 칠하는 과정에서 그림자에 빛이 만들어내는 효과가 있다는 걸 깨달았거든. 그러니까 이 빛의 효과를 파악하고 빛이 발하는 순간을 포착해서, 이 농도의 변화로 강한 효과를 낸다는 거야.

저무는 가을 햇살이 크게 자란 나무숲 속으로 새어들면서 흩뿌리는 빛을 받아 반짝이는 이 적갈색 땅바닥을 표현하는 건 결코 쉬운 일이 아니야.

그 땅에서 자라난 어린 너도밤나무는 한쪽으로 밀려 들어오는 빛을 받기 때문에 그쪽은 밝은 초록색이 두드러지고, 그림자가 지는 쪽은 따뜻하면서 강렬한 진한 검은색으로 나타나.

이 얇은 나무줄기 위와 적갈색 땅 위로, 하늘이 펼쳐지는데, 섬세하고 은은한 회청색에 반짝이는 파란색이 들어가. 그 하늘에 흐릿한 초록색 테두리 같은 효과와 얇은 줄기가 실올타리처럼 이어지고 노란 나뭇잎이 뒹굴고 있어. 몇몇 그림자가 나무를 그러모으고 있는데 신비한 그림자 덩어리처럼 보여.

적갈색 땅 위에 흰 머리쓰개를 걸친 소녀가 허리를 숙이고 나뭇가지를 줍고 있어. 치마가 빛을 끌어당기면서 그림자가 생기고, 잡목림 위로 남자의 검은 그림자도 하나 보여. 흰 머리쓰개, 망토, 어깨 등 소녀의 상반신 뒤로 하늘이 보이는 구도야. 인물들은 장엄하고 상당히 시적인 분위기를 풍기고 있어. 땅거미가 짙게 깔리는 분위기에서 나타나는 그 그림자들은 가마에서 구워지며 형체가 나타나는 테라코타처럼 보여.

너한테 자연을 묘사하고 있는데, 내가 본 자연을 과연 내 그림 속에 얼마나 투영해내고 있는지는 나도 모르겠다. 대신, 초록색과 빨간색, 검은색, 노란색, 파란색, 갈색과 회색이 어우러지며 만들어내는 조화는 확실히 어떤 느낌인지 잘 알아.

드 그루의 그림(예전에 뒤칼 궁에 전시됐던 〈징집〉의 효과처럼) 같은 분위기가 풍겨.

그런데 이거 그리느라 진짜 고생했어. 땅을 표현하는데 커다란 흰 물감 1통 반이 들었고(그런데 땅 색깔이 상당히 진해) 거기에 빨간색과 노란색, 황갈색, 검은색, 시에나 블루, 흑갈색, 흑갈색에서 진한 맨드라미 빛으로 옮겨가는 적갈색, 그보다 좀 더 희끄무레하고, 금빛에 가깝거나 다갈색에 가까운 색들을 섞었어. 이끼도 있고, 반짝이는 빛을 잔뜩 머금은 신선한 잔디도 군데군데 그려 넣었고. 효과를 살리는 게 너무 힘들더라. 이런 분위기로 가져갈 건데, 남들이 뭐라고 하던, 내 생각에는 가치도 어느 정도 있고 무언가를 잘 표현하고 있는 것도 같아.

이걸 그리는 동안 이런 생각까지 했었어. 이 그림에 가을의 정취와 신비로운 분위기와 어느 정도의 진정성을 녹여내지 못하는 한, 여기서 단 한 발자국도 움직이지 않겠다고. 그런데 내가 포착하고 싶었던 효과가 너무 빨리 지나가는 바람에 그림도 순식간에 그려야 했어. 인물도 붓질을 힘차게 몇 번 해서 휙 그렸고. 어린 너도밤나무 줄기들이 땅에 단단히 박혀 있는 걸 확인하고 붓질을 시작했는데 땅을 두껍게 칠해서 끈적이는 탓에 직접 물감을 짜서 뿌리와 줄기 사이를 명확히 구분하고 붓질로 손질하면서 살짝 수정해봤어. 맞아, 그렇게 나무들을 땅에 잘 붙였어. 이제 땅속에 단단히 뿌리를 내렸지.

어떤 면에선 유화 작법을 따로 *배우지 않아서* 다행이야. 내가 포착했던 효과들을 무시하라고 배웠을 수도 있으니까. 내 말은, 아니, 바로 그런 게 내가 원하는 건데. 그게 안 된다면, 뭐 안 될 수도 있지만, 난 계속 시도할 거야. 비록 어떻게 해야 하는 건지 모르겠다만. 어떻게 색칠해야 할지 *난 정말 모르겠어*. 나는 새하얀 종이를 들고 관심이 끌리는 장소 앞에 앉아서, 눈앞의 광경을 바라보며, 중얼거리지. '이 종이는 대단한 걸로 채워질 거야.' 하지만 불만스럽게 집으로 돌아와. 종이를 화실 구석에 세워두고, 한숨 돌렸다가, 다시 쳐다보는데 좀 두려워진다. 계속 불만이 쌓여. 왜냐하면 내 마음을 끌었던 자연의 황홀함이 머릿속에 너무나 선명하게 남아 있는데 내 그림으로는 만족스럽지가 않거든. 하지만 그래도, 내 그림 속에 그 황홀함의 메아리 정도는 담겨 있다. 그러니까 자연이 말을 걸어서, 자세히 설명해준 것을, 나는 속기로 받아적은 거야. 속기라서 해독되지 않는 부분들, 오기재나 빠뜨린 글자들도 있지. 그렇지만 전부 숲이, 해변이, 인물이 걸어준 말들이다. 학습된 방식으로 내뱉은 뻔하고 상투적인 말들이 아니라 자연이 스스로 고백한 말들이야.

모래 언덕을 그린 작은 스케치도 동봉한다. 거기 작은 수풀이 있는데, 잎들이 한쪽은 하얗고 한쪽은 진초록으로, 바람에 끊임없이 흔들리며 반짝여. 그 뒤로는 어두운 잡목림이 펼쳐지고.

보다시피, 난 지금 유화에 전력을 다하고 있고 배색 문제를 속속들이 알고 싶어. 지금까지는 잘 참아왔는데, 그렇다고 그걸 후회하지는 않아. 만약, 내가 데생 연습을 하지 않았다면, 인물화의 묘미에 사로잡히지도 않았을 거야. 나한테는 인물들이 미완성의 테라코타로 남았을 거야. 하지만 지금은 대양을 누비고 있어. 그래서 전력을 다해서 유화에 매진해야 해. 화판이나 캔버스를 계속 쓰면 비용은 더 많이 들겠지. 모든 게 비싸니까. 물감도 비싸고. 내 생활비는 바닥이 날 테고. 뭐, 모든 화가들이 겪는 문제이긴 해. 그렇기 때문에 형편에 맞는 방법을 찾아야지. 그런데 가만 보니 나한테 색에 대한 감각이 있는 게 분명하고, 그 감각이 점점 자라는 것 같아. 아니, 원래 뼛속까지 유화 화가였었나 봐. 꾸준하고 실질적인 네 지원을 받을 수 있어서 난 정말, 행복한 사람이야. 네 생각 자주 한다. 내 그림이 그럴듯하고, 흥미롭고, 힘이 넘치는 그림이 되어 당장이라도 너한테 만족감을 줄 수준이 되기를 간절히 바랄 따름이야.

그래서 중요한 문제에 대해 너한테 도움을 좀 청하고 싶다. 혹시 물감하고 화판, 붓 등을 도매가로 구입할 방법이 없을까? 여기서는 모든 걸 다 소매가로 사야 해. 혹시 파이야르를 직접 알거나, 지인 중에 비슷한 일을 하는 사람은 없어? 만약 알거나, 있다면 물감 같은 물건을 도매로 사는 게 훨씬 이득이다. 흰색, 황색, 시에나 블루 등을 대량 구매하고 가격도 협상할 수 있잖아. 그렇게 하면 비용을 줄일 수 있어. 물감을 많이 쓴다고 그림을 잘 그리게 되는 건 아니지만 땅이나 새하얀 하늘에 농담을 조절하려면 튜브 하나를 통째로 써야 할 때도 있어.

그릴 대상에 연한 채색만 할 때도 있지만 반죽처럼 질퍽거릴 정도로 써야 할 때도 있어. 마우베 형님은(J. 마리스나 밀레 같은 화가들과 비교하면) 물감을 아껴 쓰는 양반인데도 화실 구석 구석에 거의 빈 튜브로 꽉 찬 시가 상자들이 널려 있었어. 그 모양새가 마치 졸라의 소설 속에서 연회나 저녁 만찬 후에 방구석에 널려 있는 빈 술병 같다고나 할까.

음, 이달에도 평소처럼 나머지 생활비를 받으면 좋겠다. 안 되면 할 수 없지! 몸이 허락하는 한 쉬지 않고 그릴 거야. 내 건강이 어떠냐고 물었지? 그런데 네 건강은 어떠냐? 내 치료법이 너한테도 효과가 있었으면 좋겠는데, 그건 바로, 신선한 바깥 공기를 마시고 그림을 그리는 거야! 난 잘 지낸다. 몸이 피곤해져도 계속 그림을 그리고 싶어. 건강 상태는 나빠지지 않고 나아지는 것 같아. 소박한 생활을 이어가는 게 나한테 도움이 되지만 유화 그리는 것만큼 좋은 약도 없는 것 같다. 너도 행복하고, 더 큰 행복을 찾기를 간절히 기원한다. 마음으로 악수 청한다, 내 말 명심하고.

너를 사랑하는 형, 빈센트

보면 알겠지만, 바다 그림에는 금색과 은은한 효과를 줬고, 숲의 분위기는 더 어둡고 근엄하게 처리했어. 이런 두 풍경이 자연 속에 존재한다는 게 너무나 행복하다.

229네 ___ 1882년 9월 9일(토)

테오에게

9월 10일*을 축하하는 의미로 몇 자 적어 보낸다. 빌레미나한테 편지를 받았다고 너한테 말을 했는지 기억이 가물가물하다. 뉘넌의 자연 풍경이 어떤지 친절히 적어 보냈더라.

아주 괜찮은 동네 같더구나.

그래서 직조공들에 관해서 몇 가지 물어봤어. 요즘 내가 관심 있게 관찰하는 대상이거든. 예전에 파 드 칼레에서 본 적 있는데, 상당히 매력적인 대상이었어. 지금은 직조공들 그릴 일은 없지만 언젠가 그릴 기회가 오면 좋겠어.

요즘은 가을 숲에 심취해 있어.

가을이 가진 두 가지 특징이 유난히 내 관심을 끈다. 바닥으로 떨어지는 낙엽에, 유해진 빛 속에, 모호한 형체 속에, 그리고 가느다란 나무줄기의 우아함 속에 깃든 은은한 우수가 그 하나야.

그런데 동시에 거칠고 힘이 넘치는 가을의 분위기도 좋아. 특히, 강렬한 빛이 주는 효과 같은 것 말이야. 예를 들면 정오의 햇살 아래서 땀 흘리며 땅 파는 인부들 모습 같은 거. 이번 주에 그린 스케치 습작 동봉한다.

* 어머니 생신

지난번 편지에, 네가 묘사했던 몽마르트르의 인부들이 여전히 머릿속에 남아 있어. 누군가 그 인부들을 멋들어지게 그렸던 기억이 나는데, 아마 A. 랑송이었을 거야. 내가 가진 그 사람 판화 복제화를 뒤져봤는데 정말 대단한 재능을 가진 사람이야! 그중에서 〈넝마주이의 모임〉, 〈급식소 앞〉, 〈눈 치우는 사람들〉이 있는데, 하나같이 괜찮은 작품들이었어. 랑송은 다작으로 유명한데 옷소매에서 데생이 막 떨어진다고 해도 과언이 아닐 정도야.

목판화 말이 나와서 그러는데, 이번 주에 「릴뤼스트라시옹」에 개재된 아름다운 작품 몇 개를 구했어. 폴 르누아르의 〈파리의 감옥〉 시리즈야. 몇 개는 경탄이 절로 나올 수준이지.

밤에 잠이 안 올 때는(이런 날이 빈번한데) 항상 내가 수집한 목판화 작품들을 들춰보는 편이야. 디킨스의 『하우스홀드 에디션』에 삽화를 그린 J. 마호니도 유명한 삽화가야.

유화 덕분에 빛을 더 잘 감지하게 된 것 같아. 그 결과로, 내 데생도 앞으로 좀 달라질 수 있을 거야. 무언가를 표현해내기까지 어려움을 겪을 수 있지만, 그 어려운 과정을 거치는 것 자체가 흥미진진한 일이야.

여기, 숲을 배경으로 한 스케치 하나 동봉한다. 커다란 습작도 만들어봤어.

창작 욕구가 점점 강해지고 있어서 이러다가 조만간 주기적으로, 그러니까 하루에 1점씩 그럴듯한 그림을 그려낼 수도 있을 것 같아.

사실 지금도 매일같이 자잘한 거라도 그리긴 하지만 아직까지는 내가 표현하고 싶은 그대로

그림이 나오지는 않아. 그래도 머지않아 돈을 벌어다 줄 작품을 그릴 수 있을 것 같다는 느낌은 확실히 들어. 조만간 그렇게 되더라도 전혀 놀랄 일은 아니야.

아무튼, 유화가 간접적이나마 내 안에 무언가를 깨운 느낌이야.

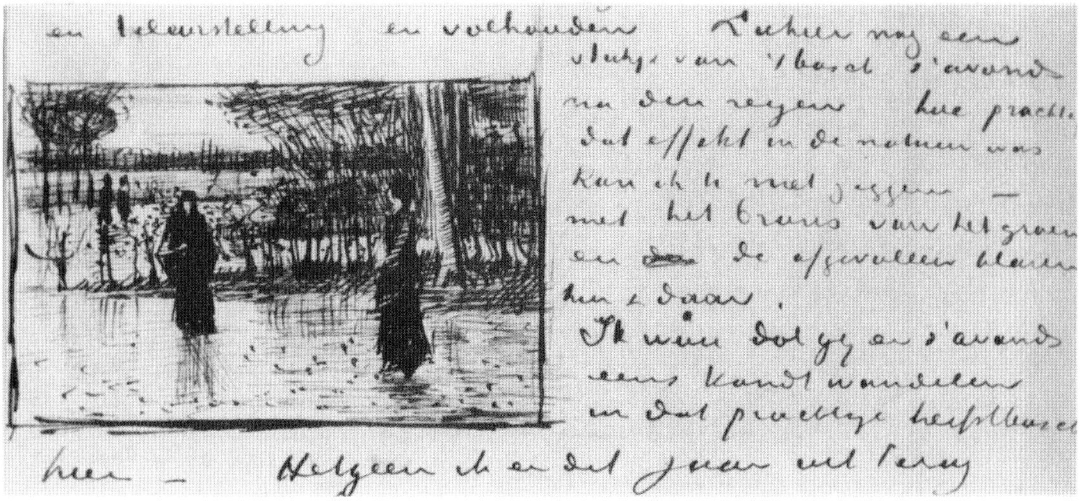

예를 들어, 여기 노르드발에 있는 감자 시장을 그린 스케치가 있어. 바지선에서 내린 인부들과 광주리 든 여인들이 바글거리는 모습이 그림으로 그리기 딱 좋은 광경이었어. 내가 유화나 데생으로 살려내고 싶은 게 바로 이런 대상이나 광경이야. 이런 장면에서 느껴지는 생명력과 움직임, 이런 장소에서 마주치는 사람들. 하지만 아직도 이런 장면을 그림으로 살려내지 못하거나, 그리다 자주 실패해도 놀랄 일은 아니야. 어쨌든, 유화를 그리면서 채색 전문가가 될 수도 있고, 이런 장면을 더 잘 포착할 수도 있게 될 것 같아. 한 마디로, 인내심을 갖고 꾸준히 그리는 게 관건이야. 이 스케치를 보내는 건(비슷한 스케치를 여러 장 그리고 있어) 몽마르트르 인부들 같은 장면에 내가 관심이 많다는 걸 너한테 말하고 싶어서야. 그런데 이런 그림은 인물화에 대한 전반적인 지식이 있어야 그릴 수 있어. 그래서 대형 인물화를 그리면서 이 부분을 더 세밀하게 다듬고 있어. 이렇게 인물화에 공을 들이면, 너한테 말한 것처럼, 길을 가다가 혹은 지방에 갔다가, 인부들이 모여 있는 장면을 그림으로 제대로 옮길 수 있게 될 거야.

감자 시장은 아주 근사한 장면이야. 헤이스트나 레더흐 에르프의 가난한 사람들이나 인근 지방에 사는 사람들까지 모두 모여든다. 매 순간 그런 장면이 반복되고. 토탄을 가득 실은 바지선이 도착하고, 생선을 잔뜩 실은 배도 오고, 석탄이나 다른 물건들을 실은 배도 오고 그래.

영국 화가들이 그린 아일랜드 스케치 여러 점이 있는데, 가만 보니 내가 너한테 설명한 동네 분위기가 아일랜드 마을하고 상당히 닮은 듯 보인다.

어떻게든 그림 실력을 키우려고 최대한 애쓰는 중이야. 아름다운 것들을 그리고 싶은 마음이 누구보다 간절하거든. 그런데 아름다운 것들을 담아내려면 노력과 좌절의 과정을 견디고 인고의 시간을 거쳐야만 해. 여기 숲을 그린 습작이 하나 더 있어. 비 온 뒤, 저녁에 그린 건데. 청동 초록에 여기저기 흩어져 있는 나뭇잎까지, 자연 속에 녹아 있는 그 효과가 정말 장관이었어.

언젠가 너도 저녁에, 이 가을 숲을 거닐 수 있으면 좋겠다. 올 한해는 결과물이 그리 풍성하지 못할 것 같아. 그래도 몇 점 정도는 건질 것 같고, 앞으로 더 나아질 거야.

그러는 동안 물감이 다 바닥나고 말았다. 네 형편이 어렵지 않은 상황이기를 진심으로 바란다. 어쨌든, 9월 10일이면, 평소처럼 생활비를 받을 수 있으면 좋겠다. 오늘 오후에는 감자 시장에 다시 가봐야겠어. 행인들이 많아서 거기서 그릴 순 없어. 그 사람들 대부분이 내게는 훼방꾼이나 다름없거든. 아무 집이나 들어가, 창가 앞에 앉아 그림 그릴 권리라도 있었으면 하는 심정이다. 어쨌든 토요일 저녁이라 이런저런 장면을 그림으로 담을 수 있을 것 같아. 좋은 일만 있기를 기원한다. 매일 네 생각한다. 잘 있어라. 마음으로 악수 청한다.

너를 사랑하는 형, 빈센트

230네 ___ 1882년 9월 11일(월)

테오에게

방금, 네가 보내준 편지와 동봉된 50프랑, 잘 받았다. 진심으로 고맙다.

작은 수채화 몇 점 동봉해서 보낸다.

네가 여기 왔을 때, 나한테 했던 말 기억할 거야. 팔릴 수 있는 작은 크기의 그림을 그려보라고 했던 말. 그런데 어떤 그림이 네가 말한 그 범주에 들어가는 그림인지, 그걸 정확히 모른다고 해서 날 나무라지는 말아주기 바란다. 전에는 그래도 어느 정도는 그런 게 보였던 것 같은데, 이제는 매일 같이 내 판단이 틀렸다는 것만 깨닫고 있어.

그래서 하는 말인데, 비록 아직 팔릴 만한 물건은 아니겠지만, 작은 크기의 벤치를 보고 네가 내 진심을 이해해주면 좋겠다. 나도 얼마든지, 어두운 분위기의 그림 말고, 애호가들이 쉽게 다가갈 수 있는 온화하고 따뜻한 그림을 그릴 수 있다는 진심을.

벤치 그림 하나 더 동봉한다. 역시나 숲 그림의 일부야. 지금 작업 중인 그 대형 수채화에서 빠르게 따라그렸어. 수채화는 색조가 훨씬 깊은데, 다만 잘 완성할 수 있을지 모르겠다. 또 다른 하나는 유화 습작을 베낀 스케치고.

네가 보기에 이 작은 그림이, 우리가 일전에 나눴던 이야기에 부합하는지 솔직히 말해주면 좋겠다. 이렇게 너한테 그림을 보내는 건, 혹시 우리가 나눴던 이야기를 내가 벌써 까맣게 잊어

버린 거라 네가 오해할까 두려워서야. 나중에는 더 잘 그린 걸 보낼 수 있으면 좋겠어.

지난 편지에, 내가 감자 시장에 다시 가볼 거라고 말했던 거, 기억할 거야.

거기 갔다가 크로키 여러 점을 그려 왔어. 말 그대로 그림 같은 풍경이었어. 그런데 헤이그 사람들이 화가를 대하는 방식이 참 유별나더라. 한 인간은 내 뒤에서 그랬는지, 아니면 위층에서 창문 너머 그랬는지, 내 종이 위로 씹는 담배 찌꺼기를 뱉어놨어. 간혹 이런 난처한 일들이 벌어지는데, 뭐, 너무 개인적으로 받아들일 필요는 없을 것 같아. 천성이 사악해서 그런 거라기보다는 그림이 뭔지 전혀 몰라서 그러는 걸 테니까. 하긴, 그 사람들 눈에는 죽어라 선만 그어대는 내가 미친 사람처럼 보이는 것도 무리는 아니지.

요즘은 거리를 돌아다니는 말을 그리느라 정신이 없는데 언제 말을 모델로 세워놓고 그림 한번 제대로 그렸으면 좋겠어. 어제는 등 뒤에서 이런 소리가 들리더라. "무슨 화가가 저따위야! 아니, 말을 그리려면 제대로 앞에서 보고 그려야지, 뒤꽁무니나 따라다니고 말이야!" 내 욕을 하는데 듣고 있자니 웃기더라고.

거리에서 크로키를 그리는 게 참 좋아. 지난 편지에도 얘기했지만, 이 방면으로 좀 완벽해지고 싶어.

「하퍼스 먼슬리 매거진」이라는 미국 잡지 알아? 굉장한 크로키들이 실려 있어. 나도 자세히는 몰라. 겨우 반년치 정도의 분량만 봤고 나한테 있는 건 3권이야. 그런데 거기에도 환상적인 데생이 있는데 유리공이나 제련공 등, 다양한 작업장을 무대로 한 그림들이 수록돼 있어. 하워드 파일이 그린 퀘이커 교도 마을도 있어. 난 이런 그림들 보는 게 정말 좋아. 보고 있으면 나도 영혼이 담긴 데생을 그릴 수 있다는 희망이 다시 생기거든.

돈을 빌려줬다가 못 받다니 정말 참담한 이야기다. 난 아직 물감값도 계산해야 하고, 사야 할 것도 많아서, 대략 9월 20일이면 남는 게 없을 것 같거든. 그래도 어떻게든 버틸 수 있을 거야. 그런데 아주 약간의 추가 지원이 있으면, 추가로 한 걸음 더 나갈 수 있을 것 같아.

필요한 게 많은데, 하나같이 비싼 것들이야. 어쨌든 결과와 상관없이, 항상 너한테 고맙고, 다른 사람들에 비해 나 자신이 정말 행복하다고 생각해. 이렇게 경제적 지원을 받을 수 있으니까. 나는 실력을 갖추기 위해 매일매일 최선을 다하고 있다고 자부한다.

오늘은 가판대가 늘어서는 시간에 맞춰 월요시장에 나가볼 계획이야. 크로키로 그려볼 것들이 있을까 해서 말이야.

잘 있어라, 네가 하는 모든 일이 잘 풀리길 바란다. 조만간 편지해라. 그리고 몽마르트르의 인부들을 묘사한 그런 대목, 언제 읽어도 좋더라.

사방이 물감투성이라 편지에도 물감이 묻어버렸어. 지금은 벤치를 커다란 수채화로 그리는 중이거든.

이 그림에 성공하면 마음이 편할 것 같은데 데생과 색조를 맞추는 것도 그렇고 선명한 분위기를 유지하는 것도 상당히 어려워.

다시 작별 인사 건네며, 마음으로 악수 청한다. 내 말 명심하고.

너를 사랑하는 형, 빈센트

너도 힘든 상황인데 내 생활비까지 챙겨줘서 정말 고맙다. 사실, 절실한 상황이야. 가을은 빨리 지나가 버리는데, 가을만큼 그림 그리기 좋을 때도 없거든.

라12네 ___ 1882년 9월 15일(금) 무렵

친애하는 라파르트

자네한테 목판화 몇 점 동봉해 보낼 수 있어서 마음이 편해. 접지 부분이 다소 훼손된 걸 볼 텐데, 운송 과정에서 그렇게 된 게 아니라, 장기간 도서관 구석에 방치돼 있던 탓이야. 어렵지 않게 붙일 수 있을 거야. 나도 이런 경우가 많거든. 혹시 자네, 퍼시 맥코이드가 그린 여성 인물화를 가지고 있나? 호롱불을 손에 들고, 번쩍이는 갑옷들이 보이는 곳을 비추며 계단을 내려오는 여성 인물화 말이야. 예전에 자네한테 다른 작품하고 같이 준 것 같거든. 흰옷 차림으로 나무 옆에 선 여인의 그림하고. 가지고 있지 않다면, 다음 편지에 같이 보내줄게. 맥코이드는 현재 영국 최고의 삽화가 중 하나야. 내 생각에 자네는 폴 르누아르를 좋아할 것 같아. 나중에 다른 작품들도 몇 개 더 보내줄 수 있을 것 같아. 유대인 서적상이 낡은 정기 간행물 뭉치가 여러 개 있다고 하더라고. 자네한테 보내는 거나, 내가 가진 것도 다 거기서 나온 것들이야. 그런데 상태가 안 좋아서 가게가 아니라 집에 보관하고 있대. 나중에 시간이 나면 마음먹고 가서 뒤져볼 생각인데, 썩 즐거운 작업은 아니지.

개인적으로 〈광부들의 파업〉도 괜찮다고 생각해. 자네가 좋아할 만한 작품이야.

광부들을 모델로 한 데생이나 판화가 더 있는지 찾느라 애쓰고 있어. 이 〈파업〉하고 다른 영국 판화 하나는 어떤 사고를 다룬 것들인데 꽤 괜찮아. 광부들을 다룬 작품이 많지는 않은 것 같더라. 그래서 언젠가, 이 부분을 자세히 공부해보고 싶어. 그래서 묻는 건데, 솔직한 자네 답변, 부탁하네, 라파르트. 만약 내가 다시 보리나주 같은 탄광촌에 가서 두어 달 정도 머물 계획이라고 하면 자네도 같이 갈 용의가 있는지 궁금해. 그리 평온한 동네는 아니야. 편안한 여행길하고도 거리가 멀고. 그래도 움직이는 사람들의 동작을 번개처럼 포착해 그림으로 옮기는 손재주가 생기는 즉시, 기꺼이 다녀올 생각이야. 왜냐하면, 그곳에 가면 아름다운 진풍경을 경험할 수 있는데, 아직까지 그런 것들을 화폭에 담은 화가들이 거의 없기 때문이지. 그런데 워낙 이런저런 어려운 일이 많은 곳이라 혼자보다는 둘이 다니는 게 훨씬 유리할 거야.

지금으로선 내 여건상, 그렇게 할 수는 없어. 하지만 생각은 이미 오래전부터 마음속에 담

아두고 있었어. 최근에는 주로 밖에 나가서 모래 언덕 같은 곳에서 데생을 하거나 유화를 그려. 하루하루, 바다에 대한 매력에 점점 깊이 빠져드는 기분이야.

그나저나 자네는 예술가들과 교류하면서 느낀 게 있는지 궁금하네. 나는 솔직히, 적잖은 화가들이 '삽화'라는 분야에 너무 노골적으로 반감을 드러낸다는 걸 여러 번 느꼈어. 그런데 더 웃기는 건, 그들이 삽화에 대해 아는 것도 거의 없으면서 그냥 막무가내로 무시한다는 사실이야. 그래서 그 사람들을 설득하는 건 거의 불가능에 가까워. 그들은 삽화라는 분야에 대해 도대체 알려고 들지도 않거든. 그냥 대충 훑어보고 순식간에 잊어버리더라고.

내 경험에, 자네는 아마 그런 사람들과 생각이 다를 거라 믿어.

얼마 전에 랑송의 작품 몇 점을 찾아냈어. 〈급식소 앞〉, 〈넝마주이의 모임〉, 〈눈 치우는 사람들〉이야. 언젠가 자다가 깨서 한참을 쳐다봤는데, 느낌이 너무 강렬하게 다가오더라. 거리나 삼등석 대합실, 모래사장, 병원 등지에서 영감을 받으면서 힘겹게 그림을 그리다 보면 서민들을 모델로 그림을 그린 위대한 삽화가들이 새삼 더 위대하게 느껴져. 특히, 르누아르나 랑송, 도레, 모렝, 가바르니, 뒤 모리에, CH. 킨, 하워드 파일, 홉킨스, 헤르코머, 프랭크 홀을 비롯해 다른 작가들도 여럿 있어.

어쩌면 자네도 마찬가지일 거야.

어쨌든, 자네가 그리는 대상 중에 내 마음을 움직이는 게 여럿 있다는 사실이 상당히 흥미로워. 우리가 이렇게 멀리 떨어져 사는 바람에 거의 볼 수 없다는 게 유감스러울 따름이야.

요즘은 여유롭게 편지 쓸 시간도 없어. 마음으로 악수 청하고, 내 말 명심하게.

자네를 사랑하는 친구, 빈센트

급한 마음에 내가 지금 그리고 있는 수채화 크로키를 그려 동봉했어.

231네 ____ 1882년 9월 17일(일)

테오에게

한 주, 한 주가 순식간에 지나간다. 어느새 일요일이 다시 돌아왔어.

얼마 전까지 스헤베닝언에 여러 번 다녀왔는데 운이 좋아서, 어느 날 저녁인가, 일종의 범선에 해당하는 큰 고기잡이배 한 대가 정박하는 과정을 볼 수 있었어. 기념비 근처에 작은 헛간 같은 건물이 있는데, 해안 감시원이 상주하는 곳이야. 배가 한눈에 다 들어오도록 해안 가까이 다가오면, 감시인이 한 손에 커다란 파란 깃발을 들고 밖으로 나오는데, 겨우 그 사람 무릎에 닿을까 말까 하는 꼬맹이 여럿이 따라붙어. 그 녀석들한테는 깃발 든 남자 따라다니는 게 대단한 일일 거야. 그러면서 자신들이 남자가 배를 무사히 정박시키는 일을 돕는다고 생각했겠지.

남자가 깃발을 흔든 지 몇 분 뒤에, 또 다른 남자가 노쇠한 말에 올라타서 나타났어. 그 남자의 역할은 닻을 받으러 가는 일이야.

남자며 여자며, 아기들을 안은 어머니 등이 무리를 이뤄 배에 탄 사람들을 마중하러 나왔어.

배가 해안까지 충분히 가까이 다가오자 말 탄 사람이 바다로 들어가 닻을 들고 다시 나오더라.

배 위의 사람들이 허벅지까지 오는 긴 장화를 신은 승조원들의 등을 타고 하나씩 뭍으로 내려왔어. 한 명씩 땅을 밟을 때마다 환영하는 사람들의 함성이 이어졌지. 모두가 배에서 내리자 양 떼나 대상(隊商) 행렬처럼 몰려 있던 인파들은 각자의 집으로 발걸음을 돌렸어. 낙타에 오른 남자(말 타고 나타났던 그 남자 말이야)는 다른 사람들보다 상체 하나가 더 위로 튀어나온 상태라 그런지 거대한 유령처럼 둥둥 떠다니는 것 같았지.

나는 당연히 마음에 드는 여러 장면을 크로키로 담아냈어. 몇몇에는 색도 입혔고. 삼삼오오 모여 있던 사람들을 그린 스케치 동봉한다.

습작으로 바다도 그려봤어. 그냥 해변에 바다, 하늘이 전부이고 단색에 한적한 분위기를 담은 거야. 가끔 적막감을 느끼고 싶을 때가 있어. 바닷새 한 마리가 날고 있는 잿빛 바다 같은 분위기 말이야. 누구의 목소리도, 그 어떤 소음도 들리지 않고 오직 파도 소리만 들을 수 있는 곳, 북적이는 헤이스트와 감자 시장의 소음에서 해방돼 쉴 수 있는 그런 곳.

이것만 빼면, 이번 주에는 대부분 스케치와 수채화에 집중했어. 대형 벤치 그림은 나중으로 미뤘어. 병원의 정원과 헤이스트 요양원의 여성들 스케치를 한 번 만들어봤어.

동봉하는 스케치를 보면 내가 찾는 게 어떤 분위기인지 알 수 있을 거야. 삼삼오오 모여서 이런저런 일을 하고 있는 사람들 말이야.

다만, 그림 속에 활력을 불어넣고 움직임을 느끼게 하는 것과 인물들을 각자의 자리에 배치하는 게 만만한 일이 아니야. 가장 큰 문제는 비록 하나의 덩어리를 이루고 있긴 하지만 그 사람들 각자의 머리와 어깨를 어느 방향으로 향하게 만들고, 맨 앞에 보이는 사람들의 다리는 또렷이 그려주면서 동시에 좀 떨어진 사람들의 치마와 바지를 입은 다리들도 윤곽은 살리면서 색조를 달리 표현하는 일이야. 그다음은 보는 관점에 따라서 오른쪽이나 왼쪽으로 측면 배경을 늘리거나 줄이는 문제가 남아. 사람들이 모여 있는 장면의 경우 어디든 구도의 문제가 따르게 돼. 시장이나 배가 들어오는 광경, 무료 급식소 앞에 모인 사람들, 대합실 내부, 병원, 전당포 등에서 대화를 나누거나 거리를 걷는 행인들이 있는 곳이나 결국, 그 모양새가 몰려다니는 양 떼의 움직임과 같은 원칙을 따르고 있어. '양 떼처럼 몰려다닌다'는 말도 거기서 나온 게 아닐까. 그리고 이 모든 건 결국, 빛의 밝기와 원근법의 문제로 귀결되는 거야. 네가 지난 편지에 묘사했던 밤나무 표현의 문제도 마찬가지야. 내가 그린 작은 벤치 그림도. 다만, 여기서는 새로 돋는 초록색 새잎 보기가 거의 힘들어. 그나마 얼마 전까지는 볼 수 있었는데 악천후가 지나간

뒤로 싹 사라져버렸어.

여기는 조만간 떨어지는 낙엽을 보게 될 것 같아. 그동안 숲에 나가서 습작을 많이 만들 수 있으면 좋겠어. 해변도 더 그리고 싶어. 왜냐하면, 바닷가에는 가을 정취를 느끼게 하는 다갈색 나뭇잎은 없어도, 가을 저녁에 빛이 만들어내는 효과가 어딜 가도 두 배는 더 장관을 연출해주거든.

유화를 비롯해서 이런저런 부분에 대한 관심이 살짝 식은 것처럼 보일지 모르겠는데, 네가 알다시피 그림은 여러 방식으로 그릴 수 있고, 그릴 대상은 지금도 넘치고 앞으로도 차고 넘칠 거야. 동봉하는 스케치도 여러 방식으로 그릴 수 있고, 그때마다 상세한 습작에 거리를 오가는 인물들을 순간적으로 포착한 개별적인 스케치도 필요해. 그렇게 모여 있는 행인들은 점점 특징이나 어떤 의미를 갖게 되는 거야. 예를 들어 얼마 전에 해변가의 남자와 여자들을 그린 게 있어. 빈둥거리며 돌아다니는 사람들을 보고 그렸지. 언젠가, 더 많은 그림을 그리고 난 다음에는 삽화로 쓸 그림을 그렸으면 좋겠다.

하나가 잘 풀리면 그 뒤로 줄줄이 잘될 수도 있잖아. 관건은 꾸준히 그리는 거야.

네가 잘 지내기를 진심으로 기원하고, 네 개인적인 일이나 주변에서 벌어지는 일, 회사에서 겪는 일에 대한 소식 등, 네가 전하는 소식은 뭐든 다 반갑다.

à Dieu. 진심으로 마음의 악수 청한다.

너를 사랑하는 형, 빈센트

네가 편지에 적은 것처럼, 난처한 일을 겪었다니 나도 걱정이 크다. 조속히 해결되면 좋겠다. 보면 알겠지만, 작은 크로키에서 지난 편지에 내가 말했던 부분들을 신경 쓰기 시작했어. 그러니까, 데생이나 유화를 그리다가 내가 연구하고 있는 관찰대상인 인부나 어부들이 모여 있는 광경을 마주칠 때마다 특징을 기록해놓는 거 말이야. 연습만 하면, 그런 장면들을 그려서 나중에 삽화로 잘 활용할 수 있거든. 물론 거기까지 가려면 인물 데생 기술이 아주 뛰어나야 해.

해안으로 다가오는 배는 적어도 열 장면 정도를 그렸어. 지난 편지에 동봉했던 닻을 끌어오는 장면과 이어지는 것들이야.

232네 ——— 1882년 9월 17일(일) 혹은 18일(월)

테오에게

네가 여기 왔을 때, 나랑 같이 얘기했던 그림 기억할 거야. 기회 되면 너한테 보내주겠다고 했던 건데, 작은 벤치에 모인 사람들은 이미 보냈지. 같은 방향으로 그림을 계속 그리고 있다는 걸 보여주려고 스케치 몇 장 동봉해서 보낸다.

성직자들과 함께 있는 고아원 아이들을 수채화로 그리는 중인데 판매가 가능할 정도로 완성하지는 못할 듯하다.

하지만 인물들에 개성을 부여하는 게 쉽지 않다는 걸, 그 어려움을 극복하려고 열심히 노력하고 있다는 걸 네게 보여주려고, 최근에 그린 인물 습작들도 스케치해서 함께 보낸다. 물론 원래 그림은 더 정교하게 그렸지.

지금도 내가 마우베 형님하고 잘 지낸다면, 아마 작은 벤치 수채화나 이 고아원 그림을 그리고 있을 때, 이런저런 조언을 받아서 지금과는 다른 결과물을 만들어내 판매까지 이어질 수 있었을지도 몰라.

화가들의 수채화나 유화의 다수가 다른 화가에 의해 다듬어지는 게 사실이다. 때로는 완전히 탈바꿈되기도 하고.

지금 내가 아쉬운 게 바로 그거야. 난 더 뛰어난 화가들이 조언을 해주거나 손봐주는 걸 반대하지 않아(특히나 젊은 화가들은 그렇게 해야 돈을 벌어서 계속 작업을 이어갈 수 있거든). 그렇지만 내가 홀로 끙끙대는 이 상황이 딱히 불행이라고 생각하는 것도 아니다.

혼자 배우고 터득해가면, 속도는 빠르지 않겠지만, 머릿속에 더 깊이 각인되니까.

고딕 전시실에 한 번 더 가서 데생들을 살펴봤어. 로휘선의 작품들은 정말 대단해. 나폴레옹 시절이 배경인데, 낡은 마을회관 같은 곳에서 프랑스 장교들이 모여서 시장과 의원들에게 서류 같은 문서를 요구하는 장면이야. 그림에 활력이 넘치고 대단히 사실적이야! 나이 든 시장, 군 장교들 등, 모두가 상세히 묘사돼 있는 게, 꼭 에르크만-샤트리앙이 쓴 『테레즈 부인』에 나오는 묘사와 비슷한 것도 같더라고. 이 그림 보면서 얼마나 즐거웠는지 모른다.

알레베가 그린 아름다운 것들도 여러 점 있었어. 아르티스에서 가져온 데생들하고 바닷가 어느 바위 위에 자라난 소나무들 사이로 보이는 어느 어부의 집을 그린 풍경화도 있었어. 회테릭크스가 그린 풍경화에는 작게 묘사된 사람들이 근사한 마을이나 해변을 배경으로 무언가를 하고 있어. 이번 데생들도 아름답긴 하지만 서민들을(전당포를 배경으로 한 그림같이) 대상으로 그렸던 초기작과 비슷한 그림들이 없었던 게 좀 유감이었어.

데생과 글쓰기는 약간 비슷한 면이 있어. 글쓰기를 배우는 어렸을 때는, 무언가 불가능한 걸 배우는 기분이 들거든. 절대 할 수 없을 것 같은 일 말이야. 학교 선생님들이 순식간에 글을 쓰는 게 기적처럼 보일 테니까. 그런데 시간이 지나면 다 하잖아. 그러니까, 데생도 그렇게 배워야 글쓰기처럼 쉬워져. 비율을 배우고 정확하게 보는 법을 배우면, 자신이 바라본 대상을 크게든 작게든 똑같이 표현해낼 수 있게 돼.

요즘 여기 날씨는 아주 고약하게 아름답다. 비바람에 천둥폭우까지 심한데 또 그게 엄청난 장관이거든. 너무 좋다. 하지만 반면에 너무 추워. 야외에서 그릴 수 있는 시간이 끝나간다. 겨울이 오기 전에 돈이 될 만한 그림을 되도록 많이 그려야 하는데.

겨울에 대비해서 화실을 비우는 중이야. 특히, 벽에 걸어뒀던 습작들을 떼고 있어. 모델을 대상으로 그림 그릴 때 시야에 방해가 되는 것들은 모조리 치우는 중이야. 인물화 습작을 더 많이 그려봐야겠어. 여기 사람들도 그리고, 스헤베닝언 사람들도 그리고. 기회가 되면 너희 집에 있는 습작 몇 점도 돌려받았으면 한다. 시간 날 때, 네가 굳이 가지고 있지 않아도 될 것 같은 것들을 보내달라는 말이야. 네가 계속 보관하고 싶은 거나, 혹은 여기 화실에 있는 것 중에서, 네가 필요한 게 있으면 언제든 말만 해라. 사실, 내가 그린 모든 그림은 네 것이라고 생각해. 몇몇 작품을 돌려받고 싶은 이유는, 수채화에는 종종 모델을 직접 보고 그린 스케치가 필요해서야. 전혀 급하진 않다. 다만, 별로 보기 안 좋다고 버리지만 말아주면 좋겠다. 다들 용도가 있는 거니까. 개인적으로, 생산적인 화가면서 계속 그 상태를 유지하려면 그리는 습작의 개수도 많아야 하고, 또 꾸준히 계속 만들어내야 해. 난 이게 결코, 틀렸다고 생각하지 않아.

습작들이 서로 다르다는 건, 그만큼 공들여 그렸다는 뜻이고, 그만큼 나중에 데생이나 유화로 그릴 때 쉽게 그릴 수 있게 되는 거야. 습작은 일종의 씨앗과 같다. 많이 뿌릴수록, 많이 거두어들일 수 있으니까.

최근에 에르크만-샤트리앙의 『두 형제』를 읽었어. 괜찮은 소설이더라. 알사스 지방에 쟁쟁한 예술가들이 넘치던 시절이 배경이야. 브리옹, 마르샬, 융트, 보티에, 크나우스, 쉴레르, 잘, V. 뮈덴, 그 외에도 여럿이 더 있어. 성실하고, 건실한 사람들인데, 비슷한 생각을 공유하는 작가들도 여럿 있었어. 샤트리앙을 비롯해서 아우어바흐도 있고. 개인적으로 타피로나, 아니면 카피아비앙키를 필두로 한 이탈리아 화가들이 더 많아지면 좋겠어.

Adieu. 내 말 명심하고, 마음으로 악수 청한다.

너를 사랑하는 형, 빈센트

233네 ___ 1882년 9월 18일(월)

테오에게

이 편지를 쓰고 있는 지금, 남은 돈이 말 그대로 달랑 한 푼이다.

조만간 너한테 소식이 오리라 기대하지만, 지난번 편지의 내용으로 미루어보아, 평소처럼 20일경에 생활비가 오기 힘들 수도 있겠다는 생각이 든다. 그렇더라도 네가 해줄 수 있는 만큼이라도 보내주면 정말 고맙겠다. 평소보다 한참 모자라도 상관없어. 금요일 오후에 모델이 오는데, 구빈원에서 오는 노인이라서 한푼도 못 쥐여주고 돌려보내고 싶지 않아서 그래.

화구 가방이 망가져서 뜻하지 않은 지출이 있었어. 턱이 좀 높은 둑길에서 뛰어내리다가 봉변을 당하는 바람에 정신없이 물건들을 주워 담아야 했어. 석탄 쌓아두는 레인스포르 근처 야적장에서 오는 겁먹은 말을 피해야 했거든.

풍경이 그림 같은 곳인데, 일반인이 출입할 수 있는 곳이 아니라 거기서 그림을 그리려면 출입 허가를 받아야 해. 그런데 자주 가서 그림을 그렸으면 좋겠어.

어쨌든 기회가 생겨서 먼저 쌓여 있는 석탄 더미를 그려봤어. 주변에는 인부들이 돌아다니고 있었고, 수레를 끄는 말도 보였어.

해바라기가 자라고 있는 안마당도 그려봤다.

바깥 풍경은 정말 아름다워. 나뭇잎들이 끝없이 갈색조로 변해가고 있어. 초록색과 노란색, 붉은색이 어우러지면서 따뜻하고 온화한 색감을 전해주는데 정말 환상적이야.

너도 이 풍경을 전체적으로 바라볼 수 있으면 좋겠다. 네가 다녀간 뒤로, 화실 분위기도 달라졌어. 지출이 많긴 했지만, 또 그만큼 벽에 걸린 습작도 많아졌어.

안마당과 석탄 더미는 진짜 너무 그림 같아서 안 그릴 수가 없었어. 이번 주에는 물감이 없어서 데생만 할 생각이었거든. 사실, 아침마다 보면서, 여기저기를 떠오르게 하는 습작을(그래서 공을 많이 들이는 중이야) 만들어서 화실로 가져가고 싶었어. 아침에 그걸 보면서 오늘 내가 무얼 해야 할지 한 번 더 생각하고, 또 무얼 하고 싶은지, 아니면 여기나 저기로 나갈 생각을 할 수 있게 말이야.

너한테 유화 습작을 보내고 싶은데, 그러려면 일단 너하고 내가 몇 가지 합의를 봐야 해.

마우베 형님(사실상 예술가 대부분이) 같은 사람은 자기 고유의 색계를 지니고 있어. 그런데 처음부터 그런 걸 다 갖추고 그림을 시작하는 화가는 없어. 마찬가지로 밖에 나가 처음으로 습작을 그리자마자 자기만의 색을 찾는 것도 힘들어. 나보다 그림을 더 오래 그린 사람들도 마찬가지야.

내가 아름답다고 생각하는 마우베 형님의 습작을 예로 들어보자. 내가 그 습작들을 좋아하는 이유는 수수한 분위기에 색이 상당히 정교하기 때문이야. 그런데 매력이 약간 부족한 느낌이 들어. 그 습작에서 출발한 결과물인 유화는 매력적인데 말이야. 내 경우는 가장 최근에 그린 바다가, 첫 두 개의 습작과 비교해도 색조가 확 달라졌거든. 그래서 하는 말인데, 처음에 보내주는 거로 내 유화의 색조를 판단하지 말아주면 좋겠다. 내가 그림을 그린 다음 숙성되기를 기다리는 건 그 과정에서 색을 변경하거나, 구도를 변경할 경우가 꼭 있기 때문이야.

이게 첫 번째 이유야. 두 번째 이유는, 야외에서 그린 *습작*은 대중에게 선보일 그림과는 다르기 때문이야.

내 생각에, 그림은 습작의 결과물이지만, 둘 사이에는 커다란 차이가 있지. 그림에는 화가가 자신의 생각을 담거든. 습작의 목적은 자연을 분석하는 것이고(그 과정에서 자신의 생각이나 개념이 더 다듬어지거나, 아예 새로운 생각을 얻기도 하고). 따라서 습작은 대중 앞보다는 화실에 더 어울리고, 그림과 똑같은 잣대로 판단되어서는 안 돼. 음, 난 너도 같은 의견이리라고, 이 점을 고려해주리라고 믿는다.

하지만 내가 어떻게 하길 바라는지는 꼭 편지해줘. 난 네가 최선이라고 말하는 방식대로 할 거야(습작들을 보낼지 말지에 대해서 말이야).

어쨌든, 내가 가장 원하는 건 무엇보다 네가 전체를 다 봐줬으면 하는 거야. 혹시 겨울에 여기 들릴 수 있어? 그렇다면, 그림은 안 보내는 게 더 나을 것 같아서 그래. 아무튼.

그래도 내 그림에 대한 네 지적은 얼마든지 귀 기울여 들을 준비가 돼 있다는 건 알아주면 좋겠다. 그리고 팔릴 만한 그림을 그리기 위해 언제나 최선을 다하고 있다는 점도. 내가 네 의견을 흘려듣는다고 생각지 말기 바란다.

나는 습작을 파종이라고 여기는 사람이야. 그러니 유화를 그리는 건 수확과 마찬가지겠지. 그리고 사물과 직접적으로 접촉하면, 그리고 싶은 대상에서 이런 것, 저런 것을 찾아내려 애쓰는 것보다 훨씬 건전한 생각을 품게 되는 것 같아.

배색 효과에 관한 문제도 마찬가지야. 어떤 색들은 자연에서 그냥 둬도 서로 잘 어울리긴 하지만 나는 일단, 내가 느끼는 대로 표현하기 전에, 내 눈에 보이는 그대로 색을 입혀보려고 애쓰는 편이야. 그런데 감각이라는 게 정말 중요한 게, 그게 없으면 있는 그대로의 가치를 절대로 살려낼 수가 없어.

가끔은 수확의 계절이 기다려질 때도 있어. 그 시기만큼 자연 속에 녹아 들어가서 내 그림 속에 무언가를 만들고 표현할 수 있는 때도 없거든. 그렇다고 그릴 대상을 분석하는 게 힘든 일이라는 뜻은 아니야. 그게 싫다는 것도 아니고.

시간이 많이 늦었다. 요즘은 잠을 쉽게 못 이루는 편이야. 따지고 보면, 자연의 너그러움을 고스란히 느끼면서 최대한 활용해야 한다는 강박적인 고민 때문인 것도 같다. 쉴 수 있는 시간이 왔을 때 잠시라도 눈을 붙였으면 좋겠어. 어떻게든 그래 보려고 애쓰는 중이기는 한데, 불면증 때문에 신경이 곤두서서 지내는 터라 달리 뾰족한 수가 없다. 너는 어떻게 지내니? 너는 근심거리가 없기를 바란다. 이게 정말 발목 붙잡는 거거든. 나는 정말 밖에 나가서 신선한 공기를 마시며 그림을 그릴 수 없었다면, 결코 이 일을 즐겁게 할 수 없었을 거야. 나는 야외에서 활동적으로 그림을 그리면서 매일 같이 활력을 되찾아. 어쩌다 과로를 하면 좀 힘들긴 하지만 금방 나아질 거야.

à Dieu. 마음으로 악수 청한다. 너한테 유화 습작을 보내는 게 나을지 답장 부탁한다. 매일 네 생각한다. 내 말 명심해라.

너를 사랑하는 형, 빈센트

라13네 —— 1882년 9월 19일(화) 추정

친애하는 라파르트

반가운 자네 편지, 정말 잘 받았어. 자네와 이런저런 이야기를 하고 싶었던 터라, 즉시 답장하는 거야.

그래, 독일 작가들의 판화를 많이 모았다고 했지. 안 그래도, 얼마 전에 내 동생에게 보내는 편지에 내가 그린 습작(인물화) 이야기를 하면서 보티에를 비롯해 자네가 언급한 독일 작가들 몇몇을 말했었어. 이탈리아 작가들이 대거 소개된 수채화 전시회에 다녀온 이야기를 해줬거든. 기발하고 멋진 그림들이었지만 다 보고 난 뒤에 허탈감이 밀려들더라고. 그래서 동생에게 말했지. 알사스 출신 예술가 집단이 태동한 그 시기는 그래도 예술이 좋은 대접을 받던 시기였다고. 보티에, 크나우스, 융트, 게오르크 잘, 반 뮈덴, 브리옹, 특히 안케르와 Th. 쉴레르 등이 그린 데생은 동시대 다른 예술가들, 특히 에르크만-샤트리앙이나 아우어바흐 등의 작가들이 나서서 작품 설명도 하고 지지도 하더라고! 그래, 확실히 이탈리아 작가들은 남다르게 강렬한 면이 있어. 그런데 그들의 감성은 도대체 어디로 간 거지? 인간적인 그 감성 말이야! 그들이 휘두르는 번쩍이는 공작 깃털을 보고 있느니 차라리 랑송의 채색 스케치(눈인가 비 내리는 급식소 앞에서 식사하는 넝마주이들)를 한 번 더 보는 게 낫지. 화려함을 추구하는 이탈리아 화가들이 늘고 있어. 훨씬 더 소박한 화가들이 예나 지금이나 아예 사라져 없는 것도 아닌데 말이야.

난 지금 진지하게 이 문제를 논하는 거야, 라파르트. 몇몇 이탈리아 화가들처럼 수채화 만드는 상인이 되느니 차라리 호텔 잔심부름꾼으로 살겠어.

이탈리아 화가들이 다 그렇다는 건 아니야. 자네는 내가 한 말이 특정 시류에 편승한 일부에 대한 내 개인적인 생각이라는 걸 잘 알 거라 믿어. 괜찮은 작품을 그리는 작가들도 적지 않지.

특히 고야풍의 작가들인 포르투니, 모렐리, 타피로 등이 대표적이야. 에일뷔트나 뒤에즈도 마찬가지고. 이 작가들 그림을 처음 봤을 때가 구필 화랑에서 일하던 시절이었는데(약 10~12년 전), 정말 대단하다고 생각했었어. 심지어 영국이나 독일 삽화가들의 완성도 높은 데생이나 마우베, 로휘선의 그림보다 한 수 위라고 여길 정도였어. 그런데 이런 생각은 이미 오래전에 버렸다네. 이 사람들은 현란한 트릴 소리를 내는 새들 같거든. 난 종달새나 밤꾀꼬리같은 새들은 현란한 소리는 못 내더라도 더 열정적으로, 더 많은 표현을 할 수 있다고 생각해. 그런데 나는 독일 작가 작품을 많이 가지고 있지 않아. 요즘은 브리옹 시대 작품같이 그럴듯한 작품들을 구하는 게 쉽지 않더라고.

예전에는 이들 작가의 작품들 목판화 복제화들을 수집해놨었는데 구필 화랑 런던 지점을 떠나면서 거기서 알게 된 친구한테 선물해버렸어. 지금은 그게 참 아쉬워. 만약 그 작가들의 걸작을 갖고 싶다면 「릴뤼스트라시옹」에 연락해서 『보즈 앨범』을 주문할 수 있어. 그 안에 Th. 쉘레르, 브리옹, 발랑텡, 융트 등이 그린 데생들이 수록돼 있거든. 5프랑이었던 거로 기억하는데, 아직 재고가 있는지는 모르겠어. 그래도 문의해볼 가치는 있어. 그런데 가격이 인상됐을 가능성은 다소, 아니, 매우 높아. 먼저 물건을 보고 샀으면 좋겠는데, 그런 식으로는 판매를 안 해서 난 문의할 엄두가 나지 않아.

영국 흑백 삽화가들은 나도 아는 게 거의 없어. 그러니 그들이 걸어온 삶의 궤적도 모른다고 봐야겠지. 하지만 나름, 영국에서 3년을 살면서 영국 화가들 작품을 어느 정도는 봤고, 작가나 작품에 대해서도 이래저래 주워들은 게 있기는 해. 영국에 오래 살아보지 않는 이상, 영국 화가들을 좋아하는 건 거의 불가능한 일이야. 우리하고는 느끼는 감성이나 해석하는 방법, 표현하는 방법이 달라. 거기에 먼저 익숙해져야 해. 그런데 깊이 파고들 가치는 있어. 왜냐하면 영국 화가들은 위대한 예술가들이거든. 이스라엘스나 마우베, 로휘선 같은 화가가 그들과 화풍이 비슷하긴 하지만 겉보기만 놓고 보면 토머스 파에드의 그림은 이스라엘스의 그림과 상당히 다르고, 핀웰이나 모리스, 혹은 스몰의 데생은 마우베의 데생과 또 다르고, 길버트나 뒤 모리에의 그림도 로휘선의 그림과 달라.

얼마 전에 로휘선이 그린 근사한 데생을 감상할 기회가 있었어. 프랑스군 소속 장군들이 네덜란드의 어느 마을회관에 모여서 시장과 의원에게 서류와 문서들을 요구하는 장면의 그림이었어. 분위기가 꼭 에르크만-샤트리앙의 『테레즈 부인』에서 바그너 박사가 등장하는 딱 그 장면 같아서 아름다웠어. 자네가 로휘선을 그리 좋아하지 않는 건 잘 아는데, 아마 그 사람 주요작을 다시 보게 되면 자네도 로휘선이 좋아질 거야.

나는 영국의 삽화가들을 문학계의 디킨스 같은 사람들이라고 생각해. 볼 때마다 고귀하고 건전한 느낌이 들고, 또 그래서 계속해서 다시 찾게 되거든. 언제 한번 자네한테 여유가 생기면, 내가 모아 놓은 수집품들을 느긋하게 들여다보면 좋을 것 같아. *일련의 복제화들을 쭉 보다*

보면 전반적인 느낌 같은 게 생기다가 어느 작품 하나가 강한 인상을 주면서 이 삽화가들이 얼마나 대단한 존재들인지 깨닫게 되거든. 디킨스나 발자크, 졸라 같은 작가들을 제대로 알려면 그들의 작품을 모두 읽어봐야 하는 것과 마찬가지야.

예를 들면, 나한테 지금 아일랜드가 배경인 복제화가 한 50여 점 있어. 이걸 따로 떼어놓고 보면 아무런 의미도 없어 보이지만, 한자리에 모아 놓으면 강렬한 인상을 준다고.

아직 멘첼이 그렸다는 〈셰익스피어의 초상〉은 본 적이 없어. 미술계의 거목이 문학계의 거목을 어떻게 표현했는지 상당히 궁금하기는 했어. 멘첼의 그림은 분명 셰익스피어다운 분위기가 풍길 거야. 두 사람 모두 강렬한 삶을 살았으니까. 멘첼이 그린 〈프리드리히 2세〉의 작은 그림은 하나 가지고 있어. 혹시 가능하면, 헤이그에 올 때 멘첼의 그림을 가져오면 좋겠어.

그리고 자네가 말한 작품 중에는 레가미를 제외하면 에일뷔트나 마르케티, 자케의 작품은 하나도 없어.

휘슬러의 작품은 하나도 없지만, 예전에 동판화로 된 인물화하고 풍경화를 본 적은 있어.

나도 자네가 언제나 언급했던 그 「그래픽」에 나온 윌리의 바다를 보고 적잖이 충격받았어.

보턴의 〈과부의 땅〉은 나도 알지. 아름다운 데생이야. 그래, 난 정말이지 이런 작가들, 이런 작품들에 완전히 사로잡혀서 지냈어. 디킨스가 그랬고, 위에 거론된 삽화가들이 그랬던 것처럼 정말이지 평생, 일상의 이런저런 면면을 그림으로 표현하며 살 수만 있다면 좋겠어. 밀레는 이렇게 말했어. "Dans l'art, il faut y mettre sa peau(예술을 하려면, 온 영혼과 인생을 걸어야 한다)." 그래, 예술에 한 사람이 온전히 희생해야만 하지. 난 이미 그 전투에 참여했다고. 내가 뭘 원하는지 알고 있기에, '삽화'에 대한 험담 따위로 방향을 틀지 않아. 다른 화가들과의 교류는 거의 다 끊겼는데, 대체 왜 어쩌다가 이렇게 되었는지는 나도 정확히 설명 못 하겠네. 나에 대해 온갖 기괴하고 나쁜 말들이 돌지. 그것 때문에 가끔은 영 외톨이라고 느껴. 하지만 그 덕에 나는 변하지 않는 사물에 집중하며 관찰할 수 있었어. 그러니까 자연이 가진 영원한 아름다움을 말하는 거야. 나는 항상 로빈슨 크루소 이야기를 떠올려. 외로움 때문에 용기를 잃지 않고, 창의력을 발휘하고 탐구 정신과 직접 몸으로 움직이며 결국, 활기찬 삶을 살았던 그 이야기 속 주인공 말이야.

그나저나, 나는 최근 들어 유화도 그리고 수채화도 그리기 시작했어. 그리고 모델을 두고 데생도 끊임없이 하는 중이야. 거리에서 크로키를 할 때도 많아. 얼마 전에는 구빈원 노인 한 명이 종종 모델을 서주겠다고 했어.

카를 로베르의 『목탄화』를 자네한테 돌려줄 때가 한참 지났지. 여러 번 읽고 따라 해봤는데, 목탄은 여전히 다루기 쉽지 않더군. 차라리 제도용 연필이 나한테는 잘 맞아. 다른 사람이 목탄화 그리는 걸 한번 보고 싶어. 내가 그리면 데생이 완전히 무너지던데. 분명히 이유가 있을 거야. 그래서 다른 사람이 그리는 걸 보면 문제를 해결할 수 있을 것 같아. 딱 한 번에 불과하더라도. 자네가 여기 오게 되면 목탄화에 대해 물어보고 싶어.

어쨌든 그 책을 읽어서 만족스럽고, 또 저자의 말대로, 목탄이 상당히 훌륭한 그림 도구라는 점에도 전적으로 동의해. 그래서 더더욱 잘 다루고 싶은 거야. 끝내는 알아낼 거야. 여전히 알아내지 못한 것들과 함께 꼭 그 수수께끼를 풀어낼 거라고.

그래서 고마운 마음으로 이렇게 자네한테 다시 돌려보내. 목판화 몇 점도 같이 동봉해서 보내는데, 독일 작품 2개는 마르샬 스타일이야. 개인적으로 랑송의 작품들도 아름답지만, 그린의 작품도 괜찮고 〈광부들〉도 근사해.

자네 편지는 언제나 환영이야. 그리고 뭐 괜찮은 것들을 읽으면 나한테도 좀 보내주면 좋겠어. 요즘 출판시장 동향에 대해서는 아는 게 거의 없거든. 일 년 전 문학에 대해서는 조금 알지. 병에 걸려 입원했을 때 어마어마하게 감동하며 졸라의 소설을 읽었거든. 발자크 같은 작가는 세상에 단 하나일 거라 생각했었는데 알고 보니 후계자가 있더라고. 그런데 라파르트, 발자크를 비롯해 디킨스, 거기에 가바르니, 밀레까지 거슬러 올라가려면 한참 걸릴 거야. 이 사람들이 세상을 떠난 건 그리 오래전이 아니지만, 작품을 내기 시작한 건 제법 오래전이니까. 그 이후로 많은 변화가 있긴 있었지. 개인적으로는 그 변화가 모두 발전으로 이어지지는 않았다고 생각해. 언젠가 엘리엇의 책에서 이런 구절을 읽었어. '죽었지만 살아 있다는 생각이 든다.' 내가 말한 그 시기가 나한테는 딱 이런 느낌이야. 그래서 로휘선의 작품을 좋아하는 거야. 자네가 동화 속 삽화에 대해 이야기했었잖아. 그런데 로휘선이 독일 동화를 배경으로 한 기가 막힌 수채화를 그린 건 알고 있었어? 〈레노레〉 시리즈라고, 하나같이 세련된 감성으로 그린 것들이야. 다만, 로휘선의 데생 중에서 구할 수 있는 게 많지 않아. 아마 돈 많은 애호가들의 상자 속에 고이 숨어 있을지도 모르지. 어쨌든 자네가 목판화 수집에 열의를 올리고 다니면, 아마 '삽화쟁이'라는 명성을 듣게 될지도 몰라. 그런데 목판화에는 도대체 무슨 일이 벌어진 거야? 아름다운 걸작들이 점점 사라지고 있어서 찾기도 쉽지 않아. 이러다가 나중에 아무리 찾아도 나오지 않을 수도 있겠어. 런던에서 마지막으로 본 게 도레의 작품이었어. 비교할 수 없을 정도로 아름다운 작품인 데다 고결한 감성을 잘 표현했지. 특히, 걸인들을 위해 지어진 야간 보호소가 압권이었어. 아마 자네도 가지고 있을 거야. 없다고 해도 아직 구할 수는 있어.

à Dieu. 마음으로 악수 청해.

자네를 사랑하는 친구, 빈센트

지금은 고아들을 대상으로 수채화를 작업하는 중이야. 여러 주제를 동시에 진행해서 그런지 다른 작업할 겨를이 없을 정도야.

외출할 때만 해도 편지를 다 준비해놨었어. 그런데 삽화 잡지를 뭉텅이로 가지고 돌아왔어.

낡은 네덜란드 삽화 잡지들인데 그 덕에 두 장씩 있는 걸 편지에 동봉해 보낼 수 있게 됐어. 우선, 아름다운 도미에 작품 3점에 자크 작품 1점. 이미 가지고 있다면 다시 돌려 보내주게.

도미에의 〈술꾼의 변천사〉는 아무리 봐도 걸작 중의 걸작이야. 드 그루 작품처럼 영혼이 담겨 있거든. 자네한테 이 복사본을 보낼 수 있어 너무 기뻐. 도미에 작품들은 구하기 힘들거든.

이것 외에 다른 도미에 작품이 없다고 해도, 이것만으로도 이 대가가 자네 수집목록을 빛나게 해줄 거야. 예전에 프란스 할스의 환상적인 데생을 감상한 적 있었는데 이번 잡지 뭉치에서 찾아냈어. 아! 프란스 할스와 렘브란트의 작품들을 *전부* 감상해보라고!

모렝과 도레의 옛 작품들도 동봉하는데, 요즘은 정말 찾아보기 힘든 것들이야.

아마 자네도 나처럼 '삽화쟁이'라는 험담을 들어봤을 거야. 특히, 도레나 모렝 같은 화가들을 비난하는 험담. 그래도 나는 자네가 이 작가들의 작품을 계속 좋아해 주면 좋겠어. 다만, 준비가 되지 않은 상태에서는 이런 이야기들이 자네한테 어떤 식으로든 영향을 미칠 수 있어. 그래서 이런 말이 괜한 건 아니라고 생각해. 나는 먼지 묻은 낡은 목판화에서 가바르니나 발자크, 혹은 위고 시대의 정서를 느껴. 지금은 잊힌 보헤미안의 정서 같은 것. 내게는 그 기억이 소중할 뿐만 아니라 우러러보게 되고, 고무적인 힘을 주는 무언가가 느껴지기 때문에, 그 작품들을 다시 접할 때마다 내가 하는 작업에 최선을 다하게 되는 것 같아.

나도 도레의 데생과 밀레의 데생의 차이는 느껴. 그런데 그 둘은 서로를 배제하지 않아.

서로 차이가 있었지만, 닮은 점도 있어. 도레는 상반신을 잘 다듬었고 관절 부분 묘사에 탁월했어. 월등히. 그를 지나치게 오만하다고 비난하는 사람들도 그 사실은 인정하지. 이 복제화를 보면 알겠지만, 〈해수욕〉 같은 이 데생은 그에게 단순한 크로키에 불과했어.

내 생각이긴 하지만, 밀레가 도레의 데생에 대해 지적하고 싶은 게 있었다면 (아마 그랬을 리는 없지만 그랬다고 가정하고) 그럴 *권리*가 있지. 그런데 열 손가락으로도 도레의 다섯 손가락이 만들어내는 그림을 흉내조차 못 내는 사람들이 그를 비난한다는 거야말로 오만방자한 짓이라고. 그 인간들은 조용히 앉아서 그림 그리기나 배우는 게 나을 거야.

요즘은 데생을 수준 낮은 기술로 폄훼하는 분위기가 만연해지는 게 너무 유감스러워.

자네도 브뤼셀에서 뤼넨의 데생을 봤겠지. 영감을 나눠주고 익살스러우면서도 잘 그린 작품들이잖아. 그런데 누군가에게 뤼넨의 그림에 대해 이야기하면 아마 거만한 표정으로 무시할 거야. 그래, '대충 그럭저럭 잘'했다고. 뤼넨이 제아무리 적극적이고 생산적으로 작품 활동을 하더라도, 그는 여전히 가난하게 살고 있을 거야. 어쩌면 그보다 더 심한 상황에 놓이게 될지도 모르지. 개인적으로는 적극적이고 생산적으로 작품 활동을 할 수 있다면, 평생 상대적으로 가난하게 살아도 상관 없어. 일용할 양식만 해결된다면 말이야.

다시 한 번 안부 전해. 목판화가 자네 마음에 들고 조만간 자네 소식 들었으면 좋겠어. à Dieu.

라14네 ____ 1882년 9월 23일(토) 추정

친애하는 라파르트

방금 자네 편지 받았어. 우선 고맙다는 말부터 전해. 목판화 인쇄물이 마음에 들었다니 다시 읽어도 기분 좋네. 이따금 내가 보내는 인쇄물에 대한 자네의 관점은 나도 존중하는 바야. 그리고 자네가 그만 멈춰달라고 하기 전까지는 기회가 될 때마다 계속 보낼 수 있으면 좋겠어. 그런데 결정은 해야겠지만, 솔직히, 나로서는 결정하기 아주 난처한 문제야. 자네한테 비용을 말해주는 게 말이야. 자네도 잘 알다시피, 나는 개인적으로 목판화를 유난히 좋아하는 편이야. 대부분 싼 가격에 구입하고. 그래도 내 경제 사정에 비하면 적잖은 돈이 드는 일이긴 하지. 후회하지는 않아. 그리고 내가 어느 정도 비용을 들여 이것들을 사는 것과 자네한테 보내는 것 사이에는 아무런 인과관계가 성립되지 않아. 왜냐하면 두 개씩 있는 것만 보내는 거라 그래. 이미 나한테 있는 것들 말이야. 지난여름에 같이 추리고 정리했던 것들이잖아.

자네한테 복제화를 보내주려고 일부러 사는 것도 아니야. 물론, 그 목적으로 사는 것도 있지만 그런 것들은 그렇게 비싼 것도 아니고 오히려 내가 필요해서 더 찾아다니는 것들이야. 자네가 극구 그렇게 말을 하니, 내 생각에…… 우편환으로 1.5플로린 정도 보내주면 될 것 같아. 이렇게 하면 자네가 나한테 신세 진 것 같은 마음의 빚조차 가질 필요 없는 셈이야. 이 문제는 이렇게 해결하자고.

「릴뤼스트라시옹」하고 「그래픽」 같은 잡지를 정기구독하느냐고 물었잖아. 올해 출간된 것들 말이야. 다름이 아니라, 도서관에 있던 과월호 몇 권을 판매한다는 사람하고 협상 중이라서 묻는 거야. 그 사람한테 잡지를 사기로 했는데, 올해 출간된 건 내가 몇 권 가지고 있어서, 이것 역시 두 권을 갖게 되는 셈이야. 자네도 「릴뤼스트라시옹」 몇 권 가지고 있잖아. 그래서 하는 말인데, 두 개 있는 것들을 다른 수집가한테(비록 근처에는 이런 걸 줄 만큼 잘 알고 지내는 사람 하나 없긴 하지만) 주면 좋아하겠지만, 만약 자네가 가지고 있지 않은 거라면 일단은 자네한테 보낼 생각이야.

잡지를 사는 건, 자네 답장을 받기 전에 이미 결정한 일이야. 보름 전후로 물건을 받을 수 있으면 좋겠어. 그러니 자네가 1882년 몇 월호부터 가지고 있는지 알려주기 바라네. 물론 두 권씩 생기는 게 얼마나 많을지는 아직 알 수 없지만, 분명, 몇 개는 그렇게 될 거야. 꼭 답해주면 좋겠어. 비용이 많이 들어갈 경우, 다시 한 번 자네가 어느 정도 부담하거나 얼마든 다른 방식으로 해결할 수 있으니 우선, 자네가 받을 의향이 있는지부터 알려주게나. 자네 수집품에 관심이 많고 아주 근사해졌을 작품집을 한 번 보고 싶어. 어쩌면 그 작품집에 어울릴 근사한 물건을 찾아서 보내줄 수도 있을 테니까.

르누아르의 복제화는 크고 작은 것까지 다 합쳐서 대략 40여 점 정도 있어. 최근 작품 중에서는 〈주식중계인〉, 〈연설하는 M. 강베타〉를 비롯해서 여러 점의 다른 복제화를 볼 수 있었어.

〈보육원 아이들〉도 있었어. 내 생각에, 랑송의 대형 작품 같은 건 자네도 아주 좋아할 것 같아.

케이튼 우드빌의 작품도 상당히 강렬했어. 그의 작품을 알아갈수록 점점 빠져들어.

혹시 몽바르G. Montbard는 아나? 아마 그 사람의 풍경화 작품을 자네도 가지고 있을 거야. 얼마 전에 몽바르가 아일랜드와 저지를 배경으로 그린 한 풍경화 데생을 구했는데, 그가 그림 속에 담은 감정이 고스란히 느껴지더라고.

자네 그림이 아르티 클럽에서 좋은 반응을 얻기를 진심으로 기원하네. 나는 자네 전시회에 참석하기는 힘들 것 같아.

난 지금 '*고아 남자*'를 그리느라 바쁘다네. 여기선 구빈원 노인을 그렇게 불러. '*고아 남자*[weesman]', '*고아 여자*[weesvrouw]'라니, 정말 특이한 표현 아닌가? 어쨌든 이런 인물들을 길 가다 늘상 마주칠 수 있는 건 아니지.

수채화는 여러 점을 그리는 중이야. 애초에 의도했던 대로 다 그릴 수는 없겠지만 예전에 비하면 즐기면서 작업하고 있어. 여기 *고아 남자* 크로키 한 점 동봉하네.

Adieu, 급한 마음에 여기까지만 써. 목판화에 관한 부분은 최대한 빨리 답해주면 좋겠어. 자네가 가지고 있는지 아닌지 말이야. 마음으로 악수 청하네.

자네를 사랑하는 친구, 빈센트

234네 ____ 1882년 9월 25일(월)

월요일 아침

테오에게

네 편지와 동봉해준 것 잘 받았다. 진심으로 고맙다. 전에도 그랬지만 지금도 다소 곤란한 상황이야. 그러니까, 유화 작업 때문에 말이야. 적잖은 비용이 들었거든. 대부분 시작했다가 완성하지 못해서 그래. 처음부터 다시 그렸다가 망치고 하는 상황의 반복이다. 하지만 실력을 키우려면 이 길뿐이니, 계속 노력하는 수밖에 없어.

그런데 네 답장에 유화 습작을 보내고 말고에 관한 내용은 없더라. 아마 깜빡한 모양이야. 그게, 뭐 그렇게 중요한 문제도 아니더라. 그래서 오늘 우편으로 하나 보냈다. 그런데 지난 편지에도 말했다시피, 난 네가 그림들을 전부 한자리에서 보면 훨씬 좋겠어. 이거 1점만 보고 미래를 판단해선 안 되다는 건 두말할 필요도 없겠지. 아직 붓 다루는 솜씨가 부족해서 이래저래 손보고 수정하는 게 익숙지 않거든. 사실 보내고 싶은 건 다른 습작인데, 내 마음에 드는 것들은 물감이 마르지 않아서 그림을 둥글게 말 수가 없어.

나도 그랬는데 아마 너도 틀림없이, 뒷배경에 뭐라도 그리면 어떠냐고 말할 테지. 내 설명은 이거 하나다. 이건 전경에 보이는 사물, 그러니까 나무뿌리를 그려본 습작이야. 이미 이전에도

N° 199

수없이 연습해서 그려봤고, 늘 그랬듯이 오가는 행인들 때문에 편히 앉아서 그릴 수도 없었어. 이건 행인들을 더 이상 견딜 수 없을 때까지 그린 결과물이야.

주변에 행인들이 너무 가까이 몰려들면 너무 성가시고 신경이 곤두선다. 가끔은 신경이 너무 예민해져서 그리기를 중단해. 바로 어제아침에, 이른 시각이라 조용할 줄 알았는데 베자위덴하우트Bezuidenhout에서 밤나무 하나 제대로 그릴 수가 없었어(지금이 가장 아름다울 시기거든). 당연히 행인들 때문이지. 가끔은 어떻게 저렇게 무례하고 저속할 수 있을까 싶다니까!

고민거리가 그게 전부면 또 얼마나 좋겠냐. 들어가는 비용, 물감이며 뭐며, 그런 것도 걱정이야. 남는 게 없으니 결과적으로는 낭비잖아. 물론 이런 문제로 주저앉진 않아. 다른 화가들처럼 다 극복할 테다. 다만 이런 소소한 일상의 불행만 없어도 더 빨리 원하는 목표를 달성할 수 있을 것 같다는 거지.

그나저나 이 습작에 관해서, 네가 이걸 보고, 또 비슷한 습작이 여러 점 더 있다는 걸 알고도 내가 유화를 그리도록 지원한 걸 후회하지 않는다면, 난 정말 만족한다. 더 힘내서 그릴 수 있을 거야. 혹시 실망스럽대도 걱정 마. 바로 얼마 전에 그리기 시작했거든. 그런데 네 마음에 드는 그림이라면 더 잘됐어. 왜냐하면 조만간 네 마음에 드는 그림들을 더 보낼 수 있을 테니까 말이야.

너한테 말할 게 있어. 전혀 예상치 못했던 반가운 방문이 있었다. 아버지가 이곳 내 집과 화실에 다녀가셨어. 내 얘기를 남들 입을 통해서만 들으실 때보다 훨씬 잘됐지. 직접 보시면 당신만의 인상을 얻을 테니까. 남들 하는 이야기만으로 판단하는 건 옳지 않아.

그래서 아버지가 직접 여기 오시고 함께 이야기를 나눠서 정말 기뻤다. 뉘넌 생활에 대해서도 많은 이야기를 다시 들었지. 특히 교회 주변의 낡은 십자가가 달린 무덤들이 계속해서 머릿속에 맴돌았어. 조만간 꼭 유화로 그려보고 싶더라고. 네가 다녀간 이야기도 한참을 들었어. 네가 드린 이스라엘스의 판화 작품이 무척 마음에 든다고 하시더라.

바다를 그린 습작도 같이 보내고 싶었는데, 가장 최근작이 덜 말랐어. 첫 그림을 보내도 되지만, 이후에 바다색을 더 그럴듯하게 잡아냈거든. 그래서 최근작의 칠이 마르기만 기다리고 있다. 따져보니 요즘 유화를 애초에 너와 의논했던 것보다 훨씬 많이 그리고 있어. 그런데 가능하면 계속 이 속도를 유지해야 해.

얼마 전에 라파르트의 편지를 받았다. 그 친구가 좀 더 가까이 살면 좋으련만.

나는 있는 그대로의 네 생각, 솔직한 네 의견을 듣고 싶다. 가끔은 누군가에게 이런저런 조언을 구하고 싶고, 또 그래야 할 때도 있어. 그런데 마우베 형님과의 일을 겪은 뒤로는 그게 잘 안 돼. 그래서 화가들과는 내 그림 이야기를 거의 안 한다. 아무리 뛰어난 화가여도, 자신이 그리는 방식과 전혀 다른 조언을 늘어놓으면 무슨 소용이란 말이냐. 마우베 형님도 그래.

차라리 사용해도 무방하다고 말하지 "절대로 구아슈*로 그리면 안 된다!"라고 말했거든. 그런데 본인은 물론이고 다른 화가들도 죄다 구아슈로 그려서 최고의 작품을 그렸잖아. 뭐, 다방면으로 연구하고 고민하다 보면, 원하는 방법이 찾아지긴 하더라. 그래서 난 그렇게 최선을 다하고 있다.

그래, 만약 정확히 내가 원하는 대로 할 수 있다면, 그림의 크기를 조금 키우고, 무엇보다 반드시 모델을 세워놓고 그릴 거야.

지금은 틈이 날 때마다 다양한 사람들을 스케치해두고 있다.

이 습작에 인물을 그려둔 건 그저 크기 때문이야. 그래야 나중에 이 습작을 다시 활용해서 인물들 비율을 쉽게 측정할 수 있거든.

당연히 실제 모델은 어디가 달라도 다르지. 고려해야 할 요소들이 상당히 많아.

또한 이 습작에 인물을 그린 건 강조하고 싶어서기도 해.

오해는 말아라, 아우야. 이 그림을 보내는 건 네가 아무런 답이 없으니까 어떻게 해야 할지 몰라서야. 애초에 의도한 건 이것과 다른 그림이었어. 그래도 이걸 보내는 건, 이따금 대충한 스케치를 보내듯, 그냥 내가 이런 걸 하고 있다는 소식을 전하기 위해서야.

잘 있어라. 마음의 악수 청한다. 무탈하게 잘 지내길 바라고 두통은 여전한지, 계속 반복되는지 걱정이다. 나도 이따금 두통에 시달리는데, 통증보다 그 멍해지는 느낌이 상당히 언짢아.

아버지와 함께 레이스베이크세베흐까지 걸어서 다녀왔어. 거기도 날씨 좋더라. 잘 지내고, 내 말 명심해라.

너를 사랑하는 형, 빈센트

이번 물건이 멀쩡히 도착하면, 앞으로는 네게 그림을 보낼 때 이렇게 하면 편하겠다. 그런데 데생이나 유화를 그냥 인쇄물처럼 우편으로 보낼 수 있을지는 잘 모르겠다.

네가 알아줬으면 하는 게 한 가지 더 있는데, 나뭇가지 같은 부분들은 얼마든지 다시 수정해서 그릴 수 있어. 그런데 어느 정도 쓸모가 생겼으면 어설프게 손대면 안 돼. 차라리 숲에서 들고온 것마냥 그냥 화실에 걸어두는 게 낫지. 남들 눈에는 그저 그래 보여도, 화가 본인에게는 당시의 느낌을 고스란히 간직하고 있는 물건이니까.

* 불투명 그림 물감, 혹은 불투명한 효과를 내게 그리는 기법을 말한다. 수채화는 본래 투명색으로만 그려야 해서 원칙적으로 불투명색은 사용이 금지되어 있다.

235네 —— 1882년 10월 1일(일) 추정

테오에게

네 편지 잘 받았다고 간단히 소식 전한다. 동봉한 내용물, 진심으로 고맙구나.

요 며칠간 계속 수채화만 그리고 있어. 큰 습작의 작은 스케치 동봉한다.

혹시 스파위스트라트Spuistraat 입구에 있는 국영복권사무소 기억하는지 모르겠다. 어느 비 오는 날 아침에 그 앞을 지나는데, 복권 사려는 사람들이 줄 서서 기다리고 있는 거야. 대부분 노부인들과 행색만으로는 직업이 뭐고 어떻게 사는지는 알 수 없지만, 적어도 하루하루 열심히 애쓰고 노력하는 사람들이 분명했어. '오늘의 당첨 소식'에 목매는 듯한 그들의 모습이, 복권 따위에 눈곱만큼도 관심 없는 너나 나 같은 사람의 눈에는 당연히 우스꽝스럽지.

그런데 거기 모여 있던 사람들, 그 기대에 찬 표정들이 상당히 인상적이었어. 그리고 그 모습을 크로키로 그리는 동안 내 눈에 그 표정에 실린 더 크고 더 진지한 바람이 보였어. 그저 *가난*과 돈을 의미한다고 생각했었는데. 사실 그 무리 전부에게서 똑같은 걸 봤지. 곰곰이 생각하다 보니 내가 뭘 보고 있는지 알겠더라고. 너나 나에게는 복권에 대해 품는 호기심과 헛된 기대가 유치해 보이지만, 비극과 허망한 시도라는 반대 측면에서 생각해보면 세상 그 무슨 일보다 진지한 거였어. 끼니까지 거르며 악착같이 모은 돈으로 산 그 복권은 그들에게 가난에서 구원받을 수 있다는 환상을 주는 물건이었어.

어쨌든 커다란 수채화로 그리는 중이다.

다른 그림도 하나 그리고 있어. 구빈원이 있는 어느 작은 교회 예배당에서 본 신도석의 장

면이야(한눈에 봐도 가난해 보이는 남녀 어른들이 앉아 있지). 그곳에서 재빨리 그렸다. 수시로 느낀다만, 세상에 그림 그리기보다 더 좋은 일이 과연 있을까 싶다.

이게 신도석 일부야. 뒷배경에 사람들 얼굴이 더 있어. 남자 얼굴.

그런데 이런 구도가 표현하는 게 쉽지 않은 데다, 한 번에 그려지지도 않아.

빈곤층 어르신들 얘기가 나왔는데, 안 그래도 편지에 이들의 얘기를 쓰는 동안 한 명이 찾아와서 어둑해질 때까지 모델을 서주었어. 이 양반, 낡고 펑퍼짐한 외투를 걸친 탓에 신기하리만치 체형이 커 보여. 이 양반을 외투 차림이나 작업복 차림으로 그린 것들은 네 마음에도 들 거야. 이 노인의 앉은 모습과 파이프 담배 피우는 모습도 데생으로 그렸어. 민머리가 상당히 잘 어울리고, 귀는 살짝 큰데 청력이 좋지 않고, 흰 구레나룻이 있어.

이 크로키는 거의 컴컴한 밤에 그리긴 했지만, 네가 구도를 알아보는 데는 문제 없을 거야. 사실 이런 그림은 순식간에 그릴 수 있어. 그렇다고 지금 이게 내가 원하는 대로 그려졌다는 뜻은 아니야. 지금 모델보다 약 30센티미터쯤 키가 더 큰 인물을 그려보면 좋겠는데. 그러면 구도가 다소나마 넓어지거든.

그런데 그렇게 할지는 모르겠다. 그러려면 더 큰 캔버스도 필요하고, 그리다 망치면 고스란히 돈만 버리는 셈이잖아. 그래도 인물화 그리는 걸 워낙 좋아하니, 계속 습작을 하다 보면 자연스레 기회가 생기겠지. 그러다 보면 나중에 모델을 두고 습작을 해볼 기회가 자연히 올 테고, 이래저래 형태는 달라질 수 있지만 그 감성은 고스란히 이어갈 수 있을 거야.

시간이 흐를수록, 모델을 보고 그린 습작들을 보관해두는 게 얼마나 유용하고 필요한 일인지 깨닫는다. 다른 사람 눈에는 별 가치 없는 것들이지만, 화가는 그 습작을 통해 모델을 다시 보게 되고 눈앞에서 모든 게 되살아나는 경험을 하거든. 그래서 하는 말인데, 여건이 될 때 내 예전 습작들을 돌려보내 주겠니? 그걸 가지고 더 나은 완성품을 만들었으면 해서 그래.

너한테 보낸 검은 크로키 속의 인물 군상들 속에, 색에 대한 측면으로 보면 아주 흥미로운 대상들이 여럿 있어. 파란색 스모크 정장, 밤색 조끼, 파란색, 노란색, 흰색의 작업복 바지, 빛바랜 숄, 초록색이 돼가는 외투, 흰 머리쓰개, 검은색 실크해트, 진흙으로 뒤덮인 포장도로, 허여멀

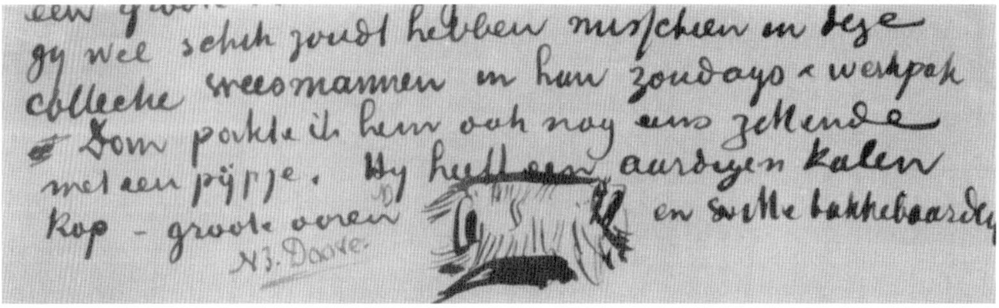
gy wel schik zoudt hebben misschien in deze
collectie weesmannen in hun zondags & werkpak
Dom pakte ik hem ook nog eens zittende
met een pypje. Hy heeft een aardigen kalen
Kop - groote ooren en witte bakkebaarden

건 얼굴이나 비바람에 단련된 얼굴과 대조를 이루는 신발까지. 이 모든 것들에 색을 입히려면 유화나 수채화가 어울려. 안 그래도 지금 열심히 그리고 있다.

네 편지 또 기다린다. 그리고 적절한 시기에 돈도 보내줘서 정말 고맙다. 그림을 계속 그리려면 절실했던 부분이거든.

Adieu, 아우야. 마음으로 진심의 악수 청하고. 그리고 내 말 명심해라.

너를 사랑하는 형, 빈센트

수채화는 전경을 좀 더 살렸다. 크로키에서는 인물들이 너무 앞으로 몰려나와 있잖아. 아마 전경이 한눈에 다 들어오지는 않을 거야.

236네 ___ 1882년 10월 8일(일)

테오에게

큰 수채화로 그린 작품의 크로키 동봉한다. 다른 작품도 또 하나 시작했는데 인물이 좀 많아. 마지막까지 해수욕을 즐기고 가는 사람들이고, 저녁 효과를 좀 내봤어. 어느 수준까지 그려낼 수 있을지 모르겠지만, '이거다' 싶을 때까지 온갖 시도를 다 해보는 거지.

지난 편지에 동봉했던 크로키의 대형 수채화 작업을 그렇게 차근차근 진행하고 있다.

지금 이 그림은 네가 보면 아주 만족스러워할 거라 자신한다. 나처럼, 너 역시 보자마자 나한테 *인물 습작이 많이 필요하다*는 사실을 알아챌 거야. 지금도 최선을 다하고 있고, 거의 매일 같이 모델을 두고 연습 중이야. 지난번 *고아 남자*를 이후에도 여러 점 습작했어. 이번 주에는 구빈원에서 여성분이 와줄 수 있을지 기대 중이야.

돈이 너무 부족한데 필요한 건 왜 점점 늘어날까! 스탐 씨에게 외상까지 졌구나.

놀랍게도 이번 주에 집에서 소포가 왔어. 열어보니 겨울 외투에 따뜻한 바지들, 그리고 두툼한 여성용 코트가 들었더라. 매우 감동을 받았어.

나무 십자가가 서 있는 교회 무덤이 머릿속에

계속 맴돈다. 아무래도 미리 습작을 그려봐야겠어. 눈 오는 날을 배경으로 그려볼까. 인근 농부의 장례식 같은 분위기로. 동봉한 광부들의 스케치와 비슷한 분위기로 그려보고 싶어.

계절별 그림 목록을 완성하는 차원에서 봄 스케치 하나와, 이걸 그리다가 갑자기 머릿속에 떠올라서 그리게 된 가을 스케치도 하나 보낸다. 바깥 날씨가 어찌나 좋은지, 최대한 가을 분위기를 기록해두려 애쓰고 있어.

이 편지를 쓰면서도 마음이 급한 것이, 인물화에서 구도 문제도 해결해야 할 게 너무 많아. 하루하루가 정신없이 바쁘다. 방직기를 돌리는 기분이야. 교차하는 실들에서 절대 눈을 떼면 안 되거든. 여러 일을 하면서 동시에 관리해야 한다는 소리야.

작은 해변 데생이 완성도가 더 높은 이유는 얼만큼 크게 그릴지 결정하려고 그린 거라서 그래. 다른 데생들은 수채화에 적합하지 않기도 했고.

네 주머니 사정이 너무 얄팍하지는 않았으면 하는 바람이다. 요즘은 날씨가 너무 좋아서 그림으로 담아둬야 할 풍경이 많아지는 시기야.

à Dieu. 속히 답장 부탁하고, 내 말 명심해라.

너를 사랑하는 형, 빈센트

237네 ―― 1882년 10월 15일(일)

테오에게

네 편지와 동봉해준 돈을 받고 얼마나 기쁜지 모르겠다. 정말 고맙다. 무엇보다 네가 조만간 네덜란드에 온다는 소식이 가장 반가웠어. 다만 새해 전일지 후일지, 결정되는 대로 알려주면 고맙겠다. 대강이라도 미리 꼭 좀 알았으면 좋겠어.

부탁했던 대로 습작을 돌려 보내줘서 고마워. 요즘 그림을 많이 그리면서, 모델을 직접 보고 그린 습작은 꼭 보관해야겠다 싶었어. 내 그림에 너와 자주 이야기를 나눌 수 있으면 얼마나 즐거울까! 그런데 우린 너무 멀리 있구나.

일전에, 내 수집품에도 있는 건데, 롤Alfred Philippe Roll의 유화를 본뜬 대형 목판화 〈광부들의 파업〉을 봤어. 혹시 이 그림 아니? 안다면 혹시 롤의 다른 그림도 본 적 있어? 광산 집하장에 모여 있는 남자, 여자, 아이들이 건물로 쳐들어갈 듯한 분위기의 그림이야. 뒤집어진 수레 근처에 서거나 웅크려 있는 인부들이 기마 경찰들에게 저지당하는 장면도 있어. 돌을 던지려는 남자도 있고, 그걸 말리려고 그의 팔을 붙드는 여자도 보여. 인물들 특징이 도드라지고, 데생이 날카롭고 거칠지만 유화 역시 주제면에서 거의 같은 분위기를 유지하고 있어. 크나우스나 보티에 작품은 아니지만, 그보다 더 엄청난 열정이 뿜어져나오고, (세부묘사가 거의 생략되고 전부 한 덩어리처럼 뭉쳐져서 그린 게 아니라) 다양한 스타일이 살아 있어. 인물들의 표정부터 분위기며 감정, 움직임 등이 엄청나다. 다 다르게 그려진 동작들, 그토록 장엄하게 선별되어 그런 것이 충격적이더라. 라파르트도 그랬던 모양이야. 내가 복제화를 보내줬거든.「릴뤼스트라시옹」 과월호에서 찾았지.

우연히 영국 화가 엠슬리Alfred Edward Emslie의 데생도 손에 넣었는데, 사고가 발생했는지 인부들이 탄광 안으로 사람들을 구하러 들어가고 곁에서 여성들이 지켜보는 그림이야. 이런 장면을 다룬 그림은 정말 희소하거든. 롤의 그림 속 장면은 나도 현장에서 생생하게 목격한 적이 있어. 그 그림이 정말 마음에 들었던 건, 상세한 묘사는 없었지만 그림 전체가 그 상황을 고스란히 보여주고 있다는 점이었어. 코로의 말이 생각나더라. "Il y a des tableaux où il n'y a rien et pourtant tout y est(아무것도 없는 것 같지만 *전부 다 담겨 있는* 그림들이 있다)." 전체적으로 구도며 선들이 장엄하고 고전적인 역사화의 맛을 잘 살리고 있어. 이런 특징은 오늘날은 물론이고, 사실은 과거에도 그랬고 앞으로도, 극히 찾아보기 힘들다. 가만 보고 있으면 제리코Théodore Géricault의 〈메두사의 뗏목〉이 떠올라. 문카치Mihály Munkácsy의 그림들도 그렇고.

이번 주에는 주로 어린아이들 얼굴하고 *고아 남자* 인물화를 크게 그렸어.

작은 벤치 그림에 대해 네가 한 말, 전적으로 동의한다. 옛날 방식으로 그렸다고 했잖아. 그런데 사실은 다소 의도적이었고, 앞으로 계속 그렇게 그릴 것 같다. 회색 톤들이 섬세하게 각 부분들과 조화를 이뤄 환상적으로 아름다운 그림이며 데생들이 그토록 많은데도, 애초에 그런 의도로 그리는 화가들이 줄어드는 게 그랬다간 구식이라는 평가나 받기 때문이거든. 하지만 오히려 그런 화가들이야말로 과거와 마찬가지로 *현재에도 나름의 존재 이유*를 가지기에 여전히 새롭고 젊게 남아 있을 거야.

솔직히 털어놓자면, 난 흘러간 옛날 방식과 새로운 태도, 둘 다 꼭 필요하다고 생각해. 두 부류가 다 너무나 훌륭하고 뛰어난 것들이 넘쳐나기 때문에, 어떤 체계에 따라 이건 좋고 저건 싫다고 말할 수가 없다. 그렇다고 젊은 화가들이 가져온 변화가 모든 면에서 다 긍정적이라고 생각지도 않아. 작품 자체도 그렇고 작가들의 인성도 마찬가지고, 출발점과 목표를 모두 잃은 사람들 같다는 생각이 들 때가 많아. 한 마디로, 굳건하지 않다고 할까.

네 편지에서 묘사한 저녁 풍경은 다시 읽어도 정말 아름답더라. 오늘은 좀 다르다만 이곳 레인스포르의 벌판도 나름의 멋이 있어. 전경에 새까만 길을 따라 잎을 떨구기 시작한 포플러나무들이 서 있고, 조금 뒤로 부평초가 떠다니는 배수로와 시든 풀과 갈대가 우거진 제방길, 또 그 뒤로 회색 혹은 회갈색이 어우러진 대지에 감자밭, 그 귀퉁이에서 자라는 적채와 여기저기 제멋대로 자라는 초록색 가을 잡초들, 시든 줄기 위에 매달린 초록과 검정의 콩깍지, 이런 대지 너머로 벌겋게 녹슨 검은 기찻길과 누런 모래 벌판, 이쪽저쪽 쌓아둔 나무 더미, 석탄 더미, 버려진 화차, 그 오른쪽으로는 몇몇 주택의 지붕과 창고, 왼쪽으로는 물기를 머금고 드넓게 펼쳐진 초록색 목초지 그리고 저 아주 멀리, 나무나 벌건 기와지붕, 검은색 공장 굴뚝 등이 만들어내는 잿빛 뭉텅이들에 가린 지평선까지. 그리고 이 모든 것 위로는 살짝 노란 빛을 머금은 잿빛 하늘, 춥고 낮은 겨울 하늘, 이슬비를 뿌리는 와중에 까마귀 떼가 날아다니는 하늘이 펼쳐져 있어. 그런데 그 풍경 위로 어마어마한 빛이 쏟아진다. 파란색이나 흰색 작업복을 걸친 사람들이 나타나 걸어 다니면 그들의 어깨나 이마가 빛을 끌어당기지.

지금쯤이면 파리 날씨는 더 청명하고 덜 춥겠구나. 여기는 습한 추위가 온 집안을 가득 채워서 파이프에 불을 붙이고 한 모금 빨면 이슬비를 들이마시는 기분까지 들어. 그래도 보기에는 아주 아름다워. 다만 이런 날이면 친구라도 만나러 나가서 어울리고 싶어진다. 이런 날 딱히 갈 데도 없고 찾아와주는 사람도 없으면 가끔은 공허해지더라. 다만 그럴수록 작업이 얼마나 중요한지 새삼 깨닫기도 해. 인정을 받든 못 받든, 삶에 색을 더해주지. 영락없이 우울했을 날에도 뭔가를 하고 싶은 의지를 주니 얼마나 기쁜지!

오늘은 몇 시간 모델을 세워두고 '삽을 든 소년'을 스케치했다. 건설현장에서 막노동을 하는데, 그런 일꾼의 전형적인 얼굴이야. 납작한 코, 두툼한 입술, 뻣뻣하고 무성한 머리숱 등등. 그런데 체형에서는 좀 우아함도 풍겨. 어떤 순간의 특징적인 표정도 있고, 개성도 있고. 올겨울에는 더 괜찮은 모델들을 구할 것 같다. 목공소 작업반장이 구직하러 오는 인부들을 보내주마고 했거든. 비수기에도 간간이 일자리 찾으러 오는 사람이 있대. 그들에게 오전이나 오후, 반나절 정도 모델을 부탁하고 대략 25상팀씩 주면 될 것 같아. 내겐 꼭 필요한 일이다. 모델을 세우고 그리는 방법이 최선이니까. 물론 상상력을 억제하면 안 되지만, 실제 자연의 모습을 지속적으로 눈에 담고 그려보려고 고군분투하다 보면, 상상력이 더 섬세하고 예리하게 다듬어지지.

다음 주 일요일에도 이 소년이 와주면 좋겠는데. 그땐 벽돌 실은 바지선을 끄는 사람의 모습으로 그려봐야지. 이곳 운하에서 늘 보는 장면이거든. 이제 야외에서 그릴 시기는 끝난 것 같다. 가만히 앉아서 그림 그리기에 너무 추워졌어. 겨울 시즌에 맞게 작업 방식을 바꿔야겠지.

난 사실 겨울을 기다려. 꾸준히 그림을 그릴 수만 있다면 환상적인 계절이니까. 그렇게만 되면 좋겠다.

네가 받아야 할 돈을 하루빨리 받았으면 한다는 말은 굳이 따로 하지 않을게. 그게, 유화와 수채화를 생각보다 많이 그리다 보니 지출이 늘어서, 생활비가 바닥났다. 하지만 우린 잘 헤쳐 나갈 거야. 이런 일로 풀 죽을 필요 없지. 모델을 세우고 열심히 그리는 중인데, 다만 비용이 다소 쌓인 거야. 그러나 지갑이 비는 대신 작품집이 꽉꽉 채워지고 있다.

꼭 20일에 맞춰 돈을 줄 필요는 없고, 일부라도 미리 보내주면 어떻겠니? 단 하루라도 빨리 받으면 좋겠는데. 그날이 공교롭게 그 주의 방세를 내는 날이더라고. 이 집은 여전히 마음에 든다. 한쪽 벽이 상당히 습한 것만 빼면. 모델을 세우고 그림을 그리기에는 이전 화실보다 훨씬 편해. 여러 명을 동시에 세워놓을 수도 있거든. 우산 아래 서 있는 꼬마 둘, 수다 떠는 부인 둘, 팔짱을 낀 남자와 여자, 등등.

이번 봄과 여름은 너무 짧았어. 마치 지난가을과 올가을 사이에 아무 일도 없었던 기분이야. 아마 병원에 입원해 있었기 때문이겠지. 지금은 건강이 다시 좋아졌다. 많이 피곤할 때만 빼면. 전에는 반나절이나 하루 종일 아무것도 할 수 없는 날이 빈번할 정도로 몸이 허약했는데, 지금은 그런 걱정은 없어. 할 일이 많으니까 그런 생각할 틈도 없다. 종종 빠른 걸음으로 스헤베닝언에 다녀온다거나 하는 산책이 도움이 되더라.

20일경에 맞춰 편지 바란다. 와트먼지하고 붓을 좀 사야 했어. 필요한 게 얼마나 많은지 넌 모를 거야. 화가들 처지가 다 비슷비슷하잖아.

마음으로 악수 청한다. 내 말 명심해라.

너를 사랑하는 형, 빈센트

238네 ＿＿ 1882년 10월 22일(일)

일요일 오후

테오에게

네 편지와 동봉된 내용물이 얼마나 반가웠는지 말할 필요조차 없겠지. 딱 시의적절할 때 도착해서, 얼마나 큰 도움이 되었는지 몰라.

여기는 아직도 가을 날씨야. 비 오고 쌀쌀하지만, 대기 중에 가을 특유의 정취가 가득해. 특히 인물화를 그리기에 좋은 게, 길이며 도로가 비에 젖어서 하늘이 반사되어 비치는 위로 걸어 다니는 각양각색의 행인들을 보는 재미가 있어. 마우베 형님이 이런 장면을 화폭에 아름답게 담아내곤 했었는데.

시간이 좀 나길래, 복권판매소 앞에 모여 있는 사람들을 그린 대형 수채화를 조금 작업했어. 동시에 해변을 배경으로 한 다른 그림도 시작했지. 이런 구도야.

우리가 자연에 무심해지거나 혹은 자연이 우리에게 냉담해질 때가 있더라는 그 말, 나도 전적으로 동감이야.

나도 종종 그렇거든. 그럴 때마다 전혀 다른 걸 시도하는 게 도움이 되더라. 풍경화나 빛 효과에 감흥이 시들해지면 인물화를 그려봐. 그 반대로도 하고. 그 시기는 지나가기를 기다리는 수밖에 없어. 그래도 난 흥미로운 다른 대상을 골라서 자연의 무관심을 다스리는 편이야. 그러다 보니 인물화에 점점 매료되고 있어. 풍경화에 푹 빠져 있던 시절이 기억난다. 그땐 인물화보다는 친근한 풍경이나 빛 효과를 살린 유화나 데생에 사로잡혔지. 그래서 멋진 인물화를 봐도 단지 화가로서 존경했을 뿐, 뜨겁게 공감하진 못했어.

하지만 당시에도 도미에Honoré Daumier의 데생은 꽤나 인상 깊었다. 샹젤리제에서 밤나무 아래 서 있는 노인이었어(발자크 소설에 수록된 삽화). 어마어마한 그림은 아니었지만 지금도 이

토록 강렬하게 기억되는 건, 굳건하고 남성적인 힘이 넘치는 도미에의 데생을 보며 이렇게 생각했기 때문이야. '이 느낌과 생각이 정말 좋다. 부차적인 것들은 과감히 무시하고 덜어내서 본질에만 집중했어. 목초지나 구름보다, 인간이 더 인간에게 생각거리를 던져주고 마음에 와닿는구나.'

그래서 영국 삽화가들의 인물화나 영국 작가들의 소설 속 등장인물들이 여전히 내 마음을 끄는 걸지도 몰라. 소박한 분위기와 단순명료한 문장과 분석으로 버무려진 그들의 견고한 작품들은 흔들릴 때마다 우리를 붙잡아줄 든든한 기초가 되어주고 있어. 발자크와 졸라 같은 프랑스 작가도 마찬가지야.

네가 편지에 썼던 뮈르제Henri Murger라는 작가의 작품은 잘 모르겠는데, 조만간 읽어보마. 내가 도데의 『망명한 왕가』를 읽었다고 얘기했던가? 꽤 괜찮은 책이었어.

책 제목들이 상당히 마음에 드는데, 유독 『라 보엠』이라는 제목이 끌린다. 지금 우리는 가바르니Paul Gavarni 시절의 보헤미안과는 얼마나 다른지! 그땐 지금보다 더 따뜻했고, 유쾌했고, 활기찼던 것 같아. 함부로 단언할 순 없지만(지금 우리 시대에도 좋은 것들이 많으니까) 그래도 조금 더 연대감을 갖고 살 수 있다면 더 많은 게 좋아지지 않을까.

지금 화실 창문 너머로 보이는 풍경이 아주 장관이야. 종루와 지붕, 연기를 내뿜는 굴뚝 등의 윤곽이 컴컴하고 음산하게 서서히 드러나며 마을이 빛나는 지평선 위로 모습을 드러내고 있다. 빛은 두꺼운 줄을 이뤘는데, 그 위로 하방이 유난히 두툼한 먹구름이 드리워져 있어. 더 위쪽의 구름은 가을바람에 덩어리로 찢겨서 흩어지고 있고. 거대한 어둠에 잠겨 있던 마을이 빛줄기에 여기저기 비에 젖은 지붕들이 반짝여서(데생이었다면 구아슈로 효과를 줬을 거야), 여전히 하나의 색조로 이루어진 어두운 그림자 속이지만 빨간 기와와 슬레이트 지붕을 구분할 수가 있어.

스헹크베흐가 젖은 길과 함께 반짝이는 선처럼 전경에 드러났다. 노랗게 변한 포플러 잎사귀, 도랑이 흐르는 제방길, 진한 초록색 목초지, 검은 점 같은 인물들도 보여.

데생으로 꼭 남길 거야. 더 정확히 말하면, 토탄 다루는 인부들 인물화로 오후를 통째로 보낼 일만 없다면 언젠가 꼭 시도해보고 싶어. 지금은 머릿속에 그 인부들 그림 생각뿐이거든.

네가 참 많이 보고 싶어서 네 생각 많이 한다. 네가 편지에 적었던 몇몇 파리 예술가들의 특징 말이야, 여성과 동거하며 다른 예술가들보다 씀씀이가 인색하지 않고, 조금이라도 젊음을 간직하려고 애쓰는 그들에 대한 묘사, 정말 정확한 것 같아. 여기도 그런 자들이 있어. 그래도 여기보다 파리가 더 힘들겠지. 거기서는 일상생활을 꾸려가며 그런 젊음을 유지하기란 거의 언덕을 거슬러 오르는 것처럼 힘들 테니까. 파리에서는 사람들이 얼마나 절망적이냐. 차분하고, 이성적이고, 논리적이며, 올바른 방식으로 절망으로 빠져든달까? 얼마 전에 타사에르Nicolas François Octave Tassaert*에 대해 비슷한 글을 읽었어. 굉장히 좋아하는 작가였는데, 그의 고통이 참 마음 아프더라.

그래서 더더욱, 예술에서의 모든 시도는 존중되어야 한다고 생각한다. 성공할 수도 있지만, 실패를 겪었다고 절망부터 할 일은 분명 아니야. 이것저것 다 안 될 수도 있고, 애초에 목적했던 것과 다른 결과를 맞을 수도 있지만, 어떻게든 용기를 내고 다시 일어나는 게 중요해. 네가 언급한 이들의 인생이 진지하거나 성숙하지 못했다고 해서 내가 경멸하거나 낮잡아 본다고는 생각지 말아라. 결과는 추상적인 생각이 아니라 *행동*으로 보여져야 해. 원칙이라는 건 행위로 이어질 때 의미가 있는 거야. 무언가를 깊이 숙고하고 성실한 자세로 임하는 게 좋은 이유는, 그 과정을 거치면서 의지가 더 단단해지고 실천력이 커지기 때문이야. 네가 말했던 그 사람들이 보다 신중하게 처신했더라면 더 꾸준히 굳건했을 거야. 그래도 실천은커녕 노력조차 하지 않으면서 원칙만 자랑스레 떠벌리는 인간들보다는 그들이 훨씬 낫다. 원칙 같은 건 제아무리 훌륭하다 해도 아무 의미 없어. 큰일을 해낼 수 있었던 사람들은 단호하게 행동하고 깊이 생각한 사람들이야. 큰일은 충동적인 행동만으로 이루어지는 게 아니야. 작은 일들이 이어지면서 하나의 커다란 그림을 만드는 거야.

그림이 뭘까? 어떻게 그럴듯하게 그려내지? *느끼는 것*과 *할 수 있는 것* 사이를 가로막고 있는 보이지 않는 철벽을 뛰어넘는 거지. 그 철벽은 어떻게 뛰어넘지? 온몸으로 들이받아 봐야 아무 소용 없는데. 나는 철벽의 기반이 삭아서 무너져 내리도록 인내심을 갖고 꾸준히 노력해야 한다는 생각인데, 그렇다면 원칙을 정해놓고 자신의 삶을 숙고하고 계획하지 않으면, 어떻게 다른 데 정신 안 팔리고 이런저런 방해에도 굴하지 않고 그 힘든 일을 꾸준히 해나갈 수 있겠어? 예술도 다른 분야와 마찬가지야. 위대함은 우연히 얻어지지 않아. *의지로 쟁취*하

* 끼니를 걱정하는 가난과 막막한 생계 때문에, 자신이 썼던 작품 속 등장인물과 같은 방식으로 자살했다.

는 거야.

애초에 행동이 원칙으로 세워졌는지, 아니면 원칙에서 행동으로 이어졌는지를 따져보는 건, 불가능하고 또 무의미해. 닭이 먼저냐, 달걀이 먼저냐 같은 문제니까. 다만 내가 긍정적이라고 생각하고 가장 중요하게 여기는 건, 사고력과 의지력을 키우려고 노력해야 한다는 거야.

조만간 나의 인물화 최근작들을 보면서 네가 어떤 생각을 할지 궁금하다. 역시 그림들도 닭이 먼저냐 달걀이 먼저냐의 문제야. 애초에 인물을 구도에 맞춰서 그릴 건지, 제각각 그린 인물들이 모여서 어떤 구도가 형성된 건지. 결국은 똑같은 문제인 셈이지. 그래서 *항상 노력해야 하고*.

네가 편지에 썼던 결론을 인용해보면, 너나 나는 무대 뒤에서 바라보는 걸 좋아하는 편이야. 다시 말해, 분석하는 성향이 있다는 뜻이지. 그림을 그리려면 이런 성향이 꼭 있어야 한다는 게 내 생각이야. 이 성향을 활용해서 스케치를 하고 색을 칠해야지. 어느 정도는 타고 났겠지만(너한테도 있고, 나한테도 있어. 브라반트에서 보낸 어린 시절과 남들에 비해 생각하는 법을 더 많이 배울 수 있었던 환경 덕분일 거야) 예술적 감각이 구체적으로 드러나며 무르익게 되는 건, 노력과 연습을 통한 나중, 아주 나중의 일이야. 어떻게 해야 널 화가로 만들 수 있을지는 모르겠지만, 네게는 확실히 소질이 있고 그렇게 될 수 있어.

à Dieu, 아우야, 보내준 거, 고맙다. 마음으로 진심의 악수 청한다.

너를 사랑하는 형, 빈센트

방에 이미 난로를 갖다 놨다. 아우야, 저녁에 너와 한자리에 앉아서 데생, 크로키, 목판화 등을 감상하고 싶은 마음이 굴뚝 같다. 괜찮은 것들을 많이 모아놨거든.

이번 주에는 구빈원 남자들을 모아 놓고 포즈를 취하게 했으면 좋겠어. 이미 그리던 것들을 제대로 다시 그려볼 수 있을 테니 말이야.

라15네 ___ 1882년 10월 22일(일) 추정

친애하는 라파르트

목판화 복제화를 수집하기 시작했을 때, 작가들의 이름 약자를 제대로 몰라서 누구 작품인지 알아보지 못해 안타까운 경우가 여러 번 있었어. 당시만 해도 대다수 영국 작가들 이름 머리글자를 모르고 있었으니까.

아직도 완벽히 다 아는 건 아니지만 어느 정도는 파악해뒀지. 내가 알아낸 이 목록이 자네한테도 유용하면 좋겠어. 물론 자네도 이미 다 아는 걸 수도 있어.

W S: 윌리엄 스몰

C G: 찰스 그린(T. 그린도 있어)

M E E: 미스 에드윈 에드워즈

F B: 버크먼(자네한테 〈런던 쓰레기장〉이 있어)

F W L: 로슨

F H: 프랭크 홀

H F: 헨리 프렌치

L F: 필즈

R C: 칼데콧

E J G: 그레고리

S E W: 웰러

A L: 랑송

M: 모렝

J F: 쥘 페라

A H: 홉킨스

H H: 헤르코머

G P: 핀웰

W B M: 머리

F W: 워커

M W R: 리들리

J G: 길버트

I M(M): 마호니(디킨스의 『하우스홀드 에디션』 삽화가 상당히 아름다워)

H F: 해리 퍼니스

S P H: 시드니 홀

J D W: 왓슨

J B: 버나드 (이들은 풀네임으로 보일 때가 많아)

J T: 테니얼

C K: 찰스 킨

D M: 뒤 모리에

분명히 빠뜨린 게 있겠지만 지금으로선 기억나는 게 이게 전부야.

「하퍼스 위클리」에 하워드 파일, 하퍼, 로저, 애비, 알렉산더 등의 그림이 실렸어. 케이튼 우드빌, 오버랜드, 내쉬, 도드, 그레고리, 왓슨, 스태니랜드, 스미스, 헤네시, 엠슬리 등은 자네도 알 거야. 「그래픽」이나 「런던 뉴스」에서 커다란 데생을 봤을 테니까.

자네한테 주려고 스몰의 귀여운 데생을 챙겨놨어. 재주가 탁월한 사람이야.

「스크라이브너 매거진」과 「하퍼스 먼슬리 리뷰」를 아는지 모르겠는데 볼거리가 가득한 잡지야. 내가 가진 건 얼마 되지 않아. 비싼데, 중고로 나오는 과월호도 찾아보기 힘들거든.

「브리티시 워크맨」하고 「코티지 앤 아티잔」이라고 런던 포교협회에서 출간하는 대중지가 있는데, 거기 실린 삽화들이 대부분은 무미건조한데 간혹 꽤나 강렬한 것들도 보여.

언제 시간 나면, 자네의 수집품들을 찬찬히 들여다보게. 분명 자네는 내게는 없는 복제화를 가지고 있을 텐데 과연 그게 무얼까 궁금해. 그리고 멘첼의 셰익스피어도 보고 싶어.

그나저나 수채화는 어떻게 돼가고 있어? 나는 한 2, 3주 전부터 수채화에 집중하고 있는데, 대표적인 서민들 데생도 동시에 진행하고 있어.

여기 날씨가 얼마나 좋은지 몰라! 영원히 가을만 있는 나라가 있다면 좋겠어. 그런데 그렇게 되면, 눈도 볼 수 없고, 사과나무에 피는 꽃도 못 보고, 밀도, 그루터기가 펼쳐진 벌판도 볼 수 없잖아.

혹시 내가 예전에 자네한테, 그린 사람 이름은 없는데 공원에서 말 타는 남자와 여자들을 표현한 커다란 목판화 복제화를 건네지 않았나? 아마 오스트리아 황후를 위한 자리에서 사냥을 펼치는 장면이었을 거야. 자네가 가지고 있지 않다면(올여름에 자네한테 준 기억이 있거든) 이제 두 개가 생겼어. 며칠 전에 하나를 찾았거든.

크나우스 작품도 하나 더 생겼어. 사냥꾼이 사냥개에게 빵을 뜯어주는 그림.

풍경화는 지금은 좀 철 지난 화가들이긴 하지만 버킷 포스터하고 리드의 그림이 상당히 마음에 들어. 리드의 그림은 가을 효과하고 달빛 효과, 눈 덮인 효과, 이렇게 세 작품이 아주 괜찮더라고.

영국의 풍경 화가들은 각자 구상이 다양한 편이야. 포스터는 에드윈 에드워즈와 화풍이 비슷하긴 한데 두 사람 모두 각자만의 개성이 있어. 월리를 필두로 한 몇몇 작가는 색채를 잘 다루는 전문가라고 할 수 있어. 아니, 엄밀히 말하면 그들은 색조를 더 깊이 들여다보는 편이지. 「스크라이브너 매거진」하고 「하퍼스 먼슬리 리뷰」에 유난히 월리의 화풍을 닮은 근사한 그림들이 자주 등장해. 〈작은 바다〉, 〈눈 효과〉, 아니면 〈정원 구석〉이나 〈거리 모퉁이〉 같은 것들.

문고본 보급판 시리즈를 보면, 『올리버 트위스트』에 J. 마호니의 삽화가 실려 있는데, 꼭 보게. 이 시리즈에는 뒤 모리에의 삽화가 실린 『깃털로 쓴 이야기』하고 Ch. 킨의 삽화가 실린 『침실의 잔소리』도 있어. 특히 킨은 「펀치」에 상당히 아름다운 그림들이 실려 있어. 뒤 모리에는 멘첼과 공통점이 참 많아 보이는데, 특히 구도가 그래.

벨기에에서는 한때, 「윌렌슈피겔」이라는 잡지에 펠리시앵 롭스와 드 그루 같은 사람들이 훌륭한 인물화 데생을 자주 그렸지. 예전에 분명히 가지고 있었는데 아무리 찾아도 안 보이네. 이스라엘스의 데생보다 훨씬 아름다웠는데. 특히 드 그루의 그림이 그랬어.

이제 다시 그림을 그려야 할 것 같아, 친구. 무엇보다 잊기 전에 작가들 머리글자 목록을 보내고 싶었어.

잘 지내게, 속히 편지하고. 내 말 명심하고.

자네를 사랑하는 친구, 빈센트

239네 ____ 1882년 10월 29일(일)

테오에게

다시 일요일이다. 그리고 여느 때처럼 또 비가 내린다. 게다가 이번 주에는 강풍이 몰아닥쳐서 그나마 붙어 있던 나뭇잎마저 거의 다 떨어져 버렸어. 난로를 방에 갖다 놓길 얼마나 잘했나 모르겠다. 오늘 아침에는 내가 그린 데생을 정리하기로 마음먹었지. 그러니까 네가 다녀간 뒤로 모델을 세워두고 그린 습작들 말이야. 100여 점 정도 되더라(전에 작업한 습작이나 스케치북에 그린 것들은 제외하고).

지난번 방문 때, 혹시 네가 본 데생 외에 또 다른 습작이 있는지를 물었던 기억이 나서 얼마나 있는지 세어본 거야. 다른 화가들도 나처럼 이렇게 많이 그리는지는 모르겠다. 특히, 내 그림을 관심조차 줄 가치가 없다고 낮잡아 보는 대단한 양반들은 얼마나 연습을 많이 하는지 말이야. 그 인간들이 모델 세우고 그림 그리는 것보다 더 좋은 방법을 알고 있는지도 알 수 없는 일이야. 분명, 그것조차 실천하지 못하고 있을 거야. 너한테도 여러 번 얘기한 것 같은데, 나는 다른 화가들이 도대체 왜 모델을 세우고 그리지 않는지 이해할 수가 없어. 마우베 형님이나 이스라엘스 같은 사람을 말하는 게 아니야. 이스라엘스는 항상 모델을 두고 작업하는 대표적인 화가기도 하니까. 내가 말하는 건 더 복이나 브레이트너르 같은 사람들이야. 브레이트너르는 문병 가서 본 뒤로 지금까지 한 번도 못 봤어. 듣기로는 어느 공립학교 선생님이 됐다고 하던데, 나한테는 소식 한 번 없었어.

이번 주에 라파르트에게 편지를 받았는데, 그 친구 역시, 여기 화가들이 자신을 대하는 태도를 이해할 수 없다고 하더라. 게다가 아르티 클럽에서 그 친구 그림 전시를 거부했대. 난 이렇게 말하고 싶어. 거기 나오는 작가 중에서 나나 라파르트의 마음에 드는 작가는 단 한 명도 없다고 말이야. 그러면 공평하려나?

라파르트, 그 친구 정말 열심히 준비했거든. 이번 여름에도 드렌터에 머물다가 위트레흐트에 있는 맹인전문병원에서 한동안 작업했었어.

그 친구가 나와 비슷한 경험을 했다는 이야기를 들으니 정말 반갑더라. 그건 그렇고, 너한테 항상 하는 말이지만 문득문득 네가 보고 싶을 때가 한두 번이 아니다. 자주 만나 그림 이야기라도 할 수 있었으면 정말, 지금 가지고 있는 이 습작들로 더 많은 걸 할 수 있었을 거야. 내가 얼마 전에 편지에 썼던 내용, 아마 기억할 거야(감자 시장 스케치에 채색해서 같이 보낸 편지). 거리에 몰려 있는 사람들 모습을 한 번 더 그려야겠다고.

그 결과물로 수채화 12점을 작업하는 중이야. 그러니까 내가 했던 말 중에서, 습작들로 뭘 해야 할지 모르겠다거나, 왜 하는지도 모르고 그렸다거나 하는 말들은 진심이 아니야. 우리가 자주 만나 힘을 모았으면 이걸 잘 활용해서 돈을 벌 수도 있을지 몰라.

어쨌든 요즘은 아주 기쁜 마음으로 그림을 그리고 있어. 다음에 올 때쯤이면, 분명 네 마음에 드는 게 있을 거라 자부한다.

우리가 인물화에 더 집중하려면 「펀치」에 실린 크리스마스 판화 밑에 적혀 있던 글귀 같은 마음으로 무장해야 해. '모두에게 자비를'. 모든 인간을 진심으로 사랑해야 한다는 뜻이야. 나도 최대한 그런 마음으로 살고 싶어.

그래서 다른 화가들과 원만한 관계를 유지하지 못하는 게 아쉬워. 오늘같이 비 오는 날, 난로를 가운데 두고 마주 앉아 이런저런 그림을 함께 보고, 이런저런 복제화를 함께 보면서 서로에게 힘이 되어주는 자리를 영영 만들 수 없을 것 같아서 또 유감스럽고.

혹시 도미에의 복제화를 싼값에 살 곳이 있을까? 있다면 어느 그림을 파는지도 알면 좋겠다. 줄곧 도미에가 재주 많은 화가인 줄은 알았는데 얼마 전부터, 내가 생각했던 것보다 훨씬 더 위대한 작가 같다는 생각이 들어. 혹시 그와 관련해서 아는 게 있거나, 그의 주요 작품에 관한 이야기가 있으면 알려주면 고맙겠다.

예전에 그가 그린 캐리커처만 보고 그의 작품 세계를 제대로 파악하지 못한 것 같아. 그래도 그가 그린 인물화는 하나같이 상당히 인상적이었어. 그런데 내가 아는 작품이 몇 안 돼. 어쨌든 캐리커처가 그의 대표작은 아닐 테니까.

프린센하허 가는 길에 너와 도미에에 대해 얘기했던 게 기억난다. 넌 가바르니보다 도미에가 더 좋다고 했고, 난 가바르니 편에 서서 내가 읽었던 가바르니에 관한 책 이야기를 했잖아. 그 책은 너도 가지고 있고. 너한테 솔직히 말하는데(그렇다고 가바르니를 덜 좋아한다는 건 아니야), 도미에의 작품에 대해 아는 게 거의 없다는 걸 깨닫기 시작했어. 그리고 *내가 몰랐던 그의 작품 세계*가 바로 내가 가장 흥미롭게 생각하는 부분이야(그래도 내가 이미 아는 작품들도 좋아해). 어렴풋이 기억나는데 (물론 내 기억이 틀렸을 수도 있지만) 네가 몇 개 얘기한 게 있는 것 같다. 커다란 그림인데 사람들이 모여 있고, 서민들 얼굴이 그려진 것들 말이야. 어떤 분위기인지 직접 보고 싶다. 혹시 내가 얼마 전에 구한 복제화인 〈술꾼의 변천사〉나 너한테도 말했던 밤나무 아래 서 있는 신사만큼이나 근사한 작품이 더 있는지 궁금하다. 그래, 어쩌면 그 그림이 가장 강렬한 그림일 수도 있겠지. 아무튼 네가 어둠을 밝혀주는 길잡이가 돼주면 좋겠구나.

드 그루의 커다란 그림 기억하니? 「윌렌슈피겔」에 나온 인물화 말이야. 그걸 가지고 있었는데 어디로 갔는지 보이지 않더라! 아무튼, 방금 말했던 도미에의 작품 2점이 드 그루의 그림과 상당히 비슷하다는 거야. 비슷한 분위기의 그림, 혹시 네가 더 아는 게 있는지 알려주기 바란다 (캐리커처는 크게 관심 없어).

드 그루와 롭스의 작품이 없다는 게 유감스러워. 다른 것들과 함께 리차드슨 씨한테(영국에서) 줘버렸거든. 구필 화랑 영업사원 말이야.

이만 마친다, 아우야. 그리고 다음에 오게 되거든, 부탁인데 내가 그린 수채화와 습작은 물론이고 100여 점 정도 되는 인물화 데생, 전적으로 인물화만 좀 같이 봐주기 바란다. 그래, 벌써 그만큼 그렸더라. 예전 것까지 합하니까. 그런데 네가 올 때까지 다른 것들을 더 그려놓을 거야. 별 가치가 없는 것들을 대신한 것들 말이야. 변화도 좀 주면서. 그때까지 à Dieu, 진심으로 너의 행복을 기원하고 행운을 빈다. 마음으로 악수 청한다.

너를 사랑하는 형, 빈센트

라16네 ——— 1882년 10월 29일(일) 추정

친애하는 라파르트

자네 편지 잘 받았어. 정말 고마워. 자네가 그린 작품들이 간절히 보고 싶을 때가 있어! 아르티 클럽 일은 역시, 그 양반들 평소 하던 대로였고, 아니나 다를까 그 방법은 달라지지 않는다는 뜻이면서 예전에도 그랬고, 앞으로도 그대로일 거라는 생각만 들게 하는 일이야. 그 인간들이 거부한 게 차라리 자네한테는 잘된 일이니 축하해. 나는 자네와 똑같은 경험을 해봤다고 말할 수가 없어. 그 이유는 당연히 전시회에 나가볼 생각을 한 번도 해보지 않았기 때문이야. 그럴 생각이 눈곱만큼도 없거든. 이따금 지인들이 화실에 찾아와서 내가 그린 그림을 봐주면 좋겠다는 생각도 들긴 하지만, 그런 일도 거의 없을 뿐만 아니라 그러고 싶었던 적도 거의 없고, 아마 앞으로도 사람들에게 내 작품을 보러 오라고 할 일은 없을 거야. 내 그림에 대한 남들의 관심과 칭찬에 아예 관심 없다는 건 아니지만 그걸 위해 소란 피울 필요는 없잖아. 세상에서 가장 부럽지 않은 게 있다면, 그건 바로 인기 같은 거야.

며칠 전에 자네가 다녀간 뒤로 그린 습작을 여기저기 찾아봤어. 대략 100백여 점 정도 되더라고. 남자, 여자, 아이들까지 모두 내 스케치북에 담아놨어. 비록 그 개수가 중요하진 않지만 그래도 이렇게 밝히는 건 내가 얼마나 열심히 작업하고 있는지를 자네한테 구체적으로 알려주고 싶어서야. 하지만 나만큼도 노력하지 않는 사람들이 여전히 나를 무시하는 것도 사실이야. 그래서 내가 더 무관심한 것도 사실이고. 아무도 내 작품에 관심이 없는 것도 사실이고.

보다시피, 내가 자네와 똑같은 일을 겪은 건 아니지만, 나도 자네 기분 잘 알아.

그나저나, 그림 이야기로 돌아가서, 인물화를 본격적으로 그릴 마음이라면 「펀치」 크리스마스 특별호부터 읽어보고 거기서 무언가를 강렬히 느껴야 하네. '모두에게 자비를'. 그러니까 모든 인간을 진심으로 사랑하는 따뜻한 마음을 가져야 한다는 거지. 그런 마음이 없으면 자네 그림은 차갑고 무력한 느낌을 지울 수 없을 거야. 이 부분에 대해 스스로를 돌아볼 필요가 있어. 회의주의에 빠지지 않도록 조심해야 해. 그렇기 때문에 나는 화가들의 계략에 동참해서 좋을 게 전혀 없다는 생각이야. 오히려 철저히 거리를 둬야 해. 이런 옛말이 떠오라. '가시나무에서 어떻게 포도를 거둬들이고, 엉겅퀴에서 어떻게 무화과를 거둬들이겠느냐?' 특히, 화가들과 어울려 다니면 자기 그림에도 저절로 활력이 살아난다고 믿는 친구들을 볼 때마다 더더욱 이 옛말이 생각나. 토마스 아 켐피스가 어디선가 이런 말을 했었어. '남자들과 어울려 있을 때만큼 나 자신이 남자답지 못하다고 느껴질 때도 없다.' 나도 같은 생각이야. 화가로서, 화가들과 같이 있을 때처럼 나 자신이 나약하게 느껴질 때가 없었어. 반대로, 한 사람만의 능력으로는 도저히 불가능한 일을 위해서(에르크만-샤트리앙처럼 둘이 같이 책을 쓰거나, 「그래픽」의 삽화가들이 한자리에 모여 「그래픽」을 출간하듯) 힘을 합치는 건 아주 바람직하다고 생각해. 그런데 실상은 용두사미로 흐지부지되는 경우가 대부분이야.

자네 작품이 간절히 보고 싶을 때가 있다고 했었잖아. 마찬가지로 자네가 여기 와서 내 그림들을 봐줬으면 할 때도 있어. 자네가 봐주면 도움이 될 것 같고, 또 그간 산만했던 내 인물 데생이 점점 형체를 갖춰나가는 모습을 전체적으로 볼 수 있는 기회이기도 해서야. 그렇게 이런저런 이야기도 하고 판매 계획도 세울 수 있지 않겠어.

그나저나 쉽지는 않았지만, 보리나주 탄광의 여성들이 어떻게 자루를 쥐고 다녔는지를 파악해냈어. 내가 예전에 그곳 여성들을 그림으로 표현했던 건 자네도 잘 알 거야. 그때 데생은 상

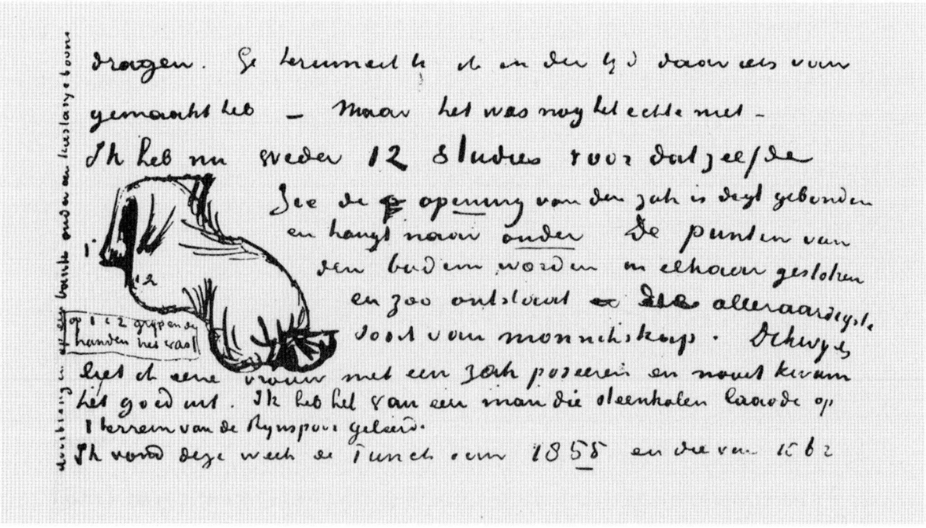
dragen. Ge herinnert u dat ik in der tijd daar eens van gemaakt heb — Maar het was nog het echte niet —
Ik heb nu weder 12 studies voor datzelfde
Zie de opening van den zak is dicht gebonden en hangt naar onder De punten van den bodem worden in elkaar gesloten en zoo ontstaat een allereigenaardigst soort van monnikskap. Dikwijls liet ik eene vrouw met een zak poseeren en nooit kwam het goed uit. Ik heb het van een man die steenkolen laadde op 't terrein van de Rynspoor geleerd.
Ik vond deze week de Punch van 1855 en die van 1862

태가 별로였지. 그래서 똑같은 장면으로 습작 12점을 만들어봤어. 끈으로 여닫는 자루 입구가 아래쪽으로 내려가 있어. 아래쪽 귀퉁이를 양쪽으로 묶으면 수도사들이 쓰는 고깔처럼 보이기도 해. 여성 모델한테 자루를 들고 여러 차례 포즈를 취하게 했는데 매번 어딘가에서 막혔었어. 그런데 레인스포르에서 석탄을 신는 인부를 보다가 그 답을 찾은 거야.

이번 주에는 1855년, 1862년에 발행된 「펀치」를 발견했어. 1855년판에서 스웨인 영감님의 작품 하나를 발견했는데 역시 인물의 특징을 살리는 그 힘이 정말 대단해. 아마 크림 전쟁을 배경으로 러시아 황제가 연설하는 장면 같은데, 당시 황제가 이런 말을 했었어. 러시아에는 믿을 수 있는 장군이 둘이나 있다고. 바로 1월과 2월. 그런데 바로 그해 2월, 황제는 병에 걸려 결국 동사했지.

테니얼이 그린 것 같은 데생에는 침대에 누워 죽어가는 늙은 황제가 등장하고 배신자가 된 2월 장군이 침대 발치에 서 있는데 장군의 군복을 걸친 해골이지. 침대와 그 해골 위로 눈과 서리가 쌓이고 있고. 정말 훌륭한 작품이야. 이런 구도가, 그게 가능할지는 모르겠지만, 홀바인의 〈죽음의 무도〉보다 훨씬 깊고 사실적인 느낌을 전한다고 해도 과언이 아닐 거야.

C. R.(로빈슨)은(이 사람 작품 중 괜찮아 보이는 거 하나를 자네한테 보냈었는데) 작품 완성도가 고르지 못해. 인물화가 괜찮기는 하지만 데생이 언제나 그럴듯한 건 아니더라고. 얼마 전에 이 자의 복제품을 하나 구했는데 일단, 지금까지는 칼데콧의 〈킹스로드에서의 오후〉만큼이나 아름다웠어. 무너진 다리를 보려고 난간 앞에 모여든 사람들을 묘사한 그림이었거든.

내가 얘기했던 다냥과 몽바르의 작품은 가지고 있어? 〈튈르리 공원의 멋쟁이〉하고 〈아랍인 걸인〉 말이야. 어쨌든 이건 자네 주려고 보관하고 있어.

엠슬리의 복제화인 〈해수면 상승〉을 찾았어. 한 여인이 두 아이를 데리고 반쯤 물에 잠긴 목초지의 버드나무 근처에 서 있는 그림이야.

자네한테 말하는 건데, 나는 의기소침해질 때마다 그간 모은 목판화 인쇄물들을 들여다보면서 다시 그림 그릴 용기를 얻어. 그 화가들이 가지고 있던 힘과 의지 그리고 자유롭고 건전하며 즐거운 기운이 고스란히 나한테 전해지는 것 같거든. 그들의 작품 속에는 장엄하고 엄숙한 기운이 깃들여 있어. 쓰레기 더미를 그려놔도 그렇게 보일 정도야. 가바르니에 관한 책을 읽다 보니까 그가 하루에 그림을 6점이나 그릴 때도 있었다는군. 그러니 당대 삽화가들이 이렇게 많은 삽화를 그려냈다고 생각해보면, '자위트 홀란츠 코피하위스에서나 굴러다닐 법한 것들'(무슨 말인지 잘 알 거야)을 그린 화가들이 얼마나 열정에 불타올라 작품 활동을 했는지 짐작할 수 있을 거야. 그런 열정의 불꽃을 가슴속에 간직하고 꺼지지 않게 유지하는 게, 그런 열정을 깔보고 무시하는 예술가들의 현학적인 태도보다 훨씬 더 가치 있어. 자네 친구의 논리, 아니, 엄밀히 말해, 방문객-비평가(뭐라고 불러야 하지?)의 *불명예스러운 선 긋기*는 이유가 궁금하기는 하지만 동시에 탁월한 결정이라는 게 내 생각이야. 혹시 기회 되거든, 그 사람한테 그런 생각까지 할 수 있는 지혜와 능력을 겸비하고 있다는 점 아주 높이 산다고 전해주게. 당연히, 그런 인간을 개인적으로 만나고 싶은 마음은 없지. 하지만 그치들을 내가 아예 모르는 것도 아니라서…….

거리낌없이 선 긋기에 대해 거론하는 그 친구한테 한 번 물어보게. 드 그루의 〈식사기도〉와 다빈치의 〈최후의 만찬〉에서도 테이블 위의 모든 인물들의 머리가 일직선을 이루고 있다는 점에 대해서 혹시 할 말이 더 있는지 말이야.

해리 퍼니스의 〈한여름 밤의 꿈〉이라는 그림 본 적 있나? 공원의 밤나무 아래 벤치에서 노인과 부랑아, 술 취한 사람 등이 잠들어 있는 모습. 이 작품 역시 도미에의 걸작만큼이나 근사해.

자네는 안데르센의 동화들이 정말 환상적이라고 생각하지 않아? 안데르센도 분명 삽화를 그렸을 거야.

240네 ____ 1882년 11월 1일(수)

테오에게

지금 며칠째, 어떤 대상에 푹 빠져 있는데, 너도 흥미롭게 여길 것 같기에 편지로 그 이야기를 해볼까 해. 라파르트한테 편지가 왔는데, 헤르코머의 말을 인용한 구절이 있더라고. 처음부터 끝까지 다 설명할 수도 없고, 어쩌면 너도 그 기사를 읽었는지도 모르겠다(영국 예술 전문 잡지 「아트 저널」에 소개된 내용). 주로 「그래픽」에 수록된 그의 데생을 다루는 내용이었어. 헤르코머는 애정과 열정을 담아 그린 것들이라고 설명하면서 특히 「그래픽」 출간 초기작을 많이 거론했어. 특유의 재능을 가진 예술가들의 작품을 자신이 얼마나 소중히 여기는지 설명하고 싶은데 그 심정을 표현할 강렬한 단어가 없다고 하더라. 기법이나 기술 부분에서 이뤄진 실질적인 진척을 예전과 현대의 목판화 기술의 차이점 등으로 설명하고 있어.

그다음 우리 시대 이야기를 다루면서 결국, 자신이 하고 싶었던 주제로 마무리했지. 그는 판화가들이 그 어느 때보다 활발히 활동하고 있다고 말은 하는데, 「그래픽」 초창기 시절과 비교하면 오히려 후퇴했다는 게 내 생각이야. "내 생각에 두 가지가 잘못인데, 하나는 편집자의 잘못이고, 또 하나는 화가의 잘못이다. 양측 모두 실수하고 있고, 그 실수를 바로잡지 않으면 모든 걸 망칠 수 있다."

편집자들은 어떤 특정한 효과만 주문한다는 것이지. 그러다 보니 정확하고 정직한 그림은 더 이상 수요가 없고, 디자인의 완성도도 요구하지 않아. 그저 지면 귀퉁이를 채울 '*아무*' 그림이면 돼. 편집자들의 주장에 따르면, 독자들은 흥미로운 사건 한두 개만 소개해주기를 바라기에, 그림이 정확하고 재미있으면 됐지, 예술 작품으로서 가치에는 전혀 신경 쓰지 않는다.

나는 그들 말을 믿지 않아. "유능한 데생화가가 부족하다"는 변명이라면 그나마 받아들일 수 있지만.

그러면서 예술가들을 향해서도 한마디를 하는데, 요즘은 작품의 가치를 결정짓는 게 데생 화가가 아니라 판화가라는 사실이 아쉽다고도 했어. 데생 화가들에게 이런 상황을 그대로 받아들이지 말고 소박하지만 힘차게 계속 그림을 그려서 판화가들이 자신들의 역할만 할 수 있게 만들어야 한다고도 격려했어. 판화가들은 데생 화가의 작품을 복제하는 사람이어야지, 그들을 능가하면 안 된다고 말이야.

그리고 결론으로 약해지지 말고 모두가 열정을 따라 계속해서 그림을 그리라고 했어. 그의 말에는 다소 나무라는 의도가 담겨 있어. 인상까지 찡그리며 독설을 퍼부었는데, 무력해지고 무관심해지지 말라는 경고겠지.

"여러분(대중)에게 예술은 무한한 기쁨과 교화를 선사합니다. 전적으로 당신을 위한 거예요. 그러니 좋은 작품을 요구하세요. 그러면 틀림없이 좋은 작품을 받게될 겁니다."

전적으로 논리적이면서, 과감하고, 정직한 말이야. 그의 화법은 마치 밀레의 편지글처럼 강렬하다. 듣고 있자니 위로도 되고 마음도 따듯해졌어.

만약 화가들이 힘을 합쳐서 대중을 위한 작품을 만들고 모두가 즐기게 한다면(개인적인 의견으론, 결국엔 대중을 위해 만드는 게, 예술가가 추구해야 할 가장 고결하고 숭고한 대의명분일 거야), 「그래픽」 초창기에 성취했던 결과들을 다시 이뤄낼 수 있지 않을까 싶다.

뇌하위스, 반 데르 펠던을 비롯한 몇몇이 올해 「더 즈발뤼」라는 잡지에 삽화를 그렸어. 월간지인데 가격은 7.5플로린이야. 일부 눈에 띄는 몇 개를 제외하면 나머지는 대부분 느낌이 나약해(데생 자체를 말하는 게 아니라, 대중에게 알리려는 노력이 말이야). 소문에 의하면 이미 사라져버린 동종 잡지의 운명을 피할 수 없을 거라더라고. 실패의 원인을 어디서 찾아야 할까? 서점 주인들은 이런 잡지는 팔아 봐야 돈이 안 된다고 하면서 유통은커녕 아예 받지도 않는다고.

그런데 화가들 역시, 이 문제에 대해서는, 별로 진지하게 고민하지 않아.

네덜란드 화가들 대다수는 "목판화가 뭐지?"라는 질문에 이렇게 답하거든. "자위트 홀란츠 코피하위스에서나 굴러다닐 법한 *그런 것들*." 자신들을 술꾼들 수준으로 놓는 거야. 정말 판화가들은 술꾼들인지도 모르지.

미술상들은 뭐라고 할까? 내가 스케치 100여 점을 모아서 아무 미술상이나 찾아갔다고 가정하자. 들을 수 있는 최선의 말이 이걸 거야. "*이런 게* 상품 가치가 있다고 생각합니까?"

가바르니 시대를 비롯해 현대에 이르기까지 위대한 데생 화가들을 향한 애정과 존경은 그들 작품을 알아갈수록 더 커지고 있어. 그런데 매일같이 거리를 다니다 본 것들을 그림으로 그리려 하는 순간만큼 그들의 존재가 크게 다가올 때도 없어.

헤르코머, 필즈, 홀을 비롯한 「그래픽」의 창시자들을 내가 높이 평가하고, 그들을 여전히 가바르니나 도미에보다도 나은 사람이라고 할 수 있는 이유는 이 두 사람은 사회를 조롱의 시선으로 바라본 반면, 앞에 언급한 사람들은 밀레나 브르통, 드 그루나 이스라엘스처럼, 가바르니나 도미에와 마찬가지로 사실적인 대상을 선정하면서도 더 진지하고 고상한 감정을 불어넣는 사람들이기 때문이야. 그런 게 있어야 해. 예술가는 교회 목사나 헌금 걷으러 다니는 사람이 되면 안 돼. 예술가는 인간을 사랑해야 해. 「그래픽」 같은 잡지가 추운 겨울, 가난한 사람들에게 호의를 베푸는 분위기를 조성하는 건 참 잘하는 일이라고 생각해. 아일랜드에서 토탄 상품권을 나눠주는 장면을 그린 우드빌의 그림, 〈도와주는 사람을 도웁시다〉라는 제목의 스태니랜드의 다른 그림도 있어. 이 그림에는 형편이 넉넉지 않은 병원에서 볼 수 있는 여러 장면이 동시에 담겨 있어. 헤르코머가 그린 〈구빈원의 크리스마스〉, 필즈가 그린 〈춥고 배고픈 노숙자〉도 마찬가지야. 난 이 그림들이 베르탈의 그림이나 비슷한 분위기의 〈우아한 삶〉, 〈또 다른 우아함〉 같은 그림보다 훨씬 아름답다고 생각해. 편지가 다소 지루하게 느껴질 수는 있겠지만, 이런 생각이 머릿속에 밀려들더라고. 습작 대략 100여 점을 한자리에 모아서 벽에 걸었는데, 힘든 일을 끝내고 나니 갑자기 서글퍼졌다. 이게 다 무슨 소용인가 싶었어. 그런데 순간, 헤르코머의 말이 떠올랐어. 노력을 멈추지 말고, 절대로 포기하지 말라는 그 말이 떠오르면서 기분이 좋아졌고 이런 생각까지 하게 됐어. 헤르코머의 논리를 테오에게도 짤막하게 알려줘야겠다고. 마음으로 악수 청한다. 내 말 명심해라.

너를 사랑하는 형, 빈센트

조만간 네 소식 들을 수 있기 바란다. 집에서 반가운 소식을 전해왔어.

라17네 ____ 1882년 11월 1일(수)

친애하는 라파르트

헤르코머의 기사는 정말 흥미로웠어. 진심으로 고마워. 기사 내용이 머릿속에서 떠나지 않는 거야. 그가 한 말에서 어떻게든 무언가를 배우고 싶더라고.

그런데 그가 했던 말들을 독자들은 이해했을까? 글쎄, 적잖은 사람들이 그의 생각을 잘못 이해하고 애초에 그가 의도했던 것과 다른 결론을 내렸을 거야.

그가 한 말은 전적으로 사실이야. 정확하고 진지해. 하지만 제대로 알아듣기 위해서는 어느 정도는 아는 게 있어야 해(아쉽게도 대다수가 그렇지 않았겠지만). 헤르코머가 미국 작가들이나 스몰 학파를 배척하고 비난했다고 결론 내릴 사람이 적지 않을 거야. 하지만 전혀 그렇지 않아. 그는 아무런 근거 없이 쇠퇴를 논하지 않았거든.

그는 여러 목판화에 대한 찬사가 데생 화가가 아닌 판화가들에게 돌아간다는 점을 지적하면서 그건 용납할 수 없고 데생 화가들에게는 치명적인 문제라고 주장했어. 그의 말이 전적으로 옳아. 예를 들어서 자네가 얼마 전에 찾았다고 편지했던 리들리의 〈광부〉 복제화와 「그래픽」에 실린 〈미(美)의 유형〉이라는 데생과 비교해보라고. 아니면, 내가 가지고 있는 리들리의 또 다른 복제화인 소아과 병동과도 비교해봐. 스웨인이 간소하고 강렬하게 판화로 만들어낸 작품이야. 헤르코머의 본심은 이 대목에 있다고 생각해. 전문가 흉내 내면서 "아, 그래, 이건 구시대적이야!"라고 작품들을 폄훼하는 인간들을 생각하면 말이지. 기존의 판화 제작법(솔직 담백하고 과장하지 않고 공들인 데생)은 지금도 여전히 최고의 방법이야.

헤르코머는 기존의 방법을 버릴 계획이라면 다시 한 번 심사숙고하라고 말했어. 그런 방법이 사라지면 예술은 아마 뇌막염이나 척수염에 걸리게 될 테니까. 하지만 이 말이, 스몰이나 Ch. 그린 같은 사람들을 막무가내로 비난하는 건 아니라고 생각해. 시대에 뒤떨어졌다는 옛날 방식으로 제작된 헤르코머의 데생 복제화도 잘 알고 있어. 〈바바리안 스케치〉라는 거.

헤르코머는 케이튼 우드빌의 〈아일랜드의 토탄 상품권 배부〉나 하워드 파일의 〈예전의 크리스마스〉 같은 그림을 무조건 비난하지는 않았어. 위 두 사람은 새로운 방식으로 삽화를 그린 적도 있고 넘지 말아야 할 선을 넘을 때도 있었는데도 말이야.

우드빌은 오랜 세월 동안 너무 군사적인 주제에 몰두했던 게 좀 아쉬워. 아무리 잘 그린 그림들이라고 해도 나는 〈토탄 시장〉 같은 작품이 월등히 뛰어나다고 생각해. 게다가 하퍼나 미국인들에 대한 비판을 잘 읽어보니 디킨스가 떠오르기도 해.

디킨스는 『마틴 처즐위츠』 등에서 미국인들을 비판했었어. 그런데 독자들이 자신의 의도와 다른 엉뚱한 결론을 끌어낸다는 걸 뒤늦게 깨달은 거야. 미국에는 좋은 게 아무것도 없다는 식의 결론 말이야. 그래서 『마틴 처즐위츠』의 재판을 찍으며 서문을 추가했어. 자신이 미국에서 실제로 느꼈던 인상이나, 두 번째 미국 여행에서 알게 된 점 등을 설명했지. 자네한테 이 책이 있나 모르겠지만 포스터가 쓴 『찰스 디킨스의 삶』이 있으면 읽어봐. 아마 내가 자네한테 하고 싶은 말보다 훨씬 더 명확히 이해하게 될 거야.

성급하게 미국인들이나 현대의 판화가들을 비난하는 건 옳지 않다는 게 내 생각이야. 옛말에도 이런 말이 있잖아. '가라지들을 거두어내다가 밀까지 함께 뽑을지도 모른다.' 그러니까 헤르코머가 「그래픽」을 비롯해 편집자들에 대한 불만을 토로하는 건 이상한 일이 아니야. '쉽게 팔릴'이라는 표현은 솔직히 끔찍해. 그 표현을 듣고 질리지 않은 미술상은 한 명도 본 적 없을 정도야. 전염병 같은 표현이라고! 예술에게 이 표현만큼 끔찍한 적도 없을 거야. 뭐, 예술가들을 특별 관리하는 대형 미술상의 관리자들도 적이라면 적이 될 수 있지만 말이야.

그런데 명성만큼 제대로 관리를 못 하고 있어. 실상은 이렇지. 대중이 예술가 당사자가 아닌 대형 미술상을 상대하게 되니, 예술가들은 결국 미술상에게 손을 뻗을 수밖에 없는 거지. 이미 겉으로 표출했든, 속으로 꾹 참고 있든, 대형 미술상을 상대로 불만이 없는 예술가는 하나도 없어. 대형 미술상은 대중의 취향을 저열하고 야만적이고 낮은 쪽으로 몰아가고 있어. 여기까지만 할게. 자네나 내가 헤르코머의 글에서 관심을 둬야 할 건, 꾸준히 그리고, 진지하고 정직해야 한다는 거야.

자네에게 하고 싶은 말이 있어. 자네의 지난번 편지에 이어 우리 두 사람에게 강렬한 인상을 남긴 헤르코머의 글을 읽고 나니, 우리가 서로의 작품을 더 자주 감상해야 한다는 생각이 더더욱 간절해졌어.

지난 픽튀라 전시회(전시회 자체도 상당히 훌륭했어)에서 가장 인상적이었던 건, 이스라엘스, 마리스, 모아붸, 뇌하위스, 베이센브뤼흐를 비롯한 여러 화가들은 자신들의 자리를 지키고 있었던 반면, 이들을 추종했던 사람들은 나아진 점은커녕 오히려 후퇴한 모습밖에 볼 수 없었다는 사실이야. 그것도 개별적으로가 아니라, 우리 시대의 거물들이 '희망'으로 대두되던 시절로 돌려놓고 봤을 때 그렇다는 거야. 이 세대의 떠오르는 희망과 이전 세대의 떠오르는 희망은 다를 수밖에 없어. 지금 세대는 본질보다 효과에 중점을 두고 있어. 이런 이야기는 전에도 여러 번 했을 거야. 우리 세대의 떠오르는 희망들은 인간성도 남다른 편이지. 자네도 잘 알 거야. 직접 경험해봤으니까. 그들은 자네나 나 같은 사람들을 까탈스러운 인간, 무능한 인간 취급을 하거든. 그리고 무엇보다 우리 작품을 지루하고 하찮게 여기지.

진심으로 하는 말인데, 우리 세대의 떠오르는 희망들을 10년 전, 개인으로서, 또 예술가로서(당시는 훨씬 가난하게 살던 친구들인데 그 10년간 어마어마하게 돈을 벌었지) 만났던 사람은 그 지나간 10년을 아쉬워하고 있어.

다시 한번 말하지만, 아르티 클럽이 자네 그림을 거부한 건 정말 축하할 일이야. 지금 같은 이 시기에, 자네가 유행을 따르는 부류들과 어울린다면, 난 지금만큼 자네를 높이 평가하고 호감을 갖지 않았을 거야. 내가 누구보다 확신할 수 있는 건, 자네나 나는 나중에, 지금보다 훨씬 나은 작품을 만들 수 있다는 것과 지금 우리가 그리는 그림 역시 결코, 수준 이하가 아니라는 사실이야. 우린 우리 자신에게 혹독해야 하고 계속 앞으로 나아가야 해. 우리 작품을 비롯해 집에서, 거리에서, 병원 등 어느 곳에서든 우리 마음을 움직이는 대상을 감정을 담아 표현하고 그림을 그리려고 애쓰는 우리보다, 다른 성향의 작가와 작품들을 선호하는 사람들의 말 따위에 의기소침하거나 흔들릴 이유는 없어.

드 그루가 얼마나 심한 비판을 받고 험악한 일을 당했는지 자네가 알면 아마 경악할 거야. 우린 헛된 희망을 품어선 안 되는 거야. 대신, 이해받지 못할 경우, 무시당할 경우, 치욕을 경험할 경우를 대비해야 해. 그리고 그럼에도 불구하고, 용기와 열정을 잃어선 안 돼. 우리는 과거의 작품과 작가들에게 관심을 기울여야 해. 특히 20~30년 전으로 거슬러 올라가야 해. 나중에 라파르트와 빈센트도 퇴보한 화가 부류에 포함해야 한다는 말을 당연하게 듣지 않으려면 말이야. 이것만큼 심한 말이 있을까? 하지만 나는 진심으로 하는 말이야. 어쨌든 나는 힘들어도, 유행에 따르지 않고 내 길을 갈 생각이야.

Adieu, 마음으로 악수 청해.

자네를 사랑하는 친구, 빈센트

241네 ____ 1882년 11월 5일(일)

테오에게

네 편지와 동봉해준 내용물은 언제나 환영이다. 이제 네가 언급했던 그 문제를 본격적으로 다뤄야 할 것 같다. 그러니까 처음에는 나아진 것이라고 믿었던 혁신 같은 게, 막상 따지고 보니 예전 것만 못하다는 사실을 인정할 수밖에 없는 상황이 발생하면, 결과적으로 상황을 바로잡기 위해 능력 있는 사람이 필요해지잖아. 이 일에 대해 내가 아무리 잘난 척하고 떠들어봐야 달라질 건 없을 테니까 이 편지에 길게 설명하는 건 무의미할 거야.

하지만 네 말에 담긴 관점에는 전혀 동의할 수가 없다. "전 바람직한 변화가 자연스럽게 일어날 거라고 봅니다." 얼마나 많은 거장들이 이미 죽었거나 곧 우리 곁을 떠날 건지 떠올려봐라. 밀레, 브리옹, 트루아이옹, 루소, 도비니, 코로, 이 많은 자들이 더 이상 우리와 함께 살아가고 있지 않아. 더 거슬러 올라가면 레이, 가바르니, 드 그루(몇 명만 언급하는 거야)도 있고, 또 더 위로 올라가면 앵그르, 들라크루아, 제리코도 있어. 현대 예술이 나이를 먹는다고 생각해보고 저 위에 거론한 대가들 반열에 이미 나이 든 더 많은 화가들 이름을 더해봐라.

내 생각에, 밀레와 쥘 브르통까지는 지속적으로 발전이 있었어. 하지만 저 두 사람을 능가한다? 제발 그런 말은 하지도 마.

과거에 그들의 천재성에 버금가는 능력을 보여주는 화가가 있었을지는 모르지만, 과거에도, 현재에도, 그리고 미래에도 그들의 천재성을 능가하는 건 불가능해. 천재성에 버금가게 높은 위치까지는 도달할 수 있을지 몰라도, 그 산을 넘어갈 방법이 없기 때문이야. 이스라엘스를 밀레에 필적한다고 말할 수는 있지만, 그가 가진 천재성이 누군가를 넘어선다거나 혹은 그보다 못하다는 걸 논하는 건 사실 말이 안 돼.

그래, 예술은 이미 정점을 찍었어. 물론 앞으로도 아름답고 훌륭한 작품은 볼 수 있겠지만, 우리가 이미 본 것만큼 숭고한 작품은 쉽게 볼 수 없을 거다. 수년 내로 이런 유형의 *공황* 상태가 발생할 것 같아. 밀레 이후로 예술은 뒷걸음치고 있어. *쇠퇴*라는 단어가 종소리처럼 공공연하게(헤르코머의 글을 봐라) 울려 퍼지고 있잖아. 나를 포함한 몇몇은 조용히 관망만 할 뿐이야. 이미 까탈스럽고 무능한 사람이라는 명성이 있어서 목소리를 내봐야 소용도 없고. 하지만 이건 말로 보여주는 문제가 아니야. 마음은 유감으로 가득차 있지만, 작업으로 보여줘야지. 나중에 쇠퇴에 대해 가장 크게 목소리를 높이는 사람은 가장 뒤처진 사람들 자신일 게다. 목소리 큰 사람이 진실을 말하는 게 아니야. 바로 작품으로 말하는 거야. 밀레를 봐도 그렇고, 헤르코머를 봐도 그래. 그들은 달변가도 아니지만, 목소리를 내는 것도 마지못해서야.

이 이야기는 여기까지 하자. 난 네가 대가들을 잘 이해하는 사람이라고 생각해. 그리고 네가 도미에에 관해 얘기해준 것처럼 대가들에 대해 몰랐던 새로운 사실을 알게 되는 게 너무나 반가워. 국회의원들의 초상화 연작이나 〈삼등석 객실〉, 〈혁명〉 같은 유화 작품은 나도 전혀 모르고 있었어. 네 편지를 읽고 직접 그 그림들을 찾아볼 기회는 없었지만, 그 덕분에 내 상상력이 도미에의 인성에 큰 비중을 두게 되었어.

나는 너한테 최근 전시회 소식보다 이런 대가들 이야기를 듣고 싶어.

이제 네가 편지에 썼던 「비 모데른」 이야기를 해보자. 그러니까 뷔오가 약속했다는 그 새 종이에 대해서 말이야. 상당히 흥미롭게 들리더라. 내가 제대로 이해한 게 맞는다면 데생에 사용하는 종이로(석판화용 잉크일 것 같은데) 석판 위에 데생을 올려놓고 중간자, 그러니까 다른 데생 화가나 판화가나 석판공의 도움 없이도 판 위에 그림을 전사할 수 있다는 거잖아. 그렇게 인쇄물을 만들어서 무한정 복제화를 만들어낼 수 있다는 거지? 그러니까 원본의 복제화가 된다는 거잖아. 만약 그런 거라면 그 작업 방법에 대해 네가 아는 걸 모두 알려주면 좋겠다. 나도 한번 해봤으면 하는데 가능하면 종이도 구해주면 좋겠어.

네가 여기 오기 전에 내가 미리 시험해보면, 나중에 여기 왔을 때 사용법에 대한 이야기도 자세히 나눌 수 있을 거야.

머지않아 삽화 그리는 사람들의 손이 많이 필요하게 될 수도 있어.

이렇게 저렇게 만나는 모델들을 세우고 계속 습작을 늘려나가면, 내 바람이긴 하지만 구직에 유용한 그림 몇 점은 건질 수 있지 않을까 싶어. 삽화가로 버텨나가려면(과거의 모렝, 랑송, 르누아르, 쥘 페라, 쥘 보름스처럼) 다양한 습작이라는 실탄을 최대한 많이 비축하고 있어야 해. 너도 알다시피 지금 습작들을 차곡차곡 모으는 중인데, 기회가 되면 네가 직접 볼 수 있을 거야.

그나저나 네가 지난 편지에 샤프탈로 지점을 통해 보내겠다던 습작 소포는 아직 연락이 없다. 혹시 벌써 플라츠*에 도착한 건 아니겠지? 만약 그렇게 된 거라면 찾으러 가야겠다. 요즘 작업과 관련해서 유용하게 쓸 수 있는 것들이거든.

오늘 아침에 누굴 그렸는지 알아? 유대인 서적상, 블록을 그렸어. 다비트 말고 베이넨호프에서 서점을 운영하는 키 작은 사람 말이야. 그 사람 가족들을 다 그려보고 싶어. 다들 전형적인 특징을 가지고 있거든.

그림으로 그려보고 싶은 사람을 모델로 세우는 일은 정말 힘들어. 그래서 *포즈를 취해주겠다는 사람들을 그리고 있는데*, 언젠가는 내가 그리고 싶은 사람들을 꼭 그리겠다는 생각은 포

* 구필 화랑 네덜란드 헤이그 지점

기하지 않을 거야.

블록을 그리면서 너무 좋았어. 그 양반을 보고 있으니 몇 년 전 기억들이 새록새록 떠오르더라고. 다음 일요일에도 또 와주면 좋겠더라. 보통, 작업하다 보면, 그 결과에 만족하는 경우가 거의 드물지만 스스로에게 이런 불만을 품는 건 긍정적인 일이야. 더 잘하고 싶은 욕망을 담고 있기 때문이야. 그래도 인물화가 조금씩 쌓이고 있어서 무척 뿌듯하다. 그런데 그리면 그릴수록, 더 필요하게 되더라.

한 번에 모든 걸 다 해낼 수는 없겠지만, 언젠가는 말을 대상으로 몇 점을 그려야 할 것 같아. 그냥 길에서 스케치북에 *끄적*이는 게 아니라 제대로 말을 앞에 두고 모델로 삼아 습작을 만든다는 뜻이야. 모델로 삼을 노쇠하고 야윈 백마는 가스 공장 근처에 가면 있어. 그런데 무거운 짐을 잔뜩 싣게 하고 심하다 싶을 정도로 부려 먹는 마부가 우리 집까지 와주는 데 3플로린이나 내놓으라더라고. 일요일 오전에 그 사람 집으로 찾아가도 1.5플로린은 내야 할 거야. 그러니 비용은 네 상상에 맡길게. 내가 필요한 만큼, 그러니까 대략 습작 30여 점을 그리려면 몇 날 며칠 동안 그려야 하거든. 언젠가 더 좋은 기회가 있겠지.

여기저기 돌아다니면서 *짧게나마* 말을 그리는 건 어렵지 않을 거야. 말 주인들도 그림 그리는 데 동의해줄 테고. 그런데 제한된 시간 내에 원하는 걸 모두 다 할 수는 *없어*. 그래선 진척도 별로 없지. 되도록 그림을 빨리 그리려고 노력하지만, 그저 그런 습작에도 한 점에 최소한 30분은 걸려. 결과적으로 항상 포즈 문제로 되돌아오지. 예를 들어, 스헤베닝언에 나갔다가 해변에서 꼬마 하나와 남자 한 명에게 잠시 걸음을 멈추고 포즈를 취해달라고 부탁한 일이 있었어. 그런데 결과는 항상 마찬가지야. 그들이 좀 더 오랫동안 포즈를 취할 수 없는 게 아쉬울 따름이야. 사람이든, 말이든, 잠시 멈추는 걸로 턱없이 부족해.

내가 제대로 알고 있는 거라면 「그래픽」에 삽화를 제공해야 하는 삽화가들은 사무실에 마련된 화실에 가서 언제든 모델을 대상으로 그림을 그릴 수 있다더라. 디킨스는 자신의 소설에 삽화를 그리던 화가들이 잘못된 방식으로 그리고 있다고 지적했었어. 말하자면, 모델에게 노예처럼 의존하고, 그나마도 절반만 그린다고 말이야. "화가 여러분, 제발 당신의 최종 목표가 모델을 그리는 게 아니라, 모델을 이용해서 *당신의 생각과 영감에 형태 및 활기를 불어넣는 것*임을 기억하십시오. 프랑스 화가들을 봐요(아리 쉐페르 같은 이 말이요). 그들이 얼마나 당신보다 뛰어난지 보이죠?" *영국 화가들*이 이 말에 귀를 기울인 게 틀림없어. 모델을 보고 그리는 건 동일했지만, 더 다양한 관점을 바라보고 강렬하게 표현해서, 디킨스 시대의 화가들보다 더 그럴듯하고 고고한 구도를 찾아냈거든.

여기서 배워야 할 게 두 가지 있어. 절대 진리며 서로 상호보완적이라고 할 수 있는데, 첫째, 상상력을 억누르지 말고 모델에 의존하지 않기, 둘째, 모델을 보고 그리되 제대로 관찰하기. 그러지 않으면 상상력이 구체화 될 수 없기 때문이야.

네 편지를 받았을 때, 당장 지불해야 할 것들이 몇 가지 있었어. 그래서 하는 말인데, 늦더라도 11월 10일까지 돈 좀 보내줄 수 있으면 좋겠다.

그리고 뷔오가 말했던 그 방식 말이야, 그거 내가 관심 많다는 부분도 알아주고. 활용하는 법을 알게 되면 적극적으로 활용해보고 싶거든.

Adieu. 악수 청한다.

너를 사랑하는 형, 빈센트

요즘 여기 새벽 풍경이 어떤지 알아? 환상적이야. 뤽상부르 궁에 보관된 브리옹의 유화 〈홍수의 끝〉 같은 분위기가 펼쳐져. 지평선 위로 보이는 붉은 빛줄기와 그 위로 보이는 비를 잔뜩 머금은 비구름을 말하는 거야. 보고 있으면 풍경 화가가 돼야 할 것 같은 기분도 들어. 브리옹 시대와 우리 시대를 비교해봐. 과연 지금, 더 나아졌을까? 글쎄다.

당연히 지금이 더 생산적이지. 그렇지만, 난 현대 회화도 좋아하지만, 전통적인 기법으로 그린 옛 풍경화들이 볼 때마다 좋더라. 한번은, 스헬프하우트 그림 앞을 지나다가 이렇게 생각한 적도 있어. 볼 필요도 없군.

하지만 현대적 기법은, 화려한 매력은 있지만, 강렬하고 날카롭고 긴 여운은 남기지 못하더라. 현대 회화들을 한참 감상하다가 스헬프하우트, 세제, 율러스 박하위전 등의 소박한 그림을 다시 마주하면 짜릿한 쾌감이 느껴지거든. 내가 의도적으로 진보에 대해 회의적인 감정을 품는 게 아니야. 오히려 내 의지와 상반되게 그런 감정들이 나도 모르게 튀어나와. 현대 회화로는 채워지지 않는 공허함이 갈수록 커지는 거야.

좋은 예를 찾다 보니, 예전에 코르 삼촌 댁에 가서 본 자크의 오래된 판화가 떠오른다. 최소 10년은 넘었지. 〈계절〉이란 제목의 판화 시리즈야. 연간 특별판에 수록되는 동판화 식으로 만들어진 작품들인데 어쩌면 그것보다 더 오래돼 보이기도 했었어. 향토적 색조는 후속작에 비해 떨어지지만, 데생의 선이 뭔가 밀레를 연상시켰어. 봐봐, 오늘날 잡지의 수많은 스케치들은 그런 특징들, 내가 자크의 작품에서 예로 들었던 진짜 투박한 시골풍 개성들을 대체할 만큼의 *뚜렷한 우아함도 보이진 않는다*.

그 원인을 작가들의 삶과 그들의 인간성에서 찾아야 하는 건 아닐까? 네가 어떤 경험을 했는지 잘 모르겠지만, 요즘은 흐린 날에도 긴 산책을 나서는 사람들을 자주 볼 수 있지 않아? 너도 나처럼, 기쁜 마음으로 즐길 수 있을 거야. 그런데 많은 사람들이 이런 산책을 반기지 않아. 심지어 화가를 만나 대화를 해봐도 흥미로운 경우가 거의 *없어*. 마우베 형님은 무슨 말을 하고 있는지 명확하게 보이도록 설명을 잘하는 편이야(물론 본인이 원할 때만 그렇지만). 아마 다른 이들도 마찬가지일 거야. 그런데 넌 어느 화가와 이야기를 하는 순간, 정말 그 현장에 와 있는 듯한 기분을 강렬히 느낄 수 있다고 생각하니?

멀리 갈 것도 없이, 이번 주에 포스터가 쓴 『찰스 디킨스의 삶』에서 런던 교외에 있는 햄스테드 황야로 긴 산책을 다닌 이야기 등을 읽었어. 긴 산책의 궁극적인 목적은 교외 한적한 곳에 있는 낡은 여인숙에서 베이컨과 달걀 요리를 먹기 위해서였다고 해. 기분 좋고 유쾌한 산책을 통해 디킨스는 새로운 작품을 구상하거나 등장 인물에게 어떤 변화를 줄지 고민했대.

요즘은 뭐든 너무 서두르고 부산스러워서 즐겁지가 않고, 재미라고는 전부 죽어버린 것 같아. "바람직한 변화가 일어날 거"라는 네 기대가 이뤄지길 바란다만, 어째 나로서는 그게 "퍽 자연스러울" 것 같지는 않구나.

어쨌든, 이제 말싸움 따위는 중요하지 않아. 그런 시대는 이미 지나갔어. 각 진영의 지지자들은 무언가를 보여주거나, 무언가 보여주는 일을 도와야 하는 거야.

수채화를 다시 시작했어. 여성 인부들이 석탄 자루를 이고 눈길을 걷는 장면이야. 이 그림을 그리기 위해서 인물 데생 습작을 12점 그렸고 얼굴은 3회 그렸어. 그런데 아직 다 완성하진 못했다. 수채화에 효과를 좀 넣긴 했는데 아직 강렬하다는 느낌은 안 들어. 실상은 밀레의 〈이삭 줍는 여인들〉하고 비슷한 분위기인데, 조금 더 간소한 편이긴 해. 결과적으로 눈 내린 효과를 부각시키면 안 될 것 같은 게, 일시적인 효과에 불과할 것 같고, 풍경화에 방점을 찍는 게 아니라면 굳이 그런 효과가 있을 필요는 없을 것 같아서. 지금 이 습작 그대로도 네 마음에 들겠지만(다른 것들에 비해 가장 성공한 습작이니까) 처음부터 작업을 다시 해야 할 수도 있을 것 같아. 이 습작들은 아마 「비 모데른」에 딱 맞는 그림이 될 거야. 네가 말했던 그 종이를 받는 즉시, 이 인물화 중에서 *하나* 골라 시험해볼 생각이거든. 그런데 아무래도 여인들이 모여 있는 작은 그림하고 또 다른 무리를 그린 작은 그림이 될 것 같다.

242네 ____ 1882년 11월 7일(화) 추정

테오에게

판화 기술에 대한 더 상세한 정보를 기다리는 동안, 스뮐더르스의 인쇄업자한테 도움을 받아 석판화 하나를 완성했어. 첫 시도의 결과물을 너한테 보낼 수 있어 정말 기쁘다. 이 석판화는 미리 준비한 종이에 그린 건데, 아마 뷔오가 말했던 그 종이와 비슷한 걸 거야.

그나저나 당장이라도 「비 모데른」의 종이하고 내가 스뮐더르스에서 산 종이하고 비교하고 싶다. 내가 산 건 제법 비쌌어. 장당 1.75플로린인데 품질은 아주 좋아.

네가 보면 알겠지만, 이 데생은 거의 휘갈기듯 그렸어. 내가 만든 석판화가 지금보다 석판화에 대한 관심이 많았던 예전 시대의 작품들을 떠올리게 할 수준만 돼도 만족스러울 거야.

5플로린이면 100장쯤 찍을 수 있고, 조금만 더 주면 석판도 가질 수 있어.

네 생각에, 그렇게 해도 괜찮을 것 같아? 나는 다른 것도 해보고 싶거든. 예를 들면, 인물화

30점 연작 같은 거 말이야.

그런데 우선 네 의견부터 알고 싶다.

내 생각은 이렇게 해보는 것도 방법일 것 같아. 그러니까 다른 이들을 끌어들이지 않고, 우리 사비로 인물화 30점을(대충 그린 게 아니라, 판에 새겨서) 찍어서 보여주면, 삽화 전문 잡지 편집자들처럼 나중에 우리가 상대할 사람들한테 좋은 인상을 심어줄 수 있을 거야. 어쨌든 사업과 관련된 부분은 나보다 네가 훨씬 더 잘 알 테니까, 나중에 기회가 되면 다시 얘기해보자.

그나저나 석판화 기술에 대한 정보는 최대한 많이 알아서 가르쳐주기 바란다. 석판화용 잉크는 어디에 작업해야 하는 건지, 그 잉크로 작업한 그림은 뭐든 찍을 수 있는 건지 등등.

방금 모델이 도착했어. 베자위덴하우트에서 도로 청소하는 인부야. 악수 청한다.

너를 사랑하는 형, 빈센트

가능한 생활비는 10일을 넘기지 않으면 좋겠어. 이것저것 필요한 게 생겨서 그래.

편지에 몇 줄 더 적는다.

아마 뷔오가 이 인쇄물을 직접 보면, 더 유용하고 자세한 설명을 해줄 수 있을 거야.

반응이 좋으면 좋겠다. 그런데 석판화 기술보다 백 배나 중요하다고 생각하는 건 바로 데생이야. 내 주머니 사정이 허락하는 한, 최대한 모델을 세우고 데생을 하는 중이야. 나중에 삽화를 제공할 기회가 찾아올 때를 대비해 버티는 동안 데생이라는 실탄을 최대한 많이 보유하고 있어야 한다는 거, 너도 잘 알잖아. 또 그 과정에서 주요한 작품이 탄생할 수도 있는 거고. 먹고사는 문제를 해결할 수단을 거부하는 건 아니지만, 맹목적으로 서두르거나, 당장 눈앞의 일자리에 급급해하는 것보다 *더* 중요한 건 데생 목록을 채우는 거야.

지금 당장 내 데생을 받아주는 곳이 없다고 해도 내가 잃는 건 없어. 그리고 그만큼 많은 데생을 그려놓으면 나중에 정말 괜찮은 것들이 나올 수도 있고. 조만간 데생 화가들을 찾는 일이 늘어난다고 해도 나한테는 전혀 놀랄 일이 아니야.

이런 기술을 지금까지 모르고 있었다는 게 정말 아쉽다. 브뤼셀 시절에 석판공 밑에서 일자리를 구해보려 애쓰곤 했었는데 다들 손사래만 치더라. 다른 일을 배워보고 싶었거든. 석판화 제작과정을 직접 보고 배우고 싶었는데, 나 같은 사람은 필요하지 않대.

시모노 앤 투베이란 곳이 그나마 가장 덜 적대적인 곳이었어. 그 사람들 말이, 젊은 친구들을 키우고 싶긴 하지만 별로 남는 것도 없고, 인력도 충분한데 사업도 침체기라더라고. 그래서 드그루하고 롭스의 복제화 얘기를 했더니, 요즘은 그런 데생 화가들이 전혀 없다더라. 그때 내가 여기저기를 돌아다니다 깨달은 건, 석판화가 거의 사라지고 있다는 사실이었어.

하지만 최근에 발명된 이 종이는 사람들이 석판화 시장을 되살리고 싶어 하는 증거지.

어젯밤에도 가바르니 작품을 들여다봤어. 볼 때마다 감탄을 금할 수 없다.

이번에 시도한 걸 보고 내가 최상의 결과를 얻기 위해 최선을 다하고 있다는 사실을 알아주면 좋겠다. 내가 어떻게 이걸 만들게 됐는지 너한테도 얘기했었지? 스뮐더르스에 가서 네가 편지에 말했던 종이에 대해 얘기했더니 거기도 있다고 그러더라고.

주인 양반, 내가 종이를 사가서 몇 시간 뒤에 데생을 만들어 오니까 좀 놀라긴 하더라.

혹시 좀 여유가 큰 다른 복제화가 필요하지는 않니?

땅 파는 사람 둘을 또 그렸거든.

이 판형이 너무 크다고(그럴 것 같지는 않은 게, 데생에 힘이 넘치거든) 생각되면 격자판을 써서 정확도를 잃지 않고 크기를 절반이나 3분의 1 크기로 줄일 수 있어. 단, 먼저 종이 위에 있는 걸 지우는 방법부터 알아야 해. 어쨌든 해법을 찾을 거야.

이번에 보내는 복제화를 통해 내가 가지고 있는 여러 습작들이 어떤 분위기인지 파악할 수 있을 거다. 지난 편지에 얘기했던 것들 말이야.

243네 ____ 1882년 11월 10일(일)

테오에게

일요일이 되면 그냥 너한테 편지를 쓰게 되네. 오늘도 마찬가지다. 얼마 전에 도데의 『나바브』를 읽었어. 대단한 작품이었어. 아! 나바브와 은행가, 에메를렝그가 새벽녘, 페르 라셰즈 묘지를 거니는 동안 발자크의 흉상이 하늘을 향해 검은 그림자를 만들어내면서 두 사람을 내려다보는 그 장면. 마치 도미에가 그린 한 장면 같았어. 네가 그랬지, 도미에가 〈혁명 : 드니 드수 La Révolution : Denis Dessoubs〉를 구성했다고. 그때까지만 해도 나는 드니 드수가 누구인지 몰랐어. 그런데 빅토르 위고의 『어느 범죄의 역사』라는 에세이를 읽다가 접했어. 대단한 인물인 것 같아서 도미에의 데생이 정말 궁금하더라. 파리와 관련된 책을 읽는데 어찌 네 생각이 안 나겠냐. 파리 책 한 권만 읽게 되면, 또 머릿속에 헤이그가 그려지곤 한다. 헤이그는 파리보다 작은 도시지만, 왕궁이 갖춰진 도시이자 그에 걸맞은 전통을 지닌 곳이기도 해.

네가 지난번 편지에 이런 말을 썼더라. 자연은 어마어마한 수수께끼 같다고. 추상적인 삶은 이미 그 자체가 수수께끼야. 현실은 그 삶을 또 다른 수수께끼 속의 수수께끼로 만들어버리지. 그런데 이 수수께끼를 풀겠다는 우리는 도대체 누구일까? 어쨌든, 우리는 도대체 천국으로 가는지, 지옥으로 가는지, 운명의 방향을 묻고 있는 이 사회에서 먼지에 불과한 존재일 뿐이야.

“Pourtant le soleil se lève(그래도 태양은 떠오른다).” 빅토르 위고가 말했어.

아주 오래전인데, 에르크만-샤트리앙의 『친구, 프리츠』를 읽었어. 소설 속 늙은 랍비의 말이 여전히 마음속에 남아 있다. ‘Nous ne sommes pas dans la vie pour être heureux mais nous devons tâcher de mériter le bonheur(우리는 행복하려고 태어난 건 아니지만, 행복할 자격을 갖추도록 노력해야 한다).” 현학적 분위기가 물씬 풍기는 말이긴 해. 하지만 공감이 가는 등장인물인 늙은 랍비, 다비드 시쉘의 입에서 나온 말이라고 생각하면 진심으로 마음에 와닿는 말이라 여전히 뇌리에 남아 있어. 그림 그리기도 마찬가지야. 그림이 당장 팔려나갈 거라고 기대해선 안 되지만, 팔릴 가치가 있고, 그런 특징을 가진 그림으로 그리는 건 우리의 의무야. 내 상황이 아무리 절망적이라 해도, 무기력해지거나 무관심해지면 안 되는 거야.

석판화로 만들어볼 그림 선택은 아무리 고민해도 결론이 안 난다. 어떻게 해야 할까? 어쨌든, 고민으로 끝낼 마음은 없어서 다시 데생 2점을 그리는 중이야. 하나는 머리에 석탄 자루를 이고 가는 여성이야. 후경으로 광물 집하장이 보이고, 지붕과 굴뚝이 그림자로 나타나는 거야. 다른 하나는 빨랫대야 앞에 있는 여성을 그렸어.

내가 벌써 마음의 결심을 내려서 데생만 하는 건 아닌지 걱정할 필요는 없다. 석판화 시도를 하려면 아직은 조금 더 기다려야 해. 지금 가진 돈으로는 진행할 수가 없거든. 그래도 어쨌든 결과는 긍정적일 거야.

가끔, 런던에 다시 가보고 싶은 마음이 강하게 일 때가 있어. 인쇄술하고 목판화 기술에 대해서 더 많은 걸 배워보고 싶거든.

내 안에서 어떤 힘 같은 게 느껴져. 솔직히 그 힘이 어느 방향으로 향할지는 모르겠지만 이 불씨를 꺼뜨리지 않고 살려서 계속 키우고 싶어. 비록 그 결과가 서글프더라도 놀라거나 충격 받지 않을 거야. 지금 같은 시기에 무얼 더 바라겠어? 어떤 운명이 상대적으로 더 행복할까?

어떤 경우에는 승자보다 패자가 되는 게 나을 때도 있어. 한 마디로, 주피터가 되느니 프로메테우스가 낫다는 거지. 옛말에도 있잖아. ‘일어날 일은 결국 일어나고야 만다.’

그건 그렇고, 강렬한 인상을 심어준 작품을 만났는데, 누구 작품인지 알아? 쥘리엥 뒤프레(이 사람, 혹시 쥘 뒤프레의 아들인가?)의 복제품들이야. 하나는 풀 베는 사람 두 명을 그렸고, 다른 하나는 「르 몽드 일뤼스트레」에 실린 대형 목판화인데 목초지에서 젖소 한 마리를 끌고 가는 아낙네를 표현한 거야. 아주 근사했어. 두 작품 모두 환상적인 데다 힘이 넘치고 대단히 사실적이야. 가만히 보고 있으면 피에르 비에Pierre Billet나 뷔탱의 그림이 떠올라.

그리고 다냥-부브레Pascal Adolphe Jean Dagnan-Bouveret의 인물화 여러 점도 봤어. 〈구걸하는 사람〉, 〈결혼식〉, 〈사고〉, 〈튈르리 공원〉.

이 두 사람은 온몸으로 자연과 맞부딪혀 싸우는 사람 같은 느낌이 들어. 자연에 굴복하지 않고 단단한 두 주먹으로 버티는 사람들. 예전에 〈사고〉란 작품에 대해 말했었는데 직접 보니 정말 괜찮은 작품이더라. 어쩌면 이들 작품에는 밀레의 작품에서 느껴지는 거의 종교적인 경건하고 숭고한 감정은 부족할 수 있어. 뭐, 밀레만큼 뛰어난 사람들은 아니니까. 밀레처럼 따뜻한 사랑의 감정이 부족하기 때문일 수도 있어. 그렇더라도 두 사람 작품에는 뛰어난 면이 많이 있어. 물론, 내가 본 건 다 복제화지만, 원본에 없는 걸 나중에 만들어낼 수는 없잖아. 그건 그렇고, 토머스 파에드의 작품의 진가를 알아보기까지도 아주 많은 시간이 걸렸다. 그래도 이제는 주저하지 않고 그렇게 생각해. 예를 들면 〈캐나다 산간벽지 숲의 일요일〉, 〈집과 노숙자〉, 〈지친 노인〉, 〈가난한 이들〉, 〈가난한 사람의 친구〉 등, 그레이브스가 출간한 연작 등이 아주 괜찮아.

에턴에서 그렸던 예전 데생들을 다시 손봤어. 여기서도 잎이 다 떨어진 버드나무를 봤거든. 그 순간, 작년에 봤던 풍경들이 머릿속에 떠오르더라. 가끔은 풍경화를 그리고 싶다는 강한 욕망이 일 때가 있어. 머리를 식히고 싶을 때 긴 산책을 나서듯이 말이야. 자연에 나가면, 나무들 사이에서도 어떤 표현, 어떤 영혼 같은 걸 발견할 수 있어. 줄지어 선 버드나무들은 마치 줄지어 선 구빈원 노인들의 행렬처럼 보이기도 해. 아직 여물지 않은 밀밭은 이루 말할 수 없이 순수하고 부드러운 느낌을 내뿜는 것 같은데 그게 꼭 막 잠든 아기를 보고 있을 때 느끼는 감정과 비슷하기도 하다.

발로 밟고 지나간 길옆의 잔디는 피곤에 지치고 꾀죄죄한 빈민가 사람들처럼 보여. 마지막으로 눈이 내렸을 때, 얼어버린 초록색 양배추 몇 개를 보고 있자니, 이른 아침 얇은 옷에 낡은 숄을 걸치고 뜨거운 물과 숯을 파는 가게 앞에 모여 있는 여인네들이 떠오르더라.

석판화로 만들고 싶은 인물화는 가장 큰 문제가 30여 점 정도 되는 전체를 모아 하나처럼 보이게 하려는 건데, 그러려면 일단 인물화를 30여 점 이상 그려야 한다는 거야.

일단 그림을 다 그리는 게 첫 번째 단계야. 두 번째가 석판화 작업인데 그건 전체를 다 모아서 하기 전에 하나씩 작업하는 게 훨씬 쉬울 것 같아. 아마, 내가 그림을 다 그리는 것보다, 네가 여기 오게 되는 게 더 빠를지도 몰라. 아니, 확실할 거야. 그렇게 되면 더 다각도로 얘기해볼 수 있을 것 같다.

여기선 초등학교 교육용 교재로 비슷한 걸 만들었어. 슈미트 크란스Johan Michaël Schmidt Crans의 석판화 연작 24점인데 나도 얼마 전에 봤어. 전체적으로 보면 좀 무미건조하다는 걸 너도 느낄 거야. 작가의 성격을 보더라도 그렇다는 걸 이해할 수 있을 정도니까. 그런데 학교에서는 적극적으로 그 작품을 활용하는 것 같더라. 그런 형편 없는 것에 만족해야 한다는 사실이 개탄스러워. 그것도 학생들을 교육하는데 말이야. 하물며 교육이 이 정도면, 나머지는 어떻겠냐.

아우야, 도데의 『나바브』는 꼭 읽어봐라. 정말 걸작이야. 주인공은 *선량한 악당* 정도로 볼 수 있을 것 같아. 세상에 이런 사람이 정말 있기는 할까? 난 그럴 거라 생각한다. 도데의 작품에는 많은 감정이 묻어나. 『망명한 왕가』에 등장하는 'aux yeux d'aigue marine(옥색 눈동자를 가진)' 여왕 같은 경우를 봐도 그래.

기분이 우울할 때면 사람 없는 해변에 나가 넘실대는 파도가 길게 이어지는 회녹색 바다를 보고 있는 것도 좋아. 그런데 무언가 대단하고 무한한 것, 신의 존재를 입증해줄 수 있는 무언가가 필요하면 멀리 갈 것도 없어. 나는 아침에 눈을 떠서 요람 위로 쏟아지는 햇살이 좋다고 까르르 소리 지르는 아기의 눈동자 속에서 바다보다 심오하고 진지하고 위대한 무언가를 본다. 천상의 빛이라는 게 있다면, 바로 이런 게 아닐까.

à Dieu, 아우야. 마음으로 악수 청한다.

너를 사랑하는 형, 빈센트

244네 ___ 1882년 11월 14일(화)

테오에게

혹시 내가 지난번에 보낸 편지를 받았는지 궁금해 몇 자 적는다. 편지하고 석판화 인쇄물을 넣은 두루마리를 우편으로 보냈거든.

왜 그런지 몰라도, 내가 보낸 게 너한테 가지 않고 중간에 분실됐거나 네가 보낸 편지가 사라졌다고 생각하게 된 이유는 벌써 11월 14일인데, 너한테 아무런 소식도 받지 못해서야. 닷새나 엿새 전부터, 말 그대로 빈털터리로 지내고 있다. 그래서 그림도 제대로 못 그리고 있어. 적어도 내가 원하는 만큼은.

편지와 생활비 그리고 내가 물어본 석판화 제작 기법과 석판화용 잉크 정보까지 한 번에 보내려다 보니 오래 걸리는 거라고 생각한다.

당장 오늘이라도 내 추측이 옳았다는 게 증명되면 좋겠다.

그런데 이런 상황이 발생할 때마다 신경이 곤두서는 게 사실이야. 혹시 내가, 네가 탐탁지 않게 여기는 말이나 행동을 한 건 아닌지 걱정을 안 할 수가 없거든. 그러다 보니, 간밤에 머리를 감싸쥐고 고민했어. 혹시 내가 석판화 복제화 만드는 걸 네가 싫어하는 건 아닐까, 내가 삽화집을 출간하고 싶어 안달이 난 거라 결론 내린 건 아닐까 하면서 말이야. 이런 오해가 생길까 항상 노심초사하며 지낸다는 소리야. 그런데 그런 건 아무것도 없어. 혹시 모를 오해의 소지를 없애기 위해, 너한테 하고 싶은 말은, 삽화집을 출간하고 싶다는 것과 기술을 배우기 위해 시도하는 건 엄연히 다른 차원의 문제라는 사실이야.

삽화집 출간은 내가 무슨 시도를 하기 전에 당연히 너와 상의해야 할 문제야. 그런데 지금은 그런 생각은 해본 적도 없어. 너도 알다시피, 내가 걱정하는 건 오로지, 내 데생 실력이고 내 작품의 예술성뿐이야. 그런 시도도 이런 노력의 일환일 뿐이기 때문에 열심히 하는 것도 당연한 거야.

라파르트도 예전에 동판화로 비슷한 시도를 했어. 인쇄물도 만들었지. 그런데 예술가가 자기 작품을 인쇄물로 만드는 게 곧 출간을 염두에 두고 있다는 뜻은 아니잖아. 장사와 전혀 상관 없는, 전적으로 개인적인 시도일 뿐이라고. 나한테는 너무나 자명한 일이지만, 이미 말했듯이 혹시 내 시도를 네가 다른 뜻으로 오해한 건 아닌지, 밤새도록 고민했어. 아직도 너한테 아무 소식이 없는 게 너무 이상했거든.

더 이상 이런 문제로 고민할 일이 없으면 좋겠다. 오히려 내가 부탁했던 그 기술과 정보를 최대한 많이 알아냈으면 좋겠어. 그러니까 너한테 그 기술을 배웠으면 좋겠다는 거야.

지난주에는 남아 있던 인쇄용지로 〈슬픔〉을 만들어봤어. 지난 편지가 너한테 오해를 불러일으킨 게 아닐까 걱정했던 이유는 바로 이 내용 때문이야. 그러니까 우리 자비로 복제화를 만들어 보여주면, 삽화 전문 잡지 편집자들처럼 나중에 우리가 상대해야 할 사람들한테 좋은 인상을 심어줄 수 있을 거라는 말 말이야.

그런데 내 말은, 돈벌이할 목적으로 우리 돈을 들여 복제화를 출간할 생각을 한 게 아니야. 그런 생각은 단 한순간도 한 적 없어. 하지만 일자리를 찾아다녀야 할 때, 뭐라도 보여줄 게 있으면 좋잖아. 힘들게 설명할 필요도 없어지고 효과적이기도 하고.

조만간 내가 그린 게 대중들의 손에 들릴 수도 있겠지만, 딱히 큰 관심은 없다. 솔직한 심정을 말하면, 별로 반갑지 않아.

그저 두 가지 이유가 있었어. 우선은, 만약 잡지사에 취직이 되면 당연히 해야 하는 일이니까. 두 번째로(혹 일어날 수도 있어서 미리 생각해두는 건데), 조만간 내가 전체를 이루는 작품, 그러니까 시류를 읽고 사상을 표현해내야 하는 그림을 그린다면 그땐 반드시 출간할 테니까. 하지만 당연히 너와 충분히 논의한 후에, 그리고 그걸 출간해줄 사람이 나말고는 아무도 없을 때에만 그렇게 할 거야.

돈을 벌기보다는 돈을 쓰는 일이지. 전적으로 예술을 위해서이지, 이윤을 남길 수는 없어. 내가 그런 일을 벌이게 된다면, 무조건 네게 전부 다 알릴 거야. 작품에 관해서든 출간에 관해서든, 차라리 아무것도 안 하면 모를까, 네게 말하지 않을 일은 절대 없어.

그러니 혹시 내가 출간을 염두에 두고 무언가를 하고 싶어 한다고 오해했다면(그건 아니라고 생각은 하면서도, 달리 설명할 길이 없다 보니 내가 했던 말을 의심하게 됐어), 전혀 그렇지 않다고 다시 한 번 강조해서 말한다. 그리고 이후의 것도 단순히 새로운 시도일 뿐이야. 동판화나 석판화를 제작하거나 어떤 식으로든 데생을 만들어내는 사람들이라면 새로운 기술에 익숙해지고 흑백이라는 색의 강점을 파악하기 위해서 꼭 알아야 할 것들이야. 어느 예술가가 성공적인 복제화 여러 장을 만들어내면, 그 사람을 따라 하는 대다수의 사람들은 (어쨌든 나는) 당연히 그 작품을 예술적 차원의 출판물이라고 여기지, 상업적 목적을 가진 출판물로 생각하지 않아.

예를 들어, 데생을 보여주는(그 데생의 복제 인쇄물을 보여주나, 결국 똑같은 거지만) 것 같은 이런저런 행위가 오해를 불러일으킬 수 있고, 또 너무 자만심에 찬 모습으로 비칠 수 있다는 걸 경험을 통해 알았더라면, 그런 생각은 하지도 않았을 거야. 이렇게 장황하게 설명하는 이유는 아직 너한테 아무 소식이 없기 때문이야. 언제나 호의적이었던 너를 생각하면, 네 침묵의 이유를 내 편지가 아니라 다른 일에서 찾아야 할 것 같기는 해.

Sorrow
Vincent

내가 이미 편지에 적긴 했지만, 내 그림을 보면 내가 어떤 의도를 가지고 있었는지 네가 보다 명확히 알 수 있을 거야. 인쇄물은 (특히, 〈슬픔〉의 경우) 원본에 비해 강렬한 느낌이 두드러지는 것 같아. 아마 석판화용 연필 때문일 거야. 원본의 회색 색조하고 간결한 분위기를 최대한 살렸기 때문에 습작만으로 석판화에 힘을 불어넣을 수 있었어. 내가 언젠가 잡지 삽화가로 일하게 되면, 이런 식으로 일하고 있다는 걸 알릴 수도 있어.

아직 답장하지 않은 거라면, 이 편지를 받고 바로 답장해주기 바란다. 사정이 좀 팍팍해서 말이야. Adieu. 악수 청한다.

너를 사랑하는 형, 빈센트

245네 ―― 1882년 11월 16일(목) 혹은 17일(금)

테오에게

오늘에야 네 편지를 받았다. 정말 고마워. 11월 9일에 지폐를 동봉해 보냈다는 네 편지가 분실된 일은 참 난감했지만, 다른 이유로 네 편지가 늦어졌던 게 아니라서 마음은 편하다.

내가 얼마나 걱정했는지, 너는 상상도 못 할 거야. 우편물 분실신고를 하러 당장 우체국으로 달려갔더니, 큰 기대는 말라더라. 조사가 이루어지려면 뭐를 하더라도 파리에서 진행돼야 한대. 어쨌든 찾을 수 있기를 바라지만 기대하는 건 무리일 것 같아. 아무래도 50프랑이 어딘가로 사라진 게 아닐까 싶다. 본격적으로 석판화 인쇄물 시험을 하기 위해 한 푼이 절실한 순간에 말이지. 그나저나 내가 보낸 첫 번째 석판화 인쇄물이 어느 정도 네 마음에 든다니 정말 다행이다. 그리고 처음으로 찍어본 〈슬픔〉 인쇄물 동봉한다. 헤이여달에게 보낼 확대판과 뷔오에게 보낼 다른 인쇄물도 같이 보내는데, 크기 때문에 우체국에서 받아줄지는 잘 모르겠어.

일단 마음에 드는 걸 네가 가져도 상관없지만, 처음으로 찍은 것들에는 초판이라는 문구를 적어넣었어.

내일은 석판을 받으러 스뮐더르스 가게에 갈 생각이야. 너한테 하는 말이지만 이런 식으로 아름다운 연작을 구성할 수 있으면 행복할 것 같아.

지금은 땅 파는 사람들을 데생 하고 있어. 이 그림은 결과물이 잘 나올 것 같아.

날이 정말 춥다. 눈도 오고 모든 게 얼어붙는데, 보기에는 아름다워.

석판화 인쇄물 두루마리에 보면 와트만지에 그린 연회색 작은 데생이 있을 거야. 그 그림에 대해 네 의견을 묻고 싶어. 그러니까 이렇게 생긴 데생을 복제할 방법이 있을까? 이런 데생이 「비 모데른」에 잘 어울릴까?

그리고 혹시 「비 모데른」 과월호 몇 개를 부탁해도 될까? 나는 가진 게 거의 없기도(세 권 정도) 하고, 있는 것도 다 오래된 것들이야. 최신호들은 좀 어떤지 직접 확인하면 좋을 것 같아서.

근처에서 아무리 찾아봐도 안 보이더라고. 빨리 받을수록, 나한테는 여러모로 좋아. 지금 다양한 방법을 찾아보는 중이고 「비 모데른」에 수록된 복제화들이 아무래도 그것들을 어떻게 활용할 수 있을지, 좋은 본보기가 될 것 같아서 말이야. 그런데 이런 식으로 매번 너를 번거롭게 해서 정말 미안하다는 사과부터 하고 싶다.

이번 주에 아버지가 갑자기 불쑥 다녀가셨어. 무슨 모임 참석차 시내에 나오셨다더라.

라파르트가 편지했어. 「릴뤼스트라시옹」에 폴 르누아르가 광부들을 대상으로 그린 데생 연작이 소개되었대. 아직 보지는 못했는데, 혹시 오가는 길에 가판대에서 '자위트 홀란츠 코피하위스에서나 굴러다닐 법한 것'을 팔고 있거든 하나만 사서 보내주면 정말 고맙겠다. 근사할 것 같더라고.

내가 좋아하는 것들을 말하면 너무 자만심에 들떴다고 (혹은 그 비슷한 말 등) 할지 모르겠지만, 란에 있는 스뮐더르스 지업사 창고 관리인이 내가 만든 고아 남자 석판을 보더니, 집에 걸어 두고 싶은데 복제화 하나만 줄 수 없겠느냐고 묻더라. 평범한 인부가 내가 만든 그림의 복제화를 자기 집이나 화실에 걸어 두고 싶어 한다니, 이것만큼 만족스러운 결과가 또 어디 있겠냐.

헤르코머의 이 말에는 진심이 담겨 있다고 생각해. "이건 실질적으로 대중이라는 여러분들을 위해 만든 것입니다."

물론, 그림이 예술적 가치는 가지고 있어야지. 하지만 그렇다고 길 가는 행인의 마음에 들지 말아야 한다는 법도 없잖아. 처음으로 만들어본 이 복제화에 어떤 가치를 부여할 생각은 없지만, 진심으로 이게 긍정적인 결과로 이어지기를 바랄 따름이야.

50프랑 분실사건은(영영 못 찾는 건 아닌지 걱정이긴 하지만) 너나 나한테는 난처한 일이야. 특히나 이런저런 시험을 해야 할 단계인데 말이야. 그렇다고 낙담할 필요는 없어.

지금 그리고 있는 이 데생들을 너한테 진짜 보여주고 싶다. 너한테 소식이 없는데 그 이유도 알 수 없어서, 애간장이 다 타들어갔다. 이번에 동봉해 보내는 걸 네가 어떻게 생각할지 정말 궁금하다. 네가 시간 날 때 말이야. 그리고 도미에에 대해서도 더 나눌 얘기가 있다는 거, 잊지 말았으면 한다. 물론 그것도 네가 시간 날 때 해주면 되는 일이야. 네가 아무 때나 편지를 쓸 수 있는 처지가 아니라는 거 나도 잘 알아. 잘 있어라, 아우야. 다시 한 번 고맙고, 마음으로 악수 청한다.

너를 사랑하는 형, 빈센트

오늘 밤에는 졸라의 『가정식Pot-Bouille(家庭食)』을 읽을 생각이야.

라18네 ___ 1882년 11월 말 추정

친애하는 라파르트

인쇄소 가는 길에 자네 편지를 가지고 온 집배원과 마주쳤어. 우선, 자네 제안에 대해서는 진심으로 고맙게 생각해. 그 부분에 대해서는 조만간 답장할게. 먼저, 이번에 네 번째 석판화를 찍었다는 걸 알려주고 싶어. 그래서 편지와 함께 자네한테 없는 복제화 3점을 동봉해 보내는 거야. 그중 2점은 아직 손을 좀 봐야 해. 〈땅 파는 사람〉하고 〈커피 마시는 노인〉. 〈커피 마시는 노인〉은 데생으로 그리는 게 훨씬 나았을 것 같아. 석판화 전용 잉크를 사용했는데 종이에 전사되는 과정에 문제가 좀 있었는지 데생의 묘미가 영 사라져버렸어. 게다가 흑백 그림이 생명력이 더 넘치고, 선영(線影)도 주름의 방향이나 형태 처리가 훨씬 나아 보여. 〈땅 파는 사람〉도 마찬가지이긴 하지만 전체적으로 보면, 그림 속 인물이 하는 일에 걸맞게 힘과 거친 분위기가 잘 살아 있기는 해. 그래도 나름, 다양한 색조를 살려보고 싶었어. 새로운 기법(데생을 종이에 전사하는 방식)과 예전 방식(석판 위에 직접 작업하는)을 적절히 섞을 수 있는 묘안이 있을까 찾아보는 중이야.

〈지친 노인〉이라고 연작으로 그린 데생 기억하나? 얼마 전까지 서로 다른 모델 두 사람을 통해 세 차례나 다시 다듬어봤는데 조금 더 손볼 생각이야. 일단 현재로서는 다섯 번째 석판화 복제화로 사용할 건 골라놨어. 나이 든 인부가 의자에 앉아 팔꿈치를 무릎에 얹고 두 손으로 머리를(이번에는 민머리야) 감싸쥐며 무언가를 생각하는 그림이야. 석판화에 대해 이렇게 상세히 설명하는 건 내가 요즘 얼마나 이 기술에 큰 기대를 걸고 있는지를 자네한테 설명해주고 싶어서야. 그러니 분실된 돈과 관련한 자네 제안은 당연히 환영하는 바야.

분실된 편지는 여전히 감감무소식이야. 그 안에 50프랑 지폐가 들어 있었지. 어쨌든 기다려봐야지. 조사가 진행 중이니까. 인쇄소 사장한테 내 사정을 얘기했더니 친절하게도 지금까지는 석판에 들어가는 비용 얘기를 꺼내지는 않고 있어. 게다가 석판도 그 양반이 보관하고 있으니, 뭐 본인도 손해 볼 걱정은 없지. 있다고 해도 얼마 되지 않고. 그러니 만에 하나 필요할 경우, 자네의 제안은 기꺼이 받아들일게. 나한테는 등을 받쳐주는 든든한 버팀목이거든. 이런 지원이 있다면, 감히 더 큰일을 벌일 수도 있겠다 싶은데, 그렇게까지 할 필요는 없을 거야. 혹시 편지가 주소지를 제대로 찾아서 돌아올 수도 있을 거야. 어쨌든, 자네 제안이 나한테는 좋은 동기를 부여해줬어. 두 배로 노력해야 할 이유인 동시에 어마어마하게 공들이고 있다는 걸 자네한테 입증해 보여줘야 할 이유이기도 해. 〈땅 파는 사람〉은 12개의 각기 다른 포즈로 작업했는데, 가장 나은 걸 고르는 중이야. 모델이 그 일에는 아주 잔뼈가 굵은 베테랑이었거든.

지난 일요일에는 판 데르 베일러란 친구가 찾아왔었어. 화가면서 여기서 고등학교 미술 선생님으로 일하는 사람이야. 내가 그린 고아 남자들 데생을 유심히 살펴보더니 좀 더 큰 구도로 그려보는 게 좋겠다고 하더라고. 그런데 나는 시기상조라고 봐. 아직은 습작이 더 필요한 시점이야. 〈커피 마시는 노인〉도 그중 하나야.

프랑크 홀의 목판 복제화 동봉하네. 그나저나 구입했다는 잡지 목록 잘 읽었어. 특히 70호에서 76호까지는 영국 그림의 경우 정확히 황금기에 해당해. '흑백 삽화'가 유행이나 영향력에서나 정점을 찍은 시기였지. 최고의 걸작들도 그 시기에 나왔을 거야.

내가 석판화에 왜 이렇게 부지런 떠는지 이유를 설명해줄게. 나한테는 특별히 중요한 일이거든. 만약 제대로 만들어진 석판 몇 장을(한두 장 정도는 필연적으로 실패해) 건지면, 예를 들어 영국 같은 곳에서도 일자리를 구하러 다닐 수도 있거든. 무언가를 만들어서 보여줄 수 있으면 일자리를 얻을 가능성이 높아지는 건 당연하잖아. 언변이 아무리 화려하더라도 석판화 복제화 같은 실물을 직접 보내면 성공 가능성도 당연히 높아지는 거야.

데생을 직접 보내는 건 권장할 일이 못 돼. 분실될 수도 있거든. 새로운 기술 덕분에 가까운 인쇄소에 가서 석판화 복제화를 찍어내는 게 가능해졌어. 석판을 보낼 필요도 없어. 당장 오늘, 복제화를 찍으려고 석판화용 잉크와 석판화 전용 코펄 연필도 장만했거든. 지금 내 주소는 스헹크베흐 136번지야. 내가 편지와 동봉해 보내는 것들을 보고 자네 의견을 알려주면 좋겠어. 부족한 부분은 언제든 보완할 수 있고, 또 기꺼이 그렇게 할 거야. 하지만 데생이 석판 위로 옮겨가는 순간부터는 신중에 신중을 기해야 해. 더 이상 아무것도 손쓸 수가 없거든. 그래도 새로 만든 〈지친 노인〉은 자네 마음에 들 거야. 내일은 이 작품, 석판 작업을 할 수 있으면 좋겠어.

자, 이제 편지지가 꽉 찼어. 자네 건강 상태에 내가 전혀 관심 없다고 생각지는 말게. 단지, 작업에 관한 이야기를 했을 뿐이지, 자네 건강은 항상 염려하고 있어. 나도 지난여름에 감기로 고생했었거든. 열도 심하게 오르고. 어쨌든, 자네는 그런 일은 겪지 않기를 바라네. 그리고 진심으로 빨리 회복되기를 바라고, 마음으로 악수 청해.

자네를 사랑하는 친구, 빈센트

246네 ____ 1882년 11월 22일(수)

수요일 아침

테오에게

이 편지와 함께 처음으로 찍어낸 〈땅 파는 사람〉과 〈커피 마시는 노인〉의 석판화 인쇄물을 받게 될 거다. 당장이라도 네 느낌을 들었으면 좋겠다. 석판을 좀 더 손볼 생각이긴 한데, 먼저 네 의견을 들어보고 싶어.

데생은 더 괜찮아. 특히 〈땅 파는 사람〉은 진짜 공을 들였는데 전사하고 찍어내는 과정에서 여러모로 놓친 부분이 있더라고. 그래도 인쇄물에는 내가 표현하고 싶던 거칠면서 경쾌한 분위기가 잘 살아났어. 데생에서 살려내지 못한 특징을 그나마 좀 만회한 셈이지.

석판화 전용 연필에다가 석판화 전용 잉크까지 동원했어. 석판은 사실 석판화용 잉크의 일부에 지나지 않아 보여서, 정확히 어떤 역할을 한다고 해야 할지 모르겠어. 같이 섞는 물에게 공을 돌려야 하는 건지도 모르지.

어쨌든 확실한 효과를 만들어낸 부분을 유심히 살펴보니까 검은색 색조를 아주 잘 살렸더라고. 나중에 다시 제대로 살려서 활용할 수 있으면 좋겠어. 인쇄 업자가 시간이 나면, 다른 걸 시도해볼 거야. 이번에는 인쇄 과정에 담채화 같은 그림을 사용하고 종이나 잉크도 다양하게 사용할 계획이야.

모델을 세워서 그린 습작을 손보면서 석판 2장을 완벽히 다듬고 싶어. 습작은 지금도 내가 가지고 있거든.

판 데르 베일러라는 화가 친구가 화실을 방문했었어. 나도 그 친구 집에 한 번 가봤거든. 그 친구도 이 석판화 기법에 도전해봤으면 좋겠어. 작품집을 보니까 쟁기 2개를 그려놓은 채색 습작이 있던데, 그걸 석판화 인쇄물로 만들면 괜찮겠더라. 아침 효과하고 저녁 효과가 잘 들어간 것들이야. 그리고 황야 위의 소달구지도 마찬가지고.

이 친구 화실에 괜찮은 것들이 제법 있더라고.

고아 남자 습작 여러 점을 보더니 나한테 큰 구도로 한번 만들어보라 그러더라고. 그런데 아직은 그럴 자신이 없어.

〈땅 파는 사람〉 연작을 만들고 싶다고 얘기했었잖아. 이제 그 결과물을 보여줄게.

분실된 편지는 여전히 감감무소식이다. 우체국에 가보니 아무것도 모른다며 모든 책임을 파리 쪽으로 돌리더라.

대신, 마지막에 보낸 편지는 잘 받았어. 받자마자 그길로 밀렸던 돈을 갚아야 했지. 그래서 남는 게 거의 없더라. 그래도 석판화 2개는 인쇄물을 찍어봤어. 비록 비용이 들었지만, 작업이 유일한 희망이거든. 특히나 지금처럼 어려운 시기를 이겨내려면 작업을 통해 싸워야 해.

그런데 오늘이나 내일이 지나면 빈털터리가 될 거야. 혹시 네가 할 수 있는 게 있다면, 뭐든 해주면 좋겠다. 너도, 나도 할 수 있는 게 없으면 어쩔 수 없지. 상당히 힘든 나날을 이어가는 수밖에. 그래도 용기를 잃지 않고 희망을 품을 거야. 우울해하거나 나약해지지 않을 거야.

엘세비르 로테르담이라는 출판사에서 「더 즈발뤼De Zwalum[The Swallow]」라는 잡지를 출간해. 공공복지협회의 후원을 받는 출판사야. 얼마 전에 그런 곳에서 〈땅 파는 사람〉 같은 그림에 관심이 있지 않을까 생각해봤어. 한 달에 하나 정도꼴로. 그런데 로테르담까지 경비를 들이고 가서, 결국 똑같은 소리만 듣고 돌아오게 될까 무섭다. 시장 상황이 안 좋다, 어쩔 수가 없다, 그런 소리 말이야. 그리고 별로 시도해보고 싶지도 않아. 그럴듯하게 갖춰진 연작 같은 걸 내놓을 수 있을 때까지는 계속 작업에 전념하고 싶거든. 그래도 가능성은 고려해봤어. 별도의 수입이 절실할 때가 간혹 있어서. Que Faire(어쩌겠어)?

어쨌든 아우야, 보낼 돈이 없더라도 답장 부탁한다. 네 공감은 네가 보내주는 돈 만큼이나 나한테 큰 힘이 되거든. 〈슬픔〉의 석판화 인쇄물이 포함된 두루마리와 내 편지를 무사히 받았기를 바란다. 다시 한 번 잘 받았는지 강조하는 건 무사히 도착했는지가 궁금한 거지, 왜 답장이 없는지 불안해서가 아니야.

날이 많이 추워졌어. 오늘은 어두운 데다 스산하고 음산하기까지 해서 그 느낌이 상당히 거칠고 투박해. 잘 있어라, 진심으로 좋은 일만 있기를 기원하고, 마음으로 악수 청한다. 항상 내 말 명심하고.

너를 사랑하는 형, 빈센트

〈커피 마시는 노인〉 데생은 검은색이 선형 때문에 좀 많이 흐트러진 것 같긴 한데, 바로잡을 방법이 있을 거야.

247네 ____ 1882년 11월 24일(금)

테오에게

네가 11월 20일에 보낸 등기우편은 잘 받았다. 보내줘서 정말 고마워. 그사이 내 편지도 너한테 갔을 테니, 네 편지가 얼마나 반가울지는 잘 알 거야.

그런데 편지에 뷔오가 말했던 종이를 보내주겠다고 썼는데 정작 종이는 안 들었고, 금요일인 오늘까지도 받지 못했어. 이번에도 우체국이 범인인 걸까, 아니면 아직 너희 집에 있는 걸까?

너한테 답장하려고 오늘까지 기다렸어. 혹시 우체국에서 종이나 뭐 다른 걸 깜빡 잊은 건 아닌가 해서. 작은 두루마리에 넣어 보낸 〈땅 파는 사람〉은 잘 받았기를 바란다.

어제하고 오늘, 의자에 앉아 팔꿈치를 무릎에 대고 두 손으로 머리를 감싼 노인 데생을 2점 그렸어. 예전에 스하위테마커르 씨하고 이미 그려본 그림인데 아직도 보관하고 있어. 좀 더 그럴듯하게 다듬고 싶어서. 석판화 인쇄물로 만들 수도 있어. 여기저기 기운 모직 정장 차림의 늙은 민머리 인부의 모습을 담은 건데, 정말 근사해!

졸라의 『가정식』을 다 읽었어. 가장 인상적인 대목은, 주방일을 도맡던 아델(꾀죄죄한 브르통 출신)이 불도 제대로 안 들어오는 다락방에서 아기를 낳는 장면이야. 조스랑이라는 인물도 강렬하면서도 감성적으로 잘 묘사된 것 같고. 나머지 인물들도 마찬가지야. 하지만 가장 암울한 두 인물이 가장 인상적이었어. 밤에 자기 주소를 쓰고 있는 조스랑과 다락방에 사는 아델.

진짜 괜찮은 작품이었는데 특히, 마지막 문장이 압권이었어. "Aujourd'hui toutes les maisons se valent, l'une ou l'autre c'est la même chose, c'est partout Cochon & Cie(요즘은 그 집이 그 집

이고, 어딜 봐도 그저 돼지와 그 무리들뿐이다).” 아주 신랄하지. 옥타브 무레가 주인공인데 가만 생각해보니, 얼마 전에 네가 편지에 썼던 그런 부류의 전형이 아닌가 싶다. 기억하지? 여러모로 다른 사람보다 나은 처지에 있으면서도 절대 만족하지 못하는 사람. 나도 그렇게 생각했지만 네가 봐도 그럴 거야. 속으로 무언가 빈 것 같은 공허함을 느끼는 사람 같아. 그는 다른 삶을 살 수 있었을까? 없었을 거야. 하지만 너와 나는 그럴 수 있고, 또 그래야만 할 것 같기도 해. 우리가 뿌리를 두는 가족의 삶은 무레가 속한 가족의 삶과 차원이 달라. 게다가, 내 바람이긴 하지만, 너와 내 안에는 브라반트의 황야와 시골 풍경 같은 무언가가 언제나 남아있어. 도시 생활을 아무리 오래 한다 해도 절대 지울 수 없는 것들이야. 왜냐하면, 예술이 그것들을 다시 되살리고 채우기 때문이지.

옥타브 무레는 봇짐에 담아온 신기한 물건들이(파리 시내에서 행인들이 다니는 인도에 좌판을 벌이고) 순식간에 팔려 나갈 때 행복해. 달리 바라는 것도 없어 보여. 여자들을 정복하는 것 외에는. 하지만 정말로 그 여자들을 좋아하지는 않지. 졸라가 이런 표현을 쓴 걸 보면 확실할 거야. “Où perçait son mépris pour la femme(여자를 향한 경멸이 느껴졌다).”

그를 어떻게 바라봐야 할지 잘 모르겠다. 내가 보기에는 시대의 산물, 그러니까 활력은 넘치지만, 주도적이기보다 수동적인 인물 같아.

아무튼 졸라의 책을 마치고, 빅토르 위고의 『93년』을 읽었어. 전혀 다른 영역이라 해도 과언이 아니야. 글로 쓴 작품이지만 그림으로 치자면 드캉이나 쥘 뒤프레가 그 옛날, 아리 쉐페르의 〈눈물 흘리는 사람〉과 〈식탁보 찢는 남자〉 혹은 〈위로자 그리스도〉의 후경에 보이는 인물들을 표현한 방식을 빌려 그림으로 그린 것 같은 느낌이었어.

아직 안 읽어봤으면 꼭 읽으라고 권하고 싶은 책이야. 이런 이야기 속에 담긴 정서를 느낄 기회가 시간이 흐르면서 점점 줄어들고 있기 때문이야. 새로운 것들을 접하면서 솔직히, 고귀하고 숭고한 인상을 받은 적이 거의 없어.

메스다흐가 네게, 헤이여달이 무리요나 렘브란트의 감성을 살려 그린 그림을 사기 싫다고 말했지. “너무 구식이야! 이런 구시대적인 건 필요 없어!” 말이야 쉽지. 그 옛날 방식에 버금가는 무언가를 찾아내거나 더 나은 걸 찾아 대체하는 것에 비하면 말이야. 요즘은 대다수가 멀리 내다보지 못하고 메스다흐처럼 생각하고 있는 마당이니, 솔직히, 이 세상을 살아가는 이유가 새로운 걸 쌓아올리는 게 아니라, 있는 걸 무너뜨리는 거라 생각한다 해도, 아주 틀린 말은 아니지. 그래도 “*이런 건 더 이상 필요없어!*”라는 말, 그건 너무 성급한 말이야! 게다가 멍청하고 추악하기까지 해! 아마 안데르센이 동화 속에 저런 말을 사용했었을 거야. 그런데 인간의 입이 아니라 늙은 돼지의 입을 빌었지. 저런 말을 지껄이는 사람은 똑같은 대우를 받게 될 거야.

이번 주에 구필 화랑 앞을 지나다 진열창 안으로 아주 반가운 그림 하나를 발견했어. 더 복의 서명이 들어간 그림이었지. 지난봄에 작업하던 것보다 훨씬 근사해 보이더라. 모래 언덕 위에 자리잡은 오두막인데 앞으로 나무들이 줄지어 서 있고, 어둡지만 진한 배경색 그리고 아름다운 동시에 살짝 가볍게 느껴지는 하늘을 뒷배경으로 한 그림이야. 장엄한 분위기가 느껴지면서 역시 쾌활함도 느낄 수 있어.

방금 얘기했잖아. "저런 말을 지껄이는 사람은 똑같은 대우를 받게 될 거야"라고. 그래, 테오야. 난 솔직히, 과거의 것을 희생해 새것을 만들다가는 나중에 땅을 치고 후회하지 않을까 걱정이야. 특히, 예술 부분에서는 더더욱.

화가며 작가, 그러니까 한마디로 예술가들은 비록 서로 하는 일은 다르지만, 일체감 같은 일종의 힘을 지니고 있었어. 그들은 어둠 속에서 방황하지 않았지. 그들은 빛을 지녔어. 그리고 자신들이 원하는 게 무언지, 의심할 여지 없이 너무나 잘 알았고. 바로 젊은 시절의 코로, 밀레, 도비니, 자크, 브르통과 네덜란드에서는 이스라엘스, 마우베, 마리스 같은 화가들 이야기야.

한쪽은 다른 쪽을 지지했어. 숭고하고 강렬한 분위기가 느껴졌지. 그때는 화랑도 지금보다 소규모였을 거고, 화실에도 지금보다 더 많은 화가들이 붐볐을 거야. 아름다운 건 빨리 사라지는 법이니까. 사람들로 가득찬 화실, 훨씬 더 작은 화랑 진열장, 그리고 화가들에게 영감을 불러일으킨 광부의 신앙, 그들의 열의, 그들의 불꽃, 그들의 열정, 이 모든 것들이야말로 숭고한 것들이지! 너도 그렇고 나도 그렇고, 비록 직접 보고 경험하진 못했지만, 그 시대에 대한 사랑으로 우리가 알고 있는 걸 알게 된 거잖아. 그 사실을 잊지 말자. 아마 유용할 때가 올 거야. "이런 건 더 필요 없어!"라는 말이 계속해서 들린다면 말이지.

Adieu. 악수 청한다.

너를 사랑하는 형, 빈센트

248네 ―― 1882년 11월 26일(일)과 27일(월)

테오에게

어제, 드디어 뮈르제의 『물 마시는 사람들』을 다 읽었다. 작품 속에서 마치 낭퇴유, 바롱, 로크플랑, 토니 조아노 등의 그림을 감상하는 것처럼 위트와 활기가 넘치는 이야기였어.

그런데 작가가 좀 틀에 박힌 듯한 인상을 주는 것 같아. 적어도 내가 읽은 건 그랬어. 다른 건 아직 안 읽어봤으니까. 뮈르제라는 작가는 앙리 모니에나 콩트 칼릭스가 위에 언급한 사람들과 다르듯, 알퐁스 카르나 수베스트르하고는 또 다른 작가야. 비교가 가능하게 일부러 동시대 작가들을 골랐어. 작품 속에서 그 시대의 자유분방함을 열망하는 분위기를 느낄 수 있었어(당시 실제 시대상은 거의 드러나지 않았지만). 그 점이 흥미로웠어. 대신 독창성이나 진지한 감성은 다소 떨어진다. 화가가 주인공으로 등장하지 않는 작가의 다른 작품이 더 나은 것 같아. 소설가들은 화가라는 등장인물을 제대로 못 살리더라. 발자크도 그랬어(그의 소설에 등장하는 화가들은 전혀 호감이 가지 않는 인물들이야). 졸라가 만들어낸 클로드 랑티에는 사실적인 인물이라고 할 수 있어. 클로드 랑티에 같은 화가들은 엄연히 존재하니까. 하지만 졸라가 랑티에 외에 (분명 모델로 삼은 누군가가 있었을 거야) 인상파 화가 중 그래도 괜찮은 사람에게 영감을 받아 등장인물을 만들었으면 좋았을 거라는 아쉬움은 남아.* 사실, 인상파 화가들이 예술가 집단의 중추는 아니니까.

그런데 멋들어진 데생이나 유화의 모델이 된 작가들도 거의 본 적이 없다. 화가들 역시 틀에 박힌 건 마찬가지일까. 작가를 그저 종이에 파묻혀 사는 사람으로 보고 있으니 말이야. 이렇게 과장해서 그리는 게 아니면, 깃 달린 옷을 입은 무표정한 신사로 표현하는 게 전부거든.

화가를 그려놓은 (메소니에의) 아주 근사한 그림이 있어. 한 인물의 뒷모습인데, 내 기억이 맞는다면, 아마 화가가 이젤의 가로대에 발을 얹고 몸을 앞으로 숙이고 있는 장면이야. 그림에 보이는 건 들어올린 무릎, 등, 목덜미, 뒤통수 그리고 연필 비슷한 걸 쥐고 있는 주먹 쥔 손의 일부야. 무언가에 상당히 몰입하고 있는 모습이 마치 렘브란트의 그림 속 인물 같은 분위기를 풍겨. 주먹으로 머리를 받치고 웅크린 자세로 앉아 있는 노인 그림인데 책에 완전히 파묻힌 것 같거든.

보나가 그린 빅토르 위고를 봐. 정말 아름다운 그림이야. 그런데 난 이 두 문장을 통해 빅토르 위고가 글로 표현한 빅토르 위고가 훨씬 더 아름답다고 생각해.

> Et moi je me taisais (그래서 난 침묵했다)
>
> Tel que l'on voit se taire un coq sur la bruyère (황야를 말없이 돌아다니는 수탉을 바라보는 동안)**

황야에 서 있는 그 인물이 화려하게 느껴지지 않니? 메소니에가 그린 〈1793년의 단신의 장군〉만큼이나 힘찬 느낌이 들지 않아? 키가 불과 1미터 50밖에 안 되는데 말이야.

밀레의 자화상도 무척 근사하다. 목동이 쓰는 것과 비슷한 모자를 쓰고 있는데 눈빛이(강렬한 화가의 눈빛) 상당히 아름다워. 감히 말하면 그 대담함마저 느껴지는 것 같아.

오늘은 일요일이라 레이스베이크세베흐를 따라 걸었어. 목초지가 반 정도 물에 잠겨서 진한 초록색과 반사된 은빛 색조가 서로 겨루듯 자기 색을 내고 있더라. 앞쪽에 바람에 꺾인 늙은 나무들의 검은색, 회색, 초록색 가지와 울퉁불퉁한 줄기들이 보이고, 배경에는 맑은 하늘을 찌를 듯 뾰족한 종루가 있는 마을의 윤곽이 보였어. 여기저기 담장이 있고, 두엄 더미 근처에는 까마

* 졸라의 소설 〈작품〉에 등장하는 '클로드 랑티에'는 세잔을 모델로 한 인물로 알려져 있다.

** 빅토르 위고의 시 〈세기의 전설〉에 나오는 구절

귀 떼가 모여 있었어. 네가 봤으면 그 강렬함에 빠져들어 그림으로 그리고 싶었을 거야.

오늘 아침은 유난히 날이 좋더라. 긴 산책 덕분에 기분도 좋아졌어. 사실, 데생에 석판화에 정신이 팔려서 일주일 내내 두문불출하고 지냈거든.

석판화 인쇄물은 내일 결과물을 받을 것 같아. 성공적이면 좋겠다. 석판화 인쇄 작업 용도로 만들어진 것 같은 특수 연필을 사용했는데, 석판화용 일반 연필과 큰 차이가 없는 건 아닐지 걱정이야. 괜한 헛수고였는지 말이지.

어쨌든 결과를 두고 보자.

내일은 인쇄 기술에 대해 많이 배웠으면 해. 인쇄 업자가 이것저것 설명해준다고 약속했거든. 인쇄 기술에 대해 궁금한 게 너무 많다. 이 신기술이 석판화 분야에 생명을 다시 불어넣어 주면 좋겠다. 내가 볼 때 신기술의 이점을 기존의 방식에 접목할 방법도 찾을 수 있을 것 같아. 앞일을 내다볼 순 없지만, 덕분에 또 새로운 잡지가 창간될지 누가 알겠냐.

월요일

이전 편지는 어제 쓴 거야. 오늘 아침에, 모델을 서준 노인 양반하고 같이 인쇄소에 가서 전 과정을 지켜봤어. 석판에 전사하는 과정, 석판 준비, 인쇄, 등등. 직접 보고 나니, 이제야 인쇄 작업 이후에 손볼 수 있는 부분이 어디까지인지 알겠더라고. 첫 인쇄물 동봉한다. 실패작은 아니야. 다음에는 더 나아질 거라 기대해. 아직은 내 기대에 못 미치긴 하지만 그래도 공들여 작업하고 계속 시도하면서 실력이 느는 거잖아.

나는 작품을 통해서 자기 생각을 표현해보는 게 화가의 의무라고 생각해. 이 데생을 통해서(다만 이 그림이 현실만큼 아름답고 두드러진다고 말할 수는 없을 것 같다. 그저 흐린 거울에 어렴풋이 비치는 정도에 불과할 뿐이야) 내가 보여주고 싶었던 건 이런 거야. 난로 옆에 놓인 의자에 앉은 어느 노인의 모습이 보여주는 형언할 수 없는 감정은 밀레가 믿었던 천상의 그 무언가가 정말 존재한다는 강력한 증거라고 할 수 있어. 그러니까 하나님의 존재나 영원한 존재 같은 것, 벌레 따위는 범접할 수 없는 소중하고 고귀한 분위기. 이스라엘스는 그런 분위기를 아주 훌륭하게 표현하는 작가야.

『톰 아저씨의 오두막』에서 가장 아름다운 장면은 아마, 불쌍한 노예가 자신의 죽음을 감지하고 마지막으로 불가에 앉아 이런 말을 곱씹는 장면이었어.

> 불행과 슬픔, 괴로움과 시련이
> 폭풍처럼 쏟아지며
> 나를 덮치더라도
> 내가 갈 곳, 내 평화, 내 모든 것은, 주님 당신뿐이옵니다

신학적인 차원의 문제가 아니라 그냥 단순한 사실에 불과한 일이야. 벌목꾼, 황야를 가꾸는 농부, 광부처럼 힘든 일을 하는 사람들은 문득문득 어딘가에 있는 영생의 집이 자신을 기다리고 있다는 느낌을 받을 때가 있어.

인쇄소에서 돌아오는 길에 네 편지를 받았어. 네가 묘사한 몽마르트르는 정말 근사할 것 같더라. 같이 있었다면 나도 너와 같은 느낌이었을 거야. 쥘 뒤프레와 도비니 역시 그런 생각들을 자신들의 그림 속에 옮겨 담곤 했어. 가끔은 자연이 주는 효과가 어떻게 형언할 수 없을 때가 있어. 자연이 온몸으로 말을 거는 느낌이랄까? 그럴 땐 마치 빅토르 위고의 작품 하나를 끝까지 읽은 듯한 기분으로 집에 돌아가곤 한다. 그런데 나는 도대체 왜 모두가 이런 걸 보지 못하고, 느끼지 못하는지, 이해가 안 돼. 자연이든, 하나님이든 보는 눈이 있고, 듣는 귀가 있고, 느끼는 마음을 가진 사람들을 향해 똑같이 설명하고 있는데 말이야. 어쩌면, 자신이 보는 걸 어떤 식으로든 다시 표현해내는 법을 배우는 순간부터 자연과 조화를 이루고 살 수 있으니 화가로 사는 건 행복한 일 같아. 우리가 해야 할 일을 알고 있다는 것만으로도 얼마나 대단해! 그릴 대상은 또 얼마나 많아. 칼라일의 말이 전적으로 옳아. '자기 길을 찾은 사람은 행복할지어다.'

한 그림의 목적이, 밀레나 뒤프레, 이스라엘스 등등의 화가들처럼, 평화를 기원하거나 sursum corda(마음을 드높이 주님께 바치자)의 뜻을 품고 있다면 그 작품은 두 배로 힘을 주는 그림이라 할 수 있어. 혼자라는 느낌을 지워주기 때문이지. 사실, 난 여기서 외롭게 지내고 있어. 그런데 내 그림이 내 친구에게 이런저런 말을 거는 동안 내가 굳이 다른 설명을 달지 않더라도, 그림을 본 사람들은 내 선한 마음을 의심할 일이 없어.

다만, 작품에 실망하는 건 아직 완성도가 떨어지기 때문일 뿐이야. 새로운 시도의 실패, 기술적인 어려움 등으로 인해 가끔은 침울해지기도 해. 밀레나 이스라엘스, 브르통이나 드 그루를 비롯해 여러 화가들, 예를 들어 헤르코머까지, 어쨌든 이 사람들을 떠올리면 절망감에 사로잡힐 때도 있어. 실제로 작업을 해봐야, 이들의 진정한 가치를 깨닫는 법이거든. 화가들이 왜 행복할 수 없는지 들어봐. 화가는 이런 절망감과 우울함을 꾹 누르고 감춰야 해. 그리고 자기 자신에게 인내심을 가져야만 해. 있는 그대로의 자기 자신에게. 모자란 부분, 잘못된 부분, 무엇보다 이런 부분을 해결할 수 있다는 확신이 없는 상황에서도 화가는 쉬기는커녕 더욱더 열심히 노력해야 하지.

자기 자신과의 싸움이고, 완벽해지도록 노력해야 하고, 그러기 위해서는 지속적으로 새로운 힘을 찾아야 해. 거기다가 물질적인 어려움도 따라붙어.

도미에의 그 그림은 정말 아름다울 거야. 이 정도로 명확하게 말을 걸고 있는 그림을 이해하지 못한다는 건 있을 수 없는 일이야. 그런데 이런 그림의 가격을 낮춰서 내놓아도 살 사람을 찾을 수 없다는 거잖아.

화가들에게는 정말 있을 수 없는 일이고, 견디기 힘든 일이야. 정직한 사람이 되기를 원하고, 정말 정직한 데다, 중노동하듯 힘들게 작업하는데 항상 부족하게 살고 있어. 그러다 작업을 중단해야 하는 상황이 발생하고, 수입보다 지출이 더 많은 상황에서는 작품을 제대로 완성할 방법도 안 보이니까, 결국, 죄책감이 들면서 파산한 기분에다 약속까지 지킬 수 없게 됐으니, 작품을 그리고 제값을 받을 때처럼 정직한 삶을 살아갈 수도 없는 거지. 이런 상황에서 과연 친구를 만들 수는 있는지 의심스럽고, 어디 돌아다닐 엄두도 나지 않을 뿐만 아니라, 예전의 나병 환자들이 그랬던 것처럼, 사람들과 멀찍이 떨어져 소리라도 지르고 싶어지는 거야. 나한테 다가오지 말라고. 내 곁에 있으면 안 좋은 일만 벌어진다고. 이렇게 온갖 고민거리에 짓눌린 상태에서도 매일같이 평온한 표정을 지어 보이며 작업해야 하고, 불평 없이 가던 길을 계속 가야 하니 다시 모델과 적절히 협상도 해야만 해. 그러고 나면 월세 받으러 오는 사람을 상대해야 하고, 오만 사람을 다 만나 상대해야 해. 한편으로는 침착하게 이성적으로 계속 작업을 이어나가면서 또 한편으로는 다른 사람에게 해가 되지 않도록 노력해야 해.

그러다가 전혀 예상치 못했던 폭풍우를 만나게 되고, 뭘 어떻게 해야 할지도 모르겠고, 머지 않아 바위에 부딪힐 것 같은 기분이 들지. 남들에게 도움이 될 수도 있고, 돈 되는 장사를 제안할 수 있는 사람으로 나 자신을 소개할 수도 없어. 아니야. 그런 건 반대로 시간과 돈을 잃게 될 뿐이야. 하지만 내 안에서 어떤 힘 같은 게 느껴지고, 내가 해야 할 일이 있다는 느낌도 들어.

『93년』 속 등장 인물들처럼 이야기하면 좋겠어. 이런저런 일을 해야 하고, 이런저런 걸 없애야 하며, 이 모든 건 우리의 의무니, 거기부터 시작하겠다고. 여기까지만 하자.

지금이 이런 걸 생각하며 시시콜콜한 이야기를 할 때인가?

세상에! 차라리 혼자서 할 수 있는 일을 찾는 게 나을 거야. 혼자 힘으로 해내야 하고 혼자 책임져야 하는 그런 일. 왜냐하면, 다른 사람들은 잠든 상태에서 깨어나고 싶어 하지 않기 때문이야. 자는 사람들은 계속 자거나 쉬어야지.

네가 보다시피, 이번에는 평소보다 내 속에 담아둔 말을 많이 꺼내놨어. 너도 그렇게 했으니까, 비난을 하려면 너 자신에게 하면 그만이야.

너에 대한 생각은 이래. 아무튼, 넌 깨어 있는 사람이고, 넌 잠들지 않았잖아. 그래서 묻는 건데, 혹시 그림을 파는 일보다, 그림 그리는 일을 하고 싶은 마음은 없어? 그냥 단순한 질문일 뿐이야. 이게 더 좋고, 저게 더 낫다는 사족은 달 생각 없다. 어차피 네 판단에 맡길 일이니까. 그림 그리며 살면, 사는 게 힘들어질 수도 있어. 화가가 된다는 건 최전방 감시병 같다고 할까? 아무튼, 그런 비슷한 일을 하는 거야. 내가 괜한 걱정만 한다고 생각지는 말아라. 예를 들어, 보리나주를 그리는 건 쉬운 일일 수 있지만, 그 안에서 살아가려면 즐거움과 평화와 거리가 먼 삶을 살아야 하고, 언제나 힘들고, 때로는 위험할 수도 있어. 하지만 여력이 된다면, 그러니까 내 말은, 수입보다 지출이 더 많은 상황을 대비해야 할 필요가 없어진다면, 다시 한 번 시도해보고 싶은 게 내 마음이야. 내 생각을 비롯해 그와 비슷한 생각을 가진 사람들을 만나게 되면 난 감행해볼 준비가 돼 있어.

그런데 이런 내 생각에 흥미를 보이는 사람은 단지 너 하나밖에 없기 때문에, 일단은 상황이 달라질 때까지는 땅속에 묻어둘 생각이야. 그리고 그날이 올 때까지는 다른 일거리를 찾아봐야지. 어쨌든, 접어두는 건 나 혼자 편하게 지내겠다는 의도는 절대 아니야.

12월 1일을 넘기기 전에 약간의 돈을 보내줄 수 있으면 좋겠다. 네 편지는 진심으로 고맙게 받았다, 아우야. 마음으로 뜨거운 악수 청한다. 내 말 명심해라.

너를 사랑하는 형, 빈센트

라19네 ____ 1882년 11월 말 추정

친애하는 라파르트

보내준 우편환과 자네 편지, 진심으로 고맙게 받았어.

기다리던 돈이 사라져버려 실망감이 대단했었다고 자네한테 얘기했었지. 그렇긴 했지만 크게 걱정은 안 해. 지금은 버틸 수가 있으니까. 석판화 인쇄 비용이 든 편지가 분실돼서 조사는 시작됐는데 찾을 가능성은 아주 낮아 보여. 정작 석판화 인쇄물을 찍어냈더니 지난여름에 그린 데생만큼이나 마음에 들지 않는 결과물이 나올까 두려움에 떠느니, 차라리 돈을 못 찾는 게 나을지도 모르겠어. 어쨌든, 지금으로선 돈을 잃어버리기 전처럼 작업을 진행할 수 없는 상황이야. 그래도 조만간 상황이 정리될 테니 나는 하던 일을 다시 열심히 할 생각이야.

편지 쓸 시간은 많이 없지만 그래도 이 말은 꼭 하고 싶었어. 자네가 내 석판화 인쇄물에 대해 지적한 내용이 적확했다고 말이야. 이제는 그 단점들이 내게도 한눈에 보여.

그리고 자네가 했던 말에 대해 좀 더 긴 이야기를 하고 싶어. 작품이 기술적으로 가장 엄격한 기준을 충족할 때만 작품을 세상에 알려야 한다는 그 지적에 대해서. 미술상들이 그런 말을 하는데, *난 그들 말을 믿지 않아*. 잠시 생각해봐. 그러면 나도 굳이 길게 설명할 수고는 덜 테니까. 내가 그린 데생을, 모델 보고 그린 그대로 손도 보지 않고(내 데생에 단점이 전혀 없다는 건 아니지만) 출간하는 게 불가능할까? 내가 좋으면 그냥 작업복 차림으로 밖에 나가면 그만이지, 내 차림새가 적절한 건지 나가기 전에 거울을 보면서 다시 확인해야만 해? 자네가 내 비유를 어느 정도 근거가 있다고 판단하면서도, 정작 자네는 그 어느 쪽도 행동으로 옮기지 않는다면, 작업에 돌입할 때 이리저리 따지면서 시간 낭비하느니, 그냥 앞만 보고 빨리 달려가는 게 차라리 낫지 않겠는지 따져봐야 해.

그리고 대중을 바라보는 방식에 대해서도 난 자네 의견에 동의할 수 없어. 대중들은 그림의 특징을 살펴보기도 전에 어쭙잖게 단점부터 찾으려 드는 편이야. 정확히 자네가 말한 그런 시각을 가진 대중들은 상대적으로 극소수야. 헤르코머가 "*이건, 실질적으로 대중이라는 여러분들을 위해 만든 것입니다*"라고 말하면서 언급했던 그 절대다수의 대중은 그렇지가 않아. 좀 더 시간 여유가 있고, 머릿속에서 문장들이 정리되거든, 내 생각을 보다 더 진지하게 풀어서 명확하게 설명하도록 하지. 일단은 자네 의견에 동조할 수 없는 문제를 먼저 꺼내놓았으니(내 데생의 단점에 대한 지적은 여기 포함되지 않아. 별도로 놓고 보아도 다 옳은 소리니까), 일단 자네의 대형 장식 예술품과 자네 '메뉴'만 다룰 생각이야. 내가 하고 싶은 말은 이거야. 친구, 다른 쪽으로 방향을 돌리는 게 어떨까? 자네는 지금 위험한 길에 접어들었어. 시작할 때에는 다 알지만, 과연 멈출 수 있을지는 전혀 몰라. '대형 행사'에 쓸만한 그럴듯한 물건을 만든다고 소문이 나면, 매번 그 일을 도맡게 되는 거야. 슈미트* 영감의 글을 다시 한번 읽어봐. 이 문제에 대해서는 위트

* 19세기 네덜란드 희극작가

넘치고 현실적인 그 양반의 글이 나보다는 명쾌하게 설명해줄 수 있을 테니까. 지금으로서는 나 자신을 홍보하는 게 무엇보다 중요해. 어쨌든, 나 자신을 알릴 방법이 있는 거잖아.

누드화 얘기가 아니라 대형 장식 예술품을 말하는 거야.

보턴의 〈상속인〉은 나도 알아. 왕립 미술원에서 봤는데, 나중에 구필 화랑에서도 봤어. 그때 너무 아름답다고 생각해서 네덜란드에 사는 지인을 위해 스케치를 해뒀었어. 분위기라도 느끼게 해주려고. 그런데 목판화로 제작된 건 몰라.

르누아르의 〈광부들〉은 결국 손에 넣을 수 없었어. 「릴뤼스트라시옹」 최근호를 구하려고 백방으로 돌아다녔는데 잡지 자체가 없거나 〈광부〉가 실린 잡지만 없거나 그렇더라고.

혹시 내가 비용을 낼 테니(그러지 못할 수도 있지만) 수고스럽겠지만, 시간 날 때, 해당 잡지가 몇 호인지 알아보고, 자네도 구입할 의사가 있다면 내 것도 같이 주문해달라고 부탁해도 괜찮을까?

위트레흐트에서 불가능하다면 내가 여기서 주문해도 돼. 자네거나 내 것 모두. 다만, 〈광부들〉이 실린 잡지가 *정확히 언제 출간된 몇 호인지를 알아야* 해. 그런데 이렇게 낱권으로 주문할 경우, 서두르지 않으면 주문이 제대로 진행되지 않거나 재고가 금방 바닥나더라고. 서둘러야 할 경우라면 자네가 위트레흐트에서 주문을 진행하는 게 가장 간단한 방법일 거야.

예전에 르누아르의 〈보육원 아이들〉을 비슷한 방식으로 주문해서 받았었어.

같은 말을 자꾸 힘줘서 반복한다고 나를 원망하지는 말아주게. 하지만 자네가 '대규모 행사'가 있을 때마다 장식 예술품을 만들면 만들수록, 그게 아무리 성공적이고 매력적이라고 해도, 결국 자네의 예술가적 양심과는 점점 멀어질 수밖에 없어. 자네가 보다 진지한 작업에 매진할수록, 예를 들면 맹인전문병원 사람들이나 창유리 장식가, 뜨개질하는 여인을 그릴수록, 지금 당장 성공을 보장해줄 수는 없을지 몰라도, 그런 그림들이 왜 존재해야 하는지, 그 이유를 더 깊이 느낄 수 있을 거야.

위트레흐트에 있는 퀀스틀리프터 협회는 아무리 성공적인 작품이라 하더라도 자네의 장식 예술품보다는 그런 진지한 그림을 더 필요로 해.

그나저나 기회가 생길 때, 자네한테 보낼 목판화 인쇄물이나 그런 비슷한 분위기의 그림을 구입하려고 호주머니에 1.5플로린을 챙겨서 넣고 다녀. 자네가 보내준 우편환을 쓰고 남은 건 돌려보내지 않고 가지고 있으면서 이런 식으로 쓸 생각이야. 와야 할 편지가 안 와서 상당히 난처했던 터라, 자네가 보내준 건 정말 두 배로 큰 의미가 있었어. 지체하지 않고 바로 돈을 보내줘서 다시 한번 진심으로 고마워. 자네가 만드는 장식 예술품에 대한 지적이나, 자네 마음에 들지 않는 이야기를 에두르지 않고 한 이유는 자네가 지향하는 목표나 자네 작품의 가치를 내가 누구보다 높이 살 뿐만 아니라, 아주 중요하다고 여기기 때문이라는 점은 알아주기 바라네.

이어질 이야기도 자네한테는 무정하게 들릴지 모르지만, 내 진심인 것만은 또 알아주면 좋겠어. 자네는 퀸스틀리프터 협회에 더 많은 도움이 되는 사람이야. 아무리 많은 돈을 준다고 해도 거절하고, 장식 예술품 분야에서 최고가 되려고 애쓰지 않는 게 자네에게 좋을 거야. 이런 건 작가 본인은 물론 대중에게도 좋을 게 하나도 없다는 게 내 생각이거든. 그리고 그런 성대한 행사를 개최한다고 해서 그런 협회가 다 잘 되는 것도 아니야.

잘 지내고, 내 말 명심하고, 마음의 악수 청하네.

자네를 사랑하는 친구, 빈센트

249네 ____ 1882년 12월 1일(금)

테오에게

얼마 전에 라파르트에게 편지 한 통을 받았어. 그 친구하고 요즘 석판화 인쇄를 시도해 본 일에 대해서 의견을 나누는 중이야. 그 친구도 직접 해보는 것 같더라.

아무튼, 주로 내가 시험해본 이야기를 하다가 지나는 말로, 돈이 든 편지가 분실돼서 곤경에 처했다고 말했었어. 그랬더니 답장이 왔는데, 시도를 멈추지 말고, 감당하기 힘들거나 도움이 필요하면 얼마든지 도와주겠다고 하더라. 그 친구한테 그런 대답을 얻어내려고 편지한 건 아니었어. 그 친구에게도 다시 한 번 시도해보라고 독려할 생각이었지. 그래도 기분은 좋더라. 이렇게 관심을 표하는 게 흔한 일은 아니잖아. 그래서 내가 이렇게 답장했지. 고맙다는 말과 함께 내 작업에 실질적인 진척이 없으면 다시 얘기해보자고. 그리고 제안에 대해서도 고맙다고 전했어. 지난 편지에도 이런 이야기 했을 거야.

데생, 석판 제작, 인쇄, 종이 등 모든 과정에 비용이 들어가는데 상대적으로 그리 높지는 않아. 지난번에 너한테 보낸 그 복제화 인쇄물이나 내가 어제 작업을 마쳐서 이제 인쇄 준비를 마친 그림 등이 아마 대중지에 싣기 딱 좋은 주제의 작품 같아. 지금 네덜란드는, 그 어느 때보다 대중지 출간이 절실한 시기야.

일꾼, 씨뿌리는 사람, 땅 파는 사람, 벌목꾼, 밭 가는 사람, 빨래하는 여자 등과 요람 혹은 구빈원 노인을 포함한 인물들을 주인공으로(다양한 노동 현장의 주역들을 고르는 일이라 그릴 대상은 차고 넘쳐) 30점에 달하는 데생 연작을 구성하고 그걸 전부 인쇄물로 만들어내는 작업이 과연 가능할까? 불가능한 일일까? 생각할수록 복잡해지는 게, 이게 과연 의무감을 갖고 달려들어야 할 일일까? 옳은 일일까, 아니면 실수일까? 이게 바로 문제인 거야.

나한테 재력이 있었다면 과감히 결단 내렸겠지. "En avant et plus vite que ça(서둘러 앞으로 나아가자. 빠르게)."

그런데 내 형편이 그리 넉넉지가 않아. 그렇다면 수익을 보장할 수도 없는 이 일에, 나 혼자서는 불가능하니 도움을 줄 수 있는 다른 사람을 끌어들여야 할까? 그래야만 할까? 그럴 수 있을까? 나는 몸을 사리지 않을 거야. 너도 나를 지원해주면서 몸을 사리지 않는다는 걸 보여줬잖아. 하지만 내 걱정을 하는 너에게 괜한 짓이라느니 멍청한 짓이라느니 수군거리는 사람이 적지 않은 게 현실이야. 이들은 내가 하는 일도 터무니없는 행위로 보고 있어. 처음에는 열정적으로 관심을 보이다가 결국은 남들과 똑같이 생각해버리는 사람도 적지 않아. 일시적으로 타오르다 오래 버티지 못하는 짚불 같은 사람들이지.

잘못 알아도 한참 잘못 안 거야. 왜냐하면, 너와 나는 어리석은 짓을 하고 있지 않거든. 이 사업, 얼마 전까지만 해도 네가 했던 몇 마디 말에 불과했던 일이야. "뷔오 씨하고 얘기해봤는데, 석판화 인쇄물 제작에 새로운 기술을 알고 있다 하더라고요. 이 부분은 나중에 더 말씀드리기로 하고, 형님은 우선 그 양반이 보낼 종이를 받아 시험해보세요." 처음에는 대수롭지 않은 일처럼 보였던 게 지금은 순식간에 내 주요 관심사가 돼버렸다. 끊임없이 노력하고 열심히 작업하면 그 결과는 결코, 무익하지 않을 거라는 게 내 생각이야. 오히려 아주 유용한 경험이 될 거야.

네덜란드에서는 대중을 위한 잡지 출간이 불가능하다는 말을 많이 했어. 난 결코, 그렇게 생각한 적은 없었지. 지금은 확실히 보여. 이제는 그게 가능하다는 게.

공공복지협회란 곳이 엘세비르 로테르담이라는 출판사에 수천 플로린을 후원해 「더 즈발뤼」라는 잡지를 출간했어. 그런데 「더 즈발뤼」가 과연 그 목적을 달성했을까? 아니. 몇몇 그럴듯한 인쇄물이 수록되긴 했지만 잡지 자체가 너무 허술하고 대담한 맛은커녕 진지하지도 않고, 알찬 맛도 없어. 독창성도 떨어지고 영국 잡지들을 단순히 베낀 것에 불과해.

방법은 두 가지야. 그러지 않을 방법, 그리고 그래야 할 방법. 난 엘세비르 출판사가 다른 의도가 있었던 건 아닌가 의심스러워, '그러지 않을 방법'을 말하는 거야. 그게 아니면 자비가 들더라도 다른 방법을 택했을 테니까. '그러지 않을 방법'의 논리는 다음과 같아. 협회로부터 이래저래 지원을 받고, 판매로 이래저래 수익이 생기면, 우선 이래저래 *내 주머니부터 채우는 거*야. 동종업계 관련자들을 똑같이 따라 해야지, 안 그러면 까탈스러운 별종 취급을 받아.

그래서 이렇게 되는 거야. 밀레이 그림* 아래 적힌 문구처럼 "그렇게 될 수 있고, 상황이 그러하면, 그렇게 합시다"라고 말하는 게 아니라, 엘세비르를 필두로 한 천여 명의 동종업계 관련자들은 이렇게 외치고 있어. '그렇게 될 수 없다'라고. 하더라도 대충, 아무런 열의 없이 할 뿐이지. 「더 즈발뤼」 운영진에게 전적인 책임이 있다고 말할 만큼 그들에 대해 아는 건 많지 않지만, 그래도 책임은 그들에게 있다고 말할 만큼 잡지에 대해서는 충분히 잘 알고 있어. 그들은 충분히 할 수 있고, 또 해야만 하는 일을 하지 않았어. 더 잘할 수 있었고, 그래야만 했는데도 그러지 않았고.

* 〈북서쪽으로 가는 길〉

내가 꼭 하고 싶은 말은, 네덜란드에도 과감하고, 진지하고 활력이 넘치면서 정직한 사람들이 언제나 있었다는 사실이야. 모든 게 엉망이고 무기력하고 느슨한 시기에도 그 사람들은 은밀한 곳에서 불씨를 키우며 이렇게 저렇게 버텨왔었다고. 심지어 그들은 네덜란드 사람들을 세계 최고의 대가로 인정했던 시기에도 그렇게 숨어서 버텨왔어.

따라서 과감한 시도, 자기희생, 모험정신을 발휘하는 건 이윤을 남기려는 목적이 아니라 단지 그게 좋고 유용하기 때문인 거야. 이제 동종업계 사람들을 믿어야 하고 일반 대중을 믿어야 하는 거야.

하지만 본격적으로 일을 벌이기 전에, 이거 하나는 확실히 하고 싶어. 대중을 상대로 복제화 인쇄물을 판매하는 사업이라면 난 관여하고 싶지 않아. 그런 목적으로는 복제화를 찍는 것조차 싫어. 이건 서적상의 영역이 아니라 전적으로 공공사업이어야 해. 그래도 서적상들과는 긴밀한 관계를 유지해야 해. 인쇄 관련 문제 때문이라도 말이야. 그래서 너한테 이렇게 말하는 거야. 이건 부탁하는 게 아니야. 네 생각에 이게 가능할 것 같니? 서적상의 관점에서만 보면, 이렇게 질문할 수 있을 것 같아. 그럴 방법이 있을까?

내 생각에는 다음과 같은 것들이 먼저 정해져야 할 것 같아.

네덜란드 작가들의 데생 복제품 인쇄물을 제작하고, 인쇄해서 노동자나 농부의 가정에, 다시 말해, 모든 노동자 가정에 배포하는 게 유용할 뿐만 아니라 필요한 일이라는 점을 고려했을 때 이 과업을 이루기 위해 최선을 다해 뛰어야 할 사람들이 있어야 해.

이 과업이 오롯이 달성되기 전까지 협회는 해체되지 않을 거야. 협회는 최대한 실질적이고 가능한 방법을 통해 과업이 달성되도록 최선을 다할 거야.

복제화 가격은 10~15센트를 넘으면 안 돼. 그리고 30점 연작이 복제화로 제작이 완료되고, 석판 제작, 인쇄, 종이에 들어간 비용이 모두 정산된 다음에 배포되는 거야.

이 30점의 복제화는 동시에 판매되지만, 별도 구매도 가능해. 연작 전체를 포함하는 세트에는 천으로 제작한 특별 표지가 제공되고, 짤막한 설명글이 들어가는데 그 내용은 복제화에 대한 설명이 아니라, 이 연작이 제작된 목적을 간결하고 강렬하게 알리는 내용이어야 해.

이 협회의 존재 이유는 다음과 같아. 데생 화가들이 그림 그리는 건 물론 비용까지 모든 걸 혼자 짊어져야 할 경우, 벌인 일이 중간에 좌초될 수도 있어. 따라서 성공적인 사업을 위해서는 서로가 부담을 나눠 가져야 한다는 거야.

판매수익은 우선 투자 비용 상환에 사용되고, 그다음으로 삽화를 제공한 데생 화가에게 돌아가되 모두에게 공평하게 분배돼야 해.

모든 비용이 정산되고 남는 차액은 후속 발행물 제작에 투입해서, 사업이 계속 이어지도록 만들어야 해.

사업을 시작한 주최자들은 사회적 의무를 다한다는 마음으로 시작하기 때문에 사적인 이

익을 충족하는 게 목적이 아니야. 따라서 사업에 따른 이익이 발생하지 않더라도 돈을 댄 사람이나 데생 화가나 그 외에 다른 자격으로 사업에 동참한 누구라도 자신의 몫을 반환해달라고 요구할 수는 없어. 그리고 예상외 수입이 발생한 경우에도 초과분에 대한 지분을 요구할 수 없어.

모든 수익은 작품 제작에 사용될 거야. 그 외에, 제작된 석판은 사업 주최자들의 공동 재산으로 귀속되지만, 복제화 초판 각 700장은 협회와 상관없이 대중에게 무료배포를 전제로 인쇄되는 거야. 최초의 복제화 연작 30점 출간 이후에 계속할지, 중단할지를 결정하게 될 거야. 그리고 그 시점부터 사업에서 빠지는 게 가능해지는 거고.

이게 내가 생각해본 계획이야. 그래서 너한테 묻는 거야. 어떻게 해야 할까? 너도 동참할 의향이 있어?

아직 아무에게도 얘기하지는 않았어. 그림 그리다가 갑자기 떠오른 생각이거든. 하지만 이미 오래전부터 라파르트하고 대중을 겨냥한 간행물에 관해서 이런저런 이야기를 나눠오긴 했다. 그러고 보니 그 친구도 나만큼 이 문제에 관심이 많은 터라 내가 지나가는 말로 의사를 묻긴 했었어. 너한테도 얘기했을 거야. 어쨌든, 그 친구도 기꺼이 돕겠다더라고.

그런데 라파르트는 나와는 다른 시각으로 이 사업을 바라보는 것 같아. 예를 들면, 그 친구는 기술적인 부분에 대해서 나와 의견이 달라. 돈을 빌려주겠다는 그 친구 제안에, 난 이런 결론을 내렸어. 개인적인 용도로는 사용하지 않겠다고 말이야. 왜냐하면, 너한테 설명했던 그런 협회가 창설되지 않으면 그 돈을 아주 유용하게 쓸 수 있기 때문이야. 만약 우리 상황이 그 지경에 이르게 되면, 나는 또다시 결단을 내려야 해. 과연 내가 뭘 더 할 수 있는지. 그동안은 그 친구에게 내 생각을 설명하고, 너한테 물었던 것과 똑같이 물을 거야. 같이 이 일을 해볼 생각이 있느냐고.

협회가 생기면 모든 회원이 동등했으면 좋겠어. 별도의 규정이나 회장, 이것저것 등등도 없었으면 좋겠고. 단지 협회가 실존하는 단체라는 걸 인정해주는 소개서 정도면 충분할 거야. 최종 합의문 같은 건 모든 회원의 동의를 얻고 서명을 받으면, 만장일치로 의견이 모아질 경우를 제외하고는 변경이 불가능하게 만들 생각이야. 그리고 뜻을 같이하는 사람들의 명단을 만들고(하지만 명단을 공개하지는 않을 생각이야. 협회는 예술 단체인 동시에 사적인 단체이니까), 공동의 목표를 위해 각자가 할 수 있는 일도 기록해둘 거야. A는 이런저런 일을 하고, B는 이런저런 일을 하고, 그런 식으로. 그 정도면 됐어.

그런데 무엇보다 지금이 12월 1일이야. 아직 답장하지 않은 상태라면 최대한 빠른 회신 부탁한다. 남은 돈이 거의 없구나. à Dieu. 내 말 명심하고, 진심으로 마음의 악수 청한다.

너를 사랑하는 형, 빈센트

내가 구상하는 협회는 토론하고 논의하는 협회가 아니라 구체적으로 일하고 행동하는 협회야. 시간 낭비하지 않고 기민하게 적극적으로 행동하는 협회. 그리고 서적상의 개념이 아니라 자선사업의 개념으로 일하는 협회여야 해.

한 가지 더 있어. 먼저 비용을 생각해야 해. 석판 30개, 인쇄 비용, 종잇값 등등. 비용이 얼마나 올라갈지는 나도 잘 모르겠지만 300플로린이면 제법 될 것 같긴 해. 협회 회원 중 비용을 부담할 수 없을 경우 그림으로 대신할 수 있어. 그림을 제공하는 회원이 없을 경우, 내가 다 할 수는 있지만 나보다 나은 다른 회원이 담당해주면 좋겠다.

어쨌든 시범 삼아서라도 최초의 인물화 연작을 인쇄해보는 건 바람직한 일 같아. 지금으로선 그림 제공할 사람이 아무도 없다 해도, 내 계획을 꼭 실현해보고 싶어. 나보다 더 잘할 수 있는 다른 예술가들에게 이 연작을 보여주면, 그들이 관심을 보일 수도 있잖아. 어떤 사업이 진지하게 진행된다는 확신이 있어야만 동참의 뜻을 밝히는 사람들도 적지 않거든. 어쩌면 첫 결과물을 보여주기 전에는 동참을 거부할지도 몰라.

250네 ____ 1882년 12월 3일(일) 추정

테오에게

네가 보낸 등기우편과 뷔오의 종이가 든 두루마리 역시 고맙게 잘 받았다. 그런데 설명이라도 몇 자 있었으면 하는 바람이다. 예를 들어, 이 종이에는 무슨 도구로 그림을 그려야 하는 건지, 그게 가장 먼저 알고 싶어.

르누아르의 〈보육원 아이들〉은 근사한 그림이야. 최근작인 〈피고인석〉도 마찬가지야. 그런데 〈마자 교도소〉에 비하면 비중이 좀 떨어지긴 해. 그걸 갖게 돼서 정말 기쁘고, 너한테 고마울 따름이다.

석판화 복제화는 잘 받았겠지. 솔직히 성공작은 아닌데 그래도 보낸 이유는 몇 부분이 정확히 내가 의도했던 효과가 그대로 표현됐기 때문이야. 이번에는 석판화용 잉크가 좀 많이 번진 것 같아서 나중에 손을 봐야 했어. 그런데 여기저기 검은 점들이 좀 남아있더라고. 하지만 진흙 묻은 부츠를 신고 있는 다리를 잘 봐봐. 이 방식이 질감 표현에 적당하고 특징적인 효과를 잘 만들어내는 것 같아. 손과 머리는 좀 밋밋하게 처리됐어. 그런데 다른 복제화에는 손과 머리가 아주 세밀하게 표현됐어. 다시 한 번 석판에 전사되고 인쇄되는 과정을 유심히 지켜볼 수 있었는데 내 결론은 이 방식으로 정말 최고의 결과물을 만들어낼 수 있을 것 같아.

오늘은 판 데르 베일러 집에 다녀왔어. 그 친구는 두 손으로 머리를 감싼 노인 데생을 괜찮다고 여기더라고. 자신도 도전해보겠대. 간간이 제법 근사한 작품을 만드는 친구야. 〈양우리〉, 〈잡목림 안의 송아지〉, 〈모래 화차 두 대〉, 〈쟁기를 끄는 소〉, 이렇게 동판화 4점을 줬는데 다음에 또 복제화를 만들거든 몇 개 더 받았으면 하는 마음이야.

그런데 그 친구, 테르스테이흐 씨를 별로 좋아하지 않는 눈치더라. 난 그 인간 이야기는 한마디도 꺼내지 않았고 오히려 그 친구 습작 이야기만 했거든. 그런데 이렇게 말하는 거야. 자기가 이런저런 걸 그려서 테르스테이흐 씨에게 보여주면 이런저런 지적을 하고도 남는다고. 진짜 그런 일이 있었던 것 같은 분위기였어. 그런 일을 겪었다니 정말 유감스럽더라. 테르스테이흐 씨에 대한 내 생각이 나만의 오해였기를 바랐었지만, 그 양반, 정말 더 나은 대접을 받아야 할 사람들을 적잖이 짓밟고 다닌 듯하더라. 정말 개탄스러운 일이야.

어제 편지를 받았어. 라파르트가 아니라, 그 친구 아버님의 편지였는데 병으로 앓아누웠다더라고. 병을 앓고 있다는 건 몰랐지. 어쩌면, 아마, 너나 내가 겪은 그 경우가 아닐까 싶다.

그 친구가 마지막에 보낸 편지에 쓴 몇 마디 때문에 그런 생각을 했지. 어쨌든 나더러 계속 시험을 해보라고 하면서 자신은 몸이 너무 안 좋아서 아무것도 할 수 없다고 얘기했었어. 그 친구한테는 참 안된 일이야. 이런 거지 같은 병 때문에 작업을 이어나갈 수 없다는 게 말이야.

좀 차도가 있다는 소식이 들려오면 병문안을 가보고 싶은 마음 간절하다. 안 그래도 요즘 그 친구랑 작업에 대해 편지로 많은 이야기를 주고받고 있었거든. 그 친구도 목판화를 수집하기 시작했는데 앞으로 서로 도움을 주고받는 일이 많아질 것 같은 예감이 들어.

판 데르 베일러의 집에 갔을 때 브레이트너르가 그린 환상적인 스케치를 봤어. 완성된 데생은 아니었는데 아마 완성이 불가능할 것 같더라. 열린 창문 앞에서, 지도인지 작전 계획인지를 펼쳐놓고 무언가를 결정하고 있는 군 장교들을 그린 거였어. 브레이트너르는 로테르담의 어느 학교 선생님으로 부임해갔잖아. 그 친구한테는 그게 해결책이 될 수 있지. 하지만 내가 보기에, 그 친구는 다른 일 신경 쓰지 않고 버틸 여력이 있었을 때, 그림 작업에 더 집중했어야 했어. 어떤 직업을 갖게 되면 당장 죽기라도 할 것 같은 분위기였어. 아마 걱정이 심했거나, 따지고 보면 가장 최고의 순간에 해당하는 예술가의 삶이 보여주는 어두운 면 때문이었을 거야. 이렇게 말하면 무모할 수도 있어. 어느 순간에는 다른 말을 할 수도 있으니까. 그런데 고민만 하다가 무너지는 사람들도 많지만, 그걸 극복한 사람들은 겪은 만큼 얻어가는 법이야.

네가 소형화를 그려보라고 얘기했었잖아. 다른 사람들과 달리 차분하게 그 부분을 지적해준 점은 고맙게 생각해. 똑같은 말을 해도, 작은 그림을 그리지 않으면 이렇게 되네, 저렇게 되네, 심하게 말하는 사람도 많거든. 다 가식적이고 경솔한 말에 불과해. 난 그들이 옳다고 믿지 않아.

내 솔직한 생각을 말해줄까? 각기 다른 크기의 그림은 다들 장단점이 있어. 대체로 내가 시도하고 있는 작업은 비율이 좀 큰 인물이 필요해. 머리나 손, 발이 작지 않아야 명확히 그릴 수가 있거든.

그래서 나는 『바르그 목탄 교본』에 수록된 크기를 기본으로 잡고 있어. 왜냐하면, 그 정도 비율이 되어야 그림을 한눈에 볼 수 있고, 세밀한 부분도 크게 줄일 필요가 없거든.

사실 대부분 작은 크기를 선택하지. 내 경우는, 처음부터 작은 것도 그렸다가 큰 것도 그렸다가 번갈아 그렸어. 그러니 내 방식을 거스르는 건 내 확신에 반하는 일이 될 거야. 비록 내가 중점을 두는 부분은 인물화를 제법 그럴듯한 비율로 그리는 건데, 이게 결코 말처럼 쉬운 일은 아니야. 어쨌든 그렇다고 해서 내가 다른 방식을 거부한다는 건 절대 아니야. 이런 것들을 바탕으로, 네가 편지에 쓴 답에 대해 다시 질문하자면 이렇다. 혹시 진지하게 마음에 담아두고 있는 일이 있는지. 예를 들어, 누군가 인물의 비율을 반으로 줄인 복제화를 활용할 방법이 있다고 한다면? 네 눈에 판로가 보인다면 나는 기꺼이 이미 그려둔 그림들도 작은 크기로 축소하거나 작은 크기로 다른 그림들을 그릴 거야.

특별한 이유가 있고 없고에 따라 내가 그림의 크기에 두는 비중은 달라질 수 있어.

아직은 누구에게, 무슨 용도로 그림을 소개할지 말해줄 수 없겠지만, 네가 다시 한 번 애써줄 수 있다면, 인물화 몇 개를 절반 크기로 그려서 보낼 용의는 얼마든지 있다.

그러니까 내 말은 애초부터 작업에 순서를 정하고 규칙 같은 일종의 노선을 만들려고 한 건 그런 규칙의 노예가 되려는 게 아니라, 각각의 작업을 명확히 구분하기 위해서였다는 거지. 난 그 점을 강조하고 싶은 거고.

인물 크기를 반으로 줄이는 건 전혀 어렵지 않아. 다만, 인물이 가지고 있던 고유의 특징 같은 게 사라진다는 단점이 있지만, 오히려 나아지는 경우도 더러 있어.

어쨌든 조만간 그림 몇 점을 보낼 텐데, 마음속으로 정확히 생각해둔 용처가 있으면 미리 얘기해주면 좋겠다. 그래야 적절한 인물을 골라 보낼 수 있을 테니까.

다시 한 번 고맙다는 말 전한다. 그리고 내가 지난 편지에 말했던 계획, 대중을 대상으로 한 복제화 제작도 진지하게 검토해주면 좋겠어. 아직 구체적인 계획을 세워놓은 건 아니라 뚜렷한 아이디어가 떠오르기 전까지, 나는 데생과 인쇄 방법부터 고민해봐야 해.

그런데 나는 이 사업을 실행에 옮기는 게 불가능하지는 않다고 생각하고, 유용할 거라는 점도 의심하지 않아. 그래서 의기투합할 동업자를 찾는 것도 그리 어렵지 않다고 본다. 일을 제대로 진행하면 참여한 사람들도 절대 후회하지 않을 거야.

악수 청한다.

너를 사랑하는 형, 빈센트

너한테 편지 쓰면서 네가 보낸 편지를 다시 읽어봤어. 특히, 그림 크기에 대한 부분. 너도 알고 있는 테오필 쉴레르라는 삽화가 얘기를 해줄게. 에르크만-샤트리앙 소설의 삽화가인데, 그가 그린 작은 삽화를 보면 확실히 작은 크기의 데생에 탁월해. 예전에 「릴뤼스트라시옹」이나 「르 마가젱 피토레스크」 등의 잡지에 기고한 삽화는 물론 브리옹과 융트도 참여했던 『보즈 앨범』만 봐도 확실히 느낄 수 있거든.

그런데 그가 그린 〈식사기도〉(벌목꾼 가족이거나 식탁에 모여앉은 농부 가족) 같은 그림이 최종 결과물까지 단번에 그려졌다고 생각하면 큰 오산이야. 아니, 작은 데생에 꽉 찬 느낌을 심어주고 힘을 불어넣는 건, 삽화를 우습게 보는 사람들이 간단할 거라 여기는 것보다 훨씬 더 많은 공이 들어가는 작업이야.

아우야, 너는 내가 알고 있는 미술상 중에서 가장 조예가 깊은 사람이야. 너는 다른 사람들과 달리 통찰력과 감수성을 가지고 너의 일에 대해 이야기하는 사람이야. 그런데 『보즈 앨범』이나 「그래픽」 초기작에 수록된 삽화들이 얼마나 힘들고 어렵게 그려진 건지, 그 과정을 알게 되면 아마 깜짝 놀랄 거야.

개인적으로 쉘레르나 랑송, 르누아르를 비롯한 다른 데생 화가들의 삶과 작품을 알아갈수록, 지금까지 알려진 건 굴뚝에서 흘러나오는 가느다란 연기에 불과하다는 걸 깨닫게 되더라. 그런데 그들의 마음속과 화실에는 커다란 불이 활활 타오르고 있었어. 삽화 잡지 속의 그들은 저 멀리, 별 의미 없는 하찮은 작은 탑에 불과해 보이지만, 가까이 다가가면 커다랗고 웅장한 그 실체를 느낄 수 있어. 그들의 작품 중에 대중에게 소개된 건 극히 일부에 지나지 않아.

어쨌든, 어떤 유화들은 압도적인 크기에 눈길이 가지만 시간이 지나고 다시 보면 공허함이나 실망감만 남아 있어 놀랄 때도 있어. 반대로, 목판화나 석판화로 찍어낸 작품들은 처음 볼 때에는 대수롭지 않게 보일지 모르지만, 다시 보다 보면, 마음에 들 뿐만 아니라 웅장한 분위기까지 느낄 수 있어.

테니얼이 그린 〈두 명의 목사〉는 (그림 제목이 아니라, 주제가 그렇다는 거야) 한 사람은 도시에 사는 목사로 다소 거만하고 쾌활하면서 위엄이 느껴지는 분위기인데 다른 사람은 행색이 초라한 모양새가 시골 어느 작은 마을의 목사로, 식구는 많고 가난한 가정의 가장 같은 분위기를 풍겨. 화가 중에도 이런 두 부류의 사람들을 만날 수 있다는 생각이 자주 들어. 삽화가들 대부분은 화가들의 세상에서 시골 목사 부류고, 부그로나 마카르트 등은 도시의 목사 같은 사람들이지.

작은 데생이나 큰 데생을 그리는 건 상대적으로 중요하지 않아. 하지만 삽화 잡지가 나한테 요구하는 건, 내가 스스로에게 부과하는 것의 일부에 지나지 않아. 나는 데생을 커다랗게 그려야 머리와 손, 발이 너무 작아지지 않고, 또 그래야 세부적인 것들을 살릴 수 있다고 철칙처럼 여겨왔어.

아직은 내가 정한 철칙을 완벽히 다듬지는 못한 상태라 갈 길이 멀어. 그래서 그 방향을 계속 파고드는 거고. 나 스스로에게 철칙을 적용할 때, 타인들의 기준보다 더 과하게 정하지는 않았어. 예를 들어, 지금 작업하고 있는 그림의 크기가 정확히 어떻게 나올지는 나도 잘 모르겠어. 그런데 곰곰이 생각하다가 결정을 내렸는데, 손으로 머리를 감싸쥔 노인 그림의 절반 크기로 만들 생각이야. 하지만 인쇄하는 날, 크기를 줄여서 찍을 수도 있어.

구필 화랑에서 출간된 『목탄 교본』과 『대가들의 모델』은 커다란 인물화 데생을 그리는 실질적인 이유를 잘 말해주고 있어. 난 이 책들로 그림 공부를 시작했어. 그리고 지금까지 실제 모델을 세우고 습작을 그리는데 가장 좋은 길잡이였어. 이 교본들은 습작을 그리는 사람이나 학교, 더 나아가 화가들에게도 제대로 된 지식을 제공해. 난 바르그의 설명을 귀담아들었어. 그렇게 따라 했다고 내 작품이 바르그의 수준을 능가하는 건 아니지만, 교본에 소개되는 본보기나 설명은 그 옛날, 레오나르도 다빈치 같은 대가들이 가르쳤던 내용에 이르는 길을 잘 보여주고 있다. 어쨌든, 교본 덕에 머릿속에 데생에 대한 개념이 설 수 있었고, 그 덕에 어느 정도 규칙적으로 작업을 할 수 있게 됐어. 그런 개념이 없었다면 지금처럼 그림을 그릴 수는 없었을 거야. 그래서 내가 쉽게 포기할 수 없었던 거지만, 다시 한번 말하는데, 상황에 따라 얼마든지 내가 습작으로 가지고 있는 인물화의 크기를 줄일 수 있어.

이번 여름부터 내 그림들을 한번 쭉 살펴봐주면 고맙겠다. 그나저나 샤프탈로를 통해 보냈다는 그 데생들은 어떻게 됐니? 아직 못 받았거든. 혹시 여전히 너희 집에 있는 게 아닌가 싶기도 하다. 왜냐하면, 얼마 전에 네가 편지에 뷔오에게 보여줬다고 했거든. 물론 급한 건 아니야. 다만, 그림들이 어딘지 모를 곳에서 굴러다니는 건 아닌가 걱정돼서 물어보는 거니 여기저기 사람들에게 보여주려고 네가 가지고 있다면 아무 상관 없어. 다만, 그렇게 보여줄 목적이라면 내가 가지고 있는 것들 중에서 새로 다시 골랐으면 좋겠다.

251네 —— 1882년 12월 4일(월)에서 9일(토) 사이

테오에게

내가 작업하다가 생각해낸 계획, 그러니까 대중을 위해 대중의 그림을 그리겠다는 계획을 설명한 편지, 아마 받았겠지. 이 일은 서적상의 방식이 아니라 자선 행위의 형식과 의무감으로 진행되고, 여러 사람들이 같은 목적으로 동참한다면 좋을 것 같아.

너한테 그런 편지를 쓰고 난 뒤, 내 생각은 자연스럽게 '누가 이런저런 일을 할까?'가 아니라 '내가 할 수 있는 일이 뭘까?'로 이어졌고, 당연히 전자의 경우보다 후자의 경우가 내 책임이라고 느끼게 됐다. 대중에게 선보일 그림을 그리던 중 머릿속에 구체적인 아이디어가 떠오른 것도 사실이야. 이 계획을 현실화하는 건 아주 유용한 일 같아. 다른 대중 잡지를 비굴하게 베낄 필요는 전혀 없어. 오히려 「브리티시 워크맨」 같은 잡지의 존재가 '하는 방법'과 '하지 않을 방법' 등의 방향을 적절히 제시해주고 있기 때문이야.

혹시 찰스 디킨스의 『리틀 도릿』을 아는지 모르겠지만, 거기 등장하는 인물인 도이스는 '하는 방법'을 삶의 원칙으로 삼는 사람들의 전형이라고 할 수 있어. 이 매력적인 인물을 전혀 모

른다고 해도 이런 대목을 듣고 나면 어떤 성격인지 파악이 될 거야. 일이 마음대로 되지 않을 때, 남들의 무관심이나 그보다 더한 일을 겪었을 때, 더 이상 앞으로 나갈 수 없다는 판단이 서면, 이렇게 말해. "This misfortune alters nothing ; the thing is just as true now-after the failure-as it was then-before the failure(이 불행은 바뀌지 않아. 그때(실패 이전)이 현실이었듯, 지금(실패 이후)도 엄연한 현실이지.)" 그러고는 대륙으로 건너가 영국에서 실패한 일을 다시 시작하고 끝내 성공하지.

내가 하고 싶은 말이 바로 이 대목이야. 이런저런 일을 하는 인부들 같은 대중을 위해서 그런 대중의 그림을 그리고 대중 잡지로 만들어 배포한다는 생각은 (이 사업은 무엇보다 의무감과 공공 행위 차원으로 여겨져야 해) 이렇게 정리할 수 있을 것 같아. 비록 지금 당장, 단번에 성공할 수는 없겠지만 '상황은 어제도 그랬듯 오늘도 엄연한 현실이야 그리고 내일도 엄연히 현실'이 될 거라고.

그러니까 일에 착수한 다음 차분하게 단계를 거쳐 가면 성공을 의심하거나 절망할 일이 없어. 단, 약해지지 않고 자신감을 잃지 않는다면 말이지.

내가 가야 할 길은 정해져 있다고 생각해. 내 데생에 전력을 쏟는 거야. 그래서 이 계획에 대한 편지를 쓴 뒤로도 데생 몇 점을 더 그렸어. 첫 번째로 〈씨 뿌리는 사람〉이야. 제법 나이도 있는 키 큰 남자인데, 어두운 땅 위로 드리워진 검은 그림자처럼 처리했어. 저 멀리 황야로 지붕에 이끼가 낀 초가집이 보이고, 하늘에 날아다니는 종달새도 한 마리 그렸어. 남자 얼굴은 계상(鷄像)으로 털 같은 건 없고, 코와 턱이 적당히 돌출됐으며 장화 신은 다리는 길게 그렸어.

두 번째는 조금 다른 〈씨 뿌리는 사람〉인데 펑퍼짐한 바지에 밝은 갈색 면직 상의를 걸친 남자야. 검게 처리된 밭 위에 두드러져 보이는 인물인데, 뒷배경으로 버드나무들이 줄지어 서 있지. 두 번째 남자는 턱선을 따라 수염이 나 있고 어깨가 널찍해 다부진 체구라 그 모양새가 한 마리 황소 같아서 전체적인 분위기는 땅에서 일하는 느낌이 살아 있어. 약간 에스키모 같은 얼굴이라 입술이 두툼하고 코가 납작해.

그다음은 목초지에서 낫질하는 남자야. 머리에 쓴 모직 모자가 밝은 하늘과 대조를 이룬다.

그리고 모래 언덕에 나가면 이따금 마주치는 크고 허름한 모자에 짧은 재킷을 걸친 노인도 한 명 그렸어. 토탄이 든 바구니를 들고 집으로 돌아가는 사람이야.

이번에 그린 데생들에는 손으로 머리를 감싸쥔 노인보다 내 의도를 더 명확히 표현해보려고 애썼어. 이 사람들은 다들 무언가를 하고 있어. 그래서 나도 그릴 대상을 고를 때는 그 점을 원칙으로 삼아서 작업에 임해야 할 것 같아. 쉬고 있는 인물을 그린 그림이 얼마나 아름다운지는 너도 잘 알 거야. 일하는 사람 그림보다 훨씬 많잖아. 일하다 쉬고 있는 사람은 언제든 그려보고 싶어. 행위를 표현하는 건 정말 힘든 일인데 대다수는 효과가 들어간 그림을 훨씬 편안하게 받아들이는 편이야. 하지만 편안하게 받아들이는 부분이 진실을 가려선 안 돼. 그리고 진실은 앉아서 쉬는 날보다, 힘겹게 일하는 날이 압도적으로 많다는 거지. 내 마음가짐이 어떤지 이제 알 거야. 내가 표현하고 싶은 건 일하는 모습이야.

내가 볼 때는, 복제화를 만드는 일보다 데생 그리는 게 더 시급한 문제인 것 같아.

그래서 이 일과 관계된 이야기는 사람들을 가려가면서 조심히 꺼낼 생각이야. 왜냐하면, 소수가 다수보다 실질적이고 기민하게 움직일 수 있기 때문이야. Too many cooks spoil the broth(사공이 많으면 배가 산으로 가지).

너하고 함께 있을 수 있으면 좋겠다. 내가 왜 그 일을 해낼 수 있다고 자신하는지 알아? 물리 시간에 배워서 너도 알 수 있을 거야. 어느 물체가 액체 속에 잠기면 이 물체는 자신이 이동시킨 액체의 특정한 무게만큼 하중을 잃게 된다는 거. 이로 인해 어떤 물체는 액체 위에 떠다니기도 하는데, 잠기는 물체는 공기 중에서보다 액체 속에서 무게가 덜 나간다. 이거랑 비슷한 (일종의 고정된 자연법칙 같은 거) 현상이 작업에도 발생할 수 있는 거라서, 어느 순간, 생각지도 못한 업무능력을 지니고 있다는 사실을 발견하기도 하는 거야. 사실은 애초에 가지고 있었는데 일에 집중하는 과정에서 그 능력이 발현된 걸 수도 있어.

네가 언젠가 그림을 그리기 시작하면, 너도 충분히 경험할 수 있는 일이야. 처음에는 불가능하게만 느껴지고, 도저히 도달할 수 없을 것 같아 절망하게 되는데 결국은 적응하고 만들어나가는 거지. 내 작품을 보다 보면 너도 느낄 거야.

그나저나 편지로 너한테 했던 말 중 하나가 확실해졌어. 그러니까 라파르트가 심하게 앓고 있다는 거야. 그 친구 아버지가 소식을 전해주시긴 했는데, 도대체 어디가 아픈지는 아무런 설명이 없어. 그 친구가 나아지기 전까지 최대한 많은 데생을 만들고 싶다. 그 친구도 병상에서 일어나면 나처럼 해줬으면 좋겠거든. 라파르트는 누구에게도 없는 재주가 있어. 그러니까 생각도 깊은데 자신의 감수성도 키우는 법을 알고 있지. 계획을 세우는 법도 알고 전체를 바라보면서 아이디어를 만들어내는 법도 알아.

적잖은 사람들이 성찰과 의지를 예술과는 별 상관없는 요소로 치부하는 경향이 있어. 적어도 장기적인 작업에는 필요 없다고. 하지만 장기적인 작업에는 그만한 여력과 힘이 필요해. 그리고 인내심과 평정심도. 라파르트는 내가 계획하고 있는 이 사업에 많은 도움이 될 자질을 또 하나 갖추고 있는데 인물화를 깊이 연구하고 있다는 거야. 단순히 수채화 속의 색조 연구 정도로 치부하지 않고, 인물의 형태와 구조에 큰 비중을 두고 있어.

종종 드는 생각인데, 제대로 된 풍경화 그리는 데 시간을 쏟을 수 있으면 소원이 없겠다.

놀랍도록 아름다운 광경들을 자주 보는데, 그럴 때마다 문득, 이렇게 아름다운 장면을 그림으로 본 적이 없다는 생각이 들더라. 그래서 그걸 그리려면(하는 방법) 다른 작업은 포기해야 하는 거야. 너도 나와 같은 생각인지 궁금하다. 그러니까 풍경화가 무시되고 있다고 생각하는지 말이야. 에밀 브르통이 어떤 효과를 만들어냈는데 (본인은 여전히 그 방향을 파고들고 있지)

사람들은 그게 새로운 흐름의 시작이라고들 하거든. 그런데 나는 그 기술이 세간의 평가처럼 아직 정점에 다다랐다고 생각지는 않아. 왜냐하면, 그걸 이해하는 사람도 별로 없지만 그걸 따라 하고 연습하려는 사람은 더더욱 없기 때문이야. 적잖은 풍경 화가들이 어렸을 때부터 마음으로 들판을 바라보며 자란 사람들만큼 자연의 내면까지 들여다보지 못하는 것 같아. 적잖은 풍경 화가들이(그래도 예술가로서 인정은 하지만) 너나 나, 한마디로 인간의 입장에서 바라보더라도 마음에 들지 않은 그림들을 참 많이도 그리고 있어. 많은 사람들이 에밀 브르통의 작품을 경박하다고 말하지만 결코, 그렇지 않아. 그의 그림은 여타 화가들 그림보다 감수성이 풍부해. 그리고 그는 다른 이들보다 아는 것도 많고, 그의 작품 역시 그만큼의 품격을 지니고 있어.

사실, 풍경화 분야에서 공허함이 점점 커지고 있어. 나는 이 대목에서 헤르코머의 말을 인용하고 싶어. "The interpreters allow their cleverness to mar the dignity of their calling(대상을 해석하는 예술가는 자신의 재능으로 자기 예술작품의 존엄성을 해할 수 있는 자격을 부여한다)." 대중들은 조만간 이렇게 얘기할 거야. "우리를 예술적 조합에서 구하소서, 그리고 평범한 풍경화를 돌려주소서."

루소의 아름다운 유화를 감상할 수 있는 우리는 행복한 거야. 루소는 그림에 진심과 진지함을 부여하기 위해 애를 썼어. 판호이언이나 올드 크롬, 미셸 같은 사람을 떠올리면 얼마나 기분이 좋아지냐. 이사크 오스타더의 그림이나 라위스달의 그림은 또 얼마나 아름다워! 그들이 살아 돌아오기를 바라냐고? 사람들이 그들의 그림을 따라 그리기를 바라냐고? 천만의 말씀. 하지만 그 진지함, 순수함, 진심은 남아 있으면 좋겠어.

쥘 뒤프레의 옛 석판화 몇 점이 있는데 본인이 직접 만든 것도 있고, 그의 크로키를 본뜬 것도 있어. 그것들이 얼마나 생명력 넘치고 사랑을 표현하고 있는지 봐. 그런데 즐겁고 자유롭게 만들어진 것들이야.

맹목적으로 자연을 베낀다고 다가 아니야. 많은 사람들이 작품 속에 신선함과 진실을 불어넣어 주는 자연의 내면까지 들여다보는 방법을 모르고 있어.

너는 더 복이 네가 아는 것들을 전부 알고 있다고 생각해? 천만의 말씀. 절대 그렇지 않아. 넌 풍경이나 인물들은 어릴 때부터 보는 거 아니냐고 반문하겠지. 그런데 어릴 때부터 보더라도 생각을 하면서 보느냐가 관건이지. 황야, 풀밭, 벌판, 나무를 보더라도 그것들을 좋아했는지, 눈과 비와 폭풍우를 반가워했는지가 문제야. 모두가 너와 나처럼 자연을 대하지는 않았던 거야. 특별한 주변 환경, 특별한 정황이 있었기에 자연에 대한 사랑이 싹텄던 거라고. 그리고 그에 따른 특별한 기질과 성격 덕분에 그 사랑이 뿌리를 내릴 수 있었던 거야.

네가 브뤼셀에 있던 시절에 보내준 편지가 기억난다. 당시 편지에 묘사한 풍경도 네 지난번 편지와 비슷했었어. *예술을 위해서는 정직한 사람들이 꼭, 아니 절대적으로 필요하다는 사실, 이제 실감이 나니?* 그런 사람들이 아예 없다는 건 아니야. 하지만 넌 내 말뜻을 이해했을 거라 믿는다. 하지만 나를 비롯한 여러 화가들이 몹쓸 거짓말쟁이라는 것도 알 거야.

"정직이 최선이다"라는 말은 여기서도 엄연히 적용된다. 『토끼와 거북이』나 안데르센의 『미운 오리 새끼』의 내용도 마찬가지야.

동판화가 에드윈 에드워즈의 작품이 왜 높이 평가받을까? 왜 사람들이 그의 작품을 영국 최고의 작품으로 쳐주는 걸까? 왜냐하면, 성실과 진지함이 깃들어 있기 때문이야. 나는 에드윈 에드워즈보다 쥘 뒤프레 같은 사람이 되고 싶어. 하지만 그 진지함에 경의를 표하는 데 문제 될 건 전혀 없어. 그렇기 때문에 나머지 것들이 쓰레기로 전락하더라도 그들의 작품은 여전히 자리를 지키고 있는 거야.

나는 뤽상부르 궁에 있는 베르니에의 〈겨울 들판〉을 이상적인 작품이라고 생각해.

라비에유Eugène Antoine Samuel Lavieille의 목판화와 유화도 있어. 크리스마스 분위기를 표현한 〈겨울밤〉이 기억난다.

사과나무 과수원과 늙은 백마를 유화로 표현한 마담 콜라르의 작품도 있고.

쉥트뢰유와 고에탈도(고에탈의 작품들은 도대체 누구와 비교해야 너한테 제대로 설명할 수 있을지 매번 고민이야) 있는데 쉥트뢰유나 고에탈의 작품 중에는 내가 아는 게 많지는 않다.

모든 문제의 근원은 풍경화의 대가란 사람들이 가진 의도가 잘못된 해석에 근거하고 있기 때문이야. 막말로 선의와 진지한 감정이 걸작을 만드는 비밀이라는 걸 아무도 모른다는 거야. 다들 깊이가 없기 때문에 어쩔 수 없는 일이야. 그래도 선의를 가지고 있다면 최대한 그 선의를 보여주면 돼. 소위 대가라는 풍경 화가들이 네가 자연에 대해 느끼고 알고 있는 것의 반만 알더라도 지금보다 훨씬 나은 작품을 그려낼 거야. 사실이야. 너도 (네가 하는 일과 직접적인 관련은 없지만 그래도 어느 정도 네 영역에 해당하니까) 내 생각에 동의해줄 거라 믿는다. 내가 방금 설명한 걸 잘 생각해보고, 저울 위에 올라가서 내가 말한 것들과 다른 것들을 반대편에 올려놓으면 이런 말이 나올 거야. "난 참 보잘것없는 사람이다." 보잘것없다는 말을 고상하다는 좋은 의도로 사용하지 않는 한 말이야.

*재주*라는 말을 참 많이 써. 여기저기 울려 퍼질 정도니까. 그런데 나는 도대체 정확한 그 뜻을 모르겠어. 정말 하찮은 것들에도 그 말이 찬사처럼 따라붙는 경우를 여러 번 들었어. 재주라는 게 예술을 살려주기라도 한다는 말이야? Ed, 프레르나 에밀 브르통 같은 화가들이 볼디니나 포르투니 같은 화가들보다 더 많았다면 상황이 더 나아졌을 거라 믿고 싶어. 프레르와 에밀 브르통 같은 화가들은 오래도록 그리울 사람들이야. 그런데 볼디니와 포르투니를 화가로서 존경하는 마음은 있지만 그들이 끼친 영향은 너무 치명적이었어. 귀스타브 브리옹 같은 화가는 가치 있는 작품을 남겼고, 드 그루도 마찬가지야. 이런 화가들이 여럿이었으면 세상이 달라지고 예술에는 축복이었을 거야. 볼디니나 포르투니, 르누 같은 사람들이 무슨 소용이겠어? 그들 작품이 무슨 발전을 가져왔어? 네 말이 전적으로 옳아. "진지함이 역설보다 낫다. 제아무리 날

카롭고 위트 있는 역설이라도." 나라면 이렇게 말하겠다. "Bonté vaut mieux que malice(선의가 악의보다 더 낫다)." 당연하잖아. 그런데 많은 이들은 이렇게 말하지. "아니, 악의 속에 선의가 담긴 거야." 뭐, 뿌린 대로 거두겠지.

잘 있어라, 아우야. 데생과 관련된 이야기를 너한테 꼭 하고 싶었어. 대중을 위한 그림을 그려 복제화로 만들어내겠다는 계획이 나를 앞서나가는 사람으로 만들어주면 좋겠다는 이야기를 너와 나누고 싶었어. 이 편지를 쓰는 동안 라파르트 소식이 날아들었어. 조금 나아졌다는데 상태가 많이 안 좋았나 보더라. 그 친구도 그렇고, 그 친구 아버지도 대중들을 그린 그림을 좋아하시는 것 같아. 병상에서 일어나면 당장에 만나러 가고 싶다. 물론, 그 친구 시력이 정상으로 회복된 다음이긴 하지만.

편지하고 내 말 명심해라.

너를 사랑하는 형, 빈센트

252네 ____ 1882년 12월 11일(월) 추정

테오에게

등기우편 방금 받았다. 진심으로 고마워. 우선 너한테 하고 싶은 말이 있어. 편지에 「그래픽」 1883년 크리스마스 특별 호 부록을 동봉해 보낸다.

유심히 읽어봐라. 그럴 가치가 있는 내용이니까.

얼마나 대단한 일이고, 또 얼마나 많이 팔렸어! 그런데 그다음은?

허버트 헤르코머의 말이. 「그래픽」 편집진과 유난히 대립각을 세운다. 편집진은 이렇게 말하고 있어. '우리 잡지사의 경우 소속 전문 삽화가 외에 전 세계 2,730명의 독자들이 직접 그린 스케치나 데생을 보내오고 있다.'

헤르코머는 "능력 있는 데생 화가가 씨가 말랐다"고 지적해.

그의 지적은 크리스마스 특별호 편집진의 주장과 정면으로 대치되고 있어. 이렇게 설명할 수 있을 것 같다.

「그래픽」 편집진은 "아무 문제 없다."

H. 헤르코머는 "모든 게 문제다."

동봉하는 특별호 부록 4쪽을 잘 읽어봐. 시사하는 게 많아. '*「그래픽」은 독자적인 운영이 가능하다고 판단되자 건물 하나를 빌려* 인쇄기 6대를 돌리기 시작했다.'

더더욱 존경스러운 결정이고 성스럽고 고귀하고 숭고한 느낌마저 들 정도야. 지금 그림 속의 이 위대한 예술가들을 바라보면서 안개 낀 런던과 이 작은 회사가 겪고 있는 문제점들을 떠올려본다. 상상 속에서 각자의 화실에 앉아 최고의 작품을 그려내기 위해 열정을 불태우는 데생 화가들이 보여.

「그래픽」 창간호를 들고 찰스 디킨스의 집으로 뛰어가는 밀레이가 보인다. 당시, 디킨스는 인생의 말년을 보내는 중이었지. 한쪽 발도 마비된 터라 목발 비슷한 지팡이에 의지해서 걸어 다녔어. 밀레이는 디킨스에게 루크 필즈의 〈노숙자와 부랑자〉를 보여주지. 야간 보호소 앞에 몰려든 집 없고 굶주린 사람들 그림이야. "이 친구한테 선생님의 『에드윈 드루드의 비밀』의 삽화를 맡겨보시지요." 그러자 디킨스가 대답했지. "그럽시다."

『에드윈 드루드의 비밀』은 디킨스의 유작이 되었어. 루크 필즈는 아기자기한 삽화 덕에 디킨스와 인연을 맺었고, 그가 숨을 거둔 날, 그의 집필실에 들어가 빈 의자를 볼 수 있었던 거지. 그게 바로 오래전 「그래픽」에 실린 가슴 뭉클한 데생인 〈빈 의자〉가 탄생할 수 있었던 계기가 되었던 거고.

빈 의자야 어딜 가도 있고, 시간이 흐르면 더 많아질 거야. 그리고 앞으로 헤르코머, 루크 필즈, 프랭크 홀, 윌리엄 스몰 등도 빈 의자를 남기고 떠나게 될 거야. 하지만 편집진들과 서적상들은 H. 헤르코머의 예언을 여전히 무시하고 내가 동봉한 잡지 속의 내용을 근거로 들면서 아무 일도 없을 뿐만 아니라 점점 나아지고 있다고 우리를 안심시키려 들 거야.

물질적인 영향력이 정신적인 영향력과 비등할 뿐만 아니라, 굳이 정신적인 영향력이 없어도 성공할 수 있다고 주장하는 건 무정한 인간들의 착각에 불과해.

「그래픽」도 그렇지만 예술 분야의 다양한 문제들도 상황은 비슷해. 정신적인 영향력은 점점 줄어들고 그 자리를 물질적인 영향력이 차지하고 있어. 그렇다면 과연 기대했던 방향 전환이 이루어질까? 내 생각에, 모두가 각자 이 문제에 대해 고민해봐야 할 거야. 그런데 옛말에 이런 말이 있어. 멸망으로 이끄는 길은 널찍하고, 좁은 길은 그와 다른 곳에 이르게 된다고.

처음에는 「그래픽」도 좁은 길로 걸었어. 그러다 넓은 길로 옮겨간 거야. 오늘 아침에 최근호를 한 번 뒤적여봤어. 건질만한 게 하나도 안 보이더라. 그러다 오늘 서적상에서 거의 버리는 종이 더미 속에서 1873년판 하나를 찾아냈어. 찢어지고 더럽긴 했지만 *그림은 다* 건질 수 있었어.

그런데 이런 생각이 들더라. Que faire(뭘 해야 하지)?

몇 년 전, 라파르트와 함께 브뤼셀 외곽으로 나간 적이 있었어. 요사팟 계곡이라 불리는 지역인데 무엇보다 롤로프스가 사는 곳이야. 가보니까 인부들이 나와서 일하고 있는 모래 채취장이 있었어. 여자들은 민들레를 따고, 나이 든 농부가 자기 밭에서 씨를 뿌리고 있었어. 둘이 앉아 하염없이 그 장면을 바라보는데 문득, 절망감이 밀려들더라. 내 눈에 아름다워 보이는 모든 걸 그림으로 다 옮길 수 있을까? 지금은 그런 문제로 절망하는 일은 없어. 이제는 예전보다 농부들이나 여성들의 움직임을 잘 포착하거든. 이렇게 끈기 있게 노력해나가면 내가 가고자 하는 방향으로 갈 수 있을 것 같아. 하지만 일이 돌아가는 상황이 나를 짓누르고 있는 탓에 기쁘고 신나는 마음으로 간행물 문제를 생각할 수가 없어. 「그래픽」은 몇몇 작가들이 작품 기고를 거부하기 시작하면서 그 분위기가 점점 퍼지고 있다는 사실에 대해서는 아무런 언급도 없어. 왜? 화가는 무엇보다 그럴듯한 그림을 만들어내는 사람들이고 그들이 가지고 있는 정직한 마음으로 보면 이 모든 게 너무 끔찍해 보이기 때문이야. 무슨 말을 더 할 수 있겠어. 똑같은 말뿐이지. Que faire?

여기, 헤이그는 재주를 가진 사람들이 많아. 나도 기꺼이 인정하는 사실이야. 그런데 여러모로 얼마나 안타까운 상황인지 모른다. 온갖 음모와 온갖 논쟁 그리고 시기와 질투! 메스다흐를 비롯해 많은 돈을 벌어 업계를 쥐락펴락하는 예술가들의 인성이 보여주는 건 물질적인 영향력이 정신적인 영향력을 잠식해 들어가고 있는 현실이야.

이제 점점 깨닫기 시작했어. 내가 만약 영국으로 건너가 여기저기 돌아다니며 알아보면 실질적인 일자리를 구할 수 있을 것 같아.

일자리를 찾는 게 내 꿈이었어. 과거에도, 지금도, 그 어렵던 시기를 버티게 해준 건 그 일념 하나였어. 하지만 지금 일이 돌아가는 형국을 보고 있으면 마음이 너무 무거워지고 즐겁지도 않다. 데생에 대한 내 열정은 아무리 쏟아내도 부족하지 않아. 그런데 편집진의 일원이 되어야 한다니, 생각만으로도 소름이 끼친다.

내 건강이 어떤지 물었지? 작년에 불편했던 것들은 말끔히 사라졌어. 그런데 지금은 좀 우울하다. 다른 때 같았으면(작업이 잘 진행되면) 심신이 편안한 시기인데 말이야. 기분이 마치 영창에 갇혀 이렇게 생각하는 병사가 된 것 같아. '대열에 끼어 있어야 할 내가 왜 여기에 갇혀 있는 거지?'

그러니까 중압감이 느껴진다는 거야. 나한테 어떤 힘 같은 게 있는데 이런저런 이유로 그 힘을 키울 수 없는 것 같아. 나 자신이 내면의 싸움이 진행되는 싸움터가 된 기분이야. 뭘 해야 할지도 모르겠어. 문제는 처음에 생각했던 것보다 해결이 쉽지 않다는 거지.

나는 내 역량을 키울 수 있는 그런 직업을 갖고 싶지만 내가 당장 할 수 있는 일 중에는 내가 원하는 것과 전혀 다른 결과로 이어지는 일들도 있어. 그래서 그런 것들도 개의치 않고 해야 하는 거야. 분명, 나도 일자리를 얻게 될 테니까. 그런데 내가 그 자리에 적임자가 아니라고 여겨지면, 잘 가라고 작별 인사를 건네겠지. 구필에서 그랬듯, 내가 먼저 작별 인사를 하지 않는 이상 말이야.

아마 '시사성'이 있는 삽화, 그날그날의 일과 관련된 데생, 또 뭐냐, 아드리앵 마리나 고드프루아 뒤랑 등이 즐겨 그렸을 그림 등을 주문할 거라는 건 나도 안다. 삽화 잡지사들이 다소 피상적인 흐름 같은 걸 좇는다는 사실을 점점 확실히 깨닫고 있다. 게다가 그들이 궁극적으로 추구하는 게 아름다운 그림도 아닌 것 같아. 마땅히 그래야 하는데 말이야. 오히려 자신들이 직접 돈이나 수고를 들이지 않아도 될 자질구레한 것들을 모아서 정기적으로 출간하는데 그

와중에 간간이 괜찮은 게 수록되기도 하지만 대부분 기계로 싸게 찍어내고 자기들 주머니를 불리는 일에 열중하고 있어.

이건 현명한 일이 아니야. 지금 당장은 아니겠지만, 종국에는 파산을 면치 못하고 뼈저리게 후회할 게 분명해. 나도 그렇게 되지 말란 법도 없어. 그들은 혁신을 도모할 생각도 없어.「그래픽」,「릴뤼스트라시옹」,「비 모데른」이 저급하고 무미건조한 삽화들만 낸다고 가정해봐. 그래도 판매는 어마어마하게 될 거야. 편집진들은 손을 비비며 말하겠지. 이래도, 저래도 잘 팔리는 것 같다고. 항의하는 독자도 없고, 그저 주는 대로 받기만 한다고.

그럴 수도 있을 거야. 편집진 양반들은 수천 명의 독자들이 앞다퉈 자신들이 만든 잡지를 사 들고 가는 모습은 볼 수 있겠지. 하지만 그 독자들이 불만과 실망감에 휩싸여 책을 덮는 모습 또한 피할 수 없을 거야. 그걸 보면 마냥 쾌재를 부를 수만은 없을 거다.

하지만「그래픽」과의 관계는 경우가 달라. 너도 읽겠지만 그들은 여전히 자신만만해.

어렵고 고결한 시대에 수면 위로 잘 올라오지 않던 평범한 고용인들이 자신들의 목소리를 찾아가고 있어. 졸라가 말하는 보잘것없는 존재의 승리가 이런 거야. 망나니 같고 한심한 사람들이 인부들의 자리, 사상가의 자리, 예술가의 자리를 차지하고 있는데 사람들은 그런 사실조차 감지하지 못하고 있어.

그래, 대중들이 불만스럽게 여기는 부분이 분명 있어. 하지만 그들은 물질적인 영향력이 성공하는 모습에 박수를 보내고 있어. 하지만 아직은 그 박수소리가 짚불에 불과하다는 사실을 간과해서는 안 돼. 박수소리 내는 걸 좋아하는 사람들은 소문내는 걸 또 좋아해. 축제가 끝나고 나면 공허하고 허무할 정도로 적막감이 감돌잖아. 소란스럽게 호들갑을 떨고 나면 남는 거라곤 무력감이야.

광고 전단을 보면「그래픽」은 헤르코머나 스몰, 리들리가 그린 〈대중의 얼굴〉 연작 대신 〈미(美)의 유형〉(큼지막한 여성 초상화)을 출간할 예정이래.

좋아. 그런데 적잖은 사람들이 〈미의 유형〉을 좋아하는 대신 우울한 마음으로 예전에 나온 〈대중의 얼굴〉을 떠올릴 거야(이 연작은 막을 내렸어).

「그래픽」은 이렇게 말하고 있어. 드디어 다색석판화 출간!!! 스웨인의 화실을 돌려달라.

봐라, 테오야. 이게 얼마나 황망한 일이냐. 제대로 굴러가는 일이 없어.「그래픽」이 시작한 과업에 동참할 수 있다면 그건 내게 크나큰 영광이자 이상향이 될 수도 있었을 거야.「그래픽」의 숭고한 출발점은 디킨스가 작가로 첫발을 내딛는 순간이자, 그의『하우스홀드 에디션』이 출판시장에 등장하는 순간과도 마찬가지였어.

그런데 이제 모든 게 끝이야. 물질적인 영향력이 역시 정신적인 영향력을 압도해버렸잖아. 너한테 보내는 이 특별호 부록을 내가 어떻게 생각하는지 말해줄까? 구필 화랑 런던 지점장 오바흐 씨가 아주 좋아할 내용이야. 성공을 거뒀거든. 그래, 성공적이고, 사람들이 귀 기울이고 받아주니까! 아우야, 「그래픽」 이번호의 논조를 내가 어떻게 생각하는지 말해줄까? 과거에 메스다흐가 〈파노라마〉를 시도할 때 주장한 내용과 똑같아. 작품들은 충분히 존중하고, 오바흐 씨나 메스다흐를 깎아내릴 마음도 없어. 하지만 분명히 이들의 논조가 지니고 있는 힘을 뛰어넘는 무언가가 엄연히 존재해.

내가 원하는 건, 보다 간결하고, 보다 단순하고, 보다 가치 있는 것들이야. 영혼과 사랑, 마음이 담긴 그런 것들.

맹세컨대, 나는 소리 높여 항의할 마음도 없고, 그럴 수도 없어. 공개적으로 *투쟁*할 일도 없어. 하지만 그럴 수 없다는 게 서글프다. 그래서 기쁠 수 없고, 그래서 갈피를 잡을 수 없어. 뭘 해야 하는지도, 뭘 하지 말아야 하는지도 모르겠어. 그림을 처음 시작했을 때, 이것저것 할 줄 아는 게 생기면 여기저기서 일자리를 찾을 수 있고, 앞만 보며 달려가면, 어떻게든 성공할 수 있을 거라 생각했다는 게 가끔은 서글프기도 해.

그래도 이제는 내 앞에 새로운 가능성이 열렸어. 내가 두려운 건, 아니 예상하는 건 활동 영역이 아니라 일종의 독방이 아닐까 싶어. 이런 식의 판결 같은 것. "당신 작품에서 이러저러한 게 상당히 괜찮습니다(과연 이 말속에 진심이 한 마디라도 있을까 의문스럽지만). 그런데 아셔야 할 게, 당신 작품은 솔직히 사용할 수가 없어요. 우리한테 필요한 건 시사성입니다. 우리 「그래픽」에서는 *목요일* 사건을 *토요일*에 인쇄하거든요."

알겠냐, 테오야? 나는 〈미의 유형〉을 그릴 수는 없지만 온 힘을 다해 〈대중의 얼굴〉은 그릴 수 있어. 테오야, 비록 수준은 그에 비할 바 못 되겠지만, 「그래픽」이 창간될 당시 그림을 제공했던 작가의 대열에 오르고 싶다. 거리를 다니다 모델로 삼을 남자, 여자, 아이를 찾아, 화실로 오게 해 그리는 일을 하면서. 아니, 나한테 이렇게 물을 거야. "혹시 전기 등을 켜놓고 다색석판화 인쇄를 할 줄 아시는지요?" 결과적으로 디킨스가 추구했던(「그래픽」 초기의 이념) 사고방식과 감수성, 목표에 다가가는 게 아니라, 오바흐 씨처럼 바라보고 생각해야 하는 상황에 놓이게 된 거야. 그래서 너무 슬프고 무력감마저 느껴진다. 남들의 관심도 없고, 도움도 없는 일은 할 수가 없어. 아무리 해도 원하는 길로 갈 수가 없는 거야.

끊임없이 내 생각만 이야기하고 늘어놔서 미안하다. 편지할 시간이 없으면 당장 답장할 필요는 없어. 어쨌든 다시 만나면, 내 고민이 뭔지 너도 알 테니까 함께 해결 방안을 찾을 수 있을 거야.

이번 「그래픽」 특별 호 부록은 내 계획을 구체적으로 정립하기 위해 나한테 필요했던 아주 좋은 기회였다고 생각한다. 그래서 너와 만나기를 기대하면서 이렇게 길게 편지에 적은 거야.

마음으로 악수 청한다.

너를 사랑하는 형, 빈센트

253네 ___ 1882년 12월 13일(수)에서 18일(월) 사이

테오에게

딱히 네게 전할 특별한 말은 없지만 그래도 몇 자 적고 싶어 펜을 들었다. 솔직히 너한테 편지로 전하는 내용과 달리, 가끔은 이런저런 고민도 많고, 실력이 늘지 않고 그대로인 것 같아 애도 타고 그렇다. 거기다가 지난번에도 얘기했다시피, 어떤 일은 정말 최선을 다해야 하는데, 그게 인정을 받기 위해서이기도 하지만, 그 자체로 raison d'être(존재 이유)가 되기 때문이기도 해. '자기 길을 찾은 사람은 행복할지어다.' 칼라일이 그랬잖아. 정말 그 말이 사실이야.

내가 대중을 위해서 대중의 얼굴을 그리고 싶다고 말했을 때, 그건 세상 돌아가는 일 따위는 나한테 부차적이라는 뜻이었어. 그러니까 이런저런 상황으로 인해 내 일이 쉬워질 수도 있고, 어려워질 수도 있겠지만 내가 가장 중요하게 생각하는 건 데생을 할 수 있다는 사실이라는 말이야. 그렇기 때문에 걱정스런 마음이 있는 만큼, 파고들면 파고들수록 흥미가 더해지는 작업에 집중할 수 있다는 사실이 감사할 따름이야. 지난 편지에 아마 감옥 같은 곳에 갇힌 기분이 든다고 말했었잖아. 내 말은 손댈 수 없는 게 너무 많다는 뜻이었어. 갖춰두면 좋은 데 비용이 너무 많이 들거든. 그렇다고 지금 이 상황이 못마땅하거나 불만스럽다는 건 전혀 아니다. 천만의 말씀! 실현 가능한 일을 할 때 효과적으로 일할 수 있게 되는 거야. 그러니까 혹시라도 내가 그릴 수 있는 삽화가 있다면 난 언제든 최선을 다해 그릴 수 있어.

이렇게 말해볼게. 나는 삽화 전문 잡지로 방향을 잡아가는 게 그리 바람직하지 않다고 생각해. 그렇다고 시도조차 하고 싶지 않다고 결론 내려선 안 돼. 그냥 내 결과물이 신통치 않을까 그게 걱정이야. 그냥 실질적인 오류 차원의 문제라면 어떻게든 바로잡을 수 있겠지만 만약 애초의 발상이나 전반적인 분위기 등이 문제가 되는 거라면 내가 할 수 있는 건 거의 없어. 작은 크기의 데생을 받았을 테니 다시 한 번 말하지만, 네가 원한다면, 시험 삼아서 같은 크기로 연작을 그릴 수 있어.

지금도 2점을 그리는 중이야. 하나는 성경 읽는 남자고, 다른 하나는 점심 식사가 차려진 식탁에 앉아 기도드리는 남자야. 두 그림 모두 소박한 감정을 불러일으키도록 분위기를 조성한 그림이야. 인물들도 머리를 감싸쥔 노인하고 분위기가 비슷해. 나는 둘 중에 〈식사 기도〉가 더 마음에 들지만 두 개는 서로 짝을 이루는 그림이야. 하나는 창문 밖으로 눈이 쌓인 집의 문 일부가 보여. 두 그림을 그리면서 내가 의도했던 건 크리스마스 분위기와 한 해의 마지막 날 같은 분위기를 표현하는 거였어. 네덜란드나 영국이나 그 시기에는 종교적인 분위기가 지배적이잖아. 뭐, 다른 나라도 마찬가지겠지만 말이야. 브르타뉴나 알사스도 마찬가지고. 어쨌든, 표현 방법은 논외로 치더라도, 진지함이 묻어나면 경건하게 여기는 것들이잖아. 내 개인적인 생각은 그래. 아니, 적어도 내 그림 속의 노인만큼은 그럴 필요성이 있다고도 생각해. 저 높은 곳에 정확히 누가 있는지, 무엇이 있는지는 모르지만 하여튼 무언가가 있다고는 믿어. 빅토르 위

고가 남긴 말이 아주 인상적이야. "Les religions passent, mais Dieu demeure(종교는 지나가도, 신은 남는다)." 가바르니도 비슷한 말을 했어. "Il s'agit de saisir ce qui ne passe pas dans ce qui passe(관건은 흘러가는 것 속에서 흘러가지 않는 걸 붙잡는 것이다)."

'흘러가지 않는 것' 중의 하나가 저 높은 곳에 있는 존재며 하나님에 대한 믿음이야. 그런데 외형은 달라질 수 있고, 또 달라질 필요가 있어. 봄철이 되면 모든 게 푸르게 변하듯이 말이야. 이런저런 정황을 종합해 볼 때, 내가 데생에 궁극적으로 표현하고자 했던 건, 형식에 관한 그런 경의를 표하자는 게 아니라, 크리스마스나 한 해의 마지막 날에 대한 분위기와 감성을 진심으로 존중한다는 내 마음이었어. 그걸 이해해주면 좋겠다.

그림 속에 그런 감성이나 분위기가 묻어난다면 그건 나 자신이 그렇게 느끼고 표현하고 싶었기 때문이야.

요즘은 점점 최상의 작업 방식을 결정하는 게 힘들어진다. 여기를 보면 아름다운 게 넘쳐나는데, 또 저기를 보면 그만큼 아름다운 것들이 널려 있어. 게다가 각각 서로 반대되는 면들을 지녔으니, 도대체 어느 길로 가야 할지 갈피를 잡을 수 없을 때가 점점 많아져. 하나 확실한 건 어떤 경우든, 작업에 대한 노력을 게을리하면 안 된다는 거야. 내가 실수하지 않을 거라는 말이 아니야. 나는 숱하게 실수를 반복한 사람이기 때문에 이런저런 방법이 괜찮고, 이런저런 방법은 별로라고 자신 있게 말할 수 있을 정도야. 두말할 필요도 없는 사실이지. 하지만 무관심하지는 않아. 그런 자세는 옳지 못해. 비록 실수 한 번 하지 않거나, 후회나 슬픔을 겪지 않으며 인생을 살 수 없다는 건 잘 알지만, 진실된 것, 올바른 것을 추구하는 건 의무와도 같은 거라는 게 내 생각이야. 어딘가에서 이런 걸 읽었어. 어떤 선(善)은 정의로 이어져 하나가 된다.

내가 이런저런 목적을 달성할 수 있을지 과연 알 수 있을까? 앞에 놓인 난제들이 뛰어넘을 수 없는 게 아니라는 걸 미리 알 수는 없을까?

운명은 결말에 맡겨두고 일단 묵묵히 앞으로 나아가야겠지. 가능성 하나가 닫혀버리면 또 다른 가능성이 열릴 거야. 그게 어디라고 확실히 알 수는 없지만 그래도 출구, 미래, 또 다른 가능성은 꼭 있게 마련이니까. 양심은 인간에게 나침반과 같아. 가끔은 바늘의 방향이 틀리기도 하고, 가리키는 방향으로 향하다 잘못된 점을 발견하기도 하지만 나침반으로 방향을 잡고 최선을 다해 나아가야 해.

노인을 데생하다가 문득, 머리에 떠오른 시 한 편을 여기 적을게. 비록 내 그림은 시간대가 밤이 아니라 그대로 적용하긴 힘들지만, 그래도 그런 느낌이 들었어.

〈평온한 밤에〉
이따금, 평화로운 밤에
잠을 청하려고 누우면

아련한 옛 기억이
지난날들을 들고 찾아온다
지난날의 웃음, 눈물
반짝이는 눈으로 했던
그때의 사랑 고백까지
이제는 빛을 잃은 눈빛
이제는 무너진 가슴
그렇게 평화로운 밤에
잠을 청하려고 누우면
아련한 옛 기억이
지난날들을 들고 찾아온다

그 기억을 더듬어 살펴본
친구들이 가을 낙엽처럼
하나둘 주변으로 떨어지고
썰렁한 연회장에서
불이 꺼지고
장식이 치워질 때까지
혼자 남은 사람이 된 듯하다
그렇게 평화로운 밤에
잠을 청하려고 누우면
아련한 옛 기억이
흘러가버린 지난날을 들고 찾아온다.

_ 엘리자 라우릴라르트 (토마스 모어 옮김)

너도 자연의 아름다움을 조금이나마 만끽할 수 있으면 좋겠다. 짧아진 겨울 낮이 주는 풍경을 통해서든, 겨울을 맞이하는 행인들의 옷차림을 통해서든 말이야. 겨울에 거리를 다녀보면 행인들의 옷차림이 여름하고는 딴판이잖아.

뷔오가 보내준 종이에 관련된 네 설명을 그대로 따라 해봤어. 이 종이로 계속 시도해보는 게 괜찮을지 네 의견을 알고 싶다. 그런 거라면 종이가 더 있어야 할 것 같아. 남은 건 그 크기에 맞는 데생에 사용할 생각이야. 그런데 여기서는 그 종이를 구할 수가 없어. 그랬으면 벌써 해봤을 텐데 말이야.

네가 알려준 내용을 다 읽고 나니 질문이 하나 생겼어. 데생을 사진으로 찍어서 그 사진을 징크판에 전사한다면, 해당 종이에 그린 그림만 가능해? 이 방법으로 평범한 종이에 그린 흑백 데생 복제화 제작은 불가능할까? 그리고 사진 전문가는 혹시 데생이 정해진 규격보다 클 경우, 축소하는 방법을 알고 있는지도 궁금하다. 「스크라이브너 매거진」에 실린 미국 복제화 몇 점을 보면서 답을 유추해볼 수도 있을 것 같긴 하다.

자, 그럼 adieu. 20일 즈음 네 소식 기다리마. 마음으로 악수 청한다.

너를 사랑하는 형, 빈센트

254네 ___ 1882년 12월 22일(금) 추정

테오에게

네가 보낸 등기우편 잘 받았어. 정말 고맙다. 재고정리 기간이라 정신없이 바쁘겠구나. 빨리 끝내기 바란다. 규모도 어마어마하고 고된 일이겠네. 그나저나 크리스마스 무렵에 며칠 같이 지내면 정말 좋겠다! 네가 다시 화실을 찾아주면 더더욱 좋겠고.

요즘도 열심히 작업을 이어나가는 중인데, 사실, 마음이 온통 크리스마스에 푹 빠진 덕분이야. 분위기를 즐기는 것만으로는 부족한 것 같아서 그걸 작업으로 끌어왔거든.

그래서 지금 고아 남자 큰 얼굴 그림 2점을 그리는 중이야. 모델은 흰 턱수염을 기르고 낡은 실크해트를 쓴 노인이야.

「하퍼」에서 크리스마스를 맞이해 〈타일 클럽〉이라는 작가 집단이 그린 삽화집을 발간했어. 보턴의 그림이 수록돼 있는데 가장 눈에 띄는 데생은 애비의 그림이야. 흘러간 시절을 다루고 있는데, 네덜란드 사람들이 뉴암스테르담이라는 이름으로 뉴욕을 개척하던 시대가 배경이지.

이 그림들은 내 생각에 아마 네가 말해준 그 방식으로 인쇄된 복제화 같아. 뷔오가 견본으로 보내준 그 종이에. 그래서 미국 잡지 그림과 「비 모데른」의 판화를 비교해봐야겠어.

이번에 이것저것 많이 배울 수 있을 것 같아 기대된다. 내년에 새로운 시도를 해볼 수 있을지도 모를 일이잖아.

지금은 네가 정신없이 바쁜 시기인 만큼, 어쨌든 이런 마음가짐으로 나도 최선을 다할게. 바쁜 시기가 지나가면 너나 뷔오한테 이런저런 궁금한 걸 또 물어봐야 할 것 같다.

그런데 지금 봐도 복제화 제작 방식의 성과가 아예 없었던 건 아니야. 일단 데생 자체가 괜찮으면 결과물도 괜찮게 나와. 그러니까 가장 중요한 건 역시 데생이야.

석판화는 벌써 여러 차례, 인쇄 과정, 석판 준비 과정 등을 직접 보고 배운 터라 나중에 특수지나 다른 도구의 도움 없이 혼자서 시도해볼까 진지하게 고민 중이야. 그러니까 석판 위에 그대로 데생을 그리는 식으로 말이야. 왜냐하면, 「하퍼」에서 출간한 크리스마스 특별 호나 「비 모데른」에 수록된 그림들이 비록 근사하기는 하지만 그 복제화들을 잘 살펴보면 다소 기계적인 흔적, 사진이나 사진 원판에서 가져온 듯한 느낌이 들거든. 나는 도미에나 가바르니, 혹은 르뮈드의 정통 석판화가 더 나아 보여. 그러니까 방식이 어떻게 되든, 무엇보다 데생 실력을 갖춘 손이 가장 중요한 거야. 그 여부에 따라서 나머지 부분도 결정되는 거라고.

새로운 방식이 여러모로 실망스러우면 어쩌나, 그게 걱정이야. 좀 맥 빠진 느낌이 드는 게 사실이거든. 일반적인 동판화나, 평범한 목판화, 단순한 석판화는 각자 독특하고 자연적인 고유의 느낌을 지니고 있는데, 그건 기계적인 느낌으로 대체할 수가 없어.

마찬가지로 판화와 관련해서 예를 들면 예전에 구필 화랑에서 제작한 이스라엘스의 〈봉제 학교〉나 블로머르스, 아르츠 등의 그림같이 사진제판 방식의 복제화는 제법 괜찮았었어. 그런데 새로운 방식이 본연의 판화를 밀어내게 된다면 시간이 흐르고, 이런저런 결함과 마음에 안 드는 부분도 포함된 평범한 판화가 그리울 것 같다.

라파르트는 여전히 몸이 안 좋은가 보더라. 고비는 넘겼는데 기력을 회복하지 못한다고, 그 친구 아버님이 편지하셨어. 잘은 모르겠지만 뇌막염 같은 병이 아닐까 의심스러운데 아버님도 아무 말 안 해주시더라고.

크리스마스에는 외출도 좀 하고 주변도 둘러볼 수 있는 여유가 생기기를 진심으로 기원한다. 그런데 재고정리에 발목 잡히는 건 아닌가 걱정이다. 일이라는 건 무슨 일을 해도, 심지어 힘든 일이라 해도 고무적인 요소가 꼭 있는 것 같더라.

네게 행운이 깃들기를 바란다. 가능하면 편지하기 바라고, 너무 바쁘면, 네 사정 잘 아니 괜찮다. 이번에 못 쓴 이야기는 나중에 몽마르트르 분위기나 아니면 다른 것들에 대한 인상을 적어서 보내주면 좋겠다. Adieu. 악수 청한다.

너를 사랑하는 형, 빈센트

255네 —— 1882년 12월 27일(수) 추정

테오에게

올해가 가기 전에, 다시 한 번, 네 도움과 우정에 대해 고맙다는 말 전하고 싶다.

한동안 아무것도 안 보낸 건, 혹시 네가 여기 다시 오지 않을까 기대하는 마음 때문이야.

올해 팔릴 만한 그림을 못 그린 게 못내 아쉽다. 어디서 그 이유를 찾아야 하나 모르겠어.

네가 화실에 와주면 정말 좋겠다. 지난번 편지에 아마 큰 얼굴을 그리는 중이라고 했었을 거야. 두개골 구조와 얼굴 윤곽을 좀 더 공부할 필요가 있었거든. 그런데 몰입이 너무 잘 된 덕에, 오래전부터 알고 싶었는데 못 찾고 헤매던 걸 며칠 전에 알아냈어. 아무튼, 네가 여기 오면 그게 뭔지 알게 될 거야.

얼마 전부터 지속적으로 치통에 시달리고 있는데 이제는 오른쪽 귀에다 눈까지 욱신거리는 게 아무래도 신경을 건드리고 있는 것 같아. 치통이 시작되면 만사가 다 싫어지는데 신기하게 도미에의 그림을 보고 있으면 몇 대 얻어맞은 것처럼 넋을 잃어서 그순간만큼은 치통이 사라진 것 같은 착각이 들더라. 도미에 그림 복제화 2장을 구했어. 〈관광열차〉라고 창백한 얼굴에 검은 코트를 걸친 관광객들이 몹시 추운 날, 뒤늦게 승강장에 도착하는 장면인데 우는 아이를 안고 있는 부인들도 사이사이에 끼어 있어.

혹시 앙리 모리에(무슈 프뤼돔을 만들어낸 사람)*라는 데생 화가가 쓴 『펜 크로키』를 알고 있니? 28가지 에피소드가 담긴 책인데 그중에서 〈성급히 떠나는 여행〉을 읽어봤는데 묘사가 놀라울 정도로 사실적이었어.

너는 지금도 한창 재고정리 작업 중일 테니 네 시간을 많이 빼앗으면 안 되겠다.

그저 새해에는 모든 일이 다 잘되기를 진심으로 기원한다.

올해에는 내다 팔 수 있는 그림을 그릴 수 있을까? 혹시 삽화가 자리를 구할 수는 있을까? 나는 지금도 자연과의 싸움이 헛된 일은 아니라고 믿고 있어. 잘은 모르겠지만 어떤 식으로든 결과가 있을 거다.

네가 화실에 와주면 좋겠구나. 작업에 진척이 없어서 그런 것도 아니고, 내가 뭘 해야 할지 몰라서도 아니야. 내가 여전히 제자리걸음을 하고 있다고 네가 오해할까 그게 걱정돼서 그래. 비록 너한테 무언가 뚜렷한 성과물을 보여줄 수는 없지만, 네가 직접 보면 '무언가'가 서서히 발전하고 있다는 것과 내가 커다란 그림을 그리고 있다는 걸 알게 될 거야.

네가 지난번에 쓴 내용은 나도 전적으로 동감이야. "정말 기가 막힌 데생 실력을 갖추는 날이 오면 그림의 크기 따위는 문제 될 게 없어요. 비율을 자유자재로 다루기 때문에 큰 그림이나 작은 그림이나 얼마든지 그릴 테니까." 전적으로 동의하고, 거기에 구도나 빛과 그림자 효과 등의 기술까지 완벽히 다룰 수 있어야 해. 그래야 그리고 싶은 다양한 대상이나 주제를 마음대로 골라서 그릴 수 있거든. 예를 들어, 오늘은 삼등석 대기실을 그렸다가, 내일은 비 내리는 빈민가에 그림을 그리러 가고, 또 어느 날은 양로원, 아니면 카페나 싸구려 식당 등을 그릴 수 있어. 내 수준은 아직 거기까지는 아니야. 하지만 그렇기 때문에 많은 것들의 뿌리나 근본을 찾아다니는 중인데 그게 오래 걸릴 것 같다.

올 한해도 어김없이 진심 어린 너의 우정에 의지할 수 있어서 고마웠다. 이제는 내가 너한테 어떤 도움이 될 수 있도록 최선을 다할 거라 다짐한다. *언젠간 꼭 그렇게 될 거야.*

마음으로 악수 청한다. 시간이 나거든 편지 쓰고, 다시 한 번 좋은 일만 있기를 기원한다.

너를 사랑하는 형, 빈센트

* 프랑스 희극작가이자 삽화가인 앙리 모리에의 작품 속 등장인물. 19세기 부르주아를 풍자하는 대표 인물이다.

256네 ___ 1882년 12월 30일(일), 1883년 1월 2일(화)

테오에게

한 해의 마지막 날이야. 너와 마주 앉아 두런두런 이런저런 이야기를 나누고 싶은 마음이 간절하구나.

지난 편지에 내가 큰 얼굴을 그리고 있다고 얘기했었잖아. 그때, 뭐 하나 시험해보고 있었는데 이제야 너한테 결과를 알릴 수 있게 됐어. 그제부터 어제, 오늘까지 꼬박 사흘간 모델을 불러 데생 2장을 그렸거든.

석판화 복제화를 만들 때 석판화 전용 연필이 상당히 좋은 결과물을 만들어낸다는 걸 알게 됐어. 그래서 그 연필로 데생을 해봤지. 딱히 큰 문제는 아니지만 단점이 있다면, 기름이 많이 묻어나서 통상적인 방법으로는 종이 위에 그린 걸 지울 수 없어. 그래서 종이 위에 작업할 때는 긁개라고 석판에 쓴 걸 긁어내는 도구가 있는데 그것도 거의 쓸 수가 없더라고. 너무 문지르면 종이에 구멍이 생기거든.

그래서 제도용 연필로 작업을 시작하고 석판화 전용 연필로 마무리하는 방법을 생각해냈어. 왜냐하면, 일반 연필에 없는 기름기가 많아서 후반 작업에 잘 맞더라. 초반 스케치를 내가 말한 대로 한 다음, 석판화 전용 연필로 머뭇거리거나 지울 일 없이 부분별로 손볼 수가 있어. 그래서 일단 연필로 스케치를 시작했는데, 솔직히 마무리까지 최대한 연필로 하긴 했어. 그다음에 우유로 착색하고 광택을 지웠어. 최종 마무리로 석판화 전용 연필을 사용해 까다로운 부분들을 손보고 붓이나 펜에 양초 그을음을 묻혀 여기저기 효과도 주고 흰색을 원색으로 써서 밝은 색채도 강조해봤다.

그렇게 앉아서 책 읽는 노인 데생을 마무리했어. 민머리와 손, 책 위로 반사되는 빛도 처리했고. 두 번째 데생은 다쳐서 붕대를 감은 남자 얼굴 그림이야. 모델 남자는 정말 머리를 다쳐서 왼쪽 눈까지 붕대로 가리고 왔어. 정확히 러시아에서 철수하는 근위대 병사 분위기였어.

두 그림과 예전 그림을 비교하면 강렬한 분위기와 효과 면에서 차이가 커. 그래서 이렇게 그린 그림들은 네가 설명해준 방식으로 복제화 만드는 데 큰 문제가 없었으면 좋겠어. 무엇보다 네가 보내준 종이가 복제화 제작에 절대적으로 필요한 건 아니었으면 하는 바람이야.

그런데 만약 꼭 필요한 거라면, 동일한 조건으로 효과를 냈을 때 회색 조의 종이에 작업하면 결과가 더 나을 것 같아. 뷔오가 견본으로 끼적인 그림을 살펴보니 첫눈에 봐도 검은색 색조가 상당히 진한 게, 만약 사진제판이나 전기제판 작업으로 복제화를 만들 때에는 이런 특징이 상당히 중요하다는 게 이해됐어. 그래서 나도 검은색의 색조를 어떻게 조절해야 하나 고민 중이야. 찾을 때까지는 평소대로 해야지.

우선 잉크로 시험해봤는데 결과가 기대에 못 미치더라고. 석판화 전용 연필을 사용하면 효과가 훨씬 더 살아나지 않을까 싶어.

바쁜 시간을 보내고 있을 너를 귀찮게 하려 이런 글을 쓴 건 아니야. 난 급한 것도 없고 이것저것 연구할 시간 여유도 있어서 좋다.

내가 하고 싶은 말은, 제대로 된 방법을 찾으려고 몸과 마음을 다 바쳐 열심히 그림을 그리고 있다는 걸 네가 알아줬으면 좋겠다는 거야. 소위 '흑백'이라고 부르는 건, 따지고 보면 *검은색으로 그리는 거*잖아. 검은색으로 그림에 표현되는 효과의 농담을 조절하고 색조도 풍부하게 만들어줘서 유화에는 빠질 수 없는 색이 검은색이야.

얼마 전에 네가 했던 말, 채색 전문가들은 각자 자신들 고유의 색계를 가지고 있다는 말은 정말 옳은 지적이야. 흑백에도 똑같이 적용할 수 있어. 왜냐하면, 결국 모든 게 색의 깊이에 관한 문제거든. 관건은 제한적인 색만으로도 아주 환한 빛부터 컴컴한 어둠까지 만들어낼 수 있어야 한다는 거야. 몇몇 데생 화가들은 다소 신경질적인 손놀림이 특징인데, 소리에 비유하면 마치 바이올린 소리 같아. 르뮈드, 도미에, 랑송이 그런 작가야. 반면, 가바르니나 보드메르의 그림은 피아노가 떠올라. 너도 그런 생각 들지? 밀레는 장엄한 오르간 소리에 가깝지.

1883년 1월 2일(화)

먼저 편지는 한 해의 마지막 날에 썼는데, 혹시 네게 편지가 올까 기대했었지. 아직 쓰지 않은 거라면 조속히 보내주면 좋겠다. 남은 돈이 한푼도 없어서 그래. 물론 네가 바쁘다는 건 안다.

그나저나 석판화 전용 연필로 크로키 몇 점을 그렸어. 유화만큼 그리는 재미도 있지만, 진하고 깊은 검은색 색조 효과를 얻을 수 있어서 또 좋더라.

너와 마주 앉아 하고 싶은 얘기가 많다. 계획 여러 개를 세웠는데 실현 불가능한 것도 있겠지만, 그렇다고 전부 실패할 것 같지는 않아. 그런데 깊이 파고들 시간이 없고, 요즘 추세도 잘 모르니, 실현 가능성에 대해서 자신 있게 뭐라고 장담할 수가 없다. 그래서 너를 만나 얘기하고 싶은 거야. 작년에 팔 만한 그림 하나 제대로 그리지 못했다고 걱정하지 말아라. 네가 여러 번 그렇게 말해준 것처럼, 나도 다시 똑같은 말을 하자면, 전에는 보이지도 않았던 것들이 점점 구체적으로 드러나면서 조만간 현실로 이루어질 것 같은 느낌이 들어.

이따금, 1년 전, 이곳에 오게 된 날을 떠올리곤 하는데, 여기 오면 화가들이 모이는 단체 같은 것도 있고, 협회 같은 것도 있어서 사람들이 진심 어린 우애도 나누고 유대감도 느낄 거라 생각했었지. 그게 자연스러운 거지, 다른 분위기를 경험할 거라고는 *생각지 못했어*.

정말 그런 것과 그렇게 될 수 있는 것을 구분하기 위해 내 생각까지 바꿔야 하더라도 그때 품었던 생각이 사라지는 걸 내가 바라지 않았던 것 같아. 무관심이 팽배하고 사사건건 반목하는 분위기가 어떻게 자연스러울 수 있는지, 난 믿을 수가 없었다.

어쩌다 이렇게 된 걸까??? 알 수 없는 일이지. 난 그 문제를 연구하는 사람도 아니고. 그래서 두 가지 원칙을 세웠어. 첫째, 언쟁을 벌이지 않는다. 대신, 남을 위해서나, 나 자신을 위해서나 화합을 도모한다. 둘째, 나 자신이 화가라면 사회에서는 화가처럼 굴지 않는다. 화가라면 다른 사회적 야망에 눈을 돌려선 안 되고, 포르하우트나 빌렘스파르크 등지에서 호화롭게 무위도식하는 화가들을 부러워하지 않는다. 연기에 그을린 낡은 화실에서는 친숙함과 진솔함을 느낄 수 있어. 이런 안락한 분위기를 몰아내려 위협하는 시류보다는 훨씬 낫지.

조만간 네가 화실에 와서 나아진 내 그림을 봐주면 좋겠고, 지금까지 했던 것처럼 계속 그림을 그릴 수 있으면 좋겠어. 그러니까 다른 일 걱정할 것 없이 조용히 그림만 그릴 수 있으면 좋겠다는 거야. 선반에 먹을 빵이 들어 있고, 주머니에는 모델에게 줄 돈만 어느 정도 들어 있으면 더 이상 뭘 더 바라겠니? 내 그림이 나아지는 게 보여서 기분 좋고, 또 그만큼 작업에 점점 몰입하고 있어.

아우야, 아직 답장하지 않았으면 당장 편지 부탁한다. 더는 버티기 힘들 것 같아서 그래.

다시 한번 새해 인사 전한다. 집에서 반가운 편지 받았다. 잘 있어라. 악수 청한다.

너를 사랑하는 형, 빈센트

옮긴이 이승재

한국외국어대학교 불어교육과와 동 대학 통번역대학원을 졸업했다. 유럽 각국의 다양한 작가들을 국내에 소개하고 있으며, 도나토 카리시의 《속삭이는 자》《이름 없는 자》《미로 속 남자》《영혼의 심판》《안개 속 소녀》를 비롯하여, 안데슈 루슬룬드, 버리에 헬스트럼 콤비의 《비스트》《쓰리 세컨즈》《리뎀션》《더 파더》《더 선》, 프랑크 틸리에의 《죽은 자들의 방》, 에느 리일의 《송진》 등을 우리말로 옮겼다.

빈센트 반 고흐, 영혼의 편지들 I

초판1쇄 펴낸날 2024년 3월 30일

지은이 빈센트 반 고흐
옮긴이 이승재
펴낸이 장영재
펴낸곳 (주)미르북컴퍼니
자회사 더모던
전 화 02)3141-4421
팩 스 0505-333-4428
등 록 2012년 3월 16일(제313-2012-81호)
주 소 서울시 마포구 성미산로32길 12, 2층 (우 03983)
E-mail sanhonjinju@naver.com
카 페 cafe.naver.com/mirbookcompany
인스타그램 www.instagram.com/mirbooks

* (주)미르북컴퍼니는 독자 여러분의 의견에 항상 귀 기울이고 있습니다.
* 파본은 책을 구입하신 서점에서 교환해 드립니다.
* 책값은 뒤표지에 있습니다.
* 이 책에 사용된 작품들 중에서 미처 저작권 허가를 받지 못한 일부 작품에 대해서는 추후 저작권이 확인되는 대로 절차에 따라 계약을 맺고 그에 따른 저작권료를 지불하겠습니다.